TALION

CHRISTIAN DE MONTELLA
JACQUES FANSTEN & LOUIS GARDEL

TALION

roman

ÉDITIONS DU SEUIL
*27, rue Jacob, Paris VIe*

Nous avons établi, ensemble, à trois, le plan détaillé et les péripéties de ce roman. Christian l'a écrit seul.
Nous espérons que les lecteurs trouveront autant de plaisir à suivre ces épisodes haletants et, chemin faisant, à s'amuser des transpositions, que nous en avons pris lorsque nous étions réunis à trois, ou plutôt à cinq, avec le fantôme d'Auguste Maquet, coauteur du *Comte de Monte-Cristo*, et le grand Alexandre Dumas qui, maître des hasards heureux, nous a fait la surprise d'entrer au Panthéon le jour même où nous posions le point final.

Jacques Fansten, Louis Gardel, Christian de Montella.

ISBN 2-02-051815-5

www.seuil.com

« Tout cela finira mal. »
Laozi

PREMIÈRE PARTIE

Marseille

I

Aéroport de Marignane, 2 mai 1968

Dans l'atmosphère survoltée de la tour de contrôle, alors qu'un jeune homme coiffé d'écouteurs répète pour la centième fois : « Whisky Roméo, ici Marignane. Répondez, Whisky Roméo », Valmer se dit soudain qu'il n'attend plus rien.

Il a ressenti la même chose, déjà. C'était trente ans plus tôt. Un jour bleu et clair, comme aujourd'hui. Ils n'étaient plus qu'une douzaine d'hommes, encerclés par les franquistes dans les faubourgs nord de Barcelone. La veille, Chabrol avait reçu un éclat d'obus dans la cuisse. Valmer le portait à moitié, changeait comme il pouvait garrot et pansement et l'encourageait à tenir le coup. A dix-neuf ans, ils avaient ensemble quitté Marseille pour se battre auprès des Républicains. Deux ans avaient passé, et Valmer ne comptait pas quitter l'Espagne sans Chabrol. « Tu es mon frère, lui disait-il, tu ne vas pas me laisser tomber, couillon ? » Quand l'escouade franquiste les avait cernés, acculés dans les ruines d'une fabrique aux verrières brisées, il avait – pas pensé, non – *éprouvé* comme une évidence physique ce qui tenait en trois mots très simples :

– C'est foutu...

– Qu'est-ce qui est foutu, papa ?

Il baisse les yeux vers l'enfant, qui lui arrive à la hanche. Il songe qu'il va se faire engueuler par sa femme, quand elle apprendra qu'au lieu de conduire Bernard à l'école, ce matin, il l'a emmené avec lui à Marignane où un coup de fil urgent l'appelait : on avait repéré, au-dessus de la Corse, un avion qui pouvait être le sien.

– Rien, petit. Tout ira bien, t'en fais pas.

Il caresse distraitement la tête de l'enfant, tout en relevant les yeux vers le ciel, toujours aussi bleu, toujours aussi vide. Il n'en peut plus d'attendre. Il a besoin d'agir, même en vain.

– Assieds-toi là, Bernard, dit-il à son fils en le soulevant par les aisselles et en l'installant sur une petite commode métallique. Surveille le ciel. Il faut que j'aille parler au monsieur, là-bas, je reviens dans cinq minutes. D'accord ?

– D'accord, répond l'enfant, très sérieux, les yeux déjà fixés par-delà la vaste verrière.

S'éloignant d'un pas rapide, Valmer se retourne en levant l'index :

– Tu surveilles, hein ? Je compte sur toi.

Quand il rejoint Estève, le contrôleur-chef, il a mille questions à lui poser, des questions techniques inutiles, juste pour conjurer l'angoisse. Il se contente de lui demander :

– Tu en penses quoi ?

– Je suis comme toi, j'attends. Mon problème, pour l'instant, c'est de garder une piste libre pour ton zinc. Je présume que lorsqu'il arrivera il ne sera pas question de le mettre en attente.

– Tu as combien de vols en approche ?

– T'occupe, on se débrouillera, grommelle Estève.

Et il répète les mots que Valmer a eus pour son fils :

– Tout ira bien, t'en fais pas.

***

La veille, le vol MV 03, un Constellation appartenant à Valmer, a lancé un premier message radio à 17 h 32. Le commandant Chabrol, qui ramenait l'avion-charter du Caire et devait faire escale à Rome, annonçait qu'un problème technique l'avait contraint à se dérouter et qu'il cherchait à atterrir en Jordanie.

Alerté par Estève, Valmer a foncé à l'aéroport. Fou de colère et d'inquiétude. Survoler Israël et la Jordanie, sans plan de vol, sans autorisation préalable, était la dernière connerie à faire. A moins d'avoir envie de se faire abattre en plein vol. Avec quarante-deux passagers à bord.

A peine arrivé dans la tour de contrôle, Valmer s'est emparé d'autorité de l'une des radios.

– Whisky Roméo, vol MV 03, répondez ! Whisky Roméo ! Whisky Roméo ! Putain, tu vas me répondre, Chabrol, oui ?

Il a hurlé de la sorte pendant plusieurs minutes avant qu'enfin, dans un crachotement d'orage, la voix paisible de Chabrol lui réponde.

– *C'est toi, Valmer ? Écoute, là, je suis en approche pour me poser à Amman. J'ai pas vraiment le temps de discuter avec toi.*

– Mais qu'est-ce que tu fiches à Amman ? Si le zinc a une avarie, pourquoi tu n'es pas retourné au Caire ?

– *Je t'expliquerai, mon vieux. Reste calme.*

– Et les passagers, tu y as pensé ?

– *Je leur offre de l'aventure, ça vaut mieux que le tourisme. Allez, à tout à l'heure.*

– Chabrol !

Mais plus personne ne répondait. Chabrol, sans doute, s'était recalé sur la fréquence de la tour de contrôle d'Amman.

Valmer a gueulé quelque chose comme « Bon dieu de putain de tête brûlée ! » et il a soudain revu Chabrol, trente ans plus tôt, se redressant malgré sa cuisse blessée, jetant une grenade sur l'escouade franquiste, puis se retournant – grand, sec, crasseux, tranquille – et lui demandant entre ses dents : « Alors ? *No pasarán* ? »

Les bras croisés, Valmer s'est forcé à respirer calmement. Ce con de Chabrol. Ce con magnifique de Chabrol. Les Français des Brigades internationales l'avaient vite surnommé « Fort-Chabrol ». Et c'était vrai qu'il s'y entendait pour foutre le bordel. Une nature. Une nature d'anar.

– *Mon vieux... Valmer !*

Se redressant sur son siège, Valmer a plaqué ses mains sur les écouteurs. La voix de Chabrol. Et toujours ces craquements d'orage.

– Oui, je suis là.

– *J'ai mal... Merde !*

– Chabrol ! Qu'est-ce qui se passe ?

– *J'sais pas... Écoute, je...*

– Chabrol !

Ensuite, Valmer n'a plus entendu que des bruits, comme les chocs d'une lutte lointaine où il ne pouvait pas intervenir. Et des voix. Des voix dans le cockpit. L'une, affolée, hurlante ; l'autre, plusieurs tons plus bas, persuasive. Aucune phrase n'était compréhensible.

Valmer s'agrippait aux écouteurs, debout face à l'immense verrière de la tour de contrôle, regardant le ciel sans le voir.

– *Six degrés!* a crié alors une voix qu'il n'a pas reconnue. *La pente à six degrés! On s'en sortira pas! On est trop près!*

Il a failli arracher ses écouteurs : il ne voulait pas entendre son avion se crasher, entendre les derniers instants de son équipage. Il a alors relevé les yeux : autour de lui, tous les hommes de la tour de contrôle s'étaient figés, pâles, tendus. Il a fait glisser ses écouteurs autour de son cou. Dans la salle, Estève avait branché les haut-parleurs sur la fréquence du vol MV 03. Les cris de la cabine du Constellation se répercutaient entre les vitres de la tour.

– *On le redressera pas! Six degrés! SEPT! On va mourir!*

– *Pardon, je suis obligé de le faire*, a dit une voix nette et tranchante.

– *Ne me touche pas!* a hurlé l'autre voix.

– *Désolé.*

Il y a eu un bruit mat, puis des craquements, puis une sorte d'explosion sourde, puis le silence.

***

D'abord, c'est un point dans le ciel, étincelant soudain comme une étoile en plein jour. Bernard plisse les yeux.

Très vite, il devine ce qui brille ainsi : le fuselage. Les ailes et le fuselage couleur argent, couleur d'étoile. L'avion. Le Constellation.

Bernard l'adore, cet avion, qu'il a été le premier à admirer, ce dimanche après-midi de l'an dernier où son père et Chabrol, jouant les mystérieux, l'ont emmené à Marignane. Après avoir rangé la 404 devant un hangar, son père l'a pris par la main : « Tu nous aides ? On n'y arrivera pas tout seuls. » Ensemble, ils ont poussé les lourdes portes coulissantes. La lumière d'un automne provençal est entrée dans la grande caverne de bois et de métal, et tout s'est mis à briller. L'avion lui apparut, splendide, immense animal ailé, au repos, de la couleur même, lui a soufflé son père, de la Rolls Royce Silver Ghost. « Et ce n'est pas tout, viens voir ! » Une main dans celle de son père, l'autre dans celle de Chabrol, il s'est laissé entraîner contre l'un des murs du hangar d'où ils voyaient l'avion tout entier, de profil. « Alors ? Qu'est-ce que tu en penses ? » a demandé Chabrol. Sur le flanc du Constellation d'argent, de grandes lettres rouge vif étaient peintes, comme une proclamation :

LE MONDE EST À VOUS !

Et Bernard a su aussitôt que, ce qu'il préférait, c'était ce point d'exclamation planté près du poste de pilotage, comme un défi. Il a su aussitôt – intuition précise mais, à son âge, incompréhensible, et qu'il retournerait dans sa tête plusieurs soirs de suite, incapable de trouver le sommeil – que Chabrol et son père étaient des hommes faits pour les points d'exclamation.

– Papa ! crie-t-il. Papa ! Le voilà !

Bernard se met debout sur la commode métallique. Il pointe, agite l'index vers le ciel panoramique de la verrière.

– Il est rentré ! Il a réussi ! Papa, regarde !

Son père et Estève se précipitent de son côté.

– Où ça ?

– Là !

Bernard, à cet instant, a peur de s'être trompé, de n'avoir pas rempli convenablement le rôle de sentinelle que son père lui a confié. Il ferme les yeux, les poings, et pense très fort : « Il faut que ce soit l'avion de Chabrol ! »

Quand il rouvre mains et paupières, le Constellation est en train de prendre un large virage au-dessus de la tour et Valmer, de soulagement, envoie un grand coup de poing dans l'épaule d'Estève. Les contrôleurs poussent un cri de victoire. Bernard, sautant sur place au sommet de la commode métallique, hurle à son tour.

– Tous à vos postes ! ordonne Estève. Il n'a pas encore atterri !

Estève a de l'autorité. Tous se rassoient face à leurs radars, leurs radios, recoiffent leurs écouteurs. Rapidement, Estève passe de l'un à l'autre, donnant ses instructions en quelques phrases brèves ponctuées de « petit con » ou de « grand couillon ». Il s'agit de libérer la piste principale pour l'atterrissage du Constellation, malgré le vol de Rome en approche.

Bernard assiste à ce spectacle comme s'il était au cinéma. Sauf que c'est mieux qu'au cinéma. Il est *là*, parmi les appels, l'agitation, la concentration de tous ces hommes tendus vers un seul but : faire atterrir l'avion sans encombre. Mieux : lui, Bernard, a joué son rôle dans le film, puisqu'il l'a, le premier, repéré. Il est un héros. Tout simplement.

Soudain il se sent emporté au-dessus de la commode métallique et se retrouve dans les bras de son père.

– Regarde ! Regarde ça, Bernard ! Chabrol va nous poser le zinc comme une fleur !

Son père lui ébouriffe les cheveux – Bernard déteste ça.

– Lâche-moi !

– Pourquoi ?

Il sait qu'il n'arrivera pas à lui faire comprendre que c'est *très* humiliant, pour un héros, d'être juché dans les bras de son père et de se faire décoiffer de la sorte. D'ailleurs, il n'en a pas le temps. Valmer, tout à coup, pose son fils au sol – à l'instant même où le train avant de son avion touche la piste.

– Le salaud ! Il atterrit trop bien, il va me bouffer toute la gomme !

Et, tandis que son père se précipite dans l'escalier pour descendre de la tour de contrôle, Bernard voit se dessiner sur la piste la double trace noire des pneus du train d'atterrissage : une sorte de carré net, au moment de l'impact, puis la longue ligne de la gomme brûlée.

Comme des points d'exclamation.

II

Avant de descendre sur le tarmac, Valmer attendit que la passerelle soit poussée contre l'avion. Il avait envie, besoin de courir, pour se libérer de l'angoisse de ces deux derniers jours, de cette boule dans l'œsophage qui lui rappelait, une fois de plus, les longues attentes avant l'aube, trente ans plus tôt, avant l'assaut. A l'époque, il en était arrivé à préférer le vacarme et le feu des combats, où il ne pensait plus à rien qu'à l'instant et au geste immédiats : courir, tirer, se jeter à plat ventre, se relever, courir encore, atteindre l'abri d'un rocher ou d'un trou d'obus. Et chercher la silhouette de Chabrol, son ami, s'assurer qu'il était bien là, bien vivant, et entier.

Les premiers passagers descendirent de l'avion. Étrangement, ils lui semblèrent en pleine forme; ils discutaient, souriaient, marchaient tranquillement en direction de l'aéroport. Valmer en fut presque choqué, avant de réaliser qu'il s'attendait à une fuite panique hors du Constellation, un affolement général à la mesure de sa propre angoisse, depuis la veille, depuis qu'il avait cru son avion perdu.

– Hé ! Valmer !

L'homme qui l'interpellait avait une soixantaine d'années. Petit, rondouillard, il portait une casquette à carreaux.

– Hé, René !

René Puisard avait géré l'un des garages automobiles que possédait Valmer avant de se lancer dans le tourisme-charter. Désormais à la retraite, il avait, l'un des premiers, réservé sa place sur « *Le monde est à vous !* », avant d'en devenir le client le plus régulier – « notre mascotte », disait Chabrol en riant. Puisard serra la main de Valmer entre ses deux pattes de vieux mécano.

– Mon gars, y a pas à dire, tu as toujours su choisir tes ouvriers ! Heureusement. Sans ça, je sais pas où on serait, à l'heure qu'il est !

– Merci, mais... qu'est-ce que tu veux dire, René ?

– Comment ? T'es pas au courant ? Ah oui, c'est vrai, il nous a avertis que la radio était en panne.

– Qui ça ?

– Mais le p'tit gars, là... Ton pilote.

– Chabrol ?

A ce nom, le vieux Puisard reprit la main de Valmer entre les siennes. Les derniers passagers se dirigeaient vers le hall de débarquement, parlant entre eux avec une animation, un enjouement incongrus, une gaîté presque brutale. La joie des survivants, songea tout à coup Valmer, la même que la nôtre quand l'assaut était terminé.

– Alors, tu sais vraiment rien ? murmura Puisard.

– Écoute, René... Non. Je ne sais rien. Non.

– Ton copain Chabrol, il est mort. En plein vol. Une crise cardiaque, je crois.

Lentement, Valmer retira sa main de celles du vieux. Les derniers mots de Chabrol à la radio : « J'ai mal. » C'était donc ça.

Puisard lui tapota l'épaule, paternel :

– Je sais qu'il comptait beaucoup pour toi. Je l'aimais bien aussi.

Valmer hocha la tête, incapable de prononcer un mot.

– En tout cas, le petit jeune, là... chapeau ! Je sais pas comment on s'en serait tirés sans lui.

– Oui, dit machinalement Valmer. Je suppose que Champredin est un bon pilote.

– Champredin ? Quel Champredin ? Non, moi je te parle du gamin, là, David. Le fils du vieux Arcas.

Après une dernière poignée de main, Valmer laissa Puisard rejoindre les autres passagers qui attendaient leurs bagages dans le hall. Il marcha vers l'avion. Il n'avait plus la moindre envie de courir.

Au bas de l'escalier de coupée, il tomba sur Betty, l'hôtesse, et Champredin, le pilote en second. Betty était une grande belle fille blonde et tranquille, une sorte de caricature d'hôtesse de l'air, si tant est qu'aucune caricature possède de si longues jambes, un si petit nez et des yeux d'un tel bleu.

– Tout va bien ? Qu'est-ce qui vous est arrivé ?

Valmer désignait l'arcade blessée de Champredin, long jeune type maigre au profil convexe – un grand nez courbe, pas de menton.

– Rien, patron. C'est pas grave.

– Tant mieux. Je vais jeter un coup d'œil à l'avion. Il faudra qu'on parle tout à l'heure. Vous m'attendez dans le hall ?

– Comme vous voulez, patron.

– David est encore dans la cabine ?

– Il vérifie la check-list, dit Betty, et elle jeta un regard moqueur sur Champredin, qui n'échappa pas à Valmer.

– Comment se fait-il que David fasse votre boulot, mon vieux ?

Tête baissée, Champredin se toucha l'arcade avec précaution.

– J'ai... un peu mal à la tête.

Feignant de ne pas entendre le gloussement ironique de Betty, Valmer lui tapa sur l'épaule : « Faudra faire examiner ça, mon vieux » et monta dans l'avion.

D'abord, d'un coup d'œil, il s'assura que rien, à l'intérieur, n'avait subi de dommage. Tout lui parut en ordre. Il fit un rapide tour d'inspection, récupéra un ours en peluche oublié sur un siège. Il resta un instant debout dans l'allée, grattant machinalement la tête du petit ours. Chabrol. Ce grand con magnifique de Chabrol. Valmer avait toujours cette boule dans la gorge. Finie, l'angoisse, se dit-il. Voilà le chagrin. Il prononça le mot à mi-voix, comme pour s'en débarrasser. Puis il jeta l'ours en peluche sur un siège et passa dans la cabine de pilotage.

– Ah, monsieur Valmer ! Bonjour ! lui lança une voix jeune. Je viens juste de terminer le check-up. J'allais débarquer.

Rien qu'à voir ce jeune homme de haute taille, à la mine ouverte et franche, Valmer se sentit inexplicablement mieux. Maladroit, il hésita entre tendre la main et, comme il y était poussé par un élan spontané, donner l'accolade à David Arcas. Il se contenta d'une violente claque sur l'épaule du jeune homme.

– Alors ? s'exclama-t-il (d'une voix trop forte et ridicule d'homme d'action, se dit-il, de patron jovial, pas la voix, non, pas la voix d'un gosse qui vient de perdre son meilleur copain). Il paraît que c'est toi qui m'as ramené le zinc ?

David ne sourit plus, baissa les yeux.

– Il faut que je vous apprenne quelque chose, monsieur...

– Oui, je sais, je sais... Chabrol...

David lui montra le siège du pilote.

– Il était là.

– Le cœur, c'est ça ? Comment ça s'est passé ?

– On était en approche sur l'aérodrome d'Amman. Le commandant Chabrol a eu un malaise. Il a essayé de vous parler, à la radio.

– Oui... Il a essayé.

– Et puis il s'est effondré. Je me suis précipité, et après...

– Et après ?

– Après, il a fallu prendre la situation en main, c'est tout.

Valmer ne put s'empêcher de sourire. Vingt-deux ans. Moins de cinquante heures de vol à son actif. Il perd son commandant de bord et il garde son sang-froid, il « prend la situation en main » !

– C'est-à-dire ?

– Je suis désolé, monsieur. Je n'ai pas réfléchi. Je me suis mis aux commandes.

L'air d'un gamin, David haussa les épaules et ajouta, comme une évidence :

– Et j'ai posé l'avion à Amman, monsieur.

Valmer le saisit amicalement par la nuque.

– Sortons d'ici. Allons à l'aérodrome. Il faut que je parle à Champredin.

– Pourquoi ?

– Mon petit David, tu m'as ramené le zinc, je t'en serai toujours reconnaissant. Mais il y a quelque chose que je comprends mal : c'était Champredin qui avait la responsabilité de l'appareil. Pourquoi ne l'a-t-il pas assumée ?

– C'est qu'il y a eu d'autres problèmes, monsieur.

– Lesquels ?

– Le temps que j'intervienne, l'avion avait pris une pente dangereuse, de... je ne sais pas, sept ou huit degrés.

– Le temps que tu interviennes ? Que faisait donc Champredin à ce moment-là ? Il se tournait les pouces ?

David se frotta la pommette.

– Non, monsieur. Il a... il a voulu prendre les commandes, mais il y avait cette pente trop forte, pas mal de turbulences et... Et il a glissé, il est tombé...

– Il est tombé ? Comment ? Il n'était pas assis à sa place ?

– Non, il était debout. Mais moi aussi, monsieur. Nous avons voulu porter secours au commandant.

Parvenus sur l'escalier de coupée, ils s'arrêtèrent en haut des marches.

– Admettons, dit Valmer. Donc il est tombé ?

– Oui. Sur la radio. Malheureusement.

– Et il l'a déglinguée ! Ce n'est pas un pilote, c'est Buster Keaton !

David eut l'air étonné de le voir rire, puis sourit à son tour.

– Vous n'êtes pas fâché ?

– Si j'ai bien compris, il ne restait que Betty et toi ? Tu n'avais pas le choix, mon petit.

***

Dans le hall, Champredin, assis du bout des fesses sur une banquette, vit arriver Valmer et Arcas bras dessus bras dessous. Ils avaient l'air de s'aimer, ces deux-là. Faits pour s'entendre. Avec une grimace, Champredin toucha son arcade blessée et se leva.

– Vous vouliez me parler, patron ?

Après l'avoir examiné des pieds à la tête, Valmer se tourna vers David Arcas.

– Tu t'occupes des dernières paperasses ? Après, rejoins-moi, je te ramènerai chez toi.

– Merci, monsieur.

Tandis que le jeune homme s'éloignait d'un pas vif, Valmer conduisit Champredin jusqu'à la banquette, où ils s'assirent. Champredin ne cessait de se masser les doigts – main droite, main gauche –, attendant que son patron se décide à parler.

– Sale affaire, hein ? dit enfin Valmer.

– Mais on s'en est bien tirés, patron. On a su faire face à la situation et, comme vous voyez, on vous a ramené votre avion. Intact. Il ne manque rien. Pas un boulon, pas un passager. On a été bons, sur ce coup-là.

– « On » ?

– « On » ?... Oui, le petit Arcas, c'est sûr, il a fait ce qu'il fallait. En tout cas, il a eu une chance de cocu.

– Le contraire de vous, n'est-ce pas ?

Le copilote se toucha l'arcade, souriant toujours, dans le vide. Il n'aimait guère la façon dont Valmer semblait attendre chacune de ses réponses, chacun de ses mots.

– Qu'est-ce qu'il vous a raconté, David ?

– Que vous aviez eu un accident.

– Eh oui, un accident. C'est bête. Enfin, les accidents c'est toujours bête. Il vous a expliqué comment c'est arrivé, bien sûr ?

Sans le lâcher du regard, Valmer se tut quelques instants. Champredin recommença à se masser nerveusement les doigts.

– Vous voulez que je vous raconte, patron ? C'est facile...

– Pas la peine.

Valmer se leva brusquement.

– Faites soigner votre arcade, mon vieux. Vous n'avez pas l'air bien. On reparlera de tout ça lundi, au bureau.

Il allait s'éloigner quand Champredin le rattrapa par la manche.

– Attendez, patron ! David vous a raconté, pour l'escale à Amman ?

– Raconté quoi ?

– Il a sûrement dû vous dire. Quand le commandant Chabrol a décidé de détourner l'avion sur la Jordanie, on a été surpris. Tout allait bien, il n'y avait aucune avarie, aucun problème.

– Chabrol connaissait parfaitement son métier.

– Oui, bien sûr, patron. Chabrol – le commandant Chabrol est... était votre ami. Je ne voudrais pas sous-entendre qu'il a abusé de votre confiance, ça ne me viendrait jamais à l'esprit. En tout cas, à Amman, où on est restés posés toute une nuit, le petit Arcas n'a pas fait venir la moindre équipe de mécanos. Personne. Et on a redécollé tranquille, sans un pépin jusqu'ici.

– Bon, s'impatienta Valmer, où voulez-vous en venir ?

Avec son sourire semblable à un coup de sabre, Champredin leva les mains, ouvertes, innocentes.

– Nulle part, patron. Je me posais une question, c'est tout ! De toute façon, vous avez raison : le petit Arcas n'aurait pas eu le temps de faire vérifier l'avion, cette nuit. A peine à terre, des Arabes sont venus le chercher en Jeep et ils ne l'ont ramené que ce matin pour le départ.

Valmer enfonça les poings dans ses poches, comme chaque fois qu'il maîtrisait un de ses fameux coups de colère.

– Il me semble, dit-il d'une voix coupante, que vous étiez le commandant en second. Si l'avion devait être vérifié, inspecté, c'était donc à vous de vous en occuper. A lundi, mon vieux.

Laissant là Champredin et son sourire factice, il tourna les talons en ajoutant :

– Tâchez de mettre vos idées au clair.

Valmer traversa le hall de l'aérodrome à grandes enjambées. Il n'avait jamais beaucoup apprécié ce Champredin. Sans savoir pourquoi. Un malaise quand il était en face de lui. Mais, en montant sa compagnie, « *Le monde est à vous !* », Valmer n'avait guère eu le choix. Les pilotes chevronnés ne se bousculaient pas au portillon pour tenter une aventure dont tout le monde, à commencer par la plupart des banques, prédisait l'échec. En réalité, Champredin fut le seul à se présenter avec assez de qualifications pour qu'on l'engage. Il avait son brevet et un nombre d'heures de vol suffisant, même s'il les avait accomplies aux commandes de coucous cabotant en Afrique où il était impossible de contacter quiconque pouvant confirmer ses lettres de recommandation. « *Le monde est à vous !* » comptait alors des réservations pour cinq vols complets, aller-retour, et pas de copilote. Valmer avait signé le contrat de ce François Champredin comme il avait signé des emprunts à taux usuraire auprès des banques : parce qu'il fallait y aller, foncer, oser. Toute la vie de Valmer s'était construite, et plusieurs fois effondrée, sur ces mots-là.

Il retrouva Bernard, son fils, dans la tour de contrôle. Il serra la main d'Estève et entraîna Bernard dans l'escalier.

Ils sortirent de l'aérodrome. David Arcas patientait, son sac sur l'épaule, près de la 404. Valmer, qui changeait vite d'humeur, lui envoya une bourrade et proposa :

– On dîne ensemble ? On va se soûler !

– Ce serait avec plaisir, monsieur. Mais mon père m'attend.

– Il est toujours malade ?

– Le docteur dit que son état est stable.

– Bon. Ça va donc aller mieux. Monte.

Il poussa son fils sur la banquette arrière.

– Toi aussi.

Ils roulèrent en direction de Marseille. La nuit tombait. Le ciel, encore rouge et ardoise, s'assombrissait peu à peu. Valmer conduisit en silence, pendant plusieurs kilomètres. Quand ils commencèrent à pénétrer dans la ville, il demanda :

– Qu'est-ce qui s'est passé à Amman ? Non, attends. Question plus précise : pourquoi Amman ?

– Le commandant avait décidé qu'on y atterrirait.

– C'était de la folie. Tu t'en es rendu compte ?

– Non, monsieur. J'ai fait confiance au commandant.

– On est bien les seuls sur terre, toi et moi, à avoir jamais fait confiance à ce cinglé de Chabrol.

La 404 avançait au ralenti dans les encombrements. Valmer, les deux mains posées à plat sur le haut du volant, tourna la tête vers son fils, qui s'était endormi en travers de la banquette arrière.

– Qu'est-ce que tu as fichu toute la nuit à Amman avec des Arabes ? demanda-t-il à David Arcas.

– Vous êtes au courant ?

– Champredin ne sait pas tenir sa langue. C'est pas comme toi.

Valmer jeta un coup d'œil sur le profil du jeune homme, mais rien n'y transparut. David ressemblait à un ange enfantin aux boucles noires, à l'œil clair. Valmer ne lui avait jamais connu que trois expressions, tranchées : le calme, le rire, et la détermination.

– Avant de mourir, murmura le jeune homme, le commandant m'a confié une mission. Je lui ai obéi.

Valmer vira dans une rue à gauche, étroite et longue, en pente. Du linge séchait aux fenêtres. Des gamins se poursuivaient dans le caniveau.

– Tu as bien fait, dit-il.

Ils roulaient à vingt à l'heure dans les ruelles, de peur de heurter un enfant déboulant soudain d'un rez-de-chaussée ou ces femmes et ces vieux assis sur des chaises devant leur maison et profitant de la douceur d'un soir de printemps. Leurs voix chantantes colportaient les dernières nouvelles du quartier.

– Tu vois, commença Valmer, Chabrol et moi, on s'est connus, on habitait ce quartier. On faisait les couillons comme personne. Surtout lui. Il passait son temps à provoquer des bagarres. Il se régalait de se battre. Un jour – on avait dix-neuf ans –, il est venu me chercher chez moi. On était déjà étudiants, tous les deux, à Aix. Boursiers. Mais ça l'emmerdait, tous ces fils de bourgeois en fac de droit. Il avait besoin d'autre chose. Et moi aussi, sûrement. Donc, ce jour-là, il m'a dit : « Jean, fais ton sac : on part pour l'Espagne foutre une branlée aux fascistes. » Il avait tout organisé : le train qui nous amènerait à Port-Bou, le type qui nous ferait passer la frontière, ceux à contacter ensuite. – J'ai fait mon sac.

Valmer alluma ses phares. Les ruelles étaient à peine éclairées. Peu à peu, les gens rentraient chez eux, leur chaise sous le bras.

– On s'est battus deux ans en Espagne. C'était un vrai bordel, entre les anars et les stals qui se tiraient dans les pattes. Franco n'a pas eu trop de mal à gagner. Peu importe. Peut-être que ça va te sembler bizarre, mais je crois qu'on ne s'est jamais autant sentis vivants, réels – je ne sais pas comment t'expliquer ça –, que pendant ces batailles, ces accrochages, ces bombardements, et puis les moments, les plus nombreux, les plus longs, où on attendait qu'il se passe enfin quelque chose et où on crevait à moitié de faim. Bref. Chabrol a été blessé, on s'en est sortis et on est rentrés en France. Après, c'est allé très vite : il y a eu 39, la mobilisation, la déroute, etc. On s'est retrouvés dans les Alpes, Chabrol et moi. Dans le même groupe de résistants. L'un des premiers. Douze gars. Tu parles d'une armée des ombres...

La 404 se gara en douceur devant une petite maison à deux étages. Valmer coupa le contact.

– Pourquoi je te raconte tout ça ? D'abord parce que je t'aime bien, David. Ce que tu as fait, ces deux derniers jours, c'est comme si Chabrol l'avait fait. Il n'aurait pas été meilleur que toi. Tu vois, on avait un rêve, avec Chabrol. Une façon à nous de faire de la politique. De la politique fondée sur des actes. Du concret. On a monté « *Le monde est à vous !* » pour les petits – les ouvriers, les artisans, tous ceux qui sont destinés à naître, survivre et crever dans leur quartier. On voulait leur permettre de voyager, d'aller voir le monde. On a pensé, Chabrol et moi, que s'ils voyaient le monde, *primo*, ils apprendraient à le connaître, *deuzio*, ils n'auraient plus peur de « l'étranger », *tertio*, ils auraient envie de se battre. Se battre pour obtenir le droit au voyage, au rêve, à une certaine forme de liberté – la première : la liberté de ne pas vivre et mourir con chez soi.

Valmer attrapa David par la nuque.

– Tu vois : finalement, je suis aussi dingue que Chabrol. Dans un autre style. Et ce que j'aime chez toi, c'est que tu es tout aussi dingue que nous. Dans ton propre style. Calme et déterminé. Le pire ?

Il se racla la gorge, relâcha la nuque de David et se remit face au volant.

– Bon. Je me suis couvert de ridicule, là, hein ? Ouais, tu as raison... Disons que c'était mon oraison funèbre pour Chabrol. Valait mieux que ça se passe entre nous qu'au cimetière.

– Monsieur, je...

– Ta gueule. Monte voir ton père. Fais-lui mes amitiés. Et penses-y : si jamais il y a quelque chose, adresse-toi à moi.

– Merci, monsieur.

– Eh ! Doucement... Est-ce que je t'ai dit merci, moi, pour avoir ramené mon avion et mes passagers ? Non. Alors, s'il te plaît...

David comprit qu'il ne fallait pas prononcer un mot de plus. Il sortit de la 404. A peine eut-il claqué la portière, la voiture démarra et fila dans la nuit de la ruelle. David leva la tête vers les fenêtres de la maison.

Il y avait une faible lueur au premier étage. Son père ne dormait pas. Depuis la veille, il attendait son retour et il n'avait pas dû fermer l'œil plus d'une heure.

David jeta le sac sur son épaule. Au rez-de-chaussée, au fronton de la boutique, une enseigne annonçait :

MENUISERIE NICOLAS ARCAS ÉBÉNISTERIE

La vitrine était sale. La boutique semblait abandonnée. David poussa la porte de la maison, alluma la minuterie, respira l'odeur de poussière et de poubelles, bondit dans l'escalier. Il se demandait comment il allait raconter ces deux derniers jours à son père.

III

Dans le ciel de Jordanie, la veille, 1er mai 1968

– J'ai mal... Merde !

– *Chabrol ! Qu'est-ce qui se passe ?*

– J'sais pas... Écoute, je...

– *Chabrol !*

David revenait dans la cabine, après avoir fait son office de steward, quand il vit le commandant Chabrol s'effondrer sur son siège et cogner du front dans le volant de pilotage. L'avion eut un sursaut, David perdit l'équilibre, se raccrocha à la poignée de la porte et cria :

– Monsieur Champredin, le commandant a un malaise !

Champredin ne réagit pas. Tassé dans son fauteuil, il secoua la tête et se mit à se masser les doigts de la main droite.

– Monsieur Champredin !

Toujours pas de réaction. David se précipita vers le commandant. Il le redressa sur son siège, constata qu'il respirait encore et remuait les lèvres, marmonnant des mots incompréhensibles.

– Monsieur Champredin, il faut que vous preniez les commandes ! Tout de suite !

Le visage du copilote l'effraya. Blême, les lèvres rétractées, le regard fixe. Et toujours ces mains qui se malaxaient l'une l'autre.

– David, souffla le commandant.

Le jeune homme se pencha sur Chabrol.

– Ça va aller, monsieur. Tout ira bien.

– Prends ma montre...

– Quoi ?

– Prends ma montre...

Chabrol tapotait de deux doigts le cadran à son poignet.

– D'accord, monsieur.

Tandis que David se penchait pour lui retirer sa montre, Chabrol lui murmura à l'oreille :

– A Amman, des feddayin viendront chercher celui qui porte cette montre... Tu les suivras... Tu feras tout ce qu'ils te demanderont de faire...

David jeta un coup d'œil sur la montre qu'il venait de détacher. Bracelet de mauvais cuir marron, cadran médiocre mais surprenant : les aiguilles, en forme de cigares, se déplaçaient sur le visage d'un bel homme brun, barbu, aux cheveux longs coiffés d'un béret.

– Le Che, murmura Chabrol. Montre-leur le Che...

– Oui, d'accord, répondit David qui n'y comprenait rien.

– Promets-le.

– C'est promis...

L'avion fit une violente embardée. David tomba en arrière, quasi sur les genoux du copilote. Une odeur de sueur et de trouille l'obligea à s'écarter.

– Monsieur Champredin ! Il faut prendre les commandes !

Champredin sembla recouvrer ses esprits. Il tendit les mains vers le volant de pilotage. Les arrêta à quelques centimètres. Il parcourut des yeux les cadrans des instruments de vol.

– Six degrés ! La pente à six degrés ! On s'en sortira pas ! On est trop près !

– Calmez-vous, dit doucement David. Et écartez-vous. S'il vous plaît.

Champredin se remit à se masser les doigts, compulsivement.

– Monsieur... Je prends votre place. Levez-vous.

– On le redressera pas ! Six degrés ! cria-t-il. SEPT ! On va mourir !

David recula d'un pas.

– Pardon, dit-il. Je suis obligé de le faire.

Champredin vit les deux poings fermés du jeune homme. Il déboucla sa ceinture de sécurité, se redressa avec maladresse, leva les coudes, comme pour se protéger.

– Ne me touche pas !

Le coup l'atteignit juste au-dessus de l'œil. Champredin trébucha, à demi assommé, tenta de frapper à son tour – coup de patte dérisoire. David le saisit par les revers de sa veste d'uniforme et l'envoya bouler, de tout son poids, sur la radio de bord. Il y eut des crachotements et des étincelles, tandis que David s'installait à la place du copilote et s'emparait, d'une main, des commandes, de l'autre, du micro.

– Marignane ! Marignane !

Champredin s'écroula aux pieds de Chabrol, un court-circuit fit imploser la radio de bord et David réalisa qu'il était seul.

Seul aux commandes du Constellation. Il n'avait plus personne à qui parler, demander conseil. Ni à Marignane ni à l'aérodrome d'Amman. Encore moins dans l'avion.

***

David s'était toujours montré un garçon paisible. Et dangereux. Son visage et ses boucles d'ange, dans les cours de récréation, le désignaient comme victime. Et toujours premier en classe, cité en exemple par les institutrices. De quoi se faire casser la gueule dans la cour et à la sortie. Un certain nombre de ses condisciples s'y étaient essayés, assurés d'une victoire facile. Ils étaient tous rentrés chez eux le nez en sang, l'œil au beurre noir. David, pourtant, ne devint jamais un caïd de l'école ni du collège. Selon lui, il ne se battait pas, il se défendait. L'aisance et le nombre de ses succès ne le firent jamais dévier de cette ligne de politique intime : se battre était une affaire, parfois nécessaire, toujours ridicule. Ses victoires ? Rien d'autre que l'expression de la justice immanente.

C'est sans doute pourquoi David ne se posa aucune question superflue lorsqu'il s'agit de poser le Constellation. Comme, cassant la gueule à des dizaines de crétins, il ne s'était jamais pris pour un garçon particulièrement doué pour la bagarre, il se mit aux commandes de l'avion et atterrit sans se dire un seul instant qu'il accomplissait un exploit. David fit ce qu'il avait à faire, personne ne pouvant le faire à sa place. Ce fut tout.

A peine s'aperçut-il qu'en posant l'avion, tout en douceur, les passagers se mirent à l'applaudir.

***

Lorsque le Constellation s'immobilisa en bout de piste, David regarda la montre de Chabrol – le barbu à béret sous le nez duquel tournaient, heure après heure, minute par minute, un grand et un petit cigare –, puis Champredin, effondré aux pieds de Chabrol, puis Chabrol lui-même. Il déboucla sa ceinture, se leva et s'approcha de son commandant de bord.

Les yeux de Chabrol, fixés sur lui, ne le voyaient plus – ni personne. David, comme il l'avait vu faire dans les westerns et les films de guerre américains, lui ferma les paupières. La main sur le front, Champredin gémissait. David l'ignora. Il ne lui en voulait pas : n'importe qui peut céder à la peur, ça ne se décide pas. Mais il ne comprenait pas que le sens de ses responsabilités – celle de l'avion, celle de la vie des passagers – n'ait pas été plus fort que la peur.

Betty les rejoignit dans la cabine. Avec son uniforme gris argent, son petit calot coquinement incliné sur le front, elle ne semblait pas plus émue que sa nature ne le lui permettait. Quand il lui annonça la mort du commandant, elle fit juste : « Oh ! » en prenant un air de surprise désolée. D'un léger coup de menton, elle désigna Champredin qui se relevait, l'arcade en sang.

– En définitive, demanda-t-elle, qui a posé l'avion ? Vous, David ?

– Je n'ai pas pu faire autrement.

Elle considéra le copilote, arqua un sourcil avec un mépris moqueur et tendit la main vers le visage d'Arcas.

– Merci, David, dit-elle en lui effleurant la joue.

Il s'écarta, fronça les sourcils et déclara qu'il fallait maintenant rassurer les passagers et s'occuper d'eux.

– Je m'en charge. Laissez-moi faire.

Elle prit le micro et, de sa voix faussement froide, fit cette annonce :

– Mesdames et messieurs, veuillez rester assis à vos places. Le commandant de bord a été victime d'un malaise peu avant l'atterrissage. M. Arcas a pris les commandes et nous a amenés à bon port. Nous sommes à Amman, capitale de la Jordanie, et nous y passerons la nuit avant de repartir demain pour Marseille. La compagnie « *Le monde est à vous !* » ainsi que tout l'équipage vous prient de les excuser pour ce contretemps. Nous allons procéder au débarquement et vous passerez la nuit dans le meilleur hôtel d'Amman. Je vous remercie de votre attention.

Elle reposa le micro.

– On n'a pas d'hôtel, lui objecta Arcas. Et je ne suis pas sûr qu'on puisse redécoller demain.

Elle lui cligna de l'œil.

– Nous saurons nous débrouiller, mon petit David.

Et elle quitta la cabine, laissant derrière elle un peu de son parfum.

– Dites donc, Arcas, qu'est-ce que vous allez faire maintenant ?

Champredin, un mouchoir sanglant plaqué contre son œil, s'était rassis sur son siège de copilote.

– Organiser la situation. Il faut s'occuper de l'avion, des passagers et des formalités.

– Vous ne perdez jamais le nord, hein ?

– Je fais ce que je peux, monsieur Champredin.

– Vous m'avez fait passer pour un imbécile aux yeux de Betty.

– Je n'en avais pas l'intention. Vous êtes à présent le commandant de bord. J'attends vos ordres.

Ils demeurèrent un instant silencieux, face à face. Champredin cherchait à lire du mépris dans le regard du jeune homme, mais n'y devina que de l'impatience. Le petit salaud, impossible de savoir ce qu'il pense de moi. Champredin ne pouvait évidemment poser la seule question dont il espérait une réponse : est-ce que tu vas raconter au patron ce qui s'est passé dans cette cabine ?

– Si nous faisions notre travail ? dit Arcas. Nous ne pouvons pas abandonner les passagers à leur sort. Et nous devons nous entendre avec les autorités d'ici, après notre atterrissage... impromptu. Il faut aussi prendre des dispositions au sujet du commandant.

C'est que, l'air de rien, il me fait la leçon... Champredin hocha plusieurs fois la tête, en examinant son mouchoir taché de sang.

– Vous avez toujours raison, Arcas, non ?

– Je ne sais pas, monsieur. Je crois simplement qu'il faut faire son boulot.

– Pourquoi ? Je n'ai pas fait le mien ?

Champredin pointa le doigt sur le visage de David.

– Écoute-moi : ce zinc allait se crasher. Comme deux et deux font quatre. Je ne sais pas comment tu as réussi à le poser. Dis-toi que tu as eu une sacrée chance. « Aux innocents les mains pleines. » Mais ne te prends pas pour un pilote. D'accord ? D'ailleurs, tu t'exposes à de gros ennuis si on apprend que tu as piloté sans brevet.

David ne répliqua pas. Il comprenait mal l'attitude de Champredin. Comme Champredin se trompait sur la sienne. Pour David, une seule chose importait : il s'était mis aux commandes du Constellation et il l'avait posé. Sans dégâts, sans problème. Que Champredin ait paniqué, il l'avait déjà à peu près oublié. Depuis qu'il était minot, dans son quartier du Panier, David n'avait eu qu'un rêve : piloter un avion. A six ans, il dévalait les ruelles en pente, les bras à l'horizontale, faisant vibrer ses lèvres au bruit – supposé – d'un moteur. Son père, artisan ébéniste, n'aurait jamais eu les moyens de lui offrir une seule heure de vol pour passer son brevet de pilote. Il avait fallu l'amitié de Valmer à l'égard du vieux Arcas – ils s'étaient connus dans le maquis, en 43 – pour que David obtienne le droit de voler, de se mettre, deux ou trois heures par mois, aux commandes d'un vieux coucou d'après guerre. Lorsqu'il avait vu Champredin flancher, il ne s'était pas posé de questions : il avait pris sa place – et il l'avait assommé d'un coup de poing – parce qu'il fallait *saisir l'occasion.* L'occasion, enfin, de piloter « pour de vrai ». David, au fond, était plutôt reconnaissant au copilote de lui avoir laissé sa chance. Ce que Champredin était incapable de comprendre – encore moins d'imaginer.

Ils se partagèrent les tâches. Champredin s'octroya celles qui le mettaient en valeur. Il alla voir les passagers et, feignant d'ignorer l'ironie de Betty, leur expliqua qu'on allait les prendre en charge et qu'ils devaient considérer cette escale inattendue comme « un supplément gratuit » à leur voyage. Il avait rangé le mouchoir sanglant dans sa poche et, tout en jouant la sollicitude auprès des passagers, exhibait sa blessure à l'arcade comme un signe d'héroïsme.

Les passagers descendirent dans la chaleur sèche d'un ciel sans nuages. Champredin les suivit, avec l'intention de trouver un médecin pour recoudre sa blessure et, accessoirement, s'occuper du cadavre de Chabrol. Une Jeep déboula sur la piste. Elle freina quelques mètres devant lui. Elle était pleine d'une demi-douzaine d'Arabes en treillis, AK-47 en bandoulière. L'un d'entre eux sauta sur le tarmac et vint à sa rencontre.

– Commandant Chabrol ? *I'm Waddia Haddad. We were expecting you.*

L'homme portait un pistolet à la ceinture et semblait à la fois pressé et sûr de lui.

– Le commandant Chabrol est mort, dit Champredin.

Il fut assez content de la sécheresse avec laquelle il lui avait « claqué » l'information – comme il lui aurait claqué une gifle. C'était quoi, cet Arabe qui lui causait dans le nez comme s'il était à ses ordres ? Quelques années auparavant, Champredin avait fait son service en Algérie. Et il en avait vu, des Arabes... Des grands, des petits, des maigres – pas beaucoup de gros –, des hommes, des femmes, des enfants et des vieux. Ils faisaient moins les malins quand le commando débarquait dans leur bled.

– *Chabrol is dead ? What happened ?*

– Excusez-moi, répliqua Champredin. Je ne parle pas l'anglais. Ni l'arabe, Dieu m'en préserve.

Haddad posa la main sur la crosse de son pistolet.

– Monsieur, dit-il dans un français sans le moindre accent, nous attendions le commandant Chabrol. Que lui est-il arrivé ?

– Le cœur, cria une voix. Une crise cardiaque.

Agacé, Champredin se retourna vers le jeune Arcas qui s'approchait d'eux.

– Qu'est-ce que vous foutez là ? Vous ne deviez pas vérifier la check-list ?

– C'est fait, monsieur Champredin. Betty a trouvé un hôtel pour nos passagers. Et un docteur pour...

– Tant mieux. Allez vous en occuper avec elle.

– J'ai cru comprendre que ces messieurs attendaient le commandant Chabrol.

– Ces messieurs ?...

Champredin jeta un regard sur Waddia Haddad, puis sur la Jeep.

– Ah oui, les... Retournez à vos affaires, je m'en occupe.

– Je ne crois pas, monsieur.

– Arcas ! Pour qui vous prenez-vous ? C'est moi qui donne les ordres !

David ne répondit pas. Il passa près de Champredin et tendit à Haddad un objet posé dans le creux de sa main et que le copilote ne put apercevoir.

Haddad inclina rapidement la tête :

– C'est bien. Suivez-moi.

– Arcas ! s'écria Champredin. Où allez-vous ?

David grimpa dans la Jeep et, alors qu'elle démarrait, il répondit :

– Ne vous inquiétez pas ! On décolle demain matin ! Je serai là !

Tout en regardant, furieux et impuissant, le véhicule s'éloigner sur la piste, Champredin se dit qu'il n'avait jamais détesté personne autant que ce petit con.

***

La Jeep roula longtemps sur de mauvais chemins, dans un pays de terre et de pierres où, parfois, un berger la regardait passer, les mains posées sur son long bâton, comme il aurait regardé le vol d'une soucoupe volante. L'origine du monde. David se répétait ces mots en silence. L'origine du monde. Il n'avait pas l'impression de traverser un pays : il lui semblait faire un bond dans l'histoire. Dans la Bible. Les pasteurs du Livre, la Jeep et les kalachnikovs. Le titre d'une fable moderne.

***

– Où sommes-nous ?

Ils avaient roulé plusieurs heures vers l'est. La Jeep était entrée dans un village en ruine, au bord de la mer Morte, d'où l'on voyait la rive israélienne et ses clôtures métalliques.

– A Karameh. Vous avez dû en entendre parler ? Tsahal nous a attaqués le mois dernier. Nous avons tué plus d'une centaine de ses soldats.

– Tsahal ?

– L'armée israélienne. Vous ne lisez pas les journaux ?

– Non.

– Depuis combien de temps connaissez-vous le commandant Chabrol ?

– Depuis toujours. Mon père et lui se sont rencontrés pendant la guerre.

Dans la maison à demi effondrée, recouverte d'une toile goudronnée en guise de toit, une lampe à gaz, posée au centre du cercle des hommes assis sur des tapis usés, ombrait plus les visages qu'elle ne les éclairait.

– La guerre ? demanda Haddad.

– Oui. La Résistance. Vous en avez entendu parler ?

Haddad traduisit son échange avec David. Les hommes éclatèrent de rire.

– Savez-vous, jeune homme ? La Résistance est notre modèle. Ce sont les journaux de la collaboration et les nazis qui ont inventé le terme de « terroristes » lorsqu'ils parlaient des résistants.

– Je l'ignorais.

– Je suis sûr que votre père est un homme comme nous les aimons. Un homme qui a su se battre pour ses idées, sa nation, contre l'envahisseur.

Jamais, devant David, son père n'avait prononcé plus de trois phrases au sujet de la Résistance. Sinon qu'il avait tué, quelquefois, et qu'il y repensait chaque soir.

– Vous nous avez été envoyé par le commandant Chabrol, reprit Haddad. C'est donc qu'il vous faisait confiance. Nous vous ferons confiance aussi.

Haddad leva la main : l'un de ses hommes se mit debout et sortit de la pièce.

– Ce que vous allez entendre est *très* confidentiel. Nous avons des amis à Paris, en état de très grande nécessité, auxquels nous désirons apporter un peu d'aide – dans la mesure de nos faibles moyens.

– Je comprends, dit David qui se représenta des immigrés croupissant dans un bidonville.

– J'ai tout de suite deviné que vous étiez un homme de cœur. Le commandant Chabrol se chargeait, d'habitude, de transporter pour nous nos... petits cadeaux. Vous verrez, ce n'est pas grand-chose : un paquet comme, chez vous, on en offre aux enfants pour Noël. D'ailleurs, regardez.

L'homme que Haddad avait fait sortir de la pièce y rentrait, un petit carton cubique entre les mains. Sur un signe de son chef, il vint le donner à David, qui remarqua simplement :

– C'est plus lourd que je n'aurais cru.

– L'aide que nous apportons à ceux qui la méritent pèse de beaucoup plus de poids que vous ne l'imaginez.

– Et à qui dois-je confier ce paquet ?
– Avez-vous une bonne mémoire ?
– Je crois.
– Merveilleux. Alors, répétez après moi : « Gracchus Babeuf, 27, rue du Progrès, Montreuil-sous-Bois. »
David répéta.
– Parfait. Comme vous l'aurez compris, il s'agit du nom et de l'adresse du destinataire de ce cadeau.
– Gracchus Babeuf ? Drôle de nom.
– Vous trouvez ? C'est un nom comme un autre.
– En tout cas, il est facile à se rappeler.
– Tant mieux. Maintenant, je serais éternellement votre obligé si vous reteniez également un petit message à transmettre audit Gracchus Babeuf.
– Je vous écoute.
– Voilà : « Val-de-Grâce... le 11 mai... » Répétez.
David obéit.
– C'est idiot, dit-il, on dirait un message secret. Excusez-moi.
– Mais vous n'avez pas tort ! Babeuf est un vieil ami : nous nous sommes connus alors que nous faisions ensemble nos études. Et, comme vous le savez, il existe entre amis des codes, en effet, c'est-à-dire des plaisanteries rituelles.
David Arcas n'avait jamais rencontré un homme si séduisant, parlant d'une voix si douce. Haddad dit quelques mots en arabe à l'intention de ses hommes. Une fois encore, ils éclatèrent de rire.

Plus tard, Haddad conduisit lui-même David dans une autre maison en ruine, où un lit pliant avait été dressé.
– Dormez. Nous vous raccompagnerons demain.
– J'aurai préféré retrouver l'équipage et les passagers...
– Ils n'ont pas besoin de vous. Je me suis personnellement occupé de leur séjour et de la dépouille de notre ami le commandant Chabrol. Dormez.

***

Cette nuit-là, David rêva qu'il volait. Les bras étendus, comme à six ans dans la rue du Panier, il descendait à travers les nuages et planait au-dessus d'un désert de montagnes pelées et d'oueds à sec, emporté par les vents. D'abord, la sensation fut agréable, puis les vents fraîchirent, David eut froid. Il décida de se poser. Les vents le saisirent – ils étaient deux : l'un avait le visage souriant de Waddia Haddad ; l'autre, le profil convexe de Champredin. David se débattit. En vain. Il ne pouvait plus choisir la direction de son vol. Les vents l'entraînaient au-dessus d'un gouffre.

Quand ils le lâchèrent, il tomba comme une pierre.

IV

Le 2 mai au soir, rue du Panier

David eut beau frapper, personne ne répondit. Pourtant, de la lumière passait sous la porte. Il imagina aussitôt son père victime d'un malaise, gisant – depuis combien de temps ? – sur le parquet du salon ou le carrelage de la salle d'eau. Il n'appela qu'une fois – « Papa ? » –, puis monta à l'étage au-dessus.

Là, comme à l'accoutumée, la porte était grande ouverte sur le palier. Par réflexe, il y cogna deux ou trois fois, puis entra. L'appartement ne comportait que deux pièces et une cuisine. Quand on y avait installé une table, un lit et une armoire, il ne restait plus la moindre place. David aperçut, sur l'évier de la cuisine, une bouteille de pastis vide et, sur la table de la salle de séjour, une autre de Kiravi rouge, entamée aux trois quarts. L'appartement tout entier puait l'alcool et le renfermé.

David entra dans la chambre. Un homme corpulent était vautré en travers du lit, les bras en croix. David alla d'abord ouvrir la fenêtre. Puis il saisit l'homme par les revers de sa chemise et l'obligea à s'asseoir.

– Ho ! Noël, ça va ?

L'homme, qui n'avait pas vingt-cinq ans mais, presque chauve et les traits bouffis, en paraissait dix de plus, ouvrit une paupière, puis deux ; tout à coup, il leva des poings rageurs.

– Allez, l'OM ! entonna-t-il sur trois notes.

– Calme, calme, Noël... On n'est pas au stade.

Le dénommé Noël, tout en se pourléchant les lèvres, examina le jeune homme qui le maintenait en position assise.

– Ah, David ! C'est toi ? Je t'attendais, mon copain !

Il prit maladroitement Arcas dans ses bras, le serra contre lui ; ils faillirent basculer sur le lit. David se dégagea comme il put.

– Où as-tu mis la clé que je t'ai laissée ?

– Celle de chez ton père ?

Noël Pietri laissa échapper un soupir de perplexité et se mit à réfléchir. Pietri était un homme qu'on *voyait* réfléchir – les quelques fois où cela lui arrivait. Impatient, David passa dans la salle à manger – ou la pièce qui en tenait lieu – et ouvrit un à un les tiroirs du buffet. C'est là, parmi des bouts de ficelle, des élastiques, des factures froissées et cent brimborions de toutes sortes, qu'il trouva ce qu'il cherchait.

– Je descends ! cria-t-il en s'élançant dans l'escalier.

Mais, lorsqu'il fut entré dans l'appartement, il comprit aussitôt que son père n'était pas là. Les deux pièces et la cuisine qu'ils partageaient ensemble depuis maintenant vingt-deux ans, impeccablement propres, chaque objet soigneusement rangé à sa place, avaient déjà ce même aspect lors des cinq hospitalisations du vieux Arcas. David alla dans la cuisine, où son père avait l'habitude de lui laisser des messages scotchés au-dessus de l'évier. Il n'y trouva rien. Il ouvrit le garde-manger : il était vide ; et il n'y avait pas de pain dans la huche. Dans la pièce voisine, quelque chose heurta violemment le plancher.

– Merde.

Pietri redressait la chaise qu'il venait de faire tomber. Il tanguait comme un bateau dans la houle. Il posa ses deux mains à plat sur la table, ce qui lui assura une sorte d'équilibre.

– Où est mon père ?

– J'allais t'en parler, là-haut... Écoute, je m'en suis occupé comme si j'étais toi, comme s'il était mon propre père et, pourtant, il n'est pas facile, hé, le vieux ? Et qu'il faut toucher à rien, et qu'il faut nettoyer dès qu'on a laissé la moitié d'une miette par terre, et qu'il faut aller lui chercher ses médicaments, lui faire ses courses, et qu'il ne mange que les légumes et les fruits de Paradou et pas ceux de la supérette. Moi je lui ai dit à ton père : « Comme si c'était pas les mêmes : fruits et légumes Casagrande. Jean-Mi il les livre tous les matins et à la supérette et à Paradou, pareil ! »

– D'accord, Noël, d'accord. Mais où il est, mon père ?

– Hé bé ! A l'hôpital, où veux-tu ? s'écria Pietri en écartant les bras devant l'évidence, se remettant aussitôt à tanguer.

– A l'hôpital ? répéta David, soudain très inquiet. Son traitement était terminé, il ne devait plus avoir de chimio...

– Tout ce que je peux te dire, moi, c'est que, quand tu as été parti, il a commencé à aller de moins en moins bien, ton père – et même de plus en plus mal. Je lui disais : « Monsieur Arcas, il faut appeler le docteur. » Tu crois qu'il m'aurait écouté ? Il y a deux ou trois jours, je l'ai trouvé, il était tombé dans l'escalier. Oh, pas de très haut, heureusement, les deux dernières marches, il m'a dit.

– Mais pourquoi était-il sorti, s'il allait si mal ?

– C'est qu'il n'a pas de patience, dit Pietri en secouant la tête. Il a voulu aller faire les courses parce que j'étais en retard.

David se rappela le garde-manger et la huche qu'il avait trouvés vides. Il n'en dit rien, se contentant de demander :

– En retard ? Comment ça, en retard ?

– Qu'est-ce que tu crois ? J'ai ma vie, moi aussi, des responsabilités et des rendez-vous...

– De quoi tu parles, Noël ? Tu as trouvé du travail ?

– Mais non, où tu vas, toi ? Je te parle de choses plus importantes : l'OM, le club des supporters...

– D'accord, le coupa David en le prenant sous le bras et en l'entraînant dans l'escalier. Tu continueras de m'expliquer ça en chemin.

Ils franchissaient le seuil lorsque David s'arrêta net. Il adossa Pietri au chambranle.

– Attends-moi là, j'en ai pour une seconde.

Le Corse, qui poursuivait pour lui-même, en marmonnant, l'énumération de ses divers « responsabilités et rendez-vous », vit David ouvrir son sac de voyage sur la table du salon – qui était aussi sa chambre de garçon –, en tirer un paquet assez petit mais, semblait-il, plutôt lourd et, après une hésitation, le placer sur l'étagère la plus haute de l'armoire.

– Bien. Allons-y maintenant, dit David.

Et, le soutenant par l'aisselle, il aida Pietri à descendre l'escalier.

– Où tu m'emmènes ?

– A l'hôpital, répliqua David.

Il héla un taxi qui descendait au ralenti la rue du Panier.

– C'est à côté. On n'y va pas à pied ? Tu es si riche maintenant ?

– Monte, allez, arrête de discuter.

Tandis que le taxi les conduisait à l'Hôtel-Dieu, Pietri, vautré sur la banquette, l'assomma du récit du dernier match de l'OM auquel il avait assisté, en tant que « secrétaire » du club des Ultras. Les actions de jeu, les buts, les arrêts du gardien, il ne les évoquait qu'au passage, comme des péripéties annexes, pour la bonne raison qu'il ne les connaissait, en quelque sorte, que de seconde main, pour en avoir lu le compte rendu dans *L'Équipe*. Car Pietri passait l'essentiel des matches le dos tourné au terrain : armé d'un mégaphone et d'une canette de bière, il haranguait ses troupes, leur faisait entonner un chant, un slogan ou un « Ho ! Hisse ! Enculéééé ! » quand le gardien de l'équipe adverse dégageait un ballon. Pietri ne voyait de la partie que les mouvements, les incidents, les échauffourées de la tribune dont il était le tambour-major. C'était Fabrice à Waterloo.

David l'écoutait d'une oreille, c'est-à-dire juste assez pour opiner de la tête quand il le fallait, le relancer à bon escient. Il avait l'habitude des bavardages de Pietri ; il l'avait même accompagné à quelques matches, lorsqu'il avait quatorze ans. Très vite, il avait compris qu'il n'avait sa place ni parmi les Ultras ni dans les tribunes d'un match de foot. Le fanatisme n'était pas son genre, pas plus que l'état de spectateur – la vie par procuration. David était un garçon simple : ne lui semblait digne d'intérêt que ce qu'il *faisait*.

Laissant Pietri à ses récits faussement héroïques, il songeait à son père. Son cancer des poumons s'était déclaré un an auparavant. Du moins, après qu'il eut toussé pendant des mois, David parvint-il à l'emmener à l'hôpital, où ce cancer avait été diagnostiqué. Les médecins, qu'il avait vus seul après les examens, lui avaient laissé peu d'espoir : ils tenteraient une chimiothérapie, traitement nouveau dont on ne maîtrisait pas encore tous les effets, mais ne pourraient rien affirmer tant que la « procédure » n'aurait pas été menée à son terme.

Le vieux Arcas avait bien résisté à ce – mauvais – traitement. Il y avait perdu tous ses cheveux, et tous ses poils – « Tu te rends compte ? J'ai l'air d'une bonne femme qui sort de chez l'esthéticienne » –, mais rien de sa combativité.

Il avait élevé son fils seul ; sa femme était morte en couches. Même si, par nature, il parlait peu, il avait su prendre soin du bébé, puis de l'enfant, en s'arrachant les mots et les gestes d'affection qui lui semblaient nécessaires – il aimait son fils. Contraignant sa timidité de petit artisan habitant du Panier et d'homme peu instruit, il était allé voir les institutrices et les professeurs de David chaque fois qu'il lui avait paru que les notes de son fils n'étaient pas celles qu'il espérait de lui.

David, ainsi, ne s'était jamais senti orphelin. Il avait un père qui valait une mère – ou, en tout cas, qui accomplissait le travail d'une mère sans pourtant jamais chercher à combler ce vide : « Pourquoi je n'ai pas de maman ? » demandait parfois le petit David. « Viens là », lui disait son père, assis dans le vieux fauteuil de cuir – seul héritage de ses propres parents. David s'installait dans le giron de son père, qui lui posait la main sur la nuque puis faisait passer ses doigts dans ses cheveux. « Ta mère a un avantage sur toutes les autres mères. Tu veux savoir lequel ? Elle sera toujours jeune. Toujours aussi belle que lorsque je l'ai aimée. Va chercher l'album de photos. » David sautait des genoux de son père, allait prendre l'album dans le buffet. Il l'ouvrait. Il y avait d'abord une photographie sépia d'un bébé aux yeux noirs. Puis d'autres, peu nombreuses, d'une fillette et d'une jeune fille qui fixaient l'objectif « droit dans les yeux », l'air de dire : « Je suis prête à tout. Et je gagnerai. » David adorait ces photos ; il était amoureux de sa mère – amoureux de ses yeux noirs, de sa beauté tranquille et de sa détermination. Il n'avait jamais été amoureux de personne d'autre – jusqu'à Jasmine.

Jasmine, il l'avait connue six ans plus tôt ; elle arrivait d'Algérie, avec ses parents adoptifs, les Casagrande, et Jean-Mi, leur fils. Il était son aîné de quatre ans et s'était institué son protecteur, bien qu'elle n'eût besoin de personne pour se défendre. Il aimait son allure de chat maigre, ses jambes nues et brunes quand elle dévalait à son côté la rue du Panier, sans but, pour le simple plaisir enfantin de courir.

Plus tard, quand Jasmine eut seize ans, il partit pour le service militaire. Après ses trois mois de « classes » comme mécano à Salon-de-Provence – grâce aux relations de M. Valmer –, il rentra à Marseille pour sa première permission. Sur le quai de la gare Saint-Charles, un couple l'attendait. Son père, et une jeune fille brune, mince et ronde à la fois, la taille cambrée, le menton fier, à contre-jour. Comme sur les photographies dentelées de l'album. L'illusion se dura qu'une seconde ; David était un garçon trop pragmatique pour croire aux revenants. Il fit quelques pas, reconnut Jasmine, et elle lui ouvrit les bras. Ils ne s'étaient jamais embrassés. Son cœur, peut-être, battit plus vite, mais il ne tomba pas amoureux de Jasmine. Ce fut plus simple, instantané : il sut aussitôt que « c'était lui, c'était elle », que rien jamais ne pourrait les séparer. La fatalité lui avait volé sa mère; elle ne lui prendrait jamais cette apparition d'une seconde, sur le quai d'une gare, qui l'accueillait comme après un très long voyage.

***

– On y est, les gars.

Le chauffeur de taxi les laissa devant l'entrée principale de l'hôpital. David aida Pietri à s'extraire de la voiture.

– C'est bon, ça va, grommela Pietri. Tu crois que je ne sais pas me servir de mes jambes ?

– Excuse-moi.

Pietri posa sa main sur l'épaule de David.

– Ils m'ont peut-être foutu un genou en l'air, il y a six ans. Mais je suis toujours là ! s'écria-t-il en écartant les bras et en se mettant à tanguer dangereusement.

David le rattrapa par l'aisselle.

– Toujours debout ! s'exclama Pietri.

Il cueillit les joues de David entre ses mains.

– Tu sais quoi ? Je marquais trop de buts chez les juniors ! J'étais *trop* bon ! Ils m'ont estropié ! *Exprès !*

David se dégagea doucement, reprit Pietri par le bras.

– Allons voir mon père. D'accord ?

– *Exprès !* hurla Pietri. Où elle est ma vie, maintenant ? Moi, tu sais, je devrais être sur le terrain... Je gueule comme un con dans mon mégaphone, mais je devrais être sur le terrain ! Ils vont chercher leurs buteurs, t'as vu où ? En Yougoslavie, en Suède ! Et pourquoi pas chez les nègres ? Alors qu'ils m'avaient, moi, le meilleur avant-centre d'Endoume !

– Tu as raison, Noël. Mais, pour le moment, on n'y peut rien. Si tu veux, attends-moi en bas. Je monterai voir mon père tout seul.

– Tu me prends pour qui ?

Pietri repoussa David et se mit à marcher, avec l'application obstinée des ivrognes, vers l'entrée de l'hôpital.

– Moi je l'aime, ce vieux. J'aurais bien voulu que ce soit mon père. C'était un vieux con d'alcoolique, le mien.

***

Quand il poussa la porte de la chambre, la première chose que vit David, ce fut un visage. Gris, maigre et glabre. Paupières fermées. Des réseaux de veines, violettes ou bleues, sur les tempes. Un menton amaigri jusqu'à l'os. Des lèvres minces et blanches. Des joues creuses.

– Papa ?

Les paupières se soulevèrent. Le visage sembla reprendre vie. David entra dans la chambre. Il s'arrêta au pied du lit.

– C'est moi.

– David... Quel jour on est ?

– Le 2.

– Le 2 mai ?

– Oui.

Le vieux Arcas se redressa péniblement sur ses oreillers. Il tendit la main à son fils.

– Ton avion aurait dû atterrir hier.

David prit la main maigre de son père entre les siennes.

– Tu as froid ? demanda-t-il.

– Non. On s'occupe bien de moi ici. Beaucoup trop. Pourquoi tu n'es pas venu hier ?

– On a eu un problème, on a atterri un jour en retard. Rien de grave. Comment ça va, toi ?

Le vieux Arcas regarda Noël Pietri, puis la porte.

– Tu leur as parlé ?

– A qui ?

– Aux docteurs, aux infirmières... Tu leur as parlé ?

– Non. Je suis monté te voir, je n'ai rencontré personne. Comment tu vas ?

S'appuyant sur la main de son fils, le vieux Arcas se hissa contre les oreillers pour s'asseoir plus confortablement.

– Tu me connais, fils ? Je mourrai ou je guérirai chez moi. Viens plus près...

David s'approcha de son père. La vieille main ne se réchauffait pas. Il la serra plus fort.

– Oui ?...

Arcas se pencha à l'oreille de son fils et lui souffla :
– Fais-moi sortir d'ici.
– Papa...
David frottait doucement la main de son père entre les siennes. « Comme celle d'un bébé », pensa-t-il. Il n'était plus un fils ; le monde s'était renversé. « Comme avec Chabrol », pensa-t-il encore. Il se revit fermant les yeux du commandant. Mais ce n'était plus celui de Chabrol, ce visage livide, aux lèvres bleues. C'était celui de son père.
– Tu es bien, ici. Tout le monde prend soin de toi.
– Ils attendent que je crève, oui...
David avait envie de le prendre dans ses bras, mais ce n'était pas possible. Ils ne se touchaient plus depuis longtemps. Depuis ce jour anniversaire de ses sept ans où son père, qu'il voulait embrasser pour le remercier de son cadeau – sa première montre, qu'il porterait jusqu'à dix-huit ans –, l'avait repoussé en lui expliquant : « Tu as l'âge de raison, maintenant. Tu es presque un homme. Serre-moi plutôt la main. »
– Tu te trompes, papa.
– Écoute-moi, dit-il en faisant signe à David d'approcher son visage.
Il tendit l'index vers Pietri :
– Toi, grand couillon, sors de là. Il faut que je parle à mon fils.
– Mais, monsieur Arcas ! protesta Pietri.
– Sors d'ici, s'il te plaît, dit tranquillement le vieux Arcas. Merci, mon garçon, ajouta-t-il quand l'ivrogne tourna les talons.
Lorsque la porte se referma sur Pietri, le père et le fils se retrouvèrent seuls, et face à face. David, mal à l'aise, s'assit au bord du lit. Son père lui mit la main sur le genou.
– Minot, dit-il, je veux mourir à la maison. Aide-moi.

***

Dans le couloir, Pietri tomba nez à nez avec Jasmine.
Elle avait dix-huit ans. Dans sa blouse d'infirmière, elle parut à Pietri encore plus mignonne que d'habitude. Ce David, quand même... il a toutes les chances, songea-t-il en posant la main sur l'épaule de la jeune fille.

– Qu'est-ce que tu fais là ? lui demanda-t-elle.

– Je suis en visite, répondit-il en lui palpant l'épaule.

Avec un sourire, elle se déroba. Elle fronça les narines.

– Tu as encore bu, toi ?

– Je n'ai pas de petite femme pour me faire la cuisine. Ni le reste. Alors, qu'est-ce que tu veux ? je prends deux ou trois verres de vin, ça me soutient, ça me nourrit et je me sens moins seul.

Jasmine fit un pas de côté, pour le contourner. Pietri lui barra le passage. Elle lui posa la main sur la poitrine, le repoussa doucement. Il se laissa faire et s'adossa à la porte de la chambre. Elle l'examina – un jeune gars costaud, soufflé par l'alcool, la paupière lourde, la bouche humide et veule.

– Tu as vu le père de David ? demanda-t-elle. Comment va-t-il ?

– C'est toi qui l'as fait hospitaliser, tu en sais plus long que moi. Il a de la chance, le David, quand même : il prend des avions, il fout le camp au bout du monde, il nous laisse son père malade sur les bras – « Eh, ouais, toi, Noël, t'as pas de boulot, t'as un genou en compote, tu sers à rien, pourquoi tu chouchouterais pas mon père pendant que je vole d'un bout à l'autre de la planète ? Et il y a Jasmine, aussi, elle est infirmière, elle saura prendre les bonnes décisions... ».

– Noël, laisse-moi passer, tu racontes n'importe quoi.

– Tu l'aimes, ton David, hein ? Tout le monde l'adore. Alors il se sert de tout le monde. Pourquoi il s'en priverait ?

– Un problème, mademoiselle ?

Jasmine et Pietri tournèrent ensemble la tête vers l'homme qui sortait de l'ascenseur. Pietri, d'instinct, s'écarta de la porte de la chambre. L'homme avait une blouse blanche, l'air sérieux et un début de calvitie.

– Bonsoir, docteur Tubiana, dit Jasmine. J'allais changer la perfusion de M. Arcas.

Le médecin tira un stéthoscope d'une poche de sa blouse, en fixa les embouts autour de son cou et marmonna :

– Je suis justement là pour l'examiner. Allons-y, mademoiselle, je n'ai pas que ça à faire.

***

Lorsqu'elle vit David, Jasmine faillit lui sauter dans les bras. Elle se rappela juste à temps que le Dr Tubiana était là – se le rappela juste assez pour conserver son sang-froid.

– Qu'est-ce que vous faites ici ? L'heure des visites est passée depuis longtemps, dit Tubiana.

David lui expliqua – mais il regardait Jasmine – qu'il venait seulement d'arriver à Marseille et qu'il lui fallait absolument rendre visite à son père.

– Et si tout le monde faisait comme vous, si tout le monde débarquait à l'hôpital quand ça lui chante ?

– Excusez-moi, docteur. Je ne me suis pas rendu compte.

– Eh bien, maintenant vous êtes au courant. Sortez de cette chambre avant que je me fâche.

Il se tourna vers Jasmine.

– Mademoiselle, j'ai oublié le dossier du patient. Vous voulez bien aller me le chercher dans le bureau de la chef ?

Le vieux Arcas se redressa un peu plus sur ses oreillers.

– Fils ! Tu m'as promis ?

– Ne t'en fais pas.

***

La porte refermée derrière eux, David et Jasmine se prirent instinctivement par la taille. David voulut parler, lui expliquer pourquoi il n'était pas arrivé plus tôt, mais elle lui posa le bout des doigts sur les lèvres, qu'elle caressa comme on touche les ailes d'un papillon. Il était là, c'était l'essentiel, elle avait envie de lui piquer des baisers dans le cou, et d'y enfouir son visage, y flairer son odeur, et lui dire combien il lui avait manqué, et que ce n'était pas raisonnable de partir si longtemps et si loin, d'accompagner des touristes au bout du monde, alors qu'il devrait l'emmener, elle, n'importe où, quelle importance ? à condition qu'ils soient ensemble. Elle n'en dit pas un mot, elle aurait eu trop honte, elle n'était pas ce genre de filles, les sentimentales, les jalouses, les possessives, non, elle était son amie, d'abord et avant tout – mais est-ce que ça l'empêchait d'aimer toucher ses lèvres, sentir l'odeur de sa peau et sa chaleur contre ses seins, son ventre, ses cuisses ?

– On dirait que je gêne, grommela Pietri.
– Bien vu, Noël, dit David. Va faire un tour.
– Où ça ?
– Loin de nous, de préférence.
– Puisqu'on a pas besoin de moi...
Pietri, boitillant, remonta le couloir en direction de l'escalier.
– Le pauvre, dit David.
– Tu le plains ?
– Il me fait pitié.
– Ne le lui montre pas trop.
– Pourquoi ?

Jasmine passa son bras autour de la taille de David et l'attira contre elle. Il sentit ses seins s'écraser sur sa poitrine, lourds, fermes – peut-être nus sous la blouse. Il eut envie d'elle. Elle le dévisagea un instant et rit.

La porte de la chambre s'ouvrit brusquement ; ils se séparèrent. Le docteur Tubiana passa la tête dans l'entrebâillement.

– Mademoiselle ? Il arrive, ce dossier ? grogna-t-il avant de disparaître à nouveau, comme un diable dans sa boîte.
– Tout de suite, docteur.

Jasmine mit sa main sur la joue de David.

– Il faut que j'y aille. Qu'est-ce que je pourrais faire pour ton père ?
– L'aider à sortir d'ici.
– David, c'est impossible. On ne t'a rien expliqué ?
– Expliqué quoi ?
– Je pensais que tu avais compris...

Il la prit par le poignet.

– Tu me fais mal, dit-elle.
– Toi aussi.

Il attira la main de Jasmine contre son ventre. A l'endroit même où l'angoisse, tout à coup, s'était mise à le brûler.

– Dis-moi ce que j'aurais dû comprendre...

Elle se mordit les lèvres ; il vit des larmes dans ses yeux. Elle baissa la tête.

– Accompagne-moi jusqu'au bureau.

Il la suivit dans le couloir, s'accrochant toujours à son poignet.

– David, le... le protocole n'a pas marché comme on l'espérait...

– Quel protocole ?

– Le traitement. La chimiothérapie.

David recula d'un pas. Elle eut le sentiment qu'il la regardait comme si elle était responsable de cette mort annoncée.

– Depuis trois mois, dit-il sur le ton de qui se convainc soi-même, papa était en pleine forme. Il nettoyait son atelier, il allait reprendre son métier. Ses cheveux recommençaient à pousser...

Sur la table du bureau, elle prit rapidement un dossier médical et rejoignit David dans le couloir.

– Les médecins t'ont averti : c'était une phase de rémission.

Cette fois, Tubiana ouvrit en grand la porte de la chambre.

– Mademoiselle, je vous attends.

– J'arrive, docteur.

Jasmine voulut toucher à nouveau la joue de David ; il fit un pas de côté, détournant le visage.

– Vas-y. Il a l'air pressé.

– David, je t'assure, je croyais que tu savais... Dis-moi ce que tu veux que je fasse pour ton père.

– Fais-le sortir d'ici.

– Essaie de comprendre. Dans son état, il a besoin de nous. Besoin de perfusions, d'infirmières, de soins...

– *S'il reste ici,* il va mourir. Aide-le. A la maison, il ira mieux.

– David...

– Aide-le. S'il te plaît. Fais-le pour moi.

***

L'examen du vieux Arcas fut rapide : tout ce que le médecin avait besoin de connaître sur son patient figurait dans le dossier. Mais Tubiana, malgré ses manières brusques, n'ignorait pas que ses malades avaient besoin de ses visites, que ce contact d'homme à homme les rassurait. Tout en feignant de les ausculter, il attendait leurs questions et il savait leur répondre avec un mélange de flou et de fermeté qui leur laissait croire qu'aucun détail de leur maladie ne leur échappait.

Mais, depuis qu'il était hospitalisé, ce vieux-là ne posait aucune question. Chaque soir, il lui disait bonjour à son entrée dans la chambre, au revoir lorsqu'il en repartait. C'était tout.

– Comment vous sentez-vous, aujourd'hui ? demanda enfin Tubiana, pour rompre ce silence.

– Comme un prisonnier.

– Allons bon ! Et où voudriez-vous aller ?

– Chez moi.

Tubiana rangea son stéthoscope dans sa poche puis prit quelques notes dans le dossier.

– Vous êtes tous les mêmes. Quand on vous garde avec nous, vous ne rêvez que de rentrer à la maison. Ce sont des enfantillages.

Tubiana referma le dossier et le coinça sous son aisselle.

– Et pourtant nos patients les plus raisonnables, ce sont les enfants, justement. Pas une plainte, pas une récrimination.

Tubiana tourna les talons, donna le dossier à Jasmine et entrouvrit la porte.

– Tâchez de vous reposer, monsieur Arcas. Bonsoir.

Dans le couloir, David fit mine de s'approcher du médecin, mais, d'une mimique, Jasmine lui fit comprendre de se tenir à l'écart. Elle accompagna Tubiana jusqu'à l'entrée du bureau des infirmières où, rassemblant son courage, elle lui dit :

– Docteur, je voudrais vous parler.

– Je vous écoute, mademoiselle.

– C'est au sujet de M. Arcas. Je le connais depuis longtemps. En fait, depuis toujours. Nous habitons le même quartier.

– Ah. Eh bien ?

– Vous devriez le laisser quitter l'hôpital.

Elle avait prononcé cette phrase très vite, sur un seul souffle. Tubiana croisa les bras, s'accota de l'épaule contre le mur et examina Jasmine un moment.

– Dites-moi : le jeune homme qui nous observe, là-bas, c'est le fils de mon patient ?

– Oui.

– J'ai comme l'impression que vous le connaissez très bien aussi.

– Nous sommes fiancés, docteur.

– Je vois. Ce qui explique peut-être que vous vous intéressiez tant à son père. D'ailleurs, peu importent vos motifs. Mademoiselle, dans cet hôpital, vous n'êtes plus l'amie, la fiancée, la parente de qui que ce soit ; vous êtes une *infirmière*. Vous avez un travail à accomplir, le même quel que soit le malade. Vos sentiments, laissez-les au vestiaire.

– Je comprends, docteur.

– Tant mieux. J'en étais sûr. Bonsoir.

Il allait se détourner et partir quand Jasmine lui posa la main sur le bras.

– Je me demandais...

– Quoi encore ?

– A quoi ça sert de le garder puisqu'on ne peut plus rien pour lui ? Puisqu'il le sait aussi bien que nous ? Nous ne le soignons pas, docteur, nous... comment dire ?... nous *l'accompagnons*.

– C'est aussi notre rôle.

– Mais nous pouvons aussi bien « l'accompagner » ailleurs qu'ici. J'irai chez lui tous les jours, docteur, je lui donnerai tous les soins dont il aura besoin, je m'arrangerai pour qu'il soit aussi entouré qu'à l'hôpital... Faites-moi confiance, docteur.

Tubiana ferma les yeux, se massa les pommettes, puis les tempes.

– Écoute, Jasmine..., dit-il dans un soupir. Tu permets que je te tutoie cinq minutes ? Après tout, on est nés dans le même pays, toi et moi. Tu es d'où ?

– Oran.

– Et moi, Alger. Écoute, je comprends. Mon père est mort du même cancer. Et il est mort chez nous, dans le lit où je suis né, et aussi mes sœurs. C'était sans doute pas plus mal... Seulement, le père de ton fiancé, tu sais que c'est un petit artisan, qu'il n'a pas le sou ? J'ai même dû tricher un peu avec la paperasse administrative pour qu'une partie de ses soins soit prise en charge. S'il rentre chez lui, je ne pourrai plus rien pour l'aider. Tu comprends ça ? L'hospitalisation à domicile, c'est fait pour les riches.

– Ne vous en faites pas, docteur, David paiera tout ce qu'il faudra.

– David ? C'est qui, David ?

– Mon fiancé.

– Et tu crois qu'il aura les moyens ? Qu'est-ce qu'il fait dans la vie ? Ouvrier, employé... ?

– Pilote.

– Pilote ? Pilote de quoi ? D'avion ?

– Oui.

Tubiana ne put s'empêcher d'admirer la fierté avec laquelle Jasmine avait prononcé ce « oui ».

– Dans ce cas..., dit-il en souriant pour la première fois. Je vais te remplir un bon de sortie pour ton vieil ami – non, qu'est-ce que je raconte ? pour ton futur beau-père. Il va t'épouser quand, ce garçon ?

– Nous n'avons encore rien décidé.

– Eh bien, moi, à sa place, je me déciderais vite.

Il entra dans le bureau des infirmières.

– Docteur !

Les yeux baissés, elle franchit les deux pas qui la séparaient de lui. Puis elle l'embrassa sur la joue.

– Merci.

Il pointa l'index sur son visage.

– Attention, mademoiselle. A partir de cet instant, je ne vous tutoie plus. Et n'oublie pas de m'inviter à ton mariage, ajouta-t-il en reprenant, par jeu, l'accent de Bab el-Oued.

***

David et Jasmine aidèrent le vieux Arcas à enfiler ses vêtements. Il s'impatientait tandis qu'elle lui boutonnait sa chemise.

– Allez, petite, de quoi tu as peur ? Que je prenne froid ? Au point où j'en suis... Passe-moi ma veste et filons d'ici.

Chacun le soutenant par un bras – mais avec assez de tact pour lui laisser croire qu'il marchait tout seul –, ils l'accompagnèrent jusqu'à l'ascenseur. Quand David appuya sur le bouton « RC », Jasmine lui retint la main.

– A demain, dit-elle.

– Tu ne viens pas avec nous ? s'étonna David.

– Je dois me changer. Et puis, il faut que je rentre chez mes parents. Tu sais bien que, dès que j'ai un peu de retard...

– Ce soir, c'est pas pareil...

– Ne prends pas ta voix de petit garçon, ça ne marchera pas, se moqua-t-elle pour dissimuler son attendrissement et l'envie qu'elle avait de lui céder.

Elle lui fit une bise, une autre au père Arcas et, reculant vivement dans le couloir, leur lança :

– Je viens vous voir demain matin. Très tôt. Que je ne vous trouve pas au lit !

– Jasmine...

Les portes de l'ascenseur s'étaient refermées.

***

Elle avait douze ans lorsqu'il avait remarqué Jasmine pour la première fois. Une demi-douzaine de filles, et deux ou trois garçons, formaient un cercle et glapissaient : « La crouille ! La crouille ! La crouille ! » C'était un mot qu'il ne connaissait pas, mais qu'il détesta d'emblée : ça ressemblait à un crachat. Il se tailla à coups de coude une place parmi les adolescents hurlant, la gueule déformée par la bêtise et la cruauté : « La crouille ! » Une petite fille aux cheveux crépus, aux yeux verts et sans larmes, recevait, le menton haut, les poings serrés, l'insulte. David avait seize ans, la trouva très jolie et plutôt courageuse. Quand un grand imbécile était entré dans le cercle et avait attrapé la petite fille par les cheveux (« La crouille ! »), David n'avait pas réfléchi : il était allé à son tour au centre du cercle et avait envoyé son poing dans la tronche du grand con. Ce jour-là, la chance était avec lui : il avait touché le « grand con » à la pointe du menton. On avait vu ses genoux fléchir ; il s'était retrouvé la gueule par terre. L'événement avait refroidi les envies de lynchage. On s'était dispersés. Cependant, David tendait la main à cette fille qu'il venait de – oui, c'était le seul mot qui paraissait convenir : *sauver*. Elle avait haussé les épaules : « J'avais pas besoin de toi pour me défendre. »

***

Après que son père eut rempli divers formulaires, David mit son chéquier sur le comptoir de l'hôpital et la femme en blouse blanche prononça un nombre, qu'il n'entendit pas. Quelque chose – « de plus fort que lui », comme aurait dit son père – l'obligea à se retourner.

Vêtue d'une petite robe de coton à fleurs rose, décolletée, Jasmine sortit de l'ascenseur puis traversa le hall de l'hôpital jusqu'aux banquettes de skaï où un jeune type en blouse grise l'attendait. Jean-Michel Casagrande. Jean-Mi. Son « frère ».

A l'intention de la femme en blouse blanche, David répéta :

– Combien ? J'ai mal compris.

– Tu as un compte en banque, toi ? lui demanda son père.

David ne répondit pas. Il entendait des éclats de voix venant de l'autre extrémité du hall, comme si Jasmine et Jean-Mi se disputaient. Il jeta un coup d'œil dans leur direction : Jean-Mi, en blouse grise, agitait nerveusement les mains. De temps à autre, du bout de l'index, il remettait en place ses lunettes Ray Ban qui glissaient sur l'arête de son nez.

– Depuis quand tu as un compte en banque ? répéta le vieux Arcas.

– C'est M. Valmer qui me l'a fait ouvrir.

A cet instant, Noël Pietri les rejoignit devant le comptoir. Il ne titubait plus. Il commençait à dessoûler, ce qui lui allait mal : ses joues bouffies s'étaient affaissées, il avait l'œil triste, la bouche molle.

– Où tu étais passé ? lui demanda David.

– J'ai voulu prendre les escaliers, je me suis perdu dans les étages.

Il repéra alors Jasmine et Jean-Mi. Ça suffit à lui raffermir les joues, la bouche, à allumer une vilaine lueur de plaisir dans ses yeux pâles.

– Oh, dis donc ! Encore en train de s'engueuler, ces deux-là ! Frère et sœur, chien et chat ! Elle va se prendre une rouste, ta Jasmine. A ta place, j'irais leur faire un petit bonjour...

***

A la tête que tirait Jean-Mi, Jasmine n'avait eu aucun mal à comprendre qu'elle aurait droit à une scène. Dans ces cas-là, selon son humeur, elle adoptait deux attitudes : soit elle se montrait imperturbablement joyeuse et gentille, jusqu'à le désarmer ; soit elle attaquait la première. Il ne lui en laissa pas le temps.

– Tu as vu l'heure qu'il est ? hurla-t-il. Je t'attends depuis trois quarts d'heure !

– J'avais du travail à terminer.

– Et moi, tu crois que j'en ai pas, du travail ? J'ai fini mes livraisons à toute pompe pour être là à l'heure et ne pas faire attendre mademoiselle ! Résultat, je me suis flanqué un tour de reins ou presque, et tout ça pour quoi ? Pour poireauter !

Lèvres pincées, elle l'examina des pieds à la tête.

– Alors tu avais le temps de te changer ? Et regarde-toi : tu portes encore cette blouse !

– Ma blouse ? Qu'est-ce qu'elle a, ma blouse ? Elle n'est pas assez bien pour toi ?

– Elle est sale et elle pue les... les épluchures !

C'était un coup bas, Jasmine en avait conscience et l'avait fait exprès. D'ordinaire, Jean-Mi prenait grand soin de son apparence : blouson de cuir noir ou Teddy Boy, jeans Levi's et bottes américaines – sans parler de sa mèche noire patiemment gominée sur le front et de ses lunettes de vue, des Ray Ban aux verres fumés en deux teintes d'or. Jean-Mi était le « loulou » des petits bals et des boîtes de nuit rock de Marseille. Si quelqu'un détestait cette blouse grise de livreur de fruits et légumes, c'était lui, pas Jasmine, qui s'en moquait – et d'ailleurs trouvait agaçants et ridicules ses tenues et ses déhanchements de loubard copiés sur les posters de *Salut les copains*.

Mais, dès qu'elle l'avait vu, avec sa tête des mauvais jours, elle lui en avait voulu. Voulu de la guetter, chaque soir, à la sortie de l'hôpital, pour la ramener directement à la maison. Comme s'ils habitaient encore à Oran, comme s'il cherchait à lui rappeler sans cesse qu'elle était une fille, et *une Arabe* sur laquelle son frère veille avec encore plus de sévérité qu'un mari. Sauf qu'il n'était pas son frère. Ils avaient grandi ensemble, fui l'Algérie ensemble sur un bateau bondé qui les avait débarqués à Port-Vendres avec leurs valises et leurs malles, mais elle n'était qu'une petite orpheline que les Casagrande avaient adoptée – et si elle les appelait ses « parents » et les aimait, elle n'oubliait pas qu'elle vivait désormais en France, avait un métier et un emploi : la jalousie de Jean-Mi lui pesait plus lourd que celle d'un amant.

– Ma petite, dit-il en remontant les Ray Ban sur l'arête de son nez, sans les « épluchures », comme tu dis, tu serais dans la casbah et tu ferais moins la maligne ! Attends que je dise aux parents comme tu les méprises !

– Oh, ça suffit ! J'aime papa et j'aime maman, tu le sais très bien, et ça n'a rien à voir avec toi et avec ta blouse !

La dispute se poursuivit un moment sur ce ton, jusqu'à ce que Jean-Michel Casagrande se rende compte qu'un type traversait le hall dans leur direction, et qu'il reconnaisse David Arcas. Jusque-là, il avait surjoué la colère : ces prises de bec faisaient partie des habitudes familiales, une sorte de rite auquel il sacrifiait presque machinalement – « On se laisse pas faire chez les Casagrande » – et qui, lorsqu'il gueulait après Jasmine, lui procurait un plaisir jusqu'alors inconnu : la jouissance du pouvoir. Cette fille trop belle – putain de seins, de hanches, de regard, ça rendait fous tous les copains –, elle lui *appartenait*. Il était son frère, le vrai fils de leurs parents. Sa sœur, elle ne l'était qu'à moitié, et encore... La fille des domestiques. Recueillie. Adoptée par charité. Elle n'avait pas le choix : elle devait lui obéir. Peut-être qu'elle a toujours refusé les jeux qu'il lui proposait quand il l'attirait dans leur chambre, le jeu du docteur, et tout ça, mais ce n'était que partie remise. *Un jour, il l'aurait.*

– Ah, j'ai compris, gronda-t-il (mais il baissa la voix), tu méprises ma blouse parce que tu préfères l'uniforme... Il te plaît, hein, l'uniforme d'opérette de ton David ? Il est quoi, déjà ? Mécano ? Hôtesse de l'air ?

– Je te préviens, répondit Jasmine d'une voix nette et blanche, si tu fais un esclandre, je ne t'adresse plus jamais la parole. De toute ma vie.

Furieux, il tenta de l'entraîner de force avec lui.

– Rentrons tout de suite. Comme ça, il n'y aura pas d'esclandre.

– Lâche-moi, imbécile.

Elle avait parlé à mi-voix, mais sur un tel ton de rage qu'il la libéra. Il planta les poings dans les poches de sa blouse.

– En tout cas, t'es une sale menteuse. C'était lui, ton « travail à finir », pas vrai ? Et moi, pendant ce temps, je pouvais toujours t'attendre.

Elle lui tourna ostensiblement le dos pour accueillir David. C'était bon, délicieux, après la dispute avec Jean-Mi, de poser les yeux sur ce visage, ces larges épaules, cette allure d'animal souple.

– Jean-Mi et moi, on allait partir, dit-elle. Ton père est content de quitter l'hôpital ? Tu veux qu'on vous dépose ? La camionnette est sur le parking.

Sans répondre, David la prit délicatement par la nuque – il sentit qu'elle résistait – et s'adressa à Jean-Mi :

– Comment tu vas ? Il y a longtemps qu'on ne s'est pas vus.

Pour la énième fois, Jean-Mi remit ses lunettes en place. Toute son enfance, il s'était plaint de sa myopie. Depuis qu'il avait acheté ces verres fumés, il se disait que c'était une chance, et même deux : *primo*, il suffisait de quitter ses lunettes pour rendre flou le monde, le désamorcer ; *secundo*, elles le protégeaient comme une armure ; non seulement elles teintaient d'or le monde : elles le gardaient à distance, elles l'atténuaient, le gommaient.

– Jasmine devrait t'amener à la maison, dit Jean-Mi. On se verrait plus souvent.

– Et tes parents ? Ils vont bien ?

– Merci, oui, dit Jean-Mi, les yeux fixés sur la main de David glissant le long de l'épaule de Jasmine, s'y refermant avant de l'attirer contre lui, cuisse, hanche, poitrine. Bon, reprit-il en se forçant à sourire. Il se fait tard. On a beau dîner à l'heure espagnole, il faut rentrer.

Il tendit la main à Jasmine.

– Tu viens ? Les parents nous attendent et je suis fatigué.

Jasmine passa son bras autour des reins de David, glissa ses doigts dans la poche revolver de son pantalon d'uniforme. Jean-Mi remit une fois encore ses Ray Ban en place.

– Comment tu rentres, toi, David ? demanda-t-elle.

– Je vais prendre un taxi. C'est le mieux pour mon père.

– Alors tu pourras me déposer à la maison ?

– Pas de problème. Mais il faut demander à ton frère.

Jean-Mi sortit un paquet de Lucky Strike d'une poche de sa blouse, s'en planta une au coin des lèvres. Il ouvrit son Zippo, l'approcha de son visage, pompa la flamme. Il avait vu faire ça à Delon, le samedi soir au cinéma.

– Tu connais mes parents ? Si Jasmine a trois minutes de retard, ils s'affolent. Il vaut mieux qu'elle rentre avec moi, t'es d'accord ?

C'est alors que Pietri entra en scène. Il était le copain de tout le monde, ce qui est une autre façon de n'être l'ami de personne.

– Ho ! Jean-Mi ! Où il est, ton blouson de James Dean ?

– Putain, Noël...

– Allez ! Je te fais marcher, couillon !

Pietri lui tapa dans le dos, le souleva, lui retapa dans le dos.

– Bon, si je comprends bien, ta sœur elle rentre avec le David, donc tu as une place dans ta camionnette. Et tu m'emmènes ! Allez, zou ! J'ai soif.

– Attends...

– Rien, j'attends rien, on y va ! Qu'est-ce que tu crains ? Tu vois pas que ta sœur elle est en de bonnes mains ? Et qu'elle n'attend qu'une chose : que tu décarres ? Allez, couillon, en route !

Et, tandis que Pietri entraînait de force Jean-Mi vers la porte du hall, Jasmine se hissa sur la pointe des pieds, mordit le lobe de l'oreille de David et lui chuchota :

– Je t'aime...

Enlacés, ils allèrent retrouver le vieux Arcas, assis sur un fauteuil non loin du comptoir. Ils riaient.

V

Dans la camionnette, alors qu'ils roulaient en direction du Panier, Jean-Mi dut supporter que Pietri lui inflige le récit du dernier match de l'Olympique de Marseille, avec les mêmes mots, les mêmes expressions, jusqu'aux mêmes gestes qui lui avaient servi dans le taxi, à l'aller, avec David Arcas. Sa voix était simplement moins pâteuse, ses mains plus fébriles ; les vapeurs de l'anisette et du vin rouge s'étaient dissipées ; il ne se rappelait pas avoir déjà raconté son épopée, une heure plus tôt. Pietri parlait pour s'étourdir, faire passer le temps plus vite avant le prochain verre. Jean-Mi ne cherchait même pas à faire semblant de l'écouter. Il n'avait qu'une chose en tête, une seule image douloureuse : le corps de Jasmine serré contre celui d'Arcas. Un seul sentiment : la rage.

Quand Pietri se tut enfin, il éprouva un instant de soulagement, qui ne dura pas. Le Corse s'agita sur son siège, tambourina sur ses genoux et tout à coup ricana.

– Incroyable ! Moi je trouve ça incroyable ! Incroyable !

– Qu'est-ce qui te prend ?

– Je pensais à quelque chose...

Jean-Mi lui jeta un regard méfiant.

– Tu gueules toujours comme ça quand tu penses ?

– Je me rappelais toutes ces années, depuis le collège. Fallait pas qu'un gars s'approche de Jasmine, ça te rendait dingue. Les torgnoles que tu lui as filées, si jamais tu la voyais parler à un garçon !

– Et alors ?

– J'aurais parié ma main droite que tu te la garderais pour toi, cette fille. Et puis, non, tu la laisses à David. Comme quoi, on peut se tromper...

– Ta gueule, Noël.

– Te fâche pas. Je te comprends : qu'est-ce que tu peux contre le petit Arcas ? Il plaît aux filles, il voyage, il a un bel uniforme, un jour il sera peut-être pilote. Et puis c'est le bon gars, hein, toujours souriant, toujours serviable, jamais un mot plus haut que l'autre... Je suis sûr que tes parents l'adorent, non ? Il est du genre à leur apporter un petit cadeau chaque fois qu'il va les voir. Il a toujours su mener sa barque, celui-là. Sans compter que tes parents ils ont eu du mérite à l'adopter, la petite, on peut jamais deviner ce que ça deviendra, après, les gosses comme ça. Et voilà qu'elle leur ramène un futur pilote de ligne ! De toute façon, Jasmine, je la voyais mal finir dans les fruits et légumes.

– Pourquoi ? Tu crois que je vais y finir, moi, dans les fruits et légumes ?

– Ah, bon ? dit Pietri, sur un ton d'ironie. T'as des projets ?

– Ouais, j'en ai. Mais... c'est secret, pour l'instant, con-fi-dentiel. Et la Jasmine, elle est pas encore mariée avec l'autre joli cœur, tu peux me faire confiance !

– Bravo, Jean-Mi ! Je te préfère comme ça ! Te laisse pas faire ! Après tout, tu vaux bien un David Arcas. Qu'est-ce qu'il a de plus que toi, à part sa gueule d'ange, son uniforme de pilote, sa paye...

– Ta gueule, merde !

Pietri envoya une bourrade à Jean-Mi.

– Ah, tu me fais plaisir ! Je me régale à l'avance de voir comment tu vas la lui reprendre, ta sœur.

Il tapa dans ses mains, puis se les frotta, avec un entrain exagéré. La camionnette se garait devant le Café des Sports, et la perspective toute proche de quelques pastis, mêlée au plaisir de se moquer de Casagrande, le mettait de bonne humeur. Il n'allait cependant pas le laisser sur cette illusion de victoire. Alors que Jean-Mi coupait le contact, il se pencha vers lui, les sourcils froncés, l'air inquiet.

– J'y pense : il n'était pas question qu'ils se fiancent, là, au retour de David ?

– Tu fais chier, grogna Jean-Mi. Allez, descends.

Après une hésitation, Pietri décida de ne pas ajouter un mot. Se payer la tête de ce frimeur de Casagrande était une chose, mais il ne fallait pas perdre de vue l'essentiel : le bon moment qui s'annonçait, le cul sur un siège de cette terrasse, à profiter d'une soirée au parfum de printemps et de pastis.

– Dis donc, David m'a carrément emmené de force à l'hôpital. Du coup, j'ai oublié mon porte-monnaie.

Jean-Mi claqua brutalement sa portière, remit ses Ray Ban en place et, d'un coup de menton, désigna le café.

– Allons-y, c'est moi qui invite. Comme d'habitude. Mais tu la fermes, d'accord ?

– Moi, tu sais, dit Pietri en contournant l'avant de la camionnette et en venant fraternellement enlacer les épaules de Jean-Mi, je suis de ton côté. Et tu veux savoir ce qui me ferait le plus plaisir ? Que tu me prennes comme témoin quand tu épouseras ta sœur.

– Lâche-moi, tu veux ? Jasmine n'a jamais été ma sœur.

– Oh, un petit peu, quand même... C'est la fille de tes parents. Remarque, j'imagine : une belle fille comme elle, toujours dans l'appartement, tu te lèves, tu la vois en petite tenue, elle doit encore sentir la chaleur du lit, avec ses seins, là... Sous la chemise, comme des... Putain, heureusement que j'ai pas une sœur adoptée, moi, je serais comme toi, j'y résisterais pas.

Là, j'ai exagéré, se dit Pietri quand Jean-Mi l'attrapa par le revers de la chemise. Il n'avait pas peur, il connaissait Casagrande depuis trop longtemps : beaucoup de tchatche, peu d'actes. Mais il y a des priorités dans la vie. La première, c'est le pastis. Donc se taire, se faire offrir le premier verre. Dès qu'on lui payait à boire, Pietri oubliait son amertume ; il redevenait le meilleur des camarades.

– Je te demande pardon, murmura-t-il humblement. Je parle, je parle, et ça me donne soif. On s'assoit ?

Bon, je l'ai amadoué, se dit-il quand Casagrande le lâcha et eut son geste compulsif de remettre ses Ray Ban en place. Ils s'installèrent à une table et Pietri tourna aussitôt la tête vers l'intérieur du café pour repérer le garçon. Il ne le vit pas mais reconnut le profil – « de vautour », se dit-il – d'un type qui venait d'entrer dans la salle. La main en l'air, il le héla :

– Ho ! François !

***

Champredin leva le nez, vit Pietri et Casagrande et regretta d'avoir choisi ce café. Les copains d'Arcas. Il ne se sentait guère d'humeur à s'asseoir avec eux.

Mais ils insistaient. Même Casagrande l'appelait, à grands cris. Qu'est-ce qu'il me veut, celui-là ? On dirait que je vais lui sauver la vie. Champredin leur tordit un sourire, et, à contrecœur, slaloma entre les chaises et les tables. Il serra brièvement les deux mains qui s'offraient à lui.

– Ho ! François ! Installe-toi, tu vas boire avec nous. C'est Jean-Mi qui invite.

Champredin tira une chaise, en inspecta le fond, puis l'épousseta du revers de la main, enfin s'assit.

– Alors ? lui demanda Pietri, ça s'est bien passé, ce voyage ?

– Un peu bizarrement, répondit-il en scrutant la face d'alcoolique du Corse.

Il avait fait la connaissance de Casagrande et de Pietri quelques semaines auparavant, au cours d'un « pot » offert par Valmer à l'occasion de l'ouverture des bureaux neufs de sa compagnie, *Le monde est à vous !*. Il n'en avait pas retenu grand-chose, sinon que Pietri buvait comme un trou et que Casagrande ne lâchait jamais des yeux une très jolie poule arabe qu'on lui avait présentée comme la fiancée d'Arcas et qui, en effet, le suivait partout comme un petit chien – « une petite chienne qui veut qu'on la caresse, s'était-il dit, qui cherche qu'on la frotte ». Jusque-là, cette soirée l'assommait : « Insupportables, tous ces Marseillais qui parlent trop fort, qui se touchent au moindre prétexte, qui s'aiment tellement qu'ils veulent que tout le monde soit au courant. » Mais la détresse jalouse de Casagrande était si visible que, *primo*, il n'avait pas compris que personne ne paraisse s'en apercevoir, et que, *secundo*, alors qu'un moment plus tôt il songeait à s'éclipser, il avait décidé de s'amuser un brin. L'air de rien, il avait cuisiné Casagrande – ce qui s'était avéré une affaire très simple. Le gars n'attendait que ça, déballer tout ce qu'il avait sur le cœur. Champredin l'avait laissé se lâcher, plutôt satisfait de constater que « le chouchou du patron » avait aussi ses ennemis. A la fin de la soirée, il s'était offert le plaisir d'embrasser la petite Arabe sur les deux joues, et d'en profiter pour se coller contre elle. Pas par goût, non : il détestait les Arabes, même au féminin, même avec un cul et une poitrine pareils. Juste pour le plaisir de jeter un coup d'œil sur Casagrande et de le voir verdir d'impuissance.

Aussi, quand Pietri l'interrogea : « Ce voyage s'est bien passé ? », s'il répondit : « Un peu bizarrement », c'est qu'une idée lui était venue à l'esprit, assez informe pour l'instant, mais qui pouvait prendre de l'allure, et une certaine évidence. A deux conditions. Et d'une, savoir caresser, poil et contre-poil, Casagrande. Se débarrasser de ce crétin de Pietri – et de deux –, ce qu'un certain nombre de pastis permettraient à coup sûr.

– Garçon ! cria Champredin.

***

– Non !

Jasmine s'en voulut d'avoir élevé la voix. Elle fit un pas de côté, contourna David comme un dangereux obstacle et alla dans la cuisine. Elle emplit d'eau une casserole, alluma la gazinière, chercha la boîte à sel. Elle sentait la présence de David derrière elle, ça la rendait idiote, impossible de mettre la main sur le sel.

– Excuse-moi, dit-elle.

– Je n'ai pas à t'excuser.

– Si. Je te *demande* de m'excuser.

– Pourquoi ?

Elle mit enfin la main sur la boîte à sel – posée derrière l'évier. Elle alla en verser trois pincées au-dessus de la casserole. Elle refusait de lever les yeux sur David.

– Pourquoi ? Parce que tu m'en veux. Et ça, je te l'interdis, David. Tu n'as pas le droit.

– Pourquoi ? répéta-t-il.

Comment lui expliquer que, lorsqu'il avait refermé la porte de la chambre de son père et qu'il l'avait prise dans ses bras, l'avait embrassée dans le cou, avait posé la main sur son sein, elle avait vu, sur le buffet, la photographie de sa mère ? Une jeune madone tranquille et forte ; ses cheveux noirs tirés en chignon dégageaient un front haut et pâle, des yeux impérieux, qui la regardaient bien en face. L'allure d'une femme qu'on respecte. D'une épouse.

– Moi je ne t'en veux pas, dit-elle. Mais...

– Mais quoi ? J'ai pas le droit d'avoir envie de toi ?

– David, s'il te plaît, dit-elle en fermant les yeux, ne commence pas...

– On va se tenir par la main jusqu'à la fin de notre vie ? C'est ça, l'amour, pour toi ?

– David... N'en parlons plus. S'il te plaît.

– On va en parler, au contraire !

– D'accord ! Puisque tu le prends comme ça, d'accord !

La cuisine était minuscule – un placard. Quand Jasmine s'avança tout à coup, comme une furie, David, par réflexe, recula, et il se retrouva les reins contre la gazinière.

– Tu veux me sauter dessus, là, maintenant, pendant que ton père est à côté ? C'est ça que tu veux ? D'accord, vas-y. Je suis prête. Vas-y !

Elle se jeta contre lui, cuisses, ventre et seins. En un simulacre de baiser, elle lui offrit ses lèvres. Il ne sut ce qui le fit réagir – quelle chaleur ? celle de la casserole, contre son dos ? celle du corps de Jasmine ? sa propre colère ? Il la repoussa de toutes ses forces. Elle se cogna la tête à une étagère. Elle se laissa glisser par terre, les mains sur la nuque.

– Tu es fou...

Il s'agenouilla devant elle. Il l'attira contre lui et lui frotta vigoureusement le crâne.

– Tu vas voir... Il n'y aura pas de bosse...

– Tu es fou, répéta-t-elle avant d'enfouir le visage dans son épaule, et d'y respirer son odeur. Tu ne me comprends pas. Je veux que tu m'aimes comme ton père a aimé ta mère.

– Et comment tu crois qu'ils se sont aimés ?

– Avec confiance. Quand je regarde leurs photos – je lui ressemble tellement... –, je sais qu'elle l'aurait autant aimé aujourd'hui, plus de vingt ans après. Dans la même paix. Je suis sûre que... qu'ils n'ont jamais couché ensemble avant de se marier.

– Tu n'en sais rien, Jasmine.

Elle s'écarta vivement.

– Je le sais ! C'était de l'amour. Pas des... des coucheries !

– Je suis né comment, alors ? Par l'opération du Saint-Esprit ?

Il se redressa, s'adossa à la gazinière où bouillait l'eau de la casserole. Jasmine resta accroupie contre le mur. Il la regardait de haut, l'œil rancunier.

– Après tout, c'est parce que je suis né qu'elle est morte.

A cette affirmation, cette conclusion fausse, il n'y avait rien à répliquer, c'est ce que comprit confusément Jasmine. Comme elle comprit – quand il ajouta, d'une voix qui se brisait : « Et maintenant, c'est papa... » – que la présence, invisible, du vieux Arcas dans la chambre d'à côté, et sa maladie, presque sa mort, poussaient David dans ses derniers retranchements intimes. Lentement, elle se remit debout et, les mains croisées devant la poitrine, s'approcha de lui.

– David, dit-elle, nous sommes là. Tous les deux. Nous sommes vivants. Il n'y a que ça qui compte.

– Non, murmura-t-il et tout à coup son visage s'effondra comme un mur. Non, non et non ! C'est pas possible...

Il se mit à pleurer. Elle le prit délicatement dans ses bras.

– Laisse-toi aller, chuchota-t-elle, laisse-toi aller... Ça fait du bien...

Il sanglotait. Il répétait que ce n'était pas possible, et qu'est-ce qu'il ferait après, il ne pourrait jamais plus habiter cet appartement, toute une vie, toute son enfance avec son père, ce n'était pas possible. Elle le berçait et lui murmurait, chantonnait presque : je suis avec toi, je serai toujours avec toi, rien n'est fini, tout est possible...

Peu à peu, il se calma. Dans un dernier hoquet, il se dégagea de son étreinte, sortit son mouchoir et passa dans la salle de séjour. Elle sut qu'elle se rappellerait toujours son air de gosse perdu et qu'elle ne lui en parlerait jamais.

Elle le rejoignit ; il s'était assis à la table. Il leva sur elle des yeux encore rosis par les larmes, elle trouva ça très attendrissant, et, après avoir reniflé, il lui déclara :

– Tu as raison. Il faut qu'on se marie très vite.

– David...

– Non, écoute-moi : dans trois jours il faut que je sois à Paris, j'ai une course à faire, une promesse à tenir, ça ne peut pas attendre. Mais demain, on a toute la journée : alors on prépare tout, et, après-demain, on se fiance !

– David !

Elle se mit à rire, bêtement, mais elle ne pouvait s'en empêcher, et, malgré toutes les résolutions qu'elle venait de prendre – ne plus le toucher, ne plus le tenter –, elle s'assit sur ses genoux.

– Personne n'est prévenu, dit-elle.

– Et alors ?

– Mes fiançailles, je voulais que ce soit une fête ! Que tout le monde danse ! Que tout le monde soit là et en profite !

– Tout le monde sera là. Et ce sera une fête. Tu sais, mon patron, M. Valmer ? Il connaît tout le monde dans la région. Il suffit que je lui téléphone, il nous arrangera ça.

– Mais ton père n'a pas le téléphone ! Et mes parents ? Il faut leur annoncer d'abord !

Elle sauta sur ses pieds, surexcitée.

– On va chez eux ?

– On y va.

Elle était à la porte de l'appartement quand il ouvrit celle de la chambre de son père. Elle eut peur que le vieux Arcas aille si mal que David renonce à l'accompagner. Quand il referma la porte et souffla : « Tout va bien, il dort », elle était déjà sur le palier et s'en voulut de se sentir soulagée. David la rejoignit.

– Si je veux que nous nous mariions vite, c'est aussi pour mon père, lui murmura-t-il. Il ne lui reste pas beaucoup de temps. Tu comprends ?

Sans un mot, elle lui prit la main et l'entraîna dans l'escalier.

VI

La nuit était douce. Une voiture, parfois, comme égarée, tournait lentement le coin d'une rue. Des bandes de gosses surgissaient tout à coup de la nuit, courant après leurs ombres. David et Jasmine, enlacés par la taille, se chuchotaient des mots à l'oreille, et les gamins criaient au passage : « Ouh ! Les amoureux ! »

Place des Treize-Cantons, la terrasse du café était pleine ; ça sentait presque l'été. Le couple, tout à sa conversation à mi-voix et demi-mot, ne vit pas les trois hommes attablés ensemble, visages penchés par-dessus les verres de pastis, comme des conspirateurs. Jasmine se détacha à regret de David et entra la première dans un immeuble en face du café.

Ils montèrent au deuxième étage. Devant la porte d'un appartement, derrière laquelle on entendait des rires, des éclats de voix et le son de la télé, Jasmine s'arrêta, se tourna vers David et lui demanda :

– Tu es sûr ? Tu n'auras pas de regrets ?

Il lui pinça le menton entre le pouce et l'index replié.

– Et toi ?

Elle fit semblant de lui mordre la main, il s'écarta en riant (« Hé ! »), elle lui tira la langue et ouvrit la porte. Ils entrèrent.

Il n'y avait pas de vestibule. On pénétrait directement dans ce que Mme Casagrande appelait « le living », à la fois salon, salle à manger et cuisine. M. Casagrande, installé très droit dans le canapé, les mains sur la bedaine, les pieds dans des chaussons, commentait pour sa femme les déhanchements d'un jeune chanteur dans une émission de Guy Lux.

– Regarde-le, lui ! Poï, poï, poï ! T'as vu comme il danse ? Et que je te remue le popotin ! Et que je te montre bien que j'en ai un paquet dans le pantalon ! Non, mais, regarde ça, Gisèle : il s'est fourré du coton là où je pense, c'est pas possible, gringalet comme il est ! Son machin a l'air plus gros que sa cuisse !

Mme Casagrande – ronde et décolorée, ceinte d'un tablier à fleurs, debout près de la table et débarrassant assiettes et couverts – se mit à rire et allait renchérir quand elle aperçut Jasmine et David. Aussitôt elle fronça dignement les sourcils et lança :

– Roger ! T'as pas honte ?

Roger, qui n'avait pas vu les jeunes gens, haussa les épaules.

– Hé ! C'est lui qui devrait avoir honte ! Sa mère, elle le regarde à la télé, et elle est comme moi : elle voit que son paquet !

– Roger !

Mme Casagrande se précipita au-devant de David et Jasmine, en s'essuyant les mains sur son tablier.

– Fais pas attention, David. Mon mari, c'est un malpoli quand il est tout seul.

Elle attrapa le jeune Arcas par les épaules, l'embrassa sur les deux joues, tandis que M. Casagrande, comprenant qu'il avait été surpris en flagrant délit, s'exclamait :

– Je suis tout seul, moi ? D'après toi, mes commentaires, ils font plaisir à qui ?

– Oh, Roger !

Il tendit la main à David qui s'était approché.

– Alors, p'tit gars, en forme ? Toujours dans les avions ?

Il désigna l'écran de télé.

– Tu veux pas faire chanteur, comme lui ? T'es au moins trois fois plus beau que lui. Mais... ça plairait pas à ma fille, hein ?

David sourit.

– Je ne crois pas. Demandez-lui.

– Ho ! Jasmine ! Tu es jalouse ? Tu veux le garder pour toi toute seule, ton David ? Tu veux pas le partager ?

– Si, répliqua Jasmine. Avec toi.

– Qu'est-ce que j'en ferais ? Pour qui tu me prends ?

– Avec toi *et* avec maman, précisa-t-elle. C'est pour ça qu'on est là.

Mme Casagrande passa son bras sous celui de Jasmine et se serra contre elle.

– Qu'est-ce que tu racontes ?

Les deux jeunes gens se regardèrent. Ils souriaient, comme d'une bonne blague. Mme Casagrande fronça les sourcils.

– Vous deux, vous nous cachez quelque chose.

– Mais non. Au contraire. On est venus vous *apprendre* quelque chose.

Mme Casagrande fit deux pas vers le canapé en tendant l'index en l'air.

– Attends... Est-ce que je dois m'asseoir d'abord ? Dans les films, à la télé, quand une fille comme toi elle veut parler à sa mère et à son père, elle leur dit toujours qu'ils doivent d'abord s'asseoir. Alors ? Je fais quoi ?

– Assieds-toi, si tu veux.

– Bon. Alors, je m'assois, dit Mme Casagrande en se posant au bord du canapé, à côté de son mari. Et maintenant, c'est quoi, la mauvaise nouvelle ?

– Comment tu le sais ? demanda M. Casagrande.

– Quoi ?

– Qu'elle est mauvaise ?

– Qui ?

– Mais la *nouvelle*, Gisèle !

– J'en sais rien. J'ai peur. C'est tout. J'ai le droit ?

– Mais écoute-les, d'abord ! Et regarde-les ! Est-ce qu'ils ont une tête de mauvaise nouvelle ?

– Ah ! parce que toi tu sais quelle tête ça a, une mauvaise nouvelle ?

Il lui posa une main sur le genou.

– Gisèle... Tais-toi.

Puis, d'un coup de menton, il s'adressa aux jeunes gens :

– Allez, videz votre sac avant qu'elle me fasse une crise de nerfs.

David et Jasmine échangèrent un regard. L'un haussa les sourcils, l'autre les épaules.

– Toi ? demanda Jasmine.

– D'accord, répondit David et il se tourna vers les Casagrande. Voilà, dit-il. C'est simple. Et c'est compliqué, en même temps.

– Non, répliqua résolument Mme Casagrande. Ou c'est simple, ou c'est compliqué. Choisis.

– Alors, c'est simple. Jasmine et moi, on va se fiancer.

Mme Casagrande bondit du canapé et ne put s'empêcher de battre des mains.

– Depuis le temps que j'attendais ça !

– Pourtant, reprit David, c'est compliqué.

– Qu'est-ce qu'il y a ? Oh, je m'y attendais, depuis le temps que vous vous tournez autour... Vous avez fait une bêtise ? C'est ça ? J'ai raison ? Tu vois, Roger ? J'en étais sûre que ça arriverait !

– Maman, dit calmement Jasmine. Laisse parler David.

– Mais je le laisse parler !

– Maman...

Mme Casagrande sentit la main de son mari lui tirer sur le coude. A contrecœur, elle se rassit dans le canapé.

– Ce qui est compliqué, reprit David, c'est que nous avons décidé de nous fiancer après-demain.

Portant la main à sa poitrine, Mme Casagrande eut un hoquet de surprise. Comme, provisoirement, elle ne pouvait ajouter un mot, David en profita pour expliquer :

– Je vais organiser tout ça, dès demain matin. Il y aura tous les invités que vous voulez, on dansera et on fera la fête. A une seule condition.

– Laquelle ? demanda M. Casagrande. Que le Père Noël s'en occupe ?

– Presque. Mon Père Noël s'appelle Valmer.

– Ton patron ?

– On passe quelques coups de fil. On aura un lieu pour la fête, on aura à manger et à boire, et on aura tout le monde : après-demain, c'est dimanche.

M. Casagrande réfléchit quelques instants en examinant et David et Jasmine. Finalement, il déclara :

– Pourquoi pas ? Je te prête mon téléphone. Mais moi aussi je mets une condition...

– Allez-y.

– En fait, j'en mets deux, de conditions.

– Allez-y quand même.

– Un : si la moitié des gens te disent qu'ils ne peuvent pas venir, pas de fiançailles.

– D'accord. Vous verrez, ils viendront. Deuxième condition ?

– Tu gagnes peut-être bien ta vie, et ton patron est peut-être bien le Père Noël. Je m'en fous. Je paye la moitié des frais, et je veux voir les factures.

D'un coup d'œil, David prit l'avis de Jasmine. Elle soupira et dit :

– Tu connais mon père... ?

– Fais-moi confiance, intervint M. Casagrande. Je ne suis pas comme de Gaulle qui vient en Algérie bramer : « Je vous ai compris ! », et après il te nique. Je fais ce que j'ai dit, moi.

– J'en suis sûr, déclara David.

Ensuite, Roger Casagrande s'extirpa du canapé-lit, disparut dans la cuisine, d'où on l'entendit crier : « Gisèle ! », laquelle le rejoignit, après quoi il y eut un moment de flottement dont David et Jasmine profitèrent pour s'embrasser, jusqu'à ce que les Casagrande réapparaissent dans le « living », brandissant une bouteille de champagne et quatre coupes.

Quand elle tendit un verre à Jasmine, Mme Casagrande dit que c'était dommage que Jean-Mi, son frère, ne soit pas là – « Mais il faut toujours qu'il traîne avec on ne sait qui le soir après ses livraisons. » On but une coupe, « pour fêter ça », une deuxième, « parce que le champagne, ça ne se conserve pas – tu sais bien : les bulles ? », puis Gisèle Casagrande prit son futur gendre sous le bras et l'entraîna à l'écart, dans l'une des chambres, celle de Jean-Mi.

C'était une pièce séparée en deux par un paravent, où les deux lits tenaient le tiers de l'espace. Du côté Jean-Mi, étaient affichés aux murs des posters de *Salut les copains* et de *Rock & Folk* : Elvis Presley, Johnny Hallyday, Joe Cocker et les Who. Sur la table (un « bureau » pour enfant en Formica), David vit une pile de livres sur la guerre : des Lartéguy, des Konsalik, un Saint-Exupéry et *L'Espoir*.

– Tu connais mon Jean-Mi, lui dit Gisèle. Il a trois ans de moins que toi, c'est toujours un gamin. Et Jasmine, c'est comme sa sœur. Ah, ça ! il faut pas y toucher, à sa sœur ! Nous – tu sais bien –, ses parents étaient morts, on avait leur gamine sur les bras et Roger il a un cœur gros comme ça... Alors, quand on est partis, on l'a emmenée avec nous en métropole, Roger a rempli tous les papiers pour l'adopter : aujourd'hui, c'est notre fille. Mais mon Jean-Mi – tu comprends bien : t'es un homme toi aussi –, il sent bien que Jasmine, c'est pas tout à fait sa vraie sœur. Oh, tu ne te douteras jamais de comment j'ai dû les surveiller, tous les deux... La puberté, tu comprends ?

David acquiesça, mais se sentait plutôt mal à l'aise. Il n'avait guère envie d'entendre ce que Gisèle était toute prête à lui confier.

– Moi, j'ai pas arrêté de le lui dire : « Même si c'est pas ma fille, Jasmine, c'est comme ta sœur. On n'épouse pas sa sœur. » Je le lui ai répété, les yeux dans les yeux, quand j'ai compris qu'il était amoureux : « Tu n'épouseras pas ta sœur. A un moment ou à un autre, il faudra qu'elle s'en aille. Avec un autre que toi. C'est la loi de la nature, la loi de la vie... »

– Et... il l'a pris comment ?

– Il avait seize, dix-sept ans, à l'époque. Maintenant, il n'y a plus de problème. Il est grand, il travaille avec son père, il sort tous les samedis... Il doit y avoir un tas de petites qui sont amoureuses de lui...

– Sûrement, dit David.

Mme Casagrande le vit embarrassé. Elle lui envoya une bonne claque sur l'épaule, puis le prit dans ses bras.

– T'en fais pas, mon David. Nous, depuis qu'on vous voit à courir dans la rue, on a toujours pensé que vous étiez destinés l'un à l'autre, Jasmine et toi. Crois-moi : je suis très, *très* contente.

***

– Tu vois, dit Jasmine quand ils se retrouvèrent sur le seuil de l'immeuble, c'était tout simple, finalement.

– Tout simple, dit David et, la voyant éclairée par la lumière de la rue, grande, brune, enfantine et superbe, il comprit qu'il venait de prendre la plus grande et la plus belle décision de sa vie. Il ne put s'empêcher de saisir Jasmine par la taille, de l'attirer contre lui et de se pencher pour l'embrasser. En riant, elle écarta la tête.

– Hé ! s'écria-t-elle, te voilà bien amoureux, tout à coup !

– Ne fais pas la coquette.

– Je fais ce que je veux. Et tu sais ce que je veux ? Que tu m'embrasses.

Elle se jeta sur sa bouche comme si elle voulait la mordre, la croquer, la dévorer. Il fit semblant de se défendre. Ils s'embrassèrent. Comme s'ils étaient seuls au monde. Comme s'ils ne se tenaient pas au coin de la place la plus animée et la plus passante du quartier. Comme s'ils n'avaient plus rien à craindre des commentaires. Ni des jalousies.

– Dis, tu ne l'as pas appelé, ton patron ?
– Demain matin. Ne t'inquiète pas. Donne-moi ta bouche.
– Ma bouche, elle est à moi. Mais, va, je te la prête...

***

Jean-Mi fut le premier à les apercevoir. Son estomac se noua aussitôt et il devint si pâle, et son regard si fixe, que Champredin le considéra avec surprise et lui demanda :

– Qu'est-ce qui t'arrive ? Ça va pas ?

Comme Jean-Mi ne répondait pas, Champredin suivit la direction de son regard. Il n'eut aucun mal à reconnaître le couple, de l'autre côté de la place.

– On dirait pas ta sœur, là-bas ? demanda-t-il. Elle se fait drôlement peloter, dis donc !

Jean-Mi tourna brutalement la tête et, arrachant ses Ray Ban, grogna :

– Ta gueule.

– Doucement, rigola Champredin, doucement... Moi j'ai jamais touché ta sœur. Si tu veux t'en prendre à quelqu'un, adresse-toi au p'tit gars qui se régale avec elle, là-bas. Oh, mais... ce serait pas notre copain Arcas ?

– David ? Où ça ? demanda Pietri qui en était à son huitième pastis.

Il jeta un coup d'œil autour de lui, en plissant les paupières, pour tâcher d'y voir clair.

Jean-Mi fit mine de se lever. Champredin lui retint prestement le bras.

– Où tu vas ?
– Lâche-moi. Je me barre.
– Écoute-moi d'abord. Juste un conseil.

Comme l'autre hésitait, Champredin l'obligea à se rasseoir. Puis il le prit fraternellement par l'épaule.

– Je peux te poser une question ?

Cependant, à sa gauche, Pietri s'était redressé et répétait :

– Où il est, David ? Où il est ? David !

Sans lui prêter attention, Champredin se pencha à l'oreille de Jean-Mi :

– Il y a combien de temps que tu l'aimes ?

– De quoi tu parles ?

– Pourquoi tu la laisses à ce petit con, ta Jasmine ?

– Qu'est-ce que tu veux que je fasse ? Elle n'en a que pour lui, elle me méprise.

– Tu crois ça ?

Pietri titubait entre les tables de la terrasse et agitait les bras en appelant David et Jasmine qui, de l'autre côté de la place, lui adressèrent un signe.

– Tu veux savoir ce que j'en pense, moi ? continuait Champredin, un sourire moqueur aux lèvres. Qu'elle te fait marcher, la petite chatte. Elles sont toutes pareilles. Elle voit que tu es à sa botte, elle en profite. Ton problème, Jean-Michel, c'est que tu es trop sentimental.

– Tu crois ?

– Ça crève les yeux.

Pietri et le couple s'étaient rejoints au centre de la place. Le Corse leur désignait la terrasse, les invitant à les rejoindre. Champredin, tout en se composant un sourire pour accueillir Arcas qui s'avançait dans sa direction – trop beau, trop souple, trop sûr de lui et de sa place bénie dans le monde –, ajouta à mi-voix :

– Je prends un pari : mettons que Jasmine ne voit plus son David pendant, disons... trois, quatre mois... Eh bien, je suis sûr que, si tu t'y prends bien – c'est-à-dire si tu te conduis comme un homme –, cette fille, elle est à toi.

A cet instant, poussés devant lui par Pietri, David et Jasmine arrivèrent devant la petite table ronde du café. Le menton sur les poings, comme un gamin boudeur, Jean-Mi baissa les yeux sur son verre. Au contraire, Champredin se laissa aller contre le dossier de sa chaise et tendit une longue main maigre, ouverte et franche.

– David ! Comme on se retrouve... Vous voilà en très belle compagnie.

Légèrement surpris de cet accueil, Arcas eut une hésitation. Mais il faisait doux, il était heureux et amoureux, il ne connaissait pas la rancune : il prit la main de Champredin.

– Allez, allez ! dit Pietri. Restez pas là plantés comme des piquets, assoyez-vous.

S'adressant à Jean-Mi et Champredin, il s'écria :

– Vous les avez vus, ces deux-là? Est-ce qu'ils ont pas l'air rayonnant? L'amour, l'amour, l'amour! chantonna-t-il.

Jean-Mi eut un geste d'agacement, que Champredin apaisa d'une simple pression sur sa cuisse et dont seule Jasmine se rendit compte. Elle regarda son « frère »; il ne la regardait pas. Les yeux obstinément baissés sur son verre.

– Noël a raison, reprit Champredin. Vous faites plaisir à voir, tous les deux. Il faut reconnaître qu'après toutes nos aventures chez les Arabes, David devait être heureux de vous retrouver, mademoiselle. Il vous a raconté tous nos petits... désagréments, n'est-ce pas?

Il ne pouvait sourire avec plus de sympathie – mais il épiait la réaction de Jasmine. Elle haussa joliment les épaules.

– David ne parle jamais de son travail, vous savez.

Champredin eut un petit rire de soulagement, qu'il se reprocha aussitôt.

– Oui, je suppose que vous avez bien d'autres choses à vous dire. De plus intimes.

– Laisse-les s'asseoir, ces petits! intervint Pietri. On va passer une bonne soirée ensemble. Une soirée d'amis. Et, pour commencer, on va boire. On va boire à... On va boire à quoi, au fait?

Les deux jeunes gens se regardèrent; Jasmine fit oui de la tête; David, se tournant vers les autres, écarta les mains et annonça:

– Nous vous proposons une bonne raison de boire ensemble. Voilà... Jasmine et moi, on va se fiancer.

– Pas vrai? s'écria Pietri.

– Si. Après-demain. Bien sûr, vous êtes tous invités.

Les réactions furent diverses. Jean-Mi se dressa brusquement hors de son siège. Champredin le saisit par le bras, le retint et s'exclama: « Merveilleux! » Pietri déclara que la nouvelle méritait le champagne, que c'était lui qui offrait et qu'il allait de ce pas au comptoir commander une bouteille de Veuve-Clicquot. Ce qu'il fit, manquant de renverser le garçon et son plateau chargé de glaces pastel.

– Alors, vous vous fiancez? dit Champredin. Si vite? C'est inattendu.

– David doit partir pour Paris dans trois jours, répondit Jasmine. Et, dans cinq jours, il a un vol pour Téhéran. Avec vous, d'ailleurs.

– Oui. Avec moi. C'est vrai. Si la... disparition du commandant Chabrol ne remet pas tout en question.

Sur ces derniers mots, Champredin regarda David. Celui-ci lui rendit son regard, sans montrer aucune émotion. Il se pencha à l'oreille de Jasmine.

– Tu devrais peut-être parler à Jean-Mi, lui murmura-t-il. Tu ne crois pas que ce serait mieux ?

– Tu as raison.

La jeune fille fit le tour de la table, effleura du bout des doigts la joue de Jean-Mi et, d'une voix douce, l'invita à aller vérifier « où en était Noël avec la bouteille de champagne ». D'abord, Jean-Mi ne bougea pas, ne broncha pas. Champredin lui mit une petite tape sur l'épaule.

– Allez, mon gars, on l'attend, ce champagne. Noël est capable de nous le boire en chemin. Tu y vas ?

A contrecœur, et sans poser une seule seconde les yeux sur Jasmine, Jean-Mi se leva et traversa la terrasse en direction de la salle du café. Jasmine adressa une moue embêtée à David ; elle partit dans le sillage de son « frère ».

– Alors ? dit Champredin quand il fut seul avec Arcas.

– Alors quoi ?

– Alors, alors... Alors, si on se tutoyait, pour commencer ?

– Pourquoi ?

– Et pourquoi pas ? Je sais, je ne suis pas de Marseille, je parle pointu, mais quand même on travaille ensemble, on a vécu des choses ensemble, ça crée des liens...

David croisa les bras, se cala contre le dossier du siège et examina Champredin. Un peu plus loin, Jasmine et Jean-Mi s'étaient isolés à l'écart de la terrasse.

– Bon, dit-il enfin. Tutoyons-nous, si tu veux.

– Tu me fais plaisir. Maintenant que Chabrol est mort, toute l'affaire du patron repose sur nous. Il vaut mieux, pour lui comme pour toi et moi, qu'on s'entende bien.

David essaya de deviner ce que Jasmine et Jean-Mi se disaient, là-bas, dans la pénombre, puis, ne devinant rien, en revint à Champredin.

– Si c'est ce qui t'inquiète, je n'ai rien raconté à M. Valmer. Ou plutôt je lui ai raconté que tu étais tombé en cherchant à porter secours au commandant.

– Merci, dit Champredin d'une voix grinçante. Et moi je ne lui raconterai pas que tu m'as cogné dessus.

– J'ai eu tort ?

– D'après toi ?

David hocha doucement la tête.

– Tout le monde a le droit de paniquer, dit-il. Peut-être que ça m'arrivera un jour.

Champredin se pencha tout à coup par-dessus la table. Il ne souriait plus.

– *Qui* a paniqué ? Celui qui a reçu le coup de poing ou celui qui l'a donné ?

– Quoi ?

David n'en revenait pas. Il s'attendait à une conversation où il aurait rassuré le copilote : il y avait réfléchi, la situation dans l'avion était difficile, dangereuse ; peut-être, laissant à Champredin le temps de recouvrer son sang-froid, tout se serait-il passé différemment. Mais la question était là, précisément : *ils n'avaient pas eu le temps.*

– Tu m'as très bien compris, continua Champredin qui sentait confusément qu'il pouvait prendre l'avantage. Alors, comme ça, tu as menti au patron ? Par pure magnanimité, hein ? Merci. Merci beaucoup. Mais tu remarqueras que, de mon côté, j'aurais pu lui raconter que tu m'as assommé à coups de poing. Que tu m'as pris les commandes de l'avion alors que tu n'as même pas ton brevet de pilote. Moi, j'ai comme l'impression que ça pourrait être ennuyeux pour toi qu'il l'apprenne. Et encore plus ennuyeux pour lui si on savait que son zinc et ses passagers se sont retrouvés aux mains d'un gamin sans expérience et sans brevet. Qu'est-ce que tu en penses ? Je crois me rappeler qu'il a eu beaucoup de mal, le patron, à obtenir le droit de faire voler son coucou...

David resta longtemps à dévisager Champredin – son nez courbe et mince, ses yeux de rat, sa maigre moustache de poils follets. Sa première réaction – l'indignation, la colère –, il la contrôla très vite. Il aurait pu se lever et envoyer son poing dans la gueule de ce type – mais il n'agissait jamais sans réfléchir. Et, réfléchissant, il réalisa que Champredin était capable de tout afin que personne ne l'accuse de lâcheté – que, bien pire, Champredin avait réinventé à sa manière l'incident du Constellation et s'était persuadé qu'il n'avait commis aucune faute, pas la moindre lâcheté. Il n'en éprouva pas de mépris – ce sentiment lui était étranger –, mais de la déception. Il avait d'autres choses à penser, tellement plus importantes : son père, Jasmine. Il était prêt, non pas même à pardonner, mais à oublier, passer l'éponge. *Il avait déjà oublié et passé l'éponge.* Et à présent Champredin le menaçait, menaçait M. Valmer. David se sentit soudain très fatigué, prêt à tout lâcher pour en finir.

– D'accord, dit-il. On fera comme tu voudras.

Lentement, Champredin se décontracta, se redressa, puis s'abandonna tranquillement contre le dossier de son siège. Ce visage, en face de lui, lui resterait à jamais indéchiffrable, ça l'agaçait et le mettait mal à l'aise, mais il fallait tenter le coup.

– C'est entendu ? demanda-t-il. Je confirme ta version des faits, ça ne fait pas de vagues, et on en reste là ? Échange de bons procédés ?

– Oui. Mais à une condition.

– Laquelle ? Vas-y, je t'écoute.

David planta ses deux coudes sur la table, posa le menton sur ses poings et ses yeux clairs examinèrent Champredin – « comme, pensa celui-ci, on évalue la valeur d'un *objet* ».

– Nous ne nous tutoyons plus.

Surpris, Champredin ricana bêtement.

– Ça n'aura pas duré longtemps...

– Si. Trop.

– Attends... Je ne comprends pas. C'est une déclaration de guerre ? Je te propose mon amitié et tu la refuses ?

Alors David fit ce que font tous les enfants quand, vraiment, il n'y a plus de réponse possible : les yeux au ciel, il soupira longuement en faisant bruyamment vibrer ses lèvres.

Pour la première fois de sa vie, Champredin rougit. Il ne s'était jamais senti si humilié.

***

– Tu le sais bien, Jean-Mi : tu seras toujours mon frère. Mon grand frère préféré.

Combien de fois Jasmine avait-elle répété cette phrase ? Jean-Mi refusait de la regarder, refusait de l'entendre. Et il répliquait, têtu, les poings serrés :

– Frère et sœur, ça, c'est pour les parents. T'es pas ma sœur. T'es pas ma sœur.

– On se connaît depuis qu'on est tout petits. On dort depuis combien de temps dans la même chambre ?

– Justement... Moi je dors pas.

– Jean-Michel...

Ils avaient quitté la terrasse. Ils se tenaient près de la porte d'entrée d'un immeuble. Jean-Mi, tête baissée, se retourna vers le mur.

– Arrête. Va le rejoindre, ton...

– Jean-Michel, tu m'énerves !

Elle l'attrapa par le col de la blouse et l'obligea à se retourner. Elle savait qu'elle n'aurait pas dû mais, elle ne put s'en empêcher, elle lui claqua une tape très sèche sur le front, comme elle l'avait fait souvent quand ils étaient enfants et qu'il refusait d'écouter, d'entendre, d'admettre.

– T'es un vrai caillou ! s'exclama-t-elle.

Il lui attrapa les poignets au vol, la bouscula contre le mur et elle eut peur.

– Jean-Mi, arrête, tu me fais mal...

Il était plus fort qu'elle, il lui maintint les poignets sur le mur.

– Tu as couché avec lui ? Réponds ! Tu as couché avec lui ? Si jamais tu as couché avec lui, je te...

Il se tut net. Il répéta : « Je te... Je te... », et plus il le répétait, plus il perdait contenance. Avec un grognement de colère, il lui lâcha les poignets, puis lui tourna le dos.

– Tu vois bien, dit enfin Jasmine, d'une voix calme et décidée. On ne s'entend pas, toi et moi.

Il grommela quelque chose. Elle lui toucha légèrement le bras.

– Qu'est-ce que tu dis ?

– Je dis (et il lui fit face, le visage défait, des larmes dans les yeux) que tu n'as jamais voulu qu'on s'entende !

– C'est idiot, je...

– Ah, oui ! C'est idiot ! Je suis idiot, hein ? C'est ce que papa et maman ont toujours pensé : Jean-Mi, il est idiot ! C'est moi, leur fils, et c'est toi qu'ils préfèrent !

– Jean-Mi, enfin...

– J'en ai marre...

– Jean-Mi...

– Laisse-moi. Fous le camp.

Une nouvelle fois, elle tenta de le prendre par le bras, ou l'épaule.

Il se dégagea avec une violence d'enfant ou de bête sauvage, se plaqua dos au mur, croisa les bras et tapa du pied.

– Va le rejoindre. Fous le camp.

Elle renonça à faire un geste de plus. Elle recula de quelques pas – elle ne savait plus quoi dire. Elle jeta un regard vers la terrasse et surprit David dans une attitude semblable à celle de Jean-Mi, bras croisés, fermé, face à Champredin. Elle murmura :

– C'est dommage...

Elle n'avait plus qu'une envie : rentrer chez elle, se coucher et dormir. Elle n'aurait jamais cru que Jean-Mi l'aimait et la haïssait autant. Et que ça lui ferait si mal.

***

Quand Jasmine revint à la terrasse du café, David se leva, passa un bras sous le sien et dit à Champredin :

– Jasmine doit rentrer. Ses parents l'attendent. Vous nous excuserez auprès de Noël et de Jean-Mi ?

– Compte sur moi. Bonsoir, mademoiselle.

– Bonsoir, dit-elle et déjà David l'entraînait entre les tables et les sièges.

Champredin les suivit un moment du regard, tandis qu'ils s'éloignaient à travers la place. Puis il alluma une cigarette, souffla un épais nuage de fumée d'où sembla jaillir tout à coup Pietri portant un seau à glace comme un prêtre un ciboire.

– Et où ils sont tous ? s'étonna le Corse.

– Partis.

– Et le champagne ? J'ai commandé le champagne, moi !

– On va t'aider à le boire. Va chercher Jean-Michel.

– Et il est où, lui ?

– Quelque part, là-bas derrière.

– Là-bas derrière ? Qu'est-ce qui lui prend ?

– Qu'est-ce que j'en sais, moi ? Il boude ou il chiale.

– C'est pas vrai ? dit Pietri d'un ton catastrophé.

– Mais non, c'est pas vrai, rétorqua Champredin. Il danse le twist.

– Quoi ?

Devant l'air ahuri du Corse, Champredin faillit éclater de rire, quitter la table et rentrer se coucher. Il en avait sa claque, de l'abruti aviné et du rocker pleurnichard. Mais il imagina le studio démeublé où il passait ses nuits, se rappela que le lundi matin il lui faudrait s'expliquer devant Valmer et que son avenir, à très court terme, dépendait entièrement de ce petit con d'Arcas et de ses prétentions morales. On peut prévoir les réactions d'un salaud : il suffit de se mettre à sa place ; c'était le fond de toute sa philosophie. Mais à quoi s'attendre de la part d'un petit saint premier de la classe ? Rien de plus imprévisible que les scrupules, ça peut te foutre en l'air du jour au lendemain, pour un embarras de conscience.

– Va chercher Jean-Michel, je te dis. On va boire ta roteuse et discuter.

***

Il y a des hommes qui ne se révèlent que dans l'intrigue. Ce sont des idéalistes d'une sorte particulière. Ils n'ont pas l'ambition de changer le monde ; simplement le désir d'apporter quelques arrangements au petit monde qui fait leur vie. Ils ont, fort ancrée dans leur tête, la conviction que Dieu – ou le hasard et la nécessité – a commis une esquisse injustement brouillonne de leur existence et qu'il est de leur devoir de la corriger, l'amender, la rendre plus conforme à l'idée qu'ils se font d'eux-mêmes. Ainsi, François Champredin, qui n'avait piloté que d'improbables épaves volantes du côté de Ouagadougou, avait-il estimé que rédiger de fausses recommandations et se faire imprimer un faux brevet de pilotage, afin d'être engagé par Valmer, n'était rien d'autre qu'un coup de pouce d'un destin personnel dont il avait choisi de tenir fermement la main. De quel droit lui reprocherait-on de vouloir un bon salaire, un uniforme et du prestige ? Il était incapable de prendre les commandes d'un Constellation ? Et alors ? Confortablement installé dans le siège du copilote, il aurait le temps d'apprendre son métier et, d'ailleurs, il avait vite compris, dès l'entretien d'embauche, que le commandant Chabrol n'était pas du genre à confier la moindre manœuvre à quiconque. Tant mieux. Puisque, de son côté, il n'avait pas l'intention d'en revendiquer la moindre responsabilité, ils ne pouvaient que bien s'entendre.

Et cela avait été le cas ! Pas un ennui, pas un problème, pas une friction. Chabrol, qui voulait tout faire, était très content de lui, qui ne prétendait à rien. Chabrol savait piloter un Constellation ; Champredin s'en savait incapable : parfaite association de compétences. Jusqu'à ce jour fatal...

Lorsqu'on est un idéaliste – dans la caverne de Platon, il n'y aurait eu qu'une ombre, selon Champredin : la sienne –, on est toujours surpris des mauvaises manières de la vie comme elle va. On s'est appliqué à contrefaire diverses écritures sur des papiers à en-tête qu'on s'était ingénié à dérober ; on a confié ses derniers sous à un faussaire antipathique pour qu'il imprime un magnifique brevet de pilotage ; on a convaincu à l'embauche un patron mal embouché ; on a flatté, vol après vol, le complexe de Mermoz de cette grande gueule de Chabrol – et pour quelle récompense ? Un infarctus dudit Chabrol, en plein ciel et en phase d'atterrissage. A quoi bon avoir consenti tant d'efforts ? Et tout ça pour se faire cogner sur l'œil par une espèce de Jean Marais de vingt-deux ans, même pas pédé ?

Champredin trouvait la blague un peu exagérée. Il aurait travaillé avec tant d'application à se fabriquer une vie selon son idée, et un David Arcas la détruirait, simplement parce qu'il était là, lui et sa chance ?

Lorsque Noël Pietri lui ramena un Jean-Michel Casagrande plus amoureux transi qu'il n'est permis – selon Champredin, qui ne touchait qu'aux putains, attendant du destin (et de sa propre industrie) l'héritière à épouser –, il se cala dans son siège et, sans y avoir réfléchi, presque sans y penser – les mots naissaient d'eux-mêmes de sa bouche, quasi prédestinés –, il dit :

– Noël, débouche le champagne. Buvons. Buvons à nous.

A peine trempa-t-il ses lèvres minces dans la coupe. Quant à Jean-Mi, il but cul sec. Champredin fit remplir les verres, empêcha Jean-Mi de vider le sien (« Tu veux te soûler ? lui souffla-t-il. Et puis ? Où ça te mènera ? Regarde Pietri. ») et invita le Corse à se servir encore (« Tu as raison, Noël. Tu es le plus malin d'entre nous. Vas-y, bois. Il n'y a que les faux-culs pour détester l'alcool ! »).

Quand il se fut assuré que Pietri vidait seul la bouteille, Champredin offrit une Gauloise à Jean-Mi.

– Non, merci, j'ai sommeil, je suis debout depuis quatre heures du matin. Je vais rentrer chez moi.

– A la santé des ffffiancés ! éructa Pietri, juste avant de s'envoyer une coupe de champagne dans le gosier.

– D'accord, répliqua Champredin, avec impatience. A leur santé.

– Alors, tu lèves ton verre... A leur santé !

– Noël, je crois que tu bois trop. Fais-moi plaisir, arrête.

– Bien obligé, répliqua le Corse en enfonçant sa bouteille dans le seau à glace et cul par-dessus tête. Elle est vide...

Champredin éclata de rire et en profita pour passer son bras autour des épaules de Jean-Mi et pour déclarer, du rire encore dans la voix :

– Je ne vous ai pas raconté mon dernier voyage pour la compagnie de môssieur Valmer ? « *Le monde est à vous !* » Si c'est pas de la prétention, déjà, un nom pareil... Hé, Noël !

– Quoi ?

– Tu peux te payer un voyage en avion au Caire ?

– Où ça ?

– Du côté des Pyramides.

– Ch'ais pas où elles sont, les pyramides, mais, avec un nom pareil, c'est sûrement trop loin.

– Tu es la voix de la raison, Noël, la voix du peuple. Seulement, le peuple, Valmer, il sait lui parler. C'est un communiste.

– Non ? Un coco ?

– Oui. Et Chabrol, pareil. Et Arcas, qu'est-ce que vous croyez ?

– Non... C'est pas possible...

– Pourquoi ?

Pietri se gratta la tête, puis fournit cette explication :

– Il est trop beau et il a tout ce qu'il veut. Il peut pas être communiste.

– Tu devrais avoir ta chronique dans *L'Aurore*, Noël. Quoi qu'il en soit, écoutez bien :

Et ce que Champredin leur expliqua, à sa manière, c'est la décision de Chabrol d'atterrir à Amman – « Sans que, à ma connaissance, aucune avarie ne la justifie » –, le « malheureux » infarctus du commandant – « Il fumait et il buvait plus que de raison » –, l'attitude de David Arcas – « Il avait tellement envie de conduire le zinc qu'il aurait aussi bien pu me balancer dans le vide » – et l'apparition des « Arabes » – « On pouvait pas se tromper, tous les traits distinctifs : la barbe, le regard pas franc et les kalachnikovs ». Après quoi, Champredin fit un long récit – parfaitement imaginaire – du séjour de David Arcas parmi les feddayin.

– En fait, dit Jean-Mi pour donner l'impression qu'il suivait, la Jordanie, c'est dans le pays des Juifs ? Et la ville aussi, là... Caramel ?

Gardant son sang-froid, Champredin demanda du papier et un crayon au garçon de café.

– Prends des notes, dit-il en lui fourrant le crayon dans la main et le papier sous le nez. Tu verras, ça te parlera mieux...

Champredin épela le nom de « Karameh », sans oublier l'*h* final. « Un *h* à la fin ? – Typiquement arabe. – Ah, ouais ? » Il n'oublia pas non plus d'épeler « Amman » ni, surtout, « feddayin ».

Jamais de sa vie Champredin n'avait fait preuve de tant de patience et de pédagogie. Il en arriva à dessiner un plan de la mer Morte, expliquant à grands traits l'état d'esprit de l'une et l'autre rives. Même Pietri, qui n'y voyait pourtant plus clair, se passionna pour ce cours improvisé de géopolitique.

Le gros doigt du Corse hésita, puis se posa sur la rive orientale de la mer Morte.

– Là, alors, c'est chez les Palestiniens ?

– Chez les terroristes, le corrigea Champredin. David est parti avec eux. Les mains vides, je crois. Mais il est rentré avec un paquet. Qu'il a mis dans l'avion, près de son siège. Première faute.

– Pourquoi ?

Champredin étendit les jambes et considéra pensivement ses chaussures.

– Quand des terroristes te confient un paquet, d'après toi il s'agit de quoi ?

– J'sais pas... De... D'une bombe... ?

– Par exemple. Et qui aurait pu tout aussi bien exploser dans l'avion.

Pietri s'envoya une claque joyeuse sur la cuisse.

– David ! Avec une bombe ! Tu racontes n'importe quoi ! Une bombe !

Jetant un regard inquiet autour d'eux, Champredin siffla entre ses dents :

– Parle moins fort, tu veux ? Et si ce que je raconte ne t'intéresse pas, va au bar. Je t'offre un verre.

Il fouilla dans la poche de son pantalon, en tira un billet qu'il laissa tomber sur la table sous le nez de Pietri. Le Corse attrapa les cinq francs, se leva, mal assuré sur ses jambes, et prit la peine de préciser :

– David, c'est mon copain. Fais gaffe à ce que tu dis sur lui.

Champredin croisa les bras et regarda ostensiblement devant lui. Pietri tritura le billet entre ses doigts.

– De toute façon, ajouta-t-il, je l'ai vu, ce paquet. David l'a rangé dans l'armoire, chez son père. Si c'était une bombe, il l'aurait sûrement pas mise là.

Puis, incapable de résister à son besoin d'alcool et certain d'avoir eu le dernier mot, il s'éloigna vers la salle du café.

– Bon vent, l'ivrogne, grogna Champredin quand le Corse fut trop loin pour l'entendre. Il se retourna vers Jean-Mi, qui, le crayon en l'air, examinait la feuille de papier où étaient inscrits les mots *Karameh*, *feddayin*, *Amman*, et dessinée une carte de la mer Morte. Jean-Mi posa la mine de son crayon et nota : *bombe*. Champredin se dit alors que la partie était presque gagnée.

– Je pensais, dit Jean-Mi... Si on avait envie de faire une... une farce à David, ce serait facile.

– Comment ça ?

– Il suffirait de téléphoner aux flics et de leur faire un topo de ses aventures à Amman et à Karameh. Et, bien sûr, de leur parler du paquet. On sait même, maintenant, grâce à Noël, où David l'a planqué.

– Doucement. Imagine que ce soit vraiment une bombe ? Ce serait grave... Grave pour lui, je veux dire.

– Oui, tu as raison. Il y a ce risque. Mais tu as entendu Noël ? Il n'a pas tort : une bombe, on ne la cache pas chez son père.

– Qu'est-ce qu'il y a, alors, dans ce paquet ?

– Je sais pas. Des loukoums ?

Jean-Mi rit de sa propre plaisanterie.

– Ce serait marrant que David, pour un kilo de loukoums, passe trois jours en garde à vue !

– Ce serait pas chic. Il raterait ses fiançailles avec Jasmine.

Jean-Mi le regarda, regarda la feuille de papier et, soudain, se mit à la plier en quatre. D'un geste rapide, Champredin la lui arracha des mains.

– Laisse tomber, dit-il.

Il froissa la feuille dans son poing, la déposa dans le cendrier et donna un coup de coude amical à Jean-Mi.

– Tu ne vas pas faire ça à ta sœur, non ? Tu y gagneras quoi si elle apprend que c'est toi qui as dénoncé son petit ami ?

Jean-Mi, qui ne lâchait pas des yeux la boule de papier froissé dans le cendrier, ôta ses Ray Ban, en replia délicatement les branches et en frotta les verres sur le revers de sa blouse.

– Je déconnais, c'est tout... De toute façon, pourquoi elle l'apprendrait ?

Champredin se leva.

– Les dénonciations anonymes, dit-il d'un ton sévère, ça ne me plaît pas. Et ça ne te ressemble pas. Écoute, le mieux est que tu te fasses une raison : cette fille n'est pas pour toi.

Avant que Jean-Mi ait pu ajouter un mot, Champredin lui mit la main sur l'épaule.

– Je suis crevé, je rentre. Je vais récupérer ce pauvre Pietri et régler ses consommations. A bientôt.

Champredin traversa la terrasse et la salle jusqu'au comptoir. Il se sentait plutôt content de lui. Il appela le garçon et lui paya la bouteille de champagne et les pastis. Ça faisait cher, mais, jugea-t-il, c'était un bon investissement. Pietri était accoudé au bar. Champredin le prit sous le bras. Hochant la tête en réponse à ses vaticinations, il l'entraîna hors du café. Quand ils eurent atteint le centre de la place, il tourna rapidement la tête vers la terrasse : Jean-Mi, consciencieusement, défroissait la boule de papier qu'il avait laissée dans le cendrier.

C'est avec beaucoup de sollicitude que Champredin reconduisit Noël Pietri chez lui, rue du Panier.

VII

Deux jours plus tard

Sur les hauts de Marseille, la maison des Adamantis avait, auprès des personnes de goût, la réputation d'être « la plus belle des Bouches-du-Rhône ». Il y en avait de plus vastes, et de plus spectaculaires. Mais la beauté est une affaire de proportions, une question d'équilibre. Elle a les apparences de la modestie.

La maison des Adamantis s'appelait *Les Oliviers*. Un nom sans forfanterie, presque commun. Dans son parc à l'anglaise, il ne restait qu'un olivier, plus que centenaire et qui ne donnait aucun fruit. Ce n'était pas un olivier, c'était un symbole. Celui de l'oliveraie qui, vers 1850, avait fait la fortune de Jean-Roch Adamantis, lorsque cet homme sévère, fils d'une longue lignée de paysans, s'était endetté pour fonder l'une des plus grandes huileries modernes de Marseille. Sur ces premières dettes qu'ait consenties un Adamantis depuis des siècles, et sur les oliviers, s'était bâti un empire de l'huile. Faisant mentir l'adage selon lequel le fondateur fait fortune, la deuxième génération la gère et la troisième la dilapide, les Adamantis n'avaient cessé de prospérer, malgré les guerres et les crises. En 1938, un Pierre-Roch Adamantis, dont les oliveraies occupaient des centaines d'hectares de l'arrière-pays, avait décidé, à la fois en hommage à son arrière-grand-père et parce que Espérance, sa jeune épouse, voulait « tenir son rang », de faire édifier sur le champ séculaire de la famille une maison – on disait alors « une villa » – où l'on puisse recevoir des hôtes nombreux et nécessaires à leur « standing » – depuis les années vingt la mode était à certains mots anglais.

Trente ans plus tard, Espérance Adamantis se promenait avec sa fille Andrée et, balayant d'une main baguée de diamant la perspective, splendide, sur la mer, disait :

– Vraiment, ces HLM gâchent la vue.

Andrée, qui avait entendu cette phrase cent fois depuis dix ans, répliqua, comme on se plie à un rite :

– Il faut bien loger les ouvriers.

– Sans doute. Mais pourquoi sous mes yeux ?

Andrée renonça à rajouter un mot. Froissant la dentelle dans ses poings, elle retroussait sa robe de mariée qui, sinon, aurait « capturé toutes les bêtes du chemin », comme le lui avait dit sa mère. Andrée avait trente-six ans, à dix-huit avait été reçue troisième au concours d'entrée à Normale sup ; docteur en sociologie à vingt-cinq, militante féministe proche de Simone de Beauvoir, « plus jeune maître de conférences » de l'université d'Aix-en-Provence, puis « plus jeune professeur en chaire », elle avait écrit de nombreux articles et publié deux livres au Seuil (dans la lignée de Durkheim : « Il n'y a pas de faits moraux ; il n'y a que des faits sociaux »), et elle n'osait toujours pas affronter cette femme frivole, intelligente et dominatrice, fille d'un ambassadeur de France auprès du Saint-Siège : sa mère.

Tout aurait été plus facile si Mme Adamantis s'était conduite comme la plupart des femmes qu'elle fréquentait. Si elle n'avait été qu'une grande bourgeoise imbue de sa généalogie et de son fric. (« Fric » et « grande bourgeoise », Andrée avait appris ces mots lors de ses études ; jamais elle ne les aurait prononcés devant sa mère – qui aurait ri.) A l'hiver et au printemps, Espérance Adamantis « montait » à Paris, passait en coup de vent chez Dior, et achetait deux tailleurs, saison et demi-saison – si « simples » qu'il fallait être une cliente de Dior pour savoir qu'ils étaient Dior. C'était son seul luxe. Pendant la guerre, *Les Oliviers* avait vu passer des préfets vichystes et quelques généraux allemands, lesquels ne se doutaient pas que, aux étages, des Juifs et leurs familles attendaient que Pierre-Roch Adamantis leur trouve, sur un cargo, un embarquement pour le Portugal ou l'Argentine.

Des Résistants de la dernière heure, l'été 44, avaient déboulé dans la maison, cherchant qui fusiller, qui tondre. Espérance Adamantis les avait accueillis comme des hôtes, avait fait servir le thé, s'était assise parmi eux dans le grand salon – ils ne savaient où poser leurs fusils de chasse et leurs Lebel de la guerre d'avant – et avait débattu en leur compagnie des chances de De Gaulle et des communistes de former un gouvernement durable. Andrée avait douze ans, et se rappellerait toujours le sang-froid de sa mère.

Compagnon de la Libération, gaulliste dès le 18 Juin, Pierre-Roch, son père, présida la section marseillaise du RPF. Il emmenait sa fille aux réunions, aux meetings, et c'est sans doute là qu'elle prit le goût du débat et de l'engagement politique. Au début des années cinquante, son père se rendait une fois par mois à *La Boisserie*, pour « discuter avec le Général ». Mais, quand de Gaulle prit, à la faveur d'un « fantasme de putsch » (définition d'Andrée), le pouvoir et l'Élysée, Pierre-Roch Adamantis refusa tous les postes qu'on lui proposait au gouvernement : il y était entré, à son goût, trop de collabos. « Mon général, je comprends vos raisons, mais... » Cet aristocratique « mais » résumait assez pour Andrée les choix politiques de ses parents.

– Et la peinture ? demanda Mme Adamantis alors qu'elles reprenaient le chemin de la maison où une centaine d'invités les attendaient. Tu vas continuer ?

– Maman... Vous savez bien que je ne peins que pour le plaisir.

– Du plaisir, d'abord, j'espère que ton mari t'en donnera. Ne rougis pas, tu m'agaces. J'ai lu ton dernier article dans *Les Temps modernes*, « Politique du vagin ». Tu ne serais pas ma fille, je t'aurais prise pour une courtisane.

– Maman...

– Il me semble que Cléo de Mérode, la Pompadour ou Eva Braun auraient pu signer ton article.

– Maman...

– Ne te fâche pas. J'ai le droit de plaisanter. Ou de m'en donner l'air ?

Elles approchaient de la maison. Sur la terrasse, des hommes en habit et des femmes en robe longue et décolletée, coupe de champagne sous le nez, échangeaient des ragots et des banalités. Mme Adamantis s'immobilisa, ficha une Boyard dans son fume-cigarette et tritura son briquet Chaumet.

– Ma fille, il faut voir les choses en face : tu as trente-six ans, tu n'es plus un tendron – et d'ailleurs tu nous expliques, à nous, pauvres femmes, la « politique du vagin » (tais-toi). Tu épouses un homme de cinquante ans. Ce cher juge Becq, tu l'as choisi, je dis « *amen* ». En fait, je n'aurais presque rien à reprocher à ton choix.

– Presque rien ?

– Oui... Il est un peu triste, non ?

Mme Adamantis battit son briquet 18 carats : une petite flamme d'un orange parfait incendia la Boyard.

– Voilà le fond de ma pensée – et je crois que tu ne pourras que l'approuver : reste toi-même.

Andrée ouvrit les poings. Les dentelles et la soie se défroissèrent : la robe lentement s'ouvrit en corolle, balayant la pelouse et ses insectes.

– Est-ce que, maman, vous pouvez... m'expliciter ça ?

– T'expliciter – quel drôle de mot. Mais si c'est ce que tu me demandes, je vais tâcher de définir ma position.

– N'hésitez pas...

– Tu te maries bien tard : quand j'étais jeune, une femme de trente-six ans, c'était une vieille fille, et elle le restait. Le monde a changé – et tu t'en occupes, en première ligne. Bravo, ma fille. Il reste que ton mari est un divorcé, pas de la première jeunesse, et que, au palais, il a la réputation d'être « intransigeant et austère » – un éteignoir et un pisse-froid, en somme. Est-ce que vous avez déjà discuté de la façon dont vous vivrez ensemble ?

– Plusieurs fois. Et, si c'est ce qui vous inquiète, je continuerai à exercer et je continuerai à peindre.

– Tant mieux, ma fille... Tu as peint de nouveaux tableaux, ces six derniers mois ?

– Très peu... J'avais du mal à me concentrer...

– Ah ? Et pourquoi ?

– Vous le savez bien, dit Andrée en relevant robe et jupon et en franchissant les derniers mètres vers la terrasse des *Oliviers*.

– Tu étais amoureuse ? Ma fille, il faut que je te dise le fond de ma pensée : comment, quand on a ton talent, renonce-t-on à peindre pour épouser... un homme très respectable, sans doute, mais qui, à cinquante ans, est toujours juge d'instruction ? Comment épouse-t-on un Becq ?

– Il est très gentil. Son divorce l'a fait beaucoup souffrir.

– Irrésistible. Quand est-ce que tu le trompes ?

– Maman, vous m'avez toujours soutenue, mais mes tableaux ne valent rien, je ne suis pas Cézanne, je ne suis pas Soulages.

– Tu es toi, et tu es ma fille. Soulages, c'est la mode d'avant-hier ; Cézanne, la mode des musées. J'ai appris à peindre, moi aussi, et je n'avais pas ton talent. Tu as voulu faire des études, très bien. Tu es allée à Fontenay-aux-Roses, parfait. Tu es devenue sociologue, c'est ton affaire. Ta sociologie, je m'en bats l'œil : la science des ratés. Mais ta peinture, ça, c'est toi, *toi* au plus profond. Je ne veux pas que ton mari t'empêche de peindre.

Andrée, retroussant dentelles, satin et soie sur ses genoux, monta les premières marches de l'escalier à double révolution qui menait à la terrasse.

– Maman... Faites-moi plaisir...

– Je t'écoute, ma fille.

– Ne me donnez plus jamais de conseil.

***

– Il est juif allemand, n'est-ce pas ? dit quelqu'un.

Dans le hall et le grand salon ovale, les invités passaient d'un groupe à l'autre. Andrée se joignit à celui, le plus nombreux, où son père menait la conversation et où se trouvait son mari – elle lui prit la main, avec la timidité et la discrétion d'une petite fille. Pierre-Roch Adamantis, l'index et le majeur glissés entre deux boutons de sa jaquette, l'autre main plaquée contre les reins – ce qui accentuait sa fameuse « minceur de jeune homme » (il avait cinquante-huit ans) –, fit sèchement remarquer que si ce Cohn-Bendit était « irritant, en effet », c'était pour ses opinions politiques et non pour ses origines.

– Des opinions ? rétorqua un gros homme. En quoi est-ce une opinion politique de réclamer le libre accès aux dortoirs des filles à l'université de Nanterre ? Ou alors, si c'en est une, il y a trente ans j'étais un précurseur ! Moi aussi, quand j'en avais l'âge, j'aurais « milité » pour entrer chez les filles !

Il y eut quelques rires, auxquels Pierre-Roch Adamantis ne s'associa pas.

– C'est exactement cela, dit un autre : ils veulent « aller chez les filles ». Comme nous allions au bordel – excusez-moi, mesdames...

– Tout ça, reprit le gros homme, n'est rien d'autre que la conséquence inattendue de la loi Marthe Richard. Ces gamins seraient moins échauffés s'ils avaient une bonne maison de passe dans les parages de leur université.

– Mais, intervint Andrée, les filles de Nanterre elles-mêmes réclament ce droit.

Le gros homme baissa les yeux sur sa coupe de champagne. Il y eut un silence réprobateur. Quelques-uns, sans l'avoir lu, avaient entendu parler du dernier article signé par Andrée dans *Les Temps modernes*. On savait que la fille des Adamantis était une « pétroleuse » et on avait assisté à la cérémonie comme à la réception en ironisant à voix basse sur ce mariage « mal assorti » entre cette universitaire de gauche et un petit juge que personne ne fréquentait, à part Adamantis lui-même, qui partageait sa passion pour la voile. Le gros homme releva la tête et, sans regarder Andrée, dit, à l'intention de son hôte :

– Vous qui connaissez bien le Général, vous vous rappelez ce qu'il a répondu lorsqu'on lui a demandé de mettre des femmes au gouvernement ?

Pierre-Roch Adamantis leva légèrement les sourcils, sans changer d'attitude. Le gros homme rabaissa les yeux sur son verre et, s'essayant à une imitation de De Gaulle, il reprit :

– « D'accord. Un secrétariat d'État au tricot. »

Certains rirent discrètement, d'autres se contentèrent de sourire. Quant à Adamantis, il n'eut aucune réaction.

Alors que personne ne s'était aperçu de sa présence, un peu en retrait du groupe, Espérance Adamantis, mordant son fume-cigarette du coin de la bouche, déclara :

– Citation apocryphe, mon cher.

– Je la tiens pourtant de première main.

– Eh bien, voilà une main que je ne serrerais pas.

Le gros homme rougit mais ne répliqua pas : les rieurs s'étaient empressés de changer de camp. Ils s'écartèrent spontanément pour faire place à Mme Adamantis. On connaissait son franc-parler ; on ne désirait pas en être la cible ; on se demandait qui serait la prochaine.

Ce fut le juge Pierre Becq, son gendre depuis quelques heures. Elle pointa sur lui son fume-cigarette.

– Et vous, vous ne dites rien?

– J'écoute. Déformation professionnelle.

Le juge Becq était un homme de grande taille, aux mains fortes, aux épaules larges et au visage étrangement maigre. « Une tête de Torquemada sur un corps de César Borgia », l'avait défini Espérance Adamantis lorsqu'elle l'avait rencontré pour la première fois. « Qui le gouverne? Sa tête ou son corps? L'austérité ou le plaisir? » Elle connaissait son drame intime : il avait épousé, à la fin de la guerre, une très belle blonde, fille de boulanger et « rosière » de son village. Laquelle lui avait donné un fils, Didier, puis s'était enfuie en Nouvelle-Calédonie avec un gendarme. Becq avait élevé ce fils seul et, alors qu'on le disait promis à la plus belle des carrières, n'avait jamais cherché à intégrer la magistrature assise. Espérance Adamantis ne savait si elle l'admirait ou le méprisait. Autrement dit : s'il avait choisi son sort ou le subissait.

– Vous avez pourtant une opinion, mon gendre? Votre fils a-t-il rencontré ce... Cohn-Bendit?

– Oh, dit tranquillement Becq, je ne pense pas que Didier ait jamais besoin d'un passe-droit pour entrer dans le dortoir des filles.

– Je vous crois. Je vous crois d'autant plus qu'il n'a demandé la permission à personne pour claquer la porte de l'école de la magistrature, n'est-ce pas?

Pierre-Roch Adamantis posa doucement la main sur l'avant-bras de son épouse.

– Espérance, je ne crois pas que cette histoire intéresse nos amis...

– Pourquoi? Vous discutiez, me semble-t-il, de ce Cohn-Bendit et de ses affaires de dortoir des filles et de piscine? Mon gendre a la chance d'avoir un fils aux idées tout aussi révolutionnaires. J'espérais de lui qu'il m'éclaire sur les sentiments et les motifs de cette nouvelle jeunesse.

Le visage d'Adamantis se durcit, et sa main serra un peu trop fort l'avant-bras de sa femme. Il l'aimait et l'avait choisie pour sa liberté d'expression; mais il trouvait qu'en certaines circonstances, désormais, elle allait trop loin.

– Madame, dit alors le juge Becq, vous avez raison. Et, puisque vous m'y invitez, je vais vous résumer les prises de position de mon fils.

Il se mit à frotter l'une contre l'autre ses mains énormes. Certains invités s'approchaient discrètement du cercle – le seul où il se passait quelque chose.

– Il est vrai, madame, comme vous l'avez dit, que Didier a claqué la porte de l'école de la magistrature. Et selon ces motifs : que la République française rendait une justice « de classe » et qu'il n'y participerait jamais. Très bien. Voulez-vous savoir à présent ce que j'en pense ?

– Voilà qui m'intéresserait. Après tout, vous êtes juge et, bien que vous ne la rendiez pas, vous participez à cette justice.

– Tout à fait. Aussi vais-je vous délivrer le fond de ma pensée, madame : mon fils est un con.

Cette fois, personne n'osa se décider entre rire ou pas. On préféra s'écarter – il serait toujours bien temps de rire, plus tard et entre soi. Les Adamantis et les Becq se retrouvèrent bientôt seuls au milieu du grand salon.

– Vous m'amusez, Espérance, mais vous exagérez, dit Adamantis. Quant à toi, Pierre, tu as eu tort d'entrer dans le jeu de ma femme. Tu viens de marquer un point, mais, prends garde, elle est rancunière.

– Je n'oublie rien, confirma Mme Adamantis.

Elle ficha une autre Boyard dans son fume-cigarette et ajouta :

– Cependant, beaucoup vous sera pardonné puisque vous aimez ma fille.

Sur ces mots, elle prit Andrée par la taille et l'entraîna à la suite de son père qui, traversant le salon, la main droite à hauteur d'épaule, réclamait l'attention des invités.

– Mes amis ! Mes amis ! Il est temps, je crois, que, selon la tradition, je vous inflige un discours !

On tourna le dos au buffet. On interrompit les conversations particulières pour prêter attention au maître de maison.

– Comme vous le savez, nous attendions notre maire. Et, certes, il viendra. Mon ami Gaston aime se faire... désirer.

Après avoir laissé libre cours à quelques rires de politesse et de connivence, Adamantis tendit les mains, l'une vers sa fille, l'autre vers son gendre. Personne ne rit, cette fois, de l'étrange spectacle de ce petit homme mince tenant par la main une femme mal à l'aise dans sa robe de mariée et, le dominant de deux têtes, un colosse à l'étroit dans son frac aux manches trop courtes.

– Nous sommes ici pour célébrer le mariage de ma fille, ma très chère fille, ma préférée, mon unique et ma seule, et d'un compagnon, d'un homme qui a lutté comme moi contre l'envahisseur nazi, d'un homme qui continue, chaque jour, de travailler pour la justice dans ce pays, d'un homme, enfin, dont j'admire l'humilité, et qui m'a fait l'honneur et la joie d'entrer dans ma famille.

Il lâcha la main d'Andrée pour couver entre les siennes la main de Pierre Becq.

– J'avais prévu, et répété de longue date, un fastidieux discours où je vous aurais exposé les vertus de cet homme qui, après avoir été mon compagnon de combat, a consenti à devenir mon fils. Je n'ai plus de mémoire, ni de temps à perdre. Je me contenterai de vous dire ceci, et devant lui, même s'il en rougit : ma fille ne pouvait faire un choix plus proche de mon cœur.

Une partie de l'assistance applaudit. Adamantis, hochant la tête, reprit :

– Je parle très peu, vous me connaissez – et vous savez pourquoi : vous connaissez ma femme...

Éclat de rire général.

Il se tourna vers son épouse :

– Espérance, il semble que ta réputation...

Mme Adamantis se contenta d'adresser un sourire du coin de la bouche à son mari.

Les rires redoublèrent. Il les laissa s'apaiser d'eux-mêmes, avant de reprendre :

– Voilà. C'est toute l'histoire de ma vie : j'ai voulu vous parler de ma fille et de mon gendre, et il n'y en a que pour mon épouse.

Il éleva les mains pour éteindre d'avance de nouveaux rires. Il prit une voix grave et douce.

– Je ne vous demanderai plus qu'une chose, mes amis : accompagnez les jeunes mariés de tous vos vœux.

Tout le monde se mit à applaudir. Adamantis approuva d'un hochement de tête cette ovation et reprit la main de sa fille et celle de son gendre.

– Merci, merci, merci, répétait-il comme un acteur devant la rampe, à la fin d'une représentation.

***

– Monsieur le juge ?

On lui tapotait l'épaule. Pierre Becq se retourna. Il reconnut le commissaire Scotto, un petit homme râblé et moustachu.

– Que se passe-t-il ?

Il s'aperçut alors que son beau-père lui tenait toujours la main. Face au commissaire, il se sentit un peu ridicule et se dégagea comme il put. Les applaudissements des invités s'arrêtaient comme cesse une pluie d'orage. Becq attrapa Scotto sous le bras et l'entraîna à l'écart.

– Alors ?

– Je suis désolé de vous déranger, monsieur le juge, dit le commissaire. Mais il y a urgence. Une affaire de bombe, de terroriste, enfin... vous me comprenez, on a besoin de vous. L'histoire est délicate.

– Mais, Scotto, je ne suis pas de garde. Vous voyez bien...

Becq lui montra la centaine d'invités qui, comme un troupeau de Panurge, se précipitaient vers l'entrée où le maire, Gaston Defferre, venait de faire son apparition.

– Je sais, je sais, monsieur le juge. Mais votre collègue, il est très jeune, moi j'ai jamais travaillé avec lui et on dit qu'il est... enfin, vous voyez ce que je veux dire ?

– Non. Pas du tout. Dites-le, Scotto, ce sera peut-être plus simple.

– Que je le dise ? Carrément ?

– C'est cela. Soyez carré.

Le petit commissaire se hissa sur la pointe des pieds et souffla à l'oreille de Becq :

– Il est « rouge »...

– Vous voulez dire : communiste ?

– Pouh ! fit Scotto, comme si le communisme n'était qu'une affaire d'enfants de chœur auprès de ce qu'il soupçonnait.

– Anarchiste, alors ? se moqua Pierre Becq. Où a-t-on vu un juge anarchiste ? ajouta-t-il en pensant à son propre fils. Et c'est pour ça que vous venez me déranger ici ?

Scotto, qui portait encore un chapeau mou à la mode des années cinquante, le tritura en baissant les yeux.

– Monsieur le juge, je vous le répète, je n'ai confiance qu'en vous : l'affaire est très délicate.

Il ne fallut pas longtemps à Becq pour prendre une décision : il vit la foule des fracs et des robes s'agglutinant autour de Defferre, il vit sa belle-mère et son beau-père à la tête de cet exercice d'adoration démocratique ; il se rappela que, depuis la trahison de sa première épouse, il n'avait jamais trouvé meilleur réconfort qu'à interroger les inculpés et les témoins, à pénétrer dans leurs vies – presque toujours de mauvais Simenon, quelquefois de superbes Dostoïevski. Ici, personne n'avait besoin de lui. Ni, lui, d'amitié pour personne.

– Allons-y, dit-il au commissaire Scotto. Je préviens ma femme que je m'absente, je passe chez moi me changer et je vous rejoins au palais.

VIII

A quelques kilomètres de là

Quand il eut terminé son discours, Valmer descendit de l'estrade sous les applaudissements et l'orchestre joua les premières mesures de *Don't be cruel.*

– Tu vois que tout s'est bien arrangé ? dit David en prenant la main de Jasmine. Chacun y a mis du sien, et voilà ! ajouta-t-il en balayant la salle d'un grand geste.

La fête était gaie, colorée et bruyante.

– On dirait la répétition générale de leurs noces, à ces petits ! s'exclama Gisèle Casagrande, qui trônait dans un fauteuil de rotin, sur la véranda, entre son mari et le vieux Arcas, admirant le désastre joyeux des grandes tables où ils avaient déjeuné à plus de cinquante, et la piste où l'on dansait, seul ou en couple, selon que l'orchestre jouait des javas et des valses ou des twists et des jerks.

Valmer vint saluer le vieux Arcas et les Casagrande. Gisèle, tapotant sa mise en plis, le remercia de son discours.

– Tout ce que vous faites pour ce petit David...

– Est naturel, l'interrompit-il. Il m'a sauvé un avion et quarante passagers, ça vaut bien un brevet de pilote en retour. En quelques mois, je m'arrangerai pour qu'il ait assez d'heures de vol, et après on en fera peut-être le commandant de bord le plus jeune de France, qu'en pensez-vous ?

– Tenez ! s'écria Gisèle. Il faut que je vous embrasse !

Des jeunes gens arrivaient encore, en bande, et il fallait désormais danser dans la cour de terre battue tant on était nombreux. Il semblait que la plupart des habitants du Panier se retrouvaient là, profitant de la musique et du soleil de la calanque : les amis et les clients du vieux Arcas, ceux des Casagrande, les jeunes du quartier qui avaient grandi avec David et Jasmine, leurs collègues de la compagnie Valmer et ceux de l'Hôtel-Dieu. Betty, en minijupe, exécutait un twist à convertir les amateurs de tango.

A l'entrée du chemin de terre qui conduisait au restaurant, des hommes avaient organisé une partie de pétanque. En contrebas, sur les galets, des femmes s'étaient assises sur des pliants multicolores et bavardaient en surveillant les enfants qui se baignaient et s'aspergeaient dans l'eau froide de mai.

A l'intérieur, adossé au mur le plus éloigné de l'orchestre, Jean-Mi, les yeux cachés derrière ses Ray Ban, bras croisés, vit sans plaisir Champredin s'approcher de lui.

– Belle ambiance, non ? Tu ne danses pas ?

Jean-Mi haussa les épaules en maugréant : « Pour quoi faire ? » Champredin s'accota lui aussi au mur.

– Regarde-moi ça ! On peut dire qu'il sait se débrouiller, le David. Valmer lui a dégotté le meilleur orchestre et le meilleur traiteur du département. Et à qui appartient le restau ?

– A Codognès, un ami du père Arcas.

– C'est pas mal, plutôt agréable, tu ne trouves pas ? Il y a de la place, il y a la mer... Tu devrais réserver pour tes futures noces.

– Arrête, t'es pas drôle...

– Toujours défaitiste ? Tu ne devrais pas. La chance, ça tourne. Surtout quand on a fait ce qu'il faut pour ça.

Pour la première fois, Jean-Mi se tourna vers Champredin et le regarda en face.

– Qu'est-ce que tu racontes ?

Champredin cligna de l'œil, lui tapota l'épaule et, avant de s'éloigner, se pencha à son oreille :

– T'inquiète pas. Ce qui est fait est fait. Après, ce n'est plus qu'une affaire de patience.

Il se fraya un chemin parmi les danseurs, toucha au passage la hanche d'une fille, les fesses rebondies d'une autre, tout en souriant à leurs cavaliers. A l'entrée de la véranda, Noël Pietri pérorait, un verre à la main, parmi une dizaine de supporters des Ultras. Ils attendaient, en l'arrosant d'avance, l'arrivée de la vedette de l'OM, Josip Skoblar, et de Marcel Leclerc, le président du club. Jean-Mi se pencha à la fenêtre la plus proche, scrutant le chemin de terre par lequel on accédait au restaurant. Il y aperçut deux silhouettes : son cœur battit plus vite. Non. C'était un couple, jupe à fleurs et pantalon tuyau de poêle. Il ne sut pas s'il était déçu ou soulagé. Il remit ses Ray Ban en place et s'adossa à nouveau au mur.

Champredin, avisant une fille qui ne dansait pas, alla l'inviter. Elle rougit, puis, ses petits poings serrés près de ses seins, elle se mit soudain à twister en face de lui. Il serra lui aussi les poings contre sa poitrine, remua un genou, puis l'autre, en rythme, et s'aperçut que David et Jasmine dansaient à moins d'un mètre de lui.

– Devine à quoi je pense, dit Jasmine.

– Je crois deviner, répliqua David, mais je n'y crois pas.

– Tu n'en as pas envie ?

Tout en bougeant épaules et hanches dans le tempo de l'orchestre, elle s'approcha de David à le toucher. Elle tendit le visage, évita ses lèvres et lui souffla à l'oreille :

– Chiche.

Il glissa adroitement son bras sous le sien. Il l'entraîna hors de la cohue des danseurs.

– Tu es vraiment sûre de ce que tu veux faire ? lui demanda-t-il.

– Et toi ?

Il lui piqua un baiser sous l'oreille.

– Devine.

Il rit, elle rit, ils traversèrent la salle, s'ouvrant un passage parmi tous ces couples qui leur semblaient singer leur propre accord, leur propre désir. Juste avant la porte des cuisines, derrière l'estrade de l'orchestre, un escalier de bois montait à l'étage. David mit le pied sur la première marche ; il sentit que Jasmine hésitait.

– Qu'est-ce qui t'arrive ? Tu n'as plus envie ?

Elle contemplait le fond de la salle. Soudain sérieuse.

– Tu as vu un fantôme ?

Elle soupira très fort et, brusquement, le prit par la taille.

– Je n'ai pas peur des fantômes, dit-elle.

Ils montèrent l'escalier de bois, enlacés, tandis que, à l'autre bout de la salle, Jean-Mi, ses Ray Ban à la main, les suivait du regard, qui disparaissaient à l'étage.

Après avoir rechaussé ses lunettes aux verres fumés, Jean-Mi recoiffa machinalement ses cheveux gominés. Il tourna le dos aux dizaines de danseurs et à l'orchestre. Il s'imagina fonçant à travers la salle, bousculant les danseurs, escaladant l'escalier jusqu'à la chambre, se jetant sur ce putain de David Arcas, et lui cassant la gueule. Pendant quelques secondes, ça lui fit du bien. Il se sentit fort et courageux, un homme. Puis une main se posa sur son bras et une voix, dont il connaissait par cœur toutes les inflexions et toutes les (pauvres) ruses, le renvoya en enfance.

– Allons, mon grand, arrête de bouder...

Sa mère lui caressa la joue du dos des doigts. Il s'obligea à ne pas frissonner d'agacement. Il écarta le visage hors de portée.

– Tu sais, reprit-elle, je comprends ce que tu ressens. Tu as toujours tellement aimé ta sœur. Mais c'est ta sœur. Justement. Tu ne voudrais pas épouser ta sœur ?

– Maman... S'il te plaît...

– Arrête de faire ta tête de mule. A quoi ça sert ? Jasmine, elle va épouser David, et c'est la vie, ça. Tu n'y peux rien. Et puis – on se le dit entre nous, hein, mon fils ? –, Jasmine, c'est une petite Arabe. On l'aime comme notre fille, *c'est* notre fille. Elle est mignonne, gentille, adorable, sérieuse, tout ce qu'on peut espérer d'une fille comme elle. Ah, ça, elle nous a pas déçus, elle a pas été ingrate.

Jean-Mi se détourna vers la fenêtre. Il aurait voulu que sa mère le laisse seul et il aperçut deux hommes, en imper, qui descendaient le chemin. Le plus petit marchait en tête, son chapeau à la main. Une vieille connaissance du quartier.

– Écoute-moi, disait sa mère. Jasmine, on est bien d'accord, elle n'est pas pour toi. Et tu sais pourquoi ? Parce que, toi, tu vas épouser une Française. Une vraie Française de France.

Scotto. Le commissaire Scotto. Avec un inspecteur. Son cœur battant soudain plus vite, Jean-Mi posa ses mains sur les épaules grasses de sa mère.

– Tu as raison, maman, dit-il. Tu as toujours raison.

Il l'embrassa sur les deux joues et chuchota :

– Ne t'en fais pas pour moi. Tout ira bien, maintenant.

– Je suis contente.

Pour faire bonne mesure, il l'embrassa encore une fois sur la joue, tandis que, d'un œil, il surveillait l'arrivée sur l'esplanade de terre battue des deux hommes en imperméable.

– Au fait, demanda Gisèle Casagrande, ta sœur, tu sais où elle est ? Je la vois plus.

***

Jasmine était dans l'une des trois chambres de l'étage. Elle s'étonnait.

– Il est magnifique, ce tissu ! C'est...

Elle caressait comme un objet précieux l'étoffe de soie qui recouvrait le lit – toute tissée d'or, d'argent, d'émeraude et d'écarlate.

– C'est toi ? C'est toi qui l'as rapporté ?

– Il te plaît ? demanda David. Il est à toi.

Elle s'écarta soudain du lit.

– Non, dit-elle. Il est trop beau.

– Idiote, répliqua David.

– Quoi ?

– Oui, idiote. J'ai dit : « idiote ». Et je parlais de toi.

David savait qu'il prenait un risque : Jasmine était trop entière pour avoir le sens de l'ironie. En effet, elle fronça les sourcils et les coins de la bouche, gamine des rues déjà prête à la bagarre.

– Tu n'as pas le droit de me parler comme ça.

– Mais si, tu es idiote. Idiote de croire qu'il y a des choses trop belles pour toi.

Elle mit quelques instants à défroncer les sourcils, à comprendre que l'insulte était un compliment. Elle avait été près de quitter la chambre, furieuse ; elle s'avança vers David et lui prit les mains.

– Tu as une drôle de façon de m'offrir des cadeaux.

Il rit, lui posa un baiser sur les lèvres, la serra contre lui. Elle se dégagea doucement.

– Attends...

– D'accord, dit-il en lui plaquant fermement la main sur la hanche. Mais pas trop longtemps...

Elle lui donna une claque sur l'avant-bras.

– Je te trouve bien chaud, aujourd'hui.

– Ça te déplaît ?

– Faudra voir. Moi, les promesses ...

Il fit semblant d'être vexé, tandis qu'elle fouillait dans la poche minuscule de son spencer, dont elle tira un écrin tout aussi minuscule. Elle le lui tendit.

– C'est pour toi.

Il l'interrogea du regard, elle resta impassible.

– Je l'ouvre ?

– C'est fait pour ça.

Avec précaution, il retira le couvercle de l'écrin. Il y découvrit une pierre, ou plutôt un caillou, d'un beige terne. Un peu surpris, il le prit entre ses doigts.

– Merci...

– Je veux que tu gardes toujours cette pierre sur toi. Elle te portera bonheur, elle a beaucoup de valeur.

– Ah ? dit-il à tout hasard.

– Mon père me l'a donnée quand j'étais petite. Ce n'est qu'un caillou. Un tout petit caillou. Qui vient de Kabylie. Un petit morceau de la terre de ma famille. Et aujourd'hui c'est tout ce qui me reste de mon père. De mon pays.

– Tu y retourneras peut-être un jour.

– Jamais.

Jasmine fit quelques pas dans la chambre, s'arrêta devant la fenêtre. Elle vit deux hommes en imperméable traverser la foule joyeuse des danseurs. L'un était petit, râblé, et portait un chapeau à la main, qu'il agitait devant lui comme pour chasser les mouches. Il s'arrêta près de Champredin, lui parla et, quand l'autre lui eut fait un signe vers la salle, remercia d'un hochement de tête et, d'un geste, intima à l'autre imperméable de le suivre.

– Pourquoi ? demanda David.

– Tu le sais bien. Parce que mon père était sergent dans l'armée française. Et que l'armée française l'a trahi, abandonné là-bas, avec ma mère. Et que le FLN les a assassinés.

David s'approcha d'elle, posa tendrement la main sur sa nuque et lui dit, tout en regardant par la fenêtre, sans les voir, les deux hommes en imperméable qui s'apprêtaient à entrer dans le restaurant :

– Je vais garder cette pierre. Elle ne me quittera jamais. A une condition : que tu oublies tout ça.

– Je n'oublierai rien ! Ni la trahison des Français, ni la cruauté des Algériens !

– Jasmine, ma douce, calme-toi...

Il la prit dans ses bras, la berça. Il avait de plus en plus envie d'elle. Dans son poing gauche, il serrait la pierre – le caillou berbère.

– Laisse tomber, murmura-t-il. Juste pour aujourd'hui. C'est jour de fête...

Il posa très doucement ses lèvres sur les paupières de Jasmine. Elles avaient un goût de sel. Elle pleurait. Elle pencha la tête, il l'embrassa dans le cou. Elle eut un mouvement pour se dégager, il la retint de force contre lui, et comprit que c'était ce qu'elle voulait. Elle lui agrippa la nuque de toutes ses forces. Elle lui mordit la bouche.

Il ne sut si elle avait perdu l'équilibre ou s'il l'avait poussée : ils tombèrent en travers du lit.

– On va froisser ton beau tissu...

– J'espère bien, murmura-t-il et il posa la main sur son genou. Jasmine prit cette main et la fit glisser le long de sa cuisse, jusqu'au ventre. Elle le regardait dans les yeux.

– Oui, dit-elle, aujourd'hui c'est jour de fête.

***

– Je sais, dit le commissaire Scotto, aujourd'hui c'est jour de fête. Mais je fais mon boulot, Nicolas.

Le vieux Arcas regarda le chapeau mou que Scotto triturait entre ses doigts, l'inspecteur en imperméable mastic qui l'accompagnait, puis le visage rond et ridé du commissaire.

– Gianni, c'est quoi cette histoire ?

– On m'a envoyé ici, Nicolas. Je n'en sais pas plus. Où est ton fils ?

– Qu'est-ce que vous lui voulez ? intervint Valmer. Vous devez bien savoir pourquoi vous l'arrêtez ?

– Je ne l'arrête pas. On veut l'entendre comme témoin.

– Et témoin de quoi ? demanda M. Casagrande.

– Le juge le lui dira.

– Mais enfin, s'écria Gisèle Casagrande, vous ne pouvez pas faire ça à ces petits ! Attendez au moins jusqu'à demain !

Scotto n'aimait guère ce qu'il avait à faire. Vieil immigré italien, il avait grandi au Panier, lui aussi. Il savait l'importance de ces fêtes familiales, dans un quartier où l'on n'avait pas si souvent l'occasion de s'amuser, danser et ne plus penser à rien qu'à bavarder et rire. Aussi prit-il le temps, non pas de s'expliquer – il n'en avait pas le droit, l'affaire était trop grave –, mais de discuter, calmement. Parmi cette foule, il n'avait guère envie que son intervention tourne à l'esclandre que les cris de Gisèle Casagrande, bientôt soutenue par son mari, risquaient de provoquer. D'ailleurs, se formait autour d'eux un groupe d'abord curieux, puis de plus en plus hostile.

Pietri aussi s'approcha. Les Casagrande étaient « montés sur leurs grands chevaux », c'était marrant. Il ne comprenait pas grand-chose à ce qui se passait : le commissaire, quand on lui en laissait le temps, ne prononçait que quelques mots, d'une voix d'autant plus basse que les Casagrande criaient plus fort. Il se fraya un passage jusqu'au vieux Arcas qui, maigre et pâle dans son fauteuil, ne disait rien.

– Qu'est-ce qui se passe, monsieur Arcas ?

– Ces couillons viennent arrêter David.

– Pourquoi ?

– On ne sait pas. Tu le sais, toi ?

Pietri rougit violemment. Ce fut une sensation bizarre : comme si tout ce qui s'était passé au Café des Sports, deux jours plus tôt, lui revenait, par bribes, dans le désordre, images brèves et nettes qu'il croyait dissoutes dans le pastis et le champagne bus ce soir-là. Le récit de Champredin. Les Arabes et Karameh. La carte de la mer Morte. Les notes que prenait Jean-Mi. La bombe.

– Vous en faites pas, dit-il au vieux Arcas. C'est sûrement pas grave.

Il jeta un coup d'œil autour de lui. Ni Jean-Mi ni Champredin n'étaient dans les parages.

– Je fais mon métier, disait le commissaire Scotto.

– A la botte du grand Charles, oui ! hurlait Casagrande.

Pietri se faufila hors de l'attroupement. Il aperçut Jean-Mi et Champredin, en conciliabule, dans un angle de l'esplanade de terre battue. Il fonça sur eux.

– Ho, Noël ! T'as pas l'air dans ton assiette. Quelque chose ne va pas ? Y a plus à boire ?

Pietri écarta brutalement la main que Champredin voulait lui poser sur l'épaule.

– Tu me prends pour un con ? L'autre soir, tu croyais que j'étais soûl ?

– Soûl ? Toi ? Allons !

Champredin éclata de rire. Quant à Jean-Mi, il eut un sourire crispé et caressa du bout des doigts une branche de ses lunettes fumées.

– Pourquoi tu as fait ça ?

– De quoi tu parles ? Excuse-moi, mais...

– Les flics, là, tu vas pas me faire croire qu'ils sont ici par hasard ?

– Crois ce que tu veux. Moi, j'ai rien fait. Et toi, Jean-Mi ?

Jean-Mi ouvrit la bouche, ne trouva rien à dire, se mordit les lèvres et haussa les épaules.

– Tu vois ? fit Champredin.

– Jean-Mi, il est jeune, il est couillon et il est amoureux. On pourrait lui faire faire n'importe quoi.

– Par exemple ?

– Arrête de jouer au con. C'est vous qui avez balancé David aux flics.

Champredin cessa de sourire. Il jeta un coup d'œil rapide à droite, à gauche, puis se pencha sur Pietri.

– Écoute, mon gars... Admettons que quelqu'un ait fait une farce à ton David. Bon. C'est jamais qu'une farce, une plaisanterie. Qu'est-ce qu'on y peut, nous, si les plaisanteries, des fois, disent la vérité ? Et qu'est-ce que tu y peux, toi ?

– C'est dégueulasse.

– Peut-être. En tout cas, tu étais avec nous quand on a parlé des Arabes, du paquet, tout ça... Comment je peux savoir, moi, que c'est pas toi qui as bavé aux flics ? Ce soir-là, tu en tenais une fameuse... Tu te rappelles toujours ce que tu fais quand tu es soûl comme une vache ?

Champredin, cette fois, se permit de tapoter l'épaule de Pietri.

– Ça te la coupe, mon gars, hein ? Il faut jamais accuser personne quand on n'est pas sûr de soi. Crois-moi, n'y pense plus, va boire un coup. « La justice est en marche », comme dirait l'autre. Mieux vaut ne pas se mettre sur son chemin.

***

Elle rit. Il est sur elle, et elle rit. Elle ne se moque pas. Elle rit parce que la journée a été belle, la fête magnifique, et David lui fait l'amour. Elle rit parce qu'elle en a besoin, pour exprimer cette sensation qu'on ne ressent que très peu dans une vie et qui porte un nom sérieux, la plénitude, auquel elle préfère ses mots à elle : tout va bien. Et c'est ce qu'elle souffle à l'oreille de David quand, s'effondrant sur elle, s'enfonçant en elle, il va jouir :

– Tout va bien...

On frappa à la porte.

– David Arcas !

Elle se rappellerait toujours cet instant : un instant arrêté. David pesait de tout son poids sur elle. Ils étaient en sueur, immobiles, essoufflés. Pendant une seconde, il n'y eut pas d'autre bruit que leurs respirations, au même rythme, profond et trop rapide.

– David Arcas ! Ouvrez !

David s'écarta. Elle eut le réflexe de le retenir contre elle ; ça ne servait à rien, mais elle ne put s'en empêcher. Il se mit debout. Déjà, il cherchait des yeux ses vêtements éparpillés sur le plancher.

– Qu'est-ce que vous voulez ?

– Commissaire Scotto. Ouvre-moi, David.

– J'arrive.

En quelques gestes pressés, David ramassa la robe de Jasmine, la lui donna et, tandis qu'elle l'enfilait, il remit son pantalon, sa chemise et ses chaussures. Il s'assura que Jasmine s'était rhabillée. Elle remettait de l'ordre dans ses cheveux. Il lui adressa une moue, l'air de dire : « Tu comprends ce qui se passe, toi ? », puis alla ouvrir la porte.

Scotto et l'inspecteur entrèrent dans la chambre. D'un coup d'œil, le commissaire vit le lit froissé, l'allure un peu hagarde des jeunes gens – David finissait de boutonner sa chemise –, il ne fit pas de commentaire. Il salua Jasmine d'un hochement de tête.

– David, mon garçon, je suis là parce que le juge veut te voir.

– Tout de suite ?

– Tout de suite. Prends ta veste et on y va.

– Attendez... Pourquoi un juge voudrait me voir ?

– Tu le lui demanderas. Allez, dépêche-toi, j'ai assez perdu de temps en bas.

Jasmine s'approcha d'eux. La main sur la nuque, elle serrait sa chevelure dans son poing. Il flottait encore sur son visage une expression de tranquillité et de bonheur. Scotto détourna les yeux.

– C'est nos fiançailles, monsieur le commissaire. Le juge peut sûrement attendre demain pour voir David ?

Scotto, dont l'affrontement avec les Casagrande avait éprouvé les nerfs et qui n'avait guère envie de s'attarder dans cette chambre où il se sentait comme un intrus, frappa son chapeau sur sa cuisse et dit :

– Non. C'est tout de suite et c'est comme ça.

– Mais c'est grave, alors ?

Jasmine était passée si vite du calme à l'inquiétude que Scotto s'en voulut.

– Ma petite, dit-il, les juges n'interrogent pas que des coupables. Moi non plus, d'ailleurs. Il ne faut pas t'en faire. Tu crois que ton gars a fait quelque chose de mal ?

– Bien sûr que non !

– Eh ben, tu vois... Plus vite il partira avec moi, plus vite il sera rentré.

David, qui avait enfilé sa veste, attrapa Jasmine par la taille, l'embrassa sur les lèvres, puis sur le nez.

– J'y vais. Ne t'inquiète pas, je n'ai tué personne. Attends-moi. Dans une heure ou deux, je suis de retour. Hein, commissaire ?

Scotto était déjà sur le palier, il leur tournait le dos. Il agita vaguement son chapeau en grognant :

– Oui, oui.

Avant de disparaître dans l'escalier, David se retourna une dernière fois, en riant :

– N'oublie pas, mon amour : tu m'attends !

Au bas de l'escalier, ils retrouvèrent le vieux Arcas, Valmer, les Casagrande et Pietri. David embrassa son père.

– Occupe-toi de Jasmine. Je reviens tout à l'heure.

Pietri désigna à Scotto une petite porte au fond d'un couloir.

– A mon avis, vous devriez passer par-derrière. Pour David, ça serait pas bien que les invités...

– Tu as raison.

David, Scotto et l'inspecteur s'engagèrent dans le couloir. Valmer et Pietri les suivirent. Dehors, le soleil était encore haut, le ciel clair. Il faisait doux. Valmer accosta le commissaire.

– Je peux vous accompagner ?

– Non.

– Entre nous, dites-moi : David sera rentré ce soir ?

Scotto haussa les épaules.

– Est-ce que je sais ?

Puis, pour couper court, il serra brièvement la main de Valmer et rattrapa l'inspecteur et David qui s'engageaient dans le chemin de terre. Valmer et Pietri les regardèrent s'éloigner.

– Noël !

Pietri leva la tête. Penchée à la fenêtre de la chambre, Jasmine lui faisait signe.

– Qu'est-ce qu'il y a ?

– David a oublié quelque chose. Il faut absolument que tu le rattrapes pour le lui donner !

Elle lui lança un petit objet qu'il bloqua dans ses deux mains en conque – « Un geste de gardien de but », pensa-t-il avec un bref moment de satisfaction.

– Cours ! lui cria Jasmine.

Et Pietri courut, malgré son genou « en compote », claudiquant sur le sentier. Quand il arriva en vue de la départementale, la voiture des flics disparaissait dans le premier virage. Les mains sur les cuisses, il reprit son souffle. Demain, j'arrête de boire. Son cœur cognait si fort qu'il avait l'impression de l'entendre cogner.

En redescendant le sentier, il regarda l'objet que lui avait jeté Jasmine. Un écrin. Il l'ouvrit. Un caillou. Il le tourna entre ses doigts, l'inspecta. Juste un vulgaire caillou. Et c'est pour ça qu'il avait couru à s'en faire péter le cœur. Ces bonnes femmes... Il remit le caillou dans l'écrin, et l'écrin dans sa poche.

Jasmine l'attendait à la fenêtre.

– Tu les as rattrapés ? Tu le lui as donné ?

Pietri mit la main à sa poche et, sans savoir pourquoi, répondit que, oui, il les avait rattrapés. Cela sembla faire si plaisir à Jasmine qu'il fut plutôt content de son mensonge. Et puis, c'était pas un caillou, maintenant, qui allait sortir David de la merde.

IX

Dès que les policiers furent partis avec David, Valmer s'employa à rassurer le vieux Arcas, Jasmine et Gisèle Casagrande : il ne fallait pas s'en faire, ils connaissaient tous David, il était impossible qu'il ait fait quelque chose de répréhensible. Valmer conseilla à chacun de rester ici ; il allait filer au palais de justice, il verrait le juge chargé de l'affaire et, le cas échéant – mais il était certain que ce ne serait pas nécessaire –, il appellerait un avocat.

Le hasard fit que, arrivant au palais, Valmer reconnut, grimpant les marches deux par deux devant lui, le juge Becq. Il le rattrapa dans le hall.

– Il faut que je vous parle de David Arcas.

– Qui est-ce ?

– Le jeune homme que vous venez interroger. Le commissaire Scotto vient de l'arrêter, et il me semble...

– Monsieur Valmer, le coupa le juge Becq, laissez-moi prendre connaissance de l'affaire et mener mon interrogatoire. Ensuite, si cela me paraît utile, je vous écouterai. Excusez-moi.

Valmer le regarda s'éloigner dans le couloir, puis le suivit, à distance. Ils montèrent au premier étage, sans que le juge se retournât une seule fois. Devant une porte, le commissaire Scotto, qui attendait Becq, lui donna un paquet ouvert. Valmer s'arrêta à une dizaine de mètres d'eux, mais n'eut aucun mal à identifier ce que le juge sortait de ce paquet : plusieurs pains de plastic et des détonateurs. Becq et le commissaire échangèrent quelques mots, se serrèrent la main et le juge poussa la porte de son cabinet.

– Merde, grogna Valmer à mi-voix, putain d'irresponsable de Chabrol...

Il tourna un moment en rond dans le couloir, cherchant sur quoi passer sa colère. Puis il se dit qu'il avait envie de cogner sur un mort, que c'était absurde mais lui aurait fait du bien. Il s'obligea à s'asseoir sur une banquette en face de la porte du juge. Il inspira à fond et se prépara à attendre, songeant qu'en définitive il n'avait pas su grand-chose de Chabrol, son meilleur ami.

***

– Vos nom, prénom et profession ?

– Arcas. David. Je suis mécanicien et steward à la compagnie « *Le monde est à vous !* ».

– Mécanicien *et* steward ?

– La compagnie de M. Valmer n'a pas beaucoup d'employés. Je lui rends service en faisant deux métiers.

Le juge Becq examina plus attentivement le jeune homme assis en face de lui, de l'autre côté du bureau. Il lui trouva un air ingénu qui le surprit. Tout à l'heure, en entrant dans son cabinet, il s'était attendu à tomber sur l'un de ces jeunes gens méprisants et bravaches comme son fils en fréquentait.

– Vous avez un lien de parenté avec votre employeur ?

– Non. Pourquoi, monsieur le juge ?

– De nos jours, il est rare, voire saugrenu, qu'un employé « rende service » à son patron en doublant sa charge de travail. Pourquoi avez-vous accepté de tenir deux emplois ?

– C'est moi qui l'ai proposé à M. Valmer.

– De mieux en mieux. Qu'aviez-vous derrière la tête ?

– Je voulais voler, monsieur le juge. Mécanicien, je serais resté à terre. En tant que steward, je suis de tous les voyages.

– Dans quel but ?

– Pardon ?

Cette fois, le juge Becq fut agacé : trop d'ingénuité confine à la niaiserie. Ou dissimule des intentions. Il posa ses mains énormes à plat sur le bureau et toisa le jeune homme.

– Expliquez-moi pourquoi vous tenez tant à « être de tous les voyages ».

– Pour apprendre.

– Apprendre quoi ?

– Le pilotage.

– Vous êtes mécanicien. Ou steward, on ne sait trop. Que vient faire le pilotage, là-dedans ?

– Je prépare mon brevet de pilote. C'est pour ça que je fais le steward.

Becq fronça les sourcils et eut une moue d'incompréhension.

– Expliquez-vous.

– C'est tout simple. M. Valmer me fait donner des leçons de pilotage gratis. En échange, je travaille comme steward dans son avion.

– Pourquoi, d'après vous, vous a-t-il proposé ce marché ?

Arcas sourit et secoua la tête.

– Il ne m'a rien proposé du tout ! Comme il me rend service, je lui rends service : c'est normal.

Becq laissa passer un silence. Tout cela lui semblait trop joli pour tenir debout. Mais pourquoi pas ? se dit-il en dévisageant à nouveau Arcas. On lui donnerait le Bon Dieu sans confession, à ce petit jeune homme. Changeons d'angle d'attaque.

– Où étiez-vous quand on est venu vous arrêter ?

David se troubla une seconde : il se rappela Jasmine, son souffle, ses yeux, son ventre, à l'instant où le commissaire Scotto avait frappé à la porte.

– A mes fiançailles, dit-il.

Ce fut au tour du juge de se troubler. Il songea à ses propres noces, dont il s'était enfui. Il se racla la gorge, fit mine de consulter son dossier, se reprit.

– Vous allez vous marier ?

– Oui. A la plus jolie fille de Marseille.

Becq se laissa aller contre le dossier de sa chaise et, tout en observant ce jeune ingénu enthousiaste (et amoureux ?), pensa à Andrée, son épouse, et à ce qu'il lui raconterait s'il inculpait ce jeune homme. Andrée avait le sens de « l'air du temps », aussi bien dans son métier, ses articles, que dans sa peinture. C'était une « progressiste ». Que penserait-elle de lui si elle le voyait en ce moment, froid et précis, s'interdisant toute sympathie, traitant d'avance les prévenus comme des coupables ? Voilà à quoi il n'avait pas songé avant de l'épouser. On est toujours l'otage de ceux qu'on aime. Mon métier est l'instruction de la justice, se dit-il, c'est une affaire entre ma conscience et moi, je n'ai jamais laissé personne me dicter mes décisions. L'influence d'Andrée risque-t-elle de troubler mes certitudes ? Pas question. Je ne lui raconterai rien.

– Venons-en aux faits, reprit-il. Admettez-vous avoir rapporté un paquet qui vous a été confié en Jordanie ?

– Oui.

– Par qui ce paquet vous a-t-il été confié ?

– Un Palestinien. Il s'appelait Waddia Haddad.

– Savez-vous ce que contient ce paquet ?

– Non.

– Qu'en avez-vous fait ?

– Je l'ai déposé chez mon père. Dans l'armoire.

Becq s'étonnait de plus en plus de la franchise du jeune homme. Il lui avait fait reconnaître en une minute ce que les prévenus mettent des heures à avouer. Innocence ou duplicité ? Le juge, formé par vingt-cinq ans de pratique, ne se méfiait que davantage.

– Pourquoi avez-vous caché ce paquet ?

– Caché ?... Non, monsieur le juge, je l'ai rangé. C'est tout.

– Pourquoi l'avez-vous transporté d'Amman à Marseille ?

A cet instant, Becq crut qu'il avait posé la bonne question, celle à quoi le prévenu ne répondra pas – à moins qu'il ne s'enferre dans un mensonge. Le jeune homme avait baissé les yeux et paraissait chercher, à cette bonne question, une « bonne » réponse. Dès que le prévenu réfléchit, c'est qu'il ment. Becq croyait aux vérités immédiates.

– J'avais fait une promesse, monsieur le juge.

– Une promesse ? Vous ne voulez pas plutôt dire un *marché* ? répliqua sèchement Becq.

– Non, monsieur le juge. Une promesse.

– A qui ?

Arcas baissa la tête.

– Je ne peux pas vous le dire.

– Vous ne pouvez pas ou vous ne voulez pas ?

– Je crois que c'est la même chose, monsieur le juge.

Becq se leva tout à coup de son siège. Il s'approcha de son greffier, qui tapait les minutes de l'interrogatoire. Se penchant sur la machine à écrire, il fit semblant de relire l'interrogatoire, puis se redressa et vint se poster derrière David Arcas. Il posa ses mains sur le dossier de la chaise.

– Dites-moi ce que contenait ce paquet.

– Je n'en ai aucune idée.

– Quel attentat prépariez-vous ? Quelle en était la cible ? Qui aviez-vous mission de tuer, Arcas ?

– Personne !

– Où deviez-vous placer votre bombe ?

Indigné, Arcas tenta de se lever, mais Becq plaqua les mains sur ses épaules et l'obligea à rester assis.

– Dans le paquet que vous avez rapporté de Jordanie, il y avait assez de plastic pour tuer une dizaine de personnes. Vous ne vous en sortirez pas, Arcas. Toutes les preuves sont contre vous.

– Je ne sais pas de quoi vous parlez.

– Ne me prenez pas pour un imbécile.

Becq lâcha les épaules d'Arcas et retourna prendre place à son bureau. Il s'assit et dit, comme s'il n'y avait pas d'autre conclusion :

– Maintenant, vous pouvez tout me raconter.

– Je n'ai rien à raconter. Je vous ai tout dit.

– Vous ne vous rendez pas service, vous savez ?

En soupirant, Becq se remit debout. Il fit signe à son greffier de quitter la pièce.

– Je vais vous laisser seul un moment, Arcas. Profitez-en pour réfléchir. Mentir ne vous sert à rien.

Après un dernier regard sur les épaules et la nuque de David, Becq sortit du cabinet.

***

Bras croisés, dos contre le mur, Valmer était assis sur la banquette. Becq l'appela d'un geste et, sans l'attendre, commença à remonter le couloir, les mains derrière le dos.

– Vous vouliez me parler ? dit-il à Valmer quand celui-ci l'eut rejoint. Nous avons quelques minutes. Je vous écoute.

Valmer était sûr d'avoir tout compris de l'affaire, qui était simple : David avait, en toute innocence, convoyé un paquet destiné à Chabrol. Mais de vieux réflexes d'anar, une solide prévention contre les flics et la justice d'État l'empêchaient de confier à ce juge, dont il connaissait les convictions gaullistes, tout ce qu'il savait de Chabrol. Cela lui aurait paru une trahison. Il préféra donc vanter les mérites du petit Arcas, son intelligence et sa tranquille détermination, ses « remarquables capacités », ses ambitions de pilote, son dévouement à son père malade, et, pour finir, son courage aux commandes de l'avion, trois jours auparavant.

Becq, impassible jusqu'alors, sembla enfin s'intéresser aux propos de Valmer. Il s'immobilisa et se tourna vers lui.

– Cela s'est passé en Jordanie, je crois ?

– Oui. Pourquoi ?

Becq scruta le visage de son interlocuteur.

– Voyez-vous, le panégyrique que vous m'avez dressé de ce jeune homme est tout à fait impressionnant. Je vous conseille de vous en souvenir quand il passera aux assises. Les jurés l'apprécieront sans doute.

– Mais ce gamin n'a rien fait !

Sans paraître prendre garde à l'émotion de Valmer, Becq lui toucha le coude.

– Allons-y, voulez-vous ? Je dois reprendre l'interrogatoire de votre protégé. Je lui dirai ce que vous avez tenté de faire en sa faveur, il vous en sera certainement reconnaissant.

– Monsieur le juge...

Le front baissé, les poings serrés, Valmer s'était arrêté au milieu du couloir.

– Oui ? Autre chose ? fit Becq.

Il attendit patiemment que cet homme massif, sanguin (« Une sorte de Lino Ventura », songea-t-il en l'observant), s'arrache au débat intérieur qui semblait l'agiter. Soudain, Valmer écarta les bras, ouvrit les poings et redressa le front.

– Qu'est-ce que vous voulez que je vous dise ? explosa-t-il. Tout ça, c'est la faute à ce con de Chabrol !

***

En rentrant dans son cabinet, Becq hésita à rappeler le greffier, puis se dit que c'était désormais inutile. Le jeune homme n'avait pas bougé de sa chaise, où il se tenait très droit, les mains sur les genoux.

– Très bien, Arcas. Vous avez réfléchi ?

– Oui, monsieur le juge. Je pense que j'ai fait une bêtise, en effet.

– C'est le moins qu'on puisse dire.

– Je suppose que vous allez me mettre en prison ?

– D'après vous ?

– Je voudrais, avant, écrire deux lettres.

– A vos complices, peut-être ?

– A ma fiancée, monsieur le juge. Et à mon père. Ils doivent être très inquiets. Et mon père est gravement malade. Nous étions avec nos invités, nos amis, quand le commissaire est venu me chercher.

– Je comprends.

Becq pianota sur son bureau, puis joua pensivement avec un coupe-papier, puis sourit.

– Nous avons un point commun, dit-il enfin, et c'est le commissaire Scotto. Avant de vous arracher à vos fiançailles, il m'arrachait à mes noces. Oui, je me suis marié ce matin. Cela ne vous paraîtra pas une raison bien fondée, mais je vous relâche.

La réaction d'Arcas l'amusa : il bondit de sa chaise en s'écriant : « C'est vrai ? » Un gosse. Rien qu'un gosse. Et plus sympathique que le mien, pensa Becq, avant de se lever à son tour et de s'approcher de David.

– En sortant d'ici, pensez à remercier votre patron. Il a plus fait pour vous que vous ne pouvez l'imaginer. Et, à l'avenir, ne portez plus de paquets que pour votre fiancée.

Ils se serrèrent la main. David se détournait vers la porte quand le juge se toucha le front.

– Au fait, je ne vous ai pas demandé... Deviez-vous livrer le paquet à une adresse précise ? Ne vous a-t-on pas confié un message ? Un papier, quelque chose... ?

– Si, monsieur le juge. Je l'ai appris par cœur.

– Attendez, je note.

Becq se pencha sur son bureau, prit un stylo et un bloc.

– « Val-de-Grâce, 11 mai », récita David.

– Bien. Et l'adresse ?

– « Gracchus Babeuf, 27 rue du Progrès, Montreuil-sous-Bois. »

Le juge lâcha son stylo, sans écrire. Il s'appuya des deux mains sur la table, lourdement. Il tournait le dos à Arcas, qui ne pouvait voir son visage. Il demeura ainsi, immobile, silencieux, jusqu'à ce que David lui demande s'ils avaient fini, s'il pouvait partir.

– Non, répondit Becq, d'une voix sourde.

Il se redressa, fit face à Arcas. Il était très pâle.

– Non, répéta-t-il d'une voix plus claire. Rasseyez-vous. Je dois encore vérifier... un détail. Attendez-moi.

Et, tandis que David, surpris, lui obéissait, il passa dans la pièce voisine. Il dit au greffier d'aller faire un tour et prit le téléphone. Il demanda un numéro à Paris, en urgence. Une minute plus tard, il obtenait son appel.

– Marc, c'est moi, Pierre Becq.

– Comment vas-tu ? Ce n'est pas aujourd'hui que tu te mariais ?

– Écoute, j'ai très peu de temps. J'ai besoin d'un renseignement, j'ai pensé à toi.

– Je suis ton homme. Si ça ne concerne pas la sécurité de l'État, bien sûr !

– Je ne plaisante pas, Marc. Est-ce que chez vous, à la DST, « Val-de-Grâce, le 11 mai », ça vous dit quelque chose ?

– Putain... Où as-tu entendu parler de ça ?

– Donc ça te dit quelque chose. Et ça concerne quelqu'un d'important, n'est-ce pas ?

– Je ne peux rien te dire, Pierre. Déjà, tu ne devrais pas...

– Réponds-moi. Il y aura qui, au Val-de-Grâce, le 11 mai ? Un ministre ?

– Tu parles ! Il y aura « qui-tu-sais » et je suis en charge de sa sécurité, ce jour-là.

– Merci, Marc.

– Attends...

Becq raccrocha. Sa main tremblait. Il s'assit au bord de la table et se demanda ce qu'il allait faire. « Parer au plus pressé » : l'expression repassait en boucle dans sa tête, sans qu'il s'y accrochât la moindre image, le moindre début de décision. Calme-toi. Réfléchis. Il alla à la fenêtre, écarta le rideau : en bas, sur le trottoir, Valmer, qui faisait les cent pas, jeta un coup d'œil à sa montre. Becq referma le rideau. Il n'y avait pas d'autre solution. Pour l'instant.

Il rentra dans son cabinet. Il évita de poser les yeux sur Arcas et s'assit à son bureau, y prit un imprimé dont il emplit rapidement les blancs. Il pressa le bouton de l'interphone :

– Scotto ? Rejoignez-moi dans mon cabinet.

– Monsieur le juge ? demanda Arcas. Qu'est-ce qui se passe ?

Becq étala ses mains à plat sur son bureau et leva enfin les yeux vers David.

– Je ne vais pas pouvoir vous relâcher aussitôt. Je dois vérifier d'abord certaines choses. Bien sûr, cela ne remet pas en cause ma conviction que vous êtes impliqué dans cette affaire, disons, par naïveté ou maladresse. Néanmoins, je suis contraint de vous faire garder quelque temps à l'écart de tout ceci. Croyez-moi, c'est pour votre propre sécurité. Et promettez-moi de ne parler de rien à personne. C'est capital pour vous.

– Comme vous voulez, monsieur le juge. Mais, ma fiancée, mon père, il faut les prévenir...

– Ne vous inquiétez pas. Je me charge de tout.

On frappa à la porte. Le commissaire Scotto entra, accompagné d'un inspecteur.

– On l'emmène, monsieur le juge ?

Becq acquiesça d'un signe de tête. L'inspecteur sortit une paire de menottes de la poche de son imper.

– Ce ne sera pas la peine, dit Becq. M. Arcas ne vous posera aucun problème. N'est-ce pas ? ajouta-t-il à l'adresse de David.

Le regard du jeune homme était perdu dans le vide. Le juge répéta :

– N'est-ce pas ?

David sursauta, redressa la tête ; l'inspecteur le prit par le bras. Il se leva, se laissa entraîner vers la porte, se retourna :

– Monsieur le juge, n'oubliez pas de prévenir mon père et ma fiancée. S'il vous plaît.

X

La nuit tombait lorsque Becq rentra aux *Oliviers*. Il gara sa DS au bout de l'allée de platanes, près de la camionnette du traiteur où trois commis rechargeaient des caisses. Les fenêtres du hall et du grand salon étaient encore illuminées, mais les pièces semblaient désertes. Les invités étaient partis.

Andrée ne portait plus sa robe de mariage quand elle vint l'accueillir sur le perron. Elle avait passé un pull et un pantalon de jersey gris, libéré ses cheveux blonds. Becq eut une bouffée de tendresse pour elle, la prit par les épaules et l'embrassa sur la pommette.

– Tu prends des risques, lui murmura-t-il. Des pantalons chez Madame Mère, c'est de la provocation.

– Elle a eu son content de mondanités aujourd'hui. Je me sens quitte pour dix ans. Ton affaire au palais, ça méritait que tu quittes ton mariage ?

Ils étaient entrés dans le hall. Becq jeta un regard autour de lui.

– Je suis désolé, dit-il. Ton père est dans les parages ?

– Il est dans son bureau, je crois.

Il lui passa rapidement la main sur la nuque et lui sourit.

– J'y monte. A tout à l'heure.

Le bureau était circulaire, blanc, Arts déco – table, fauteuils et divan Eileen Gray. Adamantis se leva pour aller serrer la main de son gendre.

– Tu as filé comme un voleur. Espérance est furieuse contre toi. Je t'ai vu partir avec un petit homme à chapeau. On t'a appelé au palais ?

– Oui. Et j'ai bien fait d'y aller.

En quelques mots, Becq mit son beau-père au courant de la situation. Il ne lui livra aucun détail, sinon que la police, sur dénonciation, avait arrêté un suspect et qu'il avait obtenu et recoupé des informations de la plus haute importance pour le pays.

– Ça concerne le Général ?

– De très près.

– Alors, dit Adamantis, il faut appeler l'Élysée.

– Ce n'est pas si simple. Je sais un certain nombre de choses dont, pardonne-moi, je ne peux rien te dire et dont il n'est pas question de discuter par téléphone.

– Dans ce cas, il faut que tu voies le Général. Je t'arrange ça.

– Je te remercie. J'ai besoin d'un rendez-vous très vite.

– J'appelle le permanencier. J'en ai sans doute pour un petit moment.

– J'attends en bas.

Les lumières avaient été éteintes dans le hall. Quand Becq entra dans le grand salon, les trois lustres s'éteignirent à leur tour. La pièce, tout en longueur, ne fut plus éclairée, à la pointe extrême de l'ovale, que par une lampe Ruhlmann. Gris clair dans la lumière pâle, Andrée lisait, assise dans un fauteuil.

– Déjà au travail ? dit Becq.

Andrée sursauta. Elle ne l'avait pas entendu s'approcher. Il se tenait là, devant elle, il lui parut immense et un peu effrayant. Une grande ombre d'où ne se détachaient que le triangle blanc de la chemise et ces mains, sur lesquelles tombait la lumière de la lampe, musclées, noueuses – des mains d'ogre, pensa-t-elle. Puis il s'accroupit devant elle, il lui posa les mains sur les genoux : elles y pesèrent à peine.

– J'ai décidé d'une chose, dit-il d'une voix douce. Il n'y a pas de raison que nous ne fassions pas notre voyage de noces. Je sais que tu as tes cours, tes conférences, tes articles, mais, fin juin, rien ne nous empêche de mettre notre sac dans le ketch.

– Nous avions promis à ma mère...

– Il faudra qu'elle se fasse une raison. Je tiens à ce que tu embarques, outre ton sac, un chevalet, des toiles, tout ton fourbi. Je sais que tu ne peins plus et que tu n'as plus exposé depuis un moment. La Sardaigne, Naples, la Sicile : je te propose d'entrer avec moi dans ta période bleue. L'« austère juge Becq » en égérie de l'artiste ! Que penses-tu de ce programme ?

Elle se pencha en avant, l'attira contre elle.

– D'accord. Hissons les voiles.

Il passa la main dans les cheveux d'Andrée.

– Après la bonne nouvelle, la moins bonne : je dois partir ce soir. Pour Paris. Je n'y resterai qu'une journée, j'espère. Je ne peux pas faire autrement.

– Qu'est-ce qui t'envoie à Paris un dimanche ?

– Je te raconterai peut-être. Une autre fois.

Il se redressa. Elle se leva du fauteuil, passa son bras sous le sien.

– Ton fils a encore fait des siennes. C'est ça ?

– Mais non, ne t'inquiète pas...

– Pierre, dis-moi la vérité.

Becq avait de l'estime pour Andrée. Pour la vie qu'elle avait réussi à se construire en dépit de l'envahissante personnalité de sa mère. Pour sa douceur, aussi, qu'elle avait su préserver et qui jurait tant avec ses engagements politiques et féministes. C'était une femme avec laquelle on pouvait discuter avec calme – il l'avait sans doute aimée d'abord pour cela, cette paix paradoxale, controverses à mi-voix, rébellions courtoises. Peut-être lui aurait-il tout expliqué, l'attentat et Arcas, le message et l'adresse appris par cœur, son dilemme, et lui aurait-il demandé conseil, si la lumière d'un lustre ne s'était soudain rallumée.

– Ah ! s'exclama Adamantis en traversant le salon d'un pas pressé. J'ai ton rendez-vous, ça y est. Demain matin, sept heures et demie. Le Général t'attend.

– Tu lui as parlé personnellement ?

– Oui. Au fait, ajouta Adamantis à l'intention de sa fille, le Général était au courant pour ton mariage, il m'a demandé de te transmettre tous ses vœux de bonheur. Il est étonnant, tout de même !

– Oui, dit Andrée, un sourire en coin. C'est un grand homme.

Adamantis ne releva pas l'ironie. Cette mystérieuse histoire, ce coup de fil à de Gaulle, le rendez-vous secret de son gendre, tout cela excitait son enthousiasme, le ramenait dix ans plus tôt quand il faisait partie de ceux qui préparaient le retour du Général au pouvoir. Il entraîna Becq vers le hall.

– Bon. Andrée, tu as dit au revoir à ton mari ? Le devoir te l'enlève.

Becq fit un signe à la jeune femme. Il suivit Adamantis jusqu'au perron. Ils se serrèrent la main.

– Il n'y a plus d'avion à cette heure-ci. Tu vas rouler toute la nuit ?

– Oui. A bientôt. Prends soin de ma femme.

– Comme si c'était ma fille.

Alors que Becq traversait le gravier du parc, Adamantis lui cria :

– Pierre ! Ne passe pas par la cour officielle de l'Élysée. On t'attendra à la grille du Coq, tu vois où c'est ?

***

Le vent a d'abord soufflé quelques rafales, les platanes ont secoué leur feuillage dans la lumière rapide et jaune des phares, puis la pluie a giflé la carrosserie. Les essuie-glaces, scandant trois syllabes sans suite – une longue, aiguë ; deux brèves, graves –, balaient les gouttes qui s'écrasent en étoiles. Qu'est-ce que j'ai fait de mal ? Qu'est-ce que j'ai raté ? Becq se penche par-dessus le volant, essuie la buée du pare-brise. Il n'y a pas une voiture sur la nationale 7. Parfois surgit un camion. Becq le double, sans ralentir. L'eau des flaques gicle sous les roues du poids lourd, noie le pare-brise de la DS. Tout est brouillé. Qu'est-ce que j'ai mal fait ? Didier n'avait pas encore trois ans quand sa mère est partie. Où est maman ? Qu'est-ce que je pouvais répondre ? Maman trompait papa avec un gendarme, ils sont beaux les gendarmes, et papa ne l'a appris que le jour où il est rentré du travail pour trouver l'appartement déménagé aux trois quarts et ce mot – au dos d'une liste de courses !

> *Je t'ai assez vu. Je pars pour la Nouvelle-Calédonie. Dix mille bornes entre nous, j'espère que ça suffira. Je te laisse ton fils, je ne veux* rien *garder de toi.*

La DS traverse un village. Sur les vitres des maisons, l'éclat grisâtre des postes de télévision. On communie en famille devant le spectacle noir et blanc du monde. Nous n'avons jamais été une famille, Didier et moi. Un père et un fils, ça ne parle pas, ça ne s'épanche pas, ça ne « communie » pas. Barroise était là pour ça, les petits secrets, la correction des devoirs, le... Je ne sais pas. Je croyais que ça suffisait. Moi aussi, chez mes parents, j'ai été élevé par Barroise, elle avait seize ans à l'époque, c'était ma seule compagne de jeux. J'aimais faire mes devoirs à l'office, sur la table où Barroise épluchait les légumes, découpait les volailles. Je ne me suis jamais demandé si Didier aimait ça, lui aussi. Ce qui avait été bon pour moi l'était pour lui. Je le croyais.

Quand ai-je commencé à comprendre ? Becq ralentit, passe en troisième. Devant lui, un camion-citerne dépasse un camion-benne, centimètre par centimètre. Soudain la route est sèche, comme si une frontière avait été franchie. Quelle frontière ? Qu'est-ce qui nous a séparés, Didier et moi ? Sa mère, tout simplement, malgré l'absence ? Non : l'absence est la plus séduisante des armes.

Becq n'attend pas que le camion-citerne ait fini de se rabattre sur la droite. Il accélère, déboîte, aperçoit les phares, en face. Cinq cents mètres. Tant pis. Je passe.

Il ne s'est jamais affronté à son fils. Adolescent, Didier prenait des rages contre lui, à tout propos, sous n'importe quel prétexte. Refus de tout ordre, de tout conseil. Becq ne haussait pas la voix. Il punissait. Froidement. En apparence. Il n'a jamais songé à discuter avec son fils. On ne discute pas avec les enfants, pensait-il, on les forme. La DS se glisse de justesse entre l'avant du camion-citerne et celui de la Taunus, qui s'engouffre à contresens dans un hurlement d'avertisseur. Becq a cru que la crise se conclurait quand Didier est entré en faculté de droit, puis à l'école de la magistrature de Bordeaux. Il s'est même dit que cela avait été beaucoup de bruit pour rien, puisque son fils, finalement, allait « reprendre la boutique ».

– Quel con, dit Becq, sans savoir s'il parle de lui ou de son fils.

Après deux ans à Bordeaux, Didier a claqué la porte de l'école de la magistrature. Avec éclat. La même rage stupide que lorsqu'il était adolescent. La même volonté de tout casser, comme un sale gosse. Puis disparition pendant des mois. Jusqu'au jour où il a eu besoin d'argent. Becq a refusé de lui envoyer un mandat. « Il faut que je te voie. » Il a vu. Le pavillon de banlieue, la crasse, les matelas par terre, les piles de tracts.

– Quel con ! répète Becq. Quel con, quel con, quel con !

Le sourire méprisant de son fils lorsqu'il lui a demandé : « Comment vas-tu, Didier ?

– Il n'y a plus de Didier, monsieur le juge. Appelle-moi Gracchus Babeuf. »

***

Becq gara la DS à l'angle de l'avenue de Marigny, puis descendit l'avenue Gabriel. Il consulta sa montre : sept heures et quart. Il était dans les temps. Il s'était arrêté deux heures dans une station-service, boire un café, se calmer, dormir dans sa voiture. Coincé dans les embouteillages de la porte d'Orléans, il en avait profité pour se passer les joues et le menton au rasoir à piles. Il se sentait moite et gris.

A la grille du Coq, le permanencier l'attendait. Becq se présenta, l'homme lui serra rapidement la main.

– Le Général vous attend.

Becq ne prit pas garde au chemin qu'ils prenaient, aux couloirs et aux escaliers qu'ils empruntaient. Il suivait machinalement le permanencier tout en répétant intérieurement ce qu'il dirait au Général. Il savait qu'il mentirait, au moins par omission. Cela lui déplaisait, mais c'était nécessaire.

Il était encore plongé dans ses pensées quand le permanencier lui fit passer une porte, dit : « Votre rendez-vous, mon général », puis se retira.

– Bonjour, Becq. Qu'est-ce qui vous amène de si bon matin et de si loin ?

De Gaulle s'avançait vers lui, la main tendue. Becq s'avança à son tour, serra la main du Général. Cela ne lui était arrivé qu'une fois, en août 44 : il faisait partie d'un groupe de FFI que Pierre-Roch Adamantis, alors colonel, lui présentait. A l'époque, le Général lui avait paru beaucoup plus grand que lui. Il s'aperçut, avec un sentiment puéril de déception, qu'ils étaient en fait de la même taille.

– Comment se porte Adamantis ? Donnez-moi de ses nouvelles. C'est un garçon de qualité. Il paraît qu'il court toujours des régates ? Il n'a jamais tenu en place. Je l'ai toujours vu courir. Sauf les honneurs et les femmes.

– Il va très bien. Il m'a demandé de vous saluer, mon général.

– Bon. Asseyons-nous et vous me conterez votre petit souci. Vous avez abandonné votre jeune épouse, il faut me prouver que vous aviez de bonnes raisons.

– La raison d'État, mon général.

– Vous m'en direz tant ! Eh bien, expliquez-moi ça.

De Gaulle, mains croisées sur le bureau, le dos voûté, écouta Becq attentivement. A sa demande (« Ça me barbe »), le juge n'entra pas dans les détails, ce qui le soulagea de ses scrupules de conscience – il ne voulait évoquer ni David Arcas ni Gracchus Babeuf – et lui permit de raconter son affaire en deux minutes.

– Voilà, mon général, conclut-il. Il m'a semblé que vous deviez être le premier averti.

– Vous avez bien fait. Merci, Becq. Heureusement qu'il y a encore des hommes comme vous dans ce pays.

De Gaulle décrocha son téléphone : « Fouchet ? Passez donc me voir », et, reposant le combiné sur sa fourche, dit au juge : « Mon ministre de l'Intérieur va rater la messe à cause de vous, Becq, en avez-vous conscience ? » Comme Becq souriait d'un air d'excuse, de Gaulle ajouta : « Il faut bien qu'il travaille. Vous ne pouvez pas tout faire à sa place. Je lui ai demandé d'attendre à côté pendant que je vous recevais. »

Peu après, un huissier fit entrer Christian Fouchet, le teint brouillé, la mine inquiète. De Gaulle l'accueillit en lui tendant théâtralement les bras par-dessus le bureau.

– Alors, monsieur le ministre de l'Intérieur, il paraît qu'on va me tuer au Val-de-Grâce, le 11 mai ? J'imagine que vous êtes au courant ? Pour ma part, j'aurais pensé que les médecins s'en chargeraient, mais le juge Becq m'apprend qu'une bombe a paru plus sûre ! Qu'en dites-vous ?

– Mon général, je...

– Vous tombez des nues, c'est bien simple ! Heureusement qu'il y a en province des gens pour faire le travail de vos services.

Fouchet jeta un regard noir à Becq.

– Mon général...

– Pas de palabres, Fouchet. Allez de ce pas place Beauvau, Becq vous fera part de tous les détails. Vous pouvez le mettre dans vos petites confidences, c'est un compagnon qui a rendu de grands services à la France, c'est-à-dire à moi.

Fouchet, livide, se dirigea vers la porte, tandis que le juge saluait de Gaulle.

– Encore merci, Becq.

Celui-ci rejoignit Fouchet. Un huissier referma la porte derrière eux.

– Nous y allons ? dit le ministre.

Embarrassé, Becq lui emboîta le pas.

– Je suis désolé...

– Pas de quoi. J'ai l'habitude.

En chemin, à la demande du ministre, Becq lui fit un « topo ». Il n'y avait pas un chat rue du Faubourg-Saint-Honoré ni place Beauvau. « La France dort », lui dit Fouchet avant de lui poser des questions précises. Becq dut lui livrer l'identité de David Arcas, mais prétendit n'avoir obtenu de lui que le lieu et la date de l'attentat. Fouchet lui raconta que ce jour-là il était prévu que le Général, sous le prétexte d'un « check-up », se fasse hospitaliser au Val-de-Grâce où il rencontrerait, dans le plus grand secret, Mme Golda Meir.

– Le coup est téléguidé par les Égyptiens, c'est certain. Ils n'ont pas digéré la guerre des Six Jours. Ils pensent avoir trouvé le moyen de faire d'une pierre deux coups.

– Probablement, fit Becq qui partageait d'autant plus volontiers cette analyse qu'il n'avait pas l'intention de dire un mot de Montreuil ni de Gracchus Babeuf ; il s'agissait, d'abord, de se donner le temps d'aviser et d'agir.

Au ministère, ils furent accueillis par le directeur de cabinet de Fouchet. On lui avait transmis, disait-il, un rapport extrêmement urgent.

– Décidément, c'est le jour, grogna Fouchet. De quoi s'agit-il ?

Le directeur de cabinet lui désigna Becq du regard.

– Vous pouvez parler devant monsieur. On vous écoute. Soyez bref.

– Très bien. L'un des indicateurs infiltrés par les Renseignements généraux parmi les groupuscules activistes d'extrême gauche a contacté nos services la nuit dernière. Selon lui, un groupuscule, que nous n'avions pas encore « logé », se préparerait à commettre un attentat.

– Quand ? Où ça ?

– C'est là que la chose devient préoccupante. On peut se demander comment ces activistes ont obtenu des informations ultrasecrètes...

– Abrégez, mon vieux ! La date, le lieu.

– Cela devrait se passer au Val-de-Grâce, le 11 mai.

Fouchet se tapa dans les mains.

– Magnifique !

– Je vous demande pardon, monsieur le ministre ?

– Oui, oui, se reprit Fouchet, c'est magnifique, c'est de l'excellent travail. Le... le Général sera très content. Dites-moi, vous avez des noms, des adresses ?

– J'ai une liste.

Fouchet, triomphant, se tourna vers Becq.

– Vous ne m'avez grillé que de quelques heures, cher ami. Avant ce soir, non seulement le problème sera réglé, mais il n'y aura plus de problème.

Becq fit un effort pour sourire.

– Bravo.

– Bravo à vous aussi. Maintenant, voyons cette liste.

– Certainement, monsieur le ministre. Il y a cependant un petit obstacle à l'enquête. L'indicateur des RG n'a pu fournir que des pseudonymes. Il semblerait que ces types ne se désignent entre eux que par ce qu'ils appellent des noms de guerre.

– Va pour les noms de guerre.

Le directeur de cabinet avait une diction lente et affectée, qui faisait un sort particulier à chaque syllabe. Becq eut la brève et loufoque envie de le gifler. Qu'il lise plus vite, qu'on en finisse. Les mains derrière le dos, il concentra toute son attention sur l'index qui soulignait chaque nom de la liste à mesure qu'ils étaient prononcés.

Il n'y eut pas de miracle.

XI

La nuit que David Arcas passa dans une cellule du palais de justice lui rappela le rêve qu'il avait fait, quelques jours plus tôt, à Karameh. Il ne croyait pas aux rêves prémonitoires. Il pensait simplement que le cerveau, la nuit, met en scène des impressions, des intuitions qui échappent, sur l'instant, à l'intelligence. Il aurait dû se méfier de Waddia Haddad, il s'était conduit comme un imbécile. Mais se méfier du Palestinien, refuser de convoyer son paquet, aurait été trahir la promesse faite au commandant Chabrol. Donc il n'y avait rien à regretter. Aurait-il su ce que contenait le paquet, il l'aurait accepté. Par fidélité à sa parole. Peut-être se serait-il montré plus prudent, en arrivant à Marseille. Mais que signifiait « se montrer plus prudent », en l'occurrence ? La police, semblait-il, était déjà au courant de tout. Un peu plus de « prudence » de sa part ne l'aurait rendue que plus soupçonneuse à son égard. Il aurait eu l'air d'un complice ou d'un coupable. Tandis que sa conduite, stupide, mais naturelle, avait très vite dissipé l'équivoque. Quels mots avait employés le juge ? « Naïveté » et « maladresse ». Mieux valait passer pour un couillon que pour un criminel.

C'est sur ces réflexions que David s'endormit.

Au matin, l'ampoule nue et grillagée du plafond le réveilla. Il avait rêvé de Jasmine et les images en avaient été si précises, sa présence, au réveil, en semblait si réelle qu'il mit quelque temps à se rappeler qu'il était dans une cellule. Il regarda autour de lui, déchiffra machinalement plusieurs graffitis obscènes et se demanda quel cadeau il rapporterait à Jasmine, tout à l'heure, quand on le libérerait. Des fleurs ? Non, ce n'était pas une fille à fleurs. Plutôt une fille à bijoux et à pâtisseries. Il y avait, dans la montée des Accoules, une boutique à la devanture peinte en rose où Jasmine s'achetait des colifichets. Il y trouverait bien quelque chose pour lui faire plaisir, des boucles d'oreilles ou une bague fantaisie. Il se souvint alors de la pierre, du caillou berbère qu'elle lui avait offert. Il tâta ses poches. Rien. Il l'avait oublié là-bas, dans la chambre chez Codognès, quand ils étaient tombés sur le lit, et puis... un corps juvénile et bronzé – seins insolents d'encore toute jeune fille, fesses rondes, vives comme le rebond d'une balle, lignes courbes du dos et, celles, sans tremblé, de la cuisse quand, imperceptiblement, elle se contracte en relevant le genou et brusquement s'écarte, ventre sombre, luisant et frisé où, avec douceur, presque timidité, il a d'abord posé le bout de ses doigts joints...

David se leva et alla jusqu'à la porte. Il y flanqua un coup, du plat de la main. Bon, quand est-ce qu'on me sort d'ici ? La cellule était étroite où Jasmine s'était invitée, présente, absente, interdite et tentante. David s'imagina descendant la rue du Panier, dans le soleil déjà chaud du matin et l'odeur de Javel des trottoirs que les commerçants, devant leurs boutiques, frottent au balai-brosse, puis débouchant sur la place des Treize-Cantons et courant jusqu'à l'immeuble où habitent les Casagrande, grimpant l'escalier quatre à quatre. Que raconterait-il à Jasmine ? Rien, tout, qu'importe ! Il l'emmènerait jusqu'à la plage et ils y dénicheraient un coin à eux, tranquille.

Les inspecteurs arrivèrent une heure plus tard. Il les accueillit avec soulagement. Il leur dit en riant qu'il avait failli devenir fou dans cette cellule, qu'il était justement en train de se demander si on ne l'avait pas oublié. L'un des inspecteurs ricana qu'il n'avait pas à s'inquiéter pour ça.

– Tends tes bras.

– Pour quoi faire ?

– Allez, dépêche-toi.

David, qui ne souriait plus, obéit. L'inspecteur lui passa des menottes aux poignets, avec une dextérité de prestidigitateur.

– Avance. On est partis.

– Où m'emmenez-vous ?

– Si on te le demande, tu diras que t'en sais rien. Bouge, on n'a pas que ça à faire.

L'inspecteur lui avait empoigné l'avant-bras. David se dégagea d'un coup sec, recula dans la cellule. Il dit qu'il avait le droit de savoir où on l'emmenait.

– Tu me fatigues, répondit l'inspecteur.

Il fit trois pas en avant et frappa Arcas au foie. David tomba à genoux. Les inspecteurs l'attrapèrent chacun sous une aisselle. Ils le traînèrent dans le couloir.

– Remets-toi sur tes pieds. Tu penses pas qu'on va te porter ?

Ils traversèrent le palais de justice. Les couloirs, les salles, les escaliers étaient déserts. David demanda une nouvelle fois où on l'emmenait. L'inspecteur lui dit de fermer sa gueule. David demanda s'ils allaient chez le juge. L'inspecteur lui répéta de fermer sa gueule.

Ils sortirent du palais de justice par-derrière. David leva le visage vers le ciel. Exactement le ciel qu'il avait imaginé pour ses retrouvailles avec Jasmine. A très haute altitude, un avion brillait dans le soleil. On le poussa à l'arrière d'une voiture. Les deux inspecteurs s'installèrent à ses côtés.

La voiture se dirigea vers la place Castellane, où elle prit l'avenue du Prado puis le boulevard Michelet. Il y avait peu de circulation. Elle roulait vite. Au rond-point de Mazargues, elle bifurqua sur la gauche. David demanda à nouveau où on l'emmenait. Le chauffeur rigola.

– Il le fait exprès ou il est débile, votre gonze ?

Les deux inspecteurs ne répondirent pas. Dix minutes plus tard, le chauffeur chercha dans le rétroviseur le regard de David et s'écria :

– Les Baumettes ! Tout le monde descend ! Arrêt à perpète !

Ce qui sembla beaucoup le divertir.

Les deux inspecteurs conduisirent David jusqu'à la porte de la prison. Là, deux gardiens en uniforme échangèrent avec eux quelques considérations sur le beau temps et la pêche à la palangrotte, et signèrent un papier qu'un inspecteur leur tendait.

– Il est à vous. Faites gaffe. C'est un client particulièrement recommandé.

– Pas de souci. On va vous le mettre au frais, ce grand garçon.

Poussé dans le dos, David franchit la porte de la prison. Il l'entendit se refermer derrière lui. Il ne posa pas de questions. Il savait désormais que c'était inutile. Tout ça n'avait pas de sens. Quelqu'un avait commis une erreur, quelque part, on le prenait pour un autre, c'était dimanche, demain le juge s'en rendrait compte, il le ferait relâcher. Les gardiens l'accompagnèrent devant un guichet. On lui fit retirer sa ceinture et ses lacets, vider ses poches. Il s'exécuta machinalement. Il pensait à Jasmine. Il tenta de se représenter son visage, ne parvint qu'à en reconstituer une image floue, parcellaire et trompeuse. Une voix énumérait les objets déposés au greffe. David pensait : ses yeux, son nez, sa bouche, ses pommettes, son menton, ses yeux, sa bouche, ses yeux, ses yeux, ses yeux...

– Et une montre, bracelet en cuir marron, marque Lip.

Les gardiens le débarrassèrent de ses menottes. Ils l'emmenèrent. Ils remontèrent des couloirs, franchirent plusieurs grilles. Les murs étaient badigeonnés jusqu'à mi-hauteur d'une peinture gris plomb, écaillée. Ça puait le crésyl, mais sans couvrir entièrement une autre odeur, comme en arrière-plan, remugles d'hommes trop longtemps confinés ensemble. Les gardiens poussèrent David vers un petit escalier de métal. Ils descendirent dans une sorte de boyau éclairé au néon. Ici, ça puait le moisi, la vieille cave. Au fond du boyau, une porte en fer. Le briscard choisit une clé à son clavier, ouvrit la serrure et la porte.

– Entre.

Trois mètres carrés. Des murs suintants. Une veilleuse grillagée au plafond. Un seau émaillé. David fit un pas en arrière. Les deux gardiens qui l'encadraient l'agrippèrent fermement sous les bras.

– Te fais pas prier.

David se débattit, hurla qu'il n'avait rien fait, qu'ils appellent le juge, il n'irait pas là-dedans !

Ils le projetèrent à l'intérieur du mitard. Et, sans plus de cérémonie, ils claquèrent la porte et donnèrent trois tours à la serrure.

– Il a fait quoi, celui-là ? demanda le briscard, alors qu'ils longeaient le boyau jusqu'à l'escalier.

– Sais pas. Rien vu d'autre sur le mandat de dépôt que « *Garder à l'isolement* ».

– Un « politique », tu crois ?

– M'en bats les couilles. Espère juste qu'il va pas nous faire des emmerdements.

***

Becq traversa Paris en prenant toutes les précautions possibles. Après tout, il pouvait être suivi. Il avait quitté le ministre en l'assurant qu'il était navré de ne pouvoir l'aider plus. Non, le prévenu, David Arcas, n'avait prononcé aucun de ces « noms de guerre » au cours de l'interrogatoire. « J'ai d'ailleurs la conviction qu'il ne savait rien, pas même ce que contenait le paquet qu'il convoyait.

– Nous verrons ça, avait répliqué Fouchet. J'enverrai bientôt quelqu'un à Marseille pour l'interroger, si nous ne mettons pas rapidement la main sur ces types. »

Becq roula d'abord en direction du XVIIIe arrondissement, tourna au hasard dans les petites rues autour de Pigalle, l'œil sur le rétroviseur. Il y avait très peu de circulation, sauf aux abords des marchés. Une R8 bleue sembla le suivre jusqu'à la rue Custine. Quand Becq prit la direction du boulevard Barbès, elle vira vers la rue Caulaincourt.

Becq fit trois fois le tour complet de la place de la République. Il ne repéra aucune voiture suspecte. Alors il fila à vive allure sur le boulevard Voltaire. Place de la Nation, il n'y avait derrière lui qu'une vieille camionnette Citroën de maraîcher. Dix minutes plus tard, il entrait dans Montreuil. Il gara la DS rue Robespierre, patienta un instant sur le trottoir : ne le croisèrent que des Africaines en boubou et des familles de Maghrébins qui se rendaient au marché tout proche. Il fit à pied les quelques centaines de mètres qui l'amenèrent devant le 27, rue du Progrès.

C'était un de ces pavillons en meulière construits à l'époque où Montreuil, à l'écart des faubourgs, accueillait des familles qui passaient leurs dimanches et leurs étés dans cette « campagne à Paris ». Des anciens potagers, des arbres fruitiers, il ne restait rien. Dans le jardin, une aubépine en fleur poussait parmi les broussailles et les orties. Le gond supérieur de la grille était descellé. Au coin de l'impasse voisine – « Impasse du Progrès, lut Becq, un nom prédestiné » –, trois gamins algériens s'étaient arrêtés de jouer au ballon et dévisageaient ce grand bonhomme en costume bleu et cravate. Becq poussa la grille.

Tous les volets du pavillon étaient fermés. Becq enjamba les deux marches du perron et pressa la sonnette. Il ne se passa rien. Il sonna encore, longuement. Il entendit un grincement au-dessus de lui. Il leva la tête. A l'étage, un volet avait été repoussé. Quelques secondes plus tard, la porte s'ouvrit.

– Quelle surprise, monsieur le juge ! dit une voix ironique. C'est une visite ou tu passes à l'ennemi ?

Didier, cheveux blonds en bataille, vêtu, comme s'il se rendait à une partie de tennis, d'un polo Lacoste et d'un pantalon gris clair au pli parfaitement repassé, s'écarta en mimant une révérence. Il avait un bleu à la pommette et la lèvre inférieure meurtrie.

– Bonjour, Didier.

– Qu'est-ce qui se passe ? Tu ne te mariais pas, hier ? J'ai été vexé, d'ailleurs, de ne pas recevoir de carton.

– Tu m'invites à entrer ?

– Je t'en prie, monsieur le juge.

Sur un couloir central s'ouvraient plusieurs portes, face à face. Didier précéda son père dans la pièce la plus proche, à droite. Becq le suivit dans la pénombre. Ses doigts tâtonnèrent sur le mur, près du chambranle.

– Tu permets ?

Il tourna l'interrupteur. Une ampoule nue éclaira faiblement le capharnaüm de ce qui avait dû être un salon, à en juger par la cheminée de stuc rose et le trumeau noirci qui la surmontait. Il n'était plus meublé que d'une grande table et d'une dizaine de chaises. Des piles de livres et de tracts, à demi effondrées, jonchaient le plancher. Ça sentait l'alcool à stencil. Becq tourna la tête : une machine à écrire et une Ronéo flambant neuves trônaient sur un bahut, près de la porte.

– Tu n'avais pas fini ton inspection, la dernière fois ? demanda Didier. Il faut dire que tu as filé drôlement vite, ce jour-là ! Il n'était pas content, monsieur le juge, hein ? Pas fier de son grand fils ?

– J'ai à te parler.

– Quel ton solennel, quelle mine grave ! Qu'est-ce que tu veux ? Me parler de ta femme ? Je m'en fous. Je suis sûr que tu vas la rendre heureuse. Autant que ma mère. Me débiter un petit sermon ? C'est trop tard. Regarde.

D'un geste circulaire, il désigna à son père les livres, les tracts et la Ronéo.

– L'attirail du parfait petit agitateur ! Et encore, tu n'as pas vu le plus grave, monsieur le juge. Viens, je vais te faire visiter. Suivez le guide !

– Je ne suis pas venu pour ça, Didier. Je sais parfaitement jusqu'où tu es capable d'aller.

– Jusqu'où je suis capable d'aller ? Tu n'en as même pas idée !

– Plus que tu ne penses, malheureusement.

Sans l'écouter, son fils sortit du salon. Il l'entendit crier, d'une pièce voisine :

– Qu'est-ce que tu crois, monsieur le juge ? « Une crise d'adolescence prolongée, ça lui passera avant que ça me reprenne, enfantillages ! » Putain... Tu n'as jamais prononcé une phrase à toi, une seule phrase qui t'appartienne. Tu crois que tu parles, en réalité tu *récites*. Les sentences de monsieur le juge ! Un peu d'hermine, et on rend la justice. Un costard bleu, et on est un bon bourgeois. Tiens, j'ai compris : tu ne récites même pas, ton costard s'en charge.

Becq alla à la fenêtre. Par l'interstice des volets, il examina la rue, au-delà du portail. Le temps pressait. Fouchet pouvait envoyer des hommes d'une minute à l'autre.

– Si tu pouvais m'épargner ces sottises... On en débite à cent sous la douzaine tous les jours à la Sorbonne et à Nanterre.

Didier réapparut, éclatant d'un rire de mauvais acteur. Il exhibait, crosses sur les hanches, deux fusils-mitrailleurs Kalachnikov.

– Alors, tu crois toujours que je suis comme ces minables d'étudiants ? La révolution dans le dortoir des filles ! Des singeries de petits-bourgeois mal baisés, oui !

– Curieux, fit à mi-voix Becq que la véhémence – et l'imprudence – de son fils agaçaient et, à la fois, mettaient mal à l'aise comme l'aurait fait la compagnie d'un fou. J'ai déjà entendu ça quelque part. Dans la bouche d'un « bon bourgeois ».

– Ah ! Monsieur le juge a toujours le dernier mot ! Monsieur le juge a de la repartie ! Non, mais *tu te prends pour qui ?*

Cette fois, Becq en eut assez.

– Je ne te permets pas de me parler sur ce ton.

Il fit les deux pas qui le séparaient de son fils. Didier ne put s'empêcher d'avoir un geste de recul. Une kalachnikov lui échappa et tomba bruyamment sur le plancher. Il serra l'autre contre sa poitrine. Le juge le dominait d'une tête. Didier tenait de sa mère – la blondeur, l'impatience, les épaules étroites et l'ossature frêle. Becq se dit soudain que c'était peut-être ça que son fils avait toujours haï en lui, que c'était aussi animal et simple : ses cent quatre-vingt-quinze centimètres, son poil noir, sa stature de docker. Qu'est-ce que j'y peux ?

– Ne me touche pas ! s'exclama Didier.

Becq s'aperçut alors que, sans en prendre conscience, il avait serré les poings et les tenait à hauteur de la ceinture, comme un boxeur qui va frapper. Il fourra les mains dans les poches de sa veste.

– Je dois te parler. Je ne serai pas long. Pose-moi cet engin, s'il te plaît.

Didier hésita, puis choisit de n'obéir qu'à demi : il posa la crosse du fusil-mitrailleur sur le sol et maintint l'arme contre sa jambe. Ridicule, pensa Becq, un gosse qui joue à la guerre : « Alors, on serait des terroristes et on préparerait un attentat... » Il *a* préparé un attentat. Et je n'arrive toujours pas à le prendre au sérieux. Finissons-en.

– Hier, à Marseille, la police a arrêté, sur dénonciation, un certain David Arcas, steward d'une compagnie de charter qui rentrait de Jordanie. On a saisi chez lui plusieurs kilos de plastic et des détonateurs. J'ai interrogé ce garçon, il ignorait très certainement ce qu'il avait transporté, mais il avait appris par cœur un message et une adresse : la tienne, ici. Tu vois où je veux en venir ?

– Je commence à me faire une idée...

Didier se détourna, déposa la kalachnikov en équilibre contre le mur et, les mains dans les poches, se dirigea lentement vers la cheminée, à l'autre extrémité de la pièce. Quand il se retourna, il ne souriait plus. Il écoutait, tendu, lèvres serrées. Becq en éprouva un petit plaisir de revanche.

– J'ai pris ma voiture, j'ai roulé toute la nuit et, ce matin, j'étais chez le général de Gaulle. Ensuite, j'ai vu le ministre de l'Intérieur.

– Ah, il fallait s'y attendre ! Tout droit à la mangeoire ! Tu devais bander de leur balancer ton fils ?

– Place Beauvau, poursuivit Becq, un rapport venait d'arriver. Un indicateur venait de fournir aux RG non seulement la date et le lieu de l'attentat – Val-de-Grâce, le 11 mai –, mais aussi une liste de noms. Il y avait un Saint-Just, si je me rappelle bien, un Tchernychevski, un Tchen, j'ai oublié les autres, mais pas Gracchus Babeuf.

– Je vois. Alors, qu'est-ce que tu fais ? Tu m'arrêtes ? Ou on attend les flics ensemble ?

– Ils n'ont pas encore l'adresse. Il n'y a que ce David Arcas et moi qui la connaissions. Je me suis arrangé pour qu'il ne la confie à personne d'autre. Jusqu'à ce que tu sois à l'abri.

– Comment ? bouffonna Didier. Monsieur le juge a dissimulé des informations de la plus haute importance ? Monsieur le juge est un traître à la nation ?

Sourire narquois aux lèvres, il s'avança vers son père.

– Qu'est-ce qui se passe ? Monsieur le juge a peur pour sa carrière si jamais on arrête son fils dégénéré ? Monsieur le juge fait dans son froc ? J'ai du mal à suivre le film, là, j'ai dû rater un épisode... Tu es venu pour quoi, en fait ?

– Quelle que soit l'opinion qu'on ait sur ce sujet, toi et moi, je suis ton père. Mon devoir était de te prévenir.

Le visage rejeté en arrière, Didier lui rit au nez. Un rire forcé, qui ressemblait à un crachat.

– Ah, papa ! C'est beau comme du Corneille !

Becq pâlit de colère. Sans un mot de plus, il alla à la cheminée. Il prit une pile de tracts posée sur le manteau, s'accroupit et la jeta dans le foyer. Il fouilla dans ses poches, en tira un briquet, l'alluma.

– Et maintenant monsieur le juge détruit les preuves ! On aura tout vu ! Tu sais que tu as des dons de terroriste en fuite ?

Becq ne prit pas la peine de lui répliquer qu'il l'avait été, « terroriste », de 1942 à 1944, et qu'il n'en était pas plus fier pour ça.

– Qu'est-ce que je fais, moi, alors ?

– Fous le camp, grogna Becq sans se retourner. Fous le camp où tu veux, mais tout de suite. C'est tout ce que je te demande.

– Voilà une phrase qui t'a démangé pendant des années, n'est-ce pas ? Tu es très fort, quand même. Tu as enfin réussi à la placer, et dans le rôle du père noble. J'ai presque envie d'applaudir.

Sur un dernier éclat de rire, Didier quitta la pièce, tandis que, méthodiquement, son père jetait au feu tous les papiers qui lui tombaient sous la main. De temps à autre, il retournait à la fenêtre inspecter les parages de la maison. Il fallait faire vite.

Quand Didier revint, la pièce était enfumée, Becq en sueur et les flammes hautes et bleues. Il s'était rasé de frais, sagement coiffé et portait un costume trois-pièces anthracite. De l'index, il désigna son revers.

– Il ne me manque plus que la rosette. Et la corde au cou, ajouta-t-il. Tu me prêtes la tienne ?

Becq défit sa cravate. Didier la prit, la considéra avec une moue faussement admirative et la noua adroitement autour de son col.

– Tu vois : rien qu'une cravate et j'ai déjà changé de vie ! Tu es content ?

Le père et le fils se dévisagèrent.

– J'ai comme l'impression que tu n'auras pas envie de me revoir, murmura Didier, sarcastique. C'est dommage. On aura presque vécu une émouvante scène d'amour familial.

Becq ne répondit pas. Didier sourit inutilement, commença à reculer vers la porte, cligna de l'œil.

– Je ne te serre pas la main, tu m'excuseras. Mais le cœur y est. N'oublie pas de faire le ménage à fond, je compte sur toi !

Becq s'approcha de la fenêtre. Il entrouvrit légèrement les volets. Il regarda son fils traverser le jardin en friche, franchir le portail et, soudain, courir quelques mètres, le temps de traverser la rue. Course pour rien – pour le plaisir. Juste un tout jeune homme blond et mince et le soleil d'un dimanche de mai.

Lorsqu'il ne resta plus que des cendres dans le foyer, Becq fit l'inspection des sept pièces, de la cuisine et de la salle de bains. Il trouva un sac de sport dans une armoire, quelques tampons officiels destinés à contrefaire des pièces d'identité et des passeports, deux Beretta et une douzaine de grenades à main. Il redescendit au rez-de-chaussée, entassa les kalachnikovs dans le sac par-dessus les tampons et les armes, jeta un dernier coup d'œil autour de lui. Restaient la machine à écrire et la Ronéo.

Il sortit en hâte du pavillon, alla récupérer sa voiture rue Robespierre, revint la garer devant la grille à demi descellée. Il ôta sa veste, il était en nage. Il lui fallut trois voyages pour ranger dans son coffre la machine à écrire, la Ronéo et le sac d'armes. Il se mit au volant, démarra. Au passage, il vit les trois enfants algériens à l'entrée de l'impasse, qui suivaient la voiture du regard.

Un œil sur le rétroviseur, il roula jusqu'à Nogent. Il était incapable de deviner s'il était filé ou pas. Que raconteraient ces gosses quand la police ferait une descente dans le pavillon ? Rien. Ils n'étaient certainement pas du genre à parler aux flics. Becq engagea la DS dans un chemin qui descendait au bord de la Marne. Il roula un moment sur la rive, cherchant un coin tranquille. Il croisa deux vieilles femmes aux cheveux bleus qui promenaient leurs chiens. Huit cents mètres plus loin, il découvrit l'endroit idéal : un ponton de métal rouillé, branlant, qu'un bosquet dissimulait de la route et de la rive. Il y porta, tour à tour, la Ronéo, la machine à écrire et le sac de sport. Il les jeta à l'eau. La surface du fleuve était claire, scintillante mais trompeuse : à un mètre de profondeur, tout – le sac, la machine et la Ronéo – s'estompa dans un brouillard de vase brune.

– Beau temps pour la pêche !

Becq tressaillit. Les deux vieilles dames à cheveux bleus se tenaient sur la rive, souriantes et roses de blush. Leurs caniches se mirent à aboyer.

– Beau temps, répondit Becq.

Et il déroula et reboutonna les manches de sa chemise.

XII

En ce mois de mai 1968, Valmer se mit aux nouvelles couleurs à la mode, le rouge et le noir. Le rouge, pour son compte en banque. Et le noir, pour l'humeur.

Marseille, comme tant de villes en France, était en grève. Valmer avait été obligé de reporter *sine die* tous les voyages de sa compagnie, donc de rembourser les forfaits déjà vendus. Pour une entreprise aussi fragile que la sienne, cela ressemblait à un coup de grâce.

Le 10 mai, il monta à Paris. Il avait rendez-vous au Bourget avec un courtier sud-américain auquel il brada en hâte et contre du cash le Constellation pour faire face aux premières échéances. Peut-être la décision était-elle précipitée, l'acheteur peu recommandable, mais Valmer n'était pas d'une nature prudente. Cette nuit-là, redescendant à Marseille par la nationale 7, il suivit heure par heure, sur Europe nº 1, les événements qui chamboulaient la capitale et qu'on appellerait la « nuit des barricades ». Selon lui, ou bien les étudiants allaient se faire enfariner par le PC et une révolution balaierait tout, alors il aurait d'autres soucis – et d'autres combats – que la faillite de sa compagnie ; ou bien de Gaulle allait lâcher ses troupes dans Paris, et tout rentrerait dans l'ordre : dans ce cas, les quelques millions de la vente du Constellation l'aideraient à repartir. Repartir de zéro, c'était une sorte de sport qu'il avait pratiqué toute sa vie, ça le rajeunirait.

Il arriva le matin du 11 mai à Marignane, où il avait ses bureaux. Il était tôt, il avait donné des vacances à sa secrétaire plutôt que de la garder à ne rien faire – « Allez donc lever le poing dans les manifs », lui avait-il dit, boutade qu'elle avait prise en éclatant en sanglots et il avait dû la consoler en l'assurant qu'il ne s'agissait pas d'une façon sournoise de la mettre à la porte. Aussi fut-il surpris de trouver les bureaux ouverts et la longue silhouette malingre de Champredin courbée sur le tiroir des dossiers du personnel.

– Je vous dérange, mon vieux ?

Champredin se redressa vivement et, d'un coup de genou, referma le tiroir métallique.

– Je vous attendais, patron.

Valmer se dit que, décidément, il ne supportait plus le sourire de tartuffe de ce type. L'aller-retour en voiture l'avait épuisé, les décisions à prendre lui portaient sur les nerfs. Eh bien, en voilà une, de décision, servie toute chaude par sa victime même. « Victime » était pourtant un mot qui ne collait pas à ce Champredin.

– Oui ? répliqua Valmer. Et pour passer le temps vous faisiez un peu de lecture ?

Champredin ne répondit pas, se contentant de sourire davantage. Valmer déposa sa mallette sur le bureau de la secrétaire et alluma le transistor posé sur une commode métallique. Un reporter d'Europe n° 1, d'une voix hachée, à la fois enthousiaste et dramatique, achevait le récit de la « nuit des barricades ». Valmer l'écouta attentivement. Mais il n'y eut pas l'annonce d'une nouvelle Commune de Paris. Toutes les barricades avaient été prises. La dernière, place de la Contrescarpe, avait cédé à cinq heures et demie. Sans un seul mort. « Les étudiants se sont réfugiés rue d'Ulm, dans les locaux de l'École normale supérieure », précisa le journaliste.

– Rue d'Ulm ! rugit Valmer. Révolutionnaires de mes fesses !

Il éteignit la radio alors que le reporter, un peu de déception dans la voix, annonçait que, désormais, les « rues de la capitale » étaient calmes et que les bulldozers travaillaient depuis l'aube à déblayer les pavés, les arbres et les carcasses de voitures incendiées, « encore fumantes », disait-il, quasi lyrique, « dans l'odeur âcre aux relents chlorés qui continuent d'irriter la gorge... ».

– Ça barde, hein ? dit Champredin.

Valmer haussa les épaules avec exaspération.

– Pétards mouillés, oui. De toute façon, il fallait s'y attendre. Ces petits jeunes n'ont aucune vision politique. Ils pérorent, ils se soûlent de mots, et après, ils jouent à Gavroche. Seulement Gavroche, lui, il s'y est fait tuer, devant sa barricade.

– Vous ne voudriez quand même pas des morts, patron ?

– Pourquoi pas ? Vous avez déjà entendu parler d'une révolution la fleur au fusil ? Vous vous imaginez que de Gaulle ça l'impressionne, des discours, des slogans et un monôme d'étudiants au Quartier latin ?

– Donc vous ne croyez pas qu'on aura la révolution...

– Oh, que si, on risque d'en avoir une ! Pas celle de ces têtes fumeuses de la Sorbonne, non, mais le terrain sera bientôt tout préparé pour les communistes.

– Ah bon ?

– Au moment propice, ils vont tout prendre en main. Ils ont toujours agi comme ça, ça leur a toujours réussi, pourquoi ils changeraient de tactique ? J'en ai fait largement l'expérience en Espagne, croyez-moi. Ils se sont plus occupés à nettoyer le camp républicain de tous ceux qui ne prenaient pas leurs ordres à Moscou qu'à combattre Franco et ses Marocains !

– Oui, mais justement : Franco a gagné.

– La situation en France n'a rien à voir. Si le pouvoir gaulliste peut se laisser chahuter comme la nuit dernière et – c'est le point essentiel, j'y tiens – s'il n'y a pas eu un seul mort – pour *cinquante* barricades, mon vieux ! –, vous savez ce que ça signifie ? Que les petits étudiants peuvent toujours gueuler « fascistes » ou « CRS, SS », ils n'ont en face d'eux que des carabiniers d'opérette commandés par un général d'opérette ! Vous savez ce qui va se passer dans les casernes, dans les commissariats, ce qui est déjà en train de se passer ? Les flics vont gamberger, se dire que personne n'est capable de prendre une décision, ils vont se démoraliser. Et des flics démoralisés, c'est des flics tout prêts à passer dans l'autre camp. A condition que ce camp-là ait de la poigne, et le montre. Et pour ça, vous pouvez faire confiance aux communistes. Ils ne rigolent pas. C'est pas eux qui laisseraient une compagnie de gardes mobiles se prendre des pavés sur la gueule pendant deux heures sans réagir !

– Vous y croyez vraiment, patron ?

– A quoi ?

– Que les communistes vont prendre le pouvoir ?

Valmer se prit le visage dans les mains et se frotta vigoureusement les yeux. Puis il sortit un paquet de Gitanes de sa poche et en alluma une.

– J'en sais rien, mon vieux. Mais peut-être bien que ça nous pend au nez. Et tous ceux qui ne seront pas du côté du manche...

Valmer tira une longue bouffée sur sa Gitane. Il la souffla loin devant lui, puis posa la main sur la mallette.

– De toute façon, vous ne faites pas de politique, vous, Champredin ?

– Eh non, patron. Mais j'ai peut-être tort...

Champredin, sourire en coin, prit un air rêveur et malin qui ranima toute l'antipathie que lui portait Valmer. Liquidons les affaires courantes.

– Puisque je vous ai sous la main, mon vieux, on va faire le point de la situation. Vous vous en doutez, elle n'est pas brillante. Je rentre de Paris, j'ai vendu le Constellation. Un hangar, ces bureaux et (il tapa sur la mallette) ce qu'il y a là-dedans, c'est tout ce qui reste de la compagnie. On en est là.

Il attendit une réaction de Champredin ; il n'y en eut pas. Chaque fois que ce type sourit, j'ai l'impression qu'il se fout de moi. Valmer saisit la mallette et la porta jusqu'au vieux coffre, semblable à un poêle, dans un coin du bureau. Il en composa rapidement la combinaison, y rangea la mallette et claqua la porte d'acier.

– De deux choses l'une, reprit-il. Ou bien, si les grèves continuent, je fais faillite. Ou bien, elles s'arrêtent bientôt, et là... Peu importe. Dans les deux cas, vous comprendrez que je suis obligé de vous licencier.

– Vous me foutez à la porte ?

– Si vous préférez qu'on le dise comme ça...

Bouche pincée, Champredin se pencha en avant, les deux poings en appui sur le bureau. Un nez de toucan, se dit Valmer, c'est ça : un bec. Et de petits yeux de rat. Et il va avoir le culot de faire du chambard.

– Vous rigolez, patron ? Vous avez gardé Betty ! Et aussi Nadine, votre secrétaire !

– Je garde qui ça me chante. Si vous voulez le savoir, je n'ai guère apprécié votre attitude quand Chabrol est mort. David vous a couvert, mais moi je ne passerai pas l'éponge.

– David ! cracha Champredin. Vous voulez que je vous en raconte quelques-unes, sur votre David ?

– Ça ne m'intéresse pas. David fait toujours partie de la compagnie. Sa place l'attend à son retour.

– Non, mais vous rêvez, Valmer ! Vous en avez, vous, des nouvelles d'Arcas ? Il est au trou, Arcas, et avant qu'il pilote un avion...

– Bon. Barre-toi. Je t'ai assez vu.

Épaules en avant comme un talonneur qui entre en mêlée, le sang aux joues, Valmer contourna brusquement le bureau, agrippa Champredin par le bras et le jeta dehors.

– Ne refous jamais les pieds ici.

– On se retrouvera ! glapit Champredin.

– C'est ça, grogna Valmer en refermant la porte vitrée. Grand con.

Il posa sa veste sur le dossier d'une chaise et traîna un quart d'heure dans ses bureaux, relisant des factures et des mises en demeure, fumant Gitane sur Gitane, passant et repassant devant le transistor et se forçant à ne pas l'allumer. Le Quartier latin ! Au lieu de prendre d'assaut l'Assemblée et l'Élysée... Bande d'amateurs. A sa montre, il était neuf heures et quart. Il est temps d'y aller. Il remit sa veste. Il verrouilla la porte vitrée.

Dans la 404, il ne put s'empêcher de tourner le bouton de l'autoradio.

– *La rue Gay-Lussac a été nettoyée par les bulldozers. L'École normale supérieure est encerclée par les forces de l'ordre. On attend le retour dans la soirée du Premier ministre qui était en voyage officiel en Afghanistan. Les syndicats avaient appelé à la grève générale le 14 mai, il semblerait qu'ils l'avanceraient au 13.*

– Séguy commence sa revue d'effectifs...

Dans les rues de Marseille, il ne semblait pas y avoir eu beaucoup d'agitation. Valmer éteignit la radio. Et s'il arrive, le fameux « grand soir », qu'est-ce que tu vas faire, toi ? En tout cas, c'est Chabrol que ça aurait fait marrer. Il serait déjà à Paris, un flingue dans la poche. Chabrol... En attendant, c'est le petit David qui paie pour ses conneries.

Valmer arrêta la voiture sur la place des Treize-Cantons, au bas de l'immeuble des Casagrande. Il passa la tête par la portière et donna trois longs coups de klaxon. Aussitôt, Jasmine apparut à une fenêtre. Elle lui fit un signe de la main.

– J'arrive !

Quelques secondes plus tard, elle débouchait sur le trottoir, courant à petits pas dans des escarpins rouges. Ils étaient assortis à la robe et au sac à main.

– On dirait que tu vas affronter le taureau, plaisanta Valmer quand elle s'assit à son côté dans la voiture.

– C'est presque ça, non ? Ce juge a l'air terrible.

– Allons le terrasser !

Ils avaient enfin obtenu un rendez-vous du juge Becq. Depuis l'arrestation de David, Valmer avait téléphoné jusqu'à trois fois par jour à son cabinet. Jamais il n'avait pu l'avoir en ligne, pas plus que Jasmine, qui s'était rendue en personne au palais dès le lundi, n'avait pu lui parler. Elle avait vu sa haute silhouette noire passer dans un couloir : le temps qu'elle le rattrape, il avait disparu. L'avocat qu'ils avaient engagé n'avait pas eu plus de succès. La veille, enfin, alors que Valmer, dans sa chambre d'hôtel, s'apprêtait à partir pour Le Bourget négocier la vente du Constellation, le téléphone avait sonné et l'avocat l'avait prévenu que le juge le recevrait, « ainsi que la jeune fille », le lendemain matin. « Il vous attendra à la calanque de Port-Miou, vers onze heures. – A Port-Miou ? – Le samedi, il n'est pas au palais. Ce n'est pas très officiel, comme rendez-vous, mais le juge Becq est un passionné de voile. Je suppose que son bateau est amarré là-bas. »

Il n'avait pu en savoir plus, par exemple si le caractère inattendu de cette rencontre était un signe favorable ou non. L'avocat avait des arguments pour, des arguments contre, il aurait pu en parler pendant une heure, Valmer n'aurait pas été plus avancé.

La route longeait la plage et la mer, avant de grimper vers les falaises des calanques. Jasmine, un bras tendu hors de la portière, jouait à repousser le vent. Valmer, tournant parfois la tête, la voyait en profil perdu – le menton aigu, les lèvres brunes et charnues, le nez court un peu busqué, la pommette ronde, le front haut –, sourcils froncés. Un masque de petite guerrière des rues, se dit-il, et les cheveux qui battent dans l'air, en oriflamme. Il lui toucha légèrement le bras.

– Oui, monsieur Valmer ?

– Quand on verra le juge, laisse-moi parler. D'accord ?

– Je n'ai pas peur de lui.

– Justement.

***

Parmi les voiliers aux coques blanches, ventrues, aux winches électriques étincelant au soleil, celui de Pierre Becq, le *Saint-Elme*, paraissait d'une autre époque. C'était un ketch italien armé peu après la guerre et laissé à l'abandon que, jeune magistrat, il avait acheté pour une bouchée de pain, séduit par la finesse de son allure et sa coque à clin, superbe travail de charpentier. Il avait passé des mois à le retaper, à lui rendre son élégance originelle, dimanche après dimanche, quand il ne participait pas à une régate de dériveurs – le plus beau souvenir de sa vie : lorsqu'il y songeait, il lui revenait encore des odeurs de copeaux et de vernis, des images de grand soleil.

Il vit arriver de loin Jean Valmer et la jeune Jasmine. Ils remontaient le ponton de bois, côte à côte. Valmer, une main en visière, examinait rapidement les bateaux qu'ils croisaient. Becq, assis sur le roof, prit le temps de finir de recoudre l'œillère du foc, puis se leva et sauta sur le ponton. Valmer et Jasmine l'aperçurent.

La veille, le juge avait reçu un coup de fil du ministère de l'Intérieur. Le directeur de cabinet, de sa voix d'aristocrate mâchant une patate chaude, l'appelait pour le tenir au courant de la progression de l'enquête, selon les instructions de Fouchet. En fait de progression, cela ressemblait plutôt à un fiasco. La police, grâce à l'un des noms de guerre, Tchen, qui figurait sur le bail, avait localisé la planque du groupuscule : un pavillon à Montreuil. A part du matériel destiné à la fabrication de faux papiers et trois vieux Luger oubliés dans une cache derrière une armoire, et « un monceau de cendres dans une cheminée », elle n'avait trouvé aucun indice. Quant à l'indicateur, il s'était « évanoui dans la nature ». En conséquence, avait poursuivi le directeur de cabinet, leur seule source d'information restait l'homme que le juge avait interrogé et fait incarcérer.

Becq avait écouté patiemment ces informations qui ne lui apprenaient rien, sinon que la fuite de Didier et de ses complices était un succès. Dès son retour de Paris, il avait pris sa résolution : il avait fait tout ce qu'il estimait devoir faire pour son fils, maintenant basta ! Il laisserait David Arcas encore une semaine aux Baumettes, par précaution, puis le ferait libérer. Quand le directeur de cabinet lui annonça qu'il enverrait bientôt des gens du ministère pour interroger Arcas, Becq lui répliqua que ce jeune homme n'était pour rien dans cette affaire et qu'il signait le jour même son ordonnance de mise en liberté. « Voyons ! Il va filer, comme les autres ! Il est le seul lien qu'il nous reste avec les terroristes. – Je ne suis pas là pour faire le travail de vos services. Arcas sera libre demain. – Le ministre ne... – M. le ministre fera ce qu'il voudra. Je juge en mon âme et conscience. – C'est irresponsable ! – Au contraire, monsieur. Croyez bien que je suis prêt à assumer toutes mes responsabilités. Bonsoir. »

Les mains dans les poches d'un vieux pantalon avachi, pieds nus, Becq regarda s'approcher Valmer et Jasmine. « La plus belle fille de Marseille », lui avait déclaré David Arcas. Il ne fanfaronnait pas : cette gamine avait de l'allure, brune, grande, mince – intense comme le rouge de sa robe. Becq sortit les mains de ses poches et, quand ils ne furent plus qu'à quelques mètres, il s'avança pour les accueillir.

– Il faut en faire des kilomètres pour vous voir, monsieur le juge, dit Valmer.

– Je vous fais mes excuses. J'ai eu une semaine très chargée. J'espère que ce décor ne vous dérange pas ?

– Ce n'est pas le décor qui me dérange, fit Valmer en jetant un bref coup d'œil autour de lui.

– Je comprends. Vous voulez que nous en venions tout de suite à ce qui vous amène ici ?

– J'aimerais bien.

– A votre aise.

Becq tourna un instant les yeux vers la jeune fille, qui se tenait un pas en retrait de Valmer. Elle l'affronta d'un regard si farouche qu'il ne put s'empêcher de lui sourire. Elle ne le prit pas pour un signe d'amitié mais pour une invitation à parler.

– Quand M. Valmer vous a vu au palais de justice, samedi dernier, il vous a expliqué, non, que David avait transporté ce paquet pour le commandant Chabrol ?

– En effet.

– Alors vous savez qu'il n'est pas coupable ?

– Ce n'est peut-être pas aussi simple.

– Comment, pas aussi simple ? Ou on est coupable, ou on ne l'est pas ! J'aimerais bien que vous m'expliquiez aussi pourquoi vous avez fait croire à M. Valmer que vous alliez laisser David nous retrouver tous à la calanque – on se fiançait, ce jour-là, il vous l'avait dit, non ? – et pourquoi, finalement, vous l'avez gardé. Vous allez encore me dire que c'est pas aussi simple ?

Valmer lui toucha l'épaule.

– Jasmine...

Becq fit un geste de la main.

– Non, laissez. Mademoiselle a raison.

– Je le sais bien, que j'ai raison !

Un sourire amusé continuait de flotter sur les lèvres du juge, ce qui inquiétait vaguement Valmer. Becq leur désigna la poupe étroite et mince de son ketch.

– Si nous montions à bord ? Nous allons nous expliquer.

– *Vous* allez vous expliquer, rétorqua Jasmine.

D'une large enjambée, Becq passa sur le *Saint-Elme*. Lui tendant la main, il la pria de retirer ses escarpins. Elle lui obéit, les serra sur sa poitrine et, ignorant délibérément la main du juge, elle sauta sur le pont. Valmer les rejoignit. Ils suivirent Becq dans la cabine. Ils s'installèrent sur les banquettes, autour d'une table en acajou encombrée de cartes marines.

– Alors, cette explication ? attaqua Jasmine, à peine assise.

– Comme vous l'avez fait remarquer, c'est finalement très simple.

– Ah !

Becq l'avait fait exprès pour s'offrir le plaisir de la voir triompher. Peut-être aussi – mais il ne chercha pas à se poser la question – avait-il laissé traîner l'entretien pour la même raison. Il n'avait pas tous les jours l'occasion d'annoncer de bonnes nouvelles, et à une si fière et jolie gamine. Toute la semaine, le souvenir de la scène sordide et grotesque de Montreuil l'avait poursuivi comme un remords. Pourquoi avoir choisi de sauver la mise à son fils plutôt que de relâcher aussitôt Arcas ? Quel sens perverti du devoir lui avait fait préférer un salaud à un candide ? Les liens du sang ? Foutaises. En réalité, il avait espéré ne pas le trouver à Montreuil. Cela aurait été tellement mieux pour son confort moral. Il aurait apaisé sa conscience de père sans trahir ni son devoir de magistrat ni, surtout, le sentiment le plus profond que lui inspirait Didier : le mépris.

L'explication qu'il donna à Jasmine et à Valmer leur parut, il l'espéra, aussi simple qu'il l'avait promis. David détenait diverses informations qu'il avait dû vérifier et recouper. Becq parla de procédure judiciaire qui l'obligeait à garder, le temps nécessaire, le prévenu à disposition. Jasmine l'interrompit :

– Vous les avez vérifiées, ces informations ?

– Oui.

– Alors...

– Alors j'ai signé hier après-midi la remise en liberté de votre fiancé.

Il s'attendait à un cri, une explosion de joie, quelque chose de spectaculaire, à la mesure du tempérament de cette fille. Jasmine se contenta de fermer les paupières, les poings, et de lâcher un grand soupir. Le juge et Valmer se regardèrent. Ils sourirent. Becq ne s'était pas senti aussi content de lui depuis longtemps.

– Quand va sortir David ? demanda Valmer.

– Lundi matin. A quelle heure, je ne saurais vous le préciser. Les gardiens des Baumettes ont lancé un préavis de grève pour ce jour-là.

– Ils risquent de l'empêcher de sortir ?

– Ne vous inquiétez pas. J'interviendrai personnellement.

Il les raccompagna jusqu'au ponton. Cette fois, Jasmine accepta la main qu'il lui tendait. Valmer le remercia.

– Jasmine et moi, on va aller annoncer la nouvelle au père de David. Il a fallu l'hospitaliser le lendemain de l'arrestation de son fils. Il est très malade.

– J'espère que ce n'est pas trop grave.

– Malheureusement si...

Becq ne sut que dire.

– En tout cas, de revoir son fils ça lui fera du bien, ajouta Valmer et il serra la main du juge et prit Jasmine par le bras.

Ils s'éloignèrent le long du ponton.

Cet après-midi-là, le *Saint-Elme* sortit en mer. Le mistral commençait à souffler quelques brises. Becq tira des bords, de risée en risée, au large de Cassis. Il ne rentra qu'à la nuit tombée.

XIII

Les événements de ce mois de mai furent, selon certains, « le printemps d'une jeunesse libre, inventive et généreuse ». François Champredin avait vingt-huit ans, aucune attache depuis que Valmer l'avait mis à la porte, de l'inventivité à revendre. Sa générosité s'arrêtait à lui-même, mais il faut un début à tout. Quelques heures après avoir été vigoureusement éjecté de la compagnie « *Le monde est à vous !* », il adhéra au Parti communiste. Le monde serait à lui. Au moins une petite part. En attendant mieux.

Cette décision n'avait rien d'un coup de tête. Il avait eu tout le temps, en rentrant à Marseille et en buvant une bière à une terrasse du Vieux-Port, de ressasser son entrevue avec Valmer. Ce qui le mettait d'abord en rage, ce n'était pas tant d'avoir été viré que le sentiment aigu d'une injustice. Il n'y avait eu qu'un seul témoin à son accès de panique dans l'avion : Arcas. Il s'était fort astucieusement débarrassé de ce témoin, grâce à cette andouille sentimentale de Jean-Mi. Tant d'ingéniosité et de salive dépensées, et voilà que ça ne servait à rien ! Une grève, une saute d'humeur de Valmer avaient suffi à ruiner une si jolie combinaison.

Tout en regardant flotter des détritus dans l'eau sale du Vieux-Port, Champredin réfléchissait. Il faisait partie de ces gens qui ont une conception très égotiste des événements qui les dépassent. Un tremblement de terre, un raz-de-marée, une guerre ou une révolution, autant de catastrophes personnelles. Ce ne sont pas l'Histoire ou la planète qui bougent, ce sont d'inadmissibles atteintes à leur tranquillité. Mais Champredin faisait aussi partie de ces gens, toujours industrieux, qui, la première vexation passée, se demandent comment tirer parti du désastre.

La réponse à cette question contenait tout entière dans les propos que lui avait tenus Valmer. En somme, se dit Champredin, une grève et la révolution en marche l'avaient privé de son boulot. Selon Valmer, grèves et révolution n'en étaient qu'à leurs prémices et menaçaient de balayer tout. Champredin crut sentir là le vent de l'Histoire. Il n'y avait donc qu'à suivre le sens du vent : la grève et la révolution. Gréviste, il ne pouvait ; il était au chômage. Révolutionnaire, il se ferait. Et, plus précisément, communiste. Puisque le pouvoir reviendrait au PC. Que Valmer, sous le coup de la colère, ait pu exagérer, voire se tromper dans son analyse, ne lui effleura pas l'esprit. Champredin n'était pas bête, mais ne savait appliquer intelligemment sa ruse. Aux lignes droites, il préférait les chemins de traverse, qu'il confondait avec des raccourcis. Il prenait ses intuitions pour des coups de génie. D'ailleurs, dans les multiples emplois qu'il avait tenus depuis l'âge de quatorze ans, il avait eu souvent l'occasion de rencontrer des communistes : des types sérieux, organisés, parlant un jargon facile à imiter. Et bourrés du pognon de Moscou. Du solide. L'avenir et le progrès. Or, pour l'heure, Champredin avait foutrement besoin d'assurer son avenir – et le progrès de son compte en banque. Requinqué, il paya sa bière et se rendit sur-le-champ au siège marseillais du Parti.

Peu de temps après, Noël Pietri s'installait à la même terrasse, en compagnie d'Ange Tasso, un compatriote de Sartène, représentant en apéritifs. Le patron en personne vint leur servir des Ricard, offerts par la maison, et échangea avec Tasso des nouvelles du pays.

Pietri avait connu Tasso par le club de supporters des Ultras. En échange de quelques bouteilles d'anisette, il lui procurait des places gratuites dans la grande tribune du Stade Vélodrome. Tasso était le beau-frère d'un cousin de sa mère, et il avait réussi dans la vie. Ses patrons lui avaient attribué un vaste secteur des Bouches-du-Rhône, où les cafetiers l'accueillaient comme le notable qu'il était devenu : costumes croisés, perle à la cravate, chevalière au doigt et voiture américaine.

Cet après-midi-là, Tasso lui avait donné rendez-vous pour parler « sérieusement ». Ce mot avait excité l'imagination de Pietri. Si son cousin voulait lui parler « sérieusement », ce ne pouvait être que pour lui proposer du boulot. Travailler dans les apéritifs... Jusqu'à l'heure du rendez-vous, Pietri avait caressé toutes les facettes de ce rêve et, paradoxalement, s'était abstenu de boire. Il ne s'agissait pas que son cousin le prenne pour un ivrogne. Aussi, quand Tasso, après le départ du patron du bar, lui demanda : « Alors ? Qu'est-ce que tu en penses, toi, de la situation ? », répondit-il, songeant à la sienne, plus que précaire :

– Ah, ça ! Elle n'est pas très bonne...

– C'est la merde, tu veux dire ! La merde noire.

Un peu vexé, Pietri se chercha des excuses.

– Il y a quand même le club. Il tourne, le club, et c'est quand même grâce...

– Tu changes pas ! l'interrompit Tasso en rigolant. Du moment qu'on joue au foot, toi, le reste, tu t'en fous !

– Non, c'est pas vrai, balbutia Pietri qui ne voulait pas passer pour un cossard. Tous les jours, j'épluche le journal...

– Ah ! Et qu'est-ce que tu en penses ?

Désarçonné, Pietri se demanda ce qu'on pouvait bien penser de la page des offres d'emploi, qu'il n'apercevait d'ailleurs que par hasard, de loin en loin, quand elle enveloppait une laitue. Il risqua un :

– J'en pense que c'est difficile de travailler, aujourd'hui.

– Difficile ? s'emporta Tasso. Bientôt, ce sera im-pos-sible ! Pourtant, des petits gars comme toi, qu'est-ce que ça demande ? Un salaire, une vie décente, une petite femme et surtout la li-ber-té !

Pietri approuva avec chaleur. Son rêve se précisait. Certes, il aimait la liberté, et qu'est-ce qu'il y avait de plus libre qu'un représentant en apéritifs ? Une bagnole, des clients dans tous les bars du département, et roule !

– Noël, reprit Ange Tasso, d'un ton grave, est-ce que tu serais prêt à travailler pour la liberté ?

– Tout de suite.

– Bien. Très bien. J'aime les petits gars comme toi. Et je vais te donner l'occasion de travailler.

– Quand est-ce que je commence ?

– On y va maintenant, tu es prêt ? Tu vas rencontrer le grand patron.

– Le grand patron ? dit Pietri, dépassé par les événements. Il veut me voir ?

– Je lui ai parlé de toi. Il t'attend dans ses bureaux. C'est à côté.

– Mais j'ai pas mis ma veste, ni ma cravate...

– Il s'en fout, le patron. Il te prendra comme tu es. Allez, zou !

Flatté mais anxieux, Pietri le suivit.

Ils n'allèrent pas bien loin. Ange Tasso le poussa à l'intérieur d'un autre bar, aux lumières tamisées, aux banquettes de moleskine rouge – le genre d'endroit où Pietri ne mettait jamais les pieds.

– Je croyais qu'on allait voir le grand patron dans ses bureaux ?

– On y est. Ici, c'est ses bureaux à lui. Amène-toi. Tu lui dis bonjour poliment, tu le laisses parler, tu lui dis merci et au revoir...

– Poliment.

– C'est ça. Et après je t'expliquerai ton affaire.

Tout au fond de la salle, trois hommes et une femme étaient assis à une table. Les hommes jouaient aux dés. La femme examinait ses faux ongles argentés. Pietri la trouva très belle, quoique un peu « tapée ». Elle portait une robe moulante et décolletée comme il n'en avait vu qu'au cinéma.

– Bonjour, monsieur Dominique, dit Tasso.

L'homme le plus âgé lui répondit d'un imperceptible haussement de menton. Il caressait les dés dans son poing droit. Il ressemblait à un mérou : l'œil exorbité, la mâchoire agressive.

– Je vous amène Noël, dont je vous ai parlé. Noël, je te présente M. Dominique. Et voilà Ambrosini, Guérini, et Juliette.

Pietri, intimidé, dansait d'un pied sur l'autre.

– Messieurs... Madame...

– Mademoiselle, rectifia-t-elle en levant les yeux vers lui.

Ses cils étaient aussi faux que ses ongles. Pietri ne vit que le bleu-vert de ses prunelles. Il rougit quand Tasso, d'une légère bourrade, le fit asseoir près d'elle sur la banquette.

– On a eu une bonne conversation, Noël et moi. Il est d'accord avec nous sur tout. On peut lui faire confiance.

– Naturellement, on peut lui faire confiance. C'est ton cousin, Ange.

M. Dominique parlait d'une voix à la fois murmurante et haut perchée. Pietri gardait les yeux rivés sur sa main droite qui roulait lentement les dés. Mais il avait une conscience presque douloureuse de la proximité chaude et parfumée de la femme. M. Dominique tourna très lentement la tête vers lui. Pietri se força à soutenir son regard de poisson querelleur.

– Tu aimes ton pays, mon petit ?

– Euh... oui.

– Eh bien, ce pays que tu aimes est en péril. Ses institutions sont en péril. Ses valeurs séculaires sont en péril. Les fondements de la nation sont en péril. La liberté est en péril. Ta vie est en péril. Les Chinois sont à nos portes. Les bolcheviks sont à Marseille. Demain, les chars russes remonteront la Canebière. Les sous-marins de Mao feront surface dans le Vieux-Port. Les rues de ton quartier seront envahies de cosaques et de nyakoués. Notre-Dame-de-la-Garde sera transformée en Maison du peuple et rebaptisée Fidel Castro. On t'enverra mourir de faim dans un kolkhoze. Si tu retournes en Corse, c'est que les rouges en auront fait une autre Sibérie. Et l'OM s'appellera Lokomotiv ou l'Étoile Rouge. Tu n'es pas homme à l'accepter, n'est-ce pas ?

– Ah, ben, non, alors !

– J'aime ce cri du cœur. Accompagne ton cousin Ange, il t'expliquera ta mission.

Déjà, Tasso s'était levé. Il tapota l'épaule de Pietri qui, interloqué, se demandait encore quand on allait parler salaire, commissions et apéritifs. Il s'extirpa de la banquette à regret. Ce M. Dominique l'avait pris de court, mais le parfum de la belle femme aux yeux bleu-vert lui plaisait bien.

– Nous comptons sur toi, dit M. Dominique en le pointant du doigt.

– Merci, monsieur Dominique. Au revoir, monsieur Dominique. Au revoir, messieurs. Mademoiselle...

Elle hocha la tête, un petit sourire en coin.

Quand ils furent sortis du bar, Pietri demanda à Tasso :

– Pourquoi il m'a raconté tout ça, monsieur Dominique ?

– Parce que c'est le grand patron. Il voit loin. Il ne t'a pas trop impressionné ?

– Si, un peu. Et sa femme est drôlement belle.

Tasso éclata de rire.

– Qui ? Juliette ? Non, Noël, c'est pas sa femme. Tu ne l'as pas reconnue ? C'est une artiste.

– Elle fait du théâtre ?

– Du cinéma. Confidentiel, mais très demandé. M. Dominique apprécie beaucoup ses talents.

– Ah, bon ? fit Pietri, admiratif.

Ils arrivaient à la Plymouth d'Ange Tasso. Pietri se frotta la nuque.

– Et pour... pour les apéritifs ? demanda-t-il.

– C'est un peu tôt dans l'après-midi, tu trouves pas ? Monte dans la bagnole. Il faut qu'on aille rejoindre les copains au local du SAC.

– Du quoi ?

– Du SAC, Noël. Le Service d'action civique. Tu vas voir, c'est des battants, des anciens commandos, des gars qui en ont. Maintenant que tu es des nôtres, tu vas bien rigoler !

Ce samedi soir vit ainsi Champredin et Pietri, comme bien d'autres en France ce printemps-là, entrer en politique. Leurs convictions n'y étaient pas pour grand-chose ; ils en avaient peu, sinon – pour Champredin – que la fin justifie les moyens et, pour Pietri, que l'OM serait champion de France. Mais les carrières se font dans les réseaux d'influence, qui sont aussi des réseaux d'entraide. Champredin en était conscient depuis la communale, où il avait appris à flatter les caïds de la récré et à porter leur cartable.

Aux vieux militants qui l'accueillirent avec une certaine méfiance – les principaux adhérents au Parti, ces jours-ci, étaient plutôt des « taupes » des RG –, il fit une impression des plus favorables : après tout, il n'est guère plus compliqué de réciter des professions de foi marxistes que de se faire passer pour un pilote confirmé de long-courrier. Et, comme beaucoup de salauds, Champredin avait l'art de se rendre sympathique.

Quant à Pietri, il noya sa déception de n'être pas embauché dans les apéritifs en buvant en compagnie d'Ange Tasso et de ses valeureux acolytes. Il apprit en une soirée leur vulgate politique – « On va leur casser la gueule ! » – et les chants militaires et les rengaines à boire des veillées d'armes. Il s'agissait le lendemain de briser un piquet de grève sur les docks de la Joliette. On fourbissait les barres à mine.

– Je regrette, lui dit Tasso en le prenant à part, tu n'en seras pas. On aura besoin de toi lundi, je ne veux pas te griller avant.

Il expliqua à Pietri la nature de sa mission : se mêler à la manifestation, repérer des connaissances faisant partie du cortège, jouer les sympathisants et « ouvrir grands les yeux et les oreilles ».

– Et après ? demanda Pietri.

– Après, tu viendras me raconter tout ça.

– Mais... si c'est des copains ?

– Nous sommes tes seuls copains, Noël. Pour la France ! conclut Tasso en levant son verre. Pour le Général ! Et pour M. Dominique !

– Je le reverrai, M. Dominique ?

Tasso lui envoya une bourrade.

– Toi, je te sens venir : c'est Juliette que tu veux revoir !

– J'aime bien les artistes.

XIV

Le matin du 13 mai, toutes les stations de radio annonçaient la grande manifestation unitaire qui devait avoir lieu à Paris ce jour-là. Roger Casagrande, qui finissait de se raser devant l'évier de la cuisine, lançait parfois une exclamation ou un bref commentaire auxquels ni sa femme ni Jasmine ne répondaient.

– C'est bien fait ! De Gaulle nous a niqués jusqu'à l'os, c'est son tour ! Je suis pour les étudiants, moi, et pour les ouvriers ! Nous, en Algérie, qu'est-ce qu'on était d'autre que des ouvriers ? « Des colons », qu'ils disaient ! Des colons, je t'en foutrais, des colons ! On l'avait fait, ce pays, avec nos mains, avec notre sueur, avec notre travail ! Des paysans, on était, des prolétaires !

– Roger, calme-toi.

Gisèle Casagrande ne partageait pas l'enthousiasme revanchard de son mari. Si elle n'aimait pas plus de Gaulle que lui, elle n'éprouvait guère de penchant non plus pour les gauchistes et les communistes. De Gaulle, on pouvait penser ce qu'on voulait de la façon dont il avait bradé l'Algérie, c'était quand même un homme d'ordre. Que se passerait-il si les autres la mettaient en branle, leur fameuse révolution ? Des lendemains qui chantent *L'Internationale*, ça ne lui disait rien qui vaille.

Quant à Jasmine, à peine écoutait-elle les emportements du père Casagrande. David serait libéré aujourd'hui des Baumettes, voilà bien le seul événement de mai qui l'intéressait. Elle quitta rapidement la table du petit déjeuner et alla dans sa chambre. Au passage, elle caressa du bout des ongles la splendide étoffe indienne que David lui avait offerte et qui recouvrait maintenant son lit. Elle ouvrit son armoire. L'instant était grave : quelle robe allait-elle choisir ? Comment s'habillerait-elle pour retrouver son fiancé à la sortie de la prison ?

On sonna à la porte. Tout en passant en revue, cintre après cintre, les six robes qu'elle possédait, Jasmine entendit sa mère accueillir les voisins de palier, Albert et Simone Pommègues. Il était sept heures et demie. Pommègues avait l'habitude de profiter de la voiture de Casagrande pour se faire déposer au palais de justice, où il travaillait comme concierge. Auparavant, il passait avec sa femme boire le café et commenter les nouvelles. Jasmine étala sur son lit la robe écrue et la robe rouge, prit un pas de recul et, les comparant, se dit que ce matin le voisin aurait tout son soûl de commentaires, car, à peine entré, il attaquait aussitôt, en vieux gaulliste :

– Tu as entendu ça, Roger ? Les syndicalistes et les cocos vont se pavaner dans les rues avec les étudiants. Ils se croient où ? Chez les Russes ? Si j'étais le Général, moi, ces petits cons d'étudiants, il y a longtemps que je te les aurais envoyés à Brejnev !

– Ne dis pas de bêtises, Albert. Ton de Gaulle, c'est un homme fini. Et tant mieux. Il a fait assez de mal à la France !

– Allons, Roger, c'est pas toi qui parles, c'est l'amertume. Le Général est un grand homme et tu ne peux pas...

– Grand par la taille, petit par le courage ! Un homme qui te dit « Je vous ai compris ! » un jour, et le lendemain te balance à la mer avec ta famille et rien que tes yeux pour pleurer, j'appelle pas ça un grand homme !

– Parfaitement, c'est un grand homme ! Toi, bien sûr, tu ne peux pas comprendre, tu ne vois que ton cas personnel, Roger, le petit bout de la lorgnette. Mais le Général, il a un devoir devant l'Histoire.

Le ton solennel de Pommègues fit sourire Jasmine, toute seule dans sa chambre. Oui, elle mettrait la robe rouge, qui lui avait porté bonheur, samedi, face au juge.

– L'Histoire, explosa Roger Casagrande, elle te lui dit merde à ton de Gaulle, l'Histoire ! L'Histoire, monsieur, elle est dans la rue, et un de ces quatre matins la révolution va le renvoyer à Colombey avec tante Yvonne ! Et alors je crierai bravo !

– Roger, tu t'emballes, tu ne sais plus ce que tu dis...

– Vive la révolution ! Voilà ce que je dis. De Gaulle à la lanterne !

– Roger, tu n'as pas le droit de...

– Comment, pas le droit ? Ah ! voilà bien la répression gaulliste !

Et la liberté d'expression, qu'est-ce que tu en fais ? Vive la révolution !

– Roger, intervint Gisèle Casagrande, arrête de jouer les couillons, s'il te plaît. La fenêtre est ouverte, on va t'entendre.

– Vive la révolution !

– On verra si tu crieras si fort quand elle aura nationalisé tes légumes, la révolution, tiens !

– J'allais le dire, approuva Pommègues. Vous m'enlevez les mots de la bouche, Gisèle.

Il y eut un silence lourd de menace. Jasmine, qui boutonnait sa robe rouge, s'arrêta au milieu du geste, les mains sur les omoplates.

– Vous n'êtes que de petits esprits, articula enfin Casagrande, tout le mépris du philosophe dans la voix.

Sur quoi, Jasmine finit de se boutonner, jeta un rapide coup d'œil à son reflet dans la glace et rejoignit les autres à la cuisine. Pommègues et sa femme Simone l'embrassèrent, lui trouvèrent bonne mine et, comme ils n'osaient pas poser la question, Gisèle leur annonça que Jasmine s'apprêtait à aller chercher son fiancé qu'on relâchait enfin des Baumettes.

– Tu dois être contente, ma jolie, dit Simone Pommègues. Il a dû te manquer, ton David.

– Quand même, ajouta son mari, te faire ça le jour de tes fiançailles...

– Encore un exemple de ta justice gaulliste, Albert, dit Casagrande. Pour aller chercher des poux à un garçon pareil, il faut en avoir, du vice.

Profitant de ce que Casagrande lui tournait le dos, Pommègues leva les yeux au ciel.

– Rallume plutôt le transistor. Sur Radio Monte-Carlo, ils vont nous parler des manifestations à Marseille. Après, tu pourras préparer ton drapeau rouge.

– Rigole, rigole... Ce soir, peut-être que tu rigoleras moins.

Pommègues et les trois femmes échangèrent des sourires moqueurs. Casagrande prit le temps de passer ses bretelles, puis alluma la radio.

– ... *flash vient de tomber...*

– Je file, annonça Jasmine. M. Valmer va venir me chercher.

Elle prit son sac à main sur la commode.

– Si tôt ? dit Gisèle.

– Laisse-la faire, intervint Simone Pommègues. Tu ne vois pas comme elle est pressée de le retrouver, son amoureux ?

– Taisez-vous !

Casagrande, une main levée dans leur direction, penchait l'oreille sur le transistor. Déjà, Jasmine avait entrouvert la porte de la cuisine.

– *... cette nuit, de la prison des Baumettes. D'après les dernières informations, plusieurs détenus se sont évadés aux environs de deux heures du matin. Nous allons rejoindre notre correspondant sur place, Simon Cabanel, qui vient d'arriver sur les lieux. Simon Cabanel, vous nous entendez ? Où en est la situation ?*

Il y eut quelques grésillements, pendant lesquels plus personne ne bougea dans la cuisine. Casagrande, toujours penché sur le transistor, ne quittait pas Jasmine des yeux, à l'autre bout de la pièce.

– *... Oui, ici Simon Cabanel, je suis devant la prison des Baumettes où il règne une agitation indescriptible. Il semble, mais cela reste à confirmer, que les évadés sont au nombre de sept. Ou plutôt « étaient », car deux d'entre eux ont été retrouvés morts, abattus par balles à une centaine de mètres du mur d'enceinte.*

– *Simon Cabanel, ils ont été abattus par les gardiens ?*

– *Nous manquons encore de précisions sur les circonstances de l'évasion. Néanmoins, il semblerait que les évadés aient bénéficié d'une aide extérieure alors que les surveillants s'étaient réunis en assemblée générale. Ils étaient en train de voter la grève lorsque les premiers coups de feu ont retenti. Selon un premier témoignage, deux véhicules attendaient dehors les détenus. Trois hommes cagoulés seraient montés à bord du premier avec l'un des évadés, deux autres étant abattus sur place par leurs propres complices. Quatre autres se seraient enfuis dans le second véhicule.*

– *Simon Cabanel, connaît-on déjà l'identité des évadés ?*

Au fur et à mesure du récit du reporter, Jasmine s'était rapprochée de la table. Sans même y penser, elle avait pris la main de Gisèle Casagrande. Elle la serra soudain plus fort.

– *Pour l'instant, l'administration pénitentiaire ne nous a pas donné de noms. Mais, à en juger par la tension qui règne ici et l'importance des forces déployées par la police et la gendarmerie, tout porte à croire que les individus en fuite sont considérés comme très dangereux.*

– Simon Cabanel, merci. Nous vous redonnerons l'antenne dès que vous aurez de nouvelles informations. En attendant, nous...

Casagrande éteignit le transistor. Jasmine lâcha la main de sa mère et se précipita vers la porte.

– Il faut que j'y aille !

– Jasmine !

Mais elle dévalait déjà l'escalier. Simone Pommègues tapota la main de Gisèle.

– Il ne faut pas qu'elle s'en fasse, la petite.

– Bien sûr que non, affirma Casagrande. Pourquoi David se serait évadé ? Il devait bien savoir qu'on le libérait aujourd'hui !

– Mais les gardiens vont peut-être pas le laisser sortir, dit Gisèle.

– Aussi quelle idée ils ont eue, de faire la grève ! s'emporta son mari. Et pourquoi pas la révolution ?

***

Au volant de sa camionnette, Jean-Mi avait fait sa dernière livraison, dans le quartier d'Endoume, quand il entendit la nouvelle à la radio. Il l'éteignit aussitôt et brancha sa CB trafiquée, grâce à laquelle il captait toutes sortes de fréquences, dont celles de la police et de la gendarmerie. Cependant, il roulait en direction des Baumettes.

Il n'avait pas même pris le temps de réfléchir. Ses gestes s'étaient enchaînés, comme mus par la nécessité. Il *devait* se rendre sur place. Savoir. Il ne se dit pas, comme ses parents, que David n'avait aucune raison de s'évader. Il ignorait que sa remise en liberté avait été signée par le juge : depuis quelques jours, il ne mettait plus les pieds place des Treize-Cantons. Sur la CB, on donna le nom des deux hommes retrouvés morts devant la prison : Ali Kader et Gervais Jean-François.

Jean-Mi avait claqué la porte de l'appartement après une violente dispute avec Jasmine, le soir des fiançailles. Il l'avait entendue pleurer dans la chambre qu'ils partageaient. Il s'était levé, approché de son lit, s'y était assis et, doucement, lui avait caressé la tête, puis l'épaule, sous prétexte de la consoler. Il avait été idiot, il le savait bien maintenant, il aurait dû attendre, ne rien dire, ne rien faire, et surtout ne pas la toucher. Des caresses fraternelles, il était passé aux baisers sur le front, la joue. Ensuite... Ensuite, il s'était conduit comme un crétin, mais comment résister, quand on couche toutes les nuits depuis des années dans la même chambre que cette fille, qu'on en est devenu dingue, et que, tout ce qu'on parvient à obtenir, c'est la vision fugitive, dérobée, d'un sein ou d'une cuisse – que, tout le plaisir qu'on en vole, c'est, quand elle dort, de se branler dans le noir ? Bref, elle s'était rebiffée, indignée, elle lui avait crié après, elle l'avait insulté, traité de « petit dégueulasse » ; sa mère, réveillée en sursaut, était venue s'en mêler. Qu'est-ce qui lui restait à faire ? Il avait pris ses cliques et ses claques. « Vous ne me reverrez jamais ! » Après, il avait arpenté les rues désertes, chialant de rage et de dépit.

Il approchait des Baumettes quand il entendit enfin quelque chose d'intéressant sur une fréquence de la gendarmerie. C'était la liste des cinq détenus en fuite. Il monta le son et, ne sachant trop s'il le craignait ou le souhaitait, attendit que le nom de David soit prononcé. Lorsque le capitaine de gendarmerie répéta deux fois : « Arcas David », ses mains se mirent à trembler. Il empoigna plus fort le volant et accéléra. Il arrivait devant le bâtiment de la prison.

Il n'y avait plus grand-chose à voir. Des voitures de presse, des journalistes et des photographes provisoirement désœuvrés. Ils étaient comme lui : ils attendaient la suite des événements. Des deux évadés abattus, il ne restait qu'un périmètre de sécurité gardé par quatre gendarmes – des silhouettes à la craie sur le bitume. Jean-Mi se demandait ce qu'il allait faire, quand il vit la 404 de Valmer déboucher à deux cents mètres de lui, puis se ranger parmi les voitures de presse. Jasmine, en robe rouge, sortit de la 404, regarda autour d'elle – les journalistes, les gendarmes, les formes humaines tracées à la craie. A pas pressés, elle rejoignit Valmer qui marchait en direction de la porte des Baumettes.

– *Appel général, appel général ! Le véhicule recherché vient de tenter de franchir un barrage deux kilomètres avant Brignoles. Il s'est retourné dans un fossé. Les évadés sont armés. Ils ont blessé un collègue ! Appel général, appel général...*

La camionnette gîta dangereusement quand Jean-Mi lui fit faire demi-tour. La route de Brignoles. Quatre-vingts bornes. L'affaire d'une heure. Il monta encore le son de la CB.

Jean-Mi roula pied au plancher, prenant des raccourcis. Il

connaissait de petites routes pas plus larges que sa camionnette. Il n'était pas le seul : derrière, plusieurs voitures de presse le suivaient, klaxonnant pour qu'il leur cède le passage. Allez vous faire foutre. Une moto vint à la hauteur de sa portière ; le photographe assis en croupe lui fit de grands signes : écartez-vous. Il l'ignora.

Plus tard, alors qu'il était à mi-chemin de Brignoles, il entendit sur la CB que deux des évadés avaient été abattus. Les deux autres, cernés, continuaient à tirer.

– Allez ! Donne leurs noms, donne leurs noms ! disait Jean-Mi à la CB.

Il était trop pressé. Les gendarmes avaient mieux à faire que d'identifier les cadavres. Quand leur brigadier s'entretenait avec le capitaine sur la fréquence, ses propos étaient hachés de rafales d'armes automatiques.

A neuf heures moins le quart, Jean-Mi arriva en vue d'un barrage de plusieurs voitures et fourgons de la gendarmerie. Il arrêta la camionnette à une centaine de mètres, sur le bas-côté. Les voitures de presse se garèrent tout autour, les portières claquèrent et plusieurs reporters l'insultèrent. Ils partirent au pas de course vers les lieux de la fusillade. On n'entendait plus un coup de feu. Jean-Mi ne se hâta pas. Ses mains tremblaient de plus belle. Il les enfonça dans ses poches. Il savait maintenant qu'il ne tremblait pas de peur, mais d'excitation. Il n'avançait pas vers un spectacle morbide, il attendait un cadeau du ciel – une bonté du destin.

Tandis qu'il se faufilait entre les voitures, on acheminait des cadavres vers un fourgon. Il se haussa sur la pointe des pieds pour mieux voir, par-dessus les épaules des journalistes et des gendarmes, les civières qu'on enfournait, l'une après l'autre, sans précaution. Il entendit, sans y prêter attention, les gendarmes parler aux reporters de fusils-mitrailleurs AK-47. Les portes du fourgon se refermèrent dès la dernière civière déposée à l'intérieur. Jean-Mi ne tremblait plus. Les jambes coupées, les nerfs brutalement relâchés, il s'assit du bout des fesses sur le capot d'une voiture.

Aucun des quatre hommes tués au cours de la fusillade n'était David Arcas. Ce que, une minute plus tard, lui confirma le capitaine de gendarmerie qui cita son nom aux journalistes comme étant celui du seul fugitif encore en cavale. Jean-Mi s'éloigna.

Ce n'est qu'après s'être remis au volant de la camionnette et être reparti en direction de Marseille que la déception fit place à cette question : maintenant qu'il est lâché dans la nature, que va faire Arcas ? Jean-Mi essaya d'imaginer comment il se comporterait à sa place. Il passerait une frontière ? Il se cacherait ? Oui, voilà ce qu'il ferait, lui. Mais David ?

Jean-Mi se représenta soudain, *comme s'il y était*, Arcas lui tombant dessus, ce soir, demain, quand ? au coin d'une rue, pour se venger.

– Merde !

Mais non. Jean-Mi essayait de réfléchir. Impossible. Comment aurait-il appris que je l'ai dénoncé ? Il faudrait d'abord que les flics aient trouvé d'où venait le coup de fil anonyme. Non. Il ne sait rien. Pourtant il s'est évadé. Il est bien capable d'avoir tout deviné. Deviné quoi ? Qui lui dira que Champredin m'avait tout raconté, pour les Arabes et leur paquet ? Qui ? Champredin, évidemment ! Il va mettre la main sur Champredin, et ce salopard va tout lui balancer.

Jean-Mi lâcha le volant, une main, puis l'autre, dont il essuya la paume moite sur son pantalon. Et Jasmine ? Cette folle ne jure que par lui. S'il vient la chercher, elle n'hésitera pas : elle le suivra, elle le suivrait n'importe où. Pas question. Après tout ce que j'ai fait pour me débarrasser de lui ? Pas question qu'il me la prenne. Il ne nous aura pas, ni moi ni elle.

Au lieu de rentrer directement aux *Jardins d'Alger*, l'exploitation maraîchère de son père, Jean-Mi fit un détour par Belsunce. Il y connaissait un ancien légionnaire qui vendait des armes aux copains. Il lui acheta un petit automatique 7,65 – un browning. Quand il le glissa dans sa ceinture, contre ses reins, il se sentit presque invulnérable.

– T'as des ennuis ? lui demanda le légionnaire. Des gars qui te cherchent ?

– Peut-être bien.

– J'ai connu ça en 45. On voulait me faire la peau, à la Libération.

– Et alors ?

– Alors j'ai pris la meilleure décision de ma vie. Je me suis engagé dans la Légion. Dans le Sud marocain. Je m'y suis fait plein de potes.

– Ah oui ?

– Et j'y serais encore, heureux comme un pape, si ça avait tenu qu'à moi.

Jean-Mi ouvrit la porte, fit un pas sur le palier.

– T'as quel âge ? lui demanda le légionnaire. Vingt berges ? Fais pas le con. Moi, tu me l'as demandé, alors je t'ai fourgué le flingue, mais je te donne un conseil en prime : engage-toi dans l'armée, va en Afrique, ça vaudra mieux que de te retrouver aux assises parce que t'auras cherché à te défendre.

– Vous croyez ?

– J'aurais ton âge, c'est ce que je ferais. Depuis qu'ils ont l'indépendance, les négros, ils passent leur temps à se foutre sur la gueule. T'as envie de te servir d'une arme ? Fais-toi troufion. Tu deviendras un vrai professionnel. En deux ans, t'es sergent et les négros se battront pour se payer tes talents d'expert.

– Euh... Merci du conseil.

– Te bile pas, c'est gratos.

Jean-Mi s'en alla. Troublé, il redescendit l'escalier en songeant à ce que lui avait dit le légionnaire. L'armée. L'uniforme. L'Afrique. Peut-être bien un moyen d'échapper aux légumes et à la camionnette. Aux livraisons et à la blouse. Il se rappela l'insulte de Jasmine : « Tu pues les épluchures. »

– Ah, ouais ? murmura-t-il en remontant au volant de la camionnette.

Il était temps de rentrer à la maison. De se réconcilier avec Jasmine. De la traiter comme un frère traite sa sœur. Ou de faire semblant. Elle allait voir.

XV

Ils étaient tous là, Roger et Gisèle Casagrande, Jean Valmer, Jasmine, et même Simone Pommègues. Valmer et Jasmine étaient rentrés des Baumettes, où ils avaient fini par apprendre, de la bouche du gardien-chef, que David faisait partie des fugitifs. Ils n'avaient plus de raison d'attendre à la prison. Ils étaient revenus place des Treize-Cantons.

– Qu'est-ce qu'ils nous bassinent, avec leur manifestation ? Elle a même pas encore commencé ! Qu'ils nous parlent de cette évasion, nom de dieu !

Roger Casagrande marchait de long en large. Le son du transistor était poussé à fond.

Jean-Mi fit irruption alors que son père engueulait la radio. Se touchant le front, désinvolte, il salua Valmer, assis sur le bras d'un fauteuil. Il adressa un sourire à Jasmine. Debout près d'une fenêtre, les bras croisés, elle ne lui répondit pas. Jean-Mi se pencha sur sa mère, installée à la table près de Simone, et lui fit une bise sur la joue.

– Ça va, maman ?

Il tendit la main et éteignit le transistor. Le silence parut énorme. Casagrande protesta :

– Rallume ce poste, tu vois pas qu'on attend les nouvelles ?

– J'en ai, des nouvelles, dit tranquillement Jean-Mi.

Et, sans regarder une seule fois Jasmine, il leur raconta comment il avait suivi les événements minute par minute grâce à sa CB et comment il s'était précipité sur la route de Brignoles dès qu'il avait entendu parler de la fusillade.

– Tu es fou ! s'exclama Gisèle. Pourquoi tu es allé là-bas ?

– Parce que j'étais comme vous : très inquiet.

Il prit un temps, pas mécontent que Jasmine, enfin, s'approche de la table.

– Je me suis dit : voilà, les gendarmes sont en train de tirer sur quatre des évadés. Et si David était parmi eux ? Ils sont capables de le blesser, de l'estropier, de le tuer, même. Je sais bien que, David, j'ai pas toujours été très copain avec lui. Mais, bon, c'est du passé, il s'est fiancé avec ma sœur, il fait presque partie de la famille. Moi je n'aime pas qu'on me tue ma famille, vous comprenez ? Alors je suis allé là-bas dans l'espoir de le protéger, peut-être. J'aurais expliqué aux gendarmes que David est un gentil garçon, pas du genre à tirer à la mitraillette. Ou alors je me serais présenté pour parlementer. J'aurais dit : je suis son beau-frère, laissez-moi lui parler, il va m'écouter. Enfin, vous voyez ? Je voulais me rendre utile.

Gisèle, attendrie, lui posa la main sur la joue.

– C'est bien, mon fils.

– Et puis, reprit-il en lorgnant Jasmine du coin de l'œil, j'avais des remords. J'étais parti d'ici en claquant la porte, alors que j'aurais dû m'expliquer avec toi, c'est vrai. Tu comprends, ce soir-là, c'était un malentendu, je voulais te consoler, moi, j'avais de la peine pour toi, et, une chose entraînant l'autre... Bref, tu l'as mal pris.

– Tu es pardonné, dit Jasmine. Et maintenant raconte-nous ce que tu as vu.

– Voilà, voilà, j'y arrive...

Lentement, un à un, il examina tous ces visages, autour de lui, angoissés, tendus, livides. Il prit lui-même un air préoccupé.

– Donc, où j'en étais ?... Oui. Je roulais sur la route de Brignoles... J'étais suivi par toute une meute de voitures de journalistes. Quelle course ! Sur la CB, à un moment, j'ai entendu que deux des évadés s'étaient fait tuer. Je me suis dit : pourvu que ce soit pas David...

Il fit une pause. Jasmine, penchée vers lui, ne l'avait jamais écouté avec tant d'attention, de passion.

– J'étais de plus en plus inquiet. Angoissé, même, vous voyez ? J'imaginais David étendu sur une route, couvert de sang. Mort, quoi. Bref, j'ai fini par arriver. J'ai vu dix ou quinze bagnoles de la gendarmerie. Mais silence complet. Plus personne ne tirait. Je me suis dit : « Jean-Michel, ça y est, tout est fini, il est arrivé un grand malheur. » Je n'arrivais pas à m'ôter de la tête l'idée de David mort, vous comprenez ?

– Jean-Mi, l'implora Jasmine, s'il te plaît, dis-le-nous tout de suite : David est... ?

Elle ne parvint pas à prononcer le mot.

– Attends, tu me presses, là. Il faut que je raconte dans l'ordre. Donc je gare la camionnette et je m'approche des voitures. Et là, qu'est-ce que je vois ? Quatre civières. Quatre civières avec quatre cadavres. Pas beaux à regarder. Je savais pas qu'on avait autant de sang dans le corps... Ils en étaient tout barbouillés. Et moi aussi, j'étais barbouillé, mais d'un mauvais pressentiment. Alors je m'approche encore et je m'oblige à bien regarder les cadavres. Ils me sont passés sous le nez. L'un après l'autre.

Les coudes sur la table, Jasmine avait enfoui son visage dans ses mains. Jean-Mi hésita, puis, tendant le bras, lui caressa doucement le poignet.

– Je n'ai pas reconnu David, dit-il.

– Comment, pas reconnu ? demanda sa mère. Les... les balles l'avaient tellement abîmé ?

Pendant quelques secondes, Jean-Mi continua de caresser le poignet de sa sœur. Il profitait de ce doux moment, de ce petit triomphe, de son pouvoir passager. Il aurait bien aimé que son récit s'achève là, parfait, idéal. Puis il poussa un profond soupir et, s'arrachant un grand sourire, il déclara :

– David n'était pas avec ces quatre-là. Il court encore.

Le poignet de Jasmine lui glissa entre les doigts, lui échappa. Elle se redressa avec un cri de soulagement et de joie. Elle embrassa Roger Casagrande, qui la serra contre lui, maladroit.

– Tant mieux, dit-il, il est vivant. Mais tout ça ne nous explique pas pourquoi il s'est échappé de prison. Un garçon que le juge libérait ce matin, ça n'a pas de sens ! Qu'est-ce vous en pensez, vous, monsieur Valmer ?

– La même chose que vous. Je n'y comprends rien.

– On le libérait ce matin ? s'étonna Jean-Mi.

– Le juge a signé sa remise en liberté.

– Ah ? Et pourquoi ?

– Pourquoi veux-tu ? lui dit son père. Parce que David est innocent.

– Innocent, innocent... On ne s'évade pas quand on est innocent. Et puis, ce juge, il avait peut-être une idée derrière la tête.

– Qu'est-ce que tu racontes ?

– Je raconte, mentit Jean-Mi, que les gendarmes, tout à l'heure, parlaient de lui comme de « l'ennemi public numéro un ». Pour qu'on l'appelle comme ça, il faut bien qu'il ait fait quelque chose. En tout cas, moi, j'aimerais pas être à sa place.

Jasmine se tourna vers lui.

– Pourquoi ?

– Parce que, avec ce qui vient de se passer – déjà six morts, tu te rends compte ! –, il va avoir tous les flics de France au cul. Et, crois-moi, ils vont tirer d'abord, discuter ensuite.

– Vous le croyez aussi, monsieur Valmer ? demanda-t-elle, anxieuse.

Il haussa les épaules, dévisagea pensivement Jean-Mi.

– Je ne sais pas. D'un côté, je ne crois pas que le juge nous ait menti. De l'autre... Il y a cette évasion... bizarre.

– On pourrait en discuter jusqu'à demain, dit Jean-Mi en s'approchant de la porte, on serait pas plus fixés. Je retourne à la camionnette, j'aurai peut-être des nouvelles sur la CB.

Il quitta l'appartement, Simone Pommègues sur ses talons. Elle en avait assez entendu, elle brûlait de passer chez quelques voisines que l'histoire, pas de doute, passionnerait. Ce n'est pas tous les jours qu'on en sait autant sur un fait divers que la police et les journaux réunis – sans compter qu'il était bien connu dans le quartier, « l'ennemi public numéro un ».

***

Valmer, qui ne voulait pas la laisser se ronger les sangs à tourner en rond dans l'appartement, proposa à Jasmine d'aller rendre visite au vieux Arcas, le père de David. Hospitalisé depuis plus d'une semaine, il attendait la visite de son fils pour le jour même. Lorsque, après avoir rencontré le juge Becq à Port-Miou, Valmer et Jasmine étaient venus lui annoncer la bonne nouvelle, il avait semblé reprendre aussitôt des forces et du courage. S'il apprenait l'évasion et – l'expression vint spontanément à l'esprit de Valmer – la chasse à l'homme qui s'ensuivait à présent, le choc risquait d'être terrible.

Ils roulèrent en direction de l'hôpital. Il était onze heures et demie. La grande manifestation de l'après-midi se préparait. Rue Caisserie, ils furent obligés de s'arrêter pour laisser passer des cars de gardes mobiles roulant en convoi vers le parcours du défilé.

– Je crois, dit Valmer, qu'il vaudra sans doute mieux lui cacher la vérité.

– Quelle vérité ? Il y en a une, de vérité ? Depuis qu'on est gosses, David et moi on ne s'est presque jamais quittés. Sauf pendant son service militaire. Ou pendant ses voyages sur votre avion. Je croyais le connaître. Et aujourd'hui...

– Aujourd'hui c'est pareil, trancha Valmer. Il n'a pas changé.

– Mais peut-être que je ne savais pas qui il était, et vous non plus. Peut-être qu'il nous a toujours caché ce qu'il faisait. Il a tout de même transporté cette bombe...

– Il a transporté un *paquet*, Jasmine, pas une bombe. Il a tenu une promesse faite à Chabrol. Un point c'est tout.

– Alors pourquoi s'est-il évadé ?

– Je ne sais pas.

– Jean-Mi a raison : on ne s'évade pas quand on est innocent. Encore moins quand on va être libéré le lendemain. Maintenant, où qu'il aille, David risque sa vie.

– Ne fais pas attention à ce que dit ton frère. Il n'aime pas beaucoup David, n'est-ce pas ? Je crois qu'il a essayé de te faire peur.

Jasmine se tut un moment. A l'Hôtel-Dieu, des infirmières et des internes en blouse tendaient des banderoles en travers de l'entrée.

– Je ne sais plus ce que je dois croire, murmura Jasmine. S'il m'a menti, s'il m'a caché quoi que ce soit, je ne lui pardonnerai jamais.

– Fais comme moi : attends et aie confiance.

Ils montèrent à la chambre du vieux Arcas. Dans le couloir, ils tombèrent sur le Dr Tubiana. Il avait des cernes bistre jusqu'au milieu des joues. Il les croisa sans les voir. Jasmine l'accrocha au passage. Il lui demanda, d'un ton las et ironique, si elle comptait se mettre en grève, elle aussi.

– En grève ? Pourquoi ? Non, nous sommes venus voir M. Arcas.

– Arcas ? Ah, oui... Écoutez, ici c'est le bordel depuis hier soir. Je n'ai pas dormi depuis samedi. Et j'ignore combien de temps ça va durer. Longtemps, j'en ai peur. Ce soir, il n'y aura pratiquement plus de personnel. Sauf dans les piquets de grève. Alors je vais vous parler net : repartez avec votre ami. Emmenez-le chez lui.

– Il va mieux ?

Tubiana se massa les tempes.

– Jasmine, vous êtes du métier, je ne vais pas vous mentir et vous allez cesser de vous mentir à vous-même. Nous ne pouvons plus rien pour ce vieil homme, à part l'assommer de morphine. Prenez ses affaires et ramenez-le chez lui. D'accord ? Je compte sur vous.

Après un bref hochement de tête pour Valmer, il s'éloigna.

Ils trouvèrent le vieux Arcas endormi. Il n'avait jamais été si maigre. Il respirait péniblement, bouche entrouverte, nez pincé. Quelque part au pied du bâtiment, une voix montait jusqu'à eux, agressive, déclamatoire, portée par un mégaphone. Le mot *lutte* était scandé sans cesse.

– Qu'est-ce qu'on fait ? demanda Valmer.

Jasmine enleva délicatement l'aiguille à perfusion plantée dans l'avant-bras squelettique du vieil homme.

– Il rentre à la maison.

Ils ne purent mettre la main sur un aide-soignant ni sur un infirmier. L'hôpital semblait abandonné aux malades ; certains erraient dans les couloirs, en chasuble, jambes nues, poussant leur pied à perfusion. Jasmine trouva un fauteuil roulant ; ils y déposèrent le vieux Arcas. Il ne se réveilla pas. Valmer demanda si c'était normal ; Jasmine lui répondit qu'il devait être sous morphine. Ils poussèrent le fauteuil jusqu'à un ascenseur. Dans le hall, ils croisèrent plusieurs groupes en blouse blanche, très animés. Personne ne leur posa la moindre question. Ils installèrent le vieil homme à l'arrière de la 404. Jasmine plia le fauteuil et le rangea dans le coffre. Prise de guerre.

Il était midi et demi, l'après-midi commençait à peine, mais déjà il y avait beaucoup de monde dans les rues. Des hommes portaient sur l'épaule des pancartes ou des banderoles roulées. La foule ne paraissait pas se rendre à un cortège de manifestants, mais à une grande fête – Valmer se dit qu'il avait rencontré sur les visages cette même expression, à la fois enthousiaste et réjouie, les soirs de 14 Juillet, peu avant le début du feu d'artifice. La 404 dut rouler au pas jusqu'à la rue du Panier. Heureusement, elle n'était pas loin.

Valmer prit le vieux Arcas dans ses bras et le porta dans l'étroit escalier. Jasmine avait une clé de l'appartement. Alors qu'elle ouvrait la porte, on dévala les marches du deuxième étage. Pietri tomba nez à nez avec eux.

– Tiens, donne-nous un coup de main, lui dit Jasmine.

– Ho ! M. Arcas rentre chez lui ? Je suis bien content.

Il aida Valmer à porter le vieil homme jusqu'à sa chambre. Quand ils le déposèrent sur le lit, Arcas ouvrit les yeux. Il examina chacun des trois visages qui se penchaient sur lui. Il sembla mettre quelques instants à les reconnaître. Alors il sourit.

– Je suis à la maison ? C'est bien... Où est David ? Ah, je sais... Il a dû aller faire les courses...

Sa voix était nette, à peine un peu lente. Ni Valmer ni Jasmine n'eurent le cœur de le détromper. Elle s'assit près de lui, au bord du lit, et, tout en préparant une seringue, lui expliqua qu'elle allait désormais prendre soin de lui, qu'il ne devait pas s'inquiéter et qu'il fallait se reposer en attendant qu'elle se soit procuré les médicaments nécessaires.

– Ça va coûter cher, dit Arcas.

– Ça ne vous regarde pas, intervint Valmer en sortant une liasse de son portefeuille et en la posant sur le lit. Je m'occupe de ces détails.

Arcas secoua lentement la tête.

– Reprenez votre argent, monsieur Valmer. Vous êtes très gentil, mais c'est non.

– Allons, ça me fait plaisir !

– Pas à moi, monsieur Valmer. Jamais de ma vie je n'ai demandé la charité. Si j'acceptais votre argent, je mourrais avec de la honte. Reprenez-le. Voilà comment vous me ferez plaisir.

A regret, Valmer récupéra les billets. Il sentit qu'on lui touchait le coude. Il se retourna : Pietri lui fit signe de le suivre. Ils passèrent dans la salle à manger. Le Corse referma soigneusement la porte.

– Il est dur, le vieux, hé ?

– En tout cas, il aura besoin d'argent.

– Vous savez quoi ? Vous n'avez qu'à me le laisser. Comme ça, je m'occuperai de tout. J'ai l'habitude. David, quand il partait dans votre avion, il me laissait toujours une somme pour son père. Je faisais les courses, je réglais tout.

Valmer toucha les billets qu'il avait fourrés dans la poche de son veston. Il hésitait.

– Vous êtes sûr ? Ça ne vous dérangera pas ?

– Pensez donc ! Ce vieux, c'est presque mon père.

Valmer se décida. La liasse changea de main. Elle disparut aussitôt dans la poche revolver de Pietri.

– Et David ? Vous avez des nouvelles ? Quand est-ce qu'il sort de taule ?

– Vous n'avez pas écouté la radio ?

– Non, pourquoi ?

Pietri tapota rêveusement sa poche revolver.

– Bon, il faut que je vous laisse, j'ai du travail.

– Du travail ? Un jour de grève ?

– Pardi ! Il faut bien quelques courageux, dans toute cette pagaille.

Valmer rejoignit Jasmine dans la chambre. Elle cherchait une veine dans ce bras couvert d'ecchymoses à force de piqûres. Le vieil homme se laissa faire. Il n'avait plus la force que de la regarder et de lui parler.

– Tu es allée chercher David à la prison, ce matin ? Quelle heure est-il ?

– Oui, j'y suis allée. Reposez-vous.

Elle lui plia le coude pour maintenir le coton hydrophile dans la saignée.

– Je suis heureux que mon fils soit rentré, murmura-t-il.

Il ferma les paupières. Il se rendormit.

Ils quittèrent la chambre.

– Tu vas t'en sortir ? demanda Valmer.

– Je serai là tous les jours. L'important, c'est qu'il ne souffre pas.

– Il va réclamer David. Qu'est-ce que tu vas lui dire ?

– Je ne sais pas... Une vérité qui l'arrange ?

– C'est-à-dire un mensonge ?

– La vérité, le mensonge, je ne vois plus tellement la différence depuis ce matin.

– Jasmine... David a certainement eu de très bonnes raisons d'agir comme il l'a fait. Je le connais, moi aussi. Tout s'expliquera à un moment ou à un autre.

– J'espère.

Il comprit qu'il ne parviendrait pas à la rassurer davantage. Elle commençait à le faire douter lui-même. Il eut l'envie, avant de partir, de l'embrasser comme si elle était sa fille. Il n'osa pas. Son chagrin et ses craintes l'intimidaient.

XVI

Dans les jours qui suivirent, une fantaisie de révolution moussa comme du champagne. Les trains ne partirent plus. Les routes et les rues furent vides de voitures ; il n'y avait plus d'essence. Tout un pays et Billancourt se mirent en grève. La CGT entrait dans la danse, de peur que le diable gauchiste ne conduise le bal. De Gaulle voyagea en Roumanie, en revint, comme si de rien n'était. On attendait qu'il parle à la nation – son meilleur rôle. Il se tut. Cohn-Bendit fut interdit de séjour en France. Des fantômes de la IVe République tentèrent un retour en scène. Et puis de Gaulle disparut.

Pendant cette période, chacun accorda ses actes à son tempérament. Champredin, tout frais adhérent au PC, participa aux manifestations et à l'occupation des locaux d'une entreprise. Il y démontra un tel zèle que ses camarades devinrent ses copains. Il n'avait pas son pareil, lors des débats, pour vilipender les « provocations gauchistes ». Il passait toutes ses nuits dans le local – « Il faut toujours rester sur le pied de guerre », disait-il, forçant l'admiration des autres qui ne pouvaient savoir que, faute de pouvoir en payer le loyer, il n'avait plus de studio. Une sorte d'intimité s'était installée ainsi, de nuit en nuit, entre lui et d'autres permanents qui lui tenaient compagnie. Passé une heure du matin, il en apprit davantage sur le Parti que lors des réunions de cellule. Par exemple, sur ses réseaux occultes, ses étroites accointances avec les « partis frères » d'Union soviétique ou de Cuba. Ce n'étaient que des bavardages et des forfanteries, les gars qu'il côtoyait n'avaient pas accès aux secrets suprêmes. Mais, avec son espèce de génie de l'embrouille, il entrevit tout un système de marché semi-clandestin, où l'argent et les marchandises circulaient avec une fluidité qu'aurait pu lui envier le commerce capitaliste. Bref, bien qu'il eût vite compris que le Parti ne comptait ni prendre le pouvoir ni prêter la main à une quelconque révolution, Champredin n'eut jamais le sentiment de perdre son temps.

Pietri s'en tira moins à son avantage. Ange Tasso s'était trompé en lui distribuant son rôle. Quelques pastis derrière la cravate, Pietri aurait sans doute manié la barre à mine aussi bien qu'un autre ; son cousin l'envoya « noyauter » les gauchistes. Il n'avait malheureusement pas le principal talent de la « taupe », de l'espion, qui est de savoir se mettre en situation. A sa première manifestation, il attrapa au vol un slogan qui lui plut – « Nous sommes tous des enragés ! Nous sommes un groupuscule ! » –, se fit la voix en laissant passer une partie du cortège, puis, hurlant à pleins poumons, se glissa parmi une bande de gaillards à casquette. C'était la délégation de la CGT. Il se fit insulter, bousculer, puis deux balèzes du service d'ordre vinrent éjecter le « provocateur ». Ses tentatives ultérieures ne furent guère plus réussies. Personne, il ne savait pourquoi, ne le prenait au sérieux quand il tentait de parler politique. On alla même, par deux fois, jusqu'à le tabasser. Par bonheur, quand il rentrait au local du SAC, il y trouvait toujours à boire et, la langue, sinon l'esprit, déliée par l'alcool, il inventait des rapports fantaisistes. Tasso, sans doute, éventa vite la supercherie, mais n'en dit rien, selon le principe : « S'il ne fait pas de bien, il ne fait pas de mal ». Et puis, c'était son cousin de Sartène. Pietri connut pourtant une vraie joie au milieu de cette difficile expérience quand, un soir, M. Dominique vint au local saluer ses troupes, en compagnie de la belle Juliette. Il eut la chance de trinquer avec elle et d'échanger quelques mots : il avait les deux yeux pochés et le crâne bandé, souvenir de son plus récent tabassage, et Juliette, frôlant de la pointe de l'ongle son arcade boursouflée, parla des « marques du héros ». Il rougit et tomba amoureux. Après tout, c'était le printemps.

Valmer, quant à lui, quitta Marseille, avec sa femme et leur fils Bernard. Il s'installa dans une petite maison qu'il possédait près de Cassis. Il avait choisi de se tenir à l'écart. Il lisait les journaux, écoutait la radio, regardait la télévision : il suivait les événements en spectateur. Son opinion était faite : le grand chambardement ne serait pas pour demain. Waldeck-Rochet et Séguy promenaient dans les rues la « classe ouvrière », négociaient à Grenelle, de Gaulle plaisait aux Russes du Soviet suprême et il occupait son armée au ramassage des poubelles. Grand bien leur fasse. Valmer, durant ces quinze jours, se rendit deux fois par semaine à Marseille. Il montait rue du Panier, prenait des nouvelles de Jasmine et du vieux Arcas, donnait de l'argent à Pietri. Il ne s'attardait pas. Homme d'action et de décision, il sombrait vite dans une mélancolie proche de la dépression quand il n'avait prise sur rien. Le vieux Arcas mourait – ou plutôt, *s'éteignait*, il n'avait plus ni suif ni flamme. Personne ne savait ce qu'était devenu David – pas même la police, apparemment, qui fouettait d'autres chats, groupusculaires. Jasmine vivait auprès du vieil homme, elle parlait à peine, ne souriait plus, ne répondait pas quand Valmer évoquait David. Elle lui paraissait comme en deuil. En deuil, par avance, de celui qui aurait dû être son beau-père. En deuil, par une sorte d'incompréhension et de rancune, de son fiancé. Murée en elle-même. Valmer ne se sentait pas les forces pour l'aider. Quand il donnait de l'argent à Pietri, il en avait presque honte. Voilà tout ce qu'il pouvait faire : payer et filer. Et même ça, il n'était pas sûr que ça durerait. Il était à sec. Si les grèves ne cessaient pas bientôt, il serait contraint de taper dans les liasses de la vente du Constellation, qui l'attendaient dans son coffre, à Marignane. Et après ? Pour la première fois de sa vie, il ne voyait pas comment rebondir, repartir. Il crut qu'il se faisait vieux. Dans les derniers jours de mai, il se mit à planter des rosiers dans le jardin de sa maison de Cassis. Il avait toujours détesté les fleurs.

***

– Pas ce soir, petite...

Le vieux Arcas posa sa main décharnée sur le poignet de Jasmine. Elle était assise au bord du lit, elle s'apprêtait à lui injecter une dose de morphine.

– C'est l'heure, dit-elle. Je veux que vous passiez une bonne nuit.

– Ça ira comme ça... Je dormirai bien assez quand je serai mort.

– Ne dites pas ça.

– Je dis ce qui est. Il n'y a pas de mal à dire ce qui est. Tu n'es pas de mon avis ?

– Ça dépend...

– C'est vrai. Il paraît qu'on a le droit de mentir. Que, des fois, on y est obligé. Par devoir, par amitié, par amour... Moi je n'y crois pas. Je pense au contraire qu'on doit tout dire à ceux qu'on aime ou qu'on estime. N'est-ce pas ?

Sans répondre, Jasmine déposa la seringue sur la table de chevet. Il faisait sombre dans la chambre. La nuit tombait.

– Tous ces jours, depuis qu'on est ici, je me suis demandé... Pourquoi ne vas-tu jamais rendre visite à mon fils à la prison ? Pourquoi, dès que j'essaie de parler de David avec toi, as-tu toujours quelque chose d'autre à faire ? Je serais heureux de parler de lui. Et je suis sûr que ça te ferait du bien aussi.

– J'avais peur que ça vous fasse de la peine.

– Parler de mon fils, ça ne peut pas me faire de peine. Il est tout ce que j'ai... On le garde en prison ? Et alors ? Je sais bien, moi, qu'on n'a rien à lui reprocher. Il a rendu service à son commandant. J'aurais fait pareil à sa place.

– Ne vous énervez pas, monsieur Arcas...

– Il y a de quoi, tu sais... Quelle sorte de juge a pu s'amuser à nous faire croire que David allait être relâché ? Pourquoi vouloir nous faire du mal ? Tu ne lui as pas dit que j'allais mourir ? Je vais mourir sans revoir mon fils, Jasmine... Je vais mourir en me demandant combien de temps, combien d'années ils vont le garder dans leur prison. Un garçon comme lui... Si vif, si... Quand il était minot, il courait tout le temps, on ne pouvait pas le tenir entre quatre murs, il lui fallait de l'espace, de l'espace... Pense donc : il lui fallait même le ciel, il voulait voler...

– Monsieur Arcas...

– Ne pleure pas, petite... Je ne veux pas te faire pleurer. Je n'ai que des souvenirs heureux de mon fils. C'est ça qui me torture... Car, tu vois, Jasmine, tu l'as eu à toi combien de temps, David ? Une petite journée... Oh, une belle journée, une journée magnifique... Mais qui s'est si mal terminée... Je ne voudrais pas partir en me disant que toi, qui l'aimes autant que moi, ce sera ça pendant des années ton souvenir de David : la police qui te l'enlève, la prison, le juge qui te ment... David, il m'a rendu heureux pendant vingt-deux ans, rien qu'à le regarder vivre, rien qu'à le voir... Et toi, combien de temps il va te rendre malheureuse, parce que tu ne le vois pas ?

Jasmine s'approcha de la fenêtre. Le dos tourné, elle s'essuya les yeux, puis appuya son front à la vitre. En face, une femme en chignon et tablier à fleurs était accoudée à sa fenêtre du rez-de-chaussée et discutait en faisant de grands gestes avec un homme à casquette, debout sur le trottoir, les bras croisés. Trois enfants déboulèrent en courant, le bousculèrent au passage, disparurent, poursuivis par les insultes de la femme.

– Monsieur Arcas, il faut que je vous dise... David n'est plus en prison.

– Qu'est-ce que tu me racontes ? Tu me mens pour me faire plaisir ?

Elle revint s'asseoir au bord du lit. Elle prit la main droite du vieil homme.

– David s'est évadé. La nuit avant qu'on le libère.

Il fit l'effort de ramener sa main gauche par-dessus sa poitrine, il saisit le poignet de la jeune fille. Sa respiration sifflait plus que jamais. Ses narines étaient blanches, pincées, il gardait la bouche entrouverte.

– Mais pourquoi tu me l'as caché ? Il est libre, alors ?

– Si on veut...

– Je ne comprends pas...

– Est-ce que c'est être libre de se cacher je ne sais où, avec toujours la peur d'être attrapé ou, pire, tué par la police ?

– Pourquoi la police le tuerait ? Puisqu'il n'a rien fait...

– Si. Il s'est évadé. Et pas tout seul. Il y en avait six avec lui. Ils avaient des armes, ils ont tiré, ils ont tous été abattus par les gendarmes.

Elle s'était exprimée avec une sorte de rancune dans la voix. Il lui tapota l'avant-bras, comme pour l'apaiser.

– Eh bien... Quelle histoire... Mais alors dis-moi : David, lui, il était avec ceux qui ont tiré ?

– Après l'évasion, non, je ne crois pas. Il a disparu.

Arcas sourit.

– C'est bien... Oh, ils ne sont pas près de l'attraper, fais-lui confiance... Et ça fait combien de temps, depuis... ?

– Bientôt quinze jours.

– C'est curieux... Il n'a pas donné de nouvelles ?

– Non. Aucune.

Il vit que des larmes, à nouveau, brillaient au coin des yeux de Jasmine.

– C'est peut-être qu'il ne peut pas, là où il se cache... Tu le connais, c'est un garçon organisé. J'imagine qu'il est en train de tout arranger pour que tu le rejoignes... Un jour, tu vas voir, tu vas recevoir un message... Ou alors il va venir lui-même te chercher, la nuit, en cachette... Cette nuit, peut-être ?

Elle secoua la tête.

– Non. Il ne viendra pas.

– Qu'est-ce que tu en sais ?

Elle se pencha sur lui.

– Il s'est évadé, monsieur Arcas. Il s'est évadé quelques heures avant qu'on le relâche. Il fallait qu'il ait une raison. Je ne sais pas laquelle, mais, s'il ne m'en a jamais parlé, c'est qu'il avait un secret, qu'il a même réussi à cacher au juge – à tout le monde.

Tout en la dévisageant, il prit plusieurs inspirations, profondes, mais saccadées.

– Je trouve, petite, que tu réfléchis beaucoup, mais que tu réfléchis mal... Un secret, David ? Il ne me disait pas tout, certes, mais il ne me cachait rien. Je veux dire rien de grave. Rien que je sache et que tu ne puisses pas connaître...

– Vous êtes bien sûr de lui.

– Comme tu devrais l'être... Écoute, voilà comment je vois la chose : David, il ne s'est pas retrouvé en prison par l'opération du Saint-Esprit... Quelqu'un a parlé à la police de son voyage et du paquet qu'il rapportait... Quelqu'un qui ne lui voulait pas du bien... Mon fils n'est pas idiot. Dans sa cellule il a eu le temps de réfléchir... Et peut-être qu'il a compris qui était ce quelqu'un... Et peut-être que ce quelqu'un, sachant qu'on le libérait le lundi, a cherché à se débarrasser de lui avant...

– A la prison ?

– Il paraît qu'il s'en passe de belles, dans les prisons... Alors, soit David s'est évadé avant qu'il lui arrive malheur, soit... soit le quelqu'un en question a organisé lui-même l'évasion...

– Pour quoi faire ? Je ne comprends pas, monsieur Arcas.

– Pour se débarrasser de lui plus facilement dehors... Regarde ce qui est arrivé aux six autres. On les a tués.

– Mais c'est la police qui les a tués !

– Et pourquoi elle les a tués ? Parce qu'ils avaient des armes. Et pourquoi ils avaient des armes ? Parce qu'on voulait qu'ils tirent et se fassent tuer... Seulement, David, il n'est pas tombé dans le piège... Tu vois, c'est simple ?

Elle hocha la tête pour lui faire plaisir. Elle trouvait rien moins que simple le raisonnement du vieil homme. Mais à quoi bon le contester ? Il semblait avoir repris un peu de vie à échafauder son histoire absurde. Pendant qu'elle l'écoutait, elle y avait elle-même cru un moment. Elle sourit à Arcas et prit la seringue sur la table de chevet.

– Merci, lui dit-elle. Heureusement que vous êtes là.

– Si tu m'avais parlé plus tôt, je t'aurais dit tout ça depuis longtemps... On ne sait pas où est David, mais je suis sûr qu'il est vivant... Bientôt il aura besoin de toi, tu dois lui faire confiance...

– Oui, monsieur Arcas.

Il se toucha la poitrine. Il respirait à un rythme trop rapide, aspirant l'air par doses infimes.

– Maintenant que David est libre, tu peux me faire ma piqûre...

– Vous avez mal ? demanda-t-elle en lui prenant le bras.

Il lui cligna de l'œil.

– C'est que la bête n'est pas morte... Je veux bien avoir mal tout le temps qu'il faudra en attendant mon fils...

Elle imbiba d'alcool un morceau de coton, en frotta la saignée du coude du vieil homme, enfonça l'aiguille dans une grosse veine gonflée d'hématomes. Arcas ferma les paupières.

– Toi aussi, ajouta-t-il, tu verras... Tout ce mal que tu as gardé en toi tout ce temps, il disparaîtra quand tu reverras David... Il suffit d'être patiente... Hein, petite ? Maintenant, nous allons patienter...

Sa respiration se ralentit. Ses mâchoires s'amollirent, sa bouche s'ouvrit. Il s'endormit.

Jasmine le veilla longtemps, repensant à ce qu'il lui avait dit, à ce qu'était devenu David, à ce qu'il ferait peut-être, si seulement son père avait raison, ne serait-ce que sur ce point : il fallait lui faire confiance. Vers minuit, elle alla dans la pièce à côté, déplia le canapé-lit et s'y étendit, tout habillée, incapable de s'endormir.

Depuis quelques jours, elle s'était installée à demeure chez le vieux Arcas. Elle ne supportait plus Jean-Mi, qui la harcelait sans cesse, s'efforçant de jouer les frères compréhensifs mais sans parvenir à la tromper. Lui aussi, comme tout le monde, lui disait de ne pas s'en faire, mais sur un tel ton, avec de tels arguments qu'elle ne voulait plus être forcée de l'entendre, chaque nuit, lorsqu'il lui murmurait dans leur chambre, d'un lit à l'autre, brodant toujours sur le même sujet : « David avait sûrement de bonnes raisons de s'évader. C'est sûr. N'empêche qu'il a fait une connerie. Si les flics le retrouvent, ils vont le tuer. Et s'il a réussi à passer la frontière, il n'est pas près de revenir. Même s'il n'a pas tiré, il était avec des tueurs de flics, il est complice. Crois-moi, Jasmine : à sa place je ne reviendrais pas, je me cacherais le plus loin et le plus longtemps possible, je me ferais oublier. Mais ne t'inquiète pas, il n'est pas con, il ne va pas se risquer à revenir par ici... Tu sais ce que je ne comprends pas ? C'est pourquoi il s'est quand même fiancé avec toi, pourquoi il t'a fait croire que vous alliez vous marier. Ou alors c'est pour ça qu'il a organisé vos fiançailles tellement vite. Il devait savoir qu'il ne lui restait pas beaucoup de temps. Il a voulu en profiter avant. » Elle ne lui répondait pas, elle l'entendait ressasser, toujours et toujours, la même chose, elle le devinait, quelque part dans l'obscurité, derrière le paravent qui séparait leurs lits. Et elle s'en voulait de penser qu'il avait peut-être raison.

Quand elle vit l'aube à la fenêtre, elle n'avait pas dormi. Elle se leva et, sans bruit, se rendit dans la chambre. Elle se dit que peut-être le vieux Arcas serait éveillé. Elle pourrait bavarder avec lui, il la rassurerait encore comme elle en avait besoin.

Elle ne comprit pas immédiatement ce qu'il y avait d'inhabituel dans la chambre. Elle ne voyait d'Arcas que le visage, comme une ombre déposée sur l'oreiller. Elle s'approcha. Il régnait un grand silence. C'était cela. Elle n'entendait pas la respiration difficile, sifflante, du vieil homme.

Elle resta un moment auprès du lit, sans bouger, ne pensant soudain plus à rien. Puis sa main alla comme d'elle-même à l'interrupteur de la lampe de chevet.

La lumière trop blanche éclaira le profil d'Arcas. Visage aigu, décharné par la maladie, mais à présent reposé, paupières closes. Elle se força à lui toucher le front.

Elle était seule.

Seule, à présent, pour attendre David. Alors elle s'allongea sur la couverture, près du corps, et pleura.

XVII

Ce matin-là, Pietri descendit de chez lui vers les dix heures. Il hésita sur le palier du vieux Arcas, se rappelant que, la veille, Valmer lui avait donné de l'argent pour les médicaments et les courses. Comme d'habitude, il en avait dépensé une partie à boire. Maintenant, on l'attendait au local du SAC, il était déjà en retard.

Il descendit quelques marches, un scrupule l'arrêta. Il se connaissait bien : s'il ne donnait pas tout de suite à Jasmine la somme qu'il lui restait, il la boirait aussi avant ce soir. Il sortit l'argent de son portefeuille, compta les billets, en mit un dans sa poche – il lui faudrait quand même un peu de monnaie pour passer la journée. Il remonta et frappa à la porte. Plusieurs fois.

On ne lui répondit pas. Est-ce qu'ils dormaient encore ? Non. Jasmine était du genre à se lever à l'aube. Il tourna la poignée et entra.

Le canapé-lit était ouvert, la couverture à peine froissée, comme si Jasmine n'avait fait que s'y allonger un moment. Il traversa la pièce. La porte de la chambre était ouverte.

– Ah ben, alors, s'exclama-t-il.

Jasmine et Arcas étaient étendus l'un à côté de l'autre. Tous deux les yeux fermés, dans la même position : sur le dos, les bras le long du corps. Pietri, mal à l'aise, fit les quelques pas jusqu'au lit.

A peine se pencha-t-il sur elle que Jasmine ouvrit les yeux. Il se redressa avec un sursaut, comme s'il était surpris à commettre une indiscrétion.

– Excuse-moi, je... Je t'ai réveillée...

Elle s'assit au bord du lit, le dévisagea sans rien dire, ramassa des deux mains ses cheveux sur sa nuque et se leva. Gêné, il mit la main à son portefeuille : il allait lui donner le fric de Valmer – ce qu'il en restait – et filer. Il n'aurait pas dû voir ça.

– J'étais juste passé pour... Je ne voulais pas...

– Noël...

Il n'aimait pas la façon dont elle le regardait. Comme s'il existait à peine.

– Oui ?

– Le père de David est mort. Cette nuit.

Il ne s'attendait pas à ça. Il ne sut pourquoi, mais il se sentit encore plus embarrassé d'être entré dans la chambre, de les avoir vus ainsi, l'un près de l'autre. Par réflexe, il voulut prendre Jasmine dans ses bras, seule manière qu'il imagina de manifester de la compassion ; il ne le put pas. Jasmine paraissait si froide, si impassible, si étrangère. Il remit dans sa poche le portefeuille qu'il en avait tiré à demi. Et pensa : ils n'en ont plus besoin. Il balbutia :

– Alors qu'est-ce qu'il faut faire ?

– Préviens M. Valmer. Moi je vais chercher mes parents.

Il hocha la tête avec force.

– D'accord. J'y vais tout de suite.

Sans un mot de plus, soulagé de pouvoir s'enfuir, il se précipita hors de l'appartement. Dehors, il faisait grand soleil. Il courut jusqu'au café le plus proche. Au comptoir, il demanda le téléphone et commanda un double pastis.

Tout en composant le numéro de Valmer à la campagne, il tapotait son portefeuille dans la poche arrière de son pantalon. Il avala son verre d'un trait avant qu'à l'autre bout du fil on décroche. Il se demanda si Valmer lui reparlerait de l'argent.

***

L'enterrement de Nicolas Arcas eut lieu deux jours plus tard. Marseille était déserte, comme engourdie par une catastrophe invisible et silencieuse. Le matin même, de Gaulle était rentré de Baden. On s'attendait à de nouveaux événements. Dans sa 404, Valmer avait allumé la radio. Sa voiture comptait pour la moitié du cortège suivant le fourgon mortuaire entre l'église et le cimetière.

– *Dans les circonstances présentes*, déclarait de Gaulle, *je ne me retirerai pas... La France est menacée de dictature...*

– Et voilà, soupira Valmer, c'est fini.

– Vous le regrettez ? lui demanda Betty.

L'hôtesse de l'air n'avait rencontré le vieux Arcas qu'à l'occasion des fiançailles de David et Jasmine, mais elle avait tenu à assister à l'office et à la mise en terre, « pour David ». Devant eux, roulant derrière le corbillard, il n'y avait qu'une voiture, celle des Casagrande. On devinait, à l'arrière, la chevelure noire et bouclée de Jasmine. Ni Jean-Mi ni Pietri n'étaient là. Pietri s'était occupé, la veille, de trouver un cercueil et un fourgon, par des relations à lui, car même les pompes funèbres, sinon la mort, étaient en grève. Il avait empoché au passage sa « petite commission ».

– C'est bizarre, répondit Valmer, mais oui, j'ai des regrets. Des regrets de vieux. Au début, j'étais furieux, puis j'ai été déprimé. A dix-huit ans j'avais rêvé la révolution, et elle a failli se faire sans moi – presque contre moi. Je me suis rendu compte que j'avais désormais des préoccupations de patron : je me faisais du souci en me demandant comment éviter la faillite et ne pas vous envoyer tous au chômage. Ces étudiants dans la rue, finalement, m'emmerdaient.

– Parce que vous auriez voulu être l'un d'eux.

– Allez savoir. En tout cas, Betty, on va se remettre au travail. Avec l'argent du Constellation, on devrait pouvoir repartir.

– En somme : vive de Gaulle ?

Il lui adressa une grimace dubitative.

– N'exagérez pas.

Le corbillard entrait dans le cimetière.

***

Alors que, à Paris, après l'appel radiodiffusé du général de Gaulle, la foule de ceux qu'on appelait déjà « le parti de la trouille » commençait à se rassembler place de la Concorde, Champredin, à Marignane, pénétrait dans les locaux de la compagnie « *Le monde est à vous !* ». Il contourna le bureau de la secrétaire, jeta un dernier coup d'œil vers la porte vitrée qui donnait sur des hangars, de l'autre côté de l'allée : pas un chat. Il s'accroupit devant le vieux coffre-fort.

Sa carrière de militant communiste s'était achevée la veille quand il avait rencontré Jean-Mi sur la Canebière. Il avait essayé de l'éviter, mais trop tard. L'autre, avec ses lunettes fumées, l'avait alpagué sur le trottoir.

– Qu'est-ce que tu deviens ?

Champredin avait éludé la question, cherché à se débarrasser de lui. Jean-Mi ne l'avait pas lâché.

– Tu es au courant pour l'évasion d'Arcas ? Il devait pas avoir la conscience tranquille, finalement, tu t'étais pas trompé.

– De quoi tu parles ?

– Arrête... Son histoire de bombe, tu avais raison.

– Écoute, mon gars, moi j'ai jamais parlé de bombe ou de quoi que ce soit. Et si les flics ont arrêté Arcas, tu es le mieux placé pour savoir que j'y suis pour rien.

L'autre rigola.

– Quand même...

– Y pas de « quand même ». Prends tes responsabilités, mon petit Jean-Mi.

Champredin se remit à marcher. Après une hésitation, Jean-Mi le rejoignit.

– Ça va... Je me demandais juste si... si t'avais pas des nouvelles d'Arcas.

– Ouais, c'est ça, il m'écrit tous les jours...

– Il a dû réfléchir en taule. A sa place, je me serais dit que le type qui m'a dénoncé, forcément, il était au courant de beaucoup de choses. Maintenant qu'il est dehors, il pourrait avoir envie de te voir.

Champredin n'avait pas eu besoin de lui pour y songer. Il n'était pas aussi puéril que Jean-Mi, et n'imaginait pas Arcas lui tendre on ne savait quel piège pour lui demander des comptes. Mais que l'autre lui en parle l'exaspéra.

– Tu essaies de me faire peur ou quoi ? Ou alors c'est toi qui fais dans ton froc ? Je m'en fous d'Arcas, moi. Arcas, c'était ton problème, pas le mien. J'espère au moins que tu la baises, maintenant, ta petite Arabe ? Même pas ? Qu'est-ce que t'attends ?

Jean-Mi perdit aussitôt son sourire narquois. Les coins de sa bouche s'affaissèrent, comme un gosse qui va pleurer.

– Je la vois plus. Elle était chez le père d'Arcas, pour le soigner. Mais, bon, elle va sûrement rentrer, il est mort hier. Tu crois que je devrais aller à l'enterrement ?

– Qu'est-ce que tu m'emmerdes avec ça ? Je suis pas ta mère.

– C'est que, tu vois, je me suis engagé. Je pars après-demain pour l'armée.

Champredin eut un rire sec, insultant.

– Dans l'armée, toi ?

– J'ai peut-être fait une connerie. Elle m'a rendu dingue, Jasmine. C'est à cause d'elle.

– Tu veux quoi ? L'impressionner avec un uniforme ? Tu me fais marrer, tiens...

– Je devrais peut-être lui parler à l'enterrement, demain ? Avec l'émotion, tout ça, elle m'écoutera peut-être mieux, qu'est-ce que t'en penses ?

Champredin s'arrêta soudain, intéressé.

– C'est demain qu'on enterre le vieux ? Et Valmer, il y sera ?

– Oui, sûrement. Pourquoi ?

– A quelle heure, cet enterrement ?

– Dans l'après-midi.

Hochant la tête, Champredin se remit à marcher.

– Jean-Mi, tu veux un conseil, je te le donne : va la voir, ta Jasmine, parle-lui. Et puis, quand tu seras troufion, écris-lui. Tu verras, avec le temps, la distance, tu vas finir par lui manquer.

– Tu crois ?

– C'est couru.

– Et si Arcas revient ?

– Il ira tout droit en taule. Et à perpète. Allez, j'ai à faire. Adieu, militaire.

Champredin l'avait planté là. Une idée qui ne le quittait plus depuis sa dernière entrevue avec Valmer venait soudain de prendre forme. La mallette. Le fric du Constellation. Du cash, de la main à la main. Combien de bâtons en liquide dormant dans le coffre-fort antique de la compagnie ? De quoi partir au soleil, se faire une nouvelle vie, puisqu'il ne fallait pas compter sur les communistes pour goûter aux petites joies du pouvoir. Du moins, pas sur place, pas ici, pas en France. Mais avec une carte du PC, les réseaux dont lui parlaient les « camarades », des compétences dans une industrie de pointe – l'aviation –, du culot et un capital, on l'accueillerait avec intérêt en Afrique ou à Cuba. Ouais, c'était pas mal, Cuba. Les tropiques, les cigares et le cul des métisses. Le rêve de Champredin prenait déjà la forme d'un projet solide et plaisant quand il avait pénétré dans le local de sa cellule de quartier.

Il saisit du bout de trois doigts la première des quatre molettes du coffre-fort. Il la fit lentement tourner jusqu'au chiffre 4. Voilà. Les trois autres, à présent. 8. 5. 9. Bête comme chou. La date de naissance de Bernard, le fils de Valmer : 4 août 1959.

Champredin ouvrit la porte du coffre. La mallette n'avait pas bougé. Il en fit claquer la serrure, souleva le couvercle. Tout va bien. Valmer n'a pas touché à son fric. Comme s'il l'avait laissé là pour moi.

Il referma le coffre. La mallette sous le bras, il quitta les bureaux. Il prit soin de verrouiller soigneusement la porte vitrée. Il monta dans la 4L qu'il avait garée cent mètres plus loin, à l'abri d'un hangar. Il poussa un petit cri de victoire. Il était très content de lui. Il n'y aura pas de révolution ? Tant mieux. Rien n'aurait valu ce petit putsch personnel. Je t'emmerde, Valmer.

Deux jours plus tard, il s'embarquerait à Bruxelles sur un avion à destination de Port-au-Prince. De là, il n'aurait plus qu'un petit saut à faire pour débarquer à La Havane : des camarades, auxquels il avait fait croire qu'il voulait reprendre « le combat du Che » en Amérique latine, s'en occupaient pour lui. Peu de bagages : une vieille valise dans la soute, la mallette sur ses genoux et, dans sa poche, sa carte du Parti dont il avait pris soin de régler deux ans de cotisation d'avance. On ne sait jamais.

***

Un enterrement à la sauvette. Des croque-morts pressés. Un prêtre qui récite son laïus comme on expédie les affaires courantes. Valmer n'eut pas le courage de prononcer les quelques phrases qu'il avait préparées. Il lui aurait fallu évoquer David, or à quoi bon ? Ils n'étaient que cinq autour de la tombe où le fossoyeur jetait des pelletées de terre. Tous pensaient à David. Qu'aurait-il pu dire qu'ils n'avaient pas déjà dans le cœur ? On enterrait un mort, mais un vivant aussi leur manquait.

Les Casagrande s'en allèrent les premiers. Jasmine, d'un simple hochement de tête, avait refusé de les accompagner. Gisèle, en larmes, se mouchait bruyamment, marchant dans l'allée principale au côté de son mari. Roger lui avait passé le bras autour des épaules. Ils étaient attendrissants et pitoyables, petites silhouettes rondes se dandinant vers la sortie.

Valmer s'approcha de Jasmine qui se tenait, raide, les mains croisées sur le ventre, au bord de la fosse.

– Tu veux qu'on te ramène ?

Sans le regarder, elle hocha négativement la tête comme elle l'avait fait quand son père lui avait posé la même question.

– Que vas-tu faire maintenant ?

– Je ne sais pas.

Il se sentait gauche. Il lui posa la main près de l'épaule.

– S'il y a quoi que ce soit, n'oublie pas que tu peux compter sur moi.

– Merci.

Il l'embrassa sur la joue. Elle n'eut pas de réaction. Il fit un geste de la main, comme s'il cherchait à attraper au vol quelques mots de plus. Il n'en trouva pas. Il baissa la tête et se détourna. Betty l'attendait dans l'allée principale.

– La pauvre, dit-elle alors qu'ils se dirigeaient vers le portail du cimetière. Vous ne préférez pas qu'on l'attende ?

– On ne lui servirait à rien, Betty. Il faut laisser passer du temps, c'est le seul remède.

– Vous croyez qu'elle finira par oublier David ?

– Pour quoi faire ?

Furieux, triste, il enfonça brusquement les mains dans ses poches, carra les épaules.

– Je suis sûr qu'il reviendra.

Betty ne répliqua pas. Elle lui prit le bras. Gêné, il fronça les sourcils, la dévisagea, puis sortit les mains de ses poches. Ils sortirent du cimetière sans ajouter un mot.

Ils montèrent dans la 404. Alors qu'ils démarraient, ils ne virent ni l'un ni l'autre Jean-Mi pénétrer à son tour dans le cimetière.

Jean-Mi évita l'allée principale. Il marcha entre les tombes et les caveaux qui, par instants, lui dissimulaient la silhouette immobile de Jasmine. Il avait préparé pendant des heures les phrases qu'il lui dirait, cela semblait simple et clair quand il les repassait dans sa tête. Il arriva tout près d'elle ; il avait l'esprit vide.

Elle ne tourna pas le regard vers lui. Il se plaça à son côté, face à la tombe. Machinalement, il suivait des yeux les gestes du fossoyeur : le coup de talon pour enfoncer le fer de la bêche dans le tas de terre, la rotation des reins, les épaules qui se soulèvent, les bras qui se tendent comme pour porter un coup – le bruit de cailloux heurtant le bois du cercueil.

– C'est bien ce que tu as fait pour ce vieux... Au moins, il n'est pas mort tout seul.

Il lui jeta un coup d'œil à la dérobée.

– Tu vas rentrer à la maison maintenant ? Tu leur manques beaucoup, aux parents. Surtout à maman. Elle pleure du matin au soir.

Jasmine paraissait ne pas l'entendre. Il retira ses Ray Ban. Il les rangea soigneusement dans leur étui, qu'il garda à la main.

– Tu sais ce qu'on dit ? La vie continue. Moi, par exemple, tu m'as fait du mal, mais je te pardonne. Tu ne m'aimes pas aujourd'hui ? Tant pis. Peut-être que tu m'aimeras demain. Tu crois me connaître, mais tu ne sais pas qui je suis. Tu ne sais pas tout ce que je suis capable de faire pour toi. Tu n'imagines pas... Je ne te demande rien en échange. Juste... Il suffirait que tu m'épouses. Pas tout de suite. On prendra le temps qu'il faudra. Je ne suis pas pressé.

Elle tourna enfin les yeux vers lui.

– Je suis fiancée avec David, dit-elle comme on rappelle une évidence.

Il détourna le regard. Il agita nerveusement la main qui tenait l'étui à lunettes.

– Oublie-le.

Il avait parlé d'une voix trop haut perchée, féminine, ridicule. Il se racla la gorge. Il reprit, une octave plus bas, s'efforçant de garder un ton raisonnable, de « grand frère » :

– C'est fini, David. Tu n'as pas encore compris ? On n'entendra plus jamais parler de lui. Ou alors on entendra des choses terribles. Que même toi tu ne pourras pas lui pardonner.

– Je lui fais confiance.

– Voilà comme tu es ! Il se fait prendre par la police avec une bombe, il allait commettre je ne sais quel attentat affreux, avec des morts et tout, tu fais des pieds et des mains avec le juge pour qu'on le libère, pour tout remerciement il s'évade, ça fait encore des morts – je le sais bien, je les ai vus –, et toi tu lui fais *confiance* ?

– Oui. Et je l'attendrai. Un jour il viendra me chercher.

Il eut un geste exaspéré, se reprit, s'aperçut que le fossoyeur, immobile, les mains sur le manche de sa pelle, les observait. Il baissa la voix.

– Si tu préfères te rendre malheureuse, tu es bien bête. Et tu ne penses pas aux autres. Parce que, si tu es malheureuse, maman aussi elle le sera. Et papa. Et je ne te parle même pas de moi... Moi, tu t'en moques, c'est très clair. Mais pense à papa, pense à maman. Tu crois que ça leur ferait plaisir que tu épouses un évadé ? Je sais bien que David ils l'ont toujours eu à la bonne, mais ça c'était avant. Quand personne ne se doutait de qui il était vraiment. Mais maintenant ? Il vient te chercher, et qu'est-ce que vous faites ? Vous vous cachez comme des criminels toute votre vie ? Maman, elle en mourrait de chagrin. Et s'il retourne en prison et que tu l'épouses, à quoi ça ressemblera sinon à du gâchis ? Femme de prisonnier, ce sera pire que si tu étais restée vieille fille.

Jusqu'à ce moment, Jasmine l'avait écouté sans réagir, sans manifester le moindre sentiment. Soudain elle se tourna vers lui tout entière et le fixa droit dans les yeux.

– Je préfère rester vieille fille que de me marier avec toi.

Puis, l'écartant du bras, elle se dirigea d'un pas rapide vers l'allée centrale. Il courut pour la rattraper.

– Attends ! Ne te fâche pas, je ne voulais pas...

Il allait d'un pas sautillant, grotesque, enfantin, pour rester à sa hauteur.

– Écoute, je ne t'embêterai plus. Je ne l'ai pas encore dit à maman, mais demain je pars à l'armée. Voilà. Je me suis engagé. Dans trois mois, je serai en Afrique. Je voulais juste te dire au revoir.

Ils franchirent la porte du cimetière. Sans ralentir le pas, Jasmine se mit à traverser la chaussée.

– Je serai toujours là pour toi, Jasmine, rappelle-toi ! lui cria-t-il. Moi aussi, j'attendrai ! Aussi longtemps qu'il faudra !

Il était perché au bord du trottoir, en déséquilibre. Elle tourna le coin d'une rue. Il ne la vit plus.

DEUXIÈME PARTIE

Les prisons

I

On le hissa hors du coffre de la voiture. Il était aveuglé par une cagoule, poignets liés derrière le dos. On trancha le chatterton lui entravant les chevilles. On l'empoigna sous les bras, le força à marcher. Il était ankylosé, le sang se remit à circuler, lui brûlant les mollets, les pieds. On lui fit remonter un couloir. Un escalier. Personne ne parlait. Il n'entendait que le souffle des hommes qui le tenaient sous les aisselles, le bruit des pas sur les marches de bois. Quelqu'un devant lui, quelqu'un d'autre derrière. Au troisième palier, ils s'arrêtèrent.

Deux serrures claquèrent. L'homme, à sa gauche, le lâcha. Le second, à droite, le poussa en avant. Il ne savait où – un corridor, une pièce ? Vingt pas, peut-être trente. Une porte s'ouvrit. Encore une vingtaine de pas. Choc brutal dans le dos.

Il tomba en avant, tentant de garder l'équilibre. Son pied droit heurta quelque chose. Il s'affala contre un mur. Une porte se referma. Au son, elle semblait lourde, en bois. Il glissa jusqu'à terre.

Il essaya de tendre les jambes. Ses pieds rencontrèrent un mur.

Un angle.

Un autre mur.

La porte.

Un angle.

Encore un mur.

Moins de deux mètres carrés.

Il fit l'effort, en s'aidant de l'appui des épaules contre le mur, de se mettre debout. Il se cogna au plafond. A peine un mètre cinquante de hauteur.

Emmuré.

Il cria. Hurla. Sa langue, ses lèvres étaient sèches. Il n'avait pas bu depuis – combien de temps ? L'épaisse toile rugueuse de la cagoule l'étouffait. Il se tut. Il haletait. Il était en sueur. Les épaules calées au mur, il donna de violents coups des deux pieds dans la porte. Il y mit toute sa force. Il fallait qu'il sorte. Il s'asphyxiait.

La porte s'ouvrit. On lui saisit les chevilles. Il se débattit. On l'immobilisa. Le premier coup qu'il reçut, il ne s'y attendait pas : celui qui fit le plus mal. D'autres coups l'atteignirent au ventre, à la poitrine, aux épaules. Il tenta de leur échapper, se recroquevilla contre un mur du réduit. Le plus effrayant, ce n'étaient pas les coups, mais le silence. On le frappait sans un mot. Méthodiquement. Bâton ou matraque, il ne savait pas avec quoi. Il se mit à gémir. Il en eut honte, voulut se taire. C'était plus fort que lui. Sous chaque coup, il geignait. Ni son corps ni son esprit ne lui obéissaient.

Enfin les coups cessèrent. La porte se referma.

Il resta longtemps ainsi, étendu sur le flanc, les genoux contre la poitrine, les mains liées dans le dos. L'étoffe de la cagoule était imprégnée de sueur. Il se concentra sur sa propre respiration.

C'est ça.

Respirer.

Respirer cet air chaud, puant, parcimonieux. Son cœur battait très vite, trop fort. Jusque derrière ses tympans. Il avait pris tellement de coups qu'il ne savait plus où il avait mal. Respirer. Respirer.

Il s'évanouit.

***

On le secouait.

David se réveilla en poussant un petit cri de frayeur. D'instinct, il essaya de se rencogner le plus loin possible de la porte. Il n'avait pas la place. Il attendit, les nerfs à vif, de recevoir le premier coup.

Il n'y en eut pas. On le tira à l'extérieur. On le mit debout. Il avait du mal à tenir sur ses jambes. Il ressentait à présent chacune de ses douleurs, aux épaules, à la poitrine, au ventre. Il avança, à moitié porté par deux hommes. Ils tournèrent deux fois à droite. David heurta des genoux un rebord lisse, incurvé. On lui fit faire un demi-tour sur lui-même. On déboucla sa ceinture, on fit glisser son pantalon.

– *Non rimanere in piedi.*

On le força à s'asseoir. La cuvette froide des toilettes.

David se sentit plus humilié que par les coups. Il se représentait les deux hommes, près de lui à le toucher. Qui le regardaient. L'un d'eux lui dit de se presser et rigola. David faillit répondre : « *Mi dispiace, non posso* », mais se tut. Il ne fallait pas qu'ils sachent qu'il comprenait l'italien. Cette seule pensée – et qu'il l'ait eue si vite, si à propos – le rasséréna. Il était encore capable de contrôler certaines situations.

Il pissa.

On le reculotta. On le ramena dans son réduit. On n'en ferma pas la porte. David sut aussitôt qu'on lui apportait à manger : il avait si faim qu'il sentit de loin l'odeur de la nourriture. Sa bouche s'emplit de salive.

Bruit métallique d'un objet qu'on posait près de lui. On lui défit ses liens. On lui retira la cagoule.

D'abord, il ouvrit grand la bouche et inspira à fond. Il revivait. Il ressentit comme une espèce de reconnaissance informe, qui ne s'adressait à personne en particulier. Il se massa les épaules, les poignets. Par l'entrebâillement de la porte, il aperçut un homme, à contre-jour.

Il portait un battle-dress et un passe-montagne. David ne distingua dans la fente rectangulaire que des yeux clairs, verts ou bleus, aux paupières lourdes. L'homme lui tendit une cuiller.

David trouva une gamelle de fer-blanc à ses pieds. Assis en tailleur, il la prit, la goûta. C'était une sorte de soupe aux vermicelles au bouillon clair.

Il mangea rapidement. Du coin de l'œil, il cherchait à discerner quelque chose derrière l'homme qui se tenait dans l'entrebâillement de la porte.

Les lames d'un plancher. L'embrasure d'une fenêtre. Le coin métallique d'un lit de camp.

Quand il eut presque terminé sa gamelle, il demanda :

– Pourquoi m'avez-vous emmené ici ?

En guise de réponse, l'homme se pencha dans le réduit, lui arracha des mains la cuiller et la gamelle et lui fit signe de mettre ses poignets derrière son dos et de se retourner.

– Répondez-moi. Qu'est-ce que je fous ici ?

L'homme se redressa. Il écarta un pan de son battle-dress : une courte matraque noire pendait à sa ceinture. David hocha la tête.

– Ça va, j'ai compris...

Pendant que l'homme lui rattachait les mains dans le dos, il lui demanda de ne pas lui remettre la cagoule.

– Je vais étouffer, expliqua-t-il.

L'homme sembla hésiter. Puis il s'écarta, referma la porte et la verrouilla. Cagoule ou pas, David se retrouva plongé dans le noir.

***

Le samedi précédent, vers midi, le gardien-chef avait sorti David Arcas du mitard.

– T'as de la chance, mon gars. Il paraît que le juge a signé ta remise en liberté.

Il fallut quelques secondes à David pour comprendre ce que cela signifiait. Il n'avait parlé à personne depuis une semaine. Un gardien venait chaque jour pour changer son seau et lui donner ses repas. David avait rapidement renoncé à réclamer des explications : on se foutait de lui ou on lui grognait d'arrêter son cinéma. Il avait passé les quatre derniers jours assis dans un coin. Il ne dormait plus.

– Alors... je sors ? demanda-t-il d'une voix enrouée quand le gardien-chef le fit passer devant lui dans le petit escalier de métal.

– Ouais, enfin... Lundi, si tout va bien.

Après être passé par les douches, David fut conduit dans une cellule. Elle était déjà occupée par deux hommes. L'un d'eux, un Noir, ne bougea pas de la couchette supérieure où il fumait une cigarette. L'autre s'avança d'un air affable et tendit la main à David. Il portait de grosses lunettes à monture noire, seul détail remarquable d'un physique passe-partout de petit employé.

– Jean-François Gervais, se présenta-t-il. Je suis content de vous voir. Nous allons pouvoir bavarder.

– Ta gueule, grogna le Noir, du haut de sa couchette.

Gervais leva les yeux au ciel et poussa un soupir.

– Vous voyez la conversation à laquelle j'ai droit depuis un mois ?

– Je te dis de fermer ta gueule, répéta nonchalamment le Noir.

Ce qui n'empêcha pas Gervais de soûler David de paroles jusqu'au soir. Il avait été condamné pour avoir truqué à son profit les comptes de son patron, un exportateur installé à la Joliette. Il raconta sa vie, qui n'en méritait pas tant. David l'écoutait d'une oreille, songeant à Jasmine qu'il reverrait lundi. Le soliloque ininterrompu de Gervais faisait passer le temps. Quant au Noir, quand il ne fumait pas, il dormait.

Le lendemain, dimanche, il y eut une agitation inhabituelle dans la prison. Du moins, selon Gervais. Les repas furent servis en retard. Ce n'est qu'à la promenade qu'ils apprirent ce qui se passait : une partie des matons avait décidé de se mettre en grève. Une assemblée générale devait avoir lieu le soir même.

– Mais c'est l'anarchie ! s'écria Gervais.

Dans la cour, les détenus reprirent son mot en chœur, sur l'air des lampions.

– L'a-nar-chie ! L'a-nar-chie ! L'a-nar-chie !

De mauvaise humeur, les gardiens les firent rentrer plus tôt que prévu. Gervais avait trouvé un nouveau sujet de conversation. Il disserta sur le droit de grève des fonctionnaires de la pénitentiaire jusqu'à l'extinction des feux.

David se coucha avec plaisir. Demain, il serait libre. Il n'en finissait pas d'imaginer Jasmine, dehors, sous un grand soleil, brune et superbe – il la prenait dans ses bras, il retrouvait l'odeur de sa peau à la naissance du cou, et sous ses mains le souvenir inachevé de son corps. Il commençait à s'endormir quand il entendit les pas dans la coursive. Tout, ensuite, se passa comme un cauchemar.

La porte de la cellule s'ouvrit à toute volée, deux hommes en battle-dress et passe-montagne, fusil-mitrailleur à la hanche, se jetèrent dans la cellule, l'un d'eux promena une torche dans la pièce.

– Arcas ! Qui est Arcas ?

– Ta gueule, fit le Noir.

Le faisceau lumineux éblouit un Gervais sans lunettes. Il cligna fortement des yeux et glapit, en désignant la couchette de David :

– C'est lui ! C'est lui !

Tandis que l'homme qui tenait la torche reculait dans l'embrasure de la porte, pointant son arme vers l'extérieur, le second se précipita vers David.

– Suis-moi.

Avant que Arcas ait pu faire un geste, il l'attrapa par le bras et le poussa vers la coursive. Deux autres hommes armés, visage dissimulé par une cagoule, déverrouillaient les portes de quelques cellules. Sur un signe, ils les rejoignirent. L'un d'eux, le plus grand, saisit David par le col et l'entraîna. Ils coururent. Derrière, une voix grêle cria :

– C'est une évasion ? Hé ! Attendez-moi !

Lunettes sur le nez, en déséquilibre sur un pied, Gervais finissait d'enfiler sa seconde chaussure. Il détala à leur poursuite, bientôt rejoint par une demi-douzaine de détenus jaillissant des cellules ouvertes.

David ne put rien faire d'autre que suivre les quatre hommes qui l'encadraient. Au pas de course, ils franchirent les grilles que personne ne gardait. Trois matons gisaient dans les couloirs – assommés ou abattus.

Quelques minutes plus tard, ils sortaient de la prison par la grande porte. David trébucha. Il était pieds nus, il avait heurté un caillou de l'orteil. L'homme de grande taille le retint par le bras et le força à courir derrière les autres.

Ils parvinrent à une voiture. Derrière eux, on entendait les pas précipités des détenus en fuite. L'un des hommes cagoulés se mit au volant, deux autres firent le tour par l'avant pour s'installer, l'un à son côté, l'autre à l'arrière. Le plus grand se retourna et, comme on lance une balle, jeta un trousseau de clés en l'air. Elles tintèrent sur le sol, le détenu le plus proche s'immobilisa, hésita, se pencha, les ramassa. Sans un mot, le grand lui désigna une voiture garée à quelques mètres.

Le type comprit aussitôt. Il fut le premier à atteindre le véhicule. Il s'installa au volant. Les autres arrivèrent en groupe, se disputèrent les places. Bousculés, Gervais et un jeune type malingre se retrouvèrent sur le trottoir, tandis que la voiture leur démarrait sous le nez.

Le grand prit David par la nuque, l'obligea à se courber et à s'asseoir sur la banquette arrière. Lorsqu'il s'installa à son tour, Gervais et le jeune type se précipitèrent à sa portière.

– Ne nous laissez pas là ! cria Gervais.

Le grand rouvrit la portière. Gervais eut un sourire de soulagement.

– Merci !

La rafale de fusil-mitrailleur le frappa en pleine poitrine. Il bascula sur le dos. Le jeune type, affolé, se mit à courir vers la prison. Le grand prit le soin de viser et l'abattit à son tour. Puis il tapa sur l'épaule du conducteur et claqua la portière. La voiture démarra.

Elle n'alla pas bien loin. Dix minutes plus tard, elle bifurqua dans une allée, entra dans le garage d'une villa, où attendait une autre voiture. Le grand eut soudain une seringue à la main. D'un coup sec, il l'enfonça dans la cuisse de David. Puis on l'extirpa de la voiture, on lui enfila une cagoule, on lui attacha les chevilles et les poignets. On claquait la portière d'un coffre quand il commença à perdre conscience.

II

Dans les semaines qui suivirent, Arcas fut tour à tour désespéré, furieux, résigné.

Il ne pouvait ni s'étendre ni se mettre debout. A cette torture physique – à peine adoucie par ses deux sorties journalières pour se rendre aux toilettes – s'ajoutait une souffrance morale d'autant plus violente que ses causes étaient nombreuses et, certaines, énigmatiques.

Son premier sentiment avait été la frustration. Il avait tant imaginé, pendant les deux jours, et surtout les deux nuits, qu'il avait passés en cellule, ses retrouvailles avec Jasmine, avec son père, avec ses amis et avec la liberté d'aller et d'agir à sa guise – une liberté qu'il avait presque touchée, à quelques heures près. On l'avait enlevé, drogué, transporté comme un paquet, battu, emmuré dans cette espèce de placard. Dans le noir. On ne lui parlait pas. On ne répondait à aucune de ses questions. S'il insistait, on le menaçait d'une matraque. *On*. C'était la première énigme.

Qui était ce *on* ? Qui étaient ces hommes toujours affublés de leur passe-montagne quand ils ouvraient la porte du placard ? Ils parlaient italien, semblait-il. Et l'un d'eux, celui qui l'avait tiré de sa cellule, s'exprimait en français. Que voulaient-ils ? Pourquoi l'avoir obligé à les suivre alors qu'il allait être libéré ? Pourquoi avoir pris tant de risques pour pénétrer aux Baumettes ? Pourquoi l'avoir emmené, lui, et laissé une voiture à quatre de ceux qui en avaient profité pour s'évader ? Pourquoi avoir tué sans hésitation ce pauvre type de Gervais ? Qui pouvait avoir intérêt à agir de la sorte ? Et s'ils y avaient un intérêt, c'est donc que lui, David Arcas, avait une grande valeur à leurs yeux ? Mais en quoi ? Que représentait-il de si précieux qu'un commando décide d'investir une prison pour l'y enlever ?

Il tourna ces questions dans sa tête pendant quelques jours, puis, insensiblement, n'y pensa plus. On avait remplacé ses liens par des menottes aux chevilles et aux poignets. La réclusion dans cet espace étroit, sans air et sans lumière, engourdissait son esprit comme ses muscles. Il en arriva à dormir les trois quarts du temps, hébété, faisant des rêves sans suite, ne s'éveillant que pour manger, boire et marcher, encadré par deux ravisseurs muets, jusqu'aux toilettes.

Un matin – il supposa que c'était le matin, il venait de faire son premier tour aux toilettes –, alors qu'il sommeillait, la joue contre le bois de la porte, moins rugueux que le ciment des murs, il crut entendre des voix. Il reprit peu à peu ses esprits, écouta plus attentivement, l'oreille collée au battant. *On* criait dans la pièce voisine. Un timbre aigu, hystérique – une femme. Il se concentra, retint son souffle pour mieux entendre.

De l'italien. Elle parlait – hurlait – en italien. Avec un accent, et parfois des mots, allemands. Il se sentit mieux, tout à coup, l'esprit clair. Il y avait une femme. Cette idée le rassurait. Une femme parmi eux.

Comme s'il écoutait un chant, il ne fit d'abord pas attention à la signification des mots, des phrases. Il était trop heureux d'entendre une simple voix humaine. Des sons qui lui avaient manqué. Une présence. Une distraction. Mais, petit à petit, son cerveau ne s'en contenta pas : il organisa les syllabes, leur donna un sens. La femme parlait de lui, elle l'appelait par son nom. Elle disait qu'il était dangereux, qu'il y avait trop longtemps qu'on le gardait dans l'appartement. Dangereux ? Arcas ne comprit pas en quoi il pouvait nuire. Mais il fut reconnaissant à cette femme inconnue : grâce à elle, il savait maintenant quelque chose, pas grand-chose – qu'ils étaient dans un appartement. Et surtout qu'elle argumentait pour qu'on le sorte de son placard.

Une voix d'homme intervint, plus grave, plus étouffée. David comprit les mots « otage », « traître », des lambeaux de phrases : qu'il fallait obéir aux consignes, qu'ils n'avaient pas à décider de son sort, qu'il fallait attendre le « camarade français »...

– Non, non, murmura David, blotti contre la porte. Écoute-la. Je t'en prie. Elle a raison.

Il eut envie de frapper à la porte, de les appeler : il discuterait avec eux. Avec le soutien de cette femme, il parviendrait peut-être à les convaincre. Il avait une alliée. Écoute-la. Soudain surexcité, il se mit à genoux, prêt à donner un coup dans la porte.

– *Deve morire! Dobbiamo lo uccidere!*

D'un sursaut, David recula contre le mur. La femme hurlait qu'il fallait le tuer. La femme réclamait sa mort.

– *Lo uccidere!*

Tassé dans un angle de sa prison, genoux blottis contre la poitrine, il tremblait de tous ses membres. Il attendit longtemps, dans une peur panique incontrôlable, que la porte s'ouvre sur ses assassins. Il claquait des dents. Il suait.

Puis, épuisé de frayeur, il tomba dans un sommeil profond.

Cette expérience le transforma. Désormais il sut qu'il n'y avait aucune sympathie, aucune indulgence à attendre de ses ravisseurs. Ils étaient ses ennemis. Des ennemis comme il n'en avait jamais connu, c'est-à-dire des hommes, et une femme, qui lui déniaient la moindre qualité d'être humain. Il y apprit aussi que sa réclusion ne se limitait pas à l'espace restreint du placard : il était d'abord et avant tout prisonnier de lui-même, de son corps et de ses réactions. Il devait se reprendre, se maîtriser.

Il ne s'abandonna plus à la torpeur tiède et grise dans laquelle il avait passé les premiers temps. Il tâcha d'occuper son esprit. Dans le noir et le silence presque total, il était difficile de se concentrer : le cerveau, privé de repères, divague, ressasse, tourne comme un écureuil fou. Il écarta les images de son passé, surtout celles qui ravivaient le souvenir de son père et de Jasmine. Cette mémoire-là lui faisait du mal, ranimait la frustration. Il fallait s'inventer un lieu mental où il serait heureux, mais sans que l'affectivité y prenne part, un lieu paisible, vaste et précis.

C'est ainsi que, pendant des jours – il n'essayait plus de les compter, sa notion du temps s'était faite intérieure –, il vola en plein ciel, des heures entières, enfermé dans son réduit.

Il pilotait le Constellation. Il visualisait le tableau de bord, jusqu'au moindre cadran, jusqu'à la moindre manette. Bientôt il parvint à ressentir les vibrations de la carlingue, les effets des masses d'air traversées. Il affinait l'approche d'un aéroport, assouplissait ses atterrissages.

Au début, le pare-brise imaginaire de l'avion était d'un bleu idéal. Peu à peu, des reflets de lumière s'y dessinèrent – David finit par connaître, très exactement, la position du soleil, et son déplacement en fonction de celui de l'avion.

A l'étape suivante, se formèrent des nuages, de gros nuages laiteux, luisants comme des œufs battus en neige ; puis de véritables cumulo-nimbus, énormes et sombres, chargés d'orages, parfois de grêle.

Quand il réussit à ramener le Constellation à bon port au travers d'une tempête zébrée de foudre, secouée de dépressions – et cela, tout en demeurant parfaitement immobile, assis en tailleur, entre ses quatre murs –, il n'habitait plus le placard de sa prison.

***

Trois jours durant, la porte resta fermée. Tout à ses exercices mentaux de pilotage, David ne s'en rendit compte que lorsque son corps lui réclama ce dont ses « voyages » ne pouvaient le dispenser : boire, manger, pisser, déféquer. Il résista environ deux jours, s'absorbant dans les manœuvres aériennes les plus ardues. Puis sa concentration s'effrita. L'avion et le ciel imaginaires s'affadirent, lui échappèrent par lambeaux, comme un puzzle qu'on détruit. Il ne contrôla plus rien. Avec un petit cri de surprise, dormeur qu'un sursaut éveille en plein rêve, il se retrouva tel qu'il était : un homme assis dans l'obscurité, pieds et poings menottés, livré à lui-même – aux contraintes de son corps : la faim, la soif, les sphincters, l'ankylose.

Il eut beau fermer les yeux, plus moyen de s'échapper. La conscience physique – physiologique – d'être là était plus forte que le désir d'oublier. Il se sentit soudain très con. Ce sont les mots qui lui vinrent spontanément à l'esprit : *très con*. Il se vit tout à coup de l'extérieur, en spectateur indifférent et sarcastique : comment pouvait-on être assez stupide pour se faire croire qu'on pilote un avion quand on est comme un rat dans un piège ?

Il s'agenouilla péniblement, malgré la douleur de ses articulations, et cogna des deux poings à la porte. Qu'ils le battent, si ça leur chante. Il avait faim, soif. Il avait besoin de pisser, de chier ! Il cogna jusqu'à s'en faire saigner les mains. En vain. Ils l'avaient laissé là, abandonné dans ce placard.

Il s'affaissa sur lui-même. Finalement, ils avaient décidé de le tuer, mais sans se salir les mains. Il se sentit aussi misérable qu'il s'était cru hors d'atteinte lorsqu'il pilotait une chimère. Sa vessie se relâcha. Ce fut tout chaud sur ses cuisses, presque agréable, apaisant.

Quelque temps plus tard, il était trempé, glacé, il puait ; il avait honte. Il retomba dans la torpeur fébrile qu'il détestait.

***

Debout dans l'embrasure de la porte, ils l'observaient. Ils étaient trois. Jeunes. Deux garçons et une fille. De son âge, à peu près. Ils fronçaient les narines. Ils parlaient à toute vitesse, leurs phrases parfois se chevauchaient. David n'y comprenait rien. Il se redressa sur les coudes. Ils cessèrent de discuter ; la fille, brune, les cheveux raides, une frange sur le front, fagotée d'un chandail et d'un jean sale, se pinça le nez entre le pouce et l'index et, s'adressant à lui, les yeux ronds, lui posa une question. Il secoua la tête. C'était de l'allemand.

Après avoir débattu un moment encore, ils semblèrent tomber d'accord. Les deux garçons aidèrent David à s'extirper du réduit et, grimaçant à cause de l'odeur, le traînèrent à travers l'appartement. C'était la première fois depuis les Baumettes que David revoyait la lumière du jour. De hautes portes-fenêtres à la peinture beige écaillée donnaient sur le sommet d'une façade crépie de jaune safran, un toit de tuiles, un pan de ciel d'un bleu intense.

On le fit entrer dans une salle de bains. La baignoire, à pattes de griffon, était maculée de crasse. A l'aide d'un tournevis, l'un des garçons débarrassa David des menottes qui lui entravaient les chevilles et les poignets. Il lui fit comprendre ensuite de se déshabiller et lui montra la baignoire. David lui obéit, manquant s'effondrer lorsqu'il retira son pantalon souillé : il était si faible qu'il gardait péniblement son équilibre.

Il se doucha longuement, à l'eau froide. Il se frotta, se récura, et eut l'impression de reprendre vie. Les deux garçons, adossés chacun d'un côté de la porte, bavardaient en le désignant souvent du doigt ou du menton. La fille apparut à son tour. Elle détailla David des pieds à la tête, fit une moue admirative et dit quelque chose qui fit éclater de rire les deux garçons. Elle simula une bagarre avec l'un d'eux, grand brun maigre aux yeux pervenche, au nez busqué.

Quand David se fut séché, la fille lui apporta un bleu de travail et des sandales. Elle l'observa avec un petit sourire tandis qu'il se rhabillait. D'un geste, il lui fit comprendre qu'il avait faim. Elle l'agrippa par la manche et l'emmena jusqu'à la cuisine. L'évier, la table, le carrelage étaient aussi crasseux que la salle de bains. Elle ouvrit plusieurs placards, y trouva une boîte de sardines à l'huile. L'un des garçons, trapu, rouquin, à face ronde et blanche, l'ouvrit à l'aide de son couteau de poche. David s'assit à la table et dévora les sardines. Ils reprirent leur discussion en allemand. De temps à autre, David levait les yeux vers eux. Il ne cherchait plus à comprendre. Quel rapport reliait ses ravisseurs cagoulés et brutaux à ces trois jeunes gens ordinaires et bavards ? Peu importe. L'essentiel était de manger.

Lorsqu'il eut terminé les sardines, il s'appuya au dossier de la chaise. Et après ? se demanda-t-il. Il commençait à les trouver presque sympathiques, ces trois-là. Et si je me levais ? Si je quittais la cuisine ? Si je sortais de cet appartement ? Il réalisa qu'ils n'avaient peut-être rien à voir avec ses ravisseurs. Que, s'ils discutaient si vivement tout à l'heure, c'est peut-être qu'ils ne s'attendaient pas à le découvrir là, enfermé dans le réduit ?

David se leva. La fille tourna la tête et lui parla. Il lui fit signe : je ne comprends pas, et fit quelques pas vers la porte. Le rouquin, l'index dressé, un sourire aux lèvres, vint lui barrer le passage. David haussa les épaules, sourit à son tour et chercha à le contourner. Le rouquin le repoussa, d'un coup du plat des mains sur la poitrine. David trébucha en arrière. L'autre garçon, le grand maigre, le ceintura.

– Doucement, dit David. C'était juste pour voir...

Il avait vu. Il ne résista pas. La tête lui tournait, ses jambes le portaient à peine, il se sentait propre, savourait encore le goût de l'huile et des sardines dans sa bouche – il n'avait plus la moindre énergie à gaspiller.

Il ne s'étonna pas quand la fille lui enfouit la tête dans une cagoule, quand on lui lia à nouveau les mains derrière le dos. Il se dit qu'il allait retourner dans le placard et qu'il y crèverait. Il se sentait dans un étrange état d'abattement euphorique. Tout lui était égal. Même lorsqu'il comprit qu'on le faisait quitter l'appartement, descendre les trois étages qu'il avait grimpés – il y a combien de temps ? –, sortir de l'immeuble – un très bref instant, il sentit la chaleur d'un rayon de soleil –, il n'éprouva rien. Il était un objet, qu'on traite et transbahute à sa guise.

On le fit basculer en avant. Il reconnut l'odeur de moquette poussiéreuse et d'huile de vidange d'un coffre de voiture. D'instinct, il remonta les genoux contre sa poitrine. C'était sa position, maintenant. Fœtus géant à la merci d'un destin incompréhensible.

III

Dès qu'on eut frappé trois coups à la porte, David s'assit sur le tabouret et croisa les doigts derrière sa nuque, comme on lui avait appris à le faire. Peu après, il entendit tourner les deux serrures, la porte s'entrebâilla et la face plate de Paolo apparut, scrutant la pénombre à sa recherche. Quand Paolo eut vérifié qu'il se tenait sagement sur son tabouret, dans l'attitude requise, il finit de repousser le battant et descendit les six marches de pierre. Il s'arrêta là, déposa une gamelle de fer-blanc sur le sol de terre battue et ses petits yeux mats inspectèrent la cave.

Elle était assez vaste – huit mètres sur cinq –, voûtée et humide. Un soupirail en forme de croissant de lune s'ouvrait à fleur de jardin; on y distinguait de l'herbe jaunâtre, quelques orties et la souche d'un arbre qui interdisait de voir plus loin. Pour tous meubles : le tabouret de bois sur lequel David était assis, les mains derrière la tête; une paillasse posée sur une sorte de banc de pierre scellé au mur sous le soupirail, et un grand seau hygiénique de plastique rose.

C'est vers cet objet que Paolo se dirigea, sans quitter David du regard.

– *Come sta?* lui lança David, sans changer de position. Quelles sont les nouvelles aujourd'hui? poursuivit-il en italien. Comment tourne le monde?

Paolo saisit l'anse du seau et secoua la tête. Il repartit, de son pas lent, traînant, vers l'escalier.

– Paolo, tu t'en vas déjà? s'écria David. Moi qui aime tant ta conversation! Reste un peu, nous allons échanger nos points de vue, entamer une controverse, lancer un débat. Paolo! Fais-moi écouter le doux chant de ta voix...

Secouant toujours la tête, Paolo remonta les six marches, le seau à la main. Il sortit sans se retourner et referma la porte.

Aussitôt, David quitta le tabouret et alla prendre la gamelle au pied de l'escalier. Encore de la polenta. Cinq jours sur sept, il mangeait de la polenta. Accroupi sur place, il l'avala pourtant très vite, se salissant le menton. Il savait que Paolo, selon son humeur, pouvait revenir dans une minute comme dans une heure, et qu'à ce moment-là, lui, David, devrait abandonner la gamelle et se hâter jusqu'au tabouret, où il reprendrait la position du prisonnier obéissant. Ce rituel durait depuis trois mois et deux jours. Depuis que les trois jeunes Allemands, après un interminable voyage, l'avaient livré à ceux qui habitaient cette maison.

***

Le premier soir, lorsqu'il avait compris qu'il avait échangé le réduit contre cette cave, il avait presque été soulagé. Dès qu'il s'était senti mieux assuré sur ses jambes, il avait arpenté ce nouvel espace – il y pensait alors comme à un « espace », pas encore comme à un cachot – de long en large, pour le simple plaisir de marcher, de redécouvrir la mécanique magnifique et dérisoire des articulations du genou, de la cheville et de la hanche.

Quand la fatigue l'avait obligé à s'asseoir, il avait pris place sur la paillasse, regardé autour de lui les murs de pierres taillées, encore blanches par endroits, malgré les coulées de salpêtre, et songé soudain qu'il était un *prisonnier*.

Jamais, ni au mitard des Baumettes ni dans le placard, ce mot ne lui avait effleuré l'esprit. Il se rendit compte qu'il s'était toujours considéré comme un homme libre injustement et *provisoirement* retenu contre son gré. Or, pas du tout – le décor quasi médiéval de cette cave l'illustrait bien : il devait se considérer comme un prisonnier. Cette constatation lui procura beaucoup de satisfaction. A présent qu'il avait reconnu et accepté la réalité de son état, il pouvait agir. Que fait un homme libre injustement retenu ? Il se désole de son sort et attend que l'injustice soit réparée. Que fait un prisonnier ? Il réfléchit à tous les moyens de s'évader, puis les met en œuvre.

Pour marquer symboliquement – et ironiquement – cette découverte, David, ce soir-là dans la cave, traça en s'aidant d'un coin du tabouret un trait dans le mur, à hauteur de ses yeux. Premier jour. Comme n'importe quel prisonnier, il allait désormais tenir un calendrier.

Des hommes qui occupaient la maison, il n'apprit pas grand-chose. Hormis Paolo, il ne les vit jamais. Au début de sa réclusion, il passa des heures au sommet des six marches, à écouter les bruits qui lui parvenaient à travers la porte.

Au son de leurs voix, il essaya de distinguer les habitants de la maison les uns des autres, donc de se faire une idée de leur nombre. Cela s'avéra impossible. Les voix derrière la porte n'étaient jamais les mêmes. Des voitures – il les entendait par le soupirail donnant sur ce qu'il supposait être un jardin – allaient et venaient sans cesse, comme si cette maison n'était qu'un lieu de passage.

Sauf pour lui et Paolo. Il l'avait baptisé Paolo, mais ne connaissait pas son nom. Paolo lui servait ses repas, nettoyait son seau hygiénique, changeait sa paillasse chaque mois, lui laissait un rasoir à piles dix minutes tous les trois jours, ne prononçait jamais un mot. David ignorait le son de sa voix.

Trois mois et deux jours plus tard, personne ne lui avait parlé depuis les jeunes Allemands. A toutes ses questions, Paolo opposait sa face plate, inintelligente et fermée. David l'avait même cru sourd. Il lui avait posé ses questions en français, puis en italien : aucune réaction, pas une lueur dans ses prunelles mates. Ce n'est que plus tard, quand, exaspéré, il s'était mis à pérorer de tout et de rien, juste pour s'entendre parler et l'agacer peut-être, que Paolo lui avait montré qu'il l'entendait très bien : il avait pris l'habitude de secouer la tête, sans aucune expression sur le visage, comme ces chiens de plastique et de feutre sur la lunette arrière des voitures.

David occupa ses premières semaines à la recherche d'un moyen d'évasion. Creuser un tunnel, il ne fallait pas y songer. Il ne disposait d'aucun semblant d'outil, à moins de démanteler le tabouret, ce dont le soupçonneux Paolo se rendrait très vite compte. Pour la même raison, il n'était pas question de desceller les pierres de taille. David avait patiemment sondé les murs : la cave avait été bâtie en un temps où l'on assemblait les pierres avec tenons et mortaises, les jointoyait avec du plomb. Se jeter sur Paolo lorsqu'il était le plus vulnérable, c'est-à-dire au moment où il allait chercher le seau d'hygiène ? Solution simpliste, mais il n'en trouva aucune autre.

Restaient deux inconnues : comment maîtriser Paolo, qui ne se laisserait pas faire ? Et comment sortir de cette maison où, à en juger par la fréquence des allées et venues et les bribes de conversation qu'il surprenait derrière la porte, il y avait toujours plusieurs hommes ? A chaque fois qu'il se représentait sa fuite, David revoyait la scène à laquelle il avait assisté devant les Baumettes : Gervais et le jeune type tranquillement abattus de deux rafales de fusil-mitrailleur. Il se rappelait la voix de l'Allemande : « *Dobbiamo lo uccidere !* » S'évader, c'était probablement jouer sa vie.

Deux événements le décidèrent à agir.

Durant l'été, la fraîcheur de la voûte de pierres avait été agréable. Lorsque, debout sur sa paillasse, David atteignait le minuscule soupirail, y passait la main, il sentait dans sa paume, entre ses doigts, l'air torride, presque palpable, écrasant le jardin. L'herbe était jaune paille, pauvre et sèche. Parfois, un lézard filait sous ses yeux ou se chauffait au soleil sur la souche.

A l'automne, il se mit à faire froid dans la cave. Il y eut une longue période de pluie. L'eau ruisselait par le soupirail, boueuse et glacée : David dut déplacer sa paillasse, la poser à même le sol, à l'autre extrémité de la cave. Les murs suintaient. La terre battue restait perpétuellement humide. Une humidité qui traversait la paillasse – le traversait, lui, quand il s'y étendait.

A chacune de ses visites, David réclamait à Paolo un vêtement plus chaud et une couverture. Paolo secouait la tête. Quelquefois, il semblait à David qu'il l'avait entendu, compris ; à la visite suivante, il attendait avec impatience de le voir apparaître avec ce qu'il lui avait demandé. Il était toujours déçu. Il avait de plus en plus froid.

La plupart du temps, désormais, il marchait de long en large, d'un pas pressé, pour se réchauffer. La nuit, il dormait mal. Il se réveillait le corps glacé, se levait dans le noir et, dans le noir, marchait, marchait, tandis que tournaient, tournaient ces deux questions dans sa tête : « Pourquoi suis-je là ? Pourquoi tout cela m'est-il arrivé ? » Et revenait toujours la même réponse incomplète : « Tout a basculé dans le bureau du juge quand j'ai prononcé le nom et l'adresse de celui auquel j'apportais le paquet. » Qui était-ce ? Pourquoi cela avait-il modifié l'attitude du juge ? Questions insolubles. Il en arrivait à penser que Becq lui avait menti durant tout l'entretien, qu'il n'avait jamais eu l'intention de le relâcher. Ce qui n'éclairait pas mieux sa situation. Pourquoi cette évasion, dans ce cas, ou plutôt ce rapt, ce coup de main ? Pourquoi le placard ? Pourquoi cette cave ? *Pourquoi ce silence ?*

Une nuit, alors qu'il arpentait l'obscurité de la cave, épuisé, frissonnant, il entendit trois voitures démarrer, faire ronfler leur moteur, s'éloigner. Le lendemain, il attendit en vain la visite de Paolo.

Durant des heures, il tourna en rond dans la cave. Au froid, à l'humidité de son vêtement, s'ajoutait maintenant une autre angoisse : que faisait Paolo ?

Il grimpa cent fois jusqu'à la porte, y collant son oreille : pas un bruit, pas une voix.

L'eau s'égouttait du soupirail. Une flaque s'était formée sur le banc de pierre. Dehors, il pleuvait à verse.

Cette nuit-là, David s'endormit d'épuisement. D'instinct, son corps s'était recroquevillé sur la paillasse, cherchant en lui-même une tiédeur illusoire.

Trois jours passèrent. David ne se levait plus. Il n'en avait plus la force. Il demeurait assis dans l'angle le plus obscur de la cave, où il avait tiré sa paillasse. Il avait cessé d'attendre Paolo. Mais il n'avait pas cessé de penser à lui. Il le haïssait.

C'est le dernier sentiment qui lui resta lorsqu'il finit par sombrer dans un état léthargique, où il n'avait plus ni faim ni froid.

Il dormit sans doute très longtemps, car il lui sembla avoir recouvré des forces et toute sa lucidité quand la porte de la cave, en s'ouvrant, le réveilla. Il leva les yeux vers le rectangle de lumière jaune où hésitaient deux ombres chinoises. Il savait que, là où il se tenait, où la lueur du soupirail ne parvenait pas, on ne pouvait le voir. Il s'accroupit lentement, en silence. Le poids du corps en équilibre sur les mains, comme un sprinter dans les starts, il attendit.

L'une des deux silhouettes descendit les six marches. Avec précaution. Elle resta quelques secondes au bas des marches, puis, s'adressant à l'autre silhouette découpée dans l'embrasure de la porte, lui demanda, en italien :

– Tu es sûr qu'il y a quelqu'un là-dedans ?

– Il a peut-être crevé dans un coin. Cherche.

A pas prudents, l'homme s'approcha d'abord du banc de pierre que surmontait le soupirail. Il y posa la main, jura.

– C'est plein de flotte. Il n'est pas là.

– Va au fond de la cave.

– On n'y voit rien. T'as pas une lampe ?

– J'arrive.

Le deuxième homme descendit à son tour l'escalier. Il fit encore quelques pas sur la terre battue, s'arrêta.

– T'as raison, on n'y voit rien.

David, lui, les distinguait très bien. Ses yeux s'étaient accoutumés depuis des semaines à cette semi-obscurité, et la lumière tombant de la porte dessinait les deux hommes à contre-jour. Toujours accroupi, il se déplaça rapidement vers le centre de la cave.

– T'as entendu ? s'alarma le premier homme.

David saisit le tabouret par un pied, se redressa, se jeta sur l'homme et le frappa à toute volée. Il le toucha en plein visage. Il entendit un cri, l'homme tomba à la renverse. David se précipita sur l'autre, qui s'écartait à reculons, très vite, du côté de l'escalier. Il le frappa à son tour. Il le manqua. Emporté par son élan, il trébucha. Il alla donner de l'épaule et du front contre le mur. Étourdi, déjà affaibli par l'effort qu'il venait d'accomplir, il lâcha le tabouret. Il commençait à se retourner, en s'appuyant au mur, lorsqu'il reçut un violent coup dans le ventre. Il tomba à genoux. Il eut un hoquet. Il vomit, de la bile, à grands spasmes. Puis un autre coup, à la tempe, l'assomma.

***

– Il pue.

– Tu as vu comme il est maigre ? Je me demande depuis combien de temps les autres l'ont laissé là.

– Qu'est-ce qu'on en fait ?

– Va lui chercher à bouffer. On va lui donner une autre paillasse, aussi.

– Pourquoi on ne le laisse pas crever ? Il m'a pété le nez, ce salaud.

– On doit le garder ici. Et vivant. C'est les instructions.

– Pourquoi ? Qui c'est, ce mec ?

– J'en sais rien et je m'en fous. Va lui chercher à bouffer, dépêche-toi.

***

Il fallut à David plusieurs semaines pour se remettre. Il souffrait de la tête et du ventre. Il ne gardait presque rien de ce qu'on lui apportait à manger. Quand il ne vomissait pas, il sommeillait sur sa paillasse. On lui avait donné une couverture.

Les hommes qui le gardaient à présent acceptaient de lui parler. Mais, l'auraient-ils voulu, ils n'auraient rien pu lui apprendre. Ils ignoraient jusqu'à son nom. Quand il avait expliqué à l'un d'entre eux comment une sorte de commando l'avait sorti des Baumettes, le type avait rigolé. Il ne le croyait pas. Plus tard, il l'avait entendu raconter l'histoire aux autres et conclure : « *E mezzo matto !* »

Je suis à moitié fou, s'était répété David. C'est peut-être vrai.

Au début, certains hommes s'occupèrent de lui avec une espèce de bonhomie, lui tenant de courtes conversations, améliorant son ordinaire d'un verre de vin ou de quelques biscuits. Puis, à peine se fut-il accoutumé à eux, ils ne vinrent plus. D'autres les remplacèrent, qui le traitaient comme un chien, le cognaient pour un oui pour un non, pour se passer les nerfs.

Il était pris d'accès de fièvre ; il tremblait des pieds à la tête. Il divaguait, roulé en boule sous sa couverture, dans le recoin le plus sombre de la cave. Il avait surpris une étrange expression qu'utilisaient certains des hommes à propos de cette cave, cette pénombre perpétuelle, cette puanteur de moisi, de salpêtre et de déjections : « la prison du peuple ». Quel peuple ? se demandait David. Dans le délire de la fièvre, il imaginait une foule grimaçante, haineuse, barbare – milliers de faciès inconnus qui hurlaient à la mort.

Durant ces longs mois, ses geôliers changèrent à plusieurs reprises. Entre deux relèves, il restait jusqu'à trois jours sans voir personne, sans manger et sans boire.

Il ne se levait plus que quelques minutes par jour. Il avait trop maigri pour tenir longtemps debout. Il s'obligeait pourtant, chaque matin, à s'approcher du soupirail, à grimper péniblement sur le banc de pierre scellé au mur. Il tendait la main dans l'ouverture. *L'air libre*. Il comprenait à présent combien l'expression était juste.

Il avait ainsi touché la neige qui, un matin, obstruait le soupirail. Plus tard, il avait vu l'herbe repousser, reverdir, se consteller de pâquerettes. Il ne tenait plus de calendrier. Il ne comptait plus les jours. Il voyait passer les saisons. Un jour, un lézard escalada la souche, à toute vitesse, s'immobilisa net – un, deux, trois, soleil. David resta très longtemps à observer sa gorge qui battait.

Quand les nouveaux arrivants le trouvaient dans la cave, il savait aussitôt s'il serait bien traité ou pas. Être « bien traité », pour lui, ce n'était plus qu'obtenir des repas réguliers, quelques mots, et parfois une bassine d'eau pour se laver.

Depuis la disparition de Paolo, il ne se rasait plus. Il portait les cheveux jusqu'aux épaules et une épaisse barbe bouclée. La réclusion l'avait rendu si pâle qu'il effrayait, sans s'en douter, quelques-uns de ses gardiens rien qu'à suivre des yeux leurs déplacements dans la cave. Dans le masque blême de son visage, rehaussé par la toison noire de sa tignasse et de sa barbe, on ne voyait que son regard d'un bleu clair, intense et fixe. Certains prétendirent que ses yeux brillaient dans le noir. Plus personne ne connaissait son nom, pas plus que les raisons de sa détention – on le surnommait : le rat. Et on le traitait en conséquence, comme un animal captif mais dangereux : avec méfiance, avec mépris.

Pour échapper à son cachot, David s'était reclus en lui-même. Au cours de ce deuxième été passé dans la cave, il en vint à ne plus remarquer le moindre changement. Qu'on le nourrisse régulièrement ou pas, qu'on lui permette de se laver ou non, il ne s'en rendait plus compte. Il ne reconnaissait plus les hommes les uns des autres. Ce n'étaient plus pour lui que des objets mouvants se déplaçant quelques minutes dans la pénombre.

Il vivait de souvenirs. Ou, plus confusément, d'images qui s'imposaient à son esprit, sans lien entre elles. Des jeux d'enfants dans la rue du Panier. Son père tournant les pages du vieil album de photos. Jasmine, sur le quai de la gare, à contre-jour, ressemblant tant à la jeune femme brune des photos. Jasmine, dans la chambre, le jour des fiançailles, ses cuisses vivantes et nues autour de ses hanches. Le juge, ses mains énormes jouant avec un coupe-papier, qui lui disait : « Je vous relâche. » Et ce moment, dont il n'avait pas perçu alors l'importance : le juge, penché sur son bloc-notes – « Gracchus Babeuf, 27 rue du Progrès, Montreuil-sous-Bois » –, lâchant son stylo sans écrire.

Gracchus Babeuf, 27 rue du Progrès, Montreuil-sous-Bois. Gracchus Babeuf. 27, rue du Progrès. Montreuil-sous-Bois.

Ces quelques mots lui devinrent une obsession. Il les répéta, à mi-voix, des jours entiers. Sans relâche. Quand un homme descendait lui donner son repas et, quelquefois, emporter son seau d'hygiène, il le fixait des yeux sans le voir et psalmodiait.

Gracchus Babeuf. 27, rue du Progrès. Montreuil-sous-Bois.

Il fit si chaud cet été-là que la cave elle-même se transforma en étouffoir. La sueur et la crasse fermentaient. David fut pris d'insupportables démangeaisons.

Un jour, n'y tenant plus, il se déshabilla – s'arracha les haillons du bleu de travail qu'il portait depuis un an. Il se gratta jusqu'au sang, furieusement. Il se roulait dans la poussière quand la porte de la cave s'ouvrit sur l'homme chargé ce matin-là de le nourrir.

Il ne se rendit compte de ce qui se passait que lorsqu'il vit trois hommes se pencher sur lui. Ils tentèrent de le maîtriser. Il se débattit, lançant des coups de pied et de poing désordonnés. Il toucha son but à plusieurs reprises. Ils reculèrent. Il se remit d'un bond sur ses pieds, poussa un hurlement. Ils hésitaient. Il les effrayait, nu, maigre, blafard, barbe et cheveux en broussaille, bras, cuisses et torse lacérés à coups d'ongles, yeux bleus écarquillés, fous. Il hurla à nouveau et courut vers l'escalier. Il escalada les marches à quatre pattes. A quatre pattes encore, il franchit la porte ouverte. Il ne se remit debout que parvenu dans un vestibule où il dut fermer soudain les paupières tant la lumière lui en parut insoutenable. Aveuglé, il se jeta vers la porte. Il en tourna plusieurs fois la poignée. Fermé. La porte était fermée.

Il reçut un choc brutal dans les reins. Il tomba à genoux. On le maîtrisa. On le ramena dans la cave. On le tabassa. Il n'essaya pas de se défendre. Il ne savait même plus ce qu'il avait fait. Il se rappelait seulement la lumière trop vive – et qu'il en avait eu peur.

Ses gardiens décidèrent de ne plus prendre le risque d'un nouvel accès de fureur. Ils disposaient de nombreuses doses de morphine, produit du récent cambriolage d'une pharmacie. Chaque jour, en lui apportant sa soupe, ils piquèrent leur prisonnier. Ils estimaient qu'il n'avait plus beaucoup de temps à vivre.

IV

Didier arriva à Naples en fin d'après-midi, sous une chaleur africaine, et prit immédiatement la direction de Salerne. Il avait passé la journée au volant ; son dos lui faisait un mal de chien. Les médecins lui avaient dit qu'il devrait s'épargner désormais les trop longues stations assises. Comment faire autrement ? Il n'allait pas prendre le train, ni l'avion. Il devait régler cette affaire, elle avait trop traîné, et, comme il avait une confiance très limitée dans les types qu'il allait rencontrer, il ne leur avait pas donné la date exacte de son arrivée : il préférait débarquer à l'improviste, dans sa propre voiture.

La maison était à quelques kilomètres de Salerne. Suivant les indications du plan que Tchen lui avait dessiné, il engagea sa Lancia dans un chemin de terre bordé de cyprès qui serpentait dans un terrain aride, caillouteux. Passé un monticule pelé, il la vit, face à lui, à deux cents mètres. Une villa rococo à un étage, enfouie dans les arbres d'un vert mat.

Il arrêta la voiture devant la grille, s'apprêtait à klaxonner pour signaler sa présence quand deux types apparurent. L'un d'eux, paupières plissées par le soleil, vint nonchalamment à sa portière.

– *Buongiorno.*

– *Perruggi è in casa ?*

– *Chi sei ?*

– Gracchus Babeuf.

Le type fit un signe à son acolyte, qui commença à ouvrir la grille, et contourna la Lancia pour s'asseoir à côté de Didier.

– *Andiamo*, Gracchus.

Celui qui se faisait appeler Perruggi se tenait debout près d'une fenêtre ouverte. Il suivait des yeux le volettement d'un papillon jaune qui était entré dans la pièce. Mince, délié, il portait une chemise blanche et un pantalon noir – comme un garçon de café, pensa Didier en s'asseyant sur une ottomane au tissu déchiré. Il avait envie de s'allonger, pour reposer son dos, apaiser un moment la douleur. Il fit une grimace involontaire.

– Tu as l'air fatigué, Gracchus. La route a été longue ?

– Trop, répondit Didier. Vous êtes bien installés ici, ajouta-t-il en montrant d'un geste la pièce aux tapisseries pompéiennes – trompe-l'œil de terrasses sur la mer –, aux tentures chamarrées, au tapis noir et ambre.

– On n'est pas installés, répliqua Perruggi et, claquant des mains, il écrasa soudain le papillon en plein vol. Je ne sais même pas à qui appartient cette baraque. On est là depuis quinze jours, on repart après-demain.

Il frotta ses paumes sur ses cuisses. Cela laissa des traînées brunes et jaunes sur son pantalon noir.

– Plus personne n'a entendu parler de toi depuis pas mal de temps, reprit-il. Depuis mai 68, non ?

– J'ai eu un petit souci. Dis-moi, Perruggi, l'otage est toujours ici ?

– L'otage ? Quel otage ?

– D'après Tchen, il devrait être dans cette maison.

Perruggi éclata de rire.

– Tu veux parler de la loque qu'on a trouvée dans la cave en arrivant ? Ah, ça, camarade, il n'en a pas bougé depuis longtemps. Je ne savais même pas que c'était un otage. Je croyais que c'était une espèce de rat. Tu es venu pour lui ?

– Oui. Je peux le voir ?

– Si tu ne crains pas les odeurs, ça va...

Didier se contorsionna pour se masser le dos.

– Qu'est-ce qu'il a ? Il est malade ?

– Il est taré, oui. Il a piqué une crise, il y a dix jours. On l'a trouvé à poil, en train de se rouler par terre comme un porc. Il nous a cogné dessus et il a essayé de foutre le camp.

– Il est violent ?

– C'est un animal, je te dis, un rat. Maintenant on le pique à la morphine, on est tranquilles.

Décontenancé, Didier se demanda si Perruggi ne se foutait pas de lui. Tullio, qui avait dirigé le coup de main aux Baumettes et gardé Arcas un mois et demi dans un appartement de Milan, lui avait parlé d'un type jeune, costaud, qui s'était adapté très vite à des conditions de détention pourtant extrêmes. C'était la raison pour laquelle il lui avait demandé de le transférer ailleurs, dans un endroit où il aurait plus de place. Il avait voulu s'assurer de sa « discrétion », pas le torturer.

– Il faut que j'aie une conversation avec lui, dit-il en se levant de l'ottomane, une main toujours appuyée sous l'omoplate – à travers le lin de la chemise, il sentait au bout de ses doigts la longue cicatrice boursouflée.

– Ah, bon ? fit mine de s'étonner Perruggi. Il parle, ce rat ?

***

Didier descendit seul dans la cave. Perruggi lui avait donné une lampe de poche et, à sa demande, était resté en haut à l'attendre. Bien qu'il ait été prévenu, Didier fut surpris par l'odeur. Ça puait la moisissure, l'urine et la merde. Il promena le faisceau de la lampe autour de lui.

Il découvrit une sorte de paquet informe, dans un angle de la cave. Il s'approcha avec précaution. L'odeur devint plus forte. Didier tira un mouchoir de sa poche et le noua sur son nez et sur sa bouche. Il s'accroupit près du corps allongé sur le flanc, couverture ramenée sur la tête. Il lui donna trois tapes rapides sur l'épaule.

Le corps bougea doucement. Une main, qui paraissait très longue tant elle était maigre, émergea de la couverture, qu'elle repoussa peu à peu. Une tête apparut – ou plutôt une énorme touffe de crin noir.

– Arcas ?

La tête se tourna vers lui. Un nez effilé jusqu'à l'os, des pommettes livides, des yeux d'un gris pâle, inquiétant.

– David Arcas ? répéta Didier. Je suis venu vous parler.

L'homme le fixa du regard quelques secondes, sans ciller, sans réagir. Puis il se redressa, dégageant une odeur putride que même l'étoffe du mouchoir ne parvint à contenir. Didier écarta la tête. Il était partagé entre le dégoût et la colère – il en voulait à Perruggi et à tous ceux qui l'avaient précédé dans cette maison d'avoir réduit

Arcas à cette pauvre chose à peine humaine. Il ne se posa pas la question de sa propre culpabilité : il n'avait jamais *voulu* ça.

Lorsqu'il fut assis, Arcas devint soudain fébrile. La main tremblante, il se mit à retrousser sa manche droite. A la lumière de la lampe de poche, Didier découvrit un bras tendineux, aussi blanc qu'un cadavre de trois jours et couvert d'hématomes. Arcas lui sourit et lui tendit ce bras comme un mendiant tend la main. Didier esquissa le geste de le toucher, ne parvint pas à s'y résoudre et agita les doigts en l'air.

– Non, non. Pas de piqûre maintenant. Il faut qu'on parle, vous comprenez ?

Arcas le regarda avec surprise, puis sourit à nouveau et, la main gauche soutenant son coude tel un objet qu'on offre, leva son bras plus près du visage de Didier.

– Oui ? dit-il. D'accord ?

Agacé, Didier se redressa. Il n'avait pas prévu toutes ces difficultés. Il s'était imaginé rencontrant un homme, brisé peut-être, haineux sans doute, mais capable de soutenir une conversation normale. Il avait même espéré un peu de reconnaissance quand il lui aurait appris pourquoi il était là – car, bien entendu, il n'avait jamais eu l'intention de lui dire que le responsable de son enlèvement aux Baumettes, de sa longue réclusion au secret, c'était lui, ex-Gracchus Babeuf, ex-Didier Becq, désormais Didier Chastel-Becq, en vertu d'une procédure l'autorisant à ajouter au nom détesté de son père celui de sa mère, et, plus profondément, de sa décision, depuis « l'accident », de changer de vie, de rompre avec le passé.

Il s'accroupit à nouveau près d'Arcas et se força à lui prendre la main.

– Écoutez-moi, Arcas. Ce que je suis venu vous dire est d'une très grande importance pour vous. Je sais que, depuis un an, vous avez vécu dans des conditions abominables. Ceux qui vous ont gardé n'auraient jamais dû vous traiter comme ils l'ont fait. Mais je suis là, maintenant, je suis venu pour vous, et je vais mettre un terme à cette horreur.

Arcas ne le regardait plus dans les yeux ; il suivait le mouvement de ses lèvres, avec l'attention douloureuse d'un sauvage dont on s'efforce de se faire comprendre.

– Tout à l'heure, reprit Didier, vous allez sortir de cette cave. Vous pourrez vous laver, vous raser. On vous coupera les cheveux si vous le désirez. Je vous donnerai des vêtements neufs et de l'argent. Je vous déposerai à Naples. Et là, Arcas, écoutez-moi bien : vous pourrez aller où vous voudrez, faire ce qu'il vous plaira. Vous serez libre.

Didier pencha la tête pour rencontrer les yeux pâles d'Arcas.

– Vous avez compris ?

Il lui montra la porte ouverte, au sommet de l'escalier.

– Regardez : vous pouvez sortir, personne ne vous en empêchera. Vous êtes libre.

Arcas hocha vaguement la tête. Un sourire flotta sur ses lèvres.

– Voilà, c'est bien. Vous avez compris !

Le sourire se fit très large, rayonnant, Arcas hocha de plus en plus vigoureusement la tête, et soudain, alors que, lui lâchant la main, Didier, en réponse, souriait et hochait aussi la tête, il refit le même geste de lui tendre le bras, dont il tapota du bout des doigts la saignée du coude.

– Oui ? Oui ? D'accord ? Oui ?

– Merde...

Découragé, Didier s'éloigna en direction de l'escalier. Il n'y avait plus rien à tirer de cette épave. Il ne pensait qu'à sa piqûre de dope. Il n'était même plus capable de comprendre qu'on le libérait. Didier posa le pied sur la première marche, s'arrêta. Mais, après tout, pourquoi pas ? Quelle importance que Arcas soit dans cet état ? Au contraire : c'était l'assurance totale qu'il ne chercherait pas à se venger, il n'en aurait même pas l'idée. *Ce type ne sait même plus qui il est.* Je suis venu le sortir de là. Un point, c'est tout. Donc je le sors de là, je le lâche dans la nature et bonne chance. J'aurai fait ce que j'avais à faire, « mon devoir », comme dirait mon juge de père. Didier ne regretterait qu'une chose : en prévision de ce face-à-face, il avait préparé une argumentation très pointue, habile enfilade de sophismes à faire avaler à Arcas de façon à ce qu'il ferme à tout jamais sa gueule, voire lui dise merci. Tant pis. Les circonstances nous contraignent parfois à nous passer de certains petits plaisirs.

Didier retraversa la cave, bien décidé à traîner Arcas au rez-de-chaussée. Une bonne douche, un coup de rasoir, trois coups de ciseaux, des vêtements propres, et je le dépose dans un faubourg de Naples. Si tout va bien, j'aurai repassé la frontière avant l'aube. Quant à lui... qu'il se débrouille.

Il ne se méfiait pas. Lorsqu'il se pencha sur lui pour l'obliger à se lever, Arcas le frappa à toute volée dans l'avant-bras et fila à quatre pattes vers le banc de pierre.

– Hé ! Tu m'as fait mal ! glapit Didier. Arrête de faire le con, on va monter, tu vas te laver, tu vas voir, tu iras déjà beaucoup mieux.

Il s'arrêta à quelques pas d'Arcas. Il hésitait à appeler de l'aide. Ce type était un squelette en haillons, mais il était foutu de se défendre. Didier détestait les contacts physiques – avait une peur panique des coups. Il se contraignit à sourire et il leva une main amicale.

– Allez, Arcas, il faut être gentil maintenant. J'ai beaucoup de compassion pour vous. Pour tout ce que vous avez souffert. Mais c'est fini. Je vous relâche, Arcas.

Il fit un pas en avant.

– Vous avez compris ? Je vous relâche.

– Je... vous... relâche, balbutia Arcas.

– C'est ça. Je vous relâche. Vous êtes libre.

Arcas s'assit sur le banc de pierre. La lumière du soupirail tombait sur ses mains maigres et pâles, qui s'étaient mises à trembler.

– Gracchus Babeuf, murmura-t-il.

– Quoi ?

– Gracchus Babeuf. 27, rue du Progrès. Montreuil-sous-Bois.

Il ne manquait plus que ça. Didier ressentit tout à coup la douleur de sa blessure au dos – comme si elle se rouvrait. Avec une grimace, il se massa délicatement sous l'omoplate tout en examinant Arcas qui se berçait d'avant en arrière en grognant :

– Gracchus... Gracchus Babeuf... Gracchus Babeuf vingt-sept rue du Progrès... Rue du Progrès Montreuil-sous-Bois... Montreuil-sous-Bois Gracchus Babeuf...

– Arcas, ça suffit, l'interrompit Didier. Il faut oublier tout ça. Si vous voulez sortir, si vous voulez que je vous relâche...

– Je vous relâche ! cria Arcas. Gracchusbabeufvingtseptruedu-progrèsmontreuilsousbois ! Je vous relâche !

– Arcas, je vous en prie, écoutez-moi, dit Didier en prenant sa voix la plus ferme et la plus persuasive. Vous ne devez plus jamais répéter les mots que vous venez de dire. C'est à cause d'eux que vous êtes là, ce sont ces mots qui ont fait basculé votre vie. Il faut les oublier, et les taire en attendant. Dans quelques heures, vous serez dehors, vous reprendrez une vie normale. Mais, pour cela, il vous faudra tirer un trait définitif sur ce qui vous est arrivé. Et surtout, *surtout*, ne plus jamais prononcer devant quiconque ce nom et cette adresse. Sinon, je ne réponds pas de ce que vous risquez. Alors, taisez-vous, Arcas, choisissez d'être libre. Votre existence n'a été que trop bouleversée. Soyez raisonnable.

Arcas avait hoché la tête, attentif, pendant tout ce discours. Didier lui sourit.

– Nous sommes d'accord ?

– Gracchus Babeuf. 27, rue du Progrès. Montreuil-sous-Bois.

– Putain...

En claudiquant – la douleur au dos devenait insupportable –, Didier se mit à arpenter la cave. Il tâchait de réfléchir. Arcas poursuivait sa litanie, changeant de ton, du murmure au cri, de la basse à l'aigu. Exaspéré, Didier hurla :

– Tu vas fermer ta gueule, oui !

Arcas baissa la tête et, comme un fredon de messe basse, récita dans sa barbe :

– Gracchus Babeuf. 27, rue du Progrès. Montreuil-sous-Bois.

– Salopard... Tu as tout oublié, tu pourris comme un chancre, t'as la cervelle en bouillie, mais les seuls mots que tu te rappelles il faut que ce soient ceux-là. Tu me fais chier !

Didier tapa du pied, de rage. Son premier mouvement fut de le laisser là : dans l'état où il était, Arcas crèverait bientôt. Je n'ai qu'à repartir, Perruggi en fera ce qu'il voudra. Mais Perruggi s'en va après-demain. Et qui va le remplacer ? J'ai déjà trop laissé traîner l'affaire, va savoir ce qu'il a raconté pendant tout ce temps. Merde. Voilà ce que c'est, de vouloir se montrer humain. Quand je pense que j'en avais presque des remords d'avoir fait enlever ce type – ça m'apprendra.

Didier remonta dans la maison. Il avait pris sa décision. Pas besoin de confier quoi que ce soit à Perruggi, il en sait peut-être déjà trop. La nuit tombe dans une heure. Le temps de me reposer, de manger...

En bas, Arcas psalmodiait sa noria de mots. Didier referma la porte de la cave.

V

La Lancia traversa Salerne vers minuit. Malgré l'heure tardive, il y avait encore beaucoup de trafic dans certaines rues, et une foule estivale aux terrasses des cafés.

Didier prit la Via Indipendenza, en direction de la côte.

Il roula un moment le long de la mer, que la route surplombait du haut des falaises. Il devinait, à sa droite, la masse de laque noire aux reflets métalliques. L'été de ses douze ans, il avait embarqué avec son père sur son ketch, le *Saint-Elme*, et ils avaient mouillé pendant deux jours dans cette baie, après avoir visité Naples. Il en gardait un souvenir de chaleur, de sel et d'éblouissement. Et de coups de soleil. Sa peau de blond faisait rire son père – « Ta peau de femme », disait-il. Le juge était noir comme un Maure, bâti comme un corsaire. Didier détestait quand il le prenait par les épaules et le serrait contre lui.

Il traversa un village, sans ralentir. La route retrouva l'à-pic des falaises. Didier n'avait pas croisé une voiture depuis un bon quart d'heure. Il aperçut, au prochain virage, la découpe d'une ruine – un simple pan de mur, grège contre le noir du ciel, dressé sur une étroite esplanade au bord de la falaise. Il y gara la Lancia.

Sa décision était prise. C'était, du moins, l'idée à laquelle il s'accrochait depuis que les hommes de Perruggi avaient jeté Arcas dans le coffre de sa voiture. Non pas qu'à présent elle lui semblât moins nécessaire, mais il y avait un pas à franchir – un grand vide, songeat-il en regardant, par le pare-brise, l'obscurité de la mer en contrebas – entre une décision, même réfléchie, et l'acte qui en découlait. Il tendit le bras, ouvrit la boîte à gants, y mit la main. Le contact du Beretta lui donna un peu plus de courage. Il ferma les doigts sur la crosse. Son index effleura la détente. C'était très simple. Un geste de quelques millimètres, est-ce encore un geste ? Didier eut un ricanement forcé. Il s'imaginait dans le prétoire, en robe d'avocat : « Monsieur le président, monsieur l'avocat général, messieurs les jurés, je vous le demande : un geste de quelques millimètres, est-ce encore un geste ? » Ce serait envoyer à coup sûr son client à la guillotine.

– Arrête tes conneries.

Le Beretta en main, Didier ouvrit sa portière et sortit de la Lancia. Une légère brise de mer portait des parfums de large – les odeurs d'un été sur le *Saint-Elme*, en tête à tête avec son père. « Ta peau de femme. » Vieux con. Tu m'en as toujours voulu de ressembler à maman. Tu me l'as fait payer toute mon enfance. Tu te sentais tellement dans ton droit : elle t'avait trompé, trahi ! Tu ne t'es jamais demandé si elle n'avait pas plutôt fui, pour vivre enfin, pour respirer ? C'est si facile d'avoir raison, monsieur le juge : il suffit de décider qui a tort, et d'en faire son métier.

– D'accord ! s'écria Didier. J'ai dé-ci-dé !

Juge et bourreau. Pousser la logique jusqu'au bout. Ce que tu n'as jamais osé faire. C'est si confortable de rendre des *conclusions* et de s'en laver les mains. Elle est coupable. Elle a trompé, trahi, elle ne vaut plus la peine qu'on en parle, elle n'existe plus. Mon fils me pose des questions – Où est maman ? Est-ce que je pourrais la voir ? –, j'y oppose le mépris du silence, je suis juge, j'ai décidé et conclu : elle n'existe plus, elle est au secret, elle est morte.

– Pauvre salaud...

Didier vérifia que le Beretta était chargé, fouilla ses poches, s'énerva, finit par se rappeler qu'il avait laissé les clés sur le contact, les en arracha et fonça jusqu'au coffre de la Lancia. Il le déverrouilla, tourna la poignée chromée et l'ouvrit.

***

D'abord, David ne vit, très loin au-dessus de lui, que les étoiles. Il connaissait toutes les constellations, il les avait étudiées en préparant son brevet de pilote. Apprentissage inutile, puisque les instruments de bord accomplissaient tout le travail de navigation. Mais il avait aimé cette précaution des examinateurs, qui faisait de lui un descendant de Mermoz ou de Magellan. Le ciel, la mer, quelle différence ? Il s'agit de naviguer.

Ensuite, il sentit l'odeur de la mer. Comme une risée qui pénétrait dans le coffre – apportant tous ses souvenirs de Marseille, de plages, de calanques. « Tout va bien », pensa-t-il, avant de se rappeler que c'étaient les derniers mots de Jasmine, l'après-midi de leurs fiançailles, quelques secondes avant que le monde se mette à tourner à l'envers.

Enfin, il vit le jeune homme blond et le pistolet qu'il lui braquait sur le visage.

Il lui revint alors des images incohérentes. Les plus précises étaient celles de son propre bras, où l'aiguille d'une seringue s'enfonçait. Il y en avait d'autres, d'un homme masqué d'un mouchoir, qui lui parlait d'une voix trompeuse – cette douceur lénifiante de certains geôliers avant qu'ils cognent, pour rien, par plaisir. Oui, il se rappelait maintenant. Les mêmes cheveux blonds. Cette voix de fils de famille parisien, condescendante. Gracchus Babeuf. Je m'en fous, ça sent bon, ça sent... je ne sais pas... oui, le cou et les seins de Jasmine quand elle sortait de l'eau et que...

– Je suis obligé, Arcas.

La voix du jeune homme blond tira David de son rêve. Pauvre petite voix. Pas très sûre d'elle. David ne s'étonna pas de son étrange lucidité. Il ne s'en rendait pas compte. Il se dit simplement que c'était la troisième fois qu'il voyageait dans le coffre d'une voiture – et que ce serait la dernière. Il avait mal à chaque muscle, chaque articulation. Je suis là sans y être, se dit-il. Je sens chaque centimètre carré de mon corps. Pourtant je n'ai plus de corps. Ce corps n'est pas moi.

J'en ai assez.

Ces mots lui traversèrent l'esprit alors que le canon du pistolet s'approchait de son front. J'en ai assez. Il ne les avait jamais prononcés, ni pensés, pendant les treize ou quatorze mois de sa réclusion. Il se demanda pourquoi. Grâce à eux, tout, brusquement, devenait simple.

– J'en ai assez, dit-il au canon du pistolet.

Curieusement, cette phrase de reddition eut pour effet d'éloigner la menace. Le pistolet disparut du champ de vision d'Arcas, aussitôt remplacé par un visage de poupon blond.

– Qu'est-ce que tu racontes ?

– Tue-moi, dit doucement David. J'en ai assez. Rends-moi service.

La figure rose et blonde s'éloigna aussi vite qu'elle était apparue. Le pistolet reprit sa place – une place, selon David, qu'il avait eu tort de céder. Arcas pensa à Jasmine, à son père, à Valmer, à Noël, à Chabrol, à Betty – revit Champredin lui donnant la main : « Tutoyons-nous », Jean-Mi domptant du bout de l'index ses Ray Ban récalcitrantes...

– Décide-toi, dit-il. Moi, je suis prêt.

***

Ce n'était pas prévu comme ça. La loque, l'épave, le junky, Arcas serait un petit tas d'os et de tendons à peine humain au fond du coffre. Une balle dans la tête et terminé. Comme on élimine un rat, une vermine, comme on écrase un insecte.

Et voilà qu'il lui avait pris de parler. De le défier. De le regarder dans les yeux. De prendre l'affaire en main, ce salaud. Comme si ce n'était pas assez difficile comme ça, de tuer un homme sans défense. Comme s'il n'avait pas assez de détails à régler : jeter le corps à la mer, nettoyer le coffre, rentrer en France – et d'abord lui tirer une balle dans la tête.

Dans la tête. Indispensable. La mort instantanée, le... – Didier comprit que cette balle traversant le cerveau visait en fait un pseudonyme et une adresse : Gracchus Babeuf, 27 rue du Progrès, Montreuil-sous-Bois. S'il dit à Arcas – maigre fantôme recroquevillé dans le coffre de la Lancia : « Je suis obligé », c'est qu'il n'y croyait plus lui-même. Incapable d'appuyer sur la détente, il se cherchait déjà une excuse pour ramener Arcas à Perruggi. La loque, l'épave, le méprisable cadavre ambulant lui affirma alors qu'il en avait assez. Et, à sa question réflexe, répliqua :

– Tue-moi. Rends-moi service.

Didier sut aussitôt qu'il ne le tuerait pas. Avait-il jamais cru qu'il le tuerait ?

– Décide-toi. Moi, je suis prêt.

– Ça me ferait trop plaisir, rétorqua Didier en claquant la portière du coffre.

Puis il se rendit compte du lapsus et, postillonnant, hurla :

– Ça *te* ferait trop plaisir ! Ça *te* ferait trop plaisir ! Ça *te ! Te, te, te !*

Il y avait un certain ridicule à cracher sur le coffre de sa propre voiture. Il s'en rendit compte, se remit au volant, jeta le Beretta dans la boîte à gants et redémarra en marche arrière.

***

Didier roula toute la nuit.

Au matin, il était à la pointe du talon de l'Italie. Il passa une dizaine de coups de téléphone, d'abord à Paris ; puis à Tripoli et à Benghazi. Il eut ensuite divers conciliabules avec des Calabrais du port. L'un d'entre eux finit par lui serrer la main. L'affaire était conclue, et le sort d'Arcas, réglé.

VI

David Arcas ne garda que très peu de souvenirs de ce que, plus tard, il appellerait son « voyage ». La cale d'un cargo – la rouille et l'eau stagnante, le vacarme rythmé des machines, la gamelle, les seringues de morphine, l'hébétude. Le plateau bâché d'un camion militaire, en compagnie de trois soldats moustachus, méprisants et rigolards – les douleurs du manque, le délire et la fièvre, la chaleur chaque jour plus étouffante, la soif que rien n'étanchait. Après une ou deux journées où le camion contourna, escalada, dévala, traversa un réseau d'oueds à sec, puis de hautes dunes pyramidales, le paysage s'aplanit jusqu'à n'être plus qu'une étendue sans horizon et sans relief, couverte de roches noires.

Ensuite, tout est blanc. Le plafond, les murs, le drap, jusqu'à la barbe et aux cheveux de l'homme qui se penche sur lui, et l'éveille, et le force à avaler quelques cuillerées de bouillon. David ne comprend pas ce que lui dit cet homme, de son étrange voix sonore et éraillée – la voix, songe David, d'un homme qui a trop séduit et trop parlé, d'un homme auquel il ne reste que ce regard perçant, impitoyable et précis – d'un bleu froid.

Il me protège, pensa encore David, et il y avait si longtemps qu'il n'avait pas éprouvé ce sentiment qu'il se sentit soudain mieux. Au visage dur, émacié et barbu de l'homme penché sur lui se superposa l'image de son père. David voulut lever la main pour toucher de ses doigts cette compassion, cette paix qui lui avaient tant manqué depuis des mois ; il n'en avait pas la force. Il se mit à pleurer – ou plutôt des larmes se formèrent au coin de ses yeux et coulèrent. Il dit, ou crut dire : « Pardonne-moi. Je ne voulais pas te laisser seul. J'ai pensé à toi. »

– *Chto tü gavarich ?*

Du bout des doigts, l'homme lui essuya les yeux.

– *Kto tü ?* demanda-t-il en approchant son visage.

– Je vais dormir un peu, murmura David. Je suis fatigué.

Il ferma les paupières. Pour la première fois depuis un an, il s'abandonna au sommeil sans remords et sans honte.

***

Pendant plusieurs semaines, David resta entre la vie et la mort. Il flottait, privé de corps, sans savoir s'il dormait ou s'il hésitait à la lisière de quelque chose d'indéfinissable, à la fois effrayant et calme. Il demeura encore longtemps en rêve dans le placard et dans la cave. Il hurlait pour en sortir. Quand il rouvrait les paupières, l'homme était toujours là, parfois assis à son chevet, parfois penché sur lui, et lui parlait dans sa langue musicale et grave, le fixant droit dans les yeux, comme s'il voulait lui transmettre sa propre vigueur. David s'apaisait. Peu à peu, il fit moins de cauchemars ou, s'il en faisait, cessa de s'y débattre tel un gosse qui a peur du noir. Son corps recouvrait des forces, son esprit, du courage.

***

Un matin, il s'éveilla en sursaut. Il regarda autour de lui. Il faisait déjà clair dans la pièce blanche. L'homme n'était pas là.

David patienta un moment, certain que l'homme allait paraître. Il lui donnerait sa soupe et l'observerait, sans un mot, jusqu'à ce qu'il en ait avalé la dernière goutte. Depuis quelques jours, David allait mieux. Il pouvait s'asseoir et manger seul. L'homme lui avait même, la veille, permis de faire quelques pas dans la chambre, un bras passé autour de sa taille. David avait vite été fatigué par cet exercice, mais c'était une fatigue agréable, réconfortante. Il guérissait. L'homme l'avait recouché et, à ses questions (« Où sommes-nous ? Qui êtes-vous ? »), avait répondu – c'était la première fois qu'il s'exprimait en français : « Plus tard. Nous aurons le temps de parler, crois-moi. Le temps, ici, c'est notre fortune. Le temps et une bonne santé. » Il avait eu un sourire moqueur et avait ajouté : « *Zdorovia jelaiou tovaritch...* »

David décida de se lever. L'homme n'arrivant pas, il allait lui faire la surprise de l'attendre debout. D'ailleurs, il n'avait aucune envie de rester encore dans ce lit. Il fallait se choisir un but. Un but facile à atteindre. David jeta un coup d'œil autour de lui. Le choix s'imposa de lui-même : la fenêtre.

Avec précaution, il s'assit au bord du lit. Il portait une chemise grossière de toile écrue, qui lui descendait à mi-cuisse. Ses jambes étaient nues, blanches, maigres. Il posa les pieds par terre. D'une poussée des mains sur le matelas, il se redressa. La tête lui tourna un instant. Il ferma les paupières, se reprit, les rouvrit. Tout va bien. Il fit un pas. Un autre. Je marche. Étonnant miracle.

Vacillant mais déterminé, il traversa la pièce jusqu'à l'unique fenêtre, simple ouverture dans le mur, où étaient fixés deux barreaux verticaux. Il s'aperçut alors seulement, en passant la main entre ces barreaux, que, s'il faisait chaud dans la pièce, ce n'était rien à côté de l'air brûlant de l'extérieur.

Ce qu'il vit d'abord, il le reconnut pour le dernier paysage traversé lors de son « voyage ». Le désert. Non pas le désert des affiches touristiques et des films d'aventures – immense ondulation immobile de dunes de sable blond et vierge –, mais une plaine dévastée, absolument plate, de larges pierres noires, horizon perdu dans les remous de l'air surchauffé.

Une double enceinte de barbelés s'élevait à environ trois mètres de hauteur. Sur la gauche, David vit une tour en bois, construction sommaire au sommet de laquelle, à l'ombre d'un toit de tôle, un soldat, fusil à l'épaule, fumait une cigarette. Sur la droite, l'angle d'un bâtiment bas, blanchâtre. De la fenêtre aux barbelés, la distance n'était que d'une trentaine de mètres. Cinquante mètres jusqu'au mirador.

Accroché aux barreaux, David contempla longuement ce paysage. Une prison. Encore une. Oh, plus vaste, certes, sans commune mesure avec le placard et la cave... Plus de murs : le désert comme prison, quel geôlier pouvait inventer torture plus perverse ? David ne rêverait plus de ciel et d'espace, d'*air libre*, ils étaient là, écrasants de présence. D'ironie.

***

David fit la connaissance ce matin-là de ses gardiens. Deux soldats vinrent lui servir un repas. Ils étaient mal rasés, dépoitraillés, portaient leur fusil comme une canne à pêche. Tandis que l'un fouinait dans tous les coins de la pièce, s'agenouillant pour inspecter sous le lit, l'autre s'adressait à David, avec une véhémence presque sympathique. Il parlait arabe, Arcas n'y comprenait rien et se contentait de hocher affirmativement la tête, ce qui parut satisfaire le soldat.

Ils repartirent comme ils étaient venus, le fusil négligemment déposé sur l'épaule. David prit son repas, et cela lui rappela désagréablement ses précédentes expériences de détenu : la solitude, et des geôliers avec lesquels aucune conversation n'est possible. Quant à l'homme barbu aux yeux bleus, il ne revint pas, les jours suivants, et David se dit qu'il n'avait été qu'un rêve, un délire de la fièvre. Désormais, il marchait sans difficulté, sans fatigue. Il avait repris du poids et sa peau recouvrait une teinte plus humaine. Il n'y avait pas de miroir dans la pièce, mais David s'en accommodait très bien. Il n'était pas sûr d'avoir l'envie – ni le courage – de contempler dans une glace un visage qu'il n'avait plus vu depuis plus d'un an et qu'il craignait de ne pas reconnaître, bien que, durant sa « maladie », on lui eût coupé les cheveux et taillé la barbe. Parfois, comme un aveugle, il cherchait à tâtons les marques qu'avaient pu laisser sur ses joues ou son front ses mois de réclusion. Mais on ne devine pas du bout des doigts une transformation intérieure – l'assèchement des traits, le raidissement d'une expression, le voile d'un regard. Une quinzaine de jours ayant passé, le soldat qui lui servait le plus souvent de gardien – Omar – vint armé d'une tondeuse mécanique. Il fit asseoir David sur un tabouret et, en un tournemain, lui rasa le crâne. Sur le sol, les boucles noires étaient tissées de cheveux plus raides, et blancs. David en ramassa une, la fit tourner entre ses doigts tandis que, sur sa demande, Omar lui rasait aussi la barbe, et songea qu'il était temps, peut-être, de réclamer un miroir. Il aurait bientôt vingt-quatre ans.

Après cette toilette, Omar lui fit quitter sa chemise de malade et enfiler un costume de mauvaise toile blanche. Puis, reprenant son fusil qu'il avait laissé en équilibre contre un mur, il fit signe à David de sortir de la pièce.

Après cette pièce, il y en avait une autre, deux fois plus vaste, et meublée de trois lits de camp, d'une table en bois pourvue de sangles, de plusieurs cuvettes émaillées et de ce qui ressemblait à une armoire à pharmacie. Dehors, le soleil et la chaleur firent tituber David. Omar le poussa en avant, sans brutalité, et ils traversèrent le camp où s'élevaient un grand baraquement de pierres sèches coiffé de tôle, cinq miradors et une petite maison, semblable à celle qu'ils venaient de quitter, mais surélevée d'une terrasse. Au loin, vers le sud, hors de l'enceinte de barbelés, David distingua un groupe d'une trentaine d'hommes vêtus comme lui de blanc et semblant, sous la surveillance de quelques soldats, s'occuper à des travaux de terrassement. Omar le précéda sur la terrasse de la petite maison, frappa à la porte, l'ouvrit sans attendre, aboya quelques mots et, agitant la main devant lui, signifia à David d'entrer.

– *Come in, mister Arcas. Pleased to meet you. My name is Ben Messis. Captain Ben Messis.*

Son épaisse moustache noire ne suffisait pas à vieillir le visage du jeune officier qui, la main tendue, l'accueillit. Il avait un sourire magnifique et des yeux bruns trop grands, humides et sensibles. Il portait sa veste d'uniforme boutonnée jusqu'au col, des bottes cavalières remarquablement cirées. David prit machinalement la main qu'on lui offrait. Le capitaine Ben Messis la lui broya en souriant de plus belle. Il sentait l'eau de toilette. Il fit asseoir David. Il lui répéta qu'il était ravi de le rencontrer et lui demanda des nouvelles de sa santé.

– Excusez-moi, je ne parle pas l'anglais.

Ben Messis se renversa dans son fauteuil et eut un petit rire de connivence.

– Bien sûr, dit-il. Suis-je bête. Pourquoi un agent de la CIA parlerait-il anglais ?

Quant à lui, il s'exprimait en un français sans accent. David haussa les épaules.

– Tout simplement parce que je ne suis pas un agent de la CIA.

– Vraiment, monsieur Arcas ? Qu'êtes-vous donc alors ? Un touriste égaré, un amateur de paysages exotiques, un fervent disciple du père de Foucauld, peut-être ? Ah, la grande solitude du désert ! On ne dira jamais assez sa puissante attraction sur les âmes mystiques.

Ben Messis faisait un numéro. Ses mains traçaient d'élégantes arabesques dans l'air, il se gargarisait de mots. Ses beaux yeux de faon se posèrent à nouveau sur David et il déclencha son irrésistible sourire d'enfant espiègle.

– Ainsi vous êtes un anachorète.

Mal à l'aise, David détourna le regard.

– Je ne connais pas ce mot.

– Qu'importe le mot pourvu qu'on ait la foi ? Un anachorète, cher ami, est un moine qui a choisi de vivre en retrait du monde. Regardez-moi. Aussi absurde que cela puisse vous paraître à première vue, je suis moi aussi un anachorète. Où serais-je, plus qu'ici, à l'écart du monde ? Les tentations basses me sont épargnées. Depuis combien de temps n'avez-vous pas touché ni vu de femme, monsieur Arcas ? Moi, cela fera dix-sept mois demain. Ai-je l'air de m'en porter plus mal ? Ai-je l'air de maudire mon sort ? Au contraire, chaque jour je remercie Allah et la Révolution !

Il se mit debout, souriant toujours, échauffé par son propre discours. Il alla jusqu'au mur où était placardée une carte en caractères arabes dont la plus grande partie, au sud, était quasi vierge. Il y planta l'index.

– Voilà, mon ami qui n'êtes pas un agent de la CIA, où nous allons passer ensemble les mois et, qui sait ? les années à venir. Le monde a pour nous si peu d'importance que nous n'y figurons pas même sous la forme la plus minimale qui soit : un point. Autour de nous, vous le constaterez : rien ! Il fut une époque où les cartographes occidentaux inscrivaient sur ces régions : *Ubi rugeunt leones.* « Ici rugissent les lions » ! Rassurez-vous, vous n'entendrez pas le moindre fauve dans ces parages – vos cartographes de la Renaissance péchaient par optimisme.

Ben Messis fit quelques pas vers David. S'appuyant d'une main à la table, il croisa une botte sur l'autre et posa son autre main sur sa hanche.

– Des barbelés, nous en sommes d'accord, cela se franchit. La nuit, mes hommes affectés aux miradors succombent au sommeil plus souvent qu'ils ne devraient. Comment leur en vouloir ? Mes soldats sont comme nos barbelés : de simples symboles. Ce camp est une prison, il y faut donc une enceinte et des gardiens. Vanité humaine.

Il s'assit d'une fesse sur le bord de la table.

– En somme, mon ami qui n'êtes pas un agent de la CIA, j'espère vous avoir fait comprendre que je prendrais comme un affront aux réalités de la géographie toute tentative d'évasion de votre part. Des questions ?

Il attendait, mains ouvertes. David laissa passer un silence, se demandant ce qu'il valait mieux : le silence de ses anciens geôliers ou cet officier phraseur.

– Juste une, dit-il enfin. Dans quel pays sommes-nous ?

Ben Messis renversa la tête en arrière, rit et se tapa dans les mains.

– Merveilleux ! Je comprends pourquoi vous nous êtes arrivé dans cet état physique déplorable. Votre humour n'a pas dû être apprécié à sa juste valeur lors de vos interrogatoires.

– Il n'y a pas eu d'interrogatoire.

– Est-ce possible ? D'où nous venez-vous, alors ?

– Je ne sais pas exactement. D'Italie, je crois.

– Comment cela ? Aviez-vous omis de poser la question cette fois-là ?

– J'avais été enlevé. En France. A Marseille.

– Par qui et pourquoi cela ?

– Je ne l'ai jamais su. J'étais en prison, par erreur. On allait me relâcher et puis... une sorte de commando est venue m'enlever.

– En prison ? Et sans que vous sachiez qui ni pourquoi ? Vous êtes passionnant, mon ami, plein de mystère.

Ben Messis fit quelques pas autour de la chaise où était assis David. Il l'observait comme une bête curieuse. Il se mâchouillait la moustache, les mains sur les hanches, réfléchissant. Il sembla enfin prendre une décision, contourna son bureau et se rassit dans son fauteuil.

– Je sens, mon ami, que vous allez me distraire. M'instruire, peut-être ? Faisons un marché : racontez-moi votre histoire et je répondrai à votre question de tout à l'heure.

– Pour quoi faire ? D'avance vous ne me croyez pas.

Ben Messis claqua plusieurs fois la langue, comme un maître d'école agacé mais bienveillant.

– Ne présumez pas de l'avenir de nos relations. Beaucoup de votre relatif confort parmi nous dépendra de notre sympathie réciproque. Allons, je vous écoute.

Certain que cela ne servait à rien, David commença son récit de mauvaise grâce. Il hésitait sur les mots, parlait d'une voix brève. Ben Messis, tout sourire, acquiesçait. Peu à peu, pourtant, David oublia l'officier en face de lui. Il s'aperçut que raconter lui faisait du bien. Tout ce qui, jusqu'alors, lui avait paru un tissu incompréhensible d'images et de sensations, s'organisa en une suite, sinon tout à fait logique, en tout cas traduisible en phrases qui s'enchaînaient, ravivant certains détails, formant une histoire. La sienne. Pendant des mois. Quand il termina par ces mots : « Et je me suis retrouvé ici », il comprit que, cette histoire, il venait de se la raconter à lui-même et que ce récit avait été plus que nécessaire : vital.

Ben Messis ne reprit pas aussitôt la parole. Il scruta un moment David Arcas – crâne rasé, joues creuses, peau grisâtre. Puis il se leva, s'approcha de la carte murale et la claqua d'un revers des doigts.

– Nous sommes en Libye, mon ami. Qui, vous l'avez ignoré sans doute dans vos divers cachots, s'appelle depuis le 1er septembre de cette année : *Al Jumahiriyah al Arabiyah al Libiyat ash Shabiyah al Ishtirakiyah.*

– Merci, dit David.

– Je vous en prie. Vous avez fait plus que me distraire, vous m'avez intrigué. Votre histoire est trop invraisemblable pour que je ne vous accorde pas le bénéfice du doute.

– Vous me croyez ?

– J'ai cru au ton de votre voix, j'ai cru à votre regard. Ne m'en demandez pas plus pour l'instant.

– Mais vous pourriez vous renseigner ? Il doit bien y avoir un dossier, quelque part...

– Ah, les dossiers !... Vous seriez un homme tout à fait extraordinaire si, par miracle, vous ne figuriez dans aucun dossier. J'ai moi-même certainement plusieurs dossiers à mon nom, à Tripoli. Des dossiers d'avant la révolution du 1er septembre, des dossiers d'après. Or, vous voyez, ils n'ont rien changé à ma situation : dans le désert du temps du roi Idris, dans le désert aujourd'hui...

– Je ne demande pas qu'on « change ma situation », répliqua David. Je voudrais seulement savoir *pourquoi* je suis là.

Ben Messis alla à la porte, qu'il ouvrit sur Omar, en faction, fusil au pied.

– Question métaphysique, mon ami, dit-il à Arcas et il donna un ordre en arabe au soldat.

Omar passa son fusil à la bretelle et vint chercher David. Le prenant par le bras, il l'entraîna vers la sortie. David se tourna vers Ben Messis.

– Vous essaierez de savoir ?

L'officier traça une dernière et vague arabesque dans l'air.

– Pourquoi pas, mon ami ?

VII

Après cette entrevue avec le capitaine Ben Messis, David ne retourna pas à l'infirmerie. Omar lui montra la paillasse où il dormirait désormais dans le grand baraquement, divisé en deux dortoirs, celui des soldats et celui des prisonniers. Après quoi, il lui donna une pioche, se fit ouvrir la porte du camp et l'accompagna jusqu'au chantier où travaillaient les autres détenus.

« Chantier » fut longtemps le seul mot que David put employer pour désigner l'espace d'une centaine de mètres carrés où il donnait des coups de pioche, où d'autres maniaient des pelles, d'autres encore charriaient des caillasses noires dans des brouettes en bois, et les déversaient un peu plus loin, élevant ainsi des monticules nombreux mais de peu d'altitude. Il ne comprenait pas à quoi servait de casser puis déplacer des pierres. Il ne parvint pas à en savoir davantage en interrogeant d'autres prisonniers : tous parlaient arabe. Il finit par admettre que ce n'était qu'une tâche absurde. Des travaux forcés.

Là encore, le terme était trompeur. Du « forçat », les détenus n'avaient que les apparences – uniforme de toile grossière, crâne rasé protégé par un calot, mauvaises sandales – et l'attitude : ils maniaient des outils de terrassier. Mais ils les maniaient avec d'infinies précautions et une sage lenteur. Le premier jour, David avait tant donné de coups de pioche qu'il s'était couché le soir avec des ampoules aux mains et des douleurs dans les bras, les épaules et les reins. Affalé sur sa paillasse, il regardait ses paumes couvertes de cloques, quand il s'était aperçu que plusieurs prisonniers s'étaient réunis en cercle non loin de lui et, se le désignant les uns les autres, échangeaient des commentaires et riaient comme au cirque. L'un d'eux se dressa sur ses pieds, prit une mine exagérément sévère, se cracha dans les mains et, mimant le geste et suggérant la pioche, se mit à frapper le sol comme une brute. On rit de plus belle. Vexé, David se tourna sur le flanc. Il s'endormit presque aussitôt, éreinté. Le lendemain, parvenu sur le chantier, il souleva son outil très haut par-dessus son épaule et rencontra le regard moqueur du mime de la veille. Il suspendit son geste. L'autre lui cligna de l'œil, empoigna à son tour une pioche, vérifia que David l'observait et, poussant un han de bûcheron, frappa une pierre sans même l'égratigner. Des trois incisives qui lui restaient, il sourit à David et renouvela plusieurs fois la démonstration. Le « truc » était simple : il suffisait de laisser retomber la pioche par le seul effet de son propre poids ; le reste n'était qu'un tour de comédie.

Quant aux soldats qui les gardaient, ils parcouraient les trois ou quatre cents mètres entre le camp et le chantier dans une vieille Land Rover, à l'ombre de laquelle ils s'installaient le plus souvent, vareuse largement déboutonnée, fusil sur les genoux, en fumant des cigarettes et en jouant aux cartes. De temps à autre, l'un d'entre eux venait, d'un air désabusé, les mains dans les poches, faire un tranquille tour d'inspection. Il jetait un coup d'œil au chargement des brouettes, secouait la tête avec fatalisme et retournait à la Land Rover et à sa partie de cartes ou, parfois, à la courte sieste nécessaire après un tel effort. Il arriva qu'une fois un prisonnier s'éloigne au-delà de la frontière tacite marquée par les monticules de pierres. L'un des soldats posa ses cartes, prit son fusil, vérifia paisiblement s'il était bien chargé ; comme il ne l'était pas, il l'échangea avec un autre, visa l'homme, de dos, qui marchait, plaisanta avec ses compagnons et, finalement, tira en l'air. On vit le prisonnier sursauter, se retourner vivement, revenir en courant, traverser le chantier et s'arrêter à quelques mètres de la Land Rover pour insulter les soldats qui riaient. Voilà un homme qu'on a tiré de son rêve, se dit David.

En quinze jours, il prit ses habitudes. Il avait été rapidement accepté par ses codétenus, qui partageaient avec leurs gardiens une même placidité qu'animaient fréquemment des plaisanteries et des rires. Impossible de deviner pour quelles raisons ils avaient été condamnés à cet exil surveillé en plein désert. Étaient-ils des « droit commun », des « politiques », se rappelaient-ils, se souciaient-ils même des motifs qui les avaient conduits ici ? Pour la plupart, ils semblaient vivre dans le camp de toute éternité – en tout cas, depuis bien avant la révolution toute fraîche dont Ben Messis avait parlé à David. Avaient-ils, chacun, des dossiers, quelque part dans le bureau d'un ministère à Tripoli ? David s'était mis à en douter, comme il doutait que Ben Messis ait vraiment pris au sérieux son récit et ait fait la moindre tentative pour obtenir des renseignements sur lui. Qui se souciait de quoi, dans ce camp ? Et pourquoi s'en soucier ? Toujours le même ciel blanc, le même désert plat et noir, toujours la même routine : s'éveiller, casser quelques cailloux, manger, dormir. Six fois par jour, soldats et prisonniers s'agenouillaient face à l'est et priaient. On ne trouvait pas même de raison de se révolter contre son sort. Il faisait trop chaud pour ça, l'horizon était trop loin, chaque journée ressemblait à la précédente – le temps tournait en rond.

***

Il y eut un cri de douleur, puis une bordée d'injures. David se retourna : Azwaw (le « mime » du premier soir) se tenait le pied en se roulant par terre. Il avait les mains rouges de sang. Cette fois, avait-il relâché sa pioche avec trop de désinvolture ? Il se l'était plantée dans le pied gauche. David fut le premier à lui porter secours. Sans se préoccuper des imprécations du blessé, ni de celles, qui s'y joignirent, de plusieurs prisonniers agglutinés autour d'eux, il déchira une bande de tissu dans la chemise d'Azwaw et lui noua un garrot au mollet. L'autre le laissa faire, mais continua de l'insulter en lui montrant son vêtement déchiré et chercha à se défendre quand David le souleva dans ses bras. Deux soldats arrivèrent enfin, écarquillant les yeux comme des commères témoins d'un fait divers. Ils jetèrent un coup d'œil sur le pied ensanglanté, s'en désintéressèrent très vite et entamèrent avec les prisonniers ce qui ressemblait à une controverse – ou peut-être à une reconstitution des faits. Exaspéré, David les planta là et, portant un Azwaw à présent gémissant, il prit la direction du camp. La Land Rover le rattrapa peu avant l'entrée. Il refusa d'y monter, le garde lui ouvrit la porte du camp et c'est ainsi qu'il y entra, un blessé dans les bras, escorté par le véhicule militaire.

Alerté par les cris, Ben Messis était sorti sur la terrasse de sa baraque. C'était un petit événement : le capitaine ne mettait le nez dehors que tard dans la nuit, quand tout le monde dormait depuis longtemps. Il héla David :

– Que se passe-t-il, mon ami ?

– Il s'est ouvert le pied. Il lui faut un docteur.

– C'est vous qui lui avez posé ce garrot ?

– J'ai un brevet de secouriste, répondit machinalement David avant de se rendre compte du comique de sa réplique.

– Alors cet homme a un docteur. Je vous affecte à l'infirmerie, monsieur Arcas.

En arabe, Ben Messis confirma cette promotion aux soldats et accompagna David jusqu'à la maisonnette blanche. Après avoir déposé Azwaw sur la table à sangles, Arcas ouvrit l'armoire à pharmacie. Il y trouva une boîte d'aspirine, une bouteille de teinture d'iode et deux bandes de gaze.

– Il y a tout ce qu'il vous faut ? ironisa Ben Messis.

– Je me passerai de l'aspirine, répondit David, sur le même ton. Par contre, je veux bien une aiguille et du fil.

– A vos ordres, docteur. Omar !

Tandis qu'il recousait Azwaw – qu'il avait fallu sangler quand il avait vu l'aiguille –, Ben Messis demeura tout près de lui, les mains croisées sur la poitrine, faisant mine d'être très intéressé par l'opération.

– Vous êtes un homme très habile, mon ami. Peut-être trop habile pour un petit officier tel que moi.

Comme David ne disait rien, il poursuivit :

– J'ai appelé quelques amis à Tripoli. Ils ont eu l'amabilité d'entreprendre certaines recherches. Ils n'ont pas eu de chance, malheureusement. Il n'existe aucun dossier vous concernant. C'est surprenant et c'est dommage.

– Dommage ?

– Vous comprenez, un dossier, ce sont des traces tangibles de notre présence en ce monde. Quelquefois les seules. Les hommes passent, les dossiers restent. Mais puisque vous n'avez pas de dossier...

David se pencha brusquement, coupa le fil d'un coup de dents, se redressa et regarda Ben Messis.

– Si je n'ai pas de dossier ... ?

– Pas de dossier, pas d'existence, mon ami.

– Je suis là, devant vous.

– Illusion des sens ? Administrativement parlant, monsieur Arcas, vous n'êtes pas dans ce camp, vous n'êtes pas mon prisonnier.

– Alors je peux m'en aller ?

– Demandez au désert...

David alla se nettoyer les mains dans un peu d'eau versée au fond d'une bassine. Le soldat Omar détacha les sangles et emmena avec lui un Azwaw boitillant. Ben Messis les suivit, s'arrêta sur le seuil.

– Installez-vous ici. Vous serez notre *French doctor*. Un patient vous attend dans la pièce à côté. Je crois qu'il aura besoin de vous. *Salam*, mon ami qui n'existez pas.

David le regarda s'éloigner et ferma la porte. Il ressentit un plaisir inattendu à ce simple geste. Il n'avait pas fermé une porte depuis un an et demi.

En entrant dans la chambre attenante à l'infirmerie, David éprouva une seconde satisfaction : celle de n'avoir pas rêvé l'homme à la barbe blanche et aux yeux froids. Peut-être que je n'existe pas, mais lui, oui, il est là.

Étendu dans le lit que David avait occupé pendant plusieurs semaines, l'homme ne le quitta pas des yeux tandis qu'il s'approchait de lui.

– Je vois avec plaisir que tu as guéri, dit-il de sa voix grave à l'accent slave. Mille excuses de n'avoir pu t'accompagner durant ta convalescence.

– Vous vous étiez évadé ?

– Je suis sûr que Ben Messis t'a joué sa grande scène : « Les barbelés et les gardiens sont des symboles, nous ne sommes pas même un point dans le désert, une évasion serait un affront aux réalités de la géographie, etc., etc. » Il est pompeux, mais il n'a pas tort. Donne-moi à boire.

David lui apporta un verre d'eau, le lui tendit. L'homme sortit les mains de sous le drap et les lui montra : elles étaient violacées, tous les doigts en avaient doublé de volume.

– Aide-moi.

David lui souleva la nuque et lui mit le bord du verre entre les lèvres. L'homme but lentement, avec application, comme s'il accomplissait un acte important et réfléchi. Il gardait les yeux fixés sur ceux de David.

– Bien, dit-il quand il eut fini de boire. Procédons avec méthode. Tu vas me soigner et je vais t'expliquer comment faire. Nous aurons donc besoin l'un de l'autre. Commençons par nous présenter. Comment t'appelles-tu ?

– David Arcas.

– Arcas ? En grec, cela signifie « l'ours ». Tu es grec ?

– Je suis marseillais.

– Quant à moi, j'ai porté divers noms dans ma vie. Mikhaïl Slonim, Jan Keller, Vladimir Chevchenko, Jiri Novak, mais je m'appelle Evseï Abramovitch Kagan. Je suis né il y a soixante-quatre ans à Moscou. Je t'appellerai David, appelle-moi Kagan.

Il leva ses mains violettes et boursouflées.

– *Primo*, nous allons soigner ça. Mes pieds, tu verras, ne sont pas en meilleur état. Que reste-t-il dans l'armoire à pharmacie ?

– De l'aspirine, de la teinture d'iode et une bande de gaze.

– La bande de gaze nous sera utile. Trouve-moi également de quoi fabriquer de petites attelles.

David jeta par réflexe un coup d'œil autour de lui.

– Il n'y a rien ici, dit Kagan. Tu as été affecté à l'infirmerie ? Est-ce que tu as le droit de te déplacer dans le camp ?

– Je ne sais pas.

– Eh bien, sors d'ici, tu l'apprendras très vite. Et reviens avec les attelles.

Sans discuter, tant Kagan donnait ses ordres avec naturel, David obéit. Il traversa l'esplanade sans que les soldats postés dans les miradors eussent la moindre réaction. Il contourna le bâtiment du dortoir où l'on entreposait les cagettes après chaque livraison mensuelle de vivres. Les soldats en faisaient des feux, certaines nuits, autour desquels ils se rassemblaient pour des fêtes mélancoliques et sages. Il en choisit une, et repartait avec en direction de l'infirmerie quand il entendit la voix de Ben Messis.

– Quelle est cette nouvelle initiative, mon ami ?

Assis dans un fauteuil fatigué à l'ombre de sa terrasse, Ben Messis sirotait un minuscule verre de thé.

– Secret médical, répondit David, se demandant jusqu'où il pouvait plaisanter avec ce curieux garde-chiourme en chef.

– Vous avez fait la connaissance du vieux Kagan ? Personnage passionnant, vous verrez, bien qu'avec moi il se cantonne à des relations très formelles. Mais, entre un homme qui n'est pas du KGB et un autre qui n'est pas de la CIA, vous trouverez sans doute un terrain d'entente.

Ben Messis émit un petit rire à lui seul destiné, avança sa moustache vers le thé brûlant, traça de la main une arabesque dans l'air surchauffé.

– Vaquez à vos occupations, mon ami. Nous aurons d'autres conversations, ne vous en faites pas.

Outre les doigts et les orteils brisés, tous les ongles arrachés, Kagan avait diverses contusions sur le corps. Seul le visage avait été épargné. David ne lui demanda pas qui lui avait infligé ce traitement, ni pourquoi ; Kagan ne lui en parla pas. Il se comportait avec un étrange détachement, comme si son corps avait été un instrument qu'il convenait de réparer mais dont il ne ressentait pas les blessures. Il était à lui-même son propre médecin, David lui servant d'assistant dans cette tâche de remise à neuf. Il récupérait d'ailleurs très vite ; il avait une musculature étonnamment vigoureuse pour son âge – un âge que seules permettaient d'estimer les nombreuses et profondes rides de son visage et la blancheur de ses cheveux et de sa barbe. Il avait aussi l'intention de rester le plus longtemps possible à l'infirmerie et, lorsque des soldats entraient dans sa chambre, il simulait avec talent une grande fatigue de vieillard. Il marchait à petits pas chancelants, courbé en deux, s'appuyant aux murs. Dès qu'ils étaient sortis, il se redressait, s'étirait comme un gymnaste et appelait David pour qu'ils reprennent leurs « occupations ».

Dès que ses pieds et ses mains avaient eu désenflé, Kagan avait quitté son lit et déclaré à David qu'il n'était bon, ni pour un vieux ni pour un jeune homme, « de se laisser aller ».

– Le piège principal d'un camp comme celui-ci, c'est qu'il ne s'y passe rien. Pour toi, j'en suis sûr, Ben Messis est un modèle de mansuétude, ses soldats d'aimables clowns inoffensifs. Ne t'y laisse pas prendre. La tranquillité qu'ils nous accordent est destinée à nous amollir. Pourquoi nous révolterions-nous ? Ils sont tellement sympathiques. Si nous écoutions Ben Messis, nous en arriverions à le plaindre, ce pauvre jeune capitaine prisonnier comme nous du désert et de la solitude. Crois-moi : en réalité, il s'amuse.

Après avoir ponctué cette affirmation d'un brusque hochement de tête, Kagan planta son regard dans celui de David.

– Nous allons nous amuser aussi. Attention, je n'ai pas dit : nous divertir. Et, puisque j'en suis à user d'un vocabulaire pascalien, j'ajouterai : nous allons tenter un pari. Nous allons parier que, tôt ou tard, nous serons hors de ce camp et qu'en conséquence nous n'avons pas de temps à perdre : lorsque nous serons à nouveau jetés dans le monde, nous devrons être prêts.

– Prêts ? Prêts à quoi ? s'étonna David.

Kagan le dévisagea un instant, ce qui le mit mal à l'aise. David se sentait à la fois très proche de cet homme et très étranger – une étrangeté tenant peut-être moins à leur différence d'âge qu'au sentiment bizarre, et intimidant, que Kagan avait déjà vécu *plus d'une vie*. Comme s'il l'avait deviné, le Russe reprit :

– J'ai passé ces cinquante dernières années à me préparer. Quand tu vis dans un monde instable, où les actes sans cesse contredisent les discours, et les discours les actes, où ton meilleur ami ou ton frère peut te trahir d'un jour à l'autre – t'a sans doute déjà trahi –, où les ordres que te donnent tes chefs ont peut-être pour objectif caché de te perdre, où tu ne peux croire en rien ni en personne sauf en tes propres ressources, où personne ne peut te faire confiance parce que toi aussi tu mens toujours et que tes vérités du moment deviendront les mensonges du lendemain – quand tu survis dans un tel monde, tu te dois d'être toujours prêt. Le repos de l'esprit, c'est bon pour les imbéciles et les victimes. Toi et moi, nous ne sommes pas des imbéciles, n'est-ce pas ? Et si, dans ce camp, nous ressemblons à des victimes, ce n'est qu'un état passager, transitoire et *modifiable*. Il y a des victimes, disons, ontologiques ; je n'en fais pas partie. Et toi ?

Désarçonné, David haussa les épaules. Kagan lui sourit.

– Ne te laisse pas impressionner par les grands mots. Voilà qui te tiendra lieu de leçon numéro un. Tu as le choix : ou bien les mépriser, ou bien les apprendre. Je te conseille la seconde solution. Qu'en dis-tu ?

– Je vous écoute.

– Sage attitude. Continue comme ça, et nous allons bien nous entendre.

Kagan retourna dans son lit, où David l'aida à s'installer.

– Dès demain, dit-il, nous inaugurerons notre apprentissage. Mais nous devons, comme le font maîtres et élèves, avoir d'abord un entretien. Je dois mieux te connaître. Commençons par ce que je sais déjà. Tu es arrivé dans ce camp dans un camion militaire. Tu étais très faible, très amaigri, très sale et drogué. Malgré tout, tu as survécu. Mieux que ça : en peu de temps, tu es parvenu à te faire affecter ici, témoignage supplémentaire de tes remarquables dispositions à survivre. Maintenant, apprends-moi ce que je ne sais pas.

VIII

– Classique, murmura Kagan lorsque David eut achevé son long récit. Pourtant, tu prétends n'avoir rien compris à ce qui t'est arrivé ?

– Non, rien. Tout ça est absurde.

– Je ne veux pas entendre ces propos de bonne femme. *Tout* a un sens, David. L'absurde, c'est un concept de philosophe dépressif, une lâcheté de la pensée. Raisonnons.

« Premier point : ton arrestation. Tu n'avais jamais transporté de paquet, encore moins de bombe. Tu rencontrais ces Palestiniens pour la première fois, par l'effet d'un concours de circonstances – l'infarctus de ton commandant de bord et la promesse que tu lui as faite. Qui t'a vu avec ce paquet ?

– Champredin... Noël, et... C'est tout, je crois.

– Je vais répondre moi-même au deuxième point : qui avait intérêt à te faire arrêter ? Champredin, bien sûr. Tu étais le seul témoin de sa défaillance dans l'avion.

– Mais non, Champredin n'aurait pas...

– Cesse de faire l'idiot, s'il te plaît, et laisse-moi poursuivre. Nous avons, un : Champredin, au courant à la fois pour le paquet et les Palestiniens, et surpris par toi en flagrant délit d'incompétence. Deux : Noël Pietri, qui t'a vu mettre ce paquet dans l'armoire chez ton père. Trois : ces mêmes Champredin et Pietri, quelques heures plus tard, à la terrasse d'un café où tu leur annonces tes prochaines fiançailles. Quatre : un nouveau protagoniste, Jean-Michel Casagrande, fou amoureux de ta fiancée. Ce qui en fait un deuxième individu à avoir un intérêt à ton arrestation et à ta mise hors-jeu provisoire ou définitive, et un allié de circonstance pour Champredin.

Kagan se tut un instant. Il pointa l'index sur David.

– Ce sont eux qui t'ont dénoncé à la police.

David tressaillit. Kagan n'y prêta pas attention. Il poursuivit son raisonnement.

– Le rôle de Pietri est moins clair. Il leur a dit où tu avais mis le paquet, aucun doute. Pour le reste, c'est un ivrogne, les autres ont pu le manœuvrer.

– Vous... vous vous trompez... Ils ne peuvent pas m'avoir fait ça, ils...

– Pourquoi ?

– Parce que moi je ne l'aurais jamais fait ! s'emporta David.

Kagan secoua la tête avec agacement.

– Voilà exactement ce que j'appelle un comportement de victime. Car il faut que tu t'en rendes compte, David : le meilleur allié de Champredin et Casagrande, ç'a été toi. Toi et ta franchise, ton honnêteté, tes bons sentiments. Je les comprends, les Champredin et consorts : ils devaient te détester ! Moi-même je me serais demandé comment m'offrir le plaisir de te faire basculer de ton merveilleux nuage.

David fit quelques pas furieux vers la fenêtre. Il s'accrocha des deux mains aux barreaux et regarda dehors la nuit brutale du désert.

– Alors ce serait ma faute ?

– En tout cas, cette petite leçon, tu la méritais. En revanche, ce qui s'est passé ensuite est plus inattendu, même s'il est facile de le décrypter. Reprenons notre raisonnement, tu veux bien ?

« Tu te retrouves face au juge d'instruction. Il semble plutôt bien disposé à ton égard ; sans doute a-t-il obtenu des renseignements sur le commandant Chabrol et a-t-il compris, comme moi, que tu es d'une naïveté peu ordinaire. Il s'apprête à te relâcher. Tu lui confies le message dont tu es porteur. Quand tu lui donnes le nom et l'adresse du destinataire du paquet, il change d'attitude. Tu te retrouves en prison. A l'isolement. Une semaine plus tard, on t'annonce ta remise en liberté. Bon. Tout ça n'offre aucune difficulté : ce nom et cette adresse compromettaient le juge ou, plus probablement, quelqu'un de son entourage. Il s'est donné une semaine pour permettre à ce quelqu'un de se mettre à l'abri. Tu es d'accord ?

– Je vous écoute.

– Venons-en à ton évasion, ou plutôt à ton enlèvement en prison. Un groupe d'hommes armés, déterminés, prêts à tuer. Organisés aussi : la seconde voiture offerte aux évadés leur a servi de leurre pour la police, sans aucun doute.

« Pourquoi t'enlever ? Parce que tu vas être libéré. Tu en sais trop, au gré du *quelqu'un* protégé par le juge. Qui t'enlève ? Ceux qui allaient commettre l'attentat auquel était destiné le plastic contenu dans ton paquet. Un groupuscule extrémiste, donc. Demeure une inconnue : l'identité de celui qui t'a fait enlever. Tu connais cependant son visage : c'est celui qui t'a sorti de ta cave et n'a pas eu le courage de te tuer dans le coffre de sa voiture, quelque part en Italie.

« En définitive, tout cela est d'une simplicité désarmante. Une seule chose m'étonne : que tu ne l'aies pas toi-même démêlé plus tôt.

David se tut un long moment. Il demeurait posté à la fenêtre, d'où il ne distinguait qu'un lumineux brouillard d'étoiles et, au sommet d'un mirador, le point rouge et mouvant d'une cigarette.

– De toute manière, finit-il par dire, ça m'aurait servi à quoi de... démêler tout ça, comme vous dites ? A me faire encore plus de mal.

– J'espère, David, que tu fais exprès de m'irriter ? Je n'ai pas l'intention de perdre mon temps avec une pleureuse. Les bonnes âmes plaintives, je les méprise. Sans elles, le monde serait moins bête, certes, et surtout beaucoup plus sûr. Je te le répète : sans victimes, il n'y aurait pas de bourreaux. Le premier responsable de ton sort, ce n'est ni Champredin ni Casagrande ni le juge ni tes ravisseurs, mais toi.

– Qu'est-ce que ça change ?

– Que rien ne t'oblige à patauger dans ta sottise et tes bons sentiments. C'est toi qui dois changer.

– Je crois que j'ai déjà changé.

– Non. Tu as souffert et tu t'y es complu.

– C'est faux.

– Alors, dis-moi : maintenant, quels sentiments t'inspirent Champredin et tous les autres ?

David se détourna de la fenêtre, croisa brièvement le regard de Kagan, marcha lentement dans la pièce.

– Je les plains, dit-il.

– Imbécile ! Je veux que tu les haïsses, tu entends ? Je veux que tu penses à eux jour après jour avec une seule idée en tête : te venger.

– Il faudrait d'abord que je sorte d'ici...

– Tu sortiras. Pour l'instant, tu as deux atouts : le temps et moi. Fais-nous confiance. A nous deux, nous arriverons bien à faire quelque chose de toi.

C'est ainsi que Kagan entreprit l'éducation de David. Chaque matin, Omar et un autre soldat leur apportaient leurs gamelles ; chaque matin, Kagan contrefaisait le vieillard. Dès qu'ils avaient disparu, il mangeait avec cette application qu'il mettait en tous ses actes, puis infligeait à David et à lui-même trois quarts d'heure de gymnastique – « suédoise », avait-il précisé la première fois. Après quoi, ils s'installaient de part et d'autre de la table d'opération et les leçons commençaient.

Pour tout matériel, ils disposaient d'un carnet à souche et d'un crayon que Kagan avait sorti d'une cache pratiquée dans le mur derrière l'armoire à pharmacie. Leur bibliothèque, c'était Kagan lui-même. Il connaissait par cœur des pages entières de Tolstoï, Gogol, Dostoïevski, Melville, Conrad et Flaubert ; des poèmes de Pouchkine, Emerson, Hugo ou Baudelaire. Il parlait couramment, outre le russe, sa langue natale : le français, l'anglais, l'allemand et l'espagnol. Il pouvait tenir une conversation utile en chinois, que ce fût en « mandarin » ou en *putonghua*. Il pouvait exposer avec clarté les théories économiques de Marx, certes, mais aussi de Keynes, et aimait à citer Adam Smith (« Tout homme est riche ou pauvre selon l'étendue des nécessités, des commodités et des agréments de la vie humaine dont il peut jouir »), voire Condillac (« La valeur des choses est fondée sur leur utilité, ou ce qui revient au même sur le besoin que nous en avons ; ou, ce qui revient encore au même, sur l'usage que nous pouvons en faire ») qu'il discutait par de longues citations, par exemple, de Jean-Baptiste Say :

– « Cependant, il y a des choses qui ont de la valeur et qui n'ont pas d'utilité, comme une bague au doigt, une fleur artificielle. Vous n'entrevoyez pas l'utilité de ces choses parce que vous n'appelez utile que ce qui l'est aux yeux de la raison, tandis qu'il faut entendre par ce mot tout ce qui est propre à satisfaire les besoins, les désirs de l'homme tel qu'il est. Or sa vanité et ses passions font naître des besoins aussi impérieux que la faim. Lui seul est juge de l'importance que les choses ont pour lui, et du besoin qu'il en a. Nous n'en pouvons juger que par le prix qu'il y met : pour nous la valeur des choses est la seule mesure de l'utilité qu'elles ont pour l'homme. Il doit donc nous suffire de leur donner de l'utilité *à ses yeux* pour leur donner de la valeur. » C'est une bonne définition de l'économie capitaliste, qu'en penses-tu ?

– Je ne sais pas... Ça me paraît plutôt une définition *réaliste* de l'économie.

– Tu crois ? Développe.

– Mon père disait souvent : « L'homme ne vit pas que de pain. »

– Touché. Les meilleures citations sont toujours les plus brèves. De celle-ci, je conclus que tu contestes la distinction entre travail productif et travail improductif, monsieur le philosophe ?

Conscient que l'ironie de Kagan n'était qu'un aiguillon pour le pousser à réfléchir, David prenait le temps de tourner dans sa tête les idées encore informes qui s'y bousculaient. En économie, la discussion ne lui posait guère de problèmes : il se contentait d'user d'un gros bon sens, qui faisait souvent mouche. Et certaines citations de Kagan lui plaisaient assez pour qu'il les retienne, telle celle-ci : « La valeur n'exprime rien de plus que la propriété de satisfaire à un désir quelconque de l'homme raisonnable, stupide ou coupable, pain, diamant, ou opium, il n'importe. »

– Pour ce qui concerne l'économie de tes rapports humains, commentait Kagan, que cette phrase de l'oncle de Gide te tienne lieu de profession de foi. Quand tu auras quitté ce désert et retrouvé ceux par lesquels tu y as été enfermé, avant de choisir la forme de ta vengeance, rappelle-toi que la valeur d'une chose dépend non de sa nature essentielle, mais de l'estimation des hommes, même si cette estimation est folle.

– Comment saurai-je ce qui a le plus de valeur pour l'un ou pour l'autre ?

– Rien de plus facile. C'est même le seul véritable moyen dont tu disposeras pour pénétrer sa pensée la plus intime. Sache pour quoi il est prêt à payer le prix le plus fort, tu sauras qui il est.

Les aperçus de Kagan sur la psychanalyse selon Freud et selon Jung apparaissaient à David comme une récréation. Il aimait ces contes et légendes où les hommes résolvent des énigmes pour enfants, tuent leur père, épousent leur mère et se crèvent les yeux, où, sous le masque du comédien – la *persona* –, on doit affronter l'*ombre* en soi et y plonger, ces voyages initiatiques à la recherche de la Toison d'or ou du Graal, l'évasion du Labyrinthe grâce au fil d'Ariane, et ce Dante Alighieri traversant les sept cercles jusqu'à la rose mystique. Il ne s'attachait guère au sens caché de ces histoires que Kagan lui-même n'évoquait qu'avec une prudente ironie, goûtant avant tout le suspense de ces quêtes sans fin qui, peu à peu, donnaient une âme, des couleurs et des modèles à la sienne – celle que jamais Kagan, leçon après leçon, jour après jour, mois après mois, ne lui permettait pas de perdre de vue : la vengeance.

***

– Pourquoi tenez-vous tant à ce que je me venge ? osa-t-il lui demander un jour où le Russe lui résumait l'intrigue d'un vieux roman français dont c'était le sujet principal.

Trois années avaient passé depuis leur première conversation. Trois années studieuses, qui auraient pu être trois jours ou trois siècles, tant les choses autour d'eux étaient semblables, figées dans l'immuabilité du désert. Rien ne perturbait leurs habitudes à l'infirmerie, hormis le passage, parfois, d'un détenu fiévreux ou fatigué, ou celui, certaines nuits, très tard, du capitaine Ben Messis : il apportait un échiquier, échangeait de brefs sarcasmes rituels avec Kagan, puis ils s'installaient de part et d'autre des pièces noires et blanches, silencieux jusqu'à l'issue de la partie, toujours la même : Ben Messis couchait son roi sur l'échiquier – « *I give up.* »

Kagan tenait scrupuleusement un calendrier, bloc cubique de feuilles accroché au mur comme seule décoration, les dates inscrites en gros chiffres rouges, que Ben Messis lui fournissait gracieusement. 1969, 1970, 1971 avaient disparu, feuille à feuille. 1972 commençait. Pour David, ce n'étaient que des nombres sans signification. La routine – une routine industrieuse et passionnante – lui tenait lieu de temps. La baraque sommaire de l'infirmerie était sa maison, son université et son monastère. Kagan, un père, un maître, un frère. Il n'y songeait jamais, pourtant cette captivité ressemblait à du bonheur – un bonheur sec. Il ne lui venait plus la moindre idée d'évasion.

– Parce que j'ai fait de toi mon élève, lui répondit Kagan, et que ta formation s'achèvera le jour où tu auras puni tous ceux qui t'ont trahi.

– Je ne pourrai jamais les tuer.

– Il n'en a jamais été question. L'idéal serait au contraire qu'ils endurent leur châtiment le plus longtemps possible. Tu ne tueras que celui pour qui la vie, *à ses yeux*, a la plus grande valeur au monde.

– Je crois que c'est le cas de chacun d'entre nous...

– Détrompe-toi. Quand tu étais enfermé dans un placard puis dans une cave, ton seul bien sur terre était ta vie. Tu t'y es accroché, tu as défendu ton bien, tu as survécu. Dans le monde, au-delà de ce désert, tu auras d'autres biens, matériels et sentimentaux, qui pourront te faire oublier la simplicité de ce choix.

Kagan, cette année-là, commença à lui enseigner la médecine. Ou plutôt *les* médecines. Il n'avait suivi aucune étude classique. Il avait appris sur le terrain, expliqua-t-il à David, qui comprit de la sorte que Kagan avait fait la guerre, plusieurs guerres, sous diverses latitudes. Il tenait sa technique et sa science de médecins russes, d'abord, mais aussi de médecins chinois et de sorciers africains. Il disait : « Peu importent les doctrines. Ce qui m'intéresse, c'est la guérison. Je suis un pragmatique. La médecine est avant tout une relation d'homme à homme. Certains maux africains ou chinois ne peuvent être soignés que par des Africains ou des Chinois. J'ai appris des médecins africains et chinois, donc, lorsque j'opère, mon premier patient est moi-même : *je me fais* africain ou chinois. »

David ne s'étonnait plus des conceptions de Kagan. C'était un esprit souple, ductile, si constamment curieux de découverte qu'il lui arrivait, au milieu d'une leçon, de se discuter soi-même quand lui apparaissaient une notion, une idée ou un point qu'il n'avait encore jamais explorés. Toujours prêt à remettre en cause son savoir, il se montrait en revanche d'une inébranlable fermeté dans ses convictions. Affaire de tempérament, disait-il. Il aimait ou détestait, sans concessions.

– Ne sois jamais tiède. Sache paraître toujours froid. Reste brûlant dans ton âme.

Il riait – événement très rare.

– « Une âme ardente ! » Voilà que je parle comme un Russe d'opérette !

Et, toujours prêt à trouver matière à une nouvelle leçon – « Je suis fondamentalement un cuistre », disait-il encore dans ses moments d'humour –, il rebondissait sur la nécessité des lieux communs.

– Notre siècle s'est mis en chasse des lieux communs. L'originalité comme nouvelle doctrine bourgeoise ! Aime les clichés, les proverbes, la vieille sagesse des nations. Un lieu commun, comme son nom l'indique, c'est là où chacun se retrouve, c'est l'indispensable lien social. D'ailleurs, gratte la plupart des systèmes philosophiques : sous la verbigération, tu trouveras un bon vieux truisme.

David, qui avait abandonné le lycée avant même de passer ses deux bacs, se révélait un élève, un disciple très doué. Sans doute l'isolement favorisait-il son apprentissage. Écouter Kagan, apprendre, c'était quitter l'infirmerie, le camp et le désert ; c'était se quitter soi-même. Une leçon d'allemand, de russe ou de chinois, c'était un voyage dans le temps et dans l'espace, c'était entendre des histoires allemandes, russes et chinoises, se représenter Berlin et les rivages de la Baltique, le palais d'Hiver de Saint-Pétersbourg – « Leningrad, David ! » – et la steppe, la Cité interdite et les tripots de Macao – où Kagan semblait avoir laissé de jolis souvenirs. David découvrait ce banal paradoxe : le monde n'est jamais aussi vaste qu'enfermé dans une intelligence.

IX

Au mois de février 1974, le capitaine Ben Messis s'absenta du camp pendant trois semaines. La veille de son départ, il avait disputé sa partie d'échecs habituelle à l'infirmerie, avant d'annoncer à Kagan et à David qu'il partait pour Tripoli.

– Je crois qu'on veut m'y parler de vous, dit-il à Kagan. Vous voyez, on ne vous oublie pas, malgré le temps. Quant à vous, Arcas, je vous promets d'en savoir plus sur votre cas.

Caressant sa moustache, il s'était arrêté sur le pas de la porte. Avec les années, le blanc de ses yeux avait jauni, des rides s'étaient inscrites entre ses sourcils et autour de ses lèvres. Son teint s'était brouillé, lui faisant perdre ce visage de très jeune homme qui avait frappé David à leur première entrevue.

– Réjouissez-vous, mes amis. Quand je rentrerai, j'aurai sans doute une surprise pour chacun de vous. A moins, ajouta-t-il en regardant Kagan, que vous connaissiez déjà votre surprise ?

Quand il eut refermé la porte, Kagan alla s'étendre sur l'un des lits de camp et, les mains croisées derrière la nuque, demeura là, en silence, à scruter le plafond. David rangea le plateau et les pièces d'échecs, puis vint s'asseoir sur le lit voisin.

– Qu'est-ce que Ben Messis a voulu dire ?

– Tu te rappelles l'état de mes mains et de mes pieds quand nous avons fait connaissance ? Je revenais de Tripoli, où l'on m'avait « invité » peu après un séjour qu'y avait fait Ben Messis.

Impassible, Kagan parlait d'une voix calme, sans quitter le plafond des yeux.

– On vous y a torturé ? Pourquoi ?

– J'ai l'intention de t'en parler depuis longtemps. Ce n'est pas encore le moment.

David ne dit rien. Kagan tourna la tête vers lui.

– Au retour de Ben Messis, on me conduira probablement à Tripoli. Je vais courir ma chance.

– C'est-à-dire ?

– Tâcher de rentrer ici à peu près entier. Si j'y parviens, j'aurai encore beaucoup de choses à t'apprendre. Et nouvelles.

– Pourquoi pas maintenant ?

– Tu n'es pas prêt.

***

Durant ces trois semaines, Kagan n'en parla plus. Il poursuivit son enseignement comme si de rien n'était. Il paraissait simplement plus tendu que d'habitude et bavardait peu en dehors des leçons. Il restait chaque soir plus d'une heure assis en tailleur dans un angle de la chambre, paupières fermées, concentré en lui-même. Il se « préparait ».

Ben Messis revint le 1er mars, escorté par une Land Rover flambant neuve d'où sortirent quatre hommes en complet veston bleu et cravate noire. Presque aussitôt, trois soldats – mal à l'aise dans leurs uniformes boutonnés jusqu'au col et que la présence des quatre complets vestons rendait nerveux – vinrent emmener Kagan. Il serra la main de David.

– A bientôt.

Les soldats le conduisirent chez Ben Messis. Une heure plus tard, il en ressortait avec les quatre hommes. Ils le firent monter à l'arrière de la voiture, la porte du camp fut ouverte, la Land Rover s'éloigna à vive allure sur la piste. A la nuit tombée, David fut convoqué chez Ben Messis.

Il avait quitté ses bottes cavalières et sa veste d'uniforme. Pieds nus, col ouvert, il était assis sur le bord de son bureau, où avait été servi du thé à la menthe. Il en saisit un verre du bout de trois doigts, délicatement, et le tendit à David.

– J'imagine que cette première soirée sans votre ami vous rend mélancolique. Permettez-moi de vous offrir ma compagnie.

David s'assit dans le fauteuil. Le verre lui brûlait les doigts.

– Je suis allé jusqu'à Benghazi où vit ma famille. La mer était magnifique. Si changeante... Savez-vous que sur la côte nous avions des températures de vingt degrés, pas plus ? Je n'avais ni trop froid ni trop chaud, c'était très déroutant, et puis je me suis dit que c'était certainement le climat du paradis.

Ben Messis se frotta rêveusement la moustache. Ses pieds nus se balançaient, comme d'un homme assis sur le bord d'un ponton.

– Je vous avais promis une surprise, avant mon départ. J'en ai une.

Il laissa passer un temps, mais David ne broncha pas. Les « cours de maintien » de Kagan portaient leurs fruits.

– Ai-je retrouvé un dossier vous concernant ? reprit Ben Messis. Non. Mais – pardonnez-moi cette emphase – je vous ai rendu l'existence. Oui, mon ami, vous existez bien. Oh, pour très peu de monde, et que vous ne connaissez sans doute pas, mais qui n'est pas n'importe qui. Je ne peux pas vous confier le nom ni la qualité de ces personnes, mais je peux vous dire qu'elles savent qui vous êtes.

– Qui suis-je ?

Ben Messis prit son propre verre de thé, le goûta, tout en dévisageant David.

– Comment vous annoncer cela ? C'est une nouvelle que vous auriez dû apprendre beaucoup plus tôt, et d'une bouche plus officielle que la mienne. Mais après tout je suis votre hôte, je ne suis pas le plus mal placé.

Il reposa son verre sur le plateau, puis ouvrit les bras en un geste d'accueil.

– Mon ami, vous êtes mon invité... comment dire ? perpétuel. J'ignore ce qui vous vaut cette faveur spéciale. Quoi qu'il en soit...

Il s'interrompit, puis il poursuivit en pesant chaque mot :

– Votre séjour parmi nous va durer longtemps. Très, très longtemps. Aussi longtemps que vous.

David se leva lentement de son fauteuil. En un instant, la patiente paix que, mois après mois, la compagnie et l'enseignement de Kagan avaient déposée en lui, vola en éclats. Ben Messis inclina la tête avec une sollicitude narquoise.

– Je vous trouve bien pâle...

David lui jeta son verre de thé en pleine figure.

***

Dès le lendemain, David fut renvoyé sur le chantier avec les autres prisonniers. La punition, pour lui, n'en était pas une. Il n'aurait pas supporté de retourner à l'infirmerie, seul, où il n'aurait cessé de penser à Kagan, d'imaginer le traitement qu'il subissait à Tripoli, de regretter son absence. Casser des cailloux était l'activité qu'il lui fallait. Un exutoire. Toute la journée, il cognait à tour de bras, sans se soucier de la réprobation de ses codétenus, qu'un tel comportement désolait et effrayait tout à la fois. Le soir, rompu, à demi hébété de chaleur et de fatigue, il se couchait et s'endormait. Il ne parlait à personne, mangeait à l'écart des autres, ne se préoccupait pas de ce qu'ils pensaient de lui. Azwaw n'était plus parmi eux, libéré quelques mois plus tôt. Il les avait tous soignés à un moment ou à un autre, ces trois dernières années, avait appris ainsi des rudiments d'arabe, discuté en anglais avec d'autres, nouveaux venus plus instruits qu'avait arrêtés le nouveau gouvernement. Il ne voulait plus rien avoir à faire avec eux. Ils avaient été condamnés à trois ans, cinq ans, vingt ans, n'importe : ils connaissaient les motifs de leur condamnation, des hommes avaient rendu leur justice, ils les avaient vus en face, les avaient entendus – et un jour ils partiraient de ce camp. Il n'était pas des leurs.

Il s'était transformé en une machine à casser des cailloux, manger et dormir, sombrant peu à peu dans une inertie mentale proche de celle qu'il avait connue lors de sa réclusion dans la cave – quand, un après-midi, un mois plus tard, une Land Rover croisa le chantier et entra dans le camp.

***

– Kagan... C'est moi. Comment allez-vous ?

David s'était agenouillé au chevet du lit. Il ne distinguait que le profil de Kagan, en ombre chinoise. Il n'avait pu allumer la lampe ; il s'était glissé hors du baraquement, puis jusqu'à l'infirmerie, priant pour que les sentinelles des miradors se soient elles aussi endormies.

– Je suis à peu près entier, souffla Kagan, d'une voix faible. Comme promis. Je vais avoir besoin de toi.

David lui expliqua qu'il n'était plus le « docteur » du camp depuis qu'il avait jeté son verre à la figure de Ben Messis.

– Tu as eu tort. Je croyais t'avoir appris à te contrôler. Mais tu as eu raison. J'aurais bien voulu voir la tête de Ben Messis.

– Je vais vous soigner. Dites-moi ce que je dois faire.

La main de Kagan tâtonna sur le lit, trouva celle de David, la prit.

– D'abord il faut s'entendre. Ce n'est pas le moment que nos leçons s'interrompent. Elles vont devenir passionnantes. Nous devons donc nous arranger pour continuer à nous voir.

– Je viendrai chaque nuit.

– Après une journée en plein soleil à remuer des pierres ? Tu ne tiendras pas le coup.

– Ne vous inquiétez pas. Je saurai m'économiser.

– Nous verrons ça. Nous procéderons de la sorte : trois nuits de leçons, une nuit de sommeil. Tu te sens prêt à tenir ce rythme ?

– Bien sûr.

– Maintenant, je vais t'expliquer comment me soigner.

David se remit debout et, avant de la lâcher, serra brièvement la main de Kagan.

– Vous m'avez manqué.

***

Au cours de la première semaine, les leçons se résumèrent à des travaux pratiques de médecine. Kagan, cette fois, avait peu de marques sur le corps, mais graves : des brûlures à l'aine et sous la plante des pieds. Le Russe ne donna aucun détail à David sur son « séjour » à Tripoli. Simplement qu'on l'avait torturé à l'électricité, méthodiquement, pendant trois semaines, deux fois par jour.

– Il ne faut pas refuser la douleur. Il faut au contraire l'amplifier, se concentrer sur elle, jusqu'à basculer par-dessus la crête de l'insupportable. A ce moment-là, tu tombes en syncope. Tu ne sens plus rien. Ma technique en la matière est très au point, mes syncopes sont presque instantanées. Je craignais seulement qu'avec le temps je la maîtrise moins. Ça n'a pas été le cas.

Il racontait cela froidement, comme le chapitre d'une nouvelle leçon. Durant ces premiers jours – ces nuits –, David crut que Kagan allait guérir aussi vite que quatre ans et demi plus tôt ; sa voix était toujours aussi ferme, sa poigne aussi forte. Mais, même lorsque les brûlures furent cautérisées, cicatrisées, il ne put se tenir longtemps debout. Dans la pénombre, David entendait son souffle s'accélérer, sa voix s'altérer. Kagan se rasseyait sur le lit, le dos calé contre le mur.

– Qu'en penses-tu ? demanda-t-il, une nuit où il avait accepté que David l'ausculte.

– Je crois que c'est le cœur. Il est fatigué. Il a mal supporté ce qu'on vous a fait.

– Foutaises ! C'est l'âge, David, et c'est l'inaction. Voilà ma maladie. Je n'en peux plus de croupir ici. Et je sais que je n'en sortirai pas.

Il posa sa main sur l'épaule d'Arcas.

– Dans deux heures le jour se lève, mon garçon. Retourne au baraquement. Dors un peu. Demain, j'aurai beaucoup de choses à te dire. Je crois qu'il est temps.

***

Kagan attendait David près de la porte de l'infirmerie. Il lui fit signe de le rejoindre. Ils s'installèrent dans un renfoncement de la maçonnerie. Assis par terre, côte à côte, ils apercevaient le très faible scintillement métallique des barbelés qu'éclairait la lune. Adossés au mur, ils levèrent ensemble la tête et regardèrent les étoiles tandis que Kagan racontait son histoire.

Il était né à Moscou en 1904. Son père, rabbin, avait fui quelques années plus tôt les pogroms en Ukraine. Le jeune Evseï fut élevé, dit-il, « dans la religion et la crainte ». La crainte de Dieu et des goyim. Très vite, pourtant, il se révéla d'un tempérament belliqueux. « Un gamin me regardait de travers dans la rue, je lui sautais dessus. J'aimais les coups, en donner et en prendre. Je détestais le caractère trembleur de mon père. » En 1917, quand la révolution bolchevique éclata, il avait treize ans. Il n'alla plus à l'école. Il passait ses journées, jusque tard dans la nuit, à rôder dans les quartiers les plus agités de la ville. « C'est ainsi que je me fis bolchevik : par goût de la bagarre. » En 1919, il s'engagea dans un régiment de l'Armée rouge. Il n'avait pas encore quinze ans, mais il côtoyait des combattants de douze ans à peine. Son régiment, défait par l'Armée blanche, battit en retraite – « une déroute ». Avec un groupe de survivants, il rejoignit un détachement d'infanterie, près de Kiev.

C'est là que son destin prit forme. Il savait lire et écrire, on l'affecta aux transmissions dans un département spécial chargé de la sécurité. De simple téléphoniste, il passa employé au chiffre et se retrouva en charge des documents confidentiels. Il travaillait avec la Tchéka. Sa division appartenait aux troupes combattant les nationalistes ukrainiens. En 1925, il fut promu officier traitant, chargé de certains dossiers des services de renseignements. La Tchéka s'appelait désormais l'Oguépéou.

– Je sais que cela ne te rappelle rien, à part quelques-unes de mes leçons d'histoire, j'espère. Garde seulement à l'esprit qu'à l'âge de vingt ans j'avais derrière moi déjà sept ans de guerre. J'avais tué, fait tuer, aidé à tuer. Durant cette période, je n'ai jamais pensé à mon père, à ma mère, à mes frères et sœurs. J'avais la conviction d'être né avec la Révolution.

La carrière de Kagan fut à la fois brillante et clandestine. Ses spécialités : l'espionnage et la désinformation. A la fin des années vingt, on l'envoya en Allemagne, où il s'employa à déstabiliser le Parti communiste allemand. Staline ne voulait pas qu'il s'installe au pouvoir au cœur d'une Europe qu'il convoitait déjà. Puis Kagan se retrouva en Espagne, dans les rangs de l'Armée républicaine. Il y fit sa propre guerre – celle dont l'avait chargé le service des Missions spéciales auquel il appartenait à présent et dont la principale activité consistait à organiser des réseaux d'agents en Europe occidentale : le démantèlement et la liquidation des anarchistes et, surtout, des trotskistes. Trotski était, à l'époque, le grand souci de Staline, « une épine dans le pied du Petit Père des peuples ». Kagan, qui avait su se montrer efficace en évitant de paraître indispensable – faute à ne surtout pas commettre en cette période où les purges renouvelaient rapidement les cadres du Parti –, fut nommé, par Staline en personne, directeur adjoint du Département étranger. Sa seule et unique tâche : éliminer Trotski, qui s'était réfugié au Mexique. L'opération fut intitulée *Outka*, « le canard ». Kagan recruta des anciens de la guerre d'Espagne, spécialistes de la guérilla ; parallèlement, il fit la connaissance à Paris de Caridad Mercader, aristocrate espagnole, ex-épouse d'un industriel catalan, qui avait combattu à Barcelone dans les rangs anarchistes, et avait trois fils, dont l'un se prénommait Ramón. Kagan décida que ce jeune homme, très beau et d'excellentes manières, infiltrerait les milieux trotskistes parisiens, en se faisant passer pour un Canadien riche et désœuvré, jouant les mécènes pour les groupes extrémistes.

– Avoir toujours deux fers au feu, retiens ce principe, David. J'avais deux moyens d'atteindre Trotski, la force et la ruse. La force a échoué : le groupe d'assaut que j'ai envoyé au Mexique a investi la villa, arrosé les pièces à la mitraillette et raté Trotski : il s'était réfugié sous un lit. Me restait l'option Ramón Mercader.

Pendant plus d'un an, le jeune homme joua son rôle de millionnaire canadien, tandis que Kagan le formait aux techniques du renseignement, c'est-à-dire essentiellement à déjouer une filature ou à modifier son apparence. Après quoi, il l'envoya au Mexique, *via* New York. Entre-temps, le beau Ramón était devenu l'amant de Sylvia Ageloff, secrétaire de Trotski.

– Mercader n'avait plus qu'à s'introduire auprès de Trotski et à le tuer. Nous avions débattu des raisons qu'il devrait donner à son acte : *primo*, Trotski l'aurait empêché d'épouser Sylvia ; *deuzio*, il aurait voulu user de l'argent de Mercader, non pour son parti, mais à des fins personnelles ; *tertio*, il aurait cherché à l'engager pour assassiner Staline. Mais, bien sûr, le mieux était qu'il le tue proprement et s'évanouisse dans la nature.

« Ce ne fut pas le cas. Trotski était assis à son bureau, Ramón près de lui. A la dernière seconde, alors que Mercader le frappait, il releva la tête. Cela fit dévier le coup de piolet que lui assenait Ramón. Trotski trouva la force de se redresser et d'appeler au secours. Mercader a paniqué. Au lieu de l'achever d'un coup de couteau, il est resté planté sur place. La femme de Trotski a fait irruption, a hurlé, un garde du corps a assommé Ramón. Il est sorti de prison en 1960.

« Une nouvelle leçon à retenir, David. Les plans les mieux organisés, les plus minutieux ne valent que ce que valent les hommes qui les accomplissent. Ceux du groupe d'assaut savaient se battre et tendre une embuscade, mais ignoraient tout des plus banales techniques de l'assassin professionnel : il leur aurait suffi de jeter un coup d'œil sous un lit et Trotski était mort. Ramón Mercader avait tué des hommes au couteau, pendant la guerre d'Espagne. Il n'a pas eu le sang-froid de s'en servir contre la femme de Trotski quand elle est entrée dans la pièce. Il s'est fait prendre.

« Mes raisonnements te paraissent monstrueux, n'est-ce pas ? Ne me juge pas. J'étais froid, réfléchi, rationnel, jamais cynique. Je faisais la guerre. J'avais la conviction sincère de combattre pour un idéal contre des ennemis acharnés à anéantir nos efforts pour bâtir un nouveau système social. Et je me construisais moi-même, emportant partout avec moi des livres et des manuels, écumant les bibliothèques des villes où je passais, soutirant leur savoir à tous ceux que je rencontrais – les gens, quels qu'ils soient, savent toujours quelque chose, maîtrisent toujours une technique que tu ne connais pas. Je me forgeais, prototype de l'homme nouveau, alliant les vertus de Sparte et d'Athènes.

Il était très tard. La nuit avançait. Kagan avait beaucoup parlé, et n'en était cependant qu'au milieu du récit de sa vie.

– Je te raconterai comment j'ai participé à la bataille, et à la victoire, de Stalingrad. Comment j'ai réussi à échapper aux purges d'après guerre, puis à celles qui ont suivi la mort de Staline et l'exécution de mon chef direct, Beria. Comment j'ai continué à exercer mon métier – car les missions spéciales sont un métier, et d'une très haute technicité, David – dans les pays que l'on commençait à appeler « du tiers-monde » ; j'ai travaillé en Chine, en Indochine et en Afrique. Cela fera l'objet d'une partie de nos prochaines leçons. Jusqu'à présent, je t'ai transmis ce que j'avais appris dans les livres. Maintenant, je vais t'enseigner aussi le métier d'espion et de désinformateur. Ce n'est après tout, tu le verras, rien de plus que la mise en œuvre systématique et raisonnée des mécanismes de la vie sociale et de la nature humaine. Une philosophie pragmatique, en quelque sorte. Nous avons encore du temps devant nous, cela ne dépend que de ma santé, dont nous allons toi et moi prendre autant de soin que possible. Tu ne t'en rends pas compte encore, mais nos sorts sont liés, mon garçon.

Il posa sa main sur le genou de David.

– Et peut-être partageons-nous une complicité qui ressemble à de l'amitié ?

David n'osa pas toucher la main de Kagan. Il était ému, mais toujours intimidé. Il se demandait s'il serait de taille à combler les espoirs que le vieux Russe mettait en lui.

– Nous nous évaderons un jour ? demanda-t-il.

– Quand il sera temps, je te le dirai.

– Vous avez déjà un plan ?

C'était plus une affirmation qu'une question.

– Je te le dirai, répéta Kagan. Dans une heure le jour se lève. Il me reste une confidence à te faire, avant que tu rejoignes ton baraquement. Une confidence que je n'ai faite à personne, pas même aux hommes de Kadhafi, malgré toute leur persuasion.

« En 1967, alors que j'étais en République centrafricaine où je formais l'opposition clandestine à Bokassa, dirigée par l'un des rares hommes que j'aie respectés dans ma vie, Daniel Mwankumi – mais c'est une autre histoire que je te raconterai un jour – en 1967, donc, j'ai été envoyé en Libye afin d'y préparer les jeunes officiers qui, deux ans plus tard, ont renversé le roi Idris. En 1966, déjà, j'avais rencontré Kadhafi à Londres, frais émoulu de la Royal Military Academy de Libye, et affecté aux "communications" – une sorte de jeune confrère dans l'espionnage, en somme.

« Début 1969, j'ai été arrêté à Benghazi par la police d'Idris et envoyé dans ce camp. A la façon dont Ben Messis m'a accueilli, il m'a semblé qu'il savait qui j'étais et, surtout, qu'il attendait la prise de pouvoir du Syndicat libre des officiers. Je me suis cru en sécurité et j'ai attendu moi aussi. Tu es arrivé ici à peu près à l'époque de la révolution du 1er septembre. Quelque temps après, on est venu me chercher et on m'a emmené à Tripoli. J'ai pensé qu'on me libérait.

« Je me trompais. Kadhafi n'avait pas l'intention de me remercier de mes services et de m'offrir un vol pour Moscou. C'était un jeune homme beaucoup plus renseigné que je ne m'en doutais. Il connaissait mon vrai nom – il n'y a plus aujourd'hui dix personnes au monde qui le sachent – et surtout la nature réelle et l'étendue de mes responsabilités.

Kagan se tut quelques instants. A l'est, le ciel pâlissait. Bientôt ce serait l'aube rapide du désert. Il toussa sèchement et reprit :

– La guerre, David, qu'on la mène sur les champs de bataille ou, comme moi, dans le secret et dans l'ombre, est l'activité humaine qui réclame le plus d'argent. Pour parvenir à mes fins, j'ai, pendant près de cinquante ans, dépensé des fortunes, et ces sommes ne sont encore rien au regard des milliards que coûte au Bloc soviétique l'entretien des partis frères dans le monde, des groupes terroristes, des guérillas, sans compter les bakchichs de la corruption internationale. Kadhafi le sait, bien sûr, comme il sait que je suis l'un des trois ou quatre hommes à avoir accès à ce fabuleux trésor. J'en suis même le plus ancien et, par là, le mieux informé.

« David, si Kadhafi m'a fait torturer en 1969 et, à nouveau, le mois dernier, c'est pour que je lui révèle les numéros de comptes et de coffres en Suisse grâce auxquels on peut avoir accès à tous les autres de par le monde et ainsi s'emparer de ce qui est probablement la plus importante fortune *privée* qui ait jamais existé. Avant que mon entêtement ne l'oblige à en passer par des méthodes plus brutales, il m'avait offert deux pour cent de cette somme, et j'aurais pu vivre fastueusement le reste de mon âge.

– Pourquoi n'avez-vous pas accepté ?

– Parce qu'il m'aurait fait tuer. Tant que je détiens mon secret, je resterai en vie. C'est un dilemme pour lui. Songe qu'il ne peut pas même me faire torturer autant qu'il le voudrait, je risquerais d'en claquer...

Les étoiles s'éteignaient dans la lumière de l'aube.

– Je ne comprends pas, murmura David. Pour un homme comme vous, s'évader de ce camp aurait dû être assez facile...

– J'en avais le projet, après ma première « visite » à Kadhafi. J'ai renoncé.

– Pourquoi ?

– A cause de toi. Pendant que tu me soignais, de mon côté je te jaugeais. Et j'ai très vite eu de l'estime pour toi – de ma part, c'est un grand compliment. Tu étais naïf, mal dégrossi, mais j'ai senti des aptitudes et une force en toi qui étaient les miennes à ton âge. Alors j'ai réfléchi.

« Si je m'évade, me suis-je dit, que vais-je pouvoir accomplir ? A soixante-cinq ans, le temps est compté. Et puis, tandis que j'attendais que mes blessures guérissent, j'ai eu le temps de repenser à ma vie. Jamais ça ne m'était arrivé – toujours d'une mission à l'autre, et souvent je dirigeais plusieurs missions à la fois. Jamais je n'avais pensé à moi.

« Eh bien, le bilan ne m'a pas paru *globalement positif*. Pourquoi ai-je fait tout ce que j'ai fait ? Pour un idéal, t'ai-je dit, tout à l'heure. C'était vrai jusqu'à la fin de la guerre. Ensuite, je me suis contenté de préserver ma vie en pratiquant un métier où j'étais – où je suis – un expert. Voilà ce qui m'a soudain explosé à la gueule, une nuit : *je n'y croyais plus.* Tout ce pourquoi j'ai cru combattre à ma manière a été perverti, détourné, sali, oui, sali ! par des hommes obnubilés par le pouvoir. Et j'y ai prêté la main. En expert, oui ! J'ai été l'un des principaux artisans de la destruction de mon idéal.

Soudain, sa voix s'étrangla.

– C'est insupportable, tu comprends ?

Il porta les mains à son front, resta ainsi un instant, abîmé en lui-même. Enfin, avec une sorte de ricanement, il reprit :

– Je suis bien mal placé pour te reprocher ta naïveté, David. Un jeune naïf, pourquoi pas ? Mais un vieux naïf, champion de la manipulation, de la désinformation et de l'assassinat prémédité, quelle dérision ! Que me reste-t-il ? me suis-je alors demandé. Survivre ? Projet de lâche ou de vieillard. Non. En écoutant ton récit et en démontant pour toi la mécanique du complot qui t'a conduit ici, j'ai réalisé que je devais m'atteler au même projet que toi : la vengeance. Ils ont détruit mon idéal ? Je les détruirai.

« Oui, David, toutes ces années, je t'ai éduqué, je t'ai formé pour que tu accomplisses ta vengeance et *ma* vengeance. Nous allons y consacrer encore quelques années. A Prague, au XVIe siècle, le rabbin Loew ben Bezalel a animé son golem. Travail d'amateur. Nous allons ensemble donner vie au nouveau David Arcas...

X

Les années passèrent. Au début, David vécut dans l'impatience. L'impatience d'apprendre et l'impatience de s'évader. Régulièrement il demandait :

– Quand partons-nous d'ici ?

– Je te le dirai, se contentait de répondre Kagan.

Il finit par ne plus poser la question. Au rythme de trois nuits d'études, une nuit de sommeil, il n'avait guère le loisir de penser à autre chose qu'à digérer l'enseignement de Kagan et à préserver ses forces, toute la journée, sous le soleil du chantier. Ce rythme, d'ailleurs, lui expliqua Kagan, faisait partie de son apprentissage. Il devait plier son corps, son esprit et ses nerfs à sa propre volonté, sans outrepasser leurs limites mais sans jamais, pas un instant, s'abandonner à eux.

Cependant, il voyait vieillir Ben Messis et Kagan s'affaiblir. C'était sa seule mesure concrète du temps : il ne s'était plus vu dans un miroir depuis des années, et détournait la tête quand il croisait son reflet dans une vitre. Il se rasait méticuleusement le visage et le crâne, chaque soir, à l'aveugle. C'était peut-être sa façon de tenir à distance le pauvre type hirsute et puant qu'il était devenu lors de sa réclusion dans la cave, et dont il redoutait inconsciemment qu'il ne guette sa moindre défaillance. Le travail de terrassier et la nourriture frugale du camp avaient asséché et endurci ses muscles, aminci sa silhouette jusqu'à lui prêter une élégance austère dans le maintien et l'économie des gestes. « Tu ressembles, lui disait Kagan, aux photos de Rimbaud à Aden. Elles sont floues, de mauvaise qualité, on distingue mal ses traits. Mais ce sont des images qu'on se rappelle dès qu'on les a vues – et pourtant l'on sait aussitôt que, le croisant dans la rue, on ne le reconnaîtrait pas. »

Ben Messis, par contre, grossissait un peu plus chaque année. Sa peau devenait jaune, ses paupières s'étaient alourdies, lui donnant l'air d'un homme que plus rien ne pourrait amuser ou surprendre. Il avait cessé de disputer des parties d'échecs contre Kagan. Il passait le plus clair de son temps sur sa terrasse, à grignoter des friandises qu'il se faisait livrer en grandes quantités par le camion mensuel apportant les vivres du camp. Il s'était désintéressé d'Arcas et de Kagan comme du reste. Lorsqu'il le voyait, David comprenait pourquoi Kagan mettait tant de mépris dans le mot « survivre ».

Les nuits d'études s'organisaient selon un ordre très précis. En premier lieu, exercices de langue étrangère. Ensuite, notions de médecine africaine ou chinoise. Enfin, illustrées par le récit détaillé d'une mission accomplie ou supervisée par Kagan, leçons générales : histoire mondiale, et ses arcanes ; politique, économie et art de la guerre ; techniques d'espionnage, infiltration, désinformation, constitution d'un réseau, montage d'une mission, sécurité personnelle. Parmi les innombrables opérations que Kagan disséqua pendant toutes ces années, au long des nuits, l'une d'entre elles frappa particulièrement David, car elle combinait des extrêmes : un homme seul et le sort de millions d'autres. C'était ce que les services américains appelèrent « l'affaire de l'agent Max » et que Kagan avait baptisé du nom de code « Monastère ».

– J'ai recruté Alexandre Demianov en 1927, alors qu'il encourait, à la suite d'une dénonciation, un exil administratif. Ce Demianov m'intéressait en ceci qu'il appartenait à une famille de Russes blancs, anciens familiers du tsar Alexandre et célèbres pour avoir combattu, et être morts pour la plupart, contre l'Armée rouge. Je ne pouvais trouver un homme moins compromis en apparence avec le pouvoir soviétique.

« Je le fis engager comme ingénieur électricien dans les studios cinématographiques de Moscou. Rapidement, grâce à cet emploi mais surtout à ses origines d'aristocrate, il se fit de nombreuses relations parmi les acteurs, les metteurs en scène, les écrivains et les poètes, participa à la grande vie nocturne de la capitale et bientôt – je lui avais octroyé un cheval aux prestigieuses écuries centrales du Manège – il fréquenta aussi des diplomates étrangers. Il était de toutes les réceptions, de toutes les premières. Plus de dix ans s'écoulèrent. Je patientais.

« Ce que j'avais prévu, provoqué, finit par arriver. A l'ambassade d'Allemagne, les hommes des services secrets, l'Abwehr, et ceux de la Gestapo décidèrent de le recruter. Il prit, dans leurs dossiers, le nom de Max. Il m'en informa et je lui conseillai de faire semblant d'hésiter encore quelque temps. Laisser filer, puis ferrer.

« La guerre contre l'Allemagne était inévitable, le Pacte germano-soviétique, un leurre. Dans cette perspective, dès 1940, j'avais proposé à Staline de monter de toutes pièces une organisation progermanique, dont les membres approcheraient les Allemands en leur proposant de leur fournir des renseignements ultra-secrets, en échange de postes importants lorsque la Wehrmacht occuperait le territoire soviétique. Ma première intention était, par ce biais, de démasquer les véritables agents russes pro-allemands. Mais quand je compris que les nazis prenaient l'affaire au sérieux, je me dis qu'Alexandre Demianov, *alias* Max, était l'homme de la situation.

« En décembre 1941, alors que l'Armée rouge semblait défaite par l'avance des nazis, Demianov franchit la ligne de front, à skis, et, se prétendant déserteur, offrit ses services à l'Abwehr. On vérifia : il figurait dans les dossiers des services sous le pseudonyme de Max. On se renseigna sur son passé : les émigrés russes travaillant aux côtés des Allemands n'avaient que le plus grand bien à dire de Demianov et de son illustre famille. Max – Alexandre – pouvait agir.

« L'Abwehr le parachuta à Moscou dès février 1942, avec pour mission d'y monter son réseau de renseignements. Nous l'accueillîmes à bras ouverts. Nous pouvions commencer notre entreprise de désinformation, l'une des plus vastes duperies de tous les temps. Dans ses messages aux Allemands, Demianov prétendit avoir, avec son groupe, dynamité plusieurs voies de chemins de fer : je donnai des ordres pour que toute la presse publiât des articles relatant ces attentats qui n'eurent jamais lieu. La réputation de Max auprès des nazis devint excellente.

« Dès lors, il put leur faire avaler tout ce que *je* voulais. L'Abwehr prenait pour argent comptant chaque information militaire stratégique qu'il lui faisait passer. Bien sûr, le jeu était dangereux pour nous : pour qu'une information soit crédible, il faut qu'elle contienne une certaine part de vérité. C'était cette part que nous devions peser : trop de vérité, l'information se retournait contre nous ; pas assez, et Demianov était démasqué.

« Notre plus gros coup de bluff eut lieu lors de la bataille de Stalingrad. Demianov envoya un message aux Allemands où il détaillait la stratégie à venir de l'Armée rouge : vaste offensive dans le nord du Caucase et au nord de Stalingrad. En réalité, l'offensive principale devait être lancée dans Stalingrad même. Mais, pour que l'information soit lestée de sa part de vérité, il y eut bien une autre offensive là où Demianov l'avait indiqué, commandée par le maréchal Joukov en personne. Mais Staline, qui en avait pris la décision, ne l'avait pas prévenu de ses véritables intentions, et je crois que Joukov est mort sans jamais se douter qu'il n'avait dirigé qu'une manœuvre de diversion. Il perdit cette bataille, car les Allemands, avertis par nos soins, y concentrèrent l'essentiel de leurs forces. Cependant, ils étaient écrasés à Stalingrad. Le maréchal Paulus se rendit. Nous commencions à gagner la guerre. Grâce à Alexandre Demianov et aux dix ans qu'il passa dans les raouts et les ambassades à boire du champagne et, au Manège, à faire du cheval. Et grâce aussi un peu à moi qui, pendant ces dix ans, n'ai cessé de le former en vue d'une mission que je n'imaginais pas encore.

« L'amusant de cette affaire, c'est que les chefs des services secrets allemands n'ont jamais éventé la manœuvre. Trente ans après la guerre, ils continuent de se féliciter d'avoir eu un aussi bon agent que Max – leur plus grand succès, assurent-ils. Ils lui ont décerné la Croix de fer, leur plus haute décoration militaire. Au même moment, Alexandre Max Demianov recevait de nos mains reconnaissantes l'Ordre de l'étoile rouge...

Une nuit, alors qu'il expliquait comment il avait rencontré Daniel Mwankumi, leader centrafricain opposé au général Bokassa, Kagan perdit peu à peu ses mots, s'arrêtant soudain au milieu d'une phrase, les lèvres mâchonnant dans le vide, puis reprenant avec hésitation. Quand le phénomène se fut reproduit plusieurs fois, David, inquiet, se pencha sur lui.

– Je crois qu'on a assez travaillé pour aujourd'hui. Vous devriez rentrer vous reposer.

– Me reposer ?

Kagan parlait d'une voix pâteuse, comme d'un homme à moitié endormi.

– Nous n'avons pas le temps de nous reposer, David... Je ne t'ai pas appris la moitié de ce que je sais et... Et les années défilent... Si je n'avais pas de calendrier, j'aurais l'impression que des siècles ont passé...

– Bientôt douze ans, c'est bien assez. Rentrons. Je vais vous accompagner.

Soutenant Kagan, David se leva. Il ne l'avait jamais touché d'aussi près. Il fut surpris de l'étrange légèreté de ce corps.

– Vous avez encore maigri...

– Je ne maigris pas, je m'amenuise. Sais-tu pourquoi ? Parce que ma substance, nuit après nuit, passe dans la tienne. Tu me vampirises, mon garçon.

– Tiens ? Je croyais que c'était le contraire...

Ils rirent, discrètement. David jeta un coup d'œil au mirador le plus proche : on n'y voyait plus de sentinelle ; elle s'était endormie. Il contourna la maisonnette, soutenant toujours Kagan, inquiet qu'il se laisse faire. Ça ne lui ressemblait pas.

Lorsqu'il l'eut couché, il lui proposa de l'ausculter. Kagan fit un geste de dénégation.

– A quoi ça servirait ? J'ai soixante-quinze ans, voilà ton diagnostic. Va te coucher toi aussi. Nous reprendrons demain notre petite université nocturne.

David s'éloigna vers la porte. Kagan le rappela.

– Tu n'as rien remarqué aujourd'hui ?

– Quoi donc ?

– D'habitude, Ben Messis est sur sa terrasse à se gaver de sucreries. On ne l'a pas vu de la journée.

– Il a une indigestion ?

– Je me demandais si... Non. Laisse. On verra ça demain.

***

David maniait distraitement sa pioche en songeant au malaise de Kagan la nuit précédente, quand il l'aperçut, escorté de deux soldats, traversant le camp jusqu'à la maison de Ben Messis. Il passa le reste de la journée à guetter, mais ne l'en vit pas ressortir. Peu avant la nuit, les soldats mirent leur voiture en marche et les prisonniers la suivirent, en traînant les pieds. David mangea lentement, assis en tailleur à l'entrée du baraquement, surveillant la terrasse de Ben Messis.

Lorsqu'il fut sûr que tous ses compagnons s'étaient endormis, il se glissa dehors. A l'endroit habituel où Kagan l'attendait, le renfoncement dans le mur face aux barbelés, il n'y avait personne. Inquiet, il entra dans l'infirmerie.

– C'est toi ? l'interpella Kagan, de la chambre. Viens me rejoindre.

Se regardant dans le triangle approximatif d'un miroir brisé, il se coupait la barbe.

– J'ai emprunté ces ciseaux sur le bureau de Ben Messis. Cet homme est trop plein de lui-même, il ne voit rien autour de lui.

Rassuré de trouver Kagan redevenu lui-même, David plaisanta :

– Vous changez de tête ? A qui voulez-vous plaire ?

– Je me fais beau, David, pour célébrer un événement.

– Que se passe-t-il ? Ben Messis organise un bal ?

– Il y a de ça. Ce sera un bal masqué. Tu en seras le seul convive.

– Je ne comprends pas.

– Cette nuit, David, tu t'évades.

Arcas n'eut aucune réaction. Kagan se retourna, le pointant des ciseaux.

– Je sais bien que je t'ai appris à contrôler tes émotions, mais entre nous tu pourrais faire un effort.

– C'est... La nouvelle est inattendue.

– Et le mot mal approprié : jamais tu n'as autant attendu une nouvelle. Écoute-moi – ça me fera du bien de monologuer, j'ai dû subir le bavardage de Ben Messis pendant des heures. Un supplice auquel ils n'avaient pas songé, à Tripoli. Ils n'auront pas le loisir de l'expérimenter. Ils viennent me chercher cette nuit. Kadhafi doit s'ennuyer, il s'est rappelé mon existence. Ils seront là vers quatre heures du matin, selon Ben Messis qui était en contact radio avec leur véhicule. Nous avons un peu de temps devant nous. Soulève cette couverture.

David obéit. Il découvrit, sur le lit, une boussole, une carte tracée de la main de Kagan, deux courts poignards, une perruque et un postiche.

– La boussole vient aussi du bureau de Ben Messis. La carte aussi, en quelque sorte. Je l'ai dessinée de mémoire d'après celle affichée sur son mur. Pour les poignards, j'ai mis pas mal de temps à découper et affûter le métal d'une gamelle, ça devrait faire l'affaire.

– Et ça ? demanda David en désignant la perruque et le postiche.

– Mon chef-d'œuvre. Arraché poil après poil à mon vieux crâne et collé patiemment sur du papier. Avec ça, dans le noir, tu devrais être presque aussi laid que moi.

David ouvrit la bouche ; Kagan le fit taire d'un geste menaçant des ciseaux.

– Laisse-moi parler. Combien de fois, toutes ces années, m'as-tu assommé avec cette question : avez-vous un plan ? Oui, j'ai toujours eu un plan. M'évader par la grande porte, accompagné par la police de Kadhafi. Et c'est ce que tu vas faire.

– Mais...

– Tu vas prendre ma place. A l'aide de ces délicats ouvrages d'armurerie, tu vas tuer ton escorte, quand vous serez assez loin du camp. La boussole et la carte, ainsi que leur voiture, te permettront de passer la frontière tunisienne. Tu verras, au dos de la carte je t'ai noté un nom et une adresse à Tunis. Tu t'y présenteras de ma part.

Durant l'exposé de Kagan, David avait secoué la tête, de plus en plus énergiquement.

– Non, dit-il. Pas question que je m'évade tout seul.

– Tu t'imagines que tu as le choix ?

– Vous ne pourrez pas m'obliger à partir.

– Très bien, David, tu restes là. Les hommes de Kadhafi m'emmènent. Que se passe-t-il ? On me torture, et cette fois j'en crève. Magnifique résultat.

– Il suffit de s'évader ensemble.

Kagan coupa la dernière boucle de sa barbe, se considéra dans l'éclat de miroir, déposa les ciseaux et s'approcha de David. Il le saisit par les épaules.

– David, tu es plus que mon fils, tu es toute ma mémoire. Évade-toi, tu m'emporteras avec toi. Et puis, pour en finir avec cette discussion inutile, je te demande de me faire confiance : je m'évaderai à mon tour et à ma façon. D'accord ?

– D'accord, concéda David, à contrecœur.

– Alors passons aux exercices pratiques !

Kagan le fit asseoir sur le lit. A l'aide d'une colle efficace et malodorante – « Fabrication maison ! » –, il fixa soigneusement la perruque sur le crâne rasé de David et le postiche sur son menton et ses joues. Il lui demanda de se mettre debout, se moqua un peu de lui et lui demanda de marcher comme un vieillard.

– Un vieillard usé et malade. Comme moi, en somme. Vas-y.

Après quelques essais maladroits – « Joue un rôle, David ! Sois moi ! Regarde-moi marcher » –, il parvint à « entrer dans la peau de son personnage » : genoux légèrement fléchis, démarche traînante, dos voûté.

– N'exagère pas. Je n'ai tout de même pas l'air aussi décati.

Après quoi, Kagan passa dans la pièce voisine où David l'entendit déplacer l'armoire à pharmacie. Il en revint avec une bourse de toile dont il sortit deux épaisses liasses de feuillets que David reconnut pour ceux arrachés aux calendriers fournis par Ben Messis. Leur verso était couvert d'une écriture minuscule et ferme.

– Voilà ce que j'ai de plus précieux. Mon traité sur les contradictions et les faiblesses du système soviétique. Prends-le. Tu le liras, l'étudieras. Lorsque tu seras devenu celui que tu dois être, lorsque tu seras en train d'accomplir ta vengeance personnelle, mets aussi la mienne en route. Il te suffira de suivre toutes les indications de ce traité. Et, si, çà et là, j'ai commis une erreur dans mes prévisions ou mes appréciations, corrige-les comme je l'aurais fait moi-même.

Kagan remit les deux liasses de feuillets dans le petit sac de toile et le tendit à David.

– Accroche ça sous ta ceinture, avec la boussole et la carte. Cache les poignards dans tes manches.

David obéit. Kagan ouvrit la main, doigts écartés, et la plaça sous les yeux d'Arcas.

– Ces mots et ces chiffres que tu lis dans ma paume, apprends-les par cœur. Ils te donneront accès à l'arme absolue en ce monde. L'argent. C'est bon ? Tu les as lus et retenus ?

David acquiesça d'un hochement de tête. Kagan essuya sa paume sur son pantalon.

– Maintenant, je vais prendre ta place au dortoir. Ils ne vont plus tarder à arriver.

Ils se serrèrent la main.

– *Zdorovia jelaiou tovaritch Arcas.*

– Bonne santé, camarade, répondit David.

Kagan le prit tout à coup dans ses bras, lui donna l'accolade. Puis il s'écarta tout aussi vivement, s'éloigna vers la porte.

– *Zdorovia jelaiou*, c'était la formule rituelle pour saluer Beria. « Bonne santé ! » J'espère qu'elle te portera plus de chance qu'à lui. Adieu.

XI

Avec un juron, l'homme en complet veston rattrapa par le col le vieillard qui trébuchait. Il le poussa contre la portière ouverte de la Land Rover et lui dit, en arabe, de grimper à l'intérieur. Le vieil homme respirait à petits coups, les épaules basses, le menton sur la poitrine. Du revers de la main, l'homme le frappa sèchement sur la nuque et lui répéta de monter dans la voiture. Péniblement, avec des gestes lents et imprécis, le vieillard lui obéit.

Un autre homme en complet veston était déjà assis sur la banquette, à sa droite. Il jouait distraitement avec une paire de menottes. Son compère s'installa à son tour dans la voiture, repoussant sans ménagement le vieillard contre son collègue. Il tapa sur l'épaule du chauffeur, un soldat en uniforme. La Land Rover démarra, franchit la porte du camp. Elle s'engagea sur la piste.

Le complet veston de droite prit un poignet du vieillard et ouvrit ses menottes. Entendant le cliquetis de métal, le complet veston de gauche tourna la tête et lui dit :

– De quoi tu as peur ? Tu l'as vu ? Il aurait même pas la force de se tenir la queue pour pisser !

Ils rirent et le premier rangea ses menottes.

Dehors, on ne voyait rien d'autre que l'espace jaune ouvert par les phares. Le ciel était noir, comme les pierres du désert. Les deux hommes se calèrent chacun contre sa portière, dans la même attitude, bras croisés sur la poitrine, tête inclinée. Peu après, l'homme à la gauche du vieillard ronflait. Celui de droite poussait dans son sommeil de tout petits cris de chiot.

Le vieillard redressa la tête. Il regarda le chauffeur, puis, au-delà du pare-brise, l'horizon qui blanchissait très vite. Il prit deux profondes inspirations silencieuses, glissa ses doigts dans ses manches, les ferma sur les poignards, bloqua sa respiration.

Les deux coups furent presque simultanés. La lame se planta jusqu'à la garde dans le cou de l'homme de droite, lui ouvrant la carotide et le larynx. Celui de gauche bougea la tête à la dernière seconde : le poignard lui transperça la pomme d'Adam. L'homme émit un violent hoquet, les yeux écarquillés. Arcas se pencha sur lui, prit le pistolet rangé dans un holster près du cœur et lui tira une balle sous le menton. A sa droite, l'autre agonisait en tremblant de tout son corps.

– Stoppe la voiture ! cria Arcas à l'adresse du chauffeur.

Il croisa son regard dans le rétroviseur. Des yeux noirs affolés.

– Arrête-toi ! répéta Arcas en pointant le pistolet.

Mais le chauffeur, au contraire, accéléra. Arcas ne pouvait pas tirer. La Land Rover roulait trop vite.

Il hésita. Depuis qu'ils avaient franchi la porte du camp, il s'était préparé à égorger les hommes qui l'encadraient. Il n'avait rien prévu pour le chauffeur. Il croyait qu'il s'arrêterait.

Soudain le chauffeur, tenant son volant d'une main, se retourna. Il braquait un pistolet. Arcas se jeta sur lui. Un coup partit, qui l'assourdit. Maintenant le poignet du chauffeur, il lui enserra le cou dans son bras gauche. La voiture fit une embardée, tangua, quitta la piste. Sans ralentir l'allure, elle se mit à rebondir parmi les pierres noires. Arcas se renversa en arrière de toute sa force. Il sentit les vertèbres cervicales craquer contre son épaule. Il repoussa le chauffeur sur le côté. Le corps s'effondra sur le siège passager. La Land Rover décéléra et, dans un dernier rebond, s'immobilisa.

Il tira les cadavres hors du véhicule. Il les allongea les uns à côté des autres parmi les caillasses noires. Il échangea ses mauvaises sandales contre les rangers du chauffeur, récupéra leurs armes et leurs munitions, leur fit les poches, rassemblant l'argent qu'il trouvait sur eux. Il n'éprouvait rien. Il accomplissait une tâche nécessaire, c'est tout. Il ôta sa perruque et sa barbe postiche, se coiffa de la casquette militaire du chauffeur, chaussa ses lunettes noires et enfila sa saharienne. Il se mit au volant. La Land Rover rejoignit la piste. Le jour s'était levé.

***

Il roulait depuis sept heures. Il faisait une chaleur infernale dans la voiture, malgré les vitres ouvertes. Depuis un moment, Arcas avait quitté le désert de pierres noires, traversé le gravier d'un *sarir*, puis l'horizon s'était brusquement rapproché, formé de hautes dunes escarpées, parmi lesquelles la piste s'estompait parfois, avant de réapparaître, serpentant vers la vibration bleutée du nord-ouest.

Arcas regarda le ciel. La nuit était proche. Il n'avait pas l'intention de s'arrêter. Selon le plan de Kagan et ses propres prévisions, il lui faudrait environ deux jours pour atteindre la frontière tunisienne.

Le moteur toussa. La Land Rover se mit à « brouter », n'avançant plus que par à-coups. Agacé, Arcas appuya sur l'accélérateur. Sans succès. Il jeta un coup d'œil à l'indicateur de la jauge. Panne sèche.

Il freina, sauta dans le sable. Au camp, avant de monter dans la voiture, il avait aperçu des jerrycans à l'arrière. L'essence et l'eau. Ça tombait bien : lui aussi avait soif.

Le hayon était ouvert. Plus de jerrycans. Ils avaient dû tomber pendant sa lutte avec le chauffeur, dans les énormes cahots parmi les pierres. Arcas ôta ses lunettes noires. Toute pensée était suspendue en lui. A part la sensation décuplée de la soif. Machinalement, il referma le hayon.

Il remonta dans la voiture. Sous le siège passager, il découvrit une gourde de métal, à demi pleine d'une eau tiédasse. Il en but une gorgée qu'il garda longtemps dans sa bouche. Il déplia la carte. Mille, mille deux cents kilomètres jusqu'à la frontière. A pied. Les mots, douze ans plus tôt, de Ben Messis lui revinrent en mémoire : « Toute tentative d'évasion serait un affront aux réalités de la géographie. » Et alors ? Il n'avait pas le choix.

Dès la nuit venue, il se mit en marche.

***

A l'aube, le ciel découvrit un homme allongé en chien de fusil au pied d'une dune. Arcas s'était endormi comme une masse, quelques heures plus tôt, quand ses jambes avaient cessé de le porter. La lumière du jour l'éveilla. Il s'assit. Il avait faim et soif. Sans doute y avait-il des vivres dans la Land Rover. Il n'y avait pas pensé. A moins qu'ils ne soient tombés eux aussi dans les pierres.

La chaleur montait aussi vite que le soleil. Arcas fouilla dans son sac, en tira la carte. Il la mit à plat devant lui dans le sable. Il l'examina un moment, puis se mit à rire. A quoi lui servait une carte ? Il n'était nulle part. Pendant la nuit, il avait perdu la piste. Il n'y avait autour de lui que du sable et du sable.

Il se remit sur ses pieds. Il rabattit la visière de sa casquette militaire, passa les bretelles du sac sur ses épaules. Dans la poche pectorale de la saharienne, il prit sa boussole. Nord-nord-ouest. Il leva la tête dans cette direction. Les rayons rasants du soleil dessinaient des ondes d'ombre sur une muraille de sable haute de plusieurs dizaines de mètres, abrupte comme une gigantesque vague pétrifiée.

Arcas rangea la boussole, but une gorgée d'eau, assura le sac sur son dos et se mit en marche. Nord-nord-ouest.

***

Nu, un petit garçon le contemplait en riant. Arcas eut pour premier réflexe de lui sourire en retour. Il lui sembla que ses lèvres se déchiraient. Il les toucha du bout des doigts. Elles étaient craquelées, elles saignaient.

Il était allongé sous une tente, d'un cuir tanné cousu à grands points. Pas un meuble, hormis la natte sur laquelle il était étendu et quelques vieux tapis usés. Dehors, il entendit à nouveau le son qui l'avait tiré de son rêve : le bêlement d'une chèvre. Le petit garçon s'était accroupi et l'examinait à présent avec grand sérieux.

– Bonjour, lui dit Arcas.

Éclatant de rire, le petit garçon se redressa et fila en courant hors de la tente. Quelques instants plus tard, il réapparaissait en compagnie d'un homme de très haute taille, vêtu d'une gandoura noire et portant le *tagelmust*, voile indigo dont les Touaregs se couvrent le visage, qui demanda à Arcas s'il se sentait mieux, puis, sans attendre sa réponse, s'assit en tailleur au centre de la tente.

– Tu as eu de la chance, lui dit-il, que nous passions par là. Tu n'aurais pas résisté à un jour de plus au soleil.

Arcas fit l'effort de s'asseoir lui aussi. Il fut étonné de ne pas se trouver plus fatigué ni plus courbatu. Il éprouvait simplement une grande faiblesse, assez agréable, qui atténuait toutes les sensations. Il commença à expliquer que sa voiture était tombée en panne sèche quelques jours plus tôt, mais le Touareg l'arrêta d'un geste de la main.

– Tu es qui tu es, tu viens d'où tu viens. Comment veux-tu qu'on te nomme ?

– Arcas.

– Tu es mon hôte. Si tu veux, tu pourras voyager avec nous quand nous repartirons d'ici.

– Où allez-vous ?

Le Touareg tendit le bras dans une direction quelconque.

– Loin, dit-il. Toi, où allais-tu ?

– En Tunisie.

L'homme ne fit pas de commentaire. Il demeura un moment à dévisager Arcas, en silence. Le voile ne laissait à découvert que ses yeux noirs.

– On va t'apporter à manger, dit-il enfin en se levant.

Avant de quitter la tente, il ajouta :

– Je m'appelle Tazrouk.

En peu de temps, Arcas fut remis sur pied. Il partageait la vie du camp : une trentaine de tentes, dont la plus vaste appartenait à Tazrouk, le Touareg qui l'avait accueilli. Si les hommes étaient tous voilés, les femmes allaient le visage découvert et les enfants étaient nus. Au nord du campement, de nombreux chameaux paissaient une herbe rare, mais les hommes leur préféraient, pour leurs déplacements vers les montagnes bleutées qui barraient l'horizon, l'une des trois Peugeot 403 ou la vieille Jeep rafistolée parquées près de la tente de Tazrouk. Certains jours, ils partaient tôt le matin, revenaient avant la nuit. Arcas ignorait le but de ces courses et ne le demandait pas. Ils étaient toujours armés, quelle que soit leur activité. Cela allait du vieux Lebel d'avant guerre à la kalachnikov, sans compter les nombreuses armes de poing qui leur pendaient à la taille. A part cela, ils avaient l'air amicaux et paisibles.

Arcas avait l'honneur de prendre ses repas sous la tente de Tazrouk. La conversation était toujours très soutenue mais anodine. Arcas n'y apprenait rien sur ses hôtes que des anecdotes et de vieilles histoires de la tribu. Non loin de la tente principale, des dizaines de caisses sans inscription étaient empilées, constamment gardées par quatre hommes. Arcas imaginait que les départs quasi quotidiens de la Jeep – quand Tazrouk en prenait le volant – ou d'une des 403 vers les montagnes avaient peut-être un rapport avec cette précieuse marchandise. Il n'en parlait pas, ne posait surtout aucune question. Quand il n'était pas au volant de sa Jeep, Tazrouk passait une grande partie de son temps le nez dans le moteur, barbouillé de cambouis et absorbé par des problèmes de bielles ou d'arbre à cames.

Désœuvré, Arcas songeait à Kagan, dont il se demandait ce qui lui était arrivé après l'évasion. Il se rappelait l'une de ses dernières phrases, qu'il n'avait pas relevée sur l'instant : « Je m'évaderai aussi et à ma façon. » Plus il y réfléchissait, plus il se disait que Kagan avait choisi la manière la plus radicale d'en finir avec la détention : la mort. Cette certitude s'installa en lui plus fermement chaque jour, mais il n'en éprouva aucun chagrin. S'il y avait une phrase pour définir Kagan, c'était bien celle-ci : il savait ce qu'il faisait. Arcas n'hésitait plus que sur un point : sous quelle forme Kagan avait-il perpétré son suicide ? Mais cela avait-il désormais la moindre importance, sinon pour le vieil homme lui-même ?

Arcas tira profit de ces journées vides pour commencer à déchiffrer le traité que Kagan avait rédigé au dos des feuilles des éphémérides. Cela suffit à lui faire oublier toute autre préoccupation. Il n'avait jamais rien lu ni entendu de pareil. Et s'il s'était fait une certaine opinion sur la vengeance dont Kagan l'avait chargé pour son propre compte, il fut effaré par son ampleur démesurée. Détaillé avec une extraordinaire minutie, développé point par point avec une rigueur et une acuité féroces, monté comme une opération de désinformation et de déstabilisation sans équivalent à l'échelle de l'Histoire, le projet de Kagan était rien moins que d'abattre en quelques années l'Empire soviétique, ce « géant aux pieds d'argile enlisés dans la boue », comme il l'écrivait en préambule. Chacun des chapitres disséquant une à une les faiblesses de l'URSS et les moyens d'en tirer le meilleur parti était assorti d'un appareil de notes à l'intention de David sur la conduite à tenir dans tous les cas de figure qui se présenteraient à lui. Quand il eut refermé le traité, Arcas eut pour première pensée que son maître était fou. Comment un homme seul, eût-il à sa disposition le « trésor » – improbable – qui, selon Kagan, l'attendait en Suisse et divers autres paradis fiscaux, pouvait-il seulement égratigner l'un des deux maîtres du monde ? Puis il se remémora « l'affaire de l'agent Max ». Demianov n'avait-il pas réussi à mystifier l'Abwehr, Kagan n'avait-il pas, grâce à lui, remporté la bataille décisive du front de l'Est ? Ce que son traité proposait, ce n'était après tout qu'une entreprise, sinon en proportions, du moins en tout point semblable.

Arcas rangea soigneusement les centaines de feuillets fragiles dans une boîte métallique. Le couvercle refermé, il s'aperçut qu'il avait l'esprit joyeux, alerte, aigu, comme après les meilleures leçons de Kagan. Il dut s'avouer que la folie même du projet l'exaltait et donnait un but – et quelle matière ! – aux douze ans d'enseignement de Kagan. Certes, il mettrait en œuvre sa vengeance personnelle, quand il se serait assuré que ce que son maître, par son seul raisonnement, avait révélé était vrai. Mais déjà, alors qu'il n'était encore qu'un individu solitaire et démuni, égaré dans le désert parmi une tribu nomade, il comprenait que tant de science devait servir à d'autres fins qu'une nécessaire mais égoïste revanche.

– Je tiendrai ma promesse, dit-il en posant la main à plat sur la boîte où reposait le traité.

Et il songea que sur une promesse déjà sa vie avait basculé. Tenir celle-ci ne lui faisait pas peur. Il n'avait plus de vie, sinon sous la forme de promesses à tenir, l'une à Kagan, l'autre à lui-même. Il venait de naître.

***

Un matin, peu avant l'aube, le campement disparut sous les yeux d'Arcas. Les tentes furent défaites, repliées, chargées à dos de chameau, ainsi que les caisses jusqu'alors farouchement surveillées. En moins de deux heures, il ne resta d'autres traces du camp que des enclos de branches épineuses jonchés de crottins et d'épluchures. Tazrouk invita Arcas à monter avec lui dans la Jeep et, à leur suite, la caravane s'ébranla. Ils prirent la direction des montagnes.

Ils voyagèrent plusieurs heures, au pas des chameaux. De temps en temps, Tazrouk faisait faire demi-tour à la Jeep et remontait la caravane jusqu'aux caisses harnachées sur une dizaine de bêtes. Arcas le soupçonnait de vouloir moins jeter un œil au précieux chargement que s'offrir le plaisir d'une petite pointe de vitesse. La voiture soulevait un brouillard de poussière dans lequel, virant tout à coup de bord, Tazrouk s'amusait à s'engouffrer à contresens. Pendant quelques secondes, ils ne voyaient rien. Tazrouk riait.

En milieu d'après-midi, ils parvinrent au pied des montagnes. Un défilé s'ouvrait vers le nord-est. La caravane fit halte, on fit baraquer les chameaux transportant les provisions et les tentes, les hommes qui étaient dans les 403 en débarquèrent et prirent en charge les bêtes portant les caisses. Ils s'engagèrent dans le défilé, derrière la Jeep.

– Où allons-nous ? demanda Arcas.

– *Business*, répliqua Tazrouk. Rendez-vous d'affaires...

Le défilé, large d'abord d'une trentaine de mètres, se resserra bientôt en un goulet où passaient juste la voiture et les dromadaires. Les hommes tenaient leurs armes prêtes à servir, surveillant l'à-pic de rochers au-dessus d'eux. Du pouce, Tazrouk désigna à Arcas l'arrière du véhicule.

– Un homme ne doit pas se déplacer nu. Prends un fusil.

Arcas choisit un Uzi. Il n'avait jamais manié d'arme, mais leurs caractéristiques et leur maniement avaient fait l'objet d'une annexe aux cours que lui avait donnés Kagan. Il suffisait de passer de la théorie à la pratique, de l'abstraction au poids du métal et à l'odeur de graisse.

Le goulet s'élargit tout à coup sur une sorte de cirque naturel d'une centaine de mètres de rayon. Tazrouk freina. Les mains sur le volant, il observa les rochers qui les surplombaient – les cernaient. Arcas l'imita. Tout semblait désert. La caravane était sortie du goulet à son tour ; les dromadaires et les hommes se regroupèrent sur la droite de la Jeep. Tazrouk continuait d'examiner les alentours.

– Quelque chose ne va pas ? demanda Arcas.

– Chut... Écoute...

Arcas tendit l'oreille. Sur sa droite, un chameau blatéra ; un autre piétinait sur place. Puis il crut percevoir un autre son, très loin, comme un souffle rythmé, rapide. Tazrouk sauta de la Jeep et lança des ordres à ses hommes. Aussitôt, tandis qu'une partie d'entre eux faisait baraquer les chameaux, les autres, fusils-mitrailleurs portés en travers de la poitrine, se déployèrent dans les rochers. Là, ils s'accroupirent à l'abri et pointèrent leurs armes vers le ciel.

Arcas ne reconnut le bruit de plus en plus assourdissant arrivant de l'est que lorsque l'hélicoptère survola le cirque de pierre.

– Sors de là ! lui cria Tazrouk. Va dans les rochers !

Il se précipita hors de la Jeep au moment où les premières rafales, tirées de l'hélicoptère, firent fuser plusieurs traînées de poussière devant le capot. Il courut. Les hommes de Tazrouk ripostaient. Quand il passa près des dromadaires, il lui sembla que d'autres rafales lui mordaient les talons. Les bêtes s'affolèrent. Maladroites, elles se relevèrent en désordre, se bousculèrent. Un chameau tomba comme une masse sur le flanc. Les caisses qu'il transportait volèrent en éclats. Des dizaines de fusils-mitrailleurs se déversèrent parmi les cailloux.

Arcas se jeta derrière un rocher où l'attendait Tazrouk. L'hélicoptère, sans cesser de tirer, vira au-dessus de leurs têtes et repartit vers le bord opposé du cirque.

– Ils s'en vont, s'écria Arcas.

L'appareil se stabilisa, à deux cents mètres de distance environ. Tazrouk hurla un ordre. Ses hommes déchargèrent ensemble leurs fusils en direction de l'hélicoptère qui, disparaissant à demi dans la poussière qu'il soulevait, se posait. Au même instant, un camion militaire débouchait de l'entrée nord du cirque, une douzaine de soldats en sautaient, puis une salve d'armes automatiques dégringola du haut des rochers, juste au-dessus des Touaregs. Deux d'entre eux tombèrent. Arcas se retourna, s'adossa à la pierre et, avant même de les voir, tira une longue rafale sur les soldats qui, installés sur la crête, les prenaient à revers. Une embuscade. On les attendait – pas pour un « rendez-vous d'affaires »...

Impossible de tenir en restant en contrebas. Arcas réfléchissait à toute vitesse. Ils offraient des cibles parfaites aux soldats postés au-dessus d'eux. Deux autres Touaregs avaient été blessés. Et s'ils quittaient les rochers, ils se retrouveraient face aux soldats amenés par le camion et l'hélicoptère qui, déployés en arc de cercle, leur donnaient l'assaut.

– Il faut monter là-haut ! cria-t-il à Tazrouk.

– On n'y arrivera pas !

– J'y arriverai, affirma Arcas.

Alors qu'il s'apprêtait à se relever, Tazrouk fit un pas vers lui pour l'en empêcher. Il n'y eut qu'une courte rafale. Tazrouk tourna sur lui-même et s'effondra aux pieds d'Arcas. Il avait été touché sous l'omoplate droite. Trois petites déchirures nettes dans l'étoffe noire, d'où le sang se mit à sourdre. Arcas ôta son écharpe, la roula en boule et la pressa de toutes ses forces sur la blessure. Un Touareg le rejoignit. Arcas le prit par le bras.

– Suis-moi.

Ensemble, profitant d'une riposte des hommes de Tazrouk, ils coururent sur une trentaine de mètres au pied des rochers. Arcas s'arrêta. Il baissa les yeux sur la ceinture de son compagnon.

– On aura besoin de ça, dit-il en lui prenant d'autorité l'une des deux grenades qu'il portait.

Ils escaladèrent les rochers en empruntant une étroite cheminée dans la paroi qu'Arcas, lors de sa course pour échapper aux premiers tirs de l'hélicoptère, avait repérée sans même s'en apercevoir. Ils étaient protégés à la fois de la vue et des tirs des deux groupes d'assaillants. L'exiguïté de la cheminée leur facilitait l'ascension. Arcas fut le premier au sommet. A plat ventre, il examina la situation. Dix hommes, peut-être douze. Il se trouvait sur leur flanc droit.

– Comment tu t'appelles ?

– Embarek.

– Tu vas ramper pour te placer derrière eux. Ne fais rien avant moi. Allez.

Il attendit une minute, en comptant calmement les secondes. C'était assez de temps pour qu'Embarek contourne l'escouade embusquée. Il ne pensait à rien d'autre qu'aux gestes qu'il allait faire.

Il arracha la goupille. Il se redressa, un genou au sol. Il lança la grenade. Il la vit très nettement tracer une course parabolique dans le ciel. Quand elle explosa, il se mit debout et, avançant pas à pas, lentement, il se mit à tirer. La grenade d'Embarek fit écho à la sienne quelques secondes plus tard.

Peu après, il égorgeait le dernier soldat qui, blessé au genou, se traînait inutilement à l'écart. L'escouade avait compté quinze hommes.

En contrebas, les Touaregs n'étaient plus que quatre à se défendre de l'assaut d'une vingtaine de soldats.

Arcas et Embarek se placèrent en position de tireur couché. Ils avaient pris chacun un fusil. Ils abattirent six soldats, coup sur coup. Il y eut un flottement parmi les autres. Un ordre fut lancé. Ils commencèrent à se replier. Embarek en descendit encore trois et

Arcas visa et abattit l'officier. En bas, les quatre Touaregs jaillirent de l'abri des rochers. Ils coururent jusqu'à la Jeep.

– Descendons, dit Arcas.

Ils dévalèrent la pente. A chaque pas, ils risquaient la chute. Les pierres roulaient. Arcas avait le pied aussi sûr qu'Embarek. Il ne se laissa pas distancer. Lorsqu'ils arrivèrent au bas des rochers, la Jeep fonçait sur les soldats, tel un engin de guerre. En équilibre sur les marchepieds, trois des Touaregs déchargeaient leurs kalachnikovs, d'une seule main, l'autre accrochée à la voiture. Les soldats jetèrent leurs armes, levèrent les mains au-dessus de la tête. Ils n'avaient plus d'officier ; ils n'étaient plus qu'une demi-douzaine.

Arcas reprit son souffle. La bataille était gagnée. Il n'avait eu ni peur ni doute. Il avait accompli les gestes nécessaires au moment nécessaire dans le tempo nécessaire. Il se rappela Tazrouk. Il tourna la tête vers l'endroit où il était étendu.

– Arcas ! Il s'en va !

Embarek lui montrait l'hélicoptère dont les pales se mettaient très lentement à tourner. Arcas épaula son fusil. Cent cinquante mètres, jugea-t-il. La tête casquée du pilote tenait tout entière dans le V de sa mire. Il bloqua sa respiration, appuya sur la détente.

L'hélice ralentit, puis s'immobilisa.

Ensuite, il fallut agir très vite. Arcas fit placer Tazrouk dans la Jeep qui le transporta jusqu'à l'hélicoptère. On l'y allongea avec précaution. Arcas le sangla. Tazrouk était conscient. Il respirait difficilement. Dans la trousse de secours, Arcas trouva de quoi stopper provisoirement l'hémorragie.

– Tu dois être soigné dans un hôpital, expliqua-t-il à Tazrouk. Quelle est la frontière la plus proche ?

– L'Égypte est à une demi-journée de marche. C'est trop loin, Arcas.

– Pas avec cet appareil.

– Tu sais le piloter ?

– On va bien voir.

Arcas prit place dans le siège du pilote. Il inspecta le tableau de bord. Rien d'ésotérique. A peu près les mêmes cadrans, les mêmes indicateurs que dans un avion. Le reste, il l'apprendrait sur le tas.

Il salua Embarek et ses compagnons. Il s'attendait à des difficultés de leur part ; il n'y en eut pas. Ils lui faisaient confiance. Il savait se battre et se servir d'une arme. Pourquoi n'aurait-il pas su piloter cet engin ? Un homme qui n'a pas peur de la mort est capable de tout.

Arcas mit le contact. Les Touaregs s'écartèrent. Leurs burnous et leurs voiles claquaient dans le vent de l'hélice.

L'appareil décolla – ou plutôt quitta tranquillement le sol. Arcas n'avait pas d'appréhension. A mesure qu'il s'élevait, il découvrait la cime des montagnes et, au-delà, une immense plaine brune et rouge dans le soleil couchant. Le cirque de pierre n'était pas plus grand qu'un cratère. Le ciel, noircissant à l'orient, gardait à l'occident un scintillement bleu-blanc pareil à celui, le matin, de la mer en été.

Alors Arcas piqua vers l'est et entra dans la nuit.

XII

Genève, mai 1981

– Notre établissement, monsieur, est un modèle de sécurité, et, si je puis me permettre, d'une précision tout helvétique. Les voleurs pourraient régler leur montre sur le passage de nos convoyeurs de fonds.

Heller eut un petit rire forcé. Sa blague, qu'il resservait aux clients depuis dix ans, était tombée à plat. L'homme qu'il accompagnait dans l'escalier n'avait pas même pris la peine de sourire. Il le regarda à la dérobée : grand, mince, le cheveu court et gris, les joues creuses, l'œil glacé ; costume noir de confection, cravate noire en polyester, des chaussures neuves mais bon marché. Un plouc. Un de ces indécrottables ploucs des pays de l'Est. Et ne parlons pas de ce sac de sport en plastique. On dirait qu'il vient acheter dix kilos de topinambours au marché noir. Quel monde.

– Nous arrivons, dit-il d'une voix aimable. Encore une grille et une porte blindée. Mais vous le savez, bien sûr, vous êtes déjà venu chez nous...

Heller, tout en déverrouillant la grille, fit un sourire interrogateur. L'homme le considéra d'un regard fixe. Heller cilla plusieurs fois, toussota et s'écarta en ouvrant la grille. Un agent du KGB, j'en mettrais ma main à couper. Il faut toujours que ce soit à moi qu'on donne ce genre de clients.

– Je vous en prie.

L'homme franchit la grille et s'approcha de la porte blindée, cinq mètres plus loin. Heller, d'habitude, servait tout un laïus humoristique au sujet de l'inviolabilité de cette porte. Cette fois-ci, il se tut. Il procéda rapidement aux diverses manipulations requises. Il avait hâte de regagner son bureau, au rez-de-chaussée. Cette espèce de moujik lui glaçait les sangs.

– Nous y voilà.

D'un geste circulaire, il désigna les dizaines de rangées de coffres de la salle.

– Vous avez votre code? Je vous laisse, cher monsieur. Dans combien de temps dois-je revenir vous chercher?

– Quinze minutes, répondit l'homme.

– Parfait. A tout à l'heure.

Heller sortit de la salle, sentant peser sur sa nuque le regard du Soviétique. Il ne se décontracta que lorsqu'il atteignit l'escalier.

L'homme posa son sac de sport à terre. Il remonta le mur de coffres jusqu'au numéro 666. Il en composa le code. Il l'ouvrit.

Il hésita une seconde, puis mit la main à l'intérieur du coffre. Il en sortit une longue boîte de métal. Il la soupesa : elle lui sembla très légère. Il la porta jusqu'à une petite table. Après une autre hésitation, il en retira le couvercle.

Au fond de la boîte, il n'y avait qu'un minuscule carnet à couverture de moleskine rouge.

Arcas resta un moment figé. En apparence, il était tout à fait calme. Lorsqu'il s'anima enfin, il se contenta de prendre le carnet, et le fit tourner entre ses doigts. En vérité, il n'était pas vraiment déçu. En entrant dans la banque, il s'était efforcé de chasser de son esprit les images puériles qui l'obsédaient depuis son réveil : une caverne d'Ali Baba, gorgée d'or et de pierres précieuses, dont le sésame aurait été les deux codes de huit et quatre chiffres que Kagan lui avait fait apprendre par cœur – un pour le banquier, l'autre pour le coffre. En suivant Heller dans les sous-sols de l'établissement, il n'était parvenu à remplacer cette image des Mille et une Nuits que par celle, plus moderne, mais tout aussi insensée, de liasses de dollars rangées par centaines sur les étagères chromées d'un coffre immense.

Que lui avait légué Kagan, en définitive? Des notes, un agenda, un carnet d'adresses? Peu importait. Ce carnet dérisoire lui avait appartenu. Cela suffisait. Arcas regrettait simplement que le vieil homme ait pu lui mentir. A moins qu'il n'ait rêvé tout haut, à force de solitude dans ce camp du désert, à force de raconter jour après jour tant et tant d'histoires. Étaient-elles vraies, seulement ? Demianov, « l'agent Max », avait-il existé et gagné à lui seul la bataille de Stalingrad ? Qui était Kagan ? Un manipulateur et un espion génial qui avait pesé, en secret, sur le cours du monde ? Ou un vieux Juif qui avait lu trop de livres et, parce qu'un jeune homme inculte lui avait prêté une oreille crédule et que le temps ne passait pas au milieu du désert noir, avait réinventé sa vie, nuit après nuit, des années durant ?

– Vieux fou, murmura Arcas avec tendresse. Tu m'as bien eu.

Il referma le couvercle de la boîte métallique. De l'ongle du pouce, au hasard, il entrouvrit le petit carnet rouge. Des chiffres. Des chiffres et des adresses. Arcas le feuilleta. Des noms de banques, dont pour la plupart il n'avait jamais entendu parler. Des pays. Toujours les mêmes. La Suisse. Le Luxembourg. Le Liechtenstein. Monaco. Jersey. Les îles Caïman. Beaucoup d'îles, en fait. Et toujours ces nombres de trois, quatre, huit ou dix chiffres. Il y en avait ainsi une vingtaine de pages, d'une écriture microscopique – celle du « traité » rédigé au dos des feuillets d'éphéméride.

Par la suite, quand il se remémorerait ce moment, Arcas ne se souviendrait pas de ce qu'il avait éprouvé. Il se rappellerait des gestes, c'est tout. Comme s'il avait agi sans y croire encore, comme s'il se contentait de vérifier que ce carnet était un autre mensonge. L'ultime trouvaille du mystificateur. En réalité, hors de l'imagerie enfantine du trésor de pirates et du butin de gangsters, il était incapable, lui, le minot du Panier, de se représenter la véritable fortune : non pas un fabuleux tas d'or coulant d'une corne d'abondance, mais la froide immatérialité de plusieurs dizaines de codes.

Son index s'arrêta sur le nom de la banque genevoise où il se trouvait. Il y figurait cinq fois. Le premier nombre de trois chiffres désignait un coffre ; le second, de quatre, le code d'ouverture. Dans un mélange d'excitation et d'angoisse, il chercha les cinq coffres, les ouvrit et déposa sur la table, les unes à côté des autres, cinq boîtes de métal, semblables à la première. Il en souleva les couvercles. Il éclata de rire.

Des liasses compactes, d'un joli vert. Des dollars. Des milliers et des milliers de dollars. Et deux gros sachets qui, une fois ouverts, scintillèrent. Des émeraudes, des rubis, des diamants. Ali Baba. Le trésor d'Ali Baba. Il ne pouvait plus s'arrêter de rire. Enfin, il joignit les mains :

– Pardon, Kagan. Le fou, c'était moi.

Quelques minutes plus tard, Heller vint le chercher. Il remarqua aussitôt que l'affreux sac de sport semblait bien rempli. Ma foi, il a l'air d'avoir fait sa récolte de topinambours, le moujik...

– Tout est allé à votre convenance, monsieur ?

– Correct, répondit Arcas en roulant les *r* à la russe.

***

Le premier soin d'Arcas fut de se constituer une garde-robe à la mesure de son nouvel état de fortune. Il acheta un coupé Mercedes qu'il fit repeindre aux couleurs du Constellation de Valmer : gris argent, sièges de cuir rouge. Il s'installa dans un grand hôtel sur la rive genevoise du lac, où il s'inscrivit sous le nom de Jacson Arrows, ressortissant canadien. Les consonances de ce pseudonyme lui avaient plu, la nationalité pouvait faire passer l'étrangeté de son accent anglais et c'était comme un hommage à l'un des récits de Kagan, l'histoire de Ramón Mercader.

Il avait fait transférer Tazrouk dans une clinique de Genève. Il lui rendait visite chaque jour. Tazrouk se portait mieux. Deux balles lui avaient perforé un poumon, une autre lui avait brisé quelques côtes. Il se plaignait de l'ennui de la convalescence, mais ne posait aucune question sur son transfert dans cette clinique pour milliardaires, ni sur les nouvelles apparences d'Arcas. De lui-même, il s'était mis à le nommer Mr Arrows, et bientôt ne s'adressa plus à lui, devant les médecins et les infirmières, qu'en l'appelant « *sir* ». Le jeu semblait le divertir.

– Tu es plus riche que lorsque je t'ai trouvé dans le désert, lui dit-il un matin.

– Et toi plus pauvre.

– Nos destins se sont croisés quand tu étais au plus bas, quand j'atteignais au plus haut. Allah l'a voulu.

– Bientôt tu pourras retourner avec les tiens, dans le désert.

– Tu l'as vu, Arcas, ou *mister* Arrows, j'étais un homme seul. Ce que vous autres, Européens, appelez un nomade. Et je te dois la vie.

– Je te la devais aussi. Nous sommes quittes.

Tazrouk se mit à rire et s'approcha de la fenêtre de la chambre.

– Non, *sir*, tu es devenu mon frère. Et un homme riche. Quant à moi, ton frère, je suis un homme fidèle. Bien sûr, le désert, le trafic, les chameaux et la vieille Jeep, je les regretterai.

Il désigna, par la vitre, les quelques berlines de grand luxe garées sur le parking de la clinique.

– Laquelle est la tienne ?

– Le coupé Mercedes.

Tazrouk fit la moue.

– Elle n'est pas très grande. Tant pis. Tu as les moyens d'en acheter une autre ?

– Dix autres, si ça me chante.

– Alors tu auras besoin de quelqu'un pour les conduire. Un homme dans ta situation, ça ne touche pas un volant, ça se fait ouvrir la portière par un chauffeur.

– Je vois... Et tu as une préférence pour la marque de la voiture ?

Tazrouk fit mine de réfléchir. Il regarda Arcas par en dessous.

– Une Rolls Royce, c'est beaucoup trop pour toi... ?

Suivant à la lettre les instructions de Kagan – qui constituaient le premier chapitre de son traité –, Arcas passa ces semaines de villégiature forcée à Genève à faire transiter le « trésor » de comptes à comptes. Il rencontra dès les premiers jours Jean-Baptiste Rousseau, le directeur général d'une banque que les notes du vieux Russe lui recommandaient. Il fut surpris de la placidité avec laquelle Rousseau prit l'exposé de sa situation.

– C'est considérable, dit-il seulement. Vous permettez que je me livre à un petit calcul ?

Il fit une série d'opérations, ne relevant la tête que pour demander parfois à Arcas une précision sur un chiffre. Après quoi, sur l'acajou verni de son bureau, il fit glisser vers Arcas une feuille de bloc-notes où il avait inscrit une somme.

– Il ne s'agit que des liquidités, précisa-t-il. Pour le reste, donnez-moi deux jours et j'en ferai l'évaluation. Je serais un romancier, je qualifierais votre fortune d'inestimable. Par bonheur, je suis banquier et je puis vous assurer, au contraire, de toute l'estime qu'elle m'inspire.

Arcas ne se permit ni sourire ni commentaire. Kagan l'avait convaincu de la nécessité de se montrer froid en toutes circonstances, et il s'y conformait d'autant mieux qu'il découvrait les vertus offensives du silence. D'une voix brève, un peu ennuyée, il demanda s'il serait possible de procéder à la clôture de tous ses comptes et d'en ouvrir de nouveaux, ailleurs.

– Bien entendu, répondit Rousseau en reprenant la feuille de bloc-notes qu'Arcas avait posée sur son bureau et en la faisant disparaître dans le broyeur de papier. Rien n'est plus facile. Vous nous donnez vos instructions, nous nous chargerons du reste.

– Dans quels délais ? Rapides ?

– Oui.

Ce fut le mot-clé de cette entrevue. Le banquier disait oui à tout, quoi qu'Arcas lui demande. Pour la première fois, il commença à prendre la mesure de l'étendue de sa fortune et de tous les avantages, matériels et immatériels, qui s'y attachaient, et d'abord l'indéfectible bonne volonté de cet homme sévère en costume trois-pièces rayé.

– J'aurai bientôt besoin d'un avion. Savez-vous où je pourrais louer un petit appareil ?

– *Louer* un *petit* appareil, *mister* Arrows ? Pour quoi faire ?

Surpris de cette soudaine indiscrétion, Arcas haussa les sourcils.

– Pardonnez-moi, reprit le banquier, je me suis mal exprimé. Je me trompe sans doute, et cela ne me regarde pas, mais vous paraissez... comment dire ? peu accoutumé à manier les sommes qui sont à votre disposition.

– Eh bien ?

– Eh bien, pourquoi louer un coucou, *mister* Arrows, alors que vous pouvez acheter un jet ?

Arcas décroisa, puis recroisa les jambes. Il n'aimait guère que ce banquier l'ait si aisément percé à jour. Être riche, cela s'apprend. Faisons des progrès.

– Je fais erreur, ou vous me proposez une affaire, monsieur Rousseau ?

– Il ne s'agit pas de moi, il s'agit d'un client de notre établissement. Il vend des appareils remarquables. Il pourra également vous présenter des pilotes.

– Je pilote moi-même.

– Dans ce cas...
– Bien. Voyez cela avec votre ami.
– Mon client, *mister* Arrows...
– Qu'il me contacte demain à mon hôtel, je suis pressé. Nous prendrons rendez-vous.
– Ce sera fait, *mister* Arrows.

Rousseau le raccompagna jusqu'à l'ascenseur et lui serra chaleureusement la main. Arcas l'assura qu'ils feraient certainement encore des affaires ensemble. Il le quitta en songeant, avec ironie, qu'il avait désormais un nouvel ami. Combien Rousseau empocherait-il sur la vente du jet ? Arcas s'aperçut qu'il n'en avait pas la moindre idée, pas plus que du prix qu'il paierait pour l'acquérir. Être riche, certes, cela s'apprend, mais comment ?

Il sortit de l'immeuble, sous le crachin d'avril. Le portier de la banque se précipita pour l'abriter sous un parapluie jusqu'à sa voiture. Il lui donna un gros pourboire et y vit le début d'une réponse à sa question. Dépensons d'abord, la science de l'argent me viendra ensuite.

***

Depuis quelque temps, une équipe de tournage s'était installée à l'hôtel où logeait Arcas. Le film était une coproduction internationale : capitaux français, américains et israéliens ; metteur en scène grec naturalisé anglais ; techniciens européens et figurants suisses. Le premier rôle masculin était tenu par un Italo-Américain qui ne se déplaçait jamais sans quatre gardes du corps ; le premier rôle féminin, par une actrice française qui jouait depuis vingt-cinq ans les jeunes filles blondes et mystérieuses.

La première fois qu'il était tombé sur le chambard de câbles, de projecteurs, de rails, de cris, de rires et de gens affairés à se parler par talkie-walkie qui bouleversait le hall et l'un des salons, Arcas s'était approché, en badaud. L'actrice, nerveuse, la bouche tordue, fumait cigarette sur cigarette, assise dans un fauteuil Louis XVI à l'écart du plateau, tandis qu'un petit homme aux sautillements d'oisillon, une main levée au-dessus de l'épaule, tel un escrimeur ou tel un peintre de comédie devant son chevalet, lui redessinait l'arc d'un sourcil à délicates touches de pinceau. Il ne cessait de pépier, souriant, mignonnet, dévoué. L'actrice l'ignorait, ronchonnait, lui soufflait la fumée de sa cigarette au visage.

Arcas se souvenait d'avoir été amoureux d'elle une heure et demie environ, quand il avait quinze ans et allait avec son père, le samedi soir, voir un film à la salle du quartier. Il fut surpris qu'elle lui parût si peu changée, à dix mètres et vingt ans de distance. Il voulut s'approcher, mais à cet instant les portes de l'ascenseur s'écartèrent, livrant passage à l'acteur américain et à ses quatre *bodyguards*. L'un d'eux tendit la paume vers Arcas, autoritaire. *Stay here*. Le moment était grave. Il ne s'agissait pas d'oser respirer le même air que la star. Arcas s'en alla.

***

Un soir qu'il se promenait dans les jardins de l'hôtel, ne percevant d'autres bruits qu'une rumeur de voix sur la terrasse et le clapotis du rivage, il entendit une voix soupirer :

– Je n'en peux plus... Je n'en peux plus...

A quelques mètres de lui, assis sur un banc, les coudes sur les genoux et le visage dans les mains, un petit homme pleurait. Embarrassé, Arcas voulut s'éloigner discrètement.

– Qu'est-ce qu'il me reste à faire ? s'exclama le petit homme. Je vais me tuer !

Arcas jeta un coup d'œil autour d'eux : il n'y avait personne. Et le petit homme, qui lui tournait le dos, ne pouvait l'avoir vu. Il parlait tout seul. Arcas vint près de lui.

Les poings fermés comme un bébé, il essuyait les larmes sur ses joues. Arcas le reconnut : c'était le maquilleur, « l'oisillon » que l'actrice, deux jours plus tôt, enfumait de sa cigarette.

– Vous permettez ? dit Arcas en désignant la place libre sur le banc.

Le petit homme sursauta, se tapota vivement les pommettes et s'efforça de reprendre contenance.

– Je vous en prie.

Arcas s'assit à son côté. De près, malgré la pénombre du jardin, le profil du maquilleur accusait son âge : la cinquantaine, et sa tristesse.

– Vous faites partie de l'équipe du film, n'est-ce pas ? Je vous ai vu, avant-hier, maquiller la vedette.

– Oh, celle-là, fit le petit homme d'un ton rancunier. Je ne la maquille pas, monsieur, personne n'en serait capable. Je la replâtre.

– Ah.

– Et vous verriez ses seins ! Des outres, monsieur, des outres vides, plates-plates-plates, ça ballotte et ça pendouille, à croire qu'elle a allaité tout un orphelinat.

– Elle a des enfants ?

– Pensez-vous ! Elle a fait des anges. Ils sont tous passés par le trou des chiottes dans une clinique des environs. Ils sont peut-être encore en train de flotter sur les eaux du lac, monsieur, ses petits avortons. Vous devriez aller voir.

Arcas réprima un sourire.

– Vous ne semblez guère l'apprécier.

– Je l'adore, monsieur. Vous ne savez donc pas que dans notre métier tout le monde s'adore ? Le cinéma est une grande famille, monsieur. Distribution de bises tous les jours !

Sa voix se cassa dans l'aigu, et il se toucha la joue.

– Mais c'est la première fois qu'on me distribue des calottes...

– On vous a giflé ?

– *Elle* m'a giflé, monsieur ! Un soufflet pour le mouflet ! C'est comme cela qu'elle m'appelle, monsieur, quand elle a ses nerfs : « le mouflet » ! Je suis peut-être de petite taille, mais elle est d'une grande méchanceté. Et d'une grande bêtise. Quand elle ne m'aura plus, qu'elle le déniche celui qui me remplacera !

– Je ne comprends pas. Elle avait bien une raison de vous...

– Une raison ? Mais c'est *moi* qui aurais dû la gifler, si le monde tournait rond ! Ou gifler son soi-disant metteur en scène. Et le chef éclairagiste. Et l'aveugle qui tient la caméra ! On me demande de donner à une rombière de quarante-cinq ans l'air d'une rosière de dix-huit. D'accord. C'est mon métier. Mais je ne peux pas réussir tout seul ce tour de passe-passe.

Il posa ses doigts sur le poignet d'Arcas.

– Que je vous explique... Je peux transformer, déformer, reformer un visage. Hollywood m'a d'ailleurs – je vous le signale au passage – décerné trois Oscars, monsieur, pour mon travail. Enlaidir, c'est très facile. Donner de la beauté, de la lumière à un visage ordinaire, ce n'est guère plus compliqué : tout est dans le détail, la nuance, l'estompe. Mais la jeunesse... Si le chef-op' y met autant de sensibilité que pour un super-8 en famille à Palavas, si l'éclairagiste confond ses spots avec des antibrouillards, si le metteur en scène a de la chassie dans les yeux, je ne peux plus rien.

– Pourquoi ?

– Parce que la jeunesse, monsieur, est la combinaison de deux éclats : ceux du teint et du regard. Mal éclairé, mal photographié, le maquillage ne remplacera jamais le teint naturel d'une peau de seize ans. Filmé par un con, un regard de quarante-cinq ans sera toujours un regard de quarante-cinq berges, malgré tous mes artifices.

Le petit homme posa le bout de son index sur ses lèvres et examina Arcas.

– Vous, par exemple, vous pourriez être acteur. « Visage-paysage » : des vallons, des ravins, des promontoires... vous prendriez très bien la lumière. Et vous feriez un excellent support pour tous mes artifices. Des lignes fortes, pas d'expression. Votre visage me fait penser aux cintres d'un théâtre. Il n'y aurait plus qu'à y suspendre un décor. Vous avez été beau, certainement. Vous pourriez l'être encore, mais vous n'y pensez pas.

– Et vous pourriez me rendre laid ? Ou... différent ?

– Sans problème.

– Mais me rendre l'apparence de la jeunesse, impossible... ?

– Je ne m'appelle pas Méphisto, monsieur, mais Eugène – on le prononce « Gene » à Hollywood, « Gégé » ici, ça veut tout dire... Si j'avais l'art de vous faire paraître jeune, monsieur, je ne serais pas ici en train de pleurer sur mon sort parce qu'*elle* m'a calotté.

– J'imagine. Que s'est-il passé, au fait ?

– Notre Londonien d'Athènes de *director* lui a fait projeter ce soir les premiers rushes. Elle croyait jouer *Carnet de bal*, elle s'est vue dans *Baby Jane*.

Eugène écarta les mains, sourcils arqués jusqu'au milieu du front, lèvres pincées. Arcas ne connaissait aucun de ces deux films, mais comprit le sens de la métaphore.

– Je suppose, dit-il, que vous avez un contrat pour ce tournage.

– Dieu bon ! Cinq semaines encore dans cet enfer ! Ne m'en parlez surtout pas !

– J'ignore ce qu'on vous paie pour vous faire... calotter par la vedette féminine. Quoi qu'il en soit, je rachète votre contrat et je vous offre le quintuple chaque année pour m'accompagner.

Eugène poussa un petit cri d'étonnement. Puis il se pinça le nez entre ses deux mains jointes. Quand il les écarta, il s'écria :

– Rassurez-moi : vous ne vous payez pas ma tête ?

– Je vous paie les miennes. Celles que vous me ferez.

– Rassurez-moi encore : vous n'êtes pas acteur ?

Arcas se leva du banc. Il faisait nuit, il faisait frais. Un vent tourbillonnant montait des eaux du lac.

– Si je vous engage, c'est bien sûr à vie. Je m'en vais demain. Dans quelques jours, je repasserai par cet hôtel. Prenez une décision.

Eugène lui tendit les bras.

– Enlevez-moi, dit-il d'un ton théâtral. Je n'ai plus rien à faire dans cet hôtel helvète.

– Si. Giflez l'actrice.

Eugène éclata de rire, se tapa dans les mains et sur les genoux. Il n'avait plus aucune envie de suicide.

– Une gifle, dit-il, l'enfance du maquillage : ça lui remettra du rose aux joues !

L'homme avait disparu. Eugène tourna la tête à droite, à gauche, regarda du côté de l'escalier qui montait à la terrasse. Personne.

– Monsieur ? appela-t-il. Monsieur !

Il ne savait pas même son nom.

***

A peine entré dans la chambre de Tazrouk, Arcas jeta une valise sur son lit.

– Ouvre-la.

Dix minutes plus tard, Tazrouk s'admirait dans le miroir de la salle de bains.

– Passe-moi le képi, *sir*.

– La casquette, rectifia Arcas en la lui lançant.

Tazrouk la rattrapa adroitement, la coiffa, l'inclina d'un côté, de l'autre, frotta de sa manche les boutons argentés de son uniforme.

– Tu as acheté la Rolls ? demanda-t-il.

– Six mois d'attente avant la livraison.

– Même pour toi ?

– Pour les autres, c'est un an et demi, deux ans. En attendant, je t'ai pris une Bentley. D'occasion.

– Tu connais l'ancien propriétaire ?

– Le maharadjah de Tajdrapur.

– Un hindou ?

– J'en ai l'impression.

– Et son chauffeur ? Tu l'as vu ?

– Il m'a livré la voiture à l'hôtel. Un musulman, je crois.

– Alors tu t'es fait avoir, *sir*.

– Pourquoi ?

– Jamais un musulman n'a su rôder un moteur.

– Ah, bon.

Ils roulèrent jusqu'à l'aéroport. Quand Tazrouk eut garé la Bentley dans le parking souterrain, puis poussé le chariot des bagages jusqu'au hall d'embarquement, Arcas lui désigna un carton plat.

– Prends ça. Va aux toilettes. Change-toi.

– Je ne peux pas garder mon uniforme ? Je suis beau en uniforme.

– Tazrouk, nous allons dans le quartier où je suis né. Si tu t'y balades en livrée de chauffeur, on va te jeter des pierres.

– Me lapider ? Comme une femme adultère ?

– Oui.

– Tu es né chez les sauvages.

Tazrouk reparut des toilettes en blouson de cuir et en jean. Les femmes le regardaient, et il en avait conscience. Il était inattendu, athlétique et superbe. Il entra dans une grande discussion avec deux filles blondes et mal nourries. Arcas dut aller le chercher.

– On décolle dans un quart d'heure.

– L'avion est à toi, *sir*. Tu t'en vas quand tu veux.

– Ça ne se passe pas comme ça ici, répliqua-t-il avant d'ajouter : Merde... Tu cocottes.

– Je... co-cotte ?...

– Ouais. Tu sens bon.

Arcas fit mine de bousculer Tazrouk vers le hall d'embarquement, heureux de n'être pas seul, d'avoir pour compagnon ce grand type simple, qui ne songeait qu'aux voitures et aux femmes. Jamais il ne s'était senti aussi nerveux, aussi peu sûr de lui et de ce qu'il allait, et devait, faire. Lorsqu'il monta à bord du jet qu'il avait acheté quelques jours auparavant, il fut saisi d'une angoisse panique, se rappela avec dérision le grand calme froid dont il avait fait preuve au cours de son évasion et du combat contre les soldats dans le cirque de pierre. C'était contre lui-même, désormais, qu'il lui faudrait se battre, contre l'*ombre* – et avec elle. Tazrouk lui prit la main.

– Tu es malade, *sir* ?

Arcas ferma les yeux un instant, essaya de retrouver l'image de Jasmine, n'en devina que le fantôme. Il rouvrit les paupières.

– Tout va bien.

Une demi-heure plus tard, le jet quittait la piste de l'aéroport de Genève.

XIII

L'avion entama un large virage et Arcas vit Marseille tortueusement couchée le long de la mer. Avec une sorte d'avidité, il regarda Notre-Dame-de-la-Garde, la prison des Baumettes, l'Hôtel-Dieu, dans le prolongement duquel il devina, pas plus épaisse qu'un trait d'encre, la rue du Panier. Voilà où vivait tout ce beau monde qui l'avait aimé, trahi, abandonné. Qui l'attendait encore ? Qui l'avait oublié ? Il lança sur cette ville grouillante qui, du ciel, paraissait la maquette enfantine d'un jeu de construction, un regard de tristesse et de défi à la fois. Treize ans avaient passé. Il croyait être le seul à avoir changé.

A Marignane, son premier souci fut de retrouver les locaux de la compagnie de Valmer. « *Le monde est à vous !* » n'existait plus. A la place il tomba sur la devanture d'une agence de voyages qui proposait, en promotion, une semaine dans le Sahara. Il y entra.

– Jolie blonde, lui souffla Tazrouk.

Derrière une table blanche, une femme en tailleur saumon remplissait un formulaire. Quand elle releva la tête, Arcas détourna la sienne, par réflexe. C'était Betty.

– Bonjour, messieurs. Que puis-je faire pour vous ?

Elle avait toujours son merveilleux sourire vide d'hôtesse de l'air. Il ne révélait que quelques rides en pattes d'oie au coin de ses yeux. Elle avait changé de coiffure et il sembla à Arcas qu'elle forçait sur le fond de teint et sur le blush – tout simplement peut-être parce que, treize ans plus tôt, elle n'en mettait pas. Il hésita, prit le risque de la regarder dans les yeux et de s'avancer vers sa table. Il ne savait pas s'il avait envie ou non qu'elle le reconnaisse. Elle ne se troubla pas. Elle garda son sourire professionnel.

– Excusez-moi, dit-il. A une époque, il n'y avait pas ici les bureaux d'une compagnie de charter ?

– Oui, celle de M. Valmer. Il y a quelque temps déjà qu'elle a fermé. Vous veniez pour le rencontrer ?

– Où s'est-il installé ?

Le sourire commercial de Betty s'effaça. Elle secoua doucement la tête.

– Il a traversé beaucoup de difficultés, ces dernières années, vous n'étiez pas au courant ? Il a essayé plusieurs fois de relancer son affaire, mais cette fois-ci je crois que c'est terminé.

– Pourquoi ?

– Il est au bord de la faillite. J'ai entendu dire que même ses biens personnels vont être vendus aux enchères. Il n'a pas pu tenir face à la nouvelle concurrence. Son idée a été pillée par d'autres, exploitée jusqu'à la corde, et par des gens bien moins désintéressés que lui. Jean n'a jamais été un homme d'affaires, il est trop impulsif, trop généreux.

Elle semblait sincèrement émue par les déboires de son ancien patron. Tazrouk s'était approché des présentoirs ; il feuilletait avec étonnement un prospectus vantant les beautés du désert.

– Il habite toujours à la même adresse ? demanda Arcas.

– Pour l'instant. Dans quelques semaines, sa maison et ses meubles vont être mis aux enchères, comme je vous l'ai dit. Je ne sais pas où il va aller ensuite. La dernière fois que je l'ai rencontré, il ne m'a parlé que de Bernard, son fils.

– Ah, oui, son fils. Il fait des études ?

– Brillantes, paraît-il. Jean est très fier de lui. Il va le voir souvent au Musée océanographique de Monaco.

Arcas la remercia, la salua et, entraînant Tazrouk, s'en alla. Ils se rendirent à l'agence Hertz où ils avaient retenu une Mercedes. Tazrouk se mit au volant et insista pour qu'Arcas s'installe à l'arrière.

– Tu as connu cette femme ? demanda-t-il quand ils furent sur la route de Marseille.

– Betty ? Oui, j'ai travaillé avec elle.

– Elle t'a oublié.

– Je ne suis pas le même.

– Qui es-tu, *sir* ?

Arcas ne répondit pas. Il avait passé treize ans sans se regarder dans un miroir. Quand, après leur fuite en Égypte, il avait affronté son reflet dans la salle de bains d'un hôtel du Caire, il s'était posé la même question.

Ils laissèrent la voiture de location près de l'Hôtel-Dieu. A pied, ils se dirigèrent vers la rue du Panier. Dans la lumière de juin, Arcas eut la sensation que le temps n'avait pas passé, que tout était baigné du même soleil, rafraîchi des mêmes ombres que dans ses souvenirs d'enfance. Jusqu'aux odeurs de la rue étaient les mêmes. Un peu plus loin, pourtant, des maisons étaient en chantier ; des échafaudages montaient le long des façades ; des compresseurs tressautaient sous leur propre vacarme. L'épicerie Paradou était devenue une supérette dont les portes vitrées coulissantes s'ouvraient sur de jeunes femmes comme Arcas n'en avait jamais vu dans le quartier : avec leurs jeans, leurs chemisiers bariolés, leurs tee-shirts, elles ressemblaient à des étudiantes. En face, une palissade de tôle ondulée gris et vert masquait le rez-de-chaussée du petit immeuble où il avait vécu les vingt-deux premières années de sa vie.

Arcas en chercha l'entrée : elle était cadenassée. Tazrouk prit un couteau dans sa poche, y choisit une lame adéquate, et fractura le cadenas.

Le rez-de-chaussée semblait avoir été dévasté par une bombe. Il ne restait rien de la porte ni de la vitrine de la boutique. Arcas fit quelques pas à l'intérieur. Les murs avaient été grattés jusqu'à la pierre – *jusqu'à l'os*, pensa-t-il. Il se rappelait parfaitement où s'étaient dressés le petit comptoir et l'établi de son père. D'une main hésitante, il traça deux arcs de cercle dans le vide, comme s'il en caressait le souvenir.

Ils enjambèrent des sacs de ciment entassés dans l'entrée et montèrent l'escalier. Ça sentait la poussière de plâtre. L'appartement du premier n'avait pas de porte ; neuve, en aggloméré, pas encore peinte, elle reposait, dégondée, sur le palier. Arcas entra.

Tout avait été détruit. Les anciennes cloisons avaient été abattues, pour transformer le petit appartement en un studio pourvu d'une cuisine « à l'américaine » – un comptoir, une plaque chauffante, un évier d'inox et quatre placards suspendus, imitation bois. L'ancienne cuisine était maintenant une salle de bains à baignoire sabot et carrelage fuchsia.

– Allons-nous-en, dit Arcas.

Dans l'escalier, ils tombèrent sur un gros homme en bras de chemise, les joues rouges, le front en sueur.

– Qu'est-ce que vous foutez là ? Je vous préviens, on va appeler la police !

– Monsieur ? demanda simplement Arcas.

Le gros homme le détailla de la tête aux pieds, désarçonné par son calme.

– On vous a vu fracturer la palissade. Heureusement que je travaille en face !

– Ah. Vous êtes... ?

– Le propriétaire de la supérette, et de trois immeubles dans la rue !

Il éclatait d'importance, comme s'il énumérait ses quartiers de noblesse.

– Dont celui-ci ? demanda Arcas.

– Oui, vous êtes chez moi, et par effraction !

Arcas fit un geste vague à l'intention de Tazrouk, quelques marches au-dessus de lui.

– Rembourse le cadenas à monsieur.

– *Yes, sir*, dit Tazrouk en tirant une poignée de billets de sa poche. Arcas en piqua négligemment deux du bout des doigts et les tendit au gros homme interloqué.

– Avec toutes mes excuses. A présent, dites-moi : combien vous en faudrait-il d'autres – je parle des billets – pour que vous me cédiez cette maison ?

– Pardon ?

– Je vous le répète, dit Arcas d'un ton ennuyé en traçant de l'index un cercle dans l'air. Combien ?

Le gros homme s'épongea le front, examinant tour à tour Arcas et, par-dessus son épaule, ce grand type à l'œil noir et moqueur.

– Vous... vous voulez acheter l'immeuble ?

– Je croyais avoir été clair. Dites un prix.

– Mais... les travaux sont en cours, je...

– C'est vous qui avez choisi la nouvelle décoration ?

– Oui, répondit l'homme, très fier.

– C'est laid. Je ferai refaire la maison telle qu'elle était avant votre maladroite intervention.

Arcas fit mine de consulter la montre qu'il ne portait pas.

– Un prix, cher monsieur. Tout de suite.

Le gros homme s'épongea à nouveau le front, puis la nuque, puis la bouche. On voyait qu'il réfléchissait plus vite qu'il ne l'avait jamais fait de sa vie. Finalement, il prit une inspiration et, baissant les yeux tel un mauvais menteur, dit une somme.

– Vous aurez le double, répondit Arcas. A condition de cesser ce massacre sur-le-champ.

– Je ne sais pas si l'entrepreneur...

– Les détails ne m'intéressent pas. A vous de les régler. Mon factotum va prendre vos coordonnées et celles de votre notaire. Pardon.

Le gros homme se plaqua contre le mur pour le laisser descendre l'escalier. Au bas des marches, Arcas leva la tête.

– Tazrouk, je t'attends dans la rue.

– *Yes, sir.*

Quelques minutes plus tard, ils partaient ensemble vers la place des Treize-Cantons. Arcas sentit que Tazrouk voulait lui dire quelque chose et qu'il ne se décidait pas.

– Tu as quelque chose sur le cœur ?

– Je me demande si je peux te prendre au sérieux...

– Pourquoi ?

– Tu ne sais pas marchander, *sir*. Un milliardaire marchande, c'est pour ça qu'il a des milliards.

– Je ne suis pas un milliardaire.

Tazrouk s'arrêta net. Arcas fit encore quelques pas, se retourna et sourit de voir son air catastrophé.

– Remets-toi. Je ne suis qu'un homme *fabuleusement* riche.

Le Café des Sports lui aussi avait changé. Les sièges de plastique moulé bleu de la terrasse avaient été remplacés par des fauteuils de bois peints en blanc, affublés de petits coussins plats, comme sur le pont d'un paquebot. La façade également était blanche, où s'étalait en grandes anglaises de néon bleu ce nouveau nom : Le Cintra. Arcas et Tazrouk commandèrent des Perrier au comptoir.

– Avec une rondelle ? leur demanda le patron.

Arcas le reconnut, malgré les poches sous les yeux et les kilos en plus. L'après-midi commençait à peine, il y avait peu de clients. Il engagea la conversation avec lui.

– Oh, les habitués, faut pas croire, ça va, ça vient. C'est plus comme avant. Avant, les hommes ici ils passaient la moitié de leur vie dans le même café. On leur voyait pousser la barbe, ils se mariaient, on voyait leurs enfants grandir, ils vieillissaient et, quand ils arrêtaient le pastis, on se disait qu'ils n'en avaient plus pour longtemps. Maintenant, ça a changé. On travaille pour les jeunes, pour les touristes, c'est plus la même clientèle.

– Je me rappelle... Il y a une quinzaine d'années, je rencontrais souvent chez vous un Corse, un supporter de l'OM, Noël... Noël quelque chose...

– Pietri ? Oh, celui-là, je m'en souviens ! Vous parlez, il buvait comme quatre et il fallait s'y mettre à deux pour le ramener chez lui.

– Il ne vient plus ?

– Depuis des années. C'est pas que je le regrette, remarquez. Quand il venait avec les supporters de l'OM, ça allait encore, ils faisaient le barnum mais c'était bon enfant. Après, il s'est acoquiné avec une bande de fiers-à-bras, des gars on disait qu'ils faisaient le sale boulot du SAC, c'est tout juste s'ils voulaient pas m'interdire de servir les Arabes. Je sais pas ce qu'il foutait avec eux, Pietri. C'était un con, et monumental, mais il était brave, au fond.

– Qu'est-ce qu'il est devenu ?

– Il paraît qu'il a ouvert un bar-restaurant, du côté de Vidauban. S'il n'a pas bu son fonds de commerce, il est toujours là-bas. C'était un copain à vous ?

– Je me le demande.

Arcas fit longtemps durer son verre de Perrier. Sa prochaine visite dans le quartier, il hésitait encore à la faire. Il n'avait pourtant qu'à traverser la place. Tazrouk s'était installé au soleil de la terrasse ; deux touristes blondes, allemandes ou scandinaves, riaient à la table voisine ; il avait engagé la conversation. Arcas se demanda ce qu'il pouvait bien leur raconter. Il enviait son aisance à prendre les choses, les gens et les heures comme elles venaient. Il posa son verre sur le bar et le rejoignit.

– Allons-y.

Ils eurent beau sonner, personne ne leur répondit. La porte voisine s'entrebâilla.

– Vous cherchez quelqu'un ?

– Les Casagrande.

– Ils n'habitent plus ici depuis longtemps ! Vous vouliez les voir pourquoi ?

Simone Pommègues était de ces femmes auxquelles on répète pendant trente ans : « Vous restez toujours la même ! » Mariée à dix-huit ans, elle avait grossi jusqu'à vingt-cinq, et là, s'était installée dans son corps, son rôle et son âge, celui d'une femme qui en paraîtrait quarante jusqu'à la mise à la retraite de son mari.

– Une visite amicale, lui répondit Arcas. Je ne savais pas qu'ils avaient déménagé. Vous avez leur nouvelle adresse ?

– Oui, je peux vous la donner, mais elle ne vous servira à rien. Sauf si vous allez en Espagne.

– Comment ça ?

– Entrez une seconde, je vais vous montrer.

Arcas et Tazrouk pénétrèrent dans un petit vestibule. Simone Pommègues disparut derrière un rideau de perles multicolores. Il cliquetait encore quand elle revint, une carte postale à la main.

– Vous voyez, j'ai reçu celle-là hier.

Elle représentait la vue panoramique d'une ville portuaire.

– Valence, précisa Simone. Ils habitent par là-bas, maintenant, les Casagrande. Ils exploitent une petite orangeraie. Gisèle, elle m'envoie une carte par semaine, et même des lettres, tiens ! elle qui déteste écrire. Hé, je lui avais bien dit, moi : tu vas t'ennuyer de Marseille, ma grande.

– Elle revient vous voir de temps en temps ?

– C'est pas l'envie qui lui en manque, mais elle a pas le droit.

– Pas le droit ?

– C'est son fils, il ne veut pas. Depuis qu'il est devenu un monsieur important, il se croit sorti de la cuisse de Jupiter. Alors il a acheté cette orangeraie à ses parents, loin, en Espagne, pour que les journalistes ils sachent pas qu'il leur a menti, « Juan Miguel ».

– Jean-Mi ?

– Oui, Jean-Mi, comme vous dites – mais n'allez pas le dire devant lui maintenant. « Juan Miguel », je vous demande un peu... Je l'ai lu dans le journal, il y a cinq ou six ans, quand on y parlait de lui. Il disait qu'il était le petit-fils d'un Grand d'Espagne. Vous comprenez qu'il n'a pas envie que les journalistes discutent avec Gisèle et Roger. Les légumes et la camionnette, Jean-Mi, il veut plus en entendre parler.

Elle aurait pu disserter une heure sur ce sujet : « Renier ses parents, quelle honte ! Et ça joue les monsieurs ! » Arcas l'écouta patiemment quelques minutes, sans en apprendre davantage. Si Jean-Mi était devenu un « monsieur », elle ignorait dans quel emploi au juste, à part qu'il avait été militaire. Arcas nota l'adresse valencienne des Casagrande et prit congé. Sur le palier, Tazrouk lui demanda :

– A elle, tu ne donnes rien ?

– Je n'y ai pas pensé. De toute façon, elle n'accepterait pas.

– Qu'est-ce que tu en sais ?

– Bon. Vois ce dont elle a besoin.

– Combien je lui donne ?

– A toi de décider.

Un peu plus tard, Tazrouk sortit de l'immeuble et le rejoignit sur la place.

– Alors ?

– Tu avais raison. Elle ne voulait rien.

– Tu vois.

– Mais j'ai insisté.

Ils prirent la montée des Accoules, pour retourner vers l'Hôtel-Dieu où leur voiture de location était garée. Ils passèrent devant une petite boutique de bijoux et de parures bon marché, à la devanture rose bonbon. C'est là que David achetait des babioles pour la fille qu'il aimait. Arcas se demanda pourquoi il n'avait pas prononcé le nom de Jasmine devant Simone Pommègues.

***

La pierre était simple et blanche. Deux bouquets de fleurs fraîches avaient été déposés sous l'inscription :

Nicolas Arcas
1909-1968

Il disposa ses propres fleurs dans un vase d'étain, au pied de la tombe. Il pensait faire à son père la visite dont la prison, *les* prisons, l'avaient privé. Il s'était dit : une rencontre. Il était incapable d'une prière.

Il chercha au fond de lui quelques mots. Il n'en trouva pas. On ne parle pas à une pierre, blanche ou noire. Ce cimetière lui rappelait le désert. Il n'y a personne ici. Pourquoi cette visite ? Si je veux parler à mon père, je n'ai qu'à penser à lui. Il était avec moi dans mes prisons. Combien de fois ai-je pensé à lui ? Combien de fois ai-je essayé de lui parler ? Si peu.

Arcas comprit qu'il n'avait jamais admis que son père pût être mort. Toutes ces années, il les avait vécues comme si le temps n'avait pas prise sur ceux qu'il avait laissés derrière lui, qu'il avait aimés, Jasmine ou son père. De temps à autre, la pensée que son père était malade lui était revenue, mais il l'avait chassée, chaque fois. Il se rappela son anxiété, les derniers temps, quand il lui rendait visite à l'hôpital ou quand il l'avait ramené à la maison. Oui, à ce moment-là, il avait pensé que son père pouvait, allait mourir. Il s'était représenté cette mort à plusieurs reprises : il était son fils et, bien sûr, il serait là, à son chevet, il l'accompagnerait jusqu'à la dernière seconde, le dernier souffle.

Mais non. Il n'avait pas été là. Il ignorait quand – quel jour, à quelle heure ? –, où – dans une chambre d'hôpital, dans la sienne, chez eux, dans son propre lit ? –, avec qui – un médecin, une infirmière, Jasmine, tout seul ? – il était mort. Et si j'avais été là ? Si j'avais été là, non pas pour le regarder mourir, mais pour l'aider à vivre ? Si ma présence l'avait soutenu ? Est-ce qu'il est mort *parce que* je n'étais pas là ?

Questions inutiles. Son père était mort. Il n'y avait rien de plus à en dire. Il ferma les yeux. Il laissa couler ses larmes. Treize ans avaient passé. Le deuil commençait.

Avant de quitter le cimetière, Arcas alla toquer à la vitre de la loge. Le gardien vint lui ouvrir. Il lui demanda s'il savait qui avait mis des fleurs sur la tombe de Nicolas Arcas.

– C'est moi, pardi ! J'en mets toutes les semaines.

Comme Arcas s'étonnait, il s'expliqua :

– Je fais ça pour quelques défunts, vous voyez, ceux dont les parents ne sont pas à Marseille. Il n'y a qu'à me donner des instructions pour le choix des fleurs. Et de l'argent pour les acheter, bien sûr.

– Vous connaissez la personne qui... ?

– Pour le défunt Arcas ? Ah, ça, oui, c'est une dame. Elle sait choisir les fleurs, selon le mois, la saison, vous voyez ? Un vrai plaisir pour moi.

– Avez-vous son nom ?

– Attendez...

Le gardien alla à la petite table qui lui servait de bureau, y ouvrit un carnet.

– Je l'ai trouvé, ça y est ! Elle s'appelle Jasmine Casagrande.

Arcas monta dans la Mercedes qui l'attendait près de l'entrée. Tazrouk démarra.

– Et maintenant, *sir* ?

– Dépose-moi à l'hôtel. Ensuite, tu iras à l'aéroport accueillir Eugène.

– Le petit... ? fit Tazrouk en prenant une voix de tête.

– Attention, sois très gentil avec lui. Je le crois assez susceptible. Autre chose : pour lui, je suis Jacson Arrows et tu es, disons...

– Ton fac-to-tum ?

– Exactement.

– *Yes, sir.*

XIV

– C'est quand même pas ma faute s'ils ont construit l'autoroute !

– C'est la mienne, peut-être ? Tu seras toujours un minable ! Je t'ai connu minable, minable tu es resté !

– Tu étais bien contente de le trouver, le minable, quand ce vieux saligaud de Dominique il a plus voulu de ton cul !

Content de sa repartie, Pietri se versa un autre scotch et se l'envoya dans le gosier. La femme, furieuse, traversa la salle du restaurant à petits pas d'oiseau pressé, entravée par sa jupe trop étroite. Elle bouscula au passage l'une des tables – nappe à carreaux rouges et blancs –, s'agrippa des deux mains à la barre cuivrée qui courait autour du zinc et, poitrine éclatant dans son décolleté, se pencha vers Pietri en hurlant :

– Des comme toi, il en valait dix, M. Dominique ! Je me casse, tiens, j'en ai ma claque !

– Et où tu penses aller ?

– Je vais recommencer ma carrière !

Pietri gloussa.

– Ta carrière ! Tu t'es pas regardée ! A part les pipes dans le noir, ça sera quoi ta carrière ? Les pornos troisième âge ?

– Ça te va bien de dire ça ! Je t'ai donné ma jeunesse !

– Pour ce qu'il en restait...

Elle tordit la bouche avec mépris, ce qui ne l'embellit pas. Elle avait de petites joues bouffies, des lèvres charnues caricaturées par le rouge, une épaisse chevelure blonde et peu naturelle d'actrice de série américaine.

– Tu bandes même plus !

– C'est pour ça que tu m'as épousé. Ça faisait des vacances à ton cul.

Elle tapa du talon, de rage. Plus elle gueulait, plus il buvait et plus il persiflait. Depuis qu'il avait découvert le scotch, Pietri avait l'ivresse railleuse.

– T'avais de l'avenir quand on s'est mariés. Maintenant t'as plus un rond !

– Avec les socialos et les cocos au pouvoir, comment veux-tu que je m'en sorte ?

– T'as qu'à te mettre avec eux ! Tes copains du SAC, ils viennent même plus te voir !

– Ah, arrête... Tu me fatigues, Antoinette...

Antoinette ! Il avait appris son prénom à la mairie, le jour de leur mariage. Et son nom : Bron. Antoinette Bron, née à Villeurbanne. Cela avait été la première d'une longue série de déceptions. Il l'avait aimée, ça oui... Lorsqu'il croyait encore qu'elle s'appelait Juliette Taylor et qu'elle faisait du théâtre. Le soir de leurs noces, quand ceux qui tenaient encore debout avaient commencé à raccompagner les autres, Ange Tasso, son cousin, l'avait pris à part et lui avait tendu un paquet enrubanné de rose. « Noël, voilà un petit cadeau de la part des copains. Il n'était pas sur la liste de mariage, mais comme on t'a offert un projo super-8 on s'est dit qu'il fallait que tu l'étrennes. – Merci, Ange, c'est... – Tu devrais te le passer tout à l'heure, avec... euh, Antoinette. » Tasso lui avait cligné de l'œil, tapé dans le dos et avait rejoint les gars du SAC qui s'en allaient en rigolant. Plus tard, dans la chambre, Pietri était nerveux. Il n'avait jamais touché Juliette – Antoinette. « Pas avant le mariage », lui avait-elle dit, sérieuse. Pendant qu'elle était dans la salle de bains, il avait déballé plusieurs paquets, trouvé le projecteur super-8, l'avait monté, et déplié l'écran tout neuf. C'était la première fois de sa vie qu'on lui offrait des cadeaux. Il était ému. Quand Juliette (enfin, Antoinette – il ne s'y habituait pas) avait réapparu, à tomber à genoux tellement elle était belle et bien roulée dans sa nuisette mauve, il avait senti son cœur battre très fort – d'amour et d'angoisse. Elle était trop bien pour lui, il n'en revenait pas de sa chance. Pour retarder le moment où il devrait la toucher, la prendre dans ses bras, et le reste, il avait éteint les lumières et mis le projecteur en marche. « Les copains nous ont offert un petit film. On regarde ? » Elle eut une espèce de hoquet, mais il était trop tard pour qu'elle intervienne. Les premières images éclairaient la chambre d'une lueur grisâtre. Quant à Pietri, il sentit que ses joues se mettaient à le brûler. Elle était là, sur l'écran, sa Juliette, un corps blanc aux seins lourds, agenouillée sur un lit, tenant dans sa main droite une bite qu'elle s'apprêtait à enfoncer en elle, dans sa main gauche une autre bite qu'elle avala tout à coup jusqu'à la base de la hampe. Pietri, sidéré, ouvrait grand les yeux et la bouche. « Les salauds ! » cracha Antoinette.

Cette nuit-là, il n'avait rien pu faire. Impossible de bander. Dans sa tête, un mot n'en finissait pas de résonner : bite, bite, bite – et s'y mêlaient les images du film. Juliette avait tout essayé pour ranimer chez lui des dispositions plus combatives, mais c'était pire. Tout ce qu'elle lui faisait, il l'associait à ce qu'il avait vu sur l'écran – bite, bite, bite, et, ce qui n'arrangeait rien, d'une taille formidable. Il se sentait comme un escargot par grand froid.

Dès le lendemain du mariage, ils s'étaient installés dans cette gargote sur la route de Vidauban, achetée grâce à un prêt à taux usuraire de M. Dominique et aménagée en grill-bar, le Los Angeles. Il y avait du boulot, ils n'avaient pas les moyens d'embaucher du personnel, ils faisaient des journées de dix-huit heures et ne prenaient pas de vacances. Une fois couchés, ils ne pensaient qu'à une chose : dormir. Les premiers temps, cet arrangement convint très bien à Pietri ; d'ailleurs, Antoinette (il s'était enfin habitué à son prénom) ne lui réclamait rien. En tout cas, pas au lit. Dans la journée, en revanche, elle se révéla d'un tempérament d'adjudant-chef. Elle commença par le mettre au régime sec, puis, d'autorité, elle prit la direction du grill-bar, reléguant Pietri aux tâches subalternes. Les routiers et les représentants de commerce qui faisaient l'essentiel de leur clientèle le prenaient pour un employé et rigolaient des avanies qu'Antoinette, « la patronne », lui faisait subir. Quand il tentait de se rebiffer – en privé –, elle l'envoyait se faire voir : « T'es même pas un homme. »

Il endura son mépris pendant quelques mois. Il se sentait plus coupable d'avoir vu le film pornographique qu'elle d'y avoir « joué ». Et puis, une nuit, après le départ du dernier client, il déboucha une bouteille de scotch – Glenfiddich, douze ans d'âge, il se rappelait encore – et se soûla. Après quoi, il la rejoignit dans leur chambre. Elle dormait. Il ôta son pantalon, arracha drap et couverture, et se jeta sur elle.

Il s'ensuivit une idylle. Rien des petits gestes et des petites attentions romantiques qu'il avait imaginés avant leur mariage, certes. Mais, dès que l'occasion s'en présentait, aux cuisines, dans la resserre ou, deux ou trois fois, jusque dans la chambre froide, ils baisaient. Ils baisaient à la sauvette, comme des amants, excités de savoir les clients tout près d'eux, qui pouvaient les surprendre. Antoinette se radoucit considérablement à cette époque. Surtout, elle lui permit de boire et c'est ainsi qu'il renonça au pastis et prit goût au pur malt des Highlands. L'ivresse n'était pas la même, plus calme, plus réservée – presque une ivresse protestante. Sauf pour le sexe. Le jus d'Écosse avait, pour Pietri, les effets de la poudre de corne de rhinocéros.

Mais les passions s'achèvent. La leur ne résista pas aux grands projets pompidoliens d'aménagement du territoire. On traça, bâtit et ouvrit une autoroute, *La Provençale*. Camionneurs, VRP et estivants en transit passèrent désormais à cent trente à l'heure à quelques kilomètres du grill-bar Los Angeles. La salle du restaurant se vida en quelques mois. Les factures impayées s'accumulèrent. Tout ce qu'ils gagnaient passait en remboursement du prêt de M. Dominique – et Pietri préférait payer rubis sur l'ongle ses encaisseurs, les Ambrosini et autres Guérini. Le caractère d'Antoinette s'aigrit, sa peau se relâcha, ses cheveux ternirent. Pietri occupa ses journées derrière le comptoir à vider des verres de scotch.

– Je te fatigue ? glapit Antoinette. Si tu foutais quelque chose, t'aurais pas besoin de moi pour te fatiguer !

– Bla, bla, bla, bla, fit Pietri en cherchant des yeux, sur une étagère du bar, une autre bouteille ambrée.

– J'en ai marre ! Marre !

– On est deux, répliqua Pietri d'une voix bénigne.

– Salaud de feignant !

Relevant sa jupe à mi-cuisse, Antoinette contourna le bar comme une furie et se précipita sur son mari. Il recula d'un pas, ferma un œil, visa et lui envoya une baffe qui la fit trébucher et mit sa perruque de guingois. Elle alla valdinguer contre l'évier du bar.

– Pardonnez-moi. Je croyais que c'était ouvert...

Sous l'effet de la surprise, Pietri resta figé, une main en l'air, qui s'apprêtait à cogner encore. Un homme se tenait sur le seuil du restaurant. Avec son nœud papillon, sa veste de tweed à coudières de cuir, son pantalon de velours côtelé, son épaisse moustache et ses cheveux frisottés en un semblant d'afro, il n'avait pas l'allure habituelle des (anciens) clients du grill-bar. Un professeur, estima Pietri. Embarrassé, il passa sa main sur les rares mèches de son crâne, puis aida Antoinette à se remettre sur pied.

– Entrez, entrez. Ma femme a glissé et...

– J'espère que vous ne vous êtes pas fait mal? demanda l'homme, sans qu'on sache s'il s'adressait à Antoinette ou à Pietri.

Il avait un accent difficile à identifier – *r* roulés, *s* chuintés. Pietri fit le tour du bar pour aller l'accueillir.

– Vous avez de la chance, il n'y a pas encore la foule, c'est trop tôt. Choisissez une table. Là, peut-être, près de la baie ? Il y a le soleil, vous serez comme sur une terrasse. Ou à l'ombre, vous préférez ?

Pietri s'agitait, arrondissant ses gestes. Derrière le comptoir, Antoinette remettait sa perruque en place.

– Je ne déjeune jamais, dit l'homme.

– Ah...

Coupé dans son élan, Pietri demeura un instant les bras écartés.

– Je suis venu rencontrer un certain Noël Pietri. On m'a dit que cet établissement lui appartenait.

– Ah, répéta Pietri, méfiant tout à coup – il devait trois ans d'impôts au fisc et il ne savait même plus combien à ses fournisseurs. Vous lui voulez quoi, à Noël Pietri ?

– Je m'appelle Mirko Elmyr. Je suis médecin. Je viens de la part de David Arcas.

Pietri rougit. Se mâchouillant les lèvres, il jeta un regard absent vers sa femme qui cachait sous du fond de teint sa joue meurtrie, contempla la bouteille de scotch posée sur le comptoir, tourna le dos au Dr Elmyr et, claudiquant, alla au bar.

– Comment vous dites ? Arcas ?

– C'est cela. David Arcas.

Pietri se servit un demi-verre de whisky.

– Connais pas. Désolé.

Il en but plusieurs gorgées rapides, comme de l'eau.

– Vous êtes pourtant bien Noël Pietri ?

– Oui, mais sûrement pas celui que vous cherchez. J'ai jamais entendu parler d'un... comment vous l'avez appelé déjà ?

Elmyr mit les mains dans les poches à rabat de sa veste, y farfouilla pensivement, haussa les épaules.

– J'ai dû me tromper. Pardonnez-moi de cette intrusion.

Il fit un pas vers la porte.

– Au revoir, monsieur. Madame.

Pietri sentit qu'on lui pinçait l'avant-bras. Antoinette, sourcils et lèvres froncés, hocha vivement la tête en lui désignant Elmyr du regard.

– Demande-lui pourquoi il voulait te voir, imbécile, chuchota-t-elle.

Elmyr avait ouvert la porte. Pietri l'appela.

– Docteur !

– Oui ?

– Juste par curiosité... Vous lui voulez quoi, à... à l'autre Noël Pietri ?

– J'ai un cadeau pour lui. Dommage qu'il ne soit pas pour vous.

Il inclina légèrement la tête et sortit.

– Alors ? grogna Antoinette. Tu le connais ou pas, ce David Arcas ?

– Qu'est-ce que ça peut te foutre ?

– Tu es vraiment l'empereur des crétins, mon pauvre ! Ce type t'apporte un cadeau et toi tu le laisses partir ?

Pietri termina son verre. Dehors, un moteur se mettait en route.

– Toi, tu penses que... ?

– Cours-lui après avant qu'il s'en aille ! Allez !

Elle le poussa dans le dos. C'était l'impulsion qui manquait à Pietri. Boitillant, il courut hors du restaurant. Une MG décapotable, vert épinard, moyeux à rayons, s'engageait dans le chemin conduisant à la départementale.

– Docteur ! Attendez !

La voiture freina. Un coude passé par-dessus son dossier, Elmyr regarda Pietri trottiner jusqu'à lui.

– Écoutez, ça me revient maintenant. Je crois que... je crois que j'ai bien connu un David Arcas, dans le temps, à Marseille.

– Vous en êtes certain ?

– Oui, oui, David Arcas, je connais que lui, c'était un ami ! Mon meilleur ami. Je... ça me revient. D'un coup.

Elmyr l'examina en inclinant pensivement la tête.

– Votre mémoire vous joue-t-elle souvent des tours de la sorte ?

***

Ils s'installèrent au fond de la salle, de part et d'autre d'une table. Pietri remarqua, sans y prêter attention, que les mains d'Elmyr, pourtant très soignées, portaient une épaisse couche de corne à la base des doigts.

– Comme je vous l'ai dit, David Arcas, dans des circonstances que je vous expliquerai, m'a chargé d'un cadeau pour vous. Ou, plus précisément, d'un legs. Auparavant, je me permettrai de vous poser quelques questions. Bien entendu, notre entretien restera confidentiel.

– Bien entendu, répéta Pietri.

Il se tourna vers le comptoir où, feignant de rincer des verres, Antoinette tendait l'oreille.

– Tu voudrais nous laisser, s'il te plaît ? Le docteur et moi, on doit parler en privé.

Elle jeta le torchon sur le zinc. Puis elle sourit à Elmyr, pour se faire pardonner ce mouvement d'humeur. Les deux hommes attendirent qu'elle eût disparu derrière la porte des cuisines.

– Je suis très heureux de vous rencontrer, reprit Elmyr. David Arcas tenait tout particulièrement à votre amitié.

– Je l'aimais beaucoup aussi, assura Pietri.

– Mais vous n'êtes pas le seul qu'il m'a demandé de rechercher. J'espère que grâce à vous je retrouverai rapidement les autres.

– Si je peux vous aider...

– Vous le pourrez certainement. Voyons... David Arcas m'a parlé d'un Jean-Michel Casagrande, d'un François Champredin et d'une certaine Jasmine. Vous les connaissez ?

– Si je les connais ? Ils étaient tous à Marseille, dans le temps ! Maintenant ils ont fait leur chemin... moi aussi. Vous savez ce que c'est ? La vie vous sépare, il y a des années qu'on ne se voit plus.

– Que sont-ils devenus ? Vous le savez ?

Pietri se renversa sur le dossier de sa chaise et se mit à rire.

– Ah ! si on me l'avait dit à l'époque, je l'aurais pas cru ! Ils ont tous... *on* a tous réussi, s'exclama-t-il en écartant les bras sur la salle de restaurant déserte.

– Je vois, apprécia Elmyr. Pouvez-vous me raconter leur parcours ? Jean-Michel Casagrande, par exemple.

– Jean-Mi – enfin, Jean-Michel Casagrande –, il a d'abord été dans l'armée.
– Militaire ?
– Eh oui ! Lui qui détestait la bagarre... Comme quoi.

Pietri fit un récit à sa manière, c'est-à-dire entrecoupé d'exclamations et noyé de commentaires personnels, destinés à laisser croire soit qu'il avait peu d'informations, soit qu'il en réservait certaines. Ce qu'il se garda de dire au Dr Elmyr, c'est que, au long des années, il avait continué de s'intéresser à eux, lisant dans les journaux les articles qui les évoquaient et soutirant des renseignements ou des rumeurs à ses amis du SAC, quand il en avait encore. Cette curiosité teintée d'envie s'était beaucoup avivée ces dernières années, au fur et à mesure que le grill-bar périclitait.

Jean-Michel Casagrande avait passé plusieurs années en Afrique, dans un bataillon de commando ou de parachutistes, et il y avait pris du galon. Capitaine, selon sa biographie officielle, adjudant, selon Pietri, il avait quitté l'active, mais pas l'Afrique, où il avait été détaché par le Quai d'Orsay.

– Je pense que c'est là-bas qu'il a retrouvé Champredin.
– François Champredin a lui aussi vécu en Afrique ?
– Vécu, je ne crois pas. Il y faisait son boulot, comme Jean-Mi.

Il semblait que, sur le chemin de la fortune, Champredin avait une longueur d'avance sur Casagrande. Installé à Cuba, où il achetait et revendait des avions pour le compte de Fidel Castro, il avait tout naturellement étendu ses activités à l'Afrique, dont la fréquence des guerres et autres coups d'État faisait un marché particulièrement actif. Il y avait diversifié son commerce, offrant aux belligérants d'obédience marxiste tous types de véhicules militaires et d'armes, de fabrication soviétique ou tchèque. Les compétences et les relations de Casagrande dans les régions du continent sous influence française avaient amené Champredin à le rencontrer souvent. Ils occupaient des charges officielles similaires : conseiller militaire, l'un envoyé par Cuba, l'autre par la France. Leurs styles de vie aussi se ressemblaient : on les disait travailleurs, frugaux, secrets, très proches du « terrain ». Les journalistes qui, en ces années-là, s'étaient intéressés à eux n'en avaient obtenu que de rares interviews sibyllines, et les photos qui les représentaient toujours en treillis, béret incliné sur l'oreille, étaient invariablement floues. De Champredin, on n'avait longtemps connu que le nom d'emprunt, Chavez. Quant à Casagrande, il avait eu son quart d'heure de gloire au début des années soixante-dix, dans la courte période où, ayant quitté l'armée et ne travaillant pas encore pour les Affaires étrangères, il avait tenté sa chance comme mercenaire – bien que des journalistes, et certains amis de Pietri au SAC, aient subodoré, à l'époque, une « embrouille » des services secrets français dont Casagrande aurait été l'agent non reconnu.

– Quelle était cette affaire ? demanda Elmyr.

– Jean-Mi travaillait pour un type qui était contre... comment il s'appelait ? L'empereur, là ? Celui des diamants à Giscard ?

– Bokassa.

– Voilà ! Et donc le type pour qui travaillait Jean-Mi, il voulait faire la révolution, mais sans les communistes. Enfin, vous imaginez, il s'était pas fait des amis partout...

– Comment s'appelait-il ?

– Un truc en i...

– Daniel Mwankumi ?

– Ouais, ça doit être ça... Toujours est-il qu'il a engagé Jean-Mi, que Jean-Mi, lui, a engagé une poignée de gars, et qu'il était chargé de sa protection. Une mauvaise idée.

– Que s'est-il passé ?

– Il s'est passé que les troupes de Bokassa ont donné l'assaut à la baraque où se cachait ce...

– Mwankumi.

– Et que tout le monde a été massacré sur place. Mwankumi, toute sa famille, les gens qui étaient avec lui et tous les hommes de Jean-Mi.

– Qu'est devenu Casagrande lui-même ?

– Il est le seul à s'en être tiré. On l'a retrouvé deux semaines plus tard, dans un sale état. Il avait réussi à passer la frontière camerounaise.

– Tout seul ?

– Ouais. C'est à ce moment-là que la presse a parlé de lui pour la première fois. Un héros. Il a raconté le carnage, c'était une horreur. Les nègres, entre eux, ils se font pas de cadeaux.

– Malgré cela, il a recommencé une carrière en Afrique ?

– Et il a eu raison, ce con. Parce que ça lui a réussi.

Après trois ans de « conseil militaire », Casagrande était rentré en France, avait acheté un hôtel particulier à Neuilly-sur-Seine et s'était « mis dans la politique ».

– Avec les socialo-communistes, grinça Pietri. Ah, il a su choisir son camp...

– Et François Champredin ?

– Lui aussi est rentré en France. A peu près en même temps que Jean-Mi. On dirait qu'ils se marquent à la culotte, ces deux-là.

Champredin avait pris le contrôle d'un petit établissement bancaire tombé en déshérence et en avait fait, en quelques années, l'une des banques privées les plus réputées en Europe. La majeure partie de ses affaires transitait par l'Afrique, où il avait gardé, semblait-il, des intérêts et de nombreux amis. On disait qu'il avait également conservé d'étroits contacts avec La Havane et Moscou.

– Vos amis ont accompli un chemin remarquable, dit Elmyr. Des *self made men*, en quelque sorte. Et vous me dites que vous ne les voyez plus ?

Pietri détourna les yeux, mal à l'aise.

– Vous savez ce que c'est... Une affaire comme la mienne, ça donne beaucoup de travail. Je n'ai pas trop le temps d'aller à Paris.

– Je comprends. Vous êtes un homme occupé.

– C'est ça, approuva mollement Pietri. La dernière fois que j'en ai vu un, tiens, c'était pour le mariage de Jean-Mi.

– Il s'est marié ? Il y a longtemps ?

– Oh, une douzaine d'années, il était encore militaire en Afrique. Mais dès qu'il avait une permission, hop ! il faisait le voyage jusqu'à Marseille. On peut dire qu'il s'y est accroché, à la Jasmine...

A ce nom, Elmyr pencha brusquement le buste vers Pietri, les poings serrés appuyés sur la table. Le Corse eut un mouvement de retrait, effrayé par le regard gris-bleu, terrible, dont le médecin le scrutait.

– Qu'est-ce que vous avez ? Qu'est-ce que j'ai dit ?

Elmyr rouvrit les poings, posa ses paumes à plat sur la table et demanda, d'une voix basse et profonde :

– Que savez-vous de Jasmine ?

– Jasmine ?... Ah ben, c'est la troisième personne que vous deviez trouver, justement. Ce sera pas difficile, elle est à Neuilly, avec Jean-Mi, son mari. Vous ferez d'une pierre deux coups, comme dirait l'autre.

Lentement, Elmyr parut se détendre. Il cilla plusieurs fois très vite, son regard redevint calme et attentif, et, les mains toujours à plat sur la table, il s'adossa à sa chaise.

– Ainsi Jasmine a épousé son frère, murmura-t-il.

– Son frère, il faut pas exagérer. C'était une gamine adoptée. Et puis Jean-Mi il était fou d'elle depuis toujours.

– Bien sûr, dit Elmyr. Bien sûr... Pourtant, ne s'était-elle pas fiancée à David Arcas ?

– Oui, mais... faut dire les choses comme elles sont : elle avait beau l'aimer, son David, elle allait pas l'attendre cent sept ans. Une belle fille comme ça, si ç'avait pas été Jean-Mi qui l'épousait, ç'aurait été un autre.

– Bien sûr, répéta Elmyr. Quand s'est-elle mariée avec Jean-Michel Casagrande ?

– Attendez... En décembre 1969. Je me rappelle que...

– Dix-huit mois. « *Frailty, thy name is woman.* »

– Hein ? Qu'est-ce que vous dites ?

– Aucune importance.

Elmyr se mit debout et, mains derrière le dos, fit quelques pas dans la salle. Il crut percevoir un bruit à droite du comptoir, près de la porte des cuisines. Il ne leva pas la tête. Il paraissait absorbé dans ses pensées. Pietri s'impatienta.

– Je crois que je vous ai raconté tout ce que vous vouliez savoir, docteur. Alors ? Et maintenant ?

Elmyr se retourna. Il le dévisagea d'une telle manière que Pietri rougit et, geste réflexe, saisit la bouteille qu'il avait mise sur la table et s'emplit un verre de scotch.

– Vous avez raison, dit tout à coup Elmyr en revenant d'un pas vif s'asseoir en face de lui. J'en sais désormais bien assez. Venons-en à ce qui m'a mené jusqu'à vous.

– Voilà ! approuva Pietri que l'alcool avait rasséréné. Venons-y.

– Comme je vous l'ai dit, je suis médecin. Parmi bien d'autres sujets touchant à ce que nous appellerons du terme vague et profane de « nature humaine », j'étudie la psychologie criminelle. Ces dernières années, dans le cadre de mes recherches, j'ai ainsi visité un certain nombre de prisons de par le monde. C'est ce qui m'a valu de rencontrer David Arcas.

– Il est en prison ? Encore ? Où ça ?

D'un geste de la main, Elmyr l'interrompit.

– Pour des raisons de confidentialité que vous comprendrez aisément, je ne peux vous révéler ni où ni dans quelles circonstances j'ai fait la connaissance de David Arcas. Sachez seulement qu'il m'a accordé assez de confiance pour me confier la mission qui m'amène ici.

– Bien, bien, je me tais, j'écoute.

– David Arcas, des années durant, a rêvé de revenir en France, de rentrer à Marseille et d'y reprendre une vie dont il considérait qu'elle lui avait été volée. Mon rôle n'est pas de porter un jugement sur le récit qu'il m'a fait de cette vie, mais, entre nous, je vous avoue qu'il m'a paru sincère et je crois, en effet, qu'il a été victime, non pas même d'une injustice, mais d'un déni de cette justice même qui l'a broyé.

Les pommettes cramoisies, Pietri se versa un autre verre.

– Quoi qu'il en soit, poursuivit Elmyr, et quel que fût son destin malheureux, il a tenu, lorsqu'il a compris qu'il ne reverrait jamais Marseille ni ceux qu'il y avait aimés, à faire un geste envers ses amis, en souvenir du passé et afin qu'ils continuent de penser à lui.

Elmyr fourragea dans l'une de ses poches, tandis que Pietri, le verre suspendu au bord des lèvres, l'observait avec la plus grande attention.

– Voici le cadeau dont David Arcas m'a fait le mandataire.

Elmyr posa au centre de la table une petite bourse de toile grossière fermée par un bout de ficelle. Pietri eut quelque mal à cacher sa déception.

– Bien entendu, reprit Elmyr, je dois le partager en quatre. Jean-Michel Casagrande, François Champredin, Jasmine et vous.

– Eh bé, ne put s'empêcher de ricaner Pietri, il ne restera pas grand-chose...

Il croisa le regard pâle du médecin et ajouta aussitôt :

– Mais les plus beaux cadeaux, c'est ceux du cœur, pas vrai ?

Elmyr ne lui répondit pas. Il dénoua le morceau de ficelle, le plaça délicatement à sa droite, plongea les pouces dans l'ouverture de la bourse et l'ouvrit.

– Ah, merde, dit Pietri.

Il tendit la main vers les quatre diamants qui scintillaient dans un rai de soleil traversant la baie. Il l'arrêta à quelques centimètres, demanda :

– Je peux toucher ?

D'un hochement de tête, Elmyr l'encouragea. Pietri prit l'une des pierres et, la faisant doucement tourner entre ses doigts, l'approcha si près de ses yeux qu'il en loucha.

– C'est un vrai ? demanda-t-il.

– Aussi vrai qu'il est possible.

– Combien ça vaut ?

– Je ne sais pas. David Arcas m'a parlé de quelques dizaines de milliers de dollars.

– Oh, pute borgne, souffla Pietri, louchant de plus belle.

Elmyr replia la bourse et renoua le morceau de ficelle.

– Je crois que David Arcas aurait été heureux. Son cadeau vous fait manifestement plaisir.

Pietri avait posé le diamant dans sa paume et le soupesait, l'y faisait sauter, sans le lâcher des yeux.

– Ma mission est accomplie pour ce qui vous concerne, dit Elmyr. Et grâce à vous, à présent, je vais pouvoir rencontrer les trois autres bénéficiaires du legs.

Une voix indignée s'exclama alors :

– Si c'est pas malheureux !

Pietri et Elmyr tournèrent ensemble la tête du côté du bar. Antoinette jaillit de l'angle mort entre le zinc et la porte des cuisines où elle s'était tenue cachée. Agitant une main et, de l'autre, relissant les faux plis de sa jupe trop serrée, elle s'avança résolument jusqu'à leur table.

– Tu te rends compte de ce qui se passe, Noël ? Non ! tu t'en rends pas compte !

– Qu'est-ce que tu racontes ?

– Oui, dit Elmyr, que vous arrive-t-il, madame ?

– Il m'arrive que je ne sais pas si tu es brave, Noël, ou si tu es un couillon de première grandeur, mais j'aimerais comprendre quand tu vas cesser de te faire enfiler par tout le monde !

Venant d'elle, l'expression prenait un sens dont Pietri ne vit d'abord que le premier degré – bite, bite, bite. Il se dressa à demi, prêt à la cogner – se demandant pourquoi il ne l'avait pas fait le soir même de leurs noces, ça lui aurait épargné bien des choses, ensuite.

– Dis-lui ! cria-t-elle. Dis au docteur tout ce que tu m'as raconté à moi !

Il se rassit. Qu'est-ce qu'il lui avait raconté ? C'était le problème avec le scotch : ça lui donnait assez d'assurance pour la baiser, mais ça lui tournait assez la tête, à la deuxième bouteille, pour qu'il ne se rappelle plus ce qu'il avait dit ou fait. Elle eut une grimace de mépris devant son air ahuri et se tourna vers Elmyr.

– Ils ne le méritent pas, docteur ! Ils ne méritent pas le cadeau que vous leur faites.

– Pourquoi cela ?

– Demandez-lui à lui ! dit-elle en plantant un faux ongle, rouge sang, sur la poitrine de Pietri. Il en connaît de belles, sur les « amis » de votre David Arcas.

Elmyr croisa les bras. Il les considéra tour à tour – la femme, le mari. Il semblait assister paisiblement à un spectacle.

– Eh bien, monsieur Pietri ?

– Elle a pas tort, concéda le Corse.

– Et comment ! renchérit Antoinette. Raconte-lui, vas-y.

Pietri soupira, ouvrit son poing, dans lequel il avait jalousement gardé le diamant, le contempla, avança la paume jusqu'au rai de soleil. La pierre brilla.

– Il faut d'abord que je vous explique... Moi, David, c'était mon copain. Je reconnais, des fois il m'agaçait un peu, il était beau, vous voyez ? Trop. Il avait de la chance, il voyageait, il gagnait bien sa vie – et il avait tendance à donner des ordres. A moi, en tout cas. Son père était malade, gravement. Alors, quand David partait en avion, il me le donnait à garder. Je m'en occupais, quoi. Je faisais l'infirmière et le domestique. Je l'aimais bien, ce vieux, remarquez. Il m'engueulait tout le temps, mais... mais je l'aimais bien. Voilà. Et des fois, c'est vrai, avec l'argent que me laissait David, j'allais boire un coup, plutôt que d'acheter les courses.

– Noël ! intervint Antoinette.

– Eh, quoi ? Tu m'as dit de dire la vérité, je la dis. J'étais jaloux de David, et de toutes les chances qu'il avait dans la vie, et je buvais le tiers ou... ou la moitié de l'argent qu'il me laissait pour son père. C'est ça, la vérité. Une partie, en tout cas. Parce que la vérité, c'est jamais simple. L'autre partie, c'est que je les aimais, David et son père. Bon. Je profitais un peu de la situation, voilà...

– On s'en fout ! glapit Antoinette, puis elle se reprit : Je veux dire... le docteur, ce qui va l'intéresser, c'est ce que tu sais sur les autres.

Pietri plaça le diamant devant lui, sur un carreau rouge de la nappe. Du bout de l'index, il traça autour des cercles concentriques.

– J'aime pas cette histoire. J'avais trop bu, comme d'habitude.

Le mot entraînant la chose, il prit son verre.

– Ça s'est passé deux jours avant les fiançailles de David et de Jasmine. J'étais au Café des Sports, sur la terrasse, avec Jean-Mi. On a vu Champredin, on l'a appelé – *je* l'ai appelé, et j'ai fait une connerie. Je me suis souvent demandé, après : si tu l'avais pas vu, si tu l'avais pas invité, qu'est-ce qui se serait passé ? Rien, peut-être.

Antoinette crocha ses ongles rouges sur l'épaule de son mari.

– Sauf que tu l'as appelé, Noël. Et qu'il s'est passé quelque chose.

– Eh ben, dis donc, on dirait que je t'en ai raconté, des trucs...

D'un mouvement du bras, il lui fit lâcher prise.

– Ouais, alors on était là, Jean-Mi, Champredin et moi, et voilà qu'on reconnaît David et Jasmine, de l'autre côté de la place. Ils s'embrassaient. Ils étaient, tiens, magnifiques, y a pas d'autre mot. Ils ont annoncé qu'ils allaient se fiancer. Alors j'ai commandé le champagne. J'étais content pour eux. Moi, ça m'a fait drôle, vous savez, quand elle s'est mariée avec l'autre Jean-Mi...

De redites en justifications, Pietri finit par arriver au bout de sa confession, sous l'œil impassible du Dr Elmyr. Il suait, sans qu'on puisse déterminer si c'était dû à l'excès d'alcool ou au sentiment de culpabilité. Dès qu'il dérivait vers des anecdotes sans lien avec cette fameuse soirée du 2 mai 1968, Antoinette se chargeait de le remettre sur les rails. Elmyr, à plusieurs reprises, dut intervenir pour qu'elle consente à se taire.

– Je ne peux pas vous certifier ce qui s'est passé vraiment... En tout cas, David a été arrêté, l'après-midi de ses fiançailles. Et les deux autres cons, ils avaient vraiment l'air d'y être pour quelque chose.

Elmyr se racla la gorge, décroisa les bras et mit ses mains à plat sur la table. Il approcha les doigts de la ficelle nouant la bourse, joua avec ses brins.

– Êtes-vous allé voir le juge pour lui faire part de ce que vous saviez ?

– Le juge ? Ouais, vous avez raison, j'y ai pas pensé. Les juges, moi, ça me fout la trouille.

– Il ne vous est jamais venu à l'esprit que c'était le moment ou jamais de prouver votre amitié à David ?

– Non. Franchement, non. J'ai plutôt pensé que les deux autres, là, Champredin et Jean-Mi, ils avaient mis dans le mille. Après, si le juge disait qu'il était coupable, qu'est-ce que je pouvais faire ?

Elmyr ne lui répondit pas. Il avait à nouveau ce regard – de vampire au cinéma, pensait Pietri – qu'on n'a pas envie de soutenir. Et celle-là, pensa-t-il encore en lorgnant de côté Antoinette, elle me fait passer pour un couillon et pour un dégueulasse.

– Pourquoi ne m'avez-vous pas confié *immédiatement* ce que vous aviez sur le cœur ?

– Sur le cœur ?... Moi, quand quelque chose me pèse, je l'ai sur l'estomac. Et la saloperie qu'on a faite à David, je l'ai jamais digérée.

– Vraiment ? fit Elmyr en désignant du regard le verre de whisky que Pietri serrait dans sa main.

– Ça ? Je dis toujours que c'est ma béquille. Parce qu'au début j'ai bu à cause de mon genou foutu en l'air.

– Et maintenant ?

– Maintenant ? Je bois parce que *tout* est foutu en l'air. Vous voulez tout savoir ? Je vous en ai dit du bien, tout à l'heure, de Jean-Mi et de Champredin, parce que je suis comme ça : les copains, pour moi, c'est sacré. Alors, oui, c'est vrai – ou plutôt c'était un autre mensonge –, il n'y a plus un client dans mon grill-bar et, les dettes, je m'y noie jusqu'au cou. Un jour, les gros bras de M. Dominique vont passer cette porte, là-bas, et ils vont me coller une balle entre les deux yeux. Je leur dois sept mois d'arriérés. Quand on parle avec Antoinette, elle me dit que l'arriéré c'est moi. Elle a pas complètement tort. Moi, ce que je veux vous dire, docteur, même si j'ai pas les phrases, et même pas les mots, c'est que votre diamant, il me sauve la vie. David, il me sauve la vie. – Lui, il est mort, hein ?

Elmyr, recoiffant sa moustache, ne dit ni oui ni non.

– Je comprends. Secret professionnel... Et qu'est-ce qu'il devient, ce secret-là, quand c'est à vous de prendre des décisions à la place du mort ? Parce qu'il est mort, hein, David, dans une espèce de prison pourrie je sais pas où ? Vous êtes là, docteur, vous êtes impliqué, oubliez ma femme – elle tuerait un chat pour lui piquer une mouche –, et dites-moi ce que vous feriez, vous, à ma place ?

– Je ne suis pas là pour juger de votre vie à votre place, monsieur Pietri.

Pietri regarda la moustache d'Elmyr – il n'arrivait vraiment plus à le regarder dans les yeux, c'était sûrement l'alcool, c'est lourd, ça fatigue les paupières.

– Le pire de l'histoire, peut-être, ça a été les quinze derniers jours. Jasmine et M. Valmer, ils avaient ramené le vieux Arcas chez lui. Jasmine, elle l'a pas quitté, jusqu'à ce qu'il meure. Elle était là, là, *là* ! C'était un hôpital à elle toute seule, cette fille. Et M. Valmer, lui, il me donnait du fric. Deux fois par semaine, il me mettait des billets dans la main. Le vieux, lui, il avait pas voulu que M. Valmer paye. Alors M. Valmer, il payait tout en cachette, les courses, les médicaments. Et moi...

– Noël, ferme-la...

– Et moi je prenais son fric, et je donnais pas tout à Jasmine, je... Y a des jours, j'ai tout bu.

– Noël !

– Ta gueule ! Laisse-moi parler. M'exprimer. Ça me soulage. Je sais ce que j'ai envie de dire...

– Dites-le, murmura Elmyr. Je vous écoute.

– J'y repense, des fois, à tout ça. Et c'est pas juste, la façon que ça s'est passé. Regardez-moi : j'ai fait des conneries, c'est sûr, mais des saloperies, jamais. J'ai pas dénoncé David, et j'étais pas d'accord quand j'ai compris ce qu'ils avaient fait. Je leur ai dit. En face. Et le vieux Arcas, je m'en suis occupé quand même, je les ai faites, ses courses, et c'est moi qui ai trouvé le cercueil et les croque-morts pour l'enterrement. Regardez M. Valmer : il a tout payé, les médicaments, les courses, les obsèques. Il y était pas obligé, au fond. Et maintenant, regardez le résultat : je suis dans une panade noire, et M. Valmer pareil. Il s'en est jamais relevé, après qu'on lui a cambriolé son coffre.

– On a volé M. Valmer ?

– Pendant l'enterrement du vieux Arcas, en plus. Si c'est pas une honte... Il avait vendu son avion, il avait mis le fric dans le coffre de son bureau, à Marignane, et vous voulez que je vous dise ? j'ai ma petite idée sur le voleur.

Pietri voulut se servir un autre verre, mais Elmyr l'en empêcha.

– Continuez.

– D'après vous, d'où il a sorti l'argent pour s'installer à Cuba et monter son trafic d'avions, Champredin ? A part lui, qui savait que M. Valmer avait une grosse somme dans son coffre ? Et, le lendemain du cambriolage, il avait disparu de Marseille. Moi, ça me paraît clair. Alors, vous voyez bien, docteur, dans ce monde il n'y en a que pour la canaille, les Champredin et les Jean-Mi...

– Admettons que vos suppositions au sujet de Champredin soient vraies. Il reste que Jean-Michel Casagrande a accompli une carrière, semble-t-il, honorable.

– Honorable ? Peut-être. Moi, en tout cas, je me suis marré quand j'ai appris qu'il s'était engagé dans l'armée. Et il devient un héros, en plus ! Ça m'a mis le cul par terre.

– Pourquoi ?

– Ça colle pas avec le Jean-Mi que j'ai connu. Ou alors, je sais pas, il a attrapé quelque chose en Afrique qui l'a complètement changé. La métamorphose ! Non, j'y crois pas... Tenez, j'ai voulu les revoir, Champredin et lui, il y a trois mois. Je suis monté à Paris, j'espérais qu'en souvenir d'avant ils me feraient un prêt, rien d'énorme, juste de quoi me sortir un peu la tête de l'eau. Champredin n'a même pas daigné me recevoir ni me prendre au téléphone. Et Jean-Mi je l'ai vu cinq minutes, devant sa maison de Neuilly, passage Saint-Ferdinand, il m'a même pas invité à entrer. C'est à peine s'il m'a écouté. Jasmine était tellement embêtée de la façon dont il m'a parlé qu'elle m'a rattrapé, après, sur le trottoir et qu'elle m'a glissé trois billets dans la main. Comme à un clochard. Enfin, je crois que ça partait d'un bon sentiment...

– A-t-elle beaucoup changé ?

– Jasmine ? Toujours la même. Toujours la belle fille du Panier. On dirait pas que plus de dix ans ont passé et qu'elle a eu un gosse.

Elmyr tressaillit.

– Elle a un enfant ? Avec Casagrande ?

– Un fils, ouais. Il est né neuf mois pile après le mariage. Le Jean-Mi, il a dû rattraper le temps perdu, pendant sa nuit de noces !

Il rit bêtement, croisa le regard d'Antoinette, se rappela sa propre nuit de noces, fit une grimace et tourna les yeux vers Elmyr.

– Alors, ils sont jolis, les amis de David, qu'est-ce que vous en pensez ?

Le médecin le dévisagea sans répondre. Pietri, écarquillant soudain les yeux et se touchant la tempe, s'écria :

– Vous avez une seconde, docteur ? Je reviens.

Claudiquant, titubant, il quitta la table, s'éloigna vers le fond de la salle, où s'amorçait un escalier en colimaçon. On entendit le bruit d'une chute, des jurons, puis Pietri reprendre son ascension.

– Vous devriez pas, docteur, dit Antoinette.

– Je ne devrais pas *quoi* ?

– Leur donner ces diamants. Aux autres. Ils ne le méritent pas. C'est des salauds. Et la Jasmine, une petite pute.

– Je suis là par la volonté de David Arcas. Je ne suis pas juge, madame, de la moralité de ses légataires.

Pietri revint peu après, écarlate, en sueur et souriant. Il se rassit et posa un minuscule écrin devant Elmyr.

– Après ce que je vous ai raconté, docteur, je ne sais pas ce que vous allez faire des diamants. Mais moi je vous donne ça. Jasmine m'avait envoyé l'apporter à David, quand la police l'a emmené. Je suis arrivé trop tard.

Elmyr hésita, puis il prit lentement l'écrin et en souleva le couvercle.

– C'est rien qu'un caillou, commenta Pietri. Mais Jasmine, elle avait l'air d'y tenir.

– Je vous remercie. Au nom de David Arcas, dit Elmyr avec une étrange émotion.

Il glissa l'écrin et la pierre dans sa poche. Ramenant sa main sur la table, il l'y déposa, puis, du bout des doigts, poussa lentement la bourse dans la direction de Pietri.

– Prenez, dit-il.

Antoinette tendit aussitôt ses faux ongles rouges. Pietri les écarta d'une tape sèche.

– Tout ? s'exclama-t-il.

Le regard attentif et froid d'Elmyr passa lentement du visage d'Antoinette à celui de Pietri.

– Après ce que je viens d'entendre, je crois que David Arcas aurait pris la même décision que moi. Il désirait que ces diamants permettent à ses amis d'accomplir leurs désirs et leurs rêves. De prouver ce qu'ils valent et ce qu'ils sont. Vous seul me paraissez en avoir besoin.

Il se leva brusquement, comme s'il était tout à coup pressé d'en finir.

– Ne décevez pas son attente.

– Docteur, je... Merci, vraiment, merci, balbutia Pietri, qui n'en revenait pas, ses yeux allant sans cesse du visage d'Elmyr aux diamants. Vous ne pouvez pas savoir, vous me sauvez la vie !

Elmyr inclina très légèrement le front, ignora la main que lui tendait Pietri et traversa la salle. Ni le Corse ni Antoinette ne le raccompagnèrent jusqu'à la porte ; elle s'était laissée tomber sur une chaise à son côté et tous deux contemplaient leur soudaine fortune.

Le bruit du moteur de la MG qui s'en allait tira Antoinette de sa fascination.

– Quand même, dit-elle. Tu trouves pas ça bizarre, toi ?

– Quoi donc ?

– Qu'est-ce qui l'obligeait à nous apporter ces diamants ? Il aurait pu les garder pour lui.

– Les gens honnêtes, ça existe.

Elle lui jeta un terrible regard de mépris. Il ne s'en aperçut pas. Il examinait les pierres une à une, un petit sourire béat aux lèvres.

XV

Cette nuit-là, après sa visite au grill-bar Los Angeles, grimé en Dr Elmyr, Arcas repartit aussitôt pour Marseille où il put pénétrer au palais de justice, grâce à Tazrouk, dont la générosité et la séduction naturelle avaient conquis Simone Pommègues : son mari, Albert, en était l'un des concierges.

Il mit rapidement la main sur le dossier étiqueté à son nom, en majuscules anglaises. Maigre dossier, dossier sans fioritures.

Deux papiers emplis par le juge Becq : sa demande d'incarcération, avec la mention soulignée « *Garder à l'isolement* » ; son ordonnance de remise en liberté, datée du vendredi suivant.

Deux lettres, l'une signée Jean Valmer, l'autre Jasmine Casagrande, où, dans des termes semblables et probablement soufflés par un avocat, ils réclamaient un entretien avec le juge.

Un procès-verbal tapé à la machine en double exemplaire, daté du 4 mai 1968, 8 h 30, commissariat du Panier, transcription d'un « témoignage spontané anonyme » enregistré sur bande magnétique à 1 h 27, ce même jour.

Cette bande magnétique figurait elle aussi au dossier – et Arcas remercia en lui-même le juge Becq d'avoir poussé la volonté de garder sous la main la moindre trace de la dénonciation jusqu'à récupérer cette bande.

Enfin, un « mémo » à l'en-tête du ministère de l'Intérieur, signé du directeur de cabinet, qui récapitulait les divers éléments de l'enquête. Il était accompagné d'une lettre où l'on faisait officiellement part au juge de l'intention « de nos services » d'interroger le « prévenu Arcas » au sujet des « prétendus Gracchus Babeuf, Tchernychevski, Saint-Just, Soudoplatoff et Kollontaï », présumés locataires de la villa du 27, rue du Progrès, à Montreuil-sous-Bois, dont le bail avait été enregistré au nom, tout aussi « prétendu », d'un sixième suspect, « Tchen ».

Le « mémo » se terminait sur des considérations polies mais menaçantes quant aux risques encourus par Becq s'il s'obstinait « en dépit de toute logique judiciaire » à signer l'ordonnance de mise en liberté du complice « d'un complot contre l'État et son chef ». A l'encre rouge, de l'écriture de Becq, il était écrit en marge : « *VTFF* ».

Il retrouva Tazrouk et Albert Pommègues derrière le palais de justice. Tazrouk mit une enveloppe dans la main du concierge ; ils le quittèrent en le priant de saluer Simone et de les oublier.

Arcas avait soustrait au dossier les seules pièces qui l'intéressaient : le « mémo » de l'enquête des Renseignements généraux, la bande magnétique et un exemplaire de sa transcription.

– C'est dommage, dit-il quand ils montèrent dans la Mercedes.

– Quoi donc, *sir* ?

– Que les Pommègues aussi puissent être achetés.

– Tout dépend de ce que tu achètes. Tu leur as acheté la justice et la vérité.

– Ils ne le savaient pas.

– Toi, tu le sais. Alors pourquoi tu t'en fais ?

***

Antoinette n'eut guère de mal à pousser Pietri à la boisson. Il n'avait pas attendu sa permission ; quand le Dr Mirko Elmyr avait quitté le grill-bar Los Angeles, Pietri terminait sa première bouteille de scotch.

Il était quatre heures de l'après-midi. Elle proposa de fêter l'événement au champagne. Elle descendit elle-même à la cave, en remonta deux bouteilles. Le bouchon claqua. Elle alla fermer la porte du restaurant.

Vers les six heures, Pietri ronflait, à demi effondré sur la table. Antoinette vida dans l'évier du bar la dernière coupe qu'elle s'était servie, comme elle l'avait fait pour toutes les autres depuis qu'ils avaient débouché le champagne. Elle ôta ses escarpins à talons de dix centimètres, souleva Pietri par les aisselles et, péniblement, l'obligea à monter à l'étage. Elle le coucha dans le lit conjugal. A peine avait-il ouvert les paupières pour grimper l'escalier.

Elle le regarda une dernière fois. Bras en croix en travers du lit, bouche ouverte, luisant de sueur, chemise tire-bouchonnée sur la bedaine, il ne lui inspira qu'une moue de dégoût. Elle grimpa sur un tabouret, descendit la valise posée sur le haut de l'armoire à glace. Cinq minutes plus tard, elle y avait entassé des jupes, des chemisiers, des robes, des pulls, un imperméable et des sous-vêtements. Sans un regard pour son mari qui ronflait, elle apporta la valise sur le palier.

Elle revint dans la chambre. Elle s'approcha doucement de Pietri. Elle se pencha sur lui. Centimètre par centimètre, elle introduisit sa main dans la poche droite de son pantalon. Tout aussi délicatement, elle l'en retira. Elle tenait la petite bourse aux diamants. Sur la pointe des pieds, elle sortit de la chambre. Elle souleva sa valise et commença à descendre l'escalier.

– Antoinette ?

Surprise, elle se figea sur place. Elle tourna la tête. Pietri s'était redressé. Il se massait le front. Il l'aperçut. Il fit claquer ses lèvres.

– J'ai la pépie, dit-il.

C'est là qu'elle commit une erreur. Au lieu de continuer à descendre l'escalier en lui déclarant qu'elle allait lui apporter un verre d'eau, elle remonta quelques marches. Il vit la valise.

– Qu'est-ce que tu fous avec ça ?

A peine avait-il posé la question qu'il plaqua les deux mains sur ses poches.

– Salope...

Elle prit peur. Elle dévala les marches du colimaçon.

– Reviens ! cria-t-il. Reviens tout de suite !

Dans la salle du restaurant, il faisait sombre. Dehors, le néon rouge, *Grill-Bar Los Angeles*, clignotait au-dessus de la baie vitrée. Antoinette se mit à courir. Sa jupe l'entravait, sa valise l'encombrait. Elle marcha sur l'un des escarpins qu'elle avait déchaussés un quart d'heure plus tôt, se tordit la cheville, tomba. Dans sa chute, elle lâcha la valise, pas la bourse. Affolée, elle se releva. Une couture de sa jupe craqua.

– Rends-moi les diamants !

Pietri déboulait de l'escalier. Silhouette trapue, boitillante. Il se jeta sur elle. Elle parvint à l'éviter. Il perdit l'équilibre à son tour. Il heurta une table derrière elle. Il était sur le chemin de la porte. Elle ne pourrait pas passer.

Elle courut en direction du zinc. Ses bas glissaient sur le carrelage. Elle dérapa. S'agrippant à la barre de cuivre, elle reprit son équilibre et se précipita vers les cuisines. La porte battit violemment dans son dos.

– Antoinette !

Elle se jeta sur l'autre porte, au fond, qui donnait sur l'allée. Elle allait en tirer le loquet quand Pietri la rejoignit. D'instinct, elle baissa la tête, releva le coude. La gifle la frappa à l'épaule. Elle lança des coups au hasard, des deux poings. Dans l'un d'eux, elle serrait la bourse aux diamants. Pietri fit un pas en arrière.

– Sois pas conne... Qu'est-ce qui te prend ? Ils sont pour nous, ces diamants, pour nous deux...

Elle ne songea pas même à lui répondre. Pour elle, il n'était plus qu'un obstacle, un ennemi. Elle recula le long du mur. Elle atteignit le plan de travail. Sans lâcher des yeux l'ombre vacillante de Pietri, elle tâtonna sur le carrelage blanc. Ses doigts touchèrent quelque chose. Un manche.

– Antoinette, allez, on arrête ce cirque...

Il s'avança, la main tendue. Elle attendit qu'il soit tout près d'elle, puant la sueur et l'alcool. Elle empoigna le couteau à découper. Ramenant soudain le bras, elle frappa de bas en haut.

– Merde ! T'es folle ! Tu m'as fait mal !

Il se tenait le gras du bras gauche. Raté. Elle frappa à nouveau. Il para le coup de l'avant-bras, la saisit au poignet. Il l'attrapa par les cheveux, tira. La perruque lui resta dans la main. Elle le gifla, le poing fermé sur les diamants. Il poussa un grognement, lui tordit le poignet derrière le dos.

– Arrête, Antoinette... Arrête !

Elle se débattit, tenta de le gifler encore de sa main libre, lui lança un coup de pied. Il lui tordit le bras davantage. Elle sentit la pointe de la lame lui griffer les reins. Elle eut peur. Elle cessa de résister.

Ce fut sa seconde erreur. Pietri s'appuyait sur elle de tout son poids. Le nylon de ses bas glissa sur le carrelage comme sur un parquet ciré. Elle bascula en arrière, entraînant Pietri dans sa chute. Il tomba sur elle. Elle poussa un cri.

Il se redressa péniblement. A genoux, il resta penché sur elle. Malgré la semi-obscurité, il voyait le blanc de ses yeux.

– Bon, c'est fini maintenant, lui dit-il.

Il était essoufflé. Son cœur battait contre ses tempes. Elle ne lui répondit pas.

Il parvint à se mettre debout. Il traversa la cuisine en titubant. Il trouva l'interrupteur. La lumière très blanche des néons clignota, l'aveugla.

Quand il vit la trace rouge barbouillant l'interrupteur, il ne comprit pas aussitôt. Puis il regarda sa main. Elle était pleine de sang.

Il retourna près d'Antoinette. Elle gisait sur le flanc, la jupe relevée jusqu'aux jarretières mauves. Le couteau était entré par un rein ; la pointe de la lame ressortait près du nombril.

Pietri ramassa la perruque. Il resta ainsi un long moment, le postiche à la main, à contempler le cadavre de sa femme et la flaque de sang qui s'écoulait lentement dans les rainures du carrelage. Avant qu'elle ne l'atteigne, il se pencha et ramassa la bourse de toile. Il posa la perruque sur le plan de travail. Il sortit de la cuisine.

Il alla s'asseoir sur l'avant-dernière marche du colimaçon. Il ouvrit la bourse. Les quatre diamants roulèrent dans sa paume ensanglantée.

***

Arcas plaça la bande magnétique dans le magnétophone posé sur la banquette, près de lui.

L'enregistrement était mauvais, la bande abîmée, l'appel provenait sans doute d'une cabine publique. Mais il ne lui fut pas difficile de reconnaître la voix de Jean-Michel Casagrande. Il prit une sorte de plaisir sale à écouter jusqu'au bout ce déversement de bile. Jean-Mi l'avait dénoncé. Quant à la précision de ses informations, elle ne pouvait lui venir que de Champredin. Kagan, une fois de plus, ne s'était pas trompé. Et Pietri lui avait dit la vérité. Ce pauvre et « brave » ivrogne de Noël... Est-ce qu'il méritait les diamants ? Arcas revit la bouche et les ongles d'Antoinette – rouge sang. Tant pis pour lui.

Ils passèrent prendre Eugène qui les attendait dans le hall d'un hôtel, près de la Canebière. Tazrouk l'aida à porter une malle dans le coffre de la Mercedes.

– Doucement, doucement, doucement, disait Eugène. Elle contient tous mes secrets.

Ils s'installèrent à l'avant. Tazrouk mit le contact. Il regarda Arcas dans le rétroviseur.

– Quelle destination, *sir* ?

– Paris. Il l'ignore, mais un « prétendu » Tchen nous y attend.

***

Ils arrivèrent à destination au petit matin. Eugène dormait, la joue contre la vitre de sa portière. Il ressemblait à un vieil enfant ridé. Arcas demanda à Tazrouk de le conduire jusqu'à Neuilly-sur-Seine. Il fit garer la Mercedes à l'entrée du passage Saint-Ferdinand et en descendit.

Au fond de l'impasse, un portail interdisait l'entrée d'un jardin à la pelouse tondue de frais, décoré de grandes vasques où poussaient des iris. Un escalier à double révolution menait à une villa à deux étages, dans le goût Second Empire. Arcas regarda toutes les fenêtres, une à une. Au rez-de-chaussée, il crut apercevoir une silhouette de femme.

Quand elle s'approcha de la vitre, il entendit :

– Thomas ! Tu as pris ton petit déjeuner ?

Du fond du jardin, une voix d'enfant répondit :

– J'arrive, maman !

Arcas voulut s'en aller. Mais il ne le pouvait pas. Des sanglots secs lui comprimaient la poitrine. Il en perdit le souffle. Et, tandis qu'il regardait l'enfant traverser en courant le jardin – et ce profil, cette allure, c'était Jean-Mi, Jean-Michel Casagrande, que l'enfance, et la beauté farouche de Jasmine, sa mère, idéalisaient –, il eut un étourdissement. Tout devint gris, puis noir. Il sentit qu'on le saisissait sous les bras, le soulevait.

– Ça ira, Arcas ? lui demanda Tazrouk qui le maintenait debout.

– Ça va, ça va, marmonna-t-il en se dégageant. Retourne à la voiture.

Il s'agrippa à la grille du portail, vit l'enfant se jeter dans les bras de sa mère qui se tenait au sommet du perron. Il détourna les yeux.

Il se fit le serment de ne plus jamais se laisser submerger par le moindre sentiment.

XVI

La terrasse du Flore était bondée. Arcas fit un signe à Tazrouk, qui repartit au volant de la Bentley vers la place Saint-Germain-des-Prés. Il se fraya un chemin jusqu'à la salle. Dans le fond, il reconnut l'homme qui, une cigarette au coin de la bouche, clignant des yeux, écrivait dans un épais cahier à spirale.

– Jean-Claude Grouchy ?

L'homme prit le temps de noter la fin de sa phrase. Il la ponctua d'un point d'interrogation et leva la tête.

– Nous avions rendez-vous, reprit Arcas.

Il parlait le français avec un fort accent texan. On l'aurait cru né à Houston ou à Austin. Il était un peu lourd de la taille et des hanches ; gras, sanguin et satisfait de lui-même. Un bâfreur de steaks, se dit Grouchy en le dévisageant.

– Jimmy Sandstone, ajouta Arcas en tendant vigoureusement la main pour un *shake-hand* à l'américaine.

Grouchy la serra mollement tout en écrasant sa cigarette dans le cendrier. Arcas s'assit en face de lui. Grouchy, qui essayait de saisir un brin de tabac collé à sa lèvre, l'examina quelques instants, d'un air consciencieusement ironique et farouche.

– Alors, c'est vous le producteur d'Hollywood ? dit-il enfin.

– Je suis très heureux de faire votre connaissance. Les écrivains tels que vous sont aujourd'hui si rares.

Grouchy eut un petit sourire désabusé.

– Il n'y a plus d'écrivains de nos jours. Ou si peu. Des bouquins, ça oui, ça prolifère. Tout le monde a sa petite histoire à coucher sur le papier comme une pute à l'hôtel. Mais des écrivains ? Trois ou quatre. Et encore...

– Vous êtes un de ceux-là. Dans la lignée des Kerouac, Brautigan, Hemingway, Conrad, Walt Whitman, Melville. Des écrivains qui connaissent le monde car ils l'ont parcouru à leurs risques et périls.

– Ouais, Melville, Hemingway... Les Gault et Millau de la pêche au gros.

Arcas, *alias* Jimmy Sandstone, rit complaisamment de ce bon mot et fit signe au garçon de lui servir la même chose qu'à Grouchy, une tequila.

– Et vous nous préparez un autre livre ?

Grouchy soupira avec bruit, se frotta le sourcil puis posa son lourd menton dans sa main.

– Écoutez, je ne connais rien de pire que les types qui vous emmerdent avec ce genre de questions, comme si on était une brave ménagère qui prépare son pot-au-feu pour quand pépère mettra les pieds sous la table.

– Excusez-moi.

– Pas grave. Vous êtes un Américain, vous posez des questions d'Américain. Vous ne voyez dans le monde que des objets : hommes, femmes, œuvres d'art, paysages, littérature. Vous passez de l'un à l'autre et, au fond, c'est ça votre vraie passion : multiplier les objets et le troc. Toujours aller vers le prochain paysage, le prochain livre, le prochain être. Mais vous savez, Sandstone, vous crèverez quand même. Comme tout le monde.

Visiblement impressionné par cette rude leçon de métaphysique, Arcas-Sandstone se le tint pour dit. Le garçon apporta sa tequila ; il la lui régla, ainsi que les précédentes consommations de Grouchy.

– Vous avez raison, dit-il, je suis un Américain. Pardonnez-moi si je vous parle comme un Yankee. Votre agent chez Artmédia vous a-t-il fait part de ma proposition de contrat ?

– Oui, et elle m'a mis sur le cul.

– Le cul ? *The ass ?* Je ne comprends pas.

Grouchy alluma une autre Gitane sans filtre, en souffla la fumée au visage d'Arcas.

– Mon roman, *La Muraille*, est le récit d'une quête intérieure, Sandstone. Une quête intérieure, répéta-t-il en martelant chaque syllabe. J'ai mis « roman » sur la couverture parce qu'il fallait bien mettre quelque chose, ne pas affoler d'emblée le lecteur. Mais, en réalité, il s'agit d'une prose lyrique, d'une ode, d'une épopée.

– Un... – permettez-moi de vous citer – un « muet hurlement par-dessus les civilisations et les Cités interdites, dans le songe nocturne d'une précarité immense » ?

– Exactement. Mon personnage – pour employer un terme qui ne veut rien dire mais qui vous aidera...

– Merci.

– Mon personnage est un errant, parti sur les traces du « grand empire » – la Chine, vous l'aviez compris. Et que découvre-t-il ? Sa propre disparition. La muraille du titre, ce mur dont un empereur a prétendu protéger un pays vaste comme un continent, cette muraille représente ce que j'appelle « le mur intime », celui contre lequel on se heurte jusqu'à son dernier souffle – et qui nous aura enfermés toute notre vie.

– « Le mur intime »... *Astounding*... Vous imaginez qui dans le rôle ?

Grouchy le dévisagea comme s'il tombait de la lune. Arcas-Sandstone lui sourit.

– *I was kidding*. J'apprécie beaucoup les conversations littéraires, *dear mister* Grouchy, et je tiens à ce que nous en ayons beaucoup d'autres, mais je dispose de très peu de temps ce matin. Je voulais que nous entrions en contact, vous et moi. Pour vous expliquer mon projet en quelques mots. Puis-je ?

Grouchy haussa une épaule. Il n'aimait guère que la conversation prenne ce tour trop direct. Il s'était installé au Flore dans l'intention de tenir son rôle, celui d'un « aventurier de l'Histoire », tel qu'il l'avait défini à la télévision, chez Pivot, quelques jours plus tôt. Son concierge, et sa boulangère, rue Madame, avaient vu l'émission, et ne lui parlaient plus de la même façon. Sous prétexte d'une option de cent mille dollars sur son dernier roman – son agent chez Artmédia l'avait réveillé le matin même, vers midi et demi, pour lui apprendre la nouvelle et l'exhorter à se rendre au rendez-vous de Sandstone –, il n'allait pas modifier sa nature : « Je suis un homme simple, avait-il dit chez Pivot, un voyageur métaphysique, un ouvrier de la métaphore, un OS de la révolte, un technicien du combat rapproché du zeugme, de l'épithète et de l'oxymore. »

– Allez-y. Je suis assez curieux d'entendre à quoi vous réduisez mon bouquin.

– A vrai dire, *mister* Grouchy, si votre œuvre a produit sur moi une *impression ineffaçable* – on dit comme ça? –, le film que je vous propose mettrait plutôt en scène ce qui n'est pas dans votre livre, les *non-dits* – c'est bien le mot?

– Allons bon... Les « non-dits ». Qu'est-ce qu'ils viennent foutre là-dedans? Et pourquoi pas Blanche-Neige et les Sept Nains?

Grouchy leva les yeux au ciel et s'installa en biais sur sa banquette. Se désintéressant de Sandstone, il bâilla et se mit ostensiblement à suivre les déplacements des femmes entre la salle et la terrasse, pour bien prouver à ce connard d'Américain que, comme il l'avait écrit : « Les femmes sont toutes des Bovary, et je suis leur Rodolphe, et leur Charles, et leur Gustave. Elles ne comprennent pas leur fuite, dès qu'elles m'ont vu. Je suis leur amant, leur mari, leur auteur. Je sais tout d'elles. Elles ne me le pardonnent pas. »

– *Mister* Grouchy, votre personnage, ce... guerrier errant, a un passé. Il n'y est fait que quelques allusions, mais j'avoue que j'ai voulu en savoir plus. Depuis un certain temps, sans doute à cause des dernières élections qui ont mis la gauche au pouvoir dans votre pays, des livres ont paru sur la génération qui a pris part à Mai 68, à laquelle j'ai eu la chance de me mêler moi-même – j'étais jeune étudiant étranger à la Sorbonne. Vous faites partie de cette génération, *mister* Grouchy, et je crois que vous êtes l'un de ceux qui ont... comment dit-on? poussé à son comble la logique de la lutte révolutionnaire.

– Vous travaillez pour les RG ou pour la CIA? fit Grouchy, un petit sourire en coin – le même sourire qu'il avait eu, très télégénique à en croire sa boulangère, quand la gouine féministe invitée par Pivot (il la connaissait par cœur, elle l'avait giflé, à la Sorbonne, en mai 68, un soir qu'il lui avait mis la main au cul, alors qu'il l'appelait « camarade » et n'avait d'autre intention, par ce geste sans équivoque, que de lui montrer son soutien et son accord – quoi qu'elle ait dit auparavant, à la tribune, il ne se rappelait plus) l'avait agressé en le traitant de « phallocrate au romantisme ranci début XXe, genre Malraux du pauvre ». La mal baisée. La conne.

– Ne vous méprenez pas. J'ai le projet, vous l'avez compris, d'un film relatant l'aventure de la Gauche révolutionnaire en France. J'ai pensé que vous pourriez m'aider.

– Conseiller technique, quoi? grinça Grouchy. Et pourquoi pas indic? ajouta-t-il.

– Je suis un homme de cinéma. *A moviemaker, mister Grouchy.* Je crois qu'il est temps d'aller plus loin que le cinéma italien de la dernière décennie. Il a mis en scène une gauche bourgeoise et désabusée. Merveilleuses comédies mélancoliques. Laissons tomber la mélancolie. Renouons avec la grande tradition du film de Résistance. L'épopée, *mister* Grouchy. Faisons un film de guerre et d'aventures. Guerre et aventures clandestines que vous avez vécues. Dont vous avez été le héros. Vous êtes l'homme qu'il me faut pour en écrire le scénario. Et pour en jouer – que dis-je ? –, pour en incarner le personnage principal. *I do need you, mister Grouchy.*

Grouchy considéra le bout de sa cigarette. Pivot, le classement des meilleures ventes de *L'Express*, cet Américain d'Hollywood : sa vie prenait un autre tour. Il n'avait plus envie de bâiller.

– Un film sur ma vie, hein? dit-il d'une voix faussement ennuyée. Où je tiendrais mon propre rôle?

– Oui. Le début des années soixante-dix et vous. La lutte révolutionnaire et vous. Votre parcours, très instructif, très éclairant. En d'autres termes, vous pourriez exposer comment et pourquoi, au lieu de suivre la dérive terroriste des Brigades rouges ou de la bande à Baader, vous avez choisi l'écriture. Vous êtes à la fois Byron, Malraux et leur contraire, *mister* Grouchy. Alors qu'ils sont passés de la littérature au combat armé, le combat armé vous a amené à la littérature. C'est fascinant.

Flatté mais n'en voulant rien paraître, Grouchy approuva d'un hochement de tête et ricana. Il imaginait son concierge et sa boulangère : quelles têtes ils feront quand... Il pointa sa cigarette sur Sandstone.

– Fascinant, oui, je sais. Mais attention : du cinéma-vérité, la précision et la poésie de l'authentique. Pas question de jouer l'ironie, le second degré, pas question de désamorcer cette histoire.

– Désamorcer, *mister* Grouchy? Je veux que ça éclate, que ça explose. Je veux du Samuel Fuller, du Raoul Walsh, je veux du John Ford. Connaissez-vous ce film qui se passe à Dublin, avec ce merveilleux acteur, Victor MacLaglen? C'est ça, l'*ambiance* de notre film.

Grouchy ne le connaissait pas. D'ailleurs, il n'écoutait plus. Les yeux dans le vague, il imaginait déjà les premières scènes du script.

– Vous avez un metteur en scène en vue?

– J'ai approché Kubrick et Bertolucci. J'attends vos suggestions.

Sandstone regarda sa montre.

– *Think about it, mister* Grouchy. J'ai un autre rendez-vous dans quelques minutes. Si vous n'y voyez pas d'inconvénient, retrouvons-nous ce soir à mon hôtel, le Plaza Athénée. Vers dix heures. J'ai un dîner auparavant. Vous m'exposerez vos premières idées, nous parlerons. Je compte sur vous ?

– Et si je mettais moi-même en scène ?

– Je n'osais pas vous le proposer. Nous allons nous entendre, *mister* Grouchy. Je le sens.

Arcas-Sandstone se leva. Grouchy lui sourit pour la première fois de l'entretien.

– A ce soir, dit-il, et il serra la main de Sandstone avec la chaleur virile d'un aventurier de l'Histoire.

***

Dans sa suite du Plaza Athénée, Eugène et Tazrouk attendaient Arcas. Eugène l'aida à ôter l'appareillage de latex qu'il lui avait fixé autour des reins pour simuler la prospérité de Jimmy Sandstone. Arcas retrouva sa taille svelte et eut moins chaud. Il s'installa dans un fauteuil. Tazrouk lui apporta une brassée de journaux.

– Vous devriez regarder celui-ci, *sir*.

A la une de *Var-Matin* un titre occupait trois colonnes :

QUATRE DIAMANTS POUR UN MEURTRE

La photographie accompagnant l'article montrait un homme corpulent, presque chauve, encadré de deux gendarmes. Arcas rendit le journal à Tazrouk sans en lire davantage.

– Je lui ai laissé sa chance, dit-il simplement. Tu t'es renseigné au sujet de Jean Valmer ?

– La vente aura lieu demain, *sir*.

– Prends l'avion de Marseille. J'ai une visite à dix heures ici ce soir, je te rejoindrai ensuite avec le jet. Tu sais ce que tu as à faire ?

– *Yes, sir.*

***

– L'esprit de sacrifice, voilà ce qui leur a manqué. Vous avez connu ça, vous aussi, aux States : *peace and love*. L'amour, pas la guerre. Le shit, les cheveux longs, la baise, la musique « planante », Ravi Shankar, les communautés, les poules et les chèvres. La conscience politique, ça consistait à gratter une guitare en bramant : « *Monsieur le président, je vous fais une lê-et-treu...* » Tous les comités d'action révolutionnaire qu'on a montés dans les lycées, dans les facs, ça tournait en comités des fêtes : « Qu'est-ce que tu fais, c't'aprèm' ? – Oh, moi j'vais à la manif, ça va être super au niveau de la déconnade ! » Récupérés, les gamins d'après 68. La lutte politique, c'était devenu une mode, comme le trip et le pèlerinage à Katmandou.

– Qu'avez-vous fait ?

Grouchy se resservit un verre de tequila, y versa du gros sel. Avachi dans un fauteuil, épais de taille et gras d'épaules, il ressemblait à un ours – un ours de cirque, pensa Arcas, griffes et dents rognées, dressé à exécuter son numéro. Il parlait depuis près d'une heure, sans qu'il soit besoin de le relancer souvent, ne s'interrompant que pour se préparer une nouvelle tequila, puis lécher le sel collé à ses doigts.

– On s'est dispersés. L'un s'est « établi » en usine pendant deux ou trois ans, à Saint-Étienne. Un autre est parti pour Cuba. Moi, pour Pékin. Mais la plupart sont rentrés dans le rang. Rattrapés par leur milieu. Pour se donner bonne conscience, ils se sont inscrits au PSU, avant de glisser au PS. Le militantisme de salon. Toujours le même saint-frusquin : les réseaux, le copinage, la petite bagarre feutrée pour les places. *Bullshit.*

– Ils changeront peut-être la société par d'autres moyens, *mister* Grouchy. Ne mettez-vous aucun espoir dans votre nouveau gouvernement ?

– Des réformistes.

Sa grosse patte balaya le mot d'un revers.

– Des cons.

Renversant la nuque, il engloutit sa tequila.

– Le soir du 10 mai, reprit-il, pendant qu'ils s'autocongratulaient à la République et à la Bastille, j'étais avec une pute, une vraie pute de la rue Saint-Denis. Les dernières femmes, Sandstone, les prolétaires du sexe. J'ai parlé avec elle. Et, croyez-moi, elle avait un point de vue politique autrement pointu que tous ces soi-disant professionnels.

Il souleva une fesse, tira difficilement de sa poche arrière un carnet noir chiffonné.

– Après, dans cette chambre qui puait le sperme, la sueur et le parfum bon marché, j'ai écrit un texte. Écoutez ça, Sandstone, écoutez bien :

La vérité, comme un éblouissement, contre le corps déglingué d'une fille de joie. Le temps des rêves est révolu. Se couchant sous le règne d'un politicien rescapé de la IVe République, ton époque est lasse des idées, de la littérature et du sérieux. Époque où le conformisme exige qu'on tourne tout en dérision, que l'on cherche, non pas la face lumineuse et terrible des choses, mais leur profil ricanant et mesquin. Le plus plat matérialisme petit-bourgeois est porté au pinacle de l'esprit par une génération dont, sinon tous les membres, du moins les plus voyants ont simulé une révolution et, gavés d'eux-mêmes, tiendront désormais l'État, les entreprises, les arts et la littérature sans savoir qu'en foutre qui n'attente à leurs privilèges. On sait qu'il s'agit là du sort commun aux générations qui à vingt ans furent aux barricades, à quarante aux affaires. Par chance, celle-ci, fille légitime de la bourgeoisie qu'elle a chahutée, n'a pas eu à verser le sang. Il lui a suffi de s'assagir, de patienter et d'envoyer et renvoyer des ascenseurs pour toucher l'héritage. Débarquée dans les palais, elle en repeindra les murs et changera les portraits d'ancêtres. Un bien-pensant chasse l'autre. Où es-tu, ô jeunesse des rébellions et des révoltes ?

Humectant son index, Grouchy tourna la page. Arcas-Sandstone, qui soupçonnait le texte d'être interminable, en profita pour l'interrompre :

– Impressionnant, dit-il. Vous publierez cette diatribe dans votre prochain livre ?

Grouchy, un sourire à la fois malin et désabusé sur les lèvres, agita son carnet.

– Notes personnelles. Pensée privée. Guerre secrète. Il est encore trop tôt pour leur envoyer la vérité dans la gueule. Je suis un clandestin. Je combats dans l'ombre. J'émarge chez un éditeur de gauche, dans un quotidien de gauche, on m'invite partout, je suis tapi, je flaire, je hume, je rassemble mes sources.

– Bref, vous attendez votre heure ? *Very exciting*. Ce ne doit pas être tous les jours facile de garder vos véritables opinions pour vous. Je vous admire. Mais, parmi vos anciens camarades, certains sont restés purs, rassurez-moi. Celui, par exemple, que vous surnommez plaisamment Gracchus Babeuf ?

– Lui ? C'est le pire de tous. Avocat célèbre. Mondain. Ambitieux. Lorgnant la place de Badinter. Sa marotte : la réforme de l'instruction. Ça ou autre chose... Du moment que ça mousse. « Le pouvoir régalien du juge d'instruction » ! Il peut vous assommer des heures avec ça. Très informé, très argumenté. Et moi je me marre, Sandstone.

– Pourquoi ?

– Vous voulez savoir ce que c'est, sa réforme de l'instruction ? Un bon gros complexe d'Œdipe. Son père est juge. Et il le hait.

– Est-ce possible ? fit semblant de s'étonner Arcas.

– Véridique et prouvé. Il est même allé jusqu'à faire ajouter à son nom celui de sa mère. Son père s'appelle Becq, lui s'appelle Chastel-Becq. Petit meurtre déguisé. Tentative d'étouffement de papa sous le patronyme de maman.

Arcas revit un visage de poupon blond, caricature dérisoire, et se dit que la conversation, pour sa part, touchait à sa fin. Il marcha jusqu'à une fenêtre, regarda, en bas, les voitures passant dans l'avenue. Le fils, tout simplement. C'était le fils de Becq. Le pouvoir régalien des juges...

– Ce Chastel-Becq figurera parmi les personnages de notre film ? demanda-t-il.

– Une des figures les plus intéressantes. Petit-bourgeois infantile et jouisseur. Fausse conscience politique. Belle gueule, grande gueule. Et au premier coup dur, retour aux études et au confort de la carrière. Le *bad guy* de l'intrigue.

Grouchy éclata d'un rire qui ressemblait à une toux. Arcas ouvrit la fenêtre, s'appuya à la rambarde. La nuit était douce. Un crachin tiède allumait des traînées de lumière sur l'asphalte. Il entendit Grouchy s'approcher dans son dos.

– Pour le contrat, on le signe quand ? On n'a pas discuté de la somme.

En s'accoudant à la fenêtre, il frôla Arcas, qui retira aussitôt son bras, rentra dans la pièce et se dirigea vers la porte.

– Nous verrons ça avec votre agent. Il se fait tard.

– On arrête là ?

Une main sur la poignée, Arcas-Sandstone regarda ce grand type qui vacillait au milieu du salon.

– Vous m'en avez déjà bien assez appris, *mister* Grouchy. Bonsoir.

XVII

Une défaite. J'ai une gueule de vaincu. Valmer regardait son reflet dans le grand miroir biseauté que les aides du commissaire-priseur avaient posé contre un mur de la salle des ventes. Ses cheveux avaient blanchi, sa silhouette s'était alourdie ; des rides traçaient de profondes parenthèses autour de sa bouche. Il se détourna, jeta un regard rapide sur les meubles, les tableaux, les bibelots, tout ce qui lui avait appartenu – même le lave-vaisselle, le réfrigérateur et la machine à laver ! –, parmi quoi il avait vécu ces vingt-cinq dernières années. Comme un décor qu'on aurait démonté, des accessoires empilés en vrac, en attente d'être dispersés au hasard d'autres vies quotidiennes. Dépossédé. Pillé. Razzié. Il avait déjà connu des revers, des hauts et des bas, des coups d'arrêt. Jamais il n'avait ressenti cette impression de mise à nu. Il découvrait qu'il s'était attaché à ses meubles, à ses bibelots, à ses livres – au réfrigérateur ! –, tous ces objets qui, à défaut d'en avoir une, avaient *des* histoires – une éraflure sur le buffet, une empreinte blanche sur la table, l'ébréchure d'un vase, parfois rien d'autre que la trace invisible de nombreux souvenirs. Qu'il était seul à discerner, à présent, et qui s'effacerait dès que le commissaire-priseur aurait crié : « Adjugé ! »

Valmer se retourna vers la salle qui, dans un bruit de pieds de chaise grinçant sur le parquet, s'emplissait peu à peu. Les voilà, les pilleurs, les vautours. Ils n'ont l'air de rien, pourtant. Untel et Unetelle, M. et Mme Toutlemonde, et les inévitables professionnels, brocanteurs, antiquaires au petit pied. Toujours à l'affût des déclarations de faillite, des ordonnances des tribunaux de commerce, des faire-part de deuil. Chiffonniers du malheur des autres. Regarde-le, celui-là, il a sa petite liste à la main, il est prêt à enchérir – oh, pas très haut, on m'a prévenu de ne pas me faire d'illusions : tout va partir au dixième de sa valeur. Et pas un centime pour mes poches.

Un grand flandrin basané, en jean et blouson de cuir fauve, le croisa et alla droit à un fusil damasquiné, qu'il prit en main, soupesa. Agacé, Valmer s'approcha de lui.

– Alors, d'après vous, ça vaut quoi ? Cinquante francs ? Non. Trop cher ?

Le type avait des yeux noirs, vifs et rieurs qui démentaient sa mine hautaine de pirate mauresque.

– J'admire cette très belle arme, répondit-il avec un curieux accent, mi-arabe mi-anglais. Maroc ?

– Je ne sais pas, grogna Valmer. Un jour je l'ai vue, je l'ai aimée, je l'ai achetée.

– Cinquante francs ? dit le « pirate » en reposant le fusil sur le présentoir. Belle arme, belle affaire.

Et il repartit vers les rangées de chaises, qui à présent étaient pleines d'un public sage mais impatient. Valmer le vit remonter l'allée centrale et se camper à l'entrée de la salle. Une vague rumeur d'aise s'éleva alors de l'assistance. Le commissaire-priseur venait de prendre place à son pupitre, sur l'estrade.

Valmer embrassa du regard tout ce qui lui avait appartenu et serait vendu à l'encan dans quelques minutes. Une défaite, pensa-t-il à nouveau. Heureusement que Bernard n'est pas là. Son fils lui avait téléphoné, le matin même. Valmer avait joué son rôle, celui du père protecteur, « ce vieux pélican », comme disait Bernard. « Tout ça, je m'en fous, lui avait-il menti. Depuis la mort de ta mère, je m'étais mis à détester toute cette maison, les meubles et tout le bataclan. Ils vont tout brader ? Tant mieux. Ils me rendent service. » Bernard ne l'avait sans doute pas cru, mais Valmer ne lui demandait pas de le croire, simplement de jouer son jeu. Il avait de la chance : il aimait bien son fils, il l'aimait même beaucoup. Et Bernard ne le détestait pas. Tous les pères ne s'en sortent pas si bien. Alors, la faillite et les enchères publiques, à côté de ça...

– Mesdames et messieurs, déclara le commissaire-priseur, votre attention, je vous prie.

Valmer n'avait pas envie d'entendre ça. D'assister à son propre dépeçage. Il hâta le pas vers la sortie, où se tenait le grand flandrin à gueule de pirate – déhanché, mains dans le dos, narquois –, croisant d'attentives têtes de rapace, qu'il eut envie de gifler. « Papa, tu prends tout trop à cœur », lui disait souvent Bernard. « Et toi ? lui répliquait-il. Tu ne dis jamais rien, mais c'est pire. Apprends à gueuler un bon coup, ça fait du bien. » Gueuler un bon coup. Valmer aurait été capable de le faire, là, au beau milieu de la salle des ventes. Mais Bernard avait raison : « Papa, il n'y a pas de géants. Tu te rappelles ce que tu me disais quand j'étais petit, et je n'y comprenais rien : fais gaffe aux moulins à vent. »

– Mesdames et messieurs, reprit le commissaire-priseur, je suis au regret de vous annoncer que cette vente n'aura pas lieu.

Valmer, qui s'apprêtait à sortir de la salle, s'arrêta net. Un « oh » de déception frémit dans le public. Le grand flandrin en blouson de cuir, inexplicablement, lui sourit et lui cligna de l'œil. Le commissaire-priseur éleva les mains comme un prêtre au sermon.

– Le lot entier a trouvé un acquéreur quelques minutes avant le début de la mise aux enchères. Je suis désolé, mesdames et messieurs, mais je vous rappelle que, la semaine prochaine, nous aurons à la vente un remarquable assortiment de matériel hi-fi.

On ne l'écoutait plus. On se levait, on repoussait sa chaise avec mauvaise humeur. Valmer vit le commissaire-priseur lui faire signe de le rejoindre. Il traversa le reflux des acheteurs désappointés, en se demandant quelle était cette arnaque de dernière minute.

– Cher monsieur, lui dit le commissaire-priseur, c'est la première fois que ça m'arrive.

Il triturait nerveusement son nœud papillon à pois.

– Tout est parti. Tout est vendu.

– Racontez ça à mes créanciers, ça leur fera plaisir, j'espère.

– Il s'agit bien de vos créanciers ! Monsieur Valmer, vous n'en avez plus. Vos biens ont été octroyés pour *trois millions de francs*. Vos dettes sont plus que largement couvertes !

Valmer fourra les mains dans ses poches, y enfonça ses poings au risque d'en faire péter la couture. C'était sa manière de s'assurer une assise sur terre quand les événements le dépassaient.

– Mon buffet ? Mon frigidaire ? Trois millions de francs ? Quel est le con qui a payé ce prix ?

– Ce « con » vous sauve, fit le commissaire-priseur, offusqué. Je ne peux pas vous dire son nom, il tient à rester anonyme.

– Il a le droit ?

– Tout à fait.

– Même si je veux le remercier?

– Confidentialité de la vente, monsieur Valmer. Vous n'y pouvez rien, moi non plus. Et ce n'est pas tout.

Valmer enfonça ses poings encore plus fort dans ses poches. L'une des coutures, cette fois, lâcha.

– Déballez l'ensemble.

– L'acheteur a spécifié que vos meubles soient replacés chez vous d'ici à demain.

Valmer avait l'impression de patauger dans un rêve comme il les détestait : sucré, gnangnan, conte de fées. Le réveil, en général, est terrible. Il vit là un moyen de se raccrocher à la réalité – la réalité *réelle*, en somme.

– Ma maison a été vendue hier, énonça-t-il comme un fait indubitable.

Le commissaire-priseur lui tapota le revers.

– A votre place, je vérifierais que votre maison n'a pas été rachetée à votre propre nom.

La couture de la deuxième poche céda à son tour.

– Vous croyez? dit Valmer.

– Je le parie. Ma tête aux enchères.

Abasourdi, Valmer regarda autour de lui – les bibelots, les meubles, le frigidaire. Il s'était déjà presque habitué à les avoir perdus. Au fond de la salle, le grand flandrin tendit l'index en l'air, l'approcha de ses lèvres, lui sourit – et, tournant brusquement le dos, sortit.

***

Ce fut sous le nom de Jacson Arrows que David Arcas fit sa dernière visite. A celle-ci, rien ne l'obligeait, sinon son sentiment de reconnaissance envers Jean Valmer, le seul – avec Jasmine – à s'être occupé de son père, à l'avoir accompagné jusqu'à la fin, et même au-delà, le seul aussi qui se soit battu lorsque le juge Becq l'avait fait incarcérer. Le rachat de sa maison, de ses meubles et de ses dettes, la chance qu'il lui offrait de continuer sa vie à l'abri des soucis d'argent ne le satisfaisaient qu'à moitié. Il avait chargé Tazrouk de régler les détails concrets de la vente : il ne voulait pas s'y présenter lui-même, au risque que Valmer le reconnût. Et il ne s'était pas senti le cœur de le rencontrer, transformé par Eugène en un quelconque avatar de lui-même. On ne parle pas à un ami en le trompant, ce serait le trahir, quelles que soient les circonstances. Tazrouk, qui s'était arrangé pour croiser Valmer en faisant mine de s'intéresser au fusil damasquiné, ne put lui en dire rien d'autre que des impressions fugitives et partielles : un homme aux cheveux blancs, encore vigoureux, et d'humeur batailleuse. Le portrait qu'Arcas aurait pu faire de lui sans l'avoir vu. Il lui fallait l'avis de quelqu'un qui fût plus proche de Valmer, très proche, quelqu'un qui pût lui en parler au-delà des apparences, et c'est pourquoi, sous l'identité et le léger maquillage de Jacson Arrows, et sous le prétexte d'une passion pour le commandant Cousteau et d'une contribution financière à ses recherches, il se présenta ce matin-là au Musée océanographique de Monaco.

Il en rencontra le directeur, le subjugua par cet infaillible tour de passe-passe auquel il était désormais accoutumé et qui consistait à placer dans la conversation la somme à nombreux zéros qu'il comptait inscrire sur un chèque, et s'arrangea pour achever sa visite en compagnie d'un stagiaire de vingt-deux ans – qu'on lui présenta comme le brillant et précoce auteur d'une thèse en biologie marine –, jeune homme souriant, réservé et visiblement inconscient de sa surprenante beauté « celte » : haute taille, longues jambes, épaules naturellement larges, traits à la fois réguliers et affirmés, cheveux noirs et drus, regard bleu et ferme. Dès qu'ils se serrèrent la main, Arcas éprouva une sympathie immédiate pour ce garçon et se sentit soulagé : Valmer avait un fils tel qu'il le méritait.

– Bernard Valmer ? dit-il. Vous êtes de Marseille ?

– Oui, j'y suis né.

– La coïncidence serait extraordinaire, mais... Mon père a connu un Valmer de Marseille, vers 1937 ou 1938, en Espagne, dans les Brigades internationales.

Le jeune homme sourit.

– C'est mon père. Jean Valmer.

– Pas possible ? Et qu'est-il devenu ? Mon père m'a souvent parlé du vôtre, qui lui a sauvé la vie à Barcelone. Jean Valmer... Il était un as de la mécanique, je crois, mon père me disait qu'aucun moteur n'avait de secret pour lui ?

– Oui, après la guerre il a monté un garage, à Marseille. Au début des années soixante, il en possédait plusieurs. Il les a tous vendus pour lancer une affaire qui lui tenait à cœur. Une compagnie de charter à très bas prix.

– Un pionnier, en somme ? Cela ne m'étonne pas. Mon père aimait employer à son sujet une expression typiquement française : « Il n'a pas froid aux yeux. »

Bernard Valmer eut un petit rire affectueux.

– Ma mère disait plutôt : « Il prend ses désirs pour des réalités... »

– C'est ainsi que les ambitions se réalisent. Et je suppose que votre père a fait fortune, n'est-ce pas ?

Le jeune homme s'assombrit.

– Pas précisément.

– Oh ? Il a eu des ennuis ?

– Ce qu'on appelle la loi des séries. Il a perdu ses deux pilotes en 68. Ensuite, les grèves l'ont mis au bord de la faillite. Il a vendu son avion, pour faire face. Et on l'a cambriolé. En un mois, il avait tout perdu.

– Et qu'a-t-il fait ?

Bernard Valmer haussa les épaules.

– Papa n'est pas du genre à se dégonfler. Il est allé voir tous les gens qu'il connaissait, qui lui devaient tous quelque chose. Il a fait le siège des banques. Il a vendu notre maison de Cassis. Il a grappillé de l'argent à droite et à gauche. Il s'est endetté jusqu'au cou et il a remonté un petit garage à Marseille. Il a remis les mains dans le cambouis, comme il disait. Il a bossé jour et nuit et, quand tout est allé mieux et qu'il aurait pu penser à sa retraite, il est reparti dans l'aventure ! C'est un entêté. Il a racheté un avion et les locaux de son ancienne compagnie.

Ce jeune homme plaisait de plus en plus à Arcas. Il aimait sa façon posée mais gentiment narquoise de raconter ce qui, alors qu'il était enfant puis adolescent, avait dû lui paraître une période à la fois éprouvante et difficile. Sans doute Valmer, en véritable père protecteur, avait-il su dissimuler ses angoisses à sa famille. Mais il semblait à Arcas que Bernard avait trop de sensibilité pour n'avoir pas compris alors ce que son père cachait sous ses allures résolument combatives.

– Il s'en est sorti, aujourd'hui ? demanda-t-il.

Bernard se mit à rire. Malgré son physique d'acteur hollywoodien, il ressemblait à un enfant lorsqu'il riait.

– Par miracle ! dit-il. Quand il m'a raconté ça, hier soir au téléphone, je lui ai suggéré d'aller faire brûler un cierge à Notre-Dame-de-la-Garde. Lui qui n'a jamais mis les pieds dans une église !

Devant l'air étonné de Jacson Arrows, Bernard reprit plus ou moins son sérieux et expliqua ce que David Arcas savait déjà : la compagnie à nouveau mise en faillite, la liquidation judiciaire de l'entreprise, la mise aux enchères publiques de tous les biens de Valmer, et leur rachat à son propre nom par un mystérieux acquéreur.

– Ce n'est pas tout. Notre maison de Marseille a été rachetée, elle aussi. Et, à peine rentré de la salle des ventes, papa est appelé au téléphone : ce sont ses anciens employés, il faut qu'il vienne immédiatement à Marignane. Il y va, et que découvre-t-il ? Ils l'accueillent dans ce qu'ils lui disent être les nouveaux locaux de sa compagnie. Dans le hangar voisin, il y a un avion tout neuf – un Boeing 707, s'il vous plaît... –, gris argent et barré de grandes lettres rouges : *LE MONDE EST À VOUS !* Quand il m'a raconté ça, j'ai cru qu'il se fichait de moi.

– Et l'histoire est vraie ?

– C'est ça, ou bien mon père est devenu fou.

– *That's a fairy tale.*

– Exactement. Il ne manque plus que le nom de la fée. Ou du magicien.

– Que pense votre père à ce sujet ? Tout cela est tellement... inattendu.

– Il a une théorie. Mais elle me paraît tout aussi folle que ce qui lui est arrivé. Impossible.

– Peut-être l'impossible peut-il seul expliquer l'impossible ?

Bernard réfléchit un instant.

– C'est la question centrale de la philosophie des sciences : qu'est-ce que le réel ? La réalité, prétendaient les premiers philosophes, est ce qui s'oppose au rêve. Ce qui vient d'arriver à mon père, qui n'est pourtant pas un rêveur, leur donne tort. Pourquoi son sauveur ne serait-il pas celui qu'il croit, puisque c'est justement l'hypothèse la moins probable ?

– Existe-t-il des « hypothèses probables » dans ce cas ?

– Vous avez raison, dit Bernard en souriant. Explique-t-on un miracle ? Non. On le constate. On l'attribue à un *deus ex machina* – ce qui est une tautologie : les miracles sont divins par essence. Mais mon père est un athée farouche et convaincu, et il lui faut donner un nom et une substance à ce « dieu » tout personnel qui vient de le toucher de sa grâce.

– Et il vous a confié ce nom ?

– Oui. Celui de l'un de ses anciens employés. Un garçon qu'il aimait beaucoup. Comme un autre fils, je crois. Il l'a perdu depuis des années.

– Il est mort ?

– Papa a toujours pensé que non. Il parlait de lui, quelquefois. C'était l'un de ses grands chagrins. Une vie gâchée, brisée. Je pense...

Bernard se tut un instant, cherchant ses mots.

– Je pense que, si mon père imagine que ce garçon est son bienfaiteur anonyme, c'est une manière de l'associer à cette espèce de... de renaissance que représentent pour lui les événements d'hier. Il m'a dit : « Quand j'ai vu l'avion dans le hangar, avec le nom, le slogan de la compagnie sur la carlingue, j'ai eu l'impression de retourner treize ans en arrière et que Chabrol et David allaient apparaître à mes côtés, prêts à prendre les commandes. Et tu sais ce que j'ai fait ? Je me suis mis à chialer, comme un vieux con... »

Arcas se détourna pour dissimuler son émotion. Il fit quelques pas dans le laboratoire, feignit de s'intéresser à un amas d'algues brunâtres flottant dans un aquarium.

– Excusez-moi, dit Bernard. Je vous raconte mes histoires de famille, mais vous n'êtes pas venu pour ça.

– Ne vous excusez pas. Votre père a beaucoup compté pour... pour le mien.

Arcas toucha le coude de Bernard.

– Si nous commencions la visite ? J'ai cru comprendre que vous étudiiez les propriétés d'une – de quoi s'agit-il ? – une *boue* ?

– Pas tout à fait, répondit Bernard en riant. Je vais vous expliquer.

– Ne soyez pas trop technique...

– Promis.

Ils se séparèrent une heure plus tard, enchantés l'un de l'autre. Arcas avait apprécié le sérieux, la compétence et les qualités d'intelligence et de cœur du jeune homme.

– Nous nous reverrons un jour, j'espère ?

– Je pars pour un très long voyage. Travaillez. Travaillez aussi dur que votre père.

Bernard éclata de rire, avec cet air d'enfant qu'aimait Arcas.

– J'espère que j'aurai plus de chance que lui !

– Je vous fais confiance. Fabriquez vous-même votre *fairy tale*. Vous en êtes capable.

Ils se serrèrent la main.

– Adieu, Bernard.

***

Une Bentley attendait devant le Musée océanographique. Tazrouk recoiffa sa casquette de chauffeur quand Arcas s'installa à l'arrière. Il désigna l'entrée du bâtiment.

– C'était le fils de ton ami ?

– Oui. D'ailleurs, tu vas avoir à travailler pour lui. Il ne devra connaître aucun souci pour poursuivre ses études.

– Combien de millions de francs, cette fois-ci ?

– Serais-tu avare, Tazrouk ? Ou aurais-tu peur de manquer ?

– Tu es un homme *fabuleusement* riche. Tu peux marcher longtemps dans le désert. Tu sais te battre et te servir d'une arme. Tu sais piloter un hélicoptère et un avion. Et tu me laisses conduire tes voitures. Tu as beaucoup de qualités.

– Fous-toi de moi, c'est ça.

Tazrouk fit démarrer la Bentley, la fit rouler avec tant de doigté qu'elle semblait poséc sur un tapis volant.

– Je ne me moque pas de toi, *sir*. Je te respecte. Tu es le meilleur homme du monde. Tu fais le bien autour de toi.

– Tu crois ça ?

– Je le sais. Je l'ai vu.

Arcas arracha la perruque et les faux sourcils de Jacson Arrows.

– Tu ne me connais pas encore.

TROISIÈME PARTIE

La vengeance

I

New York, 1989

– Insensé ! *Would you tell me what happened ?*

Le réceptionniste ne put que répéter ce qu'il avait déjà dit trois fois :

– *I'm sorry. You did get reservations.* Des réservations pour hier matin...

– Non, pour aujourd'hui.

Emmanuel Villedieu tapa du plat de la main sur le comptoir.

– La rédaction de mon journal à Paris a réservé deux chambres il y a un mois et se les est fait confirmer dans la semaine.

– *I'm sorry.*

Thomas décida d'intervenir. Depuis leur départ de Roissy, il sentait Emmanuel nerveux, irritable, et il ne voulait pas gâcher son séjour aux États-Unis dès leur arrivée. Il était là pour s'amuser, pas pour se prendre inutilement la tête avec un employé d'hôtel.

– OK, dit-il au réceptionniste, *somebody made a mistake, that's it.* Donnez-nous deux autres chambres et n'en parlons plus.

L'employé lui désigna la pancarte affichée derrière lui : *No vacancy.*

– L'hôtel est complet. *I'm sorry...*

– *I'm sorry !* s'écria Villedieu, exaspéré, et il dit, en français, à Thomas : Je ne peux plus supporter ce refrain américain, « *sorry, sorry, sorry* » ! Comme s'ils sortaient tous du confessionnal !

Thomas se mit à rire.

– Manu, qu'est-ce qui t'arrive ? On va trouver des chambres ailleurs, c'est tout !

– A Manhattan ? On aura de la chance si on trouve deux cartons pour passer la nuit sur le trottoir, avec les SDF !

Sans cesser de sourire, Thomas le dévisagea. Quelque chose n'allait pas. Emmanuel n'a pas un caractère facile, c'est sa réputation dans le milieu du journalisme – et on ne devient pas, à trente ans à peine, directeur de la rédaction d'un hebdo comme *Ici & Maintenant* en se laissant marcher sur les pieds –, mais Thomas ne l'avait jamais vu d'une telle humeur, même quand, dix ans plus tôt, Emmanuel Villedieu, jeune étudiant désargenté à l'Institut d'études politiques, lui donnait des cours de tennis au Racing et que Thomas, gamin doué mais insouciant, ratait vingt fois de suite un revers chopé ou un smash.

– Qu'est-ce qu'on fait ? On prend un taxi et on se fait déposer à Harlem ou dans le Bronx ? Hein ? On fait ça ?

– Tout te fait marrer, toi. En attendant, on est là comme deux cons.

– *Keep cool*, Manu... Au pire, je fais le trottoir et je nous trouve un joli *boy* en marcel qui nous invite chez lui. Je me dévouerai pour payer la chambre en nature.

Villedieu fit une grimace et lui montra leurs bagages au milieu du hall.

– En attendant, reste dans les parages. Je vais passer un coup de fil.

Au garde-à-vous, Thomas se toucha le front d'un salut de GI. Villedieu secoua la tête, puis, s'arrachant un sourire, imita son geste, d'une main molle, avant de se diriger vers l'un des téléphones du hall.

Emmanuel et Thomas s'étaient toujours bien entendus. Ils riaient beaucoup ensemble, partageaient un même goût pour les farces et ne s'étaient jamais perdus de vue, malgré la différence des âges et des carrières.

Après avoir été pigiste au *Nouvel Observateur* et au *Monde,* puis journaliste à *Libération*, Emmanuel Villedieu avait intégré l'équipe d'*Ici & Maintenant*, « magazine politique et culturel » proche du PS, « soutien critique » de François Mitterrand, et en dirigeait à présent la rédaction. Sa campagne en faveur du président, un an plus tôt, avait, disait-on, beaucoup pesé auprès des jeunes pour sa réélection. Membre très actif de la fondation Saint-Simon, il était désormais l'invité obligé de tous les débats télévisés dès qu'il s'agissait de gloser sur la jeunesse – qu'on appelait alors « génération morale » –, sur la culture – dont il défendait le ministère, sinon le magistère, exercé par Jack Lang – et sur la « résistible » montée du Front national.

Quant à Thomas Casagrande, quoique son père fût député européen dans le groupe socialiste, il se contrefoutait de la politique. Depuis un an, il pilotait dans une écurie de Formule 3000, était devenu une « figure » des endroits branchés de Paris et prenait comme un dû que son nom, voire sa photo, figurent dans les rubriques « people » de la presse spécialisée dans les stars d'une saison ou d'un jour. Le premier article qui lui avait été consacré – quand il avait aligné, à quinze ans, trois victoires en championnat du monde de karting – était signé Emmanuel Villedieu. Manu était son ami, et le meilleur, car unique en son genre : trentenaire (un « vieux »), ne sortant jamais en boîte, capable d'expliquer la politique économique de la Corée du Nord, et d'une hétérosexualité touchant au militantisme.

C'était le seul point dont ils avaient dû discuter lorsqu'ils avaient décidé de faire ensemble ce voyage aux États-Unis : « Manu, pendant que tu t'occuperas de ton affreux reportage sur la peine de mort, je ferai le mien sur les ravages du sida – et leurs terribles conséquences sur la confiance réciproque – dans les meilleures boîtes gays des côtes Est et Ouest. *That's a deal.* Selon toi, qu'est-ce qui est le plus douloureux ? L'injection létale ou le *fist-fucking* ? Tais-toi, je connais ta réponse. Tu es absurdement *square.* »

Thomas s'assit sur son sac de voyage. D'autres auraient trouvé crispante cette arrivée à New York. Lui se divertissait de l'imprévu. Son éducation ne l'avait pas préparé à l'inquiétude.

Il se dit soudain que son sac était griffé Vuitton, et qu'il contenait quantité de costumes Armani, Prada, et de chemises et de cravates Ralph Lauren et Charvet. Il se redressa, jeta un coup d'œil vers Emmanuel qui téléphonait, et alla s'asseoir sur la valise de son ami, qu'il savait du genre à porter des jeans, d'affreux blousons de baseball et, au mieux, un complet veston de chez De Fursac. Rien de grave à les froisser un peu.

– Marianne ? disait Villedieu, le combiné téléphonique serré contre l'oreille à s'en faire mal. Tu vas bien ?... Oui, oui, moi ça va, à part que ces connards n'ont pas gardé nos chambres et que je me demande où je vais dormir ce soir... Oui, bon, c'est pas grave, on va se débrouiller... Dis, je voulais te demander, euh... Ton père ? Il va bien ? Il va mieux ?... Ah... Mais il a vu son médecin, là, euh, Saroyan ?... Ah, oui... Bon, bon, bon, c'est très bien... Non, excuse-moi, je n'ai pas dit que c'était bien que ton père soit malade... Oui... Et Barroise ? Elle ne peut pas s'occuper de lui ?... Je sais bien qu'elle a quatre-vingt-cinq ans. Je me rends bien compte que... Oui... Oui... Donc tu ne rentreras pas à la maison ?... D'accord ! D'accord, j'ai compris !... Non, c'est bien, il faut que tu sois là, auprès de lui, je ferais pareil à ta place... D'accord, mais je me demandais juste si tu devais vraiment t'installer chez ton père, ça peut l'inquiéter sur son état que... Oui... Oui, oui, tu as raison, Marianne... Voilà. Je te rappelle dès que je peux... Écoute, je ne sais pas... Marianne ?... Oui, je voulais simplement te dire que – que je t'aime, je pense à toi, tu me manques déjà... Marianne ?... Marianne...

Elle avait raccroché.

Un homme de haute taille, vêtu d'un costume noir – strict, soyeux et souple, sur mesure, Kenzo ? évalua Thomas –, s'approchait du jeune homme assis sur une valise.

– Bonsoir, monsieur. Me permettez-vous une indiscrétion ?

Thomas le regarda l'homme et le trouva très beau, dans le genre aventurier quadragénaire et oriental. A peine débarqué, déjà mon premier coup ? D'un geste réflexe, Thomas arrangea le col de sa chemise.

– N'hésitez surtout pas.

– Je me trouvais à la réception tout à l'heure. Par hasard, j'ai surpris votre conversation avec le concierge.

– Vous allez me faire aimer le hasard, je le sens. Et l'indiscrétion.

– J'ai cru comprendre que l'hôtel ne vous avait pas gardé les chambres que votre compagnon et vous aviez réservées.

– Cher ami, c'est bien simple, bouffonna Thomas en se levant de la valise, nous sommes à la rue ! Sauvez-nous ! J'ai l'intuition que vous le pouvez...

– Excellente intuition, monsieur. J'ai appelé mon maître et il vous propose sa suite.

– Votre maître ?

L'homme inclina très légèrement le front et les épaules – Thomas ne put déterminer s'il le faisait avec déférence ou ironie.

– Le prince Arjuna Khan, monsieur. Je m'appelle Secundra. Je suis son factotum.

A ce moment, Emmanuel Villedieu les rejoignit. Thomas, rieur, le saisit par le coude.

– Manu, je te présente le factotum du prince, euh... ?

– Arjuna.

– Du prince Arjuna, donc. Et il nous invite.

– Où ça ? fit Villedieu en examinant, sourcils froncés, ce grand type en costume de soie noire qui s'inclinait à nouveau.

– Dites-lui, monsieur le factotum.

– J'ai surpris, tout à l'heure, votre différend avec l'employé de la réception. Je me suis permis d'appeler le prince pour lui en faire part. Il aime beaucoup la France et les Français. Mon maître loue une suite à l'année dans cet hôtel. Il vous y invite.

– C'est... c'est très aimable à lui, mais...

Secundra montra du doigt les bagages.

– Je vais demander à ce qu'on les porte immédiatement au dernier étage. C'est là que mon maître a ses appartements. Il aime les terrasses et les vues panoramiques. Il s'y sent moins enfermé. L'habitude du désert, vous comprenez ?

Levant une main au-dessus de l'épaule, Secundra claqua des doigts. Aussitôt, deux employés de l'hôtel se précipitèrent.

– Je vous remercie, dit Villedieu, mais je ne connais pas le prince...

– Arjuna.

– ... le prince Arjuna, et il est hors de question que...

– Ne l'écoutez pas, intervint Thomas, c'est un pisse-froid depuis qu'on lui fait croire qu'il est une « conscience de gauche ». Rassurez-le. Le prince Arjuna gouverne-t-il un pays mis au ban de l'ONU ?

– Il ne gouverne rien.

– Sinon vous ? Alors, tout va bien.

– Thomas... Il n'est pas question... Nous ne pouvons pas...

– Ah, non ! Il y a dix ans que tu ne me donnes plus de cours de tennis, ne me parle pas sur ce ton. Messieurs, dit-il aux garçons d'hôtel qui empoignaient leurs bagages, *last floor !*

Il passa son bras sous celui de Secundra, qui se laissa faire.

– A mon tour d'être indiscret. De quelle nationalité, de quelle contrée nous vient votre maître ?

– Vous lui poserez vous-même la question, monsieur.

– Nous le verrons ?

– Certainement, s'il en a le désir.

– Il est très occupé ?

– Mon maître connaît la valeur du temps.

Secundra dégagea tranquillement son bras. Les garçons d'hôtel avaient entassé les bagages dans l'ascenseur. Comme Villedieu restait à la traîne, Thomas alla le prendre par les épaules.

– Arrête de faire la gueule. *Seize the day*, comme disent les Américains depuis qu'Hollywood leur a traduit deux mots de latin.

– Thomas, essaie de comprendre que dans ma situation je ne peux pas me permettre d'être logé par n'importe qui.

Le jeune homme le poussa dans la cabine d'ascenseur.

– N'importe qui ? Un prince ? Il est peut-être social-démocrate, qu'est-ce que tu en sais ? *Upstairs !* lança-t-il au liftier et, comme l'ascenseur décollait, il se pencha en riant à l'oreille d'Emmanuel :

– « Mon maître connaît la valeur du temps » ! Tu avais déjà entendu un domestique parler comme ça, toi ? J'a-dore !

– On passe la nuit chez ce type, parce qu'on ne peut pas faire autrement. Demain matin, on se casse.

– Je te propose mieux, Manu. Appelle Tonton à l'Élysée. Tu as sa ligne directe ? Demande-lui la permission de dormir, cette nuit. Et de rêver.

La suite, quand ils y entrèrent, fit s'exclamer Thomas.

– Incroyable ! Et ne me dis pas, ajouta-t-il à l'adresse d'Emmanuel, que tout ça devrait se trouver dans un musée. Qu'est-ce qu'il resterait aux riches ? L'argent ?

L'appartement, ouvert par de larges baies sur le décor de gratte-ciel de Manhattan et les arbres de Central Park, était tendu de damas clairs, où le blanc dominait, relevé d'ésotériques signes rouges et décoré d'une série de sept toiles signées Mark Rothko. Elles semblaient décliner les couleurs, du bleu au rouge, en passant par le noir, le gris, deux nuances du jaune et le vert. Curieux, Thomas se pencha sur le cartouche apposé sous la septième toile : *Ways of a life*. Au centre du salon, sur un socle d'ébène, une petite statue de bronze représentant un homme nu, à genoux, tendait, dans un effort musculaire excessif, la main et le bras droits vers le plafond. Thomas s'en approcha, lut l'inscription du cartouche fixé sur le socle : *La Justice*, et fit ce commentaire :

– Ça ressemble assez peu à Arpaillange, mais c'est un Rodin. L'un compense l'autre.

Les garçons d'hôtel trimballèrent les bagages dans les chambres. Quand ils en revinrent, Thomas réclama de la « monnaie » à Villedieu – qui sortit une liasse de la poche de sa veste – et donna à chacun un billet de cinquante dollars.

– Nous sommes les hôtes d'un prince, soyons princiers.

– Tu exagères, grogna Villedieu.

– Notes de frais, pas vrai ? Ta gazette gouvernementale peut s'offrir ça.

– Et d'un, mon journal n'est pas gouvernemental. Et de deux, il coûte plus cher qu'il ne rapporte.

– Pauvre Manu... Le zèle est mal récompensé.

– Tu m'emmerdes. Tu n'es qu'un petit con frivole.

Thomas éclata de rire. Parmi les canapés blancs était posée une table basse, au plateau de verre incrusté d'une cinquantaine de montres, à bracelet de cuir ou de plastique, toutes réglées sur des heures différentes.

– Arman, estima Thomas qui s'était vautré sur l'un des canapés et contemplait la vue sur Central Park.

Emmanuel balaya la pièce des yeux.

– Je ne sais pas qui est ce prince, mais il a du fric.

– Pléonasme, Manu.

A ce moment, on frappa à la porte, qui s'ouvrit presque aussitôt sur Secundra.

– Je vous prie de m'excuser, messieurs. Mon maître veut savoir si vous êtes bien installés.

– Pas mal, dit Thomas en étalant les bras sur les vastes coussins du canapé.

– Nous aurons le plaisir de voir le prince bientôt, j'espère ?

– C'est ce qui m'amène, monsieur. Il se trouve ce soir à Washington et il vous invite à le rejoindre.

– Ce soir ? C'est peut-être un peu tard, ironisa Villedieu. Nous n'avons pas dîné, et je dois passer des coups de fil.

– Vous les passerez dans l'avion, monsieur. Quant au dîner, il est prévu à la Maison-Blanche où mon maître sera ravi de vous rencontrer.

Interloqués, Emmanuel et Thomas se regardèrent. C'est Thomas qui posa la question, à sa façon :

– Est-ce qu'on mange bien chez le président Bush ?

– On y dîne en tout cas en très riche compagnie.

Thomas, une fois encore, éclata de rire – c'était l'une des choses qui lui allait le mieux.

– Secundra, je vous adore ! Quand partons-nous ?

– La voiture vous attend devant l'hôtel. Le temps de se rendre à l'aéroport, où le jet du prince est prêt à décoller, vous serez à la Maison-Blanche dans deux heures environ.

Sur quoi il s'inclina et sortit.

– Attendez ! s'écria inutilement Villedieu. Puis, furieux, il se retourna vers Thomas : Qu'est-ce qui t'a pris ? Pas question qu'on y aille.

– Pourquoi ?

– Je n'aime pas du tout cette histoire.

– Pourquoi ?

– Ça ne me plaît pas, c'est tout.

– Pourquoi ?

– Ah, tu m'emmerdes ! J'ai un reportage à faire, des responsabilités vis-à-vis du journal, je ne peux pas me laisser héberger et inviter par n'importe qui...

– Manu, on t'invite à la Maison-Blanche. Tu connais beaucoup de journalistes qui refuseraient ?

– Oui. Moi. Si j'ignore tout de celui qui m'y invite.

Thomas se leva du canapé.

– Comme tu veux. Moi, je passe un smoking et je descends. Je n'ai pas peur de me compromettre.

Il jeta un coup d'œil autour de lui, repéra ce qui lui sembla l'entrée d'une chambre, s'y dirigea.

– Je t'en prête un, si tu changes d'avis. On est à peu près de la même taille.

Il passa dans la chambre. Villedieu se pencha sur le téléphone. Le buste de Thomas reparut tout à coup – marionnette. Il leva un doigt et l'agita en l'air.

– Tu ne devrais pas.

Villedieu resta figé, la main au-dessus du combiné.

– Je ne devrais pas quoi ?

– Appeler ta femme.

– De quoi tu te mêles ?

– Décalage horaire, Manu. Il est deux heures du matin à Paris. Laisse tomber.

Villedieu préféra ne pas répliquer. Thomas avait touché juste.

Sa femme, Marianne, semblait prendre ses distances avec lui – ou, du moins, venait-il de s'en apercevoir quelques jours plus tôt, quand il lui avait proposé de le suivre aux États-Unis et qu'elle avait refusé, malgré son insistance. Depuis leur mariage, Marianne ne lui avait jamais rien refusé.

Elle a vingt ans, il l'a connue lorsqu'elle en avait dix-sept et entrait comme stagiaire à son journal. Elle était belle, d'apparence fragile, silencieuse et réservée, il était son patron : il s'est accoutumé à la traiter comme une enfant.

L'année précédente, pris par la campagne électorale des présidentielles puis par l'euphorie de la victoire, il l'a peu vue, et sans doute négligée : elle n'aime guère l'accompagner dans les dîners ou assister aux réunions où il prend la parole. Il ne l'y force plus : sa jeunesse, sa beauté et sa timidité détonnent dans les milieux qu'il fréquente. Plusieurs fois on lui a demandé, l'œil complice et moqueur, « d'où il sortait ce mannequin ». C'est tout juste si certains ne disaient pas : « cette call-girl ».

Au début, il a pris la peine d'expliquer qu'elle était sa femme – et fille d'une universitaire et d'un juge, petite-fille des Adamantis (première fortune de Marseille), demi-sœur (non, en réalité il disait « sœur ») du célèbre avocat Didier Chastel-Becq. Il avait l'impression de se justifier – impression juste. Il alla, un jour, jusqu'à dire qu'elle avait pour arrière-grand-père un ambassadeur de France au Saint-Siège. Ce qui alluma une lueur déplaisante dans l'œil de son interlocuteur – le conférencier, ce soir-là, de la fondation Saint-Simon – qui tenta un jeu de mots grivois où il était question de pape, de saint et de siège, et auquel il ne comprit rien mais dont, lâchement, il feignit de s'amuser.

Marianne ne l'accompagne plus que par exception.

Il tâche de trouver un peu de temps, un week-end ici et là, pour l'emmener loin de Paris et rejouer sans cesse avec elle la comédie légère des premiers temps de leur amour.

Oui, la comédie, se dit-il en passant dans sa chambre où Thomas avait étalé un smoking sur le lit. Est-ce que je peux faire autrement ? Elle doit bien se rendre compte que j'ai du travail, une carrière...

L'idée l'effleura qu'il avait peut-être plus de goût pour ce travail et cette carrière que pour les moments passés avec Marianne, mais il la chassa aussitôt. C'est de l'égoïsme de petite fille, voilà tout.

Il ôta sa veste et commença à dénouer sa cravate. Une bouffée d'angoisse l'arrêta dans son geste. Est-ce qu'elle me trompe ?

Mais non. Elle est allée s'installer chez son père. Pour le soigner, paraît-il. C'est lui, le vieux Becq, mon rival. L'autre homme de sa vie.

Casquette à la main, Secundra leur ouvrit la portière de la limousine. Il tombait une pluie fine et froide. Thomas poussa Villedieu à l'intérieur de la voiture.

– En route !

Durant le trajet jusqu'à Kennedy Airport, Emmanuel se tut obstinément, laissant Thomas pérorer, « excité comme une puce », disait-il. Une heure plus tard, ils embarquaient dans un jet. Secundra les installa dans le salon, leur proposa des alcools, leur déclara qu'il se tenait à leur disposition et rejoignit le pilote dans la cabine.

– Arrête de faire la gueule, dit Thomas.

Villedieu but une gorgée de whisky.

– Tu peux m'expliquer ce qu'on fout là ?

– On profite des hasards de la vie.

– Je n'aurais pas dû t'emmener. Tu m'entraînes toujours dans des conneries.

– Parce que tu as besoin de t'amuser, Manu. Je suis ta récréation et c'est pour ça que tu m'aimes.

***

Si Emmanuel Villedieu, en effet, s'amusa, ce soir-là, ce fut surtout de Thomas lui-même, de son incroyable inconscience et de son naturel.

Alors que lui-même arriva à la Maison-Blanche, puis fut introduit dans la salle – où bavardaient déjà la plupart des convives – avec un trac proche de l'anxiété et un sentiment aigu à la fois d'excitation et d'imposture, Thomas fit son apparition sourire aux lèvres, engagea aussitôt la conversation avec deux femmes grasses à mise en plis et leurs maris et se présenta comme l'invité du prince Arjuna.

Cela provoqua chez elles une réaction d'enthousiasme, et quelques commentaires de leurs époux, dont il ressortit qu'on ne verrait pas le prince ce soir-là – il s'était fait excuser à la dernière minute – et que c'était bien dommage, car il aurait été l'hôte d'honneur du dîner.

– Pourquoi cela ? demanda Thomas. C'est un ami du président ?

Le prince était surtout, lui répliqua-t-on, un ami du Parti républicain, comme tous ceux qui participaient à ce dîner et qui, tous, avaient contribué financièrement à la campagne de George Bush. On murmurait des chiffres surprenants quant aux sommes que le prince Arjuna – qui n'était pourtant pas citoyen américain – aurait déboursées en sa faveur.

Se mêlant à la conversation, Emmanuel Villedieu suggéra qu'Arjuna avait sans doute de puissants intérêts commerciaux aux États-Unis.

– C'est probable, dit l'un des hommes, au fort accent texan. Mais allez savoir lesquels. L'an dernier, quand on a commencé à parler de ses dons au parti, les magazines *Forbes* et *Fortune* ont décidé de faire une enquête sur lui. Un type qui lâche autant de fric et dont personne n'avait jamais entendu parler, ça rend curieux. Les journalistes se sont cassé les dents.

– C'est-à-dire ?

– Impossible d'évaluer ce qu'il possède. Il a l'air d'être présent dans des dizaines de secteurs. Il est apparu comme ça, tombé du ciel, il y a quelques années.

– Tombé du ciel ? Il arrive bien de quelque part. Arjuna, c'est un nom de quelle origine ? Indienne ?

– Je ne sais pas, rigola le Texan. Je vous dis, c'est un drôle d'animal.

– Vous l'avez rencontré ?

– Jamais. Il ne fréquente personne, il ne siège dans aucun conseil d'administration, il ne donne pas d'interviews. Ma femme espérait bien le rencontrer ici ce soir. Et, vous voyez, il n'est pas venu.

A cet instant, le président Bush et son épouse entrèrent dans la salle. Souriant et serrant des mains au passage – dont celle que Thomas leur tendit, ravi –, ils gagnèrent leur table. Le dîner allait commencer. Emmanuel et Thomas durent se séparer.

Villedieu s'assit à sa place, marquée d'un carton à son nom. Plus loin, Thomas eut la même surprise et, réjoui, agita le carton à l'intention d'Emmanuel. Celui-ci lui sourit machinalement, puis tritura un instant le sien entre trois doigts.

Quelle est cette farce ? Comment peuvent-ils figurer sur le plan de table de cette réception, alors qu'ils ne savaient pas eux-mêmes, trois heures plus tôt, qu'ils y seraient invités ? Cet Arjuna, décidément, lui sembla un curieux et influent personnage, qui pouvait de la sorte imposer deux parfaits inconnus dans un dîner à la Maison-Blanche.

A force de côtoyer les hommes de pouvoir et les hommes de l'ombre, Villedieu a fini par se prendre pour l'un d'eux. Il se demande qui cherche à le manipuler. Il soupçonne un complot dont il serait la victime. Il a une soudaine suée d'angoisse : il imagine les photos de lui paraissant dans la presse de droite – et les caricatures et les entrefilets dans *Le Canard enchaîné* –, le montrant copain comme cochon avec Bush et son aréopage d'hommes d'affaires républicains. Villedieu s'interroge : « Dois-je partir ? »

Il promena son regard sur ses voisins de table – tout ce qu'il fait profession de détester, et contester, à longueur d'éditos chaque jeudi – et un maître d'hôtel, incliné près de son épaule, lui tendit un plat.

Il se servit.

Les deux heures suivantes furent mortellement ennuyeuses.

Les voisines de Villedieu, après avoir compris qu'il n'était qu'un simple journaliste, et français de surcroît, ne lui adressèrent à peu près plus un mot de la soirée. En revanche, Thomas paraissait très à son aise, parlant avec animation et arrachant même des rires autour de lui.

Tout en dînant du bout des lèvres, Villedieu réfléchit un moment à cette humiliation, puis à l'énigmatique Arjuna, puis, le tour du problème étant prestement fait puisqu'il n'en connaissait guère plus que ce que lui en avait dit le Texan, ses pensées dérivèrent et il songea à Marianne, sa femme, qu'il imagina dormant à Paris, rue des Saints-Pères.

Des « Saints-Pères » ! Le nom lui parut d'une ironie très adéquate. C'est bien ce que représente le vieux Becq pour sa fille : l'homme au monde le plus admirable. Surtout depuis l'accident. Comme si elle se sentait coupable d'en être sortie indemne, tandis que ses parents... Emmanuel Villedieu n'a guère eu le temps de faire la connaissance d'Andrée, sa belle-mère. Elle est morte sur le coup dans cet accident, sur la route de Saint-Germain-en-Laye, deux mois après le mariage. Le vieux Becq a eu la colonne vertébrale brisée. Paraplégique, à présent. Et Marianne, installée à l'arrière de la voiture, s'en est tirée avec quelques contusions – et le lobe d'une oreille déchiré.

Villedieu eut l'impression que sa jeune femme faisait vite et paisiblement son deuil. Mais n'était-ce pas une illusion, qui l'arrangeait lui-même ? Elle ne parlait jamais de sa mère. Elle restait douce et souriante, comme il l'avait connue, comme elle lui avait plu. Mais lui avait-il laissé la possibilité de parler, de se confier à lui ? Il vivait alors la période la plus passionnante de sa carrière, et c'était lui qui parlait, lui qui se confiait, lui qui se plaignait.

Villedieu, qui se sentait seul et injustement ignoré de ses voisines de table, s'inventa un besoin de pénitence. Je me suis conduit comme un con, pensa-t-il en s'efforçant d'y croire. Un sale con. Dès mon retour à Paris, je m'occuperai de Marianne.

Il se sentit mieux.

Le dîner s'acheva. Les invités passèrent dans un salon. Villedieu, déprimé, se fraya un chemin jusqu'à Thomas. Il n'avait qu'une envie : foutre le camp d'ici et appeler Marianne.

Un sourire ennuyé sur les lèvres, Thomas tâchait de se libérer d'un type qui, tanguant sur place, le tenait par un bouton de sa veste et lui parlait en plein visage. De temps à autre, sans lâcher Thomas, le type se penchait sur une petite table où il piquait un bretzel dans une coupe.

Le jeune homme, apercevant Emmanuel, lui fit comprendre d'une mimique qu'il n'arrivait pas à s'en débarrasser.

– Thomas, je crois qu'il est temps de partir, annonça fermement Villedieu en lui prenant le bras.

– *What does he say ?* s'exclama le type, d'une voix avinée. *Is he French too ? I don't like French guys.*

– Ah, monsieur, dit Villedieu en se tournant vers lui.

Et il ne put terminer sa phrase : il reconnut l'ivrogne au moment même où celui-ci, lâchant enfin le bouton de veste de Thomas, lui tendait la main et se présentait :

– *Bush. George Double-You. The great man's son.*

Ses petits yeux enfoncés clignèrent comme ceux d'un myope. Il croqua dans un bretzel tout en serrant la main de Villedieu.

– *Glad to meet you*, répondit mécaniquement Emmanuel.

George « Double-You » lui tapota du bout des doigts sur le revers et lui sourit en coin :

– *You are... You are...*

Il n'en dit pas plus. Ses joues, son front virèrent soudain au rouge et il toussa violemment, projetant des parcelles de bretzel sur la veste de Villedieu. Emmanuel, par réflexe, recula.

George « Double-You », le fixant de ses petits yeux affolés, bouche bée, la face écarlate, était en train de s'étouffer. Thomas, alors, lui envoya une grande claque entre les omoplates, qui le fit trébucher vers l'avant. Villedieu s'écarta ; George « Double-You » tomba à genoux.

Il y eut une clameur d'effroi dans le salon.

Villedieu saisit Thomas par le poignet et l'entraîna à sa suite, tandis que, de tous les coins de la pièce, on se précipitait au secours du gouverneur du Texas s'asphyxiant à quatre pattes sur le parquet.

Quelques minutes plus tard, Emmanuel et Thomas quittaient la Maison-Blanche les larmes aux yeux. Il y avait longtemps qu'ils n'avaient eu ensemble un tel fou rire.

II

Brusquement tiré d'un sommeil sans rêve, Emmanuel Villedieu regarda autour de lui. Dans le salon du jet n'était allumée qu'une veilleuse, au-dessus du fauteuil où dormait Thomas.

– Monsieur désire quelque chose ?

Villedieu tourna la tête. Secundra se tenait légèrement en retrait de son siège. Grande ombre noire.

– On est bientôt arrivés ?

– Nous venons de nous poser, monsieur. Je m'apprêtais à vous réveiller.

Villedieu déboucla sa ceinture de sécurité et se leva.

– Quelle heure est-il ?

– Six heures, monsieur. Heure de Los Angeles.

– Pardon ?

– Oui, j'ai voulu vous avertir, monsieur, mais vous dormiez. Je n'ai pas osé vous déranger. Le prince nous a appelés alors que nous venions de décoller de Washington. Il a demandé que nous vous conduisions à Los Angeles.

– Quoi ? Qu'est-ce que c'est que cette histoire ?

– Le prince tient à vous rencontrer. Il a fait prendre vos bagages à l'hôtel Mayflower. Ils arriveront en même temps que nous.

– Non, mais c'est invraisemblable ! explosa Villedieu. Il ne lui est pas venu à l'idée qu'on pouvait m'attendre à New York ?

– Qu'est-ce qui se passe encore ?

Thomas, que les éclats de voix avaient réveillé, s'étirait dans son siège.

– Il se passe qu'on est à Los Angeles, figure-toi !

– Vous êtes les invités du prince, précisa Secundra.

– Super, dit Thomas, bâillant à demi. A quel hôtel ?

– Château-Marmont, monsieur.

– Le meilleur choix.

Thomas se leva, vint passer son bras autour des épaules d'Emmanuel.

– Je savais bien que je passerais de belles vacances avec toi.

Une heure plus tard, Emmanuel Villedieu n'était pas de meilleure humeur. Le décalage horaire, trois voyages successifs en avion, une réception à la Maison-Blanche et le fils du président des États-Unis qui a failli mourir étouffé sous vos yeux. Tout cela en vingt-quatre heures. C'est beaucoup.

Quand il pénétra dans le hall du palace à la suite de Secundra, il choisit de se fâcher. Villedieu a l'habitude de piquer une colère de temps en temps, comme d'autres avalent du Temesta ou du Xanax. Ça lui calme les nerfs.

– Bon. Où est votre patron ?

Il s'était arrêté net au beau milieu du hall. Il avait serré les poings. Il ressemblait à un gosse en plein caprice. Il s'en foutait. Il avait besoin de faire un éclat – nécessité physiologique urgente.

– Le prince vous recevra dans la journée, dit Secundra.

Il parlait d'un ton égal. Il y avait de la moquerie dans ses yeux. Ou, du moins, Villedieu s'en persuada.

– Le prince ceci, le prince cela ! Vous me gonflez, mon vieux. Vous êtes peut-être son employé, pas moi !

– Manu, calme-toi...

– Toi, fous-moi la paix. Si ça t'amuse de te faire trimballer à droite à gauche, c'est ton problème.

– C'est « à droite » qui t'embête, Manu ?

Villedieu pointa l'index sur Secundra.

– Écoutez : ou je vois le prince tout de suite, ou je me barre par le premier avion. C'est clair ?

– Très clair, monsieur. Si vous voulez bien me suivre, je vais vous conduire chez le prince.

Villedieu avait prévu plus de résistance. Légèrement incliné, Secundra est à ses ordres. Ce n'était pas ce qu'il voulait. Le prince, il s'en moque, au fond. Prétexte à s'énerver. Au lieu de quoi, il doit maintenant se contenir. La frustration lui brûle l'estomac.

– Il sera là ? demanda-t-il, espérant que Secundra lui répondrait non.

– Je ne peux que vous le souhaiter, monsieur.

Villedieu déteste l'insolence des domestiques – au journal, pas une secrétaire, pas un pigiste ne lui répondrait sur ce ton.

Mais, par ailleurs, il en avait plein les bottes de se baguenauder de Paris à New York, de New York à Washington, de Washington à Los Angeles. Il était en somme plus éreinté qu'agacé.

– OK, concéda-t-il à contrecœur. Allons-y.

Il se tourna vers Thomas.

– Tu viens ? lui dit-il.

– Non, non, bâilla le jeune homme, quand tu es de cette humeur, je ne te supporte pas. Je vais me coucher.

– Votre clé vous attend à la réception, monsieur.

– Merci, Secundra. Et ne vous laissez pas impressionner.

Sans répondre, Secundra sourit, puis il précéda Villedieu jusqu'à l'ascenseur. Thomas, leur adressant un petit signe narquois de la main, se dirigea vers le comptoir de la réception.

L'ascenseur monta au dernier étage. Il s'ouvrit sur une porte bloquée par un système de sécurité. Secundra composa un code sur le clavier. Il s'effaça pour laisser entrer Villedieu.

– Je vais annoncer votre présence, monsieur.

– C'est ça, grogna Emmanuel.

Il entendit la porte se refermer derrière lui. Il se retourna : plus de Secundra.

Il était seul dans une vaste pièce meublée exactement comme le salon de la suite du Mayflower à New York : canapés blancs, table à plateau de verre, tentures de damas clair, tapis de haute laine blanche. N'y manquaient que les toiles signées Rothko, la statuette de bronze et les montres d'Arman. L'endroit était nu.

Villedieu alla jusqu'à la terrasse, tourna en rond, revint dans le salon. Sa colère en retombant le laissait dans un état vaguement dolent. Il s'assit dans un canapé, repensa à Marianne – quelle heure est-il à Paris ? –, se redressa vivement, marcha au hasard. Dans ce décor blanc, rien n'accrochait la pensée ni le regard. Le temps passait et personne n'arrivait.

Villedieu remarqua que l'une des tentures de damas flottait dans les courants d'air provenant de la terrasse. Il s'en approcha, l'écarta : elle dissimulait l'entrée d'un corridor. Il hésita. Il crut entendre un rire, au loin. Il passa derrière la tenture.

Le corridor, sombre, formait un coude à angle droit. Villedieu s'y engagea. Plusieurs portes, toutes fermées, sauf une, au fond, par l'entrebâillement de laquelle filtrait de la lumière. Villedieu hésita encore, tendit l'oreille : lui parvint un bruissement de voix. En quelques pas, il s'approcha de la porte entrouverte. Il y risqua un coup d'œil.

Cela ressemblait à un bureau : fauteuils de cuir brun, l'amorce d'une bibliothèque. De lourdes tentures bronze étaient tirées devant la fenêtre, plongeant la pièce dans la lumière ocre jaune, intime, des appliques. Villedieu vit trois hommes : l'un, le plus âgé, installé dans un fauteuil ; les deux autres, la trentaine, debout en retrait, chacun une main posée sur le haut du dossier. Le vieux portait des lunettes fumées, un costume croisé de lin beige, des mocassins blancs à l'empeigne tressée, comme s'il se tenait à une terrasse devant la plage. Les deux plus jeunes étaient en veste de cuir noir, chemise blanche, cravate sombre.

– Tout ça est très bien, ami, disait le vieux, je vous suis très reconnaissant, ma famille aussi, mais je ne comprends pas quel est votre intérêt.

Il parlait en mélangeant parfois l'italien à l'américain et souriait de tout son éclatant dentier.

– Disons que je vous rends service, répliqua une voix provenant de la partie de la pièce que Villedieu ne pouvait voir.

– Merci, merci, oui, de tout mon cœur, ami. Mais il y a si peu d'hommes comme vous, nous avons tant d'ennemis : je ne peux pas accepter votre aide sans vous offrir une contrepartie et sans que vous l'acceptiez. Vous comprenez, ami ?

– Je ne voulais pas vous offenser. Je sais quelles sont vos règles et j'apprécie votre gratitude. Pardonnez-moi ma maladresse.

La voix était grave, presque aussi basse qu'un murmure, lente et précise. Le ton, pourtant sans ironie, démentait, par sa froideur même, la cérémonieuse humilité de ses propos. Le vieux, qui lui aussi, se dit Villedieu, en avait eu conscience, prit un temps de réflexion, décroisa les jambes et toussota.

– Parfait, parfait. Il n'y a pas de raison que nous ne nous entendions pas. Dites-moi simplement comment je pourrais vous faire plaisir.

– Je veux Girolamo Falcone.

Le sourire du vieux se figea. Il se frotta pensivement le menton sur la chevalière qu'il portait à l'auriculaire gauche.

– Je l'aime beaucoup, beaucoup. Il y a vingt ans qu'il travaille avec ma famille. Vingt ans. Il m'est très précieux. Et il sait tant de choses.

– Qu'il n'a pas dites au FBI ni au cours du procès.

– Bien sûr, bien sûr. Girolamo est mon neveu, un Falcone ne parle pas à la police. C'est pourquoi je compte le récompenser quand il reprendra sa place parmi nous. Vous ne voudriez pas le priver de l'amour et de la reconnaissance de son vieil oncle ? J'ai eu tant de chagrin quand on a annoncé la date de son exécution.

Du bout de l'index, le vieux essuya sous sa paupière une larme fictive.

– Je respecte votre chagrin, murmura la voix. Je suis d'autant plus gêné de vous réclamer votre neveu.

– *Réclamer ?* Nous discutons, n'est-ce pas ?

– En effet. Une discussion qui, je l'espère, restera d'ordre amical.

La voix, quant à elle, ne l'était pas du tout, amicale. Sans quitter le registre du murmure, et un ton sèchement factuel, elle semblait à Villedieu – qui ne pouvait lui attribuer d'autre corps qu'une sorte d'idée fantomatique (une grande ombre sans visage) – beaucoup plus menaçante que la fausse bonhomie du vieux.

– Je vous ai invité ici pour vous informer : je vais obtenir la grâce de Girolamo.

– C'est très aimable à vous, très aimable à vous.

– En homme d'honneur, vous me proposez une contrepartie à ce service. Très bien. Mais je le rends à Girolamo, pas à votre organisation. Je vous répète donc mon souhait : dès sa libération, votre neveu m'appartiendra. Est-ce assez clair ?

– Tout à fait, ami, tout à fait. Mais... comment vous l'expliquer sans que vous le preniez en mauvaise part ?... La prison, le couloir de la mort, l'intérêt que lui porte le FBI, toutes ces émotions ont sûrement beaucoup affecté mon neveu. Je n'aimerais pas qu'en sortant, simplement parce qu'il ne retourne pas dans son milieu naturel – sa famille, auprès de moi –, il lui arrive un accident...

– Je vous comprends. Je vous comprends d'autant mieux que

cette sorte d'accident aurait de fâcheuses conséquences pour vos affaires.

– Que voulez-vous dire ?

Pour la première fois, le vieux cessa de sourire. La voix reprit, paisible et inquiétante :

– Les activités qui ont bâti votre réputation sont épuisantes pour un homme de votre âge. Depuis quelques années, vous avez beaucoup investi dans des sociétés dont le seul risque se prend chaque jour dans les bureaux de Wall Street. Excellents investissements, d'ailleurs, si vous voulez mon opinion. Cependant vous êtes un homme d'expérience et vous n'ignorez pas qu'aucun investissement n'est à l'abri d'un... reprenons votre mot : d'un *accident*. Aussi je vous prie de consulter ce mémorandum. Il vous éclairera très vite.

Le vieux fit un signe nerveux à l'un de ses hommes en veste de cuir, lequel s'avança, quitta le champ de vision de Villedieu, y reparut un instant après, un dossier à la main. Il le donna au vieux qui l'ouvrit sur ses genoux et changea ses verres fumés pour des lunettes de vue.

Pendant un moment, il tourna les pages du dossier dans le plus grand silence. De temps à autre, il en saisissait une page, l'approchait de ses yeux. Villedieu se demanda si Secundra était revenu le chercher dans le salon. Mais il ne put se résoudre à manquer la suite de la scène.

– Bien. Très, très bien, dit enfin le vieux en refermant le dossier et en ôtant ses lunettes. Je crois que mon neveu sortira de prison en excellente santé.

– Souhaitons-lui longue vie, murmura la voix.

– C'est ça, longue et joyeuse vie.

Le vieux posa ses avant-bras sur les accoudoirs du fauteuil.

– Nous nous reverrons ?

– Cela dépendra de vous. Et de la santé de Girolamo.

– Eh bien, dit le vieux en se levant, aidé par l'un de ses hommes, je vais bientôt prendre ma retraite, comme vous le savez. A part mes enfants et mes petits-enfants, je crois que je n'aurai plus la force de rencontrer grand monde. Alors, ami, si vous le voulez bien, disons-nous adieu. J'en suis triste, mais je pense que c'est le mieux pour nous.

Il fit un pas en avant. Villedieu ne le vit plus dans l'entrebâillement de la porte. Il s'écarta doucement et fila le long du corridor, jusqu'à la tenture.

La lumière et la blancheur du salon l'éblouirent. Il se rendit alors compte qu'il était en nage. Il alla vers la terrasse, pour profiter du vent frais qui y tourbillonnait.

– Monsieur ?

Son cœur rata un battement. Il se retourna. Secundra était entré dans la pièce sans qu'il l'entende.

– Mon maître se repose encore. Il ne peut vous voir pour l'instant.

– Ah ? Tant pis, fit Villedieu qui n'avait plus qu'un désir : partir d'ici.

– Il vous invite, en compagnie de M. Casagrande, à une réception qui aura lieu ce soir à Beverley Hills. Dois-je lui confirmer que vous acceptez ?

– Bien sûr. Avec plaisir.

– Je vous accompagne à votre chambre, monsieur ?

– Non, je... Je descends un moment.

Villedieu avait déjà ouvert la porte donnant sur l'ascenseur.

Il arriva dans le hall quelques secondes avant que les battants du second ascenseur s'écartent sur le vieux et ses deux acolytes. Sans les regarder, il hâta le pas jusqu'à la réception.

– Je suis invité par le prince Arjuna. Emmanuel Villedieu.

– Bien sûr, monsieur. Je vous donne votre clé.

Il posa un coude sur le comptoir et leva les yeux sur les trois hommes qui s'éloignaient vers la porte du hall. Le réceptionniste lui tendait sa clé.

– Dites-moi, lui demanda-t-il en feignant la surprise, ce ne sont pas aussi des amis du prince ?

L'employé tourna très brièvement le regard dans leur direction.

– Je l'ignore, monsieur.

– Je crois bien avoir déjà vu cet homme. Le plus âgé.

– Tout le monde connaît M. Raguso, monsieur.

– Raguso ? Non, ça ne me dit rien...

L'employé eut un mince sourire.

– Vous arrivez d'Europe, monsieur ?

– Oui.

– Alors, c'est pour ça. Vous devriez lire les journaux de ce matin.

Sur ces mots, le réceptionniste lui tourna le dos et quitta le comptoir.

Au bar, Villedieu trouva plusieurs quotidiens californiens. A la une de trois d'entre eux, une photo représentait un homme brun d'une quarantaine d'années, au visage maigre et farouche : Girolamo Falcone. Sur l'autre, le vieux Raguso levait une main – on y apercevait une chevalière au petit doigt – pour se protéger des photographes.

Selon l'article, Girolamo Falcone serait exécuté à la prison de San Diego le lendemain. Il aurait été l'un des hommes de main de Giacomo Raguso, « parrain » de la Mafia californienne. Falcone avait été convaincu du meurtre de trois hommes, au cours d'une « guerre » opposant sa « famille » à un gang de San Diego pour le contrôle du trafic de drogue à la frontière mexicaine. Les trois victimes, des Noirs, avaient été exécutées d'une balle dans la tête, à leur domicile, le même soir. Il semblait que le FBI avait compté sur l'arrestation de Falcone pour « faire tomber » le vieux Raguso. Sans succès.

Mal à l'aise, Villedieu remua sur son siège et reposa le journal sur la table du bar. Il frotta machinalement ses mains sur ses cuisses : elles étaient moites.

***

– Prince Arjuna.

– *OK. Go ahead.*

Le *bodyguard* à la carrure de culturiste fit signe à Secundra de passer et prononça quelques mots à mi-voix dans le minuscule micro fixé à son revers.

La limousine franchit deux *check-points* successifs. L'un, à l'entrée de la propriété ; l'autre, au bout de l'allée donnant sur l'esplanade où les invités abandonnaient leur voiture soit à un homme qui la parquait, soit à leur chauffeur qui repartait. Secundra descendit ouvrir la portière à Thomas et à Villedieu.

– Bonne soirée, messieurs.

Thomas, les yeux ronds, regarda passer Spike Lee, accompagné de deux top models – deux métisses aux longues jambes musclées et à l'air épuisé d'avance –, qui rejoignait le couple Sam Sheppard et Jessica Lange.

– Je sens qu'on va s'amuser. Pas toi, Manu ?

Villedieu haussa les épaules.

– Vous êtes sûr, demanda-t-il à Secundra, que ce soir nous verrons enfin le prince ?

– Je le crois, monsieur.

Emmanuel suivit Thomas, qui suivait lui-même un jeune homme de petite taille et aux yeux clairs.

– C'est Tom Cruise.

– Ah, bon.

– Tu crois que je le branche maintenant ou que j'attends un peu ?

– Il est... ?

– J'aimerais bien. Sinon c'est du gâchis.

Sur la terrasse, dans la maison et autour de la piscine, il y avait une foule de hall de gare ou de soirée d'inauguration. Les voix se chevauchaient, s'entremêlaient, déchirées parfois d'un rire aigu. Les corps se frôlaient, se heurtaient, se regroupaient, se dispersaient. Thomas, tirant Emmanuel à sa traîne, se laissait porter par les remous, les reflux, les ressacs, guettant d'abord les visages célèbres, puis piquant çà et là d'autres visages, beaux jeunes gens inconnus mais dont il espérait bien faire la connaissance.

– On dirait un gosse dans un magasin de jouets.

– Ou de bonbons, Manu. J'en ai l'eau à la bouche.

Villedieu attrapa au passage une coupe de champagne.

– Ce prince Arjuna ne va pas être facile à dénicher ici.

– Il nous trouvera.

– Tu as raison. C'est simple : il n'a qu'à chercher les deux ploucs.

– Moi je n'en vois qu'un.

– Petit con.

Sur un rire de Thomas, ils se séparèrent – à moins qu'ils n'aient été séparés par le mouvement même de la soirée, et leurs humeurs respectives. Tandis que Thomas disparaissait à l'intérieur de la maison, prêt à tout, Villedieu s'approcha de la piscine, où plusieurs groupes, installés dans des transats ou debout en cercles étroits, bavardaient, s'interpellaient, se divisaient et se reformaient sans cesse, comme si les conversations s'en tenaient au maximum de quatre à six répliques d'une scène de film, puis, *cut*, une autre scène, un autre dialogue s'ébauchaient, semblables ou presque – infimes variations d'un éclat de rire minéral ou de la formation fugitive d'un couple qui faisait quelques pas à l'écart. Villedieu but trois coupes de Cristal Roederer coup sur coup et se demanda comment Marianne se comporterait s'il l'avait emmenée dans cette soirée, comment sa beauté délicate se tirerait de la comparaison avec tous ces *beautiful people – beautiful* à un point écœurant.

Une quatrième coupe à la main, il rôda aux abords de l'un des groupes, attrapant au vol des lambeaux de phrases sans signification pour lui, sourit par réflexe à une grande fille maigre à gros seins (silicone, pensa-t-il) et eut l'impression désagréable que son image ne se reflétait même pas sur les iris bleu marine du mannequin. Il avala le champagne d'un trait, mima un équilibre de funambule sur le rebord de la piscine, laissa tomber sa coupe dans l'eau turquoise éclairée par des projecteurs. Il se sentait aussi transparent que cette eau.

A l'intérieur, une musique disco dissolvait les voix en un vacarme inquiétant d'instruments qui s'accordent, où les rires éclataient soudain, plus nombreux, plus faciles, où l'on voyait des hommes, par trois, quatre, cinq, cerner un moment une belle fille vibrante ou lasse qui, peu après, s'écartait pour rejoindre un autre groupe, et les trois, quatre ou cinq hommes se parlaient en la regardant partir, puis se séparaient, attirés par un autre visage, un autre corps, une autre fille qui passait ou celle-ci, là-bas, qui danse seule, paupières closes, un verre serré sur sa poitrine.

Villedieu aperçut enfin Thomas, assis dans un canapé, en grande conversation avec un garçon brun à la bouche féminine, aux membres grêles, au sourire attentif. Il en eut une bouffée de dépit, ou de jalousie, il ne savait pas. Aucune des filles de la soirée ne le regarderait, ne l'écouterait de la sorte – ou alors il faudrait pouvoir la soûler d'abord, ou lui promettre un rôle. Ce n'était pas une question de séduction, c'était une affaire de sexe. De sexe masculin. Le catalogue de Don Juan n'est pas grand-chose à côté du palmarès du moindre gay un peu sociable.

Villedieu pesait s'il allait ou non déranger la belle entente de Thomas et du joli brun maigrelet, quand une jeune femme émergea soudain de la terrasse en criant *Here he comes!* et – cette pâleur, cette minceur, ces pommettes – il fut bien obligé de reconnaître Michelle Pfeiffer. Les invités les plus proches interrompirent leurs conversations, se mirent en mouvement, en entraînant d'autres, qui s'écoulèrent à leur suite vers la terrasse. Avec un temps de retard, Villedieu, qui était un peu ivre, sortit à son tour dans la nuit tiède. On lui toucha le bras.

– Qu'est-ce qui se passe, Manu?

Thomas avait les yeux brillants. Le joli brun se tenait à son côté, une main longue et fine négligemment posée sur son épaule.

– Je ne sais pas.

Les invités, autour d'eux, levaient à présent la tête, comme s'ils cherchaient ou attendaient quelque chose dans le ciel, par-delà le halo de lumière électrique et de pollution réfracté comme un dôme au-dessus de Los Angeles.

– Un feu d'artifice? suggéra Villedieu. Une visite d'extraterrestres? Tout est possible, nous sommes à Hollywood.

Thomas rit – Thomas riait toujours. Il mit une main sur la hanche de son compagnon.

– Je te présente Scott.

– *Hello*, Scott.

– *Hi.*

– Mignon, qu'est-ce que t'en penses? Il est mannequin.

– Ils sont *tous* mannequins, Thomas, sors de ta cambrousse. Au fait, il sait peut-être, lui, ce qui va nous tomber du ciel. Tu devrais le lui demander.

– *Scott, what are they waiting for?*

– *Prince Arjuna*, répondit le jeune homme en tendant un bras interminable par-dessus le crâne dégarni de Villedieu, lequel se retourna en levant la tête à son tour. *He's our host.*

– Notre hôte? Le prince Arjuna? s'étonna Villedieu.

Un vacarme de rotors couvrit sa voix. Un hélicoptère venait de surgir au-dessus de la maison. Il survola la terrasse et la piscine, vira et entreprit de se poser sur l'esplanade face au grand escalier.

– *Come on!* cria Scott. *Let's go and see him!*

Il était impossible de résister à l'enthousiasme de ce beau garçon maigre – ni à l'euphorie sournoise du champagne. Villedieu se retrouva à courir à la suite des deux jeunes gens. C'était facile – ils fendaient la foule devant lui – et c'était drôle : il ne l'aurait jamais osé dans une réception à Paris.

Ils s'arrêtèrent à une vingtaine de mètres de l'hélicoptère. Les deux jeunes gens se tenaient par la taille, au pied du grand escalier, et Villedieu faillit les enlacer aussi. La tête lui tournait un peu : il voyait Michelle Pfeiffer, Sigourney Weaver, Michael Douglas et Sylvester Stallone, à quelques pas de lui, s'avancer vers l'hélicoptère. Ils semblaient anormalement heureux.

Les pales de l'hélice s'immobilisaient quand descendirent de l'appareil une femme, puis un homme. Elle était noire, mince et grande, à peine vêtue d'un fourreau de dentelle blanche. Lui était comme son exact contraire – son négatif : de même taille, vêtu d'un habit noir boutonné jusqu'au col, tout aussi élancé, et la figure et les mains blanches – si blanches que les creux, profonds, de ses joues et de ses orbites en semblaient noirs.

Elle lui prit le bras et marcha le menton haut, la bouche dédaigneuse. Il leva sa main libre, en réponse aux applaudissements qui l'accueillaient, puis, se détachant de sa compagne, embrassa Michelle Pfeiffer et Sigourney Weaver et serra vigoureusement la main de Sylvester Stallone et de Michael Douglas, qu'il dominait d'une tête. La foule l'applaudit à nouveau. Il salua le public, une main à hauteur de l'épaule, se pencha vers son étonnante compagne noire, lui dit un mot à l'oreille et prit la direction du grand escalier. Stallone et Douglas offrirent chacun son bras à la belle négresse. Sigourney Weaver et Michelle Pfeiffer encadrèrent l'homme en noir, riant de ce qu'il leur racontait. Lui ne riait pas. Il avançait vers son but et Villedieu eut beau faire un pas de recul, il ne put y échapper : l'homme en noir se dirigeait droit sur lui et sur Thomas. Villedieu se sentit à la fois fier et mal à l'aise : il était le point de mire du Tout-Hollywood.

L'homme en noir lui tendit la main.

– Emmanuel Villedieu ? Enchanté de faire votre connaissance.

La poignée de main avait été sèche, brève. La voix – une voix de gorge – murmurait, à la fois paisible et inquiétante. Une voix qu'il avait déjà entendue. Le matin même, à Château-Marmont. Dans un bureau au fond d'un corridor. Une voix jusqu'alors sans visage.

– Mon nom est Arjuna.

L'homme en noir se tourna vers Thomas et lui prit la main à son tour.

– Vous êtes Thomas Casagrande ? Je suis ravi de vous rencontrer.

Thomas, aux anges, dit :

– Prince...

– Pas de cérémonie entre nous. Appelez-moi Arjuna.

Il passa son bras sous celui du jeune homme.

– Entrons.

Il se tourna vers Villedieu :

– Accompagnez-nous, Emmanuel. Je suis votre fidèle et admiratif lecteur.

Villedieu eut un sourire crispé.

– Vous êtes aussi un homme plein de surprises.

Arjuna l'examina, de ses yeux très pâles.

– Vous trouvez ?

Sans attendre sa réponse, il se tourna vers sa compagne noire, lui dit quelques mots dans une langue inconnue – probablement africaine, selon Villedieu –, puis la présenta à Thomas et Emmanuel :

– Marie des Anges.

Il les présenta également à Sigourney Weaver, Michelle Pfeiffer, Michael Douglas et Sylvester Stallone, avec cérémonie et dans les règles, comme si les deux Français ne connaissaient pas ces stars. Sa voix murmurante et presque sans intonation, l'économie de ses gestes et de ses expressions parurent à Villedieu, paradoxalement, le comble de l'ironie. A la suite d'Arjuna, tous montèrent les marches entre deux haies d'honneur et entrèrent dans la maison.

La fête reprit son cours. Tandis que Marie des Anges, la compagne d'Arjuna, s'asseyait à l'écart et se trouvait bientôt entourée d'hommes auxquels elle répondait par monosyllabes, en regardant ailleurs, le prince se déplaçait de salon en salon, de terrasse en piscine, adressant un mot à chacun, hochant la tête avec intérêt à ce que lui disaient ses interlocuteurs, parfait maître de maison.

Pendant quelques minutes, Villedieu avait gardé l'œil sur lui. Finalement, le rencontrer n'avait dissipé aucun mystère. Bien au contraire. Qui était-il, cet illustre inconnu dont l'absence faisait tant jaser à la Maison-Blanche, et la présence attirait tous les regards et toutes les attentions de la moitié d'Hollywood ? Mais bientôt Emmanuel n'eut plus la tête à se poser ce genre de questions : ces belles filles qui, un quart d'heure plus tôt, ne s'apercevaient pas même de son existence, l'entouraient à présent de leurs splendides sourires vides. Le prince Arjuna l'avait touché de la main et un miracle social s'était produit : comme du plomb transmué en or, le quidam Villedieu s'était métamorphosé en « *dear Emmanyouel* ». Il eut la modestie de se laisser courtiser.

Quant à Thomas, Scott ne le quittait plus, et ils étaient en grande conversation rieuse avec Tom Cruise et Mickey Rourke. En fin de compte, se dit Villedieu en levant sa coupe de champagne à l'adresse des trois grandes filles blonde, brune et métisse qui n'en finissaient plus de lui sourire, la fête est réussie.

***

– Secundra va vous raccompagner à l'hôtel.

Il était très tard. Les limousines des derniers invités s'éloignaient, tel un cortège funèbre, vers les grilles du parc. Le prince Arjuna fit un signe à Secundra, qui ouvrit la portière.

– Je vous prie encore de m'excuser si je vous ai fait faux bond à la Maison-Blanche et si, ce soir, je n'ai pu vous consacrer plus de temps.

– Ne vous inquiétez pas, dit Thomas, nous nous sommes beaucoup amusés.

– Tant mieux, répondit Arjuna en tournant son regard pâle et fixe vers Emmanuel. Monsieur Villedieu, je crois savoir que vous êtes venu aux États-Unis pour mener une grande enquête au sujet de la peine de mort, n'est-ce pas ?

– En effet.

– Avez-vous déjà assisté à une exécution ?

– ... Non.

– Il se trouve que demain je me rends à la prison de San Diego. Un condamné doit y être exécuté par injection létale. Voulez-vous m'y accompagner ? Vous aussi, bien sûr, Thomas.

Le jeune homme fit la grimace.

– Ce genre de spectacle ne me dit rien, vous savez.

Villedieu intervint :

– Qui est ce condamné à mort ?

– Un Italien. Un homme de la Mafia. Il a été convaincu de trois assassinats commis le même soir.

Villedieu se rappela tout à coup la conversation surprise dans la suite du palace, ce matin-là, et la griserie du champagne et des filles se dissipa.

– Sa culpabilité a été prouvée ?

– Sa culpabilité ne fait aucun doute, monsieur Villedieu. Cet homme a tué. Pourquoi cette question ?

Emmanuel scruta le regard d'Arjuna. Mais il était impossible de rien lire dans ces yeux trop clairs, minéraux, ni sur ce visage émacié, pâle et froid. Un masque.

– On sait que le système judiciaire américain condamne un nombre élevé d'innocents.

– Le système judiciaire américain, monsieur Villedieu, est sous les projecteurs de l'opinion. Grâce à des intellectuels comme vous, notamment. Il a certainement ses défauts et ses failles. Mais vous connaissez la parabole de la paille et de la poutre, n'est-ce pas ? Tout dépend de l'œil qui regarde.

Avant qu'Emmanuel puisse répliquer, le prince Arjuna toucha Thomas à l'épaule et lui désigna l'intérieur de la limousine.

– Rentrez à l'hôtel. Reposez-vous. Secundra vous préviendra lorsqu'il sera temps de partir pour la prison de San Diego.

Thomas voulut protester encore de son peu de désir d'assister à une exécution. Déjà, le prince lui tournait le dos.

– Bonne nuit.

III

– Installez-vous là, dit le prince en désignant trois sièges libres au premier rang, face à la vitre blindée donnant sur une petite pièce nue, seulement meublée d'un chariot roulant, semblable à une civière d'hôpital.

– Écoutez, murmura Thomas, je crois qu'il vaut mieux que je m'en aille.

Arjuna, tout en lui souriant, le prit par le poignet.

– Ne soyez pas si sensible.

Thomas eut une moue de petit garçon.

– Je vous assure...

– Arrête de faire l'idiot, intervint Villedieu. Assieds-toi.

A contrecœur, Thomas obéit. Arjuna s'installa entre ses deux invités. Il croisa un genou sur l'autre, y déposa calmement ses mains, croisées elles aussi. Autour d'eux, une dizaine de personnes, avocats et journalistes, parlaient à voix basse. Le directeur adjoint de la prison les avait accueillis à l'entrée et leur avait distribué à chacun une liste de consignes : ils devraient se comporter avec dignité, garder le silence et aucun d'eux n'avait le droit de communiquer avec le condamné, de quelque façon que ce soit et sous aucun prétexte. En outre, il les prévint qu'une ambulance attendait à l'extérieur, prête à emporter toute personne de l'assistance victime d'un malaise. Cette dernière précaution n'avait guère rassuré Thomas. « Vraiment, ce genre de... » Il n'était pas parvenu à prononcer le mot. Il n'avait qu'une envie : quitter la prison. Souriant et glacé, Arjuna l'avait entraîné dans la salle, un bras passé fermement sous le sien.

Il était 19 h 51. Le prince se pencha à l'oreille de Villedieu.

– C'est donc la première fois que vous assistez à une exécution ?

– On ne guillotine plus en France depuis quelques années, répliqua sèchement Emmanuel. Le président Mitterrand a aboli la peine de mort.

– Il y a tant de façons de condamner un homme à mort, monsieur Villedieu. Moins spectaculaires, mais peut-être plus cruelles.

Emmanuel tourna le regard vers Arjuna, mais il ne vit qu'un profil maigre, livide et impassible. Il se tut. Il se sentait à la fois nerveux et intrigué. Il avait très peu dormi la nuit précédente, se repassant en esprit le dialogue entre le vieux mafioso et la voix mystérieuse – celle de ce prince Arjuna. Il se demandait pourquoi il avait tenu à ce que Thomas et lui-même l'accompagnent dans cette prison, et si Arjuna savait qu'il avait écouté aux portes. A ces questions il n'avait trouvé aucune réponse, pas même le début d'une explication. Et, à présent, alors que, avec un lourd bruit de métal, une porte s'ouvrait dans la chambre d'exécution, il ne voyait pas comment quiconque pourrait interrompre le processus en marche – en aurait-il pris l'engagement auprès du « parrain » de la Mafia californienne.

– Regardez. Tout commence.

Le portant à moitié, deux gardiens entraînaient un homme jusqu'au chariot placé au centre de la pièce. Il était étroitement menotté aux chevilles et aux poignets.

Dans la salle, l'assistance se tut tout à coup. Quelqu'un toussa.

Un troisième gardien libéra le détenu, puis il aida les deux autres à le coucher sur le chariot. Visages fermés, concentrés sur les gestes à accomplir, ils lui sanglèrent les jambes, les bras, le corps et la tête, avec une dextérité d'experts. Il ne pouvait plus faire le moindre mouvement.

Villedieu avait vu Girolamo Falcone en photo à la une de plusieurs journaux, et il éprouva un sentiment de malaise à le reconnaître. Toute cette procédure lui parut étonnamment médicale, machinale, quasi administrative. Il s'attendait, sinon à une mise en scène, en tout cas à une *apparence* de tragédie. Mais non. On procédait à un acte légal, c'était tout.

L'un des gardiens se pencha sur le condamné. Du gras du pouce, il lui frotta la saignée du coude, à la recherche d'une veine. Thomas poussa une sorte de soupir étranglé.

– Il faut vraiment que je sorte, murmura-t-il.

– Chut..., fit Arjuna.

Villedieu ne sut pas combien de temps passa. Plusieurs minutes, pensa-t-il. Mais c'était sans doute moins. Le gardien s'obstinait à chercher une veine dans le creux fragile de ce bras. Il était là, penché sur le condamné sanglé du front aux chevilles, et il fronçait les sourcils avec agacement. Finalement, il leva les yeux et s'adressa à un homme – d'âge moyen, blond, en costume et cravate – qu'ils n'avaient pas vu entrer dans la chambre d'exécution.

– Le médecin, chuchota Arjuna. C'est lui qui constatera le décès.

Derrière la vitre blindée, il était impossible d'entendre le dialogue du gardien et du médecin. Mais un système de sonorisation reliait la chambre à la pièce où se tenait le public.

– *I don't find, doctor. Would you help me ?*

Le médecin secoua négativement la tête.

– *Look at the other arm.*

Le son des haut-parleurs donnait à ces répliques une irréalité de dialogue de cinéma. Le gardien haussa les épaules, contourna le chariot et se pencha à nouveau sur le condamné, en quête d'une veine sur l'autre bras.

Après quelques secondes, son pouce ne bougea plus. Il hocha la tête en direction de l'un des deux autres gardiens, qui lui tendit une seringue.

Thomas se toucha le front, ferma les yeux.

– Qu'y a-t-il ? lui demanda Arjuna.

– Disons... Disons que je déteste les piqûres...

– Pas d'enfantillages.

D'un geste brusque, inattendu, Arjuna lui saisit le poignet.

– Vous me faites mal...

Le gardien enfonça lentement l'aiguille dans la veine. La seringue se colora de sang. Le condamné se passa la langue sur les lèvres. Comme en écho à la plainte puérile de Thomas, on entendit sa voix dans les haut-parleurs :

– *You hurt me...*

Arjuna serra plus fort le poignet du jeune homme.

– Un peu de courage, lui souffla-t-il. Maintenant, l'État de Californie va administrer la « mort douce » à cet homme. Vous voyez ce tube relié au mur ? Le gardien va le fixer à la seringue. De l'autre côté du mur se trouve un goutte-à-goutte dans lequel a été préparée ce qu'on appelle la « solution finale ». Il s'agit du mélange de trois produits : le thiopental sodique est un barbiturique qui plongera, plus ou moins vite, le condamné dans l'inconscience ; le bromure de pancurnium est un relaxant musculaire qui paralysera le diaphragme, et donc le mouvement des poumons ; le chlorure de potassium provoquera un arrêt cardiaque. Quatre valves, derrière ce mur, seront ouvertes par quatre exécuteurs. Une seule libérera le poison mortel. Nul ne sait laquelle. Pas d'autre bourreau que le hasard. C'est Las Vegas dans la chambre de la mort.

Thomas tenta de libérer son poignet. En vain.

– La vraie difficulté, poursuivit la voix murmurante d'Arjuna, est dans le dosage du poison. Des hommes résistent mieux que d'autres. Certains, beaucoup plus que les bourreaux ne s'y attendent. La prétendue « mort douce » se transforme alors en un très lent étouffement. Le condamné reste conscient. Il sent ses poumons refuser l'air, sa poitrine se contracter, le poison lui brûler les veines. Quelquefois, la mort clinique n'est effective qu'après une quinzaine de minutes. Quinze minutes très longues et très douloureuses.

– Taisez-vous...

Arjuna lui lâcha enfin le bras. Dans la chambre d'exécution, le gardien s'apprêtait à fixer le tube à la seringue.

– Rassurez-vous. Aujourd'hui tout se passera bien.

A peine Arjuna eut-il prononcé ces mots qu'un téléphone se mit à sonner.

Dans l'assistance jusqu'alors silencieuse, il y eut une rumeur de surprise, rapidement mêlée d'excitation. Le gardien demeura un instant figé, le tube à la main.

– Que se passe-t-il ? demanda Thomas.

– Un téléphone relie la chambre d'exécution au bureau du directeur, lui-même relié à celui du gouverneur. Aimez-vous les coups de théâtre, Thomas ?

Cependant, le gardien se dirigeait dans le fond de la pièce. Il décrocha le combiné fixé au mur. On le vit hocher la tête plusieurs fois, jeter un coup d'œil du côté du condamné. Il raccrocha, se passa la main sur le front, s'avança vers le chariot et fit un signe aux deux autres gardiens. Après une hésitation, ils s'approchèrent du condamné et se mirent à défaire les sangles qui le paralysaient.

Arjuna se leva brusquement de son siège.

– Croyez bien que je suis désolé, monsieur Villedieu.

– De quoi ?

– Je vous avais convié à une mise à mort. Il semble que vous en serez privé.

– Il est... ? s'exclama Thomas.

– Selon toute apparence, le condamné a été gracié, oui.

Derrière eux, le directeur de la prison était entré, aussitôt assailli par les journalistes. Il leur annonça qu'il s'apprêtait à faire une « déclaration solennelle ».

– Partons, dit Arjuna. Il ne se passera plus rien.

Ils quittèrent la prison. Un rassemblement d'une cinquantaine de personnes tournait en rond devant le portail, brandissant des pancartes contre la peine de mort et entonnant des slogans. La limousine conduite par Secundra les attendait un peu plus loin.

– Vous ne trouvez pas extraordinaire cette grâce parvenue à la dernière seconde ? demanda Villedieu lorsqu'ils furent installés dans la voiture.

– Pourquoi ? Je trouve bien plus extraordinaire que la justice se rende de façon si mécanique. Si bête, en quelque sorte. La mort est peut-être une punition ; elle n'est pas une expiation.

– Je suis mal votre raisonnement...

– Prenons l'exemple de notre homme, tout à l'heure. Tâchez de vous mettre à sa place. Il a attendu la mort – il a connu sa mort avec certitude – pendant des semaines. Puis des jours. Puis des heures. Un compte à rebours intime... Enfin est arrivé le moment où on l'a conduit à son exécution. Il a été sanglé sur le chariot. Un gardien a méticuleusement cherché une veine où planter sa seringue. Il a tâtonné. Curieux suspense. Cette seringue, il l'a plantée. Le condamné a senti l'aiguille lui pénétrer dans le bras. Cette aiguille qui entrait en lui, c'était déjà le poison et la mort qui s'invitaient. Que croyez-vous qu'il éprouva, qu'il pensa à cet instant-là ?

– Moi, je me serais pissé dessus, dit Thomas – d'une voix si enfantine que Villedieu ne put s'empêcher de sourire.

– A cet instant-là, il a éprouvé sa condition de mortel, poursuivit Arjuna. Il a pensé, il a *vécu* sa mort. Elle a traversé, envahi toutes les fibres de son corps, tous les recoins de son être. Il l'a vue en face. L'angoisse a brûlé ses nerfs comme un acide. Il a découvert, au plus profond de lui-même, ce qu'ont ressenti ses trois victimes quand il leur a posé le canon de son arme sur le front et qu'elles ont su qu'il ne leur restait rien à vivre.

– Oui ? Et alors ? demanda Villedieu.

– Donner la mort, ce n'est pas grand-chose : un interrupteur que l'on actionne – passé, avenir, désirs, plaisirs, souffrances, mémoire : il n'en reste plus rien. Qui sait si mourir n'est pas une délivrance ? Mais vivre, survivre...

Arjuna se pencha en avant, la main ouverte. Pour la première fois, Villedieu vit ses yeux, et son teint, s'animer.

– Prendre la vie d'un coupable, c'est si facile. Trop simple.

Il referma lentement les doigts sur sa paume. Il serrait si fort le poing que ses jointures étaient blanches.

– La culpabilité et la faute, monsieur Villedieu... Sans ces notions, pas de justice équitable. Qui n'a pas le sens de la faute n'est pas un humain. Voilà ce que toute justice devrait enseigner à tout coupable : qu'il l'est. Qu'il est coupable. Qu'il doit désormais continuer à vivre tout en portant cette culpabilité, jour après jour, seconde après seconde. Jusqu'à ce que le hasard, la maladie, le suicide ou je ne sais quel dieu l'en délivre enfin.

– « L'œil était dans la tombe, etc. », persifla Villedieu. Admettons. Mais supposons que le condamné ait été averti à l'avance de sa grâce ? Dans ce cas, je suppose que le suspense a été un peu rude pour lui, c'est tout. Il savait qu'il échapperait à la justice, cela n'a pas dû l'inciter au... au repentir. Qu'en pensez-vous ?

Villedieu et Arjuna s'évaluèrent du regard. Le prince sourit.

– Si je vous affirme que Falcone ignorait l'issue inespérée de son exécution, me croirez-vous ?

***

– J'aurais préféré rentrer à l'hôtel, dit Villedieu.

– Distrayez-vous. Regardez Thomas : n'a-t-il pas l'air de s'amuser ?

Vers minuit, la limousine les avait déposés à l'entrée d'une villa de Beverley Hills. S'y déroulait une fête d'un genre assez différent de la réception à laquelle, la veille, Villedieu et Thomas avaient été conviés. Les invités y étaient moins mondialement célèbres, et beaucoup plus jeunes. Progéniture de stars, d'agents ou de producteurs, ils s'y adonnaient aux divertissements de leur âge et de leur époque dans la ville des Anges : les drogues et la partouze. Quand Arjuna,

Villedieu et Thomas étaient entrés, personne ne s'en était vraiment aperçu. Villedieu avait eu un mouvement de recul. « Puritain ? » lui avait demandé Arjuna, tout en enjambant des corps plus ou moins dévêtus et plus ou moins actifs. Puis un très grand jeune homme un peu titubant s'était précipité à la rencontre de Thomas. C'était Scott. Ils s'étaient éloignés ensemble, bras dessus bras dessous, vers un canapé. Peu après, ils s'y embrassaient à pleine bouche.

– Je peux vous poser une question ? demanda Villedieu. Pourquoi vous intéressez-vous à nous ?

– Dans le hall du Mayflower, mon factotum a estimé que vous aviez besoin d'aide. Je vous l'ai offerte. M'en voulez-vous ?

– Vous n'avez pas répondu à ma question.

D'un léger mouvement de menton, Arjuna lui désigna Thomas qui, tenant Scott par la main, montait à l'étage.

– Prenez exemple sur ce jeune homme. Il ne s'en pose pas. Ne pensez-vous pas qu'il est heureux ?

– Il est beau, il a de l'argent et du succès. Il est frivole.

– Je le croyais votre ami.

– Ça n'empêche pas d'avoir une opinion.

Arjuna eut un mince sourire et, soudain, fit un geste brusque balayant la pièce.

– Tout cela ne vous amuse pas plus que moi, n'est-ce pas ? Si nous rentrions à l'hôtel ?

– Et Thomas ?

– C'est un grand garçon.

Ils repartirent comme ils étaient venus. Personne ne s'en souciait. Ils retrouvèrent Secundra et la limousine à l'entrée du parc.

– D'habitude, dit Arjuna alors qu'ils roulaient sur de vastes artères vides, les hommes que j'entraîne à ce genre de soirée se laissent tenter par l'expérience.

– Je suis marié.

– Ils le sont aussi, pour la plupart. Mais infidèles.

– C'est leur affaire, fit sèchement Villedieu qui détestait le tour pris par la conversation.

– Je vous admire. La loyauté est la qualité que j'estime le plus. Votre épouse ne vous accompagne jamais dans vos voyages ?

– Elle a dû rester à Paris. Son père est malade.

– Rien de grave, j'espère ?

– Il y a quelques années, il a eu un accident de voiture. Sa femme est morte. Lui s'en est sorti la colonne vertébrale brisée. C'était un homme actif, une force de la nature. Très attaché à sa femme. Depuis l'accident, il ne parle presque plus. Il vit reclus dans son appartement. Je crois... je crois qu'il se laisse mourir.

– Il se sent responsable de l'accident ?

Villedieu soupira, se força à sourire.

– Tout à l'heure, quand vous m'exposiez votre théorie sur la culpabilité, j'ai pensé à lui. Il se sent coupable, en effet, et c'est ce qui le ronge. Mais, voyez-vous, prince, mon beau-père était magistrat, il avait une grande réputation d'intégrité, presque de rigidité morale. Je ne crois pas qu'un criminel puisse être autant habité par le sens de la faute qu'un homme tel que lui, qui s'est préoccupé de justice toute sa vie. Et c'est pourquoi, excusez-moi, votre théorie ne tient pas debout.

– Je comprends votre point de vue, monsieur Villedieu. Mais il ne s'agit pas d'une théorie et il n'est pas question de justice, du moins au sens où vous l'entendez.

– De quoi alors ?

– D'une expérience sur le vif, dit simplement Arjuna et il tendit le doigt vers sa vitre. Nous arrivons à l'hôtel. Vous allez pouvoir vous reposer.

***

Effondré dans un coin de la chambre, un type blond, torse nu, ivre mort, balbutiait des propos incohérents qui semblaient s'adresser aux deux couples qui baisaient sur le lit. Une fille sortit de la salle de bains, une serviette autour des hanches. Elle avait des seins plats et se frottait furieusement les narines. Elle saignait du nez.

– *You know the two biggest lies ?* marmonnait l'ivrogne. *I'll pay you back and I won't come in your mouth.*

Il rit.

– Non, dit Thomas. Pas ici.

Il enlaça Scott par la taille et l'entraîna vers l'escalier. Il avait bu un gin-tonic et un cocktail mauve et trop sucré. Il se sentait barbouillé, sans savoir si c'était par l'alcool, dont il n'avait pas l'habitude, ou par la fatigue accumulée des derniers jours. Scott l'embrassa dans le cou.

– Tu veux aller où ?

– Un endroit plus tranquille.

Ils étaient en bas de l'escalier. La salle puait la sueur. Quelqu'un avait vomi près d'un canapé. Thomas eut un haut-le-cœur.

– Sortons, lui dit Scott.

Il le prit par la main. Ils franchirent une porte-fenêtre. Thomas respira un grand coup l'air de la terrasse.

– Ça va mieux ? Viens. Je sais où on va aller.

Ils longèrent la terrasse, descendirent quelques marches sur une allée qu'ils suivirent jusqu'à l'arrière de la maison. Une limousine blanche aux vitres noires y était garée.

– Dans la limo, on sera tranquilles.

– Écoute, Scott... Je... J'ai la tête qui tourne. Je crois que je ne serai pas un bon partenaire.

– *Hey, Tom...*

Thomas s'appuya d'une main au mur et recula d'un pas dans l'allée.

– Non, je t'assure. Je vais rentrer. Donne-moi ton numéro de téléphone. Je t'appelle demain. Promis.

– Tom, souffla Scott d'une voix très douce en le prenant par l'épaule. *Come on...*

Du dos de la main, il lui caressa la joue. Thomas ferma les yeux, se laissa aller. Quand il sentit les lèvres de Scott sur les siennes, il ouvrit la bouche et l'embrassa. Il avait un goût de sirop de fraise.

– *Come on...*

La main de Scott descendit le long de sa hanche, lui toucha le sexe. Il se mit à bander. Il ne résista plus.

Il suivit Scott jusqu'à la limousine. Scott en ouvrit la portière, lui désigna l'intérieur.

– *Come on in...*

Thomas se pencha. La main de Scott se plaqua sur son dos. Et le poussa violemment sur la banquette. Thomas s'y affala à plat ventre. Quand il voulut se redresser, on le saisit par la nuque et lui maintint le visage contre le siège. Sans ménagement, on repoussa ses jambes à l'intérieur. La portière claqua. Le moteur se mit en route.

Thomas poussa un cri – qui ne fut qu'un grognement sourd étouffé dans le cuir de la banquette. La limousine démarra.

IV

Quand la sonnerie du téléphone le fit sursauter, Villedieu faisait un rêve déplaisant où Marianne, le vieux Becq, Arjuna et Thomas étaient enfermés dans la chambre d'exécution de San Diego. Il alluma la lampe de chevet. Sur le cadran du réveil électronique, il était une heure dix du matin. Il dormait depuis à peine un quart d'heure. Il décrocha.

– Allô ?

– *Keep cool, mista.* Et écoutez-moi. Réveillez-vous, levez-vous et allez à la porte de votre chambre.

Avant qu'il ait pu répondre, la communication fut coupée. Villedieu demeura un instant le combiné à la main, l'esprit vaseux. Puis il le reposa, but une gorgée d'eau et se décida. Il sortit péniblement du lit. Il avait mal aux épaules et aux reins. Pas assez de sommeil depuis trois jours.

Il traversa la chambre dans la pénombre. Il ouvrit la porte palière. Personne. Il jeta un coup d'œil dans le couloir, à droite, à gauche. Désert. Il allait refermer la porte quand il vit l'enveloppe déposée par terre, sur le seuil. Il la prit et rentra dans la chambre.

C'était une enveloppe de papier kraft, de taille moyenne, sans aucune inscription. Il la décacheta et en tira un feuillet plié en deux. Il alla s'asseoir au bord du lit, dans la lumière de la lampe de chevet, pour la lire.

Le premier paragraphe était de l'écriture de Thomas :

Manu, j'ai été enlevé vers minuit. Je serai relâché contre une rançon de cinq millions de dollars. Appelle aussitôt mon père à Paris pour qu'il se procure la somme. Tu l'apporteras toi-même. On te recontactera pour t'indiquer le lieu du rendez-vous. Ce n'est pas une plaisanterie. Je compte sur toi.

Ton ami, Thomas.

Au-dessous, tapés à la machine, étaient ajoutés ces quelques mots en anglais :

Cinq millions de dollars avant six heures du matin. A six heures une, votre ami sera mort. Jetez un coup d'œil dans l'enveloppe.

Villedieu prit le verre d'eau sur la table de chevet, le vida d'un trait. Puis il relut la lettre. Une très mauvaise blague ? Non, ça n'en avait pas l'air. Suivant le conseil des ravisseurs, il examina l'enveloppe kraft.

Il y avait quelque chose au fond. Il la retourna, la secoua. Un petit cylindre rosâtre, sanguinolent roula sur le drap.

– Merde.

Une giclée d'angoisse brûla l'estomac de Villedieu. Une phalange. Elle reposait, l'ongle pointé vers lui, sur le drap blanc, en pleine lumière. Une phalange d'auriculaire. Celui de Thomas.

– Putain de salopards, grogna Villedieu.

Sans le toucher, en faisant glisser l'ouverture de l'enveloppe sur le drap, il y replaça le doigt mutilé. Il était partagé entre le dégoût, l'anxiété et la colère. Cinq millions de dollars. Avant six heures du matin. Il regarda le cadran du réveil électronique : 01.20. Moins de cinq heures avant l'échéance. Il réfléchissait à toute vitesse. Comment obtenir une telle somme en si peu de temps ? Le père de Thomas n'était pas si riche. Et il se trouvait à dix mille kilomètres. Quatre heures pour une transaction, de banque à banque. Peut-être.

Il fit quelques pas nerveux dans la chambre. Il faut prendre une décision. Pas de temps à perdre. Mais, d'abord, appeler la police. Si jamais le délai ne pouvait être respecté, il aurait besoin du conseil de spécialistes pour négocier encore du temps. Il décrocha le téléphone.

– La réception ? Passez-moi la police de Los Angeles, s'il vous plaît.

– *Mista, vous avez tort. N'appelez pas les flics.*

La voix était nasillarde, narquoise et menaçante.

– De quoi vous mêlez-vous ? Qui êtes-vous ?

– *Nous vous surveillons, mista. A chaque seconde. Trouvez l'argent. Restez calme. Ne nous prenez pas pour des cons.*

– Écoutez...

– *Avant six heures, mista. Rappelez-vous. Avant six heures. Passez une bonne nuit.*

Il y eut un grésillement au bout du fil. Puis un silence. Puis une autre voix.

– *Reception desk.*

– *Room 303*. Passez-moi...

Villedieu hésita. Il tourna la tête, inspecta du regard la chambre autour de lui, comme s'il avait pu y découvrir des micros ou des caméras.

– *Yes, sir... ?*

– Passez-moi Paris. Je vous donne le numéro.

***

Quand Villedieu l'appela, Jean-Michel Casagrande « travaillait » dans son bureau, chez lui, à Neuilly. Ce qu'il appelait travailler, c'était s'enfermer dans cette pièce sans fenêtre – toute en boiseries d'acajou, chargée de trophées de chasse et de photographies où on le voyait sourire aux côtés de divers puissants de ce monde –, déployer ses dossiers sur la table et rêvasser. Cet endroit était son *retiro*. Comme la fameuse cabane des enfants dans la fourche d'un arbre. Il s'y adonnait à ses plus chers plaisirs : la sieste et l'autosatisfaction. Là, quand il ne dort pas, Jean-Michel Casagrande considère la suite des années passées, et il sent la fierté gonfler son cou. Il a réussi. Il ne s'y est jamais fait. Chaque jour la divine surprise se renouvelle. Et, comme toutes les surprises, celle-ci reste tout de même chargée d'anxiété : seul dans son *retiro*, Jean-Michel Casagrande se repasse et examine ses raisons d'être heureux.

C'est capricieux, le bonheur, surtout lorsqu'on le dissèque chaque jour – c'est fragile. Alors il revoit les étapes de sa carrière, il s'en délecte. Son mariage. L'instant où il a refermé la porte sur la chambre nuptiale et qu'il a enfin été sûr que Jasmine serait à lui. Sa Légion d'honneur. Mitterrand a eu quelques mots pour lui, en la lui remettant, exactement ceux qu'il rêvait d'entendre. Quel grand homme ! Et son élection au Parlement européen. Une belle victoire. A l'énergie. Il adore ce mot. L'énergie. Je suis un homme énergique. Dynamique. Et j'ai de la santé. Il se palpe la bedaine. Empâté, gros ? Non. Fort. Je suis fort. Toujours jeune.

Il se lève, contourne sa table, s'approche du juke-box placé près de la porte capitonnée. L'index en l'air, il cherche le *hit* adéquat, la chanson qui tombe juste – celle qui s'accordera le mieux à son humeur. Elvis Presley. *Don't be cruel.*

Il presse sur le bouton. L'appareil bourdonne chaleureusement. Les premières notes retentissent.

C'est à ce moment que le téléphone sonna.

– Emmanuel ? Vous m'appelez des States ? Mais il est quelle heure, là-bas ?

– Une heure quarante-cinq. Il m'a fallu vingt minutes pour vous trouver.

Offusqué par le ton agressif de Villedieu – un jeune homme, tout de même, auquel, sept ans plus tôt, il avait donné un tiers de ses droits d'auteur pour rédiger son autobiographie : *Casagrande, l'Africain* –, il éteignit le juke-box et répliqua :

– Je suis très occupé.

– J'imagine. Je vous appelle au sujet de votre fils. C'est très urgent.

– Allons, ricana Casagrande. Ne me dites pas qu'il a déjà engrossé une Américaine. Il a fait quoi, comme connerie ?

– Il s'est fait enlever. Il y a deux heures environ. Et dans quatre heures ses ravisseurs le tueront si vous ne payez pas la rançon.

Casagrande eut un hoquet.

– Emmanuel... C'est encore une de vos blagues ? Passez-moi Thomas, que je lui frotte les oreilles.

– Je suis *très* sérieux. Et il faut faire vite.

– Attendez, attendez... Vous me racontez que...

– Il faut cinq millions de dollars dans moins de quatre heures. Ou votre fils sera tué, Jean-Michel.

Casagrande se plaqua la main sur le cœur.

– Emmanuel... Dites-moi que ce n'est pas vrai...

– Cinq millions de dollars. Dans moins de quatre heures. Vous pouvez les trouver ?

– Je... C'est *énorme*, Emmanuel !
– Vous pouvez les trouver ?
Casagrande reprit sa respiration et se rappela qu'il était un homme énergique.
– Comptez sur moi.
– Très bien. Je vous donne mon numéro. Rappelez-moi aussi vite que possible.

***

– Tu te fous de moi ?
– François, je n'ai que toi vers qui me tourner. Il s'agit de la vie de mon fils.
– Cinq millions de dollars ! Tu as idée de ce que tu me demandes ?
Champredin fit un signe agacé à sa secrétaire pour qu'elle quitte le bureau. Il contempla le balancement de ses hanches – « Joli cul, décidément » – tandis qu'elle s'éloignait et que Casagrande lui criait dans l'oreille :
– Ils vont le tuer, François ! Dans quatre heures !
– Bon, calme-toi. Tu es sûr de tes renseignements ?
– C'est Villedieu lui-même qui m'a appelé.
– Ce petit socialo-gauchiste ? Tu lui fais confiance ? Qu'est-ce qu'il fout avec ton fils aux États-Unis ?
– François, il me faut cinq millions de dollars, c'est la seule chose qui compte.
Champredin, coinçant le combiné du téléphone entre son épaule et son oreille, fit glisser vers lui sa boîte de cigares. D'une chiquenaude, il en ouvrit le couvercle. Il choisit un monte-cristo, le huma.
– Cinq millions de dollars... Tu sais combien tu as chez moi ?
– ... Un peu plus de deux millions, je crois.
Champredin ficha le cigare entre les dents et tapota sur le clavier de son ordinateur. Des noms et des chiffres clignotèrent sur l'écran.
– Deux millions trois cent vingt-deux mille cent trente-quatre francs et soixante-quatorze centimes. Dont plus de la moitié bloquée sur des placements à dix ans.
– Bordel, François ! Je m'en branle de tes comptes ! Je te parle de la vie de mon fils. Je te parle de confiance entre nous.

D'un coup de dents, Champredin coupa l'extrémité du montecristo. Il tâta les poches de son veston, en quête d'un briquet. Il cracha l'étoupe de tabac sur la moquette.

– Mon vieux Jean-Michel, tu *peux* me faire confiance, qu'est-ce que tu crois ?

– Ah ! Alors tu me les avances, ces cinq millions ?

Champredin pompa longuement la flamme du briquet. Son visage s'estompa dans un nuage de fumée odorante. Il ferma les paupières, tout au plaisir du cigare et réfléchissant à cette situation imprévue : Casagrande prêt à s'endetter à vie, à se mettre à sa merci, parce que son petit connard de fils s'était embringué dans une affaire pas nette à Los Angeles. Est-ce que je lui dis que son Thomas est un pédé, un phoque, une tante ? Il ne me croirait même pas. Où il s'est fait enlever, son fils ? Dans une *back-room*, un poing dans le cul ?

– Jean-Michel, tu es un ami. On a fait, comme qui dirait, notre carrière ensemble : Marseille, l'Afrique, Paris...

– Oui, l'Afrique, dit Casagrande. Il y aurait plein de choses à raconter sur l'Afrique...

Champredin ne répliqua pas aussitôt. La soudaine audace de Casagrande l'étonnait. Il me cherche, le petit blaireau, il va me trouver. Il enfonça le bouton d'appel de sa secrétaire. Il avait envie de la voir pénétrer dans le bureau, dans sa jupe étroite et son petit chemisier.

– Et sur Marseille, susurra-t-il au téléphone. Qu'est-ce qu'on pourrait en raconter, sur Marseille... Hein, Jean-Mi ? Explique-moi, j'ai jamais su au juste : tu as déguisé ta voix, cette nuit-là, quand tu as appelé les flics ?

– ... D'accord. Tu sais, je t'ai parlé de l'Afrique... Parce qu'on s'est bien marrés là-bas. On était les rois.

– Les-rois-les-rois-les-rois-les rois-d'quoi ?

– Des culs noirs !

Champredin rigola, tout en admirant la démarche de sa secrétaire rentrant dans son bureau. Sa main posée sur sa cuisse remonta jusqu'à sa braguette. Chaud, chaud, chaud. A moitié bandé. Il y a longtemps que Pascale ne me fait plus cet effet-là. Est-ce qu'elle me l'a jamais fait ? Oui : quand on m'a dit l'état de sa fortune.

– On a fait l'Afrique, toi et moi. Et on est partis de Marseille. Tu crois que je te laisserais tomber dans une situation pareille ?

– Je ne l'ai jamais cru, François. Alors... alors, tu vas faire quelque chose ? Il reste environ trois heures, maintenant.

Champredin désigna à sa secrétaire le siège où elle devait s'asseoir. Il ne l'avait jamais touchée – jamais tenté. Il aimait bien ce désir à jamais inassouvi : il ne voulait pas avoir une maîtresse à la banque – sa propre secrétaire : une erreur bourrée de conséquences imprévisibles. Il la regarda croiser les genoux.

– Voilà comment on va procéder, dit-il à Casagrande. Je contacte un banquier américain. Je lui fais passer la somme. Ton Villedieu n'aura plus qu'à aller la prendre dans une agence de Los Angeles.

– Parfait, très bien. Merci, François.

– Je t'en prie. Entre amis... Je te rappelle quand j'aurai passé la transaction.

Champredin raccrocha, mordilla son cigare et jeta un coup d'œil à sa montre. Avec le décalage horaire, il est deux heures et quelques du matin en Californie. Aucune banque ne sera ouverte. Pas de chance, mon pauvre Jean-Mi...

***

Pendant plus d'une heure, Emmanuel Villedieu fit les cent pas dans sa chambre. L'anxiété lui nouait l'estomac. Il eut l'envie d'appeler Marianne, à Paris, d'entendre sa voix, qui le rassurerait. Mauvaise idée. Les « autres » l'écoutaient peut-être, il ne pourrait rien lui raconter, et il ne saurait quoi lui dire, sinon son angoisse. Il passa dans la salle de bains, se doucha rapidement. Puis il se sécha, se rasa, s'habilla. Il était trois heures et demie.

– Qu'est-ce qu'il fout ?

Il alla s'asseoir au bord du lit, près du combiné. Il repassait dans sa tête les événements des derniers jours. Il cherchait une logique à cet enchaînement de faits, une preuve que *tout*, comme il en avait le sentiment confus mais vif, devait conduire à l'enlèvement de Thomas. Mais il ne trouvait rien. Rien d'autre que sa propre méfiance instinctive pour le prince Arjuna, cet homme surgi de nulle part – la sensation agaçante d'avoir été mené par le bout du nez.

Quand le téléphone sonna enfin, il sursauta.

– Emmanuel ?

– Jean-Michel ? Vous avez l'argent ?

– J'ai fait le maximum, vraiment le maximum, et je l'ai trouvé.

– Ah !

– Mais il y a un problème. Toutes les banques sont fermées à Los Angeles. Au mieux, vous n'obtiendrez la somme qu'à huit heures du matin.

– J'ai jusqu'à six heures, rappelez-vous.

– Je le sais, Emmanuel. Essayez de négocier trois ou quatre heures de délai supplémentaire.

– Je crois que ce sera difficile.

– Faites-le, je vous en prie. Je... Vous ne pouvez pas savoir comme c'est insupportable d'être là, coincé à dix mille kilomètres, et de ne pas pouvoir agir.

Villedieu comprit que la situation était bloquée. La voix plaintive de Casagrande lui était insupportable.

– Très bien. Je vous rappelle plus tard.

Il raccrocha aussitôt. Il n'eut pas le temps de réfléchir. Le téléphone retentit à nouveau.

– *Mista, avez-vous l'argent ?*

– Oui. Mais pas avant huit heures. Donnons-nous rendez-vous pour neuf heures.

– *Pas question. Ce sera trop tard. Nous avons dit : avant six heures ce matin. Votre ami veut vous dire quelques mots, mista.*

Après un bref silence, la voix de Thomas remplaça celle du ravisseur.

– Manu ? C'est moi. Je suis désolé de te faire ça...

– Comment vas-tu ?

– Bien. J'ai juste un peu sommeil. Écoute, ils ont l'air assez... sérieux, ici. A la limite du patibulaire.

Il rit. L'imbécile, songea Villedieu, à croire qu'il ne se rend pas compte.

– Je crois bien qu'il vaudrait mieux que tu viennes avant six heures. Papa a trouvé l'argent ?

– ... Oui, mentit Villedieu. Il l'a.

– Eh bien, on t'attend. Tu...

– *Avant six heures du matin*, l'interrompit la voix nasillarde. *See you later. Une enveloppe vous attend au comptoir de la réception.*

Déclic. Villedieu resta là, au bord du lit, le combiné à la main. Il eut un moment de découragement. Cinq millions de dollars dans les deux heures. Il avait l'esprit vide. Cinq millions de dollars... Il s'imagina en héros de cinéma, allant au rendez-vous avec un sac bourré de papier journal... Oui. Et après ? Je dégaine et je tire dans le tas ?

– Putain...

Il lâcha le téléphone et se leva. Il ne pouvait pas demeurer sans agir. Selon la voix du ravisseur, une enveloppe l'attendait à la réception. Il sortit de la chambre, prit l'ascenseur.

Le hall était désert. Il hâta le pas jusqu'au comptoir.

– Chambre 303. On ne vous a pas laissé quelque chose pour moi ?

– Je vais regarder, monsieur.

L'employé prit une enveloppe dans la case marquée 303 et la lui donna. Il l'ouvrit fébrilement. Elle contenait une adresse et un plan sommaire. Le lieu de rendez-vous.

– Vous êtes M. Villedieu ? lui demanda l'employé.

– Oui, pourquoi ?

– Le prince Arjuna a laissé un message pour vous. Je devais vous le remettre demain matin, mais puisque vous êtes là...

Emmanuel se saisit de la petite enveloppe blanche, la décacheta.

Mon cher Villedieu, je quitte Los Angeles. C'est aussi me priver de votre compagnie, et je le regrette. Secundra se tiendra à votre disposition pour organiser votre retour à New York.
Nous reverrons-nous ?

Arjuna.

Villedieu fourra la carte dans sa poche et se tourna vers le réceptionniste :

– Le prince est-il déjà parti ?

– Je ne crois pas, monsieur.

C'était peut-être la solution.

– Appelez-le.

– Il est très tard, monsieur.

– Peu importe. Appelez-le.

D'un air réprobateur, l'employé forma un numéro.

– M. Villedieu pourrait-il parler au prince ?... Très bien.

Il donna l'appareil à Emmanuel.

– Vous ne dormez donc jamais, monsieur Villedieu.

– Il faut absolument que je vous parle.

– Maintenant ? Très bien. Montez. Je serai ravi d'avoir une nouvelle conversation avec vous.

Lorsque les portes de l'ascenseur s'écartèrent, Arjuna se tenait à la porte de sa suite. Il était vêtu d'un costume noir et d'un pull ras du cou, noir aussi. Il s'écarta pour laisser entrer Villedieu.

– Je vous en prie.

– Désolé de vous déranger en pleine nuit, dit Emmanuel.

– J'aime les visites imprévues. Et puis, j'ai commis un impair, ce soir, je vous ai laissé sur une mauvaise impression.

– Comment ça ?

– Je n'aurais jamais dû vous conduire à cette soirée sordide. C'était une erreur de jugement de ma part. Au fait, Thomas est-il rentré ?

– Non. Et c'est ce dont je viens vous parler.

Arjuna dévisagea Villedieu.

– Vous me paraissez inquiet. Que se passe-t-il ?

Emmanuel se frotta la nuque, hésitant. Mais qu'avait-il à perdre ?

– On l'a enlevé.

– Qui ? Thomas ?

La surprise d'Arjuna lui parut sincère. Il poursuivit :

– On réclame une rançon de cinq millions de dollars avant six heures ce matin.

Il tira de sa poche la lettre écrite de la main de Thomas, avec les instructions des ravisseurs, et le plan du rendez-vous. Sourcils froncés, Arjuna les examina rapidement tandis que Villedieu lui expliquait en quelques mots ses échanges téléphoniques avec Casagrande.

– Donc vous n'aurez pas la somme à temps ?

Arjuna lui rendit les papiers.

– Suivez-moi.

Ils traversèrent le salon jusqu'à la tenture qui dissimulait l'entrée du corridor. Arjuna le conduisit dans le bureau où Emmanuel avait surpris sa conversation avec le vieux Raguso. Il écarta une toile de Klee, découvrant un coffre-fort.

– Nous allons régler cette affaire. Passez-moi la sacoche qui est sur ce fauteuil.

Villedieu obéit. Arjuna la bourra rapidement des liasses qu'il tirait du coffre-fort.

– Bien entendu, dit Emmanuel, je vous rendrai l'argent dès que j'aurai encaissé celui du père de Thomas.

– Qui vous parle de rendre l'argent ?

– Vous n'allez pas...

– Emmanuel, l'interrompit Arjuna en refermant la sacoche, puis le coffre, rappelez-vous ce que vous avez entendu dans ce bureau, hier matin.

Sidéré, Villedieu ne répliqua pas. Arjuna lui jeta un vif coup d'œil amusé.

– Vous êtes journaliste, donc curieux. Je ne vous en veux pas.

La sacoche sous le bras, il quitta la pièce, suivi de Villedieu.

– Allons-y. Je vous accompagne.

– Je suis censé me rendre seul au rendez-vous.

– Ne vous en faites pas. Je vous fais la promesse que rien ne nous empêchera de libérer Thomas. Vous savez que je tiens mes promesses. Girolamo Falcone a été gracié, n'est-ce pas ?

***

Arjuna arrêta la Maserati à l'entrée de l'impasse, près d'une rangée de poubelles. Il attrapa la sacoche posée à l'arrière.

– Quelle heure est-il ?

– Quatre heures vingt.

– Nous sommes donc en avance.

Ils remontèrent l'impasse. Il faisait sombre. Une vague luminescence tombait de trois fenêtres allumées, au deuxième étage d'un immeuble à la façade couverte de tags et de grafs.

– Je crois que c'est là, dit Villedieu en montrant une porte entrouverte au-dessus d'un perron de cinq marches.

Ils pénétrèrent dans l'immeuble. Villedieu tâtonna un instant sur les murs. Il découvrit enfin le bouton de la minuterie. Une lumière de veilleuse d'un jaune pisseux éclaira l'escalier. Ils montèrent.

Tout était silencieux. Au premier palier, ils trouvèrent plusieurs portes – ou ce qu'il en restait : elles semblaient avoir été défoncées à coups de hache. Ils prirent l'escalier jusqu'au deuxième étage.

Ils aperçurent une silhouette postée au sommet des marches. Claquement de métal d'un pistolet qu'on arme.

– *I've got the money*, s'écria Villedieu, effrayé.

– *Who's the guy with you ?*

A la surprise d'Emmanuel, Arjuna, continuant calmement de monter les marches, dit simplement :

– Prince Arjuna Khan.

L'homme était de taille moyenne, jeune, très brun, en veste de cuir. Parvenu à sa hauteur, Arjuna lui montra la sacoche.

– Entrons, je vous prie.

Sans attendre, il se dirigea vers la porte de l'appartement. Villedieu le rejoignit, alors que le porte-flingue attrapait Arjuna par le bras.

– *Hey, man !*

D'un geste brusque, Arjuna lui fit lâcher prise. Il ne dit pas un mot, se contentant de le dévisager froidement. Le porte-flingue ricana. Arjuna eut un léger sourire de mépris.

Au fond du couloir, dans une pièce au papier peint déchiré, deux hommes d'une vingtaine d'années étaient affalés dans un canapé défoncé. Un autre, beaucoup plus âgé, le visage empâté, se tenait debout derrière la table, les mains dans les poches de sa veste.

Arjuna les examina l'un après l'autre.

– Messieurs.

Il posa la sacoche sur la table, devant lui. Villedieu resta un pas en retrait. Il avait une boule dans l'estomac. Tous ses sens étaient à vif. Il lui semblait voir, entendre, ressentir les moindres détails – c'en était presque douloureux. Aussi eut-il un sursaut quand Arjuna, se tournant vers lui, lui effleura le bras.

– Mon cher Emmanuel, laissez-moi vous présenter nos hôtes. Giovanni Zampa, Ettore Chiesa et Joe Badalamenti.

Les trois hommes s'entre-regardèrent. Le plus vieux grogna :

– *Who are you ?*

– Taisez-vous, Badalamenti, répliqua Arjuna, je parle à M. Villedieu. Vous prendrez la parole quand je vous la donnerai.

Il parlait l'anglais avec l'accent d'un speaker de la BBC. Villedieu eut le sentiment qu'il le faisait exprès. Par ironie. Par défi. Par jeu ?

– Demandez plutôt à Jimmy Morante, qui se tient comme un

imbécile avec son arme pointée dans notre dos, d'appeler M. Raguso et de lui transmettre le bon souvenir du prince Arjuna Khan.

Les narines de Badalamenti palpitèrent, ses petits yeux noirs et enfoncés se réduisirent à des fentes. Il glissa la main dans son veston. Villedieu sentit ses jambes flageoler.

Arjuna claqua des doigts, en direction du vieux mafioso.

– Joe, vous avez déjà commis une bêtise. N'en faites pas une autre.

Badalamenti se mordit la lèvre, regarda Arjuna, la sacoche, Arjuna encore – qui lui sourit. Il leva la main, fit un signe. Le porte-flingue du palier apparut dans le champ de vision de Villedieu, rangeant son arme dans sa ceinture, et alla décrocher un téléphone au fond de la pièce.

Arjuna ouvrit soudain la sacoche. Il y puisa des liasses – quelques dizaines de milliers de dollars à chaque fois – et les jeta sur la table, devant le vieux Badalamenti.

– Remarquez, Emmanuel, que je joue franc jeu avec cette bande de crétins. Je leur mets sous le nez les cinq millions de dollars qu'ils ont réclamés. A cet instant précis, ils croient avoir gagné la partie. N'est-ce pas, messieurs ?

Comme Badalamenti tendait la main vers l'une des liasses, Arjuna siffla – comme on siffle un chien – et agita son index de gauche à droite : non.

– Joe, tu renifles l'argent. Tu n'y touches pas.

Sans quitter des yeux le vieux mafioso, il pointa l'index par-dessus son épaule, droit sur Villedieu.

– Voyez-vous, Emmanuel, reprit Arjuna sur le ton d'un conférencier, ces messieurs sont des professionnels du crime. Trafic de drogue, trafic de femmes, proxénétisme, vol à main armée, cambriolage, enlèvement, corruption font partie de leurs spécialités. Regardez-les. Observez-les attentivement. Ils vous font peur, n'est-ce pas ? Vous avez raison. Ils sont peu civilisés.

Arjuna s'approcha du canapé. Il désigna du doigt l'un des deux jeunes types à veste de cuir.

– Voici Giovanni Zampa. Il a fait son premier séjour en prison à l'âge de seize ans. Il en a trente. Dont douze derrière les barreaux. Il en est fier. Emmanuel, seriez-vous assez stupide pour commettre un délit et vous faire prendre ? Non. Seriez-vous assez lâche pour tuer une jeune femme, comme l'a fait ce pauvre *asshole* de Giovanni Zampa ? Non plus. C'est pourquoi vous n'êtes pas assis dans ce canapé. Pauvre Zampa. Paix à son cerveau – s'il en eut un.

Le jeune mafioso serra les poings et fit mine de se lever. Le vieux Badalamenti l'arrêta d'un claquement de langue.

– Notre ami Zampa, qui n'a jamais été insulté de la sorte sans réagir – le plus souvent de façon disproportionnée –, est en train de me haïr. Il lui faut bien éprouver parfois des sentiments.

Le regard d'Arjuna se porta sur le second jeune mafioso assis dans le canapé.

– Ettore Chiesa ! *Come sta, Ettore ?* Dix-neuf ans. Mais une pointure dans le métier. Admirez-le, Emmanuel. Ce jeune garçon, aux grosses joues, à la viande molle et à la paupière bistre, a tué plusieurs fois. Ses victimes – des gays, c'est sa spécialité à lui – n'ont pas eu l'occasion de le regarder dans les yeux : il les prend par surprise et les égorge. Il n'a jamais vu d'elles que leur dos. Et leur cul ? ajouta-t-il en se penchant vers le visage gras et boutonneux du porte-flingue.

C'était étrange, ces deux visages qui s'affrontaient, l'un de petite gouape marqué d'acné, l'autre maigre, tout en pommettes et en menton, les lèvres épaisses – comme le souvenir d'une sensualité oubliée –, et d'une beauté d'autant plus frappante qu'elle semblait naître de l'affrontement même. Villedieu vit la main qui tirait un couteau sous la veste et cria :

– Attention !

Arjuna cogna Chiesa du revers de la main. Du point de vue d'Emmanuel, cela ressembla à une gifle administrée à un gamin. Pourtant les yeux du porte-flingue se révulsèrent. Il lâcha son couteau et tomba dans les pommes.

– Pauvre Chiesa, dit Arjuna. Il n'a pas la tête solide.

Jimmy Morante, le porte-flingue du palier, avait raccroché le téléphone. Il alla chuchoter des secrets à l'oreille de Joe Badalamenti.

– Voyez, Emmanuel, comment l'information se propage. Vous avez passé beaucoup de temps au téléphone, cette nuit ? On vous a empêché de dormir ? On a joué avec vos nerfs, on vous a manipulé ? Ça, c'est tout Joe Badalamenti.

Arjuna s'approcha du vieux mafioso. Il remit une à une les liasses dans la sacoche.

– Joe aura soixante ans bientôt. Et, depuis quarante-cinq ans, il est là, sur la brèche, prêt à tout. Joe n'est pas un porte-flingue ordinaire. Joe est un modèle. Joe a trahi trois patrons. Joe, qui n'a que des qualités, a un petit défaut : il aime inconsidérément la vie et la liberté. On ne fait plus le compte des amis, des cousins, des frères que Joe a trahis pour être toujours là, en face de nous, nous réclamant cinq millions de dollars. Joe est un modèle d'adaptation aux circonstances. Je serais un scientifique, je clonerais Joe.

Arjuna lui avait passé la main derrière la nuque, et le flatta, à petites tapes, comme un chien.

– Je crois que Joe se rend compte qu'il a fait une erreur. Je crois que Joe va nous conduire à notre ami Thomas. *Tell me if I'm wrong, Joe... I don't like to waste my time.*

Badalamenti suivait du regard les liasses disparaissant l'une après l'autre de la table, retournant dans leur sacoche originelle. Il respirait de plus en plus fort.

– *OK*, fit-il. *Let's go.*

– C'est ça, Joe. Je vous suis.

Arjuna avait replacé chacune des liasses dans la sacoche. Sacoche qu'il souleva par la poignée et déposa sur les genoux de Giovanni Zampa.

– Je te les confie, mes cinq millions de dollars. *Take care of them.* Tu aimes la vie ?

Villedieu eut envie de lui dire : vous exagérez. Il ne dit rien. Ne prononça pas un mot. La *situation* était exagérée. Les protagonistes étaient exagérés. Arjuna n'avait cessé d'exagérer.

Le vieux Badalamenti les précéda le long d'un couloir décoré à la bombe de peinture. Plus de tags que de grafs. L'immeuble avait abrité des artistes.

– Vous êtes fou de leur parler comme ça, chuchota Villedieu.

– Pardonnez-moi de les mépriser.

La réplique avait été si cinglante que Villedieu rougit et se le tint pour dit.

La chambre puait le renfermé et le cafard mort. Emmanuel se pinça le nez. Il recula d'un pas. Arjuna entra et s'approcha de Thomas, qui dormait profondément, à plat ventre sur sa couchette – étendu, détendu, paisible.

– Il dort comme un bébé, remarqua Arjuna, avec une nuance d'estime dans la voix. C'est un garçon courageux.

Villedieu se fit violence pour s'approcher à son tour et, le prenant par l'épaule, secoua le jeune homme.

– Réveille-toi ! On est là.

Thomas ouvrit les yeux, grogna, se retourna lentement sur le dos. Il se frotta le visage des deux mains.

– Ils ne t'ont pas... ? s'exclama Emmanuel.

– Quoi ?

– Rien.

Les doigts du jeune homme étaient intacts. Il n'y manquait pas une phalange. Villedieu se sentit grugé.

– Arjuna ? dit Thomas en l'apercevant. Vous êtes là, vous aussi ?

– La visite m'a paru distrayante.

– Le prince a payé lui-même ta rançon, expliqua Villedieu.

Thomas se redressa, s'étira comme un chat.

– Ah bon ? Merci. Alors c'est fini ? On s'en va ?

– Ouais. On se casse, dit nerveusement Emmanuel. Lève-toi.

– Je vous en veux. Vous m'avez tiré d'un rêve passionnant. J'aurais bien aimé en connaître la fin.

– Tu te fous de nous ?

– Allons, intervint Arjuna, ne soyez pas désagréable. Il ajouta, à l'intention de Thomas : Votre ami Emmanuel a raison : quittons ce taudis. Debout. Nous n'avons passé que trop de temps ici.

Il glissa son bras sous celui de Joe Badalamenti et s'engagea dans le couloir.

– Allons-y.

Les trois porte-flingues n'avaient pas bougé de la pièce. La sacoche était toujours sur les genoux de Giovanni Zampa. Arjuna conduisit Badalamenti près de la table et lui lâcha enfin le bras. Son regard évalua tour à tour les trois tueurs. Jimmy Morante mit la main à la crosse de son pistolet. Arjuna lui sourit.

– La bêtise est incorrigible, n'est-ce pas ?

Il fit signe à Villedieu et à Thomas de se diriger vers la sortie.

– Attendez-moi à la voiture. J'ai encore deux mots à dire à ces jeunes gens.

– On ne va quand même pas vous laisser seul, fit Thomas.

Villedieu, très nerveux, l'entraîna vers le couloir.

– Laisse tomber. Descendons.
– Non. Je reste là.
– Thomas...
– Tu n'as pas envie de voir la fin ?

A cela, Emmanuel ne trouva rien à répliquer. Non, il n'avait pas « envie de voir la fin ». Il était en compagnie de deux déments, deux imbéciles rivalisant de courage inutile. Thomas et Arjuna croisèrent le regard, avec dans l'œil une lueur d'amusement et de défi qui mit Villedieu en rage. Deux gamins qui jouent à qui pissera le plus loin.

– D'accord, les héros, dit-il. Moi, je vous attends à la voiture.

Il tourna les talons, fou de colère, remonta le couloir jusqu'au palier et dévala les deux volées de marches. Quand il déboula sur le perron, plusieurs coups de feu retentirent, provenant de l'appartement. Il s'arrêta net, paniqué.

La bagnole est là-bas, au bout de l'impasse.

Il se mit à courir comme il n'avait plus couru depuis qu'il avait abandonné le tennis. Il n'avait jamais eu aussi peur de sa vie, même durant les deux ans où il avait travaillé comme correspondant à Beyrouth.

Quand il parvint à la Maserati, il n'y avait plus un bruit. A part sa propre respiration.

– Thomas !

Pas de réponse. Personne dans l'impasse. Villedieu – vieux réflexe de sportif – se toucha le cou : le sang battait très vite dans sa carotide. Il ouvrit la portière de la Maserati, s'assit au volant, tâtonna sur le tableau de bord. La clé de contact était là. Il la saisit entre ses doigts. Je mets le moteur en marche. Tant pis pour eux. Je fous le camp. *Je fous le camp.*

La porte d'entrée de l'immeuble s'écarta sur une, puis deux ombres. Villedieu mit précipitamment le contact. Le moteur ronronna aussitôt. *Je fous le camp.*

Thomas. C'était Thomas, cette longue silhouette nerveuse et souple. Et ce grand type tout en noir, Arjuna. Qu'est-ce qu'ils foutent ? Ils rient. Ces deux cons, ils rient.

Villedieu rouvrit la portière et sortit de la voiture. Son dos lui faisait un mal de chien. Trop d'angoisse, trop d'émotions. Il songea qu'il lui faudrait voir son ostéopathe, dès son retour à Paris. Thomas apparut dans la lumière des phares. Mais oui, il riait, ce crétin.

– Qu'est-ce qui s'est passé ? Vous les avez tués ?

Arjuna haussa les sourcils, comme si la question était incongrue, et, alors que Thomas riait de plus belle, il dit simplement :

– Voyons, Emmanuel, vous blaguez ?

– Non. Pas vraiment.

– Nous avons seulement fait beaucoup de bruit.

Thomas se tapa dans les mains, hilare.

– J'aurais voulu que tu voies ça !

– Eh bien, tu me raconteras, ronchonna Villedieu, rancunier et furieux – furieux, comprit-il, de cette complicité dont il était exclu.

– Nous partons ? suggéra Arjuna.

– S'il vous plaît, s'exclama Thomas. Laissez-moi conduire. Je n'ai jamais pris le volant d'une Maserati.

Un gosse. Il se conduit comme un gosse. Et moi je suis jaloux. De quoi ? De qui ? Villedieu vit alors la sacoche que portait Arjuna.

– Vous n'avez pas payé la rançon ?

– Ils ne l'avaient pas méritée.

Arjuna jeta cette sacoche sur la banquette arrière.

– Je décolle de La Guardia à sept heures. Accompagnez-moi.

***

L'aube se levait sur les avenues désertes de Los Angeles. De temps à autre, ils croisaient un taxi en maraude. Thomas, tenant le volant entre le pouce et l'index, jouait avec la voiture, prenant plus de virages – et très serrés – que leur itinéraire n'en méritait.

– Je ne pouvais pas obtenir l'argent avant huit heures. Tant que les banques n'étaient pas ouvertes.

Villedieu, plié en deux à l'arrière de la Maserati, fit le récit de cette nuit et de ses propres angoisses. Ce qui ne provoqua que des rires de Thomas et le vexa.

Le jeune homme tourna la tête vers Arjuna :

– Je vous dois la vie, en somme. Comme à un père.

– On n'a qu'un seul père.

L'intonation d'Arjuna était sévère, inattendue.

– Cessez de jouer. Prenez le chemin de l'aéroport. On m'y attend.

Thomas fit la moue.

– Je suis déçu.
– Pourquoi ?
– J'ai cru que vous m'aimiez.
– Comme vous l'avez cru de Scott.
– Lui ? Une petite salope.
– Exactement. Une petite salope.
– Vous le connaissez ?
– Je *la* connais. Elle s'appelle Abigail.
– C'est une femme ?
– Une travestie.
– Elle m'a bien eu !
– Elle vous a eu, vous en êtes sûr ?
Thomas éclata de rire.
– *Yes ! She fucked me. A woman fucked me.* Le monde à l'envers ! Pourquoi ne m'avez-vous pas averti ?
– Je ne suis pas non plus votre mère.
Ce qui redoubla les rires du jeune homme. Villedieu, à qui ce dialogue déplaisait sans qu'il en accepte la raison principale : la jalousie, n'eut guère besoin de réfléchir pour trouver les mots qui gâcheraient la joie de Thomas.
– Au fait, tu y as pensé, à ta mère ? Elle doit être dans tous ses états.
L'effet fut immédiat : Thomas cessa de rire. Dans le rétroviseur, il chercha le regard d'Emmanuel.
– Tu crois que mon père l'a prévenue ?
– Je n'en sais rien. Il est presque six heures. A sa place, je serais très, très inquiet.
Arjuna décrocha le téléphone placé entre les deux sièges et le tendit à Thomas.
– Emmanuel a raison. Appelez chez vous.
Sans ralentir l'allure de la Maserati, Thomas composa un numéro, s'exclama : « Hé ! C'est moi ! », puis échangea quelques phrases faussement enjouées avec son père. Le timbre de sa voix avait changé ; il le rendait plus grave, plus viril. Ce n'était pas lui qui parlait, mais un personnage destiné à son père. Il ne plaisantait plus.
– Oui, je t'embrasse... Oui, bien sûr, passe-moi maman.
Villedieu vit Arjuna tourner soudain la tête vers Thomas. Dans la

mesure où l'on pouvait la discerner sur ce profil à la joue creuse, à l'œil gris clair, mobile et froid comme d'un aigle, au menton agressif, il crut y deviner une émotion – une tension – que les mafiosi eux-mêmes n'avaient pu lui soutirer.

– Non, non, non, ne pleure pas, ma Jasmine de toujours, mon jasmin à moi... Je suis là, je te parle, je suis vivant. Vivant comme jamais, mon jasmin... Il faudrait qu'on m'enlève tous les jours. Je ne m'étais pas senti aussi vivant depuis... le poney, tu te rappelles, au Luxembourg ? Il avait pris la mouche. J'ai été le premier gosse, et le dernier, à galoper autour des courts de tennis !... Oui, oui, maman... Je suis entier. Je crois... Oui, Emmanuel a été formidable. Il a fait exactement ce qu'il fallait faire.

Thomas plaqua la paume de sa main sur l'appareil :

– Elle t'embrasse, Manu. La « plus belle femme de Paris » t'embrasse. Depuis le temps que tu attendais ça...

– Arrête...

– Oui, mon jasmin, je l'ai dit à Emmanuel, il ne sait plus où se mettre... Non, en fait, c'est le prince Arjuna qui a apporté la rançon... Un ami... Depuis hier, je crois... Eh bien, oui : tu vois que c'est un ami, puisqu'il m'estime à cinq millions de dollars... Cher ? Tu trouves ? Tu ne m'aimes plus ?... Oui, si tu veux... Je te le passe.

Thomas écarta le téléphone de son oreille, donna un coup de volant, évitant une ambulance débouchant d'une bretelle sur sa droite.

– Maman voudrait vous parler. Vous remercier.

Arjuna secoua la tête.

– Inutile.

– S'il vous plaît, prince. Ne vous faites pas prier...

– Thomas, je vous ai dit non.

– Vous allez la vexer...

– Non, répéta Arjuna, avec une force que Villedieu, intrigué, jugea disproportionnée à la situation.

Thomas haussa une épaule, leva le pied de l'accélérateur, débraya et passa en troisième. La Maserati roulait sans un bruit, un à-coup.

– Figure-toi qu'Arjuna est un prince, fait la pluie et le beau temps à la Maison-Blanche, flatte les fesses de Michelle Pfeiffer et les pectoraux de Sylvester Stallone, possède un Rodin et des toiles *fantastiques*, super top, de Mark Rothko, qu'il a apporté cinq millions de dollars pour sauver la vie de ton fils, et que malgré tout ça il est trop timide pour te prendre au téléphone... Oui, j'ai bien compris, maman, mais lui...

Thomas tendit encore le téléphone à Arjuna. Qui, à nouveau, secoua la tête : non.

– Il te snobe, maman. Il refuse de te parler... Quoi ?... Il n'est pas mal – une sorte de *mixte* entre Mel Gibson et Christopher Walken... D'accord... Tout à fait d'accord, et je dirais même plus : j'applaudis des deux mains... Oui, mon jasmin. Je lui transmets ton message. Je t'embrasse comme je t'aime et je t'aime comme je t'embrasse. Fort.

Il replaça le combiné entre les deux sièges. La Maserati approchait de l'aéroport La Guardia. Le terminal surgit, bâtiment blanc tout en longueur.

– Arjuna, vous n'y couperez pas : ma mère vous attend dès votre prochain séjour en France. Vous verrez, elle est adorable avec moi, terrible avec les autres. Une mère parfaite. Où descendez-vous, d'habitude, quand vous passez par Paris ?

– Je n'y ai jamais mis les pieds, Thomas.

– Je ne vous crois pas.

– Vous avez tort. Déposez-moi à l'entrée du hall d'embarquement.

D'un coup de volant, Thomas gara la Maserati face aux portes coulissantes en verre fumé.

– Promettez-moi de faire un saut à Paris, un de ces jours. Je vous présenterai des gens passionnants.

– J'en serai ravi.

– Promis ?

– Je tiens toujours mes promesses. N'est-ce pas, Emmanuel ?

Surgi d'on ne sait où, Secundra apparut près de la voiture. Il ouvrit la portière d'Arjuna. Ils sortirent tous les trois sur le trottoir.

– Prince, nous décollons dans dix minutes pour Moscou.

– Moscou ? fit Villedieu. Après la Maison-Blanche, le Kremlin ?

– Vous avez deviné.

Arjuna lui serra la main. Quand il se tourna vers Thomas, celui-ci fit un pas vers lui, mains écartées.

– Vous permettez que je vous embrasse ? De la part de ma mère.

Arjuna eut un imperceptible mouvement de recul. Il posa la main sur l'épaule du jeune homme. Comme pour le tenir à distance, se dit Villedieu. Étrange et agaçant bonhomme.

– A bientôt, Thomas.

Il inclina la tête. Ils le regardèrent s'engouffrer à grands pas dans le hall d'embarquement, au côté de Secundra.

– Bon, dit enfin Thomas. Qu'est-ce qu'on fait maintenant ?

– J'ai du travail. Je vais m'y mettre.

– Tu crois qu'on le reverra ?

Arjuna et son factotum avaient disparu parmi la foule impatiente des passagers et les reflets des portes de verre. Dans un rugissement énorme, un Boeing s'éleva en diagonale par-dessus le bâtiment du terminal.

– J'en ai peur.

– Qu'est-ce que tu dis ?

Visage froncé, une main en coquille contre l'oreille, Thomas se penchait vers Emmanuel.

– Oui ! cria Villedieu. J'ai dit : oui ! Tu le reverras !

V

Paris, trois mois plus tard

Ce matin-là, au Racing, sur le court nº 3, se disputait la grande finale du double messieurs. Elle avait ceci de particulier qu'elle se jouait chaque semaine, et parfois deux fois la semaine, et qu'elle confrontait des joueurs de force très inégale.

D'un côté, Jean-Damien Colignon – que certains surnommaient « P'tit mignon » – ne disposait pas plus de revers que de coup droit, n'était pas meilleur à la volée qu'en fond de court, et servait à pas même cinquante à l'heure. Par bonheur, son partenaire, Bernard Valmer, jeune scientifique de trente ans doté par la nature d'un physique de bûcheron et d'un souffle de coureur éthiopien, frappait des *passing-shots* dignes d'un Björn Borg, des coups droits à pousser Ivan Lendl à la retraite, des lobs liftés à casser les jambes de ses adversaires, et son touché, à la volée, lui permettait de déposer des amorties avec la délicate précision d'un terroriste réglant le balancier d'une bombe.

En face, le jeune Thomas Casagrande, pilote de course plus connu des pages « people » des hebdomadaires que des rubriques « Automobile » de *L'Équipe*, disposait d'un souffle à toute épreuve et de quelques coups, droits ou de revers, qui auraient fait merveille s'il s'était concentré. Mais il ne se concentrait guère. Il riait. Il riait de ses points gagnants comme de ses erreurs. Bref, il *jouait* au tennis – son premier talent, en tout, étant d'aimer jouer. Son partenaire – petit homme bedonnant par nature, mauvais perdant par principe – se jetait sur toutes les balles avec autant de volonté que de maladresse. Pierre-Édouard Atlan, dit « Doudou », natif d'Oran, sorti deuxième de sa promotion de l'ENA, et bombardé quelques années plus tard directeur adjoint du cabinet du ministre des Finances, retrouvait son accent d'enfance dès que le score tournait à son désavantage.

– Purée ! Il était « fote », mon service ? Pleine ligne, oui ! Pleine ligne !

– Mon grand, fit Colignon en s'avançant vers le filet, tu n'es pas aux Finances, ici.

– Qu'est-ce que tu racontes ?

– Je te raconte qu'on est sérieux. C'est une partie de tennis, pas un budget du ministère.

Colignon repartit sur sa ligne de fond de court.

– 0-40. Deuxième service. Balle de match. Tu sers.

– Qui a dit ça ? L'arbitre ? Où il est, l'arbitre ?

– Là où tu as mis ton honnêteté, Doudou.

– Qu'est-ce qui lui prend ? Il m'injurie ? Maintenant on peut injurier ses adversaires, c'est la nouvelle mode ?

– Faute, monsieur Pierre-Édouard Atlan. Ou « fote », comme tu veux, ça ne change rien. Tu sers. Balle de match. Pour nous.

– Je sers si j'veux ! C'est pas toi qui vas m'obliger !

Colignon tendit sa raquette en direction de Thomas.

– Mon grand, pourrais-tu dire à l'Afro-ashkénaze qui te sert de partenaire qu'il n'est pas McEnroe ?

– McEnroe ? Tu vas voir ce qu'il te répond, McEnroe !

Atlan essuya la sueur de son front dans une serviette, qu'il balança ensuite sur une chaise, et se dirigea vers son fond de court. Il joignit les pieds, jeta la balle en l'air – et la frappa comme s'il se servait d'une poêle à frire. Par miracle elle franchit le filet, pour rebondir mollement dans le carré de service. Bernard Valmer fit trois pas en avant, eut tout le temps de décomposer son geste de coup droit, et tapa dans la balle avec une vitesse et une force telles que Thomas, ayant à peine armé son geste de retour, ne put que la laisser filer à l'angle du terrain.

– Deux sets à rien ! s'écria Colignon. Je vous fais grâce du score. C'est encore vous qui payez le déjeuner.

– Allons nous doucher, dit Atlan en prenant Thomas par le bras. C'est le dernier plaisir qui nous reste, avec ces tricheurs.

Ils rejoignirent Colignon et Bernard Valmer sous la chaise – vide – de l'arbitre. Atlan, qui lui arrivait à peine à l'épaule, leva les yeux vers Bernard.

– Sans vous, « P'tit mignon » ne ferait pas un point. Vous êtes classé ? Vous avez fait de la compétition ?

– Non, non, répondit Bernard, gêné. Je fais de mon mieux, c'est tout.

– Moi aussi, rigola Atlan.

Ils se déshabillèrent dans les vestiaires, se retrouvèrent sous la douche. Atlan savonna sa bedaine poilue, puis passa son pack de gel à Bernard. Cela faisait près de deux mois que Colignon le lui avait présenté, et il n'en revenait toujours pas de la gaucherie qui empêtrait ce grand jeune type dès qu'il ne tapait plus dans une balle.

– C'est au CNRS qu'on se fait des abdos comme ça ?

Bernard Valmer haussa une épaule, et fit mousser le savon autour de son pubis. Il ne trouva rien à répondre.

Il avait fait la connaissance de Jean-Damien Colignon quelques mois plus tôt, pour l'avoir autorisé à suivre une mission scientifique dans l'océan Indien, au large de la Papouasie-Nouvelle-Guinée, dont il était le directeur de recherche. Malgré sa timidité naturelle et son peu d'intérêt pour la presse, il avait fait l'effort de consentir à une interview – « Bernard, mes lecteurs veulent savoir qui vous êtes et, accessoirement, ce que vous faites, à condition que vous le leur expliquiez comme à des gosses de la maternelle ». Il s'était confié à ce drôle de photographe qui préférait les portraits aux images scientifiques et qui lui avait rétorqué, lorsqu'il lui avait proposé de plonger avec l'équipe : « Vous voulez me noyer ? » Rentré en France, il avait découvert de très belles images, dans *Paris Match* et dans *Vogue*, qui n'avaient aucun rapport avec la réalité de son travail et le présentaient comme un Kevin Costner nobélisable. S'en étaient suivies des demandes d'interviews pour des émissions télé qui n'avaient qu'un lointain cousinage avec la science. Il les avait toutes refusées. En revanche, il s'était lié d'amitié avec Colignon, en dépit de tout ce qui les séparait – ou peut-être à cause de cela. C'est ainsi que, depuis quelques semaines, il l'accompagnait tous les mardis au Racing et que, tous les mardis, « Doudou » perdait ses matches 6-0 6-0.

– Alors Thomas, lança Atlan, c'est pour bientôt, ce mariage ?

– Comment ? fit Thomas, surjouant la surprise. Tu es courant ? Je croyais la chose ultra-confidentielle...

Atlan se mit à rire, Colignon aussi. Quant à Bernard, il assistait à tout cela sans comprendre. Il n'avait pas lu le *Paris Match* de la semaine passée, où l'on présentait le « jeune couple de demain », amoureusement enlacé (mais, si leurs corps étaient face à face, leurs regards, eux, se braquaient sur l'objectif qui les photographiait) : Thomas Casagrande et sa « fiancée », Régine Champredin, fille d'un banquier d'affaires, jeune styliste d'avenir et chanteuse à la mode du jour sous le seul prénom de « Regina ».

– C'est toi qui as pris les photos, P'tit mignon ? Je ne savais pas que tu faisais maintenant dans les noces et banquets.

– Mon pauv' Doudou, t'as rien compris : il ne s'agit pas d'un mariage, mais d'une campagne de pub. As-tu vu le clip de Régine ?

– Ah, oui, comment ça s'appelle ?... *Circuit ?* Avec les gonzesses qui trémoussent leurs nibards dans une combinaison de pilote de course ?

– Combinaison dessinée par la même petite Régine. En vente dans toutes les boutiques branchées. Et elle lui servira de robe de mariée.

– J'admire. Belle campagne de marketing sur les produits dérivés.

– Mais non, Doudou : c'est Thomas, le produit dérivé.

Atlan gloussa. Nu, la bedaine noire de poils, il alla prendre un peignoir au portemanteau.

– Jean-Da, dit gaiement Thomas, n'oublie pas que c'est de toi que vient l'idée. Tu es notre mentor, je suis ta chose.

– Ne me tente pas, mon petit chou.

– Entre nous, fit Atlan en enfilant son peignoir, éclaircis-moi un point, Thomas : comment as-tu convaincu une fille si plantureuse de t'épouser ? Elle aurait aussi bien pu entrer au couvent. Alors qu'il y a de beaux mâles comme moi, virils et musclés ?

Il se tapa sur le ventre, réjoui. Thomas prit une serviette, commença à se sécher.

– Régine est ma petite compagne de jeux.

– Tu ne comprends rien aux amours contemporaines, intervint Colignon. Thomas plaît aux femmes, Régine plaît aux hommes. Chacun rabat pour l'autre.

– Non ? rigola Atlan. Tu veux dire que... ? Régine, ce canon ? Avec ses... ? mima-t-il en plaçant ses mains en conque à vingt bons centimètres de sa poitrine.

– Mon pauv' Doudou, regarde autour de toi : les hétéros n'ont plus d'avenir. Rien que dans ces douches, nous représentons cinquante pour cent de la population.

– Eh bien, tu me rassures, dit Atlan, et il s'adressa à Bernard qui passait à son tour un peignoir : Depuis deux mois, je me demandais si vous aussi vous en étiez ou non...

Bernard baissa la tête et s'emmêla les doigts dans la ceinture en tissu éponge. Il n'acceptait les invitations de Colignon que parce qu'il aimait jouer au tennis – et peut-être aussi parce que le photographe mondain l'avait séduit par son apparente liberté d'esprit. Ce qu'il détestait, en revanche, c'étaient ces assauts de remarques blessantes, déplaisantes, dans lesquels semblaient se complaire les gens riches et oisifs que Colignon lui faisait rencontrer. Certes, Atlan n'était ni riche ni oisif – mais alors, pensait Bernard, pourquoi un homme intelligent comme lui perd-il son temps à vouloir paraître *malin* ?

– Ne le confonds pas avec les veaux dans ton genre, dit Colignon. Bernard, outre mon ami et ton bourreau sur le court, est l'homme le plus sublimé de mes relations. Il n'est pas responsable de mes rêves ni de mes désirs.

Le jeune Valmer étant de plus en plus embarrassé et Colignon plein d'indulgence pour sa réserve (« L'Apollon empoté », l'appelait-il parfois), il entraîna Atlan et Thomas vers les vestiaires.

Plus tard, rhabillés, ils passèrent au bar. Ils commandèrent quatre jus de tomate. Atlan regarda sa montre et annonça qu'il avait un rendez-vous à deux heures, qu'il avait faim et que, s'il mangeait trop vite, ça lui fichait des aigreurs. Colignon et Thomas le plaisantèrent, lui conseillant de sauter quelques déjeuners d'ici à leur prochaine partie de tennis. Atlan leur rétorqua qu'il tenait à ses poignées d'amour, qu'elles constituaient une part essentielle de sa personnalité et de son équilibre, et il avala son verre de légume cul sec. Thomas aperçut alors Emmanuel Villedieu entrant au bar. Il l'appela.

– Tu es revenu d'URSS ?

– Tout à l'heure. Je débarque.

Villedieu avait les yeux cernés, la cravate de travers, un veston chiffonné.

– Tu connais Jean-Da et Pierre-Édouard Atlan ?

Emmanuel leur serra rapidement la main. Colignon posa la main sur l'épaule de Bernard.

– Je te présente le Pr Valmer. Je crois que vous vous êtes déjà rencontrés ? Il a été interviewé par ta femme, après mon reportage.

Bernard se frotta le nez, et rougit.

– Bien sûr, fit Villedieu en lui secoua chaleureusement la main et en le dévisageant d'un air perspicace. Vous êtes... le vulcanologue ?

Colignon éclata de rire.

– Toujours le mieux renseigné, hein, Emmanuel ? Non, corrigea-t-il, le Pr Valmer est docteur en biologie marine. Le plus grand.

Villedieu se passa la main sur son crâne chauve et brillant et, dans un brusque accès d'embarras répondant à celui, manifeste et déstabilisant, de Bernard, se le frotta vigoureusement.

– Excusez-moi, dit-il, mais, après tout, si c'est ma femme qui vous a rencontré... D'ailleurs, je me rappelle très bien votre interview. La meilleure de Marianne.

Puis, ne sachant qu'ajouter face à cet homme qui se tortillait sur son tabouret sans lui répondre, il se détourna et prit Thomas par le coude.

– Devine qui j'ai rencontré à Moscou ?

– Gorbatchev ?

– Quelqu'un que tu connais.

Thomas fit une moue perplexe.

– Le prince Arjuna, dit Villedieu.

– Vrai ? Vous avez discuté ? Il t'a parlé de moi ?

– Il m'a parlé politique internationale, figure-toi. Et il m'a emmené dîner avec Gorbatchev.

Ces quelques mots, prononcés sur un ton modestement triomphal, ranimèrent un peu ses traits.

– Il vous a accordé une interview ? demanda Atlan.

– Mieux : un entretien particulier.

– Malraux et Mao, ironisa Atlan. Racontez-nous ça.

– Lisez le prochain numéro d'*Ici*, vous saurez tout. Arjuna m'a fait aussi rencontrer le maire de Moscou, Eltsine. Une espèce de boyard glabre. Confit dans la vodka.

Il tourna des yeux amusés vers Thomas.

– Tu te rappelles le fils de Bush à Washington, George « Double-You » ?

Thomas émit un petit rire joyeux.

– Eltsine était à peu près dans le même état quand Arjuna et moi avons déjeuné avec lui. Mais l'œil nettement plus rusé. D'ailleurs, d'après Arjuna, il paraît qu'on devrait bientôt pas mal entendre parler de lui.

– Mais qui est cet Arjuna ? demanda Colignon. Tu ne m'en as jamais dit un mot, Thomas.

– Nous l'avons rencontré aux États-Unis. Et, sans lui, je ne serais peut-être pas ici avec vous.

Soudain intéressé, Colignon se pencha vers lui.

– Tu m'intrigues.

Se relayant, et se contredisant parfois, Emmanuel et Thomas firent un récit vif et partiel des trois premiers jours de leur voyage aux États-Unis. Ils racontèrent la suite du Mayflower, ses Rothko et son Rodin, l'invitation à la Maison-Blanche (« En jet privé ? dit Colignon. Vous ne vous refusez rien »), la réception de Beverley Hills – stars, hélicoptère et arrivée princière, c'était le mot juste, d'Arjuna –, l'exécution interrompue de Falcone, l'enlèvement de Thomas et son singulier dénouement.

– Votre Arjuna, il a sorti cinq millions de dollars de son coffre, comme ça ? s'étonna Atlan, en claquant des doigts.

– J'y étais.

– Pas moi, et pour cause, dit Thomas. Mais j'étais là quand il a fait ses adieux aux mafiosi.

– Vous aussi, Villedieu ?

Emmanuel se troubla.

– Il nous attendait à la voiture, expliqua Thomas, bon camarade.

– Alors ? Ces adieux aux mafiosi ? Et n'enjolive pas.

– Pas besoin. Les faits, rien que les faits. Arjuna a déclaré, très calme, très souriant – c'est curieux, d'ailleurs, je crois que je ne l'ai vu sourire que pendant l'exécution et face aux mafiosi...

– D'accord. Un pervers. Et... ?

– Il leur a donc déclaré qu'ils avaient pu tous constater qu'il avait apporté les cinq millions de dollars, que donc il avait suivi leurs instructions et que, maintenant, il repartait avec.

– Ça s'appelle jouer sur les mots.

– Sur les nerfs, corrigea Thomas, les yeux brillants. Je crois qu'il s'amusait. Que la situation le divertissait. C'est un terme qu'il a employé souvent : « divertissant ».

– Drôle d'amusement.

– Ensuite il s'est adressé au plus vieux des mafieux : « Joe, prêtez-moi votre arme, je vous prie. » Il n'a pas élevé la voix. Il ne l'élève jamais.

– On dirait qu'il murmure, confirma Emmanuel.

– Et Joe lui a obéi.

– Il lui a donné son arme ?

– Mieux : Arjuna a claqué des doigts en direction des trois autres truands. Et ils ont imité le vieux.

– C'est un hypnotiseur, ton Arjuna ?

– Un homme très persuasif, en tout cas.

– Excuse-moi de mettre un bémol à ton conte de fées, dit Villedieu en levant l'index. Quand on est entrés, lui et moi, il leur a demandé de téléphoner à un certain Raguso. Je me suis renseigné : c'est le parrain de la Mafia californienne. J'ai le sentiment que ce coup de fil a suffi à résoudre tous nos problèmes. Le reste, l'attitude d'Arjuna, son « cirque », si tu me permets le mot...

Il laissa la phrase en suspens, l'air dubitatif.

– Qu'est-ce que tu insinues ?

– Mise en scène, peut-être, non ?

Le mot fâcha Thomas.

– Dis-moi, Manu, tu n'as pas eu l'air de trop croire à une mise en scène, sur le moment ?

Villedieu haussa les épaules.

– J'ai préféré être prudent.

– Ouais...

– Et après ? demanda Colignon. Après les pistolets ?

– Arjuna les a posés sur la table, sauf un qu'il a gardé en main. Et puis il l'a pointé dans la direction des mafieux et il a tiré.

– Il les a tués ? s'exclama Atlan.

– Il a tiré juste au-dessus de leurs têtes. Ils ont tous plongé à terre, affolés. On aurait dit qu'ils se jetaient à ses pieds. Il les a regardés avec un mépris... Et brusquement il a jeté l'arme, il a pris la sacoche de la rançon et il m'a dit : « Assez joué. »

– Eh bien, soupira Atlan, ça fait plutôt western, en effet...

– J'ai raconté ce que j'ai vu.

– Et tu m'as l'air d'avoir apprécié le spectacle, dit Colignon. Il est beau, ton prince ?

– Détail sans intérêt, déclara Atlan. Il n'y a que deux questions qui comptent : *primo*, est-ce qu'il existe ? *Secundo*, quand est-ce qu'on mange ?

Il descendit de son tabouret et empoigna Bernard par le bras.

– Une grande carcasse comme vous, vous devez avoir aussi faim que moi, non ?

– Au sujet de... pour ce qui concerne votre question, balbutia Bernard, je... j'ai peut-être un début de réponse.

– Ah, miracle, le professeur parle, ricana Atlan qui s'amusait à malmener ce grand type timide – petite revanche sur la raclée reçue au tennis.

– Un nouveau bateau m'attend à Monaco, armé tout spécialement pour nos expéditions océanographiques. Je ne l'ai pas encore vu.

Atlan haussa les sourcils.

– Passionnant. Et alors ?

– Ce bateau a été armé à ses frais par... par un mécène. Le prince Arjuna Khan. Justement.

– Dans ce cas, vous le connaissez ?

– Non. J'ai appris son existence en même temps que celle du bateau. Le mois dernier.

– Décidément, il est partout ! La Maison-Blanche, Hollywood, le Kremlin, les bas-fonds de Los Angeles et maintenant la biologie marine et ses bestioles répugnantes ! Vous voulez savoir ce qui m'étonne le plus, dans tout ça ? Que j'entende parler de lui pour la première fois.

– Doudou, ça prouve seulement que ton pote Attali n'est pas omniscient, dit Colignon. Ou alors il te fait des cachotteries.

– Tu rigoles, mais je vais lui en toucher deux mots. Et c'est moi qui vais vous en apprendre, vous verrez.

– Ce ne sera peut-être pas la peine, dit Thomas alors qu'ils pénétraient tous les cinq dans la salle à manger. Le voilà.

– Attali ?

Sans répondre, Thomas s'avança d'un pas joyeux entre les tables, suivi, avec un temps de retard, par Emmanuel Villedieu.

– Vous êtes là ? s'exclama-t-il, et son plaisir était si grand qu'il ne parvint qu'à répéter, un ton plus haut : Vous êtes là ?

Seul à sa table, Arjuna se leva et inclina le front. Il était entièrement vêtu de noir, selon son habitude.

– Vous m'aviez invité à passer par Paris. Me voici.

Thomas lui saisit la main, la secoua chaleureusement. Il rayonnait de plaisir.

– Mais comment... ?

– J'ai rencontré Emmanuel à Moscou. Il m'a dit que vous déjeuniez ici tous les mardis.

– Manu, tu aurais pu m'avertir...

– Je n'étais pas au courant, dit Villedieu qui les avait rejoints et dissimulait mal l'agacement que lui inspirait la joie trop démonstrative de Thomas. Bonjour, prince. Nous ne nous quittons plus, ces jours-ci.

– Avez-vous été content de Mikhaïl ?

Villedieu cligna des yeux, le temps de comprendre.

– Ah, Gorbatchev ? Oui, je pense que l'entretien fera son effet, quand je le publierai. J'ai seulement regretté de ne pas vous avoir pour traducteur.

– *Traduttore, traditore*, murmura Arjuna avec un léger sourire avant de tourner le regard vers le trio disparate que formaient Pierre-Édouard Atlan, Jean-Damien Colignon et Bernard Valmer. Vous étiez avec des amis, Thomas ? Je vous dérange ?

– Jamais de la vie ! D'ailleurs vos oreilles ont dû siffler : nous parlions de vous.

– En somme, je tombe à pic.

Thomas rit et, très excité, fit signe au trio de s'approcher.

– Je vous présente Pierre-Édouard Atlan. Pierre-Édouard, voici le prince Arjuna Khan. Tu vois, il existe.

– Vous en doutiez ? fit Arjuna en prenant la petite main dodue, velue d'Atlan.

– Ravi de vous rencontrer. Thomas nous a raconté un scénario de *thriller*, tout à l'heure.

Arjuna se contenta de hocher la tête, puis tourna le regard vers le quadragénaire blond, aux traits secs, accusés, aux yeux rieurs et méchants, que lui désignait Thomas.

– Jean-Damien Colignon.

– J'ai admiré un accrochage de vos photographies, l'automne dernier, dans une galerie de Manhattan. *Jet Set's Figures*.

– Il y manquait mes meilleurs portraits.

– Ah bon ?

– Ceux que je prendrai de vous.

– Si je vous le permets, murmura Arjuna avec un sourire de politesse.

Il avança d'un pas – ce qui obligea Colignon et Atlan à s'écarter – et tendit la main à Bernard, qui se tenait en retrait.

– Professeur Valmer, je suis enchanté de faire enfin votre connaissance. Comment allez-vous ? Avez-vous eu l'occasion de visiter votre bateau ? Si quoi que ce soit ne convient pas, il faudra absolument m'en faire part.

Il parlait avec une chaleur qui contrastait étrangement avec l'accueil qu'il avait réservé à Atlan et Colignon. Ceux-ci, qui se croyaient plus importants – c'est-à-dire infiniment plus influents, chacun dans sa partie – que Valmer, ravalèrent leur vexation – ils en avaient l'habitude, à force de fréquenter les « puissants » et de subir leurs humeurs – et échangèrent instinctivement des regards de connivence, dont Atlan traduisit le sens, quelques instants plus tard, quand, Arjuna les ayant invités à sa table et ayant placé Thomas à sa gauche, Bernard à sa droite, ils s'assirent l'un près de l'autre : l'éminent directeur adjoint du cabinet du ministre des Finances glissa à l'oreille de Colignon :

– On va se le faire, ce croque-mort de mes deux.

La joute commença lorsqu'il fallut choisir les vins. Arjuna pria ses invités de faire eux-mêmes leur choix. Atlan, qui se targuait d'être un fin connaisseur en crus millésimés, fit mine de protester : le prince était leur hôte, ils s'en remettraient à lui. Arjuna croisa les doigts devant son assiette, regarda le sommelier et lui commanda un romanée-conti 59 et un mouton-rothschild 48. Déconfit, mais poussé du coude par un Colignon que tout cela amusait, Atlan s'essaya à une contre-attaque.

– Vous êtes sûr que ce romanée-conti... ?

– Vous avez mieux à proposer ? Je vous en prie, monsieur Atlan.

Qui, bien sûr, n'avait rien de mieux à proposer. Il le savait. Il s'embourba néanmoins dans l'évocation de quelques autres vins et autres années, conscient, à mesure qu'il parlait et qu'Arjuna, poli et ferme, le contredisait, d'aller droit dans le mur. Il finit par reconnaître l'excellent choix du prince. La conversation reprit peu à peu, anodine, quoique gaiement soutenue par Thomas.

Atlan bouda jusqu'au retour du sommelier. Arjuna posa sa paume à plat sur son verre quand celui-ci y pencha le col de la bouteille.

– Je n'en bois pas. Servez M. Atlan.

– Vous ne buvez pas ?

– Jamais d'alcool. C'est une de mes mauvaises habitudes.

– Vous connaissez ce mot? demanda Pierre-Édouard. « Un homme qui ne boit que de l'eau a un secret à cacher à ses semblables. »

– Baudelaire, dit le prince. Un homme transparent, sans doute, comme l'eau dont il ne buvait guère.

Le sommelier se dirigea à l'autre bout de la table et versa un fond de verre à Atlan, qui fit rouler le vin sous sa langue pendant un bon moment – il lui trouvait un arrière-goût d'humiliation –, avant de devoir avouer :

– L'équilibre est parfait. Les tanins... C'est remarquable.

Arjuna écarta ses longues mains blanches.

– Si M. Atlan l'affirme... Nous sommes rassurés.

Le sommelier emplit les verres des convives. Colignon leva le sien en direction d'Arjuna.

– Je peux y mettre un glaçon, prince ?

– Prenez l'avis de notre expert, il est près de vous.

– 6-0 pour lui, chuchota Colignon à l'oreille d'Atlan. Tu n'es pas à la hauteur.

– Tente ta chance, P'tit Mignon, grogna Doudou.

La conversation roula bientôt sur Gorbatchev et Eltsine dont Villedieu expliqua l'impression qu'ils lui avaient faite, avant de disserter sur les effets de la perestroïka dans les pays communistes. A plusieurs reprises, Atlan intervint, tâchant d'obtenir l'opinion d'Arjuna sur ces sujets. Le prince se contentait de réponses brèves et à caractère général, puis il relançait Villedieu d'une question précise, comme s'il s'effaçait derrière la compétence du journaliste. Celui-ci, malgré le plaisir évident qu'il prenait à développer ses vues, finit par se rendre compte du manège.

– Pourquoi ne m'accorderiez-vous pas une interview à votre tour? Après tout, vous fréquentez Bush comme Gorbatchev. Peu d'hommes au monde peuvent s'en vanter. Je pourrais publier notre entretien en regard de celui que m'a accordé le premier secrétaire.

– Quel intérêt, Emmanuel ? Je ne suis personne.

– Vous êtes un homme de l'ombre, c'est très différent.

– Supposons que ce soit vrai. En ce cas, j'éviterais la lumière. Surtout celle des projecteurs.

– Auriez-vous des choses à cacher, prince ? demanda Colignon.

– La question n'est pas là. La notoriété peut être la meilleure des cachettes. La lumière, souvent, aveugle.

– Alors rien ne vous empêche d'accorder cette interview à Emmanuel ?

– Monsieur Colignon, il y a, en ce qui me concerne, deux sortes de sujets : ceux sur lesquels je n'ai rien à dire, et ceux sur lesquels je ne veux pas parler.

Cela posé comme un fait sans discussion, il tourna le regard vers Bernard Valmer, assis à sa droite et silencieux depuis le début du repas.

– Nous devons vous paraître bien futiles, n'est-ce pas, professeur ?

Bernard s'arrêta de mâcher et, avec la mine d'un voleur pris la main dans le sac, bredouilla :

– Pas du tout... Pas du tout... J'écoute. C'est... c'est intéressant...

– Allez, fit Atlan, ravi qu'on lui livre sa victime préférée, vous avez bien une opinion sur Gorby et sa politique ?

Bernard haussa une épaule. Il sembla se tasser sur sa chaise – entreprise que sa taille et sa carrure rendaient dérisoire.

– Vous savez, je n'ai... je n'ai d'opinion que sur ce que je connais...

– Vous lisez bien les journaux ?

– Je les lis, moi aussi, s'interposa Arjuna en fixant ses yeux pâles et intenses sur Atlan. J'y découvre en général plus d'idéologie, d'incompétence et de mauvaise foi que de respect des individus et des faits. La presse – pardonnez-moi, Emmanuel – me renseigne davantage sur les partis pris et les intérêts de la rédaction que sur l'état du monde.

– Le journaliste n'a jamais eu la prétention de pratiquer une science, dit Villedieu. C'est un homme, avec ses préférences et ses dégoûts, les limites de sa curiosité et de sa culture. L'objectivité du journalisme, je vous l'accorde, est de l'ordre de la quadrature du cercle. Un faux débat. Mais là où l'objectivité est impossible, prince, la liberté reste jouable.

– La liberté. Mot magnifique. Et que j'ai quelques raisons personnelles de célébrer. Mais n'est-il pas souvent le simple masque de la propagande ?

– Disons plutôt que chacun a le droit d'avoir sa propre vision de l'Histoire, et de la faire connaître.

– L'Histoire ? Elle n'existe pas. Il n'y a que des événements. La société est et sera toujours identique à elle-même : des riches et des pauvres, des forts et des faibles, des maîtres et des serviteurs.

– Depuis quelques siècles, il y a tout de même eu quelques progrès, non ? rigola Atlan.

– Le progrès du pire, peut-être. Ses déguisements. Les nouveaux chefs, les nouveaux maîtres, dans vos démocraties, sont devenus aussi vulgaires, incultes et amoraux que leurs électeurs. C'était sans doute le prix à payer pour continuer d'être élu.

– Vous êtes très pessimiste, prince...

– Pas du tout. Nous discutons. Je m'interroge. Prenons un exemple. Un homme d'influence est impliqué dans un scandale – corruption, concussion, meurtre, pourquoi pas ? Vous êtes directeur de la rédaction. Cet homme est du parti que vous soutenez.

– Mon journal est indépendant...

– Ne jouez pas avec moi. Nous sommes entre nous, Emmanuel. Cet homme, donc, comment le traiterez-vous dans vos pages ? Laissez-moi répondre : vous chercherez à le disculper et à impliquer des adversaires auxquels, selon vous, « le crime profite ». Et si jamais cet homme se révèle véritablement coupable, vous le lâcherez, bien sûr – vous ne suivez pas vos amis jusque dans l'opprobre général –, et vous lancerez une belle campagne de presse sur je ne sais quelle « moralisation » du personnel politique – ou, plutôt, vous parlerez des « institutions ». Et vous salirez lesdites « institutions », ou le « système », pour noyer, dans une culpabilité générale et fictive de tous les élus de votre démocratie, les fautes du parti et des hommes que vous soutenez.

– Faute et culpabilité. Vous aimez ces mots, prince. Je vous ai déjà entendu les employer, du côté de San Diego. Et pourtant, si je me souviens bien, le coupable, ce jour-là – un assassin –, s'en est tiré.

– Je ne vous expliquerai pas sous quelles conditions il a été gracié, dit en souriant Arjuna, c'est inutile, n'est-ce pas, Emmanuel ?

Les autres convives comprirent confusément qu'il se passait là quelque chose dont seuls le prince et Villedieu détenaient l'énigme. Ce fut Colignon qui demanda :

– Il s'agit du condamné à mort dont Thomas et toi nous avez parlé ?

– Girolamo Falcone, confirma Arjuna. Je vois que le personnage vous intéresse. Vous le croiserez très bientôt, certainement. Je l'ai engagé dès sa sortie de prison. Il ne me quitte plus.

– Vous plaisantez ?

– Pas du tout. J'en ai fait mon intendant. Mon homme de confiance.

Un silence vaguement effaré suivit cette déclaration. Le maître d'hôtel servait les fromages à Atlan. Un instant plus tôt, Arjuna les avait refusés, qui n'avait d'ailleurs touché qu'à peine à son déjeuner.

– Et vous ne craignez pas qu'une nuit il vous égorge dans votre lit ? rigola Doudou.

– Pourquoi ? Nous nous entendons bien. Nous avons beaucoup en commun, lui et moi.

Personne ne se risqua à poser la question suivante, qui aurait pu se formuler ainsi : avez-vous tué, vous aussi ? Le maître d'hôtel s'éloigna ; on n'entendit plus que le cliquetis des lames de couteau sur la porcelaine.

– Puisque nous parlons de lui, reprit Arjuna, mon intendant a parcouru Paris, cette semaine. Il me cherchait un pied-à-terre.

– Vous descendrez où ? demanda Thomas, soulagé que la conversation reprenne un cours plus ordinaire. Au Crillon ?

– J'ai trop vécu dans des hôtels, ces dernières années. Et je compte rester à Paris plusieurs mois. J'ai eu l'envie d'une maison. J'ai donné pour instructions à mon intendant de me trouver un endroit assez vaste, qui soit au cœur de la ville mais dont les fenêtres soient dégagées de tout vis-à-vis.

– Il vous a loué la tour Montparnasse ? blagua Atlan.

– Je n'ai pas encore visité les lieux. Je suis venu directement de l'aéroport jusqu'ici. Il paraît que la maison à deux entrées, l'une sur la rue Saint-Louis-en-l'Île, l'autre sur le quai d'Anjou. Cela vous dit quelque chose ?

Atlan et Colignon échangèrent un regard amusé.

– Il me semble, fit Colignon. Une assez jolie maisonnette, en effet.

– Tant mieux. Vous me ferez tous, bien sûr, le plaisir de m'y rendre visite ? Des travaux d'aménagement sont en cours, pour le moment. J'y fais installer un court de squash. Nous pourrons échanger quelques balles, par exemple.

– Merci, prince, répliqua Atlan en s'essuyant la bouche dans un coin de serviette, mais les humiliations au tennis me suffisent. Pour ma part, le seul jeu de balle qui me convienne, c'est le golf. Je gagne, je perds, c'est selon – et surtout *je ne transpire pas*. Enfin un sport, avec le poker, où les petits râblés enrobés ont leur chance.

– Vous y jouez souvent ?

– Dès que je peux. Malheureusement, le club dont je suis membre est en vente. J'y avais mes petites habitudes, mes repères sur chaque parcours, j'étais en passe de faire régulièrement mes deux trois coups sous le par. Ma cour de récré, quoi. Et tout ça va disparaître. Probablement loti par des promoteurs.

– C'est dommage, dit Arjuna. Je suis comme vous : sans ma partie de golf hebdomadaire, je ne suis plus moi-même.

L'affirmation, énoncée sur l'étrange ton murmurant du prince, et par cet homme pâle, très mince et athlétique, aussi émotif qu'un serpent, pouvait passer aussi bien pour de l'ironie que pour de la politesse. Mais, avant que Atlan ait eu le temps de se vexer, il poursuivit :

– Faites-moi une faveur : notez-moi, je vous prie, les coordonnées des propriétaires. Je vais acheter ce golf, l'occasion est trop belle.

– Je crois que l'affaire est déjà conclue avec les promoteurs.

– Peu importe. Je l'achèterai. On ne va pas vous priver de votre cour de récré. Ni de la mienne. Nous jouerons ensemble, n'est-ce pas ?

Atlan se frotta la bedaine et y découvrit l'adjectif que lui inspirait cette tranquille assurance : estomaqué. Assurance, arrogance – malgré la tentation, difficile de parler d'arrogance quand les mots sont prononcés de cette voix étale. Atlan s'était pourtant fait une opinion : ce prince est un frimeur, de l'espèce qu'il détestait le plus car il la comprenait le moins : celle qui sait exagérer, se vanter, « se la jouer », sans jamais hausser le ton. Il se rappela ses quelques rencontres avec le président Mitterrand. Ils se ressemblent, constata-t-il, avant de se rendre compte, fugitivement, qu'ils avaient surtout en commun de l'impressionner – c'est-à-dire de le mettre mal à l'aise –, lui, le petit gars d'Oran, sûr de lui, de son intelligence, de ses réseaux et de sa place dans le monde selon Doudou Atlan : centrale. En un instant, il réalisa – pour l'oublier aussitôt – que Mitterrand comme Arjuna avaient l'art de vous persuader de n'être que *périphérique*. Contingent. Je ne suis qu'un épiphénomène, songea Atlan, dans un éclair de lucidité aussi vite éteint qu'éblouissant.

– Ce sera avec plaisir, répondit-il par pur réflexe social.

– C'est à moi que vous ferez plaisir, dit Arjuna. Eh bien, messieurs, poursuivit-il en s'adressant à toute la tablée, je vais devoir vous abandonner. On m'attend. J'ai été enchanté de faire votre connaissance.

Il se dressa. Il inclina le front.

– Ne vous levez pas, je vous en prie. Prenez du café, des alcools. Nous nous reverrons.

Il s'inclina à nouveau.

– Professeur Valmer, puis-je vous dire deux mots en particulier ?

Il quitta la table, tandis que Bernard repoussait sa chaise. Arjuna le prit par le coude et l'entraîna à la porte de la salle à manger.

– N'hésitez pas à me rendre visite. Je tiens à mieux vous connaître. Combien de temps restez-vous à Paris ?

– Je... je ne sais pas encore...

– Votre prochaine mission océanographique doit appareiller dans dix jours, si je ne me trompe ?

– En principe, oui, dit Bernard d'une voix réticente.

– Vous avez des soucis de dernière minute ? Il faut m'en parler. Je peux vous aider, Bernard, à condition que ce ne soit pas des problèmes d'ordre scientifique.

– Ce n'est... Non. Ce n'est pas vraiment scientifique.

– Dites-moi ce que je peux faire.

Bernard, les yeux baissés, cherchait visiblement à éluder toute réponse sur le sujet. Arjuna le comprit.

– Je vous fais confiance, dit-il. Arrangez les choses au mieux.

Il lui posa la main sur le bras.

– A bientôt, Bernard. Et n'oubliez pas : quoi qu'il arrive, je suis votre ami.

Tandis que Doudou Atlan, sifflant la tasse de café qu'on venait de lui servir, demandait à Colignon :

– Qu'est-ce que tu penses du spécimen ?

– J'hésite entre l'eau-forte et la caricature.

Thomas quitta la table et hâta le pas pour rattraper Arjuna avant qu'il sorte des locaux du club.

– Ne partez pas si vite, j'ai besoin de vous.

Arjuna se retourna, et l'interrogea avec une intonation de gentillesse si inhabituelle chez lui que le jeune homme sentit fondre son cœur :

– Oui, Thomas ?

– Vous m'avez fait une promesse.

– Je ne m'en souviens plus.

– Dès votre arrivée à Paris, je vous présentais à ma mère.

Le visage d'Arjuna redevint tel qu'il était d'habitude : hermétique. Il ferme toutes les issues, se dit Thomas, que lui ai-je fait ? Il ajouta, très vite :

– Tôt ou tard vous la rencontrerez, si vous vous installez à Paris. Laissez-moi vous la présenter le premier.

Arjuna le dévisagea comme on examine la carte d'un pays où l'on s'est égaré. Il sembla peser une décision délicate, puis soudain, dans un souffle, concéda :

– Comme vous voudrez, Thomas.

Le visage du jeune homme s'éclaira d'un large sourire.

– Alors je vous prends au mot ! Décommandez votre rendez-vous, nous allons à Neuilly.

Arjuna se raidit.

– Tout de suite ?

– Tout de suite ! Cette fois, c'est moi qui vous enlève !

VI

Comme un chat entrant pour la première fois dans un appartement, Arjuna, à peine franchi le seuil de la maison de Neuilly, s'immobilisa et regarda lentement autour de lui. Il vit un mobilier Louis XV, des tapis, des bouquets dans des vases, un ordre impersonnel et pourtant féminin régnant sur toutes choses. Les couleurs étaient claires, mais sans contraste. Jusque dans le choix des fleurs, blanches, piquées de rose et de jaune pâles, et celui des rares objets ornant un guéridon et des étagères, frêles sculptures d'ébène stylisant d'altiers guerriers nègres. La pièce, ouverte de plain-pied sur la terrasse, était de dimensions inhabituelles, sa perspective seulement interrompue – et soulignée – par un escalier de stuc rose à double révolution montant en deux larges courbes à l'étage.

– Entrez, entrez, dit Thomas qui piaffait au centre de la pièce. Que pensez-vous du décor ? C'est ma mère qui a tout repensé l'an dernier. Il y avait ici un vestibule et deux salons. Elle a fait abattre les cloisons, arracher les boiseries, repeindre et remeubler le tout et voilà !

Il fit un demi-tour sur lui-même, mains levées, comme un agent immobilier trop enthousiaste. Arjuna se décida enfin à avancer de quelques pas.

– Votre mère a des talents de décoratrice, Thomas.

– Non. Du talent tout court.

– Excusez-moi, fit Arjuna en tournant soudain la tête sur sa gauche, c'est ce que je voulais dire.

Il contourna deux fauteuils, caressa au passage la lance brandie par un petit guerrier d'ébène et s'approcha d'un mur laissé dans l'ombre par l'une des envolées de marches. Là était accrochée une photographie en noir et blanc, d'un mètre de hauteur sur presque autant de large. Il sentit, avec une sorte d'agacement, Thomas le rejoindre.

– C'est Jean-Da Colignon qui l'a faite, il y a quatre ou cinq ans. Il trouve que le tirage est trop agrandi, mais mon père ne veut pas qu'il y touche.

Le cliché semblait pris à une heure – l'aube ou le crépuscule, impossible d'en décider – où la lumière étire et accentue les ombres. Seul l'arrière-plan était net – blancs très clairs des marches, du mur et des volets d'une porte-fenêtre ; noirs des ombres comme de coulées d'encre. Arjuna reconnut le perron qu'il venait de franchir, la porte-fenêtre par laquelle Thomas l'avait fait entrer. Il reconnut aussi la jeune femme. Malgré le flou de la vitesse, le tremblé des lignes. Saisie en plein vol par-dessus les marches, jambes en ciseaux, un bras écarté, l'autre replié, main ouverte près du front, elle n'en finissait pas de bondir par-delà le cadre de la photo, pétrifiée à jamais à mi-chemin du ciel et de la terre, le visage rejeté en arrière – comme attiré par ce ciel qu'elle ne toucherait pas – où l'on ne voyait qu'un sourire en forme de croissant de lune et le double ressaut très marqué des pommettes.

– Jean-Da l'a intitulée *L'instant où Jasmine vola*. C'est un peu pompeux, il adore ce genre de titres. Moi je l'appelle *Maman lévite*, c'est plus marrant.

– Votre mère paraît très jeune, dit Arjuna dans un murmure plus grave et plus rauque encore qu'à l'accoutumée.

Il ne quittait pas la photographie des yeux.

– Elle se débrouille pas mal avec le temps qui passe, reconnut Thomas. Si nous allions voir mon père ? Il doit être dans son *retiro*, à cette heure-ci.

– Son *retiro* ? demanda Arjuna en s'arrachant à regret à la contemplation de l'envol de Jasmine.

Thomas le précéda dans l'escalier.

– Son bureau, son repaire. Il aime employer des mots espagnols. A cause de l'ancêtre, ajouta-t-il en montrant, qui les surveillait d'une mine sévère, un portrait à l'huile suspendu sur le palier, face à l'escalier : un homme brun d'une quarantaine d'années, en redingote noire et en col blanc l'engonçant jusqu'aux rouflaquettes.

– Juan Pedro Ochoa de Casagrande.

– Ah, oui. J'ai entendu dire que vous descendiez d'un Grand d'Espagne.

– Ces vieilles histoires de famille, moi, fit Thomas d'un ton insouciant.

Il ouvrit une porte capitonnée de cuir tabac, qui, après une sorte de petit sas, donnait immédiatement sur une autre, semblable. Thomas l'entrebâilla, passa la tête et demanda :

– On te dérange ? Je voudrais te présenter un ami.

– Entre, entre, mon garçon.

Thomas repoussa entièrement la porte. D'un coup d'œil, Arjuna vit une pièce sans fenêtre, lambrissée d'acajou, chargée de trophées de chasse et de photographies, meublée d'un juke-box rutilant et d'un lourd bureau et de trois fauteuils de bois noir, tarabiscotés – « espagnols ». Thomas fit quelques pas vers l'homme qui se tenait derrière cette table, compulsant un épais dossier ouvert devant lui.

– Comment vas-tu ? Tu rentres du Racing ?

– Et j'y ai rencontré, devine qui ? mon sauveur de Los Angeles !

Se détournant pour lui présenter Arjuna, il s'aperçut que celui-ci demeurait sur le seuil de la pièce, dans la pénombre du sas.

– Approchez. Papa, je te présente le prince Arjuna Khan.

– Ah ! s'écria Casagrande en se levant de son siège. Notre mystérieux personnage ! Thomas nous a beaucoup parlé de vous.

Arjuna ne répondit pas. Casagrande ne distinguait qu'une haute et mince silhouette noire. Il y eut un moment de flottement pendant lequel il tendit la main par-dessus la table, puis, décontenancé par l'immobilité et le silence du prince, il l'agita vaguement en l'air et, ne sachant plus qu'en faire, la glissa dans la poche de son veston. Éclairés d'en dessous par la lampe de son bureau, ses joues grasses, son menton mou en semblaient boursouflés. Il portait des lunettes aux verres teintés que, du bout de l'index, nerveusement, il réajusta sur son nez.

Comme s'il réagissait à ce simple geste, Arjuna sortit enfin de l'ombre du sas. Très droit, ses yeux pâles fixés sur Casagrande, il franchit lentement les quelques mètres jusqu'à la table.

– Thomas m'a aussi parlé de vous, dit-il.

Casagrande sourit, sortit la main de sa poche pour la tendre à nouveau, mais Arjuna s'inclina, à l'orientale, les bras le long du corps. Surpris, Casagrande fit mine de s'incliner lui aussi, et sa main retourna dans la poche du veston.

– Eh bien, écoutez, entonna-t-il de cette voix de tribun de

comices agricoles dont il croyait qu'elle était celle d'un notable et d'un homme de décision, il faut que je vous remercie de ce que vous avez fait ! Sans vous, le gamin nous aurait été rendu en petits morceaux, non ?

– Je vous en prie, dit Arjuna, glacial. Affaire de circonstances. J'étais là, on m'a demandé mon aide, je ne l'ai pas refusée.

– Exactement, déclara Casagrande en riant. Moi je n'étais pas là, et les cinq millions de dollars, j'aurais eu un mal fou à les débloquer !

Il fit signe à Arjuna de s'asseoir et se laissa tomber dans son fauteuil.

– Ce n'est pas comme vous, continua-t-il avec un sourire « canaille ». D'après Thomas, vos affaires marchent plutôt bien ? C'est vrai que vous êtes prince, ça doit faciliter la vie, non ? Moi je suis parti de rien, je me suis battu pour en arriver où je suis.

– J'ai cru comprendre que vous descendiez d'une grande famille.

Casagrande se rejeta en arrière, les mains plaquées sur son ventre.

– Oui, un nom mais pas un sou ! Vous venez d'Asie, non, de quelque part par là ? Vous ne pouvez pas vous rendre compte de ce qu'ont subi les nobles en Europe. Avec l'impôt sur le revenu, les taxes foncières. Ça vous démolit une vieille fortune, ça.

– Vous êtes député européen dans le groupe socialiste, n'est-ce pas ? l'interrompit Arjuna.

– Effectivement.

– Je m'étonne qu'un socialiste remette en cause la légitimité de l'impôt sur le revenu.

Casagrande toucha une branche de ses lunettes, sourit et hocha la tête d'un air entendu.

– Socialiste, mon cher, mais descendant d'un Grand d'Espagne. Je suis un homme de contradictions. Et de convictions. Ma vie, déclama-t-il, a été un long et difficile chemin entre ce que je dois à mes origines et ce que la réflexion politique m'a enseigné. Je n'ai toujours été animé que par ces deux ambitions : contribuer à rendre la société plus juste, plus équitable, et restituer à mon nom la dignité qu'il avait gagnée, autrefois, sur les champs de bataille et à la Cour d'Espagne. « Noblesse oblige » !

– Vous m'impressionnez.

La voix murmurante et sans intonation d'Arjuna, l'impassibilité de son attitude et de ses traits ne permirent pas à Casagrande de déterminer s'il se moquait de lui ou non. D'ailleurs, les Orientaux sont très cérémonieux, non ? C'est bien connu. Ils ne pensent pas et ils ne s'expriment pas comme nous. Arjuna se dressa soudain hors de son fauteuil et s'approcha des nombreuses photos accrochées aux lambris. Casagrande en eut une bouffée d'orgueil. D'habitude, quand il recevait quelqu'un dans son *retiro*, il ne le laissait jamais partir sans lui avoir montré ce qu'il appelait sa « galerie de rencontres ». Il rejoignit le prince face au mur. Il croisa les mains derrière le dos, branlant du chef avec satisfaction.

– Là, dit-il, c'est quand j'ai vu Margaret Thatcher. Une femme étonnante. D'ailleurs, elle s'entend très bien avec le président.

Il tendit le doigt vers un autre groupe de photos.

– Là, vous me voyez avec le président Reagan et là, avec George Bush, l'an dernier. Vous le connaissez, paraît-il ?

– Je le fréquente peu.

– Ah... Et là, c'était un dîner avec Jeanne Moreau et Jack Lang. Une femme magnifique.

Arjuna lui désigna une autre photo, où Casagrande, plus jeune d'une quinzaine d'années, plus mince d'une trentaine de kilos, en treillis de para et béret incliné sur l'oreille, posait au côté d'un Noir de grande taille, en veston clair, portant dans ses bras une petite fille en robe à fleurs, à la tête hérissée de nombreuses nattes crépues.

– Vous avez rencontré Daniel Mwankumi ?

– Je peux même dire que nous étions amis.

– Dommage que votre amitié n'ait pas suffi à lui sauver la vie.

Pour la première fois, Arjuna tourna la tête vers Casagrande et le dévisagea. Celui-ci cligna vivement des yeux, puis rajusta ses lunettes.

– Oui. Un drame terrible, non ? J'étais en première ligne. Je raconte tout ça dans mon livre. Je vais vous l'offrir, puisque ça vous intéresse.

Il alla farfouiller dans un tiroir de son bureau, en tira un exemplaire de sa biographie – *Casagrande, l'Africain* –, décapuchonna son stylo plume.

– Vous aviez rencontré Mwankumi ?

– On m'a beaucoup parlé de lui.

– Arjuna connaît tout le monde, papa, intervint Thomas qui s'était tu jusqu'alors, mal à l'aise.

Il s'était fait une joie de présenter l'un à l'autre les deux hommes qu'il admirait le plus, et le prince s'était comporté avec une froideur presque insultante. Quant à son père, alors qu'il le connaissait par cœur – « parti de rien », « noblesse oblige », « ma galerie de rencontres » –, il lui avait soudain semblé le voir par les yeux d'Arjuna et il lui avait paru hâbleur, vantard, pas loin du ridicule. Il avait soudain hâte que l'entretien s'achève.

– Tu ne dois pas prendre l'avion de Strasbourg, tout à l'heure ? On ne voudrait pas te le faire rater.

– Tu as raison, répondit Casagrande en traçant, d'un coup de poignet, sa signature sur la page de garde de *Casagrande, l'Africain*. Depuis que je suis député européen, dit-il à l'adresse d'Arjuna et en lui donnant son livre, c'est choucroute deux fois par semaine !

Arjuna prit l'ouvrage qu'il lui tendait, jeta un coup d'œil à la dédicace : « *Pour le prince Hardjouna, avec la gratitude d'un père* », et le remercia.

Casagrande fourra ses dossiers dans une serviette.

– A propos, Thomas vous a parlé de l'inauguration ? Non ? Écoutez, il va vous donner un carton, il faut absolument que vous en soyez, ça fera plaisir à ma femme. Et il y aura tout Paris, alors... Excusez-moi, je dois filer.

Il faillit tendre la main à Arjuna, se ravisa et, comme un Japonais de comédie, courba le front et les épaules. Arjuna ne fit pas un mouvement.

– Au revoir, monsieur.

Peu après, Thomas et Arjuna redescendirent au rez-de-chaussée. La lumière d'une belle journée de printemps éclairait la pièce, éblouissante après le quart d'heure passé dans le *retiro* sans fenêtre. Comme s'il y avait deux mondes dans cette maison, l'un vaste et clair, l'autre refermé sur lui-même. Arjuna se rendit compte que Thomas n'avait pas sa bonne humeur coutumière. Il le prit par le bras, doucement.

– Votre père est un homme remarquable. Il donne l'impression de savoir ce qu'il veut.

– Vous trouvez ? dit Thomas, aussitôt reconquis. Il a des

manières un peu... un peu brusques, maman le lui reproche des fois, mais c'est parce qu'il a été militaire.

Arjuna tapota la jaquette de couverture de *Casagrande, l'Africain* – Jean-Mi, trente ans à peine, en tenue de combat, sur fond de jungle.

– Je vois ça.

Ils se retrouvèrent face à la photographie de la femme brune s'élançant – pourquoi ? ou pour quoi, au fait ? se demanda Arjuna, simple pose réclamée par Colignon, saisie sur le vif d'un bonheur que je n'accepte pas, faux-semblant ? – vers le bord gauche du cadre, comme pour en sortir, s'en délivrer – mais le cadre est là, et le bond, arrêté. Elle est dans ce cadre, pensa Arjuna, elle vole, mais comme un papillon épinglé, et vers quoi, après tout ? Un photographe à la mode, un mondain, qui a mis un genou en terre pour la capturer dans son objectif – et que s'est-il passé ensuite ? Elle lui est tombée dans les bras ?

– Que s'est-il passé ensuite ? demanda Arjuna. Elle est tombée sur Colignon ?

– Exactement, dit une voix dans leur dos. Et, au lieu de s'occuper de moi – j'aurais pu me casser la jambe –, il s'est couché sur son appareil pour le protéger.

– Résultat ? demanda Thomas en lâchant le bras d'Arjuna et en se tournant vers cette voix.

– Résultat ? Je me suis foulé la cheville et j'ai assommé Jean-Da d'un coup de genou. Il prétend maintenant que c'est sa meilleure photo de guerre. Et la seule.

– Pour une fois qu'il prenait des risques, dit en riant Thomas. Prince, je vous en ai beaucoup parlé, voici mon jasmin préféré et mon seul, Jasmine, ma mère.

Le dos d'Arjuna se raidit. Il contempla une dernière fois l'image dynamique et floue de la jeune femme brune bondissante et pétrifiée sur le mur. Lentement, les épaules d'abord, puis le visage, il se retourna.

Avait-elle changé ? Sans doute, se dit-il avec l'intention – longuement préparée depuis des semaines – de n'être dupe ni de ce que verraient ses yeux, ni de ce que sentirait son cœur. Son cœur !... Un mot de roman-photo, de bluette sentimentale. Tant de travail sur soi-même, depuis vingt ans, et redevenir en une fraction de seconde le jeune imbécile de la rue du Panier, qui croyait l'amour – sous sa forme conjugale – éternel, intouchable, traversant le temps et les épreuves. Oui, du temps et des épreuves, j'en ai eu, plus que mon compte. Elle aussi, peut-être ?... Mais non. Elle est la même. Regarde-la.

Il la trouva si belle et si peu changée, il eut un tel besoin de la prendre dans ses bras qu'il ne put s'en défendre que par un excès de mépris. Oui, elle est la même. Grâce à l'argent de son mari, aux séances d'aérobic, aux produits de beauté et aux esthéticiennes. A l'insouciance. Tout juste cette ride, imperceptible, entre les sourcils. Il la haït, violemment, farouchement. Puis il croisa ses yeux d'un marron-vert, presque jaunes dans la lumière de cette pièce – et il comprit qu'elle l'avait reconnu. Immédiatement. Sans une hésitation. Il avait suffi d'un regard.

– Madame, dit-il d'une voix blanche. Je suis enchanté de rencontrer la mère de Thomas.

– Et sans Arjuna, dit celui-ci, peut-être que tu n'aurais jamais revu ton fils chéri, unique et préféré.

Jasmine était très pâle. Thomas s'en inquiéta. Elle se passa rapidement la main sur le front.

– Ce n'est rien. C'est l'émotion. J'ai eu tellement peur, cette nuit-là... Tout me revient.

Elle affronta le regard d'Arjuna et répéta :

– Tout me revient.

Thomas vint lui enlacer les épaules.

– Tu es trop sensible. Tu vois bien : je suis là !

Elle lui passa la main sur la nuque, qu'elle caressa machinalement.

– Il faut que je vous remercie, monsieur. Thomas m'a dit ce que vous avez fait pour lui.

– Lorsqu'un jeune homme est en danger, n'importe qui ferait tout ce qui est en son pouvoir pour lui venir en aide. N'est-ce pas ?

Ni lui ni elle ne se lâchaient des yeux. Arjuna, qui ne la haïssait plus, cherchait dans ses iris jaunes, de chat, une réponse aux questions qu'il ne pouvait ni ne voulait poser. Une faille, un appel. Une impression, seulement. L'impression qu'il avait eu raison, depuis plus de vingt ans, de penser à elle, d'en faire le seul centre sincère de sa vie fabriquée de faux prince Arjuna, un but – *le* but – à atteindre. Il venait de rencontrer son mari : rien ni personne, ce type, hidalgo gras, pantin fier de ses propres ficelles. Il suffit d'un mot de Jasmine. Pas même : d'un geste, d'un mouvement – elle me donne la main et nous quittons ensemble cette maison.

– Comment ne pas vous aimer, *prince* ?

Elle prononça ce dernier mot avec une sorte de réticence. Comme Arjuna, souriant tout à coup, faisait un pas vers elle, elle l'arrêta aussitôt en précisant :

– Mais Thomas se donne à tous ceux qui sont prêts à l'aimer. Et, malheureusement, il est souvent déçu.

Elle prit son fils par le bras, le serra contre elle – elle s'en sert, se dit Arjuna, de bouclier contre moi. Comme si elle me déclarait : maintenant j'ai un fils, c'est lui que j'aime, ne t'approche pas.

– Vous le décevrez ? demanda-t-elle.

Elle ne viendrait pas à lui. Elle ne lui tendrait pas la main pour qu'ils s'enfuient ensemble. Elle a une vie, un mari et un fils. Surtout un fils. Mme Jean-Michel Casagrande. Maison à Neuilly-sur-Seine. Prétentions de décoratrice. Je la dérange. Qu'est-ce que je fous ici ?

– Ne vous inquiétez pas, madame. Et permettez-moi de me retirer. Thomas, à bientôt.

Il s'inclina et se dirigea vivement vers la porte. Thomas, dont cet échange entre sa mère et Arjuna et leur attitude plus que réticente avaient ravivé le malaise, le rappela :

– Vous oubliez votre invitation ! Mon jasmin, ajouta-t-il en posant ses lèvres sur le front de Jasmine et en parlant trop vite et avec trop d'animation, nous ne pourrons pas nous passer du prince à ton inauguration. En tout cas, pas moi. Il faut absolument, absolument que tu lui donnes un carton.

Arjuna s'immobilisa à deux pas de la porte, tandis que Jasmine, s'écartant de son fils (« Comme tu voudras »), allait prendre un bristol dans le tiroir d'un petit secrétaire Louis XV.

– Même si Thomas insiste, dit-elle, vous n'êtes pas obligé de venir.

– De quoi s'agit-il ? demanda Arjuna.

Thomas les regarda l'un et l'autre, tour à tour. Leur manière de se parler, faussement plate, réellement électrique, le déconcertait.

– J'ouvre une fondation d'art africain, dit Jasmine. Personne ne vous en voudra si ça ne vous intéresse pas.

– J'ai une amie africaine. Ce sera une occasion de vous la présenter. Ainsi qu'à votre époux.

Jasmine souleva la plume de son stylo en l'air.

– Comment s'écrit votre nom ? A... R... Ensuite ?

Arjuna, contournant quelques fauteuils et foulant divers tapis, s'approcha. Thomas remarqua que, dès que le prince fut près d'elle, sa mère eut un mouvement de retrait, comme si elle craignait sa proximité.

– J, U, N, A. C'est tout simple.

– Je précise : « prince » ?

– Faites-le, si cela devait m'empêcher d'entrer.

– J'en serais désolée, prince. Mais je serais étonnée que quoi que ce soit ou qui que ce soit vous empêche d'entrer quand vous l'avez décidé.

– Vous ne vous trompez pas.

Arjuna empocha le carton que Jasmine lui donnait.

– Merci, madame. Nous nous reverrons donc bientôt.

Il adressa un geste de la main à Thomas et, d'un pas rapide mais apparemment tranquille, quitta la maison.

– Qu'est-ce qui t'a pris ? demanda Thomas. Pourquoi lui as-tu parlé comme ça ? Tu l'as blessé, j'en suis sûr.

Jasmine plaqua le bout de ses doigts sur ses tempes.

– Ah, écoute, Thomas... Ton prince, moi...

– Quoi, mon prince ? Tes artistes, tes barbouilleurs, tes copains de Jack Lang, tu les traites un peu mieux que ça. Je t'amène un ami, et...

– Un ami, Thomas ? J'en ai vu quelques-uns de tes « amis ». Tu as de la chance que ton père ne se rende compte de rien, mais moi je sais qui tu appelles ton « ami ».

– Jasmine, tu déconnes ? Tu l'as vu, Arjuna ? Tu l'as bien regardé ? Moi, je ne l'imagine même pas couchant avec qui que ce soit. Homme, femme ou bête.

– Thomas...

– Qu'est-ce qui te prend ? Qu'est-ce qu'il t'a fait ? Il m'a sauvé la vie, maman ! On se connaissait depuis trois jours et il a apporté cinq millions de dollars pour sauver la vie de ton fils !

– Qu'il n'a pas payés, en réalité – si j'ai bien suivi ton récit ?

La voix de Thomas monta très haut dans les aigus, comme

chaque fois qu'il se disputait avec sa mère – et que ni elle ni lui ne voulaient reconnaître ce fait indubitable : qu'il avait raison.

– Il s'est foutu de leur gueule, maman ! J'aurais voulu que tu sois là. Tu aurais compris comment il les a humiliés !

– Et tu trouves ça bien ?

Interloqué, Thomas prit un temps avant de répondre.

– Quoi ?

– Qu'il ait humilié ces hommes – qu'il leur ait tiré dessus ?

– Maman... Tu te rappelles de quoi on parle, là ? de *tueurs de la Mafia*.

– Ah, tu m'énerves, gémit Jasmine.

Et soudain elle s'enfuit à petits pas pressés vers le fond de la pièce. Pris de court, Thomas hésita, puis la suivit. Elle s'était déjà enfermée dans la salle de bains du rez-de-chaussée.

– Maman, mon jasmin, ça va ? cria-t-il derrière la porte verrouillée. Ouvre-moi.

A genoux sur le carrelage, Jasmine vomissait dans la cuvette des toilettes. Elle se plaqua les mains sur les oreilles pour ne plus entendre son fils qui lui parlait derrière la porte. Va-t'en, va-t'en, je t'aime, mais va-t'en.

Elle se vida de tout ce qu'elle avait mangé vers une heure, avec Pascale Champredin, dans ce Japonais de la rue Saint-Dominique. Pascale qui était au bord de pleurer, qui ne supportait plus son banquier de mari et qui, dans son désespoir, avait failli prononcer le nom de son amant. Jasmine l'en avait empêchée. D'abord, tout le monde était au courant : Pascale couchait avec Pierre-Édouard Atlan. Ensuite, personne ne comprenait ce qu'elle pouvait lui trouver – elle, si douce et si gracieuse, lui, si... – mais bon, Champredin, son mari, non plus, personne n'avait jamais compris.

Elle alla au lavabo se passer de l'eau froide sur le visage et se rincer la bouche.

Il était mort, *il est* mort, c'est un spectre que j'ai rencontré tout à l'heure, une ombre du passé. Il a tant changé. Prince Arjuna. Comment l'ai-je reconnu, aussitôt, sans une hésitation, et pourtant jamais son prénom ne m'est venu aux lèvres, pas même à l'esprit, David, David, David.

Elle s'essuya le visage dans une serviette, examina son reflet dans le miroir : elle était livide, les joues marbrées de rouge, l'œil écarquillé – un oiseau affolé. Tout se mit en place dans sa tête, brutalement, en un instant : il a provoqué sciemment sa rencontre avec Thomas aux États-Unis, il l'a fait enlever et l'a libéré pour se l'attacher, il n'a pas d'amitié pour lui. *Que veut-il ?*

Passant lentement le bout de ses doigts sur ses joues, penchée vers son image dans la glace, elle chercha dans le reflet de son propre regard la réponse qu'elle se refusait à entendre : il est venu se venger. Mais de quoi ? De qui ? Tout le monde le croyait mort, il ne m'a jamais fait un signe, toutes ces années, il n'existait plus. Pourquoi m'en voudrait-il ? Ça n'a pas de sens.

Un nouveau spasme lui bouleversa l'estomac. Elle le comprima des deux mains appuyées sur son ventre. Pourquoi, pourquoi se fait-il appeler prince Arjuna ? *Pourquoi, pourquoi me fait-il peur ?*

VII

– Enlevez-moi ces tapis. On se croirait dans un souk de Marrakech.

Arjuna arpentait sa maison du quai d'Anjou. Il était arrivé à la tombée de la nuit et aussitôt il s'était mis à passer de pièce en pièce, au galop, laissant tomber de temps à autre des remarques cinglantes sur leur décoration ou leur aménagement.

– Girolamo, où sont les caméras que j'avais demandées ?

– Les ouvriers ne les brancheront que demain, prince. Mais toute l'installation est déjà en place. Vous voyez, les écrans sont...

– J'avais précisé, il me semble, que *tout* devait être prêt dès mon arrivée.

Girolamo Falcone, un homme râblé, très brun, au nez cassé, mais portant son costume noir avec une certaine élégance de maquereau – « De jules », avait dit Arjuna quand il l'avait vu pour la première fois vêtu de la sorte (et le mot était resté : le prince s'amusait parfois à l'appeler « Jules », comme il avait décidé, aux États-Unis, de rebaptiser Tazrouk « Secundra », sous le prétexte, stevensonien, que le Touareg l'appelait « maître ») –, Girolamo Falcone, donc, qui voyait pour la première fois le prince de mauvaise humeur – jusqu'à ce jour-là il le disait « froid comme un poisson » –, jeta un coup d'œil surpris à Tazrouk-Secundra qui l'accompagnait dans le sillage turbulent d'Arjuna et se contenta de faire remarquer qu'il était tributaire des constants retards des entreprises avec lesquelles il avait passé contrat.

– Parce que vous ne savez pas leur parler, répliqua Arjuna en tournant soudain sur lui-même et en le regardant dans les yeux. C'est une chose d'impressionner les gens avec une arme, une autre de se servir des mots. Apprenez vite, Jules. Civilisez-vous.

– Eh ben, excusez-moi, prince.

– Et cessez de faire précéder la moindre de vos phrases par « Eh ben » – ça m'agace. Et ma maison de campagne, vous vous en êtes occupé ?

– Je l'ai trouvée, intervint Tazrouk.

– Où ?

– A Montfort-L'Amaury. Après un peu de travaux, je crois qu'elle te plaira, prince. C'est exactement celle que tu voulais.

– Parfait. Allons-y.

– Mais, dit Falcone, j'ai visité d'autres maisons, moi aussi... Beaucoup mieux, je suis sûr...

– Montfort-L'Amaury : le nom me plaît. Nous choisirons celle-là. Vous y voyez un inconvénient, Girolamo ?

– Non... C'est... c'est vous qui décidez, prince.

– Heureux de vous l'entendre dire. Tazrouk, tu me fais remplacer les affreux tapis du petit salon.

– Dans la nuit ?

– Pourquoi pas ?

Tazrouk inclina le front, légèrement mais évidemment moqueur.

– Tes désirs sont des ordres, prince. J'essaierai de ne pas les trahir.

– Il ne manquerait plus que ça.

Arjuna s'adressa à Falcone.

– Nous irons là-bas ensemble. Vous conduirez la Jaguar.

Ils traversèrent Paris en suivant longuement la Seine. Installé sur la banquette arrière, bras croisés, Arjuna regardait défiler les lumières de la nuit ; de temps à autre, il posait les yeux sur la nuque de Girolamo, son chauffeur. Il se taisait.

Ils prirent le tunnel de la porte de Saint-Cloud. Peu de voitures, quelques camions. Arjuna ferma les paupières. Durant tout le trajet, il ne bougea plus. Falcone jetait parfois un coup d'œil scrutateur, inquiet, à son rétroviseur : il ne voyait, dans la pénombre ou subitement révélé par l'éclair des phares, qu'un masque blanc à la découpe nette, au nez tranchant et aux joues creuses. Dormait-il ? Impossible d'en décider. A peine paraissait-il respirer.

Aussi sursauta-t-il quand la voix si particulière du prince retentit tout à coup dans son dos :

– Nous y voilà.

En effet, ils approchaient du panneau annonçant Montfort-L'Amaury.

– Traversez la ville. La maison est hors les murs.

Arjuna se pencha sur le dossier du siège avant et ajouta, tout près de l'oreille de son chauffeur, qui frissonna imperceptiblement :

– Elle s'appelle *L'Épervière*.

Peu après l'orée de la forêt de Rambouillet, perdue dans les arbres, *L'Épervière* était une grande maison sans grâce, aux fausses allures de gentilhommière, avec ses deux tours en échauguette encadrant un corps de logis trapu aux larges fenêtres à meneaux sous des arcs surbaissés. Deux cariatides grasses et pudiques gardaient le porche, soutenant de leurs têtes aux traits néo-classiques une courte terrasse surplombant la porte d'entrée. La Jaguar remonta lentement l'allée d'un parc à l'abandon, où les massifs de rhododendrons avaient prospéré avec une sauvagerie quasi tropicale. Arjuna fit arrêter la voiture à quelques mètres du perron. Dans la façade illuminée par les phares, les fenêtres s'ouvraient comme d'inquiétants trous d'ombre. Au bout d'un instant, Arjuna dit :

– Eh bien, Jules, qu'attendez-vous ?

Falcone ne réagissant pas, Arjuna lui toucha légèrement l'épaule. Le chauffeur bougea soudain la tête, comme piqué par un insecte. Il poussa une sorte de soupir, se passa la main sur le front et se décida enfin à quitter la voiture et à ouvrir la portière de son maître.

– Laissez les phares allumés. Suivez-moi.

Après une hésitation, Falcone emboîta le pas d'Arjuna, qui monta deux à deux les marches du perron, tira de sa poche les clés que lui avait confiées Tazrouk et déverrouilla la porte d'entrée. Il s'écarta pour faire passer Falcone.

– Allez-y. Il doit y avoir une lampe torche quelque part par là. Éclairez-nous.

Falcone baissa la tête, se passa encore la main sur le front, obéit. Peu après, un puissant faisceau de lumière trancha l'obscurité du hall.

– Nous allons visiter, dit Arjuna en entrant à son tour. Passez-moi la torche. Et restez près de moi.

Il eut un mince sourire, braqua le faisceau de lumière sur Falcone, qui cligna des yeux, aveuglé.

– J'espère que vous n'avez pas peur des fantômes ?

Sans attendre de réponse, il commença la visite.

La maison était abandonnée depuis des années ; les meubles, capitonnés de poussière ; les housses recouvrant les canapés et les fauteuils, d'un beige terne, crasseux. Au pas de charge, Arjuna passa d'une pièce à l'autre, qu'il balayait de quelques coups de torche, sans commentaire. Le tour du rez-de-chaussée achevé, il repartit du même pas vers le hall, où s'amorçait l'escalier de l'étage. Il en éclaira les marches.

– Voyons si là-haut les choses sont plus intéressantes.

– Vous croyez... vous croyez que ça vaut la peine ? demanda Falcone.

– Pourquoi cela ? La maison vous déplaît ?

– Je ne pense pas que ce soit une maison pour vous, prince.

Arjuna eut un rire bref qui résonna dans l'obscurité du hall.

– Pour qui, alors ?

Falcone ôta sa casquette de chauffeur, se massa nerveusement le crâne.

– Je voulais dire...

Mais il se tut. Arjuna l'examina un instant, promenant la lumière de la lampe autour de lui.

– C'est tout ? dit-il enfin. Montons, alors. Les mots vous reviendront peut-être.

A l'étage, il passa devant plusieurs portes sans les ouvrir. Ce n'est qu'à la cinquième d'entre elles qu'il s'arrêta.

– Jetons un coup d'œil ici. Elle doit donner sur l'échauguette du nord. Ouvrez.

Falcone s'avança vers la porte. Puis il resta là, les bras ballants, le front baissé, les lèvres et le visage contractés.

– Girolamo, ouvrez cette porte.

Cette fois, Falcone recula d'un pas et, levant les yeux vers le visage mangé d'ombres d'Arjuna, secoua la tête.

– Non.

– Obéissez.

Leurs regards s'affrontèrent, s'examinèrent comme deux chats qui cherchent à s'impressionner. Falcone n'avait plus rien de l'attitude du domestique. Sa nature de Sicilien avait repris le dessus. Il carra les épaules, jeta sa casquette par terre, serra les poings.

– Qu'est-ce que vous voulez, en fait ?

Tranquillement, Arjuna s'appuya de l'épaule au chambranle.

– Ramassez votre casquette, Jules.

Se mordant les lèvres, les poings relevés à hauteur de la ceinture, Falcone respirait bruyamment, ses petits yeux noirs rivés sur Arjuna.

– Qu'est-ce que vous voulez ? Répondez-moi.

– Vous inversez les rôles.

Et, s'écartant prestement du chambranle, Arjuna repartit d'un pas vif dans le couloir, en direction de l'escalier.

– Rejoignez-moi au jardin. Avec votre casquette, je vous prie.

Sans se retourner, sans s'inquiéter du Sicilien, il dévala les marches. Il traversa le hall, puis la salle à manger, puis le grand salon. Il en ouvrit l'une des portes-fenêtres qui donnait de plain-pied sur un jardin à l'arrière de la maison. La nuit était claire, il éteignit la lampe torche. Il se dirigea droit sur un vieil orme dont les frondaisons dominaient les mauvaises herbes et les ronces, et s'y adossa, les bras croisés.

Il n'attendit guère. Bientôt la silhouette rétive de Falcone apparut dans l'encadrement de la porte-fenêtre. Il tenait sa casquette à la main. Il contemplait le jardin. Toute combativité semblait l'avoir abandonné.

– Approchez. Nous allons parler.

Arjuna le regarda s'avancer d'un pas traînant, réticent. Quand il fut assez proche, il lui désigna un banc de pierre près de l'arbre.

– Asseyez-vous. Bien. Où en étions-nous ?... Ah oui : il y a eu un crime dans cette maison.

Falcone sembla se tasser sur le banc. Il triturait sa casquette entre ses genoux.

– Vous savez tout, alors ? Comment vous avez fait ?

– Peu importe. Parlez. Nous sommes ici pour cela.

Falcone se racla la gorge.

– Pour comprendre toute l'histoire, il faudrait que je vous raconte un peu ma vie, d'abord.

– Pourquoi pas ? Nous avons la nuit devant nous. Je vous écoute.

VIII

– Je suis né à Paris, rue des Poissonniers, dans le XVIIIe. C'est du côté de la Goutte-d'Or. Mes parents avaient quitté la Sicile parce que mon père avait trouvé du boulot ici, par un cousin. Moi, à seize ans, je suis entré comme ouvrier chez Kodak, à Montreuil. Je n'aimais pas cette vie, mais qu'est-ce que je pouvais faire d'autre ? Pour me passer les nerfs, le samedi j'allais dans les bals et dans les boîtes, pas pour y danser mais pour chercher la bagarre. C'était l'époque des blousons noirs, je trouvais toujours à me bastonner. Bref, le lundi matin, j'embauchais souvent à l'usine avec la gueule défoncée. C'est comme ça que je suis devenu anar.

« A cette époque-là, les années soixante, les mecs des syndicats faisaient la loi à l'usine. Depuis mon arrivée, deux ans plus tôt, ceux de la CGT me travaillaient au corps pour que je prenne ma carte. J'avais pas envie, je m'en foutais, je me disais que je bosserais jusqu'à ce que j'aie mis assez de côté pour foutre le camp en Sicile. Alors, leurs réunions et leurs palabres... Et puis un matin devant l'usine, j'arrive et je tombe sur une bagarre : une dizaine de gars de la CGT étaient en train de cogner sur deux jeunes. Il y en avait un tout mince, blond, qui s'en prenait plein la gueule, et un autre, grand, costaud, qui se défendait à la barre à mine, et méchant, fallait voir. J'ai pas réfléchi, les coups, l'odeur du sang, j'ai toujours aimé ça – voilà que je me suis mis à faire le coup de poing avec les deux jeunes. Enfin, avec le grand surtout. On leur a défoncé la tête, ils ne faisaient pas le poids, les cégétistes. Ils ont fini par détaler.

« Après, qu'est-ce qu'il me restait à faire ? Au lieu de rentrer à l'usine, je suis allé boire un coup avec les deux gars. On a fait connaissance. C'étaient des anars. Des bourgeois, des étudiants. Ils étaient venus distribuer des tracts, c'est comme ça que l'affaire avait commencé. J'ai vite compris que ce genre d'embrouille, ça leur arrivait souvent, et que c'était même le côté du "militantisme" que le plus grand, Tchen, préférait. Oui, il se faisait appeler Tchen, et l'autre, le petit blond, Gracchus Babeuf. Ils s'appelaient comme ça entre eux et j'ai jamais su leurs vrais noms, même pas leurs prénoms. Ils disaient qu'ils étaient des clandestins, des révolutionnaires, et même qu'ils avaient été entraînés, six mois plus tôt, dans un camp de Palestiniens, en Libye ou en Jordanie, je ne sais plus – sur le moment, j'ai cru que c'était du flan. Ils étaient bavards, ils me bourraient la tête, pour moi ils parlaient pareil que les cégétistes – les "stals", ils disaient. Mais bon, ils payaient à boire, à midi on était ronds comme des queues de pelle, et ils ont insisté pour que je les accompagne à une "réunion secrète". Va pour la réunion secrète. De toute façon, j'avais perdu mon boulot.

« Leur réunion, elle avait lieu dans un appartement de bourge, rue de l'Université. J'avais jamais mis les pieds dans ce quartier, encore moins le cul dans un fauteuil Louis XV. Il y avait là une demi-douzaine d'étudiants comme eux, dont deux filles. Ils m'ont présenté comme un "camarade prolétaire", des conneries dans le genre. J'étais pas vraiment à l'aise, mais je me suis vite aperçu que je les intéressais comme une espèce de vedette. Ils me posaient des tas de questions sur ma vie, mon enfance, l'endroit où j'habitais, l'usine. Au début, ils m'énervaient, j'avais pas envie de répondre. Et puis, petit à petit, je leur ai balancé deux ou trois vannes, ça les a fait marrer, j'ai compris plus tard que j'avais le droit, et même le devoir, de les humilier, sous prétexte que j'étais un ouvrier, un "prolétaire". Je me suis amusé à les mener en bateau : plus j'inventais des trucs sordides sur mon enfance et sur l'usine, plus ils me croyaient.

« Je pense, en fait, qu'après ce jour-là j'aurais jamais pris la peine de les revoir s'il n'y avait pas eu cette fille, dans l'appartement. Une blonde fantastique, grande, avec une poitrine et un... vous voyez ce que je veux dire ? Beate, elle s'appelait. C'était une Allemande, elle étudiait la philosophie, il paraît. Je ne sais pas quel genre de philosophie c'était, mais quand on allait dire deux mots aux stals ou aux cons d'Occident, elle maniait la barre de fer comme un mec ! Je suis donc devenu un permanent du groupe parce que c'était le seul moyen de voir souvent Beate. J'étais dingue de cette fille. J'essayais de m'arranger pour la suivre partout, je supportais tout leur fourbi, les réunions, les séances d'autocritique, je suis même allé avec elle plusieurs fois à un séminaire, à l'École normale sup – ils avaient là une espèce de gourou, un mec barjot qui a fini dans un asile, il paraît, après avoir étranglé sa femme...

« Vous voyez, prince, je faisais de sacrés efforts. Des fois je sortais de là, j'avais davantage mal au crâne qu'après une bonne dégelée. Mais ça servait à rien. Pas question d'emballer cette fille. Dès que je lui mettais la main sur la cuisse, mon fameux charme de prolétaire, il ne marchait plus. “Nous luttons côte à côte, elle me disait avec son accent de Boche. Je ne suis pas une femme, je suis une camarade.” Et elle embrayait sur tout un laïus idéologique, je la laissais parler, j'écoutais plus, je regardais ses yeux, ses nibards, elle me rendait malade... Je remettais ma main sur sa cuisse. “Giro, elle me répétait, non, rappelle-toi : nous luttons... – Ouais, je faisais, côte à côte, je sais...”

Falcone se tut, posa sa casquette sur le banc, se mit debout et, mains dans les poches, fit quelques pas nerveux dans le jardin.

– Je compatis à votre déception sentimentale, Girolamo. Dites-moi : quand tout cela s'est-il passé ?

Falcone haussa les épaules.

– J'sais pas... Vers 1968, par là...

– Êtes-vous sûr de n'avoir pas de souvenirs plus précis ? Que vous rappelle la date du 3 mai 1968, par exemple ?

– Ouais, par exemple...

Falcone soupira :

– Vous êtes au courant de tout, hein ? Pourquoi vous me faites parler ?

– Je crois à la vertu expiatoire de la confession, dit Arjuna de cette voix atone qui, chez lui, marquait l'ironie. Reprenons. Vous vous consumiez de passion pour votre Walkyrie althussérienne. Elle ne semblait pas partager votre flamme. Quels étaient donc les arguments définitifs grâce auxquels vous comptiez ravir le cœur de cette pure idéologue ? Car, des arguments, vous en avez eu, n'est-ce pas ? Un, surtout.

Dos courbé, Falcone alla se rasseoir sur le banc de pierre. Il hocha longuement la tête.

– Ouais, j'ai été salaud, c'est vrai... Mais c'est de leur faute, aussi !

Il prit une grande inspiration et redressa le buste.

– Vers la mi-avril, Tchen et Babeuf m'ont emmené dans leur planque, un pavillon à Montreuil, 27 rue du Progrès, qu'ils avaient loué depuis pas mal de temps et où ils tenaient des réunions plus sérieuses que celles où j'étais allé jusque-là. Ils m'ont expliqué que j'avais fait mes preuves, que j'étais un mec solide et fiable et qu'ils avaient décidé de me faire confiance. Bon, d'accord. Ils m'ont montré des armes, je me rappelle, des kalachnikovs, et puis tout un matos pour fabriquer des faux papiers. Je ne pipais pas un mot, mais je me demandais ce qu'ils avaient derrière la tête. J'ai pas tardé à le savoir. On s'est installés autour d'une table, ils ont déplié une espèce de plan dessiné à la main et ils ont commencé à me raconter qu'ils préparaient un attentat. Un attentat dans un hôpital, le Val-de-Grâce. Là, je me suis dit qu'ils étaient carrément loufs et je me demandais déjà comment j'allais réussir à me défiler, quand Babeuf s'est mis à énumérer les « camarades » qui étaient sur le coup : et, parmi eux, il y avait Beate. Déguisée en infirmière, c'est elle qui avait repéré les lieux. Je me suis retrouvé coincé. J'ai compris que si je refusais de me mettre aussi sur le coup, les autres le lui diraient, et là, c'était fini, je pouvais me la foutre sous le bras, j'avais plus une chance avec elle. Vous comprenez, prince, je ne voulais pas seulement la sauter, cette Allemande, j'étais con, j'étais jeune, j'étais amoureux d'elle. C'est comme ça que je me suis retrouvé embringué dans l'affaire. Et en première ligne : Tchen et Babeuf, pas si loufs que ça, m'avaient choisi à l'unanimité et d'un commun accord pour aller poser leur putain de bombe.

– Ils vous faisaient un grand honneur, murmura Arjuna. C'était de leur part un hommage, j'imagine.

– Les enfoirés... J'étais dans tous mes états. D'un côté, j'avais aucune envie d'aller la poser, leur bombe. De l'autre, je n'arrivais pas à m'enlever Beate de la tête.

– Cornélien, en effet. Que s'est-il passé ensuite ?

– Tout s'est mis à mal tourner. Trois jours après, qui je découvre qui m'attendait dans ma piaule ? Deux flics des RG. Eux aussi ils en avaient des choses à me raconter. J'avais fait des petites conneries, plus jeune, et puis je m'étais fait ramasser plusieurs fois après des bagarres. J'étais sous le coup de plusieurs mois de taule avec sursis. J'ai pas besoin de vous faire un dessin ? Les flics savaient que je fricotais avec des « extrémistes », comme ils les appelaient, et, en échange de leur magnanime indulgence, ils voulaient que je fasse la taupe, l'indic.

– Vous avez noblement refusé, bien entendu ?

– Vous parlez ! J'ai dit mais oui, mais comment donc, tout ce que voudrez, vous me rendez service, indic c'est une vocation chez moi... J'aurais pu m'en tirer facile en leur racontant, de temps en temps, des trucs sans importance, les réunions de la rue de l'Université, les bastons avec les stals, et *tutti quanti*. Seulement, ils tombaient mal – ou *bien*, ça dépend de quel côté on se place. Il y avait maintenant la planque de Montreuil et cette connerie d'attentat au Val-de-Grâce. Qu'est-ce que je pouvais faire ? C'était plus comme si j'étais pas au courant.

– Dites-moi seulement ce que vous avez fait.

– J'ai réfléchi. Je me rendais bien compte qu'il n'y avait pas deux solutions. C'était trop grave. Je me suis tourné les sangs pendant quinze jours...

– Épargnez-nous ce subtil débat psychologique. La suite...

– La suite, c'est que j'ai appelé les flics des RG et que je leur ai tout balancé, voilà ! Enfin, pas tout. J'ai parlé de l'attentat et j'ai donné les faux noms de Babeuf, Tchen et toute la clique. J'ai raconté aux flics que j'avais juste rencontré ces types une fois, que je ne les avais jamais vus avant. Je ne leur ai même pas donné l'adresse de Montreuil. Et puis après – c'était un samedi, je m'en souviens –, je suis allé chez Beate. Je la voyais toujours en groupe, c'était plus ou moins interdit de se voir en couple, j'avais une bonne occasion de la voir seule. J'avais préparé toute une histoire : j'avais été alpagué par les flics, interrogé, ce qui m'avait permis de comprendre que les RG flairaient quelque chose. Je pensais corser un peu la sauce, dire qu'ils avaient entendu parler de la planque de Montreuil. Et puis, soi-disant que je me serais évadé au moment de mon transfert au dépôt et que j'aurais filé tout droit chez elle pour la prévenir. Le héros, quoi. Je trouvais ça pas mal combiné : et d'une, je leur flanquais la trouille et ils laissaient tomber leur attentat foireux ; et de deux, je proposais à Beate de filer se mettre au vert, juste elle et moi. Vous voyez ?

– Très bien.

– Alors ce soir-là, donc, je suis allé chez elle. Elle habitait une chambre de bonne rue Danton. J'étais très excité, je repassais dans ma tête tout mon boniment. J'ouvre sa porte – on fermait jamais à clé, un principe. Et là, j'entends des cris. Je rentre. Qu'est-ce que je vois ? Elle était au plumard avec Gracchus Babeuf, le blondinet. Et pas côte à côte, non, mais l'un sur l'autre...

« J'étais d'un tempérament plutôt vif, comme je vous l'ai dit, prince. J'ai fait ni une ni deux, je l'ai chopé, le Babeuf, et je l'ai massacré. Et puis j'ai commencé à vouloir cogner Beate, et ç'a été une erreur de ma part. Babeuf en a profité pour me balancer une chaise par-derrière, ça m'a à moitié assommé. Et quand je me suis relevé, il me braquait, le petit con, avec un flingue. Il m'a insulté, il m'a craché à la gueule et il m'a flanqué dehors.

« Ils s'étaient bien foutus de moi, avec leur idéologie. Je suis d'abord rentré dans ma piaule, pas loin de là, dans un hôtel à cafards en haut de la rue Monsieur-le-Prince. Et ça tournait, ça tournait dans ma tête... Les salopards... La dégueulasse...

– Abrégez.

– Après, j'ai fait mon sac et je me suis tiré de là. J'avais pas l'intention que les flics viennent m'y cueillir, pour de plus amples informations, comme on dit. Je me suis installé chez un cousin Raguso qui bossait à Pigalle. Et j'ai attendu. J'ai attendu que les journaux parlent d'un « coup de filet » chez les terroristes, un truc dans le style. Rien. Pas un mot. Et pendant ce temps les étudiants foutaient le bordel au Quartier latin. Bref, j'étais là, je me rongeais les sangs, mon cousin me demandait ce que j'avais. C'était un gars qui faisait turbiner trois filles à Pigalle, les histoires de femmes, ça le connaissait. Alors je lui ai parlé de mon Allemande, et de la surprise qu'elle m'avait faite, un soir, dans sa piaule, avec Babeuf. Il s'est mis à se marrer. Il m'a secoué, il m'a dit que j'étais pas un homme. Je lui ai dit que je leur avais cassé la gueule, à tous les deux. Il m'a dit que c'était pas suffisant, que Babeuf, avec son flingue, m'avait humilié devant la fille, qu'à l'heure qu'il était ils baisaient toujours et qu'ils devaient bien se foutre de moi, que je ne pouvais pas laisser passer l'affront. Qu'est-ce que je peux faire ? je lui ai dit. Tu le sais bien, Giro, il m'a dit, qu'est-ce que tu aurais fait à Palerme ?

« Il avait raison. Et puis, ce Babeuf, je l'avais jamais aimé, il avait trop l'air d'un gosse de richards, et j'ai commencé à gamberger : si les flics des RG ne l'ont jamais arrêté, c'est peut-être bien qu'il est protégé en haut lieu, le salaud. Et c'était moi, le petit ouvrier, qu'il avait voulu envoyer poser sa bombe à la con.

– Vous avez donc décidé de le retrouver.

– Oui. J'ignorais comment me débrouiller, et, en fait, ça a été très facile. Je suis retourné dans l'appartement de la rue de l'Université. Un souk. Des étudiants qui allaient et qui venaient – ils préparaient le « grand soir »... J'en avise un que j'avais croisé deux ou trois fois, je lui demande s'il sait où je peux trouver Gracchus Babeuf. Il me répond : Pas de problème, et il me donne une adresse. A Montfort-L'Amaury.

– Dans cette maison ? *L'Épervière ?*

– Oui. Mon cousin m'a prêté une moto et je suis venu jusqu'ici. J'ai rôdé dans le coin. Quand la nuit est tombée, je me suis faufilé dans le parc, je me suis approché des fenêtres. Il était là, Babeuf, dans le grand salon. Et pas tout seul. Trois types et quatre ou cinq filles. Tous plus ou moins à poil. Une partouze. Je me rappelle, c'était la nuit du 10 mai, la fameuse nuit des barricades. Et notre révolutionnaire de Babeuf, pendant ce temps, il tringlait des filles et il se pintait au whisky.

– Écœurant, en effet. Votre sens moral a dû en être bouleversé.

Falcone jeta un coup d'œil sur le prince, qui n'avait pas bougé de sa place, adossé négligemment à l'orme, bras croisés.

– Ouais, je sais bien ce que vous pensez de moi...

– Je ne crois pas, mon ami. Poursuivez.

– J'ai compris que je ne pourrais pas agir, cette nuit-là, il y avait trop de monde dans la maison. J'ai dormi dans une remise au fond du parc. Le lendemain, j'ai traîné toute la journée aux alentours. Pas un bruit dans la maison. Ils ont dû cuver jusque dans l'après-midi. Un peu avant que la nuit tombe, enfin, j'ai entendu tout un remue-ménage dans le parc : les filles et les mecs s'en allaient, Babeuf leur disait au revoir. J'ai attendu que leurs bagnoles aient disparu et je suis retourné vers la maison. Je suis passé par ce jardin, je me suis approché de la porte-fenêtre, là-bas. Elle était entrouverte. Babeuf me tournait le dos, il téléphonait. Il parlait de Marseille, des Baumettes – la prison, vous savez ? –, il répétait : « La nuit de dimanche, dernier délai. » Il a dit aussi : « Je vous rejoindrai à Milan dans la semaine. Ne faites rien sans moi. » Je crois qu'il préparait un coup. Enfin... Moi, j'ai sorti mon couteau et j'ai commencé à repousser la porte-fenêtre. A ce moment-là, j'ai entendu un bruit de moteur et, presque aussitôt, deux coups de klaxon. Je me suis vite planqué contre le mur, pendant que Babeuf allait à la porte d'entrée. Je suis allé voir par-dessus la haie : un taxi arrivait. Ensuite, je me suis glissé dans ce jardin.

« J'ai vu bientôt Babeuf revenir dans le salon. Avec une fille. Brune, très mignonne et surtout très jeune. Quatorze ans, peut-être, à vue de nez. Elle avait l'air d'autant plus gamine qu'elle était en cloque, mais alors... enceinte jusqu'aux yeux. Ils étaient très énervés, tous les deux. Surtout Babeuf. Je ne comprenais pas ce qu'il disait, mais il gueulait tellement fort que j'entendais le son de sa voix d'ici. Elle, elle essayait d'expliquer quelque chose, ou alors elle le suppliait, je ne sais pas. En tout cas, elle a fini par se mettre à chialer. Babeuf lui a envoyé une gifle à lui retourner la tête. Et puis il a pris une bouteille de whisky, il a commencé à arpenter la pièce de long en large, en gueulant de plus belle et en s'enfilant verre sur verre. La gosse enceinte, elle était recroquevillée dans un canapé, elle pleurait toujours, et, de temps en temps, quand il passait à côté d'elle, il lui envoyait une nouvelle baffe dans la gueule.

– Charmant personnage. Vous n'avez pas songé à intervenir ?

– Pourquoi ? demanda Falcone, avec un étonnement sincère. C'était pas mes oignons. Ça a duré comme ça une bonne demi-heure, jusqu'à ce qu'il se mette à flanquer une vraie rouste à la gamine. Elle a réussi à s'échapper, elle a couru hors du salon et, juste après, une fenêtre s'est allumée au premier étage, là-haut, dit-il en levant le doigt vers la découpe de l'échauguette contre le ciel bleu nuit. J'ai décidé d'attendre encore un moment, Babeuf était en pleine crise, il cassait des bibelots, des vases – un taré. Quand il s'est calmé et qu'il s'est laissé tomber dans un fauteuil, j'ai avancé jusqu'à la porte-fenêtre. Je l'ai regardé s'endormir, petit à petit. J'avais ressorti mon couteau. Je voulais en finir maintenant et foutre le camp, ça commençait à trop durer, cette histoire.

« Il était dit que j'aurais pas de chance. Quand j'ai pensé que c'était le moment, voilà que ça s'est mis à hurler, à hurler, atroce, on aurait dit qu'on égorgeait quelqu'un. Ça venait de la fenêtre, là-haut, dans la petite tour. C'était la gamine. Babeuf a sursauté dans son fauteuil, il est resté un moment les yeux écarquillés, à écouter.

Les cris étaient épouvantables. Il s'est levé. Il est sorti du salon en titubant.

« Je suis reparti dans mon coin de jardin. Je commençais à en avoir marre. D'un autre côté, j'en avais trop fait, je n'allais pas laisser tomber maintenant. Pendant des heures, j'ai l'impression, la gamine a hurlé, là-haut, beuglé. Par moments, ça se calmait, je me disais c'est fini, ça y est, et ça repartait. Derrière la fenêtre, je voyais des fois passer une ombre, celle de Babeuf.

« Et puis, enfin, il n'y a plus eu un bruit. Plus un cri. Je me suis bientôt assoupi. J'étais crevé, j'avais les nerfs détruits. Je crois que ce qui m'a réveillé, ç'a été le bruit de la porte-fenêtre qui s'ouvrait. Je me suis vite accroupi derrière un massif.

« C'était Babeuf. Il a traversé le jardin jusqu'à l'arbre, juste là où vous êtes, prince. Il portait une espèce de petit coffre en osier et une bêche. Il a posé le coffre par terre et il s'est mis à creuser un trou, là, sous vos pieds. Je ne me suis même pas demandé ce qu'il fichait. J'en avais trop marre. Je me suis approché dans son dos, sans un bruit, puis j'ai fait : “Hé, Babeuf !”, il a à peine eu le temps de tourner la tête, je lui ai planté un grand coup sous l'omoplate. J'ai retiré la lame aussi sec. Il est tombé en avant, lentement, il a piqué du nez dans le trou qu'il était en train de creuser. Je me suis baissé, j'ai essuyé ma lame sur sa chemise, le coffre en osier était juste sous mon nez. Je l'ai mis sous mon bras et je me suis barré en courant. A deux cents mètres du parc, dans la forêt, j'ai récupéré la moto, j'ai sanglé le coffre sur le porte-bagages et je suis rentré à Paris, à Pigalle, chez mon cousin.

– Pourquoi avez-vous emporté ce coffre ?

– Aucune idée. Un réflexe. Si Babeuf prenait la peine de l'enterrer en plein milieu de la nuit, ça devait sûrement être intéressant.

– Et cela l'était ?

Falcone se frictionna vigoureusement les tempes, puis les joues.

– J'aurais mieux fait de me couper une main, ce jour-là... Dans ma piaule, j'ai fait sauter le cadenas, j'ai ouvert le couvercle. Un nouveau-né. Dans ce coffre en osier il y avait un nouveau-né. Tout dégueulasse : du sang, des glaires, du... je ne sais pas quoi. La gamine avait accouché dans sa petite tour, avec Babeuf comme sage-femme. Ça me dégoûtait, mais je l'ai touché, tâté. Il était tiède.

– Babeuf enterrait donc cet enfant vivant ?

– Faut croire. Mais j'ai pas réfléchi à ça, sur le coup. J'ai appelé mon cousin, je lui ai montré le bébé et je lui ai tout raconté. Il m'a juste répondu : « C'est bien. Tu as vengé ton honneur, tu t'es conduit comme un homme. Maintenant, Giro, tu dois quitter la France. Et, pour commencer, on va s'occuper de ce *bambino*. » Il a fait venir un docteur, un autre Italien de Pigalle, discret. Un ami. Il a emporté le bébé.

« Une semaine plus tard, il me mettait dans un avion pour Palerme, *via* Rome. Avec des faux papiers, le bébé et Carla, une de ses travailleuses, pour en prendre soin jusqu'à l'arrivée. La famille m'a accueilli et c'est ma sœur aînée, Gina, qui l'a adopté. Elle était rentrée au pays depuis des années, elle y était restée vieille fille, c'était un cadeau du Bon Dieu pour elle.

– Qu'est devenu cet enfant ?

Falcone ricana douloureusement.

– Il est en taule, à Casabianda, en Corse. Ce petit *stronzo*, ma sœur l'a baptisé Renato – je suis son parrain – et elle l'a élevé comme un prince. Il avait pas six ans qu'il a commencé à voler, tout le monde, ma sœur, ma mère, les voisins. En grandissant, il s'est lancé dans tout un tas de petits trafics. Moi, j'étais parti à Los Angeles, travailler avec mon oncle Raguso. Je n'ai pas pu protéger ma sœur...

Pour la première fois de son long récit, la voix de Falcone laissa transparaître une véritable émotion. Arjuna contempla froidement sa nuque épaisse, rase, courbée vers le sol.

– Continuez.

– Ma sœur m'écrivait. Elle ne pouvait plus le tenir, le petit Renato. J'ai profité d'un déplacement de mon oncle pour l'accompagner en Sicile. J'ai convoqué le gamin, il avait seize ans à l'époque, et je lui ai proposé de partir avec moi à Los Angeles, où il ferait son apprentissage à mes côtés. Vous savez ce qu'il m'a répondu ? « Je suis très bien ici. Ma mère me donne tout ce que je veux. Pourquoi j'irais faire le larbin avec toi ? » J'aurais dû lui foutre deux gifles, et peut-être même une balle entre les deux yeux, je le reconnais, j'ai été faible. Ma sœur l'aimait tellement, son Renato. J'ai pas voulu lui faire de peine.

« J'ai eu tort. Un an plus tard, je revenais à Palerme pour l'enterrement de Gina. Il lui en avait fait tellement voir qu'elle en était morte. Le cœur. Le chagrin. Des voisines m'ont raconté que Renato la battait, presque tous les jours, depuis des années. Jusque-là, elles n'avaient rien osé dire, elles avaient peur de lui, mais depuis, il avait filé, quitté la Sicile, juste avant l'enterrement. Et mon retour.

« Je me suis juré que je le retrouverais, et qu'il le sentirait passer. J'ai fini par apprendre qu'il faisait le gigolo, et du racket minable dans les bars de Marseille. Le temps que je prenne un avion et que j'arrive, la police l'avait arrêté à Ajaccio. Il a eu de la chance. J'avais dans l'idée de me faire boucler à Casabianda pour le tuer. Je n'ai pas eu le temps. Il y a eu cette histoire des trois nègres en Californie, je me suis retrouvé dans le couloir de la mort à San Diego. Vous connaissez la suite...

Après cette confession, Arjuna laissa passer un long silence. Mains derrière le dos, il déambula dans le jardin, levant parfois le visage vers les étoiles. Cet homme, Falcone, a passé vingt ans de sa vie à trahir et à tuer, dans la plus parfaite indifférence du cœur. Et, lorsque, enfin, il éprouve une vraie douleur – la mort de sa sœur –, elle ne lui enseigne rien. Il ne songe qu'à tuer encore. Il tourna le regard vers le Sicilien, assis sur le banc, avant-bras sur les genoux, tête basse. Ai-je le droit de le juger ? Après tout, nous nous ressemblons.

– Il est temps de partir, Girolamo.

Falcone se redressa lourdement, recoiffa sa casquette.

– Que ferais-tu si tu rencontrais aujourd'hui Gracchus Babeuf ?

– Il est mort... Non ?

Arjuna fit un geste évasif.

– Nos fantômes nous poursuivent toute notre vie.

Il se détourna et, marchant vers les vitres noires du salon, il ajouta :

– A moins que nous ne décidions de hanter nos fantômes.

IX

Le lendemain matin, tandis que sous la surveillance de Girolamo une équipe de techniciens installait des caméras dans l'hôtel particulier du quai d'Anjou, Arjuna appela Tazrouk dans son bureau – longue pièce blanche parquetée à points de Hongrie, quasi nue, à part un mur d'écrans de télévision encore aveugles, une grande toile de Tàpies, une table et un siège d'ébène de Macassar incrustés de nacre, et une paire de fauteuils bas plaqués d'amarante.

– Tu as fait le nécessaire pour l'Hispano-Suiza ?

– Oui, prince.

– Combien la lui as-tu payée ?

– Comme tu me l'as demandé : six millions. Je te ferai remarquer, prince, qu'elle en vaut trois.

– Il ne s'est pas plaint, n'est-ce pas ? Où est la voiture ?

– Au garage, comme neuve.

– Alors sors-la. Nous partons tout à l'heure. Et mets ton costume de notaire.

Il descendit dans le hall où Girolamo donnait des ordres à deux techniciens juchés sur des escabeaux. Il lui fit signe d'approcher.

– Ils auront fini aujourd'hui ?

– Je m'en occupe, prince.

– Très bien. Autre chose : as-tu trouvé nos... demoiselles ?

– Elles commencent leur service ce soir.

– Parfait. J'espère que tu as bien choisi.

– Tazrouk a tenu à donner son avis.

– Dans ce cas, je n'ai pas d'inquiétude.

Sur ces mots, Arjuna tourna les talons. Il sortait dans l'étroite cour pavée lorsque s'ouvrit le guichet de la porte cochère, livrant passage à une grande jeune femme noire frileusement enveloppée dans un manteau sans manches, ample et long comme une cape. Elle portait un sac en bandoulière, et sur la tête aux cheveux ras une petite toque brodée d'or.

– Marie des Anges ? s'exclama Arjuna. Je ne t'attendais pas si tôt.

Ils s'avancèrent l'un vers l'autre. Les mains pâles d'Arjuna se saisirent des longs doigts havane de la jeune femme et les couvèrent un instant, les serrant contre sa poitrine.

– Je m'ennuyais, dit-elle. Los Angeles est assommant. J'ai sauté dans un avion. Vous m'en voulez ?

Il lui lâcha les mains, et la dévisagea avec une expression de tendresse paternelle.

– Je n'aurai pas beaucoup de temps à te consacrer.

La prenant doucement par le bras, il la conduisit à la porte de l'hôtel, la fit entrer dans le hall.

– Ton appartement est prêt. Tout a été aménagé selon tes instructions. Si quelque chose te déplaît, dis-le à Girolamo.

Elle jeta un regard panoramique sur le hall de marbre blanc où les techniciens s'affairaient. Elle sourit pour la première fois, et une autre Marie des Anges apparut, presque enfantine et gaie.

– Je vois que vous mettez les décors en place. Quand m'apprendrez-vous mon rôle ?

– Quand tu voudras. Ce sera facile.

Il lui tapota la joue, comme on fait à une enfant.

– J'ai un rendez-vous. Je pars.

Il fit un signe à Girolamo.

– Il va te montrer ton appartement. A bientôt.

Il la quitta sans remarquer le regard dont elle l'accompagnait tandis qu'il traversait la cour pavée. Elle ne relâcha la porte du hall que lorsqu'il eut disparu derrière le guichet de la porte cochère.

Quai d'Anjou, Tazrouk attendait Arjuna au volant de l'Hispano-Suiza. C'était une élégante voiture de maître de la fin des années vingt, couleur beurre frais, aux ailes gris cendre pareilles à des lévriers bondissants, aux larges marchepieds gardant le souvenir des calèches. Arjuna s'installa dans l'odeur du cuir de Russie des banquettes et Tazrouk démarra.

Le ciel était maussade au-dessus du pont Marie et de l'Hôtel de Ville.

***

– Répétez-moi ça.

– Je vous dis, monsieur, que des... des Africains sont en train d'emménager dans l'appartement du troisième.

– Des Africains ? répéta Champredin, le téléphone coincé entre l'épaule et la joue, tout en allumant un cigare. Avenue Charles-Floquet ?

– Oui, monsieur. Je suis le gardien du 12 bis.

– Bon, et alors ? Ce doit être des diplomates.

– Non, monsieur. C'est des nègres. Des vrais. Ils ont deux chèvres.

– Quoi ?

– Et j'ai compté au moins trois femmes et douze enfants. Toute une tribu.

Il fallut un certain temps à Champredin pour se représenter une « tribu de nègres » emménageant avec deux chèvres dans l'un des appartements les plus cossus qu'il possédait et donnait à louer avenue Charles-Floquet.

– Vous vous foutez de moi ?

– Pas du tout, monsieur.

– Bon. Appelez l'agence de mon gérant. Qu'il fasse intervenir le préfet de ma part. Qu'il me vire ces squatters, bordel !

– Mais, monsieur...

– Faites ce que je vous ai dit.

Il raccrocha, furieux. Des squatters dans le VIIe, maintenant, on aura tout vu. Il jeta son cigare dans le cendrier. On frappa à la porte.

– Oui !

Sa secrétaire entra, un parapheur serré contre la poitrine. Elle s'avança à petits pas rapides.

– Le courrier à signer, monsieur.

Elle déposa devant lui le parapheur ouvert.

– Un visiteur est dans l'entrée, monsieur. Il demande à vous voir.

– Il a rendez-vous ?

– Non, mais il insiste. Il dit qu'il est le prince Arjuna Khan.

– Prince Arjuna Khan ? Kèskséksa ?

Elle fit une moue d'ignorance.

– De quoi il a l'air ? D'un Arabe, d'un hindou ?

– Un peu des deux, monsieur.

– Bon, s'exclama Champredin en apposant une dernière signature, après les nègres, un émir. C'est la journée.

La secrétaire reprit le parapheur.

– Que dois-je faire, monsieur ?

Champredin se mâchonna les lèvres, les yeux vagues.

– Faites-le entrer. J'ai cinq minutes. Voyons ce qu'il veut, le roi du pétrole.

***

Ce matin-là, Arjuna avait dérogé à ses habitudes vestimentaires. Il avait troqué ses habits noirs pour un costume blanc à l'indienne, très simple, et s'était coiffé d'un calot à la Nehru. Quand la secrétaire le fit entrer dans le bureau, il s'avança jusqu'au banquier, les yeux fixés sur lui.

Il n'avait guère changé. Contrairement à Casagrande, la prospérité ne l'avait pas soufflé de mauvaise graisse. Il semblait plutôt s'être aminci encore, et voûté, ce qui, ajouté à son nez en bec et à l'écarquillement mat de ses petits yeux noirs, achevait de lui donner l'allure d'un vautour. Il ne se leva pas pour accueillir son visiteur. Il feignit de prendre des notes dans son agenda et ne lui accorda enfin un regard que lorsqu'il eut atteint les deux fauteuils face à son bureau.

– Bonjour, monsieur, fit-il d'une voix brève et sans sourire. D'habitude, on prend rendez-vous pour me rencontrer, mais vous avez de la chance, j'ai quelques instants de libre.

– Je vous remercie de me recevoir, monsieur Champredin.

– *Chan-redin*, articula le banquier. On prononce Champ-redin. Le « p » ne se prononce pas.

– Pardonnez-moi.

– Je vous en prie.

Champredin lui fit signe de s'asseoir. Son petit œil noir et mobile examina Arjuna, se fixa un instant sur le calot de toile blanche.

– Que puis-je faire pour vous ?

– Me rendre un grand service.

A ce mot, Champredin battit vivement des paupières et s'adossa à son siège, comme pour se placer hors d'atteinte.

– Un service ? Moi ?

– Oui. Voyez-vous, j'arrive à Paris. Je n'y connais personne, ou presque. Je m'occupe de quelques affaires, ici et là, je me déplace souvent et j'ai une petite manie : j'aime, pour traiter mes transactions, passer par une banque établie dans la ville où je séjourne. La relation d'homme à homme m'est nécessaire, la chaleur et souvent l'intelligence de ces rapports personnels me stimulent. Est-ce dû à mes origines ? Je déteste le téléphone, le télex, le fax, j'aime la proximité du timbre d'une voix, les éclats et les ombres d'un regard, les expressions d'un visage, toujours instructives.

– Bien... Bien, fit Champredin, déconcerté. Et de quelles affaires vous occupez-vous ?

– Elles sont assez diverses, vous vous en apercevrez.

– Sans doute, si toutefois... Mais d'abord, pourquoi vous adresser à moi ?

– J'ai pris quelques renseignements. Nous avons beaucoup en commun.

– Mmmmhh, grogna Champredin, méfiant. Par exemple ?

– Le goût de l'aviation. Je pilote moi-même mon jet et je sais que vous en seriez capable également, n'est-ce pas ? D'autre part, mon ami Fidel Castro vous tient en très haute estime, vous avez fait beaucoup pour l'économie de Cuba lorsque vous dirigiez le commerce des Tupolev et de quelques autres... *hardwares*, dirons-nous, à destination de l'Afrique.

– Vous connaissez Castro ? demanda Champredin, de plus en plus déconcerté.

– J'ai passé quelques jours avec lui à La Havane, cet hiver. C'est par lui que j'ai entendu parler de vous pour la première fois. Il regrette votre départ, il aurait bien besoin de votre esprit d'entreprise. Croyez-vous que le blocus américain cessera un jour ?

Champredin haussa évasivement les épaules.

– Moi aussi, reprit Arjuna, je suis assez pessimiste sur la question. J'en ai touché deux mots au président Bush, le mois dernier. Sans succès. Après tout, les négociations sur le désarmement nucléaire ont énormément progressé ces deux dernières années, et Gorbatchev a entrepris une véritable métamorphose économique et politique de l'URSS. Si les États-Unis et l'Union soviétique font tant d'efforts pour apaiser leurs conflits, pourquoi ne pas tenter un rapprochement avec Cuba ? Qu'en pensez-vous ? Je sais que votre banque entretient d'étroits contacts avec les pays de l'Est et que le fonctionnement du Comecon n'a pas de secrets pour vous. Vous êtes certainement mieux informé que moi sur ces questions.

– J'ai mes sources, oui, dit prudemment Champredin.

– Je comprends votre discrétion. Quoi qu'il en soit, un homme tel que vous, un *self made man*, qui collabore depuis si longtemps et si fructueusement avec les pays socialistes et l'Afrique, un banquier de gauche, en somme, est forcément un homme sans préjugés sectaires ni raciaux, ce qui est rare, vous en conviendrez, dans les milieux que nos activités nous contraignent à côtoyer. C'est donc pourquoi j'ai pris la décision de placer ma confiance en votre banque et vous, monsieur Champredin.

Un peu étourdi par le débit rapide de ces propos, le banquier se tortilla sur son siège, reprit dans le cendrier le cigare éteint qu'il y avait jeté, le mordilla.

– Vous me flattez, monsieur... ? Excusez-moi, je n'ai pas...

– Prince Arjuna Khan.

– Ah. Eh bien, prince, je vous écoute. Vous voulez ouvrir un compte chez moi, c'est ça ?

– Comme je vous l'ai dit en préambule, je suis venu requérir vos services de banquier d'affaires. Je dois effectuer une transaction urgente et je serais très honoré que vous en régliez les détails.

– Quel genre d'urgence ? Dans la semaine ?

– Aujourd'hui même. Dans les deux ou trois heures qui viennent.

– C'est... c'est pressé, effectivement. De quoi s'agit-il ?

– D'une entreprise sud-coréenne, Duksoo. Vous connaissez ?

– Oui, bien sûr. Automobile, électroménager...

– Et électronique.

– Elle est en difficulté, il me semble...

– Passagère, j'en ai l'intuition. C'est la raison pour laquelle je l'achète aujourd'hui. Par votre intermédiaire.

Champredin s'adossa à son fauteuil et examina plus attentivement Arjuna. Qu'est-ce que c'est que cette histoire ?

– Très bien... Et vous pensez y investir combien de capitaux ?

– Étant entendu que je veux conclure avant ce soir et que je ne veux pas avoir à perdre de temps en discussions vaines, j'estime l'affaire à dix milliards de dollars.

Sous le choc de la surprise, Champredin faillit s'écrier : « Vous plaisantez ? » Mais il avait des nerfs de banquier. Il en avait aussi la grande circonspection. Il ne laissa donc rien paraître et, tendant la main vers son téléphone, il sourit à Arjuna.

– Le montant est un peu inhabituel, vous en serez d'accord ? Permettez-moi de consulter mon bras droit. C'est un *raider* de première force. Un banquier doit d'abord être un conseil.

– Comme vous voudrez. A condition que cela ne nous fasse pas perdre de temps.

Tandis que Champredin décrochait le combiné, Arjuna se leva. Il s'approcha d'une vitrine où étaient exposées des maquettes de meubles, comme une maison de poupée qu'on aurait convertie au style le plus audacieusement contemporain.

– Oui, Lefort, faites quelque chose pour moi : la Duksoo, vous voyez ce que c'est ?... Exactement. Évaluez-moi ce que ça vaut, en gros... Très vite. Tout de suite... Voilà. J'attends.

Champredin raccrocha, se leva à son tour et sa maigre carcasse voûtée vint se placer près d'Arjuna.

– Remarquable, dit celui-ci à propos des meubles miniatures de la vitrine.

– Jolis joujoux, non ? L'œuvre de ma fille, Régine. Elle est diplômée de l'école Camondo et elle a travaillé un temps à l'agence de Jean-Michel Wilmotte.

– J'avais cru entendre dire que votre fille était chanteuse ?

– Un caprice. Un caprice qui rapporte, remarquez, on voit son clip partout. Elle a du talent, quoi qu'elle fasse, et elle est belle comme l'était sa mère, une Cubaine que j'avais rencontrée en débarquant à La Havane, il y a vingt ans. Elle m'a donné ce cadeau : ma fille. Et puis... et puis la mort nous a séparés.

– Je suis désolé.

– Oh, c'est vieux, vous savez. Vieux chagrin, chagrin de jeunesse.

– Ceux qu'on n'oublie jamais.

– Oui, dit sans conviction le banquier.

Le téléphone bourdonna. Champredin retourna vivement à son bureau.

– Lefort ?... Oui... Ah. Bon... bon... Oui, d'accord, merci.

Il raccrocha. Arjuna se tenait debout devant lui, les mains croisées derrière les reins.

– Prince, j'ai eu raison d'appeler et vous avez eu raison de me choisir pour conseil. La Duksoo est en pleine dégringolade. Couverte de dettes. Le chiffre d'affaires a chuté de moitié en un an, l'action a perdu quarante-cinq pour cent ces trois derniers mois. Deux des usines vont fermer.

– Je sais tout cela, dit paisiblement Arjuna. L'affaire valait environ vingt milliards il n'y a pas si longtemps. Je l'achète dix, c'est peut-être légèrement surestimé, mais peu importe.

– Légèrement surestimé? s'emporta Champredin. On vient de m'affirmer que dans un mois elle n'en vaudra pas trois. On n'achète pas dix milliards une affaire qui court à la ruine.

Arjuna sourit.

– Je vous suis très reconnaissant de prendre tant à cœur mes intérêts, monsieur Champredin. C'est la preuve que je ne me suis pas trompé en vous choisissant. Cependant, vous achèterez la Duksoo pour moi. J'insiste.

– C'est une erreur, je vous l'affirme...

– Le temps passe, je veux avoir l'esprit libre ce soir, savoir que la Duksoo m'appartient, que je n'ai plus à y penser. Mon homme de confiance attend à côté. Je vais vous le présenter, voulez-vous? Il peaufinera les détails en votre compagnie.

D'autorité, Arjuna entraîna le banquier vers la porte.

– J'ai toujours eu horreur de l'aspect paperassier de la finance. L'argent, n'est-ce pas, est le moyen de n'avoir plus à penser à l'argent. Sinon, à quoi bon? Voici mon homme de confiance, poursuivit-il en ouvrant la porte. Monsieur Secundra, s'il vous plaît, approchez.

Tazrouk, en costume trois-pièces à rayures, lunettes cerclées d'or sur le nez et attaché-case à la main, obéit à l'injonction d'Arjuna et échangea une poignée de main avec Champredin.

– Voilà, vous vous connaissez. Je vous abandonne, je ne ferais que vous embarrasser.

– Prince, fit Tazrouk, une précision : sur quel établissement devons-nous tirer les fonds?

– Mais je ne sais pas, monsieur Secundra... Voyez avec M. Champredin ce qui lui convient le mieux. La Chase Manhattan, Lazard...

Arjuna chassa de la main ces ennuyeuses broutilles. Il fit mine de pousser les deux hommes vers le bureau du banquier.

– Au travail, messieurs !

Champredin n'aimait pas qu'on le bouscule, surtout lorsqu'il était question d'argent, surtout lorsque les sommes en jeu étaient si importantes. La désinvolture du prince le décontenançait. Qu'il pût traiter de telles affaires comme s'il s'agissait d'un jeu, ou d'un caprice aussi passager qu'impérieux, le déstabilisait : il se sentait nié dans les fondements mêmes de sa nature avide. Il cherchait quels nouveaux obstacles il pourrait lui opposer, dans son désir instinctif de retarder les choses ou, au moins, de les rendre plus conformes à l'idée qu'il se faisait d'une transaction *sérieuse*, quand une jeune femme d'une trentaine d'années, brune et déliée, d'allure délicate et au visage encore de poupée adolescente, entra derrière eux dans son bureau.

– Pascale ? fit-il, surpris de cette intrusion.

Arjuna et Tazrouk se tournèrent vers la nouvelle venue. Elle rougit légèrement ; ses paupières battirent plusieurs fois, très vite. Champredin la présenta.

– Prince, voici Pascale, ma femme.

– Enchanté.

Puis, à elle :

– Que se passe-t-il ?

Il s'était montré plus brusque qu'il ne l'aurait souhaité. Elle ne lui rendait jamais visite à la banque. En tout cas, pas depuis plusieurs années. Elle avait sa tête des mauvais jours – front barré d'une ride verticale, narines un peu pincées, lèvre inférieure boudeuse. Et le tic nerveux qui la faisait battre vivement des paupières sous l'effet de l'émotion était, ce matin-là, particulièrement gênant. Il craignait un ennui.

– J'ai un mot à tc dirc.

Après un coup d'œil aux deux hommes de haute taille qui accompagnaient son mari et qui, par souci de discrétion, se retirèrent à l'autre extrémité du vaste bureau, près de la vitrine, elle poursuivit :

– Qui t'a autorisé à faire ça ?

– Pardon ? De quoi parles-tu ?

– Tu le sais très bien. De la voiture de grand-père.

A son tour, Champredin jeta un coup d'œil du côté de Tazrouk et d'Arjuna. Il répliqua, à mi-voix :

– Pascale, ce n'est pas le moment. On parlera de ça ce soir à la maison.

– Ce matin, dit-elle d'une voix haut perchée qu'elle maîtrisait mal, Marcel, le gardien de Saint-Cloud, m'a appelée et c'est comme ça que j'ai appris que tu avais vendu l'Hispano-Suiza depuis une semaine.

– Oui, oui, je comptais t'en parler...

– Tu sais très bien, François, que je *tiens* à cette voiture.

– Enfin... Elle ne roulait plus depuis des années... Une épave !

– Une pièce de collection, François.

Il ne put réprimer un geste d'agacement.

– Eh bien, justement ! A quoi bon continuer à la laisser pourrir sur cales au fond d'un garage à la campagne ?

– François, c'était la voiture de grand-père. Mon seul souvenir de lui.

– Un souvenir à trois millions, ma chère. Et je l'ai vendu... quatre et demi. Cash. Ne sois pas idiote. Je t'offrirai un petit cabriolet et on n'en parle plus.

Elle battit brusquement des paupières, le nez froncé.

– Alors peux-tu m'expliquer ce qu'elle fait en bas, garée devant ta banque ?

– L'Hispano-Suiza ?

– Oui, la voiture de grand-père.

– Pardonnez-moi, fit la voix rauque et basse d'Arjuna.

Il vint à eux, mains derrière le dos, un sourire flottant sur les lèvres.

– Je n'ai pu faire autrement qu'être indiscret. Vous parliez d'une Hispano-Suiza, n'est-ce pas ?

Champredin prit sa femme par le coude.

– Excusez-nous, prince. Je suis tout de suite à vous. Pascale s'en va.

– Cette automobile, reprit Arjuna, était dans une maison de Saint-Cloud, je crois ?

– ... Oui.

– Alors tout est ma faute.

Arjuna inclina le front à l'adresse de Pascale Champredin.

– Madame, cette automobile qui, semble-t-il, vous est chère, il se trouve, par un curieux hasard, que j'en suis l'acquéreur. Mon intendant l'a achetée pour moi la semaine dernière.

Il tendit la main, paume ouverte, à la jeune femme.

– Voulez-vous me faire plaisir ? Reprenez-la.

– Mais..., bredouilla Champredin.

– C'est un cadeau, bien entendu, le rassura Arjuna. Mon intendant l'a fait remettre à neuf et j'espère, madame, que cela n'aura pas trop dénaturé sa qualité de souvenir.

– Monsieur, dit-elle, je ne sais pas...

Il lui sourit et s'inclina de nouveau.

– S'il vous plaît.

***

– Je dois faire un détour par la rue de Rivoli, dit Pascale. Je vais y prendre un ami.

– Conduisez-moi.

Elle était au volant de l'Hispano-Suiza, Arjuna assis à côté d'elle. Sortant de la banque en sa compagnie, il l'avait escortée jusqu'à la voiture, et elle n'avait pu y résister : des larmes lui étaient montées aux yeux. Un bond d'un quart de siècle dans le passé. Quand elle était toute petite fille, et que son grand-père Le Hardouin venait avec son chauffeur la prendre à Saint-Cloud, le dimanche après-midi. Ils roulaient jusqu'à Versailles ou dans la forêt de Rambouillet. Il lui offrait des fruits en pâte d'amande. Ils chantaient *Cadet Rousselle* à tue-tête.

Arjuna lui avait proposé qu'un chauffeur lui rapporte la voiture à Saint-Cloud ou chez elle, mais elle s'était laissée aller à son impulsion : elle s'était mise au volant. Elle avait proposé à Arjuna de le raccompagner quai d'Anjou.

– Votre ami travaille au ministère des Finances ? demanda Arjuna.

Ils descendaient la rue du Louvre. Pascale, agrippée au large volant de bois de l'Hispano-Suiza, pointait un petit menton décidé vers le pare-brise.

– Il est directeur adjoint du cabinet du ministre. Pierre-Édouard Atlan. Vous le connaissez ?

– Je l'ai rencontré hier au Racing. Il a de l'humour.

– C'est l'homme le plus drôle de la terre, dit-elle avec un excès d'enthousiasme dont elle s'aperçut aussitôt, et qu'elle tempéra d'un ambigu : Je ne résiste pas aux hommes qui me font rire.

Ils prirent à droite au carrefour. Arjuna s'amusait à la regarder se battre dans le virage avec ce volant trop grand pour ses bras frêles.

– Je parie, reprit-elle quand ils furent dans l'embouteillage de la rue de Rivoli, que vous l'avez trouvé vulgaire.

– Pourquoi ? C'est votre avis ?

Il sourit parce qu'elle avait vivement tourné les yeux vers lui, avec une moue de défi.

– Il est d'une grande délicatesse d'esprit. Je ne crois pas aux apparences.

– Moi non plus.

Elle l'examina un instant, comme pour être sûre qu'il était sincère. La file de voitures devant elle avança de quelques mètres. Elle laissa glisser l'Hispano-Suiza dans leur sillage.

– Il y a longtemps que vous êtes en relation avec mon mari ? Il ne m'a jamais parlé de vous.

– Nous nous sommes rencontrés ce matin. Il me fallait un banquier, ç'a été lui.

– Il vous a été recommandé par Pierre-Édouard ?

– M. Atlan ne m'a pas parlé de lui.

Elle en parut soulagée. Arjuna, assis de biais, un coude sur le dossier du siège, contempla un instant le profil enfantin et têtu de Pascale.

– Et vous, vous me l'auriez recommandé ?

Elle demeura les yeux fixés sur la voiture qui précédait la sienne.

– Mon mari ? Oui, comme banquier, peut-être, je n'y connais rien.

Ils n'ajoutèrent plus un mot. Peu après, ils cueillirent Pierre-Édouard Atlan au bord du trottoir, entre deux arcades. Il se pencha à la vitre d'Arjuna, dit : « Tiens ! C'est vous ? » et sauta à l'arrière. Pascale lui expliqua en quelques phrases la présence du prince à ses côtés. Pierre-Édouard ne montra aucune surprise. C'était l'une des choses qu'il avait apprises dès son entrée à l'ENA : pour ne pas avoir l'air plouc, ne jamais paraître s'étonner de rien.

Il était, comme à l'ordinaire, bavard et de bonne humeur. Il échangea quelques politesses avec le prince, plaisanta sur l'Hispano-Suiza, se lança dans un récit picaresque et humoristique des multiples difficultés entraînées par le déménagement du ministère dans les bâtiments de Bercy, et surtout par les retards dus à la mauvaise volonté du ministère précédent – « Balladur a dû croire qu'on construisait la pyramide pour ses obsèques nationales » –, et enchaîna par quelques ragots savoureux. Pascale riait aux éclats. L'Hispano-Suiza suivait les quais, Tuileries, Louvre, la Mégisserie, Gesvres. Peu après l'Hôtel de Ville, elle tourna vers l'île Saint-Louis. Atlan parlait toujours. Elle s'arrêta à la pointe occidentale de l'île.

– A propos, dit Arjuna, nous allons bientôt pouvoir jouer au golf ensemble.

– Pas possible ? Vous l'avez acheté, celui que...

– Oui. Votre cour de récré. Je signe les actes demain, je crois. Allez-y quand ça vous chante, vous en êtes désormais membre perpétuel.

Coupant court aux remerciements d'Atlan, il salua Pascale Champredin et descendit de l'Hispano-Suiza.

Rentré à son hôtel, il constata que les techniciens en étaient partis. Il monta directement à son bureau. Il prit la télécommande posée sur sa table d'ébène et alluma le mur d'écrans. Toutes les pièces, tous les couloirs, tous les escaliers de la maison étaient filmés chacun par une ou plusieurs caméras. Il appela Girolamo.

– Bon travail, lui dit-il. Je vois que tu commences à savoir te faire obéir.

– Merci, prince.

– Pour demain soir, à l'inauguration, tout est-il en place ? Que reste-t-il à faire ?

– Régler le mécanisme. Vous ne m'avez pas encore précisé d'heure, prince.

– Attendons le retour de Tazrouk. Vous n'avez pas eu de difficultés à entrer dans les lieux ?

– On s'est fait engager dans l'équipe de nettoyage.

– Parfait. Mlle Marie des Anges est là ?

– Là-haut, prince. Dans son appartement.

– Tu peux disposer.

Arjuna ôta son calot de toile blanche, le jeta sur un fauteuil, appuya sur un bouton de la télécommande. Tous les écrans offrirent alors la même image : celle de la jeune femme noire, en peignoir, assise en tailleur sur un futon, un livre ouvert devant elle. Le regard d'Arjuna courut d'écran en écran. Il appuya longuement sur un autre bouton : la caméra zooma jusqu'à cadrer, en plongée, le gros plan du profil de Marie des Anges. Puis, tout à coup, comme contre lui-même, Arjuna éteignit le mur d'images.

X

– Tu comptes toujours épouser le petit Thomas ?

Pascale Champredin, un verre de champagne à la main, contemplait un masque d'ivoire béninois aux grands yeux cernés de noir.

– Bien sûr, lui répondit Régine, il est très mignon. Et il ne sera pas encombrant.

La fille de Champredin dépassait sa belle-mère de près d'une tête. Elle avait un « port de Diane », comme le lui disait Jean-Damien Colignon quand elle posait pour lui, une allure naturellement souveraine – les épaules larges et droites au-dessus d'une cambrure de danseuse de *salsa* qu'elle tenait de sa mère cubaine, comme ses jambes interminables et musclées, le bulbe bifide et ferme qui les couronnait, et son teint mat, ses yeux brun clair en amandes obliques.

– Pourquoi as-tu besoin de te marier ?

– Parce que ça m'amuse.

– Tu fais une bêtise.

Le menton haut, agressif, Régine baissa lentement les yeux vers sa belle-mère, cette fragile petite poupée nerveuse, dont un tic contractait régulièrement les paupières.

– Je ne suis pas *toi*, Pascale.

Tout étant dit, elle s'en alla, d'un pas à peine un peu chaloupé dans sa combinaison rouge très moulante – juste ce qu'il fallait de provocation sexuelle pour animer sa propre statue –, et rejoignit le petit groupe de Thomas, Colignon et Emmanuel Villedieu.

Le cocktail d'inauguration de la fondation d'art africain présidée par Jasmine Casagrande avait ouvert ses portes environ une heure plus tôt. Les invités entraient, de plus en plus nombreux. Ils allaient saluer Jasmine et son mari, Jean-Michel Casagrande, qui se tenaient près de la grande porte sculptée à la manière *olowe* – petites scènes naïves de la vie quotidienne du roi, l'*ogoga*, de sa cour et de ses serviteurs –, échangeaient avec eux quelques mots, puis, cédant la place à de nouveaux arrivants, serraient la main de Jack et de Monique Lang, qui, face à l'entrée, accueillaient chacun comme s'ils eussent été, non pas même la doublure du couple Casagrande, mais les véritables hôtes. Ensuite, les invités se perdaient dans la foule du cocktail, hélant untel, au hasard des amitiés ou des intérêts ; caressant la tête du petit chien que Pierre Bergé serrait comme un bébé sur sa poitrine ; se laissant tutoyer par Jacques Toubon dont les bons yeux brillaient d'un émerveillement perpétuel ; croisant Roger Hanin et son épouse, Christine Gouze-Rénal, qui leur présentaient sans façon une petite femme effacée, cousine de province en laquelle ils reconnaissaient, embarrassés, Danielle Mitterrand ; apercevant, sous les émeraudes et les ors d'un velours végétal du Kasaï, Jean-Claude Brialy qui souriait de toutes ses joues à un petit épervier véhément et ridé – Bernard Kouchner – ou, en grande conversation avec quelques ambassadeurs africains et leurs épouses en boubou, un type assez lourd et massif – « Il ne te rappelle pas quelqu'un ? » – dont le nom leur revenait ainsi que la ressemblance, un quart d'heure plus tard : Jean-Christophe Mitterrand, « le fils ». Parmi toutes ces célébrités, le « petit peuple » des fonctionnaires de l'Unesco et du ministère de la Culture, des galeristes et des chroniqueurs parisiens, des amis de Jasmine et de Thomas et des relations de Casagrande, tentait de piquer çà et là une repartie ou un bon mot, au moins un regard ou un sourire, la promesse d'un rendez-vous (« Passez un coup de fil. Nous étudierons ça »), et, quelquefois, dans ces instants d'angoisse diffuse où ils avaient quitté un groupe sans s'être encore agrégés à un autre, ils levaient un œil distrait sur une statuette *tshokwe*, un masque *kurumba* ou un *goli glin* de Côte d'Ivoire, se penchaient pour déchiffrer quelques mots du cartouche, et allaient reprendre un verre au buffet avant de repartir dans quelque minuscule opération stratégico-sociale.

Pendant ce temps, le banquier Champredin racontait à qui voulait l'entendre sa grande affaire de la journée.

– Jamais vu ça ! répétait-il à ses interlocuteurs du moment, Pierre-Édouard Atlan, Jean-Damien Colignon, Emmanuel Villedieu, Nadège Chastel-Becq, l'épouse du célèbre avocat, et leur fils de huit ans, Ernest, dit Nessie, qui, accroché d'une main à la jupe de sa mère, jouait de l'autre avec un briquet. Jamais vu ça ! Il débarque à mon bureau, sans rendez-vous, je n'avais jamais entendu parler de lui, au bout d'un quart d'heure il met la conversation sur la Duksoo. Il était dans la vague idée de l'acheter. Dix milliards de dollars.

Il laissa passer un silence, de manière à ce que chacun s'imprègne de la beauté de la somme.

– Dix-milliards-de-dollars, articula-t-il lentement. Je prends mes renseignements : l'affaire paraît assez bancale, des difficultés, des dettes. J'en parle avec mon client. Il est de plus en plus hésitant, forcément. Mais je ne sais pas – l'intuition ! – je flairais quelque chose autour de cette boîte coréenne... On discute, on discute, et il finit par en tomber d'accord : j'ai raison, achetons. Là, première surprise : il aurait pu attendre encore un mois, on y gagnait quelques milliards. Mais lui est tellement emballé, tout à coup, qu'il veut acheter tout de suite, dans la journée ! Je le raisonne un peu, je le conseille, je ne veux pas non plus l'entraîner à des risques inconsidérés. Pas de discussion, me répète-t-il. J'achète.

Il se tut, se frotta les mains, regarda un à un les visages autour de lui, reprit :

– J'arrive ce matin à ma banque et qu'est-ce que j'apprends ? Que, dans la nuit, la Duksoo a rendu publique en Corée et au Japon sa dernière découverte technologique : un système de miniaturisation qui permettra, dans peu de temps, de réduire des deux tiers la taille des appareils de téléphonie mobile. Une révolution. Les actions de la Duksoo ont aussitôt flambé à Séoul et à Tokyo. Une heure après l'ouverture, à Paris, à Francfort, à Londres, elles crevaient tous les plafonds. Et en ce moment on se les arrache à New York. Voilà, conclut-il en écartant théâtralement les bras.

– Alors vous ne connaissiez pas votre client ? dit Villedieu. D'où vient-il ?

– Je l'ignore, au juste. D'Inde, peut-être, ou du Proche-Orient. Il se fait appeler « prince ».

Atlan émit un petit rire, se claqua dans les mains et fit un clin d'œil à Colignon et Villedieu.

– Arjuna ! s'exclama-t-il. Prince Arjuna Khan, c'est ça ?

– Oui. Comment le savez-vous ?

– On le connaît. Je l'ai rencontré au Racing il y a trois jours. Et depuis, je tombe partout sur lui, ajouta-t-il sans préciser que, la dernière fois, c'était dans l'Hispano-Suiza, en compagnie de la propre femme de Champredin.

– Nessie ! s'écria alors Nadège Chastel-Becq.

Elle s'écarta en hâte du groupe, évita de justesse un extra et son plateau de petits-fours, se précipita et attrapa son fils par le col. Accroupi sur le parquet, le briquet allumé à la main, il s'apprêtait à mettre le feu au bas du boubou aux couleurs éclatantes drapant la magnifique épouse d'un ambassadeur africain.

– Mais lâche-moi, merde ! glapit hargneusement le gosse. Tu m'étrangles !

Il n'eut pas besoin de se débattre longtemps : sa mère le libéra aussitôt et, d'une main coupable, essaya d'arranger son col.

– Voyons, Nessie, il ne faut pas faire des choses comme ça.

Avec une grimace, il s'ébroua pour écarter la main de Nadège.

– Je me fais chier ici, grogna-t-il.

Elle posa l'index sur ses lèvres.

– Nessie, pas de gros mots, mon amour... Donne ce briquet à maman, s'il te plaît.

– Va te faire foutre.

Et il détala. Nadège, tournant la tête de tous côtés telle une poule inquiète, le perdit parmi la foule qui, à cet instant, parcourue d'une rumeur comme d'une vague (« Chirac est ici ! »), se bousculait en essayant de refluer vers l'entrée de la salle principale où le maire de Paris secouait longuement la main de Jasmine Casagrande, les épaules penchées sur elle, puis, attrapant au passage le bras de Casagrande (« Venez avec nous, vous allez me montrer ça »), la suivait jusqu'au présentoir où trônait une magnifique Vénus noire du Gabon, front bombé, yeux mi-clos, seins en pointe, hanches amples, dans la patine d'un bois noir satiné. La tête inclinée vers l'épaule, les mains croisées dans son giron, il parut prendre le plus grand intérêt aux explications de Jasmine. Les flashes des photographes allumaient des bouquets d'éclairs, un cameraman d'Antenne 2, l'autre de TF1 filmaient la scène – celui de FR3 était dehors, retenu par un « problème technique ». Jacques Chirac effleura le front de la Vénus noire (nouveaux bouquets de flashes – « Monsieur le maire ! Monsieur le maire ! »), dit quelques mots à Jasmine et rebroussa chemin. Il serra des mains, leva la sienne pour un dernier salut à tous et rejoignit son chauffeur qui l'attendait en haut des marches.

On ressentit dans la foule comme un relâchement des nerfs, la subite dépression du silence après le point d'orgue. On commençait à renouer au hasard les conversations particulières, dans le souvenir frémissant encore d'avoir assisté au clou de la soirée – pour preuve qu'il ne se passerait plus rien : les photographes de presse et les cadreurs de TF1 et d'Antenne 2 avaient filé comme un seul homme à la suite de l'ancien Premier ministre –, quand, entre les battants ouverts de la double porte *olowe* sculptée en haut-relief, un homme fit son entrée.

– Tu as vu ? – Qui est-ce ? – Je ne sais pas. – Il est incroyable. – C'est carnaval, ou quoi ? – Un acteur ? – Je me le ferais bien. – C'est Mel Gibson ! – Mais non, il est trop grand. – J'ai une halluuuu ! Enfin un mec baisable ! – Je préfère les blondes. *Ces* blondes. – C'est un attaché à l'ambassade du Pakistan, je le reconnais. – Je crois bien que je l'ai rencontré en Égypte, l'an dernier, tu te rappelles, chez Moubarak ? – Un producteur de cinéma, un Israélien, on s'est croisés chez Demi Moore. – C'est lui ou ses blondes qui t'avaient tapé dans l'œil ? – Il me rappelle ce Brésilien, tu sais, au Kremlin ? – Je lui parle la première, les filles. Hop ! C'est dit. – Vous avez reconnu votre client, Champredin ? Quand il ne gagne pas des milliards, il fait quoi pour ses loisirs ? Lawrence d'Arabie ? – Tu crois que c'est un ami de Casagrande ? – Ouais, un ami de la cousine du beau-frère de sa femme de ménage. Sûrement. Ochoa *de* Ca-sa-grande... Je te demande un peu... – Dis-moi, Roger, tu le connais, ce maharadjah ? – Maharadjah, maharadjah... Faudra demander à François. Et toi, tu l'as déjà vu, Danielle ? ...

Cependant, Arjuna se tenait immobile à l'entrée, surplombant de quelques marches la salle principale où couraient les murmures et les questions. Son habit de soie noire, bouffant, baroque et brodé d'or, cousu de diamants et de saphirs, à l'imitation – libre – du vêtement de cérémonie des princes des Mille et une Nuits, n'était pas, il en avait conscience et le faisait exprès, tout à fait approprié à la soirée. Il avait décidé de marquer les esprits. Dans une société qui ne jurait plus que par la mode du jour – une devise : ni hier ni après, *no future no memory*, courons au gouffre en ricanant –, plutôt que s'y soumettre autant valait la faire. Quelques semaines auparavant, lors d'un séjour à New York, il avait rencontré le couturier Christian Lacroix qui, sur ses indications, lui avait dessiné ce costume. L'effet en était frappant, sa pâle et haute prestance de prince de la nuit ôtait à l'outrance du vêtement tout soupçon de ridicule. Et il était escorté de deux sylphides blondes à la bouche dédaigneuse et vêtues, par contraste, d'un simple tailleur-pantalon d'un blanc strict.

Sans quitter la salle des yeux, comme un acteur entré en scène, il dégrafa la broche de rubis maintenant sa cape de soie que, d'un ample mouvement du bras, il confia à l'une des sylphides. Conscient d'avoir capté l'attention générale, il dégravit lentement les quelques marches.

– Comment dites-vous qu'il s'appelle ? souffla Jack Lang à son voisin, Pierre-Édouard Atlan.

– Le prince Arjuna Khan.

Lang s'avança alors à sa rencontre, la main tendue. Mais Arjuna, impassible, le croisa sans même en faire cas. Comme si elle eût été seule dans la salle, il fixait les yeux sur Jasmine qui, très pâle, la nuque légèrement rejetée en arrière, soutenait ce regard d'un bleu clair et intense qui l'effrayait.

Ils ne furent bientôt plus qu'à deux mètres l'un de l'autre. L'assistance se taisait. Ils n'en avaient pas conscience. Ils étaient là, inséparablement liés par ce regard, chacun fasciné par l'autre. Mais si la fascination qu'il exerçait sur Jasmine était celle d'une peur irraisonnée, Arjuna comprit, en la voyant, que leur rencontre chez elle, deux jours plus tôt, n'avait été qu'un faux pas, une erreur, le brouillon de leurs vraies retrouvailles – de ses retrouvailles avec lui-même, David Arcas. Il l'aimait. Vingt et un ans avaient passé ; le temps n'existait plus.

Il sut à cet instant qu'il aurait le courage et la force d'abandonner son personnage de prince, de renoncer aux machinations qu'il avait patiemment, cruellement préparées, si... L'instant d'après, il sut qu'il était trop tard pour revenir en arrière.

Les lumières s'étaient éteintes.

Toutes les salles de la fondation se retrouvèrent plongées dans le noir. Il y eut deux ou trois cris aigus, de surprise apeurée. Leur répondirent des exclamations masculines, des rires nerveux, puis une rumeur de troupeau aveugle cherchant à se dégager d'un piège. On alluma des briquets. Leurs flammes firent trembler des halos fantomatiques. La bonne humeur forcée de quelques plaisanteries ne parvint qu'à faire monter l'angoisse, qu'aviva encore un hurlement de femme hystérique :

– Nessie ! NESSIE !

Colignon, qui se trouvait par hasard près de Nadège Chastel-Becq, lui prit le bras à l'aveuglette et lui dit :

– Je l'ai vu il y a deux minutes. Il passait une porte, là, derrière, avec un extra.

Elle dégagea son bras, tourna sur elle-même.

– Nessie !

– Calmez-vous, on va le retrouver. Attendez, j'ai un briquet.

– Nessie, mon amour ! C'est maman !

A la lueur de la courte flamme du briquet, Colignon ouvrit un passage dans la foule. Il sentait, contre son épaule, Nadège Chastel-Becq respirer à petits coups, haletant d'anxiété. Ils arrivèrent à la porte, où était inscrit en capitales rouges : *S / S* et *STRICTEMENT RÉSERVÉ AU PERSONNEL*. Nadège agrippa la barre d'acier qui tenait lieu de poignée et la secoua. Sans succès. Colignon et un inconnu lui vinrent en aide. Les deux battants s'ouvrirent tout à coup avec une force inattendue.

Un souffle brûlant frappa Nadège, Colignon et les invités les plus proches. Ils reculèrent, puis Nadège se jeta en avant, hurlant :

– Nessie !

Elle faillit basculer dans l'escalier de ciment qui descendait au sous-sol. Colignon la retint *in extremis*. En bas, orange et rouges dans une obscurité de puits, des flammes apparurent, claquant comme des étoffes.

– NESSIE !

– Maman ! Maman ! Y a le feu, putain ! Viens me chercher !

Plusieurs hommes s'étaient rapprochés de l'escalier. L'essentiel de la foule, prise de panique, s'en éloignait au contraire, se bousculait violemment pour gagner la sortie. Les plus faibles tombaient, ils auraient été piétinés si les lumières à ce moment ne s'étaient rallumées.

– Les pompiers ! Que quelqu'un appelle les pompiers !

– Du calme ! dit une voix autoritaire. Gardez votre calme !

Les bras levés, Arjuna, au bas des marches de l'entrée, ajouta :

– Nous ne risquons rien dans l'immédiat !

Il avisa Pierre-Édouard Atlan, au premier rang.

– Appelez les secours.

Puis, d'un geste impérieux des deux mains, il fit comprendre qu'on lui livre passage. Et, « tel Moïse franchissant la mer Rouge », comme l'écrirait le lendemain un journaliste en veine de lyrisme, Arjuna fendit la foule et rejoignit Nadège Chastel-Becq et Colignon, auquel il dit :

– Donnez-moi votre écharpe.

Colignon obéit. Arjuna l'enroula autour de son visage. On ne voyait plus que ses yeux clairs.

– Que faites-vous ? demanda Colignon.

Arjuna ne perdit pas de temps à répondre. Il s'engagea dans l'escalier. La chaleur y était de plus en plus intense.

– Prince, vous êtes fou !

– Nessie !

– Maman !

Ils regardèrent Arjuna atteindre l'entrée du sous-sol. Il attendit quelques secondes et, lorsque, entre deux flambées grondantes, les flammes retombèrent assez, il s'y jeta et disparut.

Cependant, les invités avaient repris un peu de dignité et, si certains s'écoulaient plus ou moins en ordre vers la sortie, d'autres hésitaient, tournés vers l'entrée du sous-sol, attendant ils ne savaient quoi – un miracle ou un drame. Peu après, le cadreur de FR3, qui avait enfin mis sa caméra en marche, pénétrait dans la salle et, surexcité, filmait la scène. Au loin, les sirènes de pompiers commencèrent à retentir.

– Nessie ! Nessie ! Mon amour ! Nessie ! gémissait Nadège, que Colignon serrait contre son épaule.

– Ne vous en faites pas, lui disait-il sans y croire.

Il tourna la tête : Jasmine, plus pâle que jamais, s'était à son tour approchée dans l'air brûlant montant de l'escalier et regardait en bas les flammes.

Une ombre d'un noir luisant bondit sur les premières marches. Elle grimpa souplement l'escalier. Elle portait l'enfant dans ses bras.

Arjuna réapparut en pleine lumière. Il hésita une fraction de seconde en accrochant le regard vibrant de Jasmine, puis, en quelques pas, alla déposer le petit Nessie sur une banquette. Il déroula l'écharpe dont il lui avait enveloppé le visage et la rendit à Colignon. Nadège, en pleurs, se précipita et se mit à genoux près de son fils.

– Nessie... Nessie... Qu'est-ce que tu as fait ?... Qu'est-ce que tu as fait ?...

Elle lui caressait les joues, le front. Ses mains tremblaient.

– Mais, gémit l'enfant, c'est pas moi... Merde, c'est pas moi...

Le cameraman penchait son objectif sur eux. Il ne s'agissait pas de perdre une miette de la scène. Il jubilait. Il avait « planté » ces connards de TF1 et d'Antenne 2.

Les sapeurs-pompiers investissaient la salle, déroulaient un tuyau, évacuaient fermement les derniers invités, tentaient de retenir à l'extérieur plusieurs journalistes arrivés en trombe sur les lieux. L'un d'eux réussit à franchir leur barrage. Il courut jusqu'à la banquette où Nessie, à présent, s'était redressé et toussait.

– Il y a des victimes ? interrogea-t-il sur un ton gourmand.

– Non, lui dit Colignon. Pas de chance pour vous.

– Qu'est-ce qui s'est passé ?

Colignon lui raconta en quelques mots la panne électrique, l'incendie du sous-sol et le sauvetage de l'enfant.

– Super ! fit le journaliste. On a un héros. Où il est ?

Colignon jeta un coup d'œil autour d'eux. Le prince n'était nulle part.

– Décidément pas de chance, mon vieux. C'est un héros modeste.

XI

Le lendemain matin, Arjuna, en robe de chambre, regarda les premières éditions des journaux télévisés sur le mur d'écrans de son bureau. Ils repassaient en boucle les images des invités fuyant la fondation et celles de Nadège, en pleurs, son fils Nessie dans les bras. Après une brève interview de Jack Lang, Champredin vanta « le courage extraordinaire du prince Arjuna », puis se présenta comme son « conseiller financier » et parla, comme s'il en était l'inspirateur, de l'achat de la Duksoo, dont la cote continuait de grimper vertigineusement à la Bourse mondiale. L'interphone vibra.

– Prince, Me Chastel-Becq voudrait vous voir.

Après avoir éteint le mur d'écrans, Arjuna attendit l'entrée du visiteur. L'une des deux jeunes filles blondes qui, la veille, l'avaient escorté à l'inauguration, l'introduisit dans le bureau. Chastel-Becq laissa traîner le regard sur ses hanches à peine couvertes d'un semblant de minijupe, puis s'avança vers Arjuna, debout devant son bureau, mains dans les poches de sa robe de chambre de lourde soie noire.

– Pardonnez-moi cette visite matinale, prince. Je suis passé vous remercier de ce que vous avez fait hier soir.

– Ce n'était rien.

– Ma femme ne s'en serait jamais remise, si cet incendie... Vous avez sauvé la vie de mon petit garçon.

Arjuna ne répondit pas. Il se contenta de désigner un fauteuil à Chastel-Becq.

– Non, non, protesta l'avocat, je n'ai pas le temps, on m'attend au Palais, je suis déjà en retard. J'ai fait ce saut chez vous pour vous exprimer toute ma gratitude et celle de ma femme. Naturellement, ma maison vous est ouverte. Venez quand vous voulez, vous serez le bienvenu. J'y suis rarement, mais vous y verrez Nadège. Et Nessie.

Arjuna le dévisagea sans sourire.

– Nessie ? C'est un diminutif ?

– Oui. D'Ernest.

– Pourquoi Ernest ?

– A cause d'Hemingway. Et de Guevara.

– Votre épouse les admire ?

Sans attendre de réponse, il enchaîna :

– Je vous raccompagne. Je vous en prie.

Il le reconduisit jusqu'à la porte. Ils sortirent dans un large couloir. Ils le remontèrent côte à côte. Chastel-Becq, d'un naturel volubile, lui parla avec une indulgence amusée de ce petit garçon « chouchouté par sa mère » et « parfois turbulent » au point d'avoir été « banni » de l'appartement de son grand-père. Ils descendirent l'escalier. Ils n'avaient pas atteint le hall que déjà Chastel-Becq avait enchaîné sur l'accident de la route qui avait paralysé son père (« Il est cloué dans son fauteuil, mutique, dépressif »), tué sa femme Andrée (« Non, elle n'était pas ma mère ») et miraculeusement épargné leur fille.

– Ma demi-sœur, Marianne. Elle a épousé Emmanuel Villedieu, le journaliste. Mais vous le connaissez, c'est grâce à vous qu'il a obtenu son entretien avec Gorbatchev ? Il est rentré d'URSS très impressionné. Qu'a-t-il écrit, déjà, dans son article ? « *J'ai senti là que ce monde où j'ai grandi, celui de Yalta et du Rideau de fer, basculait insensiblement sur son point d'équilibre.* » Qu'en pensez-vous ? Moi je trouve qu'Emmanuel exagère, c'est son côté « romancier rentré ». L'URSS va accomplir le rêve d'Hitler : elle est là pour mille ans.

– Vous croyez ? murmura Arjuna.

– Mais, au fait, comment avez-vous rencontré Gorbatchev ?

– Nous sommes voisins. J'ai une datcha au bord de la mer Noire, en face de la sienne.

– La mer Noire... Tchekhov... Vous connaissez Raïssa, dans ce cas ? Une femme extraordinaire, non ?

Une sylphide en minijupe rapporta son imperméable à Chastel-Becq. Il ne put s'empêcher de détailler, de la cheville aux reins, ces charmes mouvants qui s'éloignaient de lui.

– Je me demandais...

– A quel propos ? fit Arjuna en pointant les yeux où ceux de Chastel-Becq s'attachaient, lequel, après un sourire de complicité virile, enchaîna, certain de faire son petit effet et de reprendre l'avantage :

– Puisque vous êtes un intime de Gorbatchev, ce pourrait être intéressant que je vous fasse rencontrer le président.

– Oui ?

Arjuna, penchant la tête sur le côté, haussa légèrement le sourcil.

– *Quel* président ?

– *Le* président ! s'exclama Chastel-Becq qui n'en revenait pas de tant d'ignorance – il ne songea pas une seconde à l'insolence. François Mitterrand. C'est un ami.

– Un ami...

Pendant qu'ils parlaient, Arjuna, peu à peu, lui avait fait traverser le hall, l'avait amené à la porte, l'avait ouverte. Il poursuivit, sans une intonation :

– Dans ce cas... « Les amis de mes amis... » Et caetera.

Au fond de la cour, le guichet de la porte cochère s'écarta, livrant passage à Marie des Anges, en baskets et en survêtement. En quelques foulées, elle les rejoignit à l'entrée. Son visage – cadre ovale et luisant sous la capuche rose pâle du jogging – était, se dit Chastel-Becq, charmé, d'une beauté... Son esprit ne trouvait pas l'épithète. Arjuna posa ses lèvres sur le front de la jeune femme.

– Je vous présente l'équilibre, maître, murmura-t-il.

La retenant contre lui, il déposa délicatement son index dressé sur la bouche parme et le nez cambré de Marie des Anges.

– L'Est... L'Ouest... Les deux parties de ce visage... Semblables... Mêmes proportions... Le voilà, le bel équilibre, maître.

Elle lui baisa la main, à la surprise de Chastel-Becq. Il la relâcha. Marie des Anges recula lentement dans le hall, leur tourna soudain le dos et monta l'escalier.

– C'est votre amie ?

– C'est une amie.

Chastel-Becq fit un pas sur le perron.

– Je dois m'en aller. Et encore merci, prince.

Arjuna l'accompagna dans la cour pavée. Les pans de son peignoir de soie battaient, découvrant très haut sa nudité. Si haut que

Chastel-Becq en était embarrassé. Ils arrivèrent au guichet de la porte cochère.

– Vous m'avez dit, maître, que votre père souffrait beaucoup depuis son accident ? J'aimerais faire quelque chose pour lui. Soulager ses souffrances physiques – et morales, pourquoi pas ? Depuis des années j'ai recours aux services du Dr Mirko Elmyr. Il est expert en toutes sortes de médecines. Il a quitté clandestinement la Hongrie il y a une quinzaine d'années. Il a parcouru l'Asie, l'Afrique, certaines îles d'Océanie. Me permettez-vous de vous l'envoyer ?

Il ouvrit le battant du guichet, Chastel-Becq se sentit obligé de sortir sur le trottoir du quai d'Anjou.

– C'est très obligeant de votre part... Je ne sais pas...

– Le Dr Elmyr est très pris mais, si je le lui demande, il rendra visite à votre père. Au revoir, maître.

Arjuna lui claqua la porte au nez.

Il retrouva Marie des Anges qui l'attendait dans son bureau. Elle avait allumé le mur d'écrans et zappait nerveusement, découvrant des chambres, des couloirs, des escaliers, l'office.

– Qui était-ce ? demanda-t-elle. Il a des yeux déplaisants. Il a un rapport avec notre affaire ?

– Patience. Fais-moi confiance.

Elle jeta la télécommande dans un fauteuil. Elle avait ôté le haut de son jogging, portait un simple tee-shirt blanc.

– Quand va-t-on commencer ?

– Tout viendra en son temps, ne sois pas si nerveuse. Sors. Profite de Paris.

– Je ne suis pas une touriste.

Il effleura son bras nu.

– Je le sais. Pense à ton père.

Elle s'écarta de lui, croisa étroitement les bras, le coin de la lèvre retroussé avec mépris.

– Et à quoi croyez-vous que je pense ?

– Tu as raison, lui dit-il avec douceur. Nous allons commencer. Et d'abord je ne veux plus que tu rencontres mes visiteurs.

– Pourquoi ?

Il saisit un chapelet sur la table d'ébène. Il en fit rouler les grains d'ambre entre ses doigts.

– Désormais, nous allons orchestrer tes apparitions. Plus de rencontres fortuites, comme tout à l'heure Chastel-Becq. Plus de tenue... « négligée ».

– Vous n'aimez pas mon jogging ? fit-elle en tournoyant sur elle-même comme une danseuse étoile.

– Il te va très bien. Tout te va très bien.

Il se rapprocha d'elle. Il la prit paternellement par la nuque.

– Ne parle de toi à personne. D'accord ? Ne parle de rien.

Elle se dégagea, les paupières baissées sur un regard de rancune, la lèvre à nouveau retroussée par le dédain.

– Je ne suis plus une petite fille. Je sais ce que j'ai à faire.

Triturant son chapelet d'ambre, il la regarda quitter la pièce d'un pas guerrier. Il sembla réfléchir un instant, haussa les épaules et sortit du bureau par une petite porte basse ouverte dans le fond.

Eugène était en train de préparer son attirail. Très affairé, il finit d'épousseter une veste de tweed aux coudières de cuir, puis tira un pinceau de la poche pectorale de sa blouse rose pastel.

– Prince, à nous ! Asseyez-vous.

Arjuna s'installa dans un fauteuil à vis sans fin, face à un large miroir qu'éclairait violemment une guirlande d'ampoules derrière une tablette où étaient disposés une perruque, une moustache postiche et divers pots de fard. Eugène s'exclama, en inventoriant d'un index pressé les instruments de son art :

– Donc je vous refais la tête du charlatan hongrois, ce matin ? Ça me fend le cœur d'être obligé de vous enlaidir, vous qui êtes... !

Les doigts rapprochés en bouquet devant sa bouche, il claqua le bruit d'un baiser, les yeux écarquillés d'admiration.

– Allons, commence, lui dit Arjuna.

Et, tandis que, touche à touche, son reflet dans le miroir se transformait, il songea à Didier Chastel-Becq, à son visage d'ex-joli poupon blond dont le temps s'était fait le maquilleur lucide : les cheveux clairsemés ramenés en mèches sur la calvitie, des poches bistre sous les yeux d'un bleu trouble, qui ne se fixaient jamais – sauf au passage d'une jolie fille, mais cette convoitise même semblait mécanique, « un tic de baiseur incontinent », se dit Arjuna, « ou qui veut le faire croire » –, les joues ramollies prématurément, le menton flasque, et, si les épaules et les hanches étaient restées étroites, une bedaine lui avait poussé comme un gros œuf. Arjuna ferma les yeux ; Eugène lui collait délicatement un énorme sourcil broussailleux.

– Maintenant, il se ressemble, murmura-t-il.

XII

– Que comptes-tu faire avec ton mari ?

Pendant une heure ils ne s'étaient souciés que d'eux, de se connaître et se reconnaître encore, enlacés, en sueur, riant parfois d'une maladresse de leurs corps, ou simplement d'être là, ensemble, derrière les volets entrebâillés de la chambre. L'appartement de Bernard Valmer donnait sur la place du Puits-de-l'Ermite ; des fenêtres on apercevait le minaret de la Mosquée. Marianne Villedieu apparut sur le seuil de la salle de bains. Nue, elle brossait ses cheveux blonds.

– Emmanuel vient seulement de rentrer de son reportage en URSS. Laisse-moi un peu de temps.

Bernard enfila un peignoir. Même avec Marianne, dont il était l'amant depuis près de six mois, il continuait de se montrer pudique. Au début de leur relation, elle s'était doucement moquée de lui, de sa manie de couvrir sa nudité à peine avaient-ils fait l'amour : « Tu n'es pas généreux. Tu me laisses toucher ton corps, mais tu ne me laisses pas le regarder. » En réalité, elle aimait cette pudeur d'adolescent, l'absolue modestie de cette beauté virile qui s'ignorait elle-même. Elle s'en trouvait plus adulte, plus forte. C'était la première fois qu'elle aimait et admirait un homme sans se sentir intimidée.

– Marianne, c'est toi qui as parlé la première de divorcer.

– C'est vrai. Mais, regarde : je n'ai pas accompagné Emmanuel aux États-Unis et, depuis trois mois, je me suis installée chez mon père. Il faut faire les choses à leur rythme.

Elle se retourna, consciente que son argument le plus décisif était ses jambes, sa cambrure, ses fesses rondes, et, après un temps – le temps qu'il l'admire, la désire et laisse peut-être tomber cette conversation –, elle rentra lentement dans la salle de bains. Dans le miroir, elle regarda ses petits seins hauts. Adorable. Elle continua de se brosser les cheveux.

– Et puis, il venait tout juste de rentrer des États-Unis qu'il était reparti pour Moscou.

– D'accord, dit Bernard en s'arrêtant dans l'embrasure de la porte. Tu ne l'as pas beaucoup vu, ces derniers temps, je l'admets.

Elle tourna le regard vers lui, jouant la coquetterie.

– Qui en a profité ? Tu t'en plains ?

Il croisa les bras, gardant son sérieux. Le seul défaut qu'elle trouvait à lui reprocher : trop sage, trop réfléchi, du genre : un temps pour tout. Un pour l'amour, un pour la légèreté, un pour la discussion serrée.

– Je pense que tu devrais maintenant prendre une vraie décision, Marianne.

– Ouiiii, fit-elle, je-vais-la-prendre. Je te l'ai dit, n'est-ce pas ? Pourquoi ne me fais-tu pas confiance ?

Elle posa la brosse à cheveux sur le lavabo, secoua vivement la tête pour donner du flou à sa coiffure, s'observa dans le miroir, se trouva belle et, prenant Bernard par la taille, elle se serra contre lui, dressée sur la pointe des pieds.

– Je t'aime, espèce d'ours. Mais sois patient, ne me bouscule pas.

– Je suis obligé de te bousculer, Marianne. Tu te laisses porter par le courant.

Vexée, elle retomba sur la plante des pieds, lui lâcha la taille et rentra dans la chambre. Ses sous-vêtements coiffaient un fauteuil.

– Et toi, tu es en train de devenir méchant.

– Non. Je te dis ce que je pense. L'état de santé de ton père t'a fourni le meilleur prétexte pour rester dans le *statu quo*.

Elle se tourna brusquement, sa culotte et son soutien-gorge à la main, les yeux brillants d'indignation.

– Mon père est *malade*, Bernard. Ce n'est pas un prétexte !

Il eut envie d'elle, brutalement. Il fit un pas, se ravisa. Il se détourna vers la fenêtre.

– Excuse-moi. Je sais bien qu'il est malade. La question n'est pas là.

– Elle est où, alors ? dit-elle en enfilant sa culotte, une jambe, puis l'autre, ses jolis seins remuant un peu.

– La question est, reprit-il de sa voix précise de scientifique livrant un exposé (rien n'agaçait Marianne davantage), qu'en habitant chez ton père tu t'épargnes d'avoir à choisir entre ton mari et moi. Je crois que je te connais bien, même si je ne te vois que comme ça, à la sauvette. Tu n'aimes pas prendre de décision. Tu as même du mal à choisir un plat au restaurant, je dois le faire à ta place. Mais c'est très sérieux, cette fois-ci, Marianne. Il faut que tu demandes le divorce à ton mari. Ou que nous cessions de nous voir.

Les mains entre les omoplates, elle ragrafait son soutien-gorge. Elle se mordait les lèvres. Une larme brilla au coin de son œil.

– Tu ne comprends rien...

Sa voix trembla, comme ses lèvres. Embarrassé, il vint la prendre dans ses bras. Elle fit mine d'essayer de lui échapper, juste assez pour qu'il ait l'impression de la forcer, puis se blottit contre sa poitrine.

– Tu ne te rends pas compte, renifla-t-elle, tu ne te rends pas compte comme c'est difficile... Je ne peux pas rompre comme ça... Je n'y arrive pas... Je n'arrête pas d'y penser... J'ai voulu lui en parler à son retour de New York, je n'ai pas pu... Je l'ai aimé, tu sais ? Je crois que je l'aimerais peut-être encore si je ne t'avais pas rencontré... J'étais presque une petite fille, quand j'ai épousé Emmanuel. Il a beaucoup compté dans ma vie...

– Mais si, je comprends.

Il la berça un moment, lui chuchota de petits mots bêtes, joua son jeu. Il ne changerait rien à leur situation tant qu'elle pourrait se réfugier chez son père, tant qu'elle garderait l'illusion de tenir un juste équilibre entre Emmanuel et lui, tant qu'un événement extérieur à elle-même ne la contraindrait pas à agir. L'idée lui effleura l'esprit que, si le juge Becq, son père, mourait, la situation se dénouerait enfin. Il s'en voulut. Pour chasser cette pensée, il s'écarta de Marianne.

– Je vais devoir bientôt repartir en mission dans l'océan Indien. Je repousse l'échéance depuis des semaines, mais ce ne sera bientôt plus possible.

Elle avait séché ses paupières. Elle passait sa jupe, puis son chemisier. Penchant la tête de côté, elle lui sourit ; elle était redevenue adorable et charmeuse.

– Tu ne vas pas m'abandonner maintenant, non, mon ours ? Qu'est-ce que je deviendrai si tu es à des milliers de kilomètres ?

Elle me mène par le bout du nez, pensa-t-il. Et j'aime ça.

***

Le juge Becq et les Chastel-Becq habitaient deux étages d'un ancien hôtel particulier de la rue des Saint-Pères. Le docteur Mirko Elmyr prit l'ascenseur jusqu'au troisième. Une vieille femme vêtue de noir, grande, sèche comme une branche, ridée comme un fruit sec, portant à l'ancienne mode coiffe et tablier de dentelle, le fit entrer et lui demanda, avec un fort accent provençal, d'attendre pendant qu'elle allait avertir « Monsieur le juge ». Le vestibule donnait sur un large couloir sombre. Le parquet en était impeccablement ciré.

La vieille domestique revint peu après et l'introduisit dans la pénombre d'une pièce : une bibliothèque en désordre en face de la haute fenêtre aux tentures vert bronze, un petit bureau Empire au centre, encombré de papiers, et un divan près de la fenêtre. On entendait de la musique crachoter en sourdine. Ça sentait la poussière et le médicament.

– Votre visiteur, monsieur le juge.

– Merci, Barroise.

Le fond musical se tut brusquement.

– C'est donc mon fils qui vous envoie ?

Tournant la tête, Elmyr découvrit le juge Becq dans le recoin le plus sombre de la pièce, les doigts encore fermés sur le bouton d'un vieux poste de radio.

– De la part du prince Arjuna, monsieur le juge.

– Ne m'appelez pas « monsieur le juge », je n'exerce plus.

D'un lent mouvement des deux bras, Becq fit rouler son fauteuil dans la lumière projetée par la fenêtre. L'apparition impressionna Arjuna-Elmyr, qui se rappelait la carrure de portefaix du juge, sa très haute taille, ses mains énormes. Les cheveux du vieillard, mal coiffés, étaient d'un blanc jaunâtre, comme son teint. Son veston flottait autour de son torse très amaigri, déjeté. Il cachait ses jambes sous un plaid. Un rictus de lassitude et d'ironie tordait les coins de sa bouche.

– Allons, docteur, remettez-vous. Vous n'aviez jamais vu de fantôme ?

Seule sa voix était restée la même, malgré l'amertume du ton. Arjuna, faisant effort sur lui-même, redevint Mirko Elmyr.

– J'ai vu beaucoup de souffrance, dit-il.

– Ah, oui ? Eh bien, c'est votre métier, grogna Becq. Qui est cet Arjuna qui vous envoie ? Il paraît que hier soir il a sauvé des flammes mon crétin de petit-fils ? On se demande ce qui lui a pris... Et maintenant il m'envoie son docteur miracle ? C'est l'ange gardien de la famille ?

Sans répondre, Elmyr contourna le petit bureau Empire et alla se poster devant une toile mal éclairée. Il alluma les deux appliques qui l'entouraient.

– Étonnant, dit-il.

C'était un camaïeu de bleus, du plus pâle – un pastel presque blanc – aux plus foncés – ardoise et nuit –, que traversaient des arabesques d'outremer et d'horizon. Un mélange de paix armée et de douce révolte, une embellie chargée d'orages.

– *Calme blanc*, dit la voix de Becq. Ma femme a peint ça il y a une vingtaine d'années. Dans la baie de Naples. Il n'est pas à son avantage, là, ma belle-fille va le faire nettoyer. Il vous plaît tout de même, docteur ?

– C'est remarquable. Votre femme exposait ?

– Elle l'a fait trois fois, à Marseille. Tout petit succès. Elle n'aurait pas été la fille Adamantis, personne ne se serait déplacé. L'année avant sa mort, elle s'était remise à peindre. Au-dessus, il y a son atelier. Tout y est. Je n'y suis jamais remonté.

Il déposa ses mains immenses sur son plaid.

– De toute façon, avec mes jambes...

– Vous ne sortez jamais ?

– Pour quoi faire ? J'ai tout ce qu'il me faut dans cette pièce : mes livres, ma radio, mon tableau préféré, un divan, des souvenirs...

Il fit rouler son fauteuil jusqu'à Elmyr.

– Allons au fait, docteur. Quelle est votre spécialité ? Vous allez me bourrer de drogues ? Vous allez m'enfoncer des aiguilles dans les doigts de pied ? Dans les oreilles ? Vous allez me magnétiser ? Me mesmériser ? Parlez-moi de votre charlatanerie personnelle, qu'on en finisse vite.

– Je n'ai pas d'exclusive, dit doucement Elmyr. On peut essayer l'un ou l'autre traitement, ou tout cela à la fois. Ou bien...

– Ou bien ?

– Ou bien nous pouvons aussi ne rien faire.

Petit rire grinçant de Becq.

– Pour les mêmes honoraires, bien sûr ?

– Bien sûr.

***

Marianne gara sa petite Autobianchi devant la vitrine de Grasset. D'un pas léger, elle gagna l'hôtel particulier, à deux pas. Elle se sentait libre, allègre. Elle en profitait. Elle savait d'expérience que ce mouvement intérieur s'arrêterait de lui-même, dans une heure ou deux, quand elle aurait retrouvé l'appartement de son père. Elle ne voulait pas réfléchir à sa conversation avec Bernard. Oui, elle divorcerait. Un jour. Bientôt. En attendant, elle voulait prendre et savourer chaque seconde de ce bonheur clandestin.

Une MG vert épinard décapotable était rangée dans la cour. Marianne prit l'ascenseur jusqu'au troisième. Sur le palier, elle eut soudain un étourdissement. Son estomac se retourna. Elle eut envie de vomir. Elle s'adossa à la porte. Elle respira à petits coups, les yeux fermés, concentrée. Le malaise se dissipa.

La vieille Barroise l'arrêta dans le couloir de l'appartement. Il ne fallait pas déranger monsieur le juge, il avait un visiteur, un « docteur ». Marianne crut que l'état de son père s'était aggravé pendant ses quelques heures d'absence. Elle se sentit coupable. Malgré l'opposition de Barroise, elle frappa à la porte de la chambre-bureau du juge. Elle entra.

Le spectacle la surprit et la gêna. Allongé à plat ventre sur le divan, entièrement nu, son père avait le dos hérissé d'aiguilles. Un homme frisé, moustachu, assis à son chevet, lui parlait à mi-voix. Quand il aperçut Marianne, il se leva. Il étendit une serviette sur les reins du vieillard.

– Ah, te voilà ! Je joue les saint Sébastien du dimanche, comme tu vois.

Elmyr serra la main de Marianne, se présenta. Elle lui trouva un regard intimidant. Elle le pria de l'excuser et fit mine de sortir de la pièce.

– Inutile, dit Elmyr. Nous avons terminé.

Il retira les aiguilles une à une, prestement, les jetant dans une boîte. Puis il massa le dos maigre de Becq à l'aide d'une lotion au parfum de fleurs exotiques. Cependant, le juge posait des questions à sa fille quant à l'emploi de son après-midi. Elle mentit, mais très bien, quoiqu'un peu déconcertée par la présence silencieuse du médecin et, surtout, par le son de la voix de son père, plus clair qu'à l'ordinaire, comme rincé de son amertume.

– Comment te sens-tu ? lui demanda-t-elle lorsque Elmyr eut achevé son massage.

– Magnifiquement, répondit-il.

Elle ne sut si elle était plus étonnée par son intonation paisible ou par l'excès de ce mot qui, depuis longtemps, ne faisait plus partie de son vocabulaire.

***

Marianne raccompagnait Elmyr lorsque la porte d'entrée s'ouvrit sur Nadège Chastel-Becq. Son fils Nessie la suivait, qui déboula entre eux, les bousculant, elle et le médecin, au passage. Il exécuta une longue glissade sur le parquet ciré.

– Bonjour, Marianne, dit Nadège. Je vois que j'arrive à temps. Bonjour, docteur. Mon mari, Me Chastel-Becq, m'a téléphoné que vous passiez chez mon beau-père, je n'ai pas pu résister à l'envie de vous rencontrer.

– Aïe ! Vieille salope ! Lâche-moi !

Au milieu du couloir, Barroise tordait l'oreille de Nessie. Les joues de Nadège rosirent d'indignation.

– Barroise ! Combien de fois faudra-t-il vous répéter qu'on ne tire pas les oreilles des enfants ?

Sans le lâcher – peut-être même en raffermissant la torsion –, la vieille domestique traîna le gamin derrière elle.

– S'il a envie de casser quelque chose, qu'il aille faire ça chez vous, dit-elle.

– Barroise ! Vous lui faites mal, enfin !

– C'est le métier qui rentre. Allez, ouste, engeance ! ajouta-t-elle en giflant sèchement l'oreille qu'elle avait enfin lâchée. Que je ne te revoie plus.

Nadège se précipita pour prendre son fils contre elle. Barroise haussa les épaules (« Quelle pitié... ») et repartit à l'office.

– Mon amour, elle t'a fait mal, la méchante...

Écarlate de colère, les larmes aux yeux, Nessie hurla vers le fond du couloir :

– Crève ! Crève ! Crève ! Salope tordue !

Elmyr et Marianne échangèrent un regard.

– Ne crie pas si fort, dit-elle au gamin. Ton grand-père se repose.

– Toi, j't'ai pas parlé !

Le portrait craché de son père, se dit Arjuna-Elmyr. Un petit poupon blond, un premier communiant propret. Une tête à claques. Il franchit le seuil.

– Je dois partir. Au revoir, mademoiselle.

Nadège le rejoignit aussitôt sur le palier, tirant péniblement Nessie à sa suite.

– Vous avez bien un instant, docteur ? Descendons chez moi. Nous prendrons le thé et vous me raconterez bien un peu de vos secrets ?

Elle eut un petit rire perlé, factice. Elmyr lui répliqua que, des secrets, justement, on ne pouvait parler. Ils descendaient l'escalier. Nessie sautait les marches à pieds joints, trois par trois. Son oreille gauche était d'un beau rouge cramoisi. Parvenue à la porte de son appartement, Nadège prit Elmyr par le coude.

– Vous ne le savez peut-être pas – vous n'avez pas le temps de lire des publications aussi frivoles –, mais je tiens une rubrique dans le magazine *Vogue* : « L'Amour et les Plantes ». Je m'y connais un tout, tout petit peu, minauda-t-elle, et vous me feriez tellement plaisir si nous en parlions ensemble.

– L'amour et les plantes ? De quoi s'agit-il ? D'aphrodisiaques ?

Elle avait ouvert la porte palière et incitait Elmyr à entrer. Ce qu'il fit.

– Ou de philtres magiques ?

– Pas exactement, dit-elle après un nouvel accès de rire « perlé », ou... pas seulement.

L'appartement des Chastel-Becq, de semblables proportions que celui du juge, était d'aspect tout opposé : blanc, lumineux, chargé de sculptures de métal, animé de divers mobiles à la Calder, décoré de toiles contemporaines – Elmyr reconnut un Twombly, deux Basquiat, un magnifique et austère Marcheschi. Comme il s'était arrêté un instant pour l'admirer, Nadège crut bon de lui expliquer que Didier, son mari, avait parmi sa clientèle des commissaires-priseurs et des galeristes.

– Il achète des toiles depuis des années. De jeunes peintres prometteurs. Certains sont devenus célèbres. Très cotés.

Elle lui désigna négligemment le Twombly.

– Ces gribouillis, ça vaut des fortunes aujourd'hui.

Elle le fit entrer dans le salon. Nessie alluma le téléviseur et zappa de chaîne en chaîne, le son poussé à fond. Sa mère lui demanda poliment de le baisser. Rapprochant le pouce de ses autres doigts, en forme de bec de canard, il lui fit signe de la fermer. Elle adressa un sourire d'excuse à Elmyr, s'apprêtant à abandonner le terrain et à l'entraîner dans une autre pièce : le médecin saisit l'enfant par l'épaule et, d'un coup de poignet, le retourna vers lui. Il s'empara de la télécommande et coupa le son du téléviseur.

– Hé ! Tu te crois chez toi ? s'indigna Nessie.

– Tu as des jeux vidéo ?

– Qu'est-ce que ça peut te foutre ?

– J'y joue. Je suis imbattable.

Le gosse s'esclaffa.

– T'es trop vieux ! J'suis sûr qu't'es nul !

– On parie ?

Les yeux bleus de Nessie s'allumèrent de convoitise.

– On parie quoi ?

– Que je te bats. Et quand je t'aurai battu, tu sortiras de cette pièce.

– C'est pas d'jeu. Je gagne quoi, moi ?

– Je te laisserai le choix. Mais tu es battu d'avance.

– C'est ça ! J'vais t'en foutre plein la gueule !

Nessie s'accroupit sous le téléviseur, alluma la console Sega et tendit l'une des manettes à Elmyr.

– Voyons, dit Nadège, le docteur ne va pas...

– Laissez. C'est l'affaire d'un petit quart d'heure.

Nessie se jeta sur un fauteuil, y rebondit et lança :

– On va jouer au basket ! J'vais te défoncer !

– Prétentieux.

***

– Jeu d'con pour les vieux cons !

L'affaire, en fait, n'avait pris que cinq minutes. Battu à plates coutures, Nessie balança sa manette sur le tapis et déguerpit, rageur et humilié. Elmyr devina que Nadège Chastel-Becq était toute prête à poursuivre son fils pour le consoler, et craignit qu'elle ne lui en veuille.

– Nessie est un garçon énergique, dit-il, feignant l'admiration.

Elle se décontracta, s'épanouit.

– Je vois que vous connaissez les enfants, docteur. Je me tue à le répéter à son grand-père et à cette Barroise : leurs défauts sont souvent leurs futures qualités. Voyez, moi, on ne le dirait pas comme ça, mais j'ai grandi dans un milieu très modeste, en banlieue parisienne. Ma mère me reprochait toujours d'être « trop fière », de fréquenter des garçons et des filles d'un autre milieu, de « me pousser du col ». Si on n'apprend pas très tôt ce qu'on veut et ce qu'on doit faire pour l'obtenir, on n'arrive jamais à rien, vous êtes d'accord ? Moi, je suis une fille nature, je n'ai pas honte de le dire : j'ai fait tout ce que je pouvais pour quitter mon affreuse banlieue. Je voulais une autre vie. J'ai eu de la chance, j'ai rencontré Didier, ç'a été le coup de foudre. Pendant des semaines et des semaines, il m'a invitée à dîner, il m'a sortie, mais attention : en tout bien tout honneur. Les filles maintenant couchent pour un oui pour un non. Moi ce n'a été que pour un oui ! fit-elle en partant d'un petit rire « coquin ». J'ai attendu le mariage. Dans la vie, il faut passer des contrats avec les gens pour qu'ils vous respectent. Ce n'est pas moi qui ai inventé le monde, il a ses lois. Didier m'aimait ? Alors il m'épousait. Et ne croyez pas que maintenant je sois inactive. Avant tout, bien sûr, je me consacre à l'éducation de mon fils. Nessie est ma priorité des priorités. Mais je ne veux pas dépendre de mon mari pour les petites nécessités de la vie courante, et puis, on ne sait jamais ? les coups du sort, ça existe. Je veux pouvoir gagner ma vie, si jamais... C'est pour ça que j'ai fait des pieds et des mains pour obtenir cette rubrique dans *Vogue*, ce n'est pas très bien payé mais ça me donne l'occasion de rencontrer des gens passionnants, très actifs, très... en vogue, c'est le cas de le dire !

Il la laissa rire quelques secondes de son propre « bon mot », et la détailla à son aise. Sous la coiffure aux mèches décolorées acajou, le visage était rond, jovial ; les yeux verts pétillaient. Il fallait un peu plus d'attention pour s'apercevoir des détails contredisant cette apparence : la bouche petite, presque pincée, rouge baiser, qui s'entrouvrait à peine quand elle riait ; le menton pointu, porté en avant comme une arme ; et surtout le regard dont, à l'examen, le pétillement se révélait à la fois glacé et traversé de brusques lueurs inquiétantes.

– Ainsi vous vous passionnez pour les plantes ? dit-il.

– Et pour l'amour...

– Et pour l'amour. Que conseillez-vous à vos lectrices ? Éclairez-moi, c'est un domaine qui m'échappe quelque peu.

– Oh, vous savez, répondit-elle, flattée, il s'agit de décoctions de grand-mère, essentiellement. La mémoire ancestrale...

– Recettes de sorcière ?

Elle sourit, lèvres serrées, se pencha vers lui, baissa théâtralement la voix :

– Vous ne croyez pas si bien dire... Par exemple, la mandragore, vous savez, la fameuse plante des pendus ?... Eh bien, en Égypte, elle était symbole de fécondité. Et au XVIIIe siècle, en France, elle était réputée vous rendre le double de ce que vous aviez reçu : deux écus pour un écu, quatre pains pour deux, et...

Elmyr ne l'écoutait plus. De temps à autre, il hochait la tête avec gravité, la laissant déverser sa science malhabile, bric et broc de superstitions, de phytothérapie à la mode et d'extrapolations personnelles. L'intéressaient davantage l'expression tendue, passionnée, de son visage, le scintillement trouble de ses prunelles quand elle évoquait les « dangers » de certaines plantes, leurs « risques parfois mortels », et alors ses petites mains dodues s'entrefrottaient maniaquement. Il songea à tout ce que l'enquête dont il avait chargé Tazrouk lui avait appris sur elle : comment, du jour où elle avait vu Didier Chastel-Becq interviewé à la télévision, elle avait jeté son dévolu sur lui, et entrepris son siège, jusqu'à ce qu'il la mette enceinte et qu'elle le force à l'épouser ; comment ses parents – « modestes » propriétaires de trois quincailleries dans les Hauts-de-Seine – étaient morts subitement, à quelques semaines d'intervalle, d'un « arrêt du cœur » ; comment, les cadavres encore tièdes, elle avait vendu les boutiques paternelles et placé la somme au nom de son fils, dans la banque de Champredin, où les rapports étaient proportionnels aux risques. Une fille « nature », c'est tout à fait ça, se dit-il et, estimant qu'il l'avait assez laissée parler, il l'interrompit d'un :

– Surprenant ! Vous en savez beaucoup plus que moi.

Elle sourit avec modestie. Il se leva du canapé.

– Je dois m'en aller. Vraiment. Nous aurons l'occasion de reprendre cette conversation passionnante, je compte passer plusieurs fois par semaine chez votre beau-père.

Elle le raccompagna, slalomant entre les sculptures métalliques et les ready-made. Il se gratta le front.

– Je pense à un point que vous avez soulevé, tout à l'heure : les effets souvent antagoniques des plantes aphrodisiaques et des plantes relaxantes. Avez-vous entendu parler du *huan tui* ?

– Je ne crois pas...

– Il s'agit d'une plante chinoise, tout à fait rare. Elle ne pousse que dans des conditions très particulières dans la péninsule de Shantung. Les empereurs de la dynastie Ming la considéraient comme sacrée. Elle procure à celui qui en consomme à la fois un sentiment de paix proche de l'extase et une étonnante – et durable – puissance sexuelle.

– Oh... Vous l'avez essayée ?

– Oui, une fois, lors d'un séjour à Qingdao. Une des plus fascinantes expériences de ma vie. Mais je ne recommencerai pas.

– Pourquoi ?

– J'ai bien cru en mourir. Le dosage doit être extrêmement précis. Un milligramme de trop, et l'on tombe en catalepsie. Encore un milligramme et le cœur s'arrête. Et aucun médecin ne pourrait rien pour vous : la substance étant inconnue de la médecine traditionnelle et très vite assimilée par l'organisme, il serait incapable de la déceler.

Tout en parlant, il observait les petites mains dodues de Nadège : elles s'entrefrottaient avec enthousiasme.

– Comment appelez-vous cette plante ?

– Le *huan tui*.

– On ne peut vraiment pas s'en procurer ?

Elmyr laissa passer un silence, comme s'il pesait le pour et le contre. Finalement, il pencha la tête vers le regard étincelant de Nadège.

– Par amitié, parce que c'est vous, je peux vous confier une adresse. Mais à deux conditions : ne la donnez à personne et promettez-moi de respecter scrupuleusement les dosages qu'on vous indiquera.

Elle « perla » son rire.

– Cela va sans dire, docteur. Je ne suis pas folle.

– Vous n'êtes pas folle, répéta-t-il d'un ton pensif tout en notant rapidement quelques mots dans un carnet.

Il en arracha la page et la lui donna.

– C'est dans le XIIIe arrondissement. Téléphonez la veille, de ma part. On vous fixera une heure de rendez-vous.

– Et... c'est très cher, naturellement ?

– « Tout ce qui est rare... »

Il ouvrit la porte palière.

– Au revoir, madame Chastel-Becq. A très bientôt.

Il entra dans la cabine de l'ascenseur, adressa un dernier signe, index levé, à Nadège.

– Que tout cela reste entre nous, n'est-ce pas ? Et soyez très, très prudente...

***

Elmyr rentra à l'hôtel du quai d'Anjou par la porte de la rue Saint-Louis-en-l'Île. Il était seul, à part Eugène, à en détenir la clé. Un petit ascenseur le mena directement au troisième étage. Au bout d'un étroit couloir, il poussa la porte de la loge où l'attendait son maquilleur.

– Le programme, prince ?

– Rends-moi ma tête.

Plus tard, redevenu Arjuna et vêtu d'un pantalon et d'un pull noirs, il passa dans son bureau. Il alluma le mur d'écrans, le parcourut rapidement des yeux, en brancha deux sur CNN. Une brassée de journaux en plusieurs langues l'attendait sur sa table. Debout, il les feuilleta. Le *New York Times* et le *Wall Street Journal* consacraient chacun plusieurs colonnes à la Duksoo, à son record de hausse en Bourse et à son brevet révolutionnaire de téléphonie mobile. *Le Monde* et *Le Figaro* en parlaient aussi, dans les pages financières, et, dans les pages société, relataient l'incendie du sous-sol de la fondation Jasmine Casagrande et l'intervention du prince Arjuna Khan.

Libération mélangeait sans complexe la Duksoo, l'incendie, des « informations » plus ou moins fantaisistes sur « celui qui se fait appeler prince », et titrait :

TOUT VA TRÈS BIEN, TOUT VA TRÈS BIEN !
Duksoo, fondation d'art africain : les flambées d'un « prince »

***

– Pourquoi avoir choisi ce nom, le *David-Arcas* ?

Comme il le lui avait demandé, Bernard Valmer était passé quai d'Anjou vers six heures du soir. Arjuna l'avait accueilli lui-même à la porte et conduit dans un petit salon du rez-de-chaussée. Bernard avait refusé alcool et cigare et répondu avec bonne grâce aux questions du prince sur ses travaux en cours. La « composition isotopique du néodyme et les échantillons de terres rares dans les structures hydrodynamiques de l'océan Indien équatorial », comme leur utilité de traceurs dans l'étude des mouvements des masses océaniques, n'étaient pas des sujets sur lesquels Arjuna pouvait rivaliser avec le jeune chercheur. Il le laissa parler. Plus l'exposé se faisait technique et incompréhensible, plus l'enthousiasme et l'aisance de Bernard l'amusaient, tant ils contrastaient avec sa réserve et sa gaucherie dans les rapports sociaux ordinaires. Lorsque la conversation quitta les arcanes ésotériques de la géochimie marine, Bernard sembla perdre pied un instant, comme un homme sortant d'un rêve, puis, Arjuna lui demandant s'il avait inspecté le navire qu'il avait armé pour lui, il lui posa de but en blanc la question qu'il avait en tête à son arrivée et que son monologue savant lui avait fait perdre de vue :

– Pourquoi l'avoir baptisé le *David-Arcas* ?

– Parce que j'ai bien connu cet homme, il y a quelques années. Nous avons sympathisé. Il m'a raconté son histoire. Il était déjà très malade, à cette époque. La veille de sa mort, il m'a fait venir à son chevet. Il m'a demandé d'être, en quelque sorte, son exécuteur testamentaire. Il avait perdu tous ceux qu'il avait aimés, ceux qui lui étaient restés fidèles malgré les épreuves et l'injustice. Ne restait que votre père. Et vous. Je lui ai juré de veiller sur vous comme il l'aurait fait lui-même.

Bernard hocha gravement la tête.

– Mon père ne s'était pas trompé. Il a toujours pensé que l'homme providentiel qui a redressé sa situation financière, il y a huit ans, c'était David Arcas. L'an dernier, quelques jours avant son décès, il m'en parlait encore. J'ai fait semblant d'y croire. Tout cela me semblait trop... romanesque. Je me disais qu'il s'accrochait à cette idée par fidélité au passé. Pour conserver non seulement l'espoir que David Arcas était en vie, mais aussi celui qu'il s'en était sorti, qu'il s'était fait « une existence à la mesure de ses capacités ». C'étaient ses propres mots. Mon père avait beaucoup d'estime pour lui.

– Elle était réciproque, croyez-moi. Et cette estime, Arcas l'étendait à vous-même. Il était certain que vous accompliriez de grandes choses.

Bernard sourit, embarrassé.

– Je ne m'occupe pourtant que de petites choses. Microscopiques. Le néodyme, ce ne sont que quelques atomes.

– Pas de fausse modestie, Bernard. Vous êtes au-dessus de ça. Vous savez très bien que vous êtes à l'aube de découvertes qui bouleverseront aussi bien la géochimie marine que les connaissances que nous croyons avoir sur notre planète.

– Je cherche, prince, je cherche, se défendit Bernard. Je n'ai encore rien trouvé de déterminant. Cela prendra des années, probablement.

– Et alors ? Vous savez, j'aimerais être à votre place, avoir devant moi la perspective d'années de recherche exaltantes. J'ai fait un peu cette expérience, dans ma jeunesse. Pendant douze ans j'ai appris, j'ai cherché, j'ai transformé un monde : celui, pauvre, étroit et terne, que je portais en moi. Douze ans, Bernard, dans des conditions matérielles très difficiles. Et je n'ai pas vu le temps passer. Quand je repense à la plénitude austère de cette période de ma vie, mon existence d'aujourd'hui...

Arjuna n'acheva pas sa phrase. Il avait failli se laisser emporter. Il avait confiance en Bernard, sa présence en face de lui l'apaisait, le nettoyait de ces dernières journées, ces dernières heures où il n'avait côtoyé que la suffisance, la bassesse des sentiments et des actes, la duplicité – sa propre duplicité ? Mais il n'avait pas le droit aux confidences, quelle que soit son amitié instinctive pour le fils de Valmer. Il était là pour accomplir les missions qu'il s'était données à lui-même. Et celle, historique, immense, que lui avait confiée Kagan. Il devait s'oublier et agir. Rien d'autre ne lui était permis.

– Mon cher Bernard, reprit-il, je vous parle comme David Arcas le ferait, et avec toute la sympathie et l'admiration que vous m'inspirez. Ne vous encombrez pas l'esprit de problèmes inutiles. Je suis là, et je serai toujours là, pour résoudre vos difficultés d'ordre matériel. Inspectez minutieusement le navire que nous avons armé pour vous. Dites-moi ce qu'il vous manque. Demandez-moi tout ce que vous voulez et que l'argent et l'amitié peuvent vous donner.

– Prince, je ne sais comment vous remercier de...

– Pas d'embarras, Bernard, pas entre nous. Commencez par m'appeler Arjuna, vous verrez, cela vous détendra... Et écoutez-moi : vous n'aurez plus à perdre de temps en demande d'aide ou de subvention. Vous êtes libre. Libre de vous consacrer désormais tout entier à vos travaux. Mettez tout en œuvre pour arriver à vos fins. Votre triomphe sera ma récompense.

– Mon triomphe...

– Employez le mot que vous voudrez. Dites « le prix Nobel », par exemple. Moi, je dis « triomphe », parce que je ne veux rien de moins pour vous. Vous trouvez que j'exagère ? L'ambition exagère. Apprenez à exagérer. Vous travaillez dur ? Travaillez encore plus dur. Vous songez à vos recherches dix heures par jour ? Qu'elles vous absorbent vingt-quatre heures sur vingt-quatre. Vous avez un but, Bernard, il n'y a plus que lui qui compte.

– Je comprends... Je comprends. Mais que me restera-t-il pour...

« Pour l'amour » furent les mots qui lui vinrent spontanément à l'esprit. Il les trouva ridicules. Il se sentait emporté par l'étrange passion que lui communiquait Arjuna. Il n'osait pas lui avouer que, depuis quelques mois, il vivait un autre genre de passion, auprès duquel ses travaux sur le néodyme dans l'océan Indien équatorial lui semblaient presque dérisoires. La peau de Marianne. Ses petits seins insolents. Ses rires de fillette tantôt espiègle, tantôt triste. Les après-midi clandestins chez lui ou à l'hôtel. Et cette idée fixe, depuis des semaines : qu'elle divorce de Villedieu. Comment confier à Arjuna qu'il repoussait sans cesse son départ en mission parce qu'il ne pouvait plus se passer de Marianne et qu'il avait peur, en s'éloignant pendant des mois, qu'elle ne retourne, par faiblesse, à son mari ? Le prince l'intimidait, et davantage encore quand il lui parlait avec cette conviction, cette assurance d'un homme devant lequel tout cède.

– Je veux dire, reprit-il, il ne me restera pas beaucoup de vie privée...

– La vie privée, les *loisirs*, qui s'en soucie ? Les gens ordinaires. Vous n'en faites pas partie, Bernard. « La vie privée du néodyme », « la vie secrète des masses océaniques », « la vie intime de la planète », voilà votre seul souci. Votre ordinaire.

Arjuna se leva de son fauteuil. Ses yeux brillaient d'exaltation.

– Rentrez chez vous. Faites vos bagages. Prenez un avion. Embarquez sur le *David-Arcas*.

Bernard se leva à son tour. Arjuna lui tendait les mains. Il les prit, répondit avec timidité à leur pression amicale. Ils se dirigèrent vers le hall.

– J'ai peu connu David, dit Arjuna en le reconduisant à la porte, mais assez pour deviner qu'il vous considérait comme un frère cadet. Il avait lu votre thèse, il suivait la publication de vos articles dans *Nature*. Il était sûr de votre destin. Il vous a confié à moi pour que je veille sur votre avenir.

Ils s'arrêtèrent devant la porte. La nuit était tombée. Le hall n'était éclairé que par la lumière, lointaine, du salon.

– Voyez-vous, Bernard, David Arcas a été un jeune homme d'avenir, lui aussi. Les circonstances l'ont empêché de faire ses preuves.

– Les circonstances..., murmura Bernard. Mon père s'est toujours demandé ce qui s'était passé, au juste. Vous le savez ?

– Je vous le raconterai un jour.

Arjuna posa ses mains sur les épaules du jeune homme.

– Ne le décevez pas.

Bernard baissa la tête.

– Je... J'essaierai...

Arjuna lui ouvrit la porte.

– Donnez-moi de vos nouvelles, lorsque vous serez là-bas.

– Oui. Oui...

Bernard traversa la cour pavée, sortit dans la lumière éblouissante des projecteurs d'un bateau-mouche qui balayait les façades du quai d'Anjou. Le vent portait jusqu'à lui des bribes de mots, commentaire polyglotte du guide. Il marcha jusqu'au pont Henri-IV, à la recherche d'un taxi. *Prenez un avion. Embarquez sur le* David-Arcas. *Donnez-moi des nouvelles lorsque vous serez là-bas.* Qu'est-ce que je dois faire ? Il revit Marianne nue dans son appartement, quelques heures plus tôt. Ses fesses rondes et blanches dans l'embrasure de la salle de bains. Ses grands yeux de petite fille amoureuse. *Tu ne vas pas m'abandonner pendant des semaines et des semaines, mon ours ?*

Il héla une Mercedes blanche, qui se rangea le long du square. Il allongea le pas pour la rejoindre. *Ne décevez pas David Arcas.*

Que dois-je faire ?

XIII

Crépitements d'appareils photo. Thomas Casagrande et sa « fiancée », Régine Champredin, descendaient prendre leurs places sur les gradins. Ils portaient tous deux la combinaison rouge (coton et soie, ce jour-là) que le clip de Régine avait rendue célèbre et que sa boutique, rue du Jour, vendait par centaines. « Regina ! Regina ! Un sourire ! » hurlaient les photographes. Un groupe d'aficionados basques – béret, chemise blanche et mouchoir rouge autour du cou – hurla encore plus fort qu'on était là pour la corrida, et « pas pour les vedettes de Paris ». Il y eut un début d'échauffourée. Les paparazzis battirent en retraite. Les Basques entonnèrent un chant de victoire. Il faisait chaud.

Les trente-quatre rangs de gradins des arènes de Nîmes étaient bondés. Vingt-quatre mille personnes. La *feria*, depuis quelques années, attirait un public « branché », converti à la hâte à l'*afición*, qui, en l'occurrence, avait moins de rapports avec l'art du *toreo* qu'avec l'art d'être vu. Pierre-Édouard Atlan, par exemple, n'avait aucun goût particulier pour les animaux ni leur massacre, exception faite du symbolique agneau pascal. Il avait pourtant loué deux des meilleures places à la *sombra* et à la *barrera* (ces mots, qui lui rappelaient ses treize ans et ses lectures d'Hemingway, l'amusaient) pour Pascale Champredin et lui. Et, tandis que les deux fanfares installées au-dessus d'eux rivalisaient de sons joyeux et aigres, il lui expliquait, comme un vieil Andalou, ce à quoi elle allait assister.

– Aujourd'hui, c'est une *miurada*. Un torero va combattre tour à tour six taureaux de l'élevage de Miura. Moi, je suis venu pour le matador, Paco Ojeda. Tu verras, c'est un héritier de Belmonte. Il est le meilleur depuis l'été 1982 où, à Madrid, il a brillamment combattu deux *toros* d'Osborne, blancs, *ensabanados*.

– Qu'est-ce que ça veut dire ?

– *Ensabanados... ?* C'est de l'espagnol.

Et, pour couper court aux explications – et parce que la jupe découvrait trop ses cuisses blanches –, Pierre-Édouard caressa rapidement le genou rond de Pascale, avec des envies d'aller plus loin, plus haut.

– Doudou... On va nous voir, dit-elle en cillant plusieurs fois, très vite.

A sa gauche, la voix cassée, caustique, de Jean-Da Colignon lui souffla à l'oreille :

– *So what ?* On vous a vus. Tiens, voilà les fiancés préférés de *Paris Match*, ajouta-t-il tandis que Thomas et Régine prenaient place à son côté.

Il claqua la cuisse de Thomas :

– Alors, quand est-ce que tu la fourres, notre petite gounou ? Faites un enfant, je l'adopterai.

– Si les enfants se font par la bouche...

– Elle te... ? fit Colignon, d'un air excessivement dégoûté.

– Ou dans la main, dit Régine.

– Honte sur vous, dit Colignon. Vous trahissez la cause.

– Pour quelques coups de langue ou de poignet ?

– Stop. Plus un mot sur ces saletés de premier communiant.

– De premier communiant ? De quoi tu parles, Jean-Da ?

– De ma chère et tendre enfance. Une fille en aube blanche et un cierge à la main m'a dépucelé.

– D'accord, dit Régine. Tu as choisi le cierge.

– Comment as-tu deviné ?

***

Le prince Arjuna entra dans les arènes par la porte du *paseo de caballos* réservée aux VIP. Marie des Anges était à son bras. Pierre Albaladejo les attendait. Les deux hommes se serrèrent la main, Arjuna présenta Pierre à Marie des Anges.

– Bala est mon ami.

Marie des Anges savait ce que signifiaient ces quelques mots dans la bouche d'Arjuna. Elle salua chaleureusement ce grand type mince aux yeux plissés sur un perpétuel sourire.

– Dis-moi, Pierrot, tu as fait ce que je t'ai demandé ?

Albaladejo fit une grimace.

– Oui, et il faut que je t'aime beaucoup, hé, parce qu'il n'est pas très sympathique.

– Il est déjà là ?

– Je l'ai placé là où tu m'as demandé.

– Merci. A plus tard, Pierrot.

– Tu es descendu à l'Imperator ? On s'y verra peut-être, pour l'apéritif ?

Arjuna prit le bras de Marie des Anges. Ils entrèrent sur les gradins où vrais et faux aficionados attendaient l'ouverture des portes sur les toreros et leur suite – attendaient le déboulé du premier toro. Et l'on verrait bientôt ce que vaut Paco Ojeda – et la bravoure des Miuras.

***

Emmanuel Villedieu fit un signe au groupe Colignon-Thomas, à l'extrémité du rang.

– Voilà ton grand copain, dit Colignon à Thomas. Sans sa femme. Fais-lui risette, je t'en prie, il a l'air désemparé.

– Qu'est-ce que tu racontes ? demanda Thomas en souriant à Emmanuel et en l'incitant, à grands gestes, à venir s'asseoir à leurs côtés.

– Tu le vois souvent avec sa petite épouse ?

– Non. Et après ?

– Il voyage beaucoup. La pauvre doit s'ennuyer.

– Ne sois pas inutilement méchant, Jean-Da. Marianne est une gamine et elle est folle de Manu.

– Demande à Régine ce qu'elle en pense.

– Marianne, Emmanuel l'a prise vierge, répondit Régine. Typique des mecs *insecure.*

– *No mature*, feignit de traduire Colignon, tout en adressant un sourire et des signes d'amitié à Villedieu. Regardez-le : c'est à peine s'il sait où se trouve son cul, et il raconte à la France entière de ses abonnés pourquoi et comment marche le monde.

– Il a déjeuné deux fois à Latche, dit Atlan.

– Il prend ses éditoriaux chez Tonton ? Et alors ?

– Et alors ferme-la, Jean-Da. Et souris, souris : Villedieu arrive. Tu n'oserais pas lui répéter ce que tu viens de nous dire.

– Bien sûr que non. Son ami Jack a fait subventionner ma prochaine expo. Je ne me fâche jamais avec personne. Même pas avec toi.

Emmanuel, obligeant une douzaine de spectateurs à se lever, se fraya un chemin jusqu'à eux.

– Excusez-moi, dit-il en serrant au hasard la main la plus proche – celle de Thomas –, au moment de boucler, un scoop est tombé. J'ai raté mon avion.

– Mauvaise excuse, dit Colignon. Ou c'est la troisième guerre mondiale ?

– Presque. Le deuxième grand krach depuis 29, répliqua Emmanuel.

– On nous a déjà fait le coup en 87, fit Atlan. Et puis tout le monde s'en est tiré.

– Pas cette fois. Sauf si...

– Si quoi ? s'impatienta Colignon qui, malgré la *sombra*, avait trop chaud.

– Sauf si le prince Arjuna Khan soutient le marché.

– Qu'est-ce que tu racontes ? ricana Atlan. Arjuna, c'est pas la Bank of America !

– Non, tu as raison. C'est plus solide. Les actions qu'il vendra ces jours-ci peuvent faire dégringoler Wall Street. Celles qu'il ne vendra pas vont doubler ou tripler de valeur, dès la prochaine ouverture.

– Putain, dit Atlan, quelqu'un sait sur quoi cet Arjuna parie ?

– En tout cas, sur de la belle Black, ricana Colignon.

Il tendit la main pour leur montrer, en face, en plein soleil, Arjuna et Marie des Anges s'approchant de leurs places.

A cet instant, le premier toro fut lâché dans l'arène. Il s'appelait Pegajoso. Une clameur unanime s'éleva des gradins et, comme Atlan, Colignon, Villedieu, Thomas et leurs amis regardaient au même instant Arjuna et Marie des Anges, seuls debout au milieu de la foule, ils eurent l'impression que c'étaient eux qu'on acclamait.

Marie des Anges et Arjuna s'assirent.

Le *peón* de Paco Ojeda courut dans le sable et le soleil, banderilles tenues entre trois doigts de chaque main. Pegajoso, à la dernière seconde, balança le cou : la corne effleura la hanche de l'homme. Peu après, deux banderilles parme et carmin battaient sur le garrot du toro. Le public applaudit. Marie des Anges se pencha à l'oreille d'Arjuna et lui murmura :

– Où est-il ?

– Attends la mise à mort.

Il posa la main sur la sienne.

– Je sais ce que tu ressens.

Ils assistèrent à la corrida dans une curieuse solitude. Ils ne participaient pas à l'enthousiasme du public, demeurant assis, silencieux, au moment des plus belles passes, et pourtant chacun, Arjuna comme Marie des Anges, avait le sentiment de vivre ces instants plus intensément que n'importe quel aficionado, comme s'ils se tenaient à la place d'Ojeda, au centre de l'arène, comme si c'étaient eux qui combattaient le toro.

Ce jour-là, Ojeda était au meilleur de sa forme. Et Pegajoso était brave. Le torero sut d'abord lui imposer une sorte d'élégante douceur, une *faena* d'autant plus lente en apparence, presque cérémonieuse, que l'animal était vif et brutal. Il le travailla sans jamais l'essouffler, et redoubla les enchaînements de *naturelle* et de passe de poitrine, toujours au plus près des cornes, afin de l'amener, épuisé mais encore solide, à l'estocade. C'était tout l'art d'Ojeda : un *toreo* d'attente, une science patiente du combat, l'instinct de connaître aussitôt l'animal, ses forces, mais surtout ses faiblesses et de les corriger, de l'amener au sommet de sa bravoure.

Quand, enfin, les reins cambrés, l'épée pointée au-dessus de la *muleta*, il se plaça face au toro, le silence se fit parmi les vingt-quatre mille spectateurs. Ojeda ne voyait plus rien que ce point idéal, la croix, étroit intervalle entre l'épaule et les vertèbres où, bientôt, il frapperait. Le toro, du sang aux lèvres, ne bougeait plus. L'homme était face à lui, face aux cornes, à leur berceau mortel. Il abaissa légèrement la *muleta*, captant le regard, obligeant l'animal à baisser à son tour le museau, à découvrir son garrot. Puis, alors qu'un frémissement du poitrail annonçait une nouvelle charge, Ojeda, les yeux toujours fixés sur sa cible, « croisa » : un bref mouvement de la cape leurra le toro sur la droite, tandis que l'homme, le bras tendu, s'élançait dans l'instant même où Pegajoso chargeait. Ce ne fut qu'une figure d'une fraction de seconde, un éclair bleu et or. D'une torsion des hanches, Ojeda évita la corne. Il retomba sur ses pieds, la main vide. L'épée s'était enfoncée jusqu'à la garde dans le garrot noir et luisant.

Marie des Anges n'avait pas lâché la main d'Arjuna. Quand le toro, les naseaux bouillonnants de sang, s'abattit dans le sable, elle la serra si fort qu'il détourna les yeux du spectacle de l'agonie et dévisagea la jeune femme. Il ne l'avait jamais vue si tendue, si déterminée, si guerrière.

Il ne dit rien.

Plus tard, la présidence octroya les deux oreilles à Paco Ojeda. Les bras levés sous les acclamations, il les présenta à la foule en s'avançant vers la barrière.

Arjuna regarda à nouveau le profil de Marie des Anges. En bas, Pierre Albaladejo s'était approché de la barrière, tenant par le coude un homme corpulent en veste beige. Il félicita le torero. Ojeda sourit et lui tendit une oreille. L'homme la prit, d'un geste gauche, comme un peu dégoûté. Albaladejo lui claqua l'épaule et lui désigna les gradins. Alors l'homme, levant le bras, montra le trophée à la foule. Il y eut des applaudissements, des cris ; l'homme s'enhardit, poussé par Bala, et quitta l'abri de la barrière pour faire quelques pas dans l'arène.

Lorsque, enfin, tournant lentement sur lui-même, dérisoire bonhomme empâté usurpant un peu de gloire, il fit face à leurs gradins, Arjuna se contenta de demander à Marie des Anges :

– C'est lui ?

Elle ne répondit pas. C'était inutile. Sa lèvre s'était retroussée avec un mépris et une haine tels qu'il lui passa le bras autour de la taille et la serra contre son épaule, comme pour l'empêcher de bondir aussitôt sur le gros homme plastronnant dans le soleil : Jean-Michel Casagrande.

***

Cet après-midi-là, à Paris, place du Puits-de-l'Ermite, alors que le toro Pegajoso s'écroulait dans le sable, Marianne avait rejoint Bernard Valmer à son appartement. Ils avaient fait l'amour jusqu'au crépuscule, sans presque échanger un mot. Emmanuel était à la *feria* de Nîmes, Marianne avait refusé de l'y accompagner.

La veille, avant de prendre l'avion, son mari était venu la voir chez son père, le juge Becq, rue des Saints-Pères, avait cherché à la convaincre de rentrer chez eux, puis, furieux de son obstination, s'était jeté sur elle. Un viol. Elle avait eu l'impression d'un viol. Elle n'avait résisté qu'à peine, désemparée. Est-ce que ces choses-là arrivent ? se disait-elle. Autant de dégoût, et de pitié, pour un homme qu'on a tellement aimé ? Quand il s'était écarté d'elle, rouge, essoufflé, grotesque, elle avait simplement remis de l'ordre à ses vêtements et quitté la pièce pour se réfugier dans le bureau de son père. Il dormait dans son fauteuil roulant, abandonné, bouche entrouverte. Elle avait entendu claquer la porte de l'appartement. Elle avait su que, cette fois, tout était fini.

– Tu as une drôle de tête aujourd'hui, lui dit Bernard en se retournant vers elle et en caressant sa hanche nue. Qu'est-ce qui te tracasse ?

Elle lui sourit, lui passa la main dans les cheveux. Elle ne pouvait pas lui confier ce qu'Emmanuel lui avait fait, la veille ; ça le blesserait inutilement. D'ailleurs elle ne voulait plus y penser.

– Je t'ai déjà parlé de Nessie, mon neveu ?

– Ah, oui ! L'horrible petit monstre ? Celui qui t'appelle Ta, parce que tu es la demi-sœur de son père, donc une « demi-tante » ?

Il rit.

– Ce matin, reprit Marianne, il est venu, tout triomphant, me mettre un papier sous le nez. « Je suis plus riche que toi, Ta ! » C'était un extrait de compte – Nadège, sa mère, lui en a ouvert un il n'avait pas huit jours. Figure-toi qu'on venait de lui virer deux millions.

– Sa mère est si riche ?

– Elle n'a pas un sou, que je sache. J'ai jeté un coup d'œil à l'extrait de compte pour voir les coordonnées du créditeur. L'agence Jacson.

– Et alors ?

– C'est l'agence qui a réalisé la vente d'une maison, à Montfort-L'Amaury, qui appartenait à ma mère et dont mon père a hérité après sa mort. Mon frère devait s'en occuper, mais il a tellement pris l'habitude, depuis des années, de laisser sa femme tout gérer, qu'il a confié la responsabilité de la transaction à Nadège. La maison a été vendue sept millions, qui sont sur le compte de mon père, j'ai vérifié. Question : d'où sortent les deux millions de Nessie ?

– Je te laisse répondre. Moi, les histoires d'argent...

Elle se redressa sur les oreillers et tira le drap sur son ventre.

– Je ne vois qu'une seule solution, dit-elle. Nadège a vendu la maison neuf millions, dont deux en dessous-de-table qu'elle a placés sur le compte de son petit chéri.

Bernard se hissa sur un coude, lui posa un baiser sur le sein gauche et déclara tranquillement :

– Elle a dû estimer que c'était la juste rétribution de son travail d'intermédiaire.

– Tu plaisantes ? C'est de l'escroquerie pure et simple. Elle a volé et le fisc et mon père !

– Pauvre fisc, dit-il en essayant de l'attirer contre lui.

Elle résista, il renonça. Il regretta de lui avoir posé cette question idiote : « A quoi tu penses ? » Il détestait parler d'argent – même de celui des autres. Pendant trente ans, son père avait jonglé avec les factures, entre deux faillites : ça l'avait guéri à jamais de s'en préoccuper. Il sortit du lit, enfila un peignoir, alla à la cuisine préparer du café.

Quand il revint dans la chambre, Marianne était rhabillée. Il posa les deux tasses et la cafetière sur une table de chevet.

– Je pensais que tu resterais toute la nuit, dit-il.

– Je ne veux pas laisser mon père seul.

– Je croyais qu'il allait mieux, depuis qu'il est suivi par ce médecin, là, le docteur Elmyr ?

– Oui, il va mieux. Et pourtant...

Elle hésita. Il versa du café dans une tasse, la lui tendit.

– Qu'y a-t-il ? Explique-toi.

– Je ne sais pas... Je sens quelque chose autour de mon père... Une sorte de pressentiment.

Elle trempa sa lèvre dans la tasse, croisa le regard attentif, soucieux, de Bernard.

– Regarde cette histoire de dessous-de-table, tu ne trouves pas ça inquiétant ?

– Non, fit-il. Malhonnête, oui. Inquiétant, pourquoi ?

– Je ne sais pas, répéta-t-elle. Je trouve que Nadège rôde trop autour de mon père, ces derniers temps. Je tombe sans cesse sur elle dans l'appartement. Par exemple, elle s'est mis en tête de faire nettoyer une toile de ma mère, accrochée dans le bureau. On devait l'emporter aujourd'hui, d'ailleurs.

– C'est plutôt aimable...

– Mais ma belle-sœur n'est pas une femme aimable ! Je n'ai jamais aimé sa façon de sourire tout le temps, son œil fureteur, la manière dont elle a mis le grappin sur mon frère. Et comme elle élève son gosse, je préfère ne pas en parler...

Il la prit doucement par les épaules.

– Bon. Tu détestes ta belle-sœur, c'est assez courant, ça n'a rien d'inquiétant.

– Il n'y a pas que ça. Il y a aussi Elmyr, le médecin. Elle est toujours fourrée avec lui. Dès qu'il a fini avec mon père, elle est là, elle l'accapare, elle lui chuchote des trucs. A moi, c'est à peine s'il me parle.

– C'est le prince Arjuna qui l'a envoyé à ton père. Tu peux lui faire toute confiance.

Elle haussa les épaules.

– Pourquoi ? Parce que cet Arjuna t'a offert un joli bateau ? Et qu'à cause de lui tu vas partir à l'autre bout du monde ? Merci bien.

Il lui caressa la nuque.

– Écoute, je te l'ai dit. J'ai encore repoussé la mission de deux mois. Je reste là, avec toi.

– Et dans deux mois ?

Il referma les doigts sur sa nuque, fermement, mais sans lui faire mal.

– Dans deux mois tu auras rompu avec ton mari, vous serez en instance de divorce et tu seras avec moi à Port Moresby à profiter du soleil tropical.

– Bernard...

– Quoi, Bernard ?

Elle eut un brusque mouvement de la tête, pour se dégager.

– Même – je dis bien : *même* si je divorce, je ne t'accompagnerai pas. Combien de fois faudra-t-il que je te répète qu'il est hors de question que j'abandonne papa ? Surtout maintenant, avec... avec ce pressentiment.

– Ta parano, oui ! s'agaça-t-il.

Il regretta immédiatement ce qu'il avait dit. Il n'était pas dans sa nature de s'emporter. Quand, par hasard, cela lui arrivait, c'était lui qui s'en trouvait déstabilisé. Marianne avait passé à la bretelle le petit sac à dos Hermès qui lui tenait lieu de sac à main et se dirigeait vers le couloir.

– Tu t'en vas comme ça ? demanda-t-il, petit garçon.

– Bernard, je ne discute pas avec quelqu'un de tellement... tellement *égoïste* qu'il est incapable de comprendre que mon père est un vieil homme malade, dépressif, paraplégique et sans défense !

– Marianne...

Elle était dans l'entrée, la main sur la poignée de la porte. Fâchée, se dit-il sans parvenir pourtant à la prendre tout à fait au sérieux.

– Marianne, est-ce que tu peux m'expliquer pourquoi on se dispute, tout à coup ?

– Parce que tu ne penses qu'à toi !

– Non. C'est à toi que je pense. Jour et nuit.

Il avait l'air si désarmé en prononçant ces mots que Marianne fondit aussitôt. Elle vint se blottir dans ses bras.

– Tu es trop bête, mon ours.

***

Ce soir-là, à Nîmes, Arjuna apparut seul dans la salle à manger de l'hôtel Imperator. Il était tard. Les personnalités parisiennes et les notables locaux achevaient de dîner. Les conversations bourdonnaient, d'anecdotes en banalités, de petits secrets en récits d'anciennes corridas. L'avocat Didier Chastel-Becq, venu en célibataire, pérorait à la table des acteurs Christian Clavier et Marie-Anne Chazel. Près d'eux, Pierre-Édouard Atlan suivait, les yeux battus, une conversation languissante entre Jean-Louis Bianco et Georgina Dufoix. Plus loin, la « bande » des Colignon, Thomas, Régine, Pascale Champredin et Emmanuel Villedieu, était celle qui faisait le plus de bruit. Arjuna, en passant, s'y arrêta, appelé par Thomas.

– Venez dîner avec nous.

– Ce serait avec plaisir. Mais j'attends quelqu'un.

– Vous nous aviez caché votre amie, dit Colignon. Elle a apprécié la corrida ?

– Qui est cette superbe Black ? demanda Régine, d'un air gourmand.

– Mon esclave.

On entendit le rire bref de Colignon. Mais Régine, choquée, fronça les sourcils.

– Vous plaisantez ?

– Non. Je suis oriental.

Arjuna inclina la tête.

– Bonsoir.

Il s'éloignait vers le fond de la salle, précédé par le maître d'hôtel, quand Emmanuel Villedieu le rejoignit.

– Excusez-moi, prince. J'aurais aimé vous voir en particulier.

– A quel sujet ?

– L'agitation des marchés financiers, ces jours-ci. J'ai cru comprendre que vous n'y êtes pas étranger...

– C'est une demande d'interview ?

– En effet.

– Je n'en accorde pas, vous le savez.

– Pas même une information ? Entre nous ?

Arjuna le dévisagea un instant.

– En voici une. Toute cette petite effervescence panique des marchés cessera après-demain.

Il avait dit cela sur un tel ton que Villedieu ne pouvait mettre en doute la véracité de l'information.

– Vous en étiez l'instigateur ? demanda-t-il néanmoins en tirant un calepin de sa poche.

– Disons que j'ai fait procéder à divers ajustements.

Villedieu jeta un œil sur son carnet.

– Il semble que la chute des cours du pétrole, du gaz, du charbon, du fer et des métaux rares ait surtout affecté l'économie soviétique. Était-ce une stratégie de votre part ?

Arjuna sourit imperceptiblement.

– Passons à un autre sujet. Qui vous touche de plus près. Les difficultés financières de votre magazine sont terminées. Je l'ai racheté ce matin.

Il fallut quelques secondes à Emmanuel pour digérer la surprise.

– Je n'étais au courant de rien, dit-il enfin.

– Personne ne l'était. J'aime agir vite et sans publicité.

– Vous... vous comptez remanier la ligne éditoriale ? Je vous préviens que ni mon équipe ni moi ne nous laisserons faire.

– Vous auriez raison. Restez vous-même, Emmanuel. Je n'en demande pas davantage.

Des bruits de bousculade à l'entrée de la salle du restaurant leur firent tourner la tête. Environné d'un essaim de photographes, Paco Ojeda faisait son entrée.

– Voilà mon invité, dit Arjuna. Excusez-moi.

Il s'avança à la rencontre du torero. Ojeda lui tendit les bras en souriant ; ils se firent l'accolade. Ils entamèrent une conversation rapide et chaleureuse en espagnol. Villedieu se fit la réflexion que c'était la première fois qu'il voyait Arjuna rire vraiment. Puis les deux hommes, obéissant aux photographes, se prirent par les épaules et se tournèrent vers les objectifs. Ils sourirent aux flashes.

XIV

– Neuf heures, le journal. Évasion spectaculaire, ce matin, en Corse, à la prison de Casabianda. A l'aube, deux détenus sont parvenus à sortir de leur cellule. Ils ont atteint la cour de l'établissement pénitentiaire et, à l'aide de harnais, sont montés à bord d'un hélicoptère. L'appareil, qui n'a pas encore été identifié par la police, a survolé la prison moins d'une minute.

« L'un des évadés a fait la une de la presse il y a huit ans. Noël Pietri, restaurateur à Vidauban dans le Var, avait assassiné son épouse à la suite d'une querelle à propos de quelques diamants. Son acolyte, Renato Falcone, vingt et un ans, d'origine sicilienne, purgeait une peine pour racket et extorsion de fonds. La police le soupçonne d'être également impliqué dans une série de règlements de comptes qui ont ensanglanté Marseille et Ajaccio en 1987.

« Cette nouvelle évasion par hélicoptère pose une fois encore le problème de la sécurité dans les prisons et de la fiabilité des contrôles dans les héliports. Le ministre de l'Intérieur a déclaré...

Tazrouk gara la Mercedes noire aux vitres fumées à l'angle du boulevard Kellermann. Il se tourna vers la banquette arrière.

– C'est ici que vous descendez, dit-il à Pietri.

– Je descends ? Mais je vais où ?

Tazrouk lui désigna la sacoche que le Corse tenait sur ses genoux.

– Vous avez là-dedans une somme qui vous permettra de vous débrouiller, dans un premier temps.

– Dans un premier temps ? Et après ?

– Ça vous regarde.

Pietri tripota nerveusement la sacoche. En huit ans de prison, il avait maigri, perdu ses derniers cheveux ; il faisait dix ans de plus que son âge.

– Les flics doivent me chercher partout ! Et vous me lâchez dans la nature, comme ça ?

Sans répondre, Tazrouk le dévisagea et glissa lentement sa main dans l'échancrure de sa veste.

– Noël, à ta place je ferais pas d'histoires, dit le jeune homme assis à la gauche de Pietri.

– T'es pas à ma place, grogna le Corse qui ne lâchait pas des yeux la main de Tazrouk enfouie sous la veste, prête, supposait-il, à en sortir un flingue.

– Allez, sois cool, je te laisserai pas tomber.

Pietri regarda le jeune homme blond, au joli visage régulier, aux grands yeux d'un bleu sombre, aux lèvres sensuelles et toujours souriantes, qui lui tapotait amicalement l'épaule.

– Promis, Renato ?

– Promis.

Après une dernière hésitation, Pietri ouvrit sa portière et sortit sur le trottoir. Tazrouk attendit qu'il soit entré dans la bouche du métro Porte-d'Italie pour redémarrer. A l'arrière, le jeune Renato ricana.

– Ce vieux con... Il est mort de trouille.

Il examina la nuque rase de Tazrouk. La Mercedes slalomait souplement dans les embouteillages de la place d'Italie.

– Et maintenant, dit-il, si vous m'expliquiez ?

Tazrouk engagea la voiture dans le boulevard Saint-Marcel.

– Votre père vous attend.

***

Iris, l'une des jeunes filles blondes au service d'Arjuna, introduisit le Brésilien dans le bureau.

– Ah ! Vous voici.

Arjuna se leva vivement de son fauteuil et fit un pas vers l'homme qui s'avançait à sa rencontre : grand, élancé, paraissant la soixantaine, brushing de cheveux gris, tout habillé de tweed, gilet vieux rose, nœud papillon fantaisie.

– Je suis le prince Arjuna Khan.

Il serra la main du Brésilien et fixa sur lui ses yeux glacés.

– Et vous êtes le docteur Cavalheiro da Cruz.

– Non, excusez-moi, protesta l'autre en souriant, je m'appelle...

– Docteur Cavalheiro da Cruz. Mon ami Jimmy Sandstone vous a adressé à moi.

C'était énoncé comme un fait. Arjuna lui désigna le fauteuil.

– Asseyez-vous, docteur.

Décontenancé, le Brésilien obéit. Arjuna s'installa dans l'autre fauteuil, en face de lui.

– Vous parlez un excellent français.

– Merci. Dans ma jeunesse, voyez-vous, j'ai étudié...

– ... dans l'une des meilleures institutions genevoises.

– Non, non, je...

– Vous avez ensuite séjourné un an à Paris. C'était au début des années trente. Vous fréquentiez Montparnasse. Vous y avez rencontré quelques figures du monde artistique de l'époque, n'est-ce pas ? Picasso, Hemingway. Vous le retrouviez au bar du Ritz ? Quelle impression vous faisait-il ?

Le Brésilien se passa le bout de la langue sur les lèvres.

– Euh... Un vrai dur à cuire. La barbe hirsute, les mâchoires carrées, le sourire maussade. Le... Le charme d'un animal ... ?

Arjuna approuva d'un hochement de tête. Le Brésilien restait tendu, aux aguets – malgré un sourire de façade.

– Oui, c'est dommage que vous ayez dû rentrer au Brésil ?

– Très dommage...

– Mais votre père venait de mourir et il laissait une fortune. Vieille fortune portugaise que votre grand-père a fait fructifier en s'installant dans le Minas Gerais et en y fondant la première compagnie de chemins de fer, je crois ? Des affaires dont vous deviez assumer la direction. Vous étiez si jeune.

– J'étais si jeune, en effet...

– Les mines de bauxite Cavalheiro da Cruz n'ont-elles pas triplé leur chiffre d'affaires sous votre impulsion ?

– Les mines... ? Oh, fit le Brésilien avec modestie, j'ai sûrement eu de la chance...

– Était-ce encore de la chance lorsque vous avez investi très gros dans la construction de Brasilia ? Où aviez-vous rencontré Lucio Costa et Oscar Niemeyer ?

– Lucio Costa et Oscar... ?

– Les concepteurs de Brasilia.

– Bien sûr ! Lucio et Oscar !

Le Brésilien se mâchonna la lèvre.

– Eh bien, voyez-vous... j'ai toujours été fasciné par l'architecture et l'urbanisme. Je vous le confie entre nous : c'est moi qui ai soufflé le nom de... d'Oscar. J'ai même suggéré quelques aménagements au plan de Lucio Costa.

– Remarquable, dit Arjuna, sans que le Brésilien pût déterminer s'il le félicitait de son improvisation ou de sa prétendue collaboration à l'édification de Brasilia.

Le prince se leva, fit quelques pas dans la pièce, se planta face aux écrans muets, où s'agitaient toutes les nouvelles du monde.

– En somme, votre vie, docteur Cavalheiro da Cruz, a été une succession de triomphes professionnels et de bonheurs privés. Vous avez été un homme heureux ?

– Très.

– Jusqu'à ce printemps de 1968 où le malheur vous a frappé.

– Frappé, oui, dit le Brésilien dans l'expectative. Le malheur m'a frappé.

– Durement. En plein cœur.

Le Brésilien se composa sur-le-champ une mine tragique.

– Mon cœur, prince, est brisé.

– Vous l'aimiez, n'est-ce pas ?

– Ah, si vous saviez ! C'était la femme de ma vie ! La prunelle de mes yeux, la...

– Je vous parle de votre fils, docteur.

Le Brésilien marqua un temps d'arrêt.

– Oui, mon fils. Mon fils. Ah, mon fils...

– On ne les a jamais retrouvés, n'est-ce pas ?

– Qui ça ?

– Les ravisseurs.

– Jamais !

– Vous aviez pourtant payé la rançon ?

– Jusqu'au dernier cruzeiro.

– Pardonnez-moi de ranimer de pénibles souvenirs, mais on n'a jamais retrouvé non plus le corps de votre fils ?

Une larme perla au coin de l'œil plissé du Brésilien.

– Jamais... Un garçon si gai, si... si vif. Nous nous entendions bien, nous avions de longues conversations ensemble... Et puis...

Sa voix se brisa sur un sanglot. Arjuna haussa un sourcil.

– L'enfant n'avait pas un an, je crois ? Il parlait déjà ?

Il y eut une très brève lueur de panique dans l'œil du Brésilien. Puis il s'exclama :

– Oh, ses regards valaient toutes les réponses du monde...

– Votre épouse, sa mère, fille d'un Allemand émigré à Rio en 1945, a connu une telle période de dépression après l'enlèvement qu'elle s'est suicidée l'année suivante, n'est-ce pas ?

Le Brésilien écrasa discrètement la larme qui roulait sur sa joue ridée.

– Cette chère, chère... euh...

– Elfride.

– Elfride... Fri-Fri... – Je lui avais donné ce surnom quand nous nous sommes rencontrés. – Elle n'a jamais pu s'en remettre. Malgré tous mes soins, mon amour, les cliniques où je la faisais soigner... Une femme brisée...

Le prince le considéra un moment en silence. Beaucoup de lieux communs, de clichés, pour l'instant. Mais il était sûr que les détails « vrais » et les subtilités psychologiques, une fois passé la surprise de ce premier entretien et la lecture attentive du dossier-scénario qui lui serait fourni tout à l'heure, lui viendraient naturellement.

– Je vais vous annoncer une grande nouvelle, reprit-il. Votre fils est vivant.

– Ah ! s'exclama le Brésilien, une main sur le cœur.

– Mieux : vous allez le rencontrer aujourd'hui même. Il sera bientôt ici.

– Ah ! ne put que répéter le Brésilien, mais il parvint, en compensation, à se tirer une autre larme – de joie. Arjuna lui tendit les mains. Il les prit, se leva et les secoua avec reconnaissance. Il lui semblait presque avoir eu un fils enlevé au berceau.

– Vous êtes descendu au Ritz ? lui demanda Arjuna en s'approchant de sa table.

Le Brésilien avait déposé sa valise dans un « une étoile » du Xᵉ arrondissement. Toilettes et douche sur le palier.

– L'ancienne suite d'Hemingway, reprit Arjuna. Les vieux souvenirs... Par ailleurs – pardonnez-moi de vous ennuyer avec ces détails triviaux –, votre banquier de Rio vous a fait parvenir par mon intermédiaire un chéquier et des cartes de crédit. A vous remettre en mains propres.

Il déposa sur la table, devant les yeux stupéfaits du Brésilien, un carnet de chèques sur la Banco do Brasil et deux cartes platine American Express et Master Card.

– Prenez-les, prenez-les, fit Arjuna. J'allais oublier : j'ai aussi votre nouveau passeport, docteur.

De plus en plus surpris, le Brésilien ouvrit le document : il était au nom de João Cavalheiro da Cruz, né à Rio le 12 avril 1915, 1,83 m, signes particuliers : néant. A part le nom, tout correspondait, même la photographie, récente mais qu'il ne se rappelait pas avoir jamais prise.

– Vos bagages vous attendent dans votre suite du Ritz. Mon chauffeur vous y conduira dès que vous aurez rencontré votre fils.

– Pardon ?

Perplexe, il tournait et retournait entre ses doigts les deux cartes de crédit.

– Ah, oui, oui ! Mon fils... Pardonnez-moi ma question, prince, mais... ces cartes, ce chéquier, ils sont... ?

– Ils sont quoi, docteur ?

– Enfin... Ils sont... factices ?

– Factices ? Pourquoi ?

– Ce sont des accessoires pour le film ?

– Quel film, docteur ?

Le Brésilien se gratta le front, tout en examinant par-dessous sa main les yeux glacés du prince, son visage pâle et émacié dont il émanait une impression de danger, comme d'une épée. Il lui fit un de ses sourires qui l'avaient rendu célèbre, deux saisons, à Rio de Janeiro, quinze ans plus tôt, quand il jouait un industriel charmeur dans une *telenovela*.

La période la plus faste de sa vie – et d'ailleurs la seule. On le voyait à la télévision tous les jours, il était invité et fêté partout, il avait toutes les femmes qu'il voulait sans se préoccuper qu'elles couchent, non avec lui, mais avec son personnage, car il *était* son personnage : même hors du champ des caméras, il en gardait les intonations et les costumes, la séduisante alacrité de l'homme d'affaires et d'action. Cette confusion d'identité avait fait son succès et amené sa perte. Il avait rencontré, au hasard des réceptions, de sympathiques escrocs qui lui avaient proposé de juteuses opérations financières. Il « négociait » avec eux en leur envoyant les répliques bien frappées que les scénaristes écrivaient pour son personnage. Il y avait perdu ses cachets, ses économies, sa maison et trois ans de sa liberté, après avoir été condamné pour des malversations dont il était le prête-nom. Il n'avait jamais retrouvé de rôle dans une *telenovela*. On l'avait vu, de temps à autre, dans des films de Ruy Guerra et de Glauber Rocha, jouer les silhouettes de vieux beau ou de grand bourgeois à l'élégance anglaise dont il avait les manières et les rides avantageuses, et, depuis dix ans, les Cariocas l'apercevaient à la télé, prononçant trois mots, portant du cachemire et du tweed et buvant du thé froid dans des verres à whisky.

Quand un agent d'Hollywood, Jimmy Sandstone, l'avait contacté pour un « grand rôle » en Europe, il n'avait pas hésité. Le contrat était accompagné d'un joli chèque et d'un billet d'avion pour Paris. On lui avait demandé de se présenter dans un hôtel particulier du quai d'Anjou. Ce qu'il y avait vu en arrivant – la superbe domestique blonde, les marbres du vaste hall, les tableaux de maître, les tapis d'Orient, et maintenant ce bureau austère et son mur d'écrans diffusant une cinquantaine de chaînes du monde entier – l'avait incité au plus bel optimisme.

– Je croyais... Ce n'est pas une audition ?

– La vie, parfois, ressemble à un roman-feuilleton, dit Arjuna en contournant la table et en venant le prendre par les épaules. Ne ratez pas votre entrée dans le nouvel épisode.

Il le reconduisit jusqu'à la porte du bureau.

– Vous êtes en villégiature à Paris, docteur. Profitez-en, avant d'aller vivre une retraite bien méritée à Rio. Le scénario de votre existence a décidé de vous sourire à nouveau. Songez que tout à l'heure vous allez retrouver votre fils bien-aimé. Accueillez-le avec toute l'émotion dont, j'en suis sûr, votre cœur et votre talent sont capables.

Triturant toujours ses cartes de crédit, le tout neuf Cavalheiro passa la porte qu'Arjuna lui avait ouverte. La ravissante blonde l'attendait dans le couloir.

– Iris va vous accompagner au petit salon, en attendant votre fils. Vous y trouverez un dossier qui, j'en suis certain, vous permettra d'être tout à fait vous-même, docteur Cavalheiro da Cruz. Lisez-le attentivement. Et rappelez-vous ce que dit le Créateur dans le Livre des morts : « Je me suis créé moi-même à partir de la substance que j'ai créée. » Ce n'est un paradoxe qu'en apparence.

Et, sur ces paroles sibyllines, Arjuna referma la porte.

***

Dix minutes plus tard, Tazrouk entrait dans le bureau.

– Tout s'est bien passé ? lui demanda Arjuna qui signait du courrier dans un parapheur.

– Il est là. Il attend dans le couloir.

– Ton impression ?

– Un petit malin. Franc comme un faux billet. Peut-être dangereux, s'il est sûr de ne courir aucun risque.

– En somme, il est parfait, déclara Arjuna en refermant le parapheur. Fais-le entrer.

Tazrouk ouvrit la porte, fit un signe. Peu après, Renato pénétra lentement dans la pièce, tandis que Tazrouk en sortait.

Alors que le jeune homme, les mains dans les poches, un demi-sourire aux lèvres, examinait le mur d'écrans, la toile de Tàpies, le mobilier, Arjuna l'étudia d'un coup d'œil : un mètre quatre-vingts, mince comme un chat de gouttière, les cheveux blonds négligemment emmêlés, la lèvre inférieure charnue, gourmande, dissimulant une lèvre supérieure fine comme une lame, un nez court et droit, des yeux d'un bleu liquide, changeant, l'air puérilement ironique et sûr de soi. Il attendit, immobile, que Renato ait achevé son inspection des lieux et pose enfin son regard sur lui.

– Vous êtes drôlement bien logé. Alors c'est vous, mon père ?

– Non.

Une ombre de déception voila fugitivement les beaux yeux féminins du jeune homme.

– Vous êtes qui, dans ce cas ?

– Un ami. Prince Arjuna Khan.

Le jeune homme fit une grimace faussement impressionnée.

– Un prince... Je comprends pourquoi vous avez les moyens de vous payer un hélicoptère et la complicité des matons... Au fait, merci pour l'évasion.

– Ce n'était qu'un acte de justice anticipée. Le prélude à une plus vaste réparation.

Renato s'assit sur l'accoudoir d'un fauteuil.

– J'aime bien comme vous parlez. Mais vous savez quoi ? Je comprends pas tout. On m'arrache de taule avec l'autre crétin de Pietri, on me balade en Mercedes jusqu'à Paris, on me dit que je vais voir mon père, et c'est vous que je vois, et vous me dites que vous n'êtes pas mon père. Moi, je trouve cette histoire un peu embrouillée, pas vous ?

– Vous êtes là pour que je vous fournisse quelques informations.

– Tant mieux ! Je suis un garçon très curieux de nature.

Arjuna quitta la table. Mains croisées derrière les reins, il fit quelques pas.

– Que savez-vous des circonstances de votre naissance ?

– J'ai une bonne mémoire, mais là...

– Où avez-vous grandi ?

– Dans un village, en Sicile. Avec ma *mamma*. La pauvre... Elle est morte il y a trois ans. Elle n'avait pas le cœur solide... Et puis je me suis retrouvé à la rue. La misère, quoi.

– Était-elle votre mère ?

– Je l'ai cru, longtemps. Jusqu'à ce qu'on m'apprenne que j'étais un enfant trouvé. Remarquez, ça m'a pas étonné.

– Pourquoi ?

– On ne se ressemblait pas. D'après vous, il y a beaucoup de grands blonds comme moi en Sicile ?

Il tendit les mains.

– Vous avez vu ma peau, comme elle est blanche ? Une peau de fils de prince. Vous ne trouvez pas ?

Arjuna ne releva pas l'allusion.

– Pourquoi étiez-vous en prison ?

– Pour mon bon cœur. On m'a puni d'avoir rendu service à un pote.

Renato soutint le regard d'Arjuna, avec dans l'œil une lueur de défi.

– La voilà, la justice, avec les pauvres. Vous savez pas ce que c'est, hein ? L'engrenage de la misère, comme a dit mon avocat. Victime de la société ! J'avais dix-huit ans, j'étais orphelin, j'avais pas de toit, pas de soutien, il a bien fallu que je me démerde. J'ai rencontré un pote, il m'a demandé un service, je lui ai rendu. Je faisais trop confiance aux gens.

– Oui, dit Arjuna de sa voix la plus atone. Vous êtes un garçon intelligent mais parfois naïf. C'est bien ce que m'a dit le docteur Elmyr.

– Elmyr ? L'espèce de psy qui a fait un tour à Casabianda il y a trois mois ? Vous le connaissez ?

– Il m'a parlé de vous. Il semblait prendre votre sort très à cœur.

– Le vieux Elmyr. J'aurais jamais cru...

– J'ai fait faire une enquête, à sa demande.

Pour la première fois, Renato se troubla un peu. Le mot d'enquête lui déplaisait : il craignait que ce nabab, apparemment quoique énigmatiquement bien disposé à son égard, ait appris ses activités de petite frappe marseillaise.

– Une enquête sur vos origines, le rassura Arjuna qui avait compris son inquiétude. Et il semble que nous les ayons éclaircies.

– Super, fit le jeune homme sur un ton d'expectative. Et... c'est intéressant ?

Arjuna retourna en silence à sa table, sans s'asseoir. Il y ouvrit un dossier. Renato s'agita, quitta l'accoudoir du fauteuil, mit les mains dans ses poches. Il gardait les yeux rivés sur ce dossier dont il ne savait encore ce qui en sortirait : de bonnes ou de mauvaises nouvelles ?

– Résumons les renseignements qu'on m'a fournis, dit Arjuna. Vous vous appelez Nelson Cavalheiro da Cruz. Vous avez été enlevé à l'âge de onze mois, en avril 1969, dans la maison de votre père, à Rio de Janeiro.

– Je serais brésilien, alors ?

– Votre famille paternelle, portugaise, s'est installée au Brésil vers la fin du siècle dernier. Votre arrière-grand-père a fondé une compagnie de chemins de fer et exploité des mines de bauxite. Votre grand-père a diversifié les activités de la holding familiale : produits pharmaceutiques, promotion immobilière, etc. Votre père est l'un des plus gros investisseurs dans la construction de la capitale, Brasilia.

Renato, aux anges, se laissa tomber dans le fauteuil.

– Incroyable ! Je suis riche, alors ?

– Votre famille possède l'un des patrimoines les plus importants du Brésil. C'est la raison pour laquelle on vous a enlevé, à l'âge de onze mois, comme je vous l'ai dit.

– Les salopards, fit le jeune homme. S'en prendre à un bébé...

Une idée lui vint tout à coup à l'esprit ; il se pencha en avant, les fesses au bord du fauteuil.

– Attendez... Si je suis là où j'en suis, c'est que mon père n'a pas payé la rançon ?

– Il l'a payée, rassurez-vous. Mais, comme vous le savez peut-être, dans ce genre d'affaires criminelles, il est très rare que les ravisseurs libèrent leur otage. En général, ils le tuent dès les premières heures suivant l'enlèvement.

– Oui, c'est plus prudent, confirma le jeune homme. Mais ils ne m'ont pas tué : je suis là. Pourquoi ils ne m'ont pas rendu à mon père, dans ce cas ?

– L'affaire est embrouillée. A en croire mes renseignements, vos ravisseurs, brésiliens, étaient en rapport avec une famille de la Mafia américaine. Que s'est-il passé au juste ? Nous ne le savons pas. Il semble qu'un certain Girolamo Falcone, membre de cette famille mafieuse, vous ait recueilli et confié à sa sœur, Gina, en Sicile. Sans doute vous a-t-il sauvé la vie.

– Le vieux Giro... Pourquoi il aurait fait ça ? Je n'ai jamais eu l'impression qu'il m'aimait beaucoup.

– Il aimait sa sœur. Elle était vieille fille, il lui a apporté l'enfant qu'elle ne pouvait avoir et qu'elle voulait choyer.

– Choyer, répéta le jeune homme.

– Ne l'a-t-elle pas fait ? Ne vous a-t-elle pas élevé comme son propre fils, aimé plus qu'elle-même ?

– Oui, oui... Elle était... gentille.

– Trop ?

Renato hésita. Il se demandait encore jusqu'à quel point ce prince avait obtenu des renseignements sur lui. Il revit, fugitivement, la dernière fois où il avait rossé Gina Falcone. Elle était tombée, il lui avait envoyé quelques bons coups de pied dans le bide. Deux jours après, elle était morte. Oui, mais du cœur. J'y suis pour rien. Il sourit douloureusement au prince.

– C'était la meilleure des *mammas* possible. Je pense à elle tous les jours.

Arjuna ne répliqua rien, se contentant de l'examiner de ses yeux froids. Le jeune homme, embarrassé, tambourina sur ses cuisses.

– Bon, et alors, mon père, il est où ? Je ne devais pas le rencontrer ?

– Il vous attend dans une autre pièce. Il est aussi bouleversé que vous l'êtes. Vous allez le voir. Soyez indulgent avec lui : l'émotion, les souvenirs, la douleur d'avoir perdu sa femme, votre mère...

– Ah, oui, au fait, ma mère ?

– Fille d'Allemand émigré après la guerre. Elle s'est suicidée peu après votre enlèvement.

– C'est pour ça que je suis blond ! s'exclama le jeune homme, sur le ton de qui résout une définition de mots croisés.

Mais, comme il était intelligent, il comprit dans l'instant que sa réaction était inappropriée et se composa une mine funèbre.

– Elle est morte à cause de moi, c'est ça ?

– Mais non. Vous êtes trop sensible, Nelson. Seuls vos ravisseurs sont la cause de son acte de désespoir.

Renato-Nelson répéta, comme quelqu'un qui aime apprendre de nouvelles expressions :

– Son acte de désespoir.

– Voilà, dit tout à coup Arjuna en refermant le dossier. Vous savez l'essentiel. Avez-vous des questions, avant que je vous fasse rencontrer votre père, Nelson ?

– Nelson, ricana le jeune homme. C'est un drôle de prénom. Il va falloir que je m'y habitue.

– Prénom courant au Brésil. Il s'agit d'un amiral anglais, manchot et borgne, qui causa quelques soucis à Napoléon Ier. Vous avez entendu parler de Trafalgar ?

– Je n'ai pas beaucoup fréquenté l'école...

– C'est une victoire. Ou une défaite. Cela dépend de quel côté on apprécie l'événement. Pas de questions, donc ?

– Une petite, quand même...

Le tout neuf Nelson s'approcha de la table derrière laquelle se tenait Arjuna. Il posa les doigts sur le dossier.

– En fait, j'aurais pas mal de questions... Par exemple : qu'est-ce que vous foutez dans cette histoire, quel est votre intérêt ? Mais, bon, je me doute que vous ne répondrez pas. Ou alors que vous êtes un philanthrope, un truc dans le genre... Laissons tomber. Je crois qu'il vaut mieux que je vous remercie de votre – comment dire ? – généreuse intervention.

Arjuna approuva silencieusement d'un hochement de tête. Nelson saisit un coupe-papier d'or sur la table, le fit passer de sa main droite à sa main gauche, et retour, comme on évalue le poids d'une arme.

– Ma question, ça serait : tous les flics de ce putain de pays doivent être en train de me chercher ; qu'est-ce qui est prévu ? Je passe au Brésil incognito ? Vous avez arrangé le voyage ?

– Mon cher Nelson, vous restez à Paris. Qu'avez-vous à redouter ? La police recherche un certain Renato et a mis déjà ses indicateurs en branle pour vous retrouver, planqué dans je ne sais quel endroit sordide. Or, vous êtes Nelson Cavalheiro da Cruz, héritier de l'une des plus grosses fortunes du Brésil, en villégiature à Paris. Comment pourrait-on mettre la main sur vous ?

– Il y a les photos, les avis de recherche...

– Il y a aussi votre très bel appartement en Front de Seine, votre Porsche Carrera, les cinq cent mille francs que vous dépenserez chaque mois, les invitations à toutes les soirées parisiennes qui comptent, sans parler de l'excellente réputation de votre père, aussi bien financièrement que socialement. Renato était une identité d'emprunt. Vous êtes désormais Nelson, il faut vous en imprégner.

De cette énumération, le jeune homme n'avait retenu qu'un détail :

– Cinq cent mille francs par mois ? C'est vrai ?

– Votre argent de poche. La somme vous paraît trop élevée ? Parlez-en à votre père. Si vous le voulez bien, je vais vous le faire rencontrer.

– Si je veux ? dit Nelson en éclatant de rire. Mais je ne demande que ça !

***

Ce fut, bien sûr, un moment d'émotion intense. Arjuna entra dans le petit salon en compagnie de Nelson et dit :

– Votre fils.

Renato et l'acteur brésilien jouèrent leur rôle à merveille. L'un pensait aux cinq cent mille francs d'argent de poche, l'autre aux cartes platine American Express et Master Card. Rien ne les avait tant « émus » depuis des années. Ils étaient faits pour s'entendre. Ils s'étreignirent. Arjuna recula vers la porte.

– Je vous laisse entre vous. Vous avez sans doute tant à vous dire.

Il quitta le salon et revint dans son bureau. D'un coup de pouce sur la télécommande, il brancha les écrans sur les retrouvailles du « père » et du « fils » et monta le son des baffles.

Cavalheiro da Cruz s'était rassis dans un fauteuil, s'exerçant à sourire paternellement à ce jeune type qui, les mains dans les poches, le reluquait en coin en marchant dans la pièce, comme un animal en cage.

– Mon cher Nelson, dit-il.

Puis, ne trouvant rien à ajouter, mal à l'aise devant cet inconnu qui l'examinait comme un chat un moineau, il répéta : Mon cher Nelson...

– Mon vieux papa, fit Nelson. Je peux te poser une question ?

– Toutes celles que tu voudras. Nous avons tant d'années à rattraper. Il nous faudra faire connaissance.

– Oui, faire connaissance, t'as raison...

Cavalheiro décroisa les jambes, les recroisa.

– Tu avais une question, Nelson ?

– Une seule pour l'instant, dit le jeune homme en s'asseyant sur l'accoudoir, obligeant l'acteur à retirer prudemment son bras. Combien on te paye ?

– Pardon ?

– Pour cette comédie. Combien il t'a donné, l'autre, là, le prince ?

– Je ne comprends pas, Nelson, protesta Cavalheiro.

Il tenta de quitter le fauteuil, mais, d'une simple pression des doigts sur sa poitrine, Nelson le contraignit à rester assis.

– Écoute, *papa* : la comédie, on va la jouer parce qu'il paraît qu'on est là pour ça. Mais entre nous c'est pas la peine, hein ? Si tu veux qu'on devienne potes, toi et moi, il faut pas me mentir. Je ne m'appelle pas Nelson et je ne suis pas brésilien.

– Mais je t'assure... Le choc de nos retrouvailles t'aura...

– Ta gueule, papa. Combien il te paye ? Qu'est-ce que t'y gagnes ?

Soudain, avec la prestesse d'un pickpocket, Nelson tira le portefeuille de la poche du veston de son « père ».

– Voyons ça... Passeport, cartes de crédit... C'est tout neuf, ça, hein ? On dirait que ça a jamais servi. Ah ! Des photos...

Cavalheiro tenta de les lui reprendre. Nelson lui cingla les doigts d'un revers négligent.

– Dis donc, c'est quoi, ces costumes ? Ne me raconte pas que c'est pour le carnaval que tu te déguisais en empereur romain dans ta jeunesse ? C'est un théâtre, ça ? Et ces caméras, là ?

Nelson ricana doucement.

– Alors, t'es acteur, papa ? C'est ça ?

Il fit mine d'applaudir.

– Bravo.

Cavalheiro changea tout à coup d'expression. Il s'était résigné à l'évidence. Il demanda sèchement :

– Bien. Peux-tu me rendre ces photos, maintenant ?

– Et tout ce qui va avec, t'inquiète pas. J'espère que tu seras à la hauteur pour le mériter.

Il lui tendit le portefeuille, le reprit au dernier moment.

– Avant, explique-moi l'embrouille.

– Je n'en sais pas plus que toi. J'ai été engagé il y a une heure à peine pour être le docteur Cavalheiro da Cruz.

– C'est bien vrai ?

– Juré.

Nelson lui rendit le portefeuille et quitta l'accoudoir, reprenant sa lente déambulation dans le salon.

– Je peux te poser une question à mon tour ? demanda Cavalheiro, d'une voix embarrassée.

– Vas-y.

– Comment as-tu deviné que je n'étais pas ton père ? J'ai été si... si mauvais ?

– Mais non, papa. Tu présentes bien, tu es classe, n'importe qui te voudrait pour père. Mais moi on me la fait pas comme ça.

– Qu'est-ce qui t'a mis la puce à l'oreille ?

– Si tu venais d'où je viens, tu serais méfiant comme moi. Moi, quand un type me parle, je cherche toujours ce qu'il ne veut pas que je sache. On ne me manipule pas si facilement.

– Et tu sais ce que tu ne devrais pas savoir ?

– Pas encore. Mais ça va pas tarder.

Nelson s'avança tout à coup vers Cavalheiro, qui eut un imperceptible sursaut de frayeur quand il lui tendit brusquement la main.

– A partir de maintenant, on est associés, papa. Toi, tu joues ton rôle, tu t'inquiètes pas. Moi, je vais faire semblant aussi. En attendant.

Cavalheiro prit la main de Nelson qui ajouta :

– Pour l'instant, tirons tout ce qu'on peut tirer de la magouille. On finira bien par savoir où il veut en venir, le prince machin. Il a besoin de nous, et c'est comme ça qu'on le tient.

D'une pression du pouce, Arjuna éteignit les écrans. Il resta un moment immobile. Tout se passait encore mieux que prévu. Ou pire – c'était selon. Ce petit Renato-Nelson semblait la preuve vivante du bien-fondé des théories de l'hérédité. Arjuna se sentait délivré par avance de tout éventuel remords quant au sort qu'il lui réservait.

XV

Pierre-Édouard Atlan venait d'enfiler ses chaussures de golf et s'apprêtait à faire quelques balles au practice, admirant le blanc éblouissant des quelques nuages installés dans un ciel clair, quand un employé vint lui dire que le prince Arjuna serait honoré qu'il le rejoigne au départ du green. Il y alla d'un bon pas. Il n'avait pas revu le prince depuis la *feria* de Nîmes.

Arjuna n'était pas seul. Il présenta Atlan à un homme d'une trentaine d'années, basané, moustachu et enrobé, en polo rose pastel. Pierre-Édouard ne fut pas mécontent d'avoir choisi ce jour-là pour un peu d'entraînement au golf : l'invité d'Arjuna était Abdullah Hassan, l'un des gendres de Saddam Hussein. C'était un homme dont il avait entendu parler dans l'entourage de Jacques Attali, ces derniers temps. Selon des rumeurs provenant du Pentagone, le chef d'État irakien, à peine le cessez-le-feu signé avec l'Iran, semblait se préparer à une autre guerre. Abdullah Hassan était connu pour être le négociateur préféré de son beau-père et les chancelleries comme les services secrets s'interrogeaient sur le motif de ses récents déplacements en Europe. Atlan lui serra la main en se disant avec une satisfaction anticipée qu'il s'ébattait dans l'intimité même de l'Histoire. N'était-ce pas, après tout, la raison – un peu perdue de vue depuis – pour laquelle il avait choisi d'intégrer l'ENA à vingt ans ?

La conversation eut lieu en anglais. A vrai dire, et à la déception de Pierre-Édouard, on n'effleura ni « grande question » ni affaires de stratégie mondiale. Arjuna et Hassan parlaient *drive* et *put*, ou évoquaient parfois une relation commune – un prénom arabe, à chaque fois –, comme deux hommes qui se connaissent de longue date. Comme il s'y attendait, Arjuna jouait avec un détachement qui ne l'empêchait pas de réussir régulièrement un birdie ou le par. Hassan, pourtant très appliqué, balança trois fois sa balle dans les arbres, et ne ratait jamais un bunker. Il en riait. Quant à Atlan, il était en petite forme, mais serrait les dents. Au troisième trou, il ne participait plus à la conversation, tendu vers un seul but : gagner.

Aussi fut-il très agacé lorsque, alors qu'il se concentrait pour réussir un *put* qui lui assurerait un *eagle*, une voiturette déboula tout à coup sur le green, conduite par un Irakien en costume et lunettes noirs qui apportait à Abdullah Hassan un gros téléphone sans fil aux allures de talkie-walkie. Hassan s'éloigna de quelques mètres et engagea, en arabe, un dialogue qui devint rapidement âpre.

Atlan fit d'abord celui qui n'entendait pas. Pourtant – la communication était-elle mauvaise ou Hassan croyait-il ne pas être compris ? – l'Irakien parlait haut et fort. Atlan, après avoir jeté un coup d'œil sur Arjuna, toujours impénétrable, se remit en position, les pieds bien parallèles, le putter bien équilibré. Il fixa le regard sur la balle, mais il ne la voyait pas. Toute son attention était concentrée sur ce qu'il entendait, quelques mètres derrière son dos. Immobile, pétrifié comme s'il tentait d'hypnotiser la balle, il essayait de ne rien perdre des incroyables informations qui lui parvenaient par rafales, chaque fois que Hassan, après un court silence, les criait à la cantonade.

Quand l'Irakien se tut enfin, Atlan joua son coup. Sa main tremblait mais, par un miracle qu'il estima d'excellent augure, la balle atteignit son but. Hassan rendit le téléphone à son garde du corps, qui repartit en voiturette. Il pria Arjuna et Pierre-Édouard de l'excuser et reprit la partie. Le prince la remporta sans effort apparent. Atlan rata complètement ses deux derniers trous, égarant même une balle dans le rough. Il n'avait plus la tête au golf.

Deux voiturettes les attendaient pour les ramener au club house. Arjuna invita Atlan à monter dans la sienne. Ils roulèrent un moment en silence. Ce fut Arjuna qui le rompit le premier.

– Vous parlez arabe, monsieur Atlan ?

Comme Pierre-Édouard, pris de court, ne répondait pas, Arjuna lui désigna la silhouette rose pastel de Hassan roulant quelques mètres devant eux.

– Abdullah se montre parfois peu prudent et peu discret. N'est-ce pas ?

– Il vous fait entière confiance, je suppose, dit prudemment Pierre-Édouard.

– C'est une faute quand on traite les affaires qui sont les siennes.

– Les siennes ou celles de son beau-père ?

– Je ne crois pas qu'il fasse encore la différence.

Arjuna arrêta la voiturette devant le club house et répondit au signe amical de Hassan qui y entrait, encadré de deux gardes du corps. Atlan lui toucha le bras, à la manière méditerranéenne, qui aime établir physiquement le contact.

– Rassurez-vous, je serai discret.

– Pourquoi donc ? fit Arjuna avec un étonnement amusé.

– J'étais votre invité. Je ne voudrais pas vous mettre dans une position fausse vis-à-vis de Hassan.

– Je vous remercie de vous soucier de la solidité de ma position.

Dans sa voiture, en rentrant à Paris, Pierre-Édouard se repassa plusieurs fois ce bref dialogue avec Arjuna. Que fallait-il en conclure ? Ce type parlait peu, et prononçait avec netteté des sentences ambiguës. On ne savait jamais sur quel pied danser avec lui. Que lui avait-il demandé, au fond ? S'il parlait l'arabe. Oui, Atlan parlait l'arabe, depuis sa plus tendre enfance. Quoi d'autre ? Arjuna ne lui avait pas demandé d'être discret ; c'était lui, Pierre-Édouard, qui le lui avait assuré. A quoi il avait répondu : « Pourquoi donc ? » Si ce n'était pas à proprement parler une invitation à se dispenser de l'être, c'était au moins une porte entrouverte. Il m'a laissé prendre moi-même ma décision, conclut Atlan.

Dès qu'il fut rentré à son appartement, il téléphona à Pascale Champredin. Il lui dit les quelques phrases tendres et rieuses qu'elle aimait entendre et qui étaient toujours nécessaires pour la décontracter. C'était une jeune femme si fermée, tellement sur ses gardes, comme si elle se protégeait sans cesse du mal qu'on pouvait lui faire – ou, songeait-il, comme si elle se protégeait encore d'un mal qu'on lui aurait fait autrefois. Quand, au son de sa voix, il la sentit plus paisible, plus réceptive, il en passa aux choses sérieuses.

Il lui raconta comment, invité par le prince Arjuna, il s'était retrouvé à jouer au golf avec un gendre de Saddam Hussein, et comment cet Abdullah Hassan, ignorant qu'il comprenait parfaitement l'arabe, avait tenu non loin de lui une passionnante conversa-

tion téléphonique. D'où il découlait – « Tiens-toi bien, c'est quelque chose ! » – que, premier point, Saddam Hussein préparait une guerre contre l'émirat du Koweït ; que, deuxième point, Hassan était en train de négocier en sous-main des achats d'armes et de matériel militaire ; et que, troisième point et touche finale, il le faisait non pour l'Irak mais pour le Koweït.

– Elle est pas belle, celle-là ? fit-il en riant.

– Mais... Doudou, tu es certain de ce que tu as compris ? C'est si...

– Sûr comme deux et deux font quatre.

– Arjuna était là, il a entendu aussi ?

– Bien sûr. D'ailleurs il m'a confirmé la chose. Ou presque. Enfin, à mots couverts.

– Et qu'est-ce que tu vas faire ? Tu vas en parler à quelqu'un du gouvernement ?

– Oui, oui, faudra voir... Mais je ne t'appelle pas pour ça. Je t'appelle parce que j'ai besoin de toi. Hassan a prononcé des sommes faramineuses, c'est un très, très gros marché. Et je sais qui est le marchand d'armes : les usines Krueger, en RFA.

– ... Où veux-tu en venir ?

– Le contrat doit être signé la semaine prochaine. Des milliards de dollars, Pascale. Les actions Krueger vont faire un bond fantastique à la Bourse. C'est là que tu interviens. Il faut que, dans les jours qui viennent, tu achètes un maximum de titres Krueger. Avant ça, réalise toutes les actions qu'on a prises tous les deux sur des affaires qui rapportent moins que prévu. Il faut qu'on mette le paquet, cette fois-ci. Tu dois bien aussi avoir de l'argent qui dort et qui ne demande qu'à faire des petits ? L'héritage de ton grand-père ?

– C'est mon mari qui gère tout. Je ne pourrai rien faire sans qu'il s'en rende compte, c'est sa banque.

– Champredin, je l'oubliais celui-là... Écoute, ça me foutrait les boules qu'il en profite, mais si tu ne peux pas faire autrement, touche-lui-en un mot. Tu ne parles pas du golf et du reste. Dis-lui juste que l'information est garantie cent pour cent.

– Doudou...

– Ma toute belle, c'est le coup de l'année, peut-être de notre vie. Alors il ne faut pas se poser de questions, d'accord ? On fonce.

– Tu n'as pas un petit... scrupule ?

– Pourquoi ? C'est pas du délit d'initié : ils ne savent rien à l'Élysée ni à Matignon. C'est juste un coup de bol phénoménal. Quand je pense que ma mère me défendait de parler arabe...

– Ta mère, justement, Doudou, elle en penserait quoi que toi, un Juif, tu spécules sur des ventes d'armes entre des Arabes et un groupe allemand qui fabriquait déjà celles des nazis ?

– Elle me dirait : « Nique-les, mon fils ! »

***

Cette affaire ne plaisait guère à Pascale Champredin. Elle trouvait qu'il y avait quelque chose d'immoral à parier sur des ventes d'armes, donc sur la guerre. Depuis qu'elle était la maîtresse de Pierre-Édouard Atlan, elle avait plus d'une fois spéculé grâce aux renseignements qu'il glanait dans les ministères et certains dîners très privés. Elle ne le faisait pas pour l'argent – cela ne l'intéressait pas – mais pour Doudou. Pour lui faire plaisir. Il était d'une humeur si gaie, si enfantine, quand ils avaient réussi ensemble un « joli petit coup », comme il disait en riant. Elle acquérait des actions par l'intermédiaire de la banque de son mari, Doudou n'apparaissait jamais dans ces opérations. Dès que les titres avaient assez grimpé, elle revendait. Cinquante pour cent du bénéfice revenaient à Atlan, sur un compte qu'elle lui avait fait ouvrir spécialement au Luxembourg.

Champredin, son mari, était au courant des « arrangements » entre eux. L'arrangement financier, il avait aidé Pascale à en régler les détails pratiques – c'était lui, par exemple, qui avait trouvé la banque luxembourgeoise. En contrepartie, il profitait également de la plupart des informations d'Atlan. Quant à « l'arrangement des corps » entre sa femme et le haut fonctionnaire, il avait décidé de fermer les yeux. Il y trouvait doublement son compte : d'abord grâce aux coups en Bourse qu'il lui permettait ; ensuite parce qu'il n'y avait plus rien entre Pascale et lui depuis belle lurette, pas même quelque hostilité larvée ou paix armée des couples. Il l'avait épousée quand elle avait vingt-cinq ans ; il revenait de Cuba et avait acheté sa banque. Elle était ravissante, quasi muette, avait passé les dix années précédentes dans une dépression chronique qui l'amenait à de fréquents séjours en clinique, sa famille avait la surface sociale qui lui serait utile pour démarrer ses affaires, et surtout le tempérament à la fois craintif et effacé de Pascale lui convenait parfaitement : il lui fallait épouser une fille de famille, mais pas s'encombrer d'une bourgeoise prête à toujours donner son opinion sur tout et cherchant à le régenter. Sur ce plan, il était comblé. Quant à leurs relations sexuelles, elles n'avaient pas duré six mois. Lorsqu'il la pénétrait, elle grimaçait comme s'il l'éventrait, puis restait étendue comme une morte. Champredin avait de nombreux défauts et quelques perversions, mais un certain dégoût pour la nécrophilie. Maintenant, si ça faisait bander l'autre Juif d'Atlan, il n'y voyait pas d'inconvénient.

Ce dimanche-là, Champredin était vautré sur un fauteuil dans la chambre de sa fille. Régine était sans doute la seule personne avec laquelle il s'entendait vraiment, la seule qu'il aimât – bien qu'il ne prononçât ni même ne pensât jamais ce mot. Il aimait sa beauté métisse qui lui rappelait ses belles années cubaines, son sang-froid confinant à l'arrogance, son sens précis, et parfois cruel, des affaires et des relations utiles. Il aimait jusqu'à ses préférences sexuelles, qui lui épargnaient de voir débarquer chez lui de petits mâles qu'il aurait aussitôt détestés.

Depuis des mois, ils préparaient ensemble un projet dont elle était l'instigatrice et dont il serait le financier. Régine dessinait des vêtements, des bijoux et des accessoires de mode, qu'elle vendait déjà dans une boutique de la rue du Jour, dont son clip de chanteuse n'était qu'une publicité détournée, ainsi que ses apparitions dans les magazines populaires, et qu'elle comptait désormais commercialiser à grande échelle. Ils avaient établi un business plan : ils achetaient des usines désaffectées dans la banlieue de quelques grandes villes de par le monde – Paris, Milan, Londres, Tokyo, New York –, les choisissant pour leur architecture 1890 de poutrelles de fonte et de grandes verrières (ou, le cas échéant, les transformant selon ce « look » Art nouveau). Il s'agissait, d'après Régine, de « révolutionner le concept de boutique », d'en faire des endroits clairs et spacieux, avec salons et bar dans un design résolument contemporain contrastant avec l'architecture des lieux. Ils les inaugureraient le même jour, orchestrant autour de l'événement une vaste campagne médiatique, et intituleraient la griffe *Fashion Factory*. Cela s'adresserait d'abord à une clientèle à hauts revenus, puis rien ne les empêcherait d'adapter le concept en une chaîne de franchise, plus *cheap*.

Les études de marché qu'ils avaient commandées avaient été très favorables. Restait à trouver le financement, ce à quoi s'était attelé Champredin. Il avait convaincu plusieurs investisseurs et, grâce en partie à ce qu'il avait gagné par le prince Arjuna en spéculant, avec un jour de retard mais avec grand succès, sur l'affaire de la Duksoo, il était à présent en mesure de mettre l'affaire en route tout en en restant l'actionnaire majoritaire. C'est au cours d'une de ces discussions où Régine et son père peaufinaient les derniers détails avant le « grand saut », que Pascale vint sonner à la porte. Elle et son mari logeaient, depuis trois ans, dans deux appartements contigus – leur manière de faire chambre à part. Il y avait des mois qu'elle n'était pas entrée chez son mari et sa belle-fille.

Elle fut accueillie avec une froide surprise par Champredin, une totale indifférence par Régine. Leur comportement à son égard avait cessé de lui faire du mal depuis qu'elle voyait Pierre-Édouard Atlan et qu'avec lui, pour la première fois depuis son enfance, elle se sentait paisible et protégée. Elle dit simplement à son mari qu'elle avait une affaire urgente à discuter avec lui. « En particulier », ajouta-t-elle quand il lui rétorqua qu'elle pouvait parler devant Régine.

– C'est tellement urgent ? rechigna-t-il.

– En tout cas, très... lucratif, certainement.

Il se redressa dans son fauteuil, son œil d'oiseau aussitôt éveillé.

– Encore Atlan ?

– Nous en parlerons chez moi, si tu veux bien.

Elle le fit asseoir dans son petit salon, qu'elle avait aménagé et décoré avec des meubles et des objets qui avaient appartenu à ses grands-parents chez lesquels elle avait grandi ; cela lui donnait un sentiment de sécurité qu'elle n'éprouvait nulle part ailleurs, sinon contre le corps affectueux et rebondi de Doudou. Champredin mima une certaine condescendance impatiente quand elle lui confirma qu'elle tenait de nouvelles informations d'Atlan. Il oublia rapidement sa pose lorsqu'elle lui eut résumé toute l'affaire. Il se leva, mit les mains dans ses poches, déambula nerveusement entre les guéridons marquetés et les fauteuils crapaud.

– Je n'arrive pas à y croire. C'est trop gros, trop... Cet Irakien qui déballe tout son bizness devant Atlan...

– Il ne se doutait pas que Pierre-Édouard parle arabe.

– Celui-là... Ça m'étonne pas.

– Qu'est-ce que tu veux dire ?
– Rien.
– Alors ? L'affaire t'intéresse ou pas ?
– Je me demande... Mettons d'abord un détail au clair : Atlan t'a affirmé que le prince Arjuna était là et qu'il a tout entendu lui aussi ?
– Oui. Et Pierre-Édouard m'a dit qu'ensuite le prince le lui avait confirmé.
– Bon. Et c'est aussi Arjuna qui a présenté Atlan à l'Irakien ?
– Je te l'ai dit. Qu'est-ce que ça change ?
Il leva les bras au ciel.
– Tout ! Ça change tout. Cet Arjuna, c'est de l'or sur deux pattes. Partout où il passe, ça sent le dollar. Tu as vu la Duksoo ? Quand je pense que j'ai failli refuser de faire la transaction...
– Je croyais que c'était toi, au contraire, qui l'avais conseillé ?
– Oui, eh ben, que ça reste entre nous, hein ?
Il remit les mains dans ses poches, fit quelques pas.
– Bon, dit-il soudain. Il faut agir vite. Arjuna est capable de nous piquer l'affaire sous le nez.
– Tu crois qu'il compte spéculer sur Krueger lui aussi ?
– Il va se gêner, tiens !
Après l'avoir assurée qu'il réglerait pour elle dès le lendemain toutes les questions pratiques autour de l'achat des titres – « On fera comme d'habitude et qu'Atlan prenne ses dispositions pour demain matin, hein ? » –, Champredin quitta Pascale et rejoignit sa fille dans l'appartement d'à côté.
– Qu'est-ce qu'elle te voulait, la petite poupée fragile ? lui demanda Régine.
– Le plus grand bien, ça t'étonne ?
Il s'assit au bord du lit où sa fille, en pyjama de soie jaune vif, était allongée comme une Olympia.
– Qu'est-ce que tu dirais qu'on dise bye-bye à nos investisseurs et qu'on monte la *Factory* tout seuls comme des grands ?
– Qu'il vaut toujours mieux partager les risques. Et que tu n'as pas les reins assez solides.
– Aujourd'hui, oui. Mais dans une semaine...
– Qu'est-ce qui aura changé dans une semaine ?
– Tout. Tout, si tu me fais confiance et que l'argent de la *Factory*

tu me laisses le placer demain pour qu'il fasse des petits. Beaucoup, beaucoup de petits.

– Je n'aime pas quand tu t'emballes.

– Écoute-moi : tu te rappelles la Duksoo ? Eh bien, on va faire le même coup, mais les premiers.

Elle eut le geste machinal de se tâter un sein. On aurait cru une statue tâtant son marbre. Champredin détourna les yeux.

– Et tu voudrais y risquer les fonds destinés à mes boutiques ?

Il lui mit la main sur la cuisse.

– Quand je t'aurai tout expliqué, tu n'hésiteras pas.

En effet, Régine n'hésita plus. Le lundi, Champredin faisait passer ses ordres par son homme de confiance. Il arrangea lui-même la transaction pour Pascale et Atlan, comme à l'accoutumée et comme il l'avait promis. Il se sentait plein d'une sorte d'affection pour eux, ce jour-là. Il n'essaya pas non plus de dissuader Pascale de mettre sur l'affaire une bonne partie de son capital hérité de ses grands-parents Le Hardouin. Au contraire, il lui sembla la découvrir comme elle ne s'était jamais montrée : décidée, fonceuse, aventurière. Qualités qu'il lui aurait reprochées, d'ailleurs, en toute autre circonstance. Mais c'était un jour de grande excitation nerveuse, les choses lui paraissaient autour de lui plus vives, plus animées, plus vastes – aux couleurs de son prochain succès, le « coup » royal qu'il avait toujours attendu, flairé, recherché. C'est ce même lundi, le soir, qu'il trouva chez lui un carton du prince Arjuna l'invitant, avec son épouse, à un dîner dans sa nouvelle maison de Montfort-L'Amaury, *L'Épervière*. Il en fut flatté : le prince, à sa connaissance, n'avait jamais organisé le moindre dîner ni la moindre réception. Il était donc de ses premiers convives. Il traversa le palier et entra chez Pascale pour lui montrer le carton. Elle le lut, battit nerveusement des paupières et, à sa surprise, ne parut pas aussi enchantée qu'il l'espérait et qu'il l'était lui-même.

– Je ne crois pas que j'irai, lui dit-elle en lui rendant l'invitation.

– Ah, non ! Tu ne vas pas me faire ça. Tout Paris rêve d'approcher Arjuna et c'est nous qui avons cette chance.

– Vas-y avec Régine.

– Elle n'est pas invitée. Toi, tu l'es, et rappelle-toi quand même comment il t'a offert l'Hispano-Suiza... Tu ne vas pas le vexer, quand même ? Je ne peux pas me présenter seul chez lui.

– Nous ne sommes plus un couple, François.

– Mais nous sommes des gens civilisés. Nous savons faire semblant. Et puis, si tu veux savoir, j'ai eu Atlan au téléphone cet après-midi et il avait reçu le même carton. Tu vois, si tu y vas, ça fera tout de même un couple.

Elle l'examina avec ironie.

– Tu es si large d'esprit, François.

Il lui cligna de l'œil.

– Du moment que tout le monde y trouve son intérêt...

Champredin passa les jours suivants de cette même humeur allègre. Lui qui ne lisait que les pages financières et les faits divers s'intéressa soudain aux rubriques « Politique internationale » du *Monde* et du *Figaro*. Il y cherchait les noms de Saddam Hussein et d'Abdullah Hassan. Il apprit dans un atlas la situation géographique du Koweït. Aux personnes qu'il rencontrait, il exposait ses vues sur la situation au Proche-Orient. Il était un autre homme. Son achat massif d'actions Krueger avait provoqué une hausse artificielle du titre. Il attendait le grand jour.

Il eut lieu le vendredi, alors qu'il s'habillait pour se rendre à l'invitation du prince Arjuna. Il avait quitté la banque plus tôt. Le téléphone sonna. C'était son bras droit, Lefort.

– Je vous appelle au sujet des titres Krueger, monsieur.

– Ah, ça y est ? Les choses commencent à bouger ? s'exclama-t-il joyeusement. Vous avez des nouvelles ?

– ... Oui. Mauvaises, monsieur.

– Comment, mauvaises ? Qu'est-ce qui se passe ?

– Les frères Krueger ont été arrêtés aujourd'hui à leur domicile de Francfort.

– Hein ? Quoi ? Qu'est-ce qu'on leur reproche ?

– Ils auraient trafiqué leurs comptes. A grande échelle. Ils présentaient des bilans truqués au conseil d'administration et à leurs actionnaires. Je ne connais pas le détail, mais il semble qu'ils auraient réussi, depuis plusieurs années, à faire passer dans la ligne des bénéfices une partie de leurs dettes et de leurs pertes.

Assommé, Champredin se laissa tomber sur un fauteuil. Il frotta l'arête de son long nez en bec.

– Les chiens, murmura-t-il. Les enfoirés... Lefort, écoutez, on n'a pas d'alternative : il faut vendre tout de suite, dès la réouverture des marchés.

– Ce ne sera pas possible, monsieur. La justice allemande a bloqué toutes les opérations financières concernant les Krueger, jusqu'à nouvel ordre.

– Putain, mais qu'est-ce que je vais faire !

A l'autre bout de la ligne, Lefort resta silencieux. Champredin appuya deux doigts sur son estomac, qui commençait à le brûler, comme après chaque grosse contrariété.

– Bon... Suivez ça de près, Lefort. Ce soir, je suis pris, mais je vais voir ce que je peux faire de mon côté.

– Très bien, monsieur. Bonsoir.

Champredin raccrocha. La nouvelle avait été si soudaine qu'il ne parvenait pas encore à y croire tout à fait. Il n'y a pas cinq minutes, j'échafaudais des projets à la con... Et maintenant j'ai presque perdu ma chemise. Quand les titres Krueger seraient remis sur le marché, ils ne vaudraient plus un clou. Merde. Le fric de la *Factory*. Comment je vais annoncer ça à Régine ? Et quant à mes pertes personnelles...

– Tu es prêt ?

Pascale était entrée dans la pièce. Il eut l'envie brutale de se lever et de lui envoyer sa main dans la gueule.

– Qu'est-ce qu'il y a ? Tu es tout pâle.

Il secoua la tête.

– Rien. Rien, tout va très bien, madame la marquise...

Il ricana brièvement. Il venait de songer qu'avec les informations foireuses de l'autre pied-noir de youpin, elle avait tout perdu. L'héritage de grand-papa adoré. Elle n'aura plus qu'à brader la baraque de Saint-Cloud, son parc et ses putains de souvenirs d'enfance. Ça lui fera les pieds.

La consolation était maigre. Il n'avait rien d'autre, à part de savoir qu'elle ne savait pas et d'attendre le plaisir de la renseigner à sa façon. Il se leva.

– Allons-y, dit-il. Allons voir comment les milliardaires reçoivent.

***

Les trois hommes attendaient Tazrouk dans un hall d'embarquement de l'aéroport Roissy-Charles-de-Gaulle. Celui qui s'était fait appeler Abdullah Hassan, quelques jours plus tôt, avait troqué son polo rose contre un blouson de cuir et une chemise au col largement ouvert. Il vint à la rencontre de Tazrouk.

– Tout est réglé, lui dit celui-ci en arabe.

Il lui donna trois billets d'avion et lui désigna le panneau des vols en attente.

– Vous prenez le 18 h 24 pour Tunis.

– Ton patron est content ?

– Tu criais peut-être un peu trop fort.

– Je voulais être sûr que le petit gros m'entende !

– Il t'a entendu.

Tazrouk jeta un coup d'œil furtif à droite, un autre à gauche. Il tira de sa poche intérieure une grosse enveloppe copieusement emplie. Il la tendit au faux Abdullah qui la glissa prestement dans son blouson.

– Tu feras les trois parts. Bon voyage.

– Si ton patron a encore besoin de moi, je suis à son service.

– Prends des cours de golf, et on verra.

Ils se firent une rapide accolade. Puis Tazrouk s'éloigna sans se retourner.

Au volant de la Jaguar, il prit la route de Montfort-L'Amaury. Il y arriva vers les six heures et demie. Les fenêtres du rez-de-chaussée étaient brillamment illuminées. Dans le parc, on avait discipliné les rhododendrons, planté des chênes, des sycomores et des peupliers adultes, tondu la pelouse et rafraîchi le gravier rose des allées. Deux fourgonnettes étaient garées non loin de l'entrée de l'office. Leurs flancs s'ornaient, en lettres d'or, du nom d'un fameux chef cuisinier, Robert Pansard. Tazrouk rangea la Jaguar dans le garage, entre la Rolls Royce noire et la Maserati.

Arjuna l'attendait dans l'une des échauguettes du premier étage dont il avait fait un bureau à sa façon, c'est-à-dire quasi monacal : une table à plateau et empiétement de verre, trois chaises assorties, quelques livres et six écrans sur lesquels on pouvait surveiller toutes les pièces de la maison. Tazrouk lui confirma le départ du faux

Abdullah Hassan et de ses deux « gardes du corps » par le dernier vol pour Tunis.

– Parfait. J'ai vérifié moi-même le décor de l'autre échauguette : très impressionnant.

– J'ai peut-être un peu forcé sur le... rouge.

– On n'exagère jamais assez. Deuxième point : tu as localisé Pietri ?

– Un petit hôtel près de la gare du Nord.

– Retourne là-bas. Il est probable qu'on devra le remettre en jeu ce soir. Je t'appellerai.

– Bien. Quoi d'autre ?

– Dis à Girolamo de monter.

Tazrouk trouva Girolamo Falcone à l'office, surveillant d'un œil gourmand les toques blanches des marmitons et des aides-cuisiniers travaillant sous la direction du chef Robert Pansard parmi l'inox étincelant de la cuisine.

– Le prince t'attend.

Girolamo piqua une truffe au passage et monta à l'étage, tandis que Tazrouk quittait la maison.

– Je vais avoir besoin de toi, ce soir, lui dit Arjuna quand il fut entré dans le bureau de l'échauguette. J'espère que tu as une bonne mémoire visuelle ?

– J'ai travaillé trois ans comme videur-physionomiste dans une boîte de L.A. appartenant à mon oncle Raguso.

– Cela vaut toutes les références.

Arjuna lui désigna l'une des chaises de verre. Girolamo s'assit.

– Tu passeras la soirée ici. Ne quitte pas les écrans de l'œil.

– Et qui va s'occuper du service ?

– Iris, Ariel et Miranda. Ne te montre sous aucun prétexte.

XVI

Jean-Damien Colignon et Pierre-Édouard Atlan arrivèrent les premiers. La simplicité du parc à l'anglaise et le goût très douteux de la maison à cariatides et échauguettes les étonnèrent.

– Mon Dieu, soupira Colignon. Est-ce que par hasard il aurait pris ce *machin* pour une gentilhommière ?

– Quand il en aura acheté dix comme celle-ci, répliqua Atlan, ça deviendra le fin du fin du meilleur goût.

– L'oracle parle par ta bouche, Doudou, déclama Colignon en sortant de sa poche le vieux Minox qu'il transportait partout avec lui.

Il prit plusieurs clichés rapides de la façade et des échauguettes.

– J'aurai été un précurseur de la prochaine mode. Comme toujours.

A la porte, le majordome en grande tenue qui les accueillit était charmant : la blonde Ariel portait magnifiquement la queue-de-pie. Elle leur fit traverser un hall de marbre blanc au centre duquel trônait une étrange idole colorée, mi-arbre mi-pieuvre, signée Dubuffet. Colignon adressa une moue d'admiration comique à Pierre-Édouard en lui désignant l'œuvre du pouce. Ariel les introduisit dans un grand salon de marbre grège.

– Je préviens le prince de votre arrivée, messieurs.

Une haute fresque, rouge, brune et noire, de Tàpies occupait la moitié d'un mur, face à l'entrée. Près de la porte, une sculpture aux seins figurés par deux cylindres blancs de chaque côté d'un cœur sur une plaque d'un noir brillant, au visage jaune soleil paré de deux grosses billes noir mat et chapeauté d'un gros robinet rouge, croisait, assise, d'élégantes jambes de mannequin de vitrine d'un cerise étincelant et chaussées de talons aiguilles.

– *Jeune fille s'évadant*, murmura machinalement Colignon.

– Tu connais ?

– C'est un Miró. Simplement, je le croyais dans un musée.

Au centre du salon, semblable à une arène où l'on accédait par des gradins circulaires de trois marches, un Tinguely aux allures de machine énigmatique était entouré de larges canapés en forme de lame de cimeterre, de la même nuance grège que le marbre du sol, des gradins et des murs. Au-dessus des gradins étaient alignées des sculptures de marbre ou de bronze, que Colignon aurait dites « à la manière de » Giambologna, de Canova ou du Bernin, si, avec un léger vertige, il n'avait eu la certitude instantanée qu'il s'agissait d'originaux.

– Alors ? lui souffla Atlan qui n'était pas connaisseur, mais que le décor impressionnait. Que penses-tu de la gentilhommière ?

– Elle cache bien son jeu. En revanche, je ne sais pas d'où sortent ces trois tableaux.

Il s'approcha de la première de trois toiles de camaïeu bleu, accrochée au-dessus d'un Hermès de Jean Bologne, casqué mais nu, dans la posture relâchée d'un coureur avant le départ. A l'examen, on croyait y deviner des falaises, la mer, le ciel et les nuages, mais un mirage de chaleur intense brouillait les formes et les couleurs, liquéfiait la pierre, pétrifiait le ciel et l'eau. Au coin inférieur droit, il n'y avait que deux initiales et une date : *A.A. 1968*.

– Voilà le maître de maison, lui dit Atlan.

Arjuna, en tenue de soirée, venait d'apparaître à la porte. Il s'avança à leur rencontre, en veste noire ajustée, boutonnée jusqu'au col – Mao –, accusant la minceur de sa taille, la largeur de ses épaules et la pâleur de son visage impassible et tranchant où seules les lèvres ourlées semblaient vivantes.

– Merci d'avoir répondu à mon invitation.

– Le plaisir est pour nous, prince, fit Colignon qui, s'il n'avait fait une profession de foi de ne bander que pour les moins de vingt-cinq ans, aurait trouvé cet Arjuna assez à son goût. Il y avait longtemps que je n'avais pas mis les pieds à Beaubourg, au Louvre ni au Getty. J'ai bien fait : tout est chez vous.

– Pardonnez-moi ce capharnaüm. Mon personnel n'a disposé que de quelques jours pour arranger un peu cette petite maison de campagne.

Une fois encore, Atlan se demanda comment on pouvait frimer avec tant de sang-froid. La modestie des princes, se dit-il, pourquoi en rajouter quand on a tout et que *ça se voit* ? Il se rappela comment Arjuna avait remporté leur partie de golf, le dimanche précédent. Il s'était contenté de sourire d'un air d'excuse : « J'ai eu beaucoup de chance. »

– Alors, dit Colignon, vous m'inviterez à nouveau quand vous aurez fini de débarrasser le grenier ?

Arjuna concéda un léger sourire à la plaisanterie de Colignon. Il lui montra les toiles bleues traversées de brumes et d'éclairs blancs.

– Les avez-vous regardées ?

– Oui. Elles font très « abstraction lyrique ». Avec une influence de Vieira da Silva. Passé de mode, non ?

– Une exposition rétrospective de cette artiste va avoir lieu ces jours-ci à New York.

Surpris comme un tennisman pris à contre-pied, Colignon ravala sa remarque suivante (« C'est gentillet comme une promenade en bateau ») et leva un œil mieux aiguisé vers la toile la plus proche.

– Ah oui ? Mon cher, je vais passer pour un béotien...

– Ça te fera des vacances, murmura Atlan, goguenard.

– ... mais qui est donc cet artiste ?

– Andrée Adamantis, dit Arjuna. Excusez-moi, voici d'autres invités.

Et, les laissant là, il se dirigea vers l'entrée du salon où apparaissaient le docteur Cavalheiro da Cruz et Nelson, son fils.

Cavalheiro portait l'habit avec décontraction, comme s'il se fût agi d'un simple costume de sport. Le décor du Ritz où il logeait désormais et la miraculeuse manne dont ses cartes de crédit le pourvoyaient généreusement avaient métamorphosé l'acteur. Il « sentait » son rôle. Sur ses traits distingués rayonnait une nouvelle assurance, à la fois distraite et bienveillante. Il avait le geste sobre, avec ce rien d'enveloppant qu'on supposait à un Sud-Américain.

Quant à Nelson, il avait gardé son air fureteur et vaguement sardonique, mais son costume Armani, sa cravate Ralph Lauren, sa Rolex et sa grosse gourmette en or, ses chaussures italiennes hors de prix faisaient passer sa démarche chaloupée et ses roulements d'épaules pour la désinvolture moderne et très appuyée d'un jeune homme riche regardant trop souvent les clips de MTV. Colignon remarqua aussitôt sa beauté de petite gouape blonde et, s'approchant lui aussi de l'entrée, souffla à Pierre-Édouard Atlan :

– Un peu trop beau, un peu trop *overdressed*. Et sûrement un peu trop riche, mais c'est moins grave...

Arjuna les présenta les uns aux autres. Colignon tint quelques secondes de trop la main de Nelson dans la sienne. Les yeux gentiane du jeune homme se posèrent sur lui avec une lueur narquoise.

– Descendez au salon, leur dit Arjuna en leur désignant les canapés courbes et grèges qui cernaient la machine de Tinguely. Iris et Miranda vont vous servir à boire.

A ces mots, deux jeunes filles blondes, vêtues en maître d'hôtel, apparurent par une autre porte, à l'opposé. Elles portaient avec grâce et adresse des plateaux d'argent chargés de coupes de champagne.

– Je vais souvent à Rio, disait Colignon à Nelson.

– La plage est belle.

– Et les saunas très accueillants.

Colignon prit deux coupes sur le plateau que lui présentait Iris, en offrit une à Nelson qui l'examinait, un demi-sourire aux lèvres.

– Je ne les connais pas.

– Les saunas ? Vous devriez y faire un tour. On vous y adorerait. Au sens païen du terme. Vous a-t-on déjà photographié ? Je ne parle pas de ces pauvres prolos du Nikon qui font clic-clac comme s'ils avaient un tic nerveux. Je vous parle d'une vraie photographie, où l'artiste et son modèle prennent le temps de faire connaissance, se rapprochent avant même que l'objectif soit braqué. Vous savez, j'ai l'un des meilleurs objectifs de Paris. Des plus appréciés, en tout cas.

De son côté, le docteur Cavalheiro avait amicalement passé son bras sous celui d'Atlan. Ils faisaient un curieux couple désassorti, le grand maigre, le petit gros – Stan Hardy et Oliver Laurel.

– Vous arrivez à Paris ? lui demandait Pierre-Édouard.

– Je viens y passer quelque temps, pour mon plaisir. Je pourchasse les souvenirs de ma jeunesse autour du boulevard Montparnasse.

– Après guerre ?

– Vous êtes charmant ! Et moi, un vieil hédoniste. J'avais vingt ans quand je buvais du bourbon avec Ernest !

– Ernest ? Hemingway ? Vous l'avez connu ?

– Le charme d'un animal, mon cher ! Les mâchoires carrées, la barbe hirsute, le sourire maussade. Un vrai dur à cuire !

Ariel, le joli *butler* d'Arjuna, introduisit deux nouveaux invités dans le salon, les Chastel-Becq. Nadège, à peine entrée, posa rapidement les yeux sur chaque élément du décor, comme si elle en faisait l'inventaire. Son regard étincelant s'arrêta avec surprise sur les toiles bleues d'Andrée Adamantis. Son mari lui prit le bras et l'entraîna à la rencontre d'Arjuna. Il semblait anormalement nerveux ; il ne cessait de se frotter les narines, puis l'oreille droite. Il parvint à maîtriser son tic quand Arjuna lui tendit la main. La sienne était moite, fiévreuse ; le prince la relâcha aussitôt.

– Madame, je suis ravi que vous ayez répondu à mon invitation. Maître, comment allez-vous ?

Chastel-Becq se frotta à nouveau l'oreille, jeta un regard circulaire sur le salon, désigna du menton le Tinguely.

– Et vous-même ? dit-il. Je vois que nous avons tous les deux la passion de l'art contemporain.

– Vous êtes collectionneur ?

– J'ai quelques Twombly, des Basquiat. Ce Tinguely est très bien.

Chastel-Becq se frictionna soudain la joue.

– Excusez-moi. J'ai des médicaments à prendre.

Et, s'éloignant déjà, il marmonna :

– Vous permettez ?

D'un pas hâtif, il sortit du salon.

– Me Chastel-Becq est souffrant ? demanda Arjuna.

– Il est très nerveux depuis quelques jours. Une de ses affaires, je suppose. Il ne m'en parle jamais.

Elle admirait les marbres et les statues.

– Vous avez acheté la maison comme ça ? demanda-t-elle.

– J'ai fait faire quelques aménagements.

Elle lui jeta un regard acéré.

– Qui étaient les propriétaires ?

– Je ne veux jamais savoir à qui appartenait ce que j'achète. Et peu m'importe à qui cela appartiendra après moi.

– Si vous aviez un enfant, et si vous aviez été pauvre, vous penseriez différemment.

– Vous avez raison, dit-il de sa voix atone. Beaucoup de ce qui est humain m'est étranger. Mon intendant a réglé cette affaire pour moi. Il a d'ailleurs fait allusion à une pratique, à laquelle il a l'habitude d'être confronté, mais qu'il croyait ne pas rencontrer ici en France : on a exigé deux millions de francs de dessous-de-table.

Les yeux de Nadège étincelèrent de plus belle.

– Quelles drôles de mœurs, dit-elle sans cesser de sourire.

Cependant, Didier Chastel-Becq traversait le hall. A Ariel qui s'informait, il dit qu'il cherchait une salle de bains. Elle lui indiqua la direction de la plus proche. Il prit le couloir qu'elle lui désignait, fit mine d'ouvrir une porte, vérifia qu'Ariel avait disparu. Il s'engagea plus avant dans le couloir, où il savait trouver un petit escalier, et monta à l'étage.

Il n'avait pas remis les pieds dans cette maison depuis plus de vingt ans. Si le rez-de-chaussée était méconnaissable, sous sa profusion de marbres et d'œuvres d'art, l'étage était pareil que dans son souvenir. Une vieille maison bourgeoise, des parquets qui craquent, des lambris et des moulures. Il essaya d'ouvrir plusieurs portes; elles étaient toutes fermées à clé. Enfin, l'une lui livra passage. C'était une salle d'eau à la mode fruste du début du siècle : baignoire en zinc et chauffe-bain au charbon. Tout était d'une parfaite propreté.

Il se rendit compte que ses mains tremblaient. Il se traita d'imbécile. Pourquoi une telle réaction? Vingt ans ont passé. Tout est oublié, mort. Mort, se répéta-t-il. Il aperçut le reflet trouble de son visage dans le miroir piqueté surmontant le lavabo d'étain. Les images lui revinrent brutalement : c'était là qu'il s'était lavé les mains, là qu'il s'était nettoyé de tout ce sang, après... Il détourna les yeux, fouilla fébrilement ses poches. Il en tira un petit sachet de poudre, une paille et une vieille carte de crédit. Il s'assit sur le rebord de la baignoire, se prépara une ligne de coke. Ensuite, ça ira mieux...

Dès qu'il avait reçu l'invitation d'Arjuna – « *L'Épervière*, Montfort-L'Amaury » –, l'anxiété l'avait pris. C'était irraisonné, absurde. Il était pourtant sûr d'avoir oublié, enfoui tout ça au plus profond. Le corps, les nerfs n'oublient jamais.

La nuit la pire de son existence. L'accouchement, les cris, l'affolement – il craignait qu'elle meure, là, dans la petite chambre de l'échauguette, et que ferait-il après ? –, le bébé, le nourrisson, tout bleu, effrayant – il avait coupé lui-même le cordon ombilical, c'était épouvantable, il avait l'impression de tailler à même la chair de la mère et de l'enfant –, et elle, qui s'était évanouie, qui était peut-être mourante – il avait fouillé les chambres, trouvé le coffre en osier, y avait placé le minuscule corps tiède, livide et bleuâtre –, il était descendu l'enterrer, il ne savait plus ce qu'il faisait, il n'imaginait pas d'autre solution – et, dans le jardin, dans le noir, cet appel : « Hé, Babeuf ! » – ensuite... l'effroyable douleur dans le dos, la chute, plus rien...

Il s'enfila la paille dans la narine, aspira une partie de la ligne de coke. Puis l'autre narine, et le reste. Un coup de fouet. Il y a des années que je tiens grâce à ça. S'ils savaient, au Palais... Mes meilleures plaidoiries : quelques grammes de poudre. Il avait commencé par la morphine, pour faire passer la douleur de son ancienne blessure, qui parfois, selon les crises, le cassait en deux. Puis il s'était mis à la cocaïne. Plus besoin d'en passer par des médecins, qui renâclaient de plus en plus à lui prescrire son traitement et qui risquaient de devenir indiscrets : « Chastel-Becq ? Oh, vous savez, sans sa drogue... »

Ses mains cessèrent de trembler. Il se sentit mieux. Plus fort. Il s'approcha du miroir tavelé. Il eut l'impression que son visage se recomposait, ses rides disparaissaient, et ses cernes. Il ouvrit un robinet. Il passa ses mains sous l'eau, quitta enfin du regard son propre reflet, l'abaissa sur le lavabo. Avec un cri sourd, il bondit en arrière.

La cuvette d'étain était maculée de traînées rouges.

Du sang. Ce sang...

Il sortit précipitamment de la salle d'eau. Il claqua la porte derrière lui, s'y adossa. Impossible. Invraisemblable. Combien de grammes de coke ces jours-ci ? Et depuis ce matin ? Ça me fout les nerfs en l'air.

Tâchant de reprendre son sang-froid, il fit quelques pas dans le long couloir. Il y faisait sombre. Les portes s'alignaient des deux côtés, closes. Il caressa sa calvitie. Son regard ne pouvait plus quitter l'une des portes, au fond du corridor.

Il avança. Comme malgré lui. Il fallait qu'il voie. Qu'il se débarrasse du cauchemar.

Il posa la main sur la poignée de la porte. Derrière, il y avait la chambre de l'échauguette, celle où elle et le bébé...

Il poussa la poignée, puis le battant.

– Non...

Il ne pouvait croire à ce qu'il avait sous les yeux. *Un lit aux draps défaits, chiffonnés – couverts de sang.*

– Monsieur ?

Il referma aussitôt la porte.

C'était Ariel, la *butler*. Elle se tenait dans le couloir, un sourire circonspect aux lèvres.

– Vous vous êtes égaré ?

– Je...

Il se demanda si elle savait ce qu'il y avait derrière cette porte. Il eut la brève, mais fulgurante, envie de se jeter sur elle et de la traîner jusqu'à la chambre de l'échauguette. L'instant d'après, il reprit à peu près ses esprits.

– Oui, murmura-t-il. Je suis un peu égaré.

Tandis qu'Ariel le reconduisait au rez-de-chaussée, Arjuna accueillait lui-même François Champredin et sa femme Pascale dans le hall.

Le couple se tenait côte à côte, comme deux étrangers. Arjuna remarqua aussitôt le trouble de Pascale : tel un oiseau apeuré, elle tournait sans cesse les yeux à droite, à gauche ; un tic nerveux la faisait battre des paupières. Avant que le prince les rejoigne, elle chuchota quelque chose à son mari qui haussa les épaules.

– Tu es là, tu y restes, murmura-t-il sèchement.

Après quoi, il sourit à Arjuna et lui tendit la main.

– Prince, c'est un honneur d'être chez vous.

– Monsieur Champredin, dit Arjuna en lui touchant rapidement la main. Madame, merci d'être venue.

– Bonsoir, prince, répondit-elle d'une petite voix altérée.

– Je vous trouve bien pâle, madame.

– Pascale est toujours comme ça, intervint rudement Champredin. Un peu de champagne, et tout ira mieux.

– Et vous-même, fit Arjuna en examinant la figure aiguë, brutale et convexe du banquier, comment allez-vous ?

– En pleine forme, prince.

– C'est donc que les affaires vont bien.
– On ne peut pas mieux.
Il eut un petit rire, hocha gravement la tête et répéta :
– On ne peut pas mieux.
Arjuna ne put s'empêcher d'admirer son sang-froid, comme un boxeur apprécie la bonne opposition de son adversaire. A cet instant, Chastel-Becq apparut dans le hall, précédé du *butler* Ariel.
– Nous croyions vous avoir perdu, maître Chastel-Becq.
Réticent, l'avocat les rejoignit. Il était livide. Pascale, les paupières de plus en plus agitées par leur tic, recula instinctivement d'un pas vers la porte.
– Vous ne vous connaissiez pas ? demanda Arjuna.
– Si, de réputation, dit Champredin.
Arjuna fit les présentations.
– Madame, voici le fameux pénaliste, Me Chastel-Becq. Maître, Mme Pascale Champredin.
Chastel-Becq et Pascale se touchèrent rapidement la main, sans se regarder.
Arjuna, d'un geste apparemment amical qui ravit le banquier, prit Champredin par le bras.
– Rejoignons tout le monde au salon.
Embarrassé, Chastel-Becq offrit son bras à Pascale. La bouche pincée, clignant nerveusement des yeux, elle feignit de ne pas s'en rendre compte. Ils rentrèrent au salon, où le docteur Cavalheiro da Cruz racontait avec une profusion de détails et d'incidentes une anecdote sur Oscar Niemeyer, l'architecte de Brasilia. Un peu à l'écart, Nadège Chastel-Becq demandait à Colignon ce qu'il pensait des trois toiles bleues accrochées aux murs.
– Excellente artiste, lui répondit-il, très sûr de lui. Méconnue. On fait en ce moment une rétrospective de ses œuvres dans l'une des meilleures galeries de New York.
– Ah ? Merveilleux. Comment s'appelle-t-elle ?
– Euh... Andrée Adamantis, je crois.
– Andrée Adamantis, répéta Nadège en admirant rêveusement l'une des toiles.
Ariel se planta alors à l'entrée du salon et annonça :
– Son Altesse est servie.

Le dîner fut somptueux, à l'image de la salle à manger, dont les murs et la table, circulaire, étaient marquetés d'ébène et d'ivoire. Iris et Miranda, sous la direction d'Ariel, faisaient le service.

Arjuna resta le plus souvent silencieux, laissant à Cavalheiro da Cruz, très en verve, le soin d'animer la conversation. On comprit très vite autour de la table – car il n'hésitait guère à le faire savoir – que sa fortune était considérable, à l'égal de son entregent international.

Champredin, installé à sa droite, fut celui qui rit le plus volontiers à ses anecdotes. Il gardait présent dans un coin de son esprit le désastre des actions Krueger ; dans un autre, se formait peu à peu l'idée que ce Brésilien hâbleur pouvait être une solution à court terme à ses ennuis. A condition de savoir lui plaire. Comme il s'en vantait lui-même, Champredin était un homme qui « avait de la ressource ».

Chastel-Becq, assis en face d'Arjuna, entre Pierre-Édouard Atlan et Pascale, trouvait le vieux Brésilien assommant et bavard, mais lui était reconnaissant d'accaparer assez l'attention pour lui épargner d'avoir à dire le moindre mot à Pascale. Cette maison et elle, c'était trop à la fois. Il riait à contretemps des bons mots de Cavalheiro, obnubilé par l'image insistante du sang dans le lavabo et dans la chambre de l'échauguette. Plus le dîner s'éternisait, plus il avait l'envie, le besoin, d'une nouvelle ligne de coke. Il ne toucha presque à rien de ce qu'on lui servit, à la différence de son voisin de gauche, Pierre-Édouard Atlan, qui parvenait à dévorer bouchée sur bouchée sans manquer de rire, lui aussi, aux histoires de Cavalheiro, qui mettaient en scène – et tournaient souvent en ridicule – quelques-unes des plus grandes célébrités du demi-siècle.

Les deux femmes parlaient peu. Nadège Chastel-Becq conservait un sourire de masque et mangeait avec grand appétit. Pascale Champredin n'arrivait pas à avaler grand-chose. Tous ses efforts se concentraient à ne poser les yeux ni sur Doudou ni, surtout, sur Didier Chastel-Becq, à sa gauche. Ce que seul Pierre-Édouard Atlan, décontenancé et vaguement inquiet, semblait remarquer.

De temps à autre, Chastel-Becq observait Arjuna, face à lui, lequel laissait desservir ses assiettes sans y avoir même goûté. Lorsqu'il croisait le regard gris-bleu, fixe et minéral du prince, il détournait aussitôt les yeux et les reportait soit sur Colignon, soit sur Nelson Cavalheiro da Cruz, qui, face à face, semblaient jouer une partie muette d'œillades et de sourires entendus.

Colignon était d'ailleurs le seul à contester quelquefois l'emprise du vieux Brésilien sur la conversation. Il ne le faisait que pour complaire à Nelson, auquel les discours de son « père » faisaient souvent lever les yeux au ciel.

Lorsque les sorbets eurent été servis, Arjuna dit un mot à l'oreille d'Iris. Elle revint peu après dans la salle à manger, accompagnée du chef Robert Pansard. Arjuna le présenta à ses convives, qui le félicitèrent, et se leva.

– Excusez-moi un instant.

Il quitta la pièce.

Cavalheiro et Atlan tâchèrent, en manière de plaisanterie, de soutirer quelque secret de cuisson ou de préparation au cuisinier. Le chef, entrant dans le jeu, se défendit comme un alchimiste sous la torture. Ce petit sketch détendit l'atmosphère – ou, plus précisément, chacun se rendit compte alors que, malgré la verve de Cavalheiro et les rires qu'il avait suscités, un étrange malaise avait plané sur le dîner, sans qu'on puisse déterminer à quoi il était dû : à la réserve de Pascale Champredin, à la nervosité agaçante de Chastel-Becq ou simplement au silence attentif de leur hôte. Son absence les avait comme libérés. Pascale Champredin, profitant de l'animation produite par la discussion entre le chef cuisinier, Cavalheiro et Atlan, chuchota à Chastel-Becq :

– Tu savais que j'étais invitée ?

– Je me serais décommandé aussitôt. Une seule coïncidence, ça me suffisait.

– C'est tout ce que tu trouves comme commentaire ?

– Je suis comme toi, Pascale. Je déteste être ici.

Arjuna entra dans le bureau de l'échauguette où Girolamo Falcone l'attendait, assis face aux écrans.

– Je t'écoute, dit-il simplement.

Girolamo appuya sur un bouton de la télécommande. Sur l'un des écrans, une caméra se fixa sur le crâne dégarni et le visage crispé de Chastel-Becq.

– Il a changé, mais c'est lui.

– Qui ?

– Gracchus Babeuf. Je ne comprends pas comment il est encore vivant...

– Tu faisais tes débuts dans l'assassinat, cette nuit-là. Ensuite ?

A l'aide de la télécommande, Girolamo n'eut qu'à faire légèrement pivoter la même caméra. Elle offrit un gros plan du profil enfantin et buté de Pascale.

– Elle, elle n'a pas tellement changé. C'était une belle fille, c'est une belle femme. Plus maigre. Mais c'est sûrement que, quand je l'ai vue, il y a vingt ans, elle était enceinte.

– Donc c'est elle ? La fille qui a accouché dans l'autre échauguette ?

– *Certo.*

– Qui encore ?

– Celui-là, dit Girolamo en pointant une autre caméra sur un visage de jeune voyou blond aux très beaux yeux, j'ai failli descendre m'occuper de lui quand je l'ai reconnu. Il se fait appeler Nelson, maintenant, le Renato ? Et il est pédé, en plus ?

– Pourquoi ?

– Il a l'air d'avoir la cote avec l'autre tante d'en face, là, Colignon. Et on dirait qu'il est prêt à se faire fourrer.

– Surveille ton langage, Jules.

– Excusez-moi, prince. Mais je dis la vérité que mes yeux ont vue.

Au retour d'Arjuna dans la salle à manger, ce fut Colignon qui posa la question.

– Prince, dit-il, notre ami Cavalheiro da Cruz est un homme passionnant, votre maison et ce dîner des merveilles. Mais je n'ai jamais vu un hôte aussi discret que vous ce soir.

Tous les regards se tournèrent vers le prince.

– Mon cher Jean-Damien, vous connaissez le mot de Brummel ? « Dans le monde, tout le temps que vous n'avez pas produit d'effet, restez ; si l'effet est produit, allez-vous-en. »

Il y eut un silence embarrassé. Personne ne voyait tout à fait ce que ce « mot », en l'occurrence, signifiait.

– Ma foi, fit Colignon, votre maison et ce dîner ont, croyez-moi, produit déjà un bel effet sur nous.

Arjuna se contenta d'un léger sourire.

– Pourtant vous voyez : je suis encore ici.

Et, comme ses invités restaient interloqués, il ajouta :
– Chers amis, prenons le café dehors.

Du jardin où Girolamo Falcone, quelques semaines plus tôt, s'était confessé à Arjuna, il ne restait que l'orme centenaire. Les massifs, les mauvaises herbes, le gravier, tout avait disparu pour faire place à un jardin japonais. Une lumière sourde et apaisante, tombant de sources invisibles, baignait l'endroit où l'on n'entendait que le clapotis d'une cascade coulant d'une haute roche noire dans une étroite rivière que les invités, à la suite d'Arjuna, franchirent par un pont bombé.

– *Wa no taki*, dit le prince en désignant le rocher et sa cascade. Sur la pierre, un idéogramme est gravé. C'est celui de la Paix. Mais il est gravé à l'envers.

– Une erreur de vos jardiniers ? fit Atlan.

– Une manifestation de l'*understatement* à la japonaise, si j'ose dire. L'idéogramme ne doit être visible qu'aux yeux de celui qui est capable de le reconnaître.

Il prit le bras de Pascale et poursuivit :

– La paix est la récompense de toute une vie.

Il sentit qu'elle tremblait. Il montra le courant clair de la petite rivière.

– Cette eau est sans doute la métaphore de nos vies.

– Ouais, fit Colignon, « qui coule sous les ponts ».

– Vous avez tort, Jean-Damien, de vous moquer des lieux communs. C'est leur vérité dans la simplicité qui choque les Occidentaux tels que vous. « Être original » est une ambition médiocre inventée par vos bourgeois du XIXe siècle.

Ils passèrent sur une plate-forme circulaire de granit marbré de rouge au bord de laquelle poussait l'orme.

– *Nodachi seki*, dit Arjuna. C'est le lieu réservé à la cérémonie du thé. Bien entendu, du café vous y sera servi tout de même.

Des tatamis étaient disposés autour d'une petite table de pierre noire où se trouvaient déjà une cafetière, et des tasses, une théière, un sucrier de porcelaine bleutée. On hésita, on se regarda, puis on prit place comme on put, assis en tailleur sur les tatamis.

– Ma chère Nadège, dit Arjuna, vous qui êtes une experte des plantes et des décoctions, puis-je vous proposer de nous servir ?

Et, tandis que Arjuna s'adossait au tronc de l'orme, elle versa dans les tasses thé ou café, selon les désirs des convives.

– Étonnante sérénité, dit Cavalheiro da Cruz qui s'était tu trop longtemps et brûlait de reprendre son rôle d'amuseur élégant. Il nous faudrait quelques jardins comme celui-ci chez moi. Pour apaiser les mœurs – que la musique, pourtant très pratiquée au Brésil, n'apaise semble-t-il pas.

– La sérénité, murmura Arjuna en refusant d'un geste la tasse que Nadège lui proposait. C'était en effet mon projet lorsque, il y a quelques jours, j'ai fait composer ce jardin. Sérénité qui a été troublée par un incident que m'ont rapporté, hier, mes jardiniers japonais.

Le prince parlait si peu et le murmure rauque de sa voix était si prenant – et la position sur les tatamis, en plein air, si déstabilisante – que tous tournèrent un regard attentif vers l'ombre mince mêlée à celle, plus noire encore, de l'arbre.

– J'ai rarement l'occasion de pratiquer le japonais. Ou seulement avec des hommes d'affaires – qui ont d'ailleurs pris la coutume de s'exprimer en anglo-américain. Il est possible que je n'aie pas bien compris ce que mes jardiniers m'ont raconté. Je ne leur ai pas fait répéter leur histoire. Ce que j'en ai retenu m'a paru comme un conte paradoxal, de ceux qui doivent vous faire sourire, Jean-Damien, et qui, moi – pardonnez ma stupidité orientale –, m'inclinent à méditer.

« Imaginez mes jardiniers japonais. Ils doivent établir les fondations de ce *nodachi seki*. Ils creusent donc au pied de cet orme. Et que découvrent-ils ? Après quelques pelletées de terre, ils tombent sur les débris d'un coffre en osier. La serrure seule, m'ont-ils affirmé, en était intacte, quoique rouillée. Quelques pelletées supplémentaires : et voici d'autres débris, parmi lesquels des ossements. Oui, des ossements.

« Je leur ai dit : “Les anciens propriétaires auront enterré là un animal familier, chien ou chat.” Je croyais connaître les mœurs européennes. Mais il ne s'agissait pas de cela. Mes jardiniers m'ont certifié qu'il s'agissait d'os humains. Oh, à peine, ont-ils aussitôt ajouté avec ce sens nippon du détail juste et précis. “Comment, à peine ? Étaient-ils humains, oui ou non ?” Ils l'étaient, certes, m'ont-ils expliqué, mais si petits, si frêles, si fragiles. Comme d'une poupée, si elle avait des os. Et, comme les poupées n'en ont pas, ils ont dû se rendre à l'évidence : il s'agissait d'un enfant. Non, pas d'un enfant : d'un bébé. Pas même d'un bébé, d'ailleurs : d'un nouveau-né.

Pascale Champredin poussa un faible cri. Alors que Champredin, son mari, grognait :

– Allons bon. Qu'est-ce qui t'arrive ?

Pierre-Édouard Atlan et Didier Chastel-Becq se penchèrent en même temps vers elle. Elle mit la main devant sa bouche, comme quelqu'un qui va vomir. Atlan se redressa, la prit sous l'aisselle et, l'entraînant vers le petit pont, dit à Arjuna :

– Excusez-nous. Je crois que...

– Je vous en prie.

Pascale et Atlan s'éloignèrent à petits pas pressés dans la pénombre étrangement tranquille du jardin. Les autres invités les suivirent quelques instants des yeux, puis Colignon demanda :

– Il y avait donc un cadavre ici ?

– Oui, dit doucement Arjuna. Sous mes pieds.

– Vous avez prévenu la police ? demanda Chastel-Becq.

– Qu'aurais-je eu à lui montrer ? Les petits os, paraît-il, se sont réduits en poudre après quelques minutes. Le contact de l'air, je suppose. A moins que j'aie mal compris mes jardiniers.

– Un bébé enterré vivant, s'exclama Nadège. Quelle horreur !

Chastel-Becq posa brusquement sa tasse sur la table de pierre. La porcelaine se fendit.

– Qui a dit qu'il avait été enterré vivant ? C'est absurde !

– Je ne sais pas, fit Nadège. Je me suis imaginé la chose comme ça. Pas toi ?

– Mort ou vivant, intervint Nelson, qu'est-ce que ça change ? Les parents devaient avoir leurs raisons, non ?

– Un enfant, c'est sacré ! s'exclama Nadège. Je ne comprends pas qu'on n'ait pas conservé la peine de mort au moins pour les assassins d'enfant !

– Ah, s'il te plaît, tais-toi ! s'écria Chastel-Becq. Fais un peu attention à ce que tu dis !

– Nadège, fit Colignon, vous avez épousé un futur successeur de Badinter. Imaginons que nous répétions vos propos à la presse...

– Vous n'êtes pas drôle, lui dit Chastel-Becq en se levant de son tatami. Et si jamais c'est répété quelque part...

– *Off the record*, minauda Colignon. Vous saurez alors que c'est moi la vilaine taupe, monsieur le futur garde des Sceaux.

– Allons, messieurs, dit Cavalheiro, ne vous disputez pas. Ce n'était après tout qu'une histoire japonaise. Est-elle vraie seulement, prince ?

Il n'obtint pas de réponse. Il scruta l'ombre de l'orme. Arjuna avait disparu.

Il toucha le bras de Pierre-Édouard Atlan qui attendait, embarrassé, devant la porte d'une salle de bains du rez-de-chaussée où Pascale s'était enfermée. Atlan sursauta.

– Je ne vous ai pas entendu arriver.

– Vous devriez rejoindre les autres, Pierre-Édouard. Je prendrai soin de Mme Champredin.

– Je ne sais pas ce qui lui a pris... Elle est très sensible, vous savez.

– Je n'aurais pas dû raconter cette histoire. Laissez-moi l'attendre et m'excuser auprès d'elle.

C'était dit avec politesse mais une fermeté tranquille.

– Comme vous voudrez.

Après un haussement d'épaules, Atlan s'éloigna dans le couloir. Peu après, Pascale entrebâillait la porte de la salle de bains. Le bout de son nez et ses yeux avaient rosi.

– Vous avez pleuré, lui dit doucement Arjuna. Pourquoi ?

Elle parut effrayée de la question. Son premier réflexe fut de vouloir refermer la porte. D'un geste calme, Arjuna la retint. Ils demeurèrent ainsi un instant : il l'examinait, songea-t-elle, comme un maître un enfant pris en faute. Il lui tendit la main.

– Mon chauffeur va vous raccompagner chez vous, Pascale. Je crois que cela vaut mieux.

Elle ferma le poing contre son front, eut un léger spasme de sanglot.

– Venez, dit-il.

Comme malgré elle, elle obéit. Elle desserra le poing, abandonna sa main brûlante dans celle du prince. Elle le suivit dans le couloir.

– Je préviendrai votre mari. Et notre ami Pierre-Édouard, bien entendu.

Dans le hall, à la porte d'entrée, se tenait Ariel, qui avait troqué son habit de majordome pour celui de chauffeur. Lorsqu'ils furent près d'elle, Arjuna lâcha la main de Pascale.

– Bonsoir.

Elle le regarda comme si elle s'apprêtait à lui dire quelque chose, à lui poser une question grave. Mais, à peine eut-elle entrouvert les lèvres, il inclina la tête et se détourna.

Les invités étaient revenus au salon. Cavalheiro et Champredin, assis côte à côte, savourant cognac et cigare, discutaient avec animation. Un peu à l'écart, Colignon parlait à l'oreille de Nelson, sa main se posant tantôt sur son épaule, tantôt sur son avant-bras. Dès l'entrée d'Arjuna, Chastel-Becq, les traits tirés, la bouche maussade, vint à sa rencontre et prit congé.

– J'ai une plaidoirie au Palais, tôt demain.

– Alors il vous faudra du sommeil.

– Oui. Du sommeil, répéta l'avocat en se frottant nerveusement la joue.

Le prince fit un signe à Iris pour qu'elle raccompagne Chastel-Becq et son épouse. Nadège ne quitta pas le salon sans un dernier regard aux toiles bleues. Quelques minutes plus tard, après qu'Arjuna lui eut appris que son chauffeur raccompagnait Pascale chez elle, Pierre-Édouard Atlan s'en alla à son tour.

Passant près du canapé où ils étaient en grande conversation, Arjuna entendit Cavalheiro da Cruz répondre superbement à Champredin qui lui proposait les services de sa banque :

– Mon cher, je ne crois qu'en une seule chose sur cette terre : la confiance. La sincérité des rapports humains. Or, vous m'êtes très sympathique. Vous avez une belle tête d'honnête homme.

Nelson, abandonnant un instant Colignon à la contemplation d'un éphèbe de Canova, s'approcha d'Arjuna et lui murmura :

– Un petit conseil, prince. Ce Jean-Damien, il est connu, non ?

– Il a une certaine notoriété.

– Qu'est-ce que je dois faire ? Je crois que je lui plais.

– Vous n'aimez pas plaire ?

Nelson tordit un sourire malin.

– Ça dépend jusqu'où il faut aller...

– Laissez parler votre instinct.

Peu après, Arjuna vit Colignon sortir un Minox de sa poche. Nelson se plaça, faussement décontracté, près de l'Hermès de bronze. Colignon lui donna quelques indications, modifia la position des bras, lui fit croiser les chevilles, s'adosser au mur. Ses mains voletaient autour du jeune homme, patientes, caressantes, frôleuses. Nelson souriait comme une jeune vierge que rien n'effarouche.

Quant à Champredin, il en était à taper sur la cuisse du docteur Cavalheiro da Cruz, mais pour des raisons où la sensualité n'avait aucune part. Et, tout en bavardant, il observait d'un œil plein d'intérêt ce jeune Brésilien se livrant avec tant de complaisance aux effleurements du photographe.

XVII

Vers minuit, le docteur Cavalheiro da Cruz partit dans la BMW de Champredin. Nelson se mit au volant de sa Porsche Carrera jaune et suivit la vieille 404 coupé *injection* de Colignon, direction Paris et les Bains-Douches. Sur le seuil de la maison, Arjuna regarda disparaître les lumières rouges des voitures. Puis il monta dans le bureau de l'échauguette.

Il envoya Girolamo se coucher et éteignit les écrans. Il décrocha le téléphone.

– Tazrouk ? Tout va bien ?... Renato et Colignon vont aux Bains-Douches. Maintenant tu peux activer notre ami Pietri.

***

Éclairs de lumière noire et Bronski Beat. Jimmy Sommerville chantait *Why*. Des filles bousculèrent Nelson, jupettes noires, petits seins, des barbes à papa violettes à la main. Colignon passa sa main sous son bras, lui tâta le biceps et l'entraîna dans la foule qui agitait les membres et la tête au tempo de la basse. Il saluait les uns ou les autres au passage, glissa un mot à l'oreille d'un adolescent tout en lui flattant la hanche, levait haut la main pour ceux qui se trouvaient plus loin. Nelson comprit que Jean-Da était ici chez lui. L'éclairage spasmodique des spots lui allait bien, affinait ses traits, le rajeunissait. Il n'aimait pas trop cette façon que Colignon avait de lui peloter le bras, l'épaule, la taille sous prétexte de le conduire au milieu des danseurs, mais il avait connu pire en taule. Et puis, ça valait sûrement le coup de jouer les allumeuses. Ils étaient entrés aux Bains comme on entre au bistrot du coin. Les videurs avaient serré la main de Colignon, et c'était ce détail-là, peut-être, qui l'avait le plus impressionné depuis qu'il l'avait rencontré.

Ils rejoignirent au bar un groupe de types bodybuildés, en chemisette cintrée ou en marcel, qui buvaient des manhattans. Colignon fit la bise à deux ou trois d'entre eux, leur cria le nom de Nelson.

– Oh, du nouveau ! s'écria un déménageur à casquette de cuir en lorgnant Nelson des pieds à la tête. D'où tu le sors ?

– D'un palais des Mille et une Nuits.

Ils échangèrent quelques piques, quelques rires, avec Colignon. On se voulait un peu méchant, un peu cocasse ; tout ça faisait très stéréotypé. Nelson souriait à tous sans répondre. Il s'étonna lui-même de son sang-froid – lui qui n'avait jamais pu supporter les fiottes. Lorsque, dans le salon d'Arjuna, il l'avait photographié, Jean-Damien lui avait parlé de *Paris Match*, *Vogue* et *Cosmopolitan*, et de mannequinat. L'affaire tordue des faux Brésiliens, Nelson ne savait pas où ça le mènerait ; il valait mieux assurer l'avenir comme il se présentait. Laisser parler son instinct, comme avait dit le prince.

Ils dansèrent. Colignon ondulait lentement. Économe de gestes, il gardait les yeux rivés sur le beau visage d'adolescent pervers de Nelson. Ses yeux gentiane – quand la gentiane est bleue.

On tapa sur l'épaule du jeune homme.

– Alors, tu t'amuses, mon joli ?

Nelson cessa instantanément de danser. Contrarié, il se retourna vers l'homme dont il avait déjà reconnu la voix et l'accent corse : Noël Pietri.

– Qu'est-ce que tu fous là ?

– Il faut qu'on parle, toi et moi.

Pietri portait un mauvais blouson de similicuir. Avec ses mèches en bataille autour de sa calvitie et ses bajoues effondrées, il avait plus l'allure d'un client de bistrot que d'un « branché » des Bains. Nelson ne se demanda pas comment il avait pu entrer. La seule chose qui lui vint immédiatement à l'esprit fut : comment le virer d'ici vite fait.

– Allez, viens qu'on cause, fit Pietri.

Colignon trouva à Nelson l'air si désarçonné qu'il décida d'intervenir.

– Il est pris, dit-il à Pietri, tu n'as pas remarqué ? Et puis, tu es trop moche, papy, fous le camp.

Le Corse accrocha brutalement l'épaule de Nelson.

– Tu veux que je lui raconte qui tu es, à cette tante ? lui dit-il à l'oreille. Hein, Renato ?

Nelson dégagea vivement son épaule. Il mériterait que je le bute, ce connard. Il se maîtrisa, sourit à Colignon et lui fit un clin d'œil rassurant.

– Je reviens.

Colignon lui passa la main sur la joue, puis sur la nuque.

– Je suis impatient.

Pietri et Nelson allèrent s'isoler à l'extrémité du bar. Nelson avait vaguement honte qu'on le voie en sa compagnie, tant il jurait avec la foule et le décor. Il commanda un manhattan, Pietri, un pastis, ce qui fit hausser les sourcils du barman.

– Alors, raconte : combien tu gagnes dans cette embrouille ?

– De quoi tu parles ?

– D'un hélico qui nous a arrachés de Casabianda et d'une Mercedes qui m'a largué comme un con en plein Paris.

– Hé, Noël, t'étais pas censé t'évader avec moi, je te rappelle...

– On est des potes. Et j'ai l'âge d'être ton père. Fallait que je veille sur toi.

Nelson l'examina avec curiosité. Il n'avait pas connu Pietri si sûr de lui, en taule. C'était même plutôt un trembleur.

– T'es dehors maintenant, Noël. Pourquoi tu t'es pas tiré à l'étranger ? On t'avait donné du fric.

– Quelques billets, ça part vite.

Pietri tâta le revers de la veste Armani de Nelson.

– Tandis que toi, t'as l'air d'avoir touché le gros lot.

– OK. Qu'est-ce que tu veux ?

– Entrer dans la combine.

– Quelle combine ? Je ne sais de quoi tu parles.

– A qui ça profite ?

– Quoi donc ?

– Ton évasion, Renato. L'hélico, la Mercedes, les pros qui ont monté la cavale, ça me semble un peu gros pour un petit mac dans ton genre. Comme tes nouvelles petites « copines » et ta Porsche. Ouais, je t'ai vu arriver tout à l'heure, j'étais dans la rue. Alors ? Qu'est-ce qu'il y a derrière tout ça ?

Nelson réfléchit un instant. Il tourna la tête vers la piste de danse, aperçut Colignon qui l'épiait. Pas question de laisser foutre en l'air la gentille existence qui s'annonçait. Il pencha tout à coup son visage vers celui du Corse. L'impressionner, lui flanquer la trouille, c'est le plus simple.

– Tu vas te brûler les couilles, Noël, si tu la joues comme ça. Et pas seulement les couilles... Tu ne sais pas à qui tu as affaire.

Mal à l'aise, Pietri recula la tête, baissa les yeux. Nelson lui tapota la joue.

– Bon, j'ai l'impression que tu es en train de comprendre, reprit-il. Combien tu veux ? En fait, tu es là pour ça, non ?

Il prit son portefeuille, l'ouvrit sur le comptoir, en sortit plusieurs billets de cinq cents francs. Il les glissa dans la poche pectorale de la chemise du Corse. Comme un pourboire.

– Maintenant, débarrasse le plancher. T'es pas à ta place ici. Tu fais tache.

Il avala son manhattan cul sec. Machinalement, Pietri caressait les billets froissés dans sa poche. Colignon s'approchait.

– Et que je te revoie pas, ajouta Nelson en souriant de toutes ses dents comme s'il disait au revoir à un vieil ami.

– Pauvre con, grogna Pietri.

Nelson cueillit Colignon au passage, le prit par l'épaule et l'entraîna à l'écart du bar.

– Qu'est-ce qu'il te voulait ? demanda Jean-Damien.

– Rien. C'est un ancien employé de mon père. Un emmerdeur.

Du coin de l'œil, il surveillait Pietri qui s'était décidé à quitter le bar. Claudiquant, il louvoyait entre les danseurs, se dirigeait vers la sortie.

– Tu m'excuses un moment ?

– Où vas-tu ? demanda Colignon.

– Attends-moi, dit doucement Nelson.

Il y avait comme une promesse dans son sourire, dans la gentiane de ses yeux. Colignon en fut agréablement troublé. Et plus encore quand, juste avant de se détourner et de s'enfoncer dans la foule, Nelson lui effleura les lèvres d'un semblant de baiser.

Dehors, il reconnut le dos massif et la démarche traînante de Pietri, cinquante mètres plus loin dans la rue. Une petite pluie tombait. Nelson releva son col et le suivit.

***

Champredin avait porté beau toute la soirée. Un principe et une discipline qu'il s'était imposés depuis des années : quand on a des ennuis, ne jamais les montrer. Plus ils sont gros, plus il faut les dissimuler. Et, cette fois-ci, ils avaient atteint des proportions qu'il n'avait jamais connues. La spéculation ratée sur les actions Krueger mettait non seulement sa banque dans un mauvais pas, mais de surcroît il ne resterait plus un centime pour les *fashion factories* de sa fille. Il déposa le docteur Cavalheiro da Cruz devant le Ritz.

Ils en étaient à s'appeler par leurs prénoms. « João » fit promettre à « François » de se revoir au plus vite. Champredin le regarda entrer dans l'hôtel, salué par le portier, en se disant à part lui que, certes, il n'allait pas lâcher de si tôt un si sympathique et si riche Brésilien. Il repartit sur la place Vendôme déserte et solennelle en échafaudant déjà de tout nouveaux projets.

En se garant devant l'immeuble, il vit l'Audi d'Atlan un peu plus loin le long du trottoir. Il fut pris d'une espèce de colère aigre, qui raviva ses brûlures d'estomac. Au lieu de rentrer directement à son appartement, il entra dans celui de sa femme. Il n'y avait personne dans le salon. Il alla jusqu'à la chambre à coucher.

Pascale était étendue sur le lit, en déshabillé. Atlan, assis à son chevet, lui tenait la main. Ils le regardèrent faire irruption, surpris et agacés. C'est moi le mari, se dit Champredin, et c'est moi l'intrus.

– Tableau émouvant, grinça-t-il.

– Écoutez, François, dit Atlan, Pascale ne va pas bien du tout.

Il se leva, lâchant à regret la main de la jeune femme.

– J'allais partir. Laissons-la se reposer.

– Vous me foutez à la porte de la chambre de ma femme, c'est ça ? Non, mais vous vous prenez pour qui ?

– Calmez-vous. Ce n'est pas le moment.

– Et arrêtez de me prendre de haut, vous et vos combines foireuses ! explosa Champredin. Alors vous jouez au golf et vous parlez l'arabe, hein ? Pantin !

– Qu'est-ce qui vous prend ?

– Comment ? Vous n'êtes pas au courant, monsieur-qui-saveztout-avant-tout-le-monde ? On a foutu les Krueger en taule aujourd'hui. Ah, elles vont flamber leurs actions, quand les Allemands voudront bien les remettre sur le marché !

Les pommettes d'Atlan rougirent d'émotion.

– Les Krueger ? Vous êtes sûr ?

Champredin se tourna vers sa femme.

– J'ai perdu un joli paquet grâce à toi. Tu sais ce qui me console ? C'est que la maison de grand-papa Le Hardouin, tu peux lui dire adieu maintenant ! Il va falloir que tu la brades, ma chère.

– Laissez-la tranquille, s'interposa Atlan.

Hors de lui, Champredin s'avança, les poings crispés.

– Toi, le Juif, tu la fermes. Tu t'es fait des couilles en or depuis deux ans avec Pascale. Le grand amour, pas vrai ? Mais si tu crois que tu vas me pousser à la ruine...

– Reprenez-vous, Champredin.

– Fous le camp ! Ça suffit comme ça...

– Vous n'avez pas à me parler sur ce ton.

– Tu le prendras d'aussi haut, le juge qui t'inculpera pour délit d'initié ?

– En fait de délit d'initié, rétorqua calmement Pierre-Édouard, je crois que nous sommes dans le même bateau, vous et moi.

– Eh ben, on ira en taule ensemble ! hurla Champredin. On se partagera Pascale au parloir !

– Votre comportement... Vous me dégoûtez, Champredin.

– Mes manières te déplaisent, le Juif ? Barre-toi.

Il saisit Pierre-Édouard par le revers. Il s'ensuivit une bousculade confuse. Atlan, plus petit mais plus fort, parvint à se dégager. Champredin lui envoya une bourrade maladroite dans la poitrine.

– Casse-toi ! Je suis chez moi, merde !

Atlan, très rouge, la respiration courte, regarda Pascale qui n'avait pas bougé, prostrée sur le lit.

– Il vaut mieux que je m'en aille. Je t'appelle demain.

Elle ne répondit pas. Atlan remit son nœud de cravate en place et sortit de la chambre. La porte d'entrée claqua quelques secondes plus tard.

Champredin tremblait de tous ses membres. Il arpenta la pièce jusqu'à la fenêtre, revint vers le lit, fourra les mains dans les poches de son veston. Pascale, les yeux baissés, abattue, ne disait rien, ne semblait pas même faire cas de sa présence.

– Il est temps qu'on mette les choses au point entre nous, dit-il en se contraignant au calme. Que tu aies un amant, tu le sais, je m'en contrefous. J'aurais quand même préféré que tu restes plus discrète et que moins de gens soient au courant autour de nous. Mais tu t'en balances, hein ? Tu m'as toujours méprisé. Tu m'as épousé en croyant que tu ferais ce que tu voudrais de moi, le parvenu. Du moment que mon fric servait à entretenir la propriété de grand-papa... Seulement on va la mettre en vente, crois-moi : il va bien falloir éponger ce que tu as perdu. Quant à ce que j'ai perdu, moi, tu peux me faire confiance pour que je te le fasse payer de toutes les manières. Et je te préviens : je ne veux plus voir ton Juif ici. Si jamais il y remet les pieds, je vends aussi ton appartement. Remarque, il te louera peut-être un studio, avec le fric qu'il a gagné depuis le temps que tu joues en Bourse pour lui ?

Pascale n'avait pas eu un geste, pas un regard, tandis qu'il parlait. Visage baissé, elle mit ses deux poings contre son menton et murmura :

– D'accord. Divorçons.

– Ce serait trop simple, ma petite. Je ne vais pas te lâcher comme ça, je n'en ai pas fini avec toi.

– A quoi ça te servira ?

– A voir, par exemple, si ton grand amour Doudou te trouvera toujours aussi séduisante, maintenant que tu ne lui seras plus d'aucune utilité. Je sens que je vais me marrer.

Il vit des larmes couler sur les joues pâles de la jeune femme. Il ricana, se dirigea vers la porte. Sur le seuil, il ajouta :

– C'est bizarre, les putes dans ton genre. Elles payent pour se faire mettre.

***

Il retrouva sa fille Régine dans leur propre appartement. Elle était installée au salon, la télé allumée, sans le son. Un carnet de croquis sur le genou, elle dessinait à grands traits la silhouette d'un mannequin nu.

Elle lui demanda comment s'était passée la soirée chez le prince Arjuna. Il lui fit une description rapide et sarcastique des lieux, des œuvres d'art et du jardin japonais. Il ne s'était pas assis et déambulait de long en large.

– Qu'est-ce qui se passe, François ? lui demanda-t-elle.

Il n'avait jamais décidé s'il appréciait ou non que sa fille l'appelle par son prénom. Il s'y était fait comme on se soumet à une mode. D'un autre côté, leurs rapports, qui ressemblaient davantage à des relations d'associés qu'à celles d'un père et de sa fille, lui facilitaient la tâche, ce soir-là. Autant y aller franchement, se dit-il.

Il lui annonça l'arrestation des Krueger et n'eut pas à lui expliquer longtemps ce que cela signifiait.

– Donc on n'a plus un sou pour les boutiques.

Elle hachura son croquis rageusement, mais ne dit pas un mot, ne laissa transparaître aucune émotion. En éprouvait-elle seulement ? Il admirait sa fille d'autant ressembler à une statue – et la craignait vaguement.

– Néanmoins, reprit-il, il y aurait peut-être une solution : ce Brésilien que j'ai rencontré chez Arjuna, ce soir, Cavalheiro da Cruz. Chemins de fer, bauxite, immobilier, il est très, très solide.

– Tu espères lui revendre tes Krueger ? ironisa Régine.

– Non. J'espère que tu vas séduire son fils.

Elle eut un petit rire de dérision.

– Ça va pas, François ? Que voudrais-tu que j'en fasse, de son fils ?

– Il est fait pour toi : très joli garçon, photogénique et complètement futile. Et je crois qu'il est pédé.

– Tu *crois* ?

– En tout cas, il plaît beaucoup à ton ami Colignon. Ils sont partis ensemble aux Bains-Douches.

– Si Jean-Da est déjà sur le coup...

– Je ne blague pas, Régine, je te propose une stratégie d'enveloppement.

– Tu as de ces mots.

– Le courant est très, très bien passé entre Cavalheiro et moi. On va se revoir très vite. Donc, disons que je m'occupe du père. Et toi du fils.

– Comment il s'appelle ?

– Nelson, comme l'amiral.

– Nelson, le petit matelot brésilien. Jean-Da doit bicher, le salaud.

– Bon. Qu'est-ce que tu en dis ?

– Que je n'aurais jamais dû te laisser jouer le fric de la *Factory*.

– Ce qui est fait est fait, Régine. Maintenant, il faut rebondir.

– Rebondir dans les bras d'un petit Brésilien ? Et Thomas, qu'est-ce que j'en fais ? Je te rappelle que toutes les feuilles people annoncent notre mariage pour bientôt. On spécule déjà sur l'identité de nos témoins.

– Le petit Casagrande, c'était très bien pour ta publicité. Tu t'en es servie au maximum. Parfait. Et voilà que tu trouves le « grand amour » avec notre Nelson... Articles et photos assurés dans tous les magazines. Un vrai roman-photo : les fiançailles rompues, désespoir et jalousie, etc., etc., etc.

Elle le regarda rêveusement.

– *Not bad*... Mes groupies vont pleurer, elles s'étaient habituées à Thomas...

– Pauvres gamines, fit Champredin d'un ton funèbre.

Ils rirent. Champredin posa une main complice sur la cuisse de Régine.

– Alors, on fait comme ça ?

– Tu dis qu'ils sont partis aux Bains ? Ça tombe bien. J'avais envie de sortir, cette nuit.

Champredin plaqua un gros baiser sur la joue de sa fille.

– Je t'adore.

Elle lui échappa et se leva du canapé en s'essuyant la joue.

– J'espère quand même qu'il n'est pas trop pédé, ton Nelson. Sinon Jean-Da va l'épouser avant moi.

***

Quand elle entra aux Bains, Régine procéda par ordre. D'abord elle repéra Fortier, au bar, et Navi, assis sur les marches en compagnie d'une espèce de grande corneille au rouge à lèvres mauve. Les deux paparazzis étaient des habitués de la boîte, où ils concoctaient quelques-uns de leurs meilleurs coups. Ils seraient parfaits, si jamais... Elle salua Navi en passant, vérifia que Fortier aussi l'avait vue. Ensuite, elle chercha Colignon.

Il se tenait à une table, dans un coin, maussade.

– Chagrin d'amour, Jean-Da ?

– Tiens, Régine... Tu viens faire la fermeture ou quoi ?

– Je rôde. Tu étais avec mon père ce soir, chez ce prince, paraît-il ? Il m'a raconté que tu avais levé un petit Brésilien craquant.

– Levé, ferré, enfui.

– Il est parti ? Tu lui as trop vite mis la main au cul ?

– Pire. Il m'a largué pour suivre une vieille tante à moitié chauve. Ce gamin, je parie qu'il est géronto.

– Alors, console-toi. Tu as toutes tes chances.

– Ravissante salope. Thomas va te rejoindre ?

– Thomas, Thomas... Je suis venue voir de près ton Brésilien.

– Tu as pris goût aux petits pédés ou quoi ? Thomas t'a ouvert des perspectives ?

– Supposons que j'aie envie de me faire inviter à Copacabana.

– Alors on est sur le même coup, ma cocotte ? Situation amusante. Le premier qui se le fait prévient l'autre, OK ? Le perdant a un gage.

– Quel genre ?

– Je te réserve la surprise.

– Il est mignon, ce Nelson, au moins ?

– Quand tu vas te frotter à sa braguette, tu vas fuir à toutes jambes.

Il pointa l'index par-dessus l'épaule de Régine :

– Tiens, quand on parle de la queue du loup...

Nelson venait de réapparaître à l'entrée. Colignon prit le bras de Régine.

– Allons l'accueillir. Tu l'as regardé, il te plaît ?

– Il est sortable, ça va.

Ils retrouvèrent Nelson au bord de la piste. Colignon lui toucha la joue.

– Tu es froid comme la nuit. Tu lui as fait une pipe dans l'impasse, à ton vieux déplumé ?

– Tu es jaloux ? répliqua Nelson.

– Oh, mon grand, vis ta vie. Je suis très large d'esprit. Je te présente Régine – ou Regina, si tu aimes les clips et la disco.

Le jeune homme la regarda d'une telle manière qu'elle sut tout de suite que son père et Colignon s'étaient fait des idées sur la sexualité du Brésilien – ou que celui-ci les avait aidés à s'en faire. Elle le trouva immédiatement antipathique. Elle lui sourit pour qu'il consente à lever les yeux de ses seins.

– Je crois que tu as fait la connaissance de mon père, ce soir. François Champredin.

Il la considéra avec encore plus d'intérêt. Une des femelles les plus belles, et les plus impudiques dans sa combinaison rouge moulante, qu'il ait jamais vues. Et fille de banquier, par-dessus le marché. Il lui mit la main sur l'avant-bras.

– Tu danses ?

– J'allais te le proposer.

C'était un slow. Malavoi. Des violons antillais. *Karessé mwa*. Il était quatre heures du matin, il ne restait pas grand monde dans la boîte. A part les irréductibles et Navi, le paparazzi, que Régine vit se lever et aller vers le bar, où il réclama son appareil photo au barman. Régine sentit contre le haut de sa cuisse ce qui ressemblait fort à une érection. Nelson, d'autre part, avait déposé son menton sur son épaule. Qu'est-ce qui était le plus désagréable ? L'os de sa mâchoire ou celui de sa queue ? Elle rit.

– Ça va ? lui demanda Nelson. Tu es bien ?

– Toi, tu m'as l'air en pleine forme.

– Qu'est-ce qui t'a fait rire ?

– Je pensais à Jean-Da.

– Ouais ? Et alors ?

– Rien. Il me parlait de la queue du loup, tout à l'heure.

Elle refusa le slow suivant, mais ne lui lâcha pas la main. Elle vit que Navi, le paparazzi, pointait son objectif sur eux. Elle approcha ses lèvres tout près de la joue de Nelson, lui souffla une banalité, attendant l'éclair du flash.

– Tu me raccompagnes ?

– Je te fais visiter mon appartement, si tu veux, répondit Nelson.

– J'inspecterai les lieux une autre fois. Ramène-moi chez mon père.

Colignon les raccompagna jusqu'à la sortie. Navi, son appareil photo à la main, les dépassa et fila vers la rue.

– Attention au loup, murmura Jean-Damien à l'oreille de Régine.

Puis il caressa le bras de Nelson.

– Je suis très mélancolique.

– Pas à cause de moi, j'espère ? dit le jeune homme sur un ton narquois.

– Non. Juste à cause de tes beaux yeux.

Dans la rue, Régine reprit la main de Nelson. Par « conscience professionnelle » et par jeu. Elle savait que Navi était planqué quelque part et attendait *le* cliché. Il ne fallait pas le décevoir. D'autre part, c'était assez divertissant de laisser croire à ce petit macho brésilien qu'il avait encore ses chances pour cette nuit. En d'autres circonstances, elle n'aurait pas hésité à lui mettre brusquement une main à la braguette et à déclarer quelque chose comme : « La pauvre... Elle va avoir besoin que tu la prennes en main, ce soir... » Pas question de se distraire de la sorte, pour l'instant. Tant pis.

Quand ils arrivèrent à la Porsche de Nelson, elle dit tout à coup :

– Finalement, je vais rentrer avec ma propre voiture. Salut. Appelle-moi.

Et, avant qu'il ait eu le temps de réagir, elle lui planta un simulacre de baiser au coin des lèvres et s'en alla.

Le lendemain, vers midi, Colignon téléphona à Régine.

– Alors, ma cocotte ? Tu te l'es fait, le Nelson joli ?

– Je le garde au chaud. On verra.

– Méfie-toi. J'ai l'impression qu'il a des crocs, le petit loup.

– Ne t'en fais pas, Jean-Da. Je sais ce que je fais.

– Oh, je te connais, je n'en doute pas. J'ai jeté un œil dans *Gala*, ce matin.

– La photo est bien, au moins ?

– Un vrai petit couple. Il y a même celle de Thomas, en médaillon.

– Ah, ouais ? Qu'est-ce que raconte le papier ?

– Je te lis le chapeau : « *Regina et Thomas : la rupture ! Aux Bains-Douches, on a vu Regina danser avec son nouveau boy-friend, Nelson, héritier d'une richissime famille brésilienne.* »

– Du journalisme comme je l'aime.

– Et Thomas ? Tu l'as prévenu ?

– Écoute, Jean-Da, je suis sûre que je peux compter sur toi pour qu'il lise *Gala*.

– Tu n'es pas charitable avec tes amis.

XVIII

Pendant une dizaine de jours, Arjuna s'absenta de Paris.

Bernard Valmer, qu'un scrupule de conscience poussait à voir le prince pour lui expliquer qu'il avait encore dû retarder l'appareillage du *David-Arcas*, passa quai d'Anjou. Ariel lui dit qu'elle ne savait pas quand « le maître » reviendrait.

Elle fit la même réponse, le lendemain, à Thomas Casagrande qui, blessé plus qu'il ne l'aurait imaginé par la « trahison » de Régine et les articles des feuilles à scandales qui, en quelques jours, s'étaient mises à broder au sujet de la romance entre la fille de Champredin et Nelson Cavalheiro da Cruz, avait instinctivement songé à trouver un conseil et un réconfort, peut-être, auprès d'Arjuna.

Les deux jeunes hommes repartirent déçus ; le premier, de n'avoir pu se disculper du soupçon d'ingratitude que son attitude risquait de provoquer chez son ami et mécène ; le second, de se retrouver seul avec lui-même : ni Jasmine, sa mère, qui n'approuvait pas son « arrangement » avec Régine, ni son père, qui ignorait tout de son homosexualité, ni ses prétendus amis, que l'affaire faisait ricaner, ne pouvaient lui être d'aucun secours. Jean-Da avait blagué : « Contre-attaque. Fais-toi "paparazzier" avec la princesse Stéphanie. » Quant à Emmanuel, Thomas l'avait invité à déjeuner : le journaliste était d'une humeur de chien, avait balayé d'un revers de main les « petites histoires publicitaires » du jeune homme et, après quelques verres, avait monologué lugubrement au sujet de Marianne, sa femme, et surtout de lui-même : « Je sens qu'elle veut me quitter. Pourquoi ? Parce que je fais mon métier ? Est-ce qu'elle ne peut pas comprendre que j'ai une carrière, des responsabilités, une existence professionnelle ? Elle n'était rien quand je l'ai épousée. Une gamine. »

Une ligne dans *Le Monde*, une autre dans *Le Figaro* apprirent à ceux qui lisaient ces journaux qu'on avait vu le prince Arjuna Khan au Kremlin et qu'il avait dîné plusieurs fois avec Gorbatchev et Eltsine. Selon *Ici & Maintenant*, le news magazine d'Emmanuel Villedieu, il s'était également déplacé dans plusieurs Républiques soviétiques. Le *Bulletin quotidien* – le *BQ* des *happy few* des affaires et de la politique – reprenait l'information et précisait qu'il avait rencontré des dirigeants séparatistes clandestins. Le correspondant de *Libération* en Afrique signala simultanément sa présence dans plusieurs anciennes colonies françaises, se demandant – visiblement en panne d'infos – ce que signifiait la visite de « *ce financier international dont les derniers raids en Bourse ont fait vaciller l'économie mondiale* ». On n'en sut pas davantage. Aux grincements de plume de certains journalistes, on comprit qu'ils n'apprenaient les déplacements d'Arjuna que lorsqu'il était déjà reparti, et jamais rien de leurs motifs.

Un Africain bedonnant, mais impeccablement serré dans son costume trois-pièces anthracite à rayures, se trouva, durant ces jours-là, occuper le siège voisin de celui de Jean-Michel Casagrande, dans l'avion qui les amenait de Bangui à Paris. Casagrande, en tant que président de l'International Foundation for Emergent Countries, avait participé à un colloque sur la dette africaine. Le voyage étant long, et l'Africain offrant aimablement le champagne, ils avaient chacun fermé leurs dossiers et engagé la conversation. Elle avait fini par rouler sur la situation du pays de Prosper Oudanko, la République centrafricaine.

– Une enquête ? dit Casagrande, soudain attentif.

– Voilà qui ne fait nul doute, répondit Oudanko qui semblait déguster chacune des syllabes qu'il prononçait. Vous qui présidez l'IFEC, monsieur Casagrande, vous n'êtes pas sans savoir que l'uranium et les diamants, sur lesquels mon pays devrait asseoir ses ressources budgétaires, sont en fait aux mains de financiers français pour lesquels la colonisation demeure une réalité économique dont ils tirent des profits dont mes compatriotes ne voient pas le moindre centime.

– Bien sûr. Je crois l'avoir dit – et avec force – dans mon intervention.

– Je vous ai entendu, et je vous ai applaudi. Il reste que nous attendons des actes, et non des discours.

– Comme vous le savez, l'IFEC n'est qu'un organisme consultatif. Nous soumettons des propositions : les gouvernements seuls peuvent les mettre en œuvre.

– Lors de son dernier voyage, j'ai eu l'honneur de croiser votre président. M. Mitterrand a exprimé clairement sa volonté de mettre fin à ces pratiques post-coloniales. Votre président est un grand homme, et un homme de parole : une enquête, en effet, va être diligentée, je l'ai appris hier. Je ne vous cache pas que j'en suis très heureux. Enfin, nos ressources naturelles cesseront, je le souhaite et je le crois, d'être pillées.

Casagrande but sa coupe de champagne. En tourna le pied entre ses doigts.

– J'en suis heureux aussi, dit-il. Malheureusement, je crains que les coupables – vos « pilleurs », monsieur Oudanko – ne soient difficiles à identifier. L'imbrication des sociétés, des entreprises, des intermédiaires est telle qu'une poule n'y retrouverait pas ses petits.

– J'aime nos vieilles expressions françaises ! s'exclama Oudanko. Mais s'il s'agit de certains « poussins », rassurez-vous : nous en avons déjà retrouvé la mère.

– Qui, par exemple ?

– Certaines banques privées, notamment, qui ont leur siège en plein Paris. Elles sont parfois tenues par d'anciens compagnons de combat du temps des indépendances – ou que nous croyions tels, dans notre... « innocence primitive ». Savez-vous, monsieur Casagrande, que certains des plus acharnés camarades de la révolution mondiale – quand elle était encore un sujet de rêve et de livres savants en Europe – font aujourd'hui partie de nos « pilleurs » les plus systématiques ? Au moins ont-ils conservé l'esprit de système.

– Vous avez... vous avez des noms ?

Oudanko resservit généreusement du champagne dans un gobelet en PVC et le tendit à Casagrande.

– Je suis persuadé que nous pensons aux mêmes, cher monsieur. Vous me permettrez de laisser dans le flou – un flou tout relatif entre nous – celui, par exemple, d'un de vos plus distingués banquiers qui se faisait appeler Chavez quand, sous prétexte d'aider la révolution et de poursuivre l'œuvre du Che, il vendait la guerre et son matériel à notre malheureux continent.

Casagrande tiqua. Il trempa longuement ses lèvres dans le champagne tiédi.

– Je crois, reprit Oudanko, que vous avez croisé ce prétendu Chavez du temps où vous vous trouviez vous-même en Afrique ? Vous vous occupiez de la sécurité de Daniel Mwankumi, n'est-ce pas ?

– Oui. Vieille histoire. Vous m'excuserez si je préfère ne pas en parler.

– Je vous comprends. Tout cela s'est si mal terminé. Par bonheur, vous êtes encore là pour en témoigner.

– J'ai tout raconté dans mon livre.

– Oui, je l'ai lu, monsieur Casagrande. Vous êtes un homme vraiment remarquable pour avoir survécu à ce véritable massacre.

– Les circonstances...

Le restant du voyage, Casagrande se rencogna dans son siège et feignit de dormir. Il ne tenait pas à poursuivre cette conversation. « Chavez »... Le nom de guerre dont Champredin s'était affublé à l'époque où il pratiquait ses trafics d'armes, sous couvert d'apporter aux indépendances africaines le soutien de Cuba. Tout cela lui paraissait si loin. Et pourtant voilà que ce passé revenait à la surface. Chargé de menaces très actuelles. Une partie de la fortune et des actifs de la banque de Champredin reposait sur les diamants et l'uranium centrafricains. Et l'essentiel des avoirs de Casagrande aussi, gérés par cette même banque.

Peu avant l'atterrissage, il prit sa décision : se renseigner rapidement au sujet de cette enquête, évaluer les risques réellement encourus et, le cas échéant, retirer très vite toutes ses billes de la banque Champredin. Il s'était endormi pour de bon quand l'avion se posa à Roissy.

Prosper Oudanko s'était déjà levé et se dirigeait vers la porte du sas. Casagrande attendit qu'il eût disparu pour quitter son siège à son tour.

Oudanko, peu après, traversait le hall de débarquement et descendait au parking. Là, un chauffeur sortit d'une Rolls Royce noire aux vitres fumées et vint lui ouvrir la portière.

– Bonjour, Tazrouk, lui dit Oudanko quand il eut pris place à l'intérieur de la voiture. Du nouveau pendant mon absence ?

– Vous avez eu quelques visites, prince. Bernard Valmer et Thomas Casagrande.

– Le cas Nelson ?

– Il avance. Il est en photo dans toutes les pages people, en chevalier servant de la jeune Régine.

– Parfait, fit Oudanko en retirant sa veste et en se tournant vers son maquilleur qui avait étalé les instruments de son art et divers accessoires sur la banquette en face de lui. Où étiez-vous placé dans l'avion, Eugène ? Je ne vous ai pas vu.

– En classe touriste. Je ne voulais pas vous gêner.

Il agita les doigts en l'air, comme un garçon coiffeur.

– Quelle tête vous fait-on, prince ?

– Rendez-moi simplement la mienne. Il faut, de temps à autre, que je fasse semblant d'être moi-même, n'est-ce pas ?

Ils roulèrent jusqu'à l'héliport tout proche. Quand il sortit de la Rolls, Oudanko était redevenu un homme au teint pâle, aux traits émaciés et aux vêtements noirs ajustés sur sa haute et mince stature. Arjuna donna brièvement quelques instructions à Tazrouk et se mit aux commandes d'un hélicoptère.

Il se posa aux abords du circuit de La Châtre où tournaient deux prototypes rouges de Formule 3000. Il se dirigea vers les stands et alla s'accouder à la barrière. Quelques minutes plus tard, l'un des prototypes se rangea parmi une nuée de mécaniciens. Le pilote s'extirpa du cockpit et ôta son casque. C'était Thomas. Il entama une conversation hachée avec un quinquagénaire qui portait des écouteurs en collier, puis aperçut, non loin, Arjuna, nonchalamment appuyé à la barrière. Son visage, d'abord, s'illumina ; puis, comme sous l'effet d'une rancune soudaine, se rembrunit. Il s'approcha néanmoins du prince.

– C'est une surprise, lui dit-il. Je me demandais si nous nous reverrions un jour.

– Je vous ai manqué, Thomas ? J'en suis navré. J'ai dû m'occuper de quelques affaires, ici et là. Comment allez-vous ?

– Vous voyez : j'essaie de faire mon métier. Je ne pilotais plus assez, ces derniers temps.

– Vous étiez occupé ailleurs. Je suppose que les soirées avec votre amie Régine ne doivent pas vous laisser beaucoup de temps.

Les lèvres de Thomas se contractèrent en une moue d'enfant qui boude.

– Régine, c'est fini.

– Si vite ? Vous ne deviez pas l'épouser ?

– Elle m'a remplacé. Par un certain Nelson, un Brésilien. Que d'ailleurs vous connaissez, paraît-il.

– En effet. Je l'ai reçu chez moi, avec son père. Et celui de Régine. J'espère que vous ne pensez pas que je suis indirectement la cause de leur rencontre ?

Thomas haussa les épaules.

– Pourquoi je penserais ça ? Mais si vous m'aviez invité, moi aussi, peut-être que les choses se seraient passées différemment...

Arjuna le dévisagea avec une curiosité bienveillante.

– J'ai l'impression que vous m'en voulez, Thomas. Pourtant, je me demande de quoi.

Le jeune homme baissa la tête, embarrassé. Il tritura la visière de son casque.

– Je ne vous en veux pas, mais je ne vous vois jamais. J'avais cru...

– Oui, Thomas ?

– J'avais cru que vous étiez venu à Paris... aussi pour moi.

Arjuna eut un petit rire attendri.

– Mais j'y suis venu pour vous, c'est vrai. Sans notre rencontre aux États-Unis, je ne serais pas là.

– Alors pourquoi ne se voit-on jamais ? s'exclama Thomas, d'une voix de petit garçon. Je ne vous comprends pas. Quelquefois, comme maintenant, par exemple, j'ai l'impression que... que vous m'aimez beaucoup. D'autres fois, vous êtes tellement froid... Comme si vous me méprisiez.

– Allons, Thomas...

– Répondez-moi : vous me méprisez parce que je suis homosexuel ? C'est ça ?

– Quelle drôle d'idée. Est-ce que votre mère vous méprise ?

Thomas se troubla.

– Ma mère ? Non... Non, au contraire : elle voudrait que « je m'assume », comme elle dit. Elle détestait mon projet de mariage avec Régine. Elle disait que c'était une mascarade.

– Et vous pensez qu'elle avait tort ?

– Je pense qu'elle ne se rend pas compte, surtout.

Le jeune homme fit un geste vers le stand où s'affairaient pilotes, ingénieurs et mécaniciens, sous l'œil de ravissantes et longues jeunes femmes dont on se demandait ce qu'elles faisaient là.

– Vous les voyez ? A part les histoires de moteur et de records de piste, ils ne parlent que de cul. Oh, comme de tout le reste : en compétiteurs. C'est à celui qui aura le top model le plus flambant en potiche sur le stand. Vous imaginez un pédé là-dedans ?

– Vous avez du talent pour piloter, n'est-ce pas tout ce qu'on vous demande ?

– Ce serait trop simple. D'ailleurs, il n'y a pas que ça.

– Quoi d'autre, Thomas ? Votre père, peut-être ?

Le jeune homme vint appuyer les reins à la barrière, le regard baissé sur son casque.

– Je n'ai jamais osé lui dire.

– Il aurait pu comprendre de lui-même.

– Non, vous ne le connaissez pas. Il a l'air rond, jovial, comme ça, mais il a un caractère très droit, il est très dur, intransigeant sur certaines choses. Il a longtemps été militaire, c'est même un héros, décoré et tout. Il est incapable d'imaginer que son propre fils...

– Il faudra bien qu'il l'apprenne un jour.

– Le plus tard possible. Vous comprenez, depuis tout petit je l'admire. S'il se mettait à me mépriser, je ne le supporterais pas.

– Il vous mépriserait, vous croyez ?

– J'en suis sûr.

Thomas se força à sourire.

– Ses pires insultes, c'est « pédé » et « enculé », alors...

– Des mots.

– Non. Pas seulement...

Arjuna laissa passer un silence. Il examinait le profil mélancolique du jeune homme.

– Vous vous entendez bien avec lui ?

– Oui. C'est lui qui m'a poussé à piloter. On ne parle presque que de ça, entre nous. Il me voit déjà en Ayrton Senna.

– Il vous finance ? Je crois savoir que le droit de piloter revient assez cher ?

– En partie, oui. Il a un tiers des parts de l'écurie. Et il va devoir remettre la main à la poche.

– Pourquoi ?

– Il faut modifier notre moteur, sinon on ne sera plus compétitif la saison prochaine.

– Vous lui en avez déjà parlé ?

– Je compte le faire cette semaine.

– J'espère que vous n'allez pas au-devant d'une déconvenue.

Thomas se retourna vers le prince.

– Pourquoi ?

– Pardonnez-moi cette indiscrétion, Thomas, mais votre père est bien à la banque Champredin ?

– Je crois, oui.

Arjuna baissa la voix :

– Que cela reste entre nous : Champredin a réalisé d'assez mauvaises affaires récemment. Une spéculation de grande envergure qui n'a pas tourné comme il le souhaitait. Je crains que sa banque n'en soit très fragilisée.

– C'est si grave ?

– Cela peut le devenir, j'en ai peur. Or, si Champredin s'effondre, il entraînera tous ses clients dans sa chute. Qui – mais ne répétez à personne ce que je vous confie – risque d'être très rapide.

– Merde... Vous m'autorisez quand même à en toucher deux mots à mon père ?

– Bien sûr. A la condition expresse que vous ne prononciez pas mon nom.

– Je vous le promets.

Arjuna lui posa très légèrement la main sur l'épaule.

– Et vous, Thomas, promettez-moi de ne plus vous angoisser pour si peu de chose. Tout se règle, d'une manière ou d'une autre, vous verrez.

Il recula d'un pas.

– Nous nous reverrons plus souvent, désormais. A bientôt, donc ?

– A très bientôt. Et merci.

– Vous n'avez pas à me remercier.

Arjuna repartit vers son hélicoptère. Thomas resta là à le regarder jusqu'à ce que les pales de l'engin tournent et que le prince, derrière la vitre bombée de l'engin, lui adresse un signe de la main.

XIX

Debout près de sa voiture, bras ballants, l'œil écarquillé, Champredin contemplait le spectacle de l'avenue Charles-Floquet : camionnettes brinquebalantes rangées au petit bonheur parmi les Mercedes et les BMW, marmaille courant en tous sens, grandes femmes dodues et dignes drapées dans des boubous bariolés, surveillant, mains sur les hanches, le transbordement des marmites, des cartons et des meubles. Jamais l'austère avenue du VIIe arrondissement n'avait connu une pareille animation. On se serait cru sur un marché sénégalais.

Champredin avait été appelé une demi-heure plus tôt par l'un de ses concierges. Affolé, l'homme lui avait décrit ce qu'il appelait « l'invasion ». Une douzaine de familles africaines emménageaient dans les trois immeubles appartenant au banquier. « Je vous avais prévenu, monsieur, quand les premiers ont débarqué, il y a deux mois. Ces gens-là, on en laisse entrer un, il en arrive cent ! »

Cent. Le concierge était au-dessous du compte, se dit Champredin. Comme si j'avais besoin de ça en ce moment. Peu enclin à se frotter seul à toute cette populace bruyante et colorée, il remonta dans sa voiture, décrocha le téléphone et appela le commissariat du quartier.

– Des squatters s'installent dans mes immeubles. Dépêchez-vous.

Il attendit, légèrement hébété, assistant derrière son pare-brise à cette scène à laquelle il ne parvenait pas vraiment à croire : une nouvelle camionnette était arrivée dans un bruit de ferraille ; on en faisait descendre plusieurs chèvres et, à petits coups de bâton sur la croupe, on les menait, bêlantes, vers l'entrée du 7 – imposante porte de fer forgé. L'une s'cnfuit, piqua un bref galop en travers de la chaussée, juste à l'instant où retentirent les sirènes de la police. Champredin se décida à ressortir de sa voiture.

Il avisa l'inspecteur le plus âgé et se présenta. L'autre hocha la tête. Un sourire amusé flottait sur ses lèvres, qui agaça Champredin.

– Jamais vu ça dans le quartier.

– Eh bien, arrangez-vous pour qu'on ne le voie pas plus longtemps, grinça Champredin.

L'inspecteur le regarda par en dessous.

– Calmez-vous, monsieur. Nous allons nous en occuper. Vous avez beaucoup d'appartements vides ?

– Je ne sais pas. Je ne les gère pas personnellement. D'ailleurs, je m'apprête à les mettre en vente.

– Avec des locataires comme ça, on va bientôt pouvoir faire des affaires dans le coin, rigola l'inspecteur.

Puis, laissant là Champredin qui fulminait, il rejoignit ses hommes Les Africains, sans cesser de transbahuter leur fourbi, regardaient avec curiosité ce déploiement de police. Les femmes avaient rameuté les enfants autour d'elles et posaient sur tout cela des regards paisiblement dédaigneux. Suivi de plusieurs fonctionnaires en uniforme, l'inspecteur s'approcha de l'une des camionnettes. Quatre hommes en descendaient l'un derrière l'autre, chacun un carton dans les bras. Les policiers se déployèrent en arc de cercle. L'inspecteur s'avança.

– Veuillez poser ces cartons, s'il vous plaît.

Les quatre Africains s'entre-regardèrent, échangèrent quelques mots en wolof, puis, nonchalamment, obéirent. L'un d'eux, par-dessus les policiers, s'adressa à une femme qui aussitôt, retroussant son boubou de la main gauche, partit en chaloupant vers l'entrée de l'un des immeubles.

– Montrez-moi vos papiers, dit l'inspecteur.

– Pourquoi ? demanda tranquillement l'Africain le plus proche. Nous sommes en règle, inspecteur. Ce n'est qu'un petit déménagement.

– On verra ça plus tard. Vos papiers, s'il vous plaît.

– Ah ! France ! Pays de la liberté et des droits de l'homme ! lança alors une voix grave, profonde et chantante. France accueillante, tu nous envoies les représentants de l'ordre !

Interloqué, l'inspecteur tourna la tête : un Noir immense, élégamment vêtu d'un complet trois-pièces à fines rayures grises, sortait de l'immeuble et marchait sur eux en levant théâtralement les bras. Les policiers en uniforme s'écartèrent pour le laisser passer comme s'ils craignaient qu'il ne les culbute telles des quilles. Il se planta devant l'inspecteur, qu'il dominait de deux têtes.

– Que voulez-vous, monsieur l'inspecteur ? tonna-t-il. Des papiers ? Des identités ? En voici !

Et, d'un geste d'une telle ampleur que le policier se recula de crainte de prendre un coup, il plongea sa main énorme dans la poche intérieure de son veston et l'en retira, un portefeuille au bout des doigts. Il l'ouvrit et le fourra sous le nez de l'inspecteur.

– Me Dominique Coulibaly, récita-t-il en faisant sonner les syllabes, avocat au barreau de Paris, détaché spécial et exceptionnel auprès de l'Unesco et, présentement, représentant légal des locataires des 7, 9 et 12 bis de l'avenue Charles-Floquet, VIIe arrondissement de Paris. Exposez-moi le différend, s'il y a en un, je parlerai pour mes clients, mes amis, mes frères.

L'inspecteur frotta songeusement son menton mal rasé. La situation était de plus en plus inattendue.

– Voyez-vous, maître, dit-il lentement, nous avons été appelés par le propriétaire des immeubles où vos... vos clients, vos amis semblent en train de s'installer.

– Eh bien ? Le déménagement est-il devenu une pratique illégale en France ?

– Le déménagement, non. Le squat, c'est une autre affaire.

Dominique Coulibaly éleva les bras, gonfla le torse et, semblant s'adresser à une foule entière, déclama :

– Terre, terre de la liberté ! Qu'es-tu devenue, où sont tes valeurs d'humanité, quand on y soupçonne un homme, sur la seule couleur de sa peau, de convoiter indûment le bien et le toit d'autrui ?

Changeant brusquement de ton, il se pencha vers l'inspecteur et lui demanda, d'une petite voix bénigne :

– Seriez-vous raciste ?

L'inspecteur ne se démonta pas. Il eut même un sourire, ce sourire d'amusement que Champredin, posté à deux mètres, reconnut et détesta comme un mauvais présage.

– Je ne suis pas là pour débattre avec vous de mes préjugés, dit-il doucement. Je viens assurer le maintien de l'ordre.

– L'ordre est-il troublé ? Quelques enfants courent dans la rue, y jettent leurs cris joyeux : appelez-vous cela une émeute ?

L'inspecteur soupira.

– Maître Coulibaly, soyez gentil, répondez simplement à ma question : ces gens que vous représentez ont-ils le moindre titre les autorisant à loger dans ces immeubles ?

Le Noir éclata de rire.

– Des titres, inspecteur ? Des baux ! clama-t-il et le *ô* résonna comme du fond d'une caverne.

Sur un claquement de doigts, une femme en boubou lui donna une serviette de cuir. Il l'ouvrit prestement et en tira une liasse de papiers qu'il tendit à l'inspecteur.

– Vérifiez.

Hochant la tête, le policier examina les feuillets un à un. Puis il chercha Champredin du regard et lui fit signe de s'approcher. Le banquier le rejoignit, l'air mauvais.

– J'ai l'impression que tout est en ordre, lui dit l'inspecteur. Qu'en pensez-vous ?

Champredin lui arracha presque les papiers des mains, tant il était furieux – et inquiet. Il les éplucha l'un après l'autre, de plus en plus consterné. Il s'agissait effectivement de baux établis en bonne et due forme, contresignés par l'agence qui gérait ses affaires immobilières. Ils avaient tous été faits le même jour, et tous au même nom : Prosper Oudanko.

– Ce n'est pas possible, ragea-t-il. Ce sont des faux ! Qui est ce Prosper Oudanko ?

– Un bienfaiteur, répliqua l'avocat en refermant sa large main sombre sur les papiers, que Champredin lui abandonna sans résister. Maintenant, messieurs, pouvons-nous reprendre le cours de cet emménagement ?

– Ça ne se passera pas comme ça ! glapit Champredin. Vous avez abusé la confiance de mon gérant ! Je vous ferai expulser !

– Nous avons des baux, monsieur le propriétaire, chanta Coulibaly, des baux de neuf ans !

Il ajouta quelques mots en wolof : les hommes, les femmes, les enfants éclatèrent de rire, montrant Champredin du doigt. Il rougit de rage et d'humiliation, chercha une dernière réplique cinglante, une menace, ne trouva rien – rien d'autre que ces rires qui redoublaient et, qui leur répondait, le sourire ravi de l'inspecteur. Il fit volte-face, fendit l'attroupement qui continuait de lui rire aux oreilles – c'était insupportable, toutes ces faces noires qui se moquaient de lui – et partit à la hâte se réfugier dans sa voiture. Il se laissa tomber sur le siège. Il posa ses mains sur le volant : elles tremblaient.

***

Ariel introduisit Champredin dans le hall de l'hôtel d'Anjou et l'accompagna jusqu'au bas d'un escalier de marbre descendant au sous-sol. La chaleur humide saisit le banquier; en quelques secondes, il fut en nage, comme lorsqu'on sort de la cabine pressurisée d'un avion pour débarquer dans un pays tropical. Le bassin de vingt-cinq mètres d'une piscine à la faïence bleutée occupait l'essentiel de l'espace aux murs d'un rose saumoné qu'éclairaient de grandes appliques oblongues et laiteuses.

Champredin, que plus rien ne pouvait étonner après ce qu'il venait de voir avenue Charles-Floquet, ne prêta qu'une attention distraite à ce décor à la fois impressionnant et sobre, et obéit avec mauvaise grâce à Ariel qui lui demandait de retirer ses chaussures et de les échanger contre une paire de tongs mauves. Quand il fut dûment rechaussé, la jolie *butler* se retira en ajoutant ces simples mots :

– Le maître nage.

Champredin, mal à l'aise, la sueur lui dégoulinant le long de l'échine, et se sentant vaguement ridicule pieds nus dans ses sandalettes de caoutchouc mauve, retira sa veste et desserra sa cravate en s'approchant du bassin, d'où provenait le seul bruit troublant le grand silence de la salle : un clapotis régulier, à peine perceptible, comme – songea stupidement Champredin – d'un crocodile dans un marigot.

Dans l'eau faiblement scintillante, un homme nageait un crawl puissant et rythmé. Il parvint au bord du bassin, et soudain, son corps s'enroulant sur lui-même, vira selon la technique de la « culbute ». Champredin se recula, gêné et effaré : aucun doute, l'homme – c'est-à-dire Arjuna, le prince Arjuna Khan – était nu. Il fit quelques pas le long du bassin, déposa sa veste sur un banc de teck, près d'un peignoir blanc, sortit son mouchoir et s'essuya le front. Il regarda Arjuna parvenir à l'autre extrémité de la piscine et détourna les yeux, instinctivement, de crainte de voir à nouveau ce qui se présenta à son esprit sous ces mots : « le cul du prince ».

– Monsieur Champredin, fit la voix d'Arjuna. Bonjour. Passez donc au vestiaire. Nous ferons quelques longueurs ensemble.

Debout, de l'eau jusqu'au ventre, Arjuna lui désignait une porte dans le fond de la salle. Son torse et ses bras étaient aussi pâles que son visage, presque glabres, et plus solidement bâtis que sa minceur ne le laissait supposer. Une musculature de jeune homme, se dit Champredin, qui secoua la tête.

– Merci, prince, mais je nage très mal. Je voulais seulement avoir un entretien avec vous.

– A votre aise. Vous me pardonnerez si j'achève les longueurs qu'il me reste à faire ? Je tâche d'observer une certaine discipline dont mon corps comme mon esprit ont besoin.

D'un geste, Champredin lui signifia qu'il comprenait.

– N'hésitez cependant pas à m'exposer votre affaire, dit Arjuna. Je vous écoute.

Sur ces mots, il plongea sous l'eau, y demeura longtemps, bras et jambes tendus, telle une flèche, reparut à la surface et nagea. Champredin desserra un peu plus sa cravate et, cherchant par où commencer son plaidoyer, se mit à déambuler le long du bassin, à l'allure du crawl d'Arjuna.

– Le sujet est un peu délicat, commença-t-il. Je viens vous parler comme banquier, mais surtout comme ami.

Rien dans les mouvements du nageur ne témoignait qu'il entendait quoi que ce fût. Champredin se sentit obligé de hausser le ton, ce qui le décontenança encore : ce qu'il avait à dire n'était pas facile, il traitait d'habitude ce genre de sujets sur un ton plus confidentiel et en modulant son discours d'après les jeux de physionomie de son interlocuteur. Il y avait quelque chose d'absurde à crier tout cela à un homme nu qui nage, dans l'écho ironique d'une piscine. Et d'humiliant, si Champredin avait été d'une nature à éprouver de la honte. Mais il allait parler d'argent, et rien ne pouvait l'humilier tant qu'il poursuivait son but : en obtenir.

– Comme vous le savez, et c'est en partie pour cela que vous m'avez fait le plaisir et l'honneur de requérir mes services lors de l'achat de la Duksoo, ma banque est l'une des places privées les plus solides de Paris.

Les fesses blanches du prince jaillirent à la surface de la piscine, le temps d'une culbute, ce qui interrompit la péroraison de Champredin. Il avait prévu de vanter longuement ses propres mérites, mais soudain il n'eut plus qu'une envie : aller vite au fait. Il reprit sa marche le long du bassin.

– Bref, tout le monde, même mes ennemis, s'accorde sur ceci : je suis un banquier de talent. Mais, vous ne l'ignorez pas, le talent a parfois ses revers, qui sont la conséquence de l'audace, du pari sur l'avenir. Il y a également ce qu'on appelle la « loi des séries ». J'avais été épargné, jusqu'à présent, il semble que ce ne soit plus le cas.

Il s'épongea encore le front, garda le mouchoir à la main, émit un petit ricanement faussement malin que l'écho lui renvoya, moqueur.

– Votre achat de la Duksoo, je le reconnais, m'a peut-être un peu trop impressionné. Voire ébloui, si vous me permettez le mot. J'ai déniché une autre entreprise coréenne, il y a quelque temps. Elle paraissait dans une situation très comparable à celle de la Duksoo. Je l'ai achetée. Mais je n'ai pas eu votre chance. Le brevet qu'elle prétendait détenir et sur lequel je fondais mes espoirs, elle l'avait vendu quelques jours auparavant. En dix ans de carrière, c'est la première fois qu'on me pigeonnait comme ça ! Moi, François Champredin ! Enfin...

Il déboutonna les manchettes de sa chemise. Il était trempé de sueur.

– Je me suis retourné très vite, bien entendu. Mais j'ai dû revendre à perte. Sur le moment, ça ne m'a paru qu'un incident de parcours, d'autant plus que ma f... que mes réseaux m'ont mis peu de temps après sur un coup qui promettait d'être extraordinaire. Une vente d'armes massive que devaient réaliser les Krueger – peut-être en avez-vous entendu parler ?

Il se pencha au bord de l'eau : Arjuna nageait imperturbablement. Champredin ne pouvait lui déballer carrément ce qu'il avait sur l'estomac : que, s'il n'avait été sûr qu'Arjuna avait confirmé le marché entre les Krueger et le gendre de Saddam Hussein, il n'aurait jamais couru de tels risques, commis une telle bourde. Qu'en somme il le tenait pour indirectement responsable du désastre. Il chercha comment aborder le sujet sans paraître stupidement revendicatif, ne trouva pas. Comment discuter efficacement avec un type à poil qui nage dans une piscine ? Il eut une seconde de découragement.

– Un homme comme vous est forcément au courant. Les Krueger ont été arrêtés, la vente ne s'est bien sûr pas faite, et moi je me suis retrouvé avec des millions d'actions qui ne valaient plus rien. Bien sûr, mon établissement peut faire face un certain temps à de pareilles situations, mais, voyez-vous, j'avais aussi investi en titres Krueger tout ce qui devait permettre de monter l'affaire dont a eu l'idée ma fille, les *fashion factories*. Je suis très embêté vis-à-vis d'elle.

Au grand soulagement de Champredin, qui avait de plus en plus de mal à trouver ses mots – la situation, l'écho, la touffeur oppressante les lui faisaient paraître faux et dérisoires –, Arjuna émergea de l'eau et s'accouda au bord de la piscine.

– Il vous reste tout de même des actifs, monsieur Champredin.

– J'ai des immeubles.

– Vendez-les.

– Justement ! explosa le banquier. Justement ! Je les ai mis en vente ! Et devinez ce qui m'arrive aujourd'hui ? Toute une *tribu* d'Africains emménage dans mes appartements ! Les trois immeubles, d'un seul coup ! J'en viens. Jamais cru voir ça de ma vie. Des mioches partout, des femmes déguisées comme dans la brousse, et des chèvres, prince ! Des chèvres ! Avec des baux de neuf ans !

Arjuna se hissa souplement hors du bassin. Champredin se détourna vivement, tandis que, nu, le prince s'approchait du banc de teck.

– Que vous importe l'origine de vos locataires et de leurs animaux de compagnie ? dit Arjuna en enfilant son peignoir blanc.

– Avenue Charles-Floquet, dans le VIIe, l'un des emplacements les plus chers de Paris ! Vous ne vous rendez pas compte ? En une heure, ce matin, mes immeubles ont perdu les trois quarts de leur valeur !

– Tiens ?

La froideur d'Arjuna finit d'exaspérer Champredin.

– Et pourquoi me font-ils ça à moi ? Pourquoi dans mes immeubles ? Je n'ai rien contre les Africains, bien au contraire ! J'ai investi, moi, prince, dans leur continent, à ces nègres, et j'y ai passé des années de ma vie !

– Vous avez des intérêts en Afrique ? C'est peut-être là, plus que dans vos immeubles, que réside la solution à vos problèmes.

– La solution ! Parlons-en : il paraît qu'une commission d'enquête va être nommée pour fureter dans toutes les affaires françaises en Afrique. A commencer par les miennes.

– Vous n'avez rien à vous reprocher, n'est-ce pas ?

– Non... Non, bien sûr. Mais vous savez comment ça se passe ? Les journaux gonflent l'affaire, brodent, inventent, calomnient. Les bureaucrates de la commission font traîner les choses. Et pendant ce temps, les marchés se ferment, les actions s'effondrent, et vous vous retrouvez en chemise.

Arjuna s'assit sur le banc, ramena les pans de son peignoir sur ses genoux.

– Ne dramatisez pas. Vous n'en êtes pas encore là. Et, comme vous le disiez vous-même, vous êtes un banquier de talent. Un homme de ressource.

Champredin opina et, après une hésitation, alla s'asseoir auprès d'Arjuna. Sa chemise était trempée sous les aisselles, ses manches et son col déboutonnés, un pan sorti de la ceinture du pantalon. Il essaya de recouvrer un peu d'assurance.

– Vous avez raison, dit-il, je me suis sorti de situations pires que celle-ci. Mais il me faudrait, dans les premiers temps, un appui, un soutien. Un ami.

Il avait prononcé le mot avec toute l'émotion qu'il était capable de feindre. A sa déception, Arjuna ne réagit pas. Immobile, les chevilles croisées, les mains sur les genoux, le prince lui opposait le regard fixe de ses yeux gris pâle. Champredin toussota.

– C'est pourquoi j'ai pensé à vous, prince. Nous nous connaissons depuis peu de temps, mais il n'y a personne à Paris en qui j'aie une aussi totale confiance.

– Je vous remercie.

– Pour parer au plus pressé, « faire la soudure », comme on dit trivialement, il me suffirait de... mettons deux cents millions.

– C'est très raisonnable.

Il sembla au banquier que toutes ses angoisses s'apaisaient d'un coup. « Deux cents millions. Très raisonnable. » En toute autre circonstance, l'accolement de ces mots l'aurait scandalisé. Mais, là, ils lui paraissaient plus beaux qu'un poème. Il sourit et expliqua :

– Vous me les prêteriez selon un taux d'intérêt que nous pouvons établir dès maintenant, si vous voulez...

– Non.

Le sourire de Champredin s'effaça. Arjuna s'était mis debout et rajustait la ceinture de son peignoir.

– Mon cher, je ne prête jamais d'argent.

– Mais... j'ai cru... au nom de notre amitié... balbutia le banquier.

– Premier point : je ne prête pas d'argent à mes amis, je le leur donne.

Estomaqué, et croyant à peine à sa chance, Champredin s'exclama :

– Dans ce cas, très bien !

– Second point, reprit Arjuna : j'ai très peu d'amis. Vous m'êtes certainement très sympathique, mon cher, mais nous ne sommes pas amis.

Champredin en resta bouche bée. Il eut l'impression que tout s'écroulait autour de lui. Il se sentit soudain très fatigué. Arjuna s'éloignait lentement vers l'escalier. Il se leva péniblement et le suivit jusqu'au pédiluve près duquel étaient rangées ses chaussettes et ses chaussures. Il s'assit et les réenfila. Il avait l'esprit totalement vide.

– Ne vous laissez pas abattre par des difficultés passagères, murmura Arjuna. Regardez autour de vous, la solution s'y trouve sans doute. Avez-vous songé au docteur Cavalheiro da Cruz ? Il vous a beaucoup apprécié, l'autre soir, chez moi. Et votre fille Régine et son fils Nelson sont dans les meilleurs termes, n'est-ce pas ?

– Oui, oui... Ils se sont rencontrés.

– Voilà qui devrait vous rapprocher des Cavalheiro da Cruz ? Bien sûr, votre fille est fiancée au jeune Thomas Casagrande, ce qui complique les choses.

Un lacet cassa dans les doigts de Champredin. Il jura à mi-voix et se redressa.

– Le petit Casagrande, c'était juste pour les journaux. Ce n'est pas avec lui que j'aurais eu un petit-fils.

– C'est-à-dire ?

– Vous ne savez pas ? Il est pédé.

– Homosexuel ? feignit de s'étonner Arjuna. Et comment son père prend-il la chose ? Jean-Michel Casagrande a été un soldat, un héros, même, m'a-t-on dit. Il ne doit guère approuver les inclinations de son fils.

– Un héros ! ricana Champredin, heureux de trouver un prétexte pour soulager sa frustration. Moi qui connais bien l'Afrique, et qui ai bien connu Jean-Mi à l'époque, je pourrais vous en raconter, sur son « héroïsme »...

Arjuna lui toucha le coude et l'entraîna vers l'escalier.

– Rentrez chez vous. Reprenez-vous, réfléchissez, agissez. Je vous sens prêt à vous fâcher avec la terre entière, François, ce serait une faute. Jean-Michel Casagrande, par exemple, est en affaire avec vous en Afrique, si je ne me trompe, et votre banque gère sa fortune ? Sans compter qu'il préside l'IFEC dont certains membres feront partie de la commission d'enquête que vous évoquiez tout à l'heure. Vos intérêts sont liés et son influence à la commission peut vous être utile. N'allez pas l'indisposer contre vous en tenant des propos inconsidérés. Imaginez qu'il vous lâche.

Effrayé par cette perspective qu'il n'avait pas encore envisagée, Champredin protesta :

– Impossible. Il ne peut pas me faire ça !

Ils étaient remontés dans le hall. Ariel se tenait près de la porte. Arjuna hocha la tête.

– J'oubliais : vous êtes de très vieux amis.

***

– Qui aurait voulu te tuer ?

– Je ne sais pas. Un cambrioleur. Un rôdeur.

– Tu mens.

Chastel-Becq ne répliqua pas. Il enfonça la pédale de l'accélérateur. La BMW dépassa plusieurs voitures, par la droite. Un peu plus loin, Chastel-Becq dut freiner brutalement : à l'approche de la porte de Vincennes, le périphérique était si encombré que les véhicules semblaient parqués là, sans espoir d'avancer d'un mètre.

Après la soirée à *L'Épervière*, chez le prince Arjuna, Chastel-Becq avait tourné et retourné pendant plusieurs jours ce qui s'était passé et ce qu'il avait vu. D'ailleurs, l'avait-il *vu* ? Ou rêvé – cauchemardé ? Le sang dans le lavabo, le sang, tant de sang sur les draps dans la chambre de l'échauguette. Ce soir-là, cela faisait une semaine qu'il prenait de la coke sans discontinuer, dormant à peine. En y ajoutant la surprise et l'angoisse de se retrouver dans cette maison, il pouvait très bien avoir inventé tout ça. Une hallucination. Seulement, comment expliquer le récit d'Arjuna, plus tard, dans le jardin ? Ça, il n'était pas le seul à l'avoir entendu.

Il s'était résolu à en parler avec Pascale. Il avait d'abord pensé lui téléphoner, mais d'autres souvenirs l'en avaient empêché. Il lui avait écrit une lettre. Très simple. Juste une proposition de rendez-vous. Une semaine plus tard, alors qu'il s'apprêtait à lui réécrire, il avait reçu une carte : « *D'accord. Voyons-nous.* » Le lendemain, il passait la prendre à Saint-Cloud, près du parc de Montretout, où se trouvait la vieille maison de famille des Le Hardouin. Elle l'avait accueilli sur le seuil. Les yeux cernés, les lèvres blanches. Sans un mot, ils étaient montés dans la BMW et Chastel-Becq avait pris la direction du périphérique.

– Je t'assure que ça s'est passé comme ça, reprit-il. Quand tu as eu accouché, tu t'es évanouie. J'ai pris peur. Tu étais là, dans le lit, avec tout ce sang... J'avais posé le bébé à côté de toi. Je vous regardais. Vous étiez... je ne sais pas... J'ai cru que vous étiez morts tous les deux. Je ne me rappelle pas combien de temps je suis resté prostré. J'étais incapable de prendre une décision. A un moment, tu as bougé la tête. Tu as entrouvert les yeux. Je t'ai parlé, mais tu ne m'entendais pas. Je t'ai touchée : tu étais chaude, brûlante. J'ai touché le bébé, il m'a paru... oui, presque froid... Il avait la peau bleue, les narines pincées. Il n'avait pas poussé un seul cri... Je me suis dit qu'il était mort. J'étais *sûr* qu'il était mort. Je ne sais pas ce qui m'est passé par la tête. Juste cette idée : le faire disparaître. Comme si rien n'était arrivé. Comme s'il n'était pas né. Et – oui, c'est odieux, c'est ignoble – mais pour moi c'était *comme* s'il n'était pas né. Est-ce qu'il était seulement vivant à la naissance ? Je me suis persuadé que non. J'ai trouvé un coffre en osier dans une chambre à côté, j'ai mis le bébé dedans, et je te jure, je te jure qu'il était froid dans mes mains, tout mou, inerte...

Il entendit comme un hoquet sourd. Il tourna le regard vers Pascale. Le poing contre la bouche, elle pleurait en silence, les yeux écarquillés, rougis, de grosses larmes noyant ses cernes.

– Excuse-moi. Je suis un con, je ne devrais pas...

Elle murmura quelque chose qu'il ne comprit pas. Il fit le geste de lui toucher l'épaule ; elle se plaqua brutalement contre la portière, pour qu'il ne la touche pas. Elle répéta, plus distinctement :

– Raconte... Je veux *tout* savoir...

Il remit la main sur le volant, avança de quelques mètres dans l'embouteillage.

– Je suis descendu dans le jardin. J'ai creusé un trou au pied de l'orme. J'avais presque fini quand... Quand j'ai entendu un bruit derrière moi. Le temps que je me retourne, j'ai vu une ombre et immédiatement une énorme douleur m'a déchiré le dos, le poumon... J'ai perdu connaissance...

– Je ne te crois pas. Pourquoi un rôdeur aurait-il essayé de te tuer ?

Passé la porte des Lilas, le périphérique s'éclaircit tout à coup. Chastel-Becq déboîta sur la file de gauche, accéléra.

– Ce n'était pas un rôdeur, dit-il. Je le connaissais.

– Arrête de mentir, Didier. S'il te plaît...

– Je ne te mens pas. A l'époque, je faisais partie d'un groupuscule. Tu te rappelles, c'était la mode ?

– J'avais quatorze ans et j'étais pensionnaire chez les sœurs, Didier, dit-elle d'une voix amère et lasse. Je n'ai pas connu cette... mode. Je n'ai connu que toi. Mes cousins t'admiraient. J'étais très bête.

– Tu étais très jolie. Très différente des filles que je fréquentais au Quartier latin.

– Pourquoi ? Elles ne sont pas tombées enceintes, elles ?

Chastel-Becq se mordit les lèvres, accéléra encore.

– Dans mon groupuscule, reprit-il, on était surtout des étudiants. On a rencontré un jour, devant une usine où on distribuait des tracts, un jeune ouvrier, un Sicilien. On s'est entiché de lui, il nous paraissait « authentique », comme on disait. Le prolétariat, ça nous donnait le frisson, surtout quand il avait cette petite gueule de gouape. Quoi qu'il en soit, mes relations avec lui se sont envenimées. Des histoires de... de rivalité politique. Des conneries, quoi. Un jour, on en est même venu aux mains. Après ça, on ne l'a plus revu. Mai 68 a commencé, on avait autre chose à penser qu'à lui, mais Giro, lui – il s'appelait Girolamo –, était sûrement plus rancunier que moi. Un Sicilien, j'aurais dû me méfier... Je ne sais pas comment il m'a retrouvé à *L'Épervière*. En tout cas, cette nuit-là, dans le jardin, il m'a appelé : « Hé, Babeuf ! » – Gracchus Babeuf, c'était mon nom dans l'organisation. J'ai à peine eu le temps de tourner la tête : il m'a planté son couteau dans le dos.

Pascale soupira et essuya dans ses doigts ses joues mouillées de larmes.

– Didier... Tu penses vraiment que je vais croire à ton histoire ?

– Elle est vraie, pourtant.

– Un petit Sicilien ? Qui te tue pour une « rivalité politique » ?

– Oui. Non, concéda Chastel-Becq. En fait, c'était une histoire de femme. Tu me crois maintenant ?

Le visage appuyé contre la vitre de sa portière, elle se contenta de hausser les épaules.

– Une Allemande, murmura-t-il. C'est drôle, j'ai oublié son prénom... Lui doit s'en souvenir... Il m'a laissé là, il a dû croire que j'étais mort. J'ai repris conscience, l'aube se levait. J'avais mal comme jamais je n'ai eu mal de ma vie. J'étais plein de sang. Mais j'ai réussi à me relever et je me suis traîné comme j'ai pu jusqu'à la route. Pourquoi la route ? Pourquoi je ne suis pas allé au salon téléphoner, appeler du secours ? Je ne sais pas. J'ai peut-être eu peur qu'on te découvre dans la chambre, qu'on trouve le cadavre du bébé, que... Une fourgonnette est passée au bout de quelques minutes. Un maraîcher. Il m'a conduit aux urgences.

Le périphérique longeait le parc de La Villette en construction. Des « folies » rouges surgissaient au milieu des tranchées, des bulldozers et des grues.

– J'avais perdu beaucoup de sang. Je suis resté dans le coma une semaine après l'opération. Ensuite, j'ai passé des mois entre la vie et la mort. J'avais perdu un poumon, j'ai attrapé une septicémie... Une période plutôt dure pour moi.

– Pour moi aussi, dit-elle sèchement.

Il jeta un coup d'œil à son profil. Il s'étonna de n'éprouver aucune tendresse pour elle. Juste une espèce de rancune.

– Dès que je suis allé mieux, je t'ai téléphoné, Pascale. Dix fois, vingt fois, tu le sais. Tu as toujours refusé de me parler. Quand je suis sorti de l'hôpital, je suis passé chez tes parents. Tu n'habitais plus là et ils ont refusé de me donner ton adresse.

– Je ne voulais plus te revoir. Je ne voulais plus, plus jamais penser à toi. Je voulais t'effacer. J'allais si mal...

– Où étais-tu ?

– A Saint-Cloud, chez mon grand-père. J'ai essayé de redevenir une petite fille. Comme avant. Comme avant que je te connaisse, avant que tu m'abandonnes, que tu me détruises...

– Pascale...

– Que tu me détruises, oui ! Est-ce qu'une seule seconde tu as pensé à ce que j'ai éprouvé quand je me suis réveillée toute seule dans cette chambre ? J'ai appelé, appelé. Comme tu ne venais pas, je me suis levée, habillée, je tenais à peine debout... La maison était vide. Tu n'étais pas là. J'ai cherché le bébé partout, Didier, j'étais comme une folle... Je suis restée des heures dans cette maison, à tourner en rond, à t'attendre... Je me sentais sale, coupable, j'avais envie de mourir mais je n'avais pas le courage de... J'aurais fait trop de chagrin à mon grand-père. Il m'a recueillie chez lui. Je n'ai jamais rien raconté à personne. Je revoyais sans cesse le petit bébé, j'en rêvais la nuit, je me demandais ce qui lui était arrivé, ce que tu en avais fait – et en même temps je ne voulais pas savoir, pas savoir, pas savoir !

Ses cris se transformèrent en longs sanglots. Les poings contre la bouche, elle se balançait d'avant en arrière sur son siège, paupières serrées, tout le visage contracté de souffrance.

– Calme-toi, Pascale. Je t'en prie. Calme-toi.

Il surprit quelques regards curieux ou étonnés des passagers des voitures qu'il dépassait. Il ralentit, prit la file de droite. Les gémissements de Pascale lui mettaient les nerfs à vif. Il n'avait pas pris de coke depuis deux jours, afin d'avoir l'esprit clair pour cette entrevue. A présent, il le regrettait.

– Pascale, écoute-moi.

Il lui saisit le poignet. Elle se débattit.

– Tu me fais mal !

– Écoute-moi : le bébé n'est pas mort.

Elle se calma sur-le-champ. Il sentit que son bras mollissait. Elle cessa de pleurer. Elle tourna vers lui son visage défait.

– Qu'est-ce que tu inventes encore ?

– Le bébé n'est pas mort, répéta-t-il. Peut-être pas. Quand j'ai repris conscience, la première chose à laquelle j'ai pensé, c'est à lui. Il n'y avait plus de coffre en osier à côté de moi.

– Ne continue pas à me mentir...

– Je te dis que le coffre en osier avait disparu. Je l'aurais vu : quand j'ai reçu le coup de couteau, il était à mes pieds. Et lorsque je suis enfin sorti de l'hôpital, je suis retourné à *L'Épervière*. Personne n'y était passé depuis cette nuit-là. Il y avait toujours le trou que j'avais creusé sous l'orme. Mais pas de coffre en osier. Nulle part.

Pascale réfléchit un instant. Elle ne paraissait pas encore convaincue par le récit de Chastel-Becq.

– Si c'est vrai, dit-elle, qu'est-ce que ça signifie ?

– Que Giro, après avoir fait son coup, est parti avec le coffre en osier.

– Pourquoi ? Pourquoi aurait-il enlevé un bébé ?

– Parce qu'il ne savait pas ce qu'il y avait dans ce coffre, tout simplement ! A l'époque, on parlait souvent de « trésors de guerre », d'argent de Moscou, tout un folklore de fric clandestin distribué aux groupuscules. Giro était du genre à prendre ça au premier degré. Il m'a vu enterrer un coffre, il ne s'est pas posé de questions : il s'est tiré avec.

– Mais... quand il a vu que... que ce n'était pas ce qu'il croyait ?

– Ce qu'il a fait ? Comment veux-tu que je le sache ? Ces types-là, ils sont capables de te faire la peau pour une histoire de fille, mais va savoir ce qui lui est passé par la tête quand il a trouvé un nouveau-né ? Je l'ai fait rechercher, après ma sortie de l'hôpital. Il s'était évanoui dans la nature. Et je me suis renseigné aussi : nulle part, dans les jours qui ont suivi cette nuit-là, on n'a signalé la découverte d'un cadavre de nourrisson.

Le regard de Pascale s'était peu à peu animé d'une lueur tremblante et vive.

– Tu penses vraiment, alors, que mon enfant est vivant ?

– Peut-être. Sûrement. Toutes ces années, je me suis posé la question. Il a fallu qu'on retourne à *L'Épervière* pour que je sache que la réponse est probablement oui.

– Pourquoi ? A cause du récit du prince Arjuna, dans le jardin ?

– Exactement. Pourquoi nous a-t-il raconté ça ? Et, plus précisément, pourquoi a-t-il menti ? Ses jardiniers japonais n'ont pas pu trouver un squelette d'enfant et les restes d'un coffre sous l'orme *puisqu'ils n'y ont jamais été enterrés*. Qu'est-ce qu'il avait derrière la tête ? Pour quelle raison nous raconter cette histoire ? Et d'abord, comment l'a-t-il apprise ? Personne n'est au courant, sauf moi et Giro.

– Et l'enfant, dit-elle. L'enfant.

– Oui. Si Giro, un jour, lui a expliqué les circonstances dans lesquelles il l'a trouvé.

– Et il saurait qui tu es, alors ?

Chastel-Becq lui jeta un coup d'œil inquiet, puis secoua énergiquement la tête.

– Non. Giro ne m'a jamais connu que sous le nom de Gracchus Babeuf. Le point crucial, c'est d'apprendre ce que veut Arjuna. Ce qu'il sait et où il veut en venir. A quoi rimait cette mise en scène macabre.

Ils avaient fait le tour complet du périphérique. Chastel-Becq engagea la BMW vers la sortie porte de Saint-Cloud.

– Je vais mener ma petite enquête sur ce prince. J'ignore ce qu'il me veut, mais je vais bien dénicher quelques petites choses contre lui. Il a un passé, comme tout le monde.

Pascale, perdue dans une rêverie qui avait détendu son visage, ne répondit pas. Ils roulèrent quelque temps sans rien dire. Puis elle lui demanda, clignant brusquement des yeux à plusieurs reprises, sous le coup d'une violente émotion :

– Je ne l'ai jamais su, mais toi tu vas me le dire : le bébé, c'était une fille ou un garçon ?

***

En rentrant à sa banque, rue de la Chaussée-d'Antin, Champredin eut la désagréable surprise de trouver Jean-Michel Casagrande qui l'attendait. Dans sa voiture, il avait ressassé son entrevue avec Arjuna, ressentant après coup l'humiliation que lui avaient infligée son pitoyable plaidoyer le long de la piscine et le cinglant : « Nous ne sommes pas amis » du prince. C'est un salaud, mais il n'a pas tort : il faut que je joue à fond les cartes Cavalheiro da Cruz. Roi de trèfle et valet de cœur. Quant à Casagrande, s'était-il dit avec rancœur, qu'il essaie de me lâcher et de me doubler, il va se faire recevoir !

Et Casagrande était là, dans son bureau, ventru et suffisant, jouant son propre rôle d'homme respectable comme un cabotin de série B.

– Mon cher François, je ne vais pas y aller par quatre chemins, tu me connais, ce n'est pas mon style.

Son style... On dirait qu'il a oublié que je l'ai connu à Marseille, pleurnicheur et gominé, marchand de fruits et légumes en blouse crasseuse. Champredin prit un cigare sans en offrir à Casagrande et s'assit dans son fauteuil en pompant la flamme du briquet.

– Je t'écoute, *Jean-Mi*...

Casagrande cilla. Il y avait longtemps que personne ne l'avait appelé par son diminutif. A part sa mère, quand il la prenait au téléphone, deux fois l'an.

– Je reviens d'une tournée en Afrique dans le cadre de mes responsabilités de président de l'IFEC. Très instructif. Les choses bougent, là-bas, ce n'est plus comme de notre temps.

– Ah ouais ? Qu'est-ce que tu veux dire ? La probité a fleuri sous le soleil d'Afrique ? On y refuse les pots-de-vin et les bakchichs ? Le droit et la justice règnent et les militaires ont mis la fleur au fusil ?

– Tu as tort de plaisanter, dit Casagrande, déconcerté par le ton de Champredin. Des changements se préparent.

– Comme quoi ? Une commission d'enquête en République centrafricaine ? Oui, tu vois, je suis au courant. Et je n'ai aucune inquiétude : une bonne partie des membres de la commission sera choisie à l'IFEC *que tu présides*. Que veux-tu qu'il nous arrive ?

– Ce n'est pas aussi simple. Ça menace même d'être très compliqué. Pour moi. La commission va commencer ses travaux par les mines d'uranium et de diamants. Tu es bien placé pour savoir que j'y ai pas mal d'intérêts.

Champredin tira une longue bouffée de son cigare et se pencha en avant sur son bureau.

– En somme, tu veux vendre tes parts ? C'est ça ?

– J'y suis obligé, François, mets-toi à ma place. Tout n'est pas vraiment clair dans nos affaires là-bas, hein ? Je t'ai fait confiance, je n'y ai jamais mis le nez, je t'ai laissé gérer les choses à ta manière.

– Tu t'y es bien retrouvé, je crois ?

Casagrande fronça les sourcils, fit un geste de la main.

– Tu as les qualités que tu as. Je ne te les dénie pas. Mais je ne peux pas compromettre ma situation. Que mon nom soit seulement évoqué dans je ne sais quelle magouille – et je ne veux pas le savoir – en Centrafrique, les roquets de la presse vont me planter les crocs dans la cheville, et ils ne me lâcheront pas comme ça. D'ailleurs, il y a trop longtemps que je suis dans une position fausse, et puisqu'il est question de « faire le ménage », autant que je commence par le faire chez moi.

Champredin hochait ironiquement la tête.

– Je te résume, tu permets : tu penses que la commission va découvrir des « irrégularités » dans ma gestion de nos affaires africaines ; en conséquence tu as décidé de me revendre tes parts – très vite, je suppose – et de me laisser me démerder tout seul.

Il se laissa aller contre le dossier de son siège.

– Tu te fous de moi, Jean-Mi ?

– Je te propose une transaction amicale. Je ne serai pas gourmand. J'ai entendu dire que ta banque et toi connaissez quelques soucis, en ce moment...

– Entendu dire ? Entendu dire quoi ?

– Que tu as acheté un gros paquet de Krueger, par exemple, une semaine avant leur arrestation. Que, plus généralement, tu passes d'une mauvaise affaire à un désastre financier. Tu m'excuseras, mais ce n'est pas rassurant.

– Et tu viens, amicalement, m'enfoncer un peu plus ?

– Je viens te proposer un marché, François, c'est tout, fit Casagrande avec un beau sourire bonhomme. Où chacun de nous trouvera son intérêt. Mettons que tu me rachètes mes parts dans les diamants et l'uranium. Que tout cela se fasse dans la plus grande discrétion et qu'il soit désormais impossible de remonter jusqu'à moi : tu as mis en place, j'en suis sûr, quelques sociétés-écrans et mon nom doit facilement pouvoir disparaître comme si je n'avais jamais existé – c'est ta propre cuisine, je me fie à toi.

– Merci, ricana Champredin.

– Après quoi, j'aurai les mains libres, tu comprends ? En tant que président de l'IFEC, je pourrai sans doute obtenir des membres de la commission qu'ils se montrent *très* indulgents avec toi, et cela, sans que j'offre la moindre prise aux soupçons.

Champredin ne répondit pas aussitôt. Le visage dissimulé derrière l'épaisse fumée de son cigare, il contempla un moment le plafond, comme s'il réfléchissait. Enfin, il se leva de son fauteuil et contourna sa table.

– Tu devrais écrire des contes de fées, Jean-Mi. C'est un genre où tu aurais du succès. Mais, moi, je ne suis plus un enfant. Et, à mon avis, mon vieil ami le président de l'IFEC montrera d'autant plus de sollicitude à mon égard qu'il courra le danger de se faire lui-même enculer par les excellents membres de sa propre organisation.

Casagrande, la figure rouge, se dressa à son tour hors de son fauteuil.

– Alors c'est non ? Tu refuses ?

– Oui. Et je t'emmerde, monsieur le président.

– Dans ce cas, je vendrai ailleurs.

– C'est ça. Essaye.

– Et je clôture dès aujourd'hui tous les comptes que j'ai chez toi.

Champredin balaya la menace d'un revers de main.

– Des broutilles... Mais ces broutilles, tu vas les laisser au chaud dans ma banque, crois-moi.

– Tu ne peux pas m'y obliger.

Champredin lui posa la main sur la poitrine. Le cigare fumait entre ses doigts, irritant les yeux de Casagrande.

– Mon petit Jean-Mi, dit le banquier d'une voix basse et moqueuse, on dirait que tu as oublié tout ce que je sais sur toi. On était en Afrique ensemble, rappelle-toi. Est-ce que tu crois que j'ai gobé tes conneries sur les circonstances de la mort de Mwankumi ? Je te connais comme si je t'avais fait. Et j'ai eu l'occasion de fréquenter Bokassa, moi aussi, à cette période. Il aimait bien parler, Bokassa, se vanter, il était très fier de la façon dont il s'était débarrassé de Mwankumi, de sa famille et de toute sa clique.

Casagrande était blême. Il recula, heurta le fauteuil, trébucha, reprit son équilibre.

– Je vais te casser la gueule.

Champredin, un large sourire tranchant sa face aiguë et maigre, écarta les bras.

– Viens. Cogne. Laisse parler tes couilles, monsieur le héros.

Casagrande hésita, perdit contenance, tourna les talons et sortit du bureau. Le rire railleur du banquier le poursuivit jusqu'à l'ascenseur.

XX

A son retour quai d'Anjou, Arjuna avait retrouvé une Marie des Anges froide et boudeuse. Elle avait refusé de dîner en sa compagnie et, sans explication, était sortie. Arjuna, qui dormait très peu, l'avait entendue rentrer vers les trois heures du matin. Il avait ouvert la porte de son bureau, pensant l'accueillir et bavarder avec elle comme ils le faisaient parfois dans le silence et la tranquillité de la nuit, mais il l'avait attendue en vain : elle était montée directement à son appartement. Il avait allumé son mur d'écrans, l'avait contemplée, belle et lasse, qui tournait sans but dans la grande chambre démeublée où, parmi les tapis, il n'y avait qu'un futon déplié au centre du parquet. Elle s'était tout à coup dirigée vers l'objectif de la caméra, l'avait fixé des yeux longuement, puis elle avait retiré son tee-shirt et s'était reculée de quelques pas, les seins nus et provocants, un air de défi mélancolique sur le visage. Il avait éteint les écrans.

Au cours de ses déplacements en URSS et en Afrique, il lui avait téléphoné plusieurs fois. La lassitude et quelquefois l'amertume de sa voix l'avaient surpris. Il l'avait engagée à se distraire, à sortir, mais elle lui répétait qu'elle n'était pas à Paris pour faire du tourisme et elle terminait chacun de leurs entretiens par les mêmes phrases : « Quand rentrez-vous ? Vous me manquez. » Ce qu'il avait d'abord pris pour un enfantillage lui parut bientôt pour ce que c'était et qu'il avait toujours refusé d'admettre : un grand attachement. Il en était plus désolé que flatté. Il l'avait fait élever dans une institution suisse où il ne lui rendait visite que tous les trois mois. Il s'était toujours montré très attentionné ; le caractère, l'intelligence et la beauté de Marie des Anges lui avaient arraché des gestes d'affection, mais contre son gré, simplement parce que sa compagnie était la seule qui l'apaisait vraiment, où s'attendrissait le personnage qu'il s'était patiemment et résolument construit et dans lequel il avait fini par se fondre corps et âme. Il avait voulu qu'elle ait une entière et profonde confiance en lui, et non qu'elle en vienne à l'aimer. Il ne s'était pas rendu compte que ses rares visites, au lieu de maintenir entre eux cette distance affective qu'il souhaitait, l'avaient au contraire chargé de toutes les séductions du mystère et qu'elle l'attendait chaque fois comme une gamine attend Noël. Or, si la gamine avait grandi, c'était pour devenir une fille superbe, d'un tempérament indocile, et – il s'en apercevait à présent – jaloux. « Je ne peux plus la traiter comme une petite fille », se dit-il après leur dernier coup de fil où, sous le faux prétexte de le taquiner, elle lui avait posé des questions insistantes sur « les femmes qu'il rencontrait dans les palaces et dans les réceptions ». Mais comment se comporter avec elle, alors ? Il ne le savait pas. Il n'avait aucune expérience des femmes – aucun désir. Huit ans après son évasion, il vivait toujours comme en prison, enfermé à la fois dans le souvenir lancinant de Jasmine et d'un autre lui-même qui s'était appelé David Arcas, et dans l'ascétisme quasi masochiste qu'il imposait à son corps comme à son esprit.

Les jours qui suivirent, elle l'évita de la même manière et ne dîna jamais avec lui. Quand il rentrait quai d'Anjou, il demandait à Ariel ou à Girolamo de la prévenir : ils trouvaient porte close. Un soir, Arjuna se décida à monter lui-même réclamer une explication.

– Je m'ennuie, lui dit-elle. Il y a des semaines que je suis ici et il ne se passe rien. Vous partez sans cesse en voyage. Je ne vous vois plus.

– Tu sais bien que je ne voyage pas pour mon plaisir.

– Je me moque des raisons qui vous envoient en URSS ou en Afrique ! Vous m'avez fait une promesse et si je suis ici, c'est pour que vous la teniez.

– Nous sommes allés à Nîmes. C'était un premier pas vers ce que tu attends. Sois patiente.

Il était debout, calme et murmurant, dans la pièce vide. Marie des Anges, assise sur le futon, ses longues jambes repliées sous elle, croisa les bras avec violence comme une gamine en colère.

– Je ne suis *pas* patiente ! J'en ai marre d'attendre ! Il y a quinze ans que j'attends !

Il vint s'asseoir près d'elle.

– Donne-moi encore un mois.

Il lui mit délicatement la main sur la nuque. Elle esquissa un mouvement pour se dégager, il insista ; elle se laissa faire. Il lui caressa le cou.

– Je suis comme toi, Marie : il n'y a pas une heure de la journée où je ne pense pas à ce que nous avons entrepris. Tu me fais confiance, n'est-ce pas ?

Elle murmura oui, avec réticence. Elle fermait les yeux.

– Dans un mois, tout sera terminé ? demanda-t-elle. C'est sûr ?

– Oui. Maintenant tu dois t'y préparer. Tu auras besoin de toute ta force et de toute ta lucidité.

Elle se laissa aller contre son épaule. Arjuna se raidit, puis lui passa un bras autour de la taille. Elle le regarda ; leurs visages étaient proches à se toucher. Il recula involontairement la tête.

– Je ne sais jamais ce que vous pensez, lui dit-elle. Ni ce que vous éprouvez.

– Je tiens beaucoup à toi. Tu es comme ma fille.

Ses lèvres se crispèrent sur une imperceptible grimace de dépit. Elle scruta les yeux pâles d'Arjuna, y chercha quelque chose qui démentît cette froideur étale qui l'irritait et la décevait.

– Je ne veux pas être votre fille, dit-elle dans un souffle.

Le téléphone sonna : Arjuna s'écarta d'elle aussitôt, se redressa. Elle eut un faible soupir et baissa la tête.

– Tu ne réponds pas ? demanda-t-il.

A regret, elle quitta le futon et alla décrocher le combiné qui vibrait sur le parquet, dans un coin de la pièce. C'était Tazrouk, qui cherchait le prince.

– Il est chez vous ? Il y a une communication pour lui.

– Oui. Passez-la-moi.

Une voix jeune et gaie remplaça celle de Tazrouk.

– Arjuna ?

– Le prince est occupé. C'est de la part de qui ?

– Thomas. Thomas Casagrande.

– Je vais voir s'il peut vous prendre en ligne, dit-elle sèchement.

Elle appuya le combiné contre sa poitrine.

– C'est votre petit protégé des États-Unis, dit-elle à Arjuna.

– Je vais lui parler.

Il tendit la main, mais elle garda le téléphone contre elle. Il haussa les sourcils.

– Marie ?

Elle retroussa la lèvre avec agacement et lui jeta le combiné qu'il attrapa au vol. Tandis qu'il la regardait s'éloigner à grands pas vers le futon, il dit :

– Thomas ? Comment allez-vous ?

– Très bien ! Je ne vais pas vous déranger longtemps. Je veux seulement vous inviter à mon anniversaire vendredi soir.

– Ce serait avec plaisir, Thomas. Mais je serai sans doute absent de Paris.

– Vous ne tenez pas vos promesses, fit le jeune homme d'un ton enjoué. Vous m'aviez dit que nous nous reverrions souvent : je vous invite, vous ne pouvez pas refuser, Arjuna !

– Thomas...

– Et vous ne voudriez pas vexer ma mère, non ? Jasmine a beaucoup insisté pour que vous soyez présent.

Arjuna n'avait pas revu Jasmine depuis la soirée d'inauguration de sa fondation d'art africain. Il se rappela le regard qu'ils y avaient échangé, sa certitude instantanée qu'il l'aimait toujours, son soudain désir d'abandonner les projets longuement mûris pendant des années – puis les lumières s'étaient éteintes et avec elles toute possibilité de revenir en arrière. Il sut que Marie des Anges avait raison : depuis des semaines, il atermoyait, il reculait le moment où il devrait agir. Briser Casagrande serait blesser Jasmine. De quelque manière qu'il s'y prenne – et il avait choisi la plus humiliante –, il ne pourrait rien y changer, pas plus qu'il ne pouvait accepter qu'elle se soit attachée à cet homme dont elle avait un fils. Il y avait désormais plus de liens, plus complexes et peut-être plus forts, entre Jasmine et son mari qu'entre elle et le souvenir pâli, lointain, de David Arcas. C'était insupportable, mais c'était un fait qu'il lui faudrait affronter.

– Écoutez, Arjuna, poursuivait la voix de Thomas, le mieux est sûrement qu'elle vous parle elle-même. Je vous la passe.

– Non !

Il vit que Marie des Anges levait sur lui un regard attentif, surprise par la vivacité de ce « non » et l'émotion inhabituelle qui était passée sur son visage. Il se reprit :

– Non, non, ne dérangez pas Jasmine, Thomas. J'accepte son invitation. Et la vôtre. Je viendrai à Neuilly vendredi soir.

Quand il eut raccroché, Marie des Anges lui demanda :

– Qui est cette Jasmine ?

– La mère de Thomas.

– Et donc la femme de Casagrande ? Vous la connaissez depuis longtemps ?

– Pourquoi ?

Marie des Anges eut un rire mi-moqueur mi-amer.

– J'aimerais bien la connaître. Je me demande qui elle est pour être capable de vous tirer une émotion. Vous l'avez aimée ?

Le visage d'Arjuna se ferma.

– Oui, vous l'avez aimée, martela Marie des Anges. Merveilleuse nouvelle : ça prouve que vous n'avez pas toujours été aussi distant qu'à présent. Mais ça prouve aussi que vous m'avez menti.

– Non, Marie, je ne te mens jamais.

– Vous savez si bien mentir par omission. Par exemple en me laissant croire que vous prépariez tout ça pour qu'on nous rende justice, à mon père, ma famille et moi... Mais ce n'est pas vrai : vous vous servez de moi, je suis un instrument.

– Marie, je t'en prie.

– Marie, Marie, Marie ! s'emporta-t-elle. Vous vous êtes bien fichu d'elle, la petite Marie des Anges ! Pendant toutes ces années, vous me répétiez que vous m'aideriez à venger mon père. Reconnaissez qu'en réalité c'est *vous* qui voulez vous venger !

Il demeura sans rien dire, droit, raide, en apparence inaccessible.

– Dites-moi la vérité ! s'écria Marie des Anges. C'est à cause de cette Jasmine que vous en voulez à Casagrande ? Que s'est-il passé ? Il vous l'a prise ? Elle vous a trahi ? Elle vous a trompé ? Et vous tenez toujours tellement à elle que vous vous servez de moi contre son mari ? La voilà, la vérité, n'est-ce pas ? Répondez-moi !

Impassible, il la dévisagea, puis se détourna vers la porte.

– Comment pouvez-vous aimer encore une femme qui vous a préféré Casagrande ? Qu'est-ce que ça vaut, une femme qui préfère un assassin et un traître à un homme comme vous ?

– Tu ne sais pas de quoi tu parles, Marie.

– Alors dites-moi que je me trompe, expliquez-moi, Arjuna, ne partez pas. Quel est votre secret ? Qu'est-ce qui vous a rendu si dur, si glacial, si... indifférent ? *Qui ?* Elle ?

Il ouvrit la porte. La main sur la poignée, il tourna la tête. Son visage et son regard semblaient de pierre.

– Dans un mois ton père sera vengé. Tu pourras aller où tu voudras. Nous ne serons plus obligés de nous voir.

Il sortit. Marie des Anges se précipita dans l'embrasure de la porte. Il descendait lentement l'escalier. Elle se pencha par-dessus la rampe, furieuse, jalouse.

– Oui, mon père sera vengé ! Et votre Jasmine, elle va vous détester, vous haïr, et ce sera bien fait pour vous !

Et, tandis qu'il atteignait, puis traversait le hall sans hâter le pas ni faire mine d'entendre, elle répéta :

– Bien fait, bien fait, bien fait !

XXI

Ce mercredi-là, Didier Chastel-Becq se fit remplacer au Palais par l'un de ses collaborateurs. Il avait deux plaidoiries en correctionnelle, rien de bien important, sinon le montant de ses honoraires. Il traîna dans l'appartement, feignit de consulter des dossiers, dut déserter le salon où son fils, Nessie, insultait ses adversaires virtuels d'un jeu vidéo, fit un tour sur le balcon, jeta des yeux vagues sur le carrefour boulevard Saint-Germain-rue des Saint-Pères, se demanda où était passée Nadège, sa femme, et renonça à résister davantage : il alla s'enfermer à double tour dans son bureau et sniffa deux lignes de coke.

Rasséréné, il retourna dans le salon, essaya de s'intéresser, sur l'écran du téléviseur, aux bonds et aux courses d'une sorte d'écureuil speedé que Nessie dirigeait à grands cris en agitant les pouces à toute vitesse sur les boutons de sa manette, et vit Nadège rentrer.

– Où étais-tu ?

– Au dernier étage. J'ai fait une visite à l'atelier d'Andrée.

– Tu t'intéresses aux croûtes de ma défunte belle-mère tout à coup ?

– Elle n'était peut-être pas aussi mauvais peintre que tu le dis...

– Tu parles ! Des barbouillages de gonzesse.

Chastel-Becq, survolté par la drogue, changea brutalement de sujet :

– Il vient aujourd'hui voir mon père ? demanda-t-il.

– Qui ? Mirko ?

– Holà ! Tu l'appelles par son prénom, ton charlatan hongrois ?

Il prit sa femme par la taille, l'attira de force contre lui.

– Tu me trompes bientôt avec lui ?

Elle lui tapa sur la main, comme par jeu – mais assez fort pour qu'il la relâche.

– Tu as besoin de lui ? demanda-t-elle, l'œil aigu, brillant, aux aguets.

Il rit mécaniquement, se toucha la braguette.

– Moi ? Toujours en pleine forme ! déclara-t-il. Tu le sais bien.

Elle jeta un rapide coup d'œil vers Nessie.

– Attention à ce que tu dis. Il va t'entendre.

– Et après ? Il faudra bien qu'il apprenne qu'il y a des trucs plus bandants que les jeux vidéo dans la vie... Sans déconner, il est chez mon père, le docteur Elmyr ?

– A cette heure-ci, il finit sa séance.

– Je monte, dit Chastel-Becq.

– Qu'est-ce que tu lui veux ?

Il avait déjà franchi la porte palière. Il la claqua derrière lui. Il grimpa l'escalier quatre à quatre, poussé par le simple plaisir de la coke qui lui détendait les nerfs. Dans l'appartement de son père, il aperçut Barroise, la vieille domestique, au fond du couloir, et s'amusa à déraper sur le parquet ciré.

– Viens me tirer les oreilles ! lui lança-t-il.

Puis, reprenant une contenance plus sérieuse, il entra dans le bureau de son père.

Il détestait cette pièce. Il y mettait les pieds le plus rarement possible. Cette pénombre perpétuelle. Cette puanteur de poussière et de médicament. « De vieil invalide », pensait-il, quand il ne pensait pas plus crûment, et avec dégoût : « Ça pue mon père. » Il ne s'était jamais réconcilié avec lui. Rien n'avait pu les réconcilier. Pas même l'accident qui avait coûté la vie à Andrée, ses jambes au vieux Becq. Didier était pourtant tout prêt à prendre son père en charge, il avait suivi de très près l'hospitalisation, la rééducation, s'était contraint à porter le deuil de sa belle-mère. En pure perte. Le jour où il l'avait ramené chez lui, poussant lui-même son fauteuil roulant, son père lui avait dit : « Arrête tes simagrées, tu veux ? Laisse faire Barroise, je n'ai pas besoin de toi. Je ne marche plus, mais ne t'imagine pas que je suis gâteux. »

– Qu'est-ce que tu fiches ici ? lui demanda Becq qui, revêtu d'un peignoir de bain, était allongé sur le divan.

– Je suis venu voir comment tu te portes. On m'a raconté que les soins du docteur Elmyr te faisaient le plus grand bien.

– Eh ouais. Pas encore mort. Désolé pour toi.

Chastel-Becq rit inutilement, se frotta compulsivement les narines et s'adressa au médecin qui refermait sa sacoche.

– Il a un sacré caractère, n'est-ce pas, docteur ?

Elmyr mit sa sacoche sous son bras et tourna la tête vers Becq.

– Au revoir, monsieur. Nous nous revoyons après-demain ?

– Vous êtes toujours le bienvenu.

Le médecin passa devant Chastel-Becq et ouvrit la porte du bureau.

– Au revoir, papa, dit l'avocat avant de suivre Elmyr dans le couloir. Porte-toi bien.

Il n'obtint pas de réponse. Il n'en attendait aucune.

Il raccompagna Elmyr jusqu'à la porte.

– Ma sœur et ma femme m'ont dit que vous accomplissiez des miracles pour mon père. Je vous remercie.

Le médecin se contenta d'incliner la tête et de caresser ses moustaches.

– Il faudra, reprit Chastel-Becq, que je remercie également le prince Arjuna de vous avoir si aimablement envoyé chez nous. J'ai dîné il y a peu dans sa propriété de Montfort-L'Amaury. Vous le voyez souvent ?

– Régulièrement.

– Il est donc malade ?

– Personne ne se porte mieux que lui. Question de discipline. Peu de nourriture, beaucoup d'exercice, jamais d'alcool, encore moins de drogue.

A ce mot, Chastel-Becq se frotta furieusement le nez.

– De quoi parlez-vous, alors ?

– Nous échangeons des opinions. Les siennes sont toujours surprenantes.

– Cela ne m'étonne pas ! Un homme extraordinaire, tellement... tellement inattendu, en effet. Vous le connaissez de longue date ?

Elmyr ouvrit la porte, sortit sur le palier.

– Je ne crois pas que personne puisse prétendre le connaître. En tout cas, pas moi.

Chastel-Becq le suivit. Ils se dirigèrent, côte à côte, vers l'escalier.

– Mais comment l'avez-vous rencontré ?

– J'ai quitté clandestinement la Hongrie, il y a quelques années.

Incompatibilité d'humeur. J'ai réussi à passer en Grèce. Là, dans un hôtel d'Athènes, un homme m'attendait. C'était lui. Comment avait-il su que je fuyais mon pays, comment me connaissait-il ? Je ne l'ai jamais compris. Il savait que je travaillais sur les effets de certaines plantes. Grâce à son mécénat, j'ai fait quelques découvertes. Mon nom a commencé à circuler. J'ai bientôt été appelé au chevet de certains hommes d'État.

Ils franchissaient le palier du deuxième. Nadège entrouvrit la porte. Son mari, d'une mimique, lui fit comprendre de se tenir à l'écart. Il passa son bras sous celui du médecin.

– Le prince a beaucoup d'amis, dit-il.

– On pourrait le croire, mais ce n'est pas le cas, répliqua Elmyr. Tout le monde le connaît et il connaît tout le monde : il n'est pas question d'amitié. Je crois même qu'il a beaucoup plus d'ennemis que de partisans – et surtout parmi ses partisans déclarés.

– Oui, dit Chastel-Becq du ton d'un philosophe, tant d'argent et tant d'influence doivent paraître à certains *trop* d'argent et *trop* d'influence. Ça vous crée des ennemis.

– Vous n'avez pas tort. Cependant, nos pires ennemis sont souvent ceux de notre jeunesse, en un temps où nous n'avions ni argent ni influence. Pourquoi est-on le plus détesté, maître ? Vous devez voir cela dans vos cours d'assises. Non pas pour ce que l'on possède déjà, mais plutôt pour ce qu'on est capable d'obtenir, de conquérir, de remporter. Le talent, le mérite, l'intelligence des hommes et des situations, ceux qui ne les possèdent pas ou sont trop paresseux ou trop lâches pour les mettre en œuvre, ceux-là, maître, le talent, le mérite et l'intelligence, ils les appellent « la chance ». Une manière comme une autre de se pardonner à soi-même sa paresse et sa lâcheté.

– Sans doute, sans doute, fit Chastel-Becq qui n'avait suivi ce discours que d'une oreille. Le prince, selon vous, aurait donc des ennemis de jeunesse ?

– Je tenais des propos à caractère général. Je vous le répète, je ne sais rien du prince.

Ils étaient parvenus dans la cour de l'hôtel particulier. Elmyr tira un trousseau de clés de sa poche, s'approcha de la MG décapotable vert épinard.

– Il y a quelques années, reprit-il d'une voix indécise, j'ai fait une curieuse rencontre... Un milliardaire américain, qui avait des problèmes d'alcoolisme. Je ne crois pas lui avoir été très utile : cet homme ne buvait pas par simple addiction, il buvait comme on se pend. Ou comme on se tire une balle dans la bouche. Il mettait à son suicide cette lenteur et cet esprit systématique de ceux qui veulent d'abord se punir, déchoir, avant de mourir.

– Très intéressant, dit Chastel-Becq, impatienté.

– Cet Américain avait fait fortune dans le pétrole, ce qui, pour un Texan, est un lieu commun. Moins ordinaires étaient les terres de son ranch, qu'il avait peuplées de vaches charolaises. Il prétendait, de ces bovins émigrés, faire une race « supérieure » – à l'égal, selon lui, des Américains, arrière-petits-fils de pauvres et de réprouvés qui étaient devenus les « maîtres du monde ». Je ne sais pas ce qu'ont donné ses charolaises, si elles sont à présent grasses comme des hippopotames et de chair aussi délicate que les ortolans, mais je me rappellerai toujours comment il m'a reçu, quand, sur son invitation, je suis venu à son ranch pour le soigner d'un mal de dos : « Elmyr, m'a-t-il dit, il paraît que vous devez tout à cet Arjuna qui se fait appeler prince. Trahissez-le, dites-moi quel est son point faible, et je vous offre un ranch. »

– Qu'avez-vous fait ?

– Je déteste le Texas et les vaches, répondit Elmyr en s'asseyant au volant.

– Vous avez revu cet Américain ?

– Stalker ? Il m'a recontacté hier. Il est à Monte-Carlo, il doit y jouer ses charolaises. J'ai refusé de le rencontrer.

Elmyr mit le contact, donna un coup d'accélérateur ; le moteur ronfla. La MG partit en marche arrière.

– Au plaisir de vous revoir très bientôt, maître.

La petite décapotable vert épinard se glissa parmi la circulation de la rue des Saints-Pères.

***

Chastel-Becq sauta dans le dernier avion pour Nice. Il y loua une voiture et roula jusqu'à Monaco. Il était trois heures du matin ; il prit une chambre dans un hôtel, se doucha, comprit qu'il ne dormirait pas, se rhabilla et sortit. Il se rendit à pied jusqu'à l'Eden Roc, où J.R. Stalker était descendu. Chastel-Becq y avait téléphoné en fin d'après-midi et obtenu sans difficulté le milliardaire texan. Il y avait vu un excellent augure pour l'avenir : dès que Chastel-Becq s'était présenté comme avocat au barreau de Paris et avait expliqué qu'il aurait aimé lui poser des questions sur le prince Arjuna Khan, Stalker avait juré trois fois : « *Fucking bastard !* » et lui avait aussitôt accordé un entretien pour le lendemain. Seule l'heure du rendez-vous était bizarre : cinq heures du matin.

Vers les quatre heures, Chastel-Becq s'enferma dans les toilettes et prit une ligne de coke. Il dut ensuite passer un long moment devant le miroir à endiguer une hémorragie nasale. Ce sang qui maculait le lavabo lui parut un signe : tant qu'il n'aurait pas compris pourquoi Arjuna avait raconté cette histoire de squelette de nourrisson et de coffre en osier enterrés dans le jardin de Montfort-L'Amaury, ce passé, cette terrible nuit que le temps et la drogue lui avaient permis de faire semblant d'oublier, ne le lâcheraient plus.

Il fit les cent pas dans le hall désert de l'hôtel, s'asseyant parfois, se relevant presque aussitôt, incapable de rester en place. Un peu avant cinq heures, il sortit sur la terrasse et s'installa à la table le plus à l'écart possible. Le jour se levait.

A cinq heures dix, alors qu'il jetait un œil à sa montre, il entendit derrière lui un pas lourd et hésitant, puis le bruit d'une chute, accompagnée d'un *fuck* retentissant. Peu après, un grand type corpulent s'avança en titubant sur la terrasse. C'était J.R. Stalker, on ne pouvait pas se tromper : il portait des santiags et un Stetson blanc avec son habit de soirée. Chastel-Becq se leva et lui adressa un signe. D'une démarche lourde et incertaine, le Texan vint à lui, ne vit pas la main que l'avocat lui tendait en se présentant et se laissa choir sur un siège. Il repoussa son chapeau sur sa nuque. Il puait le bourbon à plusieurs mètres et marmonnait tout seul, lugubrement.

Contrarié par l'état de Stalker, Chastel-Becq s'assit à son tour et se demanda ce qu'il allait pouvoir tirer de cette épave imbibée. Il éprouvait le fréquent mépris des cocaïnomanes pour les alcooliques.

– *Why d'you want I talk you about Arjuna ?*

Au moins, il se rappelle pourquoi on est là, songea avec satisfaction Chastel-Becq. Il sourit et, s'essayant à son meilleur anglais, commença à expliquer qu'un de ses clients avait un litige avec le prince et qu'il recherchait des informations le concernant. Le Texan hochait la tête avec accablement, marquant ainsi le profond ennui que lui inspirait ce discours – ou peut-être l'anglais trop châtié de son interlocuteur – et l'interrompit :

– *I don't care. You want I talk you about Arjuna ? You want I talk you about that fucking bastard ? OK ! Let's talk ! Where is he now ? In Paris ?* Méfiez-vous de lui, *mister the French lawyer* : quand il est passé, votre vie ressemble à un champ de maïs après un nuage de sauterelles !

– Je serai prudent, dit Chastel-Becq. Le prince est un homme très puissant et très riche.

– Quel prince ? éructa Stalker. Il est aussi prince que mes vaches sont sacrées ! Moi aussi, je peux me faire passer pour un prince, si je veux ! Il suffit d'y mettre le prix.

Chastel-Becq, que cette éventualité amusait, approuva néanmoins. Repoussant un peu plus son Stetson, Stalker se gratta furieusement le cuir chevelu.

– Arjuna, j'en suis sûr, n'est qu'un homme de paille. Un pantin. Téléguidé par le sultan du Brunei ou par Saddam Hussein. Il s'est fait du fric dans le trafic d'armes pendant la guerre Iran-Irak. Il a pris un nom indien, parce que là-bas ils sont tous princes ou maharadjahs dès qu'ils ont deux éléphants. Mais c'est un Arabe, un putain d'Arabe, rien d'autre.

Un employé du palace s'approchait, alerté par la voix d'ivrogne du Texan. Stalker agita le bras et lui gueula d'apporter une bouteille de Jack Daniel's et deux verres.

– Moi aussi, au début, j'ai coupé dans son histoire de prince indien. *Asshole...* Je l'ai rencontré à la fin des années soixante du côté du Taj Mahal. J'étais en voyage de noces. Elle s'appelait Amalia. Une Brésilienne. Magnifique. Un délire tropical. Son cul... Vous auriez dû la voir, quand elle dansait pour moi. A poil. *That girl made me crazy.* Et des yeux... Noirs comme la nuit. Brillants comme les étoiles... Et son sourire. Une Brésilienne vous a déjà souri ? Après avoir vu ça, j'ai plus jamais vu de sourire de ma vie. Des bonnes femmes qui grimacent parce qu'elles pensent déjà à votre portefeuille. Amalia s'en foutait, de mon fric. Et même si elle ne s'en foutait pas, *who knows ?*, son cul, son sourire et sa gentillesse valaient cent fois l'investissement...

Le serveur revenait avec le bourbon et les verres. Stalker s'abîma un instant dans ses souvenirs sentimentaux. Il prit la bouteille de Jack Daniel's des mains de l'employé et se servit un plein verre, qu'il s'enfila aussitôt cul sec.

– Ah ! s'exclama-t-il en reposant son verre sur la table, j'ai la tête qui tourne ! Mais jamais comme Amalia me l'a fait tourner, il y a vingt ans. Buvez un coup, *mister the French lawyer*, allez, accompagnez-moi !

Chastel-Becq fit mine de tremper ses lèvres dans l'alcool et décida de reprendre les rênes de l'entretien.

– Vous me disiez que vous avez rencontré Arjuna près du Taj Mahal, vers la fin des années soixante... ?

– *Yeah.* Je venais d'épouser Amalia. On passait la moitié des journées à baiser comme des lapins. Cette fille... Ce qu'elle pouvait inventer... Mais, de temps en temps, il fallait bien aller se balader, visiter ce putain de pays sous-développé, avec tous les gamins, les mendiants qui s'accrochent à vous : « *Bakchich ! Bakchich !* » On est allés au Taj Mahal, Amalia et moi. Un grand jeune type nous a abordés. Il était plutôt beau gosse, habillé à la Nehru. Il nous a proposé de visiter les salles secrètes où aucun touriste ne mettait jamais les pieds. Je l'ai pris pour une espèce de jeune gars comme il en pullule là-bas, qui essayait de se faire un peu de fric en entubant les Américains. J'ai refusé. Alors il s'est présenté : prince Arjuna Khan. Et c'est vrai qu'il parlait comme un putain de fils de famille, avec l'accent d'Oxford. Amalia m'a regardé, j'ai compris qu'elle avait envie que j'accepte. Qu'est-ce que je pouvais faire ? J'allais pas la contrarier ? J'ai dit OK. On l'a suivi. Il nous a fait entrer dans des endroits extraordinaires, j'ai bien vu qu'Amalia était bouche bée devant lui – mais je ne me suis pas méfié. J'étais jeune, j'étais amoureux, on baisait six fois par jour, Amalia avait vu mon ranch, mes terres et mes derricks, je lui avais payé une bague de fiançailles à nourrir une favela pendant un an : je me croyais invulnérable, j'étais le roi du monde.

Stalker emplit un verre, le brandit vers le ciel de l'aube et s'écria :

– *The king of the world !*

– Que s'est-il passé ? demanda Chastel-Becq.

– On l'a revu pratiquement tous les jours. Il nous invitait dans des palais, des réceptions d'ambassade... Il connaissait tout le monde. Et, bizarrement, personne ne le connaissait vraiment.

Quand je parlais de lui aux uns, aux autres, ils disaient : « Ah ! Le prince Arjuna Khan ! », mais, à part son nom, ils ne savaient rien d'autre sur lui – ou alors ils ne voulaient rien dire. Faut les voir, ces gens-là : très souriants, très affables, mais vous ne tirerez rien d'eux s'ils ont décidé de se taire.

Stalker, son verre sous le menton, médita un moment. Chastel-Becq craignit qu'il ne se fût endormi, jusqu'à ce qu'il s'exclame une fois de plus :

– *Fucking bastard !* Le jour de notre départ, on fait nos bagages, j'étais content de retrouver mon ranch, j'attendais que ça, l'exotisme ça va un moment mais... Amalia me dit qu'elle doit descendre à la réception, récupérer sa bague de diamants qu'elle a laissée au coffre. Je lui réponds qu'on s'en occupera en partant, mais elle insiste. Elle vient se frotter à moi. Comment j'aurais pu résister ? Comment j'aurais pu me douter ? Je ne sais pas combien de temps je l'ai attendue. J'ai raté l'avion. Elle n'est jamais revenue. Je ne l'ai jamais revue.

– Elle était partie avec Arjuna ?

– *Bingo !* Elle m'avait laissé un mot à la réception :

> *Johnny, je t'ai beaucoup aimé, je me suis bien amusée avec toi. Mais je n'aurais jamais pu vivre au milieu de tes cow-boys et de tes vaches. J'ai besoin de rires, de fêtes, de voyages. Je me suis imaginée dans dix ans, en train de nourrir aux Kellogg's et aux steaks trois ou quatre petits Stalkers puant le cheval. Je n'aurais pas été à la hauteur de tes espérances. Il vaut mieux que je m'en aille. Arjuna n'a pas de ranch, pas de toit, pas de vaches : il vit là où ses affaires et ses caprices l'emmènent. J'ai envie de vivre comme ça. Ne m'en veux pas.* Your cock will ever be my biggest experience.

« Voilà. *That's it.* Je me rappelle encore chaque mot. J'aurais été au ranch, j'aurais eu mon fusil, je me faisais sauter le crâne.

Chastel-Becq trouvait l'affaire plutôt comique, mais resta de marbre. En quinze ans d'avocature, il avait entendu des histoires encore plus ridicules que celle-ci et avait appris à garder son sérieux. Cependant, qu'Arjuna eût enlevé la femme de Stalker ne lui fournissait aucun des moyens de pression qu'il espérait obtenir en confessant le Texan. J'ai perdu mon temps, se dit-il et il s'apprêta à prendre congé, s'imaginant déjà dans les toilettes de l'Eden Roc où une dernière petite ligne lui ferait le plus grand bien.

– Je les ai fait rechercher pendant des années, reprit Stalker. Par les meilleures agences de détectives. Mais à peine Arjuna était-il repéré à Londres qu'il reparaissait à Los Angeles, puis s'évanouissait dans la nature, pour reparaître encore, à Delhi, Moscou ou Bangui. Quant à Amalia, les détectives ne trouvaient rien sur elle. Jusqu'au jour, c'était l'an dernier, où je suis tombé sur Arjuna à Washington : il faisait partie, comme moi, des plus gros contributeurs à la campagne présidentielle de George Bush. En vingt ans, il avait à peine changé, le salaud. Il était la vedette de la soirée ; il avait donné je ne sais plus *how many millions bocks* au parti. Après le dîner, j'ai réussi à le coincer à part : il n'a même pas eu l'air de me reconnaître. Et quand je lui ai parlé d'Amalia, il a fait celui qui ne s'en souvenait plus. Et puis il a rigolé et il m'a dit : « Ça y est ! Je vous reconnais. » Amalia, il l'avait larguée au bout de trois mois. D'après lui, elle vivait à Salvador de Bahia. J'y ai tout de suite envoyé mes détectives. J'étais fou. Je ne me rendais pas compte que vingt ans avaient passé. Je voulais retrouver *mon* Amalia.

Ces confidences assommaient Chastel-Becq. Il cherchait le moyen de filer au plus vite. Mais Stalker, qui avait éclusé la moitié du Jack Daniel's, poursuivait obstinément son récit ; il avait agrippé l'avocat parisien par la manche et ne le lâchait plus.

– Ils l'ont retrouvée, les détectives... Elle venait de mourir, deux mois plus tôt, tuée par son propre fils... Oui, son fils. Celui que lui avait fait Arjuna.

Chastel-Becq redevint tout à coup attentif. Il remua le bras pour tenter de faire lâcher prise à Stalker, en vain. Il se pencha vers lui.

– Vous êtes sûr que l'enfant était de lui ?

– J'ai tout fait vérifier. Les dates, les circonstances. Il n'y a aucun doute. Et j'ai eu encore moins de doutes quand j'ai appris que le gamin avait été acquitté malgré les preuves contre lui. Le juge, le procureur, les jurés, tout le monde avait été arrosé par un certain Secundra. Je n'ai pas mis longtemps à apprendre que c'était le bras droit d'Arjuna.

– Et où est passé ce jeune homme ? demanda Chastel-Becq.

– Le tueur de sa propre mère ? grogna Stalker. Il a changé

d'identité, toujours grâce aux bons soins de ce Secundra. Il a été adopté par une des plus riches familles du Minais Gerais, qui devait sans doute quelques services à Arjuna.

Ce fut au tour de Chastel-Becq d'agripper Stalker par la manche.

– Vous avez des noms, bien sûr ?

– A rallonge ! ricana le Texan qui versait la dernière goutte de Jack Daniel's dans son verre. Cavalheiro da Cruz !

– Cavalheiro da Cruz ? Et quel est le prénom du fils d'Arjuna ?

– Nelson. *Fucking name for a fucking bastard !*

Chastel-Becq se tapa dans les mains, puis se les frotta avec satisfaction. Jamais il n'en aurait espéré tant.

***

Lorsque l'avocat eut quitté la table, Eugène pointa le nez à la porte donnant sur la terrasse. Stalker retira son Stetson, le posa sur ses genoux et lui fit signe d'approcher. Eugène le rejoignit à petits pas pressés, se pencha sur lui et éleva des mains indignées :

– Je m'en doutais : vous avez transpiré ! Un quart d'heure de plus, et tout le maquillage partait en capilotade !

– Vous êtes un perfectionniste, Eugène, dit Stalker en se levant de son siège. Tout s'est très bien passé grâce à vous.

Il passa le revers de son index sous ses yeux, en retira les lentilles brunes et les tendit au maquilleur. Il avait recouvré son regard tantôt bleu, tantôt gris, selon le temps et l'humeur. Dans l'aube rosâtre, ils paraissaient presque mauves.

– Récupérez les accessoires. Je monte me changer.

Eugène prit sur la table la bouteille de Jack Daniel's qui n'avait contenu que du thé. Quand il se retourna pour demander au prince de l'attendre avant d'ôter son déguisement, Arjuna avait disparu. Il haussa les épaules.

– Un vrai courant d'air, cet homme.

Au dernier étage de l'Eden Roc, Arjuna entra dans sa suite où l'attendait Marie des Anges. Il entreprit de décoller le latex qui lui inventait un nez et des bajoues d'alcoolique texan.

– Tu es prête ?

A demi étendue dans un large canapé, elle allongeait ses cils d'un rimmel noir et brillant.

– Merci, dit-elle simplement.

– Tu n'as pas à me remercier. C'est toi qui avais raison. Puisque nous sommes... complices, autant que tu le sois de tout ce que je fais.

– Ça a bien marché ?

– Chastel-Becq croit désormais que j'ai un fils caché qui a tué sa propre mère.

– Joli coup. Et pour Casagrande, qu'est-ce qui est prévu ?

Eugène entra dans la suite et poussa les hauts cris en voyant Arjuna se débattre avec les sangles de son ventre factice.

– Je vous en prie, laissez-moi faire ! Vous allez encore me saloper tout mon travail !

Arjuna écarta largement les bras, s'abandonnant aux soins maniaques du maquilleur.

– Quelques articles vont paraître ces jours-ci dans les journaux, dit-il à Marie des Anges. Allusifs, pour l'instant.

– Vous les avez écrits vous-même ?

– Pour quoi faire ? Champredin, le vieil et grand ami de Jean-Mi, s'en chargera très bien tout seul.

Marie des Anges rangea sa brosse à rimmel et dégaina un bâton de rouge carmin.

– Vous êtes toujours décidé à aller à l'anniversaire de Thomas ?

– Oui.

– Donc vous allez la revoir ?

Eugène avait défait les sangles du faux bedon et des fausses épaules. Arjuna se dirigea vers la salle de bains.

– Jasmine est la mère de Thomas. Je la verrai sans doute.

– Ça vous fait plaisir ?

– Marie ? Marie des Anges...

Il s'était arrêté dans l'embrasure de la porte. Malgré les traces de maquillage salissant son front et ses joues, le latex rougeâtre et parsemé de points noirs de son nez factice, il parvenait à n'avoir l'air ni ridicule ni comique. Marie des Anges, sans quitter des yeux son propre reflet dans son face-à-main, fit distraitement :

– Oui... ?

– Fais-moi plaisir : nc joue pas l'enfant gâtée.

Il entra dans la salle de bains et en ferma la porte avant qu'elle lui réponde. De rage, elle jeta son bâton de rouge à lèvres en travers de la pièce.

– Vous vous y prenez mal, dit Eugène tout en pliant et rangeant ses accessoires dans une grande valise.

– Vous vous y prendriez mieux, vous ? rétorqua-t-elle.

– Si un si bel homme était aussi tendre avec moi, je lui laisserais la bride sur le cou.

– Vous n'avez jamais été jaloux, Eugène ?

– Jamais du passé des autres. J'ai cinquante-neuf ans, mademoiselle Marie des Anges : je sais que le passé, ce n'est rien d'autre que remords, ratages et tristesse.

– Si vous aviez connu un grand amour, une passion, vous ne la regretteriez pas ?

– Brrr ! Vous me faites froid dans le dos... Regretter une vieille passion ? Quand je serai mort, peut-être... Et, croyez-moi, je n'ai jamais vu personne de moins mort que le prince.

***

Trois heures plus tard, à l'aéroport de Nice-Côte d'Azur, Didier Chastel-Becq entrait dans une cabine téléphonique. Les deux dernières lignes de coke qu'il avait sniffées pour fêter son entretien avec Stalker l'avaient mis dans un état d'exaltation fébrile, accentué par le manque de sommeil. Il appela Pascale Champredin.

– Ça y est ! lui dit-il. J'ai quelque chose sur Arjuna. De pas mal du tout.

– Et sur mon fils ?

– Rien. Comment voudrais-tu ? En revanche, Arjuna aussi a un fils. Et nous l'avons rencontré. Tu te rappelles à Montfort-L'Amaury le petit Brésilien frimeur, avec sa gourmette et sa Porsche ? C'est lui. Ça ne m'étonne pas : une vraie petite gueule de faux témoin.

– Didier... Je me moque qu'Arjuna ait un fils...

– Pas moi. Surtout quand c'est une raclure de bidet qui a assassiné sa propre mère. Car il l'a assassinée. Je vais envoyer dès demain un de mes collaborateurs au Brésil, il va me constituer un charmant dossier.

– A quoi bon ? Je ne comprends pas où tu veux en venir.

– Ne t'en fais pas. Moi je me comprends. Avec tout ce que j'aurai sur lui et son fils, Arjuna n'aura pas intérêt à venir m'emmerder.

En plus, je me demande si le petit Nelson sait seulement qu'il est le fils d'Arjuna. S'il n'en sait rien, c'est un atout de plus dans mon jeu.

– Mais de quoi tu parles, Didier ? Je me fous d'Arjuna et s'il a un fils. Je croyais que tu devais retrouver le nôtre... le mien.

– Chaque chose en son temps. Tu ne comprends pas ? Arjuna peut nous pourrir la vie avec ce qu'il a l'air de savoir. Nous, on peut maintenant lui pourrir la vie avec son Nelson. On est à égalité !

Il éclata de rire, fier de son coup. A force de drogue et d'insomnie, il n'était plus maître de ses nerfs. Il entendit un brusque déclic dans l'écouteur. Puis retentit un bip lancinant. Pascale avait raccroché.

– La pauvre conne, ricana-t-il en sortant de la cabine.

Un bruit de bousculade lui fit tourner la tête. Il vit Arjuna et sa négresse – comment s'appelait-elle déjà ?... Ah oui ! Marie des Anges – environnés d'une meute de paparazzis qui les photographiaient sous tous les angles. Chastel-Becq recula prestement, pour les éviter, mais le prince l'avait vu :

– Maître ! Quel plaisir de vous voir !

L'avocat se composa à la hâte son meilleur sourire et alla à la rencontre d'Arjuna. Impossible de faire autrement. Après avoir très vite serré la main du prince, il remonta le col de sa gabardine, se massa obstinément les tempes, dans l'espoir inutile de rester méconnaissable sur les photos que, dans les cris (« Prince ! Prince ! Mademoiselle, un sourire ! ») et les ronronnements des appareils, « shootaient » les paparazzis.

– Vous rentrez à Paris ? lui demanda Arjuna. Rentrez avec moi. Mon jet décolle dans moins de dix minutes.

Chastel-Becq ne put refuser. Le prince l'avait pris par le bras et l'entraînait vers un couloir à l'entrée duquel des vigiles stoppèrent les paparazzis.

– Vous voilà célèbre, dit l'avocat.

– Sans Marie des Anges, on ne songerait pas à me photographier. Vous étiez à Monte-Carlo ? Vous avez joué ?

– Non, non... J'étais dans la région niçoise. Une affaire à régler.

– Vous ne jouez jamais, maître ? Moi non plus. Je ne crois pas au hasard. Rien n'arrive dont nous ne soyons responsables. N'est-ce pas ?

Le vol jusqu'à Paris dura moins de quarante-cinq minutes. Chastel-Becq, mal à l'aise, s'était retrouvé seul dans le salon en compagnie de Marie des Anges. Arjuna les avait quittés en déclarant :

– Je pilote moi-même. Ne craignez rien : le temps est clair, les vents portants, c'est comme si nous étions arrivés. Nous nous reverrons à Orly ?

– Vous connaissez le prince depuis longtemps ? demanda Chastel-Becq quand Arjuna fut sorti du salon.

– Je suis sa fille, répliqua Marie des Anges en enfilant un masque noir qui cacha ses yeux et ses pommettes.

Elle parut dormir durant tout le voyage. Et, durant tout le voyage, Chastel-Becq s'interrogea : est-ce qu'elle s'est foutue de moi, ou bien Arjuna a-t-il des enfants partout ? Quel autre, à part Nelson ? Ce qui le déconcertait le plus, c'est qu'il ne parvenait pas à imaginer Arjuna avec une femme. Et quant à lui faire un gosse...

XXII

– C'est invraisemblable. Vous imaginiez, vous, que les toiles d'Andrée puissent prendre tant de valeur ? Je savais qu'elle était un bon peintre, mais de là à avoir enfanté un Van Gogh...

Dans la pénombre du bureau du juge Becq, rue des Saints-Pères, Espérance Adamantis mordillait son fume-cigarette de nacre. Depuis deux ans, son médecin lui avait interdit le tabac. Elle avait dû renoncer à ses Boyards et, dans son visage dur, aux rides profondes et amères, le fume-cigarette grâce auquel elle trompait le manque de nicotine prenait des allures de brûle-gueule de pirate. Elle « montait » rarement à Paris, désormais. Depuis la mort de Pierre-Roch, son mari, quatre ans plus tôt, elle s'était recluse dans sa maison des *Oliviers*, fulminant toute seule contre les immeubles et les faux « mas à la provençale » dont la laideur ordinaire cernait le parc. Il avait fallu les événements de ces dernières semaines pour la contraindre à prendre un avion et à rencontrer son gendre, Becq.

Deux mois plus tôt, un Canadien du nom de Jacson s'était présenté aux *Oliviers*. Avec ce sans-gêne des Nord-Américains, il était allé droit au fait : il avait acquis, par hasard, plusieurs toiles d'Andrée, sa fille, avait été « subjugué par sa patte, sa science de la couleur et des contrastes les plus imperceptibles », et comptait organiser une rétrospective de son œuvre, dans l'une des plus fameuses galeries new-yorkaises, « car un tel peintre, qui, dans l'obscurité de l'anonymat et la lumière de la Méditerranée, a produit une œuvre si personnelle et si hors mode, ne peut plus rester méconnu ». Jacson avait ajouté, sans apparemment s'apercevoir que ce discours exaspérait l'ironie d'Espérance Adamantis : « Ce serait un crime contre l'Art, et contre la mémoire de votre fille, de ne pas tout mettre en œuvre pour que son talent soit enfin célébré. »

– Je l'ai pris pour un de ces Américains qui ne savent plus sur quoi spéculer, expliqua-t-elle à Becq qui l'écoutait sans un mot, ses immenses mains maigres posées à plat sur le plaid qui recouvrait ses jambes mortes. Mais il était très convaincant, assez charmant dans son style homme d'affaires. Je l'ai conduit dans la pièce où je conserve plusieurs dizaines de toiles d'Andrée, depuis toutes ces années. Quand je l'ai vu retourner les tableaux un à un, les tenir à bout de bras, les approcher de la baie pour les examiner à la lumière – quand j'ai vu l'expression de son visage, je me suis dit que, peut-être, en effet, il aimait vraiment la peinture d'Andrée. Jusqu'à présent, je croyais qu'il n'y avait que vous et moi pour l'apprécier.

– Et Pierre-Roch, dit Becq.

– Il n'y a jamais rien compris, fit Espérance avec un geste de dédain. Pierre-Roch avait beaucoup de qualités, mais il n'aurait pas distingué une croûte d'un Rembrandt. C'était profondément un homme d'action.

– Un homme de convictions, corrigea Becq.

– Si vous voulez, concéda-t-elle. Quand on fait de la politique, il n'y a pas de différence entre les convictions et l'action. Je parle bien sûr des hommes comme lui. Quand on voit aujourd'hui ce qui se passe autour du pouvoir... Tout ce climat infect de courtisanerie générale, et d'affairisme sordide... Dire qu'il avait appelé à voter Mitterrand contre Giscard ! Il a bien fait de mourir, je crois. Il n'aurait jamais supporté d'avoir pris position en faveur du nouveau Badinguet.

Elle mâchonna énergiquement son fume-cigarette.

– Au fait, et votre fils Didier ? Il paraîtrait qu'il est très bien en cour ? Qu'on parlerait de lui pour la succession de ce pauvre... comment s'appelle-t-il déjà ? le garde des Sceaux ?

– Laissons Didier de côté, voulez-vous ? Moins je le vois, moins on m'en parle, mieux je me porte. Vous évoquiez ce Canadien et son goût pour les toiles d'Andrée...

– Oui, reprit Espérance. Il m'a demandé d'en prendre une trentaine en dépôt, pour cette exposition new-yorkaise. Je me suis dit : pourquoi pas ? Qu'est-ce qu'on risque à tenter la chance ? Deux jours plus tard, un camion venait prendre celles qu'il avait choisies. Je n'ai plus entendu parler de rien jusqu'à il y a une dizaine de jours. Jusqu'à ce qu'on m'accable de demandes d'interview. Un critique du *Monde*, un autre d'*Art Press*, des Américains, des Japonais, une véritable émeute. Ils ne vous ont pas contacté, vous ?

– Je ne sais pas. Il y a longtemps que je ne décroche plus le téléphone.

Espérance se leva du divan où elle était assise et s'approcha lentement de la toile – *Calme blanc* – qui était accrochée au mur du bureau.

– Vous en avez combien dans l'atelier du dernier étage ? Une centaine ?

– Environ.

– Eh bien, il va falloir prendre des mesures radicales, mon gendre, pour les mettre à l'abri. Après cette exposition à New York, les tableaux d'Andrée sont montés à des cotes faramineuses. Insensées. Et les primes d'assurances aussi, par conséquent. Figurez-vous qu'assurer les toiles d'Andrée que j'ai à Marseille me coûterait beaucoup plus cher que l'assurance des *Oliviers*. Comme vous allez vous retrouver, *de facto*, devant le même problème pour celles qui sont ici dans l'atelier du dernier étage, et que, selon les dispositions testamentaires d'Andrée, nous nous partageons tous les trois la propriété de ses toiles, vous, ma petite-fille Marianne et moi, j'ai pensé que nous devrions les regrouper et les mettre en lieu sûr. Ce Canadien, Jacson, m'a proposé les services d'un établissement, ici, à Paris, où elles seraient entreposées dans les meilleures conditions de conservation et, point crucial, où il prendrait en charge les frais d'assurance.

– Sur le principe, je n'y vois pas d'inconvénient, dit Becq. Mais j'aimerais savoir ce que ce Jacson exige en contrepartie ?

Espérance Adamantis, ses lunettes en demi-lune sur le nez, examinait de très près *Calme blanc*.

– Curieux, murmura-t-elle. Depuis combien de temps cette toile est-elle dans votre bureau ?

– Depuis toujours. Depuis que nous habitons ici. Andrée l'a peinte lors de notre voyage en baie de Naples.

– Elle n'en a jamais bougé ? insista-t-elle en se dirigeant vers les tentures qui masquaient la fenêtre la plus proche.

– Si, se rappela-t-il. Il y a quelque temps, Nadège s'est mis en tête de la faire nettoyer. Elle l'a apportée à un restaurateur, pendant quelques jours. Vous ne m'avez pas répondu : quel marché vous a proposé Jacson ?

– Rien que de très raisonnable, dit-elle en ouvrant d'un coup sec les tentures. Cinquante pour cent des droits de reproduction dans le monde entier.

La lumière des vitres tomba de biais sur la toile, révélant l'éclat de ses bleus, de ses gris, de ses blancs. Assurant ses lunettes sur l'arête de son nez, Espérance retourna l'examiner.

– Si vous estimez que c'est raisonnable, fit Becq d'une voix lasse. Je me fie à vous. Tout cela me dépasse. Je regrette simplement qu'Andrée ne soit plus là pour profiter de ce succès.

– Pardon ? Vous disiez, Pierre... ?

Espérance avait décroché le tableau. Elle le retourna, l'apporta près de la fenêtre, hocha la tête.

– Alors, comme ça, Nadège l'a fait nettoyer ?... Très radical, comme nettoyage.

– La toile est abîmée ? s'inquiéta Becq.

– Au contraire, elle est toute fraîche. Elle sent presque encore la térébenthine.

Becq fit rouler son fauteuil pour s'approcher d'Espérance et de la fenêtre.

– Que voulez-vous dire ?

– Que c'est un faux. Pas trop mal exécuté, d'ailleurs, mais c'est difficile de copier le style d'un artiste inconnu. Le faussaire a raté son coup.

– Vous êtes sûre de ce que vous affirmez ? dit Becq en tendant les mains vers le tableau, que lui confia Espérance et qu'il se mit à examiner de près.

– Regardez le châssis. Andrée fabriquait elle-même ses châssis. En bois d'olivier. Une sorte de signature familiale. Celui-là est un châssis comme on en trouve partout.

Becq déposa le faux *Calme blanc* sur ses genoux. Il ne se demandait pas pourquoi Nadège, sa bru, avait fait exécuter une copie. Il avait seulement le sentiment atroce qu'elle lui avait volé l'un de ses plus chers souvenirs – une partie de lui-même.

– Un faux, murmura-t-il. Qu'est-ce qui lui a pris ?

– Il lui a pris qu'elle est sans doute mieux renseignée que vous, Pierre. Elle a voulu faire une affaire.

Espérance retira ses lunettes, les rangea dans la poche de son tailleur et ficha son fume-cigarette entre ses dents.

– Je descends, dit-elle.
– Où allez-vous ?
– Avoir une petite conversation avec votre bru.

Une bonne sri-lankaise lui ouvrit la porte de l'appartement des Chastel-Becq. Espérance trouva Nadège dans le salon, occupée à prendre des notes dans un petit carnet à couverture rouge. A l'entrée de la vieille femme, elle le ferma brusquement et, plaquant sur son visage rond un sourire de commande, elle se leva pour l'accueillir.

– Restez assise, lui dit Espérance. Vous avez encore changé de bonne ? Où est passée votre « perle portugaise » ?

– Elle me volait. Je l'ai surprise avec deux cuillers d'argent dans la poche.

– Vous faites passer votre personnel de maison à la fouille ? C'est ce qui s'appelle une bonne gestion du ménage, Nadège. On devrait généraliser cette pratique.

Nadège, accoutumée au ton ironique et parfois virulent de la vieille Adamantis, accentua son sourire et se rassit. Espérance resta debout devant elle, triturant le tube de son fume-cigarette.

– Comme je vois que vous êtes intransigeante sur l'honnêteté, je ne vais pas y aller par quatre chemins, ma chère. Qu'avez-vous fait du tableau qui se trouvait dans le bureau de mon gendre ?

Le sourire de Nadège se figea. Pourtant, elle ne cilla pas, ses yeux étincelants braqués sur la vieille femme qui la toisait, le fume-cigarette au coin des lèvres.

– Vous parlez de celui que j'ai fait nettoyer ?

– De celui que je n'ai pas reconnu.

– C'est normal. Il avait pris tant de poussière et de fumée de cigarette...

– Ma chère, vous me prenez peut-être pour une imbécile, moi je vous prends pour ce que vous êtes.

Nadège lissa des deux mains le devant de sa jupe.

– C'est-à-dire ?

– Une arriviste quelque peu hystérique. C'est ma définition, elle vaut ce qu'elle vaut, nous n'allons pas gloser là-dessus. Je n'ai pas l'intention de m'attarder. Je vous laisse une semaine pour restituer la toile de ma fille. Après, ce sera la police.

– Espérance, je...

Mme Adamantis tourna les talons.

– Une semaine, ma chère. Pas un jour de plus. Au fait, lança-t-elle alors que la bonne sri-lankaise la précédait à petits pas dans le couloir, songez à déclarer cette gamine. Que l'épouse du futur garde des Sceaux de notre brillant gouvernement de gauche emploie des domestiques au noir, vraiment... Quel piteux exemple.

XXIII

On papotait. On se bécotait les joues. Tout le monde était venu à Neuilly. On se bousculait à l'entrée de l'hôtel particulier des Casagrande : les *happy few* des nuits du Palace et des Bains, les demi-stars de la musique, du cinéma, de la publicité, bref le fretin habituel des feuilles people des magazines, quelques jeunes pilotes de Formule 3000 chaperonnés par leurs patrons d'écurie et leurs *girls-friends* aux fémurs interminables et aux jupes courtes, des échotiers se chamaillant au buffet, et les indispensables paparazzis planquant aux fenêtres du voisinage ou à l'abri précaire des massifs du jardin. Une vraie fête très parisienne. Ils étaient très peu à se rappeler, ou à avoir jamais su, qu'on fêtait les vingt ans de Thomas Casagrande.

Colignon, cependant, lui claquait deux bises près des oreilles.

– Bon anniversaire, mon coco. Tu es resplendissant. Le célibat te va bien.

Il lui montra Régine qui, dans son éternelle combinaison moulante (jaune d'or, ce soir-là), faisait son entrée au bras de Nelson Cavalheiro da Cruz.

– Tu l'as invitée quand même ? Tu n'es pas rancunier. Tu sais qu'on s'est fait gruger tous les deux ? La petite salope. Elle me l'a piqué sous le nez, le Nelson. Comme ça, ajouta-t-il en claquant les doigts. Tu te cherches une autre fiancée, maintenant ?

– Ce n'est pas à l'ordre du jour.

– Pense à moi. Je serais merveilleuse en soie et dentelles blanches.

Un jeune pilote vint serrer la main de Thomas et lui présenter son top model personnel, une grande perche aux yeux de faon, au cou de girafe. Colignon leva les yeux au ciel et s'éloigna dans la foule. Il alla saluer Jasmine qui, en retrait, observait les invités arrivant sans cesse par les grandes portes-fenêtres ouvertes sur le jardin.

– Quand refait-on des photos, Jasmine ? Vous n'avez jamais été aussi belle. Depuis quelques semaines, j'ai l'impression que vous rajeunissez.

Elle lui sourit sans répondre et, à peine eut-elle posé son regard sur lui, par politesse, elle se remit à surveiller l'entrée. Colignon n'avait pas cherché à la flatter : elle avait minci, ces derniers temps, et son visage comme son allure s'en étaient aiguisés – les gestes étaient plus vifs, le dos plus droit ; ses pommettes, amaigries, acérées, soulignaient l'éclat immobile de ses yeux de chat. D'un léger mouvement du menton, elle désigna à Colignon un couple qui se frayait un passage dans le salon.

– C'est Marianne Villedieu ? Qui est avec elle ?

– Bernard Valmer, un biologiste. Futur prix Nobel, peut-être.

– Valmer ? J'ai connu un Valmer.

– Ah oui ? Sa famille est de Marseille, comme vous. C'est sans doute la raison.

– Il est un ami de Thomas ?

– Nous jouons au tennis ensemble.

Il eut l'envie de lui parler plus longuement de Bernard Valmer, mais il comprit qu'elle ne l'écoutait pas. Il s'éloigna vers le buffet, cherchant des yeux le jeune biologiste, curieux de savoir ce qu'il faisait en compagnie de la petite épouse de Villedieu.

Bernard, mal à l'aise parmi cette foule jacassante, avait gagné un coin tranquille, sous une volée de l'escalier. Il y vit une grande photographie représentant une jeune femme saisie dans le flou dynamique d'une sorte d'envol au-dessus d'un perron. Marianne, qui était allée embrasser Thomas, revenait vers lui. Il la trouva encore plus ravissante que d'habitude, comme si sa beauté naturelle et sa fraîcheur gagnaient plus d'éclat à se frotter aux séductions factices des invités people de la réception. Il ne s'était rendu à l'invitation de Thomas que lorsqu'elle lui avait dit aller aussi à cet anniversaire. Jusqu'à ce soir, ils ne s'étaient rencontrés que clandestinement. Il espérait, sans vraiment se l'avouer et sans penser aux conséquences, que ce soir-là ils auraient l'air d'un couple. Alors qu'il s'apprêtait à lui souffler à l'oreille un « je t'aime » d'adolescent, elle s'arrêta à quelques mètres de lui, riant et parlant avec animation avec deux jeunes crétins en marinière Jean-Paul Gaultier. Elle avait ce regard brillant d'excitation et de joie animale dont il avait cru, jusqu'à cette seconde, qu'il n'était réservé qu'à lui. Il lui en voulut, comme d'une trahison.

Peu après, quand elle fut enfin à son côté, il lui mit la main sur le bras, avec une tendresse maladroite et possessive. Elle lui sourit, une expression de surprise dans les yeux, et recula doucement l'épaule. Vexé, il retira sa main.

– Tu as vu Thomas ? bougonna-t-il.

– Oui. Il m'a demandé pourquoi je n'étais pas avec Emmanuel.

Il se rembrunit davantage.

– Parce que ton mari va venir ?

– Thomas et lui sont amis depuis dix ans. Bien sûr qu'il va venir.

Par réflexe, elle jeta un regard panoramique sur les invités, comme si elle y cherchait Emmanuel. Bernard baissa la tête et enfonça les mains dans ses poches.

– Bon. Alors il vaut mieux que je m'en aille.

Vérifiant d'un rapide coup d'œil que personne ne pouvait l'entendre, elle lui murmura :

– Ne fais pas l'ours, mon ours. J'ai envie que tu restes. J'aurai peut-être quelque chose de très important à te dire.

– Pourquoi tu ne le dis pas tout de suite ?

– Pas ici. Pas maintenant. Attends qu'on soit partis.

– Non.

Il quitta leur semblant d'abri sous l'escalier et commença à se frayer un passage parmi les invités. Elle le suivit, s'efforçant de garder contenance – afin que personne ne croie qu'elle le pourchassait.

– Bernard...

Il fit celui qui n'entendait pas. Il faufilait sans précaution ses larges épaules entre les groupes, qu'il bousculait parfois. Il était furieux. Jaloux. Il n'aurait pas dû venir ici. Qu'est-ce qu'il s'imaginait ? Qu'elle allait s'accrocher à son bras toute la soirée ? Et pourquoi pas l'embrasser en public ? Il s'était fait des illusions. Elle ne quitterait jamais son mari – jamais pour de bon. Marianne n'était qu'une petite greluche qui trompait avec lui son ennui et son besoin puéril d'attention trois fois par semaine, à heures fixes, voilà tout. Il franchit les portes-fenêtres, se retrouva sur la courte terrasse surplombant le jardin. Marianne le rattrapa.

– Ne t'en va pas, je t'en prie.

– Pourquoi ? Tu n'as pas besoin de moi ? Va t'amuser avec tes amis, en attendant ton mari.

Elle ouvrit de grands yeux, puis elle rit.

– Tu es jaloux ?

Il haussa gauchement les épaules, fit un pas vers le jardin.

– Ça te fait plaisir ? Tant mieux.

Il mettait le pied sur la première marche du perron. Elle vint se placer devant lui, le retint par le bras. Il abaissa le regard sur cette main qui s'agrippait à lui.

– Attention, ironisa-t-il, ne me touche pas : tu vas te faire repérer.

Elle secoua la tête, comme si elle n'en revenait pas de tant de sottise.

– Tu es insupportable, tu le sais, monsieur l'ours ? Tu crois que je ne t'aime pas ?

– Si. Le mardi, le jeudi et le vendredi, de trois heures à six heures de l'après-midi. Maintenant, lâche-moi, je rentre chez moi.

– Je n'ai pas l'intention de te lâcher. Jamais. Il va falloir que tu t'y fasses.

Il avait beau s'obliger à ne pas la regarder, il ne pouvait résister au ton de sa voix, joueur, enfantin et charmeur. Il grogna, vaincu d'avance mais faisant celui qui se défendait encore :

– Alors raconte-moi ce que tu avais à me dire de si important.

– Tu ne seras plus fâché ? sourit-elle tout en lui pinçant l'avant-bras. Sale vieil ours mal embouché.

– Aïe ! fit-il, entrant dans son jeu et exagérant la douleur – déjà reconquis et prêt à tout lui pardonner, comme un enfant amoureux d'une trop charmante chipie.

Elle rit, se haussa sur la pointe des pieds, approcha sa bouche de l'oreille de Bernard et lui chuchota :

– Ce n'est pas encore sûr... Mais, peut-être, probablement, sûrement que...

Elle retomba brusquement sur ses talons et s'exclama, à mi-voix :

– Attends. Voilà Emmanuel.

Villedieu venait de pénétrer dans le jardin. Bernard l'aperçut qui remontait l'allée. Sans réfléchir, poussé par la colère et un sentiment d'impuissance, il dit : « Tu vois bien ? Tu ne peux même pas me parler » et dévala les quatre dernières marches du perron. Il garda le menton obstinément baissé en croisant Villedieu pour n'avoir pas à le saluer. Marianne, debout sur les marches, les regarda passer sans un mot l'un près de l'autre. Jamais elle n'aurait imaginé pouvoir détester Emmanuel comme à cet instant.

– Tu es déjà là ? Tu as vu Thomas ? lui dit-il en la rejoignant.

– C'était toi que je voulais voir, répliqua-t-elle.

Les mots avaient jailli comme d'eux-mêmes. Elle n'avait rien prémédité. Mais elle sut aussitôt qu'elle irait jusqu'au bout. Et vite. Tout de suite. C'est tout ce qu'il méritait.

– Ah, bon ? Tu as changé d'avis ? grinça-t-il. Tu te rappelles enfin que je suis ton mari ?

– Oui. Et c'est pour ça qu'il va falloir divorcer.

Pris de court, il ne répondit pas immédiatement. Il toucha son crâne chauve, ses yeux errèrent vers les portes-fenêtres et les silhouettes des invités.

– Tu crois que c'est le moment d'en parler ?

– Ici, au moins, je suis tranquille : tu ne me sauteras pas dessus.

Il soupira.

– D'accord... Excuse-moi pour l'autre jour.

– J'espère en tout cas que tu as bien pris ton pied, parce que c'était la dernière fois que tu me touchais. On va divorcer, Emmanuel.

– Comme ça ? Sur un caprice ?

– Je crois que je suis enceinte.

– Quoi ? Tu te fous de moi ?

Il s'avança tout contre elle, menaçant, en rage. Désemparé.

– Tu *crois* que tu es enceinte ? D'abord, on est enceinte ou on ne l'est pas. Qu'est-ce que c'est que cette histoire ? Et même si c'est vrai, pourquoi tu voudrais divorcer pour ça ? C'est complètement con !

– Tu n'es pas le père, Emmanuel. J'aime quelqu'un.

Sous le choc, il recula, se retrouva deux marches en arrière. Il dut lever la tête pour regarder Marianne, qui lui sembla tout à coup étrangère. Ennemie. Désirable.

– Tu as un amant ?

– J'ai ma vie.

Ces brèves syllabes le cinglèrent comme une gifle.

– Tu crois que je vais me laisser faire ? Que je vais te laisser partir comme ça ?

– Tu n'as pas le choix, Emmanuel.

Tout est dit, pensa-t-elle. Elle lui tourna le dos et rentra dans la maison.

***

Les mains dans les poches, le dos voûté, Bernard Valmer remonta le passage Saint-Ferdinand encombré de voitures de sport et de grosses berlines allemandes. Plongé dans ses pensées, il ne prêta pas attention à la Maserati garée à l'angle de la rue Pierret.

Assis dans l'ombre, au volant du bolide italien, Arjuna le vit passer, hésita, choisit de le laisser partir. Il devait avoir une discussion avec lui, obtenir une explication : pourquoi le jeune scientifique, contrairement à sa promesse, n'avait-il toujours pas appareillé sur le *David-Arcas* ? Mais ce n'était ni le lieu ni le moment. Tout en gardant les yeux sur le rétroviseur, où la silhouette de Bernard s'éloignait le long des façades, il décrocha son téléphone de voiture.

La sonnerie retentit longtemps. Enfin, une voix aiguë, à demi couverte par le brouhaha de conversations nombreuses, lui répondit. Il demanda à parler à Thomas Casagrande.

– Mais c'est qu'il est occupé ! Il fête son anniversaire !

– Je sais. Prévenez-le qu'Arjuna veut lui parler.

– Arjuna ? Vous êtes le prince Arjuna ?

– Oui. Pouvez-vous avertir Thomas ?

– Tout de suite !

Arjuna, tout en patientant, tira un minuscule écrin de la poche de sa veste et le fit tourner entre ses doigts.

– Arjuna ? C'est vous ? Ne me dites pas que vous avez trouvé un prétexte pour me faire faux bond, fit la voix d'adolescent de Thomas.

– Je ne vous le dis pas. Je suis près de chez vous, rue Pierret.

– Alors venez vite ! Jasmine a fait faire un énorme gâteau, comme si j'avais huit ans, et je vais devoir souffler les bougies devant tout le monde !

Arjuna examinait distraitement l'écrin.

– Thomas, donnons-nous rendez-vous dans l'impasse.

– Pourquoi dans l'impasse ? Rejoignez-nous !

– Je suis venu pour vous, Thomas. Uniquement. Je dois repartir aussitôt.

Arjuna raccrocha, remit l'écrin dans sa poche et sortit de la Maserati. La soirée était douce, un peu brumeuse. On entendait comme de très loin l'animation de la fête. Les mains derrière le dos, Arjuna remonta le passage Saint-Ferdinand. Il atteignait la grille quand Thomas y apparut. Le jeune homme sortit du jardin et vint à lui.

– Vous ne tenez qu'à moitié vos promesses, dit-il. Je comptais bien vous présenter à mes amis.

– Je vous estime trop pour exhiber notre amitié, murmura Arjuna.

Il mit la main à sa poche, la ressortit, tendit le poing fermé vers Thomas, et déplia les doigts sur l'écrin minuscule.

– C'est pour toi. Prends-le.

Troublé par ce tutoiement soudain, le jeune homme regarda alternativement le visage d'Arjuna et sa main dans laquelle reposait l'écrin. Il le saisit entre deux doigts, comme un objet fragile et de grande valeur.

– Ouvre-le.

Thomas obéit. Il y découvrit une bague d'or, sertie d'une pierre grisâtre et informe.

– Elle ne vaut rien en elle-même, dit Arjuna. Ce n'est qu'un caillou.

Déconcerté, Thomas sortit la bague de l'écrin et la passa à l'auriculaire de sa main gauche, tandis qu'Arjuna poursuivait :

– Pourtant je ne possède rien d'aussi précieux, ni d'aussi rare. Cette pierre, je te la confie. Bientôt tu en sauras la valeur.

Le jeune homme contemplait sans comprendre cette petite pierre qu'en un autre temps – dans une autre vie, le jour de leurs fiançailles – David Arcas, qui ne possédait rien, avait reçue de Jasmine, qui ne possédait pas davantage.

– Quoi qu'il arrive entre nous – qu'un jour, par exemple, tu me haïsses –, souviens-toi que je t'ai fait ce cadeau.

Sur ces mots, il s'en alla.

– Arjuna !

Mais la haute silhouette sombre du prince ne se retourna pas.

Revenant à la grille du jardin, Thomas tomba sur Jasmine qui en sortait. Il comprit qu'elle avait surpris sa conversation avec Arjuna quand, étrangement bouleversée, elle lui prit les mains et les examina. Elle vit le caillou berbère monté en bague. Avançant les doigts, elle fit le geste de le lui reprendre, se ravisa et dit, très vite :

– Retourne auprès de tes invités. Je te rejoins.

– Maman ! Qu'est-ce qui se passe ?

Elle franchit la grille et se mit à courir à petits pas le long du passage. Elle retrouva Arjuna alors qu'il ouvrait la portière de la Maserati.

– Il faut qu'on parle, lui dit-elle.

Il la dévisagea, impénétrable, et referma la portière.

– Comme vous voulez.

– Tu n'as pas besoin de me vouvoyer.

– Vous croyez ?

D'un geste, il l'invita à l'accompagner. Ils marchèrent un moment sur le trottoir de la rue Pierret sans prononcer un mot. Ce fut elle qui brisa leur silence.

– Pourquoi as-tu donné cette pierre à mon fils ?

– Je suis trop riche pour faire de somptueux cadeaux. Cela n'aurait aucun sens.

– Pourquoi cette pierre ?

Ils firent quelques pas sans qu'Arjuna répondît.

– J'ai connu un jeune homme, dit-il enfin, qui aimait une jeune fille. Simple et banale histoire. Ils allaient se marier. Le jour de leurs fiançailles, elle lui a donné ce caillou, comme elle lui aurait confié toute sa vie avant lui, ses parents et leur mort, le souvenir et le regret de son pays natal, son enfance – comme elle s'apprêtait à lui donner son corps et ce qu'il prenait pour de l'amour.

– Elle l'aimait, murmura Jasmine, avec force.

Sa voix était rauque. Elle frissonna. Elle croisa les bras sur sa poitrine, les mains accrochées à ses épaules.

– Elle le croyait, peut-être, dit Arjuna. Comme il a cru, plus tard, qu'elle l'attendrait.

– Tu n'as... *David* n'a jamais donné de ses nouvelles.

– Il était en prison.

– Il s'était évadé.

– On l'avait enlevé. Pour d'autres prisons, bien pires.

– Elle ne le savait pas.

– Du fond de ses prisons, il ne savait pas non plus ce qu'elle devenait. Il lui a fait confiance. Tout simplement. Il n'a jamais imaginé qu'elle pourrait ne pas l'attendre.

Jasmine s'arrêta net, enfouit un instant son visage dans ses bras croisés. Arjuna lui demanda si elle avait froid ; elle secoua la tête avec agacement (« Non. ») et, comme ils avaient atteint l'extrémité de la rue, il tourna les talons et repartit vers l'entrée du passage Saint-Ferdinand. Après une hésitation, Jasmine lui emboîta le pas.

– Et est-ce qu'il pourrait imaginer qu'elle s'est sentie trahie ?

– Trahie ? Pourquoi ?

– David avait été arrêté. Il s'était – ou elle *croyait* qu'il s'était évadé. Elle a espéré pendant des semaines, pendant des mois, qu'il lui ferait signe. Qu'il viendrait la chercher. Qu'il s'arrangerait au moins pour qu'elle sache comment le rejoindre. Et rien. Pas un signe. Pas un mot.

Les mains croisées derrière les reins, Arjuna la fixa de ses yeux pâles, puis, détournant la tête, reprit sa marche. Elle le suivit, un pas en retrait.

– Elle s'est mariée, dit-il de sa voix la plus atone, un an après leurs fiançailles et peu après elle était enceinte.

– Elle avait dix-huit ans. Un an, à cet âge-là, c'est toute une vie.

– Il en avait vingt-deux. Vingt ans plus tard, il n'a toujours pas eu de vie.

– Pourquoi ? s'écria-t-elle. Est-ce que c'est ma faute ?

Ils étaient revenus à l'entrée du passage Saint-Ferdinand. Sous la lumière des réverbères, le visage d'Arjuna semblait encore plus pâle, plus spectral. Qu'y a-t-il de commun, pensa-t-elle, entre ce fantôme et le David de mon adolescence ? Comment, au premier regard, avait-elle pu le reconnaître ? Même la couleur de ses yeux semblait avoir changé – ils reflétaient la lumière, comme ceux d'un rapace nocturne, on n'y devinait aucune lueur propre, aucune sensation, aucun sentiment. Il lui fit peur.

– Non, reprit-elle, moi je ne t'ai rien fait. Je me suis contentée de vivre. Ça aussi, c'est difficile, tu sais ? Non, tu ne le sais pas. Il n'y a qu'à te regarder : tu ne vis pas, tu joues ton rôle. Tu es devenu très riche, paraît-il – tu t'es arrangé pour que tout le monde le sache. Ça ne t'est pas tombé du ciel, je suppose ? Il a fallu que tu la gagnes, cette fortune qui fascine et qui effraie les imbéciles ? Pendant ces années-là, pourquoi tu n'es pas venu me voir, me parler, me retrouver ? Qu'est-ce que tu as cru ? Que moi aussi tu me fascinerais et que tu m'effraierais ? Regarde-toi, mon pauvre David. Qu'est-ce que tu es devenu ? Je vais te le dire : une caricature de mon propre mari. Le rêve le plus fou, le plus misérable et le plus bête de Jean-Mi et de ses semblables : un type assez riche et puissant pour se moquer des autres et de leurs sentiments. Pour les broyer, si nécessaire. Un type qui n'a qu'à claquer des doigts pour que le monde lui obéisse. Eh bien, vas-y ! Claque des doigts. Qu'est-ce que tu attends ?

Arjuna l'avait laissée parler sans manifester la moindre réaction. Il était retranché en lui-même – dans « son rôle », comme lui avait dit Jasmine, et elle avait raison : tenir un rôle, voire des rôles, sa vie se réduisait à présent à ce simulacre, il était certes le premier à l'admettre.

Alors qu'il demeurait ainsi, en apparence impassible, plus « prince Arjuna » que jamais, quelque chose, lentement, s'effondrait en lui. Il avait tout fait, ce soir-là, pour ne pas rencontrer Jasmine – tout en espérant secrètement cette rencontre, qu'il voulait intime et définitive. Il s'y était préparé. Il avait choisi chaque mot qu'il prononcerait – jusqu'à cette façon de ne parler de lui-même et de Jasmine qu'à la troisième personne, comme d'une histoire qui ne le concernait plus. Il avait oublié ce simple détail : ni les sentiments vrais ni Jasmine ne seraient aussi prévisibles qu'un Champredin, un Chastel-Becq ou n'importe quel pantin rivé à ses peurs et à ses intérêts. Jasmine sans doute avait peur, sans doute pensait à ses intérêts, mais c'étaient les intérêts et les peurs d'une femme qui avait connu David Arcas et qu'Arjuna jamais n'impressionnerait. A chaque mot qu'elle prononçait, il sentit en lui les progrès rapides d'un effondrement de tout ce à quoi depuis plus de vingt ans il s'accrochait. Et, la regardant, plus guerrière encore qu'elle ne l'avait jamais été, il l'aima davantage – ou d'une manière qu'il n'avait jamais envisagée. Comme on peut aimer ce qui vous échappe et vous échappera toujours. Une liberté qu'il n'avait aucun droit de contraindre. Mais qu'il faut séduire.

C'est pourquoi il inclina la tête et lui dit, tels un hommage et un adieu – une fuite, peut-être :

– Je n'attends plus rien. Transmets mes salutations à Thomas. J'aurais aimé que tu me donnes un fils comme lui. Ç'aurait été une façon d'avoir une vie.

Il voulait lui faire comprendre que jamais, en rien, il ne toucherait à Thomas. Mais il avait tant pris l'habitude de parler à mots couverts, et ambigus, que même ses meilleures intentions passaient pour une menace, et c'est ainsi qu'elle le comprit.

– Pourquoi me parles-tu de Thomas ? Qu'est-ce que tu lui veux ? Laisse-le tranquille ! Tu entends ? Je ne veux pas que tu lui fasses du mal ! Je ne veux plus que tu le voies ! Tu ne l'aimes pas. Toi, ou ton *personnage*, êtes devenus incapables d'aimer qui que ce soit.

Elle lui parut si agressive – « si chienne défendant son chiot », pensa-t-il – que, tout en l'admirant de se battre, même inutilement, de la sorte, elle le blessa plus sûrement qu'en l'accusant de jouer un rôle. « Tout ce qui est humain m'est étranger », avait-il dit un soir à Nadège Chastel-Becq. Il croyait plaisanter – à froid. Mais, au fond, que connaissait-il des sentiments « humains » ? Pour lui, tout comportement se réduisait à quelques lois simples et cyniques régies par le même méprisable principe : l'intérêt. C'était ce que Kagan lui avait appris. Pourtant, depuis vingt ans, malgré tout, il avait exclu Jasmine de ce principe. Il se rendit compte qu'il ne parvenait pas à décider si l'attachement féroce qu'elle avait pour Thomas était de l'ordre de l'intérêt ou des sentiments. *Il ne savait tout simplement plus ce qu'était un sentiment.* Et n'en éprouvait, tout à coup, que face à Jasmine – qui le lui refusait.

– Pourquoi me parles-tu comme ça ? demanda-t-il.

– Parce que tu me fais peur.

Elle l'aurait giflé, il ne se serait pas senti plus humilié, plus mal compris – plus mal aimé.

– J'ai eu tort, murmura-t-il. Nous n'aurions jamais dû nous revoir.

Il lui tourna brusquement le dos et ouvrit la portière de la Maserati.

– David...

Oui, se dit-il, c'est de la peur qu'il y a dans sa voix. Elle est comme les autres. Tant pis pour elle.

A cet instant, Marianne Villedieu, accompagnée de Thomas et de Colignon, déboucha du passage Saint-Ferdinand. Thomas aperçut Arjuna et Jasmine.

– Ah ! vous êtes là. Marianne doit rentrer chez elle, sa grand-mère est tombée subitement très malade. Son père vient de téléphoner. On a appelé un taxi.

Arjuna estima la situation en un coup d'œil. Agir. Se couler dans le cours des événements qu'il avait lui-même mis en branle. Quant au reste – les « sentiments » –, non, ce n'était pas, ce n'était plus pour lui.

– Montez, dit-il à Marianne en faisant le tour de sa voiture et en ouvrant la portière passager. J'irai plus vite qu'un taxi.

La jeune femme hésita. Colignon la prit par le bras et l'entraîna vers la Maserati.

– Le prince a raison, lui dit-il. Partez avec lui.

Marianne s'assit dans le siège baquet. Colignon claqua la portière, tandis qu'Arjuna, de l'autre côté, s'installait au volant.

– Rue des Saints-Pères ? demanda le prince.

Marianne tenait les poings fermés sur ses cuisses. Les yeux écarquillés, elle regardait droit devant elle.

– Oui... Dépêchez-vous, s'il vous plaît. Ma grand-mère est en train de mourir.

XXIV

Ils cernaient le lit où Espérance Adamantis agonisait. Ils ne savaient quel parti prendre. Pierre Becq, qui avait fait rouler son fauteuil à son chevet, lui tenait la main. Il ne parvenait pas à croire qu'une femme si active, si énergique, puisse mourir. Son fils, Didier Chastel-Becq, s'ennuyait vaguement, debout au pied du lit. Il n'avait jamais eu la moindre amitié pour cette vieille femme à la langue trop bien pendue. Il trouvait agaçant de devoir la veiller comme si elle avait compté pour lui. Nadège, les yeux plus étincelants que jamais malgré la faible lumière d'une lampe de chevet, serrait fermement un verre contre sa poitrine. Elle hésitait encore à l'offrir à la mourante. Il aurait fallu la toucher, lui parler, soulever sa tête livide et décoiffée, porter soi-même le verre à ses lèvres. Saroyan, le médecin de famille, était perplexe. Il n'avait jamais vu de tels symptômes : un relâchement complet des muscles qu'on ne constatait que dans certaines phases de sommeil ou sous l'effet de puissants psychotropes, combiné à une accélération folle des battements du cœur. Les yeux ouverts, la vieille femme semblait pourtant inconsciente, comme si rien du monde extérieur ne pouvait s'imprimer sur sa rétine.

Marianne arriva à l'appartement alors que, dans le couloir, Barroise entraînait Nessie vers l'office et qu'il se débattait en glapissant :

– Lâche-moi, salope ! J'veux voir crever la vieille ! J'veux voir crever la vieille !

Accompagnée d'Arjuna, Marianne entra dans la chambre. Elle eut un premier mouvement de recul : la pénombre, l'attitude des présents évoquaient une veillée funèbre. Didier, son frère, puis Nadège vinrent la prendre dans leurs bras, sous l'œil attentif du prince qui était demeuré dans l'embrasure de la porte. Marianne s'écarta doucement de l'étreinte appuyée de sa belle-sœur et alla retrouver son père au chevet d'Espérance dont elle prit la main inerte et tiède.

– Grand-mère...

– Elle ne t'entend pas, lui dit Becq.

Les yeux noirs de la vieille femme restaient fixés sur le plafond. Seule y tremblait la lueur de la lampe.

– Comment est-ce arrivé ?

– Nous bavardions dans mon bureau, vers minuit. Elle paraissait en pleine forme. Elle avait bu son doigt de cognac, comme tous les soirs à cette heure-là. Tout à coup, d'une seconde à l'autre, elle s'est figée au milieu d'une phrase. Sa tête est retombée sur sa poitrine. Puis elle s'est effondrée. J'ai appelé Barroise.

Cependant, Arjuna s'était approché, serrant brièvement la main à Chastel-Becq et à Nadège. Il s'arrêta au pied du lit.

– Attends, murmura soudain Marianne. Elle revient à elle.

La main d'Espérance avait bougé dans celle de sa petite-fille. La vieille femme cligna lentement des paupières. Son visage, jusqu'alors étrangement détendu, se crispa autour des lèvres, puis se tourna centimètre par centimètre en direction de Marianne. Son regard avait recouvré un peu de sa vivacité narquoise. Elle remua les lèvres.

– Grand-mère... Ne t'en fais pas, tu vas aller mieux...

Espérance parvint à esquisser ce qui parut un sourire et à chuchoter, dans un souffle :

– Je dois te parler...

Chastel-Becq se rapprocha vivement du lit. Nadège également, le verre toujours serré sur sa poitrine.

– Elle se réveille, dit-elle d'une voix anxieuse.

Arjuna jeta un bref coup d'œil à son profil – les lèvres pincées, le menton tendu vers l'avant, le regard scrutateur. Saroyan, le médecin, se fraya un passage jusqu'au chevet de la vieille femme. Il examina ses yeux, sortit un stéthoscope de sa poche. D'un faible geste des doigts, Espérance lui fit signe que c'était inutile.

– Docteur, souffla-t-elle, dites-leur... de sortir... un moment... Je veux parler à ma petite-fille...

Saroyan n'eut pas le cœur de refuser. Il savait qu'il ne lui restait que peu de temps à vivre. Il invita tout le monde à sortir de la chambre et poussa lui-même le fauteuil de Becq dans le couloir. Là, Arjuna lui toucha le coude et l'entraîna à l'écart.

– Quel est votre diagnostic ?

– J'ai d'abord pensé à un infarctus, répondit Saroyan, préoccupé. Mais les symptômes ne coïncident pas.

– Oui, murmura Arjuna, cette curieuse narcolepsie... Cela me rappelle certains cas que j'ai eu l'occasion d'examiner, en Chine, il y a quelques années.

– Vous êtes médecin ?

– Cela m'arrive, sourit Arjuna. Ces Chinois présentaient les mêmes symptômes que Mme Adamantis. Or, ils étaient sous l'emprise d'une drogue. Très rare. Un aphrodisiaque extrêmement puissant qui a la particularité de combiner à cet effet une relaxation nerveuse et musculaire tout à fait spectaculaire.

– Très bien, fit Saroyan en haussant les épaules. Mais j'imagine mal Mme Adamantis user de ce type de... de stimulant, pas vous ?

– Moi non plus, c'est pourquoi je me permets de vous en parler. Un seul milligramme de trop, et la drogue en question se transforme en un poison mortel.

Le médecin haussa à nouveau les épaules.

– Vous insinuez qu'on l'aurait empoisonnée ? Avec un aphrodisiaque chinois introuvable ? Vous plaisantez ?

– Je m'interrogeais seulement. Excusez-moi.

Arjuna inclina la tête et laissa là Saroyan. Chastel-Becq s'était avachi sur un canapé du salon. Le regard dans le vague, il avait allumé le téléviseur, qui diffusait des images de chasseurs, de chiens, de gibier traqué. Régulièrement, il se frottait les narines, puis l'oreille. Quant à Nadège, elle était demeurée derrière la porte de la chambre, comme aux aguets. Au fond du couloir, on distinguait la silhouette maigre, noire et blanche, de la vieille domestique Barroise. Immobile. Arjuna passa près du juge Becq, le salua sans que le vieillard, prostré, s'en aperçoive, et s'en alla.

– Nous n'avons jamais parlé de ta mère, toi et moi.

Espérance formait les mots avec difficulté mais précision. Elle employait tout ce qui lui restait de forces à ce qu'elle savait être les derniers mots qu'elle dirait à sa petite-fille. Marianne, des larmes roulant sur ses joues, était penchée vers ce visage dur qui l'effrayait tant quand elle était enfant et qu'elle avait tant aimé ensuite.

– J'ai été sotte... Je me suis toujours défiée des confidences... De la sensiblerie...

– Ça ne fait rien, grand-mère. Je sais que comme moi tu n'as jamais oublié maman.

– Oui... Tu sais, j'avais ses toiles, aux *Oliviers*. Toutes ces années, il ne s'est pas passé un jour sans que je les contemple... Je m'enfermais dans la pièce, je retournais quelques tableaux et je restais là, assise... C'était ma façon d'honorer sa mémoire... Comme une prière quotidienne... Avec elle aussi, je n'ai jamais assez parlé...

– Je suis sûre qu'elle t'aimait.

– Peut-être... Il est trop tard, maintenant... Écoute, reprit-elle en refermant faiblement les doigts sur la main de Marianne, les toiles d'Andrée sont à ton père et à toi désormais...

– Grand-mère...

– Oui, je vais mourir... Il fallait bien que ça arrive un jour ou l'autre ? Ne sois pas triste... Essuie-moi ces larmes...

Marianne lui obéit.

– C'est bien... Je voudrais maintenant que tu me fasses une promesse...

– Tout ce que tu voudras...

– Tu vas hériter des *Oliviers* et des huileries Adamantis. Fais-en ce que tu veux... Vends-les, cela t'achètera une liberté... Mais les toiles de ta mère, je ne veux pas que tu les vendes... Elles valent des fortunes aujourd'hui, ton père t'expliquera... Malgré tout ce qu'on t'en proposera, je veux que tu les gardes. Il ne faut pas qu'on les disperse... Je ne supporte pas l'idée qu'on en fasse des objets de spéculation, adjugés au plus offrant... Ce sont nos souvenirs, à toi et moi, toute une part de l'âme d'Andrée. Tu me comprends ?

– Je comprends.

– Bien...

Les traits austères, les rides profondes de son visage se détendirent. Elle parut soudain, non pas plus jeune, mais sans âge. Dans un soupir, elle répéta : « Bien », et ses yeux se fermèrent. Marianne serra très fort dans les siennes la main d'Espérance.

– Je te jure, je te jure que je tiendrai ma promesse. Je ne vendrai pas les tableaux.

Le visage d'Espérance était calme et reposé. Ses doigts s'étaient ouverts. Elle ne respirait plus. En larmes, Marianne ajouta, d'une voix cassée :

– Et si j'ai un enfant, je te promets qu'il ne les vendra pas non plus...

Marianne alla à la porte de la chambre. Elle avait séché ses larmes. Derrière le battant, elle tomba sur Nadège, dont les yeux brillants, écarquillés, se braquèrent sur elle avec une intensité qui la mit mal à l'aise. Elle se dirigea vers son père, s'accroupit devant son fauteuil roulant. Elle n'eut pas besoin de prononcer un mot. Il hocha douloureusement la tête et lui caressa les cheveux.

Ils veillèrent le corps. Le docteur Saroyan signa le certificat de décès et, après avoir présenté ses condoléances, reprit sa sacoche et partit. A la porte de l'appartement, il croisa Emmanuel Villedieu. Il lui serra la main et répéta sa formule de condoléances.

Quand Emmanuel entra dans la chambre mortuaire, Becq, Nadège, Chastel-Becq et Marianne se recueillaient autour du corps. Didier, son beau-frère, leva la tête et vint l'accueillir. Marianne passa près d'eux sans un mot. Elle quitta la pièce ; elle ne voulait pas voir son mari, ni lui permettre de partager son chagrin.

Il la rattrapa dans le salon où elle s'était réfugiée. Il vint près d'elle, qui refusait de le regarder, et récita des phrases de circonstance. Elle ne lui répondit pas. Elle alla se poster à une fenêtre, feignant d'observer les lumières des rares voitures du carrefour.

– Je sais que le moment est mal choisi, dit-il, mais j'aimerais qu'on reprenne notre discussion de tout à l'heure chez les Casagrande.

– Il n'y a rien de plus à dire.

– Tu m'as mis devant le fait accompli, Marianne. Je ne vais pas divorcer de toi comme ça, sur un coup de tête que tu regretteras.

– J'ai pris ma décision. Laisse-moi maintenant.

– Ce genre de décision, ça se prend à deux. Moi je ne veux pas divorcer. Tu m'entends ?

Elle appuya son front à la vitre froide. Il fit quelques pas nerveux dans le salon.

– Qu'est-ce que tu me reproches, après tout ? Est-ce que je t'ai fait du mal ? Est-ce que j'ai fait quoi que ce soit qui mérite qui tu m'en veuilles ? Bon, c'est vrai, je suis rarement là. Mais, tu peux me croire, souvent je me passerais bien de partir aux cinq cents diables... Les aéroports, les avions, les hôtels, je commence à en avoir ma claque.

Elle ne réagissait pas. Il avait l'impression de plaider face à un mur.

– Marianne, reprit-il sur un ton faussement enjoué, tu sais que le journal a été racheté par Arjuna ? Maintenant on n'a plus de problèmes financiers, je vais pouvoir me consacrer à plein temps à la rédaction en chef. On est sur le point de recruter de nouveaux journalistes, c'est eux qui partiront en reportage, je n'aurai plus besoin de tout faire moi-même. Laisse-moi le temps de mettre tout ça en place, et je serai là tous les soirs, avec toi, on se réinventera une vraie vie de couple.

Elle ôta son front de la vitre et se retourna.

– Arrête, Emmanuel.

– Je t'offre de tout reprendre à zéro. Tu ne veux pas me laisser une chance ?

– Je ne t'aime plus.

C'était énoncé comme un fait indiscutable. Il rougit d'humiliation et de colère.

– Pourquoi ? s'énerva-t-il. Tu en aimes un autre ? A cause de cette histoire de grossesse ? Tu ne sais même pas si tu es vraiment enceinte !

– Ne crie pas. Ce n'est pas le moment et ça ne sert à rien.

Il essaya de se calmer, de parler posément.

– Bon, et même si tu es enceinte ? Tant mieux. Ce sera notre enfant.

Elle eut un sourire de lassitude et de mépris.

– Arrête ça, Emmanuel. Tu deviens pitoyable.

Piqué au vif, il perdit tout contrôle de lui-même ; il se précipita sur elle et la saisit brutalement par le bras.

– D'abord qui c'est ce type ? Comment il s'appelle le connard avec qui tu baises derrière mon dos ? Je le connais, cet enfoiré ?

Elle se débattit, se dégagea, le gifla. Il porta la main à sa joue, fit un pas de côté.

– Fous le camp, gronda-t-elle. Fous le camp...

Les yeux dans les yeux, ils s'affrontèrent en silence. A cet instant, il n'y avait plus que de la haine entre eux. Elle n'avait qu'une envie : le voir disparaître à jamais. Quant à lui, il ne songeait plus qu'à lui faire du mal. Le plus de mal possible.

– Tu ne l'auras pas comme ça, ton divorce, fais-moi confiance.

Il recula vers la porte. Avant de la franchir, il répéta, comme une déclaration de guerre :

– Oui, fais-moi confiance...

Elle resta un moment près de la fenêtre. Elle se sentait vide, sale, faible. Les images et les mots se mêlaient dans son esprit : sa grand-mère, Emmanuel, les promesses, les menaces, la douleur et les cris. Cette scène sordide... Et l'impossibilité de croire que sa grand-mère était morte. Morte – qu'est-ce que ça veut dire ? Tout à l'heure elle me parlait, j'entends encore sa voix, je sens encore la douceur de ses doigts, leur chaleur... Elle posa la main à plat sur son ventre. Est-ce que je porte une vie ?

Le téléphone sonna, près d'elle, sur un guéridon. Elle sursauta.

– Allô ?

– C'est moi.

– Bernard ?

– Je sais qu'il est très tard, mais je ne pouvais pas dormir. Depuis qu'on s'est quittés, à Neuilly, je tourne en rond chez moi. Je crois qu'il est temps de mettre les choses au point entre nous. Nous ne pouvons pas continuer comme ça.

Le combiné contre l'oreille, elle retourna à la fenêtre. Les lumières de la nuit. Je suis fatiguée, pensa-t-elle.

– Continuer comment, Bernard ? Explique-moi.

– J'en ai assez qu'on se cache. J'en ai assez de te voir seulement à heures fixes, de ne pas pouvoir t'emmener où je veux, comme je veux, de faire toujours attention à ce que personne ne sache que...

– Que quoi ?

– Que je t'aime. Que tu m'aimes aussi – enfin, je crois.

– Je t'aime, oui. Je t'aime. Mais ça ne te suffit pas, hein ?

– Je *veux* qu'on devienne un couple, Marianne. Un vrai couple.

– Je le sais, Bernard.

– Tu le sais ? Tu le sais mais tu ne fais rien pour que ça arrive.

– Ah bon ?

– J'ai définitivement compris, ce soir : tu ne divorceras jamais de ton mari. Très bien. C'est ta vie, tu la mènes comme tu l'entends. Mais tu dois comprendre que, moi, ça ne me suffit pas. Je ne veux plus être seulement ton amant de cœur, ta récréation. Donc j'ai pris une résolution.

Elle ouvrit la fenêtre. La rumeur *crescendo decrescendo* des moteurs entra dans le salon – et la fraîcheur humide de la nuit.

– C'est bien, Bernard. Il faut prendre des résolutions dans la vie. C'est ce que m'a toujours répété ma grand-mère.

Il y eut un court silence au bout du fil. Puis la voix agacée de Bernard demanda :

– Tu te moques de ce que je te raconte ? Tu me trouves ridicule ?

– Non.

Après un nouveau silence, Bernard dit :

– Je crois qu'il vaut mieux qu'on se sépare, Marianne. Qu'on cesse de se voir. Jusqu'à ce que tu aies pris une décision.

– Tu sais, répondit-elle, il m'est arrivé quelque chose tout à l'heure : ma grand-mère est morte. Presque dans mes bras. Je tenais beaucoup à elle. J'ai besoin de te voir. Même si c'est la dernière fois. Je serai au Drugstore Saint-Germain dans une demi-heure. Viens si tu veux.

Et elle raccrocha.

Bernard Valmer gara sa voiture devant la devanture éteinte de la bijouterie Chaput. Il était trois heures du matin. Le carrefour Saint-Germain-rue de Rennes était presque désert. Quelques jeunes types minces erraient sur le trottoir. L'un d'eux lui emboîta le pas et lui sourit. Bernard détourna la tête, gêné, et entra dans le Drugstore.

Marianne l'attendait à une table. A part elle, il n'y avait personne, sinon un serveur aux yeux cernés. L'embrasser ? Il n'osa pas. Il s'assit en face d'elle. Elle jouait distraitement avec une pochette d'allumettes.

– Je ne savais pas, pour ta grand-mère commença-t-il gauchement. Tu aurais dû me le dire tout de suite. Ne pas me laisser parler. Je suis désolé, j'ai été... con. Voilà. Con.

En quelques mots maladroits, spontanés, il l'avait, sans le savoir, non seulement reconquise, mais rassurée. Elle posa la pochette d'allumettes et leva les yeux. Elle regarda son menton, ses pommettes, son front, ses cheveux noirs décoiffés. Il est beau – et davantage encore parce qu'il ne le sait pas. Est-ce que je l'aime ? J'ai cru aimer Emmanuel, aussi, et puis...

D'une voix douce, prévenante, il lui posa des questions sur sa grand-mère. Est-ce qu'elle était malade ? Que s'était-il passé ? Le cœur avait lâché ? Il lui parla de son propre père, qui était mort d'un infarctus. « Il paraissait si solide. Il s'était tiré de tellement de situations. Je n'arrivais pas à croire qu'il soit mort. Il allait rouvrir les yeux et s'écrier, une fois de plus : "C'est reparti !" Je le croyais vraiment indestructible. » Il la fit parler d'Espérance, écouta en souriant des anecdotes minuscules, se représentant avec l'attendrissement sympathique et niais des amoureux une Marianne de cinq ans, huit ans, dix ans, jouant à chat dans le parc mal discipliné des *Oliviers*. Au bout d'un quart d'heure, elle riait de ses propres souvenirs. Elle évoquait Espérance comme elle l'avait connue et se la rappellerait toujours : une femme hors du commun, souveraine, ironique et rebelle. Elle ne mourrait jamais.

Au cours de la conversation, Bernard avait quitté sa banquette pour s'asseoir auprès de Marianne. Il la tenait serrée par les épaules, blottie contre lui, quand il dit :

– Tu devrais rentrer maintenant. Il est très tard. Je t'appellerai de Monaco.

– De Monaco ? Tu t'en vas ?

– Je crois que ça vaut mieux. Pour toi comme pour moi. De toute façon j'ai trop longtemps reculé le départ de la mission. J'ai des responsabilités vis-à-vis de mes collaborateurs. Et aussi d'Arjuna.

Elle prit la pochette d'allumettes sur la table, se remit à jouer avec.

– Tu seras longtemps absent ?

– Six mois environ. Mais tu pourras me rejoindre quand tu voudras. Prends le temps de réfléchir.

– C'est tout réfléchi, Bernard.

Elle s'écarta de lui, se leva de la banquette. Elle jeta la pochette d'allumettes sur la table.

– Tu as raison, je dois rentrer. On y va ?

Il hésita.

– Ne le prends pas mal, dit-il. Je ne t'abandonne pas. Je dois simplement faire mon métier.

– Oui, j'ai déjà entendu ça.

Elle s'éloigna vers la sortie. Il laissa un billet sur la table et la rattrapa alors qu'elle atteignait le trottoir du boulevard Saint-Germain. Elle lui parut aussi lointaine que lorsqu'il était entré dans le Drugstore, un peu plus tôt. Il lui effleura la joue du revers de la main.

– Au fait : tu ne voulais pas me dire quelque chose, ce soir, à l'anniversaire ?

– Une autre fois.

Elle passa son bras sous le sien, se blottit contre son épaule et l'entraîna jusqu'à l'endroit où il avait garé sa voiture. Elle lui posa une bise rapide sur la joue.

– Alors, à bientôt ?

Avant qu'il ait pu réagir, elle repartit le long du trottoir. Il eut envie de la rappeler, ou de lui courir après. Il ne le fit pas. Il monta dans sa voiture, chercha dans son rétroviseur la silhouette blonde, mince et ronde de Marianne et démarra.

Lorsqu'il eut disparu après les feux de la place Saint-Germain-des-Prés, elle se retourna, revint sur ses pas, et entra dans la pharmacie du Drugstore, ouverte vingt-quatre heures sur vingt-quatre. Elle acheta un test de grossesse.

Rue des Saints-Pères, l'appartement du troisième étage était silencieux. Marianne pénétra dans la chambre mortuaire. On avait recouvert l'abat-jour de la lampe d'un foulard vert d'eau. Le juge Becq s'était endormi sur son fauteuil roulant, le menton enfoncé sur la poitrine. Didier Chastel-Becq n'était plus là. Nadège, qui n'avait pas vu entrer Marianne, était debout au chevet de la morte et ne quittait pas du regard son visage livide, dont les rides avaient disparu et les os des pommettes, du menton et du nez ressortaient, lui inventant une physionomie épurée – comme si, par-delà la mort, il ne lui restait que les signes de la qualité qui avait le plus marqué ceux qui la connaissaient : l'énergie.

Quand Marianne arriva près d'elle, Nadège tressaillit.

– Tu étais sortie ? lui demanda-t-elle.

– J'ai fait un tour. Va te coucher. Je vais veiller.

– Didier s'est occupé de tout. Les employés des pompes funèbres seront là demain vers sept heures, chuchota Nadège.

Marianne la remercia et, comme elle ne semblait pas vouloir quitter sa place, elle la prit par le bras et la conduisit hors de la chambre.

– Dors un peu. La journée de demain sera difficile.

Tout à coup, Nadège se pencha et l'embrassa sur la joue.

– Je suis de tout cœur avec toi. C'est tellement triste.

***

Elle ouvrit les yeux, regarda la pendule sur la cheminée. Sept heures moins dix. Elle avait dû s'endormir.

Marianne ne se rappela pas avoir rêvé. Elle ne se rappelait pas même avoir dormi. Mais trois heures avaient passé. Et elle avait mal aux reins, au cou. Elle se leva de son siège, vit que son père dormait toujours, la tête jetée sur le côté, la bouche entrouverte. Elle alla s'agenouiller au chevet du lit. Elle regarda le profil immobile de sa grand-mère.

– Je tiendrai ma promesse.

Deux minutes plus tard, elle s'enfermait dans la salle de bains. Elle sortit le test de grossesse de sa poche. Elle le posa sur le bord du lavabo. Elle s'assit sur le siège des toilettes.

***

Nessie, comme tous les enfants hyperactifs, dormait peu, se réveillait tôt. Ce matin-là, il avait bondi hors de son lit dès six heures. Il avait allumé le téléviseur de sa chambre. Pas encore de dessins animés. Il avait branché sa console Nintendo, fait courir et bondir le plombier moustachu Mario parmi des boules de feu. Sans conviction. Ce n'était pas ça qui l'amuserait ce matin. Il ne cessait de penser à la vieille. Celle qui était morte. Cette salope tordue de Barroise l'avait empêché de voir ça.

Il jeta la manette de jeu sur le tapis et, en pyjama, sortit de sa chambre. Pas un bruit. Il galopa le long du couloir, ouvrit la porte palière, jeta un coup d'œil. Il grimpa à l'étage supérieur.

La porte de l'appartement était ouverte. Nessie inspecta prudemment le couloir. Au cas où la salope tordue de Barroise l'attendrait. Rien que de l'imaginer, il en avait mal aux oreilles. Il n'y avait personne. Il entra, satisfait. Il allait pouvoir regarder la morte de près.

Une porte grinça. Vite, Nessie se glissa à quatre pattes entre le coin du mur et la commode. Il vit passer Marianne, « Ta », sa tante. Elle entra dans la salle de bains.

Toujours à quatre pattes, Nessie hésita. Voir le cadavre de la vieille, ça lui faisait envie. Mais il y avait peut-être plus marrant à faire, avant. C'était peut-être l'occasion. Et c'était plus excitant.

Il se glissa dans le couloir, jeta un dernier coup d'œil vers le fond – là où apparaissait toujours Barroise. Personne. Il souleva avec difficulté l'une des chaises austères du vestibule. Il la déposa devant l'entrée de la salle de bains et y grimpa. Là, en se hissant sur la pointe des pieds, il accédait à l'imposte vitrée surmontant la porte.

« Ta » était une super jolie nénette. Elle était déjà vieille – vingt ans –, mais putain elle avait des seins et un cul... Les yeux atteignant à peine la vitre de l'imposte, il regarda à l'intérieur de la salle de bains. Marianne, sur le lavabo, ouvrait une boîte. Qu'est-ce qu'elle fout ? Quand est-ce qu'elle se met à poil ? C'est l'heure de la douche, non ?

Dans la boîte, elle prit un objet qu'il ne put pas voir. Elle se dirigea vers le siège des toilettes. Nessie lâcha d'une main le bord de l'imposte. Il la fourra dans son pantalon de pyjama.

Quand Marianne fit glisser sa culotte, souleva sa jupe et s'assit sur le siège des toilettes, Nessie ferma les doigts sur son petit sexe tout dur. Il éprouva une sensation de plaisir et de honte à la fois – comme chaque fois que sa mère, le soir, débarquait à l'improviste dans sa chambre et le surprenait en train de...

Mais à quoi elle joue ? C'est quoi, ce machin ?

A son grand étonnement, « Ta » tenait entre les doigts une espèce de bâtonnet et elle *pissait dessus*.

Elle est tarée. Qu'est-ce qui lui prend ? Il eut envie de rire.

« Ta » égoutta le bâtonnet, l'examina en fronçant les sourcils, puis l'enfila dans un étui transparent. Elle se remit debout, se reculotta et posa l'étui et son bâtonnet sur la tablette du lavabo. Les bras croisés, l'air soucieux, elle resta là, sans bouger, à les contempler.

Nessie retira la main de son pantalon de pyjama. Lui aussi se mit à regarder de tous ses yeux ce mystérieux bâtonnet. Qu'est-ce que c'est que cette histoire ? Petite expérience de chimie amusante ? Sûrement. Il est en train de changer de couleur... Trop marrant.

***

Ce fut un sentiment de joie. Aussitôt. Une joie paisible. Marianne remit le test de grossesse dans son emballage en carton. Elle entendit un raclement, puis un choc – bois contre bois – dans le vestibule. Elle n'y prêta guère attention. Elle se regarda dans le miroir : à peine l'ombre ocrée de cernes sous les yeux.

– Voilà, dit-elle à son reflet. Tu es enceinte.

Elle ne s'interrogea pas sur ce qu'elle ferait à présent. Tout était devenu clair, simple, évident. Elle sortit de la salle de bains et se dirigea vers le salon. La scène que lui avait jouée Emmanuel lui revint tout à coup. *Fais-moi confiance*. Ses menaces. Elle n'éprouvait plus aucun remords. Ni rien pour lui. Depuis qu'elle l'avait épousé, sa vie lui semblait bloquée, sans issue. Juste l'ennui de l'attendre, et de se savoir sa femme. Sans avenir personnel. Brusquement, parce qu'un bâtonnet de carton avait changé de couleur, elle s'était retrouvée. Tout allait recommencer. Une autre vie. La sienne, enfin. Et celle de l'enfant.

Elle décrocha le téléphone et composa le numéro de Bernard. Après trois sonneries, la voix de son amant, son amour – le *père* – récita : « *Je ne suis pas là pour l'instant. Veuillez laisser un message après le bip.* » Déçue, elle laissa passer quelques secondes de silence. Enfin elle dit :

– C'est moi. Tu te rappelles que j'avais quelque chose à te dire, ce soir ? Je crois que c'est le moment. C'est une grande nouvelle.

Elle raccrocha. Est-ce qu'il était déjà parti ? Pour Monaco, son bateau, l'océan Indien ? Tant pis. Je le poursuivrai jusque là-bas, s'il le faut. Mais le besoin de confier la « grande nouvelle » n'était pas assouvi. Elle quitta le salon et alla dans le bureau de son père.

Becq ne dormait pas. Il avait roulé son fauteuil jusqu'à la fenêtre. Sa vieille radio diffusait en sourdine le deuxième mouvement du concerto de Schubert, *Der Tod und das Mädchen*. Il lui tendit la main. Elle vint la prendre et lui posa un baiser sur la tempe.

– Je viens t'annoncer quelque chose.

Il lui palpa l'épaule, affectueusement.

– Je sais, Marianne. Tu vas quitter ton mari.

– Comment as-tu deviné ?

– Je vous ai entendus, cette nuit. Il n'avait pas l'air d'accord. Es-tu certaine de ta décision ?

– Oui. Encore plus maintenant.

– Pourquoi ?

Alors qu'elle s'apprêtait à lui répondre, le téléphone sonna. Becq fit un geste d'ennui.

– Laisse.

– Non, j'y vais. C'est peut-être les pompes funèbres. Leurs employés devraient être là depuis un moment.

Elle alla décrocher l'appareil qui était enfoui entre des piles de livres et de dossiers. Elle reconnut aussitôt la voix de Bernard. Elle se posa la main sur le ventre.

– Je viens d'avoir ton message, dit-il. J'allais prendre mes bagages, mon avion est dans moins de deux heures. Tu... Tu voulais me parler ?

Becq roulait son fauteuil vers la porte du bureau, pour la laisser seule. D'un signe, elle lui demanda de rester.

– Oui, Bernard. J'ai d'abord voulu être sûre avant de te dire quoi que ce soit. Maintenant je sais. Je suis sûre.

– Je t'écoute.

Elle sourit. Elle regarda Becq, attendit qu'il lève les yeux à son tour et lui rende son regard.

– Mon père est là, dit-elle. Il va entendre tout ce que je vais te dire, Bernard. C'est aussi à lui que je veux annoncer la nouvelle. Vous êtes les deux hommes que j'aime.

– Oui ?

Becq soutenait le regard de sa fille avec une soudaine curiosité. Elle prit une inspiration et annonça :

– Voilà : je suis enceinte. Enceinte de toi. Nous allons avoir un enfant, Bernard.

Becq poussa son fauteuil jusqu'à sa fille, à laquelle il prit la main. Il lui souffla :

– Qui est-ce ?

– Mon père me demande qui tu es. Je peux te présenter à lui ?

– ... Bien sûr... Excuse-moi, mais... mais c'est vraiment une grande nouvelle.

– Tu es heureux ?

– Oui. Enfin, je ne sais pas... Qu'est-ce que tu comptes faire ?

– Divorcer. Je l'ai annoncé à Emmanuel, hier soir.

– Eh bien... Ça fait *deux* grandes nouvelles.

Elle mit la main de Becq sur son ventre.

– Papa, lui dit-elle, le père de ton petit-fils ou de ta petite-fille s'appelle Bernard Valmer. Il est le plus grand spécialiste au monde d'une boue microscopique dont je ne me rappelle jamais le nom (le néodyme quelque chose...), il est beau, il est doux, il est timide, et je suis amoureuse. Il part aujourd'hui dans l'océan Indien, du côté de chez les Papous, mais tu le rencontreras peut-être avant la naissance du bébé, qui sait ?

Becq lui fit signe de lui passer le téléphone. Marianne, avant d'obéir, persifla :

– Mon père va te parler. Ne perds pas tous tes moyens, s'il te plaît.

– Bonjour, dit Becq quand elle lui eut passé le combiné. Je suis le père de Marianne. Je veux juste vous poser une question. Aimez-vous vraiment ma fille ?

– ... Oui... Oui, je l'aime.

– Alors pourquoi partez-vous à l'autre bout du monde quand elle a le plus besoin de vous ?

– J'ai des obligations professionnelles...

– Bernard, je ne vous connais pas mais votre nom me dit quelque chose. Vous êtes apparenté à Jean Valmer, de Marseille ?

– C'était mon père.

– Nous n'avions pas les mêmes idées, lui et moi. Mais c'était un homme que j'estimais, qui savait prendre ses responsabilités, quoi qu'elles lui coûtent.

– Ne vous en faites pas, monsieur, l'interrompit Bernard. Je ne vais pas abandonner votre fille.

– Bien. Qu'allez-vous faire ?

– Repassez-moi Marianne, je vous prie.

Becq rendit le combiné du téléphone à sa fille.

– Bernard ?

– Écoute-moi bien : dans une demi-heure j'aurai défait mes bagages, appelé le Musée océanographique à Monaco et reporté ma mission. Au moins pour neuf mois.

– Le bébé sera né avant.

– Tu lui as choisi un nom ?

– Pas déjà ! Je viens juste de...
– Et si on le baptisait Néodyme ?
– Bernard...
– Ça ne te plaît pas, « Néodyme » ?
Elle rit. Becq aussi, par simple contagion, par simple affection pour sa fille. Parce que Espérance venait de mourir, qu'il en était triste et que la vie, déjà, prenait sa revanche.

***

Ce matin-là, Nadège se leva plus tard que d'habitude. Didier dormait encore, sur le dos, bouche ouverte. Un mort, pensa-t-elle. Il ressemble déjà à un mort. Elle enfila ses chaussons et sa robe de chambre et alla à la salle de bains.

Nessie était accroupi dans la baignoire. Tenant d'une main un bâtonnet de carton, il l'arrosait d'un jet d'urine jaune clair. Horrifiée, elle se précipita sur lui, le gifla – c'était la première fois de sa vie qu'elle se permettait ce geste – et lui arracha des doigts le test de grossesse.

– Où as-tu trouvé ça ? cria-t-elle. Où ?

Sous la violence du coup et l'effet de surprise, Nessie était tombé sur le côté, se pissant sur les genoux. La joue lui cuisait – et l'orgueil. Jamais sa mère ne l'avait touché auparavant. Il pleura des larmes de rage et glapit d'une voix stridente :

– C'est Ta ! C'est Ta ! Elle a pissé là-dessus tout à l'heure et ça a changé de couleur !

Nadège ne lui demanda pas comment il avait pu surprendre sa tante à une telle occupation. Elle n'y pensa même pas. Elle tournait le bâtonnet de carton de tous côtés. Ses yeux étincelaient.

Marianne. Elle est enceinte. Encore un. Un de plus. Elle l'a fait exprès.

– C'est la faute à Ta ! gémit Nessie. J'ai voulu faire comme elle, moi...

Nadège le saisit sous les bras et l'attira contre elle.

– C'est sale, mon amour. Tu sais ? C'est sale, ce que font ces grandes filles... Il ne faut pas les imiter. Ta, elle est comme grand-père. Elle nous déteste.

– Lui, il est vieux et il est moche.

– Oui. Et il est malade, il n'a plus de jambes, il n'aime pas les enfants. Il ne t'aime pas.

– Vieux con.

– Hou, le vieux con, fit Nadège d'une voix sans intonation. Le vieux con malheureux.

– Il est malheureux ?

– Oui. Très. Il voudrait mourir, tu vois ? Il serait moins malheureux s'il était mort.

– Alors pourquoi il meurt pas ? Il a qu'à mourir.

– Parce qu'il lui manque le courage. Il faudrait que quelqu'un l'aide. Quelqu'un qui l'aime assez.

– J'l'aime pas. Tu l'aimes, toi ?

Nadège lui déposa une bise sur le front.

– Non. Mais je voudrais l'aider quand même...

XXV

Ce week-end-là, à Trouville, face au rivage embrumé de la Manche, dans une petite villa à colombages que Champredin avait achetée quelques années plus tôt et où il n'avait jamais mis les pieds, Régine avait décidé de « ferrer » Nelson Cavalheiro da Cruz. Jusque-là, elle l'avait exhibé partout ; il était très décoratif, très photogénique, quelquefois impulsif – il avait récemment bousculé un paparazzi trop « collant », mais l'incident n'avait fait que redoubler l'attention de la presse à scandales pour leur couple. Tout bénéfice. Elle ne lui accordait que des baisers destinés aux photographes et s'était arrangée pour ne jamais se trouver dans la pénible obligation de coucher avec lui. Mais elle allait devoir bientôt conclure les contrats de la *Fashion Factory* et, après un briefing en compagnie de son père, elle avait dû se rendre à l'évidence : si elle voulait se marier avec Nelson, il lui faudrait auparavant « aller au sacrifice ». Le jeune homme s'exaspérait ; il dissimulait de plus en en plus mal sa frustration. Régine ne tenait pas à se le faire souffler sous le nez par une de ces nymphos toujours poudrées à la coke qui commençaient à lui tourner autour dans les soirées.

Ce week-end-là, à Trouville, Nelson, franchissant le seuil de la petite villa à colombages, se disait de son côté qu'il allait bientôt parvenir à ses fins. Jusqu'à présent, il y avait toujours tant de monde autour de Régine quand ils se rencontraient qu'il n'avait pu faire mieux que la serrer d'un peu près quand il en avait l'occasion, qui était rare et très vite abrégée. Il s'était prêté avec le moins de mauvaise grâce possible à son rôle de *boy-friend* pour papier glacé, mais n'avait pas l'intention de jouer éternellement les potiches, comme ce pédé de Thomas Casagrande dont il avait piqué la place. S'il y avait une chose que sa précoce expérience de petit mac lui avait enseignée, c'est qu'une femelle qu'on baise, et qu'on baise profond et bien, on en fait ce qu'on veut après. D'ailleurs, ce qu'il voulait, les magazines en parlaient dans tous leurs articles : le mariage. Pourquoi les décevoir ? Le cynisme de Nelson avait sa limite, celle de sa propre crédulité : peu accoutumé à la célébrité, il ne faisait plus guère la différence entre le portrait que dressait de lui cette presse et la réalité. Il commençait à se croire irrésistible. Et ce n'est que par un reste de prudence et le sens de son intérêt immédiat qu'il n'avait pas encore essayé de coucher avec toutes ces femelles « canon » qui se frottaient à lui lors de ses absorbantes activités de night-clubber à la mode.

En somme, ce week-end-là, à Trouville, Régine et Nelson entraient dans la petite villa à colombages avec les mêmes intentions, mais pas tout à fait le même état d'esprit. Elle comptait d'abord parler affaires, puis conclure un accord, et enfin « coucher », en guise de poignée de main entre partenaires. Lui, était bien décidé à la baiser d'abord, puis à la baiser encore, et, seulement après, à parler mariage, ce que, rompue, heureuse et reconnaissante, elle serait incapable de lui refuser. Mais la plupart des couples ne se forment-ils pas sur un malentendu ?

La nuit était tombée. Tandis que Régine déhoussait négligemment deux fauteuils et un canapé, Nelson se mit en tête d'allumer un feu dans la cheminée. Il pensait que cela ferait plus romantique ; elle pensa que ça ferait surtout de la fumée, mais ne dit rien. Ils avaient acheté chez un traiteur des amuse-gueules, un poulet rôti, une tarte au citron meringuée et du champagne. Régine installa tout cela sur une table basse, avec des assiettes, des couverts et des verres. Puis, vautrée dans un fauteuil, elle attendit, la paupière lasse, que Nelson, stupidement accroupi devant l'âtre, eût renoncé à souffler à pleins poumons sur la flamme maigre et rétive du foyer.

Ils dînèrent. Régine mangeait à grandes bouchées, comme un animal affamé. Les repas étaient l'une des rares occasions où elle perdait son air de statue. Nelson, qui avait des théories très convaincues sur « les femmes », la regardait avec satisfaction retrousser les babines et planter ses belles dents blanches dans la volaille : « Grosses mangeuses, grosses baiseuses », se disait-il. Quant à elle, elle ne se disait rien : elle dévorait. Chaque chose en son temps. D'abord prendre des forces. La nuit promettait d'être assommante.

Plus tard, essuyant du bout de l'index une virgule de meringue au coin de ses lèvres, elle se versa du champagne et commença à lui détailler, comme devant un conseil d'administration, le business plan des *fashion factories*. Usines désaffectées à proximité de Paris, Milan, Madrid, New York, Tokyo ; poutrelles et verrières ; espace à plusieurs niveaux ; salons et bar « branché » ; vendeurs et vendeuses triés sur le volet ; vaste opération médiatique autour de l'inauguration simultanée des premières *factories* ; presse people, clientèle jet-set, etc. Il l'écouta quelques minutes, puis s'ennuya, laissa dériver son esprit – et son regard, qui estimait par avance ces cuisses, ces seins, ce ventre plat, ce corps... Elle se tut tout à coup, se pencha en avant et lui claqua les doigts sous le nez. Il sursauta.

– Où tu es, là ?

Il sourit, s'étira dans son fauteuil et cligna de l'œil.

– Avec toi, Régine. Complètement avec toi. On est bien, non, tous les deux ?

Qu'il est naze, pensa-t-elle, accablée. Il va me la jouer « petit fiancé gnangnan ».

– Ça te gênerait de te concentrer trois minutes sur ce que je te raconte ?

Il sourit de plus belle.

– Pas du tout. J'adore t'écouter. Mais je profite du moment, tu vois ? Tu te rends compte que c'est la première fois qu'on est seuls ensemble ?

– Ouais, je me suis rendu compte.

– C'est même la première fois que je te vois comme ça, au naturel. En jean et en pull, comme tout le monde.

– Et encore, fit-elle, impassible, t'as pas vu ma culotte Petit Bateau.

– Waouh ! Je demande que ça.

– Sans parler de mon soutien-gorge à baleines.

Elle se leva brusquement, prit le plat contenant les os du poulet et se dirigea vers la cuisine. Il la suivit des yeux et avala une gorgée de champagne. A quoi elle s'amuse ? Elle se prend pour qui ? Énervé, il la rejoignit dans la cuisine. Elle était face à l'évier, se passant les mains sous l'eau du robinet. Le jean la moulait à en faire craquer les coutures. Il s'approcha d'elle, lui mit les mains sur les hanches.

– Qu’est-ce que tu fais ? lui demanda-t-elle sans se retourner.

– Détends-toi.

Sa main droite se glissa sous le pull de Régine, lui caressa le ventre. Elle continuait de se laver les mains. Il se colla à elle et l’embrassa au coin de la nuque. Elle se demanda ce qu’elle allait faire. Ce qui lui faisait envie : lui balancer un coup de coude dans l’estomac et ensuite lui arracher les couilles ? Malheureusement, on ne peut pas toujours faire ce dont on a envie. La main était en train de ramper vers son sein droit.

– Menteuse. T’as pas de soutien-gorge...

De l’autre main, il défit le premier bouton de son jean. Il se colla plus fort contre ses fesses. Elle soupira. Le bord de l’évier lui faisait mal aux hanches. Bon. Tant qu’il n’aura pas eu ce qu’il veut... Mais de là à se laisser sodomiser dans la vaisselle. Elle le repoussa d’un coup de reins, se dégagea, fit un pas de côté.

– Bébé, lui dit-il, fais pas la conne, allez...

Il avait les yeux troubles. Un chien, pensa-t-elle. Tout juste s’il tire pas la langue. Elle ôta son pull en le faisant rapidement glisser par-dessus sa tête et le lui jeta négligemment. Elle avait des seins hauts, ronds, arrogants et parfaits. Elle les prit dans ses mains.

– C’est bon, ça va, ils te plaisent ? Allez, on y va.

Et elle partit d’un pas décidé vers la chambre.

Elle avait prévu une nuit assommante, ce fut un vrai cauchemar. A peine arrivé dans la chambre, il l’avait poussée sur le lit, lui avait arraché le jean. Il s’était jeté sur elle, et, les yeux au plafond, elle l’avait laissé besogner. Il avait joui très vite. Elle s’était dit : bon, c’est fait, on va être tranquille. Elle comprit très vite son erreur. Il lui chuchota : « J’avais trop envie, c’est parti tout seul. Maintenant je vais m’occuper de toi, t’en fais pas. » Accablée, elle l’avait senti rebander aussitôt, et ça avait recommencé. Le mouvement perpétuel.

Il ne la laissa pas dormir cinq minutes. Il revint à la charge quatre fois, cinq fois, six fois. Elle ne compta plus. Elle avait craint qu’il ne lui réclame de participer un peu plus activement à leur gymnastique. Mais non. C’était un primaire. Un adepte farouche du coup de reins à la missionnaire. Il ne reprenait son souffle que pour lui murmurer des crétineries du style : « Ça va, bébé, t’es bien ? C’est bon, hein ? Tu prends ton pied ? » Elle n'aurait pas été si fatiguée, si atterrée, elle lui aurait éclaté de rire au nez. A l'aube, quand il s'endormit enfin, un bras lourdement jeté en travers de ses seins, elle se fit la promesse de lui faire payer cher cette nuit insupportable.

Lorsqu'elle rouvrit les yeux, il était midi passé. Elle était seule dans le lit. Elle alla s'enfermer dans la salle de bains et se doucha longuement. Il lui semblait qu'aucun savon ne parviendrait à la débarrasser de cette puanteur de mec et de sperme. Elle enfila un jean, un tee-shirt, une chemise et un pull, et résolut de finir cette journée de dimanche en ayant bouclé tous ses projets.

Nelson n'était nulle part dans la maison. Où est-ce qu'il est passé ? Il fait un jogging sur la plage, il ne s'est pas assez dépensé cette nuit ? Elle fit une grimace. N'y pense plus, c'est fini, c'est passé. Elle mettait de l'eau dans la cafetière quand on sonna à la porte.

Sur le seuil, un livreur en blouson de cuir brandit un gros bouquet de roses rouges.

– Mademoiselle Champredin ? C'est pour vous.

Il y avait une enveloppe agrafée au papier cristal. Elle en retira la carte, jeta le bouquet sur la table basse du salon et lut :

Tu m'as donné la plus belle nuit d'amour de ma vie. Veux-tu m'épouser ?

Elle rit. C'était plus fort qu'elle. Impossible de se retenir. Elle rit, elle rit, des larmes plein les yeux. Un fou rire. Elle hoquetait :

– Le plouc... Mais quel ploouououc...

Quand Nelson rentra, quelques minutes plus tard, elle plaçait les roses dans un vase et, les yeux encore brillants, elle avait un air de gaieté flottant sur le visage. Allons, se dit-il, c'est dans la poche : un bon coup de queue et quelques fleurs, et la voilà tout humide, comme les autres.

– Ça va ce matin, bébé ?

Il vint la prendre par la taille. Elle s'écarta en douceur et lui mit le vase dans les bras.

– Merci, lui dit-elle.

– Oh, c'est que des roses. Je t'avais encore rien offert.

Il les posa sur une commode.

– Ça m'a fait très plaisir, dit-elle en lui souriant.

– Et le petit mot ? Tu l'as lu ?

– Bien sûr.

Il lui cligna de l'œil.

– Alors ?

– Alors c'est oui.

Il se tapa dans les mains de contentement.

– Vrai ? fit-il en l'attrapant par les épaules et en la serrant contre lui. Quand est-ce qu'on se marie ? Comme je te connais, je parie que tu as déjà prévu une date.

Il l'embrassa sur les lèvres, qu'elle entrouvrit juste assez pour qu'il la croie consentante.

– En premier lieu, il faudra régler certains détails, dit-elle en lui échappant et en se dirigeant vers la fenêtre.

– Comme quoi ?

– Ton père et le mien doivent se rencontrer et mettre au point les modalités du contrat.

– Quel contrat ?

– Le contrat de mariage, Nelson. Quel est le cabinet d'avocats de ton père ?

– Aucune idée.

– Peu importe. Mon père verra ça avec lui. Il faudra aussi qu'ils s'entendent pour les *fashion factories*. Je crois que ce serait mieux qu'on gère l'affaire ensemble, toi et moi, qu'est-ce que tu en penses ?

– Attends, fit Nelson que la situation prenait de vitesse, tu me proposes... de partager ton affaire ? Que j'en sois le patron, moi aussi ?

– On pourrait le dire comme ça, répondit-elle en fermant les volets de la fenêtre. A condition, bien entendu, que tu achètes ta part. Moi, poursuivit-elle en se dirigeant vers la seconde fenêtre, je vois ça comme un échange de compétences : j'apporte le concept, la presse, le noyau dur de la clientèle, les premiers investisseurs ; toi, tu apportes le reste de l'investissement et tout une autre clientèle que tu côtoies en Amérique latine, par exemple. Grâce à ton père.

– Mon père...

Il se représenta son « père » – ce vieil acteur à la parole facile. Il ne l'avait pas revu depuis la soirée chez le prince Arjuna.

– Ouais... Ouais, ça a l'air cool...

Elle ferma les volets.

– Je pense à quelque chose... Et si on organisait notre mariage *en même temps* que l'inauguration des boutiques ? Un mariage en duplex, en Mondiovision ? Je suis à Paris, tu es à Tokyo et, à New York, le maire nous déclare mari et femme ! Tu imagines la presse ? On pourra même en tirer un clip, je ferai écrire un hit par mon producteur.

Nelson en resta bouche bée. Il n'avait pas l'imagination de Régine. Ses ambitions se limitaient à mettre le grappin sur cette fille de banquier et à tirer le maximum d'avantages de cette situation. Un mariage en Mondiovision... Le maire de New York... La tête lui tourna.

Régine prit les clés de la Porsche sur la commode et les lança à Nelson. Surpris, il les laissa tomber au sol.

– On y va ?

– Où ? demanda-t-il en ramassant les clés.

– A Paris. Je vais annoncer la nouvelle à mon père. Et toi, au tien. Je pense que François lui téléphonera très vite. Mieux vaut que tu l'aies mis au courant d'abord.

– François ?

– C'est le prénom de mon père. Allez, qu'est-ce que tu attends ?

Un peu désemparé, il écarta les bras. Il cherchait à gagner du temps. Malgré son peu d'imagination, il savait très bien que « son père » n'aurait que du vent à investir dans les projets mirifiques de Régine.

– On ne peut pas rester jusqu'à demain ? Comme des amoureux.

– Laisse-moi sur le souvenir de notre première nuit, *chéri*.

Elle avait ouvert la porte. Elle était à contre-jour. Il ne put voir l'expression de son visage quand elle articula ces deux syllabes. Cela valait mieux pour lui. Il n'avait toujours « bossé » qu'avec sa belle gueule et sa queue. Il aurait pu douter de ses instruments de travail.

***

La veille des funérailles d'Espérance Adamantis, Jean-Michel Casagrande se leva tôt et alla chercher à la boîte aux lettres son courrier et les divers journaux et magazines auxquels il était abonné. Dans la cuisine « à l'américaine », il se jucha sur un siège de bar face au comptoir carrelé de rouge où Serafina, la bonne, avait préparé un bol, un pack de lait, des toasts grillés, du beurre et la cafetière. Il jeta un coup d'œil à la une du *Figaro*, du *Parisien* et de *Libération*. Des titres de politique internationale, la perestroïka et Gorbatchev. Rien à foutre. Et pourquoi s'en faire ? Si on lui posait des questions à ce sujet, son attaché parlementaire lui aurait préparé un topo. Il n'allait quand même pas lire *et* les articles des journaux *et* leur résumé en deux feuillets dactylographiés qui l'attendait à son bureau ? On n'est pas des bêtes. Il croqua dans un toast beurré et ouvrit *Ici & Maintenant*, le seul magazine à paraître dès le mardi, depuis qu'Arjuna en était devenu l'actionnaire majoritaire. Celui-là... Il avait les infos toujours avant les autres. On disait que Mitterrand lui-même se levait plus tôt le mardi, rien que pour lire *Ici*, puant encore l'encre fraîche et le ragot.

Casagrande se versa du café, le sucra généreusement, y fit tourner sa cuiller. D'un index humide, il feuilletait le magazine. Il y avait un certain plaisir à échapper aux pleines pages de pub qui caviardaient ses concurrents. Assorti de pas mal de méfiance : plus un journal vit d'intérêts commerciaux, plus les journalistes sont des hommes-sandwiches (deux grosses tranches de pub, une mince tranche d'infos), mieux on les contrôle, et tout ça sans avoir à en passer par la censure officielle. Les budgets publicitaires sont de bien meilleurs agents d'opinion que les fonctionnaires du ministère de l'Intérieur.

C'est en se complaisant dans ce cynisme matutinal que Casagrande tomba sur un entrefilet, dans les pages « Bandes-annonces », rubrique par laquelle la plupart des lecteurs d'*Ici & Maintenant* commençaient leur lecture, car, en quelques phrases allusives, elle présageait toujours des révélations, rarement cinématographiques. On disait que dans les ministères et au gouvernement beaucoup avaient cessé d'informer *Le Canard enchaîné*, trouvant plus amusant et plus « chébran » ce traitement à suspense et par épisodes. C'était une époque où la mode, en toutes matières, commençait à dicter sa loi.

Ce serait l'histoire d'un officier français. D'un « héros » de l'Afrique post-coloniale. Ou bien ce serait l'histoire d'une trahison. Celle commise par ce « héros ». Ou bien encore, ce serait l'histoire d'une tuerie. Celle d'un homme intègre, de sa femme, de leurs cinq enfants et des vingt-sept personnes de leur entourage. C'est une histoire à suivre...

Dix fois, Casagrande relut ces quelques lignes. La bouchée de toast ne passait pas. Il relut, et relut, l'entrefilet, comme s'il n'y croyait pas, comme si son obstination à revenir sur chaque phrase, chaque mot, finirait par les annuler.

– Bonjour, papa. Tu ne vas pas à Strasbourg, ce matin ?

Thomas venait d'entrer dans la cuisine. Il se hissa sur un siège au côté de son père, s'empara de la cafetière et désigna les magazines.

– Je peux jeter un coup d'œil ?

Casagrande referma vivement *Ici*, le coinça sous son aisselle et descendit de son tabouret de bar.

– Vas-y, dit-il.

Il sortit de la cuisine et monta à son bureau – son *retiro*. Dans cette pièce sans fenêtre, parmi ses boiseries sombres, ses meubles exagérément « espagnols » et ses photographies de grands de ce monde, il se sentit mieux, plus rassuré. Il ouvrit *Ici* sur sa table, lut une nouvelle fois l'entrefilet.

– Putain d'enfoiré.

Pas de doute. Ces quelques lignes, c'était la suite logique de son dernier entretien avec Champredin.

– L'enculé, grogna-t-il en décrochant son téléphone.

Il fit le numéro personnel du banquier – son appartement rue Barbet-de-Jouy. C'est Champredin lui-même qui décrocha.

– Tu as lu *Ici & Maintenant* ?

– Je ne lis que *La Tribune* et *Les Échos*. Et encore : juste les pages financières. Et jamais avant le café. Qu'est-ce qui t'arrive, Jean-Michel ?

– T'es une belle salope. Je ne croyais pas que tu irais jusque-là.

– Allons bon... Tu t'es levé du mauvais pied, on dirait... Si tu m'expliquais ?

– J'espère que tu ne t'imagines pas que je vais me laisser faire ? Moi aussi, je peux écrire à ces pédés de journalistes !

– J'imagine. C'est pas très difficile, soupira Champredin. Je vais peut-être passer pour un con, mais j'aimerais comprendre. Tu veux leur écrire quoi à propos de quoi ?

– Ces saloperies, là. Ces allusions sur Mwankumi et moi. Dans leur torchon. Page « Bandes-annonces ». C'est ignoble, c'est infect !

– Ah... C'est ça ? Cette vieille affaire... ?

– Arrête de te foutre de moi. Tu leur as tout balancé, pas vrai ?

– Jean-Michel, tu me prends pour qui ? On est des amis. Et même si ce n'était plus le cas, on a tellement d'intérêts ensemble... Jamais je ne causerais du tort à mon associé. Président de l'International Found for Emergent Countries, qui plus est.

– C'est justement ça qui m'inquiète.

– Eh bien, tu as tort, dit solennellement Champredin. Quoi que tu en penses, quoi que tu m'aies fait ou aies l'intention de me faire, je considère que notre amitié est sacrée, Jean-Michel. Nous avons vécu tellement de choses, nous partageons tant de souvenirs. Je devrais le prendre mal, que tu puisses imaginer que moi... Mais, tiens, je préfère ne plus en parler, ce n'est pas digne de nous. Nous devons nous serrer les coudes, Jean-Michel.

Après cette belle tirade sentimentale, Champredin éprouva une grande satisfaction à entendre Casagrande s'embrouiller dans des considérations et des excuses emberlificotées. Tout en marmonnant : « Mais oui, Jean-Michel, je me mets à ta place, je comprends que ces rumeurs scandaleuses t'angoissent... », il décapuchonna un stylo-feutre. Il lissa consciencieusement la page du magazine ouvert sur son bureau. Il entoura d'un cercle rouge l'entrefilet d'*Ici & Maintenant* qu'il avait lui-même suscité. Levé dès cinq heures du matin, il avait déjà préparé, de sa petite écriture pointue, le brouillon d'une prochaine lettre anonyme à la rédaction du magazine.

Il était en pleine forme. Régine, dimanche, lui avait annoncé son mariage avec le petit Cavalheiro da Cruz. La fortune se remettait à tourner dans le bon sens. Il suffisait de pousser un peu à la roue.

***

– Adieu, compagne de mon vieux compagnon... Adieu, toi qui, en des temps troublés qui ont vu tant d'esprits et tant d'âmes s'égarer sur les chemins captieux de la collaboration, as su toujours garder le cap, le cap de la conscience chrétienne, et républicaine, le cap de l'honneur et du courage, le cap...

Emmanuel Villedieu se faufila près de Thomas et lui toucha le bras. L'église Saint-Sulpice résonnait des accents enroués du dominicain qui prononçait l'oraison funèbre d'Espérance, face à l'assistance en deuil où, aux premiers rangs, parmi de vieux Compagnons de la Libération qui s'étaient déplacés en hommage à la veuve de l'un des leurs, Pierre-Roch Adamantis, on reconnaissait Edmonde Charles-Roux et d'anciens ministres gaullistes : Michel Debré, Maurice Couve de Murville, Alain Peyrefitte. La famille était représentée par Marianne et quelques cousins éloignés, venus de Corinthe. Le juge Becq avait refusé de se déplacer – « A quoi bon ces cérémonies ? Espérance les avait en horreur ». Deux bancs en retrait se tenaient Didier Chastel-Becq, sa femme Nadège et le petit Nessie qui déchirait les coins de page d'un missel qu'il avait pris à l'entrée et en faisait des boulettes que, d'un coup de pouce, il envoyait sur la nuque tantôt de Debré et tantôt de Peyrefitte. Emmanuel était arrivé en retard, exprès. Il ne tenait pas à prendre place à côté de Marianne.

D'ailleurs, il avait autre chose en tête. Et c'est pourquoi, après l'avoir repéré parmi les rangs réservés aux amis de la famille, assis entre sa mère Jasmine et l'inévitable Jean-Damien Colignon, il avait fait signe au photographe mondain de lui céder sa place et s'était approché de Thomas.

– Je peux te dire un mot ? lui souffla-t-il.

– Tout de suite ?

– Oui, s'il te plaît. Je suis pressé.

Le dominicain prenait des accents malruciens pour évoquer l'Occupation et « l'incommensurable bravoure » dont avait alors fait preuve Espérance en organisant, avec son mari, le passage de plusieurs dizaines de Juifs vers le Portugal et l'Amérique du Sud. Villedieu et Thomas se retrouvèrent dans le bas-côté de la nef. Ils se dirigèrent vers le porche, passèrent dans la chapelle des Saints-Anges que dominait la peinture de Delacroix, *La Lutte de Jacob avec l'Ange.*

– Tu as lu le dernier numéro d'*Ici* ? demanda Emmanuel.

– Non.

– Et ton père ?

– Mon père, il lit tous les journaux. Ça fait partie de son métier de parlementaire, comme il dit.

Villedieu, les yeux levés sur la peinture murale, les mains derrière le dos, chercha comment expliquer à Thomas ce qu'il était venu lui dire.

– Est-ce que tu sais comment on appelait ton père quand il était militaire en Afrique ?

– Non, il ne me l'a jamais dit.

– Tu n'as pas lu son autobiographie ?

– Toutes ces histoires, je les ai entendues dix fois à table pendant mon enfance. Et puis c'est toi qui l'as rédigée, son autobiographie.

– Ray Ban, dit Villedieu sans quitter des yeux l'ange musculeux et féminin luttant avec Jacob. En Afrique, on surnommait ton père « Ray Ban ».

– C'est marrant.

– Ce qui l'est moins, c'est ce que j'ai reçu à la rédaction ce matin. Regarde.

Thomas prit la feuille de papier qu'Emmanuel lui tendait. C'était un court texte mal dactylographié.

– Il s'agit du deuxième épisode, commenta Villedieu. Le premier, il est passé dans la rubrique « Bandes-annonces » dans le numéro paru hier. Je n'y suis pour rien, ce n'est pas moi qui supervise la rubrique.

Thomas lut :

Les informations de la semaine dernière n'étaient qu'un hors-d'œuvre. Une mise en bouche. Vous voulez en savoir plus sur notre officier français en Afrique ? Disons qu'en Centrafrique on l'appelait Ray Ban. Ça vous rappelle quelque chose ? Quelqu'un ? Disons que Ray Ban voyait souvent Bokassa. Une seule fois, c'était déjà une de trop pour un proche, si proche, de Mwankumi. Ça ne lui a pas porté bonheur, à Mwankumi. Il en est mort. Quel est votre avis ? Visionnez la cassette. Vous vous ferez une opinion.

– C'est ignoble ! s'écria Thomas. Tu publies ce genre de saloperies ?

– S'il y a un début de preuves, oui.

– La cassette ? Il y a quoi, sur cette cassette ?

– Vingt-deux secondes de film, pas davantage. On y voit ton père avec Bokassa, au bord d'une piscine – celle de son palais présidentiel, on a fait des recoupements avec d'autres films.

– Et tu appelles ça une preuve ? Enfin, Manu, c'est toi qui as écrit son bouquin, à mon père : quand tu as rédigé ce qui concerne Mwankumi et Bokassa, tu as forcément vérifié tes informations ?

– Non. Justement. J'avais vingt ans et pas un sou, c'était très bien payé, je me suis contenté de mettre en forme six ou sept heures d'interviews et de pomper les documents qu'il mettait à ma disposition.

– Attends... Si je comprends bien, tu es prêt à croire n'importe quelle dénonciation anonyme ? Parce qu'il y a dix ans, tu as empoché ton chèque sans poser de questions, tu es prêt à publier ça et sans en poser davantage ?

– Thomas... Si je suis là, avec toi, c'est que je voulais ton avis.

– Quoi, mon avis ? Mon avis, c'est que tout ça est un tissu de conneries, qu'un salopard essaie de détruire mon père en utilisant ton journal et son goût des ragots, et que tu voudrais que je te dise : vas-y, Manu, la liberté de l'information d'abord !

Après avoir jeté un coup d'œil inquiet vers la nef, Villedieu mit son index devant ses lèvres et fronça les sourcils.

– Chut... Ne t'énerve pas. Je suis de ton côté, Thomas. Sinon je ne serais pas ici. Ton père est venu me voir, tout à l'heure. Au journal.

Villedieu mit les mains dans ses poches et fit quelques pas dans la chapelle.

– Alors ? dit Thomas. Il t'a tout expliqué.

– Non. Il est monté sur ses grands chevaux, il m'a traité de tous les noms, enfin... Laissons tomber. Je lui ai proposé de faire une enquête en Centrafrique, pour contre-attaquer. Il m'a crié que, si je ne croyais pas en sa parole, en la parole d'un soldat, il ne voulait plus rien avoir à faire avec moi et qu'il m'enverrait devant les tribunaux. Il est raide, ton père.

Thomas réfléchit un instant.

– C'est ce que tu dois faire, dit-il. Une enquête. Mon père est trop fier, il ne pouvait pas l'accepter. Mais moi, Manu, je te la demande.

– Tu es sûr ?

– Comme un service. Après, n'importe qui pourra envoyer des lettres anonymes aux journaux, on aura un dossier. On réfutera tout point par point. Et tu devrais faire mener une enquête sur le salopard qui écrit ces lettres. Mon père n'a pas tellement d'ennemis, ils doivent être faciles à trouver.

Villedieu hocha la tête. Thomas était bien naïf... En politique, on a toujours bien plus d'ennemis qu'on n'en connaît. Il essaya d'éluder la proposition.

– Deux enquêtes, ça fera beaucoup pour mon journal. On a à peine assez de journalistes pour les affaires courantes et les notes de frais.

– Parles-en à Arjuna. C'est lui ton nouveau patron, non ? Les frais, il s'en moque. Je suis sûr qu'il fera ça pour moi.

***

Personne ne l'avait vu. Le prince Arjuna était entré à Saint-Sulpice par une porte dérobée de l'abside. Dissimulé derrière un pilier, il avait assisté à la fin de l'office funèbre. Cela ressemblait à un passage en revue : Marianne Villedieu et Didier Chastel-Becq – morts en sursis. Il ne manquait que le juge Becq. Nadège et Nessie – les créatures du destin, odieuses et ridicules. Champredin, sa fille Régine et le faux Nelson – si satisfaits d'eux, les inconscients, si confiants en leurs misérables manigances. Pascale – et son visage de petite fille malheureuse et faible. Casagrande n'était pas là – il ne serait jamais plus là, il l'ignorait encore, mais devait flairer déjà des relents de charogne autour de lui. La place de Thomas était vide. Pauvre Thomas. Sa seule faute est d'être né. Et Jasmine. Sa belle et sobre robe de deuil. Costume de convenance. Est-ce qu'elle a jamais porté le deuil de David ?

Le regard d'Arjuna fut attiré près du porche, où une haute silhouette en imperméable clair venait d'apparaître. Il l'identifia très vite : Bernard. Bernard Valmer. Que fait-il là ? Pourquoi n'est-il pas déjà parti, loin, dans les îles de l'océan Indien ? Il faut que je le convoque quai d'Anjou. Après avoir hésité à l'entrée de la travée centrale, Bernard Valmer tourna les talons, se retourna une dernière fois devant la porte capitonnée, puis quitta l'église. Qui connaît-il ici ? Colignon, Atlan, Thomas ?

Arjuna recula dans l'ombre de l'abside.

***

A l'amorce de la rue Bonaparte, la Rolls Royce noire l'attendait. Et, à l'intérieur, le docteur Cavalheiro da Cruz. Tazrouk démarra.

– Nouvelles fraîches ! annonça Cavalheiro.

– Je vous écoute.

– Nelson et Régine vont se marier. Ils ont décidé cela le week-end dernier.

– Souhaitons-leur beaucoup de bonheur.

– Du bonheur, ils en auront, si je me montre un « père » compréhensif. Champredin m'a téléphoné pour que nous établissions le contrat de mariage. Il est assorti d'une clause tout à fait spécifique.

– Voyons.

– Il faudrait que j'investisse – ou plutôt, que mon personnage de père investisse dans une affaire de boutiques de mode que va monter la jeune Régine.

– Combien ?

– Trois cents millions. C'est une somme.

– Vous en aurez trois cent cinquante.

– J'en étais sûr. Je l'ai dit à Nelson : aucun chiffre ne vous fait peur.

– Ces trois cent cinquante millions seront versés sur votre compte de la Banco do Brasil. En échange, vous m'établirez un chèque de trois cent quarante-neuf millions. Vous vous engagerez auprès de Champredin pour les trois cents millions qu'il réclame. Je vous indiquerai un notaire et un cabinet d'avocats qui s'occuperont des formalités. Appelez Champredin dès ce soir. Annoncez-lui la bonne nouvelle. Ai-je été clair ?

– Limpide. A part un détail.

– Lequel ?

– Trois ccnt cinquante moins trois cent quarante-neuf, il reste un. Un million.

– Faites-en ce que vous voulez. Autre chose ?

– Oui. Déposez-moi au Ritz. J'adore annoncer les bonnes nouvelles.

***

Dès le lendemain, le docteur Cavalheiro da Cruz reçut Régine et Nelson dans sa suite du Ritz. Il les accueillit d'un vibrant : « Mes enfants ! Comme je suis heureux ! », puis les prit paternellement dans ses bras, tour à tour. Il étreignit avec un plaisir particulier le corps sculptural et souple de sa future « bru ». Il avait fait servir un thé. Ils s'assirent autour d'une table à jouer où Cavalheiro avait déposé le plateau.

Après quelques préliminaires dont il fit plaisamment les frais, Régine prit les rênes de la conversation. Elle avait apporté un épais dossier – un « book », comme elle disait – et, après avoir écarté tasses et théière, elle le déploya sur la table. Elle fit un exposé en règle de son business plan, détailla prospectives et études de marché, montra des montages photographiques et des dessins représentant les divers aspects de son « concept » d'usines-boutiques-salons-bars. Cavalheiro opinait obligeamment du chef et n'écoutait pas grand-chose. Il observait tantôt cette jeune femme impérieuse et sûre d'elle, tantôt Nelson qui suivait la démonstration avec un sérieux et une concentration qui plissaient âprement ses paupières et le coin de ses lèvres.

– Voilà, conclut Régine. Je crois que c'est l'idée du siècle.

– Pour le moins, approuva Cavalheiro en souriant. Et toi, *meo filho*, quel est ton avis ?

Nelson se gratta la joue.

– Ça m'a l'air bien. Je me fie à Régine, c'est une fille qui sait ce qu'elle fait.

Il caressa la nuque de sa fiancée.

– Hein, bébé ?

Elle eut un très léger mouvement de répulsion, imperceptible mais qui n'échappa pas à l'œil amusé du vieux Cavalheiro. En revanche, Nelson, qui ne s'était aperçu de rien, se mit à lui palper l'épaule d'une main de propriétaire. Elle se dressa d'un coup, sous prétexte de ranger les pièces de son dossier éparpillées sur la table.

– Moi aussi, je me fie à vous, dit Cavalheiro. Comme je me fie à votre père. Et puis, vous avez tellement l'air de vous aimer, mes enfants. C'est une telle joie de voir un si beau couple.

Il se leva à son tour et saisit les mains de Régine. Elles étaient froides, sèches, réticentes.

– Ma chère enfant, votre bonheur sera désormais le mien. Et, comme je ne puis faire davantage que de vous aider, modestement, à réaliser vos projets, je me permets – et surtout ne me refusez pas, mon cœur de père en serait blessé – de vous offrir, en cadeau de mariage, la somme qui transformera vos désirs et tout cet impressionnant dossier en une réalité tangible et, je vous le souhaite comme je le crois, à la mesure de l'amour que Nelson et vous partagez.

Les mains de Régine enfin s'abandonnèrent à celles du Brésilien. Il les sentit se réchauffer soudain. Il se pencha sur sa joue.

– Permettez que je vous embrasse.

Elle le lui permit. Elle alla même jusqu'à le serrer dans ses bras en murmurant : « Merci. » Par-dessus son épaule, Cavalheiro regarda Nelson et, espiègle, lui cligna de l'œil.

– Je consulterai votre père pour l'établissement des contrats. Mes hommes de loi vont les rédiger immédiatement, en accord, bien entendu, avec ceux de François. Nous verrons également avec son notaire où en sont les actes de vente des usines. Je pense que ni François ni vous-même ne verrez d'inconvénient à ce que les trois cents millions que j'apporte dans l'affaire soient consacrés en priorité à l'achat des locaux de vos futures boutiques ? Je n'ai ni votre talent ni la puissance de votre imagination, mon enfant, aussi dois-je me contenter d'investir dans la pierre – ou plutôt le verre, la fonte et l'acier, si je vous ai bien suivie.

– Je m'en remets à votre générosité, dit élégamment Régine.

Cavalheiro alla tendre les mains à Nelson.

– *Meo filho*, tu vas te marier selon mon cœur. Tu ne pouvais mieux choisir. Ta femme aura la beauté, l'intelligence et la force de caractère. Je suis fier que, grâce à toi, elle devienne ma fille.

Après quoi, il les raccompagna à la porte de la suite, une main sur l'épaule de Nelson, l'autre sur la taille de Régine.

– A partir de cet instant, je m'occupe de tout, mes enfants. Vous n'avez plus qu'à vous aimer.

XXVI

Nelson rangea sa Porsche Carrera jaune deux roues sur le trottoir, devant l'immeuble de Front de Seine où Arjuna avait mis un appartement à sa disposition. Il était d'une particulière bonne humeur, après avoir quitté le Ritz. Bien que Régine ait décliné son invitation à aller « fêter ça chez lui » et lui ait rétorqué – après qu'il lui eut reproché de n'avoir plus eu « aucune nuit ensemble » depuis Trouville : « Je me garde pour notre nuit de noces. J'ai une mentalité de vierge », cela n'avait pas suffi à ternir sa satisfaction. Deux choses étaient certaines, à présent : d'abord, il allait épouser Régine et réussir un « coup » comme, il y a quelques mois encore à Casabianda, il n'en imaginait même pas ; ensuite, les trois cents millions provenaient forcément d'Arjuna, ce qui, selon lui qui n'aurait pourtant jamais donné un centime à sa propre mère, apportait une nouvelle preuve de ce dont il s'était douté dès le début : il était le fils du prince. La mascarade Cavalheiro da Cruz n'était qu'un écran de fumée, qui d'ailleurs ne l'avait pas aveuglé cinq minutes. Il sifflotait, s'apprêtant à tapoter le code d'entrée de l'immeuble, quand il flaira, derrière lui, une odeur de pastis et de type mal lavé. Je l'avais presque oublié, celui-là... Il se retourna et leva la main pour empêcher celle de Pietri de se poser sur lui.

– Comment tu m'as retrouvé ? soupira-t-il.

– Je m'emmerde toute la sainte journée. Alors je lis les torchons où tu promènes ta petite gueule. T'es pas très discret, pour un mec en cavale, Renato.

Pietri semblait avoir encore vieilli depuis la dernière fois qu'ils s'étaient vus. Il avait grossi, ou plutôt enflé – sans doute l'alcool.

– Je ne connais pas de Renato, fit Nelson.

– C'est pas grave. Moi, je le connais très bien. On partageait la même cellule à Casabianda. A l'époque, c'était un pote, presque un fils.

– J'arrête plus d'avoir des pères, persifla Nelson. Pour un orphelin, tu avoueras que c'est marrant. Qu'est-ce que tu veux, papa ?

– Le prends pas sur ce ton. On n'est que toi et moi, là. Y a pas de photographe. Ou peut-être que...

Il jeta un coup d'œil sur la rue. Nelson ne put s'empêcher de l'imiter. Les paparazzis. Va savoir où ils se planquent.

– Dans ta situation, reprit Pietri, je comprends que ce serait emmerdant qu'on te voie avec moi. Je présente mal, je te ferais du tort. Et puis, si on me reconnaissait...

– Rentrons dans le hall. Ce sera plus... intime.

– Non, non, pas question. Je suis bien, là. En plein air. Je tiens à ma santé.

– Qu'est-ce que tu crois, espèce de con ? Que je vais te buter ?

– Oh, j'crois plus rien, moi. Quand les Renato deviennent des Nelson, les Siciliens des Brésiliens, les petits enfoirés de gros enculés... Ce monde-là est pas fait pour moi.

Nerveux, agacé, Nelson tira son portefeuille de sa poche.

– J'ai presque rien comme monnaie. Deux mille balles, ça te va ?

– Putain, Renato... Je mendie pas... Tu me prends pour quoi ?

Pietri se courba en deux et se tapota le genou.

– Y a eu un temps, t'étais pas né, j'avais des jambes en or. Je te passais toutes les défenses des Bouches-du-Rhône, je te marquais de ces buts... Mon entraîneur disait que j'étais le nouveau Just Fontaine... Si un petit connard m'avait pas détruit le genou, c'est moi aujourd'hui qui aurais ta Porsche, Renato, c'est ma gueule qu'on aurait vue dans tous les journaux... J'aurais dû être une vedette. Et tu me fais l'aumône ?

– Combien tu veux ? Cinq mille ? J'peux pas plus.

– Dix mille. Allez, dix mille... Dix mille et je te fous la paix.

– Ouais... Jusqu'à la prochaine fois.

– Bah, Renato, tu crois que je te fais chanter ? C'est pas ça. Pas ça du tout. Je te demande juste un peu d'amitié.

– En billets de cinq cents.

– Les amis, ça ne calcule pas, Renato. Tu veux vraiment me vexer ?

Nelson pinça les lèvres et donna à Pietri les deux mille francs qu'il avait dans son portefeuille.

– Viens, dit-il. Il y a un distributeur à côté. On va tirer le reste.

– Ah, ouais, les distributeurs... C'est bien pratique. T'as combien de cartes ?

Ils marchèrent l'un derrière l'autre sur le trottoir, vers l'agence bancaire. Une main, sur l'enseigne, tendait un index impératif vers le sol. Nelson se plaça de telle sorte que Pietri ne pouvait voir le code qu'il composait.

– Prends ça, lui dit-il en lui tendant les billets que venait de cracher le distributeur. Et adieu.

– J'dis jamais adieu aux amis, ça porte malheur, répondit Pietri en caressant les coupures de cinq cents francs. Il faudrait pas qu'il nous arrive quelque chose. Ni à moi. Ni à toi. Surtout à toi. Avec la belle situation que tu as maintenant...

Il s'éloigna, claudiquant, le long de la façade. Avant de disparaître au coin de la rue, il se retourna et adressa un gentil sourire et un petit signe amical à Nelson.

***

– Désolé, Thomas. C'était la balle de match.

Arjuna avait glissé une amortie qui rebondit mollement à l'angle des murs et roula sur le court alors que Thomas, à bout de course, tendait désespérément la tête de sa raquette vers la petite balle noire inaccessible.

– Merde ! s'exclama le jeune homme. Comment vous faites ?

– Je m'entraîne, Thomas. Et tu devrais en faire autant. Quand on est pilote, il faut être en parfaite forme physique.

– Je le suis !

– Non. Tu transpires à peine.

Arjuna, quant à lui, dégouttait de sueur. Son tee-shirt bleu pâle avait viré au bleu foncé. Il ouvrit la porte vitrée du court de squash, laissa le jeune homme passer devant lui et ajouta :

– Élimination rapide des toxines : tout est là. Si tu veux, je te ferai rencontrer le docteur Elmyr. Il t'expliquera cela mieux que moi.

Ils passèrent au vestiaire : petite salle en marbre de Carrare, aux bancs de teck, aux douches spartiates encadrant un jacuzzi. Avec son habituelle absence de pudeur, Arjuna retira son tee-shirt et son short et, nu, entra dans l'eau qui bouillonnait. Thomas se déshabilla à son tour et s'assit prestement dans le bain à remous, gêné de sa propre nudité plus que de celle du prince. Fermant les yeux, il toucha la petite bague qu'il portait à l'auriculaire gauche.

– Quand vous m'avez fait ce cadeau, j'ai cru que nous ne nous reverrions jamais.

– Pourquoi ?

– Vous m'avez parlé d'une façon... Comme si c'était un adieu.

– Je t'accorde que je m'exprime quelquefois de manière un peu trop solennelle.

Thomas rouvrit les yeux.

– Et que représente pour vous cette bague ? Cette pierre ?

Arjuna éluda.

– Pourquoi ne veux-tu pas me tutoyer ?

– Il y a des gens qu'on ne tutoie pas.

– Et si nous étions amis, Thomas ?

– Pourquoi ? dit vivement le jeune homme. Nous ne le sommes pas ?

Arjuna se tut, fermant les yeux à son tour. Ils n'étaient pas amis, non. Comment auraient-ils pu l'être ? Lui-même avait cessé de croire l'aimer – ou de faire semblant. Depuis sa conversation, à Neuilly, avec Jasmine, il s'était dépouillé de toute dernière illusion. Peut-être aurait-il pu épargner Thomas parce qu'il était le fils de Jasmine. Tout cela – très délicate pesée mentale – tenait à très peu de chose : affaire de point de vue. Il avait suffi d'un rien – quelques mots de Jasmine – pour qu'il cesse de voir en Thomas le « fils qu'ils auraient pu avoir » et le considère dorénavant comme le « fils qu'elle a eu avec Jean-Mi » – le fils du délateur, du traître.

– Je ne te déteste pas, Thomas.

Le jeune homme éclata de rire.

– Arrêtez de jouer à l'Oriental ! On finit par ne plus savoir ce que vous pensez.

– Et si je ne le savais pas moi-même ?

– Ça m'étonnerait. Je crois que vous ne faites et ne dites rien dont vous ne soyez sûr d'avance.

– Tu me flattes. Comment va ta mère ?

– Elle a changé. Depuis mon anniversaire. Depuis la conversation qu'elle a eue avec vous. De quoi avez-vous parlé ?

Les yeux toujours fermés, le visage serein, comme tout entier concentré sur le plaisir immédiat de l'eau chaude et des remous, Arjuna ne répondit pas.

– Elle m'a posé des questions sur votre amie africaine.

– Marie des Anges ?

– Oui. En revenant de la *feria* de Nîmes, Régine lui a dit que vous aviez prétendu qu'elle était votre esclave.

– Ah oui ?

– D'après Jean-Da et Doudou, vous l'auriez « louée » juste pour vous montrer aux arènes.

– Mauvaises langues, murmura Arjuna. Tu veux la voir ?

Il rouvrit les paupières.

– Rien de plus simple.

Entre les murs de laque rouge, il n'y avait qu'un futon, au centre exact de la pièce. Marie des Anges, assise en tailleur sur le plancher, portant un jean et un tee-shirt noir où Ben avait tracé ces mots : « Esclave de l'amour », composait un puzzle aux pièces noires et blanches.

– Marie des Anges ? dit Arjuna. Tu ne connaissais pas Thomas Casagrande ?

– Nous avons échangé quelques mots au téléphone, dit Thomas. Et nous nous sommes aperçus à Hollywood.

– Vous aimez les puzzles ? lui demanda-t-elle.

– Je n'en ai pas fait depuis des années.

– Aidez-moi.

D'un geste de ses longs doigts havane, elle l'invita à s'asseoir sur le plancher, en face d'elle. Il sourit. C'était inattendu.

– Je ne suis pas très fort à ces jeux-là, lui dit-il.

– Je vous montrerai.

Thomas se retourna à demi, comme pour solliciter la permission d'Arjuna. Le prince avait disparu. Il se résolut à s'asseoir. Marie des Anges avait formé plusieurs amas de pièces devant elle, selon que le noir ou le blanc dominait parmi les figures chantournées.

– D'où êtes-vous en Afrique ?

– Je suis née près du fleuve Oubangui.

– Il y a longtemps que vous vivez en Europe ?

Elle poussa devant lui les pièces à dominante blanche. Elle commença à assembler quelques-unes des siennes.

– J'ai été élevée en Suisse à partir de l'âge de dix ans. Auparavant, j'avais passé quatre ans dans la brousse.

Il tenta maladroitement de faire coïncider les découpures de quelques pièces.

– Et avant ? demanda-t-il.

– J'ai vécu auprès de mon père. Jusqu'à sa mort.

– Vous l'avez perdu très jeune...

– Je ne l'ai pas perdu : on me l'a pris. Il a été assassiné.

Thomas ne sut que dire. Après cet aveu fait si simplement, Marie des Anges l'intimidait encore davantage.

– Mon père était le principal opposant au régime en place dans notre pays depuis le coup d'État de 1965.

Il suivit du regard les longs doigts bruns aux ongles mauves qui plaçaient les pièces du puzzle avec une facilité déconcertante.

– Il avait le grand tort, poursuivit-elle, d'être un vrai démocrate, un réformateur anti-marxiste. Il n'avait donc pas le soutien de l'URSS, ni celui de la Chine. Quant à la France, sous ses déclarations de principe, elle ne songeait qu'à une chose : préserver les intérêts industriels et commerciaux issus de la colonisation, ce que lui assurait plus ou moins le régime au pouvoir. De plus, mon père était un Haoussa. Les Haoussas sont musulmans, mon père était catholique. Et, adepte d'une restructuration totale de l'économie, il se heurtait de front aux intérêts de sa propre ethnie dont la principale activité économique est l'extraction, le commerce et souvent le trafic illégal du diamant. C'était un homme isolé. Il avait une grande autorité morale, mais finalement peu d'influence politique – ou trop d'ennemis.

« Après une tentative d'assassinat en 1970, un attentat raté l'année suivante, tous deux perpétrés par des hommes qui lui étaient proches, il s'est résolu à employer des mercenaires pour assurer sa protection et encadrer sa garde personnelle. Il a engagé un officier que le gouvernement français, ou les services secrets, mettait à sa disposition. Un homme de confiance, qui avait été formé en Afrique et qui connaissait aussi bien le terrain que les hommes.

Marie des Anges plaça trois pièces supplémentaires du puzzle. Elle parlait d'une voix sourde, factuelle, apparemment sans émotion. Thomas tournait entre ses doigts une pièce blanche, cherchant distraitement ce que sa forme lui rappelait.

– Nous vivions sur la rive nord de l'Oubangui. Dans une ancienne maison coloniale. Nous étions cinq frères et sœurs. Un instituteur faisait l'école aux plus petits, le matin. Mes frères aînés avaient un précepteur français, un homme que mon père avait connu à Paris, quand ils étaient tous deux élèves à l'École normale supérieure. Le reste du temps, nous étions laissés libres, à condition de ne jamais sortir du parc, qui était gardé par une trentaine d'hommes en treillis, la mitraillette à la hanche. Nous avions tellement l'habitude de vivre parmi eux que leur présence ne nous inquiétait pas. Nous leur faisions des farces, quelquefois. Ils ne se fâchaient pas. Sauf si l'officier français qui les commandait se trouvait dans les parages. Je me souviens qu'il portait toujours des lunettes noires et que nous le trouvions à la fois ridicule et redoutable.

« Un jour – j'avais six ans –, nous sommes allés comme tous les matins dans le vieux salon qui nous servait de salle de classe. Notre instituteur a commencé la leçon. Tout à coup, notre mère et le secrétaire particulier de mon père ont fait irruption. Ils nous ont demandé de sortir aussitôt de la pièce. Ils nous ont conduits au sous-sol. C'était là qu'en cas d'alerte grave l'officier français avait prévu que nous nous rassemblerions.

« Je n'avais pas peur. Je me chamaillais avec ma sœur Marie-Pierre. Ma mère essayait de nous faire tenir tranquilles. Le précepteur de mes frères et les membres du "gouvernement fantôme" de mon père nous ont rejoints. C'est à ce moment-là, quand ils ont ouvert la trappe de l'escalier, que j'ai entendu les coups de feu. Des rafales. Dans le parc.

« Cette fois, j'ai pris peur. Ou peut-être que c'était un nouveau jeu – je ne me rendais pas compte de ce que signifiaient vraiment ces coups de feu. J'en entendais souvent, quand les gardes s'amusaient à tirer sur les oiseaux ou, parfois, sur les singes. Ça faisait presque partie des bruits du quotidien.

Marie des Anges caressa du bout des ongles les pièces du puzzle qu'elle avait assemblées.

– Oui, reprit-elle. Ce qui m'a fait peur, peut-être, c'est le visage de ma mère et celui du précepteur français. Je les ai vus se regarder, sans un mot. Je n'oublierai jamais ce regard. Et puis ma sœur, profitant de ce que j'étais distraite, m'a tiré une natte. Elle m'a fait mal. Je lui ai donné un coup de pied, elle a voulu me le rendre et, comme elle était plus grande et plus forte que moi, je me suis enfuie.

« Dans un coin du sous-sol, on avait entassé de vieux meubles. Je m'y suis précipitée. Je suis entrée dans un placard, j'ai refermé la porte, ma sœur s'est mise à y tambouriner, j'ai reculé : le panneau du fond était si vermoulu qu'il a cédé sous mon poids. Je suis tombée à la renverse. Je me suis retrouvée sous un lit. Le sommier puait la moisissure, et la pisse. C'était dégoûtant.

Elle grimaça un sourire à cette évocation. Par politesse, et pour échapper au malaise qu'il ressentait à ce récit, Thomas émit un petit rire. Elle leva brusquement les yeux sur lui.

– J'ai entendu la trappe du sous-sol qui s'ouvrait. Des pas, dans l'escalier en bois. Et puis la voix de mon père : « Vous devrez rendre des comptes à votre gouvernement ! » C'est la voix de l'officier français qui lui a répondu : « Les comptes, ils sont déjà faits. » Et il a ajouté, en riant : « Et ton compte est bon, le nègre. »

« – Très bien, a dit calmement mon père. Dans ce cas, remontons. Nous réglerons ça entre nous. – Pourquoi veux-tu qu'on remonte ? On est bien, là. – Vous ne ferez pas ça. – Pourquoi ? – Je vous prie de me laisser remonter. – Tu crèves de trouille, hein, le nègre ? – S'il faut choisir entre vous et moi, je ne crois pas être le plus lâche. – Ta gueule ! Recule ! Descends de cet escalier !

Marie des Anges prononçait chaque réplique un peu plus vite que la précédente, les yeux rivés sur Thomas. Il n'avait jamais été si mal à l'aise de sa vie.

– J'ai entendu Marie-Pierre, ma sœur, crier « Papa ! ». Ses petits pas, si légers, qui claquaient sur les marches de bois. Et puis un fracas épouvantable. Des rafales d'armes automatiques. Je me suis recroquevillée sous le sommier. Ça n'en finissait pas. On tirait, on tirait... Et mes frères, mes sœurs, ma mère, et tous les hommes qui étaient dans cette cave poussaient des hurlements... Je tremblais de tout mon corps... Je me suis bouché les oreilles...

Elle fit le geste. Elle ne lâchait pas Thomas du regard. Puis elle écarta lentement les doigts de ses tempes.

– Ça s'est arrêté... Je n'entendais plus rien... Ça puait la poudre... L'officier français a dit : « Égorgez-les. Qu'il n'en reste pas un de blessé. » J'ai rampé sous le lit, jusqu'à ce que je touche le mur. Je pleurais, je ne pouvais pas m'en empêcher. Alors j'ai mis mes deux mains sur ma bouche. J'ai appuyé très fort. J'avais tellement peur... Et tellement honte... Parce que j'étais vivante.

« Je ne sais pas combien de temps je suis restée comme ça. Des heures, sûrement. Il y avait longtemps qu'ils étaient partis quand j'ai trouvé le courage de sortir de ma cachette. J'ai repoussé la porte du vieux placard.

« Ils étaient tous là. Vingt-cinq. Ou trente. Je ne sais pas. Il y avait du sang partout. Ma mère tenait contre elle mon dernier frère. Un bébé. Ils avaient même tranché la gorge du bébé. J'essayais de ne pas poser les pieds dans les flaques de sang. Je me concentrais sur ça, comme si c'était un jeu – comme on marche sur un trottoir en évitant les traits, les rainures... Sur les marches de l'escalier, il y avait Marie-Pierre et mon père. Ils se tenaient encore par la main. On avait égorgé Marie-Pierre si profondément qu'on lui avait presque tranché la tête...

Elle resta sans bouger, sans rien dire, durant de longues secondes. Les yeux fixes. Thomas n'osait faire un geste. Tout à coup, elle balaya d'un revers de la main les pièces du puzzle qu'elle avait assemblées et se leva. Elle fit quelques pas nerveux.

– Je suis sortie de la maison. Je n'ai vu personne dans le parc. Sinon d'autres cadavres. J'étais seule. Je ne crois pas que personne puisse se sentir jamais aussi seule au monde que moi ce jour-là. La nuit est tombée. J'ai traversé le parc. J'ignorais où j'allais. Je crois que j'allais au-devant de la mort. Je cherchais l'officier français. Je voulais qu'il me tue à mon tour. Pour que je retrouve mon père, ma famille.

« A l'entrée du parc, il y avait des soldats et des engins blindés. J'ai marché à leur rencontre. Avant d'y parvenir, quelqu'un a surgi des arbres près de moi et m'a attrapée, soulevée dans ses bras. C'était l'un des domestiques de mon père. Il était couvert de sang. Il m'a plaqué la main sur la bouche. Il m'a emportée.

« Quelques jours plus tard, nous arrivions dans son village. Perdu dans la brousse. Je ne me rappelle plus les premiers mois de mon séjour là-bas. J'étais prostrée. Je ne voyais ni ne sentais rien autour de moi. J'étais vivante mais j'étais morte. A l'intérieur.

« Et puis, peu à peu, j'ai oublié. Non : pas oublié. Tout enfoui au fond de moi. Je suis devenue une fille du village, presque comme les autres. Personne ne m'a jamais parlé de ce qui s'était passé. Je n'en parlais pas non plus. Je ne posais aucune question. Ça m'aurait fait trop mal. Ça me faisait trop peur. Comme si je risquais de basculer dans un gouffre.

– Et... maintenant ? demanda Thomas.

Elle sourit tristement.

– Maintenant, vous voyez, je peux en parler. Je *dois* en parler.

Elle traversa la chambre, et Thomas s'aperçut qu'Arjuna se tenait dans l'embrasure de la porte. Depuis combien de temps ? Elle lui prit la main et se tourna vers le jeune homme.

– Quand j'ai eu dix ans, dit-elle, un homme est venu me chercher dans mon village. Il m'a emmenée avec lui. C'était un homme silencieux, prévenant, rassurant. Il m'a redonné le goût de vivre. Il m'a appris à devenir assez forte pour affronter mes souvenirs.

Elle posa doucement sa tempe sur l'épaule d'Arjuna.

– A présent, je vais venger mon père.

***

– Voilà ton coco, ma pitchounette.

Barroise déposa le plateau du petit déjeuner sur la table de chevet.

– Alors, comment ça va, ce matin ? demanda-t-elle en allant tirer les rideaux de la fenêtre.

La lumière grise d'un jour de pluie tomba sur le lit où Marianne se redressait péniblement contre ses oreillers. Elle se frotta les yeux et fit la grimace. L'odeur du chocolat chaud lui retournait l'estomac.

– Ça va, merci, répondit-elle d'une petite voix rauque. S'il te plaît, Baba, remporte ce plateau. Je n'ai vraiment pas d'appétit pour l'instant.

– Allons, pitchounette, force-toi. Ce n'est pas bon de commencer la journée sans rien dans le ventre.

– Je le sais, Baba. Tu me le répètes depuis que je suis toute petite.

– Et j'avais raison ! Regarde comme tu as grandi, et comme tu es belle !

Marianne passa sa main dans ses cheveux emmêlés.

– Je dois avoir une tête, oui...

Elle repoussa le drap et s'assit au bord du lit. L'odeur du chocolat lui donna la nausée. Elle se leva précipitamment et alla s'enfermer dans la salle de bains.

– Si c'est pas malheureux, soupira Barroise.

Elle retapa le lit, en quelques gestes précis et brusques, tout en marmonnant des mots incompréhensibles. Elle reprit le plateau. Avant de sortir de la chambre, elle s'approcha de la porte de la salle de bains.

– Tu es malade ? demanda-t-elle. Tu veux que j'appelle le docteur ?

– Non, merci, fit la voix de Marianne à travers la porte. Je prends une douche.

Barroise quitta la chambre. Elle remonta le long couloir jusqu'à l'office. Elle déposa le plateau sur la table, prit le bol de chocolat et se dirigea vers l'évier, où elle esquissa le geste de le vider.

– Plutôt que de le perdre..., bougonna-t-elle.

Elle jeta un coup d'œil vers la porte de l'office. Comme si elle craignait qu'on la surprenne. Elle avait la réputation de suivre un régime très frugal, dont elle se vantait depuis cinquante ans et qui lui valait, selon elle, sa santé exceptionnelle. Cependant, lorsqu'elle était seule, elle avait coutume de finir les gâteaux à la crème du dessert, ou le fond des verres de cognac. Par souci d'économie, bien entendu. On ne jette pas la nourriture. Alors, « plutôt que de la laisser perdre... ».

Penchée sur l'évier, elle avala le chocolat chaud à petites gorgées gourmandes.

Marianne sortit de la salle de bains, enveloppée dans un peignoir. Depuis l'enterrement de sa grand-mère, c'était le troisième matin de suite qu'elle vomissait. La grossesse, le chagrin – elle ne savait pas. Pas plus qu'elle ne savait si elle était, si elle devait être heureuse ou triste. Tout se mélangeait. Le deuil, le divorce, son amour pour Bernard, cet enfant qu'elle portait. Elle remontait le couloir quand elle entendit un bruit sourd provenant de l'office.

Barroise gisait sur le carrelage. Marianne se précipita et s'accroupit auprès d'elle. La vieille femme avait les yeux grands ouverts, mais vides. Marianne lui souleva la nuque, lui prit une main.

– Baba ! Baba, tu m'entends ? Baba !

La vieille femme respirait calmement. Sa nuque comme sa main étaient effroyablement molles.

– Baba ! S'il te plaît, Baba, ne me fais pas ça...

Quelques minutes plus tard, Marianne avait téléphoné au docteur Saroyan, prévenu Becq et alerté Didier, son frère, qui n'était pas encore parti pour le Palais.

Dès qu'il entra dans l'office, Chastel-Becq alla s'agenouiller près de Barroise. Il lui parla, lui passa la main devant les yeux, lui toucha la joue. Elle l'avait élevé, comme elle l'avait fait de Becq lui-même quand elle était toute jeune fille, comme elle avait élevé Marianne, plus tard. Elle avait toujours fait partie de la famille. Elle lui répétait toujours : « Avec ton père et avec ta sœur, je n'avais que des satisfactions. Ils étaient si sages. Mais toi, tu étais un diable. Comme ton fils. » Il se moquait d'elle. Et maintenant qu'elle était là, sur ce carrelage, comme morte, il se rendait compte combien il tenait à elle. Sans elle, qui s'était occupée de lui après le départ de sa mère et qui tâchait toujours d'« arranger les choses », il n'aurait jamais supporté de grandir près de son père.

Nadège était entrée sur ses talons. Ses yeux brillants, fiévreux, inspectèrent rapidement la cuisine. Elle vit le plateau sur la table. Puis le bol à côté de l'évier. Becq, Marianne et Didier, anxieux, se tenaient autour de Barroise. Personne ne faisait attention à elle. Elle alla tranquillement jusqu'à l'évier. Il restait un fond de mixture brune dans le bol. Elle ouvrit le robinet et le lava soigneusement.

Les ambulanciers du SAMU arrivèrent peu après le docteur Saroyan. Ils emportèrent Barroise sur une civière, suivis par Marianne qui s'était habillée à la hâte. Chastel-Becq lui dit qu'il l'accompagnait aussi à l'hôpital, mais Saroyan, l'air préoccupé, lui demanda de lui accorder deux minutes d'entretien.

– Vas-y, fit Chastel-Becq à l'adresse de Marianne. Je te rejoins là-bas.

Lorsqu'ils furent au salon, Saroyan mit les mains derrière le dos, parut réfléchir un moment, puis, ayant choisi ses mots, lui expliqua ce qu'il appelait son « souci » : les symptômes présentés par Barroise avaient une curieuse similitude avec ceux d'Espérance Adamantis, quelques jours plus tôt. Or, poursuivit le médecin, les symptômes d'Espérance l'avaient déjà surpris en eux-mêmes, aussi avait-il procédé à quelques recherches.

– Eh bien ? demanda Chastel-Becq.

– Eh bien, tu me connais depuis longtemps, je ne fais jamais de diagnostic à la légère. J'ai donc vérifié et revérifié mon hypothèse.

– Alors ? s'impatienta l'avocat.

– J'ai découvert l'existence d'une substance très rare, et très peu connue, le *huan tui*. Ça vient d'une région de la Chine. Elle est utilisée comme aphrodisiaque, le plus souvent. Mais, à une dose à peine plus forte, c'est un poison. Mortel.

Chastel-Becq battit plusieurs fois des paupières.

– Qu'est-ce que tu essaies de me dire, Jean-Paul ? Tu es fou...

– L'absorption du *huan tui* produit très exactement les mêmes symptômes : absence totale de tonicité musculaire combinée à une hyperactivité cardiaque. Comme si la victime, plongée plusieurs heures dans le sommeil paradoxal, développait à toute allure une maladie du cœur. Et finissait par en mourir.

– D'accord, d'accord. Et ça ne peut pas se produire naturellement ?

– Non, Didier. Encore moins deux fois consécutives, à quelques jours d'intervalle, dans le même appartement.

– C'est idiot ! s'emporta Chastel-Becq. Tu es en train de me dire qu'on aurait empoisonné Espérance et Barroise ? Ici ? Qui ? Qui pourrait avoir fait un truc aussi dingue ? Moi ? Ma sœur ? Mon père ?

Sans répondre, Saroyan baissa les yeux.

– Tu te rends compte toi-même que ça ne tient pas debout ! N'est-ce pas ? insista Chastel-Becq que l'attitude du médecin décontenançait.

– Que se passe-t-il ? Pourquoi cries-tu comme ça, Didier ?

Nadège était entrée dans le salon. Un sourire de masque plaqué sur ses lèvres trop rouges, elle s'approchait d'eux. Chastel-Becq la désigna d'un geste exaspéré :

– Tiens ! Ma femme, peut-être ?

Le médecin haussa les épaules.

– Je t'ai dit ce que j'avais à te dire. Il se peut que je me trompe.

– A quel sujet ? demanda Nadège.

– Jean-Paul prétend que la grand-mère de Marianne et Barroise auraient été empoisonnées ! Ici ! On rêve !

Nadège ne manifesta rien d'autre qu'une surprise polie.

– Comment serait-ce possible ?

– C'est ce que je me tue à lui répéter !

– Expliquez-moi, Jean-Paul, demanda Nadège. Comment cette... cette idée vous est-elle venue ?

Alors que Saroyan détaillait à nouveau ce qu'il avait appris d'une certaine plante chinoise et de ses effets, le téléphone sonna. Chastel-Becq décrocha l'appareil, dit : « Marianne ? », puis écouta.

– Barroise est morte dans l'ambulance, murmura-t-il en raccrochant.

– Je vais faire un saut à l'hôpital, bougonna Saroyan.

Il reprit sa serviette, qu'il avait déposée sur un fauteuil. Chastel-Becq le précéda vers le vestibule. Le médecin hésita sur le seuil.

– Écoute, Didier, je dois te prévenir : je vais être dans l'obligation de réclamer une autopsie.

Chastel-Becq pâlit.

– Qu'est-ce qui te prend ? Tu ne peux pas me faire ça ?

– C'est la procédure. Je devrai également demander l'exhumation d'Espérance Adamantis.

– Jean-Paul, fit Chastel-Becq en baissant la voix, Jean-Paul, Jean-Paul : nous nous connaissons depuis toujours. Essaie de te mettre à ma place. Je comprends que ces deux décès puissent avoir l'air... inhabituel. Mais tu ne t'imagines quand même pas qu'il y a je ne sais quel taré, *chez moi*, qui empoisonne la famille et les domestiques ? Si tu demandes une autopsie, Jean-Paul, et une exhumation, les journaux vont l'apprendre. Tu sais qu'en cas de remaniement ministériel – et, à mon avis, Mitterrand ne va pas tarder à renvoyer Rocard sur la touche –, on parle sérieusement de moi pour le portefeuille de garde des Sceaux. Tous les fouille-merde, de droite comme de gauche, d'ailleurs, vont se jeter sur moi. Je serai grillé, Jean-Paul. Et tout ça, pour quoi ? Tu ne vas rien trouver à l'autopsie, parce qu'il n'y a rien à trouver. Il n'y a pas d'empoisonneur ici. On n'est pas chez les Borgia. Mais le mal sera fait. Soupçons, ragots, inventions de pisse-copie... Ma nomination sera foutue. Et je pourrai faire une croix sur ma carrière politique.

Saroyan, le visage fermé, avait écouté cette diatribe les yeux obstinément rivés au sol. Chastel-Becq, que sa plaidoirie impromptue avait ému lui-même, lui envoya une bourrade amicale sur l'épaule.

– Alors ? Tu vois bien ? Laisse tomber cette histoire d'autopsie.

– Heureusement que c'est toi, Didier, grogna le médecin. Sans ça...

– Tu es un ami, Jean-Paul. Tu ne le regretteras pas.

– J'espère. J'espère surtout que *toi* tu n'auras pas à le regretter.

***

Aux confins du XIIIe arrondissement, aux alentours de la porte de Choisy, Paris cède la place à une autre ville, un autre peuple. Les tours et les barres d'immeubles de Chinatown s'élèvent sans grâce, tel un décor de banlieue, et toutes les boutiques, tous les restaurants proposent le même Extrême-Orient de bazar. Nadège n'avait mis les pieds dans ce quartier qu'une seule fois, quelques semaines plus tôt. Elle éprouva la même impression en sortant de la bouche de métro et en se frayant un chemin dans la foule compacte et, à ses yeux, uniforme des Vietnamiens, Thaïlandais, Cambodgiens et Chinois : l'impression de pénétrer dans un territoire interdit où pourtant, étrangère, elle passait inaperçue. Elle se sentait transparente. Invisible. Les regards glissaient sur elle comme si elle n'existait pas. C'était inquiétant et rassurant à la fois.

Elle déplia un petit papier qu'elle gardait dans sa poche, vérifia les indications. Elle traversa l'avenue de la Porte-de-Choisy, entra dans une rue, longea des devantures de traiteurs, tourna à droite, puis à gauche, se retrouva dans une vaste cour cimentée que surplombaient deux tours d'au moins trente étages. Elle entra dans la première, croisa deux jeunes Asiatiques en blouson de cuir, son cœur battit plus vite. Ils la dépassèrent sans même la regarder. Elle appuya sur le bouton de l'ascenseur.

Au dernier étage, elle fit quelques pas dans l'obscurité, avant de trouver, en tâtonnant, l'interrupteur de la minuterie. Des néons grésillant lui découvrirent un couloir dallé de carrelage gris. Elle sonna à la quatrième porte à gauche.

On lui ouvrit. Une entrée minuscule donnait directement sur une pièce à peine plus vaste, chichement éclairée de lampions rouges. Près de la porte, une haute silhouette s'inclina.

– Madame. Enchanté de vous revoir.

La voix était nasillarde, comme d'un Chinois de parodie. Mais elle savait que ce n'était pas une comédie : elle avait déjà acheté ici une plante d'une extrême rareté, le *huan tui*. Et très cher.

– Je vous prie, dit la silhouette en lui désignant la pièce aux lampions rouges.

Elle y entra. Elle tenait son sac à main contre sa poitrine. Comme si elle craignait qu'on ne le lui vole.

– J'espère que Madame est satisfaite de son dernier achat ?

Dans la lumière rouge, le Chinois paraissait encore plus grand – Nadège avait toujours cru les Chinois tout petits. Son ombre se découpait, longuement étirée, sur le mur. Il portait un simple pantalon noir et une chemise blanche. Dans sa face plate, le nez était curieusement proéminent, mais les yeux... Nadège n'avait jamais vu des yeux aussi bridés. Deux boursouflures fendues jusqu'aux tempes. Pas de regard.

– Tout à fait, tout à fait, dit-elle. Mais j'aurais besoin d'autre chose.

– Oh. Monsieur n'est pas satisfait du *huan tui* ? demanda le Chinois. Ou Madame ? Le serpent de l'amour n'a pas tenu toutes ses promesses ? ajouta-t-il en tendant sous son nez un long index qu'il recroquevilla lentement.

– Si, si, fit Nadège en riant mécaniquement et en tendant l'index à son tour. Très... très efficace...

Le Chinois, tel un Chinois, s'inclina.

– Le *huan tui*. Bonne plante pour les hommes. Et pour les femmes.

Nadège se contraignit à rire avec lui. Elle triturait son sac à main.

– Je voudrais essayer le *jen*. On m'a parlé du *jen*.

– Oh, *jen* ! Très bon produit. Mais grave danger. Madame doit être très prudente. Est-ce que Madame est enceinte ?

– Non. Je prends toutes mes précautions. Je ne veux plus d'enfant.

– Oh. Madame a eu une fille ?

– Non. Un fils. Pourquoi ?

– Oh. Madame a beaucoup de chance. Madame pourrait avoir un autre fils.

– Je n'en veux pas.

– Oh. Je vois. Madame préfère l'amour français ? Pas de conséquence.

Le Chinois tendit à nouveau l'index et le fit pivoter lascivement.

– Madame a raison. Le Sage a dit : « Je n'ai jamais vu quelqu'un qui aimât autant la vertu que le sexe. »

Nadège fit son rire « perlé ». Ce Chinois lui tapait sur les nerfs, avec ses allusions lubriques.

– Le *jen*, très bon. Mais problème : le *jen* fait avorter les femmes. Oh. Et après, la femme meurt. Madame doit être très prudente.

– Ne vous inquiétez pas. Je ferai attention.

Elle ouvrit son sac à main, y farfouilla, en tira une lourde enveloppe.

– C'est la somme dont nous avions convenu par téléphone.

– Oh. Je fais confiance à Madame, dit le Chinois, non sans ouvrir l'enveloppe, en sortir les billets et, après s'être humecté l'index, se mettre à les compter.

Il prit dans une poche de son pantalon un sachet minuscule et le donna à Nadège.

– *Jen.* Et vous, très prudente.

Elle enfouit le sachet dans son sac à main. Il la raccompagna dans le couloir de l'immeuble.

– *Très* prudente, répéta-t-il avant de refermer la porte.

Après quoi, le Chinois arracha sa perruque de cheveux noirs, lisses et lustrés, et appela :

– Eugène ! Venez me démaquiller. Vous m'avez tellement bridé les yeux que je n'y vois plus rien depuis un quart d'heure...

***

Un hôtel minable, près de la gare de l'Est. Noël Pietri y a convoqué Renato-Nelson ; il lui a laissé un message sur son répondeur. Ce genre de message qu'on est furieux de trouver en rentrant chez soi, mais qui vous pousse à ressortir immédiatement.

– *P'tit gars, c'est moi, Noël. J'ai eu l'impression qu'on s'était quittés fâchés, l'autre jour. Faudrait pas... Passe me voir à mon hôtel, le Saint-Laurent, rue Saint-Laurent. Chambre 12. Ce soir. Dix heures. Ou alors c'est moi qui passerai. Mais c'est loin chez toi, j'ai mal à ma patte, et je serai de mauvaise humeur... Tu voudrais pas que ton vieux pote se mette en rogne ?*

L'endroit puait le crésyl. Nelson monta au premier étage. La porte du 12 faisait face à l'escalier. Il y frappa. De l'autre main, il tâta le couteau à cran d'arrêt qu'il avait dans sa poche.

La porte s'ouvrit sur la face bouffie de Pietri, exhalant une aigre odeur de bière.

– Je savais bien que tu viendrais ! Entre.

La chambre était aussi minable que l'hôtel. Un lit, une table de chevet, deux chaises bancales et une penderie sans porte.

– Tu pourrais pas te loger mieux que ça ? demanda Nelson.

– C'est rigolo que tu m'en parles, j'y pensais justement. Je t'ai fait venir pour qu'on en discute. De ça, et d'autres choses... Assieds-toi.

Pietri lui désigna l'une des chaises. Nelson secoua la tête.

– Pas le temps. Je suis juste passé voir comment tu allais.

– Ah, toi, t'es un pote !

Il pointa l'index sur son genou et fit une grimace douloureuse.

– Moi, je m'assois, si tu permets. Avec ma patte folle...

Il se mit à califourchon sur une chaise. Il examina Nelson des pieds à la tête, en souriant.

– Tu fais plaisir à voir. Les affaires marchent toujours bien pour toi ?

– Ça va, grogna Nelson.

– Tant mieux. Parce que tu peux remarquer, reprit Pietri en montrant la chambre d'un geste, les miennes, ça s'arrange pas.

– Qu'est-ce que j'y peux ? Si tu ne buvais tout le fric que je te donne, t'en serais pas là.

– Tout le fric que tu me donnes ? Tu blagues ? Juste quelques billets et tu te crois quitte ?

– Quitte de quoi ? Je ne te dois rien. Tu me fais chier, Noël. Salut.

Nelson, furieux, tourna les talons et posa sa main sur la poignée de la porte.

– Et mon silence, Renato ? Tu l'estimes à combien ?

Nelson fit volte-face, la main à la poche, prête à en sortir le couteau.

– Ne t'amuse pas à ça avec moi, menaça-t-il.

Pietri se remit debout avec une surprenante agilité et empoigna la chaise par le dossier, la souleva du plancher. Ils se jaugèrent un instant, les yeux dans les yeux. Puis Nelson retira sa main vide de sa poche et l'écarta lentement de son corps. Pietri lui sourit et reposa la chaise.

– Voilà, dit-il, c'est mieux comme ça. On va pas se foutre sur la gueule, entre potes. Pas vrai ?

– Ça dépend de toi. Qu'est-ce que tu veux maintenant ?

– Deux cent mille balles. Deux cent mille balles et tu n'entends plus jamais parler de moi.

– Je vais te croire, peut-être ?

– Hé ! Il faudra bien, mon petit Renato. On va pas passer devant un notaire ?

– Je n'ai pas deux cent mille balles.

– Tu les auras.

– Tu crois que c'est facile ? Que ça me tombe comme ça ?

– Ouais, ouais, dit placidement Pietri, c'est mon impression.

Nelson se mâchonna la lèvre.

– Laisse-moi une semaine.

– Je te donne deux jours. Ensuite, les journalistes recevront un curriculum vitae d'un certain Renato Falcone, évadé de Casabianda. Les photos, ce sera pas la peine, ils ont déjà celles du beau Nelson.

– Deux jours, c'est trop court.

– Peut-être pour trouver comment me baiser, mais pas pour dégotter le fric.

Pietri, content de lui, se pencha et ramassa une bouteille de bière posée sur le plancher.

– On trinque à notre accord ?

– Va te faire foutre.

– Deux jours, Renato, rappelle-toi. Et pas de conneries parce que, si tu me butes, il y a une demi-douzaine d'enveloppes qui partiront chez les flics et chez les journalistes. J'ai pris mes précautions.

Nelson fit une moue méprisante.

– T'as appris ça où ? Dans un mauvais polar ?

Pietri éleva la bouteille à son intention, puis but longuement au goulot. Nelson haussa dédaigneusement les épaules et sortit de la chambre.

– Deux jours, Renato !

Il parvenait au bas de l'escalier quand la porte de la chambre voisine s'ouvrit. Girolamo Falcone, en costume et cravate noirs, fit quelques pas sur le palier, posa ses mains gantées de cuir sur la rambarde et regarda Renato-Nelson traverser l'entrée de l'hôtel d'un pas rageur.

XXVII

De retour dans son appartement, Nelson se servit un verre d'Absolut et, affalé dans un canapé face à la baie vitrée de son balcon, écouta les messages de son répondeur. Une invitation de Colignon à une soirée aux Bains. Deux appels de journalistes. Puis une voix féminine, semblable à celle d'une hôtesse d'accueil idéale :

– *Bonjour, monsieur Cavalheiro da Cruz. Je me permets de vous inviter à passer à l'hôtel du quai d'Anjou cet après-midi à quatre heures. Une importante communication vous y sera faite.*

Il finit son verre, se repassa le message, se demanda ce que lui voulait le prince Arjuna. Une « importante communication ». Il va m'annoncer que je suis son fils et son unique héritier ? Et qu'il a chopé un cancer foudroyant ? Nelson ricana. Ce serait trop beau.

Il alla faire un tour dans Paris, en attendant le rendez-vous. Il écuma les boutiques de mode du Faubourg-Saint-Honoré et de Saint-Germain. Il avait envie de dépenser de l'argent. Comme un fils de prince.

***

Ariel l'introduisit dans le hall. Elle le débarrassa de son imperméable Saint-Laurent tout neuf.

– Vous êtes attendu.

Il la suivit dans l'escalier principal. Alors qu'il prenait la direction du bureau où Arjuna l'avait reçu la première fois, Ariel ouvrit une porte et l'entraîna dans un nouvel escalier, étroit et raide. Elle s'arrêta sur un palier que n'éclairait qu'un œil-de-bœuf. Ils étaient sous les combles.

Elle frappa trois coups espacés à une porte noire, s'inclina, lui dit d'entrer et disparut dans l'escalier.

La chambre était petite, sombre, très encombrée de quatre fauteuils bas, de trois guéridons, d'un canapé et d'une méridienne, aux appuie-tête et aux napperons de dentelle. Les lampes avaient des abat-jour festonnés, des pieds de porcelaine ornés de fleurs et d'oiseaux peints. Une seule était allumée, diffusant une luminescence vieux rose.

– C'est mon nid, dit une voix dans le dos de Nelson en même temps que la porte se refermait en claquant. Tu le reconnais, Renato ? Tous ces meubles, tous ces objets appartenaient à Gina. Elle aimait les chambres douillettes, les choses douces.

Nelson se retourna brutalement, muscles et nerfs tendus à lui faire mal. Dans la pénombre, près de la porte, il distingua le triangle blanc d'une chemise barré d'une cravate noire, et la tache, plus floue, d'un visage.

– Giro ? Girolamo ? C'est toi ?

– Mais toi tu n'as pas été très doux avec elle. Elle ne le méritait pas. *Tu* ne la méritais pas.

Nelson tira le couteau qu'il avait gardé dans la poche. Il en fit claquer le cran d'arrêt.

– Laisse-moi sortir !

Deux autres lampes s'allumèrent soudain. Girolamo Falcone, une main sur l'interrupteur près du chambranle, tenait un pistolet automatique dans l'autre.

– Pose cette lame.

Nelson ouvrit aussitôt les doigts, laissant tomber le couteau sur le tapis. Il leva les mains à hauteur de ses épaules.

– Ne fais pas ça, Giro... Il faut qu'on s'explique, on s'est jamais expliqués toi et moi...

– J'ai pas besoin d'explication. J'aime pas les explications.

Instinctivement, Nelson recula. Ses jambes se heurtèrent à la méridienne. Il plia les genoux, et sentit qu'il était prêt à s'agenouiller tout à fait, à ramper pour que l'autre ne le tue pas.

– Giro, je te jure... Je savais pas que Gina était morte... J'étais parti, je l'ai appris trop tard... J'ai pleuré, tu sais, j'ai pleuré...

– Arrête de faire dans ton froc. Tu me dégoûtes. Assois-toi.

Nelson obéit immédiatement.

– D'accord, Giro, OK, je suis assis. On va pouvoir discuter, hein ?

– C'est ça. Mais c'est moi qui parle.

Girolamo Falcone, sans lâcher Nelson du regard, alla s'installer sur un fauteuil en face de lui. Il déposa son arme sur ses cuisses.

– Je t'écoute, Giro. Vas-y, vas-y, je t'écoute...

– Ferme ta gueule. Chaque fois que tu l'ouvres, j'ai envie de...

Il tapota la crosse du pistolet. Nelson baissa les yeux, la tête, se recroquevilla sur lui-même, les mains près des tempes.

– Je la ferme. OK. Je la ferme.

– Tu te demandes ce que je fous là, non ? Dans cette espèce de palais ?

– Oui. Maintenant que tu m'en parles, je...

– Ta gueule. Ferme ta gueule.

– Oui. Excuse-moi...

Girolamo croisa une jambe sur l'autre, se prit la cheville dans la main.

– Je suis ici chez moi, Renato. J'y fais la pluie et le beau temps. Je suis l'intendant du prince. C'est beaucoup de responsabilités et beaucoup de pouvoir. Plus que j'en aie jamais eu. Je connais tout des affaires d'Arjuna Khan. Tout. Dans les moindres détails. Tu veux que je t'explique comment j'en suis arrivé là ? Après tout, c'est grâce à toi.

« Il y a vingt ans, je gagnais ma vie comme je pouvais. Une occasion par-ci, par-là. Un jour, on m'a mis sur un gros coup. Un enlèvement. Facile. Un prince, un Indien ou un Arabe – on ne savait pas et on s'en foutait –, passait quelques semaines chez un autre prince, sicilien, celui-là, près de Palerme, le prince Molina. Le prince arabe ou indien – le prince Arjuna Khan, oui, c'était lui – était là avec son fils, un bébé de quelques mois.

« Deux, trois complices à l'intérieur du palais, un plan tout simple, et le rapt a réussi. On a caché le bébé à Raguso, chez Gina. On a fait ce qu'on avait à faire, demande de rançon, négociations, etc. Arjuna a payé ce qu'on lui demandait. On a récupéré le fric. Restait plus qu'à rendre le bébé. C'était ce que je croyais. J'étais jeune dans le métier. Mais les autres n'étaient pas d'accord. Ils avaient des principes. Ils voulaient tuer le gosse et l'enterrer, et puis voilà.

« Seulement, Gina, elle s'était attachée à toi – oui, tu as compris, ce bébé, c'était toi. Je l'aimais beaucoup, ma sœur. Elle n'a jamais eu de chance dans la vie, elle était trop gentille, trop douce, les mecs se foutaient de sa gueule, et d'ailleurs j'avais été obligé d'en égorger deux ou trois, qui lui avaient manqué de respect.

« Tu étais un petit trognon, tout blond, avec tes yeux bleus – tu tenais de ta mère, une demi-princesse suédoise. Gina ne voulait pas qu'on te tue. Et moi, je voulais pas faire de peine à Gina. Alors tu sais ce que j'ai fait ? Je t'ai échangé contre ma part de la rançon. Fallait vraiment que je sois con et que j'aime ma sœur...

Girolamo prit son pistolet, en fit jouer la culasse, ferma un œil et visa Nelson qui ferma les poings, les yeux et baissa la tête.

– Tu serais mort, on n'en serait pas là, tous les deux. Mais, bon, tant pis. Tu es là, tu es vivant, tu te pisses dessus de trouille, et je ne vais quand même pas te tuer tout de suite.

Il reposa son arme sur sa cuisse. Il fit craquer les phalanges de sa main gauche, l'une après l'autre, lentement.

– C'est vrai ? demanda Nelson sans oser le regarder dans les yeux. Tu ne vas pas me tuer ?

– Je vieillis. Je pense à ma retraite. Laisse-moi t'expliquer la suite de l'histoire...

« Quand Gina est morte, par ta faute, je t'ai cherché partout. J'avais des occupations aux States qui ne me laissaient pas tellement de temps, et c'est pour ça que t'as pas crevé à cette époque. Et puis, c'est là, aux States, à Los Angeles, que j'ai à nouveau entendu parler du prince Arjuna Khan. Je m'y suis intéressé de plus près. “L'homme le plus riche du monde”, disaient les journaux. Alors il m'est venu une idée ·

« J'ai su qu'Arjuna cherchait un homme de confiance. Je me suis présenté. J'avais bien bidonné mon CV et j'ai assez de couilles pour faire péter un détecteur de mensonges. J'ai été engagé. Tu t'imagines pas tout ce qu'on peut faire, tout ce qu'on peut apprendre, tous les gens qui sont prêts à se vendre quand on est l'intendant, le factotum, de l'homme le plus riche du monde... J'ai retrouvé ta trace en moins de quinze jours. Tu étais à Casabianda. Je ne t'ai pas fait évader tout de suite. J'ai d'abord rassemblé des tas de renseignements sur toi, j'ai maquillé tout ce qui concernait Gina et moi, et j'ai montré tout ça au prince. Il retrouvait son fils. Un autre que lui m'en aurait pleuré dans les bras.

« Ensuite, tout s'est passé comme je l'avais prévu. Ou presque.

C'est-à-dire qu'il t'a fait évader et qu'il t'a mis à l'abri des recherches. Mais, comme c'est un type très méfiant, très "moral", il a voulu voir d'abord qui tu étais, ce que tu valais. Il t'a trouvé une famille et un père d'emprunt et il t'a lancé dans le monde, Nelson Cavalheiro da Cruz.

« Je suppose que tu t'es pas mal démerdé. En tout cas, la semaine dernière, il a fait rédiger un nouveau testament. J'étais présent, en tant qu'homme de confiance, avec le notaire.

Girolamo se pencha en avant.

– Le prince te lègue toute sa fortune, *stronzo*.

Au fur et à mesure de ce récit, Nelson s'était détendu. Il ne se recroquevillait plus sur la méridienne. Il attendit d'être certain que Girolamo n'avait plus un mot à ajouter, et demanda :

– Et alors... tu ne vas pas me tuer ?

– Ça me détendrait les nerfs. Mais...

– Mais ?

– Mais j'ai trouvé beaucoup mieux.

Girolamo se mit debout et rangea le pistolet dans le holster qu'il portait sous l'aisselle.

– Tu vas tuer Arjuna.

***

La Rolls était garée boulevard Suchet, le long du bois de Boulogne. Quand Tazrouk aperçut Arjuna qui sortait de l'ambassade d'URSS, il quitta sa place au volant et s'apprêta à lui ouvrir la portière. Mais le prince, tout en traversant la chaussée, lui fit signe que ce n'était pas la peine. Tazrouk alla se rasseoir, tandis qu'Arjuna, dans un long pardessus de cachemire noir qu'il portait jeté sur les épaules, comme une cape, s'installait sur un banc dans l'allée où passaient des grappes essoufflées de joggers.

Il les regarda, jambes croisées, les mains dans les poches du pardessus, un vague sourire aux lèvres. Parfois, il suivait longtemps des yeux une femme boudinée dans son *sportswear*, qui, la figure rouge ou trop pâle, levait difficilement les genoux, balançant les bras comme des appendices encombrants ou, au contraire, serrant ses petits poings contre sa poitrine – et courant à l'allure d'un promeneur en montagne. La mode, la publicité, l'interdiction de penser par soi-même : pour lui, tout ce qu'il méprisait de l'Occident qu'il espérait quitter bientôt, une fois la tâche accomplie, se résumait à ces joggers. Ne pensez pas : courez. Et peu importe après quoi vous courez : la santé, les kilos en moins, le prochain infarctus, les tendinites inguérissables... *Big Brother is watching you.* Orwell s'est trompé. C'est *vous* qui regardez Big Brother. Il a tous les visages de vos désirs les plus bas, les plus stupidement matériels, les plus *épiciers*. Big Brother est un grand frère *sympa*...

Après cet accès de misanthropie, Arjuna se leva et vint se placer en travers du sentier. Il stoppa net la course de Bernard Valmer. Le jeune scientifique, éberlué, essuya d'un revers de main la sueur qui lui coulait sur les sourcils.

– Arjuna ?

– Bonjour, Bernard. Je suis venu vous attraper au vol, puisque vous ne me rendez plus visite.

– Oui, notre rendez-vous, fit Bernard, embarrassé. J'ai eu un contretemps.

– Il me semble que vous avez de nombreux et sérieux contretemps, depuis que nous nous connaissons. Avez-vous renoncé à votre expédition dans l'océan Indien ? N'hésitez pas à me le dire, je serai enfin fixé sur vos intentions.

Bernard rougit. Jamais Arjuna ne lui avait parlé d'une voix si froide et si coupante.

– Je suis en faute, je le reconnais, dit-il. J'ai trahi votre confiance.

Bernard ne cherchait ni excuse ni échappatoire. Cela plut à Arjuna. Aussitôt, il se radoucit. Il lui prit amicalement le bras et ils marchèrent dans le bois, à l'écart des joggers.

– Bernard, je ne suis pas là pour vous faire des reproches. Pas même pour vous réclamer des explications. Je suis seulement venu vous dire que je suis toujours votre ami et que je ne comprends pas votre attitude. Vous ne vous conduisez ni en ami ni en scientifique responsable. Or, aucune de ces deux attitudes ne vous ressemble. Avouez-moi simplement que vous avez renoncé à votre expédition et que vous refusez mon aide. Nous en resterons là.

Bernard s'arrêta sous une frondaison de marronniers. Le menton baissé, jouant du bout du pied avec les bogues vertes des marrons tombés, il murmura :

– Je... je fréquente quelqu'un... Je ne peux pas la quitter en ce moment...

Pris de court, Arjuna laissa passer un silence. Pour lui, Bernard Valmer n'était rien d'autre qu'un jeune homme plein d'avenir, un pur esprit, une intelligence. Le fils de Jean Valmer, mais surtout le fils qu'il s'était choisi. Une image épurée de lui-même. Il ne lui était jamais venu à l'esprit que Bernard puisse avoir une vie personnelle, en dehors de ses travaux scientifiques et de la perspective de ce triomphe social : le prix Nobel.

Il se remit à marcher, machinalement, obligeant Bernard à le suivre.

– Je l'ignorais, dit-il enfin. Vous ne me l'avez jamais présentée.

– C'est impossible. C'est une femme mariée. Nous ne nous voyons qu'en secret...

– Je comprends, dit Arjuna.

Ils firent encore quelques pas en silence, puis le prince demanda :

– Vous l'aimez ?

– Oui.

Bernard se racla gorge et ajouta :

– Elle aussi.

– Elle va divorcer ?

– Ce ne sera pas facile, mais... oui, je crois.

– Vous croyez ?

– J'en suis sûr, affirma Bernard, ne sachant s'il essayait de convaincre Arjuna ou lui-même. Elle me l'a dit.

– J'espère pour vous qu'elle ne ment pas.

Bernard s'immobilisa.

– Je la connais. Elle ne peut pas me mentir.

Arjuna le dévisagea.

– Les femmes nous trahissent toujours, Bernard.

– Pas elle.

– Elles ne nous attendent pas.

– Elle n'a pas à m'attendre. Je suis là.

Arjuna hocha la tête.

– Oui, vous êtes là. Et c'est vous qui l'attendez. Quelle est la différence ?

– Elle est enceinte. De notre enfant.

– Dans ce cas...

Arjuna rajusta son pardessus sur ses épaules. Il ne savait quoi ajouter. Il aurait dû être heureux de ce qui arrivait à Bernard. Un amour. Un amour assez fort pour lui faire perdre tout sens de ses propres intérêts. Un amour capable de le retenir à Paris, malgré la liberté que, lui, Arjuna, lui avait offerte : la liberté la plus précieuse, celle qui lui permettrait de devenir lui-même, c'est-à-dire un jeune scientifique au-dessus du lot de ses confrères. Il éprouva une sorte de jalousie, de dépit. Il était le seul dont je voulais le bien – et il se fait du mal lui-même.

– Eh bien, qu'elle divorce, dit-il. Vous l'épouserez.

– Elle divorcera.

– Vous en êtes sûr ?

– Elle me l'a dit. Et elle l'a dit à son mari.

– Vous la croyez ?

Bernard haussa les épaules avec exaspération.

– Bien sûr ! Je vous le répète : elle ne m'a jamais menti.

– Magnifique, répliqua Arjuna d'une voix sans intonation. Vous êtes un homme heureux.

– Non.

– Pourquoi ? Expliquez-moi ce paradoxe.

– Je ne l'ai pas vue depuis dix jours. Elle est malade. Elle ne quitte plus son lit.

– Sa grossesse, peut-être ?

– Peut-être...

– Qu'en pensent les médecins ? Elle en a consulté ?

– Oui. Et c'est ce qui m'inquiète. Ils ne comprennent pas. Ils font semblant, ils lui prescrivent des vitamines et des médicaments. Elle ne va pas mieux.

– Voulez-vous que je lui envoie mon médecin personnel, le docteur Elmyr ?

– Je vous remercie, mais ce serait inutile.

– Vous en êtes certain ?

Bernard ne répondit pas. Il ne voulait pas expliquer que le docteur Elmyr passait plusieurs fois par semaine à l'appartement de la rue des Saints-Pères et que, bien que le juge Becq ait sollicité ses compétences, il avait à peine consenti à une visite au chevet de Marianne, et ne s'était pas même rendu compte qu'elle était enceinte. « Je ne sais pas pourquoi, lui avait dit Marianne au téléphone, mais j'ai l'impression qu'Elmyr me déteste. Il ne m'a même pas auscultée. Nadège l'accompagnait. Ils ont bavardé ensemble comme si je n'étais pas là. »

Tout à coup, Bernard tendit la main à Arjuna, qui, par réflexe, la prit.

– Quittons-nous là. Je ne suis sûrement pas à la hauteur de ce que vous attendiez de moi. Faites ce que vous voulez du bateau, je ne le mérite pas. On se reverra peut-être. Quand j'aurai mis de l'ordre dans ma vie.

La main de Bernard s'échappa de celle d'Arjuna. Il partit au pas de course sous les marronniers aux feuilles jaunissantes.

***

La CX grise s'arrêta à l'angle du quai d'Anjou et la rue Saint-Louis-en-l'Île. Il était onze heures du soir.

– Tu es vraiment sûr de ton coup ? demanda Pietri.

Il tenait entre ses doigts un pistolet automatique. Il le triturait avec nervosité, comme un objet qui aurait pu lui exploser dans les mains.

– Pas de problème, lui dit Nelson.

Il était au volant de la CX. Il examinait la façade ouest de l'hôtel particulier du quai d'Anjou. Toutes les fenêtres étaient éteintes. Sauf deux, au premier étage, où passait une lumière ocre et paisible.

– Tout a été prévu. Les domestiques sont partis à Montfort-L'Amaury. Arjuna sera seul toute la nuit.

Pietri relâcha le pistolet, qui tomba sur ses cuisses.

– *Fan de pute*... Pourquoi c'est moi qui dois le faire ?

– Parce que c'est le deal entre nous, Noël. Tu voulais deux cent mille balles ? Je t'en offre cinq cent mille. Mais, si tu les veux, il faut que tu les gagnes.

Pietri se frotta le menton, les yeux baissés sur l'arme. Puis, comme s'il prenait une résolution, il saisit précipitamment le pistolet et le fourra dans la poche de son blouson.

– Tu me promets que c'est pas un coup fourré ?

– Quel coup fourré, Noël ? Si tu te fais choper, je ne te donne pas cinq minutes pour balancer mon nom aux flics. Je dépends de toi, tu comprends ? J'ai aucun intérêt à ce que tu foires ce coup.

Nelson vit une haute silhouette mince passer lentement dans l'une des fenêtres du deuxième étage. Les épaules courbées, l'ombre chinoise d'un livre ouvert à hauteur de la poitrine.

– C'est maintenant ou c'est jamais. Décide-toi.

Pietri se massa les genoux.

– D'accord... D'accord, j'y vais...

Il ouvrit la portière et sortit de la voiture. Un bateau-mouche glissait sur la Seine, ses projecteurs braqués sur les façades du quai d'Anjou. Il attendit de le voir disparaître sous le pont et s'engagea dans la rue Saint-Louis-en-l'Île.

La porte était peinte en bleu nuit, dans un renfoncement. Il pianota le code que lui avait appris Nelson : 4, 5, 6, 8. Un déclic : la porte s'entrebâilla. Pietri tapota sa poche, où pesait l'arme automatique. Il jeta un dernier regard à la CX grise.

– Putain..., gémit-il.

Il entra. Il referma la porte derrière lui. Après quelques mètres d'un couloir uniquement éclairé d'une veilleuse, il trouva l'ascenseur. Il composa le deuxième code : S, A, C, R, A. Les battants d'acier s'écartèrent. Il pénétra dans la cabine. Troisième code. Pietri tira un papier de sa poche et, très appliqué, le bout de la langue entre les dents, il composa : E, J, N, A, I, S, M.

Pendant quelques secondes, il ne se passa rien. Pietri se dit : c'est bon il n'a pas pu obtenir tous les codes, je m'en vais. Alors que, soulagé, il allait faire un pas pour quitter l'ascenseur, les portes coulissèrent et claquèrent sous son nez, et la cabine, après un sursaut et un *cling* discret, s'éleva.

Les battants se rouvrirent sur un nouveau couloir très chichement éclairé. Pietri mit la main à sa poche et en sortit le pistolet. Il croyait que ça le rassurerait; ce ne fut pas le cas. Jamais de sa vie il ne s'était servi d'une arme à feu. L'objet, dans le creux de sa main, lui semblait affreusement étranger et redoutable.

Au bout de ce couloir, il y avait une autre porte, qui lui livra passage. Il jeta un coup d'œil méfiant dans la pièce : elle ressemblait à une loge de théâtre. Un grand miroir ogival encadré d'ampoules électriques. Des pots de fard. Une penderie : costume de tweed à coudières de cuir, complets trois-pièces à rayures grises, habits de soirée, et, sur l'étagère : perruques, moustaches, nez, fronts et mentons de latex. Pietri se demanda s'il était entré dans les coulisses d'un théâtre.

La veille, Renato-Nelson lui avait donné rendez-vous dans une brasserie près de la gare de l'Est. Pietri y était arrivé en avance. Il avait vu Nelson garer sa Porsche n'importe comment, en stationnement interdit, devant la terrasse. « Tu veux deux cent mille balles ? lui avait-il dit en s'asseyant à sa table. Je t'en propose cinq cent mille. Deux cent mille balles, j'peux pas. Cinq cent mille, je pourrai. – T'es en train de te foutre de ma gueule ? – Je suis en train de te proposer l'affaire de ta vie. – Et il faudra que je fasse quoi ? – Tuer quelqu'un. – T'es à la masse ? J'suis pas un assassin, moi. – Eh ben, faudra que tu changes. Vite. C'est pour demain soir. Je passe te prendre ici à dix heures trente. – Renato ! » Il était déjà parti. Pietri l'avait regardé remonter dans sa Porsche et filer à quelques centimètres du pare-chocs d'un autobus.

Une loge de comédien, se dit-il, en palpant les coudières de cuir d'une veste de tweed. Il lui sembla que ça lui rappelait quelque chose, quelqu'un... Qui ? Il ne savait plus. Et ce n'était pas le problème. Comme disait Renato, le problème, c'était d'agir. Vite et bien. Devant le miroir cerné d'ampoules, il y avait une bouteille de scotch entamée – du Glenfiddich. Pietri posa le pistolet sur la tablette de maquillage. Il déboucha la bouteille et en but plusieurs gorgées au goulot. Il se sentit mieux.

Il ouvrit la porte de la loge et pénétra dans un autre couloir, très vaste – cinq ou six fois plus que sa chambre à l'hôtel Saint-Laurent.

– Cinq cent mille balles, marmonna-t-il. Cinq cent mille balles et j'habiterai le même genre d'endroit.

Pietri n'avait pas une notion très exacte de ce que valait l'argent. Au-delà de cent mille francs, il cessait de compter ; il rêvait.

Il déplia le plan sommaire que lui avait fourni Renato. Je descends d'un étage, je tourne à gauche, et c'est la bibliothèque. Bon. La bibliothèque.

Il fourra le papier dans la poche de son pantalon, soupesa son pistolet. Merde. C'est plus lourd qu'on croit, ces engins-là. Tout en jouant à rengainer l'arme dans sa ceinture, à la dégainer comme dans un western, il longea le couloir, découvrit un escalier, le descendit, franchit le palier. Au bout du couloir plongé dans l'ombre, à gauche, une porte entrouverte laissait passer un rai de lumière ocre.

C'est là.

Pietri regretta de ne pas avoir la bouteille de scotch sous la main.

L'angoisse lui brûlait les entrailles. Il essuya sa paume moite sur sa chemise et empoigna le pistolet. Sur la pointe des pieds, claudiquant à peine, il remonta le nouveau couloir.

Arrivé à la porte entrouverte, il jeta un coup d'œil à l'intérieur. Des boiseries et, au-dessus, montant jusqu'au plafond, des étagères de livres. Des milliers de livres. Deux fauteuils de cuir encadraient un guéridon sur lequel brillait une lampe, étroit îlot d'une lumière douce dans la haute pièce sombre. L'un des fauteuils tournait le dos à la porte. Un homme y était assis, dont Pietri ne distinguait que la nuque.

Maintenant. Cinq cent mille balles. Maintenant.

La gorge nouée par une anxiété incontrôlable, Pietri repoussa doucement le battant de la porte. Le pistolet braqué, bras tendu, il avança très vite jusqu'au fauteuil.

Maintenant !

Quand il fut à moins d'un mètre de sa cible, il appuya sur la détente. Cela fit un bruit effroyable. Il ferma les yeux, le cœur battant. Lorsqu'il les rouvrit, il aperçut, à demi dissimulé par le fauteuil, un corps étendu sur le tapis, désarticulé, dans une étrange position – un bras tordu derrière le dos, l'autre jeté en avant.

« Ne pars pas sans avoir vérifié qu'il est bien mort », lui avait répété Nelson.

Il demeura un instant sans bouger, stupide, écoutant de toutes ses oreilles l'impressionnant silence de la maison. Il contourna lentement le fauteuil. Il hésita, puis s'accroupit près du corps. D'une main tremblante, il lui toucha l'épaule.

Ce n'était pas naturel. Dur comme – comme du bois. Comme...

Il retourna le cadavre sur le dos. Sans aucune difficulté. Il était très léger. Trop.

Un mannequin.

Un mannequin à la tête déchiquetée par la balle : une joue et une orbite emportées. Trou noir. Un œil de verre bleu et candide, dans l'autre orbite, se fixa sur lui. Pietri poussa un cri sourd et se redressa.

Ensuite, cela se passa très vite. On le ceintura, lui arracha le pistolet et le bouscula violemment vers l'avant. Il trébucha sur le mannequin, reprit difficilement son équilibre, son genou le lâcha, il s'effondra sur le tapis. Devant lui, à hauteur de ses yeux, il distingua les pieds et les jambes d'un homme – chaussures noires, pantalon noir. L'ombre de la pièce lui dissimulait son visage. Derrière lui, celui qui l'avait pris par surprise et désarmé n'était plus qu'une silhouette trapue qui, après avoir tiré les tentures devant les deux fenêtres, sortait de la bibliothèque. La porte claqua.

– Pourquoi voulais-tu m'assassiner? murmura la voix dans l'ombre.

– Je... C'est pas ma faute...

Les seuls mots qui lui soient venus spontanément. Il avait peur. Son genou lui faisait mal.

– Toute ta vie tu te seras servi de cette excuse. Tu m'as déçu, Noël.

– Vous connaissez mon nom?

– Relève-toi et réponds-moi : pourquoi voulais-tu m'assassiner?

Pietri se ramassa sur lui-même, se massa le genou, exagérant une grimace de douleur et, prenant appui sur le bras d'un fauteuil, se remit péniblement debout. Il chercha à distinguer le visage de l'homme dans l'ombre.

– On m'a obligé, dit-il. C'est Renato... Enfin, Nelson... Il m'a proposé de l'argent... Pour que je vous tue...

– Pourquoi?

– Il sait qu'il est votre fils... Il voulait hériter, vous êtes... vous êtes très riche...

– Tu sembles trouver cela tout naturel.

– Non! Non, protesta Pietri. Non, bien sûr... Non, c'est pas...

– Il t'a proposé beaucoup d'argent, j'espère?

– Cinq cent mille francs.

– Donc la vie d'un homme, pour toi, vaut cinq cent mille francs?

– Non, écoutez...

– Tu fais des progrès, Noël. Tu ne changes pas, mais tu fais des progrès. Il y a vingt ans, la vie d'un homme ne valait pour toi que quelques dizaines de francs.

– Je n'ai jamais tué personne!... La dernière fois, c'était un accident...

– Tu as tué ta femme, Noël, pour quoi? Quatre petits diamants.

– Comment vous savez ça?

– Je t'avais laissé ta chance, ce jour-là. Ces quatre diamants pouvaient changer ta vie.

– Vous ? Mais qui êtes-vous ?

– Je ne t'ai jamais détesté, pourtant. Tu es un homme faible, pas très intelligent. Je t'accordais au moins cette excuse.

– C'est vrai, c'est vrai, dit Pietri qui, effrayé par ce dialogue à sens unique, était prêt à trouver n'importe quelle échappatoire. Je suis un couillon. Je suis né comme ça. Et, en plus, j'ai jamais eu de chance...

– Mais si, Noël. Je t'ai donné deux fois ta chance. L'une, avec les diamants. L'autre, en te faisant évader de Casabianda et en te laissant assez d'argent pour disparaître. Tu les as gâchées. Je t'en donnerais cent, tu les gâcherais toutes.

– Juste une. Juste une, encore... C'est tout ce que je vous demande.

Il y eut un silence, pendant lequel Pietri chercha désespérément d'autres arguments.

– Regardez : je vous ai pas tué, après tout ? Le mannequin, là, c'était un piège, non ? Mais si vous vouliez piéger quelqu'un, c'est Renato qu'il fallait piéger !

– Son tour viendra. Pour l'instant, nous parlons de toi. Et de ce que je peux te pardonner ou non. Il y a, dans ta vie, un crime que je ne pourrai jamais te pardonner.

– Quel crime ? gémit Pietri. Antoinette, c'était de la légitime défense, c'est elle qui avait le couteau ! Sinon, je vous le répète, j'ai jamais tué personne ! Puisque vous savez tout, vous le savez bien...

– Certains meurtres se commettent sans arme, sans effusion de sang.

– Ah...

Pietri réfléchissait à toute vitesse. Il ne comprenait pas de quoi la voix dans l'ombre lui parlait. Il ne comprenait qu'une chose : tout cela le dépassait, mais il y avait sûrement un dernier moyen de s'en sortir. L'homme dans l'ombre était seul. Il n'y avait personne dans l'hôtel, à part le type qui l'avait ceinturé, tout à l'heure, et qui avait disparu. Feignant de souffrir de son genou, il se courba en deux, le palpa de sa main gauche et, de l'autre, sortit le couteau à cran d'arrêt qu'il gardait dans la poche de son pantalon. La lame claqua et il se précipita en avant.

Un coup sur le poignet : sa main s'ouvrit, lâchant le couteau. Un autre, presque simultané, sur la pommette : étourdi, il recula contre le fauteuil. Il s'y appuya de tout son poids, vaincu. Il eut envie de pleurer, d'impuissance.

– Tu viens de jouer ton va-tout, murmura sans émotion la voix dans l'ombre. Tu as perdu.

L'homme fit un pas en avant. La faible lumière ocrée de la lampe ne suffisait pas encore à révéler son visage.

– Te rappelles-tu la rue du Panier, à Marseille ? Te rappelles-tu un vieil homme malade que son fils t'avait confié ? Te rappelles-tu un soir où, avant d'aller voir son père à l'hôpital, il a, sous tes yeux, rangé un paquet dans l'armoire ?

L'homme fit encore un pas.

– Noël Pietri, te rappelles-tu ce fils ?

Il avait changé de voix. Il ne murmurait plus. Il n'avait plus ce timbre bas, rauque et menaçant du prince Arjuna Khan. Sa voix était devenue jeune, claire – et étrangement mélancolique et amicale.

– David...

Pietri regardait de tous ses yeux ce visage livide, mince et acéré, qu'il n'aurait pas reconnu – sans cette voix. Surgie de si loin. D'un passé oublié. Une gueule de fantôme...

– David Arcas...

– Oui, Noël, c'est moi. Nous étions copains, n'est-ce pas ? Tu avais offert le champagne, ce soir-là, quand je vous ai annoncé, à Champredin, Jean-Mi et toi, mes fiançailles avec Jasmine. Tu semblais si heureux pour nous. Alors pourquoi as-tu fait ça ? Pourquoi leur as-tu parlé du paquet dans l'armoire de mon père ?

Pietri avait reculé avec effroi jusqu'au milieu de la pièce.

– Je sais pas, geignit-il. Je me rappelle plus... C'est tellement vieux...

– Moi, je me rappelle.

– Toi... Toi, c'est normal... Je... David, c'est toi ? Vraiment ?

– Jean-Mi et Champredin me détestaient, Noël. Je ne leur pardonne rien, mais je comprends leurs motifs. Mais toi, Noël ? Toi à qui j'avais confié mon père ? Pourquoi m'as-tu trahi ?

Arjuna avançait lentement, pas à pas, inexorable et triste.

– J'l'ai pas fait exprès ! J'avais trop bu, tu me connais ? je bois toujours trop ! Je me rappelle rien, je me rappelle même pas, *même pas* ce que j'ai pu leur raconter...

Arjuna s'immobilisa. Il dévisagea Pietri avec un mélange de compassion et de mépris.

– Malheureusement, tu dois dire vrai.

– Oui, c'est la vérité ! J'suis pas responsable, David...

– Sors d'ici.

– Quoi... ?

D'un léger mouvement du menton, Arjuna lui désigna la porte de la bibliothèque.

– Va-t'en. Je ne veux plus te voir.

– Vrai ? Je peux... je peux partir ?

Sans répondre, Arjuna se détourna. Il alla s'asseoir dans le fauteuil qu'avait occupé le mannequin et ouvrit un livre sur ses genoux.

– David... ?

Arjuna ne leva pas même les yeux.

– Disparais.

Alors Pietri détala dans les couloirs et les escaliers de l'hôtel. Il boitait à peine. Il ne songeait qu'à s'enfuir de là.

***

Nelson s'inquiétait. Pietri aurait dû être sorti depuis au moins dix minutes. Et qui avait tiré les tentures devant les fenêtres de la bibliothèque ? Tout cela puait le coup foireux.

Girolamo lui avait pourtant expliqué son plan, très simple, limpide : le tueur entrait dans l'hôtel, parvenait à la bibliothèque, tirait une balle dans la tête du prince Arjuna, vérifiait qu'il était mort, repartait ; Girolamo l'attendait dans l'escalier, l'abattait, récupérait dans ses poches le papier où étaient inscrits tous les codes d'accès, appelait le téléphone de voiture de Nelson, lui annonçait que tout s'était déroulé comme prévu ; Nelson s'en allait, déposait la CX à l'endroit que Girolamo lui avait préalablement indiqué et partait finir la nuit aux Bains. Ensuite, il n'aurait plus qu'à attendre la nouvelle de la mort d'Arjuna, la fin d'une enquête qui conclurait au crime d'un cambrioleur – et l'ouverture du testament, qui avaliserait et son identité de fils du prince et sa qualité de légataire universel. Après quoi, il était censé partager l'héritage *fifty-fifty* avec Girolamo. Une merveille de logique et de simplicité, ce plan... Le crime parfait. Doublement parfait : il lui permettait de se débarrasser à la fois du prince et de ce connard de maître chanteur de Pietri. Le seul dernier problème restait Girolamo lui-même. Mais Nelson ne désespérait pas de découvrir le moyen de l'éliminer aussi. *Fifty-fifty* : un peu gourmand, l'oncle adoptif, non ?

Mais pas si malin que ça... Selon le projet originel de Girolamo, c'était Nelson lui-même qui assassinait le prince. Le jeune homme n'avait pas mis longtemps à « parfaire » ce plan en y incluant Pietri. Et en faisant admettre à Girolamo que la présence du « cambrioleur » contrecarrait d'avance tous les soupçons de la police. « Ils auront leur assassin, je toucherai l'héritage d'autant plus vite. » Girolamo s'était rendu à cet argument décisif. Non sans cependant réclamer de Nelson-Renato qu'il rédige de sa plus belle écriture et signe une confession selon laquelle il était un évadé de Casabianda et avait organisé lui-même le meurtre de son propre « père ». « Je me sentirai plus confiant. Quand j'aurai touché *ma* part de *ton* héritage, je te rendrai ce papier. »

Alors qu'il lui semblait entendre, au loin, du côté de la Bastille, des sirènes de police, le téléphone de la voiture grésilla.

– Putain, enfin ! s'exclama Nelson en décrochant.

– Renato ? fit la voix de Girolamo Falcone. On est dans la merde. Tu nous as envoyé un connard de bras-cassé. Il s'est fait surprendre par le prince. Il n'a rien trouvé de mieux que de foutre le camp. Le prince vient d'appeler les flics.

– Je fais quoi ? demanda Nelson.

– Débrouille-toi, *stronzo*. Il faut pas que ton mec se fasse choper. C'est clair ?

Girolamo raccrocha. Nelson resta un instant le combiné à la main, se demandant comment agir. Pietri. Pauvre type. J'aurais dû m'y attendre.

Rue Saint-Louis-en-l'Île, une silhouette massive, boitillante, apparut. Le voilà, ce crétin. Pietri, visiblement affolé, tourna sur lui-même, repéra la CX, lui adressa de grands signes. Nelson prit une inspiration, raccrocha le téléphone et mit le moteur en marche. Pietri, courant et claudiquant au milieu de la chaussée, se précipitait dans sa direction.

Nelson passa en première, accéléra. Il engagea la CX dans la rue. Pietri agita les bras et, une main appuyée sur son genou, continua de courir. Il a l'air d'un vieux crabe blessé, se dit Nelson. Pauvre naze. Il passa en seconde, et, presque aussitôt, en troisième.

Pietri ne comprit ce qui l'attendait qu'au tout dernier moment. C'était trop tard. Quand il essaya de se jeter vers l'abri illusoire du trottoir, la CX le percuta de plein fouet. Il rebondit sur le capot et s'effondra sur le bitume. Nelson freina sec, jeta un coup d'œil dans le rétroviseur – Pietri, jambes brisées, se traînait au milieu de la rue – et passa la marche arrière.

La voiture tressauta en roulant sur le Corse. Nelson remit la marche avant. Les mains agrippées au volant, le regard fixé sur la tête de Pietri jusqu'au moment où la calandre la lui dissimula, il l'écrasa une seconde fois.

Vingt mètres plus loin, il s'arrêta. Dans le rétroviseur, le corps de Pietri ne bougeait plus – une tache de sang brune s'agrandissait autour de sa tête.

Il repartit. Trois quarts d'heure plus tard, il déposait la CX dans le garage d'un pavillon en meulière, aux environs de Créteil. Quelques rues plus loin, il récupéra sa Porsche jaune. Il passa le reste de la nuit aux Bains, à danser tantôt avec Colignon, tantôt avec Régine. Il n'avait jamais eu autant envie d'elle.

XXVIII

– Eh bien, eh bien... Ça va mieux, ce matin ?

Nadège était entrée dans la chambre de Marianne. Elle portait un verre, qu'elle tenait blotti contre sa poitrine. Marianne, blême, des cernes lui mangeant la moitié des joues, se redressa contre ses oreillers et, d'une main fatiguée, recoiffa ses cheveux blonds. Nadège déposa le verre sur un guéridon, ouvrit les rideaux et les volets. Fermant douloureusement les yeux, Marianne protesta.

– Non... Nadège, s'il te plaît...

– Il ne faut pas se laisser aller. Tu vas prendre ton médicament, et après, tu vas voir, ça ira mieux.

Elle tendit le verre à Marianne.

– Bois.

– Qu'est-ce que c'est ?

– Des vitamines. C'est Saroyan lui-même qui les a prescrites. Arrête de faire ta bête... Bois, je te dis.

Marianne soupira, mais prit le verre dans ses mains. Elle y trempa la lèvre, fit la grimace.

– C'est dégueulasse...

– Ne fais pas l'enfant. Il faut que tu te soignes, Marianne. Tu veux que j'ajoute un sucre ?

– Non.

Marianne haussa les épaules.

– Puisque Saroyan l'a prescrit...

Elle avala d'un trait le contenu du verre. Nadège, penchée sur elle, surveilla d'un œil étincelant qu'elle le buvait tout entier. Puis elle le récupéra, le serra contre sa poitrine et dit :

– C'est bien. Tu veux quelque chose d'autre ?

– Il faudrait que je téléphone. Je vais me lever.

Nadège lui tapota maternellement l'épaule.

– Ne bouge pas. Je te l'apporte tout de suite.

Laissant là Marianne qui, fermant les yeux, s'abandonnait contre les oreillers, Nadège sortit de la chambre, se rendit à l'office et y nettoya soigneusement le verre. Elle chantonnait.

Après quoi, elle s'assit à la table de la cuisine et sortit de la poche de son tailleur un petit sachet empli à moitié d'une poudre jaunâtre. Elle se demandait si elle allait en verser une autre pincée dans un nouveau verre de « vitamines » quand elle entendit Marianne, de l'autre côté de l'appartement, pousser un faible appel.

– Nadège...

Elle replia méticuleusement le sachet de *jen*, le rangea dans sa poche, croisa les doigts et posa les mains sur la table. Marianne l'appela une seconde fois. Elle se remit à chantonner, *mezza voce*.

Elle ne réagit que lorsqu'elle reconnut dans le couloir le bruit caractéristique du fauteuil roulant de Becq. Elle se leva, tira sur sa jupe et sur les pans de sa veste et, quittant l'office, fit mine de courir vers la chambre de Marianne.

Becq avait poussé son fauteuil au chevet de sa fille et, de ses mains énormes et maigres, lui tapotait les joues.

– Marianne... Marianne, qu'est-ce que tu as ?

La jeune femme, les yeux révulsés, les mains plaquées sur le ventre, la bouche ouverte, exhalait un gémissement atroce et continu.

– Nadège, dit Becq en voyant arriver sa bru, téléphonez au SAMU. Vite !

Nadège s'approcha du lit. Elle posa sa main ouverte sur le front de Marianne – qui, prise de convulsions, se tordait de douleur et se recroquevilla sur elle-même.

– Ça va passer, murmura Nadège, ça va passer... Ne nous affolons pas...

– Vous ne voyez pas comme elle souffre ?

– Ça va passer, répéta Nadège.

Becq se pencha brusquement, lui saisit les poignets et la repoussa à l'écart du lit.

– Appelez le SAMU ! Dépêchez-vous !

Nadège dégagea ses poignets. Elle cilla plusieurs fois, sans cesser de sourire.

– Ne vous énervez pas, beau-papa. Ce n'est pas grave, vous verrez...

– Vous vous foutez de moi ?

Furieux, effrayé par l'état de sa fille, Becq fit reculer son fauteuil, le manœuvra et sortit de la chambre. Il décrocha le téléphone du salon et, sous les yeux brillants de Nadège qui l'avait suivi et lui répétait : « Ce n'est pas grave, ce n'est pas grave », il appela les secours d'urgence.

– Qu'est-ce qui vous a pris ? s'écria-t-il après avoir raccroché. Vous n'êtes pas bien ?

Le SAMU arriva à l'appartement quelques minutes plus tard. Le médecin d'urgence ausculta rapidement Marianne qui, à demi évanouie, se plaignait d'effroyables douleurs abdominales, et décida de la faire hospitaliser immédiatement. Tandis qu'on la transférait sur une civière, Nadège tournait autour des infirmiers, toujours masquée de son sourire indécrochable, gênant leurs déplacements. Becq dut intervenir.

– Nadège, calmez-vous. Calmez-vous et laissez-les faire ce qu'ils ont à faire, nom de Dieu !

L'agrippant fermement par le poignet, avec une force qu'elle ne lui soupçonnait pas, il s'écria :

– Rendez-vous plutôt utile : descendez chez vous et appelez son mari au journal. Et son frère. Allez !

Domptée, elle obéit. Becq accompagna la civière jusqu'à la porte. Les traits tirés, les joues creuses et grises, Marianne lui souffla :

– Téléphone à Bernard... S'il te plaît...

– Je m'en occupe. Ne t'en fais pas.

– S'il n'est pas chez lui, appelle chez le prince Arjuna. Il devait y passer aujourd'hui...

Les infirmiers firent glisser la civière sur le palier. Ils l'empoignèrent et la soulevèrent dans l'escalier.

***

Bernard Valmer avait accepté ce rendez-vous chez Arjuna par pur souci d'honnêteté vis-à-vis de lui-même. Au bois de Boulogne, quelques jours plus tôt, il l'avait quitté sans vraiment s'expliquer jusqu'au bout. A peine rentré chez lui, il s'était dit que ses derniers mots ressemblaient à une fuite, une mauvaise excuse, une « sortie » faussement chevaleresque. Même si le prince ne lui en réclamait pas, il lui devait de véritables explications. C'est dans cet état d'esprit qu'il s'était présenté à l'hôtel du quai d'Anjou.

– Non, Bernard, lui avait déclaré Arjuna dès qu'il avait tenté de justifier sa décision – son coup de tête. Je vous aime assez, j'espère, pour respecter la liberté de vos sentiments. N'en parlons plus. Je n'ai pas à me mêler de votre vie privée. Je me suis déjà assez mêlé de votre vie professionnelle.

– Arjuna, je voudrais que les choses soient claires entre nous...

– Elles le sont. Vous aimez quelqu'un, Bernard. Cela me suffit. Je ne veux pas en savoir davantage. Pardonnez-moi si je vous ai paru trop pressant, trop présent.

– Non, je vous assure... Ces explications, je vous les dois.

– Bernard, je vous en prie : je ne veux plus rien entendre à ce sujet. Si je vous ai demandé de venir chez moi, c'est uniquement pour vous réaffirmer mon soutien. Et me faire pardonner : je vous ai dit certaines choses, l'autre jour, que je n'aurais pas dû me permettre.

Gêné, Bernard baissa les yeux. Un téléphone sonna, loin dans la maison.

– Chacun en juge selon sa propre vie, dit le jeune scientifique. Quelqu'un... une femme vous a trahi, si j'ai bien compris. Mais moi, je vous assure, j'ai une entière confiance en elle.

– Je souhaite que vous ne vous trompiez pas, Bernard. N'en parlons plus, je vous le répète. Vivez ce que vous avez à vivre. Quant à moi, je laisserai le *David-Arcas* à votre disposition jusqu'à ce que vous estimiez utile et nécessaire de reprendre le cours de votre carrière.

Alors que Bernard cherchait les mots pour le remercier, Ariel, le *butler*, parut sur le seuil du salon, un téléphone sans fil dans les mains.

– Une communication urgente pour M. Valmer, maître.

Dissimulant son agacement, Arjuna lui fit signe de donner l'appareil à Bernard.

– Oui ?... Bernard Valmer à l'appareil.

Arjuna quitta son fauteuil et s'éloigna discrètement vers la porte. Il ne l'avait pas encore atteinte que Bernard s'exclamait :

– Où ça ? A Cochin ?... Qu'est-ce qui est arrivé ?... Oui, oui, j'y vais tout de suite... Oui, immédiatement, monsieur.

Bernard posa au hasard le téléphone sur une table basse et se précipita vers la porte. Arjuna l'arrêta au passage.

– Que se passe-t-il ?

– Je ne sais pas. Elle est gravement malade. Le SAMU l'a emmenée à Cochin... Il faut que j'y aille.

Arjuna lui saisit le coude, l'accompagna dans le hall, fit un geste en direction d'Ariel.

– Nos manteaux, lui dit-il.

Puis, se tournant vers Bernard :

– Je vous accompagne.

***

A Cochin, la réceptionniste leur indiqua l'étage et la chambre. Ils y montèrent. Bernard était très nerveux. Il ne cessait de recoiffer ses cheveux, dans un geste compulsif. Arjuna, que cet imprévu agaçait plus qu'il ne l'inquiétait pour le jeune homme, ne prononçait pas un mot. Il se sentait totalement froid – et cette indifférence l'intriguait. Qu'est-ce que j'éprouve en face du désarroi de Bernard ? Rien. Qu'est-ce que cela signifie ? Que je n'ai plus de sentiment ? Peut-être. Il se rappela comme il avait envoyé Pietri à une mort certaine. Il n'avait rien ressenti non plus. *Cela devait être fait.* Mais Bernard ? Je me suis attaché à lui. Il est le seul, avec Marie des Anges, dont je veuille le bien. Quel bien ?... Le « bien », c'est si facile, quand on possède une fortune, et qu'on peut tout obtenir sur un claquement de doigts... La charité.

Ils atteignaient la porte de la chambre lorsque Emmanuel Villedieu l'ouvrit et, les épaules voûtées, le regard au sol, sortit dans le couloir. Arjuna, étonné, s'arrêta net. Que fait-il là ? *Qui est dans cette chambre ?*

Bernard, quant à lui, s'avança droit sur Emmanuel.

– Ah... Bonjour, dit Villedieu, en relevant les yeux avec surprise sur la silhouette massive qui lui barrait le chemin. Je crois que nous nous connaissons, non ? Vous êtes... le vulcanologue ? Vous aussi, vous rendez visite à un malade ici ?

– Je viens voir Marianne.

Emmanuel, pris de court, dévisagea Bernard, puis regarda Arjuna, qui se tenait en retrait.

– Vous connaissez ma femme ?

– Je l'aime.

Villedieu eut un petit rire décontenancé qui se changea en toux.

– Pardon ?

– J'aime Marianne. L'enfant qu'elle porte est le mien. Comment va-t-elle ?

Villedieu fit un pas en arrière et frictionna vigoureusement sa calvitie.

– Eh bien... Vous êtes direct...

Il examinait des pieds à la tête ce grand type qu'il se rappelait à peine et qui – oui, mais ça ne le consolait pas – était beau.

– Je l'avais envoyée vous interviewer l'an dernier. C'est comme ça que vous l'avez connue ?

– Oui.

Villedieu, souriant stupidement, passa à nouveau sa main sur sa calvitie.

– J'avais prévu de vous casser la gueule, dit-il.

– Ça changerait quelque chose ?

Emmanuel mit les mains dans ses poches et haussa une épaule.

– Non, vous avez raison : rien.

Il se racla bruyamment la gorge, jeta un coup d'œil furtif à Arjuna et ajouta :

– Occupez-vous bien d'elle.

Il passa entre Bernard et Arjuna, tête baissée, et s'éloigna dans le couloir.

Bernard entrebâilla la porte de la chambre et se tourna vers le prince.

– Vous venez avec moi ?

Arjuna tressaillit. A quoi bon avoir passé des années à préparer son plan de la sorte, être là à prétendre connaître tout de chacun, et tout cela pour se laisser bêtement prendre de court ? *Bernard aime Marianne*. Voilà un cas de figure qu'il n'avait jamais même envisagé.

La jeune femme dormait. D'une sorte de mauvais sommeil qui faisait tressauter ses paupières et, par accès, tout son corps. Un sommeil préludant à l'avortement « spontané » de l'embryon qu'elle portait, puis au coma, puis à la mort. Les effets du *jen*. Qu'il avait lui-même vendu à Nadège.

Incapable de faire un pas de plus dans la chambre, il se tint près de la porte tandis que Bernard, après avoir distraitement salué le médecin, s'avançait au chevet de Marianne, lui caressait délicatement la joue, remontant une mèche blonde au-dessus de son front.

– Marianne, mon amour... Tu m'entends ? Je suis là, c'est moi, Bernard... Ouvre les yeux, je t'en prie... Ouvre les yeux...

Arjuna se rappela avec ironie la défense dérisoire de Pietri : « J'l'ai pas fait exprès. J'ai jamais eu de chance... » Mais moi, se dit-il, je l'ai fait exprès. Marianne Villedieu. La fille du juge Becq. La sœur de Gracchus Babeuf. J'ai tout mis en place et en scène pour que sa belle-sœur l'empoisonne. Elle n'avait pour moi aucune existence personnelle, elle n'était qu'un instrument de ma vengeance, un simple petit élément de mon plan parmi d'autres... Juste un rouage à activer, presque rien dans le mécanisme que j'avais mis en route. Une mort froidement programmée. Organisée. Pas davantage.

Arjuna suivit dans le couloir le médecin qui sortait de la chambre.

– Quel est votre pronostic ?

– Très réservé. Elle a perdu l'enfant dont elle était enceinte. Quant à elle, nous tenterons tout ce que nous pourrons pour la sauver, mais...

– Oui, lui dit Arjuna en se détournant déjà. Merci, docteur.

Il avisa une infirmière qui le croisait.

– Mademoiselle, puis-je vous demander un service ? Il y a un visiteur dans cette chambre. S'il en sort avant mon retour, demandez-lui de m'attendre.

Il lui glissa un billet de cinq cents francs dans la main.

– Je vous en prie, ajouta-t-il.

Il quitta l'hôpital Cochin, remonta dans sa Maserati et, à toute allure, retourna à son hôtel du quai d'Anjou. Il monta l'escalier quatre à quatre, entra dans son bureau, ouvrit une porte dissimulée derrière la toile de Tàpies. Il y avait là, éclairé par une verrière en plein ciel, un laboratoire de chimie. Arjuna ouvrit un tiroir d'une armoire métallique, en retira un flacon minuscule, le mit dans la poche de son pardessus et repartit.

Une demi-heure plus tard, il était de retour à l'hôpital. Il monta à l'étage où se trouvait la chambre de Marianne. Bernard, adossé contre le mur près de la porte, plongé dans ses pensées, ne s'aperçut de sa présence que lorsqu'il lui toucha le bras.

– Comment va-t-elle ?

– Elle est dans le coma.

– Je vais la voir.

– C'est inutile. Vous ne pourrez pas lui parler.

– Faites-moi confiance. Une dernière fois.

Arjuna entrouvrit la porte de la chambre. Bernard fit mine de l'accompagner, mais le prince lui posa la main sur la poitrine.

– Laissez-moi cinq minutes seul avec elle.

Il entra, referma la porte derrière lui. Il s'approcha de Marianne.

Ses paupières tremblaient, sans vraiment s'ouvrir, découvrant le blanc de l'œil. Il lui mit la main sur le front : elle était brûlante. Il glissa la main dans la poche de son pardessus, en sortit la fiole, la garda dans son poing serré.

Marianne. Marianne Becq. Il l'avait croisée souvent, dans l'appartement de la rue des Saints-Pères. Il ne l'avait jamais vraiment regardée. Il y venait sous son avatar hongrois : le docteur Mirko Elmyr. Une semaine auparavant, le vieux Becq lui avait demandé d'ausculter sa fille, qui allait mal. Il était allé à son chevet. Il avait pris une sorte de plaisir pervers à la regarder, malade, à ne rien faire pour elle, et à bavarder avec Nadège, comme si de rien n'était – comme s'il ne savait pas que Marianne allait avorter, puis mourir, sous l'effet du *jen* qu'il avait lui-même procuré à Nadège, comme s'il ne savait pas que *Nadège était l'empoisonneuse*.

Il s'assit au bord du lit et effleura du revers de la main la joue brûlante et pâle de Marianne. Qu'est-ce qui a changé ? Elle est toujours la fille de Becq, la sœur de Gracchus Babeuf. Elle devait mourir demain. C'était réglé. C'était sans discussion et sans conteste.

Si je l'épargne, songea-t-il en lui caressant le front, tout sera différent.

Il déboucha la fiole. Elle était emplie d'un liquide doré. Il en fit doucement couler quelques gouttes entre les lèvres de Marianne.

***

Cette nuit-là, vers une heure du matin, un van se gara sur le parking de l'hôpital. Arjuna et Tazrouk en sortirent. Ils portaient des blouses blanches d'infirmiers.

Ils pénétrèrent à Cochin par l'entrée des urgences. Ils saluèrent au passage l'infirmière de garde, qui, aux prises avec un homme en proie à une crise nerveuse, ne leur prêta guère attention. Ils entrèrent dans l'ascenseur.

A l'étage, ils vérifièrent qu'il n'y avait personne dans le couloir. Ils le remontèrent. Le bureau des infirmières était à l'autre extrémité. Arjuna entra seul dans la chambre.

Une veilleuse nimbait le visage de Marianne d'une lumière jaunâtre. Arjuna lui toucha le front, lui ouvrit les paupières, examina ses pupilles. Puis il versa entre ses lèvres quelques gouttes du liquide doré du minuscule flacon.

On frappa trois coups espacés à la porte. Arjuna alla l'ouvrir, laissant entrer Tazrouk qui poussait une civière. Ils enveloppèrent Marianne dans son drap, débranchèrent sa perfusion et les électrodes du moniteur, la soulevèrent et la placèrent sur la civière. Arjuna déposa une enveloppe blanche sur l'oreiller. Tazrouk jeta un coup d'œil dans le couloir : toujours personne. Il entendit des rires provenant du bureau des infirmières. Il fit un signe à Arjuna.

Ils roulèrent la civière jusqu'à l'ascenseur. Ils redescendirent.

Aux urgences, ils entendirent un vacarme de cris et les bruits d'une violente bousculade. L'homme en proie à une crise nerveuse se débattait en hurlant contre l'infirmière de garde et deux jeunes internes venus en renfort. Tazrouk, Arjuna et leur civière passèrent sans encombre. Ils n'avaient pas prononcé un mot.

Quand ils parvinrent au van, Tazrouk cogna trois coups aux portières arrière. Elles s'écartèrent. Bernard Valmer apparut, le visage inquiet.

– Tout va bien, lui dit Arjuna. Partons. Mon avion vous attend.

Il sentit que Bernard allait le remercier. Il le devança :

– Non. Vous ne me devez rien.

Le jeune scientifique aida le prince et Tazrouk à faire glisser la civière à l'intérieur du van. Ils refermaient les portières quand un homme les rejoignit au pas de course. C'était celui qui avait provoqué l'échauffourée aux urgences. Il semblait aller beaucoup mieux.

– Monte à l'avant, Girolamo, lui dit Arjuna.

Tazrouk se mit au volant, Girolamo et le prince à côté de lui. Il démarra. Le van s'engagea sur le boulevard de Port-Royal.

***

Le juge Becq apprit la disparition de sa fille le lendemain, dès huit heures du matin. Deux inspecteurs de police se présentèrent à l'appartement de la rue des Saints-Pères. Ils lui donnèrent la lettre qu'on avait retrouvée sur l'oreiller, à Cochin :

Papa, je te demande pardon. Je sais que je vais te faire un chagrin que tu ne mérites pas, car personne ne m'a jamais aimée comme toi. Mais je ne veux pas continuer, je ne peux pas continuer à vivre. En quelques jours, j'ai tout perdu : Grand-mère, Baba, et maintenant ce bébé que je portais et dont je croyais qu'il serait le début pour moi d'une nouvelle vie. J'aurais dû mourir avec lui, tout serait tellement plus simple. Je n'aurai pas à faire ce choix, qui me déchire parce que je pense à toi, mais qui est le seul dont je veuille à présent. Pardon, pardon, pardon.

Marianne.

Le visage fermé, le regard fixe, Becq rendit machinalement la lettre à l'un des inspecteurs, qui la refusa d'un geste gauche. Ce fut son collègue qui se chargea d'annoncer la seconde nouvelle :

– Nous avons repêché un corps dans la Seine, aux alentours de six heures ce matin. Une jeune femme blonde d'une vingtaine d'années. Il faudrait...

– Je sais, le coupa Becq. J'irai l'identifier à l'Institut médico-légal. Faut-il y aller tout de suite ?

– Nous vous y attendrons à onze heures, monsieur.

Lorsqu'ils ressortirent du bureau, Didier et Nadège Chastel-Becq les attendaient dans le vestibule. Il y eut un moment de flottement, de malaise, pendant lequel les inspecteurs attendirent que Becq fasse lui-même part de la nouvelle à son fils et à sa belle-fille. Il ne dit rien. Il n'y avait ni chagrin ni sentiment sur son visage. Il ne semblait pas même prendre garde à la présence des Chastel-Becq. L'un des inspecteurs se décida à expliquer lui-même la situation.

L'avocat pâlit et se frictionna nerveusement les narines. Nadège se tira une larme – une seule, qui brilla au coin de son œil coruscant – et s'exclama en s'approchant de Becq :

– Mon pauvre beau-papa ! Mon pauvre, pauvre beau-papa...

– Vous, foutez-moi la paix.

Et, la laissant sidérée, le juge fit brusquement virer sur place son fauteuil et roula jusqu'à son bureau.

Peu après, Arjuna se présenta à la porte de l'appartement. Nadège l'accueillit en prenant son air le plus affligé. Elle entreprit de lui raconter « l'affreuse, l'effroyable nouvelle », mais il l'interrompit.

– Je l'ai apprise. Je viens solliciter un entretien de votre beau-père.

– Vous savez, il est très abattu... Je ne crois pas que le moment soit bien choisi.

– J'aimerais qu'il me le dise lui-même.

– Bien. Bien... C'est à quel sujet ?

– C'est confidentiel. Et urgent.

Il passa devant elle et se dirigea de son propre chef vers le bureau du juge. Elle l'accompagna à petits pas – ses talons claquaient sur le plancher –, le dépassa et frappa elle-même à la porte.

– Beau-papa.

– Encore vous, Nadège ? Je vous ai demandé de me foutre la paix, dit la voix étouffée de Becq.

– Vous voyez ? souffla-t-elle à Arjuna. Il n'est pas en état de vous recevoir.

Le prince l'écarta poliment et ouvrit la porte.

– Monsieur Becq, faites-moi la faveur de m'écouter. Je n'en aurai que pour quelques minutes.

Le vieillard était tassé sur son fauteuil, près de la fenêtre, le plaid avait glissé au sol. Il tourna la tête vers l'intrus.

– Qu'est-ce que vous voulez ?

Ses joues ridées, tavelées, étaient mouillées de larmes. Arjuna referma la porte au nez de Nadège.

– Je viens vous parler de Marianne.

***

Alors que Didier, son mari, avait dû se rendre au Palais – non sans s'être au préalable enfermé dans la salle de bains et y avoir pris une ligne de coke –, Nadège tourna en rond entre le salon, le vestibule et le couloir de l'appartement du juge. Quelques minutes, avait dit le prince. Il était entré dans le bureau depuis près d'une heure. A deux ou trois reprises, elle avait collé son oreille à la porte, mais n'avait perçu qu'une rumeur de voix, sans parvenir à comprendre un seul mot.

A neuf heures dix-sept selon l'horloge du salon, Arjuna réapparut enfin, en compagnie de Becq dont il poussait le fauteuil. Nadège se précipita dans le vestibule. Les deux hommes se serrèrent longuement la main. Puis Arjuna la salua d'un simple signe de tête et partit.

Nadège s'avança vers son beau-père, fit mine de vouloir rouler son fauteuil.

– Le prince avait beaucoup à vous dire...

D'un regard, il la cloua sur place. Il paraissait avoir recouvré une combativité qu'elle ne lui avait plus vue depuis l'accident qui l'avait paralysé. Sans savoir pourquoi, elle fut prise d'angoisse.

– Retournez donc chez vous, Nadège. Vous me tapez sur les nerfs. On dirait un corbeau tournant autour d'une charogne.

– Beau-papa...

– Ouste ! fit-il avec un grand geste exaspéré.

Et il retourna dans son bureau.

A dix heures, le docteur Elmyr passa chercher le juge Becq. Pour l'occasion, il avait troqué sa MG décapotable pour une grosse berline confortable. Il porta lui-même le vieillard et l'installa sur la banquette arrière. Becq n'avait plus quitté son appartement depuis quatre ans. Ce fut une curieuse expérience de rouler jusqu'à l'Institut médico-légal. Il contempla longuement le fleuve. Il sut que son deuil et sa dépression étaient terminés. A quoi sa réclusion lui avait-elle servi ? Il en était devenu incapable de protéger ses proches.

A la morgue, on le conduisit devant le cadavre nu et bleuâtre d'une noyée. Il l'examina très vite, baissa aussitôt le regard et dit :

– Oui. C'est elle. Je la reconnais.

Après les formalités, Elmyr le reconduisit rue des Saints-Pères. Didier l'attendait, revenu exprès du Palais.

– Alors ? demanda-t-il, anxieux.

– Oui, fit simplement Becq en hochant lentement la tête.

L'avocat se caressa les narines. Il était décomposé. Il finit par poser la question qui tourbillonnait dans son esprit depuis la veille, depuis l'hospitalisation d'urgence de sa sœur :

– Il va y avoir une autopsie ?

Becq le considéra avec une étrange curiosité.

– Pourquoi ? Marianne s'est noyée, voilà tout.

– Oui, murmura Chastel-Becq. Oui, elle s'est noyée...

– J'ai demandé qu'elle soit incinérée au plus vite, ajouta le vieil homme. Je veux la cérémonie la plus simple et la plus discrète possible.

– Bien..., fit Chastel-Becq, soulagé. Tu as raison. Une incinération, c'est ce que...

– Autre chose, l'interrompit son père. Appelle Gandois, le notaire. Qu'il passe ici, j'ai des dispositions à prendre.

Becq se frotta les mains comme si tout cela le réjouissait, à la grande stupéfaction de son fils.

***

Trois jours plus tard, dans le bureau du juge, Me Gandois, notaire, achevait la lecture de l'acte que lui avait fait dresser Becq, devant son fils Didier Chastel-Becq, sa bru Nadège et Emmanuel Villedieu.

Emmanuel, après avoir appris la mort de Marianne, n'avait plus dessoûlé. On ne l'avait plus vu au journal, il ne répondait pas au téléphone. Il se sentait coupable. Stupidement coupable de toute la haine qu'il avait éprouvée pour Marianne, ces derniers temps, comme s'il était en quelque sorte responsable de sa fausse couche et de son suicide. Il avait fallu que Didier, son beau-frère, vienne le chercher lui-même à son appartement pour qu'il consente à assister à l'établissement de cet acte dont Chastel-Becq lui-même ne savait rien à l'avance.

– Mais, beau-papa... Vous nous déshéritez ?

Nadège avait été la première à réagir après la lecture du notaire.

– A la suite de la disparition d'Espérance et de celle de Marianne, dit Becq, je deviens le seul responsable de l'œuvre d'Andrée. J'ai décidé, comme vous le voyez, d'en faire la dation à l'État. Je n'ai pas, en matière de peinture, de compétences particulières. Je crois que vous non plus, Nadège, pas plus que Didier ni qu'Emmanuel.

– Mais... Ce sont des peintures de famille, beau-papa. Des souvenirs...

– Mes souvenirs d'Andrée n'ont pas besoin de ses toiles. Quant à la « famille », Nadège, il ne m'apparaît pas que vous ayez entretenu des liens très proches avec les Adamantis. Ni eux avec vous, si cela peut vous consoler. L'œuvre d'Andrée sera désormais entre des mains expertes, plus à même que vous ou moi, j'en suis certain, de lui assurer le destin qu'il mérite. Didier, ton opinion ?

Chastel-Becq évita de rendre le regard que lui décochait sa femme et répondit :

– Ta décision est certainement la meilleure. Je ne me sens personnellement aucun droit sur les toiles d'Andrée.

Nadège s'agita rageusement sur sa chaise.

– Merci, dit Becq. Et vous, Emmanuel ?

– Je n'ai pas non plus mon mot à dire. Marianne et moi étions mariés sous le régime de la séparation de biens, comme vous le savez. Je vous suis simplement reconnaissant, Pierre, de m'avoir associé à votre décision. Que j'approuve.

– Merci, répéta Becq.

Il embrassa d'un regard Nadège, Didier et Emmanuel et reprit :

– Voilà ce que j'avais à vous dire. Cet acte n'est pour l'instant qu'une déclaration de principe, en quelque sorte. Il ne vaudra juridiquement que lorsque toutes les formalités de la succession auront été réglées. Ce qui, maître, ajouta-t-il en se tournant vers le notaire, risque de prendre un certain temps ?

– Nous ferons le maximum pour que les choses aillent vite. L'État se retrouvant bénéficiaire d'une partie de la succession, je pense que cela devrait... comment dire ? accélérer le processus.

Ils se séparèrent dans l'escalier, tandis que le notaire restait en compagnie de Becq. Emmanuel laissa les Chastel-Becq devant leur porte.

– J'ignorais que les tableaux de ma belle-mère étaient montés à une telle cote, fit Didier en entrant dans son appartement.

– Ton père s'est bien gardé de te prévenir, répliqua Nadège. Et toi tu te laisses dépouiller sans protester.

– Dépouiller de quoi ? J'ai à peine connu Andrée, et puis tu crois que le vieux voulait vraiment mon avis ?

– Ça ne t'empêchait pas de le donner.

Nadège, animée d'une colère froide, entra dans le salon. Nessie jouait à un jeu vidéo, poussant des cris de primate. Elle s'assit à côté de lui dans le canapé et le prit dans ses bras, aussitôt radoucie par ce contact avec la chair de sa chair.

– Putain de merde, maman ! Lâche-moi !

XXIX

Quand il se trouvait au Parlement européen, Jean-Michel Casagrande était un autre homme. Il circulait gravement dans les couloirs du bâtiment, la mine solennelle et compétente, délicieusement convaincu de sa propre importance. Il adorait les discussions en aparté avec ses collègues, les échanges de vues, les fausses amabilités et les animosités polies, les confidences et les anecdotes qu'on se chuchotait à l'oreille, les phrases brusquement interrompues par un sourire de connivence, les secrets, les calculs et les manœuvres en coulisses, la cordialité de surface et le mépris feutré de ceux-qui-savent. Le Parlement était son pré carré, sa distraction et sa récompense intime. Il postulait pour appartenir à toutes les commissions dont on parlait ; une fois dans la place, il n'y ouvrait pas un dossier mais se dépensait beaucoup pour apprendre quelles opinions il convenait d'avoir et montrait un talent particulier pour, avant tout le monde, en exprimer la « substantifique moelle » (c'était l'une de ses locutions favorites) devant les journalistes. Parlementaire de peu d'influence réelle, réformateur aussi frileux qu'incompétent, il s'était fait un nom sur sa seule « rondeur » et sa façon bonhomme de traiter la presse, une faconde mi-pied-noir mi-marseillaise qu'il tenait, sans vouloir le reconnaître, de son maraîcher de père.

Le voilà donc descendant paisiblement les travées du Parlement pour rejoindre sa place. Comme souvent, il est en retard. La plupart de ses collègues – ceux que ne retiennent pas chez eux leurs obligations cumulées d'élus de terrain – sont déjà installés. Certains ont placé les écouteurs des traductions simultanées sur leurs oreilles. Beaucoup, au mépris du discours pourtant inhabituellement animé du député allemand pérorant à la tribune, ont déplié des journaux devant eux. Casagrande adresse des sourires à droite et à gauche et s'étonne un peu qu'on ne les lui renvoie pas, qu'on détourne la tête à son passage, ou bien que tel et tel se penchent brusquement l'un vers l'autre et, le guignant du coin de l'œil, s'échangent quelques mots dérobés derrière la main.

Purée, se dit Casagrande, la discussion d'aujourd'hui doit être salement sérieuse. C'était quoi, déjà ?

Il se faufila à sa place. Chapuis, son collègue socialiste, fit semblant de ne pas voir la main qu'il lui tendait et se replongea dans la lecture du *Figaro* déployé sur son pupitre.

– Alors, Chapuis, les nouvelles sont bonnes ? plaisanta-t-il.

Le député le dévisagea un instant.

– Ça dépend pour qui, dit-il.

Puis il referma brutalement son journal, dans un sec froissement de papier. Casagrande haussa les sourcils (« Qu'est-ce qu'il a ? Il s'est levé du pied gauche ? ») et s'assit. Plissant les yeux, il regarda l'orateur à la tribune. Qui c'est, çui-là ? Il chaussa ses lunettes, reconnut Herbert Raschke, un député allemand chrétien-démocrate. Bouh, la vilaine cravate... Du jaune moutarde avec un complet bleu. Ces Boches... Il ouvrit sa serviette, en retira trois dossiers qu'il plaça à sa gauche, puis *L'Équipe*, qu'il déplia et lissa du plat de la main. Voyons ce qu'ils racontent sur l'OM. Depuis que Tapie est le patron, on est heureux tous les jours d'être supporter.

Le mot suscita en lui l'image fugitive de Noël Pietri, une question sans réponse : « Qu'est-ce qui lui a pris d'aller se faire écrabouiller rue Saint-Louis-en-l'Île ? », le souvenir vague des articles lus quelque temps auparavant au sujet de la mort d'un « évadé de Casabianda » en lequel il avait reconnu, avec déplaisir, ce personnage oublié de sa jeunesse. Une page entière de *L'Équipe* était consacrée à l'OM de Tapie. Il ne pensa plus à Pietri. Quand est-ce qu'on la gagne, cette Coupe d'Europe ?

Quelques minutes plus tard, le brouhaha agitant le Parlement devint tel qu'il fut contraint de lever les yeux de son intéressante lecture. Plusieurs députés français de son groupe apostrophaient l'orateur allemand. Casagrande se tourna vers Chapuis.

– Ils ont bouffé du lion aujourd'hui ?

Chapuis lui désigna les écouteurs de la traduction simultanée.

– Mettez-les. Je suis sûr que ça va vous intéresser.

Casagrande haussa les épaules, jeta un œil navré sur l'article sportif qu'il n'avait pas achevé et dit :

– Je lirai les comptes rendus, après. Ce sera bien plus simple.

Chapuis eut un rire bref.

– Moi, si j'étais vous...

Casagrande cherchait quoi lui répliquer quand deux députés, debout dans la rangée devant lui, se tournèrent en même temps dans sa direction et hurlèrent :

– Enfin, défendez-vous, Casagrande !

– Répondez à ces accusations scandaleuses !

Casagrande, abasourdi, se posa les deux mains sur la bedaine.

– Euh... Quelqu'un peut-il m'expliquer ce qui se passe ?

Son voisin, Chapuis, lui posa sous les yeux son exemplaire du *Figaro*, pointant un gros titre de l'index.

– Vous devriez lire autre chose que *L'Équipe*.

Rajustant ses lunettes sur l'arête de son nez, conscient que le Parlement tout entier avait les yeux braqués sur lui, Casagrande baissa le nez vers la page du journal.

MWANKUMI ASSASSINÉ PAR SON PROPRE GARDE DU CORPS

Selon les révélations de la fille du leader d'opposition centrafricain, rescapée du massacre où ont péri, en 1974, son père, sa famille et vingt-sept proches de Daniel Mwankumi, le responsable et l'organisateur de la tuerie aurait été l'officier français chargé de sa protection, aujourd'hui député européen apparenté socialiste, Jean-Michel Casagrande.

– C'est quoi, ces conneries ? marmotta Casagrande, qui ne parvenait pas à croire ce qu'il lisait.

L'article était accompagné d'une vieille photographie où il portait le béret et le treillis, et, au-dessous, de celle d'une jeune femme noire, belle et grave. L'opposition des deux portraits était en elle-même une accusation : le jeune Casagrande en tenue de combat avait un sourire sournois et le regard dissimulé derrière des Ray Ban teintées. Une gueule de traître, se dit-il lui-même.

– Casagrande, réagissez, montez à la tribune, lui cria l'un des députés devant lui.

Il replia soigneusement le journal, le rendit à Chapuis et posa ses deux mains à plat sur son pupitre. Me lever. Je dois me lever. Aller à la tribune. Il vit des dizaines de députés tournés vers lui, comme autant d'accusateurs. D'un geste lent, il retira ses lunettes. Tout redevint flou. Il se sentit un peu mieux.

On lui touchait le bras. C'était Chapuis, qui l'incitait à quitter sa place. Il rangea ses lunettes dans leur étui et, le gardant à la main, ne sachant plus guère ce qu'il faisait, il se retrouva dans la travée. Comme un automate, il se rendit à la tribune.

Il tapota machinalement le micro. Dans le brouillard bienfaisant de sa myopie, il ne distinguait que de vagues formes humaines autour de lui.

– Messieurs, mes chers collègues, commença-t-il, messieurs, mes chers collègues...

Repassèrent dans son esprit des images crues, de sang et de cadavres. Il se racla la gorge.

– Je viens d'apprendre comme vous les accusations dont je fais l'objet. Laissez-moi d'abord vous dire que c'est un homme blessé qui vous parle. Blessé dans son honneur. Blessé dans ses convictions les plus intimes. Non, messieurs ! Je n'ai jamais commis le crime atroce dont on cherche à souiller ma réputation.

Il se passa la langue sur les lèvres, surpris lui-même de cette éloquence spontanée.

– En cet instant, reprit-il en baissant dramatiquement le ton, en cet instant, je pense à ma famille. A mon épouse. A mon fils. Et je leur dis, solennellement, comme je vous l'affirme, à vous tous ! que je ferai la preuve, en mon temps et en mon heure, que ces abominables calomnies n'ont d'autre but que d'atteindre un homme dont la seule faute, la seule faute, messieurs, fut de consacrer sa jeunesse tout entière à une Afrique que je souhaitais libre, indépendante et démocratique !

Il chercha quoi ajouter, ne trouva rien, sinon le besoin irrépressible de quitter cette tribune et de se mettre à l'abri de tous les regards. Personne n'applaudit. Le silence était total, menaçant. Il tâta nerveusement sa poche, y rangea son étui à lunettes, et descendit de la tribune.

A la sortie de la salle, alors qu'il croyait enfin avoir un répit – pour réfléchir, aviser, inventer une contre-attaque –, il fut assailli par des micros, des caméras, des journalistes qui piaffaient depuis une heure en l'attendant. Il se fraya difficilement un passage dans la cohue, répondit mécaniquement à toutes les questions : « Vous aurez les preuves de mon innocence. En mon temps et en mon heure » et, avec l'aide d'une demi-douzaine de vigiles et d'huissiers, parvint à se dégager.

Il monta dans sa Safrane, dit à son chauffeur de l'amener aussitôt à l'aéroport. Le téléphone de voiture sonna peu après.

C'était la rédaction de TF1. Une assistante lui demanda s'il pouvait se rendre au journal de vingt heures le soir même.

– Pas question, c'est trop tôt.

– Vous êtes l'actualité, monsieur Mazagran, lui dit l'assistante. Il faut que vous vous exprimiez ce soir. Demain ce sera trop tard.

– Ca-sa-grande, épela-t-il. Je m'appelle Casagrande. Si vous connaissiez votre métier, mademoiselle...

– Monsieur Mazagran, l'interrompit-elle, je vous passe Patrick Poivre d'Arvor.

– Bonjour, monsieur Casagrande. Comment allez-vous ?

Dès que la voix nasale, charmeuse et vaguement sarcastique du journaliste-vedette de TF1 lui chatouilla l'oreille, Casagrande sut qu'il n'aurait pas d'autre destin immédiat que de « passer » dans le journal de vingt heures. Et, tout en feignant de rechigner face à l'aimable insistance du journaliste, il commença à préparer son intervention du soir même. Se défendre, se disculper chez PPDA : que rêver de mieux, de plus sûr ? La France en direct. Droit dans les yeux. Dix millions de téléspectateurs.

La vanité perd souvent les hommes.

***

Dans le hall de débarquement de l'aéroport, Casagrande eut la surprise de trouver Thomas, son fils, qui l'attendait. Que plusieurs journalistes surgissent, brandissant leurs micros, leurs magnéto-cassettes et leurs stylos l'étonna moins. Il empoigna son fils par le bras et ils filèrent, à la hâte, vers le parking.

– Tu es venu avec ta voiture ?

– Oui, je te ramène à la maison.

– Pas le temps, Thomas. On m'attend à TF1.

En chemin, il lui expliqua qu'il était invité au journal de Poivre d'Arvor.

– Tu as lu les journaux ? Ta mère aussi ?
– Ne t'en fais pas. On te soutient.
– Les enculés, grogna Casagrande. Mais je sais qui est derrière tout ça. Et je ne vais pas me laisser faire, tu peux me croire !
– Tu penses que c'est la même personne qui a déclenché les entrefilets dans *Ici* ?
– Comment tu es au courant de ça ?
– Emmanuel m'en a parlé. Mais je lui ai demandé de faire faire une enquête en Afrique.
– Une enquête ? De quoi tu te mêles ?
– Papa, je veux t'aider...
– Tu aurais pu m'en parler avant.
– Je voulais le faire. J'attendais qu'Emmanuel ait des nouvelles.
– Et... ? Il en a ?
– Je ne sais pas. Il y a une semaine que je n'arrive pas à l'avoir au téléphone. Sa femme est morte, tu es courant ?
– Oui, oui... J'ai entendu dire ça.
Thomas gara sa Jaguar type E à une centaine de mètres de l'immeuble de TF1. Casagrande prit une profonde inspiration.
– J'ai le trac, dit-il. Bon. Merci de m'avoir accompagné. On se voit tout à l'heure à la maison ?
– J'y vais avec toi, papa. Il est hors de question que je te laisse seul dans un moment pareil.
Casagrande tapota la cuisse de ton fils.
– Bon. Bon, comme tu veux.

Tandis qu'on le maquillait dans une loge, Casagrande téléphona plusieurs fois. Il s'attendait au moins à ce que quelqu'un du parti soit là pour l'accueillir, l'assurer du soutien de ses amis politiques, avec, peut-être, un mot à son intention du Premier ministre ou, pourquoi pas ? du président qui, dans sa longue carrière, avait dû affronter de nombreuses campagnes de calomnie et devait savoir dans quelle position délicate il se trouvait. Il n'y avait personne. Et personne, non plus, pour lui répondre au téléphone. Tout le monde était « sorti », « injoignable ». Ce fut la première occasion pour Casagrande d'éprouver une véritable angoisse. Tout s'était déroulé si vite, au Parlement européen, il avait dû agir, parler avec tant de précipitation, qu'il n'avait pas pu prendre la mesure réelle du scandale que les articles de la presse européenne avaient déclenché. Maintenant, à quelques minutes de pénétrer sur le plateau du journal de vingt heures, alors que Poivre d'Arvor était passé en coup de vent pour le saluer et laisser à sa disposition, avec une affabilité narquoise, une brassée de quotidiens sur la table de maquillage, à présent qu'il voyait, parmi ces papiers écrits dans des langues qu'il ne comprenait pas, ces noms, en lettres grasses, qui partout lui sautaient à la gueule : *Jean-Michel Casagrande, Daniel Mwankumi, Jean Bedel Bokassa*, il se rendait compte qu'il ignorait ce qui l'attendait. Il avait foncé tête baissée, taureau abusé par la cape. Et l'arène était là, à quelques mètres, environnée de caméras et de techniciens.

Il arracha la serviette en papier qui protégeait son col, vit son propre reflet dans le miroir : un gros homme paniqué.

On le prit par le bras, lui parla à l'oreille, il se leva sans comprendre, la tête vide, pénétra dans la chaleur intense des projecteurs et se retrouva assis à la gauche de Poivre d'Arvor.

Il ne pouvait plus reculer.

Il entendit dans un brouillard de mots les titres énumérés par le journaliste, sourit machinalement quand son nom fut prononcé et qu'il comprit que son image, en gros plan, passait à l'écran, sentit une coulée de sueur lui mouiller l'échine, s'efforça de garder son sourire. Poivre d'Arvor annonça soudain :

– Des révélations dans la presse française et européenne ont aujourd'hui mis en cause Jean-Michel Casagrande et provoqué une mini-tempête médiatique au Parlement de Strasbourg où il siège comme député dans le groupe socialiste. Une jeune femme, qui se présente comme la fille de Daniel Mwankumi, leader historique de la gauche réformatrice centrafricaine assassiné en...

Casagrande fit un tel effort pour se concentrer sur le journaliste qui lisait posément son texte défilant sur le prompteur qu'il ne perçut bientôt plus qu'une bouillie de syllabes incohérentes.

– ... monsieur Casagrande ?

Poivre d'Arvor, un demi-sourire aux lèvres, venait de lui poser une question. Casagrande tressaillit, incapable de déterminer ce qui lui avait été demandé. Le journaliste haussa un peu les sourcils, accentua l'ironie de son sourire et répéta :

– Monsieur Casagrande, nos téléspectateurs aimeraient savoir ce que vous avez à répondre aux accusations de Marie des Anges Mwankumi.

– Diffamation.

Ce fut le seul mot qui lui vint d'abord.

– Oui ? fit Poivre d'Arvor, de plus en plus narquois.

- Il s'agit... il s'agit d'une odieuse campagne diffamatoire.

Voilà. Une phrase. Une vraie phrase. Enfin. Casagrande, soulagé, oublia tout autour de lui et se laissa guider par sa longue pratique de la langue de bois.

– Daniel Mwankumi était un homme pour lequel j'éprouvais le plus grand respect, et même de l'admiration. Lorsque, en vertu d'accords secrets que je ne peux dévoiler ici, le gouvernement français m'a dépêché auprès de lui pour mettre en place et en œuvre un groupe de protection rapprochée, nous savions qu'il était sous la menace, non seulement d'attentats, mais d'une action armée de Bokassa. Quand cette mission m'a été confiée, j'en ai évalué les risques, nombreux et graves, et je les ai assumés.

– Vous étiez donc chargé de la protection de Daniel Mwankumi de 1973 à 1974 ?

– C'est exact.

– Durant cette période, n'avez-vous pas rencontré Jean Bedel Bokassa à plusieurs reprises ?

– Monsieur Poivre d'Arvor, je n'aurais pu le faire qu'au péril, je dis bien : au péril de ma propre vie. Et les événements ultérieurs le démontrent amplement. Lorsque les troupes de Bokassa ont donné l'assaut à la résidence de Daniel Mwankumi, elles n'ont laissé que des morts derrière elles.

– Sauf vous, monsieur Casagrande.

– Croyez, fit Jean-Mi en prenant un ton emphatique, croyez, monsieur Poivre d'Arvor, que j'aurais préféré tomber auprès de mes hommes, de mes camarades. Le sort ne l'a pas voulu ainsi. J'ai compris, plus tard, lorsque le temps m'a enfin guéri du traumatisme de cette tragédie, que ma mission n'était pas achevée, que j'étais vivant pour témoigner des exactions et de la barbarie de Bokassa, et je l'ai fait. J'ai témoigné. Devant les hommes et devant l'Histoire !

Poivre d'Arvor opina légèrement de la tête, puis tourna les yeux vers la caméra.

– Puisque nous parlons de témoins et de témoignages, monsieur Casagrande, nos téléspectateurs aimeront sans doute entendre celui de Marie des Anges Mwankumi.

Casagrande, que son numéro de vieux soldat avait ému et quasi convaincu lui-même, vit entrer, par la droite du plateau, une grande jeune femme noire en tailleur gris qui, après l'avoir regardé droit dans les yeux, alla s'asseoir en face de lui.

– Marie des Anges Mwankumi, dit Poivre d'Arvor d'une voix douce, pouvez-vous vous présenter à nos téléspectateurs ? Et leur raconter votre histoire ?

Elle braqua son regard sur Casagrande, en face d'elle. Il cilla et remua les fesses, comme pour mieux assurer son assise. Les yeux noirs de Marie des Anges avaient une intensité, une fixité impitoyables. C'est pourtant d'une voix précise, sans émotion apparente, qu'elle répondit :

– Je suis la fille de Daniel Mwankumi. J'avais quatre frères et sœurs. Tous, ainsi que mon père, ma mère, et vingt-sept membres de notre entourage, ont été assassinés le 8 octobre 1974 dans la cave de notre maison au bord du fleuve Oubangui. Ils ont été abattus au fusil-mitrailleur, puis les blessés et les mourants ont été systématiquement égorgés. Ma sœur Marie-Pierre a eu la gorge tranchée : elle avait sept ans. Mon frère François a eu la gorge tranchée, dans les bras de sa mère : il avait huit mois. Aucun n'a été épargné.

– Et vous dites connaître l'auteur de ce massacre ? demanda Poivre d'Arvor.

– J'étais là. Cachée sous de vieux meubles. J'ai tout vu, tout entendu. Il ne se passe pas un jour, depuis quinze ans, où je ne m'en souvienne. Le moindre détail, le moindre mot, toute cette horreur restera à jamais gravée en moi. L'homme qui a ordonné la fusillade, l'homme qui a tiré la première rafale, l'homme qui a exigé l'égorgement de mes frères, mes sœurs, mes parents, nos amis et nos proches – cet homme-là était celui entre les mains duquel mon père avait placé la vie de son épouse, de ses enfants et la sienne, l'homme dont nous attendions et dont nous payions l'aide et la protection.

Elle tendit l'index droit devant elle.

– Il s'appelait, il s'appelle Jean-Michel Casagrande.

A l'image, on vit le visage bouffi, grisâtre du député. De la sueur perlait à son front, luisant sous les projecteurs.

– C'est inconcevable ! glapit-il. C'est un tissu de mensonges ! Daniel Mwankumi est l'un des hommes que j'ai le plus admiré et respecté de toute ma carrière... Voyons, monsieur Poivre d'Arvor, ne trouvez-vous pas suspect qu'il ait fallu tant d'années pour voir réapparaître une de ses filles, soi-disant rescapée par miracle ? Pourquoi ces « révélations » quinze ans après les faits, quinze ans après une enquête de l'ONU qui a confirmé point par point mon témoignage ? Je vous réponds, monsieur Poivre d'Arvor : il s'agit d'une machination, et de rien d'autre !

– Monsieur Casagrande, l'interrompit calmement le journaliste, n'avez-vous pas, à cette époque-là, rencontré plusieurs fois Bokassa ?

– Jamais ! J'étais considéré comme un mercenaire, ma tête était mise à prix, Bokassa voulait aussi ma peau !

– Vous affirmez donc n'avoir jamais eu, entre 1973 et 1974, plusieurs entrevues avec le chef de l'État centrafricain ?

– Je vous le répète : jamais.

Poivre d'Arvor tourna les yeux vers la caméra.

– Voyons ensemble, s'il vous plaît, quelques images...

Sur les écrans de contrôle et à l'antenne commencèrent à défiler, mal cadrées, parfois tressautantes, plusieurs séquences de film super-8 en noir et blanc et en couleurs. Ce n'étaient en rien des images officielles, mais selon toute apparence des films amateurs, pris dans l'intimité, certains peut-être par un enfant, à en juger par les angles en contre-plongée où l'on voyait Bokassa sortant ruisselant et hilare d'une piscine en plein air, bientôt rejoint par un homme jeune, un Blanc, en qui, malgré le temps passé et l'embonpoint, on reconnaissait Jean-Michel Casagrande. Bokassa, de plus en plus hilare, lui tapait sur l'épaule, semblait plaisanter avec lui, qui riait à son tour, puis, pendant quelques secondes effarantes, mimait un échange de boxe avec le dictateur. Sur d'autres images, ils dînaient ensemble, en bras de chemise, comme de vieux amis, ou se promenaient bras dessus bras dessous dans un jardin tropical. L'impression générale était celle d'une grande camaraderie, de la complicité virile entre deux vieilles connaissances.

Le montage ne durait qu'une trentaine de secondes. Quand il s'acheva, on mit aussitôt à l'antenne un gros plan de Casagrande, qui, triturant du bout des doigts une branche de ses lunettes, penchait un visage défait vers un écran de contrôle. Puis, en un saisissant contraste, le profil pur, impassible et noble de Marie des Anges le remplaça. Hors champ, la voix nasillarde et paisible de Poivre d'Arvor demanda à Casagrande ses commentaires sur les images qu'on venait de diffuser.

– Des trucages, bredouilla le député. D'ignobles trucages.

– Vous persistez donc à affirmer que vous n'avez jamais rencontré Jean Bedel Bokassa ?

Casagrande se redressa, arracha ses lunettes et, dans un pitoyable effort de dignité, déclama :

– Non seulement, je persiste mais j'en apporterai la preuve. Et... et...

Il hésita, le souffle court, puis flanqua un coup de poing sur la table.

– Et je ne me prêterai pas plus longtemps à cette mascarade. A ce guet-apens !

Il se leva maladroitement, s'empêtra dans son siège et quitta le plateau, tête baissée, ne voulant rien voir, rien regarder autour de lui. Il enjamba des câbles, passa parmi des techniciens qui s'écartèrent en le dévisageant, retrouva les coulisses, ne vit pas son fils Thomas qui s'avançait à sa rencontre, mais aperçut Étienne Mougeotte à l'entrée d'un couloir et lui lança :

– Vous entendrez parler de moi !

Il ne sut comment, après avoir erré au hasard, il se retrouva dans la rue. Un taxi passait. Il le héla, se jeta à l'intérieur. Il n'entendit pas Thomas qui, sur le trottoir, l'appelait.

***

Bouleversé, Thomas rentra dans l'immeuble de TF1 et retourna aux abords du plateau du Vingt heures. Les pensées, les sensations, les sentiments se bousculaient en lui, informes, odieux, inacceptables. Il ne pouvait pas accepter la honte, l'effroyable honte qu'il avait éprouvée en regardant son père se décomposer, là, sous ses yeux, *sous les yeux de millions de téléspectateurs*, comme une bête traquée. Il refusait de penser : « comme un coupable ». Il se raccrochait à cette seule idée : c'était Marie des Anges qui était venue jouer le rôle de l'accusatrice. Marie des Anges, la protégée d'Arjuna. Il fallait qu'il lui parle.

Il parcourut les coulisses à la hâte, rentra dans les loges, chercha partout Marie des Anges. On lui dit qu'elle était partie aussitôt après son père.

Il courut jusqu'à sa Jaguar E qu'il avait garée non loin de l'immeuble. Il roula à toute allure jusque chez Emmanuel Villedieu.

Le journaliste habitait derrière le boulevard du Montparnasse, rue Notre-Dame-des-Champs. Thomas déboula dans son appartement comme un fou furieux.

– Je vais te casser la gueule !

Emmanuel éleva les mains à hauteur des épaules – l'air de dire : « Je suis inoffensif » – et recula jusque dans le salon. Le téléviseur était allumé : Poivre d'Arvor clôturait le journal.

– Alors tu as vu ? Tu es content ? cria Thomas, la main tendue avec indignation vers l'écran.

Villedieu, sans répondre, alla l'éteindre. Il avait une barbe de trois jours et des poches bistre sous les yeux. Il buvait, ne dormait plus. Il pensait sans cesse à Marianne.

– Ton père ne s'est pas très bien défendu, dit-il en se servant un verre de Four Roses.

– Tu ne lui as pas facilité la tâche, ironisa rageusement Thomas. C'est toi, hein, qui as rapporté ces films ? Je me demande pourquoi je t'ai confié cette enquête : tu n'es pas un ami, tu n'es qu'un putain de fouille-merde.

Emmanuel but une gorgée de bourbon en examinant le jeune homme qui, mâchoires serrées, les yeux étincelants de fureur, ne tenait pas en place.

– C'est vrai, je suis un journaliste, Thomas. J'ai fait mon métier. Pour te rendre service.

– Épargne-moi ce couplet, tu veux ?

– Le reporter que j'ai envoyé en Afrique, à ta demande, m'a rapporté en effet une copie de trois des films dont TF1 a tiré son montage.

– Salopard.

Emmanuel se dirigea vers des rayons de cassettes vidéo rangées en vrac derrière le téléviseur. Il en prit une et la lança à Thomas.

– Tiens, la voilà. Je ne m'en suis pas servi. Il n'y a que le reporter et moi à l'avoir vue.

– Ah oui ? Et comment TF1 l'a eue, dans ce cas ?

Villedieu fit un geste évasif.

– Je n'étais pas le premier sur l'enquête. Rappelle-toi les lettres anonymes que j'ai reçues au journal. Essayons de réfléchir, d'accord ? Qui est venu, chez PPDA, accuser ton père ? Marie des Anges. Qui est Marie des Anges – à part, probablement, la fille de Mwankumi ? Une femme que nous avons vue toujours vivre dans l'ombre d'Arjuna. Rappelle-toi leur arrivée spectaculaire en hélicoptère à Hollywood. Rappelle-toi les arènes de Nîmes. Et ensuite, à l'Imperator, que nous a-t-il dit ? « Elle est mon esclave. » Sur le moment, comme tout le monde, j'ai cru qu'il voulait juste choquer Régine. Mais après tout, avec lui tout est possible : il disait peut-être simplement la vérité.

– Et alors ?

– Ce matin, quand j'ai lu les manchettes des journaux, j'ai passé quelques coups de fil, un peu partout en Europe. Toutes les rédactions m'ont répondu la même chose : leur dossier, la copie en cassette des films super-8, elles les avaient reçus de la part du prince Arjuna Khan. Il y a une semaine. Le temps que leurs reporters fassent eux-mêmes leurs propres recoupements.

Thomas l'avait écouté en manifestant de plus en plus d'agacement. Il jeta la cassette sur un fauteuil et balaya brusquement l'air d'un revers de main.

– Arjuna ? Arjuna serait responsable de toute cette affaire ? Pourquoi ? Quel intérêt peut-il avoir à s'en prendre à mon père ? Et puis merde, Manu, Arjuna est mon ami !

– Oui, tu l'aimes beaucoup, je sais... Mais, lui, tu es sûr qu'il t'aime ? Tu n'as jamais songé qu'il pouvait se servir de toi ?

– Se servir de moi ? C'est complètement con ! A quoi je pourrais lui servir ?

– Je ne sais pas... Mais rappelle-toi pourtant notre séjour aux États-Unis. Comme il a toujours été miraculeusement présent. Dès le début – quand nous nous sommes retrouvés sans chambre à l'hôtel –, et jusqu'à la fin – quand il a spectaculairement ridiculisé les mafieux qui t'avaient enlevé. Rappelle-toi qu'il prétendait ne pas vouloir venir à Paris. Il y est maintenant depuis des mois. Tout le monde ne jure plus que par lui. On le retrouve partout. Un incendie le soir de l'inauguration de la fondation de ta mère ? Arjuna sauve Nessie des flammes. Mon beau-père est malade, paraplégique et déprimé ? Il lui envoie son médecin personnel. Les membres de ma belle-famille – et Marianne, Marianne... – meurent les uns après les autres ? Il est là, il passe, il rôde. Et Champredin, le banquier, ton ex-futur-beau-père, il n'a jamais fait d'aussi mauvaises affaires que depuis qu'Arjuna est son client. En revanche, c'est par lui que Régine a rencontré le petit Nelson Cavalheiro da Cruz – je te fais grâce de la suite, tu la connais... Sans parler de mon journal, qu'il rachète sans même m'en avoir averti – et qui a, le premier, publié des entrefilets visant ton père. On le retrouve jusque dans la rubrique « faits divers » : il y a quelque temps, un type – un criminel en cavale – s'est fait écraser juste devant sa porte, en pleine nuit, et ce n'était pas un accident...

Thomas secoua la tête.

– Je ne comprends pas... Tout le monde le connaît et il connaît tout le monde. C'est normal qu'on le retrouve un peu partout.

– Non, Thomas, ce n'est pas normal. Cet Arjuna n'est pas normal. Trop théâtral et trop sobre, à la fois. J'en ai vu, dans ma carrière, des milliardaires, des hommes de pouvoir. Aucun ne lui ressemblait. Ils sont ou ridicules, ou stupides, ou vaniteux, ou tout ce que tu voudras. Bref, ils sont humains. Pas lui. Comme s'il jouait sans cesse son propre rôle.

– Ce n'est pas un argument, fit Thomas sur le ton d'un enfant qui voudrait qu'on le convainque que les fantômes, les monstres, les méchants n'existent pas.

Emmanuel avala la dernière goutte de bourbon et se servit un autre verre.

– Tu veux un argument ? Je te l'ai fourni : cette Marie des Anges n'a rien fait qui n'ait été téléguidé par Arjuna. Elle vit avec lui et il a envoyé lui-même à la presse les documents accablant ton père. Qu'est-ce qu'il te faut de plus ? Ou alors va voir Marie des Anges, carrément. Parle-lui.

– C'est déjà fait...

– Ah, bon ? Qu'est-ce qu'elle t'a dit ?

Debout au milieu du salon, Thomas semblait soudain vaincu, accablé. Oui, il fallait qu'il se rende à l'évidence : quand Marie des Anges lui avait fait son récit, elle *savait* qu'il était le fils de Jean-Michel Casagrande. C'est pourquoi elle n'avait jamais prononcé son nom. Elle s'était jouée de lui, avait joué avec lui – et Arjuna aussi, Arjuna encore davantage, qui l'avait conduit sciemment à elle, qui, pas un instant, ne l'avait mis en garde. Repassa dans sa mémoire l'image de Marie des Anges déposant la tempe sur l'épaule du prince et disant : « A présent, je vais venger mon père. » Et celle d'Arjuna, l'instant d'après, l'examinant de ses yeux froids. Comme un chat, un rapace, un fauve. Il *savait* lui aussi. Bien sûr, qu'il savait !

Thomas jeta un regard égaré sur le salon, tourna soudain les talons.

– J'y vais, gronda-t-il.

– Thomas ! Qu'est-ce que tu vas faire ?

– Je vais le tuer.

Emmanuel se précipita, le rattrapa à la porte palière, l'empoigna par le bras.

– Ne fais pas de conneries, Thomas.

– Mais tu ne te rends pas compte ?

Le jeune homme se débattit. Il grimaçait de rage, de dépit. Il avait les yeux pleins de larmes.

– Je croyais que c'était mon ami et... Il m'a trompé ! Trahi ! Il s'est foutu de moi !

D'un coup de coude, Thomas se dégagea. Il se rua dans l'escalier.

– Je vais le tuer !

***

Le temps d'enfiler des chaussures et une veste, Emmanuel dévala à son tour l'escalier. Rue Notre-Dame-des-Champs, une Jaguar E rouge qu'il connaissait bien démarrait en trombe. Emmanuel courut jusqu'à sa vieille R20, mit le contact, se lança dans une impossible poursuite.

Par bonheur, de nombreux feux rouges ralentirent la Jaguar. Emmanuel parvint à la garder en vue. Quand elle dévala le boulevard Saint-Michel, il crut qu'elle prenait la direction de l'île Saint-Louis où se trouvait l'hôtel du quai d'Anjou. Mais, arrivée à la Seine, elle bifurqua et, prenant les voies sur berge, s'engagea vers l'ouest.

De temps à autre, Emmanuel la perdait dans la circulation, la revoyait apparaître, un instant, de plus en plus loin devant. Il continua de rouler aussi vite que le lui permettaient la R20, les embouteillages et sa gueule de bois. Il était rassuré sur un point : Thomas se rendait à Neuilly.

Il se gara passage Saint-Ferdinand, juste derrière la Jaguar. Les phares de la voiture de sport étaient allumés. Emmanuel sortit de sa R20, en verrouilla la portière et alla se pencher à la vitre de la Jaguar : les clés étaient restées sur le tableau. Il les récupéra, les mit dans sa poche et se dirigea vers les grilles du jardin.

Le portail en était entrebâillé. Les fenêtres du rez-de-chaussée de l'hôtel particulier brillaient d'une lumière vive et blanche. Au pas de course, malgré sa migraine, Emmanuel traversa le jardin.

Dans le grand salon, toutes les lampes étaient allumées mais il ne vit personne. Il entendit des cris au premier étage :

– Thomas ! Thomas, je t'en prie !

Il grimpa quatre à quatre l'une des deux volées de marches qui encadraient le salon. Au fond d'un couloir, il vit une porte entrouverte, de la lumière ; les cris se répétèrent :

– Thomas ! Calme-toi, tu es fou !

C'était un sas. Deux portes capitonnées. Puis une pièce sans fenêtre, aux boiseries sombres, encombrée de meubles noirs et d'un énorme juke-box rutilant. Emmanuel n'avait jamais mis les pieds dans le *retiro* de Casagrande. Thomas, un gros revolver à la main, ouvrait tous les tiroirs, y farfouillait avec fureur. Jasmine, sa mère, le suivait, tentait de lui prendre le bras, l'épaule ; il s'ébrouait violemment.

– Tu ne peux pas faire ça, Thomas ! Pense au moins à ton père, à moi ! Thomas...

– Tu ne comprends pas ? Il s'est foutu de nous ! Il nous a trompés ! Il s'est servi de moi !

– Thomas, le tuer ne servira à rien. Thomas, sois raisonnable.

Il se retourna, l'agrippa par les épaules.

– Jasmine, il s'est servi de mon amitié, de mes sentiments ! pour faire ça à papa, pour le *détruire* ! Je n'ai jamais vu, jamais vu un salaud pareil !

Elle lui prit les joues, les serra dans ses mains.

– Si tu le tues, ce sera pire... Je vais te perdre... Je ne veux pas te perdre...

Il la repoussa.

– Je *dois* le tuer.

Il se remit à fouiller dans un tiroir.

– Où est-ce que papa range les balles ? Où est-ce qu'il les a rangées ?

Livide, elle dit :

– Thomas, tu n'iras pas. Je t'interdis d'y aller.

– Je les ai ! s'exclama-t-il en brandissant une petite boîte en carton.

Il la posa sur la table, la déchiqueta pour l'ouvrir. D'un revers de main, Jasmine balaya la boîte, qui fut projetée devant les pieds d'Emmanuel Villedieu. Elle était vide.

– Tu vas rester ici, Thomas. Crois-moi.

Elle jeta un regard à Villedieu.

– Vous êtes son ami. Aidez-moi. Il ne sortira pas d'ici.

– Comptez sur moi.

Emmanuel s'approcha lentement de la table.

– Ta mère a raison, Thomas. Calme-toi d'abord. Discutons. Tu feras ce que tu voudras après.

– Je sais ce que j'ai à faire !

Thomas contourna soudain la table et voulut se jeter vers la porte. Emmanuel, cherchant à lui couper la route, le heurta de tout son poids et tenta de le ceinturer. Ils roulèrent ensemble sur le tapis.

Jasmine courut jusqu'au sas. Elle claqua la première porte. Elle la verrouilla. Puis la seconde. La clé à la main, elle appuya un instant son front contre le capiton de cuir.

Maintenant, il n'y a rien d'autre à faire.

Elle descendit dans le grand salon. Elle décrocha le téléphone et appela un taxi.

***

Arjuna, sur l'un des écrans de son bureau, la vit sortir du taxi quai d'Anjou. Il descendit dans le hall. Il traversa la petite cour pavée. Avant même qu'elle eût sonné, il ouvrit le guichet de la porte cochère.

– Je t'attendais.

Il s'effaça. Elle entra. Il lui fit signe de le précéder dans la cour.

– David...

– Je pense que nous avons beaucoup à nous dire. Mais ici il fait froid.

Il lui frôla le coude et l'invita à pénétrer dans la maison.

Ils montèrent jusqu'à son bureau. Il éteignit aussitôt le mur d'écrans. La longue pièce ne fut plus éclairée que par une lampe à l'éclat ocre et sourd.

– Tu es venue me parler de ton mari ? lui dit-il. C'est inutile. Ni moi ni toi ne pouvons plus rien pour lui.

– Non, je ne suis pas venue te parler de Jean-Mi. Mais de Thomas.

– Je t'écoute.

– Il veut te tuer.

Était-ce la faible lumière de la pièce ? Ou bien une détermination, une violence dans l'expression de ce visage aux pommettes hautes, au nez court et à peine busqué, aux lèvres pleines et fermes, aux yeux d'un brun clair où couvaient de lentes flammes jaunes ? Elle n'avait jamais tant ressemblé à la Jasmine de Marseille, de la rue du Panier, de leurs jeux et de leurs fiançailles.

– Je te remercie de me prévenir, lui dit-il. Mais tu me surprends : je n'attendais plus autant de sollicitude de ta part.

– Je ne suis pas là pour toi, David, mais pour mon fils. S'il te tue, il ira en prison. Et je ne veux pas.

Arjuna esquissa un sourire et fit quelques pas jusqu'à se retrouver dans l'ombre.

– Tu as toujours été franche. Je t'ai aimée pour cela aussi. Que veux-tu, au juste ?

– Que tu ne cherches pas à tuer Thomas.

– Est-ce que je t'aurais mal comprise ? Ce n'est pas lui qui veut me tuer ?

– Thomas est jeune. Il est sensible, excessif. Il pense que tu l'as trompé. Que tu t'es servi de lui.

– Tu le penses aussi ?

Elle chercha à le distinguer dans la pénombre.

– Oui, dit-elle.

– Tu penses donc que je l'ai trahi.

– Tu l'*as* trahi, David.

– On ne trahit que les véritables amitiés.

– Il te croyait son ami.

– C'est une erreur que l'on commet trop souvent lorsqu'on est jeune.

– Tu l'as commise ?

Arjuna réapparut dans le halo de la lampe et s'approcha de son bureau.

– C'est une autre histoire, dit-il. Nous parlions de ton fils. De celui de Jean-Mi. Il veut me tuer ? Qu'il vienne.

Il ouvrit un tiroir, en sortit un revolver qu'il posa sur la table.

– Qui sait lequel de nous deux tuera l'autre ? J'ai dû tuer beaucoup d'hommes, toutes ces années.

Jasmine s'avança, mit ses mains à plat sur le bureau, les yeux rivés sur l'arme.

– Tu ne feras pas ça, David.

– Pourquoi ? Tu me dénies aussi le droit de me défendre ?

– Tu ne feras pas ça, répéta-t-elle en levant les yeux sur lui. Puisque tu es venu te venger de moi, c'est moi que tu dois tuer. Pas mon fils.

– Jasmine, Jasmine, Jasmine, gronda-t-il dans un murmure exaspéré. Tu es donc incapable de comprendre ? Tu ne *veux* pas comprendre ?

Il frappa du plat de la main sur le bureau. Soudain, il quitta son masque de prince oriental énigmatique et impassible ; sa voix changea : ce fut celle, modulée par un chagrin et une colère de jeune homme, de David Arcas.

– Tu ne t'es jamais demandé comment je me suis retrouvé en prison, Jasmine ? Tu ne t'es pas demandé pourquoi on m'avait arrêté le jour même de nos fiançailles ? Tu ne t'es jamais demandé pourquoi, moi qui savais qu'on allait me libérer, que j'allais te retrouver, je me suis « évadé », et puis j'ai disparu ? Non. Tu avais tellement confiance en moi que tu m'as cru coupable, et menteur, et dissimulateur ! Tu avais tellement confiance en moi que tu as cru tout le mal qu'on pouvait inventer sur moi ! Tu m'aimais tellement que nos fiançailles, le serment fait devant tes parents et devant mon père, tu les as oubliés en quelques mois ! Et pour épouser qui ? Jean-Mi !

– David, nous en avons déjà parlé. Je ne savais rien de ce qui t'était arrivé. J'allais très mal, j'étais très seule. Jean-Mi, tu ne peux pas lui en vouloir, a été très présent...

– Très présent ! J'imagine ! Il fallait bien que, pour une fois, il aille jusqu'au bout ! Jusqu'au bout de la trahison, jusqu'au bout de sa misérable mise en scène ! Tu veux savoir, Jasmine, pourquoi on m'a arrêté ? Tu veux le savoir ? Parce que deux salopards, deux lâches me détestaient, étaient prêts à tout et à n'importe quoi pour se débarrasser de moi. L'un des deux, tu le connais très bien, tu as grandi avec lui – je croyais que tu saurais à quoi t'en tenir, sur ce personnage... Et pourtant... Pourtant, tu l'as épousé.

– Tais-toi, David. Je ne veux pas t'écouter...

Il lui saisit les poignets et l'attira contre lui.

– Ce serait tellement plus simple pour toi de ne jamais rien savoir... Pas une question, en vingt ans, pas un doute : ça t'arrangeait, n'est-ce pas, que ce soit moi le salaud, le parjure, le traître ?

– Tu délires. Lâche-moi, tu me fais mal !

– Toi aussi, tu me fais mal ! Depuis vingt ans, j'ai mal ! Depuis que Jean-Mi, une nuit, à peine avalé le champagne pour fêter nos fiançailles, a appelé la police et m'a dénoncé ! Je me le rappelle encore, planqué derrière ses lunettes noires, dans la salle du restaurant, deux jours plus tard : il ne quittait pas la fenêtre. Oh, il ne fallait pas qu'il la quitte, il fallait qu'il voie arriver les flics, il fallait qu'il nous sépare ! Et il a réussi ! Il a réussi ! Il ne devait pas même oser imaginer que tu m'oublierais si vite, que tu l'épouserais si vite, que, si vite, tu lui ferais un fils !

Il la lâcha. Il recula. Il essaya de reprendre le contrôle de lui-même. Jasmine ne le regardait pas. S'appuyant d'une main à la table, elle fixait le sol devant elle, le visage sans expression, les yeux vides.

– Aux Baumettes, la veille de ma libération, reprit Arjuna d'une voix subitement calme, on m'a enlevé. J'ai passé trois mois dans un placard. Enchaîné. Dans le noir. On m'a transféré dans une cave. Personne ne me parlait. J'étais moins qu'un animal. J'y suis resté plus d'un an. On me droguait. J'espérais mourir vite. On m'a mis dans un bateau. Puis j'ai traversé le désert. On m'a enfermé dans un camp. Je cassais des cailloux du matin au soir. J'y ai rencontré un ami. Un maître. Grâce à lui, j'ai réussi à m'évader. Au bout de douze ans. Voilà toute l'histoire.

– David... Je ne sais plus quoi te dire... Personne, *personne* ne pouvait imaginer ça...

– Non, peut-être. Personne...

Il avança d'un pas.

– Il y a longtemps que je me le demande... Comment est mort mon père ?

– Paisiblement. Chez lui. Il t'attendait. Ses derniers mots ont été pour me convaincre que tu allais revenir.

Il fit deux autres pas, fut tout près d'elle. Il lui posa timidement la main sur les cheveux.

– Tu as pris soin de lui jusqu'au bout ?

– Oui.

Il lui caressa les cheveux, le front. Elle gardait les yeux baissés, encore réticente, sur ses gardes.

– Jasmine... Je suis devenu une sorte de vieux fou – si seul, et si longtemps. Je regrette de m'être mis en colère. J'ai si souvent songé à ce que je te dirais. J'espérais te le dire... plus doucement.

– Pourquoi ne l'as-tu pas fait l'autre soir, dans la rue ?

– Tu ne m'aurais pas écouté. Ou je n'étais pas prêt.

– Qu'est-ce qui a changé ?

– Je me suis vengé. Jean-Mi est un homme fini. Je ne lui en veux plus.

Il lui prit le visage dans les mains et la contraignit à lever les yeux sur lui.

– Je n'ai jamais cessé de t'aimer, Jasmine. Au fond, voilà pourquoi je suis ici. Voilà ce qui m'a empêché de pardonner. Et, je sais – je suis allé trop loin – que je me vengerai de tous ceux qui ont brisé ma vie. Tu sais pourquoi ? Parce qu'ils m'ont séparé de toi. Parce que j'ai perdu vingt ans que nous aurions dû vivre ensemble. C'est la seule véritable faute que je veux leur faire payer.

Il l'attira contre lui. Elle résista – à peine – et posa le front contre son épaule. Il la serra dans ses bras. Il était apaisé, presque heureux. Il savait qu'il venait de lui dire la vérité, que sa vengeance comptait pour rien si Jasmine lui revenait – si ces vingt ans, grâce à elle, étaient abolis.

– Je comprends que tu veuilles te venger, David. Mais, tu sais... On ne peut pas faire machine arrière. On ne peut pas changer le passé. Nous avons vécu, David, pendant ces vingt ans. Des vies très différentes. J'ai eu un fils.

– Ton fils...

– Oui, mon fils. Venge-toi, si tu veux. Sur n'importe qui, sur Jean-Mi. S'il l'a mérité... Mais Thomas n'est coupable de rien. Il ne t'a jamais rien fait. Que t'aimer.

Il se sépara d'elle, laissa un instant les mains sur ses épaules, en la dévisageant avec une sorte de tristesse lucide, puis s'écarta lentement. Il ne la touchait plus.

– Je me fous de l'amour de ton fils. Mais j'oubliais : tu es venue pour lui.

– Il est capable d'un acte de folie. Tu ne sais pas l'état dans lequel je l'ai laissé...

Il laissa passer un silence. L'égoïsme des femmes. Des mères. Je ne suis rien pour elle, qu'un danger pour son fils. J'aurais pu plaider des heures, elle n'aurait rien entendu. Il sentit que ses forces l'abandonnaient. Vingt et un ans de combat acharné contre le monde et contre soi-même. Pour en arriver à quoi ? Cette scène ridicule. Inutile. La dérision de tout ça...

– Tu te rappelles, Jasmine ? Le soir de l'anniversaire de Thomas ? Je t'ai dit que j'aurais aimé que ton fils soit le nôtre.

– Oui, ça m'a fait peur.

– Et tu as peur, encore.

Elle ne put s'empêcher de jeter un regard sur l'arme qu'il avait abandonnée sur la table.

– C'est mon fils, dit-elle.

Un demi-sourire désabusé aux lèvres, il hocha la tête. Puis il s'approcha du bureau et appuya sur un bouton de l'interphone.

– Tazrouk ? Descends, s'il te plaît.

Il prit le revolver, l'examina distraitement, et le tendit à Jasmine.

– Tiens. Fais-en ce que tu veux. Que Thomas vienne quand il voudra.

– David...

On frappa à la porte.

– Je suis fatigué, murmura Arjuna. Je crois qu'il est temps que je me repose.

Tazrouk entra. Arjuna raccompagna Jasmine jusqu'à la porte.

– Prends une voiture. Ramène madame chez elle.

Il se tourna vers Jasmine :

– N'aie aucune inquiétude pour ton fils. Je ne te le prendrai pas. Adieu.

XXX

De retour à l'hôtel du quai d'Anjou, après son passage au journal de vingt heures, Marie des Anges s'attendait à trouver Arjuna et à fêter avec lui leur victoire. Casagrande avait été encore plus minable qu'elle ne l'imaginait. Un pantin dont elle avait coupé les ficelles. Et cette sortie grandiloquente – cette fuite... Tazrouk lui avait ouvert la porte, annoncé que le prince n'était pas là ni aucun des domestiques, qu'il avait envoyés à Montfort-L'Amaury. Déçue, elle était montée à son appartement, s'y était fait couler un bain, allumant le téléviseur au-dessus de la baignoire. Vers vingt-deux heures trente, le journal de France 3 avait évoqué « l'affaire Casagrande », le montrant l'après-midi même alors qu'il quittait le Parlement européen, puis elle, sur une mauvaise photo de paparazzi.

Elle sortit de son bain, s'enveloppa dans un peignoir rose et, tout en frictionnant ses cheveux courts d'une lotion au parfum de vanille, elle entra dans sa chambre.

– Tu n'es jamais si belle que prise au dépourvu.

Adossé au mur, en robe de chambre de soie noire, pieds nus, Arjuna lui souriait.

Joyeuse, elle s'exclama :

– Je vous croyais sorti.

– Ce soir, Marie des Anges ? Ce soir était le tien. Je t'ai admirée. Tu t'es très bien débrouillée avec le journaliste déplumé.

– Déplumé ? Mais non. Il est très séduisant. Il a de bons yeux, qui se moquent. Pas comme les vôtres.

– Qu'est-ce qu'ils ont, mes yeux ?

– On ne sait jamais ce qu'ils pensent.

– Approche-toi : je vais leur demander de te dire quelque chose.

Elle lui obéit, vint si près qu'elle l'environna d'un parfum de vanille. Les yeux fermés, il lui dit :

– Regarde bien.

Il rouvrit les paupières. Elle eut beau scruter le bleu-gris de ses iris, elle n'y devina rien de plus que cet éclat glacé qu'elle connaissait par cœur.

– Tu vois, lui dit-il : mes yeux ne pensent pas.

Il éteignit la lumière.

– Oublie-les.

Dans l'obscurité, il lui baisa la main.

– A présent, le monde est à toi. Je t'ai fait ouvrir un compte, Tazrouk t'expliquera tout cela en détail. Tu t'es vengée, Marie, tu es libre, il est temps que tu vives.

– Et vous ?

Il lui effleura le cou, laissa glisser ses doigts sous le tissu-éponge, lui caressa la peau. Voilà. En finir par un peu de douceur, un peu d'amour volé, un abandon. Jasmine ne m'aime plus, ne m'aime pas. Moi je n'aimais qu'un fantôme, un souvenir – j'aimais l'amour que David a éprouvé pour elle. Je ne suis plus David. Je ne suis personne. Rien. Une illusion. Un nom d'emprunt, un pouvoir vide. Marie des Anges se laissa doucement entraîner vers le lit. Ils s'y étendirent côte à côte. Allons, puisque tout à l'heure il faudra mourir...

Ils firent l'amour sans un mot et sans hâte, patiemment, tendrement. Marie des Anges attendait ce moment depuis si longtemps, depuis toujours, lui semblait-il. Ce tremblement de joie quand, dans le parloir de l'institution de Genève, elle le retrouvait enfin, après des mois de réclusion au pensionnat à penser à lui chaque jour. Le prince. Son prince. « Ton prince charmant », se moquaient ses camarades. Elle laissait dire. Elles étaient jalouses.

Arjuna ne pensait à rien. Il n'était plus qu'un corps, et du plaisir – trop longtemps différé. Il se rappela une chambre, dans les calanques, un autre corps. Les coups à la porte : « David Arcas ! » Le temps suspendu. Vingt et un ans de solitude. Vingt et un ans d'une vie qui n'aurait jamais dû être la sienne. Mais avait-il vécu ? Il se contraignit à chasser le souvenir qui l'assaillait. Il ne ferait plus longtemps semblant de vivre. Thomas viendrait, il en était sûr. Thomas le tuerait. Et le mensonge de ces vingt et une dernières années serait effacé. Marie des Anges gémit, poussa un cri, lui griffa le dos. A nouveau, il ne fut plus qu'un corps, de l'oubli et du plaisir.

Elle se blottit contre lui, lui caressa la poitrine. Il respira l'odeur de vanille de ses cheveux.

– Est-ce que tu m'aimes ? lui chuchota-t-elle.

– Jusqu'à la fin de mes jours.

Il ne mentait pas.

Lorsqu'elle fut endormie, il se leva avec précaution. Il s'enferma dans la chambre voisine, parmi les papiers, les photos, les petits objets dérisoires que Marie des Anges y entassait. Il gratta doucement le museau d'un minuscule ours en peluche. Il écrivit ces quelques mots : « *Je t'aurai aimée jusqu'à ma mort. Pardonne-moi, puis oublie-moi.* »

Il déposa le feuillet sur l'oreiller. Il la contempla une dernière fois. Elle était étendue sur le côté, une jambe repliée, l'autre tendue, comme si elle courait en rêve, immobile. Le beau masque de sa peau. Noire, elle n'est jamais nue. Il se pencha et lui baisa la main. Une dernière fois.

Il descendit dans le hall. Il sortit dans la cour pavée. Il entrebâilla le guichet de la porte cochère. Il rentra. Il monta à son bureau. Il alluma le mur d'écrans. Il le brancha sur le circuit intérieur des caméras de surveillance. Il coupa tous les signaux d'alarme.

Il s'assit à sa table et rédigea un testament. Il léguait l'essentiel de sa fortune à Marie des Anges ; ses voitures et une rente à Tazrouk. Il le signa et le relut. Il alla s'installer dans un fauteuil, face aux écrans de contrôle, la télécommande sur ses genoux.

Puis il patienta.

Une Jaguar E rouge se rangea quai d'Anjou. Un jeune homme en sortit, leva les yeux sur la façade de l'hôtel particulier. Le pouce sur la télécommande, Arjuna zooma sur le visage de Thomas. Il était quatre heures du matin.

D'écran en écran, de caméra en caméra, Arjuna suivit Thomas pas à pas. Il poussa le guichet de la porte cochère. Il traversa la cour pavée. Il pénétra dans le hall. Il s'y arrêta un instant. Viens, Thomas, viens, je suis prêt, je t'attends.

Le jeune homme prit l'escalier. Il monta jusqu'à l'étage. Il tourna sur le palier et se dirigea vers la porte du bureau.

Quelques secondes encore. Et puis la paix. Définitive. Bienfaisante. Méritée ? Arjuna posa le bout du majeur et de l'index sur sa poitrine, légèrement sur la gauche. Il ne put sentir battre son cœur.

La porte s'ouvrit, derrière lui. Il ne se retourna pas. Il garda les yeux fixés sur l'écran où, silhouette grise, Thomas s'avançait. Il ferma les yeux. Il attendit la mort.

Il ne se passa rien.

Arjuna fit brusquement pivoter son fauteuil.

– Qu'est-ce que tu attends ? Tue-moi.

Prononçant ces mots, il s'aperçut que le jeune homme avait les mains vides. Pas d'arme. Il comprit tout avant même que Thomas ne lui dise :

– Jasmine m'a tout raconté. Je suis venu vous demander pardon.

Sa première pensée ne fut ni pour Jasmine, ni pour Thomas, ni pour lui-même. Il revit l'image douce, muette et calme de Marie des Anges, dormant là-haut. Sans se douter, la pauvre... Qu'elle ne se réveille pas. Qu'elle ne voie pas le mot d'adieu grotesque que je lui ai laissé. Il n'était pas mort. Il ne mourrait pas. Il fut pris d'une joie imprévisible, animale, sauvage.

– Je sais maintenant qui vous êtes. Qui vous étiez. Je sais ce que mon père vous a fait.

Impatient d'en finir avec cette confrontation qui n'avait soudain plus aucun sens pour lui, impatient de remonter à l'appartement de Marie des Anges, de faire disparaître la lettre qu'il lui avait laissée, impatient, simplement, de retrouver cette jeune femme simple, combative et charmante, impatient – oui – de se vautrer dans la délicieuse idiotie des amants – des amants ! quel drôle de mot, quelle splendide niaiserie... –, Arjuna alla à la rencontre de Thomas et le prit dans ses bras.

– Tu n'as pas à me demander pardon. Les fils ne sont pas responsables de leur père.

Il s'écarta. Oui, j'ai été trop solennel, j'apprendrai à ne plus l'être, ou seulement pour rire – si je remonte à temps auprès d'elle. Il ressentait tout à coup pour Thomas une amitié qui l'embarrassait, après tant de mois passés à feindre.

– Je vous dis au revoir, Arjuna. Je ne sais pas si nous nous reverrons.

– Tu t'en vas ?

– Jasmine et moi ne pouvons plus vivre avec... avec cet homme. Nous partons tout à l'heure, en Espagne, chez mes grands-parents. Nous allons essayer de nous refaire une vie.

– Je comprends.

– Oui, vous comprenez. Et vous savez ce que c'est, sourit-il tristement. Personne ne peut le savoir mieux que vous.

Thomas s'éloigna vers la porte. Arjuna ne fit pas un geste pour le retenir. Sur le seuil, le jeune homme se retourna à demi et ajouta :

– Je ne regrette qu'une chose : ne pas être votre fils.

Arjuna faillit lui répliquer par une sentence comme : « Sois toi-même, c'est la seule chose qui compte. » Il ne dit rien. Je fais déjà des progrès, songea-t-il tandis que la porte se refermait sur Thomas. Je suis vivant. Pour de vrai.

Il déchira le testament qu'il avait posé en évidence sur sa table. Il en fit brûler les morceaux dans un cendrier. Il monta quatre à quatre l'escalier jusqu'à l'appartement de Marie des Anges.

Elle dormait toujours. Allongée sur le ventre, sa peau luisant sourdement dans la lueur pâle de la lampe. Une main déposée en travers du mot d'adieu. Avec précaution, il s'agenouilla sur le matelas. Puis il lui souleva la main, millimètre par millimètre – chaude, lourde, longue. Il récupéra le feuillet – toute cette sobre emphase, tout ce misérable pathos. *Je t'aurai aimée jusqu'à ma mort. Pardonne-moi, puis oublie-moi.* Il froissa la lettre en une boule de papier compacte comme une pierre, la glissa dans la poche de sa robe de chambre. Ils valaient mieux que ça.

***

Casagrande n'avait pas fermé l'œil de la nuit. Après avoir quitté les studios de TF1, il s'était fait déposer par un taxi place de la Concorde. Il avait erré sans but. Il ressassait chaque seconde, chaque mot de l'interview, inventait des répliques fulgurantes – celles qu'il n'avait pas trouvées sur le moment. Il avait fini par entrer dans une brasserie de la rue de Rivoli, était descendu au sous-sol pour y passer des coups de fil. Personne n'avait voulu le prendre en ligne. Aucun des membres du parti, qu'il croyait ses amis. Le sous-secrétaire de l'IFEC, pincé, circonspect, lui avait dit · « J'ai moi-même reçu le dossier et les cassettes. De la part du prince

Arjuna Khan. Je les étudie et il nous faudra, mon cher, réunir d'urgence une assemblée générale. » A sa maison de Neuilly, personne ne répondait. Quant à Champredin, il lui raccrocha au nez :

– Je t'avais prévenu. Démerde-toi. Et ne me rappelle pas : je ne te connais plus.

Il s'était réfugié à une table dans le fond de la brasserie. Il avait commandé le menu et de la bière. Il n'avait rien mangé. Il avait beaucoup bu.

Quand, ivre, il avait dû s'en aller à la fermeture de l'établissement, il avait cherché un taxi. Il titubait. Il s'était retrouvé rue de la Chaussée-d'Antin, devant l'immeuble de la banque Champredin. Pris de fureur, il avait cogné à la porte. Le vigile s'était approché. Casagrande l'avait insulté. Quand le vigile, une main à la crosse de son pistolet, avait dégainé son talkie-walkie, il avait pris peur. Il avait trouvé refuge dans une entrée des Galeries Lafayette. Il s'y était assis, comme un clochard, et s'était endormi.

Une crampe au cou le réveilla. Il avait rêvé. Rêvé de Marie des Anges : immense, effrayante, haute comme une statue du Commandeur, elle tendait vers lui un index de pierre. Il tombait. Elle lui posait alors un pied sur la poitrine. Il étouffait, se débattait, en vain, et, soudain, elle se transformait et prenait le visage du prince Arjuna Khan – ce visage, ces yeux de pierre...

Il avait la bouche pâteuse, des fourmis dans un mollet. Il se redressa péniblement, brossa son costume. Il ferait bientôt jour. De petits groupes de passants se croisaient autour des bouches de métro. Casagrande tâta ses poches. Son rêve l'obsédait. Le métro. Un ticket. Elle est à Arjuna, cette salope de négresse. Elle est à lui.

– Où est-il ? Je veux le voir, je veux lui parler !

Casagrande repoussa Tazrouk qui lui avait ouvert la porte. Il zigzagua dans le hall, moulina des bras.

– Où est-ce qu'il se cache ?

– Je ne me cache pas, monsieur Casagrande.

Le député fit volte-face, leva la tête : Arjuna, dans son costume noir, se tenait à mi-hauteur de l'escalier.

– Ah, vous voilà ! Et votre négresse, où elle est ?

Arjuna lui tourna le dos et se mit à monter les marches.

– Si vous voulez bien me suivre...

– Si je veux ?

Casagrande s'élança dans l'escalier. Les joues marbrées de plaques rouges, les cheveux en bataille, il ne se contenait plus. Essoufflé, il parvint sur le palier. Arjuna, dans l'embrasure d'une porte, lui fit signe de le rejoindre. Il se rua dans le bureau, comme un taureau sur son matador.

– Je préfère vous prévenir, attaqua-t-il d'emblée : j'ai passé la nuit à activer mes réseaux ! Je ne suis pas un homme qu'on abat aussi facilement ! Vous voulez du scandale ? Vous en aurez ! Faites-moi confiance ! Vous n'allez pas rester éternellement caché derrière votre négresse, à monter vos coups tordus. Personne n'est à l'abri, mon vieux, personne n'est à l'abri d'une campagne de presse ! Tout le monde a un passé, vous comme les autres !

– Certes, fit simplement Arjuna.

Il braqua sa télécommande vers le mur d'écrans. Ils s'allumèrent tous ensemble, déversant les images et les commentaires des journaux télévisés du matin, en France, en Europe et dans quelques pays africains. Au milieu de la cacophonie des voix, surgissaient, se renvoyant l'un à l'autre tels des échos, les noms de Jean-Michel Casagrande, de Daniel Mwankumi, de Bokassa, les mots de « massacre », « trahison », « égorgement », « assassin ». Sur les écrans, se succédaient les visages de Casagrande, de Mwankumi, et l'image de Marie des Anges, sur le plateau de TF1, tendant un doigt accusateur.

Les yeux affolés de Casagrande couraient d'écran en écran. La bouche entrouverte, il respirait avec difficulté.

– Arrêtez ça ! hurla-t-il.

D'une pression du pouce, Arjuna éteignit le mur d'écrans. Mais le silence qui s'ensuivit parut à Casagrande encore plus terrible – comme l'annonce de ce qui l'attendait désormais : la mort sociale.

– Pourquoi ? demanda-t-il. Pourquoi m'avez-vous fait ça ? Qu'est-ce que vous avez contre moi ?

Impassible, Arjuna l'examina. Comme un insecte, songea Casagrande. Il me regarde comme si j'étais un putain d'insecte. Il eut envie de lui rentrer dedans, de le frapper, de *l'annuler*. Arjuna appuya sur un autre bouton de la télécommande.

Aucun écran ne s'alluma. Mais, des haut-parleurs dissimulés à l'intérieur des murs, jaillirent quelques crachotements, puis une voix, une voix jeune, hésitante et pressée à la fois, au fort accent pied-noir.

– *Je vous appelle pour... Bon, c'est très grave... J'ai eu connaissance, mais tout à fait par hasard, hé ? de...*

– Tu ne te reconnais pas ? demanda Arjuna.

Casagrande recula. Comme s'il cherchait à échapper à cette voix. Mais les haut-parleurs le cernaient.

– *Bon, voilà, j'explique : quelqu'un, qui travaille comme steward à «* Le monde est à vous ! *», la compagnie de charter de M. Jean Valmer, a rapporté aujourd'hui une bombe de...* (Nouveaux crachotements. Bruits d'un papier qu'on défroisse.) *Une bombe de Krameh. C'est une ville. En Jordanie. Cette bombe lui a été donnée par des Arabes. Des terroristes... Ah ! Et il s'appelle – je parle du steward, là... –, il s'appelle David Arcas. David Arcas. Il habite rue du Panier. Chez son père, un menuisier, un ébéniste.*

– Et ce vieil homme, cet ébéniste, tu te le rappelles ?

– *Voilà. J'ai dit ça pour aider la justice de mon pays. Faites vite.*

Sur un déclic, la bande s'arrêta. Il n'y eut plus dans la pièce que la rumeur de la bande qui continuait de défiler. Arjuna s'avança vers Casagrande.

– Eh bien, Jean-Mi, tu ne me reconnais toujours pas ?

– Pourquoi vous me tutoyez ? Qu'est-ce que c'est que cette histoire ?

Casagrande aurait voulu s'enfuir. Ses jambes, sa volonté se dérobaient. D'instinct, quand Arjuna parvint tout près de lui, il leva les mains pour se protéger le visage.

– C'est vieux, geignit-il. C'est du passé... Et puis j'avais raison. On l'a retrouvée, la bombe ! On l'a retrouvée, la bombe, chez lui !

Arjuna le gifla. Le coup était parti si vite que Casagrande ne put ni l'éviter ni le parer. Recroquevillé sur lui-même, il éleva les coudes. Comme il le faisait, trente-cinq ans plus tôt, dans la cour de la récré, dans les rues du Panier, quand un gamin voulait lui casser la gueule. Il y en avait toujours un pour lui casser la gueule. Parce qu'il l'avait dénoncé à l'instituteur. Ou simplement parce qu'il suintait la trouille. Tout le temps. Qu'il se plaignait. Tout le temps. Et que ça donnait envie de le cogner.

Arjuna, les narines arquées de mépris, le saisit par les revers de sa veste, le secoua.

– Pauvre Jean-Mi. Tu as si peu changé. Une grande gueule de lâche.

– Foutez-moi la paix ! Ne me touchez pas ! Vous êtes... vous êtes dingue ! Ne me touchez pas ! Je vais porter plainte, je vais vous faire un procès !

– Jean-Mi. Relève les yeux. Regarde-moi.

Casagrande, malgré lui, obéit. Il était terrifié par ce visage blême, maigre, ce regard qui, même dans la colère, la menace, restait impénétrable et froid.

– Je ne vous connais pas..., gémit-il.

Et, alors qu'il prononçait ces mots, il se passa un phénomène étrange : il devina, dans ce regard métallique, flottant comme un très ancien fantôme, un bleu charmeur et gai ; dans ce visage, une ardeur joyeuse, paisible et volontaire. Et un nom : David. David Arcas.

– C'est vous... c'est toi ? balbutia-t-il. Ce n'est pas possible...

Dans un sursaut, il s'arracha aux mains d'Arjuna qui l'agrippaient par les revers.

– Ce n'est pas possible, répéta-t-il en reculant vers la porte. Je t'aurais reconnu tout de suite. Dès la première fois. Toi... Surtout toi...

– Tu m'as tellement détesté ?

– Oui.

Casagrande proféra ce oui avec tant de conviction, tant de haine, qu'Arjuna le ressentit comme un crachat. Il fit un brusque pas en avant et, du revers de la main, frappa Casagrande. Le député trébucha sur le côté, étourdi.

– Je devrais te tuer, gronda Arjuna qui, avançant encore, le gifla en pleine face.

Le nez de Casagrande saigna. A peine eut-il porté des doigts tremblants à ses narines, il reçut un nouveau coup qui lui ferma l'œil et le projeta au sol.

– Relève-toi, dit Arjuna. Défends-toi. Tu me fais honte.

Casagrande se mit à ramper frénétiquement sur le parquet, vers l'abri d'un fauteuil. Sa bouche et son menton pissaient le sang. Arjuna se pencha sur lui, le souleva sans effort et le projeta vers la porte.

– Dehors, dit-il. Dehors. J'en ai fini avec toi.

Les mains tremblantes, Casagrande tira sur la poignée de la porte – elle résistait –, puis la poussa. Il se retrouva sur le palier, perdit l'équilibre, se raccrochant à la rampe. Il vit le spectre de David Arcas s'avancer dans l'embrasure. Il battit en retraite. C'était inutile : Arjuna se contenta de refermer la porte.

***

Le taxi déposa Casagrande à l'angle de la rue Pierret et du passage Saint-Ferdinand. Il était neuf heures du matin. Ce serait une belle journée d'automne parisien, claire et tempérée.

Casagrande, le nez et un œil enflés, des traces de sang sur le col, s'engagea dans le passage. Il se rappela comme il aimait ce quartier, et sa maison. Il contint à grand-peine un sanglot qui lui montait dans la gorge. Petit garçon. Il n'avait qu'un désir : monter dans son *retiro*, s'y enfermer, ne plus penser à rien. A rien.

Un autre taxi était rangé devant la grille de son jardin. Le chauffeur rangeait deux gros sacs de voyage dans le coffre. Quand il le referma, Casagrande vit Jasmine et Thomas, qui s'apprêtaient à monter dans la voiture. Par réflexe, il leur sourit.

Le visage fermé, Jasmine détourna les yeux et, se penchant tout à coup, disparut en entrant dans le taxi. Thomas hésita, la main sur le haut de la portière. Son père l'appela, comme il le faisait quand ce n'était qu'un tout petit gamin, si plein de vie, si adorable :

– Fiston ?

Thomas le dévisagea. Sans un sourire. Sans un signe de reconnaissance.

– Fiston...

– Viens, Thomas, fit la voix de Jasmine, de l'intérieur du taxi.

Le jeune homme regarda une dernière fois son père. Puis il pénétra dans la voiture. Le taxi démarra aussitôt. Casagrande dut s'écarter précipitamment pour le laisser passer. Il vit les profils flous, fuyants, de sa femme et de son fils derrière la vitre de la portière. Le taxi vira à l'angle de la rue Pierret.

Casagrande entra dans son *retiro*. Hagard, il passa en revue les photographies accrochées aux lambris. Reagan. Mitterrand. Thatcher. Jeanne Moreau. Tous ces gens célèbres. Qu'il avait côtoyés. Qui lui avaient dit deux mots. Dont il avait parfois touché la main.

– J'étais quelqu'un...

Il alluma son gros juke-box. Lut la liste des titres. Enfonça une touche. Dans un grésillement électrique, l'appareil souleva la galette vinyle du quarante-cinq tours et la plaça sur la platine.

– *Love me tender, love me blue...*

Des larmes roulèrent sur ses joues. Il fredonna, avec Elvis :

– *Love me tender, love me blue...*

Il contourna sa table de bois vernie de noir. Il en ouvrit un tiroir. Il en tira d'abord une paire de Ray Ban aux verres miroir. Il en déplia lentement les branches, il les chaussa. Puis il prit le revolver.

L'arme à la main, les lunettes sur le nez, il retourna au juke-box. Il chantonnait, il esquissa quelques pas de slow. Il s'accroupit, glissa sa main sous l'appareil, en retira une petite boîte en carton. Il en fit sauter le couvercle, sans savoir que Thomas, son fils, quelques heures plus tôt, l'avait cherchée partout. Sauf là.

Il prit une balle entre le pouce et l'index. Le barillet du revolver claqua.

– *Love me blue...*

Il inséra la cartouche dans l'une des chambres du barillet.

***

– *Monsieur Champredin, vous avez bien connu Jean-Michel Casagrande, vous étiez avec lui en Afrique, notamment...*

– *Nous nous y sommes croisés. Nos convictions n'étaient pas les mêmes. Mais l'heure n'est plus aux débats idéologiques.*

– *Quel commentaire vous inspire son suicide, quelques heures après que la fille de Daniel Mwankumi l'a mis en cause dans l'assassinat de son père ?*

– *Laissons l'enquête suivre son cours. Laissons, je vous en prie, du temps au temps. Je veux ici exprimer toute mon émotion devant cette tragique disparition et mon soutien à la veuve de Jean-Michel Casagrande et à son fils.*

– *Justement, monsieur Champredin : depuis son suicide, la femme de Jean-Michel Casagrande et son fils ont disparu. Avez-vous de leurs nouvelles ?*

XXXI

– Lefort, vous avez le renseignement que je vous ai demandé ?

Se tapotant les incisives avec l'extrémité de son cigare, Champredin appuyait sa joue sur son poing armé du téléphone.

– J'ai obtenu confirmation il y a quelques minutes, lui dit Lefort, son homme de confiance. Le compte courant du docteur Cavalheiro da Cruz, sur lequel doit être finalisée la transaction, est créditeur de trois cent quarante-neuf millions.

– Merci, Lefort.

Champredin s'étala dans son fauteuil présidentiel et alluma voluptueusement son cigare. Je t'adore, se dit-il à lui-même, tu es un grand banquier. Voilà ce qui s'appelle un retournement de situation. Les actions Krueger ? Péripétie. Ce n'est pas encore demain que tu seras en banqueroute.

Il avait vu Cavalheiro da Cruz une heure plus tôt. Un vrai plaisir, cet homme : très souriant, très riche et très accommodant. Il avait évoqué, dans son style fleuri de Sud-Américain, l'amour de leurs enfants et sa joie d'être ainsi lié à Champredin, qu'il estimait beaucoup. Et il n'avait fait aucune difficulté quand le banquier lui avait suggéré, « entre amis, entre membres, bientôt, d'une même famille », de lui signer dès aujourd'hui le chèque de trois cents millions pour l'achat des premières usines-boutiques de la *Fashion Factory*. Un petit arrangement de complaisance, d'« amitié » : Champredin encaissait le chèque, et réussissait un « coup de cavalerie » pendant les vingt-quatre heures précédant l'achat officiel, devant notaire, desdites usines, pour lequel Champredin lui-même tirerait alors un chèque sur sa propre banque. Le banquier espérait de l'opération une rentrée, sur certains titres en Bourse, de plusieurs millions, qui lui permettraient de « voir venir » – et surtout d'éloigner momentanément le risque de banqueroute.

Tout allait bien. Tout s'était déroulé de la manière la plus satisfaisante. Il avait le chèque de Cavalheiro da Cruz là, devant ses yeux. Lefort venait de le rassurer sur sa validité, il ne restait plus qu'à l'encaisser. Et vogue la galère. Demain, ils passeraient devant le notaire, rencontreraient le vendeur ou son représentant et signeraient les actes. Un seul détail le chiffonnait un peu : son notaire lui avait appris que toutes les usines désaffectées qu'il comptait acquérir, à Paris comme à Tokyo, à Milan comme à New York, appartenaient à la même agence, Asmodée. Nul ne connaissait cette agence Asmodée. Régine aura trop parlé, se disait Champredin, quelqu'un a décidé de réussir une bonne affaire. Personnellement, il n'y voyait aucun inconvénient. Trois cents millions, qu'est-ce que c'est ? Une paille. Surtout qu'ils sortent de la poche de Cavalheiro da Cruz.

Champredin savourait son cigare en homme heureux. Le bonheur, paraît-il, est fils de l'ignorance. Il y avait beaucoup de choses que Champredin ne savait pas. A commencer par celle-ci : tandis qu'il écoutait Lefort le rassurer quant au compte du docteur Cavalheiro da Cruz, celui-ci téléphonait à Arjuna et lui disait :

– Tout va bien. Champredin a le chèque.

Et cet autre détail encore : en sortant de la cabine téléphonique, Cavalheiro monta dans une Jaguar conduite par Tazrouk. Lequel le déposa à Roissy-Charles-de-Gaulle. Où le vieil acteur brésilien embarqua illico pour Rio de Janeiro, sous sa véritable identité – avec le léger regret d'abandonner la suite du Ritz et un si beau rôle, remords qu'atténuait le million de dollars qui l'attendait chez lui, en récompense de ses excellents services. De son talent.

***

Champredin et sa fille Régine se présentèrent à l'étude de Me Gandois, notaire, rue du Mont-Thabor, dès trois heures moins le quart. Un clerc les reçut, leur apprit qu'ils étaient en avance, que ni le notaire ni le vendeur n'étaient encore arrivés. Il leur demanda de bien vouloir patienter au salon.

– A quelle heure, la conférence de presse ? demanda Champredin.

– Quatre heures. Nous avons le temps.

– Pourquoi as-tu absolument voulu que ça se passe au Crillon ?

Je sais bien, c'est à côté, mais tu aurais pu choisir un endroit plus « branché », ou plus en rapport avec ton projet. Je ne sais pas : le Grand Palais ? Ce n'est pas loin non plus.

Régine ferma à demi les paupières, comme chaque fois que la conversation la « bourrait » – c'était son mot, une adaptation toute personnelle de l'anglais *boring*.

– Le Grand Palais, c'était un petit peu cher pour nous, non ? Si tu n'avais pas parié sur tes marchands de canons...

– Allez, on oublie les Allemands, fit Champredin. C'est du passé. Tournons-nous vers notre avenir brésilien.

Il venait de prononcer cette phrase quand le clerc introduisit Nelson dans le salon.

– Où est votre père ? lui demanda Champredin en lui serrant la main.

– Je croyais qu'il serait là, répondit Nelson.

Il n'avait jamais été si magnifique. Il avait changé sa trop simple Rolex pour la même, en or. Son costume Armani, taillé sur mesure, soulignait sa minceur et le faisait paraître plus grand. Il s'approcha de Régine, lui déposa un baiser sur le front – elle avait baissé brusquement la tête pour lui dérober sa bouche.

– Ça va ? demanda-t-il.

– Ça ira mieux ce soir, dit Régine en quittant son siège pour échapper à la caresse appuyée de Nelson sur son épaule.

Le clerc entra.

– Le vendeur et Me Gandois sont arrivés. Si vous voulez bien passer dans son cabinet...

Champredin se frotta les mains et, d'un mouvement de menton, fit signe à sa fille de le suivre. Nelson vaguant derrière eux, les mains dans les poches, ils furent conduits jusqu'au bureau du notaire.

Me Gandois était près de la porte, et leur serra la main l'un après l'autre.

– Bonjour. Asseyez-vous, nous allons procéder immédiatement. Je crois savoir que vous êtes très attendus à l'hôtel Crillon. Je ne voudrais pas vous retarder.

Gandois était plus qu'affable : dégoulinant de bonne volonté. Champredin ne détestait pas être traité de la sorte. Il tapota gentiment l'épaule du notaire, laissa Régine et Nelson s'asseoir, et ne vit qu'à cet instant-là l'homme qui se tenait dans l'ombre, à l'écart.

– Vous ? s'exclama-t-il.

C'était Tazrouk, qu'il connaissait sous le nom de Secundra et avec lequel il avait négocié l'achat de la Duksoo. Excellent souvenir, certes. Mais qui n'expliquait pas sa présence dans le cabinet de Gandois.

– M. Secundra est le fondé de pouvoir du prince Arjuna Khan, lui dit le notaire. Il a apporté les actes de vente signés par le prince. Nous n'attendons plus que votre signature et celle de mademoiselle votre fille.

Tout en parlant, Gandois s'installait derrière son bureau. Il sourit de toutes ses dents.

– Tout cela sera rondement mené. Je m'en félicite et je vous en félicite.

Champredin s'avança vers Tazrouk-Secundra.

– Les usines que nous achetons appartiennent donc au prince ?

Secundra se contenta d'incliner la tête, en manière d'approbation.

– Eh bien ! s'écria Champredin, déconcerté. On le retrouve partout, votre patron.

– Il est d'une nature très éclectique, fit Secundra en s'inclinant à nouveau.

– On peut le dire comme ça.

Champredin s'assit entre sa fille et son futur gendre, en face du notaire, qui déposa une liasse de documents devant lui.

– Je pense que les deux parties sont d'accord ? Épargnons-nous les préliminaires. Il ne vous reste plus, mademoiselle, monsieur, qu'à signer ces actes et à dresser un chèque à l'ordre du prince Arjuna Khan.

Nerveux, Champredin tourna la tête de tous côtés.

– Je ne vois pas le docteur Cavalheiro da Cruz, objecta-t-il. Sans sa signature, nous ne pouvons pas commencer.

– Rassurez-vous, lui dit Gandois. Le docteur Cavalheiro da Cruz a avalisé ces actes dès hier, dans mon étude. Il craignait de ne pouvoir être présent aujourd'hui. Cela vous pose-t-il le moindre problème ?

– ... Non, fit Champredin, en haussant les épaules. Il ne m'a pas prévenu, c'est tout, je...

– Alors, si vous êtes toujours d'accord, monsieur, je vous propose d'apposer votre paraphe au bas de chaque page, et votre signature. Si je puis me permettre...

Gandois prit un Mont-Blanc sur son bureau, en dévissa soigneusement le capuchon et le tendit à Champredin.

Quelques minutes plus tard, le banquier et sa fille avaient signé l'achat de cinq usines désaffectées, à Paris, Milan, Tokyo, New York et Londres. Puis Champredin fouilla dans la poche intérieure de sa veste, plus longtemps qu'il ne l'aurait fallu, guigna du coin de l'œil un Secundra imperturbable, fit apparaître et ouvrit un carnet de chèques et, avec un pincement au cœur, inscrivit la somme de trois cents millions.

***

D'un coup d'œil, entrant dans le salon du Crillon, Régine évalua le nombre des journalistes qui l'attendaient. Ils étaient tous venus. Elle n'en avait jamais douté. Il y avait des semaines qu'elle se dépensait pour les intéresser à sa conférence de presse.

Des flashes l'aveuglèrent agréablement, des caméras braquèrent sur elle leur objectif. Elle sourit et prit son père par le bras. De l'autre main, elle chercha Nelson. Il n'était plus à côté d'elle. Souriant de plus belle et s'avançant parmi les journalistes, elle le traita à part elle de « petit con ». Puis elle n'y pensa plus. On l'attendait – le *monde entier* l'attendait. Elle lâcha le bras de son père et s'avança, majestueuse et « mystérieusement lascive » dans sa combinaison rouge, vers les micros.

Cependant, à l'entrée du Crillon, Nelson se débattait.

– Ôtez vos pattes, putain ! Qu'est-ce qui vous prend ?

A son arrivée sur les talons de Régine et Champredin, deux hommes en blouson avaient surgi, l'avaient attrapé chacun par un bras, rapides, efficaces et discrets, et refoulé vers la porte. Un troisième lui avait brandi une carte tricolore sous le nez.

– Renato Falcone, vous êtes en état d'arrestation.

– Je m'appelle Nelson Cavalheiro da Cruz ! C'est une erreur judiciaire !

– C'est ça, ma puce. Tu vas venir nous expliquer ça en détail.

– Ne me tutoyez pas !

– T'as raison. On n'a pas gardé les putes ensemble.

Et, avant que Nelson ait pu faire plus de scandale, les policiers l'avaient entraîné hors du Crillon et embarqué dans leur voiture.

***

La conférence de presse fut un triomphe personnel de Régine. De simples échos en articles « de fond » – que même les journaux à la réputation la plus sérieuse consacraient désormais à la mode, qu'ils avaient anoblie dans leur rubrique « Tendances » et traitaient comme un phénomène culturel –, elle obtiendrait une publicité qui valait toutes les campagnes marketing. Elle répondait aux questions, en majorité gentiment complaisantes, avec ce mélange de dédain et d'enthousiasme qui « signait » son style : « Ah, Regina ! Quelle femme ! » Ne lui manqua que la présence de Nelson. Le petit salaud... Où était-il en train de rôder ? Et cette petite journaliste de *Vogue*, agressive et blonde, qui revenait sans cesse sur le sujet.

– Regina, tout le monde dit que vous allez épouser un jeune héritier brésilien et qu'il dirigera la *Fashion Factory* avec vous. Pourquoi n'est-il pas à vos côtés ?

– Je suis une femme jalouse. Je l'ai bouclé chez moi : je ne voulais pas qu'il vous rencontre.

Rires.

– Vous voulez dire que vous avez des doutes sur sa fidélité ?

Petite salope. Tu ne veux pas lâcher le morceau. Régine fit son plus large sourire.

– Non. Sur la mienne. Quel est votre prénom ?

– Christine.

– Tu fais quoi ce soir, Christine ? dit Régine en caricaturant une voix de basse virile. J'ai bouclé mon mec, on aura la nuit à nous, Christine...

Nouveaux rires. La jeune journaliste blonde rougit, avec davantage de vanité que de honte, et se rassit. KO premier round, mignonne, pensa Régine. Rougis, rougis, va, tu n'en es que plus craquante.

– Quelle catégorie de clientèle attendez-vous dans vos boutiques ? interrogea un autre journaliste.

Tandis que Régine, maniant à son habitude la caresse et le coup de griffe, lui répondait, un employé du Crillon apparut dans le dos de Champredin et lui murmura qu'un coup de fil urgent l'attendait à la réception. Contrarié, le banquier quitta sa place sur l'estrade, sans que cela semble perturber la verve agressive de Régine. A la réception, on lui désigna une cabine.

– Monsieur ? Lefort à l'appareil.

– Nous sommes en pleine conférence de presse, mon vieux.

– Je sais, monsieur, mais je devais vous avertir immédiatement.

– De quoi ? demanda Champredin, qu'une curieuse impression de déjà-vu ou plutôt de « déjà-entendu » inquiétait soudain. Qu'est-ce qui se passe encore ?

– Il s'agit du chèque, monsieur. Le chèque du docteur Cavalheiro da Cruz. Je viens d'apprendre qu'il a été refusé à l'encaissement. La Banco do Brasil vient d'appeler.

Une brutale bouffée d'angoisse brûla Champredin. Il se mit à suer – comme ce jour-là, pensa-t-il fugitivement, au bord de la piscine d'Arjuna.

– Lefort, selon *vous*, il y avait encore trois cent quarante-neuf millions *hier* sur son compte...

– Je sais, monsieur. Il n'y a maintenant plus rien.

– Plus rien ?

– Rien. Il y a plus déconcertant, monsieur. A la Banco do Brasil, le docteur Cavalheiro da Cruz n'a aucun autre compte. Il n'est pour eux qu'un client de passage qui a fait un dépôt occasionnel.

Champredin raccrocha. Sa longue carcasse maigre et voûtée s'était affaissée. Il s'accota à la vitre de la cabine. Du revers de la main, il s'essuya le front. Dans un sursaut, il se redressa et composa le numéro du Ritz.

– Passez-moi la suite du docteur Cavalheiro da Cruz.

– Navré, monsieur. Le docteur Cavalheiro da Cruz a libéré sa chambre hier à midi.

Le banquier se frotta vigoureusement les yeux. Ce n'est pas possible. Il ne m'aurait pas fait ça.

– Où est-il allé ?

– Monsieur, nous n'avons pas coutume de poser ce genre de question à nos clients.

Tout à l'heure il avait trop chaud, à présent il avait froid. Champredin frissonna. Il vit son propre reflet dans la vitre. Hagard. Je suis hagard, se dit-il. Hagard. A force de le répéter, le mot perdit toute signification.

– Agar, agar, agaragaragaragar.

Reprends-toi. Champredin fouilla dans ses poches, marmonnant entre ses dents un nouveau refrain sur deux notes, émergeant du plus profond de son enfance :

– Foutufoutufoutu, fouti, fouta, fouto... Foutufoutifoutafouto...

Dans son portefeuille, il trouva la carte de visite du docteur Cavalheiro da Cruz. Une adresse à Rio, une autre à Brasilia. Deux numéros de téléphone. Il composa le premier. Longue rumeur d'océan des lignes intercontinentales. Une voix.

Du portugais.

– Je voudrais parler au docteur Cavalheiro da Cruz.

La voix, imperturbable et féminine, reprit sa litanie chantante. Il n'y avait personne. Le numéro n'était pas attribué. Il fit le second numéro, celui de Brasilia.

– Bonjour, monsieur Champredin. Si vous appelez ici, c'est que vous cherchez le docteur Cavalheiro da Cruz. Ne le cherchez plus. Il n'a jamais existé. Le monde est plein de surprises, monsieur Champredin. Elles ne sont pas toutes agréables.

Déclic. On avait raccroché. Fébrile, le banquier recomposa le numéro. Là-bas, très loin, au Brésil, la sonnerie retentit longtemps. En vain. Lancinante.

Champredin se décida à sortir de la cabine. Il eut un étourdissement, tituba. Un homme en blouson le retint par le coude.

– Ça va ?

– Oui, oui... Ça ira...

L'homme en blouson le regarda sous le nez.

– Vous êtes bien M. Champredin ?

– Oui. Vous me connaissez ? Vous êtes journaliste ?

– Police judiciaire. Nous aurons quelques questions à vous poser.

Une carte tricolore. Champredin la regarda, hébété.

– Je n'ai rien fait...

– Nous voudrions vous entendre au sujet du prétendu...

Le policier tira un papier de sa poche et lut :

– Nelson Cavalheiro da Cruz.

– Prétendu... ? Comment ça, « prétendu » ?

– Nous le soupçonnons d'être Renato Falcone, évadé de prison il y a quelque temps.

Les genoux de Champredin se dérobèrent. Le policier l'attrapa *in extremis* sous l'aisselle.

– Vous êtes malade ? Vous voulez que j'appelle un médecin ?

– Non... Merci...

– Vous êtes sûr ?

– Oui, ça ira...

– Vous serez convoqué demain au quai des Orfèvres. Au revoir.

L'homme en blouson s'éloigna dans le hall. Champredin retourna à petits pas hésitants dans le salon où se terminait la conférence de presse. Il s'adossa au mur, derrière les rangées de journalistes qui commençaient à quitter leur place. Cavalheiro. Existe pas. Nelson. S'appelle Renato. Dans une sorte de brouillard, il vit sa fille, sur l'estrade, se lever et, échangeant au passage quelques mots avec l'un ou l'autre échotier, s'avancer jusqu'à lui.

– Qu'est-ce que tu as, François ? On dirait que tu viens d'enterrer quelqu'un.

– Oui. Moi.

– Quoi ?

– C'est moi qu'on enterre, Régine. Le chèque de Cavalheiro...

– Eh bien ?

– Il était en bois.

– Merde. Tu es sûr ?

Il hocha tragiquement la tête.

– Et ton Nelson, il s'appelle Renato. Alors les flics l'ont embarqué.

– Doucement. Explique-moi. Ils l'ont embarqué parce qu'il s'appelle Renato ?

– Oui, dit-il d'une petite voix. Ce Renato est recherché. Évadé de prison.

Régine tourna le regard à droite, à gauche : les derniers journalistes sortaient du salon. Ils étaient seuls.

– Et ton chèque ? demanda-t-elle. Celui que tu as fait au notaire ? Il est aussi en bois, bien sûr ?

– Pur bois. On y taillerait des cure-dents.

Elle lui flanqua un coup du plat de la main sur la poitrine.

– Et ça te fait rire ?

– Si tu veux, je peux pleurer. Ça changera quoi ?

– Minable !

Elle lui gifla l'épaule.

– Régine...

– Écoute-moi : tout à l'heure je prends un avion pour Tokyo et j'inaugure la boutique. Il y aura des tonnes de journalistes et Philippe Starck, Colignon, Jean-Paul Gaultier, la princesse Stéphanie, Claudia Schiffer et Tom Cruise. *Tom Cruise !* Il y a des mois que je me bats pour avoir Tom Cruise ! Je ne peux plus reculer, François. Je ne peux pas les décommander. Ou alors je suis morte, tu entends ? *Morte* pour la presse, pour tout le monde, pour ma carrière ! Je n'aurai plus qu'à aller faire des pipes sur le périf' !

– Régine... Tu dramatises...

Elle se retint de le frapper une nouvelle fois. Elle lui cracha :

– Trouve ces trois cents millions, putain de merde ! Trouve-les-moi ou je t'arrache les couilles de mes propres mains !

***

Un peu plus tard, Champredin se retrouva à sa banque. Il aperçut Lefort de loin, qui trottinait à sa rencontre. Il détourna la tête, entra dans l'ascenseur. Les portes se refermèrent. A l'abri, se dit Champredin. Un petit répit. Il traversa l'antichambre au pas de charge, sans répondre à sa secrétaire qui lui énumérait les appels et les rendez-vous qui l'attendaient. Il s'enferma à clé dans son bureau.

Il alluma un cigare. Il lui trouva un goût de poussière. Il toussa et l'écrasa dans le cendrier. Mains derrière le dos, il alla se poster mélancoliquement devant la vitrine où il exposait les meubles miniatures dessinés par sa fille. Il l'avait fait installer pour elle, cette vitrine. Payé à prix d'or l'ébéniste pour fabriquer ces petites choses, ces jouets de poupée. Cadeau-surprise de ses seize ans. Elle avait du talent, sa Régine. Tous les talents. Il s'entendait bien avec elle. Il l'admirait. Si belle. Rien de lui. Le cul, les seins, le dédain caraïbe de sa mère. Elle l'intimidait. Lui que rien n'intimide. « Trouve ces trois cents millions ou je t'arrache les couilles ! » On ne parle pas comme ça à son père. Ce n'est pas gentil. Il n'y a pas si longtemps, elle lui donnait encore la main. Sa petite main, toute chaude comme un oiseau. Il ouvrit la vitrine, y saisit délicatement la miniature fragile d'un fauteuil en forme de lys. C'est si mignon. Il déposa le frêle objet dans la paume de sa main. « Je t'arrache les couilles ! » Il referma les doigts. La minuscule structure de bois craqua. Il rouvrit les doigts. Plus rien. Des allumettes, des bûchettes, des échardes. La base de son pouce saignait où s'était plantée une esquille. Il l'arracha avec précaution, jeta les débris de bois sur la moquette, suça sa blessure.

Il retourna à son bureau. Il décrocha le téléphone.

– Appelez-moi le prince Arjuna Khan.

« Je t'arrache les couilles ! » Et pourtant elle est toujours ma fille. Ma toute petite. Mon orpheline. Qu'est-ce qu'il se passera, à Tokyo, quand elle arrivera ? L'usine de fonte, de verre et d'acier. Philippe Starck, Claudia Schiffer – Tom Cruise. La tête lui tournait, Champredin s'assit. Il est tout petit, paraît-il, Tom Cruise. Un mètre soixante-huit ou neuf. Dans un éclair de folie enfantine, il se représenta la star américaine : son front ne dépassait pas le menton de Régine. Elle lui donnait la main : « Viens, mon tout petit... » Le téléphone grésilla, il tressaillit.

– Votre communication, monsieur le président.

– Comment allez-vous, monsieur Champredin ?

– On ne peut pas mieux, répondit mécaniquement le banquier. Et vous-même ?

– M. Secundra, mon homme de confiance, me quitte à l'instant. J'ai votre chèque sous les yeux. Permettez-moi de vous féliciter. J'ai entendu parler du projet de votre fille, c'est très impressionnant. Très inventif. C'est l'avenir.

– Oui, l'avenir, fit Champredin. Mais j'aurais voulu vous parler du présent.

– Je vous écoute.

– Vous savez que ma fille doit épouser Nelson ? Et que les trois cents millions de l'achat des usines que j'ai conclu avec vous étaient un investissement de son père ? Une sorte de cadeau de mariage ?

– Le docteur Cavalheiro da Cruz ? Je l'ignorais. Il faut que ces enfants s'aiment pour qu'il se soit engagé de la sorte. Je suis ravi pour vous, monsieur Champredin. Vous devez être très heureux.

– Oh, je n'ose même pas vous en parler... J'en pleurerais.

– Voyons, François, je ne vous imaginais pas si émotif.

– C'est que j'ai eu beaucoup d'émotions tout à l'heure. – Prince, vous connaissez bien le docteur Cavalheiro da Cruz ?

– Très peu. J'ai eu l'occasion de le croiser ici, à Paris, il m'a paru divertissant et, comme je suis un hôte d'une nature peu expansive, j'ai pensé qu'il serait amusant de le convier chez moi, à Montfort-L'Amaury, pour animer la conversation. Ai-je eu tort, selon vous ?

– Certes pas. Pour animer la conversation, ça... il l'a animée.

– C'est un grand charmeur, n'est-ce pas ?

– Imbattable.

– Comment dit-on en France... ? Ah oui : « On lui donnerait le Bon Dieu sans confession. »

– Voilà. C'est à peu près ce que j'ai fait.

– Que voulez-vous dire ?

– Il m'a dressé hier un chèque de trois cents millions, comme convenu entre nous, pour l'achat de vos usines. Tout à l'heure, j'ai appris que son compte était vide.

– Vous m'étonnez. Il n'aurait pas ces trois cents millions ?

– J'ai bien peur que non.

– En effet, c'est ennuyeux pour vous.

– Pour *nous*, prince.

– Comment cela ?

– Son chèque n'ayant pas été honoré, le mien ne le sera pas.

– Vous plaisantez ?

– Jamais sur ces questions.

– Mon cher, entendons-nous bien : vous avez dressé un chèque, ce matin, devant notaire. Vous avez signé les actes de vente. Vos arrangements personnels avec le docteur Cavalheiro da Cruz ne me concernent pas. Dès demain, votre chèque sera présenté à l'encaissement.

– Il ne sera pas honoré.

– Voulez-vous répéter, mon cher ?

– Je n'ai pas ces trois cents millions. Laissez-moi une semaine et je les trouverai. Rien qu'une semaine.

– François, je crois vous l'avoir déjà dit lorsque nous nous sommes rencontrés, j'ai horreur de perdre mon temps à me préoccuper de ces histoires d'argent. Vous avez signé des actes notariés, vous avez fait un chèque...

– Une semaine, l'interrompit Champredin. Une semaine, ce n'est pas grand-chose. Et trois cents millions, ce n'est rien pour vous.

– Trois cents millions sont trois cents millions, François. Mettez-vous à ma place : si tous mes créanciers agissaient comme vous, je me retrouverais à la rue.

– Prince...

– François, je ne voudrais pas perdre toute l'estime que j'ai pour vous. Arrêtons là cette conversation. Je suis un homme de principe, vous êtes un homme de parole, j'en suis persuadé. Demain, votre chèque sera présenté à l'encaissement et je suis certain qu'il sera honoré. Je vous ai donné ma confiance, François, vous ne la décevrez pas.

Champredin quitta sa banque comme il y était entré. Tel un voleur. Il s'engouffra dans un taxi et se fit déposer chez lui, rue Barbet-de-Jouy.

Il pénétra dans l'appartement avec une légère appréhension. Le trousseau de clés à la main, dans l'entrée, il appela :

– Régine ? Tu es là ?

Personne ne lui répondit. Soulagé, il traversa l'appartement. Il entra dans sa chambre, monta sur le lit et écarta la reproduction encadrée d'un De Chirico que sa fille lui avait offert pour son anniversaire trois ou quatre ans plus tôt. La porte d'acier d'un coffre apparut. Champredin en composa le code à quatre chiffres. Il en retira plusieurs liasses de billets de cinq cents francs qu'il enfouit dans ses poches. Puis il alla à la chambre de sa fille, ouvrit le coffre caché derrière un Warhol représentant Régine (verte, bleue, rouge et jaune) à quinze ans, et le vida. Il entassa billets, bijoux et deux sculptures chinoises – des Chiens de Fô – dans un sac de voyage.

Il retourna dans sa chambre, jeta dans une valise des pantalons, des chemises, des vestes, des cravates, des chaussures et quelques sous-vêtements, la ferma comme il put et sortit sur le palier. Il claqua sa porte. Il farfouilla dans ses poches, y trouva les clés de l'appartement de Pascale, qu'il avait fait faire en double, sans qu'elle le sache.

– Tu ne sonnes plus avant d'entrer ?

Pascale était dans le vestibule. Champredin, surpris, serra le sac de voyage sur sa poitrine.

– On dirait que tu viens de dévaliser quelqu'un, lui dit Pascale.

– Je suis venu te dire au revoir.

Elle ne répondit pas aussitôt. Elle cligna nerveusement des paupières, regarda le sac de voyage, la valise, puis le visage convexe et blême de son mari.

– Ça y est ? Tu as tout perdu, cette fois ?

– J'ai besoin de vacances.

– J'étais sûre que ça arriverait un jour ou l'autre.

Il haussa les épaules, reculant vers le palier.

– J'ai perdu, Pascale. Ouais. Mais au moins j'ai joué.

– Et ta fille ?

– Je ne suis pas inquiet pour elle.

Il grimaça un mauvais sourire.

– Et je sais qu'elle ne s'inquiétera pas pour moi.

Il appuya sur le bouton d'appel de l'ascenseur. La minuterie s'éteignit.

– Et moi ? demanda Pascale.

Elle se tenait sur le seuil. A contre-jour. La lumière du vestibule découpait sa silhouette frêle. Champredin, fugitivement, se rappela comme elle lui avait plu, les premiers temps.

– Tu as Pierre-Édouard. Atlan s'occupera de toi.

Les portes de l'ascenseur s'ouvrirent. Champredin, son sac et sa valise se frayèrent un passage dans la cabine en bois vitré. Quand il appuya sur le bouton R/C, Pascale referma la porte de son appartement.

***

A Orly, il se précipita vers le comptoir d'une compagnie. Il acheta son passage pour Saint-Domingue, qu'il paya à l'aide de quelques-uns des billets de cinq cents francs dont il avait bourré ses poches. Saint-Domingue. Comme en mai 68. Après qu'il s'était servi dans le coffre de Jean Valmer, dans les bureaux de « *Le monde est à vous !* ». A l'époque, ça lui avait pas trop mal réussi. Certes, il ne retournerait pas à Cuba. Mais il pouvait rester sur place. Du fric, une maison près de la mer, son vieux talent de salaud sympathique pour se refaire un entregent, et ce serait reparti. J'ai quarante-neuf ans, l'avenir devant moi.

On lui indiqua son hall d'embarquement. Le 3. Il repéra un chariot à bagages, bouscula une femme qui allait s'en emparer et y déposa sa valise et son sac de voyage, sans même daigner répondre aux insultes. Conne de frustrée. Va te faire mettre, toi et ton yorkshire.

Quand il s'approcha de la file d'attente du comptoir, une jeune fille blonde en uniforme bleu l'intercepta. Souriante, aimable, elle venait s'assurer qu'il ne s'égarait pas.

– Ne vous en faites pas. J'ai l'habitude.

– C'est ce que disent tous nos clients, monsieur.

Elle lui désigna un comptoir devant lequel personne n'attendait.

– Allez vous y présenter. Vous avez très peu de bagages, vous passerez plus vite.

Elle lui sourit, il lui sourit. Très baisable, la petite hôtesse. Dommage que je doive foutre le camp.

Au comptoir, les formalités furent très rapides. Sa valise cahota sur le tapis roulant.

– Je garde le sac, dit-il.

– Très bien, monsieur, dit l'hôtesse – aussi blonde et jolie que la précédente – en lui tendant son ticket d'embarquement. Bon voyage.

Il lui cligna de l'œil.

– Je vous emmène ?

Il se sentait bien. Rajeuni. Quarante-neuf ans ? Trois cents millions ? Qui s'intéresse aux chiffres ? Je suis prêt pour une autre vie.

Il s'étala sur son siège. La première classe était aux trois quarts vide. Des hommes d'affaires. Déjà plongés dans leurs dossiers. Qu'ils bossent, je me repose.

Une hôtesse se pencha vers lui.

– Champagne, monsieur ?

Il eut un petit rire de gorge, malin.

– Vous avez des sœurs ? lui demanda-t-il.

– Non, monsieur.

– Alors vous avez des sosies. J'ai déjà vu deux blondes qui vous ressemblaient, à l'embarquement.

– Toutes les blondes se ressemblent, monsieur. Vous ne le saviez pas ? Du champagne ?

Il opina du chef. Elle emplit une coupe.

– Buvez avec moi, lui proposa-t-il.

– Vous fêtez quelque chose, monsieur ?

Il réfléchit une seconde.

– En fait, oui : ma liberté.

– Je vous souhaite d'en profiter, monsieur, lui répondit-elle avec un charmant sourire, avant de s'éclipser.

***

Mal au crâne. Champredin ouvrit les yeux. Il avait fait un drôle de rêve, qui lui échappait déjà. La coupe de champagne... A peine l'avait-il bu, il s'était endormi. Quelle heure est-il ? Il regarda sa montre. Elle s'était arrêtée. Il déboucla sa ceinture de sécurité, se pencha par-dessus l'accoudoir pour repérer l'hôtesse, ne vit personne. Il enfonça le bouton pour l'appeler.

L'avion fut violemment agité. Il se passe quoi ? Un orage ? Une tempête ? L'estomac secoué, Champredin rota. Bulles de champagne. Personne, pas d'hôtesse pour venir s'occuper de lui. Il se leva. Fit deux pas dans l'allée.

Brusquement pris dans un trou d'air, l'avion sembla pendant quelques secondes tomber en chute libre. Champredin perdit l'équilibre et s'effondra en travers de son siège. Mal au crâne. C'est quoi, ce bordel ?

Il se remit debout dès que l'appareil se stabilisa. Ils vont m'entendre... Où elle est, l'hôtesse ? Il tangua dans l'allée. Regarda autour de lui. Les sièges de la première classe étaient vides. Où ils sont, tous ? Champredin se dirigea vers l'arrière. Il écarta le rideau.

Devant lui, en perspective, les lignes de fuite des fauteuils séparés par deux allées. Champredin se haussa sur la pointe des pieds.

Pas une tête.

Personne.

L'avion était désert.

Champredin, le ventre tordu d'angoisse, se précipita en trébuchant dans l'une des allées. Il descendit, de travée en travée, jusqu'à la queue de l'appareil. Pas un passager. Il n'y avait pas un seul passager. Tous les sièges étaient vides. Sans la moindre trace de présence humaine : magazine oublié, gobelet sur une tablette, pull abandonné en travers d'un dossier. Rien. Aucun objet. Tout était impeccablement propre. Vide. Vide. Vide.

Le pilote, se dit Champredin. La cabine de pilotage. Là-bas il y aura quelqu'un. D'un pas mal assuré, il entreprit de remonter vers l'avant de l'appareil.

Il n'avait pas fait dix pas que les lumières s'éteignirent. Il s'immobilisa, aux aguets, s'accrocha au dossier d'un siège. En face de lui, l'écran de projection scintilla. Le faisceau du projecteur traversait la pénombre, l'éclairant d'une faible lumière clignotante.

Les images d'une ville filmée d'avion. Un port. Une grande église. Champredin reconnut Notre-Dame-de-la-Garde. Marseille. Une voix fit alors ce commentaire :

– *Bonjour, Champredin. Comment vous sentez-vous ? Ou plutôt, permettez-moi de vous demander : comment te sens-tu ? Un soir, il y a vingt et un ans, tu m'avais offert de te tutoyer. Te rappelles-tu ?*

Les plans vus du ciel avaient fait place à un lent panoramique sur une place populaire. La caméra s'arrêta sur la terrasse d'un café, zooma sur une table vide.

– *Nous nous étions retrouvés là. C'était une belle soirée de printemps. Il faisait doux. J'étais heureux.*

Sur l'écran, un jeune couple, amoureusement enlacé par la taille, s'approchait de la terrasse.

– *Tu étais assis avec deux... j'allais dire : deux amis, mais tu n'as jamais eu d'amis, Champredin. Tu as eu des copains, puis des relations, puis de l'entregent. L'amitié est loyale, c'est sa première qualité. Selon toi, c'est un défaut. Une entrave sur le chemin de l'ascension sociale. Tu es un homme pragmatique. Ta conscience est aveugle et sourde.*

Champredin se massa l'estomac. Des aigreurs d'angoisse lui brûlaient l'œsophage. La terrasse de café, en un fondu au noir, disparut de l'écran. L'image se rouvrit en diaphragme sur un avion en plein vol.

– *Te rappelles-tu Jean Valmer ? Et le commandant Chabrol ? Te rappelles-tu son dernier voyage ? Et ta lâcheté, te la rappelles-tu ?A moins qu'il ne faille parler de mensonge et d'incompétence... Peu importe. Je ne ferai pas ton procès : la sentence est déjà tombée. Elle sera juste et proportionnelle à la faute.*

Sur l'écran surgit Arjuna. On ne savait où il se trouvait : vêtu de noir, il était environné d'ombre. Seuls son visage et ses mains, d'un blanc mat, ses yeux d'un gris transparent paraissaient vivre, mais comme d'un spectre parmi cette ténèbre mouvante.

– *Je ne te poserai qu'une dernière question, Champredin.*

Le visage net, pâle et tranchant d'Arjuna, en très gros plan, occupa tout à coup l'espace entier de l'écran.

– *Te rappelles-tu David Arcas ?*

– Il est mort ! hurla Champredin. Il est mort ! Il est mort ! TU ES MORT !

Arjuna sourit.

– *J'ai beaucoup changé ? Peut-être. Mais pas toi. Je t'ai vu à l'œuvre. Pourtant je vais te laisser une chance. Celle que tu n'as pas saisie il y a vingt et un ans, quand le commandant Chabrol est mort. Tu vas remonter le temps, Champredin. Cet avion, vois-tu, n'a pas de pilote. Ou plutôt il n'en a plus, depuis qu'il survole la mer. Comme ce jour-là, à l'approche d'Amman. Tu t'en souviens ? Il n'y aura qu'une petite différence : je ne serai pas là pour prendre les commandes à ta place. Tout à l'heure, figure-toi, peu avant que tu te réveilles, j'ai sauté en parachute. Je ne te sauverai pas deux fois la mise ni la vie.*

Arjuna se détourna et se fondit lentement dans l'obscurité de l'image. Alors qu'il n'était plus qu'un profil pâle perdu dans le noir, il ajouta :

– *Adieu, François.*

L'écran s'éteignit.

Champredin ne se posa pas de questions : il se précipita à l'avant de l'appareil. Il remonta en courant le long de l'allée, s'empêtra dans le rideau, déboucha parmi les fauteuils des premières classes, se rua sur la porte de la cabine de pilotage.

Elle s'ouvrit sans résistance.

Il vit le siège du pilote – vide. Celui du copilote – vide. Et, devant les vitres du cockpit, le nez de l'appareil fonçant au ras de l'océan.

Il se mit à trembler de tous ses membres.

Il s'efforça de respirer, d'inhaler l'air calmement. Il réussit à s'asseoir à la place du pilote. Tous ses muscles étaient tétanisés. Durs comme de la pierre. Il tremblait de plus belle.

Il regarda les cadrans, les boutons, les voyants lumineux, le volant de pilotage. Sa vue se brouilla. Il tendit les mains, au hasard. Le tremblement l'agita si fort qu'il dut croiser les bras, enfouir ses mains sous ses aisselles. Devant lui, les vagues bleu nuit, frangées d'écume, semblaient près de déferler sur le pare-brise. Il gémit, pris de panique, hurla. Un hurlement continu, informe, comme d'une bête à l'agonie.

Il s'arracha au siège du pilote. Il se jeta hors de la cabine. Il se mit à fuir. A fuir l'inéluctable, la catastrophe, la mer. Il se retrouva au fond de l'appareil. Il ne pouvait pas aller plus loin, il ne pouvait pas aller plus loin, il... Sa vessie se vida.

La porte des toilettes.

Il l'ouvrit à la volée, s'enferma dans l'étroit espace qui puait la Javel. Il tremblait de plus en plus. Sa braguette et le haut des jambes de son pantalon étaient trempés. Il psalmodia :

– Foutu, foutu, foutu...

La carlingue de l'avion vibrait violemment. Champredin se recroquevilla sur le siège des toilettes. Il lui restait quelques minutes à vivre. Il redevenait le gosse qu'il avait oublié et qui, il y a si longtemps, avait été lui. Si je fais les gestes, si je prononce les mots, il n'arrivera rien, rien ne s'est passé, rien n'a existé, on recommence à zéro !

– Foutu, fouti, fouta, fouto... Foutu, fouti, fouta, fouto ! FOUTU, FOUTI, FOUTA, FOUTOOOO !

***

Ouh, la belle soirée ! Elle a tenu toutes ses promesses. On était venues, frétillantes comme des groupies, voir Tom Cruise. Oui, c'est vrai, il y avait aussi Claudia Schiffer. Mais, excusez-nous, messieurs, nous préférons les petits bruns aux grandes blondes. Notez, nous avons une excuse. Ses DocMartens se sortaient mieux de la gadoue que les talons aiguilles de la belle Allemande.

Hou, la gadoue, la gadoue, la gadoue ! C'était le refrain de cette folle soirée. L'avion nous avait déposés à Tokyo. Les limos nous ont laissés devant l'usine. Il y avait tout le monde. Stéphanie de Monac' nous fredonnait « Comme un ouragan ». Nous étions ravies, nous avions notre hymne. Nous avons marché jusqu'à l'usine. Vous avez lu Zola ?

Bien sûr, Tom Cruise marchait à l'écart du vain peuple. Ses bodyguards se jetaient à plat ventre dans la boue. Il leur piétinait les reins et le dos comme Jésus marchait sur les eaux. L'impression-

nante Regina allait en tête. De temps à autre, elle se retournait vers ses vaillantes troupes de jet-seters et leur criait : « A l'usine ! » C'était beau comme Germinal. Philippe Starck, en fidèle mineur de « fonds », transmettait l'ordre : « Ralliez-vous à ma barbichette frisée ! » Nous étions galvanisées. Cependant, nous laissions Tom Cruise en arrière. Il battait des bras, planté sur l'île déserte de son dernier bodyguard noyé dans la boue de cette Berezina post-moderne. Il en avait la stature : pourtant il ne fut pas notre Napoléon.

Regina avait atteint l'usine. Elle criait « Ma boutique ! Ma boutique ! » comme Harpagon « Ma cassette ! Ma cassette ! » C'était mignon tout plein. Regina est ravissante. Elle chante dans un clip. Les paroles de sa chanson sont très reposantes, on ne les retient pas. Mais elle remue, Regina. Elle veut qu'on la voie. Dans sa combinaison rouge. La même que ce soir-là. Les taches de boue lui vont très bien – on aurait dit que c'était fait exprès. Ah, la gadoue, la gadoue, la gadoue...

Et puis, coup de théâtre – ce qui nous reposait des coups de pub. Des scellés avaient été posés sur les portes de l'usine. Des Japonais très japonais, obséquieux et inflexibles, gardaient l'entrée. Il y a eu quelques conciliabules en américano-publicitaire. (C'est le latin d'aujourd'hui.) Enfin, les filles, ne vous inquiétez pas, on a fini par se comprendre. C'était tout simple : la belle usine n'appartenait pas à la belle Regina. Elle l'avait payée avec un chèque en bois.

Morale : les Japonais aiment le papier et le bois, mais pas le papier en bois. Choc des civilisations. Nous sommes rentrées chez nous. En bondissant d'un bodyguard de Tom Cruise à l'autre. C'est très solide, ces grands bonshommes-là. Même noyés dans la gadoue. Ah, la gadoue, la gadoue, la gadoue... A l'aéroport, nous avons retrouvé tout le monde. Même Claudia, qui nous a fait admirer ses nouveaux bas de boue. Même Tom Cruise, tout seul et tout petit, sans ses bodyguards. Il était si trognon.

Et Regina ? Ah, oui, elle n'était pas là. Elle est restée dans la m... gadoue, la gadoue, la gadoue...

Mireille Stéphanot, Ici & Maintenant.

XXXII

Quand, après avoir rangé sa voiture, Didier Chastel-Becq s'approcha de la maison, la première chose qu'il vit fut un homme, de dos, fagoté d'une espèce de sarrau en coutil beige et coiffé d'un large chapeau de paille, qui donnait du pain à manger à deux ânes. Chastel-Becq jeta un regard autour de lui, puis consulta sa montre. Non, c'était bien l'heure. C'était bien l'endroit.

– Ah ! Chastel-Becq ! Vous avez trouvé facilement ? Vous êtes passé par Azur, j'espère ? Vous avez admiré le lac ?

L'homme au chapeau de paille jeta ses derniers croûtons aux ânes et, se tournant vers lui, attendit que l'avocat vienne à sa rencontre.

– Bonjour, monsieur le président. Oui, merci, monsieur le président. Le plan qu'on m'avait donné était parfait.

Mitterrand l'examinait en plissant les yeux. Lorsque Chastel-Becq fut en face de lui, il leva la main à hauteur de son ventre. L'avocat tendit aussitôt le bras pour la saisir. Elle était froide et sèche, ne répondit pas à sa pression.

– Vous aimez les ânes, Chastel-Becq ?

– Beaucoup, monsieur le président.

Un imperceptible sourire moqueur flotta sur les lèvres minces et décolorées de Mitterrand.

– C'est tout à votre honneur. Entrons. Les autres sont déjà arrivés.

Lorsqu'il avait reçu cette invitation à déjeuner à Latche, Chastel-Becq était très loin de s'y attendre. Il venait de passer ces dernières semaines à consommer plus de cocaïne que jamais, à peu près incapable de dormir ni d'aligner deux idées cohérentes à la suite. Ses collaborateurs, heureusement, faisaient tourner les affaires du cabinet et il ne se présentait plus qu'aux audiences indispensables, débitant ses plaidoiries en roue libre, par la force de l'habitude et grâce au minutieux travail de son assistante sur la préparation des dossiers. Après le suicide de Marianne, il avait dû inviter le docteur Saroyan à dîner chez Lipp et le convaincre que ce qui était arrivé à sa demi-sœur n'avait rien à voir avec les deux décès consécutifs d'Espérance Adamantis et de Barroise. Saroyan trouvait étrange que le corps de Marianne ait été incinéré si vite.

– Arrête, avec tes soupçons, lui avait répliqué Chastel-Becq. C'est mon père qui a pris cette décision. Qu'est-ce que tu vas t'imaginer ? Qu'après avoir empoisonné sa belle-mère et sa domestique, il a aussi empoisonné sa propre fille ? C'étaient les trois personnes au monde auxquelles il tenait le plus.

– Pour un vieux pénaliste, je te trouve bien naïf. Tu sais aussi bien que moi que les victimes d'empoisonnement criminel font toujours partie de l'entourage le plus proche de leur assassin. Il n'y a pas de différend sur une question d'héritage dans ta famille ?

– Qu'est-ce que tu vas chercher ? Tu as vu l'âge de mon père, et son état, et sa manière de vivre ? Il se fout tellement des héritages qu'il va faire don à l'État de tout l'œuvre peint de sa femme. Et puis il y a Barroise. Que veux-tu qu'il hérite d'elle ? De vieilles photos ?

Saroyan avait paru se laisser persuader et Chastel-Becq était sorti de chez Lipp à demi rassuré. De toute façon, il avait la conviction sincère que cette histoire d'empoisonnement était de la pure paranoïa. C'était proprement inimaginable. C'était une tragédie – voilà ce qu'il avait dit à Saroyan, avant de lui confier que la mort de Barroise l'avait profondément ébranlé, qu'il ne s'était jusqu'alors jamais rendu compte qu'il tenait tant à elle. Plus qu'à sa propre sœur, dont il avait toujours été jaloux. « Si mon père m'avait aimé moitié autant qu'elle... » Il n'était pas allé plus loin. Saroyan, embarrassé, avait laissé passer un silence, et changé de conversation.

Le choc de ces deuils lui avait fait un moment perdre de vue sa préoccupation principale : le nourrisson de Montfort-L'Amaury et les intentions secrètes d'Arjuna. Jusqu'à ce qu'un événement la lui remette brutalement en mémoire : l'arrestation de Nelson Cavalheiro da Cruz. Dès qu'il l'avait apprise, il avait envoyé un de ses collaborateurs à la prison de la Santé rencontrer le jeune homme.

Avec pour mission d'obtenir sa défense. Ce serait le moyen de tout connaître du dossier, donc de fourbir ses armes contre Arjuna. Quand son collaborateur lui avait apporté le dossier, il s'y était plongé comme jamais dans aucun autre. Sa dose de coke et sa pipette à portée de la main, il y cherchait frénétiquement la faille, le détail qui démontrerait que le passé sicilien de Nelson-Renato n'était qu'une couverture supplémentaire, de la poudre aux yeux, un subtil moyen qu'avait trouvé Arjuna pour dissimuler que ce gamin était son fils et effacer toute preuve de sa véritable enfance, à Salvador de Bahia, et de son matricide. Il fut tout à fait convaincu de l'excellence de son propre raisonnement quand il tomba sur la transcription des témoignages des voisines de cette Gina Falcone qu'on voulait faire passer pour la mère du prétendu Renato. Elles racontaient toutes, à leur manière, que « Renato » était responsable de la mort de Gina : selon elles, il la rossait régulièrement et elle aurait fini par succomber à la suite d'un passage à tabac particulièrement soigné. Pour Chastel-Becq, pas de doute. Arjuna avait été assez pervers pour attribuer au pseudo-Renato un « quasi-matricide », rappelant sur un mode mineur le meurtre que Nelson avait réellement commis sur sa mère Amalia. C'était là qu'il fallait attaquer. Chastel-Becq avait aussitôt envoyé un enquêteur à Salvador de Bahia, un autre en Sicile.

Enthousiasmé par sa propre intuition, et par la coke dont il se frottait furieusement les gencives, il avait, dans une illumination géniale, vu son plan dans toute sa beauté. Il laissait l'instruction se poursuivre à partir de ce dossier truqué par Arjuna, puis, à l'audience, distillait petit à petit des interrogations, des doutes, enfin des preuves. L'instruction ? Une mascarade. L'accusation prétendait condamner son client pour une vie qui n'avait pas été la sienne. Renato n'existe pas. N'a jamais existé. L'homme que vous avez en face de vous, monsieur le président, messieurs les jurés, n'est pas ce Renato. Est-il Nelson, me demanderez-vous ? Pas davantage. Le drame de ce jeune homme, le drame de l'enfant qu'il a été, est le drame, messieurs les jurés, d'un enfant sans nom, sans identité, d'un enfant sans passé ni avenir. D'un enfant livré à lui-même par l'incurie, je dirais même plus : par la cruauté, la lâcheté d'un géniteur qui n'a jamais su, qui n'a jamais voulu assumer les responsabilités d'un père ! Sniffant la coke à même sa carte de crédit, Chastel-

Becq s'y voyait déjà : effets de manche à l'ancienne, coups de théâtre, articles admiratifs des journalistes. Un triomphe.

Il passa les jours suivants dans un grand état d'excitation nerveuse. Il improvisait tout seul sa plaidoirie. Quand, par l'intermédiaire d'un de ses collaborateurs, Nelson-Renato demanda à le rencontrer, il refusa. L'affaire était trop belle, il ne voulait pas risquer de dénaturer ses impressions, son intuition, en discutant avec ce jeune bellâtre qui ne lui avait pas fait la meilleure impression lorsqu'il l'avait rencontré à ce fameux dîner, à Montfort-L'Amaury. On ne défend jamais mieux une cause qu'en lui conservant la pureté d'une idée abstraite. Pas d'interférences personnelles ni d'intimité malvenue avec son client. Nelson-Renato n'était qu'un épiphénomène, un prétexte. Chastel-Becq plaiderait pour sa carrière, pour sa vie – contre Arjuna, contre les fantômes du passé hantant le jardin de *L'Épervière*.

Il était dans cet état d'esprit quand l'invitation à Latche lui était parvenue. Comme un augure favorable. La semaine précédant sa visite, il avait décidé de se préparer comme on se met en condition avant un combat décisif. Un déjeuner dans le saint des saints, dans l'intimité du président, une intronisation dans le cercle restreint des proches. Cette seule perspective lui avait permis de se passer de coke toute la journée du lundi. Le soir même, ulcéré, incapable de tenir en place, il avait giflé Nessie qui refusait de baisser le son du téléviseur. Nadège, avec son instinct infaillible de mère poule, avait surgi dans le salon. Il avait failli la frapper aussi. Désemparé, fébrile, il s'était enfermé dans son bureau. Je ne tiendrai jamais jusqu'à dimanche. Il faut que j'y arrive au meilleur de ma forme. J'arrêterai tout vendredi. Ou samedi. Sur cette défaite intime en forme de résolution, il s'était enfilé double dose. Le matin du dimanche, roulant vers Latche, il avait mis un petit sachet de poudre blanche dans sa poche. Au cas où. Il faudra que je sois brillant.

Quand il entra dans la maison, Jack Lang était sur le seuil. Le ministre lui serra la main.

– Vous avez un rhume, Didier ? demanda-t-il en souriant de toutes ses dents éclatantes, de toutes ses rides hâlées.

Par réflexe, Chastel-Becq se frotta les narines. Il ne sentit rien – comme s'il frottait du carton. Il s'était arrêté deux fois sur l'autoroute, le temps chaque fois de se faire une ligne.

– J'ai dû prendre froid.

Il y avait là, installés sur les canapés, Monique, l'épouse de Lang, Danielle Mitterrand et, surprise désagréable, le prince Arjuna Khan. Le président lui fit signe de s'asseoir près de Danielle et s'installa sur un fauteuil à la droite d'Arjuna.

– Vous avez déjà rencontré le prince, Chastel-Becq ? dit Mitterrand.

– Oui, nous nous connaissons.

Les deux hommes échangèrent un signe de tête. Arjuna souriait. Chastel-Becq détourna rapidement les yeux, mal à l'aise.

Quelques jours plus tôt, lors d'un voyage officiel en Amérique latine, Mitterrand avait eu un malaise dont la presse avait beaucoup parlé. Chastel-Becq lui demanda des nouvelles de sa santé.

– J'ai eu un coup de chaud, on ne va pas en faire une histoire ! Je vais très bien, je vous remercie. Mais il y en a, dans l'opposition, qui ont frôlé l'infarctus. Ils ont cru que mon heure, et donc la leur, était venue !

Chastel-Becq rit complaisamment, dès que Jack Lang et son épouse en eurent donné le signal. On approuva ensuite quelques propos acides du président sur ses adversaires. Arjuna ne disait rien. Il semblait observer, minéral et patient comme un chat.

Il ne s'anima que lorsque le président lui posa des questions sur ce qu'il appela « vos voisins de datcha, au bord de la mer Noire ». Il dressa en quelques traits un portrait de Gorbatchev et de sa femme Raïssa que Mitterrand trouva « très pénétrant ».

– Et que pensez-vous de sa politique ?

– Un empire s'effondre, murmura Arjuna. Il fallait un homme pour accompagner cette agonie. Gorbatchev ou un autre...

– Vous allez un peu vite en besogne. L'URSS se disloque, je vous l'accorde, et elle va devoir faire face aux problèmes des nationalités. Mais l'Histoire nous a appris que les empires meurent lentement.

Arjuna sourit aimablement.

– Vous avez sans doute raison, monsieur le président.

Lors du déjeuner, (« A la bonne franquette », comme le dit le ministre de la Culture), Chastel-Becq fut relégué au bas bout de la table. Mitterrand avait placé lui-même Arjuna près de lui et, de temps à autre, au grand déplaisir de l'avocat, lui parlait à mi-voix.

Danielle Mitterrand, qu'on n'avait pas entendue encore une seule fois, s'adressa au prince pour le remercier du « geste » qu'il allait faire en faveur d'une fondation humanitaire dont elle avait les intérêts très à cœur, et se mit à évoquer le sort « affreux » de « ses » réfugiés politiques. Mitterrand, dont le nez s'était affilé au fur et à mesure de ce discours prononcé d'une petite voix discrète, inclina la tête vers Arjuna, interrompant brutalement sa femme au milieu d'une phrase.

– Voulez-vous que je vous dise, Arjuna ? Je m'ennuie beaucoup. L'ennui est la pire des servitudes du pouvoir. Vous devez connaître ce sentiment, n'est-ce pas ? Vous êtes très riche, m'a-t-on dit. Je n'ai jamais pu m'intéresser à l'argent. Et c'est pourquoi, paradoxalement, les gens comme vous m'intéressent. Comme une *terra incognita.*

– Votre pouvoir et le mien, monsieur le président, ne sont pas d'une nature très différente. La politique, les affaires... Il s'agit avant tout de connaître les hommes.

– Mais en politique on est plus exposé. Ils sont des millions – et quelques dizaines de journalistes... – à prétendre, eux, me connaître.

– J'ai résolu ce problème.

– Vraiment ? Confiez-moi votre recette.

– Je n'ai pas de passé.

Mitterrand cilla vivement, à plusieurs reprises. Arjuna se tourna vers Chastel-Becq.

– Maître, j'ai appris que vous vous étiez fait confier l'affaire Nelson Cavalheiro da Cruz ? Je vous félicite de votre courage, car voici un jeune homme, puisque nous évoquions ce sujet, qui paraît déjà traîner derrière lui un joli passé.

Chastel-Becq hésita. D'un côté, il brûlait de prendre enfin la parole. De l'autre, il ne s'attendait pas à ce qu'Arjuna l'attaque aussi frontalement.

– Oui, distrayez-nous, Chastel-Becq, intervint Mitterrand. Racontez-nous ce que vous allez plaider. L'affaire de votre jeune client me paraît bien mal engagée. Vous le connaissiez aussi, Arjuna ?

– Il a dîné chez moi un soir.

– Et vous ne vous étiez douté de rien ? Un petit maquereau sicilien en fuite, qui a le front de se faire passer pour un riche héritier brésilien, et qui, à ce qu'on m'a dit, avait sa photo presque chaque jour dans la presse ? En tous les cas, un magnifique imposteur !

– L'époque est à l'imposture, monsieur le président. Il suffit de soigner sa publicité, et l'on est qui on veut. Il avait les apparences pour lui, pourquoi n'en aurait-il pas profité ?

– En fait, monsieur le président, déclara Chastel-Becq qui voulait reprendre la parole, mon client est une victime.

– Allons, Didier, ironisa Jack Lang, vous n'allez pas nous ressortir cette vieille ficelle...

– Une victime, reprit l'avocat, une victime d'un passé – puisque vous parliez de *passé*, prince – que je me réserve de dévoiler à la barre, et une victime d'un système d'instruction obsolète où le sort d'un homme est tout entier entre les mains d'un autre homme qui n'a aucun compte à rendre de ses décisions, un homme tout-puissant dans ses prérogatives, tel un juge féodal tenant son pouvoir de Dieu et de son incarnation terrestre, le roi. Pourtant, je regrette d'avoir à le dire, cet homme à qui la justice confie le destin d'un autre homme ne peut se targuer de cette seconde qualité divine : l'omniscience. Que sait-il ? Il n'est qu'un homme, je le répète, un homme avec ses qualités et ses défauts, un homme qui, quoi qu'il prétende, éprouve des sentiments, antipathie ou compassion, un homme qui, le plus souvent, croule sous les dossiers, les prévenus et les affaires. Il ne sait que ce que l'enquête policière lui aura affirmé. Il ne sait *rien*. Il instruit – mais est-ce à dire qu'il *cherche* ? Non, monsieur le président, il n'en a ni le temps, ni la formation, ni, en général, le tempérament. Et si l'on admet, un instant, qu'il cherche, alors que cherche-t-il ? La vérité ? Après quelques années de pratique, il la croit toute relative. Et une vieille tradition française, une vieille tradition cléricale, inquisitoriale, l'entraîne à ne chercher que des aveux. Tous coupables : voilà sa conviction. Alors, par un tour d'esprit qui lui est devenu naturel, il attend ces aveux comme un prêtre attend la confession. Inconscient héritier du bourreau de l'Inquisition, il instruit à charge. Et à charge uniquement.

Il y eut un silence. Chastel-Becq se rendit compte qu'il s'était laissé emporter et se frotta les narines. Mitterrand, renversé confortablement sur sa chaise, fit mine d'applaudir.

– Merci de cette plaidoirie, maître. Je me demande si elle sera utile à votre client, mais je reconnais que vous soulevez là un problème intéressant. Que proposez-vous pour transformer les Torquemada de notre système judiciaire en autant de Salomon ?

– Une réforme, monsieur le président. Une réforme en profondeur. Qui commencerait par l'instauration d'un collège de trois juges pour chaque instruction.

– Des décisions collégiales ? C'est intéressant. Difficile à mettre en place, sans doute. Nous nous heurterions à de nombreuses résistances. Et pas seulement à la Chancellerie. Mais voilà une réforme qui pourrait marquer ce nouveau septennat.

Monique Lang, agacée, souffla quelques mots à l'oreille de son mari. Aussitôt, il se frotta les mains à sa manière ecclésiastique et, après avoir montré ses dents en un sourire charmeur et modestement incliné la tête sur le côté, il intervint :

– Comme vous le savez, Didier, j'ai eu l'occasion d'enseigner le droit. J'en connais certes moins bien que vous les aspects, disons... triviaux, quotidiens. Il m'apparaît cependant que vous méconnaissez, Didier (*nouveau sourire charmeur*), les difficultés d'une telle réforme. Selon moi...

– Jack, s'il faut lancer un débat sur cette éventuelle réforme, le coupa sèchement Mitterrand, nous n'oublierons pas de vous demander votre avis. Pour l'instant, notre ami Chastel-Becq, qui a lancé cette idée et qui, je crois, y a beaucoup réfléchi, est le mieux placé pour lui donner du corps.

Vexé, Lang se tut, croisa les bras et approuva d'un noble hochement de tête.

– Chastel-Becq, reprit le président, votre idée m'intéresse. Il faudrait qu'elle fasse pendant quelque temps son chemin dans l'opinion. Puisque vous vous chargez de la défense de ce jeune imposteur et que cela semble vous inspirer, lancez vous-même le débat. Vous êtes le mieux placé. Peu importe, après tout, qui est réellement ce jeune homme. Brésilien ? Sicilien ? Qui s'en soucie ? Je compte sur vous pour faire « mousser » cette affaire et semer les premiers germes de votre idée. Nous verrons assez vite comment ils poussent et de quel côté le vent les couche. Cela me rappelle un mot de Blum... Vous ne voyez pas, vous, Jack, qui êtes professeur de droit ?

Lang prit une mine inspirée, les yeux au ciel. Chastel-Becq, l'index levé comme à l'école, se fit un plaisir de répondre :

– Léon Blum a dit à peu près – je cite dans l'esprit : « Prenez une petite affaire, grossissez-la et... »

– C'est cela, l'interrompit Mitterrand. Mettez-la au service d'une grande idée. Très bien. Blum ne s'est donc pas toujours trompé.

La discussion s'acheva sur ces mots.

Après le déjeuner, le président partait jouer une partie de golf. Il y convia Arjuna, qui déclina cérémonieusement l'invitation : des rendez-vous d'affaires l'attendaient à Paris.

– Ah, l'argent, fit Mitterrand, toujours l'argent. Il faudra un jour que vous m'expliquiez comment on fait fortune. Cela me dépasse. Avez-vous lu Chardonne ? Un Charentais, comme moi. C'est lui qui a écrit cet axiome selon lequel la première génération fait fortune, la deuxième la gère et la troisième la dilapide. C'est amusant, vous ne trouvez pas, mais est-ce exact ? Ne me répondez pas. Je viens d'un milieu et je suis d'une génération qui préféraient le style à l'exactitude.

Ils marchèrent côte à côte jusqu'à l'enclos aux ânes. Mitterrand s'était recoiffé de son chapeau de paille. Chastel-Becq les suivait, un pas en arrière. Avant de quitter la maison, le président l'avait chargé de « glaner » les restes de pain du déjeuner. Il les portait dans un petit sachet de supermarché.

– Nous nous reverrons, Arjuna.

– Si Dieu veut, monsieur le président.

Le prince s'inclina et s'éloigna vers la Rolls Royce noire que Tazrouk conduisait. Mitterrand tourna son profil vers Chastel-Becq.

– Vous avez le pain ? Donnez-le-moi.

Il s'approcha de la barrière de l'enclos et nourrit les ânes. Il les flattait à mi-voix. Il finit par se rappeler la présence nerveuse de l'avocat à ses côtés.

– Vous êtes sûr de votre affaire avec votre petit Brésilien ?

– A cent pour cent, monsieur le président.

– Bon. Alors tirez-en tout le bénéfice possible pour nous.

– Comptez sur moi, monsieur le président.

Mitterrand, sur le ton mi-moqueur mi-caressant dont il parlait aux ânes, lui glissa :

– Je vais avoir besoin d'un homme tel que vous à la Justice. Pensez-y.

***

– Mesdames et messieurs les journalistes, du calme, je vous en prie ! Je n'ai qu'une seule déclaration à vous faire : Nelson Cavalheiro da Cruz n'est pas celui qu'on l'accuse d'être et je vais démontrer qu'il a été la victime d'une enquête bâclée et d'une instruction incomplète et partiale.

– Maître Chastel-Becq, est-il vrai que vous allez demander le dessaisissement du juge Bidart ?

– Le juge Bidart ou un autre, le problème, je n'ai cessé de le répéter ces derniers jours, ne concerne pas un magistrat en particulier mais l'ensemble d'un système désuet, inefficace et liberticide.

– Maître Chastel-Becq, vous proposez l'instauration d'un collège de trois juges d'instruction, pensez-vous...

– Mesdames, messieurs, l'heure n'est pas encore aux débats de fond. Je n'ajouterai qu'un mot : attendez-moi, je sortirai d'ici en compagnie d'un homme libre.

– Maître Chastel-Becq, on dit qu'au prochain remaniement ministériel vous seriez pressenti pour le portefeuille de la Justice ?

Dignement drapé dans sa robe d'avocat, Chastel-Becq s'arracha au groupe des journalistes qui se pressaient autour de lui. Il remonta à grandes enjambées le long couloir. Un policier en faction lui ouvrit la porte du cabinet du juge.

Il n'y avait que trois hommes dans la pièce sombre encombrée de dossiers : le greffier, le juge Bidart et, de dos, Nelson. Chastel-Becq, retroussant théâtralement sa vaste manche, serra la main du juge, puis il se pencha sur son client et lui tendit également la main.

– Comment allez-vous, Nelson ?

Le jeune homme était maussade. Il répondit mollement à la poignée de main de son défenseur. C'était la première fois qu'il le voyait depuis son incarcération. Il n'avait jusqu'alors eu affaire qu'à des collaborateurs de Chastel-Becq.

– Bien, dit l'avocat en s'asseyant et en déployant largement ses manches sur les accoudoirs de son siège. Je pense, mon cher Bidart, que les préliminaires seront inutiles. Vous connaissez ma position.

Avec satisfaction, il tapa du plat de la main sur la serviette de cuir qu'il avait déposée sur ses genoux.

– J'ai là des documents, dont vous avez reçu le double, qui mettent considérablement en doute, vous vous en serez aperçu, le fondement même de notre présence ici, mon client et moi. Bref, vous instruisiez le cas d'un Renato Falcone coupable d'une évasion avec violences de la maison d'arrêt de Casabianda et de divers autres délits tels que l'usurpation d'identité, etc., etc., etc.

Le juge, un petit homme d'une trentaine d'années au teint jaune, au buste malingre, au crâne à demi chauve et à la cravate trop voyante, écoutait patiemment, les mains croisées sur son bureau.

– Or, poursuivit Chastel-Becq en dressant l'index, vous avez en face de vous un jeune homme dont, certes – et bien que cette identité, il ne l'ait pas usurpée au sens où vous l'entendez –, dont, dis-je, le nom n'est pas Nelson Cavalheiro da Cruz, mais n'est pas non plus Renato Falcone. Ce procès que vous instruisez ne saurait donc en aucun cas être le sien.

– J'ai pris connaissance de vos documents, maître.

– Je suis heureux que vous en ayez trouvé le temps, ironisa Chastel-Becq. Je pense que vous avez également trouvé celui de prendre connaissance de la demande que j'ai engagée de votre dessaisissement dans cette affaire ?

Bidart approuva d'un simple hochement de tête, sans plus d'émotion.

– N'y voyez pas l'effet d'une quelconque vindicte personnelle, reprit l'avocat. Si vous avez lu mon point de vue publié dans *Le Monde* d'avant-hier, vous comprenez que les enjeux de cette affaire vous dépassent. Il s'agit de mettre en place une nécessaire réforme de l'instruction, et je suis certain, mon cher Bidart, que travailler dans un collège de trois magistrats n'est pas une idée pour vous déplaire. Afin d'amener une prise de conscience de l'opinion et du personnel politique sur ce vaste problème, je me dois de frapper les esprits, et cette affaire, vous le reconnaîtrez, est exemplaire.

– En effet, fit narquoisement le juge, si vous mesurez l'exemplarité à l'aune de la célébrité médiatique, vous ne pouviez trouver meilleur client.

– Bidart, je vous le répète, il ne s'agit ni de mon client, ni de vous, ni de moi. Il s'agit de construire l'avenir de la justice, ensemble.

– Je m'intéresse beaucoup à l'avenir. Je me méfie cependant des voyantes et des rumeurs de presse.

Déconcerté par cette attaque ambiguë, Chastel-Becq se composa un sourire des plus bienveillants.

– Notre intérêt commun est de nous entendre, mon cher. Vous comprenez ? Quand je serai garde des Sceaux...

– Maître, mon intérêt, dans l'immédiat, est de clore utilement cette affaire.

Le juge ouvrit un dossier et chaussa ses lunettes.

– Des faits nouveaux ont été portés à ma connaissance il y a quelques heures. Examinons-les ensemble, voulez-vous ?

Chastel-Becq se troubla.

– Des faits nouveaux ? Je n'en ai pas été informé.

– Je n'ai pas disposé du temps matériel pour ce faire. Toutes mes excuses. Nous allons réparer dès maintenant cette omission.

Il lut dans son dossier :

– Écoutons ce qu'a à nous dire le témoin Falcone Girolamo.

Nelson, qui jusqu'alors avait écouté la discussion d'une oreille désabusée, tressaillit et se redressa sur son siège. Son sursaut n'échappa pas à Chastel-Becq. Ni au juge.

– Monsieur Falcone, vous vous êtes présenté ce matin en affirmant détenir des informations essentielles sur le prévenu. Je vous écoute.

Girolamo portait un costume et une cravate noirs, à son habitude. Depuis son entrée dans le cabinet, il n'avait pas échangé un regard avec Nelson. Il s'était assis à la gauche de Chastel-Becq, un peu à l'écart. L'avocat le dévisagea, soudain anxieux. Ce regard sombre et mat, ce profil, cette allure lui rappelaient quelqu'un. Il en était presque sûr. Mais qui ? Où ? Quand ?

– Je le connais très bien, monsieur le juge, répondit Girolamo. Il était le fils adoptif de ma sœur Gina. Il a grandi à Raguso, en Sicile.

– Son nom est donc Renato Falcone ?

– Pour l'état civil, oui. Renato, c'est ma sœur qui a choisi ce prénom quand elle l'a fait baptiser. Je regrette aujourd'hui qu'il porte le nom de Falcone, mon nom. Il l'a souillé.

– Comment cela ?

Girolamo tourna lentement la tête vers Nelson.

– Ma sœur est morte par ta faute. Elle t'a aimé, elle s'est saignée aux quatre veines pour t'élever et pour seule récompense tu la battais. Tu l'as tuée, Renato.

– C'est des conneries ! glapit Nelson. C'est des histoires inventées par les voisines ! Elles m'ont toujours détesté !

– Maître, dit le juge, calmez votre client. Monsieur Falcone, avez-vous la preuve de ce que vous avancez ?

– Non. Mais j'ai dit la vérité.

Chastel-Becq, après avoir contraint Nelson à se rasseoir, fit un grand geste dramatique.

– Monsieur Falcone, poitrina-t-il, nous ne demandons qu'à vous croire. Mais pourquoi votre parole vaudrait-elle plus que celle de mon client ? Ce serait trop facile. D'autre part, monsieur le juge, je vous demanderai un minimum de respect des formes. Ce témoin... « spontané », que vous sortez de votre manche, qui est-il ? Exerce-t-il une profession ? Quelle est sa nationalité ? Pourquoi vient-il témoigner maintenant, alors que cette affaire est très largement publique depuis des semaines ? Vous me permettrez de me poser des questions !

– Ne vous emballez pas, maître. Nous allons y répondre. D'après les renseignements que j'ai sous les yeux, vous êtes, monsieur Falcone, d'origine sicilienne et de nationalité française.

– Je suis né à la Goutte-d'Or, le 3 avril 1948.

– A partir de 1968, on vous retrouve aux États-Unis.

– Je travaillais pour mon oncle.

– Oui, le célèbre Raguso. Présumé parrain de la Mafia pour la région de Los Angeles. Vous avez été condamné à mort pour un triple meurtre il y a deux ans.

– J'ai été gracié, monsieur le juge. Une erreur judiciaire.

– En effet. Et, depuis votre libération, vous exercez la profession de factotum – c'est une profession ? – au service du prince Arjuna Khan, domicilié quai d'Anjou à Paris.

Chastel-Becq bondit hors de son siège.

– Monsieur le juge, je ne veux pas en entendre davantage ! Non seulement ce prétendu témoin de dernière minute est un ancien mafieux, non seulement il a été convaincu de meurtre, mais il est la créature du prince Arjuna Khan ! Si vous avez lu les documents que j'ai mis à votre disposition, vous admettrez, monsieur le juge, que j'aie le plus grand mal à prendre au sérieux un tel témoin !

– Je vous comprends, maître, dit flegmatiquement le juge. J'espère que vous comprendrez à votre tour que je vous réclame un peu plus de retenue et que nous écoutions ensemble ce que monsieur Falcone tient à nous dire ?

– C'est une mascarade ! s'écria Chastel-Becq, en se rasseyant cependant. Une manœuvre dilatoire.

– Vous pensez que monsieur Falcone tient à nous faire perdre du temps ? De mon point de vue, j'estime qu'il nous en fera gagner.

Bidart s'adressa à nouveau à Girolamo.

– Reprenons. Dans quelles circonstances votre sœur a-t-elle adopté cet enfant ?

– C'est moi qui le lui ai amené. Il avait quelques semaines. Il lui fallait quelqu'un pour s'occuper de lui, j'ai pensé à ma sœur qui rêvait d'avoir un enfant. J'aurais mieux fait de me couper une main ce jour-là. Ou de le laisser crever où je l'avais trouvé.

– Précisément, monsieur Falcone, où l'avez-vous trouvé ?

Girolamo ne répondit pas aussitôt. Il paraissait chercher ses mots. Enfin, il tourna les yeux vers Chastel-Becq, qui ne cessait de s'agiter sur son siège, en proie à la plus extrême fébrilité.

– Ça s'est passé une nuit. Une nuit de la fin du mois de mai 1968. Dans une propriété des environs de Paris. A Montfort-L'Amaury.

L'avocat blêmit. Girolamo reporta son regard sans expression sur le juge.

– J'ai commis pas mal de bêtises dans ma vie. Et j'ai commencé tout jeune. En 1968, j'étais ouvrier chez Kodak, à Montreuil. C'est là que j'ai rencontré deux étudiants qui distribuaient des tracts devant l'usine. Je suis devenu plus ou moins copain avec eux. C'étaient des anarchistes ou... enfin, des gauchistes, comme on disait à l'époque. Au début du mois de mai, j'ai eu une embrouille avec l'un d'eux. Une histoire de femme. J'avais le sang chaud, j'étais jeune. Je suis sicilien. Vous comprenez, monsieur le juge ? J'ai voulu me venger.

– Voyons, voyons, balbutia Chastel-Becq, tout cela n'a aucun rapport avec mon client...

– Un peu de patience, maître. Laissez finir monsieur Falcone.

– Alors, reprit Girolamo, je l'ai retrouvé, le Gracchus Babeuf.

– Gracchus Babeuf ? C'était son nom ?

– Un pseudonyme. Ils avaient tous des pseudonymes dans le groupuscule. Je ne les connaissais que comme ça.

– Poursuivez.

– Babeuf était dans une grande maison, à Montfort-L'Amaury. *L'Épervière*. Il y avait du monde avec lui, des filles surtout. Une espèce d'orgie, de partouze. J'ai dû attendre qu'il soit seul. Mais, quand ils sont tous partis, une autre fille est arrivée, en taxi. Une gamine de quatorze ans, à peu près. Et enceinte jusqu'aux yeux. Je l'ai vue, avec Babeuf, dans le salon – j'étais planqué dans le jardin. Il l'a battue, elle s'est enfuie dans une chambre à l'étage. Et c'est là que, cette nuit-là, elle a accouché.

– Comment le savez-vous ?

– Elle criait. Remarquez, je n'ai pas compris tout de suite. En fait, j'ai même rien compris. Babeuf est sorti dans le jardin. Il portait un petit coffre en osier et une bêche. Il s'est mis à creuser un trou au pied d'un arbre. Je me suis approché, je l'ai appelé : « Hé, Babeuf ! »

Chastel-Becq, décomposé, sursauta. Le juge lui jeta un bref regard.

– Et ensuite ?

– Ensuite, j'avais un couteau, je l'ai planté, j'étais venu pour ça. Et puis j'ai emporté le coffre en osier.

– Pourquoi ?

– J'en sais rien. J'étais jeune, je vous ai dit, j'étais con. J'ai cru que ce qu'il y avait dans le coffre avait de la valeur.

– Bidart, s'emporta Chastel-Becq, on nous raconte froidement un guet-apens qui s'achève par une tentative de meurtre et un vol ! Tout cela est insupportable !

– Ne soyez pas si sensible, maître. Et pourquoi parlez-vous de « tentative » de meurtre ? Il y a eu meurtre, si j'en crois le récit du témoin.

– Non, monsieur le juge, dit Girolamo. J'ai appris des années plus tard que Babeuf avait survécu.

– Tant mieux. Revenons-en au coffre en osier.

– Je l'ai ouvert en arrivant chez moi. Vous imaginez ma surprise ? Dedans, il y avait un nouveau-né.

– Un nouveau-né ? Que ce « Babeuf » enterrait vivant, dans ce cas ?

– La preuve, c'est qu'il respirait. Et que je l'ai emmené en Sicile. Et qu'il a grandi. Et qu'il est ici, monsieur le juge.

Girolamo tendit le doigt vers Nelson. Avachi sur son siège, le jeune homme grimaça de mépris.

– Tu mens, Giro. Tout ce que tu racontes, c'est pour couvrir ton patron, là, le prince. C'est lui, mon père.

– Est-il vrai que vous ayez prétendu au client de Me Chastel-Becq qu'il était le fils du prince Arjuna Khan ?

– Jamais. C'est lui qui est venu me voir chez le prince, quai d'Anjou. Un soir de réception où je faisais mon service, il m'avait reconnu. Il m'a menacé de dénoncer mon passé au prince.

– C'est faux ! Il ment ! cria Nelson.

– Il était armé. Il savait que j'étais le factotum du prince, que je pouvais avoir accès à son coffre, à ses papiers. Il voulait que je falsifie son testament. A son profit.

– Comment cela ?

– Je devais écrire un faux selon lequel Renato était le fils du prince et son unique héritier.

– Qu'avez-vous fait ?

– J'ai dit d'accord. Sinon, Renato m'aurait tué.

– Enfoiré de menteur !

– Et ensuite ? demanda le juge.

– Ensuite, il voulait encaisser très vite son héritage. Alors il a décidé d'assassiner le prince.

– C'est toi qui as eu cette idée, salaud ! hurla Nelson.

Le juge adressa un signe à son greffier qui alla à la porte et fit entrer deux policiers en uniforme.

– Monsieur, dit le juge à Nelson, ou bien vous vous calmez sur-le-champ, ou bien je vous fais conduire au dépôt. C'est clair ?

– OK, dit Nelson en s'affaissant sur son siège. OK...

– Bien, reprit le juge. Vous parliez d'assassinat, monsieur Falcone.

– Oui. Je l'ai laissé monter son coup. Et j'en ai parlé au prince. Parce que, ce que Renato ne savait pas, c'est que le prince connaissait tout de mon passé, donc... Mais le prince est un homme un peu... spécial. Il n'a pas voulu prévenir la police. Alors on a tendu un piège à Renato.

– Quelle sorte de piège ?

– Très simple. Le personnel de maison a quitté l'hôtel d'Anjou, comme prévu. Et le prince s'est installé dans la bibliothèque, là où Renato avait prévu de l'assassiner. Mais il y a eu un problème.

– De quelle nature ?

– Ce n'est pas Renato qui est entré pour tuer le prince, mais un homme qu'on ne connaissait pas. Le prince et moi, nous l'avons maîtrisé, désarmé, interrogé. Il s'appelait Noël Pietri, il s'était évadé en même temps que Renato. Renato l'avait envoyé faire son sale boulot à sa place.

– Évadé ! fit Nelson. Évadé comment ? A qui il était l'hélicoptère ? Et la bagnole, après ? Et d'où je les ai sortis, mon nom brésilien et mon fric ? Tout ça, c'est Arjuna !

– Si vous en avez la preuve, rétorqua le juge, Me Chastel-Becq se fera un plaisir de nous la fournir. N'est-ce pas, maître ?

Chastel-Becq hocha lugubrement la tête. Il était effondré sur son siège, avait dégrafé le col de sa robe.

– Terminez, monsieur Falcone.

– Le prince a pris la décision de laisser ce Noël Pietri s'en aller.

– Curieuse décision. C'était un homme dangereux.

– Dangereux ? Je ne crois pas. Bête, plutôt. En tout cas, le prince ne lui voulait aucun mal. Alors Pietri est sorti de la maison. Une voiture l'attendait en bas, rue Saint-Louis-en-l'Île. Seulement, cette voiture, c'était Renato qui la conduisait. Et quand il a vu sortir Pietri et quand il a compris que le prince était toujours vivant, je ne sais pas ce qu'il a fait. En tout cas, on a retrouvé Pietri sur la chaussée, un peu plus tard. Écrasé par une voiture, justement.

– Vous avez assisté à la scène ?

– Non, monsieur le juge. Sinon je vous dirais franchement : c'est Renato qui a écrasé Pietri. Tout ce que je sais, c'est que Renato m'avait demandé une voiture pour ce soir-là. Une CX. Je suis seulement allé la rechercher hier, près de Créteil, dans le garage où je lui avais demandé de la remettre. Elle avait le pare-chocs avant et la calandre dans un drôle de mauvais état. Et du sang sur les pneus. C'est pour ça que je suis venu témoigner. Il faut pas laisser les assassins courir dans la nature, vous êtes de mon avis, monsieur le juge ?

– Je ne vous donne pas tort. Où est cette voiture ?

– Je l'ai mise à la disposition de la police, à Créteil.

Le juge Bidart referma son dossier, examina Chastel-Becq et son client, tous deux dans des attitudes diamétralement opposées : si Nelson était vautré, sans force, sur son siège, l'avocat, quant à lui, très nerveux, ne cessait de se frotter tantôt les mains, tantôt les narines puis l'oreille.

– Je suppose, dit-il, que vous allez demander un supplément d'enquête ? Les affirmations de ce mafieux soi-disant repenti méritent, vous en conviendrez et c'est le moins, d'être vérifiées une à une.

– Nous les vérifierons, maître, ne vous inquiétez pas. Il reste un dernier point que j'aimerais éclaircir, et qui est resté en suspens tout à l'heure : vous avez dit incidemment, monsieur Falcone, que vous saviez que ce Gracchus Babeuf dont vous vouliez vous venger, donc le père présumé du nourrisson que vous avez, involontairement, sauvé de la mort par étouffement que lui réservait son enterrement *ante mortem* – que cet homme, donc, malgré la détermination que vous avez montrée à le tuer, était encore vivant. Comment le savez-vous ?

– Je l'ai reconnu.

– Pouvez-vous nous confier son identité ?

Girolamo se leva de son siège. Et, tandis que Chastel-Becq se recroquevillait sur le sien, il vint lui toucher l'épaule.

– Voici Gracchus Babeuf, monsieur le juge.

– C'est indigne ! Indigne ! hurlait Chastel-Becq alors que Girolamo Falcone sortait tranquillement du cabinet. J'ai beaucoup d'ennemis, je le sais, mais j'ignorais que j'en avais d'aussi infâmes et que vous leur prêtiez la main, Bidart ! Je m'en souviendrai ! Croyez-moi : je m'en souviendrai !

– Votre mémoire, maître, me semble pourtant sujette à éclipses. Rafraîchissons-la, voulez-vous ? Voyons le témoin suivant.

– Vous vous repentirez de ces attaques personnelles, Bidart, je vous le garantis !

– Maître, je vous en prie, restez calme. Ne donnez pas le mauvais exemple à votre client – ou dois-je dire : à votre fils ?

Chastel-Becq jeta un regard horrifié sur Nelson qui l'examinait à présent d'un air qu'il trouva insupportablement sardonique, et leur ressemblance physique lui sauta tout à coup aux yeux. Il s'écarta instinctivement, comme si l'idée même du moindre contact avec Nelson le dégoûtait.

– Faites entrer le témoin suivant, dit le juge.

L'un des policiers en faction traversa le cabinet et alla ouvrir une porte.

Pascale Champredin entra, battant nerveusement des paupières.

Elle avait les yeux lourdement cernés et paraissait encore plus « petite fille triste » qu'à l'accoutumée. La disparition de son mari n'y était pas pour grand-chose. Elle pouvait très bien se passer de lui. Ne l'avait-elle pas fait depuis des années, alors qu'ils faisaient semblant d'être un couple ? Elle l'imaginait dans quelque île tropicale et ne l'enviait pas. Mais elle avait dû mettre en vente la maison de Saint-Cloud qu'elle tenait de son grand-père et brader meubles et bibelots de son appartement. Elle n'avait plus un sou. Ce qu'elle aurait supporté avec assez d'indifférence, si Pierre-Édouard Atlan ne lui avait donné le coup de grâce, quelques jours plus tôt. Déjà, depuis l'algarade grotesque chez elle avec Champredin, il inventait des prétextes pour éluder leurs rendez-vous. Maintenant, la rupture était consommée : il lui avait envoyé un bouquet de roses jaunes et cette carte : « *Pascale, je garderai un magnifique souvenir de toi. Ne m'en veux pas. Doudou.* » Elle l'avait appelé plusieurs fois au téléphone, chez lui, chez sa mère, au ministère ; il n'était jamais là. Le matin même, son assistante, exaspérée, avait fini par lui mettre les points sur les i : « Non, madame. Il n'est pas là. Il ne sera jamais plus là pour vous. Et il ne prend pas vos messages. N'insistez plus. »

– Madame, lui dit le juge quand elle se fut assise sur le siège que Girolamo avait occupé avant elle, nous nous sommes entretenus tout à l'heure et je préfère vous épargner un nouvel interrogatoire. Je sais ce que cette confrontation peut avoir de douloureux pour vous. Je ne vous poserai que peu de questions. Êtes-vous prête à y répondre ?

Pascale leva ses grands yeux fatigués vers Nelson. Il haussa un sourcil, renifla et, tordant un coin de la bouche, se détourna avec mépris.

– Oui, dit-elle.

– Madame, au cours du mois de mai 1968, dans la maison dite *L'Épervière*, avez-vous accouché d'un enfant ?

– Oui.

– Quel âge aviez-vous ?

– Quatorze ans.

– Qu'est devenu cet enfant ?

– Je ne sais pas. Après sa naissance, quand je suis revenue à moi, il avait disparu.

– Pouvez-vous nous dire qui en était le père ?

– Oui.

Elle regarda l'avocat, qui lui ne la regardait pas. Il n'y avait ni ressentiment ni haine dans ses yeux. Juste une immense lassitude. Le tic faisant battre ses paupières avait disparu.

– Didier Chastel-Becq.

Elle se leva. Il n'y avait plus rien à dire.

– Je peux partir, monsieur le juge ?

– Je vous en prie, madame.

Elle passa sans un regard derrière le siège où Chastel-Becq, les épaules agitées d'un léger tremblement, se tenait, raide et blême. Elle effleura du bout des ongles les cheveux blonds en broussaille de Nelson. Il écarta la tête avec agacement. Elle ne dit rien. Ses paupières se contractèrent et se remirent à battre comme des ailes de papillon. Elle sortit.

***

Ils étaient tous là. Les charognards... Chastel-Becq fit rapidement demi-tour pour éviter la meute des journalistes qui l'attendaient. Certains se mirent à courir à sa poursuite. Il froissa dans son poing l'étoffe de sa robe d'avocat et courut lui aussi. S'enfuit. Boulevard du Palais, il s'engouffra dans le premier taxi qui passait.

Rue des Saints-Pères, il traversa la cour de l'hôtel particulier. Il prit l'ascenseur et s'y débarrassa de sa robe d'avocat. Il la roula en boule dans sa serviette. Il entra dans son appartement.

– Nadège ? Nessie ?

Il avait l'envie, le besoin de les voir. C'était tout ce qui lui restait de solide, de concret, dans cette vie. Il ne s'était pas assez occupé d'eux. Sa femme, son fils. Sa seule véritable famille. Celle qu'il s'était faite lui-même.

– Nadège ? Nessie ?

Il laisserait tomber le cabinet, pour un temps. Le temps que le scandale se calme. Il emmènerait Nadège et Nessie loin, sous les tropiques, aux Caraïbes, au Venezuela. Oui, c'était bien, le Venezuela. La Petite Venise. Ses collaborateurs feraient marcher le cabinet sans lui. Ce n'était pas déjà le cas, d'ailleurs, depuis des semaines ? Des mois ? Des années ? Toute cette drogue, cette coke... Depuis combien de temps, au fait, avait-il cessé d'être lui-même ? Oui, ça aussi, il arrêterait. Plus de drogue. Rien. Rien que son fils, qu'il verrait grandir. A ses côtés. Je serai un père, moi, un vrai. Présent. Pas comme le mien.

– Nadège ? Nessie ?

– Ils ne sont pas là, maître.

Chastel-Becq eut un sursaut de surprise. Le prince Arjuna se tenait sur le seuil de l'appartement. L'avocat se frictionna vigoureusement les narines.

– Que faites-vous là ?

– Votre père voudrait vous voir.

– Ah, oui ? Eh bien, pas moi. Qu'est-ce qui vous prend ? Vous faites les commissions de mon père, maintenant ?

Chastel-Becq avait voulu le prendre de haut, ironiser. Mais sa voix, glissant dans des aigus de garçon prépubère, l'avait trahi.

– Qu'est-ce que vous voulez ? glapit-il. Vous êtes content ? Vous avez gagné ?

– Pas encore, dit calmement Arjuna. Montons, s'il vous plaît.

Il saisit Chastel-Becq par le bras et, sans que l'avocat trouve le courage ou l'énergie de se dégager, il l'entraîna à l'appartement de Becq. A la porte du bureau, après une hésitation, Chastel-Becq se décida à entrer, suivi d'Arjuna, qui referma la porte et s'y adossa, bras croisés.

Les tentures des fenêtres étaient largement ouvertes. Il régnait dans la pièce une lumière crue, oblique, qui révélait l'usure et la poussière des meubles. La table avait été débarrassée des livres et des vieux dossiers qui l'encombraient. Au centre, près du couvre-main, il n'y avait qu'un verre, empli d'un liquide jaunâtre qu'un rai de soleil allumait de reflets d'or. Becq avait fait rouler son fauteuil devant une fenêtre. Son fils plissa les yeux. Le vieil homme se découpait en silhouette à contre-jour. On ne distinguait pas son visage.

– Approche, Didier, dit-il d'une voix grave. Approche-toi et regarde le verre qui est sur mon bureau.

Déconcerté, Chastel-Becq obéit.

– Nadège me l'a apporté ce matin. Ta femme prend grand soin de ma santé depuis quelques jours.

– Ah ? Très bien... C'est la preuve qu'elle n'est pas rancunière.

– Que veux-tu dire ?

– Tu ne l'as jamais vraiment bien traitée, non ? Et mon fils non plus.

– Pourquoi ? Ils l'auraient mérité ?

– Mérité ?

Chastel-Becq ricana tristement.

– Parce qu'il faudrait mériter tes égards ? Tu es qui, pour en demander autant ? Qu'est-ce que tu as fait, *toi*, pour mériter qu'on te respecte ?

– J'ai fait ce que j'ai pu. Ce que j'ai cru devoir faire.

– Et ça te suffit, pas vrai ? Du moment que tu es en paix avec ta conscience.

– Et toi ? Es-tu en paix avec la tienne ?

– Je ne sais pas. Je m'en fous. J'ai essayé de vivre, c'est tout.

Chastel-Becq entendit la porte s'ouvrir. Il se retourna, le temps de voir Arjuna disparaître dans le couloir.

– Le prince a un coup de fil urgent à passer, lui dit Becq. Il reviendra quand toi et moi nous en aurons terminé.

– Terminé avec *quoi* ? Qu'est-ce que tu me racontes ? Arrête de jouer les juges avec moi, c'est insupportable ! Je m'en coltine tous les jours au Palais, des juges. Il faut les voir... De petits bonshommes envieux, mesquins, minables...

– Tu as raison : ils ne gagneront jamais autant d'argent que toi. Faut-il les mépriser ou les plaindre ? Je ne sais pas. Je sais, en tout cas, que la modestie de leur condition leur épargnera d'épouser une Nadège.

– Tais-toi ! Je t'interdis de critiquer ma femme.

– Je ne la critique pas : je l'accuse.

Becq fit rouler son fauteuil près de la table. Son visage apparut soudain en pleine lumière.

– J'accuse ta femme d'avoir empoisonné Espérance, empoisonné Barroise, empoisonné Marianne. Je l'accuse d'avoir tenté de m'empoisonner à mon tour.

Sa longue main décharnée désigna le verre qui scintillait sourdement sur la table.

– Tu es fou...

Chastel-Becq recula, comme un animal pris au piège.

– Tu es fou, tu es taré, tu inventerais n'importe quoi!

– Je t'expose des faits.

– Des mensonges! hurla Chastel-Becq. Des saloperies! Tu es vieux, tu es malheureux, tu es dingue! Tu ne cherches qu'à me faire du mal!

– Regarde la vérité en face, Didier. Pour une fois.

– Tu me détestes! Tu détestes ma femme, tu détestes mon fils! TU ME DÉTESTES!

– Tu ne me crois pas?

– Non. Non, non et non!

– Parfait, dit Becq en tendant l'index vers le verre aux reflets jaunes. Voilà le poison qui m'était destiné. Bois-le. Quelle meilleure façon de prouver que j'ai tort?

– C'est ça que tu veux? D'accord!

Chastel-Becq saisit le verre. Il le porta lentement à ses lèvres, sans lâcher du regard les yeux de son père.

– Tu la veux, ta preuve?

– Didier, murmura Becq, je n'ai pas besoin de cette preuve. Tu le sais aussi bien que moi.

– Tu as peur que je boive? Pourquoi?

Becq leva la main et referma doucement les doigts sur le poignet de son fils.

– Parce que je ne veux pas que tu meures.

A cet instant, la porte du bureau se rouvrit. Arjuna rentra et dit:

– La police sera ici dans quelques minutes.

Dans un mouvement de rage, l'avocat se retourna vers lui et jeta le verre en travers de la pièce. Il se brisa contre la bibliothèque. Impassible, Arjuna commenta:

– Il en restera toujours assez pour que la police l'analyse.

– De quoi vous vous mêlez? lui cria Chastel-Becq. Qu'est-ce que vous voulez?

– Pas grand-chose, maintenant. Juste un petit effort de mémoire. Il y a vingt ans. En Italie. Une cave. Puis le coffre d'une voiture. Vous, une arme à la main. Et un pauvre hère qui, après un an et demi de réclusion, de solitude et de drogue, avait une fâcheuse propension à répéter stupidement toujours les mêmes mots...

– « Gracchus Babeuf, 27 rue du Progrès, Montreuil-sous-Bois », récita mécaniquement Chastel-Becq. Arcas... Oui, il s'appelait Arcas. David Arcas.

Il s'assit, ou plutôt se laissa tomber, sur le divan. Il essayait de réfléchir à toute vitesse. Tout repassait, en désordre, dans sa mémoire. Il avait l'impression d'étouffer.

– En Italie, j'étais venu lui rendre la liberté, balbutia-t-il. J'avais été gravement blessé. J'ai passé des mois à l'hôpital. Dès que j'en suis sorti, je suis allé le délivrer.

– Mouvement charitable. Mais je me serais passé de cette charité-là.

D'un œil indifférent, Arjuna examina Chastel-Becq qui tremblait.

– Arcas ? Vous êtes Arcas ?...

L'avocat se mit debout. Il vacillait.

– Arjuna... Arcas... J'aurais dû comprendre... Mais... encore une dernière chose... Nelson, ou Renato, c'est vraiment mon fils ?

– Tout autant que Nadège est votre femme. Et ils sont tous deux des assassins.

Arjuna contempla avec dégoût le pauvre type qui, à quelques pas de lui, se raccrochait d'une main à la table et hoquetait comme si l'air lui manquait. Puis il lui murmura : « Adieu » et s'en alla.

Quelques minutes plus tard, on sonna à la porte de l'appartement. Une voix désagréable cria d'ouvrir, que c'était la police. Chastel-Becq traversa le bureau, contourna la table, en ouvrit l'un des tiroirs.

– Que vas-tu faire, Didier ? lui demanda Becq.

Il ne répondit pas. Il serrait dans son poing le vieux pistolet – souvenir des années de Résistance de son père.

– Didier !

Becq fit avancer son fauteuil pour tenter de couper la route à son fils qui se dirigeait vers le vestibule.

– Ne fais pas l'imbécile ! Assume tes responsabilités pour une fois !

Chastel-Becq lui jeta un regard d'enfant triste. Et le gifla à toute volée. La tête de Becq partit en arrière. Ses lèvres saignèrent. La police frappait de plus en plus fort à la porte.

– Ouvrez !

Le pistolet à la main, Chastel-Becq remonta le couloir jusqu'à l'office. Il sortit sur le palier. En bas, dans l'escalier, il entendit la cavalcade des flics qui grimpaient les marches. Il monta vers les combles. L'ancien atelier d'Andrée Adamantis.

Nadège y plaçait les toiles une à une contre le mur. Il y en avait des dizaines. Elle chantonnait. Elle était environnée de bleu – des bleus de toutes sortes. Un été artificiel éclatait dans l'atelier. Un été de tous les étés d'une vie, un été de tous les soleils, de toute la mer, un été de ciels changeants et clairs.

Nadège prit Nessie par les épaules et le serra contre sa hanche.

– Regarde. C'est beau. Ça vaut beaucoup d'argent. Ce sera bientôt à toi. Rien qu'à toi.

– J'aime pas la peinture, grogna l'enfant en se débattant.

Il se dégagea de l'étreinte de sa mère et courut jusqu'au sommet de l'escalier.

– Nadège ? Nessie ?

C'était la voix de son père. Il montait les rejoindre.

– Papa ! Ouais, papa, on est là !

Chastel-Becq surgit dans l'atelier, l'arme pointée.

Quand les policiers enfoncèrent la porte, une, puis deux détonations claquèrent. Un inspecteur se rua dans le long couloir menant à l'office.

– Ça vient de là-bas !

Il rejoignit sur le palier de l'escalier de service deux autres inspecteurs qui y parvenaient, essoufflés. Ils tenaient leur arme à la main. Ils étaient nerveux. L'un d'eux désigna les marches menant à l'atelier.

– Là-haut.

Ils montèrent prudemment. Il n'y avait plus un bruit.

L'atelier était incroyablement lumineux. Une lumière bleue.

Sur le parquet, cernés par les toiles d'Andrée, gisaient le cadavre de Nadège et celui de Nessie. Du sang coulait d'une blessure à leur front.

– Ne bougez plus ! Levez les mains ! Lentement...

L'inspecteur braquait son arme sur Didier Chastel-Becq. Celui-ci sembla obéir à l'injonction : il leva les mains. Quand le pistolet qu'il tenait dans son poing droit fut à hauteur de sa tête, il recula et appliqua le canon sur sa tempe.

Il ferma les yeux. Tirer. Il devait tirer. Il crut entendre une voix surgissant de très loin – vingt ans plus tôt sur la route de Salerne : « *Décide-toi. Moi, je suis prêt.* »

Chastel-Becq abaissa lentement le canon de son arme et tomba à genoux en gémissant :

– Mais j'suis pas prêt, moi... J'suis pas prêt...

Les policiers se ruèrent sur lui, le désarmèrent, le maîtrisèrent. Il pleurait. Sur lui-même.

Dehors, des journalistes, des micros et des caméras s'agglutinèrent autour des policiers et de Chastel-Becq. Quelques heures plus tôt, un communiqué de l'AFP avait annoncé l'avocat comme favori au poste de garde des Sceaux lors d'un imminent remaniement ministériel. Les fonctionnaires de police ouvrirent difficilement un passage à leur prisonnier dans la meute qui criait.

– Maître Chastel-Becq ! Maître Chastel-Becq ! Avez-vous une idée de la date du remaniement ?

– Maître Chastel-Becq ! Quelle sera la priorité de votre ministère ?

– Maître Chastel-Becq ! Pensez-vous vraiment que trois juges valent mieux qu'un seul ?

– Maître Chastel-Becq !

Les policiers parvinrent enfin à pousser l'avocat dans une voiture. Ils démarrèrent en trombe.

Là-haut, dans l'appartement, le téléphone ne cessait de sonner. Le répondeur récitait son message : « *Vous êtes bien chez M*e *Didier Chastel-Becq et son épouse. Veuillez nous laisser votre message après le bip. Nous nous ferons un plaisir de vous rappeler.* »

Et la même voix répétait dans le vide :

– Maître, je vous appelle de la part du président. Veuillez vous mettre en contact avec l'Élysée le plus vite possible. Je vous remercie.

XXXIII

Arjuna mit en vente l'hôtel particulier du quai d'Anjou et tout ce qu'il possédait en France : la maison de Montfort-L'Amaury, les œuvres qu'elle contenait, les voitures, les terrains de golf, le magazine *Ici & Maintenant*. Il fit table rase.

Vers le début de mois de novembre, on le vit à New York, au MoMA, le musée d'Art moderne. Il se promena dans des salles où tout était bleu. Bleus de la mer et bleus des ciels. Les blancs et les gris eux-mêmes semblaient bleus. L'exposition des toiles d'Andrée Adamantis attirait chaque jour plus de foule. Il en émanait un tel bonheur paisible, une telle sérénité, qu'elle en devenait provocante. Douce et ferme révolte face aux clichés *trash* de l'art institutionnel. La lumière d'une vie se donnait là, tout entière.

Arjuna déambula longtemps parmi les toiles, songeant au vieux juge Becq, désormais seul rue des Saints-Pères. Sa dernière visite, avant de quitter Paris à tout jamais, avait été pour lui. Ils ne s'étaient pas dit grand-chose ; ils n'étaient pas des hommes qui parlent de leurs sentiments.

– Vous m'en voulez ? Vous auriez le droit.

– Vous avez fait votre justice, Arcas. Je ne peux pas vous en vouloir. C'est à moi que j'en veux.

– Pourquoi ?

– J'ai commis une faute : j'ai voulu protéger un coupable parce qu'il était mon fils. Sans cette première faute, rien ne serait arrivé.

– Mais aucun coupable n'aurait été puni. J'aurais repris ma vie, comme s'il ne s'était rien passé. Juste un incident de quelques heures.

– A quoi bon revenir là-dessus ? Vous avez des remords, Arcas ?

– J'ai une drôle d'impression. J'ai consacré vingt ans de ma vie à me venger. Voilà, c'est fait. Et qu'est-ce que ça change ? Cela n'efface pas le mal qu'on m'a fait, cela ne me rend pas ces vingt ans perdus. Vous le savez mieux que moi, Becq, la vengeance n'est pas la justice.

– Vieux débat. Que je n'ai pas envie de soutenir. Et puis, entre nous, Arcas, ne trouvez-vous pas que vos remords arrivent un peu tard ? Restez celui que vous êtes. Restez froid. Je vous préfère comme ça.

– Vous avez vu Marianne ?

– Bernard prend soin d'elle. Ils ne se quittent plus. Ils vivent ensemble sur le *David-Arcas*.

– Elle reviendra en France ?

– Sûrement. Elle ne me privera pas de mon petit-fils.

– Elle est enceinte ?

– Elle le sera.

Passant dans la salle d'exposition suivante, Arjuna aperçut un couple qui se tenait par la main. L'homme et la femme examinaient *Calme blanc*, la toile dont il ne restait qu'une mauvaise copie dans le bureau de Becq. L'homme était brun, de grande taille, à la fois gauche et souple ; elle était blonde, plus petite, mince et ronde à la fois. Bernard et Marianne passaient quelques jours à New York, arrivant directement de la Papouasie-Nouvelle-Guinée où le navire *David-Arcas* les attendait. Arjuna s'arrêta sur le seuil de la salle.

Il ne se sentait aucun droit de les déranger. Il avait assez interféré dans leur vie. Il avait su qu'ils seraient là, il avait voulu les voir. De loin. Non plus comme le *deus ex machina* dont il avait si longtemps joué le rôle, mais simplement comme un ami discret. Comme pour vérifier que, parmi ce désastre qu'il avait lui-même organisé, deux vies au moins avaient été épargnées. Deux vies seulement ? Non. Un couple.

Il songea que ce qui leur arriverait désormais, ils en seraient seuls responsables.

Devant le MoMA, Tazrouk l'attendait au volant d'une limousine. Ils roulèrent jusqu'à Kennedy Airport.

Arjuna posa son jet à l'aéroport de Palerme. Il ne descendit pas de l'avion. Il se rendit dans le salon et serra la main de Girolamo qui – costume, cravate et lunettes noirs – se tenait debout, un peu raide.

– J'ai aimé travaillé pour vous, prince.

– Fais gaffe avec qui tu travailleras maintenant. OK ?

– Avec ce que vous m'avez donné, je serai mon propre patron. Pas de problème.

– Tu feras quoi ?

– Rien. Farniente. Je vais acheter le *palazzo* du prince Molina.

– Alors il faudra bientôt que je t'appelle « prince » ?

– Non, pas vous, quand même. Je sais d'où je viens.

– Moi aussi, Ton Altesse.

Arjuna conduisit Girolamo jusqu'à la porte de l'avion.

– Adieu, Jules.

– *Chi lo sa ? Arrivederci, principe.*

Quelques heures plus tard, Arjuna marchait dans les rues de Berlin. Il n'était pas seul. Une foule joyeuse, véhémente, déterminée s'avançait vers la porte de Brandebourg. Des groupes chantaient, d'autres jouaient de la musique. D'autres encore étaient déjà assemblés devant le Mur. Ils avaient des bombes – de peinture. Ils traçaient des slogans, dessinaient des fresques éphémères, apposaient leurs signatures. Puis, au milieu des artistes improvisés, surgit une masse, une pioche. Et deux, cinq, combien ? Un violoncelliste russe jouait de son instrument, les yeux fermés, comme en extase. Les masses et les pioches s'abattirent.

Depuis trente ans, un mur partageait Berlin en deux. Depuis trente ans, des familles, des amis avaient été séparés. Depuis trente ans, ceux qui aimaient leur famille, leurs amis, au point de chercher à les revoir, mouraient sous les balles des Vopos.

Le Mur tomba. Au milieu de la musique, des cris, des acclamations, des brèches s'y ouvrirent. C'était si simple. Si peu solide. Trente ans de partage d'une ville – en quelques heures, cette ville, un pays se réunifiaient. Où étaient les Vopos ? Où était l'URSS ? Et ses tanks, et Budapest, et Prague ?

Arjuna regarda le Mur s'écrouler par pans entiers. Il ne se mêla pas aux mouvements de liesse de la foule. Il se tint à l'écart des caméras des télévisions occidentales, à l'écart de leurs commentateurs qui jubilaient. Il ne voulait pas se mêler à cette fausse révolution dont, année après année, respectant et adaptant les conseils et les préceptes stratégiques de Kagan, il s'était fait l'instrument. Un empire s'effondrait, certes, comme les parpaings du Mur. Il avait tenu sa promesse au vieux révolutionnaire, au maître espion juif, qui lui avait permis d'être ce qu'il était. Huit ans de travail dans l'ombre. Huit ans de voyages et de rencontres, huit ans de diplomatie clandestine, de soutien financier aux nationalistes les moins recommandables, huit ans d'entretiens secrets avec Gorbatchev, qui lui avait semblé l'homme le plus à même de détruire, avec une fruste élégance plaisant aux médias occidentaux, son propre pouvoir. Faire empoisonner son prédécesseur, Andropov, n'avait pas été plus difficile que de faire empoisonner Espérance Adamantis, Barroise, Marianne. Le PCUS était une grande famille ; on savait s'y détester.

Arjuna s'éloigna lentement de la foule massée sous le Mur qui s'écroulait. Tout cela ne le concernait plus. Il avait tenu jusqu'au bout sa promesse à Kagan. Le reste – l'Histoire... –, il ne voulait pas même y songer. Les États-Unis, nouveau maître du monde, sans partage ? Tant pis pour eux. Pour nous ?

Le jet d'Arjuna quitta Berlin pour Tunis. Tazrouk et Eugène y débarquèrent.

– Vous garderez votre tête tous les jours, prince ? lui demanda le maquilleur.

– En tout cas, j'essaierai. J'essaierai de me ressembler. Que vastu faire ?

– Suivre la côte. Jusqu'à Tanger, je crois, si j'y arrive. J'ai entendu dire qu'un homme comme moi peut y vieillir agréablement.

– Alors, bon voyage, Eugène.

Arjuna se tourna vers Tazrouk.

– Et toi ?

– Je vais acheter des chameaux. J'en ai marre des voitures.

– Retour aux sources ?

– Aux sources du désert, prince.

Tazrouk et Arjuna se donnèrent l'accolade.

– Prends soin de toi, murmura Tazrouk.

– Je vais conserver quelques voitures. Alors, si un jour tu en as marre des chameaux...

XXXIV

Le temps était tantôt clair, tantôt sombre ; le vent de la Méditerranée poussait dans le ciel de présomptueux nuages atlantiques. Arjuna entra dans l'orangeraie.

Lignes de fuite.

Au bout des rangées d'arbres fruitiers, la maison était basse, blanche et longue, poinçonnée de fenêtres petites. Il n'y avait personne aux alentours. Arjuna poursuivit son chemin. Il se sentait comme happé par la perspective qui le conduisait vers la maison. Il leva encore une fois les yeux vers le ciel : les nuages aussi avançaient.

Il atteignit un mur masqué de lauriers-roses qui lui dissimulait les abords de la terrasse. Il entendit des voix qu'il reconnut aussitôt.

– Roger, tu assommes tout le monde avec ta politique. Arrête un peu.

– Quoi ? Qu'est-ce qu'elle a, ma politique ? Je dis la vérité, moi ! C'est pas de la politique de politiciens !

– Je suis d'accord avec toi, pépé, fit la voix rieuse d'un jeune homme.

– Ah ! Tu as entendu, Gisèle ?

– Mais tu vois pas qu'il dit ça pour te faire plaisir ? Quand de Gaulle est mort, il avait pas un an, Thomas. Qu'est-ce qu'il y connaît ?

– Il y connaît que, si de Gaulle nous avait pas foutus à la mer, avec rien que nos yeux pour pleurer, on serait pas là en train de bavasser comme des bonnes femmes ! On aurait la mer devant nous.

– Hé ! La mer, tu l'as à vingt kilomètres, et c'est la même ! Et tu n'y as pas mis les pieds depuis dix ans !

– Gisèle, tu peux crier, ça ne changera rien à l'évidence : la mer à Valence et la mer à Alger, poï, poï, poï ! c'est les Français qui croient que c'est la même ! Dis-lui, toi, Jasmine, à ta mère, tu te rappelles la plage ?

– Je me rappelle la plage à Marseille. Et les calanques. Une, surtout.

Il y eut un silence. Arjuna longea le mur sous la terrasse. Dans une trouée parmi les lauriers-roses, il devina les silhouettes de Roger Casagrande, de sa femme Gisèle, de Thomas et de Jasmine, assises sur des sièges de jardin, autour d'une table blanche.

– Il commence à faire un peu frais, dit la voix de Gisèle. Je crois que je vais rentrer.

Elle regarda son mari en fronçant les sourcils.

– Tu n'as pas un peu frais, toi ?

– Ah, ben, oui, dit-il. Je crois que moi aussi.

Ils se levèrent, se rejoignirent et marchèrent côte à côte, petits vieux clopinants, jusqu'à la maison. Thomas posa la main sur l'épaule de sa mère.

– Tu ne veux pas rentrer ?

– Tout à l'heure. Va, toi.

Quand le jeune homme s'éloigna, Arjuna s'approcha de l'escalier qui montait à la terrasse. Il allait mettre le pied sur la première marche quand il entendit un bruit derrière lui. Il se retourna.

– Je t'attends, lui dit Marie des Anges.

Elle avait quitté la voiture. Elle avait elle aussi suivi les lignes de fuite de l'orangeraie. Elle lui tendait la main.

Il hocha la tête.

– Je viens.

Puis, malgré Marie des Anges, malgré cette main qui l'invitait, qui l'appelait, il tourna le regard vers la terrasse.

Jasmine s'était levée de son siège de jardin. Elle fit quelques pas vers la maison, s'arrêta. Elle leva les yeux vers le ciel aux nuages atlantiques, puis se retourna soudain. Ses yeux se posèrent sur les lauriers-roses qui limitaient la terrasse. Arjuna ne put s'empêcher de monter encore d'une marche. Jasmine ressemblait tant aux vieilles photographies de l'album du vieux Arcas. Comme si la mère de David avait obtenu le droit de vieillir – si peu : juste cette calme et tendre sévérité des femmes sur lesquelles on s'appuie. Grâce auxquelles on ne se sent jamais seul.

On lui prit la main. Le retint. C'était Marie des Anges.

– Ça va ?

Là-bas, loin, Jasmine détourna les yeux des lauriers-roses, les leva vers le ciel. Elle semblait inquiète. Elle croisa frileusement les bras.

– Tout va bien.

Mais Arjuna ne sut si c'était lui qui prononçait ces mots, ou David. Pas plus qu'il ne savait à qui il les adressait.

Des mêmes auteurs

JACQUES FANSTEN

Livres

Michel Simon
Seghers, 1969

La Fracture du myocarde
Gallimard, 1991

Roulez jeunesse !
Gallimard, 1993

C'est pour la bonne cause
Seuil, 1997

Films de cinéma

Le Petit Marcel
1976

État d'âme
1986

La Fracture du myocarde
1991

Roulez jeunesse !
1993

C'est pour la bonne cause
1997

Films de télévision

Nous te mari-e-rons
1980

Après tout ce qu'on a fait pour toi
1982

Les lendemains qui chantent
1985

Le Bord des larmes
1987

Le Mouchoir de Joseph
1988

La Crèche
1999

Sur quel pied danser ?
2000

LOUIS GARDEL

Romans

L'Été fracassé
Seuil, 1973

Couteau de chaleur
Seuil, 1976

Fort Saganne
(Grand Prix du roman de l'Académie française)
Seuil, 1980

Notre homme
Seuil, 1987

Dar Baroud
1993

L'Aurore des bien-aimés
(prix France-Télévision)
Seuil, 1997

Grand Seigneur
Seuil, 1999

CHRISTIAN DE MONTELLA

Livres

Les Aventures de Follenfant :

1. Carême-Prenant
Seuil, 1984

2. Mohican
Seuil, 1985

Mensonges, simulacres, variations sur les apparences
Le Chiendent, 1985

Indochine
Fayard, 1992

Vanités, suites et variations :

1. Les Corps impatients
Gallimard, 1995

2. Un fantôme au soleil
Fayard, 1996

3. Le Premier Homme sur la lune
Fayard, 1997

4. Moins que l'amour
Fayard, 1997

5. Brûler ses vaisseaux
Stock, 2000

Graal :

I. Le Chevalier sans nom
Flammarion, 2003

II. La Neige et le Sang
Flammarion, 2003 (à paraître)

Livres Jeunesse

Michaël à la voix de tempête
L'école des loisirs, 1996

La Fabrique de mensonges
L'école des loisirs, 1997

L'Équipe
Bayard, 1998 et 2002

La Fugitive
Bayard, 1999 et 2003

Je hais les dimanches
Bayard, 2000

Le Diable dans l'île
Flammarion, 2000

Le Grand Voyage
Bayard, 2000

Jalouses !
Flammarion, 2001

Perds pas la tête
Hachette, 2001

Reste avec moi
Bayard, 2001

Les Insurgés de Sparte
Flammarion, 2001

Un ange dans la nuit
Bayard, 2001

La Vie volée
Bayard, 2002

V.H. ou l'Enchantement
Hachette, 2002

RÉALISATION : NORD COMPO À VILLENEUVE-D'ASCQ

GROUPE CPI

Achevé d'imprimer en mars 2003 par
BUSSIÈRE CAMEDAN IMPRIMERIES
à Saint-Amand-Montrond (Cher)
N° d'édition : 51815. - N° d'impression : 031292/1.
Dépôt légal : avril 2003.
Imprimé en France